KB033220

애거서 크리스티
자서전

애거서 크리스티 자서전

애거서 크리스티 | 김시현 옮김

Agatha Christie

AN AUTOBIOGRAPHY

황금가지

AGATHA CHRISTIE:
AN AUTOBIOGRAPHY
by Agatha Christie Mallowan

| 차례 |

애거서 크리스티는 1950년 4월 자서전을 쓰기 시작해 15년 후 일흔다섯
의 나이에 마무리 지었다. 이처럼 장기간에 걸쳐 쓴 책이라면 당연히 이야
기가 겹치거나 모순되기 마련이기에 그런 점을 감안해 정리하였다. 그렇다
고 중요 사항을 임의로 빼거나 하지는 않았다. 실질적으로 이 책은 엄연히
애거서 크리스티의 뜻에 따라 쓰인 자서전이다.

크리스티는 75세가 되던 해 자서전을 끝내며 이렇게 말한다.

"이만 자서전을 끝맺어야 할 듯싶다. 삶에 관한 한 말해야 할 것은 모두
말했으니."

하지만 그녀의 그 후 마지막 10년은 찬란한 승리로 점철되었다.『오리엔
트 특급 살인』의 영화화,『쥐덫』의 경이로운 연장 공연, 해마다 급격히 늘
어나는 세계적인 판매량, 영연방에서 오래도록 굳건히 지켜 온 베스트셀러
자리의 미국으로의 확장, 급기야 1971년에는 대영 제국 훈장(데임)을 받았
다. 하지만 이는 그녀의 마음속에 과거의 일로 새겨진 업적들이 추가적으
로 일구어 낸 명예에 지나지 않았다. 1965년 그녀는 신심으로 빌나.

"……마음이 흡족하다. 나는 내가 원하는 것을 했다."

자서전이라면 으레 탄생에서부터 시작하여 시간 순서에 따라 나아가다 마무리된다. 하지만 애거서 크리스티는 연대순이라는 강력한 구속에 그다지 얽매이지 않는다. 살짝 옆길로 새어 가정부의 기묘한 버릇이나 노년의 기쁨을 설명하는가 하면, 어린 시절 이야기를 하다 느닷없이 손자 이야기로 훌쩍 건너뛰기도 하는 등 마음 가는 대로 흘러가기에 그런 모습에서 책의 재미가 더욱더 배가된다. 그렇다고 모든 이야기를 빠짐없이 다 해야 한다는 강박관념에 사로잡혀 있지도 않다. 그 유명한 실종 사건처럼 어떤 사람들이 보기엔 무척 중요한 것 같은 일화는 아예 언급조차 없다. 그러나 예전의 기억 상실에 관한 이야기를 통해 실종 사건의 진실을 엿볼 수 있을 것이다. 혹은 "나는 기억하고 싶은 것만 기억하는 듯싶다."고 한 말도 중요한 단서가 될 수 있다. 첫 번째 남편과의 이혼을 품위 있게 감동적으로 그리고 있지만, 그녀가 보통 기억하고 싶어 하는 것은 삶의 기쁨과 즐거움이다. 인생에서 이처럼 강렬하고도 다채로운 즐거움을 끌어낼 수 있는 사람은 지극히 드물다. 무엇보다도 이 책은 인생의 기쁨을 노래한 예찬가다.

크리스티가 살아생전 인쇄된 이 책을 보았더라면 자신의 삶에 기쁨이 깃들도록 도와 준 많은 이들에게 분명 감사를 표하고 싶어 했으리라. 물론 남편인 맥스와 가족들은 당연히 포함되었을 터이다. 이 자리를 빌려 이 책의 발행자들이 크리스티에게 감사를 표하더라도 그렇게 엉뚱하지는 않을 성싶다. 50년 동안 크리스티는 우리에게 오싹함과 꾸짖음과 기쁨을 주었다. 출판의 모든 분야에서 최고의 기준을 요구함으로써 우리로 하여금 끊임없이 도전하게 이끌었으며, 삶에 대한 열정과 풍부한 유머 감각으로 우리의 삶에 따스함을 가져다주었다. 크리스티가 글쓰기를 통해 커다란 기쁨을 얻었다는 것은 자서전에 뚜렷이 나와 있지만, 출판을 맡은 이들에게도 그러한 기쁨을 전해 준 덕분에 출판 작업 내내 즐거움이 끊이지 않았다는 점은

아쉽게도 나와 있지 않다. 작가로서뿐만 아니라 한 개인으로서도 애거서
크리스티는 분명 걸출한 존재로 남을 것이다.

1950년 4월 2일 이라크 님루드

님루드는 고대 아시리아의 군사 중심지였던 도시 칼라의 요즘 이름이다. 우리는 흙벽돌로 지어진 발굴 숙소에서 묵고 있다. 언덕 동쪽 면에 길게 쭉 뻗은 이 집에는 부엌, 거실, 식당, 작은 사무실, 작업실, 그림 작업실, 커다란 창고이자 도자기실, 손바닥만 한 암실이 있다.(잠은 모두 텐트에서 잔다.) 하지만 올해에는 약 3평방미터 크기의 방 하나가 덧붙여졌다. 회반죽을 바른 바닥에 골풀 매트 여러 장과 화려하면서도 까칠한 깔개 두 장을 깔았다. 벽에는 젊은 이라크 화가가 그린 그림이 걸려 있는데, 두 마리 당나귀가 화사한 색깔의 벽돌 미로 속에서 수크*suq*(장터)로 향하고 있다. 동쪽에 난 창문으로는 쿠르디스탄(주로 쿠르드 족이 살고 있는 넓은 고원과 산악 지방─옮긴이)의 눈 덮인 산봉우리가 펼쳐진다. 문 바깥쪽에는 '베이트 애거서'(애거서의 집)라고 설형 문자로 새겨진 네모난 문패가 걸려 있다.

득 이것은 나의 '집'인 것이다. 이 안에서 나는 원진한 사생활을 누리며 글쓰기에 온전히 집중할 수 있다. 발굴이 진행되면 글 쓸 시간을 내기가 십중팔구 힘들 터이다. 유물들을 깨끗이 닦고 손보아야 한다. 사진을 찍고, 이름표를 붙이고, 목록을 만들고, 포장을 해야 한다. 하지만 발굴 시작 전 일주일이나 열흘 정도는 비교적 여유가 있을 듯하다.

집중을 가로막는 것이 있기는 하다. 바로 머리 위 지붕에서 아랍 인 일꾼들이 풀쩍풀쩍 뛰며 신이 나 서로에게 고함을 지르면서 위태위태한 사다리의 위치를 옮긴다. 개가 컹컹컹 짖어 대고, 칠면조가 골골골 울어 댄다. 경찰이 타고 온 말이 사슬을 절거덕거리고, 창문과 문은 얌전히 닫혀 있을 생각은 도통 안 하고 번갈아 벌컥벌컥 열린다. 꽤 튼튼한 나무 탁자 앞에 앉아 있는 내 옆에는 아랍 인이 여행할 때 가지고 다니는 화려한 색상의 주석 상자가 놓여 있다. 바로 이 상자 안에다 타이프 친 원고를 보관할 생각이다.

지금 추리 소설을 써야 '마땅'하지만, 작가란 모름지기 지금 써야 하는 것만 빼고는 무엇이든 쓰고 싶은 충동을 느끼기 마련이라 느닷없이 자서전을 쓰고 싶다는 열망이 이는 것이었다. 자서전을 쓰고 싶다는 마음은 늦든 빠르든 누구에게나 예외 없이 찾아온다는 말을 들은 적이 있다. 하지만 이는 너무 갑작스런 충동이다.

곰곰이 생각해 보니 자서전은 아무래도 너무 거창한 표현 같다. 한 사람의 인생 전체를 의도적으로 연구한 책이라는 뜻 같기도 하고, 엄격하게 연대순으로 이름, 날짜, 장소를 늘어놓은 책이라는 뜻 같기도 하다. 내가 쓰고 싶은 것은 아무 데고 손을 푹 담가 한 움큼 건져 올린 기억들이다.

나에게 인생은 세 가지로 이루어져 있는 듯싶다. 치명적 속도로 흘러가는 매 분 매 초에서 와글와글 쏟아지는 흥미진진하고도 대개는 즐거운 현재. 모호하고도 불확실하기에 얼마든지 흥미로운 계획을 세울 수 있는 미래. 이때 계획은 무모하고 기발할수록 좋다. 아무리 계획을 짜 놓아도 계획대로 되지 않는 것이 인생이라면 차라리 계획을 세우는 데서 즐거움을 얻는 편이 낫지 않겠는가. 그리고 마지막으로, 한 사람의 현재를 떠받들고 있는 기억과 사실들인 과거. 과거는 어떤 향기에, 언덕의 모양에, 오래된 노래에 문득 떠오른다. 사소한 어떤 것 때문에 "참, 그랬었지……." 하며 설명할 수 없는 기묘한 즐거움에 빠지게 된다.

나이가 들어서 좋은 점은 바로 이런 것이다. 추억이란 참으로 즐겁다.

불행히도 추억하는 데서 그치지 않고 그 추억을 '말하고' 싶은 바람이 일 때가 잦다. 더구나 되풀이해 말하다 보면 주위 사람들을 지루하게 만들기 십상이다. 다른 사람들이 자기 인생도 아닌 '나의' 인생에 뭐 하러 관심을 가지겠는가? 젊은이 같은 경우에는 역사적 호기심을 보이기도 한다.

교양 있는 한 아가씨가 호기심 어린 어조로 묻는다.

"크림 전쟁(1853~1856년 동안 크림 반도를 중심으로 러시아가 영국, 프랑스, 오스만 제국과 벌인 전쟁 — 옮긴이)에 대해 낱낱이 기억하십니까?"

나는 다소 마음이 상해, 그 정도로 늙지는 않았다고 대꾸한다. 인도 반란(1857~1857년 영국 동인도회사에 고용된 인도인 병사들이 영국의 인도 지배에 저항하여 일으킨 세포이 항쟁 — 옮긴이)에 대해서도 아무것도 모른다. 하지만 보어 전쟁(1899~1902년 남아프리카에 사는 네덜란드계 백인인 보어 인들과 영국 사이에 벌어진 전쟁 — 옮긴이)을 기억한다는 것은 인정해야 한다. 오빠가 참전해서 싸웠으니.

내 마음에 떠오르는 첫 번째 기억은 엄마와 장날에 디나르(프랑스 북서부의 해안 도시 — 옮긴이)의 거리를 걷고 있는 내 모습이다. 거대한 바구니를 든 소년한테 확 떠밀리는 바람에 나는 완전히 엎어지다시피 한 데다 팔에 상처가 났다. 몹시도 따가웠다. 나는 울음을 터트렸다. 아마도 일곱 살무렵이 아닌가 싶다.

공공장소에서 금욕적으로 행동하길 좋아하시는 엄마가 충고했다.

"남아공에서 용감하게 싸우고 있는 우리 군인들을 생각해라."

나는 엉엉 울며 외쳤다.

"용감한 군인 따위는 되기 싫어요. 차라리 겁쟁이가 될래요!"

무엇이 기억되고 안 되는지는 어떻게 정해지는 것일까? 인생은 영화관에 앉아 있는 것과 비슷하다. 찰칵! 어린아이인 내가 생일을 맞아 에클레어(슈크림에 초콜릿을 뿌린 과자—옮긴이)를 먹고 있다. 찰칵! 2년 후 할머니의 무르팍에 앉아 화이틀리 씨 상점에서 막 가져온 암탉인 척하며 꽁꽁 묶인 채 우스갯소리에 숨이 끊어져라 웃고 있다.

그저 순간순간들. 몇 달, 심지어 몇 년을 붕 뛰어넘어 토막토막 떠오른다. 나는 어디에 있었던가? 페르 귄트(헨리크 입센의 시극에 맞추어 그리그가 작곡한 곡의 중심 인물—옮긴이)의 질문이 새삼 가슴을 울린다.

"나는, 나 자신은, 완전한 나는, 참된 나는 어디에 있단 말인가?"

힐긋 과거를 돌이켜본다고 해서 완전한 나를 알 수는 없겠지만, 참된 나는 알 수 있다. 어디까지나 내 생각이지만, 한 사람의 기억은, 그것이 아무리 사소해 보일지라도 사실은 내적 자아와 가장 참된 자아를 반영하고 있다.

지금의 나는 뱅그르르 소시지컬을 한 연한 아마 빛 머리의 진지한 어린 소녀와 똑같은 사람이다. 영혼이 거주하는 집은 비록 자라나 본능과 취향과 감성과 지성을 발전시키지만, 나 자신, 참된 애거서는 여전히 똑같다. 완전한 애거서는 알지 못한다. 그것은 오직 신만이 아시리라.

따라서 어린 애거서 밀러, 어른 애거서 밀러, 애거서 크리스티, 애거서 맬로원 모두는 한 길을 따라 나아가고 있다. 어디로? 그야 알 수 없다. 덕분에 삶이 더더욱 흥미진진한 것이 아니겠는가. 나는 언제나 삶이 흥미진진하다고 생각하였고, 이는 지금도 변함없다.

자신의 사소한 역할 외에는 삶에 대해 알 수 있는 것은 거의 없다. 따라서 우리는 1막에서 몇 줄을 읊어야 하는 배우와 비슷하다. 신호에 맞추어 대본대로 대사를 읊는다. 알 수 있는 것이라고는 그것뿐이다. 희곡 전체를 읽지를 않았으니. 뭐 하러 읽겠는가? "부인, 전화기가 고장 났습니다." 하고 한마디 하고는 모호함 속으로 퇴장해야 하는데.

하지만 공연 당일 커튼이 올라가면 연극을 처음부터 끝까지 보게 될 것이다. 그리고 다른 이들과 일렬로 늘어서서 관객들의 갈채에 응답할 것이다.

전혀 이해할 수 없는 무엇인가의 일부가 된다는 것은 삶에 있어서 가장 흥미진진한 점이 아닌가 싶다.

나는 삶을 사랑한다. 때로는 나락으로 떨어진 듯 절망하고, 날카로운 비참함에 온몸이 꿰이고, 슬픔에 몸서리치기도 했지만, '살아 있다'는 것은 위대한 것임을 여전히 확신한다.

따라서 이제부터는 추억의 즐거움을 누리고자 한다. 서두르지 않고 이따금 한두 페이지씩 쓰리라. 아마도 몇 년은 지나야 끝날 과제일 것이다. 그런데 뭐 하러 이를 '과제'라고 부르겠는가? 이는 탐닉이다. 한번은 오래된 중국 두루마리를 보고는 무척이나 감탄한 적이 있다. 나무 아래에 앉아 실뜨기 놀이를 하는 노인의 모습이 그려져 있었다. 그림의 제목은 '게으름의 즐거움을 누리는 노인'이었다. 결코 뇌리에서 잊히지 않는다.

자, 이제 마음껏 즐기기로 결심한 만큼 슬슬 시작하는 것이 좋겠다. 시간 순으로 차례차례 나열할 수 있으리라고는 생각되지 않지만, 적어도 시작에서부터 시작하기 위해 노력할 수는 있으리라.

1부

애슈필드

1

우리 인생에서 일어날 수 있는 가장 큰 행운 중 하나는 바로 행복한 어린 시절을 누리는 것이다. 나는 매우 행복한 어린 시절을 보냈다. 사랑하는 정원과 집이 있었다. 지혜롭고도 인내심 많은 유모가 있었다. 아버지와 어머니는 서로를 진심으로 사랑하셨고, 성공적인 결혼 생활을 누리며 훌륭한 부모가 되어 주셨다.

지금 생각해 보건대, 우리 집은 참으로 화목했다. 아버지 덕분이 큰데, 워낙에 유쾌한 분이셨다. 요즘에는 유쾌함의 미덕이 그다지 강조되지 않는다. 영리한지, 근면한지, 사회의 행복에 어떤 기여를 했는지, 사회 체제의 '어엿한' 구성원인지 여부를 중요하게 여긴다. 하지만 찰스 디킨스는 『데이비드 카퍼필드』에서 이 문제를 명쾌하게 짚고 넘어간다.

"페고디 씨, 형 되시는 분은 유쾌하시지요?"

나는 조심스레 물었다.

"오, 유쾌하다마다요!"

페고티가 탄성을 지르며 대답했다.

자신의 친구와 지인들이 유쾌한지 스스로에게 물어 보라. 페고티처럼 대답할 수 있는 경우가 얼마나 드문지 깨닫고는 깜짝 놀랄 것이다.

현대의 기준으로 본다면 우리 아버지는 그다지 훌륭한 인물은 못 될 것이다. 게으른 삶을 사셨으니. 하지만 당시에는 일하지 않고도 지낼 수 있을 만큼 충분한 수입이 있었다. 만약 그런 상황에 놓인다면 누군들 일하겠는가. 일을 하리라 기대하지도 않는다. 어쨌든 아버지가 일을 했다 해도 훌륭한 일꾼이 되었을 성싶지는 않다.

아버지는 매일 아침 토키(영국 남서부의 작은 해안 도시로, 연중 온난한 기후로 유명하다—옮긴이)에 있는 저택에서 나와 클럽으로 향하셨다. 점심때 마차를 타고 집으로 돌아와 식사를 하시고는 다시 오후에 클럽으로 가 종일 휘스트 놀이(카드놀이의 일종—옮긴이)를 하다가 저녁 만찬용 야회복으로 갈아입을 시간에야 집으로 돌아오셨다. 크리켓 시즌에는 당신이 회장으로 계시던 크리켓 클럽에서 시간을 보내셨다. 아마추어 연극단에도 이따금씩 가곤 하셨다. 친구가 수도 없이 많았으며, 친구들을 초대하여 대접하는 것을 삶의 낙으로 여기셨다. 매주 집에서는 대규모 디너파티가 열렸고, 아버지와 어머니는 일주일에 두세 번씩 다른 집의 디너파티에 초대되어 가셨다.

아버지가 얼마나 매력적인 분인지를 깨달은 것은 한참 뒤의 일이었다. 아버지가 돌아가신 후 전 세계에서 애도문이 쏟아졌다. 토키의 상인, 마부, 옛 고용인 등 한도 끝도 없었다. 어떤 노인이 내게 다가와 이렇게 말하는 경우가 여러 번 있었다.

"아! 밀러 씨를 잘 기억하고 있지요. 결코 못 잊을 겁니다. 요즘에는 그런 분이 참으로 드물지요."

하지만 아버지에게는 사실 특이할 만한 특징은 없었다. 특별히 지적이지도 않으셨다. 아마도 착한 마음씨와 단순한 성품으로 친구들을 진심으로 아꼈던 듯싶다. 뛰어난 유머 감각을 발휘해 사람들을 쉽사리 웃기곤 하셨다. 비열함이나 질투심이라고는 눈곱만큼도 없었고, 환상적일 만큼 관대하셨다. 행복과 침착함을 타고나신 듯했다.

어머니는 아버지와 완전히 달랐다. 신비로우면서도 매혹적인 분으로, 아버지보다 더욱 강한 힘을 발휘하셨다. 놀랄 만큼 독창적이셨지만, 가여울 만큼 수줍음을 탔다. 아마도 그 바닥에는 타고난 우울함이 깔려 있었던 것이 아닌가 싶다.

하인과 아이들은 어머니에게 헌신을 다했는데, 어머니가 지나가듯 한 가벼운 말 한마디에도 즉각 복종했다. 어머니는 최고의 교육자가 되고도 남았을 것이다. 당신이 무슨 말을 하든 무척이나 신나고 중요한 일처럼 여기게 만드는 힘이 있었다. 지루한 것을 질색하여 이 주제에서 저 주제로 붕붕 건너뛰곤 했기 때문에 때로는 대화가 정신없이 이어지기도 했다. 아버지가 자주 말씀하셨듯, 유머 감각은 없으셨다. 그런 비난에 어머니는 상처받은 목소리로 반박했다. "당신 이야기를 재미없어한다고 해서……." 그러면 아버지는 껄껄껄 폭소를 터트렸다.

어머니는 아버지보다 열 살 정도 어렸지만, 당신이 열 살짜리 아이였을 때부터 아버지를 헌신적으로 사랑했다. 아버지가 늘 뉴욕이나 프랑스 남부로 돌아다니며 즐겁게 지내는 젊은이였던 반면, 어머니는 집에 얌전히 앉아 조용히 사랑하는 이를 생각하며 이따금 '앨범'에 시를 쓰고, 아버지에게 선물할 지갑에 수를 놓았다. 말이 나온 김에 말하자면, 그 지갑은 아버지가 평생 고이 간직하셨다.

빅토리아 시대의 전형적인 로맨스이지만, 그 밑에는 깊은 감정이 깔려 있다.

나는 두 분이 내 부모님이라서 관심이 많은 것이 아니라, 아주 드문 일을 해내셨기에 관심이 많다. 행복한 결혼 생활을 영위하셨으니 이 얼마나 대단한가. 완벽하게 성공적인 결혼 생활을 누리는 커플은 지금까지 딱 네 쌍을 보았다. 그러한 성공에는 어떤 공식이라도 있는 것일까? 아무래도 그런 것 같지는 않다. 이 네 사례 중 한 쌍은 17살의 여성이 15살 연상의 남성과 결혼한 것이다. 남자는 나중에 여자의 마음이 바뀔 수도 있다며 반대했다. 그러자 그녀는 전혀 그럴 일은 없으며, 이미 3년 전에 그와 결혼하기로 결심을 굳혔다고 대답했다! 그들의 결혼 생활은 처음에는 시어머니가, 다음에는 장모가 와서 함께 살게 됨에 따라 더욱 복잡해졌다. 아무리 깊은 애정도 시련에 부딪칠 수밖에 없는 위기였다. 그 아내는 성품이 놀라우리만큼 침착했다. 총명하고 지적 호기심이 강하다는 점에서 우리 어머니가 살짝 연상된다. 두 사람은 세 아이를 두었는데, 지금은 모두 독립해 잘 살고 있다. 두 사람의 애정은 30년이 넘도록 굳건히 지속되었으며, 지금도 여전히 서로에게 헌신적이다. 두 번째는 젊은 남성이 15살 연상인 미망인과 결혼한 커플이다. 그 남자는 몇 년이나 청혼을 거절당한 끝에 마침내 원하는 대답을 들었다. 두 사람은 35년 후 여성이 죽을 때까지 행복한 삶을 함께했다.

우리 어머니 클라라 뵈머는 불우한 어린 시절을 보냈다. 나의 외할아버지 되시는 분은 아가일 하일랜더스(영국의 74연대 — 옮긴이)에서 장교로 복무하던 중 낙마하여 치명적인 부상을 입었다. 그 결과 외할머니는 겨우 스물일곱 살의 나이에 미망인 연금만으로 네 아이를 건사해야 하는 처지가 되고 말았다. 그러던 참에 얼마 전에 부유한 미국인의 후처로 들어간 외할머니의 언니가 편지를 보내서는 조카 하나를 입양해 직접 기르고 싶다고 제안했다.

네 아이를 입히고 먹이고 공부시키느라 삯바느질에 필사적으로 매달리던 걱정 많은 젊은 미망인에게 그 제안은 솔깃할 수밖에 없었다. 세 아들과 한 명의 딸 중에 그녀는 딸을 택했다. 남자아이야 어떻게든 세상을 헤쳐 나갈 수 있겠지만 여자아이는 부잣집에서 편히 사는 편이 더 좋으리라고 여겼기 때문이었는지, 아니면 우리 어머니가 생각하셨던 대로 딸보다 아들을 더욱 소중히 여겼기 때문이었는지는 알 수 없다. 아무튼 어머니는 저지를 떠나 영국 북부를 거쳐 낯선 집에 당도했다. 내 생각으로는 버림받은 아이라는 깊은 상처와 분노가 당신의 인생관에 큰 영향을 미친 것이 아닌가 싶다. 이 때문에 어머니는 자기 자신을 불신하고, 다른 사람들의 애정을 의심하게 되었다. 어머니의 이모는 친절하고 관대하며 재미있는 분이었지만, 아이의 감정에는 무감각했다. 어머니는 소위 말하는 좋은 집과 훌륭한 교육의 혜택을 누릴 수 있었다. 하지만 형제들과 '자기 집'에서 편안하게 지내는 삶은 잃고 말았고, 이는 그 무엇으로도 대체할 수 없는 것이었다. 신문 상담란에서 걱정에 사로잡힌 부모들이 '최고의 교육 등 내가 제공할 수 없는 기회를 누릴 수 있도록' 아이를 다른 집에 입양 보내야 할지 묻는 것을 종종 본다. 그럴 때면 늘 이렇게 부르짖고 싶은 욕망이 치솟는다.

"아이를 보내지 마세요. 자기 집, 자기 가족, 사랑, 안정된 소속감을 버리고서 최고의 교육을 받는다 한들 대체 무슨 의미가 있겠나요?"

우리 어머니는 새로운 생활 속에서 너무나도 비참했다. 매일 밤 울다 지쳐 잠이 들었고, 나날이 여위고 창백해지다 못해 기어이 병이 나 의사가 왕진을 왔다. 나이 지긋하고 노련한 의사는 꼬마 아이와 이야기를 나눈 후에 이모에게 가서 말했다.

"아이는 집이 그리워 병이 난 것입니다."

이모는 날벼락 같은 소리에 경악했다.

"설마요. 그럴 리가 없어요. 클라라가 얼마나 얌전하고 착한데요. 밀썽

한 번 부린 적 없답니다. 여기서 행복하게 잘 지내고 있어요."

의사는 다시 아이에게로 돌아가 대화를 나누었다. 형제들이 있니? 몇 명이니? 이름이 뭐니? 얼마 안 있어 아이는 울음을 터트렸고, 마음속에 맺혀 있던 말을 모두 쏟아냈다.

속내를 고백한 덕분에 마음이 다소 풀리기는 했지만, '버림받았다'는 감정은 내내 사그러들지 않았다. 어머니는 돌아가시는 그날까지도 당신의 어머니에 대한 원망을 풀 수 없었던 듯싶다. 어머니는 미국인 '이모부'에게 강한 애착을 품게 되었다. 그는 당시 병을 앓고 있었는데, 조용하고 자그마한 클라라를 무척 귀여워했다. 어머니는 이모부에게 가서 자신이 가장 좋아하던 책 『황금강의 왕』(존 러스킨의 동화 — 옮긴이)을 읽어 드리곤 했다. 하지만 어머니의 삶에 실제로 위안이 되어 주었던 것은 이모의 의붓아들인 프레드 밀러의 정기적인 방문이었다. 어머니는 그를 '사촌오빠'라고 불렀다. 당시 그는 스무 살 가량이었는데, 의붓'사촌'에게 언제나 아낌없이 친절을 베풀었다. 어머니가 열한 살이던 어느 날, 프레드가 의붓어머니에게 말했다.

"클라라는 눈이 정말 사랑스러워요!"

자신이 끔찍할 정도로 평범하게 생겼다고만 생각했던 클라라는 2층으로 올라가 이모의 커다란 화장대 거울에 비친 자신의 얼굴을 자세히 들여다보았다. 어쩌면 눈은 좀 예쁜지도 모르지…… 마음속에서 기운이 불끈 솟았다. 바로 그 순간부터 그녀의 마음은 영원히 프레드의 것이 되었다.

미국에서 오래 알고 지낸 집안 친구가 유쾌한 청년 프레드에게 말했다.

"프레드, 자네는 언젠가 저 자그마한 영국인 사촌과 결혼하게 될 걸세."

프레드는 깜짝 놀라 물었다.

"클라라 말인가요? 어린애랑 무슨."

하지만 그는 이 사랑스러운 아이한테 늘 특별한 감정을 느꼈다. 그는 그녀가 보낸 편지와 그녀가 쓴 시를 모두 간직했다. 그리고 뉴욕의 내로라하는 미인들이나 재기 넘치는 아가씨들과 오래도록 연애를 즐긴 후(개중에는 훗날 랜돌프 처칠과 결혼하여 윈스턴 처칠을 낳은 제니 제롬도 있었다.) 영국의 집으로 돌아와 얌전한 사촌누이에게 아내가 되어 달라고 청혼했다.

어머니가 단호히 거절한 것은 정말 어머니다웠다.

한번은 내가 물었다.

"왜 그러셨어요?"

"우울했거든."

별나다고 말하겠지만, 어머니로서는 가히 타당한 이유였다.

아버지는 강요하지 않았다. 그는 다시 찾아갔고, 이번에는 어머니가 우울을 이겨 내고는 다소 애매하게 청혼을 수락했다. 하지만 속으로는 그가 '자신한테 실망할 것'이라는 불안에 가득 차 있었다.

그리하여 두 사람은 결혼식을 올렸다. 웨딩드레스를 입고 계신 어머니의 초상화를 보면 짙은 새 머리에 커다란 담갈색 눈을 한 아름답고도 진지한 얼굴이 그려져 있다.

언니가 태어나기 전에 두 사람은 토키로 가 가구 딸린 집을 구했다. 당시 유행을 달리며 특권을 누리던 겨울 휴양지 토키는 훗날 영국의 리비에라(프랑스와 이탈리아 사이의 유명 휴양지 — 옮긴이)라는 별명을 얻었다. 아버지는 토키에 매료되었다. 아버지는 바다를 사랑했다. 토키에 사는 친구도 여럿 되었으며, 미국의 친구들도 서울을 나러 찾아왔다. 나

▲ 1877년, 웨딩 드레스를 입고 있는 어머니

의 언니 매지가 토키에서 태어난 후 곧 부모님은 미국으로 떠났다. 당시에만 해도 미국에서 영원히 보금자리를 틀 계획이었다. 아버지의 조부모님이 여전히 살아 계셨다. 아버지는 플로리다에서 친어머니가 돌아가신 후 뉴잉글랜드의 조용한 시골에서 조부모님 손에 자랐다. 아버지는 조부모님에 대한 애정이 각별하였고, 두 분은 어서 손자며느리와 증손녀를 만나 보고 싶어 했다. 부모님이 미국에 계시는 동안에 나의 오빠가 태어났다. 얼마 후 아버지는 영국으로 돌아가기로 결심했다. 하지만 영국에 도착하자마자 사업상의 문제 때문에 뉴욕으로 달려가야 했다. 아버지는 어머니더러 토키에 가구 딸린 집을 구해 지내면서 자신이 돌아올 때까지 기다리라고 했다.

어머니는 아버지가 말한 대로 토키에서 가구 딸린 집을 구하러 다녔다. 그러던 어느 날 승리에 들뜬 성명서를 발표했다.

"여보, 집을 샀어요!"

아버지는 거의 기절할 뻔했다. 그때까지만 해도 미국에서 정착할 생각이었기 때문이었다.

"아니, 왜?"

"너무 맘에 들어서 어쩔 수가 없었어요."

어머니는 약 서른다섯 채의 집을 둘러보았는데, 단 한 곳만이 마음에 들었다. 그리고 그 집은 팔려고 내놓은 것이었다. 집주인은 세를 놓을 마음이 전혀 없었다. 그래서 이모부한테 2000파운드를 상속받았던 어머니는 법적 수탁자인 이모에게 부탁을 했고, 그 덕에 부모님은 바로 그 집을 살 수 있었다.

아버지는 투덜거렸다.

"기껏해야 겨우 1년을 살 텐데."

어머니는 언제든지 다시 팔 수 있다고 대꾸했다. 우리는 어머니에게 천리안이 있는 것이 분명하다고 언제나 여겼는데, 그런 분이셨으니 아마도 오랫동안 그 집에서 살게 되리라는 것을 희미하게나마 감지하였던 것이 아닐까.

어머니는 고집했다.

"안에 들어서자마자 바로 이 집이다 싶지 뭐예요. 놀랍도록 고요한 분위기가 느껴졌어요."

그 집은 퀘이커 교도였던 브라운 집안이 대대로 살던 곳이었다. 그 집에서 긴 세월을 보낸 후 떠나야 하는 브라운 부인에게 어머니가 더듬더듬 위로의 말을 건네자 노부인이 온화하게 대답했다.

"그래도 부인과 부인의 아이들이 이 집에서 산다고 생각하니 무척 기쁘군요."

어머니 말씀에 따르면 그 말은 축복과 같았다.

나는 그것이 집에 대한 축복이었다고 진심으로 믿는다. 그곳은 워베리나 리콤처럼 토키에서 유행하는 지역이 아니라 도시의 반대편, 토르모훈의 구시가지에 위치한 평범하기 그지없는 별장이었다. 당시 집 앞을 달리던 도로는 거의 바로 데번 주의 부유한 교외로 이어졌고 소로(小路)와 들판이 펼쳐져 있었다. 빌라의 이름은 애슈필드였고, 때로는 떠나 있기도 했지만 거의 내 평생 동안 나의 집이 되었다.

아버지는 결국 미국에 정착하지 않았던 것이다. 토키가 너무나도 마음에 든 나머지 평생 이곳에서 살기로 결심했다. 클럽과 친구들과 휘스트 놀이에 그만 눌러앉아 버린 것이다. 어머니는 바닷가 근처에 사는 것이 싫었고, 사교 모임이라면 질색이었던 데다, 카드 게임은 하나도 할 줄 몰랐다. 하지만 애슈필드에서 행복한 생활을 보냈으며, 대규모 디너파티를 주최하고 사교 모임에 참석했다. 그리고 집에서 머무는 조용한 저녁이면 도시에 무슨 흥미진진한 일이 있었는지, 클럽에서는 어떠했는지 얼른 듣고 싶어 아버지를 조르셨을 것이다.

"아무 일도 없었어."

아버지는 행복하게 대답하셨을 것이다.

"하지만 여보, 적어도 누군가 한 사람은 뭔가 흥미로운 이야기를 했을 것 아니에요?"

아버지는 상냥하게 기억을 더듬지만 아무런 일화도 떠오르지 않는다. 이윽고, M이 여전히 쩨쩨하게도 아침 신문을 사 보지 않고 클럽에 와서 공짜로 읽고는 다른 회원에게 기사 이야기를 귀가 따갑게 늘어놓는다고 말한다. "이보게, 《노스 웨스트 프론티어》에 나온 그 기사 보았나?"라든가. M이 손꼽히는 부자이기 때문에 다들 이러한 행태를 달가워하지 않는다.

전에도 이 이야기를 들었던 어머니는 만족하지 못하지만, 아버지는 조용한 만족으로 빠져든다. 의자에 등을 기대고는 다리를 난롯가로 쭉 펴고서 (금지된 버릇임에도) 살그머니 머리를 긁는다.

"여보, 무슨 생각 하는 중이에요?"

어머니가 단호히 묻는다.

"아무것도."

아버지의 대답은 완벽한 진실이다.

"대체 어떻게 아무것도 생각하지 않을 수가 있단 말예요?"

이 대답은 언제나 어머니를 당혹케 한다. 어머니에게 이는 있을 수도 없는 일이다. 어머니의 머릿속에서는 생각들이 제비처럼 쏜살같이 달려나오고 달려간다. 아무것도 생각하지 않기는커녕 한 번에 세 가지가 머리에 떠오르곤 하는 것이다.

세월이 흐른 후에야 깨달은 것이지만, 어머니는 늘 약간은 현실과 어긋나는 생각을 하신 것이 아닌가 싶다. 우주의 빛깔이 실제보다 훨씬 화려할 것이라 여기셨고, 사람들 역시 지나치게 좋게 보거나 나쁘게 보셨다. 어린 시절에 자신의 감정을 꽁꽁 눌러 숨기고는 조용히 지낸 탓에 세계를 드라마처럼, 때로는 거의 멜로드라마처럼 보게 된 것이 아닌가 싶다. 너무나도 뛰어난 상상력 때문에 세상사를 평범하거나 단조로운 모습 그대로 보지 못했던 것이다. 어머니는 또한 매우 묘한 직감 같은 것을 갖고 계셨다. 다른 사람이 무슨 생각을 하는지 불현듯 깨닫는 것이었다. 오빠가 군대에 복무하던 젊은 시절에 경제적 문제로 시달리면서도 부모님께는 일절 내색하지 않은 적이 있었다. 하지만 어느 날 저녁 오빠가 이마를 찌푸리며 고민에 잠겨 있는 것을 척 보고는 놀랍게도 어머니가 말씀하셨다.

"아니, 몬티, 너 고리대금업자한테 갔던 거니? 아니면 할아버지의 유산에 손을 댄 거니? 그러면 못써. 그러지 말고 아버지랑 의논을 하렴."

어머니의 그러한 능력 때문에 가족들은 항상 깜짝깜짝 놀라곤 했다. 한 번은 언니가 말했다.

"엄마랑 한 방에 있을 때 비밀을 지키려면 아예 그 생각을 말아야 해."

2

결코 쉽지가 않은 것이다, 생애 최초의 기억이 무엇인지 알기란. 나의 세 번째 생일이 뚜렷이 기억난다. 바로 그 순간 나는 내가 얼마나 중요한 존재인지를 깨달았다. 우리는 정원에서 차를 마시고 있었다. 훗날 그곳의 나무 두 그루 사이에는 그물침대가 매달렸다.

탁자에 케이크들이 가득한데, 그중에는 설탕으로 당의를 입히고 가운데에 초를 꽂은 내 생일 케이크도 있다. 초는 모두 세 개다. 바로 그때 흥미진진한 사건이 벌어진다. 내 눈에는 보이지도 않을 만큼 쪼그마한 빨강 거미가 하얀 식탁보를 가로지른다. 그것을 보고는 어머니가 말씀하신다.

"행운의 거미야. 애기씨, 내 생일을 축하하는 행운의 거미란다."

그러고는 기억이 희미해진다. 오빠가 에클레어를 더 먹겠다고 무진장 고집을 피우던 일이 조각조각 떠오를 뿐이다.

사랑스럽고 안전하며 그러면서도 흥미진진한 어린 시절. 나의 어린 시절에서 가장 매혹적인 것은 바로 정원이 아니었을까 싶다. 시간이 흐를수록 정원은 내게 점점 더 중요한 의미를 띠어 갔다. 나는 정원 안에 있는 모든 나무를 알게 되었고, 각 나무에 특별한 의미를 부여했다. 아주 어릴 때부터 정원은 내 마음 안에서 세 영역으로 뚜렷이 나뉘었다.

도로를 따라 세워진 높다란 담에 둘러싸인 곳은 부엌 정원이다. 나무딸기와 초록색 사과를 한도 끝도 없이 따먹을 수 있다는 것 외에는 전혀 흥미로운 구석이 없었다. 그저 부엌 정원일 뿐이다. 달리 매혹의 가능성은 일절 존재하지 않았다.

그리고 진정한 정원이 있다. 언덕을 따라 아래로 펼쳐진 잔디밭 끝에는 흥미로운 존재들이 여기저기 뿌리박혀 있었다. 감탕나무, 개잎갈나무, 그리고 (어마어마하게 높다란) 빅트리. 두 그루의 전나무는 지금은 기억나지 않는 이유로 오빠 나무와 언니 나무로 정해졌다. 몬티 나무는 오를 수 있었다.(조심조심해 가며 나뭇가지 세 개까지 올라갈 수 있었다.) 매지 나무는 아주 주의깊게 살펴보면 의자처럼 앉기 좋게 생긴 곳이 보인다. 근사하게 굽이진 큰 가지에 앉으면 바깥에 내 모습을 노출시키지 않고서도 얼마든지 밖을 바라볼 수 있었다. 테레빈나무에서 냄새가 독하고 끈적거리는 진액이 나왔는데 그것을 잎에 조심스레 모아 '소중한 향유'로 삼기도 했다. 마지막으로 정원에서 가장 큰 나무였던 너도밤나무는 더할 수 없는 아름다움을 뽐내었다. 그 열매 껍질을 신나게 까먹으면 그 맛이 기가 막혔다. 참, 코퍼비치(너도밤나무의 일종으로, 잎이 빛나는 자줏빛이나 구릿빛이다 ― 옮긴이)도 한 그루 있었다. 하지만 무슨 이유에서인지 이 나무는 결코 나의 나무 세계에 포함되지 않았다.

세 번째로 숲이 있었다. 나의 상상 속에서 숲은 뉴포리스트(영국 남부의 숲으로, 사슴 사냥터로 유명하다 — 옮긴이) 만큼이나 광대했다. 지금도 내 마음속에서는 여전히 드넓기 그지없다. 주로 물푸레나무로 이루어진 숲 사이로 오솔길이 굽이굽이 이어졌다. 그곳 숲에는 숲이라면 으레 떠오르는 모든 것이 있었다. 신비, 공포, 은밀한 기쁨, 저 멀리 접근을 허락지 않는 도도함…….

오솔길은 식당 창문 바로 앞 높다란 비탈 꼭대기에 있는 크로케 경기장이나 테니스장으로 이어졌다. 숲을 벗어나는 순간 매혹은 사라진다. 다시 한 번 일상으로 돌아온 것이다. 치맛자락을 한 손에 움켜쥔 숙녀들이 크로케를 하거나 밀짚모자를 쓰고서 테니스를 쳤다.

'정원 놀이'의 기쁨에 흠뻑 취하는 데 지치면 육아실로 돌아갔다. 그곳에는 유모가 변함없이 한 자리에 앉아 있었다. 아마도 유모가 나이가 많아 류머티즘을 앓고 있었기 때문이겠지만 나는 유모와 함께 논다기보다는 그 곁에서 놀면서 시간을 보냈다. 언제나 상상 놀이를 했다. 내가 기억하는 가장 어릴 적부터 나는 수많은 상상 친구들과 함께 놀았다. 첫째로, 이름 말고는 기억나는 것이 전혀 없지만, 어쨌든 '고양이 가족'이 있었다. 사실 이들이 어떤 친구였는지, 나도 그들 중 한 명이었는지 아니었는지 도무지 모르겠다. 하지만 이름은 또렷이 기억난다. 클로버, 블래키, 그리고 세 명이 더 있었다. 애들의 어머니는 벤슨 부인이었다.

유모는 지혜롭게도 고양이 가족에 대해 전혀 묻지 않았고, 자신의 발치에서 중얼중얼거리는 나에게 말을 걸지도 않았다. 내가 혼자 잘 놀아 주어 속으로 쾌재를 불렀으리라.

하지만 어느 날 차를 마시려고 정원 계단으로 나서다 하녀 수전이 하는 말을 듣고는 엄청난 충격을 받았다.

"아기씨는 도통 깡인깁을 깃고 늘지 않이요. 뮈 허고 노는 기예요?"

그러자 유모가 대답했다.

"자기가 고양이인 척하고는 다른 고양이들하고 논다네."

어린 마음에 왜 그리 간절히 비밀이 지켜지기를 바랐을까? 그 누군가, 심지어 유모라 할지라도 고양이 가족에 대해 알고 있다는 사실에 나는 머리 끝까지 화가 치밀었다. 그날 이후로 나는 무슨 놀이를 하든 일절 소리를 내지 않았다. 고양이는 '나의' 고양이이고, 나만의 고양이이어야 했다. 그 누구도 알아서는 안 되었다.

물론 장난감을 갖고 있기는 했을 것이다. 온갖 귀염을 다 받았으니 장난감도 엄청 많았으리라. 하지만 희미하게나마 기억나는 것이라고는 알록달록한 구슬들이 담긴 상자뿐이다. 나는 구슬을 꿰어 목걸이를 만들며 놀았다. 어른이었는데 성가시게 굴던 사촌언니도 기억난다. 내 파란 구슬을 보고는 초록색이라고 우기고, 초록 구슬을 보고는 파란색이라고 우기며 나를 놀려 댔다. 유클리드(기원전 300년경 알렉산드리아의 기하학자 ― 옮긴이)도 꼭 나와 같은 기분이었으리라. 속으로는 '웃기고 있네.'라고 생각하면서도 겉으로는 얌전을 떨며 반박하지 않았다. 덕분에 사촌언니는 이내 시들해지고 말았다.

인형들도 몇 기억난다. 포이베라는 인형이 있었는데, 그다지 내 총애를 받지 못했다. 로잘린드 혹은 로지라고 이름 붙인 인형도 있었다. 기다란 금발 머리를 갖고 있어 무척 아끼기는 했지만, 갖고 놀지는 않았다. 나는 고양이들이 더욱 좋았다. 벤슨 부인은 찢어지게 가난한지라 너무도 가여웠다. 아이들 아버지인 벤슨 선장이 배를 타고 바다에 나가고 없어 고양이 가족은 궁핍에 시달려야 했다. 고양이 이야기는 거의 잊고 말았지만, 고양이 가족이 가난에 허덕이는 그야말로 절망적인 순간에 벤슨 선장이 죽지 않고 짠 하고 나타나 엄청난 재산을 보여 주는 멋진 결말은 희미하게 떠오른다.

고양이 가족 다음에는 그린 부인을 상상하며 놀았다. 그린 부인에게는

100명의 아이들이 있는데, 그중에 가장 아끼는 자식은 푸들과 다람쥐와 나무였다. 이 셋은 내가 정원을 탐험하는 내내 나와 함께했다. 어린아이도 아니고 개도 아닌, 그 중간의 모호한 존재들이었다.

당시 제대로 교육받는 아이들이 다 그랬듯 나 역시도 매일 한 번씩 '산책'을 갔다. 하지만 나는 이것이 무척이나 싫었다. 산책에 앞서 부츠의 단추들을 다 채우는 일이 특히나 싫었다. 나는 발을 질질 끌며 뒤처졌다. 내가 산책을 하게끔 이끄는 유일한 방법은 유모가 걸으며 이야기를 들려주는 것이었다. 이야기는 여섯 가지였는데, 모두 과거에 유모가 함께 살았던 가족들의 아이들에 관한 것이었다. 지금은 다 잊었지만, 하나는 인도 호랑이에 관한 이야기였고, 다른 하나는 원숭이에 관한 이야기였으며, 또 다른 하나는 뱀에 관한 이야기였던 것만은 분명하다. 어찌나 흥미진진하던지. 나는 무슨 이야기를 들을지 선택할 수 있었다. 유모는 전혀 질려 하는 기색 없이 이야기들을 끝도 없이 되풀이했다.

이따금씩 나는 유모의 눈처럼 하얀 주름무늬 모자를 벗기는 영광을 누렸다. 모자를 벗은 유모는 공식적인 지위를 잃고는 사적인 삶으로 돌아간 듯했다. 나는 온갖 정성을 다 기울여 유모의 머리에 커다란 푸른색 새틴 리본을 매어 주었다. 네 살배기 아이에게는 나비 매듭을 묶기가 여간 힘든 일이 아닌지라 나는 숨까지 죽여 가며 열심히 리본을 만지작거렸다. 마침내 다 마치면 뒤로 물러나 기쁨의 탄성을 터트렸다.

"어머나, 너무 예뻐!"

그러면 유모는 빙긋이 웃으며 다정한 목소리로 물었다.

"정말로?"

오후에 차를 마시고 나면 나는 풀 먹인 모슬린 옷으로 갈아입고는 응접실로 가 엄마와 놀았다.

유모의 이야기가 언제나 변함없이 똑같았기에 내 삶의 든든한 안성맞이 되어 주어서 좋았다면, 엄마의 이야기는 변화무쌍하게 달라지며 같은 놀이를 두 번 하는 법이 없다는 점에서 커다란 매력이 있었다. 밝은눈이라고 불리는 쥐 이야기는 아직도 기억난다. 밝은눈은 온갖 모험을 겪었는데, 어느 날 갑자기 엄마가 이제는 밝은눈 이야기가 더 이상 없다고 선언하는 바람에 나는 무척 당혹했다. 심지어 엄마의 말에 울기까지 했다.

"이제부터는 호기심촛불 이야기를 해 줄게."

호기심촛불 이야기는 불행히도 손님들이 찾아오는 바람에 2회 중간에서 멈추었는데, 아마도 일종의 탐정 이야기가 아니었나 싶다. 손님들이 가고 난 후 나는 호기심촛불 이야기를 마저 해 달라고 졸랐다. 악당이 호기심촛불에 슬슬 독을 문지르는 아슬아슬한 대목에서 어떻게 되었는지 가슴이 조마조마했던 것이다. 하지만 어머니는 멍한 표정이었다. 이야기를 전혀 기억하지 못하는 것이 분명했다. 그 끝나지 않은 이야기는 아직도 내 마음에 항상 떠오른다. 또한 우리는 '집 놀이'라는 신나는 게임을 즐겼다. 집에서 수건이란 수건은 모조리 모아서는 의자와 탁자를 덮어 집을 만들었다. 우리는 네 벽 어디에서든 튀어나올 수 있었다.

오빠와 언니에 대한 기억은 얼마 없다. 아마도 그 둘이 기숙사 학교에 다녔기 때문이리라. 오빠는 해로(영국의 유명 퍼블릭스쿨 — 옮긴이)에, 언니는 브라이턴(빅토리아 시대에 해안 휴양지로 떠오른 도시 — 옮긴이)에서 훗날 로딘 스쿨로 이름이 바뀐 미스 로렌스 스쿨에 다녔다. 딸애를 기숙 학교에 보내자는 어머니의 진취적인 의견을 아버지는 너그러이 받아들였다. 어머니는 새로운 시도에 열광했다.

그런 시도 중에는 종교에 관련된 것이 다수였다. 어머니에게는 타고난 미스터리 능력이 있었던 듯싶다. 기도와 명상에 뛰어났지만, 그 뜨거운 신앙심을 만족시켜 줄 만한 경배 대상을 찾기가 쉽지 않았다. 오랫동안 들들 볶인 아버지는 이리저리 교회를 옮겨 다녀도 그러려니 여기게 되었다.

이러한 종교적 변덕은 대부분 내가 태어나기 전의 일이었다. 어머니는 거의 로마 가톨릭에 귀의할 뻔하다가 유니테리언(삼위일체 교리를 부인하고 이성의 자유로운 활동을 강조한 종파 — 옮긴이)으로 느닷없이 마음을 바꾸었다.(이 때문에 오빠는 세례를 받지 못했다.) 그러다 새로이 태동하는 신지학(신비주의적 종교철학 — 옮긴이)으로 관심이 옮겨갔지만, 베전트 부인(영국의 사회개혁가, 신지론자 — 옮긴이)의 강연을 듣다 정나미가 떨어졌다. 잠시 잠깐이지만 조로아스터교(이슬람교 이전의 고대 이란 종교 — 옮긴이)에 열렬히 빠져들었다가 '고귀한' 교회에 대한 취향으로 영국 국교회의 안전한 품으로 돌아가자 아버지가 얼마나 안도했는지 모른다. 어머니는 침대 옆에 성 프란키스쿠스의 초상화를 걸어 두었고, 낮이고 밤이고 『그리스도를 본받아』(15세기 네덜란드 신학자 토마스 아 켐피스의 신앙서 — 옮긴이)를 읽었다. 그 책은 지금 내 침대 곁에도 언제나 놓여 있다.

아버지는 우직하게 정통 기독교를 믿으셨다. 매일 밤 기도하였고, 일요일마다 교회에 갔다. 아버지에게 종교는 실제적인 것이었고, 영혼을 찾기 위한 행보가 아니었다. 하지만 어머니가 온갖 요란한 종교에 빠져들어도 어머니만 좋다면 아버지로서는 아무런 문제가 되지 않았다. 앞에서 말했다시피, 아버지는 유쾌하고 마음이 넓은 분이셨다.

어머니가 제때에 영국 국교회로 회심한 덕분에 막내딸이 교구 교회에서 세례를 받을 수 있게 되어 아마도 아버지는 무척이나 안심하였으리라. 나는 할머니 이름을 따서 마리, 어머니 이름을 따서 클라리사, 그리고 교회 가는 길에 어머니 친구 분이 멋진 이름이라고 말한 애거서라고 불리게 되었다.(애거서 크리스티의 정식 이름은 애거서 마리 클라리사 크리스티이다 — 옮긴이)

정작 나의 종교관에는 성서주의파(영국 감리교의 일파 — 옮긴이)였던 유모의 영향이 지대하게 배어 있다. 유모는 교회에 가시 않고 집에서 싱서를 읽었다. 안식일을 지키는 것은 중요하며, 속세에 연연하는 것은 하느님의 눈에서 보면 슬픈 죄악일 뿐이라고 여겼다. 자신이 '구원받은 자'라는 나의 독선은 구제불능일 정도로 확고했다. 나는 일요일에는 놀이를 하거나 노래를 부르거나 피아노를 연주하기를 거부했다. 또한 일요일 오후에 경망스럽게 크로케를 하고, 보좌 신부는 물론이고 한번은 주교에 대해서도 농담을 하는 아버지가 영원히 구원받지 못할까 봐 가슴을 졸였다.

여자아이의 교육에 열광적인 호응을 보이셨던 어머니가 180도로 의견을 바꾼 것은 그 성격상 놀랄 일도 아니었다. 이제 어떤 아이도 여덟 살이 되기 전에는 글을 배워서는 안 되었다. 눈과 뇌를 보호하기 위해서였다.

하지만 이는 계획대로 되지 않았다. 나는 어느 재미난 이야기를 듣고는 좋아서 책을 달라고 하였다. 책장을 넘겨 봐야 처음에는 무슨 뜻인지도 몰랐지만, 차츰 그 의미를 이해할 수 있었다. 유모와 외출을 할 때면 간판이나 광고판에 쓰인 글자가 무엇인지 묻곤 했다. 그러던 어느 날 나는 『사랑의 천사』라는 책을 나 자신이 술술 읽는 것을 발견했다. 나는 유모에게 큰 소리로 책을 읽어 주었다.

다음 날 유모는 어머니에게 미안한 어조로 말했다.

"마님, 정말 죄송합니다. 아기씨께서 글쎄 글을 읽지 뭡니까."

어머니는 몹시 슬퍼하셨지만, 이미 벌어진 일을 주워 담을 수도 없었다. 그리하여 나는 다섯 살도 안 되어 이야기책의 세계로 들어갔다. 그 이후로 크리스마스나 생일이면 나는 선물로 책을 달라고 졸랐다.

아버지는 이왕 글을 읽게 되었으니 쓰기도 배우는 것이 좋겠다고 하였다. 이는 그리 즐거운 일이 아니었다. S 자나 갈고리 모양의 선으로 가득한 습자책과 B 자와 R 자가 비뚤배뚤 쓰인 종이가 지금도 여전히 오래된 서랍에 너덜거리는 채로 들어 있다. 아마도 나는 각 문자를 보고 글을 읽었던 것이 아니라 단어의 모양을 보고서 글을 읽었기 때문에 문자 익히기가 무척 힘들었던 듯하다.

이에 아버지는 내가 산수를 시작하는 편이 좋겠다고 생각을 고쳤다. 그래서 매일 아침 식사를 마친 후 나는 식당의 창문 쪽 자리에 앉아 즐겁게 숫자 공부를 하였다. 암만 해도 알 수 없는 알파벳보다는 숫자가 훨씬 재미있었다.

아버지는 내가 척척 산수를 익히자 기뻐하며 대견해하셨다. 나는 자그마한 갈색 '문제집'으로 넘어갔다. 그 '문제집'이 퍽 마음에 들었다. 겉으로는 산수 문제로 위장하고 있지만 사실은 흥미진진한 이야기가 숨어 있었다. "존은 다섯 개의 사과를 가지고 있다. 조지는 여섯 개의 사과를 가지고 있다. 존이 조지에게서 사과 두 개를 빼앗는다면, 조지에게는 이제 몇 개의 사과가 남아 있는가?" 요즘에 그런 질문이 떠오를 때는 나는 이렇게 대꾸하고 싶은 충동이 인다. "그야 조지가 사과를 얼마나 좋아하느냐에 달려 있죠." 하지만 당시에는 어려운 문제를 풀었다는 만족감을 만끽하며 '4'라고 적고는, 덤으로 '존은 일곱 개를 가지고 있다.'라고까지 썼다. 내가 산수를 좋아하는 것이 어머니에게는 무척 괴이하게 보였다. 어머니는 본인이 기꺼이 인정하였듯 숫자가 대체 무슨 소용인지 알 수 없어 했고, 산수라면 질색했다. 그래서 집안일에 관련된 숫자 문제는 모두 아버지가 도맡아 했다.

내 생애에서 다음으로 흥미진진했던 일은 카나리아를 선물 받은 것이었다. 골디라고 이름 지었는데 매우 온순하였으며, 육아실을 총총 뛰어다니다 유모의 모자에 올라와 앉기도 했다. 내가 이름을 부르면 내 손가락에도 올라왔다. 골디는 새일 뿐만 아니라 새로운 비밀 이야기의 시작점이기도 했다. 주요 인물은 디키와 디키의 연인이었다. 그들은 군마를 타고 전국(정원)을 돌아다니며 위대한 모험을 하고, 무장 강도들에게서 아슬아슬하게 탈출했다.

그러던 어느 날 엄청난 재앙이 일어났다. 골디가 사라진 것이었다. 창문은 열려 있었고, 새장 문은 빗장이 풀어져 있었다. 골디는 멀리 날아가 버린 듯했다. 그 끔찍하고도 기나긴 하루가 아직도 기억에 생생하다. 시간은 한없이 길기만 했다. 나는 울고, 울고, 또 울었다. 새장을 창밖에 내놓고는 새장 창살에 설탕을 발랐다. 엄마와 나는 "디키, 디키, 디키."라고 외치며 정원을 여기저기 살피고 다녔다. 하녀가 신이 나서 "고양이가 벌써 잡아먹었나 봐요."라고 말하여 다시 내 울음보를 터트리자 엄마는 당장 해고해 버리겠다고 으르렁댔다.

여전히 발작적으로 코를 훌쩍이며 엄마의 손을 꼭 쥔 채 침대에 누워 있던 바로 그때 쾌활한 쩍쩍 소리가 내 귀에 닿았다. 커튼봉 위에서 디키가 쪼르르 날아왔다. 육아실을 한 바퀴 휙 돈 디키는 자기 새장으로 쏙 들어갔다. 오, 그 믿을 수 없는 환희의 순간이란! 비참하기 이를 데 없었던 그 기나긴 하루 동안 디키는 내내 커튼봉 위에 앉아 있었던 것이다.

엄마는 당시 유행대로 그 사건을 교훈으로 삼았다.

"보렴. 괜한 걱정이었잖아. 뭐 하러 울음부터 터트리니? 다음부터는 확실하지도 않은데 눈물 흘리는 일 없기다."

나는 다시는 그러지 않겠노라고 엄마에게 약속했다.

바로 그때 나는 깨달을 수 있었다. 디키가 돌아와 기쁜 것도 기쁜 것이지만, 고난에 처했을 때 엄마가 얼마나 강력한 사랑과 이해의 힘을 발휘하는지를 깨우치게 된 것이다. 비참함의 검은 심연 속에 빠지더라도 엄마의 손을 꼭 쥐기만 하면 씩씩하게 힘이 솟았다. 엄마의 손에는 뭔가 마술적이면서도 치유적인 것이 있었다. 내가 아플 때면 그 누구도 엄마를 대신할 수 없었다. 엄마는 함께 있는 것만으로도 힘과 활기를 전해 주었다.

3

나의 어린 시절에서 가장 두드러지는 인물은 단연 유모였다. 부모님과 나 사이에는 우리들만의 특별한 세계인 육아실이 존재했다.

지금도 그곳의 벽지가 눈에 선하다. 연자줏빛 붓꽃들이 벽을 따라 끝없이 이어졌다. 나는 밤이면 침대에 누워 난로 불빛이나 유모가 탁자에 희미하게 켜 둔 석유 램프에 의지해 가만히 벽지를 바라보았다. 너무도 아름다웠다. 사실상 나는 평생에 걸쳐 연자주 빛깔을 사랑했다.

유모는 탁자 곁에서 바느질을 하거나 옷을 고쳤다. 사방으로 휘장을 친 침대에서 나는 잠이 들어야 했지만, 얽히고설킨 붓꽃을 찬미하느라, 그리고 새로운 고양이 모험을 생각하느라 자지 않고 깨어 있기 일쑤였다. 9시 30분이면 하녀인 수전이 유모의 저녁 식사를 쟁반에 담아 가져왔다. 수전은 덩치 큰 아가씨로, 휙휙 어설프게 움직이다 물건이랑 부딪치곤 했다. 소곤소곤 대화를 나눈 후 수전이 방에서 나가면 유모는 침대로 와서 휘장 너머를 살폈다.

"내 그럴 줄 알았지. 맛 좀 볼래요?"

"와, 좋아요."

육즙이 촉촉이 배어나는 스테이크 한 조각이 입 안에서 살살 녹았다. 유모가 매일 밤 저녁 식사로 스테이크를 먹었다는 건 지금 와서 생각하니 설마 그랬겠나 싶다. 하지만 내 기억 속에서는 항상 스테이크를 먹었던 기억만이 남아 있다.

중요한 또 다른 사람으로는 요리사인 제인이 있었다. 그녀는 여왕의 차분한 권위로 부엌을 통치했다. 제인은 열아홉 살 호리호리한 아가씨일 적에 우리 집에 와서는 부엌 하녀로 승진했다. 그렇게 40년간 우리와 함께한 후에 저어도 100킬로그램으로 몸 무게기 불이난 체로 우리 곁을 띠닜나. 그

긴 시간 동안 그녀는 단 한 번도 자신의 감정을 드러낸 적이 없었다. 하지만 마침내 오빠의 성화에 못 이겨 콘월의 오빠네로 살림을 맡으러 떠나던 날, 눈물이 조용히 그녀의 뺨에 흘러내렸다. 그녀는 달랑 트렁크 하나만을 가지고 길을 나섰다. 아마도 그녀가 처음 우리 집에 왔을 때 가지고 온 가방이리라. 그 긴 세월 동안 그녀는 그 어떤 물건도 모으지 않았다. 오늘날의 기준으로 보자면 제인은 환상적인 요리사이다. 하지만 어머니는 제인이 상상력이라고는 없다고 이따금씩 불평하셨다.

"아, 오늘은 어떤 푸딩을 먹을까? 제인, 무슨 좋은 아이디어 없어?"

"근사한 돌 푸딩은 어떨까요, 마님?"

돌 푸딩은 제인이 유일하게 제안한 새로운 요리였다. 하지만 무슨 이유에서인지 어머니는 질색하며 안 된다고, 다른 걸 먹자고 하셨다. 지금도 나는 돌 푸딩이 무엇인지 모른다. 어머니 역시 마찬가지다. 어머니는 그저 이름이 멍청하게 들렸다고 말할 뿐이었다.

제인은 내가 그녀를 처음 보았을 때부터 엄청나게 거대했다. 그처럼 뚱뚱한 여자는 두 번 다시 본 적이 없다. 차분한 표정에 자연적으로 구불거리는 아름다운 검은색 머리를 가운데 가르마를 타 목덜미에서 야무지게 쪽을 지었다. 패스트리 조각, 갓 만든 핫케이크, 록케이크(표면이 거칠거칠하고 단단한 과자 또는 건빵 — 옮긴이) 등 시도 때도 없이 뭔가를 먹고 있느라 턱이 항상 리드미컬하게 움직였다. 커다란 순한 소가 영원히 되새김질을 하는 듯했다.

부엌에는 언제나 맛있는 음식이 끊이지 않았다. 푸짐하게 아침을 먹고 나서 11시가 되면 갓 만든 록케이크와 둥근 빵 혹은 따끈한 잼패스트리를 근사한 코코아와 함께 들었다. 우리가 점심을 마치고 나면 부엌에서 식사가 시작되었으므로 3시까지는 부엌에 출입하지 않는 것이 일종의 터부처럼 지켜졌다. 어머니는 내게 부엌의 점심시간에 절대 들어가면 안 된다고 지시하였다.

"그들만의 시간이니 우리가 방해해서는 안 돼."

저녁 손님의 방문이 취소된다든가 하는 뜻밖의 행운이 찾아와 그 소식을 전해야 할 때면 어머니는 방해해서 미안하다고 사과하셨다. 하인들은 부엌 식탁에서 식사 중일 때 어머니가 들어온다고 해도 불문율에 따라 결코 자리에서 일어나지 않았다.

당시 일꾼들은 믿을 수 없을 정도로 어마어마하게 많은 일을 했다. 제인은 일고여덟 명이 먹을 다섯 코스짜리 저녁을 일상적으로 준비했다. 열두 명 이상이 모이는 화려한 디너파티에서는 각 코스에 두 가지 음식이 나왔다. 수프도 두 종류, 생선도 두 종류. 하녀는 마흔 개의 은액자와 화장실의 은제품을 끝없이 닦고, '좌욕기'를 들고 가서 비웠다.(집에 욕실이 있었지만, 어머니로서는 다른 사람이 쓴 욕조를 쓴다는 것은 있을 수도 없는 일이었다.) 또한 하루에 네 번 침실마다 뜨거운 물을 대령하고, 겨울에는 침실 난로에 불을 지피고, 오후마다 리넨류 따위를 수선했다. 응접실 하녀는 엄청나게 많은 은제품을 닦고, 파피에마헤(송진과 기름을 먹인 딱딱한 종이로 만든 세공품—옮긴이) 대야에서 조심스레 컵을 씻는 한편, 탁자에서 완벽하게 시중을 들었다.

이런 고된 임무에도 하인들은 무척 행복해했던 것 같다. 그들이 '전문가'로서 전문적인 일을 한다는 점을 인정받았던 것이 가장 큰 이유였으리라. 그들에게는 신비한 자부심 같은 것이 있어, 상점의 판매보조원 같은 이들을 업신여겼다.

지금 다시 아이가 될 수 있다고 할 때 가장 아쉬운 점을 꼽으라면 하인의 부재를 들 것이다. 아이들에게 하인은 일상에서 가장 다채로운 영역을 차지한다. 유모를 통해 상투어를 배우고, 하인들을 통해 드라마와 여흥거리의 고상하지만 흥미로운 온갖 지식을 얻는다. 그들은 노예라기보다는 오히려 폭군일 때가 많았으며 흔히 말하듯 '자신의 자리'를 잘 알았다. 하지만 자신의 자리를 안다는 것이 비굴해야 함을 의미하지는 않았다. 오히려 전문가로서의 자부심을 가졌다. 20세기 초의 하인들은 대단히 뛰어난 기술을 보유하고 있었다. 응접실 하녀는 키가 크고, 단정해 보여야 하며, 완벽한 훈련을 받아, "라인 포도주 아니면 셰리주를 드시겠습니까?" 하는 말을 적절한 목소리로 할 수 있어야 했다. 기적처럼 복잡한 일을 해 냄으로써 신사들의 시중을 완벽하게 들었다.

요즘에도 그런 진짜 하인이 있는지 의심스럽다. 칠팔십 대의 노인들 중에 몇몇이 남아 있겠지만, 대부분은 어쩔 수 없이 일을 하는 파출부나 가정부나 웨이트리스에 불과하다. 매력적인 젊은 여성은 자신과 자신의 아이들에게 알맞은 시간에 일을 하여 추가로 얼마간의 수입을 올리고자 한다. 이들은 상냥한 아마추어이다. 종종 좋은 친구가 되지만, 우리가 과거 하인들에게 느꼈던 외경심은 결코 얻지 못한다.

물론 하인을 둔다는 것은 특별한 사치가 아니었다. 부자들만 하인을 부리는 것은 아니었다. 차이라고는 부잣집에는 하인이 더 많다는 점이었다. 집사, 제복을 입은 하인, 가정부, 응접실 하녀, 허드렛일 하녀, 부엌 하녀 등등. 풍요의 단계를 쭉 내려오다 보면 마지막에는 배리 페인이 멋진 책 『엘리자와 엘리자의 남편Eliza and Eliza's Husband』에서 묘사한 '그 여자애'에 이르게 된다.

어머니의 친구나 먼 친척보다는 여러 하인들이야말로 나에게는 더욱 가까운 존재였다. 눈을 감기만 하면 거대한 가슴과 어마어마한 엉덩이의 제인이 빳빳하게 풀을 먹인 띠를 허리에 두르고는 부엌에서 당당하게 움직이는 모습이 떠오른다. 뚱뚱함은 제인에게 결코 문제가 되지 않았다. 발이나 무릎이나 발목을 아파한 적이 한 번도 없었다. 설령 혈압이 높았다 하더라도 그녀는 전혀 의식하지 않았다. 내가 기억하는 한 그녀는 언제나 건강했다. 그녀는 올림포스 산의 신이었다. 속으로 감정을 느꼈을지언정 결코 밖으로 드러내지 않았다. 애정도 분노도 일절 엿보이지 않았다. 대규모의 디너파티를 준비할 때면 아주 살짝 얼굴이 붉어질 뿐이었다. 그녀의 강렬한 차분함이 '살며시 일렁였다.'라고 표현하면 딱 맞으리라. 얼굴이 설핏 발그레해지고, 입술은 일자로 꾹 다물어졌으며, 이마에는 보일 듯 말 듯 주름이 졌다. 그럴 때면 나를 부엌에서 단호히 쫓아냈다.

"아기씨, 오늘은 시간이 없어요. 할 일이 태산같이 쌓였다고요. 자, 여기 건포도 한 줌 줄 테니 정원에 나가 놀아요. 여기 와서 훼방 놓지 말구요."

나는 늘 그렇듯 제인의 말에 압도되어 즉각 부엌에서 나갔다.

제인의 가장 큰 특징은 과묵함과 무관심이었다. 제인에게 오빠가 있다는 것은 알았지만, 그 외 자세한 내용은 전혀 알지 못했다. 제인은 가족 이야기를 일절 하지 않았다. 고향은 콘월이었다. '미세스 로'라고 불리기는 했지만, 어디까지나 예의상의 호칭이었다. 모든 훌륭한 하인들처럼 제인도 자신의 자리를 알았다. 그것은 명령의 자리였다. 제인은 우리 집에서 일하는 모든 이에게 자신이 대장임을 분명히 했다.

제인은 근사한 음식을 요리하는 데서 자부심을 느꼈겠지만, 결코 내색하지 않았다. 말 한마디 하는 법이 없었다. 만찬이 있은 다음 날 아침 멋진 음식들에 대해 칭찬을 하면 받아들이기는 했지만 흐뭇해하거나 하지는 않았다. 하지만 아버지가 직접 부엌으로 가서 칭찬의 말을 했을 때는 제인도 내심 기쁜 것이 분명했다.

그리고 바커라는 하녀가 있었다. 바커는 내게 인생의 다른 면에 눈을 뜨게 해 주었다. 유별나게 엄격한 플리머스 형제단(19세기 중반 잉글랜드에서 처음 조직된 그리스도교 공동체로, 성서적인 예언과 그리스도의 재림을 강조하였다—옮긴이)인 아버지를 둔 탓에 바커는 늘 죄악을 의식하며 살아갔다. 그리고 어떤 주제에 관해서는 전대 언급을 치피했다. 바커는 꿰할하게 말했다.

"두말할 것도 없이 난 영원히 저주받게 될 거예요. 내가 영국 국교회에 간 것을 아버지가 알게라도 된다면 대체 뭐라고 말씀하실까? 더구나 그곳 예배가 '아주 좋았다'고 하면? 지난 주말에 대목(代牧)이 설교하는데 기가 막히더라고요. 게다가 찬송가 부르는 것도 아주 재밌었고요."

우리 집에 놀러 온 한 아이가 바커에게 경멸하듯 말하는 것을 어머니가 들은 적이 있다.

"쳇! 겨우 하녀 주제에!"

아이는 당장 꾸중을 들었다.

"다시는 집안 하인들에게 그따위로 말하지 말거라. 하인들에게는 최대한 예의를 갖추어야 해. 이 사람들은 오랜 기간 훈련을 쌓아서 숙련된 일을 하는 거야. 더구나 이들은 말대답을 못하도록 되어 있어. 너한테 무례하게 굴 수 없는 위치에 있는 사람들에게는 항상 공손해야 한다는 걸 명심하거라. 만약 네가 무례하게 굴면 너는 경멸당하게 돼. 숙녀답게 행동하지 않았으니 그래도 싸지."

당시에는 '작은 숙녀 되기'가 지상 과제나 다름없었다. 여기에는 몇 가지 까다로운 항목이 들어 있다.

고용인에 대한 예의부터 시작해 다음과 같은 것들을 지켜야 했다. '숙녀답기 위해서는 접시에 항상 뭔가를 남겨야 한다.' '입 안에 음식이 든 채로 절대 음료를 마시면 안 된다.' '상인에게 보내는 영수증이 아니라면 편지에는 반 페니 우표 두 장을 붙여서는 안 된다.'

물론 이것도 빠지지 않았다. '기차 여행을 할 경우 사고에 대비하여 반드시 깨끗한 속옷을 입어야 한다.'

부엌의 티타임은 종종 재회의 시간이 되곤 했다. 제인은 친구가 수도 없이 많아서 거의 매일 한두 명씩 들르곤 했다. 뜨거운 록케이크 쟁반들이 오븐에서 나왔다. 제인이 만든 것보다 더 맛있는 록케이크는 보지 못했다. 바싹바싹하고 납작한 록케이크에는 건포도가 가득 들어 있었다. 따끈한 록케이크를 한 입 깨물면 천국이 따로 없었다. 제인은 온화한 소와 같으면서도 규율에는 엄격했다. 하인들 중 누가 먼저 식탁에서 일어나기라도 하면 따끔한 목소리가 들려 왔다.

"플로렌스, 난 아직 식사를 마치지 않았어."

그러면 플로렌스는 당황하여 중얼거리며 도로 자리에 앉았다.

"미세스 로, 정말 죄송합니다."

요리사는 근속 연수에 관계없이 항상 '미세스'라고 불리었다. 하녀와 응접실 하녀는 제인, 메리, 에디트와 같은 '적절한' 이름을 가져야 했다. 바이올렛, 무리엘, 로저먼드 같은 이름은 부적절한 것으로 간주되었다. 그런 아가씨들은 단호하게 이런 말을 들어야 했다.

"우리 집에서 일하는 동안에는 '메리'라고 해야 해."

응접실 하녀는 충분한 경력을 쌓으면 종종 성으로 불리었다.

'육아실'과 '부엌'의 충돌은 흔히 있는 일이었지만, 우리 집 유모는 자신의 권리가 잘 지켜지는 한 평화롭게 지냈다. 어린 하녀들은 유모를 존경하여 조언을 구하곤 했다.

사랑하는 유모. 데번에 있는 나의 집에는 그녀의 초상화가 걸려 있다. 화가가 우리 가족들을 그리며 그녀의 초상화도 그렸다. N. H. J. 베어드라고, 당시에는 유명한 화가였다. 어머니는 베어드의 그림에 다소 비판적이었다.

"모든 사람이 더러워 보여요. 하나같이 몇 주는 씻지 않은 것 같은 몰골이잖아요."

일리 있는 말이었다. 오빠의 얼굴에 드리워진 짙은 남색과 초록색의 그림자는 오빠가 비누와 물을 사용하기를 꺼린다는 이미지를 주었다. 또한 널여섯 살에 그린 나의 조상화는 막 콧수염이 나려는 듯이 보였다. 내 평

▲ 위 왼쪽 몬티 오빠, N. H. J. 베어드 그림　▲ 위 오른쪽 매지 언니, N. H. J. 베어드 그림

▲ 아래 왼쪽 16살의 나, N. H. J. 베어드 그림　▲ 아래 오른쪽 아버지, N. H. J. 베어드 그림

생 콧수염이라고는 단 한 가닥도 나 본 적이 없건만. 하지만 아버지의 초상화는 분홍색과 하얀색이 반짝반짝 빛나는 듯해 비누 광고로 쓰여도 손색이 없었다. 베어드 씨로서는 그런 그림을 그리는 것이 썩 유쾌하지는 않았겠지만, 어머니의 카리스마에 완전히 압도당해 어쩔 수가 없었던 듯싶다. 오빠와 언니의 초상화는 실물과는 별로 닮지 않았다. 반면, 아버지의 초상화는 비록 초상화로서의 특색이 떨어지긴 하지만 있는 그대로의 모습이 완전히 담겨 있다.

유모의 초상화를 그리는 것은 베어드 씨로서는 사랑의 노동이었으리라. 비칠 듯 투명한 흰 아마포 주름 장식 모자와 앞치마는 사랑스럽기 그지없으며, 지혜가 묻어나는 주름진 얼굴과 깊숙이 박힌 두 눈은 완벽한 구도를 이루고 있다. 플랑드르의 옛 대가를 완연히 상기시키는 그림이었다.

유모가 처음 우리 집에 왔을 때 나이가 몇 살이었는지, 왜 엄마가 그처럼 나이 많은 사람을 택했는지 나는 모른다. 하지만 엄마는 늘 말씀하셨다.

"유모가 우리 집에 온 순간부터 나는 더 이상 네 걱정을 할 필요가 없었단다. 네가 보살핌을 잘 받고 있다는 것을 알았으니깐."

유모는 수많은 아이들을 보살폈고, 나는 그 마지막이었다.

인구 조사가 시작되었을 때 아버지는 집에 거주하는 모든 이의 이름과 나이를 등록해야 했다. 이에 아버지는 안된 얼굴로 말했다.

"정말 입장 곤란한 일이야. 하녀들은 나이를 물어 보는 걸 질색해. 게다가 유모는 어떻고."

▲ 유모, N. H. J. 베어드 그림, 1895년

그리하여 유모는 호출을 받아 아버지 앞에 대령했다. 유모는 두 손을 순백의 앞치마 앞에 단정히 포개고는 세월이 배인 온화한 눈으로 묻는 듯이 아버지를 응시했다.

아버지는 인구 조사가 무엇인지를 간단하게 설명한 후 말했다.

"그래서 여기에 모든 이의 나이를 기입해야 한다오. 에, 몇 살이라고 적으면 되겠소?"

"주인님 좋으실 대로 하십시오."

유모는 공손하게 대답했다.

"하지만…… 에…… 정확한 나이를 적어야 하오."

"주인님이 생각하는 바로 그 나이입니다."

유모는 결코 겁을 내지도, 기가 죽지도 않았다.

아버지는 그녀가 적어도 일흔 다섯은 되었으리라 생각하고는 소심하게 대충 짚어 보았다.

"에…… 에…… 쉰아홉? 그 정도 되오?"

주름진 얼굴 위로 고통스러운 표정이 스쳐 지나갔다. 유모는 생각에 잠긴 듯 물었다.

"제가 정말 그렇게 늙어 보입니까, 주인님?"

"아니, 아니……. 그럼 몇 살이라고 하면 좋겠소?"

유모는 다시 처음의 전략으로 돌아가 당당하게 말했다.

"주인님이 생각하는 바로 그 나이입니다."

결국 아버지는 64세라고 적었다.

유모의 그러한 태도는 지금 현재에도 여전히 메아리 치고 있다. 2차 대전 참전 당시 남편 맥스가 폴란드와 유고슬라비아의 파일럿들을 만났을 때에도 똑같은 반응에 직면했더랬다.

"나이는?"

조종사는 상냥하게 손사래를 쳤다.

"스물이든, 서른이든, 마흔이든 좋을 대로 적어 주십시오. 전혀 상관없습니다."

"출생지는?"

"그것도 좋을 대로 적어 주십시오. 크라쿠프(폴란드 남부의 도시 ― 옮긴이)도 좋고, 바르샤바(폴란드의 수도 ― 옮긴이)도 좋고, 베오그라드(세르비아의 수도 ― 옮긴이)도 좋고, 자그레브(크로아티아의 수도 ― 옮긴이)도 좋습니다."

이러한 시시콜콜한 사항들이 얼마나 사소하고 하잘 것 없는 것인지를 이보다 더 분명하게 나타낼 수는 없으리라.

아랍 인 역시 마찬가지이다.

"아버님은 건강하신가?"

"아, 네. 하지만 연세가 매우 많으시죠."

"얼마나 되시는데?"

"아, 아주 아주 많으시죠. 아흔이나 아흔다섯쯤."

실제로 그의 아버지는 쉰 살도 채 안 된 것으로 드러난다.

하지만 이것이야말로 삶을 보는 방식이다. 어렸을 때는 '어린' 것이다. 활기에 넘칠 때는 건강한 '성인'인 것이다. 기력이 점점 쇠해지면 '늙은' 것이다. 이왕 늙었다면 되도록 많이 늙은 것이 좋다.

다섯 번째 생일에 나는 선물로 강아지를 받았다. 내 생애 가장 놀라운 선물이었다. 그 한없는 기쁨은 말로 할 수가 없었다. 흔히 쓰는 표현인 '말문이 막혔다.'를 나중에 배우고는 어쩌면 이렇게 적당한 표현이 있을까 싶었다. 나 역시도 말문이 막혀 보았기에. 심지어 고맙다는 말조차도 할 수 없었다. 어여쁜 새를 바라볼 수조차 없었다. 오히려 개에게서 휙 등을 돌렸다.

그처럼 어마어마한 행복에 대처하기 위해서는 즉각 혼자 있어야 했다.(나는 그 후로도 종종 이러했다. 어쩜 그리 바보 같을까?) 나는 아무도 뒤쫓아 올 수 없는 완벽한 장소에서 조용히 명상하기 위해 화장실로 달려갔다. 당시에 화장실은 무척 안락하여 아파트나 다름없었다. 묵직한 마호가니 변기 뚜껑을 내리고 그 위에 앉아서는 벽에 걸린 토키의 지도를 멍하니 바라보며 서서히 현실을 받아들였다.

"개가 생겼어……, 개가……. 나의 개가 생겼어……, 나의 개가……. 요크셔테리어…… 나의 개…… 나의 개……."

나중에 어머니는 내가 선물을 받고 그런 반응을 보인 것에 아버지가 몹시 실망하셨다고 말씀하였다.

아버지는 투덜거렸다.

"좋아할 줄 알았는데. 전혀 마음에 안 드는 모양이야."

하지만 언제나 이해심이 많은 어머니는 내가 약간의 시간이 필요한 것뿐이라고 말했다.

"받아들이는 데 약간 시간이 걸릴 뿐이에요."

4개월 된 요크셔테리어는 그 사이 서글프게 정원을 방황하며 돌아다녔다. 그러다 정원사인 심술쟁이 데이비에게 흠뻑 정이 들었다. 결국 강아지는 임시 고용 정원사가 기르게 되었다. 삽이 땅에 꽂히는 모습을 보고는 거기가 제 집처럼 편안하겠다고 여겼나 보다. 강아지는 정원 산책로에 앉아 땅을 파는 모습을 열심히 바라보았다.

머지않아 나는 강아지를 찾아냈고 서로 차츰 친해졌다. 우리는 둘 다 수줍음을 많이 타서 주저하며 서로에게 다가갔다. 하지만 그 주가 끝날 무렵에는 토니와 나는 떼려야 뗄 수 없는 사이가 되었다. 아버지가 강아지에게 지어 준 이름은 조지 워싱턴이었다. 토니라는 약칭은 내가 지어 준 것이었다. 토니는 아이에게 딱 알맞은 훌륭한 개였다. 상냥하고 정이 많은 데다 내 온갖 공상 속에 기꺼이 출연해 주었다. 유모는 시련을 겪어야 했다. 이제 리본이나 장신구는 토니 차지가 된 것이다. 토니는 치장을 애정의 표시로 받아들여 환영했으며, 자기 몫의 슬리퍼에 더하여 장신구까지 물어뜯곤 했다. 토니는 나의 새로운 비밀 이야기에 소개되는 특권을 누렸다. 디키(카나리아 골디)와 디키의 연인(나)은 토니 경과 함께하게 되었다.

어린 시절 기억 중에는 언니에 관한 것보다 오빠에 관한 것이 더 많다. 언니는 나에게 상냥하게 대했지만, 오빠는 나를 꼬맹이라고 놀리며 거들떠보지도 않았다. 당연히 나는 어떻게든 오빠 허락을 구해 졸졸 따라다니려고 했다. 오빠에 대한 기억 중 가장 선명한 것은 오빠가 하얀 쥐들을 길렀다는 점이다. 나는 위스커 부부와 그 가족들과 인사했다. 유모는 냄새가 난다며 반대했다. 물론 냄새가 나는 것은 사실이었다.

집에는 이미 개가 한 마리 있었다. 스코티라고 불리는 늙은 댄디 딘몬트 테리어(영국 테리어의 한 품종—옮긴이)로, 오빠의 소유였다. 아버지의 절친한 미국 친구의 이름을 따서 루이스 몽탕이라는 이름을 얻은 오빠는 늘 몬티라고 불렸다. 오빠와 스코티는 언제고 항상 붙어 다녔다. 어머니는 거의 기계적으로 투덜거리곤 했다.

"괜히 얼굴을 들이대서 개가 핥게 하지 마, 몬티."

스코티의 바구니 옆 바닥에 납작 누워 팔로 사랑스럽게 개의 목을 감고 있던 오빠는 들은 척도 안 했다. 아버지 역시 투덜거렸다.

"거, 냄새 한번 지독하구나!"

당시 스코티는 열다섯 살이었다. 열렬하게 개를 사랑하는 사람만이 그러한 비난을 거부할 수 있었다. 오빠는 사랑스럽게 중얼거렸다.

"향긋한 장미 같아요! 장미! 스코티에게서는 장미 향기가 나요."

안타깝게도 비극이 스코티에게 찾아왔다. 눈이 먼 스코티는 유모의 니트

▲ 몬티 오빠의 댄디 딘몬트 테리어 스코티, N. H. J. 베어드 그림

따라 느릿느릿 길을 건넜다. 하필 그때 상인의 짐수레가 모퉁이를 돌아 달려와 스코티를 치고 말았다. 우리는 스코티를 마차에 태워 집으로 데려와서 수의사를 불렀다. 하지만 스코티는 몇 시간 후 숨을 거두었다. 몬티 오빠는 친구들과 배를 타러 나가고 없었다. 어머니는 오빠에게 이 소식을 전해야 한다는 생각에 마음이 무거웠다. 스코티의 시신을 세탁장에 가져다 놓으라 하고는 오빠가 돌아오기를 초조하게 기다렸다. 평소에는 늘 바로 집으로 들어오던 오빠가 불행히도 그날따라 마당을 돌아 필요한 연장을 찾으러 세탁장에 먼저 들렀다. 그러고는 스코티의 시신을 발견했다. 오빠는 다시 밖으로 나가 몇 시간이고 헤매고 다녔던 것이 분명하다. 자정 직전에야 집으로 돌아왔던 것이다. 부모님은 이해심 깊게도 스코티의 죽음에 대해 아무런 언급도 하지 않으셨다. 오빠는 정원 구석에 있는 애완견 묘지에 직접 스코티의 무덤을 팠다. 가족들의 개는 모두 자그마한 묘석에 이름이 새겨진 채 그곳에 묻혔다.

앞에서 말했다시피 무자비한 놀림꾼이었던 오빠는 나를 '말라깽이 닭'이라고 놀리곤 했다. 나는 매번 눈물을 터트림으로써 오빠를 기쁘게 했다. 그 별명에 왜 그렇게 화를 냈는지 모르겠다. 다소 울보였던 나는 엄마한테 달려가 훌쩍이며 말했다.

"나는 말라깽이 닭이 아니에요. 엄마, 그렇죠?"

엄마는 담담하게 대꾸했다.

"그러게 뭐 하러 오빠를 졸졸 따라다녀서 놀림을 받니?"

그것은 대답할 수 없는 질문이었다. 하지만 나에게 오빠의 매력은 대단하여 차마 등을 돌릴 수 없었다. 당시 몬티 오빠는 꼬맹이 여동생을 으레 경멸할 나이였던지라 나를 무척이나 귀찮아했다. 하지만 가끔은 마음 좋게 '작업장'에 들어와도 된다고 허락을 했다. 오빠의 작업장에 갈이기계가 있었는데, 내가 나무와 연장을 가지고 있다 오빠에게 건네도 된다는 것이다. 하지만 이내 말라깽이 닭은 꺼지라는 말을 듣기 마련이었다.

한번은 오빠가 자청해서 나를 자기 배에 태워 주는 엄청난 아량을 베풀었다. 오빠는 작은 요트를 몰아 토르베이(영국 남부의 항구 도시 ― 옮긴이)까지 항해하곤 했다. 나를 태워 주겠다는 말에 모두들 깜짝 놀랐다. 유모가 떠나기 전이었는데, 유모는 내가 물에 젖어서 원피스가 찢어지고 더러워질 것이며 손가락이 끼어서 결국은 익사할 것이라고 강력하게 반대했다.

"어린 신사들은 자그마한 아가씨를 어떻게 돌봐야 하는지 전혀 모른답니다."

어머니는 배 밖으로 떨어지지 않을 만큼의 지각이 내게 있으며, 좋은 경험이 될 것이라고 말했다. 몬티 오빠가 오랜만에 이기적으로 행동하지 않은 것에 감사를 표하고 싶었으리라. 그리하여 우리는 마을을 내려가 항구에 이르렀다. 오빠가 계단으로 배를 대자 유모가 나를 안아 오빠에게 건넸다. 마지막 순간 어머니가 불안해하며 말했다.

"몬티, 동생을 잘 돌봐야 한다. 아주 잘. 너무 멀리 나가지는 말고. 잘 돌볼 거지?"

아마도 그때 이미 자신의 호의를 후회하고 있었을 오빠는 무뚝뚝하게 대꾸했다.

"아무 문제없을 거예요."

그러고는 나에게 말했다.

"그 자리에 꼼짝 말고 가만히 있어. 절대로 아무것도 만지지 마."

오빠는 밧줄로 이런저런 일들을 했다. 나는 오빠 말대로 제자리에 가만히 앉아 있고 싶었지만 요트가 자꾸 들썩들썩거려 그만 겁에 질렸다. 하지만 물살을 가르며 배가 신나게 달려가자 나도 기운을 차리고는 행복을 만끽했다.

엄마와 유모가 부두 끝에 서서 응시하는 모습이 마치 우리가 그리스 연극 속 주인공이라도 된 듯했다. 유모는 불행을 예감하며 거의 울상이 되다시피 했고, 엄마는 걱정을 누그러뜨리려 애쓰다가 예전에 겪었던 험난한 항해를 떠올리며 마침내 이렇게 말했다.

"이제 다시는 바다에 나가겠다고 조르지 않겠지. 바다가 얼마나 험한 곳인데."

어머니의 말이 옳았다. 나는 이내 새파랗게 질려 돌아왔다. 오빠의 표현을 빌자면 세 번이나 '물고기한테 밥을 주었던' 것이다.('뱃멀미로 토했다'는 뜻—옮긴이) 오빠는 더할 수 없이 넌더리를 내며 나를 뭍에다 내려놓고는 여자가 그러면 그렇지 하고 일침을 놓았다.

4

내가 처음으로 두려움이라는 것을 알게 된 것은 다섯 살이 되기 직전이었다. 어느 봄날 유모와 나는 앵초꽃을 따러 갔다. 우리는 철도를 건너 시페이 거리를 올라가며 앵초를 꺾었다. 길을 따라 앵초꽃이 무성했다.

우리는 어느 열린 대문으로 들어가서는 계속 꽃을 꺾었다. 바구니가 가득 찰 무렵 웬 노여움에 겨운 고함 소리가 울렸다.

"대체 여기서 뭣들 하는 거야?"

시뻘게진 얼굴로 버럭버럭 성을 내는 사나이는 내 눈에 꼭 거인처럼 보였다.

유모는 그저 앵초를 꺾었을 뿐 아무 해도 끼치지 않았다고 대답했다.

"지금 무단 침입을 했잖아. 당장 나가. 1분 안에 대문 밖으로 나가지 않는다면 산 채로 끓는 물에 집어넣겠어!"

나는 길을 되돌아 나오며 무서워 유모의 손을 꼭 쥐었다. 유모는 빨리 걸을 수 없었다. 설령 그럴 수 있다 해도 서두를 마음이 전혀 없는 듯했다. 두려움은 점점 쌓여만 갔다. 마침내 무사히 길로 나오자 나는 안도한 나머지 기절할 뻔하였다. 그제야 유모는 내가 하얗게 질린 것을 깨닫고는 상냥하게 말했다.

"우리 아기씨도 참. 설마 저 말이 진짜라고 생각하는 것은 아니죠? 산 채로 삶는 일 따위는 없을 테니 안심해요."

나는 묵묵히 고개를 끄덕였다. 마음속으로는 산 채로 끓는 물에 삶아지는 내 모습을 상상하면서. 불 위에 거대한 가마솥이 김을 내뿜으며 걸려 있고, 나는 그 속으로 풍덩 던져진다. 나는 고통에 겨워 비명을 지른다. 너무도 생생하게 그런 광경이 떠오르는 것이었다.

유모는 달래듯 부드러운 어조로 말했다. 사람들은 그냥 그런 식으로 말을 한다고. 농담처럼. 그 아저씨는 좋은 사람이 아니고 무례하고 불쾌한 인물이지만, 진심으로 그런 말을 한 것은 아니라고. 모두 농담이었다고.

하지만 내게는 결코 농담이 아니었다. 심지어 지금도 들판에 나갈 때면 미세한 떨림이 등줄기를 타고 내려간다. 지금까지도 그처럼 생생한 공포를 느껴 본 적은 없다.

하지만 악몽을 꾸며 이때의 경험을 되풀이하거나 하지는 않았다. 아이들은 무릇 악몽을 꾸기 마련인데, 그것이 유모가 '겁을 주'었거나 실제 생활에서의 경험 때문은 아닌 듯싶다. 나의 악몽에서는 내가 '총잡이'라고 부르는 어떤 사람이 중심인물로 나왔다. 하지만 이런 사람에 대한 이야기를 읽은 적은 단 한 번도 없다. 그가 나를 쏘거나 총으로 어떤 위협을 가할까 봐 무서웠던 것은 아니다. 그저 그가 총을 가지고 다니기 때문에 총잡이라고 이름 붙인 것이다. 그는 늘 총을 지니고 있었다. 지금 생각해 보면 회청색 프랑스 군복 비슷한 옷을 입고, 분을 바른 머리를 하나로 땋아 삼각모 비슷한 모자를 쓰고 있었다. 총은 구식 머스켓 총이었다. 그런 그의 모습만 보아도 나는 겁이 났다. 꿈은 매우 평범하게 시작된다. 티 파티를 하거나 여러 사람들과 산책을 하는 등 온화한 분위기에서 축제를 즐기는 것이다. 그러다 갑자기 불안감이 밀려오고 거기에 누군가가 나타난다. 그 자리에 있어서는 안 될 누군가가. 무시무시한 공포에 휩싸인다. 바로 그 순간 그 사람이 보인다. 함께 탁자에 앉아 있거나 해변을 거닐거나 게임을 하고 있다. 그러다 그의 연한 푸른색 눈이 나와 마주치고 나는 비명을 지르며 번쩍 눈을 뜬다.

"총잡이예요! 총잡이!"

"아기씨께서 지난밤에 총잡이 꿈을 꾸었어요."

유모가 조용한 목소리로 보고하면 엄마는 묻는다.

"아가야, 총잡이가 왜 그렇게 무섭니? 너한테 무슨 해코지라도 할 것 같으니?"

나는 왜 총잡이가 무서운지 알 수 없었다. 시간이 지남에 따라 꿈은 더욱 다양해졌다. 총잡이는 모습이 달라지기도 했다. 차를 마시며 탁자에 앉아 있는데 친구나 가족을 바라보다 문득 그 사람이 도로시나 필리스나 오빠나 엄마가 아니라는 것을 깨닫는다. 익숙한 옷차림을 한 낯익은 얼굴의 연푸른 눈이 나의 눈과 마주친다. 그 사람은 사실 총잡이였던 것이다.

네 살 때 나는 사랑에 빠졌다. 가슴 떨리는 멋진 경험이었다. 내 열정의 대상은 오빠의 친구로, 다트머스 사관학교 생도였다. 금발 머리에 푸른 눈의 그는 나의 모든 낭만적 본능에 불을 질렀다. 정작 본인은 이런 것을 꿈에도 몰랐으리라. 그는 친구의 '꼬마 여동생'에게 너무나 무관심했기 때문에 누가 물어보면 내가 자신을 싫어했다고 십중팔구 대답할 것이다. 들끓는 감정은 나를 정반대로 행동하도록 내몰았다. 멀리서 그가 다가오면 나는 반대 방향으로 달아났으며, 식탁에 앉아서는 한사코 시선을 외면했다. 어머니는 나를 은근히 꾸짖었다.

"아무리 수줍어도 그렇지 예의는 지켜야지. 필립 오빠랑 계속 시선을 피하는 건 무례한 짓이야. 오빠가 말을 걸면 너는 중얼거리기만 하는구나. 설령 필립 오빠가 마음에 안 들어도 예의는 지켜야 할 것 아니니."

필립 오빠가 마음에 안 든다니! 몰라도 한참 모르는 소리였다. 지금 그 일을 돌이켜 생각해 보면 어린 시절의 사랑은 참으로 만족스럽기 이를 데 없다. 그 어떤 것도 요구하지 않았으며 표정도, 말도. 그저 순수한 동경일 뿐이다. 동경만으로도 구름 위를 걷는 듯 행복해진다. 마음속에서 온갖 영웅적 사건들이 벌어지며 사랑하는 이를 위해 헌신한다. 그를 간호하기 위해 페스트 환자촌으로 찾아간다. 화재로부터 그를 구한다. 대신 총에 맞고 그의 생명을 구한다. 나는 상상력을 발휘해 온갖 이야기를 꾸며 냈다. 해피엔딩은 하나도 없었다. 나는 불에 타 죽거나 총에 맞아 죽거나 페스트에 걸린다. 나의 사랑은 내가 그런 희생을 했다는 사실조차 알지 못한다. 나는 육아실 바닥에 앉아 도도한 척 엄숙한 표정으로 토니와 놀고 있지만, 사실 내 머릿속에서는 찬란한 환희가 수많은 공상을 휘젓고 있었다. 그렇게 몇 달이 흘러갔고 필립은 해군 사관 후보생이 되어 대영 제국을 떠났다. 필립에 대한 상상은 잠시 지속되었지만 이내 시들해졌다. 사랑은 사라졌다가 3년 후 다시 찾아왔다. 언니에게 구애하던 검은 머리의 키다리 젊은 육군 대위에게 반한 것이다.

　애슈필드는 집이었으며, 집으로 인정받았다. 하지만 일링(영국 런던 외곽 지역. 여기서는 일링에 있는 이모할머니의 집을 의미한다 ― 옮긴이)은 흥미진진한 모험의 장소였다. 이국의 로맨스가 일링에는 가득했다. 가장 큰 기쁨 하나는 일링의 화장실이었다. 거대하고도 화려한 마호가니 변기가 놓여 있었는데 그곳에 앉아 있노라면 왕좌에 앉은 여왕이 된 듯했다. 나는 재빨리 디키의 연인을 마르그리트 여왕으로 변신시켰다. 디키는 그녀의 아들 골디 황태자가 되었다. 그는 어머니의 오른편 조그마한 원 위에 앉았다. 원 안에는 웨지우드(영국의 유명 도자기 디자이너 및 제조업자 ― 옮긴이)의 근사한 마개 손잡이가 들어 있다. 아침에 화장실에 들어가면 나는 변기에 앉아 청중들에게 고개를 끄덕여 인사하고는 나의 손에 키스할 수 있도록 팔을 내밀었다. 밖에서 누가 급히 화장실에 들어오고 싶어 고함을 지른 다음에야 나는 화장실에서 나왔다. 화장실 벽에는 뉴욕의 총천연색 지도가 걸려 있었는데, 이 역시 나에게 수많은 호기심을 자아냈다. 일링에는 미국 그림이 여러 점 있었다. 손님용 침실에 걸려 있던 컬러 포스터들이 어찌나 멋지던지. 하나는 '겨울 스포츠'라는 제목이 붙어 있었는데, 매우 추워 보이는 사내가 얼음장 위에서 자그마한 구멍을 통해 물고기를 낚고 있었다. 내가 보기에는 다소 우울한 스포츠처럼 보였다. 반면, 경주마인 그레이 에디는 매혹적으로 질주했다.

　아버지가 의붓어머니(즉, 미국인 아버지의 두 번째 부인으로 영국인)의 조카랑 결혼했기 때문에 아버지가 어머니라고 부르는 사람을 어머니는 이모라고 불렀다. 결국 그분은 공식적으로 이모할머니라 불리게 되었다. 나의 할아버지는 말년을 뉴욕의 사업체와 영국 맨체스터의 지사를 오가며 보냈다. 당신의 삶은 미국의 '성공 신화' 중 하나였다. 매사추세츠의 가난한 집

안에서 태어난 소년이 뉴욕으로 와서 사무원으로 일하다 회사의 파트너로까지 승진했다. '셔츠 한 벌로 시작해 3대만에 회전의자에 오르기'가 우리 집안에서 실현된 것이다. 할아버지는 어마어마한 재산을 모았다. 아버지는 그렇게 모은 재산을 주로 친구에 대한 신뢰 탓에 점점 축내고 있었다. 그리고 오빠는 그나마 남은 재산을 눈 깜짝할 새에 다 써 버렸다.

할아버지는 돌아가시기 직전에 체셔(영국 잉글랜드 북서부 주 — 옮긴이)에 저택을 한 채 샀다. 당시에 이미 병이 들어 편찮으셨는데, 결국 이모할머니는 비교적 젊은 나이에 미망인이 되고 말았다. 이모할머니는 한동안 체셔에 그대로 머무르다가 일링에 집을 샀다. 당시만 해도 그곳은 사실상 시골이었다. 이모할머니가 종종 말씀하셨듯, 사방이 들판이었다. 하지만 지금 이모할머니 댁을 방문해 보면 도통 믿기지가 않는다. 주위에 어디나 깔끔한 집들이 즐비하니.

이모할머니의 집과 정원은 나에게 무궁무진한 상상의 나래를 펼쳐 주었다. 나는 육아실을 여러 '구역'으로 나누었다. 앞쪽 벽에는 밖으로 볼록 튀어나온 퇴창이 자리했고, 그 바닥에는 화사한 줄무늬 융단이 깔려 있었다. 나는 이 부분을 '무리엘의 방'으로 이름 지었다. 퇴창이라는 단어에 매혹되었기 때문이 아닌가 싶다.(퇴창을 의미하는 영어 oriel은 무리엘과 발음이 비슷하다 — 옮긴이) 육아실 뒷부분 브뤼셀 카펫이 깔린 곳은 다이닝홀로 명명되었다. 다양한 매트와 리놀륨 장판에 제각각 이름을 지어 방으로 구분하였다. 나는 바쁘고 중요한 일이라도 하는 양 나직이 중얼거리면서 나의 집 이 방 저 방으로 옮겨 다녔다. 유모는 언제나처럼 평화로이 바느질을 하며 앉아 있었다.

일링에서 또 다른 매혹적인 곳은 이모할머니의 침실이었다. 거대한 마호가니 기둥 네 개가 붉은 다마스크 휘장으로 완전히 에워싸여 있었다. 깃털 침대였는데, 나는 아침 일찍 옷을 입기 전에 이모할머니의 침실로 날려가 침대에 기어올랐다. 이모할머니는 6시면 잠에서 깨어 항상 나를 반갑게 맞았다. 1층에는 응접실이 있었는데, 상감 세공 가구, 드레스덴 도자기로 넘칠 듯했지만 응접실 바깥쪽에 세워진 온실 때문에 항상 어두침침했다. 응접실은 파티 때만 사용되었다. 그 옆에는 거실이 위치했는데, '바느질하는 여자'가 거의 항상 머물고 있었다. 지금 생각해 보면, 바느질하는 여자는 집에 당연히 있어야 할 부속물 같은 존재였다. 그들은 세련됨, 불행한 환경, 집의 안주인과 가족들의 깍듯한 대우, 쟁반에 식사를 담아 갖다 주는 하인들의 무례함, (그리고 내가 기억하는 한) 만드는 옷마다 몸에 맞지 않는 점 등 많은 면에서 서로 엇비슷했다. 바느질하는 여자가 지은 옷은 너무 꼭 끼거나 너무 헐렁했다. 불평을 하면 대답은 대개 이러했다.

"그래, 하지만 제임스 양은 너무도 많은 불행을 겪었단다."

그리하여 거실의 제임스 양은 재봉틀을 앞에 두고 주위에 온통 옷본을 늘어놓고는 바느질을 했다.

식당에서는 이모할머니가 빅토리아 시대의 만족감에 흠뻑 젖어 있었다. 중앙 식탁이든 식탁을 에워싼 의자들이든 가구는 모두 묵직한 마호가니로 짠 것이었다. 창문은 노팅엄 레이스(영국 북부지방의 노팅엄 주에서 노팅엄 레이스기로 짠 레이스 — 옮긴이)로 낙낙하게 덮여 있었다. 이모할머니는 거대한 가죽 의자에 앉아 식탁에서 편지를 쓰거나 난롯가의 큼직한 벨벳 안락의자에 앉아 있곤 했다. 식탁, 소파, 그리고 의자 중 일부에는 책이 놓여 있었다. 개중에는 원래 그 자리에 두는 책도 있지만, 헐렁하게 풀린 꾸러미에서 빼낸 책도 있었다. 이모할머니는 자신이 읽을 거며, 다른 이에게 선물할 거며 등등 항상 책을 샀다. 그러다 종국에는 책이 너무 많아져서 누구에게 보내려고 했는지를 잊어버리거나, 베넷 씨네 꼬마가 어느새 열여덟 살이 되어 『세인트굴드레드의 소년들The Boys of St. Guldred's』이나 『호랑이 티모시의 모험The Adventures of Timothy Tiger』 같은 책이 더 이상 걸맞지 않다는 사실을 알게 된다.

관대한 놀이 친구였던 이모할머니는 뭔가를 쓰고 있던 거칠거칠한 종이를 옆에 밀어 놓고는('종이를 아끼기 위해' 가로와 세로로 빽빽하게 글을 썼다.) 나와 '화이틀리 씨의 암탉'이라는 재미난 놀이를 했다. 물론 그 암탉은 나였다. 이모할머니는 내가 정말 어리고 순하다는 상인의 말을 믿고는 나를 집으로 가져와 꽁꽁 묶고 꼬챙이로 꿰어 오븐에 집어넣는다.(나는 꼬챙이에 꿰이며 기쁨의 비명을 질렀다.) 그리고 한 번 뒤집은 뒤 식사 준비가 된 식탁으로 가져가 날카롭게 간 고기 칼을 꺼내 든다. 그 순간 느닷없이 통닭이 살아나 외친다.

"나예요!"

아, 얼마나 숨 막히는 순간이었던가. 끝도 없이 되풀이해도 재미있었다.

아침마다 이모할머니는 정원으로 난 옆문 근처에 있는 벽장 앞으로 갔다. 그때 내가 갑자기 나타나면 이모할머니는 놀라 외쳤다.

"우리 예쁜 꼬마 아가씨가 뭘 먹고 싶을까?"

그 자그마한 꼬마 아가씨는 흥미진진한 물건들로 가득한 벽장을 희망에 차 바라본다. 잼과 통조림이 주르르 늘어서 있다. 날짜가 적힌 상자들, 설탕에 절인 과일들, 무화과, 서양 자두, 체리, 당귀, 건포도, 버터, 설탕, 차, 밀가루. 온 식구의 먹을거리가 바로 그곳에 있었다. 하루 먹을 양을 가늠해 매일매일 벽장에서 음식을 꺼내는 의식은 진지하게 치러졌다. 탐색의 질문에는 또한 전날에 분배한 음식을 어떻게 했는지도 포함되었다. 이모할머니는 원하는 대로 자유로이 먹도록 내버려 두었지만, 음식을 '낭비'하지는 않는지 촉각을 곤두세웠다. 식구들이 즐거운 식사를 했고, 어제의 음식이 허투루 쓰이지 않았다고 하면 이모할머니는 서양 자두 단지의 뚜껑을 열었다. 나는 양손 가득 서양 자두를 얻고는 신이 나 정원으로 달려갔다.

어린 시절을 돌이켜보면 특정 장소에서는 날씨가 항상 똑같았던 것처럼 기억되니 참으로 기묘하다. 토키의 육아실은 항상 가을이나 겨울 오후였다. 벽난로에 늘 불이 지펴져 있고, 높다란 난로 울타리에는 젖은 옷이 걸려 있으며, 밖에는 잎이 나뒹굴거나 때로는 신나게도 눈이 내렸다. 반면, 일링의 정원은 항상 여름이다. 그것도 무척이나 무더운 여름이다. 옆문으로 나갈 때면 내 폐로 흘러들던 뜨거운 공기와 장미향이 아직도 생생하다. 조그마한 네모진 풀밭을 스탠더드로즈 나무가 에워싸고 있었는데, 내 눈에 어찌나 높다랗게 보였던지. 그곳은 별천지였다. 우선, 너무나도 소중한 장미가 있었다. 시든 꽃송이는 매일 잘라 냈다. 싱싱한 장미는 모아서 안으로 가져가 수많은 자그마한 꽃병에 꽂았다. 이모할머니는 장미를 지나치다 싶을 만큼 자랑스러워했으며, 장미의 크기와 아름다움이 모두 '인간의 분뇨'로 만든 퇴비 때문이라고 여겼다.

"아, 애야, 액체 비료라고? 어림도 없는 소리! 세상에 이보다 더 멋진 장미를 가꾼 사람은 아무도 없단다."

일요일마다 외할머니가 오찬에 함께했다. 대개는 두 명의 외삼촌 또한 왔다. 눈부신 빅토리아 시대였다. B 할머니라고 알려진 뵈머 할머니는 우리 어머니의 어머니로, 다소 가쁜 숨을 몰아쉬며 11시경에 도착했다. 무척 뚱뚱했는데, 심지어 이모할머니보다도 더 뚱뚱했다. 런던에서부터 기차와 승합 마차를 갈아탄 끝에 도착한 할머니는 제일 먼저 단추를 채운 부츠부터 벗었다. 할머니의 하인인 해리엇이 이를 위해 따라왔다. 해리엇은 할머니 앞에 무릎 꿇고 앉아 부츠를 벗기고 편안한 양털 슬리퍼를 대신 신겼다. 그러면 B 할머니는 휴우 하고 한숨을 내쉬고는 식탁에 자리잡고서 언니와 일요일 오전 일을 시작했다. 이는 길고도 복잡했다. B 할머니는 빅토리아 거리의 아미 앤드 네이비 상점에서 언니 대신 쇼핑을 해 주었다. 아미 앤드 네이비는 두 자매에게 우주의 중심이었다. 목록들, 숫자들, 설명들을 샅샅이 파고들어 가며 매우 즐거워했다. 우선 구입한 물건의 품질에 대한 이야기로 서문을 연다.

"언니, 그것에는 더 이상 마음 두지 마. 질이 형편없다고. 지난번 자두색 벨벳하고는 차원이 달라."

그런 후 이모할머니는 불룩 튀어나온 커다란 지갑을 꺼낸다. 나는 늘 그 지갑을 외경심을 가지고 바라보았다. 막대한 부의 뚜렷한 표상인 것만 같았다. 지갑의 가운데 칸에는 1파운드 금화가 가득했고, 나머지 칸은 반 크라운짜리와 6펜스짜리 동전으로 불룩했는데, 이따금씩 5실링짜리 동전도 있었다. 수선 내역과 잡다한 구입 목록이 정해진다. 아미 앤드 네이비 상점에는 물론 이모할머니의 신용 장부가 있었다. 하지만 동생의 수고에 대해 항상 현금으로 선물한 듯싶다. 자매는 서로를 무척 아꼈지만, 둘 사이에는 사소한 질투심과 말다툼도 상당했다. 둘 다 서로를 놀리기를 좋아했고, 어떻게든 이기려고 들었다. B 할머니는, 본인의 말에 따르면, 가족 중 최고의 미인이었다는데 이모할머니는 이를 부인했다. "그래, 메리(혹은 폴리라고도 불렀다.)가 얼굴이 예쁘기는 했지. 하지만 나처럼 몸매가 멋지지는 못했다고. 신사들이란 매력적인 몸매를 좋아하는 법이거든."

열여섯 살 적 폴리는 몸매가 빈약했음에도(할머니는 훗날 이를 어마어마하게 거대한 가슴으로 충분히 만회했다.) 블랙워치 연대의 대위는 기꺼이 그녀를 사랑했다. 가족들은 폴리가 결혼하기에 너무 어리다고 반대했지만, 대위는 곧 해외로 파견되어 당분간 영국에 돌아오지 못할 터이니 지금 바로 결혼해야 한다고 설득했다. 내 생각에는 그것이 아마도 자매간 질투의 첫 번째 대결이 아니었을까 싶다. 두 사람은 연애결혼을 했다. 폴리는 어리고 아름다웠으며, 그녀의 대위는 연대에서 가장 뛰어난 미남으로 명성이 자자했다.

폴리는 곧 다섯 아이를 낳았지만, 그중 하나는 죽고 말았다. 게다가 폴리가 27살의 창창한 나이일 때 남편마저 말에서 떨어져 지세성으로 죽다. 한

편 이모할머니는 오랫동안 결혼을 하지 않았다. 젊은 해군 장교와 사랑에 빠졌지만, 두 사람은 결혼하기에는 너무 가난했다. 결국 장교는 부유한 미망인에게로 돌아섰다. 그 복수로 이모할머니는 아들이 하나 딸린 부유한 미국인과 결혼했다. 그녀는 한편으로는 절망하고 있었지만, 건전한 상식과 인생에 대한 사랑은 결코 버리지 않았다. 이모할머니는 평생 자식을 낳지 않았다. 하지만 어마어마한 부를 가진 미망인이 되었다. 반면 폴리는 남편이 사망한 후 자식들을 먹이고 입히느라 온갖 고생을 다했다. 쥐꼬리만 한 연금이 그녀가 가진 다였다. 외할머니가 자신의 집에서 하루 종일 창가에 앉아 멋진 바늘꽂이를 만들고 그림과 병풍에 수를 놓던 모습이 기억난다. 외할머니의 바느질 솜씨는 대단했다. 더구나 8시간 이상을 쉬지 않고 바느질했다. 그래서 두 자매는 자신이 갖지 못한 것에 대해 서로를 질투했다. 내 생각엔 두 사람이 맹렬한 말다툼을 즐긴 것이 아닌가 싶다. 우렁찬 소리가 귀청을 때리곤 했다.

"말도 안 돼, 언니. 내 평생 그런 헛소리는 듣도 보도 못했어."

"정말이야, 메리. 내 말 들어 봐……."

할머니는 죽은 남편의 동료 장교들에게서 구애를 받고, 심지어 몇 번이나 청혼을 받았다. 하지만 할머니는 단호히 뿌리쳤다. 그 누구도 남편의 자리를 대신할 수 없으며, 때가 되면 자신은 저지의 남편 곁에 묻히겠다고 대답했다.

일요일 오전 일이 끝나고 다음 주 쇼핑 위임장을 작성한 다음이면 외삼촌들이 도착했다. 어니스트 삼촌은 내무부에서 일했고, 해리 삼촌은 아미 앤드 네이비 상점의 서기로 있었다. 제일 맏이인 프레드 삼촌은 인도에서 군에 복무했다. 식탁이 차려지고 일요일 오찬이 시작되었다.

주로 체리 파이와 크림이 곁들여진 커다란 고기, 어마어마한 크기의 치즈, 그리고 마지막으로 가장 좋은 일요일 디저트 접시에 담겨 나오는 디저트. 그때나 지금이나 디저트 접시는 아름답기 그지없다. 지금도 이들 접시 중 열여덟 개를 간직하고 있다. 원래는 스물네 개가 한 세트였으나, 60년 세월을 생각하면 이도 가히 나쁘지 않다. 콜포트 자기(19세기 전환기에 존 로즈의 공장에서 생산해 낸 자기 — 옮긴이)인지 프랑스 자기인지는 나도 모른다. 가장자리는 밝은 녹색이고, 금빛 가리비 모양의 테가 둘러져 있다. 접시 중앙에는 각기 다른 과일이 새겨져 있는데, 어려서도 늙어서도 내가 가장 좋아하는 무늬는 탱탱한 자줏빛 무화과이다. 우리 딸 로잘린드는 특이하게 크고 화려한 구즈베리 무늬를 가장 좋아한다. 이 외에도 아름다운 복숭아, 하얀 까치밥나무 열매, 붉은 까치밥나무 열매, 나무딸기, 딸기 등등 다양한 무늬가 있다. 오찬의 절정은 이들 접시가 식탁에 차려지는 순간이다. 디저트 접시가 자그마한 레이스 깔개 위에 놓이고, 손 씻는 그릇이 나온다. 그러면 모두들 차례로 자신의 접시가 어떤 과일 무늬일지 추측한다. 왜 이것이 그토록 즐거웠는지 모르겠다. 하지만 이때면 언제나 스릴이 느껴졌다. 게다가 추측이 옳을 때면 뭔가 존경받을 일을 한 듯이 뿌듯했다.

푸짐하게 식사를 한 후에는 낮잠을 잤다. 이모할머니는 난롯가에 있는 큼직하면서도 나지막한 보조 의자에서 잠을 청했다. B 할머니는 온통 단추가 달린 짙은 자홍색 가죽 소파에 자리를 잡았다. 할머니의 산과 같은 몸 위로 아프가니스탄 모포가 펼쳐졌다. 외삼촌들은 무엇을 했는지 모르겠다. 아마 산책을 갔거나 응접실에서 쉬었겠지만, 응접실은 좀처럼 사용되는 일이 드물었다. 거실은 당시 바느질하는 여자였던 그랜트 양을 위한 장소였으니, 그곳에서 머물지는 않았을 것이다. 이모할머니는 친구들에게 속삭이곤 했다.

"가엾기 그지없어요. 닭처럼 거기가 하나밖에 없다니, 정말 안됐어요."

이 말은 언제나 나를 매혹시켰다. 무슨 뜻인지 전혀 알 수 없었기 때문이다. 어쩌면 복도에 대한 이야기인가 보다고 김작히게 되었을까?

나를 제외한 모든 이들이 족히 한 시간은 푹 낮잠을 잤다. 나는 흔들의자에 앉아 조심스레 의자를 흔들며 놀았다. 낮잠 시간이 끝나면 다 같이 학교 놀이를 했다. 해리 삼촌과 어니스트 삼촌은 둘 다 학교 선생님으로 그만이었다. 선생님 역을 맡은 삼촌은 신문지를 둘둘 말아 봉처럼 쥐고는 호통을 치듯 질문을 퍼부으며 일렬로 앉은 우리들 앞을 왔다 갔다 했다. "바늘은 언제 발명되었죠?" "헨리 8세의 세 번째 부인은 누구죠?" "윌리엄 루푸스는 어떻게 죽음을 맞았죠?" "밀은 어떤 병에 걸리죠?" 답을 맞힌 사람은 모두 앞으로 나아갔다. 따라서 남은 사람들은 자동으로 뒤로 처져 망신을 당했다. 이러한 학교 놀이는 요즘 유행하는 퀴즈의 빅토리아식 선구적 형태가 아닌가 싶다. 삼촌들이 돌아가면 이제 이모할머니와 B 할머니가 선생님 역할을 맡아 놀이를 계속했다. B 할머니는 마데이라 케이크(카스텔라식 케이크—옮긴이)를 차와 함께 들며 남아 있다가 마침내 해리엇이 단추 부츠를 대령하는 끔찍한 순간을 맞는다. 해리엇은 부츠를 B 할머니의 발에 다시 신기는 임무를 수행한다. 그 광경을 보고 있노라면 무척 마음이 아팠다. 얼마나 괴로울까. 떠날 때쯤이면 가엾은 B 할머니의 발목은 푸딩처럼 퉁퉁 부어 있었다. 단추걸이를 이용해 단추를 구멍에 채우려면 발을 꽉 쪼여야만 했다. B 할머니는 새된 비명을 지르곤 했다. 아, 그 단추 부츠들! 도대체 왜 그딴 것을 신었던 것일까? 의사가 추천이라도 한 걸까? 아니면 멋을 위해 그처럼 큰 희생을 한 것일까? 부츠가 아이들의 발목을 튼튼하게 한다는 말이 있기는 했다. 하지만 칠순의 노부인에게도 해당될 성싶지는 않았다. 어쨌든 마침내 부츠 신기를 끝낸 B 할머니는 고통으로 여전히 얼굴이 해쓱한 채 기차와 승합 마차를 타고 베이스워터에 있는 자신의 집으로 돌아갔다.

당시 일링은 첼튼엄이나 레밍턴스파(둘 다 영국의 유명 휴양도시이다—옮긴이)와 같은 분위기를 띠고 있었다. '좋은 공기'와 런던과 가까운 거리라는 이점 때문에 육해군 퇴역 군인들이 우르르 몰려들었다. 이모할머니는 철저히 사교 생활을 누렸다. 워낙에 성품이 사교적이었다. 집에는 항상 대령과 장군들이 득시글했다. 이모할머니는 이들에게 조끼와 뜨개양말에 수를 놓아 선물하면서 꼭 이렇게 말했다.

"아내 되시는 분께서 개의치 않으셔야 할 텐데. 괜한 분란을 일으키고 싶지는 않거든요."

노신사는 정중하게 대답하고는, 아직도 남성다운 매력이 남아 있다는 사실을 기뻐하면서 의기양양하게 물러났다. 이처럼 정중한 노신사들에게 나는 수줍음을 많이 탔다. 나를 웃기려고 농담을 던져도 전혀 재미있지가 않았으며, 깔보는 듯한 당당함에 마음이 불안했다.

"꼬마 아가씨는 디저트로 무엇을 먹을까? 우리 귀여운 꼬마 아가씨. 복숭아? 아니면 금빛 고수머리에 어울리는 황금 자두?"

나는 당황하여 얼굴이 빨개져서는 복숭아를 먹겠다고 중얼거렸다.

"그럼 어떤 복숭아? 자, 골라 보렴."

나는 웅얼거렸다.

"가장 크고 가장 맛있는 거요."

한바탕 웃음이 쏟아졌다. 나도 모르게 내가 농담을 한 모양이었다.

나중에야 유모가 말했다.

"가장 큰 것을 달라고 하면 안 돼요. 욕심꾸러기처럼 보이잖아요."

욕심꾸러기처럼 보인다는 것은 인정한다. 하지만 그것이 뭐가 그리 재미났던 걸까?

사교 활동의 대가답게 유모는 좋은 선생님이 되어 주었다.

"이보다 더 빨리 식사를 마쳐야 해요. 어른이 되어 공작 댁에 초대받았다고 상상해 봐요."

터무니없는 말 같았지만 나는 그런 수도 있겠거니 했다.

"당당한 집사와 제복을 입은 하인들이 있겠죠. 그러다 때가 되면 아기씨가 음식을 다 먹었든 말든 무조건 접시를 치워 버릴 거예요."

나는 그 가능성에 얼굴이 창백해져서는 삶은 양고기를 최선을 다해 빨리 먹었다.

유모는 귀족에 관한 일화를 종종 들려주었고 그 덕분에 나는 야망으로 불타올랐다. 세상 그 무엇보다도 레이디 애거서가 되고 싶었다.(영국에서는 귀족의 부인과 딸에 대한 경칭으로 성명 앞에 '레이디'를 붙여 쓴다 — 옮긴이) 하지만 사회를 잘 아는 유모는 가차 없었다.

"그러실 수는 없어요."

나는 깜짝 놀라 물었다.

"절대로?"

확고한 현실주인자인 유모는 대꾸했다.

"절대로요. 레이디 애거서가 되려면 그렇게 태어나야 해요. 공작이나 후작이나 백작의 딸로 태어나야만 하는 거죠. 물론 공작이랑 결혼해도 레이디라 불리기는 하지만, 그거야 어디까지나 남편의 지위 때문인 거죠. 처음부터 갖고 태어나는 것과는 달라요."

그 순간 나는 처음으로 어쩔 수 없는 운명을 마주했다. 세상에는 도저히 이룰 수 없는 것들이 있다. 이는 빨리 깨달을수록 좋다. 자연적인 고수머리나 검은 눈이나 레이디 애거서처럼 내가 아무리 원해도 가질 수 없는 것들이 있다.

일반적으로 나는 내 어린 시절의 속물근성, 즉 탄생의 속물근성이 부의 속물근성이나 지적 속물근성 같은 다른 속물근성들보다는 그래도 나은 것이라고 생각한다. 오늘날 지적 속물근성은 특정한 형태의 시기와 악의를 낳는 듯하다. 부모란 사람들은 자식을 찬란히 빛나게 하리라고 단호히 결심한다.

"네가 좋은 교육을 받을 수 있도록 우리가 얼마나 큰 희생을 했는지 모르겠니?"

아이들은 부모의 희망을 만족시켜 주지 못하면 죄책감에 사로잡힌다. 지성은 타고난 소질의 문제가 아니라 기회의 문제라고 모두들 확고히 믿고 있다.

내 생각에는 빅토리아 시대의 부모들이 자녀에 대해서나 행복하고 성공적인 삶에 대해서나 더욱 현실적이고 사려 깊었던 것 같다. 이웃에게 지지 않으려고 허세를 부리는 것도 덜했다. 요즘에는 자신의 위신 때문에 자식이 성공하기를 바라는 듯한 사람을 종종 본다. 빅토리아 사람들은 자식의 능력을 객관적으로 평가했다. '예쁜 아이'는 두말할 것 없이 A를 받았다. '영리한 아이'는 B를 받았다. 평범하지만 지적이지는 않은 아이는 C를 받았다. C는 성실히 노력한다면 잘 살 수 있을 것이었다. 물론 때로는 그들의 평가가 틀리기도 했지만, 전체적으로는 문제가 없었다. 할 수 없는 일을 해야만 한다고 강요받지 않는다는 점이 무엇보다도 다행이었다.

대부분의 친구들과는 달리 우리 가족은 일이 순조롭게 돌아가지 않았다. 아버지는 미국인이었던 탓에 자동적으로 '부자'로 여겨졌다. 미국인이라면 무조건 부자라고들 생각했다. 사실 아버지의 재력은 안락하게 살 만한 정도였다. 우리 집에는 집사도, 제복을 입은 하인도 없었다. 마차나 말이나 마부도 없었다. 하인이 셋 있었지만, 당시에는 그것이 최소 수준이었다. 비 오는 날 친구 집에 차를 마시러 갈 때면 방수 외투와 방수용 덧신으로 무장하고는 비를 맞으며 2.5킬로미터를 걸어가야 했다. 손상되기 쉬운 드레스를 입고서 진짜 파티에 가는 것이 아니라면 아이들은 마차를 탈 수 없었다.

반면에 집에 온 손님에게 대접하던 음식은 오늘날의 기준으로 보자면 놀라울 정도로 호화로웠다. 그 정도 음식을 마련하자면 주방장과 조수 둘은 있어야 될 것이다. 언젠가 집에서 (10시에 시작되는) 이른 디너파티의 메뉴를 적은 종이를 우연히 발견했다. 맑은 수프와 걸쭉한 수프 중 하나를 택할 수 있었고, 이어서 삶은 대문짝넙치나 납서대 필레 중 하나를 택할 수 있었다. 그 다음으로 셔벗(과즙 아이스크림 — 옮긴이)이 나오고, 양고기 등살이 이어졌다. 그러고는 뜻밖에도 바닷가재 마요네즈 요리가 나왔다. 마지막으로 디플로마티크 푸딩과 샬럿루스(카스텔라에 커스터드를 씌운 것 — 옮긴이)가 디저트로 선보였다. 이를 모두 제인 혼자서 만든 것이다.

물론 요즘에는 이와 비슷한 수입이 있는 가정이라면 차를 사고, 파출부를 두어 명 쓸 것이다. 파티는 레스토랑에서 하거나 집에서 아내가 준비할 것이다.

우리 집에서 '영리한 아이'로 일찌감치 주목받은 사람은 나의 언니였다. 브라이턴의 교장은 언니가 거턴 칼리지(영국의 명문 여대 — 옮긴이)에 가야 한다고 촉구했다. 아버지는 당황해서 말했다.

"매지를 학자연하는 여자로 만들 수는 없소. 파리로 보내어 '세련'되게 만드는 편이 훨씬 낫지."

그리하여 언니는 파리로 갔다. 어차피 거턴에 갈 생각이 전혀 없었으므로 언니로서는 정말 잘된 일이었다. 확실히 언니는 우리 집안사람들 중에서 가장 총명했다. 재기가 뛰어나고 유쾌하여 재치 넘치는 대답을 재빠르게 하였으며, 시도하는 일마다 성공했다. 언니보다 한 살 어렸던 오빠는 문학을 좋아했고, 인간적으로 대단히 매력적이었지만, 지적으로는 둔했다. 아버지와 어머니 모두 오빠가 '힘든' 아이가 되리라는 것을 예견하셨던 듯싶다. 오빠는 실제적인 공학을 대단히 좋아했다. 아버지는 오빠가 은행에 들어가기를 바랐지만, 은행 일로는 성공하지 못하리라는 것을 깨달았다. 그래서 공학을 시도하였으나 다시 실패했다. 수학이라면 쥐약이었던 것이다.

나는 가족들 사이에서 좋게 말하면 '느린 아이'로 인정받았다. 어머니와 언니는 비범할 만큼 행동이 빨랐지만, 나는 도저히 따라갈 수 없었다. 나는 또한 말하기가 능숙치 않았다. 하고 싶은 말을 쉽사리 조합할 수 없었다. "애거서는 정말 '느림보'라니깐."라는 말에 나는 늘 울음을 터트렸다. 이는 사실이었고, 나도 그것을 잘 알고 있었으며 받아들였다. 하지만 걱정하거나 슬퍼하지는 않았다. 나는 '느린 아이'라는 사실을 기꺼이 받아들였다. 그러나 스무 살이 되어서야 우리 집의 기준이 너무도 높았으며, 내가 평균보다 느린 것은 아니었다는 사실을 깨달았다. 눌변이야 평생 계속되었지만 아마도 이 때문에 내가 작가가 될 수 있었던 게 아닌가 싶다.

유모와 헤어짐으로써 나는 내 생애 처음으로 진정한 슬픔을 맛보았다. 예전에 유모가 돌보았던 아이 하나가 자라 서머싯(영국 잉글랜드 남서부의 주—옮긴이)에 땅을 가지고 있었는데, 유모더러 그만 은퇴하라고 성화를 하고 있었다. 자신의 땅에 자그마하고 편안한 오두막이 있으니, 거기서 언니와 함께 여생을 보내는 것이 어떻겠느냐는 것이었다. 마침내 유모는 결정을 내렸다. 일을 그만두어야 할 때가 온 것이었다.

나는 유모를 지독히도 그리워했다. 매일 유모에게 편지를 썼다. 철자도 제멋대로에다 엉성한 필체의 짧은 편지를. 나에게 쓰기와 철자는 어제나 힘겨운 대상이었다. 편지에는 독창성이라고는 없었다. 사실상 항상 같은 내용이었다.

"사랑하는 유모. 정말 보고 싶어요. 몸 건강하길 빌어요. 토니한테 벼룩이 생겼어요. 엄청난 사랑과 키스를 보내며, 애거서가."

어머니는 편지에 붙일 우표를 주시긴 했지만, 얼마 후에는 은근히 타일렀다.

"그렇게 매일 편지를 보낼 것까지는 없지 않니. 일주일에 두 번 정도가 어떨까?"

나는 화들짝 놀랐다.

"하지만 난 매일 유모를 생각해요. 그러니 매일 써야 해요."

어머니는 한숨을 쉬긴 했지만, 반대하지는 않았다. 그래도 은근히 타이르기를 멈추지 않았다. 몇 달이 흐른 후 나는 어머니 말씀대로 일주일에 두 번으로 편지를 줄였다. 유모는 글을 잘 쓰지 못했다. 하긴 어차피 워낙 지혜로운 사람이니 나의 끈질긴 그리움을 들쑤시는 일은 하지 않았을 것이다. 유모는 한 달에 두 번 내게 상냥하고도 평범한 답장을 보냈다. 내가 유모를 잊지 못하고 너무도 그리워하자 어머니는 내심 걱정하셨던 모양이다. 훗날 말씀하시길, 아버지한테까지 그 문제를 의논했다는 것이었다. 그런데 아버지는 뜻밖에도 기뻐하며 대답했다.

"내가 미국으로 갔을 때 당신을 애타게 그리워하던 일이 생각나는구려."

어머니는 어련히도 그러했겠다고 대꾸했다.

아버지는 물었다.

"당신이 어른이 되면 내가 돌아와 청혼할 줄 알고 있었소?"

"아뇨, 그렇지는 않았어요."

하지만 어머니는 망설이다가 그러한 광경을 몽상하기는 했다고 인정했다. 이는 빅토리아 시대의 전형적인 로맨스였다. 아버지는 화려하지만 불행한 결혼을 한다. 환멸에 빠진 아버지는 아내가 죽은 후 조용한 사촌 클라라에게로 돌아온다. 안타깝게도 클라라는 중병에 걸려 소파에 늘 누워 있어야 한다. 그녀는 마지막 숨을 거두는 순간 아버지에게 축복한다. 어머니는 자신의 어릴 적 몽상을 말하며 웃음을 터뜨렸다.

"소파에 누워 있어도 예쁘고 부드러운 울 담요를 덮고 있으면 땅딸막하게 보이지 않을 거라고 생각했지 뭐예요."

요즘에는 강인한 로맨스가 유행이라지만 당시에는 요절과 병약함이 널리 추앙받았다. 내가 아는 한, 그 어떤 아가씨도 교양 없는 건강함을 고백하지 않았다. 이모할머니는 어렸을 적에 너무도 병약하여 '성인이 될 때까지 살지 못할' 줄 알았다며 대단히 흡족해하는 어조로 늘 말했다. 놀다가 손에 자그마한 충격만 받아도 기절하곤 하였다. 반면 B 할머니는 이렇게 말했다.

"언니는 황소처럼 튼튼했어. 오히려 내가 병약했지."

이모할머니는 아흔두 살까지 사셨고, B 할머니는 여든여섯 살까지 사셨다. 내 생각으로는 두 분 다 아주 건강하지 않았을까 싶다. 하지만 극도의 민감함, 계속되는 기절, 이른 죽음(몰락)은 당시 유행이었다. 이러한 가치관에 깊이 빠진 탓에 이모할머니는 나의 남자 친구들에게 내가 너무도 연약하여 오래 살지 못할 것이라는 미스터리한 암시를 종종 주시곤 했다. 내가 열여덟 살일 때 한 남자 친구가 심심하면 걱정스레 묻는 것이었다.

"이러다 감기 걸리지 않겠어? 네가 얼마나 연약한지 이모할머님한테 다 들었어!"

언제나 건강했던 나는 분개하며 무척 건강하니 염려 말라고 했다. 그제야 남자 친구의 얼굴에서 걱정이 말끔히 가셨다.

"그런데 이모할머님은 왜 그렇게 말씀하셨을까?"

나는 이모할머니가 나의 매력을 돋보이게 하기 위해 최선을 다한 것이라고 설명해야 했다. 이모할머니가 젊었을 적에는 신사와 함께하는 식탁에서 제대로 된 아가씨라면 음식을 새 모이만큼만 먹었더랬다. 물론 나중에 음식을 가득 담은 쟁반이 침실로 배달되었지만.

질병과 요절은 심지어 어린이 책에도 만연해 있었다. 『우리의 하얀 바이올렛Our White Violet』이라는 동화책은 내가 가장 좋아하던 이야기였다. 소녀 바이올렛은 첫 페이지에서부터 성스럽게도 병약한 모습으로 등장해 마지막 페이지에서는 눈물을 흘리는 가족들에 둘러싸여 감동적인 죽음을 맞는다. 비극성은 말썽이 끊이지 않던 푸니와 퍼킨이라는 장난꾸러기 오빠들 덕분에 다소 완화되었다. 전반적으로 분위기가 유쾌한 『작은 아씨들Little

Women』역시도 장밋빛 얼굴의 베스를 희생시켜야 했다. 『골동품 가게The Old Curiosity Shop』에서 넬이 죽을 때는 나는 한기가 들며 구역질이 나기까지 했다. 하지만 디킨스 시대에는 예외 없이 어느 집이나 이러한 비애감을 맛보았다.

요즘에는 소파라고 하면 주로 정신과 의사부터 떠올린다. 하지만 빅토리아 시대에는 소파가 요절과 퇴락과 대문자 R로 시작되는 로맨스 소설을 상징했다. 빅토리아 시대의 아내와 어머니들은 소파에 기꺼이 돈을 썼으리라. 힘겨운 가사 노동에서 해방되는 멋진 방법이었으니. 40대 초반의 주부는 남편의 애정 어린 배려와 딸들의 흔쾌한 도움을 받아 종종 소파에서 쉬며 행복한 인생을 보낸다. 친구들이 우르르 몰려와 그녀의 인내와 노고를 찬미한다. 어디 병이라도 난 것일까? 십중팔구는 아니다. 세월이 흘러가면 대부분이 그렇듯이 그녀도 등과 다리가 아픈 것뿐이다.

내가 좋아하던 다른 책은 하루 종일 누워 창밖만 내다보던 (병약하게 태어나 다리를 저는) 독일인 소녀에 대한 이야기였다. 소녀의 간병인은 이기적이고 쾌락만 좇는 젊은 여자였다. 하루는 급기야 거리 행진을 보러 밖으로 달려나갔다. 병약한 어린 소녀는 너무 바깥으로 몸을 내밀었다가 그만 떨어져 사망한다. 간병인은 양심의 가책으로 얼굴이 새하얗게 질려서는 평생 슬픔에서 벗어나지 못한다. 나는 이처럼 슬픈 이야기들을 대단히 좋아했다.

당연히 구약성서 이야기들도 아주 어려서부터 탐닉했다. 교회에 가는 것은 한 주의 가장 중요한 행사였다. 토르모훈 교구교회는 토키에서 가장 유서 깊은 교회였다. 토키는 근대에 생겨난 온천 도시였지만, 토르모훈은 원래부터 있던 작은 마을이었다. 오래된 교회는 너무 작아서 추가로 더 큰 교회를 지어야 했다. 새 교회는 내가 태어나기 직전에 건설되었다. 아버지는 나의 아깃적 이름으로 상당량의 금액을 기부하여 나를 설립자 명단에 올렸다. 어느 날 아버지에게서 이 이야기를 듣고는 내가 마치 매우 중요한 사람이 된 듯싶었다. "언제 교회에 예배하러 갈 수 있어요?"라고 나는 끊임없이 졸랐다. 그러다 마침내 위대한 날이 도래했다. 나는 앞쪽 신도석에서 아버지 곁에 나란히 앉아 아버지의 커다란 기도서를 보며 함께 예배했다. 아버지는 설교가 시작되기 전에 나가고 싶으면 나갈 수 있다고 미리 귀띔해 주셨다. 설교 시간이 다가오자 아버지는 내게 속삭였다.

"나갈래?"

나는 힘차게 고개를 젓고는 그 자리에 가만히 앉아 있었다. 아버지는 내 손을 꼭 쥐어 주셨다. 나는 떨리는 마음을 티 내지 않으려고 애쓰며 얌전히 앉아 있었다.

일요일의 교회 예배는 무척 좋았다. 예전에 집에서 일요일에만 읽을 수 있는 특별한 동화책을 읽거나(이는 큰 기쁨이었다.) 또한 성서 이야기도 읽곤 했기 때문에 친숙한 느낌이 들었다. 어린아이의 시각에서 보자면 구약 성서의 이야기들은 거침없이 펼쳐지는 대단한 모험담이다. 아이들이 바라는 극적인 원인과 결과가 있다. 요셉과 그의 형제들, 요셉의 색색깔 코트, 애급에서의 성공, 사악한 형제들에 대한 극적이고도 관대한 용서. 모세와 불타는 나무 이야기 또한 매혹적이었다. 다윗과 골리앗은 내 마음을 사로잡지 않는 법이 없었다.

이곳 님루드의 언덕으로 오기 겨우 일이 년 전에 새 떼가 곡식을 약탈하지 못하도록 고무총으로 돌멩이를 쏘던 아랍 노인을 본 적이 있다. 뛰어난 적중률과 그 치명적 위력을 바라보다 문득 골리앗이야말로 불리한 입장에 있었다는 사실을 깨달았다. 다윗은 처음부터 유리한 상황이었다. 빈손의 상대방에게 멀리서도 공격 가능한 무기를 갖고 있었던 것이다. 거인에게 대항하는 소년 이야기라기보다는 두뇌 대 근력의 대결이었다.

어린 시절에 많은 명사들이 우리 집에 놀러 왔는데 그들을 전혀 기억하지 못하다니 정말 유감스럽다. 헨리 제임스(미국의 유명 소설가 — 옮긴이)에 대해 기억나는 것이라고는, 그가 늘 각설탕을 반으로 쪼개어 차에 탄다던 어머니의 불평뿐이다. 사실 이는 괜한 허식이었다. 자그마한 각설탕을 골라 타면 되었을 것을. 러디어드 키플링(영국의 소설가로, 『정글북』으로 유명하다 — 옮긴이)도 왔었다지만 기억나는 것이라고는, 어머니가 친구와 함께 키플링이 왜 당시의 아내와 결혼했는지에 대해 토론하던 모습뿐이다. 어머니의 친구는 이렇게 말하며 토론을 마무리 지었다.

"이유는 분명해. 서로를 완벽하게 보완(complement)해 주기 때문이지."

나는 그 단어를 '칭찬(compliment)'이라고 알아듣고는 참으로 이상하다고 여겼다. 하지만 어느 날 유모가 청혼은 신사가 숙녀에게 해 줄 수 있는 최고의 칭찬이라고 설명하자 그제야 이해가 되었다.

나는 하얀 모슬린 드레스에 노란 새틴 머리띠 차림으로 티 파티에 참석하곤 했지만, 파티에 온 사람들에 대한 기억은 거의 없다. 살과 피를 가진 진짜 사람보다는 내 상상 속의 친구들이 나에게는 더욱 현실적이었다. 어머니의 절친한 친구인 타워 양은 기억하는데, 이는 그분을 피하느라 엄청난 고역을 치렀기 때문이다. 검은 눈썹에 빛날 만큼 새하얀 이를 지닌 탓에 내가 보기에는 꼭 늑대 같았다. 타워 양은 와락 나를 붙잡고는 맹렬하게 키스를 퍼부으며 "잡아먹어 버려야지!" 하고 외치곤 했는지라 나는 무척 두려웠다. 때문에 나는 아이들에게 달려가 허락을 구하지도 않고 키스를 하지 않도록 평생 주의했다. 가엾은 어린것들이 무슨 수로 스스로를 방어하겠는가? 타워 양은 마음씨 곱고, 친절하며, 아이들을 무척 사랑했다. 하지만 아이들이 어떤 기분일지는 전혀 헤아리지 못했다.

레이디 맥그리거는 토키 사교계의 중심인물이었다. 그분과 나는 농담을 나누는 좋은 사이였다. 내가 여전히 유모차를 타고 다니던 어느 날 레이디 맥그리거가 내 유모차를 밀어 주다가 문득 자신이 누구인지 아느냐고 물었다. 나는 모른다고 솔직히 대답했다.

"오늘 스눅스 부인을 만났다고 엄마한테 말씀드리렴."

그녀가 떠나자마자 유모는 나를 나무랐다.

"그분은 레이디 맥그리거세요. 아기씨도 잘 알잖아요."

하지만 그 후로 나는 그분을 만날 때마다 항상 스눅스 부인이라고 인사
했다. 그리고 이것은 우리 둘만의 농담이 되었다.

나의 대부이신 리포드 경은 당시 휴잇 대위라고 불렸는데, 참으로 쾌활
한 분이셨다. 하루는 우리 집에 왔다가 주인 내외가 안 계시다는 소리에 유
쾌하게 대꾸했다.

"아, 문제없네. 내가 안에서 기다리면 되니까."

그는 응접실 하녀를 옆으로 밀치고 들어가려고 했다. 성실한 응접실 하
녀는 그의 면전에서 문을 쿵 닫아걸었다. 그러고는 2층으로 뛰어올라가 마
침 현관 쪽으로 난 화장실 창문을 통해 휴잇 대위에게 소리쳤다. 대부는 간
신히 그가 집안 친구임을 확신시킬 수 있었다.

"지금 화장실 창문에서 말하고 있다는 것 다 아네." 하고 말한 덕이 컸
다. 집 내부를 잘 안다는 사실에 응접실 하녀는 안심하고는 대부를 집 안으
로 들였다. 그런 다음 화장실에서 이야기했음을 알았다는 사실에 몹시도
부끄러워하며 얼른 자리에서 물러났다.

당시 우리는 화장실에 대해 매우 예민했다. 가까운 가족이 아니고는 화
장실에서 나오거나 들어가는 장면을 들키는 것은 있을 수도 없는 일이었
다. 우리 집 화장실이 중간 계단참에 있어 복도에서 훤히 보인다는 점에서
화장실 가기는 여간 까다롭지 않았다. 더구나 최악인 것은 화장실 안에서도
아래층에서 나누는 말소리가 다 들린다는 점이었다. 도저히 밖으로 나갈 수
가 없었다. 모두가 사라질 때까지 화장실 안에 갇힌 채 기다려야 했다.

어린 저 친구들에 대한 기억은 얼마 없다.

도로시와 둘시라는 나보다 어린 친구들이 있었다. 둘 다 아데노이드(코 뒷부분의 임파 조직 —옮긴이)가 부어 둔감했는데, 나는 그 때문에 갑갑해 했다. 우리는 정원에서 차를 마시거나 데번셔 크림을 바른 '거친 빵'(토키에서 만든 빵이었다.)을 먹으며 거대한 감탕나무 둘레로 경주를 했다. 이것이 왜 그리도 재미있었는지. 그 아이들의 아버지인 B 씨는 우리 아버지의 절친한 친구였다. 우리가 토키로 이사하자마자 B 씨는 아버지에게 곧 결혼한다는 소식을 전했다. 장차 아내가 될 사람이 얼마나 멋진 여자인지를 늘어놓고는 B 씨가 말했다.

"여보게, 조. 걱정이야. 그처럼 훌륭한 여인이 어떻게 나를 사랑할 수 있겠나?"

(참고로, 친구들은 아버지를 항상 조라고 불렀다.)

얼마 안 있어 어머니의 친구분이 도착했는데, 무척 동요한 기색이었다. 노스데번의 어느 호텔에 친구를 만나러 갔다가 로비에서 키가 큰 멋진 젊은 여자가 친구와 큰소리로 대화하는 것을 들었다는 것이었다.

그 여자가 의기양양하게 선언하기를, "도라, 이번에 제대로 낚았어. 나한테 완전히 홀딱 반해서는 내 말이라면 죽는 시늉이라도 마다 않는다니깐."

이에 도라는 친구를 축하하고는 결혼에 대해 마음껏 논의했다. 그러다 제대로 낚인 신랑으로 B 씨의 이름이 나온 것이다.

어머니와 아버지는 이 일을 두고 심사숙고했다. 무슨 조치를 취해야 할까? 불쌍한 B 씨가 돈을 노리는 뻔뻔스러운 여자와 결혼하도록 내버려 두어야 할까? 혹시 너무 늦은 것은 아닐까? 사실대로 말한다 해도 과연 믿어줄까?

마침내 아버지가 결정을 내렸다. B 씨에게는 아무 말도 않기로 했다. 남의 말을 퍼트리는 것은 비열한 짓이었다. 그리고 B 씨는 어수룩한 사람이 아니었다. 그는 두 눈을 크게 뜨고 신붓감을 고른 것이다.

B 부인이 돈을 보고 남편과 결혼했는지 어쨌는지는 몰라도, 좋은 아내가 되어 주었다는 점은 분명하다. 그들은 한 쌍의 잉꼬처럼 다정했다. 두 사람은 언제나 함께했으며, 세 아이를 낳았다. 그보다 더 행복한 가족은 찾기 힘들리라. B 씨는 가엾게도 구강암으로 사망했다. 기나긴 고통 속에서도 그의 아내는 헌신적으로 남편을 간호했다. 어머니 말씀처럼 이는 다른 사람에게 무엇이 최선인지 안다고 착각해서는 안 된다는 좋은 교훈이 되었다.

B 부부와 차를 마시거나 식사할 때면 이야기의 주제는 온통 음식이었다. B 부인이 씩씩하게 말한다.

"여보, 이 맛있는 양고기 좀 더 들어요. 입에서 살살 녹아요."

"정말이구려. 딱 한 조각만 더 주시오. 당신도 케이프 소스 좀 뿌리지 그러오? 맛이 기가 막힌다오. 도로시, 너도 양고기를 더 먹도록 해라."

"아뇨, 됐어요, 아빠."

"둘시는? 조금만 더 먹으렴. 살살 녹는다, 녹아."

"괜찮아요, 엄마."

마거릿이라는 이름의 친구가 있었다. 그 아이는 반공식적 친구라고 할 수 있었다. 우리는 서로의 집을 방문하지 않았다.(마거릿의 엄마는 머리가 밝은 오렌지색이었고, 뺨이 핑크빛이었다. 돌이켜보건대, 아마도 그 아주머니가 '방탕'하다고 여겨졌기 때문에 아버지는 어머니에게 그 집과 왕래하지 못하도록 한 것이 아닌가 싶다.) 하지만 우리는 함께 산책하곤 했다. 우리의 보모들이 서로 친구 사이였던 것 같다. 마거릿은 말솜씨가 대단했는데, 덕분에 나는 당혹스러울 때가 많았다. 한번은 마거릿이 앞니가 빠져 발음이 어눌하게 나와 무슨 말을 하는지 알아들을 수가 없었다. 그렇다고 그런 내색을 하자니 너무 심한 것 같아서 되는 대로 대답했는데, 일이 점점 더 난감해져 가기만 했다. 급기야 마거릿은 나한테 '이야기를 들려'주겠다고 제의했다. '꼬마가 든 '사탕'에 대한 것이었는데, 하필이면 내가 처음 듣는 이야기였다. 마거릿은 끝도 없이 계속하다가 마침내 의기양양하게 말했다.

"성말 새밌지 않니?"

나는 열렬하게 동의했다.

"그런세 왜 샤랑이……."

이야기에 대해 질문을 받는 것은 도저히 견딜 수 없는 일이었다. 나는 얼른 끼어들었다.

"마거릿, 이제 내가 이야기해 줄게."

마거릿은 망설이는 기색이었다. 독약이 든 사탕에 대해 뭔가 모호한 구석이 있어 의논하고 싶은 모양이었다. 하지만 나는 필사적이었다.

"이건 음…… 복숭아 씨에 대한 이야기야."

나는 되는 대로 지어 냈다.

"복숭아 씨에 요정이 살고 있었대."

"그래?"

마거릿의 호응에 나는 이야기를 계속 지어냈다. 마침내 마거릿네 집 대문이 시야에 들어올 때까지 어떻게든 이야기를 질질 끌었다.

마거릿이 고맙다는 듯 말했다.

"성말 새미난 이야기야. 어느 송화쌕에 나오는세?"

하지만 동화책에 나온 이야기가 아니었다. 내 머리에서 나온 이야기였다. 내가 생각하기에 썩 재밌는 이야기는 아니었다. 하지만 마거릿에게 이가 빠진 것을 지적하는 무례를 범하지 않도록 나를 구해 주었다. 나는 어느 동화책에서 봤는지 기억나지 않는다고 얼버무렸다.

내가 다섯 살일 때 언니가 파리에서 '세련'되어진 모습으로 돌아왔다. 사륜마차를 타고 일링에 내리는 언니의 모습을 볼 때의 설렘이 아직도 생생하다. 화사한 작은 밀짚모자에 드리운 하얀 베일에는 검은 점이 점점

이 박혀 있어서 내 눈에는 완전히 딴 사람처럼 보였다. 언니는 내게 참으로 다정했으며, 종종 이야기를 들려주었다. 또한 『르 프티 프레셉퇴르Le Petit Precepteur』(작은 가정교사)라는 책으로 내게 불어를 가르치는 등 나의 교육에 적극 동참했다. 그러나 내 생각에 언니는 좋은 선생님이 아니었다. 나는 그 책을 무척 싫어하게 되었다. 두어 번 책장의 다른 책들 뒤에 그 책을 교묘히 숨기기까지 했는데 이내 발견되고 말았다.

나는 더 잘 숨겨야 한다는 것을 깨달았다. 그 방 한쪽에는 박제된 대머리독수리가 들어 있는 거대한 유리 상자가 놓여 있었는데, 아버지는 그것을 무척 자랑스러워했다. 나는 『르 프티 프레셉퇴르』를 독수리 뒤쪽 잘 안 보이는 구석에 몰래 끼워 넣었다. 이는 대성공이었다. 며칠 동안 샅샅이 온 집 안을 뒤졌지만 사라진 책은 찾아낼 수 없었다.

하지만 어머니는 나의 수고를 손쉽게 물거품으로 만들었다. 그 책을 찾는 사람에게는 맛이 기가 막힌 초콜릿을 상으로 무조건 주겠다고 선언했던 것이다. 나의 탐욕이 내 무덤을 팠다. 나는 덫에 걸려 그 방을 열심히 뒤지는 척했다. 마침내 의자에 올라서서는 독수리 뒤를 응시하다 놀라는 척 외쳤다.

"어머나, 여기 있어요!"

벌이 기다리고 있었다. 나는 꾸지람을 듣고는 그날 내내 내 방에만 있어야 했다. 나는 내가 책을 찾아냈기에 이런 벌을 받아도 싸다고 생각했다. 하지만 약속된 초콜릿을 주지 않은 것은 너무도 불공평했다. 책을 찾는 사람에게는 무조건 주겠다고 했고, '나는' 책을 찾았는데 말이다.

언니는 나를 매혹시키는 동시에 겁에 질리게 하는 놀이를 알고 있었다. '큰언니'라는 게임이었다. 우리 가족 중에 나와 언니보다 더 나이가 많은 큰언니가 있다고 가정한다. 그녀는 미쳐서 코빈스헤드의 어느 동굴에서 살고 있는데, 가끔씩 집에 들른다. 겉으로만 봐서는 매시 언니와 똑같이 생겼지만, 목소리는 매우 다르다. 부드러우면서도 느끼한, 오싹하게 만드는 목소리이다.

"우리 예쁜이, 내가 누구인지 알지? 안 그래? 나는 네 언니 매지야. 내가 다른 사람이라고 생각하는 것은 아니겠지? 그런 생각 하면 나쁜 아이란다."

나는 이루 말할 수 없이 무서웠다. 물론 매지 언니가 일부러 다른 사람인 척한다는 것은 잘 알았다. 하지만 정말일까? 혹시 아닌 건 아닐까? 그 목소리 하며, 교활하게 흘깃거리는 눈초리 하며, 큰언니다!

어머니는 화를 내셨다.

"매지, 그런 바보 같은 놀이로 동생한테 겁을 주면 못써."

매지 언니는 야무지게 대답했다.

"얘가 먼저 하자고 했는걸요."

사실이다. 나는 언니에게 말했다.

"큰언니가 금방 올까?"

"글쎄. 왔으면 좋겠니?"

"음……. 응, 왔으면 좋겠어."

정말 오기를 바랐을까? 아마도 그랬으리라.

나의 소망은 금방 실현되지 않는다. 이틀쯤 후 육아실 문에 노크 소리가 나고, 이어서 목소리가 들린다.

"문 좀 열어 주겠니? 네 큰언니야……."

그 후로도 몇 년 동안 매지 언니가 큰언니 목소리만 내면 나는 등골이 오싹해졌다.

나는 왜 겁먹는 것을 즐겼을까? 대체 공포가 어떤 본능적 욕구를 만족시켰던 걸까? 아이들은 왜 곰이나 늑대나 마녀 이야기를 좋아할까? 너무나도 안전한 삶에 반대하는 무엇인가가 우리 안에 있는 것일까? 인간은 인생에서 특정 수준의 위험을 필요로 하는 것일까? 요즘의 과도한 안전이 청소년 비행에 한몫하는 것은 아닐까? 우리는 본능적으로 싸워야 할 대상을, 극복해야 할 대상을 필요로 하는 것일까? 나 자신에게 나 자신을 증명하기 위하여?「빨간 모자 아가씨」이야기에서 늑대를 빼 버린다면 어느 아이가 좋다고 하겠는가? 하지만 삶의 대부분의 경우에 그러하듯이 우리는 약간의, 지나치지 않을 만큼 약간의 공포를 원한다.

언니는 이야기 솜씨가 대단했다. 어릴 적에도 오빠는 언니에게 이야기해 달라고 조르곤 했다.

"또 하나 해 줘."

"싫어."

"해 줘, 해 줘!"

"싫단 말이야."

"부탁이야, 좀 해 주라."

"그러면 네 손가락을 깨물어도 되니?"

"응."

"꽉 깨물 거야. 어쩌면 손가락이 똑 끊어질지도 몰라!"

"괜찮아."

매지 언니는 다정하게 이야기를 하나 더 시작한다. 그러고는 남동생의 손가락을 쥐고는 깨문다. 오빠는 비명을 지르고, 엄마가 달려온다. 언니는 꾸중을 듣고는 억울하다는 듯 대꾸한다.

"하지만 그렇게 하기로 약속했단 말이에요."

내가 처음으로 쓴 이야기가 기억난다. 매우 짧은 멜로드라마였는데, 쓰기와 철자 때문에 무척 힘들었다. 고귀한 레이디 매지(선인)와 악질 레이디 애거서(악인)에 대한 이야기로, 성의 상속을 둘러싼 음모가 펼쳐졌다.

나는 언니에게 그 이야기를 보여 주고는, 함께 연극 놀이를 하자고 제안했다. 그러자 언니는 대뜸 자신이 악질 레이디 매지를 할 테니, 나는 고귀한 레이디 애거서를 하라고 했다.

"하지만 착한 역을 하고 싶지 않아?"

나는 깜짝 놀라 물었다. 언니는 싫다면서, 악역이 훨씬 재밌다고 했다. 레이디 매지를 착한 사람으로 한 것은 순전히 예의 때문이었으므로 나는 몹시 기뻤다.

아버지는 이 극을 보고는 엄청 웃으셨다. 기분 좋은 웃음이었다. 어머니는 악질은 좋은 표현이 아니니 되도록 쓰지 말라고 말씀하셨다.

"하지만 정말 악질이란 말예요. 많은 사람들을 죽였잖아요. 사람을 화형시킨 피의 여왕 메리 못지않아요."

동화책은 생활에서 중요한 역할을 했다. 유모는 생일이나 크리스마스 선물로 내게 동화책을 주었다. 『노란 이야기책The Yellow Fairy Book』, 『파란 이야기책The Blue Fairy Book』 등등. 나는 그 책들을 모두 좋아했으며, 몇 번이고 되풀이해 읽었다. 그러다 역시 앤드류 랭이 편집한 동물 이야기 모음집을 선물 받았다. 안도르클레스와 사자에 관한 이야기를 비롯해 그 책 역시 정말 재미있었다.

당시 최고의 동화 작가였던 몰스워스 부인의 작품을 처음 접했던 것도 아마 이 무렵이 아닌가 싶다. 몰스워스 부인에 대한 열광은 몇 년이나 계속되었다. 지금 다시 읽어 보아도 참으로 멋진 이야기들이다. 물론 요즘 아이들은 구닥다리 같다고 여기겠지만, 풍부한 성격 묘사를 비롯해 많은 점에서 뛰어나다. 『당근Carrots』, 『기껏 꼬맹이가Just a Little Boy』, 『베이비 씨Herr Baby』 등은 유아가 읽기에도 좋으며, 이 외에도 무수한 작품들이 있다. 나는 요즘도 『뻐꾸기 시계Cuckoo Clock』, 『태피스트리 방The Tapestry Room』을 거듭해서 읽곤 한다. 그중에서도 가장 좋아했던 작품은 『네 바람 농장Four Winds Farm』이다. 하지만 지금은 이런 재미없는 작품을 왜 그리도 사랑했는지 의아하다.

당시 동화책 읽기는 너무도 즐거우므로 품위 있는 행위가 아니라고 간주되었다. 점심 이후에는 그 어떤 동화책도 읽을 수 없었다. 아침에 읽을 때에도 이야기에서 뭔가 '유용한' 점을 찾아내야 했다. 심지어 아직까지도 나는 아침을 든 후에 소설을 읽노라면 죄책감이 든다. 일요일의 카드놀이도 마찬가지다. 카드가 '악마의 그림'이라던 유모의 비난은 더 이상 개의치 않게 됐지만, '일요일 카드놀이 금지'는 온 집안의 규칙이었다. 그토록 긴 세월이 흘렀는데도 일요일에 브리지를 할 때면 죄책감을 완전히 털어 낼 수 없으니.

유모가 떠나기 전 부모님은 한동안 미국에 가 계셨다. 유모와 나는 일링에서 지냈다. 몇 달을 행복하게 잘 지냈던 듯싶다. 이모할머니 댁 하인들의 대장은 아주 늙어 쪼글쪼글한 요리사 한나였다. 제인이 뚱뚱했던 것만큼이나 한나는 말라깽이였다. 깊이 주름이 팬 얼굴은 해골바가지 같았고, 등은 굽어 새우등이었다. 요리 솜씨는 비할 데 없었다. 일주일에 세 번 집에서 빵을 구울 때면, 나는 주방에서 조수 노릇을 하면서 직접 자그마한 코티지 로프(커다란 덩어리의 빵 위에 작은 덩어리의 빵을 얹어 구운 것 — 옮긴이)와 꽈배기빵을 만들기도 했다. 한번은 곱창이 뭐냐고 물었다가 한나와 다투었다. 얌전한 숙녀라면 입에 담아서는 안 될 말이 분명했다. 나는 부엌을 이리저리 조르르 뛰어다니며 한나를 놀렸다.

"곱창이 뭐예요? 벌써 세 번째 묻는 거예요. 곱창이 뭐예요?"

결국 유모가 나를 주방에서 끌어내고는 나무랐다. 한나는 이틀 동안 나한테 말도 걸지 않았다. 그 다음부터 나는 한나의 규칙을 어기지 않도록 더 주의했다.

일링에 머무를 때 내가 빅토리아 여왕의 즉위 60주년 축제에 갔었던 모양이다. 얼마 전 우연히 아버지가 미국에서 보낸 편지를 발견했는데, 당시 풍습대로 씌어 있는 문장은 아버지의 어투 하고는 전혀 달랐다. 단호하고도 녹실해 보이는 편지 문체와는 달리, 아머시는 내게 유쾌하고, 메모는 악간은 상스럽게까지 말씀하시곤 했다.

애거서, 이모할머님께 깊이 감사드려야 한다. 너한테 얼마나 잘해 주셨는
지, 너에게 얼마나 큰 선물을 주셨는지 잊어서는 안 된다. 네가 평생 잊지 못
할 대단한 축제에 참석하게 되었다는 소식을 들었단다. 일생에 한 번 있을까
말까 하는 대단한 기회야. 이모할머님께 고마운 마음을 꼭 전하도록 해라. 정
말 축하한다. 나와 네 어머니도 거기 함께 있었더라면 좋았을 것을. 평생 잊지
못할 멋진 경험을 하게 될 거야.

아버지에게는 예지력이 없었나 보다. 나는 그 일을 까맣게 잊어버렸으
니. 이렇게 어이없을 수가! 과거를 돌아보면 무엇이 기억나느냐고? 마을의
바느질하는 여자들, 내가 부엌에서 만든 꽈배기빵, F 대령의 입냄새 등 사
소하기 이를 데 없는 것들이다. 그렇다면 무엇을 잊어버렸냐고? 내가 구경
하고 기억할 수 있도록 누군가가 거액을 지불한 대단한 축제. 참 한심하다.
이 얼마나 배은망덕한 아이란 말인가!

그러고 보니 너무도 기가 막힌 우연이라 도저히 믿기 힘든 일이 문득 떠
오른다. 빅토리아 여왕의 장례식 때였다. 이모할머니와 B 할머니는 장례식
을 보러 가기로 했다. 두 사람은 패딩턴 가까운 어느 집의 창문을 미리 확
보해 두고는 그 대단한 날에 그곳에서 만나기로 약속했다. 이모할머니는
늦지 않도록 새벽 5시에 일링의 집을 나서서 패딩턴 역으로 향했다. 늦어
도 세 시간이면 족히 도착하리라 예상하고는 장례식을 기다리는 동안 필요
한 뜨개질거리와 먹을거리와 기타 필수품을 챙겨 갔다. 안타깝게도 세 시
간은 충분하지 못했다. 거리는 사람들로 미어터질 듯했다. 패딩턴 역에서
나온 후로 한동안 한 치 앞도 나아갈 수 없었다. 두 구급 요원이 군중 속에
서 이모할머니를 구해 내고는 더 갈 수 없다고 설득했다. 그러자 이모할머

니는 눈물을 흘리며 외쳤다.

"가야 하네, 가야 한단 말이네! 방을 예약해 두었어. 자리를 예약해 두었단 말이야. 2층 두 번째 창문 첫 번째 두 자리는 우리 거야. 얼마나 좋은 자리인데. 가야 해!"

"할머니, 그건 불가능합니다. 거리가 사람들로 가득 찼어요. 30분 동안 모두들 제자리에 서 있잖습니까."

이모할머니는 더욱 흐느껴 울었다. 구급 요원이 다독이듯 말했다.

"장례식을 보기란 아무래도 힘들 겁니다. 대신 저 아래 저희 구급차가 있는 곳까지 모셔다 드리지요. 거기서 쉬시면서 차라도 한 잔 하십시오."

이모할머니는 여전히 울면서 구급 요원들과 함께 갔다. 구급차 옆에는 그녀와 비슷한 모습을 한 사람이 마찬가지로 울면서 앉아 있었다. 검은 벨벳 차림에 꽃을 든 어마어마한 덩치의 여인이. 두 사람은 서로를 바라보고는 찢어질 듯 비명을 질렀다.

"메리!"

"언니!"

꽃과 거대한 가슴을 출렁이며 두 사람은 만났다.

5

어린 시절의 가장 큰 즐거움을 생각하면 단연 굴렁쇠가 떠오른다. 정말 단순한 놀이이다. 값이 얼마나 했을까? 6펜스? 1실링? 결코 이보다 비싸지는 않았으리라.

그럼에도 부모와 보모와 하인들에게는 이루 말할 수 없이 소중한 것이었다. 맑은 날 에기저기 굴렁쇠를 가지고 정원에 나가면 식사 시긴이 될 때까지 모두들 한숨 놓았다. 아니, 더욱 정확하게는 내가 배고픔을 느낄 때까지였다.

굴렁쇠는 나에게 말이자 바다 괴물이자 기차였다. 정원 산책로를 따라 굴렁쇠를 굴리면 나는 갑옷을 입은 기사였다가 자그마한 백마를 타고 가는 공주였다가 감옥에서 탈출하는 (고양이 가족들 중 하나인) 클로버가 되었다. 좀 덜 낭만적이게는 내가 직접 만든 세 철도를 달리는 기차에서 기관사가 되었다가 승무원이 되었다가 승객이 되었다.

철도는 세 개로 뚜렷이 구분되었다. 순환 철도는 정원의 4분의 3을 따라 빙글빙글 돌며 여덟 개의 역을 지나갔다. 물통 철도는 소나무 아래 수도꼭지가 달린 거대한 물통에서부터 시작하여 부엌정원까지만 이어지는 단거리 노선이었다. 테라스 철도는 집을 따라 도는 노선이었다. 바로 얼마 전에 낡은 식기장을 우연히 들여다보다가 자그마치 60년 전에 내가 이들 세 철도 노선의 시간표를 대충 적어 놓은 마분지를 발견했다.

굴렁쇠를 굴리며 "침대 계곡의 백합 역입니다. 여기에서 내려 순환 노선으로 갈아타십시오. 이 역은 종점입니다. 모두 내려 주십시오."라고 외치는 것을 내가 왜 그리 좋아했는지 의아하다. 나는 몇 시간이고 굴렁쇠를 굴리며 놀았다. 운동 효과는 아주 좋았으리라. 또한 굴렁쇠를 던져 다시 내게로 굴러 오게 하는 법을 열심히 익혔다. 우리 집을 방문했던 어느 해군 장교가 가르쳐 준 기술이었다. 처음에는 어림도 없었다. 하지만 기나긴 시간을 끈질기게 노력한 끝에 드디어 그 비법을 터득했다. 그 후로 이 놀이는 나에게 더할 나위 없는 기쁨이 되었다.

비가 올 때면 마틸드와 놀았다. 마틸드는 커다란 미국제 흔들목마로, 언니와 오빠가 미국에서 어린 시절을 보낼 때 선물받은 것이었다. 영국으로까지 가져온 마틸드는 여기저기 많이 부서져 있었다. 갈기도 없고, 칠도 벗겨지고, 꼬리도 없어진 채로 집 옆의 자그마한 온실에 처박혔다. 높다란 야

자수가 자라고, 온갖 양치류가 줄을 잇고, 제라늄과 베고니아가 화분에 솟아 있는 그런 거대한 온실이 아니라, 식물은 찾아볼 수조차 없고 대신에 크로케 타구봉, 굴렁쇠, 공, 부서진 정원 의자, 페인트칠이 된 낡은 철 탁자, 해진 테니스 망, 그리고 마틸드를 넣어 두었다. 이 작은 온실을 K.K.라고 불렀는데, 왜 그랬는지는 모르겠다.(어쩌면 카이카이의 약자?)

마틸드는 흔들림이 기가 막혔다. 영국의 그 어떤 흔들목마도 마틸드에 미칠 수 없었다. 앞으로 뒤로 위로 아래로 덩실덩실 튀어 올랐다. 온 힘을 다해 튕겼다가는 말에서 굴러 떨어지기 십상이었다. 스프링이 삐익삐익 요란하게 울어(꼭 기름칠을 해 주어야 했다.) 더 한층 스릴이 있었다. 정말 좋은 운동이었다. 내가 어릴 때 말라깽이였던 것도 당연하다.

KK에는 마틸드의 벗으로 트루러브가 있었다. 마찬가지로 대서양 건너편에서 온 트루러브는 페인트칠을 한 자그마한 말로, 페달을 밟으면 수레가 움직이는 장난감이었다. 하지만 너무 오랫동안 사용하지 않은 바람에 페달이 끄떡도 하지 않았다. 기름을 듬뿍 칠했더라면 페달이 움직였을지도 모르겠지만, 트루러브와 노는 데는 그보다 더 쉬운 방법이 있었다. 데번의 정원이라면 으레 그렇듯이 우리 집 정원에도 비탈이 있었다. 트루러브를 초

▲ 트루러브를 타고 있는 오빠 몬티

록 비탈 꼭대기까지 밀고 올라가 조심스레 탄다. 그러고는 힘찬 외침과 함께 아래로 구르는 것이다. 처음에는 느릿느릿하지만 가속도가 붙으면 발로 브레이크를 걸어야 했다. 바닥에 도착한 다음에는 칠레소나무 아래에서 쉰 후 다시 비탈 꼭대기로 트루러브를 밀고 올라가 처음부터 시작했다.

훗날 나의 예비 형부는 이 놀이를 지켜보며 무척이나 즐거워했다. 때로는 한 시간씩 계속했는데, 언제나 장엄한 의식을 치르듯 진지하게 행하고는 했다.

유모가 떠났을 때 나는 자연히 놀이 친구가 없어 당황했다. 굴렁쇠를 찾아낼 때까지 나는 슬픔 속에 방황했다. 여느 아이들처럼 나도 다른 사람들한테 놀아 달라고 조르며 주위를 돌아다녔다. 처음에는 어머니를, 다음에는 하인들을. 하지만 당시에는 아이와 놀아 주는 일을 맡은 사람이 없다면 아이는 제 스스로 놀아야만 했다. 하인들은 상냥했지만, 해야 할 일이 태산 같았다.

"아기씨, 다른 데 가서 노세요. 저는 어서 일을 해야 해요."

제인은 건포도 한 움큼이나 치즈 조각을 주면서 정원에서 먹어야 한다고 신신당부했다.

그래서 나는 나만의 세계와 나만의 놀이 친구를 만들었다. 나로서는 여간 다행한 일이 아니다. 덕분에 평생토록 '할 일이 없어' 지루할 새라곤 없었다. 수많은 여성들이 권태로움 때문에 괴로워하며 고독과 지루함에 몸서리친다. 혼자만의 시간을 갖는다는 것은 그들에게 악몽이지 기쁨이 아니다. 언제나 즐거운 일이 찾아온다면 사람은 그것을 당연히 기대하게 된다. 그러다 갑자기 아무런 즐길 거리도 없어지게 되면 당황하여 어찌할 바 모르게 되는 것이다.

요즘 아이들이 휴일에 스스로 노는 방법을 찾지 못해 난감해 하는 것은 모두 학교에 다니기 때문에 할 일들이 자동적으로 정해지기 때문이 아닌가 싶다. 아이들이 나한테 와서 "놀아 줘요. 심심해 죽겠어요." 하고 말할 때마다 나는 깜짝 놀란다. 그래서 사뭇 아연한 마음이 되어 묻는다.

"하지만 장난감이 많지 않니?"

"많긴요."

"기차가 두 개나 있잖니. 화물 자동차도 있고, 그림 도구도 있고, 블록도 있고. 장난감을 갖고 놀지 그러니?"

"하지만 나 혼자서 무슨 수로 놀아요?"

"왜 못 놀아? 새를 그려서 자른 다음 블록으로 새장을 만들렴. 그러면 새 그림을 새장에 넣을 수 있잖아."

어둠이 환해지고, 다음 10분간은 평화가 깃든다.

과거를 회상하다 보니 한 가지가 점점 확실해진다. 나의 취향이 기본적으로 예나 지금이나 그대로라는 것이다. 아이 때에 좋아하던 놀이는 어른이 되어서도 변함없이 좋아한다.

그 예로 집을 들 수 있다.

내게는 장난감이 꽤나 많았다. 진짜 시트와 담요가 깔린 침대에 누워 있는 인형과 집짓기 장난감은 언니와 오빠가 물려 준 것이었다. 또한 임시변통으로 만들어 갖고 논 장난감도 적지 않았다. 오래된 잡지에서 그림을 잘라 내서는 갈색 종이로 만든 스크랩북에 붙였다. 아니면 남아서 안 쓰는 벽지를 잘라 상자에 붙이며 놀았다. 이는 느긋하게 오랜 시간을 보낼 수 있는 좋은 놀이였다.

하지만 실내에서 하는 놀이의 가장 큰 기쁨은 뭐니 뭐니 해도 인형의 집이었다. 이 집은 평범한 모양에 페인트칠이 되어 있었고, 앞 벽을 활짝 젖히면 부엌과 거실과 1층 복도와 2층 침실 두 개와 욕실이 다 보였다. 놀이는 차례차례 가구를 들이는 것으로 시작되었다. 당시 생점에서는 손끝 종류의 인형 가구를 꽤 저렴하게 판매했다. 그때 기준으로 나는 상당한 금액의 용돈을 받았다. 아버지는 매일 아침 갖고 있던 모든 동화(銅貨)를 내게 주셨다. 나는 아침마다 아버지의 옷 방으로 가 문안 인사를 드리고는 운명이 그날 나에게 얼마나 선사할지 궁금해하며 탁자를 살폈다. 2펜스? 5펜스? 한번은 11펜스였던 날도 있었다! 어떤 날은 동화가 하나도 없기도 했다. 이러한 불확실성 때문에 무척 스릴이 넘쳤다.

나는 거의 항상 같은 것만 샀다. 사탕은 어머니가 건강에 좋다고 인정한 눈깔사탕 종류만 토르에 있는 윌리 씨네 가게에서 샀다. 바로 옆에 딸린 건물이 사탕 제조장이라 가게 문을 열기만 하면 그날 무슨 사탕을 만드는지 단번에 알 수 있었다. 달콤한 향기의 태피(설탕 · 버터 · 땅콩을 섞어서 만든 사탕 ─ 옮긴이), 날카로운 내음의 박하사탕, 오묘한 향내의 파인애플 사탕, (분명치 않은 것이) 사실상 아무 냄새도 안 나던 보리엿, 또한 압도적으로 강렬한 향의 서양배 모양 눈깔사탕.

사탕은 모두 1킬로그램에 18페니였다. 나는 일주일에 4페니어치를 샀는데, 1페니씩 각기 다른 네 종류로 골랐다. 그러고는 부랑인을 위한 기금함(탁자에 놓여 있었다.)에 1페니를 냈다. 9월이 되면 크리스마스 선물 중 만들지 않고 살 것을 대비해 한 푼 두 푼 저축을 시작했다. 그 나머지 돈은 모두 인형의 집 가구나 소품을 사는 데 쓰였다.

너무도 매혹적이어서 사지 않을 수 없었던 가구와 소품들이 아직도 눈에 선하다. 예를 들어, 음식 소품에는 조그마한 마분지 접시에 놓인 로스트 치킨, 달걀과 베이컨, 결혼 케이크, 양 다리, 사과와 오렌지, 물고기, 트라이플(포도주에 담근 카스텔라류 ─ 옮긴이), 서양 자두 푸딩 등이 있었다. 또한 나이프, 포크, 스푼이 담긴 금속 바구니와 조그마한 유리컵 세트도 있었다. 정교한 가구도 팔았다. 나는 응접실에 푸른색 새틴 의자 세트를 들인 다음, 소파와 웅장한 금박 안락의자를 차례차례 갖추었다. 거울 달린 화장대, 둥글게 모서리를 다듬은 식탁, 값비싼 오렌지색 비단 커튼, 램프, 식탁 중앙 장식품, 꽃병. 이 외에도 빗자루, 쓰레받기, 빗, 양동이, 냄비 등 온갖 생활 소품이 있었다.

얼마 안 있어 내 인형의 집은 꼭 가구 판매점 같은 꼴이 되었다.

인형의 집을 '하나 더' 살 수는 없을까?

어머니는 어떤 여자애도 인형의 집을 두 개 가져서는 안 된다고 생각하였다. 하지만 대신 식기장을 이용하지 않겠느냐는 기막힌 제안을 하였다. 그래서 나는 식기장을 하나 얻었다. 이는 대성공이었다. 우리 집 꼭대기에는 아버지가 침실 두 개를 추가하려고 증축하였다가 그만둔 큰 방이 있었는데, 언니와 오빠는 텅 빈 그곳을 놀이방 삼아 신나게 놀았다. 그 흔적이 지금도 여전히 남아 있다. 벽에는 몇 개의 책장과 식기장이 늘어서 있고, 중앙은 편리하게 텅 비어 있어 마음껏 놀 수 있었다. 나는 벽에 붙박이 형식으로 설치된, 네 칸짜리 식기장을 할당받았다. 어머니는 다양한 무늬의 벽지를 찾아준 다음에 식기장 선반에 카펫처럼 깔라고 했다. 원래 있던 인형의 집은 식기장 꼭대기에 올려놓았다. 그리하여 나는 총 6층짜리 집이 생긴 것이다.

물론 나의 집에는 안에서 살아갈 가족들이 필요했다. 나는 아빠 인형, 엄마 인형, 두 개의 아이 인형, 하녀 인형을 샀다. 머리와 가슴은 도자기로 되어 있고, 팔 다리는 톱밥이 들어 있어 얼마든지 굽힐 수 있었다. 어머니는 가지고 있던 천 조각으로 인형 옷을 만들어 주셨다. 심지어 아빠 인형의 얼굴에 조그마한 검은 턱수염과 콧수염도 붙여 주셨다. 아빠, 엄마, 두 아이, 하녀. 완벽했다. 인형에 어떤 특정한 성격을 정해 주었는지는 기억나지 않는다. 인형들은 나에게 사람이 아니라 그저 인형의 집에서 살아가야 할 존재였다. 어쨌든 식탁에 가족들이 옹기종기 모여 앉으면 그것으로 족했다. 접시, 유리, 로스트치킨, 다소 특이한 핑크색의 푸딩이 섞 식사도 차려졌다.

이사하기라는 재미난 놀이도 할 수 있었다. 튼튼한 마분지 상자는 가구 운반차였다. 가구를 모두 상자에 싣고는 질질 끌며 방 안을 여러 차례 돌다가 '새 집에 도착'했다.(이사는 적어도 일주일에 한 번은 했다.)

그 이후로도 내가 집 놀이를 계속해 왔다는 것을 이제는 분명히 알 수 있다. 나는 수많은 집으로 이사하고, 수많은 집을 사고, 수많은 집을 맞바꾸고, 수많은 집에 가구를 들이고, 수많은 집을 장식하고, 수많은 집을 구조 변경했다. 집이라니! 이럴 수가!

다시 추억으로 돌아가자. 기억을 한데 모으다 보니 기억하는 것이 있고 기억하지 못하는 것이 있다는 것이 참으로 기묘하다. 행복했던 일을 기억하고, 두려웠던 일을 (그것도 매우 생생하게) 기억한다. 헌데 기이하게도 고통과 불행은 떠올리기가 쉽지 않다. 기억하지 못한다는 뜻은 아니다. 그저 생생히 '느껴지지' 않는다는 것이다. 아주 어릴 때의 기억들도 마찬가지이다. "그때 지독히도 불행했지. 그때 치통으로 무척 앓았지." 하지만 그때의 불행이나 고통은 느껴지지 않는다. 반면, 어느 날 문득 코끝을 스치는 라임나무 향기는 아스라한 과거로 나를 보낸다. 라임나무 옆에서 보낸 하루가 느닷없이 떠오른다. 나는 신나게 땅바닥을 뒹굴며 따뜻한 풀 냄새를 맡다가 별안간 여름의 사랑스러움을 느꼈다. 근처에는 개잎갈나무가 서 있고, 저 너머로 강이⋯⋯. 인생의 어느 한 순간으로 완연히 돌아간 듯하다. 순식간에 떠오른다. 기억뿐만 아니라 그때의 느낌마저 생생하다.

미나리아재비 풀밭이 또렷이 기억난다. 유모와 함께 거닐었던 것을 보면 다섯 살도 채 안 되었으리라. 일링의 이모할머니 댁에서 지낼 때였다. 우리는 성 스테판 교회를 지나 언덕을 올라갔다. 당시에는 사방이 온통 들판이었다. 그러다 황금빛 미나리아재비가 한 밭 가득 펼쳐진 특별한 장소에 이르렀다. 내가 알기로는, 우리는 그곳에 자주 찾아갔다. 내 기억이 처음 미나리아재비 들판에 갔을 때의 순간인지, 아니면 훗날의 일인지는 확실치 않다. 하지만 그곳의 아름다움만은 분명히 기억나고 느껴진다. 그러고 보니 벌써 몇 년째 미나리아재비로 가득한 들판을 보지 못한 것 같다. 들판에 한두 송이씩 핀 미나리아재비를 보았을 뿐이다. 초여름 황금빛 미나리아재비가 널따랗게 펼쳐져 있는 들판은 대단한 장관이다. 오래전 나는 그것을 보았고, 지금도 보고 있다.

사람은 인생의 어떤 일에서 가장 큰 기쁨을 느낄까? 저마다 다 제각각이라고 감히 단언하는 바이다. 과거를 회상하며 곰곰이 생각해 보면 나의 경우에는 매일의 조용한 순간이 가장 큰 기쁨이었던 것 같다. 내가 가장 행복했을 때가 바로 조용한 순간들이었다는 것만은 확실하다. 푸른 리본으로 유모의 회색 머리를 치장할 때, 토니와 놀 때, 토니의 널찍한 등을 빗질하며 가르마 탈 때, 상상으로 빚은 정원의 강 너머에서 진짜 말을 탄 양 달려갈 때. 순환 노선의 역들을 지나며 굴렁쇠를 쫓아갈 때. 엄마와 재밌는 게임을 할 때. 내가 좀 더 자랐을 때 어머니가 나에게 디킨스를 읽어 주시다 졸음에 겨워 고개를 꾸벅이더니 끝내 안경이 코에서 슬쩍 미끄러진 적이 있었다. 나는 고민스러운 목소리로 말했다.

"엄마, 졸지 마세요."

그러자 엄마는 위엄 있게 대꾸했다.

"아가, 내가 언제 졸았다고 그러니. 조금도 졸리지 않아!"

하지만 몇 분 후 엄마는 잠이 들었다. 안경이 코에서 미끄러진 채 잠이 든 엄마의 모습이 얼마나 우스워 보였는지, 그 순간 엄마에게 얼마나 깊은 사랑을 느꼈는지 생생히 기억난다.

이는 참 묘하다. 하지만 상대방이 우스워 보일 때만이 내가 그를 얼마나 사랑하는지를 깨달을 수 있다! 잘생겨서, 재미있어서, 매력적이어서 누군가를 좋아한다면 우스운 꼴을 보았을 때 거품이 바로 터져 버린다. 결혼하려는 아가씨들에게 나는 이렇게 조언한다.

"그 남자가 지독한 감기에 걸려서 재채기를 계속하고 눈물을 흘리며 코 맹맹이 소리로 말한다고 상상해 보렴. 어떤 느낌이 들겠니?"

이는 정말 좋은 테스트이다. 남편이 될 사람이라면 다정다감한 사랑과 애정이 느껴져야 한다. 기꺼이 감기를 함께 나누고 사소한 매너리즘을 손쉽게 극복할 사랑 말이다. 열정은 누구나 다 당연히 가질 수 있다.

하지만 결혼은 연애보다는 더 큰 것을 의미한다. 나는 결혼에 존경이 필요하다는 구식 사고방식을 믿는다. 존경을 찬미로 혼동해서는 안 된다. 결혼 생활 내내 한 남자를 찬미하는 것은 지루하기 짝이 없다. 그랬다가는 목근육에 정신적 쥐가 날 것이다. 하지만 존경은 내 속에 그것이 있다는 것을 알기 때문에 굳이 골치 아프게 생각할 필요가 없다. 한 아일랜드 노부인이 남편에 대해 이렇게 말했다.

"그이는 내게 참으로 좋은 머리이지요."

이것이야말로 여자에게 꼭 필요한 것이라고 생각한다. 여자란 자신의 배우자가 완벽하기를, 남편의 판단을 믿고 의지할 수 있기를 바란다. 결정하기 힘든 일이 생기더라도 남편이 잘 처리하리라 안심할 수 있기를 바란다.

과거를 돌이켜보며 온갖 사건들과 일화들을 떠올리다 보니 기묘하기 이를 데 없다. 이런 일들이 모두 중요한 의미를 지닌 것일까? 대체 어떤 기준으로 기억이 남고 남지 않는 것일까? 무엇이 그것을 결정하는 것일까? 마치 다락방에 있던 온갖 잡동사니로 가득한 커다란 트렁크를 열고는 손을 집어넣고 이렇게 말하는 것 같다.

"나는 이것과…… 이것과…… 이것을 가질 테야."

서너 사람들에게 지난 해외여행에서 무엇을 기억하는지 물어 보아라. 각기 다른 추억을 대는 것을 듣고는 깜짝 놀랄 것이다. 친구네 아들인 열다섯 살 난 소년은 봄 방학 때 파리로 여행을 갔다 왔다. 그런데 한 우둔한 집안 친구가 늘 그렇듯 유쾌한 어조로 그 아이를 괴롭히는 것이었다.

"그래, 파리에서 무엇이 가장 인상적이던? 뭐가 제일 기억에 남니?"

소년은 재빨리 대답했다.

"굴뚝요. 영국의 굴뚝과는 확연히 다르던걸요."

소년의 관점에서는 타당한 대답이었다. 몇 년 후 소년은 미술가가 되기 위해 공부를 시작했다. 즉, 소년에게 가장 인상적이었던 것은 런던과는 다른 파리의 시각적 세부 사항이었던 것이다.

금방 또 다른 기억이 떠오른다. 오빠가 병 때문에 동아프리카에서 돌아왔을 때였다. 아프리카 원주민 하인인 셰바니도 함께 왔는데, 오빠는 이 단순해 빠진 하인에게 런던의 찬란함을 얼른 보여 주려고 차를 빌려서는 함께 온 런던을 돌아다녔다. 웨스트민스터 사원, 버킹엄 궁, 국회의사당, 런던 시청, 하이드파크 등등. 마침내 집에 다다르자 오빠는 셰바니에게 물었다.

"런던에 대해 어떻게 생각하나?"

셰바니는 눈알을 굴리며 대답했다.

"정말 멋집니다요, 주인님. 정말 대단해요. 이런 곳일 줄은 상상도 못했습죠."

오빠는 만족스레 고개를 끄덕이며 말했다.

"그래, 개중에 무엇이 가장 인상적이던가?"

대답이 즉각 나왔다.

"오, 주인님, 그야 고기로 가득 찬 가게였습죠. 그렇게 멋진 곳이 있다니. 사방에 고기 덩이가 걸려 있는데, 아무도 훔쳐 가지를 않다니. 그냥 쪼르르 달려가 확 잡아채 나오면 그만일 텐데, 아무도 그러지 않고 점잖게 지나쳐 걷더군요. 얼마나 부유하고 위대한 나라면 거리에 주르르 늘어선 상점에 고기를 그렇게 휑하니 걸어 놓을까나. 예, 정말 영국은 대단한 나라입니다요. 런던은 기가 막힌 도시예요."

관점. 어린이의 관점. 우리는 누구나 과거에 이를 잘 알았다. 하지만 너무도 멀리 떠나 온 바람에 다시 돌아가기가 쉽지 않다. 손자 매튜가 두 살 반쯤 되었을 때가 기억난다. 아이는 내가 근처에 있다는 것을 알지 못했다. 나는 계단 꼭대기에서 손자를 내려다보고 있었다. 매튜는 조심스레 계단을 내려갔다. 처음 해 보는 일인만큼 무척 뿌듯해하면서도 동시에 약간 겁을 먹고 있기도 했다. 아이는 혼자서 중얼거렸다.

"매튜가 계단을 내려간다. 매튜가. 매튜가 계단을 내려간다. 매튜가 계단을 내려간다."

사람은 누구나 주변 사람과는 다른 독립된 존재로 스스로를 인식하며 자아를 자각함으로써 인생을 시작하는 것인지 궁금하다. 나도 한때 이렇게 말했을까?

"애거서가 파티용 머리띠를 하고 식당으로 내려간다."

우리의 영혼이 살고 있는 우리의 몸이 처음에는 우리에게 낯설어 보이는 모양이다. 실체. 아이는 그 이름을 알고, 그것과 함께하지만, 아직은 완전히 나와 하나라는 생각이 들지는 않는다. 우리는 산책을 하는 애거서이고, 계단을 내려가는 매튜이다. 우리는 우리 자신을 '느끼기'보다는 우리 자신을 바라본다.

그러던 어느 날 인생의 다음 단계로 발전한다. 더 이상 "매튜가 계단을 내려간다."라고 말하지 않는다. 어느 순간 갑자기 "내가 계단을 내려간다."가 된다. '나'를 익히는 것이야말로 한 개인으로서의 삶에 첫걸음을 디디는 것이리라.

2부

애들아, 놀자

1

자신의 과거를 돌아보지 않으면 아이가 독특한 세계관을 갖기 마련이라는 점을 깨닫기 힘들다. 아이는 어른과는 완전히 다른 시각으로 세상을 보며, 균형과는 거리가 멀다.

아이는 주변에서 무슨 일이 벌어지고 있는지를 날카롭게 평가하고, 사람이나 인물을 꽤 정확하게 파악한다. 하지만 '어떻게'나 '왜'는 전혀 개의치 않는 듯하다.

내가 다섯 살 무렵이었을 때부터 아버지는 재정 문제를 걱정하기 시작했다. 부잣집 아들이었던 아버지는 수입이란 항상 일정 수준으로 들어오는 법이라고 당연시했다. 할아버지는 돌아가시면서 복잡하게도 수탁인을 여러 명 설정해 두었다. 한 명은 매우 늙은 사람으로, 이미 사업에서 완전히 손을 뗐던 듯싶다. 다른 한 사람은 얼마 안 있어 정신 병원에 입원했다. 다른 두 사람은 할아버지 연배였는지라 곧 뒤따라 사망했다. 그중 한 명은 아들이 수탁인 지위를 물려받았다. 단순히 지독한 무능력 때문이었는지, 아니면 인수인계 과정에서 누군가 재산을 가로챈 것인지는 나도 모른다. 어쨌든 상황은 점점 더 악화되어 갔다.

아버지는 당황하고 낙담했다. 하지만 실무를 잘 몰랐기 때문에 무엇을 어찌 해야 할지 알 수 없었다. 아버지는 아무개 씨와 또 다른 아무개 씨에게 편지를 보냈다. 답장은 안심하라는 내용이거나, 시장 상황이나 환율 하락 등에 대한 비판이 가득했다. 바로 이 무렵 나이 많은 친척 아주머니가 돌아가셔서 아버지는 유산을 받을 수 있었다. 덕분에 일이 년 정도는 버틸 만했다. 하지만 기한이 되어 마땅히 들어와야 할 수입은 도통 들어오지 않았다.

이때부터 아버지는 건강까지 나빠지기 시작했다. 거의 모든 증세를 아우르는 막연한 질병인 심장마비가 여러 차례 찾아왔다. 아무래도 돈 걱정으로 인해 건강까지 상하신 것이 아닌가 싶다. 가장 즉각적인 해결책은 근검절약이었다. 당시에는 해외에 나가 잠시 사는 것이 돈을 아끼는 방법으로 널리 쓰였다. 요즘처럼 소득세 때문이 아니었다. 그때만 해도 소득세율은 5%에 지나지 않았다. 하지만 생활비를 한결 줄일 수 있었다. 그래서 하인과 가구를 딸려서 좋은 가격에 집을 세놓고는 프랑스 남부로 가 꽤 저렴한 호텔에서 머물렀다.

그렇게 프랑스로 이주했던 것이 아마도 내가 여섯 살 때였던 듯싶다. 애슈필드가 마침맞게 세가 나가자 가족들은 떠날 채비를 했다. 아마 미국인들이 입주했던 것 같다. 우리는 프랑스 남부의 포(온천지이자 겨울 스포츠의 중심지 ― 옮긴이)로 향했다. 물론 나는 이때 무척 가슴이 설렜다. 어머니가 말씀하시길, 그곳에서는 산을 볼 수 있다는 것이었다. 나는 산에 대해 많이도 물어 댔다. "무지 무지 높아요? 성 마리 교회보다도 뾰족탑보다도 더 높아요?" 얼마나 흥미진진했는지 모른다. 성 마리 교회는 내가 아는 가장 높은 것이었다. 그래, 산은 교회보다도 훨씬 훨씬 높아. 수백 수천 미터는 된단다. 나는 토니와 정원으로 나갔다. 부엌에서 제인한테 얻은 산만 한 딱딱한 빵 껍질을 씹으면서 산에 대해 생각하고 그 모습을 상상했다. 머리가 뒤로 젖혀지며 시선이 하늘 위로 높이 올라갔다. 산은 끝 간 데 없이 올라가다 구름 사이로 숨어들겠지. 절로 경외심이 솟구쳤다. 어머니는 산을 사랑하셨다. 바다에는 관심도 없으셨다. 따라서 나는 산이 내 인생에서 가장 멋진 것 중 하나가 되리라는 느낌이 들었다.

한 가지 슬픈 일은 토니와 헤어져야 한다는 것이었다. 당연히 토니는 집에 딸린 부속물에 포함되지 않았다. 전에 우리 집에서 응접실 하녀로 일했던 프루디에게 토니를 맡겼다. 프루디는 목수와 결혼하여 멀지 않은 곳에 살고 있었기 때문에 토니를 돌보기에 적임자였다. 내가 토니에게 온통 키스를 퍼붓자, 강아지는 내 얼굴이며 목이며 팔이며 손이며 온갖 곳을 열광적으로 핥아 댔다.

지금 돌이켜보면 그 당시 해외여행은 지금과는 아주 딴판이었다. 당연히 여권도, 입국 신고서도 없었다. 그저 표를 끊고, 침대석을 예약하면 끝이었다. 간단하기 이를 데 없었다. 하지만 **짐꾸리기**란!(짐꾸리기의 의미를 나타내려면 보통 글씨로는 안 된다.) 다른 식구들은 가방에 무엇을 챙겼는지 모르겠지만, 어머니가 짐을 싸시던 모습은 꽤 뚜렷이 기억난다. 우선, 뚜껑이 둥그러니 볼록 튀어나온 트렁크가 세 개였다. 개중 가장 큰 것은 높이가 1.2미터로, 안에 두 개의 칸막이가 설치되어 있었다. 또한 모자 상자들과 커다랗고 네모난 가죽 상자들이 있었고, 당시 호텔 복도에서 흔히 보이던 미국제 트렁크도 세 개가 더 있었다. 무척 커다랬는데, 아마도 꽤나 무거웠을 것이다.

출발하기 적어도 일주일 동안 안방 침실은 트렁크들로 에워싸여 있었다. 당시 기준으로는 부유한 편이 아닌지라 우리 집에 개인 하녀는 없었다. 그래서 어머니가 손수 짐을 싸야 했다. 그 준비로 우선 '분류'를 했다. 거대한 옷장과 서랍장을 활짝 열어 놓고는 조화, '내 리본'과 '내 보석'이라고 불리던 잡동사니 사이에서 어머니는 분류 작업에 착수했다. 본격적으로 짐꾸리기에 앞서 분류에만 몇 시간이 소요되었다.

요즘과 달리 보석은 '진짜 보석' 몇 점과 다량의 모조 보석들로 구성되어 있지 않았다. 당시에는 이따금 오래된 납유리 브로치를 하는 것을 제외하고는 모조 보석을 '싸구려 취향'으로 여겼다. 어머니의 소중한 보석 중에는 '내 다이아몬드 버클, 내 다이아몬드 초승달, 내 다이아몬드 약혼반지'가 들어 있었다. 그 나머지는 '진짜'이긴 했지만, 상대적으로 값싼 것이었다. 그럼에도 모든 보석은 한결같이 우리의 관심을 끌었다. '내 인도 목걸이', '내 피렌체 세트', '내 베네치아 목걸이', '내 카메오' 등등. 또한 여섯 개의 브로치가 있었는데, 언니와 나 둘 다 열렬한 관심을 보였다. 자그마한 다이아몬드 물고기 다섯 마리로 이루어진 '내 물고기 브로치', 자그마한 다이아몬드와 진주로 된 '내 겨우살이 브로치', 에나멜로 꽃처럼 꾸민 '내 파르마바이올렛 브로치', 역시나 꽃 모양인 핑크빛 에나멜 장미를 다이아몬드 이파리들이 감싸고 있는 '내 도그로즈 브로치', 그리고 우리가 가장 좋아했던 '내 당나귀 브로치'는 바로크 양식의 진주들을 당나귀 머리 모양으로 쌓은 다음에 그 주위를 다이아몬드로 테를 두른 것이었다. 어머니는 유언장에 이들 보석의 임자를 미리 정해 두었다. (꽃 중에서 파르마바이올렛을 가장 좋아하는) 매지 언니는 파르마바이올렛 브로치와 다이아몬드 초승달과 당나귀 브로치를 받기로 되어 있었다. 나는 도그로즈 브로치와, 다이아몬드 버클과 겨우살이 브로치를 받을 터였다. 우리 가족들은 미래의 재산 분배를 자유로이 의논했다. 죽음에 대한 그 어떤 슬픔도 없이, 그저 미래의 선물에 대한 따스한 감사만이 맴돌았다.

애슈필드는 아버지가 사들인 유화들로 넘칠 듯했다. 벽이 온통 뒤덮이도록 빽빽이 유화를 거는 것이 당시 유행이었다. 개중에는 내가 물려받기로 되어 있는 유화도 있었는데, 그물로 소년을 잡으면서 바보처럼 웃는 아가씨가 그려진 거대한 바다 그림이었다. 아이 시절에 나는 그 그림이야말로 세상에서 가장 아름답다고 생각했다. 그러다 훗날 그림들을 팔려고 정리할 때 그것을 보고는 정말 형편없다고 여겼다니, 새삼 슬픔이 밀려온다. 나는 추억으로 삼을 그림 하나 남겨 두지 않았다. 솔직히 아버지의 그림 취향은 어느 하나 할 것 없이 형편없었다고 감히 말할 수밖에 없다. 반면 가구에 대한 안목은 탁월했다. 아버지는 앤티크 가구와 셰러턴(18세기 신고전주의를 선도한 영국의 유명 가구제작자 — 옮긴이) 책상과 치펀데일(18세기 영국화한 로코코 양식으로 유명한 유명 가구제작자 — 옮긴이) 의자를 무척 좋아하여 저렴한 가격에 사들였다. 당시에 대나무 가구가 대유행이었기 때문이다. 아버지가 그 가구들을 높이 평가하여 무척 아끼고 사랑하였던 덕분에 어머니는 남편을 여읜 후에도 가장 좋은 가구들을 팔아서 생활을 유지하실 수 있었다.

아버지와 어머니와 이모할머니는 모두 열렬하게 도자기를 수집하였다. 훗날 이모할머니가 우리와 함께 살러 오셨을 때 드레스덴(독일의 유명 도자기 생산 도시 — 옮긴이)과 카포 디 몬테(20세기 중반 찰스 3세가 스페인에 세운 자기 공장 — 옮긴이) 컬렉션도 함께 와, 애슈필드에 있던 무수한 식기장들이 도자기로 가득 찼더랬다. 새로 식기장을 들여와야 했을 정도였다. 우리 집안에 수집가의 피가 흐른다는 것은 의문의 여지가 없다. 나 역시도 그 피를 물려받았다. 한 가지 슬픈 점은 멋진 도자기와 가구들을 물려받게 되면 스스로 수집할 거리가 없어진다는 것이다. 하지만 수집의 열정은 만족되어야만 한다. 그래서 나는 부모님의 수집 대상에는 포함되지 않았던 파피에마혜 가구와 소품들을 모았다.

프랑스로 출발하던 날 나는 너무 흥분한 나머지 내내 침묵만 지켰다. 나는 무엇인가에 진심으로 감격하게 되면 항상 말문이 막힌다. 해외여행에 대한 첫 기억은 우리가 포크스턴(영국의 항구 도시 — 옮긴이)에서 배에 승선하던 순간이다. 어머니와 언니는 더할 수 없이 엄숙한 태도로 해협을 건넜다. 두 사람은 좋은 선원감이 못 되는지라 곧장 여성 휴게실로 직행해 몸을 누이고 눈을 감고는 어서 바다를 건너 무사히 프랑스에 도착하기만을 빌었다. 나는 겨우 작은 보트를 타 본 경험밖에 없으면서도 내가 좋은 뱃사람이 되리라는 확신이 있었다. 아버지도 이를 부추겼다. 그래서 나는 아버지와 함께 갑판에 남아 있었다. 완벽하게 순탄한 항해였지만, 이는 바다 덕분이라기보다는 내가 물결의 출렁임을 잘 견뎠기 때문이다. 배가 볼로뉴(프랑스 북부 해안의 항구 도시 — 옮긴이)에 도착하자 아버지의 말씀에 나는 신이 났다.

"얘거서는 정말 훌륭한 선원감이야."

하지만 다음 모험은 썩 좋지 않았다. 어머니와 같은 칸에 들어 내가 위쪽 침대를 썼는데, 어머니는 신선한 공기가 없으면 못 사는 분이라 침대차에서 나오는 증기에 기겁을 하는 것이었다. 결국 밤새 어머니가 창문을 열고 머리를 내밀어 밤공기를 요란하게 들이켜는 통에 나는 거의 눈을 붙이지도 못했다.

다음 날 아침 일찍 우리는 포에 도착했다. 대기 중이던 보스주르 호텔 버스에 우르르 올라타 호텔로 향했다. 18개의 가방은 따로 운반되었다. 호텔에는 피레네 산맥을 마주보고 있는 커다란 테라스가 달려 있었다.

아버지가 외쳤다.

"저기야! 보이지? 저기가 바로 피레네 산맥이야. 눈의 산이지."

나는 고개를 들었다. 그 순간 내 생애 최악의 환멸에 휘감겼다. 결코 잊지 못할 환멸이었다. 그 어떤 응시도 이해도 거부하며 하늘로 끝 간 데 없이 치솟은 높다란 산은 도대체 어디에 있단 말인가? 그 대신 내가 본 것은 멀찍이 수평선에 이삼 센티미터 정도 치열처럼 돋은 산이었다. '에게? 저게 바로 그 산이란 말이야?' 나는 아무 말도 안 했지만, 그때 느꼈던 끔찍한 실망감은 지금도 생생하다.

2

우리 가족은 포에서 6개월가량을 보냈다. 나로서는 완전히 새로운 삶이었다. 아버지와 어머니와 매지 언니는 곧 정신없이 온갖 활동에 휩싸였다. 호텔에 아버지 친구들이 여럿 머무르고 있었던 데다가, 새로 사귄 사람들도 수두룩했다. 또한 소개장을 받아 다른 호텔과 펜션에 묵는 사람들과도 만났다.

어머니는 나를 돌볼 사람으로 통근하는 유모 겸 가정교사를 고용했다. 사실 영국인이었지만 평생을 포에서 산 아가씨였던지라 프랑스어도 모국어만큼은 아닐지라도 꽤 훌륭히 구사했다. 원래는 내가 가정교사에게서 프랑스어를 배우도록 되어 있었다. 하지만 이 계획은 제대로 먹혀들지 않았다. 마컴 양은 매일 아침 나를 데리고 산책을 했다. 그러면서 온갖 물건에 내 관심을 끌고는 프랑스어로 이름을 반복했다. "엉 시앵*Un chien*"(개), "윈 메종*Une maison*"(집), "엉 장다름*Un gendarme*"(헌병), "르 불랑제*Le boulanger*"(빵집). 나는 이를 충실하게 따라 했지만, 질문이 생기면 자연스레 영어로 물었고 마컴 양도 영어로 대답했다. 내 기억으로는 꽤 지루했던 것 같다. 친절하고 상냥하고 성실하지만 재미라고는 없는 마컴 양과 끝없이 걸어야 하다니.

이내 어머니는 마컴 양 대신 매일 오후에 프랑스 여자가 집으로 와서 내게 정규 프랑스어 수업을 하도록 조치했다. 그렇게 해서 미드무아젤 모아라와 알게 되었다. 그녀는 가슴이 풍만하고 덩치가 큰 아가씨로, 온갖 종류의 갈색 망토를 번갈아 어깨에 두르고 왔다.

당시에 방은 어느 방이나 당연히 혼잡스러웠고 갖가지 가구에다 장식 등등으로 방이 미어터질 듯했다. 마드무아젤 모우라는 제스처를 많이 썼는데, 그러다 보니 어깨를 휙 올리거나 손과 팔을 휘젓다가 탁자 장식품을 밀쳐 깨트리기 일쑤였다. 이는 가족들 사이에 멋진 농담거리가 되었다. 아버지는 말했다.

"마드무아젤을 보고 있노라니 애거서가 기르던 새가 생각나는구나. 이름이 다프네였던가. 그 큰 덩치로 뒤뚱뒤뚱 움직이다가 모이통을 뒤집어엎기 다반사였지."

마드무아젤 모우라는 성격이 유달리 열정적이어서 나는 더더욱 수줍음을 탔다. 나지막이 깩깩거리는 소리에 반응하기가 점점 더 힘겨워져 갔다.

"오, 라 셰르 미뇽, 켈 레 장티유, 세트 프티트! 오 라 셰르 미뇽! 누 잘롱 프랑드르 데 르송 트레 자뮈장트, 네 스 파?*Oh, la chére mignonne! Quelle est gentille, cette petite! Oh, la chére mignonne! Nous allons prendre des leçons très amusantes, n'est ce pas?*"("오, 귀여운 아가씨! 꼬마 아가씨가 이렇게 상냥할 수가! 오, 귀여운 아가씨! 우리 이제부터 신나게 수업해 볼까요?")

나는 공손하게 선생님을 바라보긴 했지만, 내 시선은 냉담하기만 했다. 하지만 어머니의 엄한 표정에 나는 자신 없이 주절거렸다.

"위, 메르시.*Oui, merci.*"(네, 감사합니다.)

당시에 내가 할 수 있는 프랑스어는 그게 전부였다.

프랑스어 수업은 상냥하게 계속되었다. 나는 늘 그렇듯 유순했지만, 그만큼 멍청하기도 했다. 빠른 결과를 좋아하는 어머니가 나의 진척에 만족할 리 없었다.

"여보, 애거서는 프랑스어가 제대로 늘지 않아요."

어머니의 불평에 아버지는 언제나처럼 유쾌하게 대꾸했다.

"오, 애한테 시간을 좀 줘요. 얼마나 되었다고? 이제 겨우 열흘째인데."

하지만 어머니는 그 누구에게든 시간을 주는 분이 아니었다. 클라이맥스는 내가 어린아이들이 잘 걸리는 병에 걸려 약간 앓고 있을 때 왔다. 사소한 감기가 크루프성 폐렴으로 발전했던 것이다. 나는 열이 나고 기분이 언짢았다. 회복기였지만 열이 완전히 떨어지지는 않았을 무렵 더 이상 마드무아젤 모우라를 견딜 수 없었다.

나는 사정했다.

"제발요. 오늘 수업을 안 들으면 안 돼요? 수업할 기분이 아니에요."

어머니는 타당한 이유가 있을 때면 늘 들어 주셨기에 내 청에 동의했다. 시간이 되어 마드무아젤 모우라가 망토를 두른 채 도착했다. 어머니는 내가 열이 있어 집 안에 있어야 하니까 오늘 수업은 쉬는 것이 좋겠다고 설명했다. 마드무아젤 모우라는 즉각 나에게로 달려와서는 팔을 흔들고 망토를 펄럭이며 떨어질 생각을 안 했다.

"오, 라 포브르 미뇽, 라 포브르 프티트 미뇽.*Oh, la pauvre mignonne, la pauvre petite mignonne.*"("아, 가엾어라. 우리 꼬마 아가씨가 가엾어서 어쩌나.")

마드무아젤은 내게 책을 읽어 주겠다고 제안했다. 동화책을 읽어 주겠노라고. '라 포브르 프티트*la pauvre petite*'(가엾은 꼬마 아가씨)를 즐겁게 해 주겠노라고.

나는 어머니에게 더할 수 없이 괴로운 표정을 지어 보였다. 도저히 견딜 수가 없었다. 단 한순간도 참기가 힘들었다! 마드무아젤 모우라는 새된 소리를 꺅꺅 질러 댔다. 내가 세상에서 가장 싫어하는 종류의 목소리였다. 나는 눈으로 간청했다.

"제발 내보내 주세요. 제발요."

어머니는 마드무아젤 모우라를 난호히 현관으로 안내했다.

"아무래도 오늘 오후에는 조용히 푹 쉬는 편이 낫겠어요."

어머니는 마드무아젤을 집 밖으로 내보낸 후 나에게로 돌아와 절레절레 고개를 저었다.

"네 마음은 잘 알아. 하지만 꼭 그런 표정을 지어야겠니?"

"표정요?"

"그래. 그렇게 우거지상을 쓰며 나를 바라보다니. 마드무아젤 모우라도 네가 달가워하지 않는다는 걸 다 눈치 챘어."

나는 당황했다. 불손하게 대하려던 것은 아니었다.

"하지만 엄마, 나는 '프랑스' 표정을 짓지 않았어요. '영국' 표정을 지었다고요."

이 말에 어머니는 무척이나 재미있어하며 말씀하시길, 표정은 만국 공통어라 어느 나라 사람이라도 이해할 수 있다는 것이었다. 어쨌든 어머니는 마드무아젤 모우라가 그다지 성과를 올리지 못하고 있으니 다른 사람을 알아보는 것이 좋겠다고 아버지께 말씀하셨다. 이에 아버지는 더 이상 도자기 장식품이 깨어지지 않아도 되니 다행이라고 대답하시고는, 한마디 덧붙였다.

"사실 내가 애거서였더라도 그 애만큼이나 그 여자를 견디기 힘들어했을 거요."

마컴 양과 마드무아젤 모우라의 수업에서 벗어난 나는 즐거운 시간을 보내기 시작했다. 호텔에는 셀윈 부인이라는 분이 머무르고 계셨다. 미망인이거나 셀윈 주교의 며느리인 듯했는데, 도로시와 메리라는 두 딸과 함께 지냈다. 도로시(다르)는 나보다 한 살 위였고, 메리는 한 살 아래였다. 우리 셋은 이내 꼭 붙어 다녔다.

혼자 있을 때면 나는 얌전하고 순한 아이였지만, 다른 아이들과 어울릴 때에는 언제든지 장난을 저지를 만반의 준비가 되어 있었다. 특히나 식당

웨이터들은 가엾게도 우리의 희생양이었다. 어느 날 저녁 우리는 소금 창고의 소금을 모조리 설탕으로 바꾸어 놓았다. 또 어느 날에는 오렌지 껍질을 돼지 모양으로 잘라서는, 식사 종이 울리기 직전 식탁에 차려 놓은 접시들에 하나씩 얹어 두었다.

프랑스 웨이터만큼이나 친절한 사람들이 또 있을까. 특히 우리 식탁 담당이던 빅토르는 더할 나위 없이 친절했다. 그는 길쭉한 매부리코에 땅딸막했다. 내 기억으로 아주 지독한 냄새가 났다.(생애 처음으로 마늘을 접한 것이 바로 그때였다.) 우리가 온갖 짓궂은 장난을 쳤지만 그는 전혀 성내는 법 없이 잠시 일손을 놓고는 상냥하게 놀아 주었다. 특히 무로 기막히게 멋진 쥐를 조각해 주곤 했다. 우리는 아무리 심한 사고를 쳐도 큰 벌을 피할 수 있었다. 충직한 빅토르가 지배인이나 부모님께 이르지 않았던 덕분이었다.

다르와 메리와의 우정은 과거의 친구들보다 내게 훨씬 큰 의미를 띠었다. 아마도 혼자 노는 것보다 함께 노는 것이 더욱 재미날 나이가 되어서 그랬으리라. 우리는 갖가지 장난을 치며 겨울을 함께 즐겁게 보냈다. 물론 종종 꾸지람을 들었지만, 우리가 크게 화가 날 만큼 지나치게 야단맞은 적은 한 번밖에 없었다.

어머니와 셸윈 부인이 즐겁게 담소를 나누고 있는데 응접실 하녀가 메시지를 가지고 왔다.

"호텔의 다른 동에 머무르고 있는 벨기에 부인이 경의를 표하며 보냅니다. 셸윈 부인과 밀러 부인께서는 자녀분들이 4층 발코니 난간 주위를 거닐고 있다는 사실을 아십니까?"

두 어머니가 안마당으로 나가 위를 쳐다보고는 세 아이들이 폭이 30센티미터도 안 되는 난간 위를 한 줄로 나란히 씩씩하게 걷고 있는 광경을 보았을 때 기분이 어떠했을지 상상해 보라. 당시 그때 우리늘은 위험할 수도 있다는 생각은 눈곱만큼도 하지 않았다. 우리는 응접실 하녀들 중 하나를 다소 심하게 놀렸다. 이에 그녀는 우리를 청소 도구 보관실로 꾀어서는 밖에서 문을 쾅 닫은 다음 의기양양하게 열쇠로 잠갔던 것이다. 우리는 크게 화가 났다. 어떻게 할 것인가? 보관실의 자그마한 창문으로 다가가 머리를 내밀고는, 창문으로 기어나가 난간을 따라 걸어가다 모퉁이를 돌면 그쪽 창문으로 안으로 들어갈 수 있겠다고 말했다. 우리는 즉각 실행했다. 다르가 제일 먼저 창밖으로 나갔고, 다음은 내가, 마지막으로 메리가 뒤를 따랐다. 난간 위 걷기는 식은 죽 먹기였다. 우리가 4층 아래를 내려다보았는지 여부는 잘 모르겠다. 설령 보았다 해도 어지럼증을 느끼거나 떨어질까 봐 겁을 먹지는 않았던 것 같다. 아이들이 절벽 끝에 까치발로 서서도 현기증을 느끼거나 어른들처럼 군소리를 늘어놓지 않고 태연히 아래를 내려다보는 모습을 보노라면 나는 언제나 간담이 서늘해진다.

어쨌든 우리들은 멀리 갈 필요가 없었다. 처음 창문 세 개는 닫혀 있었지만, 네 번째 창문은 활짝 열린 채 공중 화장실로 이어져 있었다. 우리는 안으로 들어갔다가 놀랍게도 "즉각 셀윈 부인의 거실로 가십시오."라는 명령을 들었다. 두 어머니는 무지막지하게 화가 나 있었다. 우리는 기가 막혔다. 우리 셋 다 그날 종일 침실에 갇혀 있어야 했다. 우리의 변론은 전혀 먹혀들지 않았다. 하지만 그것은 사실이었다.

우리는 차례로 말했다.

"한 번도 우리한테 난간 위를 걸으면 안 된다고 말씀하신 적이 없었잖아요."

우리는 부당함에 치를 떨며 침실로 물러났다.

그러는 동안에도 어머니는 여전히 내 교육 문제로 고민하고 있었다. 어느 날 어머니와 언니는 마을 양장점에서 옷을 한 벌씩 맞추었는데, 그러던 중 가봉 조수 노릇을 하던 아가씨가 어머니 눈에 들었다. 그녀는 시침바느질이 된 옷을 손님에게 입히고 벗기고, 가봉 담당자에게 핀을 건네주는 일을 하였다. 가봉 담당자는 예민한 성격의 중년 여인이었지만 조수 아가씨는 멋지게 유머 감각을 발휘하며 느긋하게 일했다. 어머니는 그녀에 대해 좀 더 알아보아야겠다고 생각했다. 그래서 두 번째와 세 번째 가봉 때도 그 아가씨를 눈여겨본 끝에 마침내 대화를 나누게 되었다. 아가씨의 이름은 마리 시제로, 22살이었다. 아버지는 자그마한 카페를 경영하고 있고, 언니 역시 양재를 배우고 있었으며, 그 외에 남동생 둘과 여동생 하나가 있었다. 어머니가 무덤덤한 목소리로 함께 영국에 가지 않겠느냐고 제안하자 아가씨는 숨이 멎을 만큼 깜짝 놀랐다. 마리는 놀라움과 기쁨으로 숨이 막혔다.

어머니가 말했다.

"네 어머니와 한번 이야기해 봐야겠구나. 딸이 멀리 가는 것을 원치 않을지도 모르니."

만나기로 약속이 잡혔다. 어머니가 마담 시제를 방문하여 그 문제에 대해 철저히 논의했다. 그런 다음에야 어머니는 아버지의 설득 작업에 들어갔다.

아버지는 반대했다.

"하지만, 여보. 이 아가씨는 가정교사도 아니잖소."

어머니는 마리가 바로 적임자라고 대꾸했다.

"영어는 한마디도 할 줄 몰라요. 애거서는 프랑스어를 배울 수밖에 없을 거예요. 마음씨도 착하고, 유머 감각도 뛰어나요. 좋은 집안 출신이죠. 영국에 오고 싶어 하고, 바느질일도 해 줄 거예요."

아버지는 여전히 내켜하지 않았다.

"여보, 정말 확신하오?"

어머니는 확고했다.

"완벽한 헤결책이에요."

어머니의 설명할 수 없는 즉흥성이 종종 그러하였듯이 이번에도 옳았던 것으로 드러났다. 나는 눈을 감으면 사랑스런 마리를 바로 오늘 본 것처럼 생생히 그려 낼 수 있다. 동그란 장밋빛 얼굴, 납작한 코, 한데 모아 쪽을 찐 짙은 색 머리. 훗날 고백하기를, 마리는 나와 인사를 나누기 위해 영어를 열심히 공부했음에도 첫날 아침 내 침실로 들어서면서 그렇게 겁이 날 수가 없었다고 한다.

"안녕하세요, 아아기이씨? 잘 주무셨지요?"

불행히도 마리의 강한 프랑스 억양 때문에 나는 한 마디도 알아들을 수 없었다. 나는 의심스런 시선으로 그녀를 바라보았다. 첫날의 우리는 서로 처음 만나는 한 쌍의 개와 흡사했다. 우리는 거의 말을 나누지 않고 두려움 속에 서로를 주시했다. 언제나처럼 뱅그르르 말린 내 금발 머리를 마리가 빗질해 주었는데, 혹시나 내가 다치기라도 할까 봐 빗을 제대로 머리에 대지도 못했다. 나는 그녀에게 빗질을 더 세게 해야 한다고 설명해 주고 싶었지만, 적당한 표현을 몰라 불가능했다.

일주일도 채 안 되어 마리와 나는 대화를 나눌 수 있게 되었는데, 어찌된 영문인지는 지금도 모른다. 우리는 프랑스어로 이야기를 주고받았다. 여기서 한 단어, 저기서 한 단어 주워들은 말로 그럭저럭 의사소통이 되었다. 나아가 일주일이 지날 무렵에는 서로 절친한 친구가 되었다. 마리와 외출하는 것은 즐거웠다. 마리와는 무슨 일을 해도 재미있었다. 그것은 행복한 협력 관계의 첫출발이었다.

초여름 포는 무척 더웠다. 우리는 그곳을 떠나 아르젤(프랑스의 유명 해변 도시 — 옮긴이)에서 일주일, 루르드(프랑스 남서부의 유명 순례 도시 — 옮긴이)에서 일주일을 보낸 후 피레네 산맥을 따라 코트레(프랑스의 유명 온천도시 — 옮긴이)로 올라갔다. 코트레는 산기슭에 위치한 멋진 도시였다.(코트레에서 바라보는 산은 훨씬 멋지긴 했어도 여전히 하늘 높이 치솟은 장관은 볼 수 없었다. 그래도 이 무렵은 피레네에 대한 실망을 떨쳐 버린 뒤였다.) 매일 아침 우리는 오솔길을 따라 산 속 온천으로 가 부유물이 떠다니는 물을 저마다 한 잔씩 어김없이 마셨다. 덕분에 건강이 많이 좋아지자 대맥당(보리 끓인 물에 설탕을 넣어 졸인 과자 — 옮긴이) 막대사탕을 구입했다. 어머니는 아니스 열매로 맛을 낸 것을 가장 좋아했는데, 나는 역겹기 짝이 없었다. 호텔 옆에 구불구불 이어져 있는 작은 길에서 나는 이내 멋진 장소를 발견했다. 소나무 줄기를 따라 바지 차림으로 주욱 미끄럼을 탈 수 있는 곳이었다. 마리는 이를 아주 안 좋게 여겼지만, 처음부터 마리는 내게 그 어떤 권위도 행사할 수 없었다. 마리는 나의 좋은 친구고 짝이었지만, 그렇다고 순종해야겠다는 생각은 단 한 번도 들지 않았다.

권위는 아무나 가질 수 있는 것이 아니다. 어머니에게는 권위가 절로 풍겨 나왔다. 어머니는 좀처럼 성을 내지 않았다. 눈썹을 추켜세우는 일조차 없었다. 하지만 상냥하게 명령을 내리면 즉각 실행되었다. 다른 사람한테는 이러한 재능이 없다는 것을 어머니는 늘 의아하게 생각했다. 훗날 내가 첫 결혼을 하고 아이를 낳은 후 어머니와 함께 지낼 때의 일이다. 옆집 꼬마애들이 심심하면 울타리 사이로 들어와 얼마나 성가신지 모르겠다고 어머니에게 푸념을 한 적이 있다. 내가 아무리 들어오지 말라고 해도 그 아이들은 들은 척도 안 했다.

어머니는 말했다.

"별일도 다 있구나. 왜 들어오지 말라고 말하지 않았니?"

나는 대꾸했다.

"어디 어머니가 한번 해 보세요."

마침 바로 그때 옆집 꼬맹이 둘이 보이더니 평소처럼 준비 작업으로 "야, 우. 여기서 놀아야지."하고 말하며 풀밭에 돌멩이를 던졌다. 한 아이는 나무에 돌을 던지고 고함을 지르며 우쭐댔다. 어머니가 고개를 돌렸다.

"로널드. 네 이름이 로널드지?"

로널드는 맞다고 인정했다.

이에 어머니가 말했다.

"여기에서 놀지 말렴. 남한테 폐를 끼치면 신사가 아니란다. 약간 떨어진 데서 놀지 않으련."

로널드는 어머니를 가만히 바라보더니 동생에게 휘파람을 불고는 즉각 그 자리를 떠났다.

"봐라, 이렇게 간단한 일을 가지고."

어머니에게는 확실히 카리스마가 있었다. 어머니라면 큰 어려움 없이 비행청소년 반을 잘 맡아 운영하셨으리라.

코트레의 호텔에는 시빌 패터슨이라고, 나보다 나이가 많은 소녀가 묵고 있었다. 그 소녀의 어머니는 셀윈 네와 친구 사이였다. 시빌은 나의 숭배 대상이었다. 얼굴도 예뻤지만, 그 무엇보다 내 마음을 사로잡은 것은 피어나기 시작하는 그녀의 몸매였다. 당시에는 큰 가슴이 대유행이었다. 여자라면 누구나 가슴이 있기는 하지만, 크기는 제각각이다. 이모할머니와 외할머니는 가슴이 어찌나 거대한지 서로 뺨에 뽀뽀를 하려면 가슴부터 부딪쳤다. 나는 성인 여자의 가슴에는 심드렁했지만, 시빌은 나의 시기 본능을 온통 들쑤셔 놓았다. 시빌은 당시 열네 살이었다. 나도 저처럼 가슴이 멋지게 커지려면 얼마나 기다려야 할까? 8년? 그렇다면 8년이나 이렇게 말라깽이로 지내야 한단 말인가? 나는 여성으로서의 성징이 어서 나타나기를 간절히 열망했다. 하지만 할 수 있는 것이라고는 기다림뿐이었다. 인내해야만 했다. 8년 혹은 운이 좋다면 7년 후에는 절벽 같은 가슴 위로 기적적으로 두 개의 동그라미가 봉긋 솟을 것이다. 기다리는 수밖에 다른 도리가 없었다.

셀윈 네는 우리만큼 오래 코트레에 묵지 않았다. 그들이 떠난 후 나는 두 친구 중 하나를 택할 수 있었다. 하나는 미국인 소녀인 마르그리트 프레슬리였고, 다른 하나는 영국인 소녀인 마거릿 홈이었다. 아버지와 어머니는 그 무렵 마거릿의 부모님과 절친하게 지냈다. 따라서 자연히 내가 마거릿과 잘 어울리기를 빌었다. 하지만 이런 경우에 흔히 그렇듯 나는 마르그리트 프레슬리를 훨씬 더 좋아했다. 마르그리트는 내가 들어 본 적도 없는 기이한 단어와 표현을 쓰곤 했다. 우리는 서로에게 이야기를 많이 들려주었는데, 한번은 마르그리트가 '스카라핀'을 만났을 때 어떤 위험에 처하게 되는지에 대한 소름 돋는 이야기를 해 주었다.

나는 거듭해서 물었다.

"그런데 스카라핀이 뭐야?"

마르그리트의 유모인 패니는 미국 남부의 느릿한 말투라 나는 도통 알아듣기 힘들었다. 그런데 하필 패니가 내게 그 무시무시한 괴물에 대해 짧게 설명해 주었다. 나는 마리에게도 물어보았지만, 그녀도 잘 모르고 있었다. 결국 나는 아버지를 붙잡고 매달렸다. 아버지도 처음에는 난감해 했다. 그러다 마침내 깨달음이 머리를 스치고 지나갔다.

"스콜피언(전갈) 말이로구나."

그 순간 마법이 사라졌다. 스콜피언은 상상 속의 스카라핀에 비해 조금도 무섭지 않았다.

마르그리트와 나는 한 가지 주제를 놓고 진지하게 토론하곤 했는데 바로 아기가 어떻게 오느냐 하는 문제였다. 나는 천사들이 아기를 데리고 오는 것이라고 장담했다. 유모가 그렇게 가르쳐 주었던 것이다. 하지만 마르그리트는 아기를 의사한테서 사는데, 의사는 검은 가방에 아기를 넣어 가지고 온다고 주장했다. 우리의 논쟁이 뜨겁게 달아오르자 패니가 재치 있게 마무리 지었다.

"그야 뻔히 구면!! 미국 아기들은 의사가 검은 가방에 넣어 오고, 영국 아기들은 천사가 데려오고 그러는가 보네유. 그렇게 간단한 걸 가지고 뭘 그래유."

우리는 서로 만족해하며 전쟁을 중지했다.

아버지와 매지 언니는 함께 말을 타고 소풍을 자주 갔다. 나도 같이 가면 안 되느냐고 애원한 끝에 다음 날 따라와도 좋다는 허락을 받았다. 나는 신이 났다. 어머니가 이런저런 걱정을 늘어놓았지만 아버지가 대번에 날려 버렸다.

"가이드가 함께 갈 거요. 어린애 다루는 데 익숙한 사람이니 아이가 말에서 떨어지거나 하지는 않을 거요."

다음 날 아침 말 세 마리가 도착하자 우리는 출발했다. 굽이굽이 이어지는 가파른 오솔길을 오르는 동안 나는 거대해 보이는 말 위에서 무진장 즐거워했다. 가이드가 말을 끌면서 이따금씩 꽃을 몇 송이 꺾어 나에게 모자에 꽂으라고 주었다. 만사가 순조로웠다. 그러다 산꼭대기에 도착하여 점심을 들려는데 가이드가 도에 넘은 친절을 베풀고 말했다. 화려한 나비를 사로잡아서는 우리에게로 뛰어오며 외친 것이다. "푸르 라 프티트 마드무아젤*Pour la petite mademoiselle*."(우리 꼬마 아가씨한테 드려야지.) 그러고는 옷깃에서 핀을 빼내어 내 모자에다 나비를 고정하는 것이었다! 그 순간의 공포란! 가엾은 나비가 퍼덕거리며 핀에서 빠져나가려고 몸부림쳤다. 나비의 날갯짓에 나는 고뇌했다. 물론 아무 말도 할 수 없었다. 내 마음속에서는 수많은 갈등이 일고 있었다. 가이드 입장에서는 이는 친절한 행위였다. 그는 내게 나비를 잡아 주었다. 특별한 선물을 준 것이었다. 내가 어떻게 싫다고 마다해 그의 마음을 상하게 하겠는가? 하지만 당장 나비를 풀어 주고 싶었다! 그 사이 나비는 퍼덕이며 죽어 갔다. 모자를 타닥타닥 때리던 그 끔찍한 날갯짓. 이러한 상황에서 아이가 할 수 있는 것은 단 하나뿐이다. 나는 울음을 터트렸다.

왜 그러냐고 물으면 물을수록 나는 대답을 할 수가 없었다.

아버지가 단호한 어조로 말했다.

"대체 왜 그러니? 어디가 아픈 거니?"

언니가 끼어들었다.

"말을 타느라 무서워서 그런가 봐요."

나는 "아냐, 아냐."라고 말했다. 나는 무섭지 않았다. 아프지도 않았다.

"피곤한가 보구나."

아버지가 말했다.

"아냐."

"그럼 대체 왜 그러니?"

나는 대답할 수가 없었다. 물론이다. 가이드가 어리둥절해하면서도 주의 깊은 표정으로 나를 바라보며 곁에 서 있었으니. 아버지가 다소 퉁명스레 말했다.

"너무 어려서 그래. 저 애를 데려오는 것이 아니었는데."

내 울음소리는 두 배로 커졌다. 나 때문에 아버지와 언니가 하루를 망치게 된 것이다. 나 역시도 이를 잘 알고 있었다. 하지만 울음을 멈출 수가 없었다. 나는 간절히 희망하고 기도했다, 아버지나 언니가 무엇이 문제인지를 알아내기를. 두 사람은 분명 나비를 보았으리라. 그리고 말하리라. "아무래도 모자에 나비를 달기 싫은가 보군." 아버지나 언니가 그렇게 말하는 것은 괜찮았다. 하지만 내가 차마 말할 수는 없었다. 정말 끔찍한 하루였다. 나는 점심을 입에도 대지 않았다. 나는 주저앉아 울었고, 나비는 마구 퍼덕였다. 결국 날갯짓이 멈추었다. 그만하면 기분이 괜찮아질 만도 했다. 하지만 이미 비참할 대로 비참해진 상태였으므로 그 무엇도 나의 기분을 돌이킬 수가 없었다.

우리는 다시 말을 타고 산을 내려왔다. 아버지는 울화통이 터졌고, 언니도 속상해했다. 가이드만은 어리둥절한 채 여전히 친절하고 다정했다. 천만다행으로 그는 내 기분을 북돋워 주겠답시고 두 번째 나비를 잡을 생각은 하지 않았다. 더없이 비참한 상태로 호텔에 도착해 어머니가 계시는 거실로 갔다.

"아, 이런. 무슨 일이지? 애거서가 다쳤나요?"

아버지가 무뚝뚝하게 대꾸했다.

"나도 모르오. 대체 뭐가 문제인지, 원. 어디가 아프거나 한 모양이오. 점심때부터 내내 울더니, 음식은 입에도 안 대지 뭐요."

어머니가 물었다.

"애거서, 어디가 안 좋은 거니?"

나는 대답할 수 없었다. 눈물이 뺨을 타고 흘러내리는 동안 어머니를 묵묵히 바라볼 뿐이었다. 어머니는 사려 깊게 가만히 나를 보시더니 몇 분 후 말했다.

"모자에 웬 나비니?"

언니가 가이드의 선물이었다고 설명했다.

"이제 알겠다. 나비가 불쌍했던 거지? 산 채로 꽂혀 있으니 아플 거라고 여겼던 거지?"

누군가가 내 마음을 알아주어 기나긴 침묵의 속박을 마침내 깨트려 주었을 때의 그 한없는 안도감이란. 나는 열정적으로 달려가 어머니의 목에 팔을 두르고는 말했다.

"예. 예. 예. 나비가 퍼덕퍼덕댔어요. 하지만 가이드 아저씨는 친절하고 착한 사람이었어요. 차마 말할 수가 없었어요."

어머니는 모든 것을 이해하고는 나를 살며시 다독였다. 삽시간에 모든 일이 아득히 사라지는 듯했다.

"얼마나 힘들었을까. 다 알았다. 이제는 다 끝났으니, 그만 홀홀 털어 버리럼."

언니가 주변 청년들의 마음을 사로잡는다는 사실을 깨달은 것은 바로 이
때쯤이었다. 언니는 엄밀히 말해 아름답지는 않았지만, 더할 나위 없이 매
력적이었다. 아버지로부터 재치 있는 순발력을 물려받아 대화상대로는 근
사하기 이를 데 없었으며 게다가 성적인 매력도 대단했다. 청년들은 언니
앞에서 볼링 핀처럼 쓰러졌다. 얼마 안 있어 마리와 나는 경마 용어로 다양
한 찬미자들을 분석하기 시작했다. 우리는 승률에 대해 논의했다.
"파머 씨가 유력한 것 같아. 마리 생각은 어때?"
"세 포시블. 메 일 레 트로 죈.*C'est possible. Mais il est trop jeune.*"(가능하긴
해요. 하지만 너무 어리잖아요.)
나는 그가 매지 언니와 동갑이라고 대꾸했다. 하지만 마리는 "보쿠 트로
죈*Beaucoup trop jeune.*"(너무 너무 어려요.)라고 장담하고는 선언했다.
"암브로스 경이 될 것 같아요."
나는 반박했다.
"그 사람은 언니에 비하면 할아버지나 다름없다고."
마리는 남편이 아내보다 나이가 많아야 안정된 가정을 꾸릴 수 있다고
말했다. 또한 암브로스 경은 어느 집안에서나 인정받을 만한 탄탄한 '파르
티*parti*'(지위)를 확보하고 있다고 지적했다.
나는 말했다.
"어제 언니가 버너드의 코트 단춧구멍에 꽃을 꽂아 주었어."
하지만 마리는 앳된 버너드를 그리 높이 사지 않았다. 그가 '가르송 세리
외*garçon sérieux*'(진지한 청년)가 아니라는 것이었다.
나는 마리의 가족들에 대해 많이 알게 되었다. 또 고양이가 어떤 습관이
있으며, 카페의 유리컵 사이로 어떻게 걸어다니는지, 컵 하나 깨뜨리지 않

애들아, 놀자 **121**

고 그 중앙에서 둥글게 몸을 말고 어떻게 자는지도 알게 되었다. 언니인 베르트는 매우 진지한 성품을 지녔고 여동생인 앙젤은 가족의 사랑을 한 몸에 받았다. 또 남동생들이 어떤 장난을 쳤다가 어떤 벌을 받았는지도 다 알게 되었다. 마리는 또한 가족의 자랑스러운 비밀을 나에게 살짝 귀띔해 주었다. 예전에는 그들의 성이 시제가 아니라 시주였다고. 하지만 나는 그것이 왜 자랑스러운지를 이해할 수 없었다. 지금도 마찬가지다. 그럼에도 나는 마리와 한마음 한뜻이었기 때문에 멋진 조상을 갖고 있다며 흔쾌히 축하해 주었다.

마리는 어머니가 그러하였듯 종종 내게 프랑스 책을 읽어 주었다. 그러다 행복의 날이 도래했다. 내가 『메무아르 되 난Mémoires d'un Âne』(당나귀의 기억)이라는 책을 집어 들고는 페이지를 넘기다가 다른 사람이 읽어 주는 것만큼이나 나 혼자서도 잘 읽을 수 있다는 사실을 발견했던 것이다. 축하의 물결이 쇄도했다. 특히 어머니의 기쁨은 이루 말할 수 없었다. 마침내 많은 역경을 이겨내고 내가 프랑스어를 익힌 것이다. 프랑스어를 읽을 줄 알게 되다니. 이따금 어려운 문장이 나오면 도움을 받아야 했지만 대체로 잘 읽을 수 있었다.

8월 말에 우리는 코트레를 떠나 파리로 향했다. 내 생애 가장 행복했던 여름이다. 내 나이 또래의 아이들에게 그 여름은 모든 것을 갖추고 있었다. 흥분을 일으키는 진기함. 나무들. (나는 살아가는 내내 나무에게서 기쁨을 얻었다. 나의 첫 번째 상상 친구가 '나무'라는 이름이었다니 사뭇 상징적이지 않은가?) 나의 멋진 새 친구인 납작코 마리. 노새를 타고 가는 소풍. 가파른 길. 가족들과의 즐거움. 미국인 친구 마르그리트. 외국에서의 이국적인 흥분. "진기하고도 기이한 그 무엇……"이라고 한 셰익스피어는 정말 대단한 통찰력이 있었다. 하지만 그저 이런 것들이 한데 합쳐져서 내 기억 속에 머무르고 있는 것은 아니다. 내가 기억하는 것은 코트레이다. 자그마한 철도가 지나고, 숲이 빽빽한 비탈들과 높다란 언덕들로 이루어진 길쭉한 계곡.

그곳에 다시 들른 적은 없다. 그래서 다행이다. 일이 년 전 코트레에서 여름휴가를 보낼까 하고 진지하게 고려한 적이 있는데 그때 나는 아무 생각 없이 말했다.

"그곳에 다시 가 보고 싶어."

사실이었다. 하지만 문득 다시 갈 수 없다는 것을 깨달았다. 추억 속에 존재하는 장소로는 그 누구도 돌아갈 수 없는 법이다. 설령 그곳이 어느 하나 변하지 않고 그대로 머물러 있다 하더라도 나는 더 이상 같은 눈으로 바라볼 수 없다. 지난 일은 지난 일이다.

"행복한 큰길을 지나 왔지. 다시는 돌아가지 못하리."(A. E. 하우스먼의 시 「XL」의 한 구절 — 옮긴이)

행복했던 장소로는 절대 찾아가지 마라. 마음속에 간직하는 한 그곳은 생생히 살아 있다. 하지만 돌아간다면 모두 파괴되고 말 것이다.

돌아가고 싶은 마음을 부러 억누르는 장소가 여럿 있다. 그중 한 곳은 이라크 북부에 있는 셰이크 아디(12세기 예지디교의 개혁자 — 옮긴이)의 사원이다. 나는 처음으로 모술(이라크 북서부의 도시 — 옮긴이)을 방문하던 길에 그곳에 갔다. 당시에는 꽤나 힘든 여정이었다. 우선 허가를 얻어야 했고, 예블 마클럽의 바위 아래에 있는 아인시프니(이라크 북부의 도시 — 옮긴이)에 이르러서는 경찰 초소에 들러야 했다.

거기서부터는 경찰관 한 명과 동행하여 구불구불 감아 도는 길을 따라 산을 올랐다. 봄이라 신선한 초록 풀 사이사이로 야생화들이 활짝 피었다. 산에는 개울이 흘렀다. 이따금씩 아이들과 염소들이 지나쳐 갔다. 마침내 예지디교(중동 지역의 고대 종교로 — 옮긴이)의 사원에 이르렀다. 우리는 문지방을 '밟지 않고' 조심스레 넘어서는 좁고 어둑한 성소로 들어섰다. 그런 다음 안마당에 살며시 살랑거리는 나무 아래에 가 앉았다. 예지디 교인

하나가 때가 낀 식탁보를 조심스레 펼쳐 커피를 대접했다.(유럽인의 문화를 이해하고 있다며 자랑스러운 태도를 보였다.) 우리는 그곳에 오래도록 앉아 있었다. 어느 누구도 내게서 정보를 캐내려고 하지 않았다. 예지디교가 악마를 숭상하고, 공작(孔雀) 천사 루시퍼를 경배한다는 것을 당시 나는 어렴풋이나마 알고 있었다. 사탄을 숭배하는 사원이 중동의 다양한 성지 중에서도 가장 평화롭다니, 생각할 때마다 괴이하다. 해가 뉘엿뉘엿 지기 시작하자 우리는 떠났다. 절대적인 평화였다.

지금은 그곳이 관광지로 개발되었다고 들었다. '봄의 축제'는 많은 관광객의 관심을 사로잡는다. 하지만 나는 순수했던 시절의 그곳을 알고 있다. 결코 잊지 못하리.

3

피레네에서 우리는 파리로 갔다가 디나르로 향했다. 파리에 대해 기억나는 것이라고는 호텔의 내 방뿐이라니 너무도 아쉽다. 그 방은 초콜릿색으로 화려하게 칠해져 있어 모기가 벽에 앉아도 보이지가 않았다.

모기는 헤아릴 수 없이 많았다. 밤새 윙윙거렸다. 얼굴이며 팔이며 모기 물린 자국이 그득했다.(당시 얼굴에 무척 신경 쓰던 매지 언니는 극도로 창피해 했다.) 우리는 파리에 겨우 일주일 머물렀는데 그 시간의 대부분을 모기를 죽이고, 기묘한 냄새를 풍기는 온갖 기름을 바르고, 침대 옆에 원뿔형 모기향을 피우고, 물린 데를 긁고 뜨거운 촛농을 떨어트리는 데 썼다. 호텔 관리부에 맹렬히 항의한 후에(관리부에서는 호텔에 모기가 단 한 마리도 없다고 우겨 댔다.) 모기장 안에서 자는 낯선 경험을 했는데, 그것이 파리에서 맞은 최초의 진기한 경험으로 기억에 남아 있다. 때는 8월이라 한창 무더울 때였다. 모기장 안에 있으려면 분명 더 더웠으리라.

파리 관광을 하기는 했을 텐데, 별다른 기억은 없다. 에펠 탑에 올라간 것은 기억하지만, 처음으로 산을 보았을 때와 마찬가지로 기대에 미치지 못했다. 사실 파리에서의 유일한 기념품은 나의 새로운 별명이었다. '무스티크 *Moustique.*'(모기.) 그럴 만도 하지.

참, 아니다. 파리에 방문했을 때 나는 처음으로 위대한 기계 시대의 전조를 느낄 수 있었다. 파리의 거리는 '자동차'라고 불리는 새로운 교통수단으로 가득 차 있었다. 모자와 고글을 쓴 남자들이 기계로 꽉 찬 차를 미친 듯이 몰며 경적을 울리고 냄새를 풍겨 댔다.(현대 기준으로 보면 오히려 느린 축이었겠지만, 당시에는 경쟁자가 말밖에 없었다.) 당혹스럽기 그지없었으나 아버지는 온 세상에 곧 차들이 활보할 것이라고 말했다. 우리는 설마 했다. 나는 누가 뭐라 해도 기차가 최고라고 확신하며 냉담하게 차들을 바라보았다.

어머니는 슬프게 한탄했다.

"몬티가 여기 있었더라면 얼마나 좋았을까. 차들을 보고 분명 좋아했을 텐데."

이 시기를 돌이켜보자니 참으로 기이하다. 오빠가 완전히 사라지고 없는 것이다. 방학을 맞아 해로 스쿨에서 집으로 돌아왔을 텐데, 더 이상 존재하지 않는 사람 같다. 아마도 당시 오빠가 나를 전혀 안중에도 두지 않았기 때문이 아닌가 싶다. 훗날 들기로는, 아버지가 오빠 때문에 걱정이 이만저만 아니었다. 오빠가 낙제하여 해로에서 퇴학당했던 것이다. 그래서 처음에는 다트 강가의 조선소에 취직했다가 나중에는 북쪽의 링컨셔로 갔던 것 같다. 오빠에 관한 소식은 실망스러웠다. 아버지는 솔직한 조언을 들었다.

"그 아이는 여기서 성공하지 못할 거요. 일나시피, 수학이타면 젬병이니.

실제로 하는 것을 보여 주면 잘 따라 하오. 좋은 일꾼이지. 하지만 공학에서 그 아이가 할 수 있는 건 그뿐이라오."

어느 집이고 말썽을 부리거나 걱정을 끼치는 사람이 반드시 한 명은 있기 마련이다. 우리 집에서는 그 사람이 바로 몬티 오빠였다. 오빠는 이 세상을 떠나는 그날까지 항상 누군가에게 골칫거리를 안겨 주었다. 나는 과거를 돌아볼 때면 종종 의아해진다. 오빠가 잘 해냈을 만한 일이 하나라도 있었을까? 만약 바이에른의 루드비히 2세(19세기 바이에른을 다스린 괴짜 왕―옮긴이)로 태어났더라면 아무 문제없었을 것이다. 텅 빈 극장에 홀로 앉아 자기 자신만을 위하여 공연되는 오페라를 즐기는 오빠의 모습이 눈에 선하다. 오빠는 음악적 재능이 뛰어났으며, 좋은 베이스 목소리를 갖고 있었는 데다, 장난감 피리에서부터 피콜로와 플루트에 이르기까지 온갖 악기를 악보 없이 듣기만 하고도 곧잘 연주했다. 하지만 어떤 분야의 전문가가 되기 위해 몰두하는 법이 없었다. 아마 그런 일은 애당초 생각도 안 한 듯싶다. 예의 바르고, 매력적이었던 오빠는 걱정과 근심에서 구해 주지 못해 안달인 사람들로 평생 둘러싸여 지냈다. 오빠에게 기꺼이 돈을 빌려 주거나 대신 잡일을 처리해 줄 사람이 언제나 있었다. 오빠와 언니가 용돈을 받기 시작한 여섯 살 때에도 마찬가지였다. 몬티 오빠는 첫날 용돈을 다 써버렸다. 그러고는 남은 주일 동안에 느닷없이 누나를 가게로 끌고 들어가서는 가장 좋아하는 사탕을 3페니어치 재빨리 주문한 다음 누나를 가만히 바라보며 돈을 내지 말라고 했다. 다른 사람들의 눈을 대단히 중요하게 여겼던 매지 언니는 항상 돈을 냈다. 물론 당연히 화가 나서 나중에 동생에게 따졌다. 그러면 몬티 오빠는 해맑은 미소를 지으며 누나에게 사탕 하나를 건넸다.

오빠는 평생을 그러한 태도로 살았다. 오빠에게는 상대를 노예를 만드는 타고난 능력이라도 있는 듯했다. 수많은 여성들이 내게 말했다.

"당신은 당신 오빠를 이해하지 못하고 있어요. 그가 정말 필요로 하는 것은 공감이에요."

진실은 우리가 오빠를 너무나 잘 이해하고 있다는 것이었다. 오빠를 사랑하지 않기란 불가능했다. 오빠는 솔직히 자기 잘못을 인정하고, 앞으로는 완전히 달라지겠노라고 언제나 단언했다. 오빠는 해로에서 흰쥐를 키울 수 있도록 허락받은 유일한 학생이었다. 사감은 아버지에게 이 일을 설명하면서 이렇게 말했다.

"자연사에 그처럼 깊은 관심이 있으니 그런 특권을 주어도 괜찮겠다 싶었습니다."

오빠는 자연사에 대해 아무런 관심도 없다는 것이 가족들의 생각이었다. 그저 흰쥐를 키우고 싶었을 뿐이었다!

돌이켜보면 몬티 오빠는 참으로 흥미로운 사람이다. 유전자가 약간만 다르게 배열되었어도 위대한 인물이 되었을 텐데. 그저 뭔가가 부족했다. 균형? 조화? 통합? 나도 모르겠다.

어쨌든 그러는 사이 저절로 오빠의 직업이 정해졌다. 보어 전쟁이 터졌던 것이다. 우리가 아는 거의 모든 청년들이 자원입대했다. 자연스레 몬티 오빠도 그 사이에 끼었다. (오빠는 나이에 맞지 않게 종종 내 장난감 병정들을 가지고 놀았다. 병정들을 전선에 정렬시키고는 지휘관에게 대시우드 대령이라는 이름을 주었다. 여러 버전으로 전투를 치른 끝에 오빠는 반역죄로 대시우드 대령의 목을 쳤다. 이에 나는 울음을 터트렸다.) 공학에서 오빠의 미래가 불투명한 차였던 만큼 아버지는 여러 면에서 안심하였을 터이다. 게다가 어쩌면 군인이 오빠에게 딱 맞는 직업이 될 수도 있었다.

보어 전쟁은 흔히 말하는 '구식 전쟁'의 마지막을 장식했다. 한 나라나 사람들의 운명에 사실상 영향을 미치지 않는 전쟁이었다. 그러한 전쟁은 용감한 군인들과 씩씩한 청년들이 싸우는 영웅식인 이야기였다. 실팅 죽녀라도 전장에서 영광스럽게 눈을 감았고 시신은 전투에서의 공훈에 걸맞은 훈장으로 장식되어 집으로 돌아올 때가 더 많았다. 그들은 대영 제국의 전초 기지와 키플링의 시와 지도에 분홍색으로 칠해진 영국 땅 한 조각과 단단히 연계되어 있었다. 사람들이, 특히 아가씨들이 나라를 위해 죽기를 피하고 있다는 생각되는 청년들에게 흰 깃털을 건네며 돌아다녔던 일을 지금 생각하면 참 괴이해 보인다.

보어 전쟁의 발발에 대해서는 거의 기억나는 것이 없다. 그다지 중요한 전쟁으로 간주되지 않았으며 '보어인에게 따끔한 교훈을 가르쳐 주기 위한' 전쟁일 뿐이었다. 당시 주변에서 흔히 볼 수 있었던 영국의 낙관주의자들은 '몇 주면 끝날' 전쟁이라고 예상했다. 1914년(1차 세계대전이 시작된 해—옮긴이)에도 같은 말을 들었다. "크리스마스 무렵이면 끝날 것이다." 1940년(2차 세계대전이 시작된 다음 해—옮긴이) 해군 본부가 우리 집을 접수했을 때 또한 "전쟁은 겨울이 가기 전에 끝날 것이니 카펫에 좀약 처리를 할 필요는 없다."고 말했다.

따라서 내가 보어 전쟁에 대해 기억하는 것은 「얼빠진 거지The Absent Minded Beggar」(키플링의 시에 아서 설리번이 곡을 붙인 행진곡—옮긴이)라는 흥겨운 노래와 며칠의 휴가 동안 플리머스에서 올라온 쾌활한 청년들이 빚어 낸 유쾌한 분위기 정도이다. 로열 웰시 연대의 제3대대가 남아프리카로 떠나기 얼마 전이었다. 몬티 오빠가 플리머스에 잠시 배치되었을 때 휴가를 받아 친구와 함께 집으로 왔다. 우리는 몇 가지 이유로 어니스트 매킨토시를 빌리라고 불렀는데, 그는 평생 친구로 남았으며 나에게는 친오빠보다도 더욱 오빠 같았다. 빌리 오빠는 대단히 유쾌하고 매력적인 젊은이였다. 주변의 청년들이 다 그러하듯 그도 역시 매지 언니에게 반하였다. 군복을 막 지급받은 두 사람은 생전 처음 보는 각반에 장난기가 동하여 각반으로 목이나 머리를 감고는 온갖 장난을 다 쳤다. 두 사람이 각반을 목에 감은 채 우리 집 온실에 앉아 있는 사진을 나는 지금도 갖고 있다. 나의 어린 시절 영웅은 빌리 매킨토시로 바뀌었다. 물망초가 새겨진 액자에 빌리 오빠의 사진을 넣어 침대 옆에 놓았다.

우리는 파리에서 브라타니의 디나르로 향했다.

디나르에 대해 가장 뚜렷이 기억나는 것은 내가 그곳에서 수영을 배웠던 일이다. 혼자서 첨벙첨벙 여섯 번 물을 튀기는 동안에도 가라앉지 않았다는 사실이 기쁘고 뿌듯했다.

또 하나 검은딸기가 기억난다. 그렇게 크고 통통한 검은딸기는 다시 볼 수 없었다. 마리와 나는 들판으로 가 바구니 가득 검은딸기를 따는 동시에 엄청나게 먹어 댔다. 이처럼 검은딸기가 풍부했던 까닭은 그 지방 사람들이 검은딸기에 치명적 독이 들어 있다고 믿었던 덕분이다. 마리는 의아해하며 말했다.

"일 느 망주 파 드 뮈르*Ils ne mangent pas de mûres*.(그 사람들은 검은딸기를 안 먹는대요.) 나한테 그랬어요. 부 잘레 부 장푸아조네*Vous allez vous empoisonner*.(먹으면 죽는대요.)"

마리와 나는 그런 터부가 없었다. 우리는 오후마다 스스로 즐겁게 독을 먹었다.

내가 처음으로 연극에 애착을 가지게 된 것은 바로 디나르에서였다. 아버지와 어머니는 거대한 내닫이창이 달린 널따란 2인용 침실을 썼다. 내닫이창은 벽감처럼 활 모양으로 움푹 들어가 있고 커튼이 쳐져 있었다. 연극 무대로 손색이 없었다. 지난 크리스마스에 본 팬터마임에서 영감을 얻은 나는 마리를 설득해 밤마다 다양한 동화를 연극으로 재현했다. 나는 내가 하고 싶은 역을 맡았고, 마리가 그 나머지 역들을 모두 소화했다.

어린 시절을 돌이켜보면 볼수록 아버지와 어머니의 한없는 친절함에 깊은 감사함이 느껴진다. 매일 밤마다 저녁을 먹은 후 30분가량 마리와 내가 급조한 의상을 입고서 거들먹거리고 폼을 잡는 것을 지켜보며 박수를 치는 것보다 더 지루한 일이 세상에 있었을까. 우리는 「잠자는 숲 속의 공주」, 「신데렐라」, 「미녀와 야수」 등을 공연했다. 나는 남자 주인공 역을 가장 좋아했다. 그래서 행진하거나 낭독할 때 타이츠 대용으로 언니의 스타킹을 빌려 입었다. 마리가 영어를 못 하기 때문에 연극은 당연히 프랑스어로 진행되었다. 그렇게 착한 사람이 또 있을까. 마리는 딱 한 번 싫다고 거부했는데, 그 이유는 짐작조차 할 수 없는 것이었다. 마리가 신데렐라 역을 하기로 했기 때문에 나는 머리를 풀라고 했다. 정수리에 쪽을 찐 신데렐라라니! 불평 한마디 없이 야수 역을 맡았던 마리가, 빨간 모자 아가씨의 할머니 노릇을 했던 마리가, 착한 요정, 나쁜 요정, 사악한 할머니 역을 가리지 않았던 마리가, 거리 장면에서 도랑에 침을 뱉으며 은어인 "에 비엥 크라슈 *Et bien crache!*"(어디 너도 한번 뱉어 봐!)를 실감나게 말하여 아버지를 포복절도케 했던 마리가 느닷없이 눈물을 흘리며 신데렐라 역을 하지 못하겠다고 하는 것이었다.

나는 강경하게 물었다.

"메, 푸르쿠아 파, 마리*Mais, pourquoi pas, Marie?*(어머, 왜, 마리?) 좋은 역이야. 여주인공이잖아. 이 연극은 모두 신데렐라 이야기라고."

마리는 그런 역을 하는 건 불가능하다고 대답했다. 무슈(신사) 앞에서 머리를 푼 모습을 보일 수는 없다는 것이었다! 도통 이해가 되지 않았다. 무슈 앞에서 머리를 풀 수 없다니 어안이 벙벙했다. 나는 포기하고 머리를 짜냈다. 결국 그 대신에 신데렐라의 머리 위로 얼렁뚱땅 두건을 만들어 씌웠고, 그 다음에는 아무 문제없었다.

하지만 금기라는 것은 그 얼마나 괴이하단 말인가. 친구의 아이 하나가 문득 생각난다. 네 살가량 된 상냥하고 쾌활한 여자아이였다. 프랑스인 유

모 겸 가정교사가 그 아이를 돌보기 위해 왔다. 아이가 그녀와 '친해지기'
전에 약간 머뭇머뭇하긴 했지만, 모든 것이 순조로웠다. 아이는 가정교사
인 마들렌과 함께 산책하고, 잡담을 나누고, 자신의 장난감을 보여 주었다.
아무 문제도 보이지 않았다. 하지만 잠자리에 들 무렵 마들렌이 조앤을 목
욕시키려고 하자 아이가 울음을 터트렸다. 아이 어머니는 곤혹스러웠지만
첫날이라 그러려니 했다. 아이가 아직 낯을 가리나 보다고 여겼던 것이다.
하지만 이는 이삼 일 동안 계속되었다. 평화롭고 행복하고 다정다감한 시
간이 흘러갔다. 하지만 잠자리에 들기 전 목욕을 할라치면 모든 것이 깨어
졌다. 그러다 나흘째 밤에 조앤이 엉엉 울면서 자기 엄마의 가슴에 얼굴을
파묻으며 말했다.

"엄마는 몰라요. 엄마는 몰라요. 어떻게 외국인한테 내 몸을 보일 수가
있단 말예요?"

마리도 마찬가지 경우였다. 바지를 입고 활보할 수도 있고, 다리를 드러
내는 것도 무방하지만, 무슈 앞에서 머리를 풀 수는 없었던 것이다.

처음에는 우리의 연극이 꽤 재미있었으리라. 특히 아버지는 무척 즐거워
했다. 하지만 시간이 지남에 따라 얼마나 지겨워졌을까! 하지만 부모님들
은 너무 마음이 좋아서 차마 내게 지겹다고 말할 수 없었다. 이따금씩 친구
가 저녁을 함께하러 와 공연을 볼 수 없어 빼먹기도 했지만, 전반적으로 충
실히 관람했다. 적어도 나는 부모님 앞에서 공연하는 것이 정말로 즐거웠다.

9월에 디나르에 머무는 동안 아버지는 기쁘게도 옛 친구들과 재회했다.
마틴 피리는 아내와 두 아들과 함께 휴가 막바지를 보내고 있었다. 마틴 피
리와 아버지는 브베(스위스의 도시 — 옮긴이)에서 함께 공부하였으며, 그
이후로도 줄곧 친하게 지냈다. 마틴의 부인인 릴리안 피리는, 그때나 지금
이나 내가 만났던 가장 특출한 인물 중 하나로 손꼽힌다. 색빌웨스트(영국
의 소설가, 시인 — 옮긴이)가 「모든 정열을 쏟다 All Passion Spent」에서 그토록

아름답게 묘사한 인물을 보고 있노라면 어쩐지 늘 피리 부인이 떠오른다. 약간은 냉담하면서도 미묘하게 외경심을 일으키는 면이 있었으며, 손의 움직임이 한결같이 아름다웠다. 나는 피리 부인을 디나르에서 처음 보았지만, 그 후로 종종 만났다. 그리고 피리 부인이 여든이 넘어 사망할 때까지도 내내 친하게 지냈으며, 부인을 만날 때마다 찬미하고 존경하는 마음이 더욱더 커져 갔다.

정말 흥미로운 정신을 갖고 있다고 내가 여긴 몇 안 되는 사람 중의 하나가 바로 피리 부인이다. 부인의 집은 모두 제각각 깜짝 놀랄 만큼 독창적으로 장식되어 있었다. 더할 나위 없이 아름답게 수를 놓아 액자를 만들었고, 책이나 연극을 빠짐없이 보았으며, 이에 대해 언제나 말할 거리가 있었다. 요즘 나는 피리 부인이 어떤 직업에 종사하였더라면 좋았을 텐데 하는 생각을 한다. 그랬더라면 분명 역사에 이름을 남겼으리라.

부인의 집에는 항상 젊은이들이 바글바글 찾아와 즐거이 대화를 나누었나. 심지어 부인이 칠순이 넘었어도 함께 오후 시간을 보내는 것은 멋진 기분 전환이 되었다. 피리 부인보다 더 완벽하게 여유를 즐길 줄 아는 사람을 나는 알지 못한다. 부인은 대개 아름다운 방에서 등받이가 높은 의자에 앉아 스스로 만든 디자인으로 수를 놓으며 시간을 보냈다. 옆에는 흥미로운 책들이 놓여 있다. 온종일이라도 나와 이야기할 수 있다는 듯한 느낌을 준다. 아니, 밤새도록, 몇 달이라도 이야기할 수 있을 것 같다. 피리 부인의 비판은 신랄하고도 투명하다. 그 어떤 추상적인 주제에 대해서도 거침없이 말하지만 인신공격은 좀처럼 하지 않는다. 하지만 나를 가장 매혹시킨 것은 부인의 아름다운 목소리였다. 그런 목소리는 참으로 드물다. 나는 늘 목소리에 민감한데, 추한 얼굴은 참아도 추한 목소리는 도저히 참을 수가 없다.

아버지는 친구 마틴을 다시 만나 몹시 기뻐하였다. 어머니와 피리 부인은 공통점이 많았는데, 내 기억이 맞다면, 두 분은 일본 예술에 대한 열정적 토론에 금방 빠져들었다. 피리 부부의 아들 중 해럴드는 이튼에 다니고 있었고, 윌프레드는 커서 해군에 입대한 것으로 보아 당시 다트머스 사관학교에 다녔었지 싶다. 윌프레드는 훗날 나의 절친한 친구가 되었지만, 디나르에서의 그에 대해 기억나는 점이라고는 바나나를 볼 때마다 요란하게 웃음을 터트리는 소년이라는 말을 들은 것뿐이다. 이 때문에 나는 윌프레드를 유심히 살피게 되었다. 당연히 두 소년에게 나는 안중에도 없었다. 이튼의 학생과 해군 사관생도가 일곱 살짜리 여자애한테 관심을 주지 않는 것을 무례하다고 여길 이유는 없었다.

디나르를 떠난 우리는 건지(영국 해협의 채널 제도에서 두 번째로 큰 섬으로, 영국 영토이다 — 옮긴이)로 가서 겨울을 거의 다 보냈다. 나는 그전에 깜짝 생일 선물로 이국적인 깃털과 색채를 지닌 새 세 마리를 받았더랬다. 각각 키키, 투투, 베베라고 이름을 지었는데 건지에 도착한 직후 늘 연약했던 키키가 눈을 감았다. 함께 긴 시간을 보내지 않았기에 키키의 죽음이 내게 큰 슬픔을 일으키지는 않았다. 나는 매력적인 작은 새 베베를 가장 좋아했다. 그럼에도 키키의 장례식을 성대하게 치름으로써 나는 기쁨을 얻었다. 먼저 어머니가 준 새틴 리본으로 묶은 마분지 상자에 키키를 안치하였다. 그리고 성 페터포트의 도시를 떠나 고지대로 올라가 키키를 묻을 장소를 고른 다음에 상자 위에 커다란 꽃다발을 얹고는 진지하게 흙을 덮었다.

이 장례 의식은 대단히 만족스러웠다. 하지만 거기에서 끝나지 않고 '비지테 라 통브 드 키키Visiter la tombe de Kiki'(키키의 무덤 방문하기)는 내가 가장 좋아하는 산책 코스가 되었다.

성 페터포트에서 가장 놀라운 볼거리는 꽃시장이었다. 거기서는 온갖 종류의 아름다운 꽃들을 싸게 팔았다. 마리에 따르면, 가장 춥고 바람 부는 날이면 "아기씨, 오늘은 어디로 갈까요?"라는 질문에 내가 아주 신나게 "누 잘롱 비지테 라 통브 드 키키Nous allons visiter la tombe de Kiki."(키키의 무덤에 찾아가자.)라고 말했다는 것이다. 그 소리에 마리는 깊디깊은 한숨을 쉬었다. 찬바람이 쌩쌩 부는데 3킬로미터씩이나 산책을 하다니! 하지만 내 마음은 철석같았다. 나는 마리를 꽃시장으로 끌고 가 동백꽃을 비롯해 어여쁜 꽃을 샀다. 그런 다음 바람뿐만 아니라 종종 내리치는 비까지 맞으며 3킬로미터를 걸어가서는 진진한 의식과 함께 키키의 무덤에 꽃다발을 놓았던 것이다. 장례식과 장례식 관람을 즐기는 것은 인간의 핏속에 흐르는 본능임에 틀림없다. 이러한 본능이 없었더라면 고고학이 어찌 가능했겠는가? 나는 어릴 적에 유모나 보모 이외의 다른 사람과, 예를 들어 하녀 중 하나와 산책을 할 때면 항상 공동묘지를 찾아갔다.

파리의 페르 라세즈(파리 동쪽에 있는 묘지로, 수많은 저명인사들이 잠들어 있다 — 옮긴이)에서 위령의 날에 일가족이 모두 모여 가족들의 무덤을 예배하고 장식하는 모습은 그 얼마나 아름다운가. 죽은 자를 공경하는 것은 참으로 신성한 일이다. 이것이 슬픔을 피하기 위한 본능적 방법인 것은 아닐까? 의식에 몰두하다 보면 어느새 사랑하는 이와의 이별을 거의 잊게 된다. 가난한 집안은 제일 먼저 장례식에 쓸 돈부터 저축한다고 했다. 한번은 우리 집에서 일하던 상냥한 노인이 이렇게 말한 적이 있다.

"아, 정말 험난한 가시밭길 인생이었습죠. 지지리도 복도 없었지. 그래도 하나만은 해냈습지요. 내 장례식을 제대로 치를 만큼은 돈을 모았으니. 절대 그 돈에는 손대지 않았습죠. 며칠씩 굶더라도요!"

4

환생이라는 것이 정말 있다면 나는 전생에 개가 아니었을까 싶다. 개의 습성과 비슷한 데가 많기 때문이다. 누군가가 무언가를 하거나 어딘가로

가면 나도 덩달아 함께 하고 싶어져 결국에는 그렇게 하고 만다. 긴 부재 후 집으로 돌아왔을 때 역시 나는 개와 똑같이 행동했다. 개는 온 집안을 뛰어다니며 여기서 킁킁 저기서 킁킁 코로 모든 것을 조사하여 무슨 일이 진행 중인지 알아내고, '최고의 자리'를 일일이 방문한다. 나도 마찬가지였다. 온 집을 다 둘러본 후 정원으로 나가 내가 아끼는 장소를 찾았다. 물통, 시소 나무, 벽 옆에 숨어서 바깥쪽 도로를 내다볼 수 있는 나의 자그마한 비밀 기지. 그리고 굴렁쇠를 찾아서 그 상태를 살폈다. 모든 것이 예전 그대로임을 확인하고 만족하는 데 대략 한 시간이 걸렸다.

가장 큰 변화는 나의 개, 토니에게 있었다. 우리가 떠날 때만 해도 토니는 자그마하고 단정한 요크셔테리어였다. 하지만 이제는 프루디의 다정한 보살핌 아래 한없이 먹은 덕에 풍선처럼 부풀어 있었다. 프루디는 토니의 노예나 다름없었다. 어머니와 아버지와 내가 토니를 데리러 갔을 때 프루디는 토니가 어떻게 잠자는 것을 좋아하는지, 바구니를 정확히 어떻게 덮어 주어야 하는지, 어떤 음식을 좋아하는지, 몇 시에 산책하기를 좋아하는지 하염없이 설명했다. 그러면서 수시로 이야기를 멈추고는 토니에게 말을 걸었다.

"엄마가 예뻐."

"엄마가 멋져."

토니는 이 말을 매우 예민하게 감지했지만, 당연히 받아야 할 칭찬을 받는다는 분위기였다. 이어서 프루디가 자랑스레 말했다.

"토니는 손으로 주지 않으면 음식은 일절 입에도 안 대요. 한 입 한 입 직접 손으로 먹여 주었지요."

나는 어머니의 표정을 힐긋 보았다. 토니가 집에서는 그런 대접을 받지 못하리라는 것이 분명했다. 우리는 이 날을 위해 빌린 마차를 타고 토니와 함께 집으로 돌아왔다. 토니의 잠자리 바구니에 물건들도 함께 가져왔다.

물론 토니는 우리를 보고 기뻐하며 나를 온통 핥아 댔다. 그러나 저녁밥을 준비해 가져가자 프루디의 경고가 사실로 드러났다. 토니는 음식을 보더니 어머니를 바라보고 나를 바라보았다. 이어서 몇 걸음 옮겨 앉아 '그랑 세뉴 외르*grand seigneur*'(위대한 군주)인 양 당당하게 한 입씩 먹여 주기를 기다렸다. 내가 한 조각을 건네니 토니는 자비롭게 받아먹었다. 하지만 어머니가 말렸다.

"그러면 안 돼. 토니는 예전처럼 스스로 먹는 법을 익혀야 해. 저녁밥은 그냥 거기 내버려 두거라. 좀 있으면 토니가 가서 먹을 거야."

하지만 토니는 그러지 않았다. 한 자리에 가만히 앉아 있었다. 그처럼 정당한 분노를 내뿜는 개는 나는 다시 본 적이 없다. 토니는 슬픔에 가득 찬 커다란 갈색 눈으로 가족들을 둘러보더니 다시 밥그릇을 바라보았다. 토니의 눈은 분명히 말하고 있었다.

"먹고 싶어요. 모르겠어요? 밥을 먹고 싶단 말이에요. 어서 나에게 먹여 줘요."

하지만 어머니는 단호했다.

"오늘은 안 먹더라도 내일은 먹을 거야."

"굶어 죽으면 어떡해요?"

내가 항의했다.

어머니는 토니의 떡 벌어진 등짝을 찬찬히 바라보았다.

"좀 굶으면 토니에게도 좋을 거야."

다음 날 저녁까지도 토니는 굴복하지 않았다. 그러다 방에 아무도 없을 때 밥을 먹음으로써 자신의 자존심을 지켰다. 그 이후로는 아무 문제없었다. 위대한 군주처럼 대우받던 날들이 갔다는 사실을 토니는 분명히 깨달은 것이다. 하지만 다른 집에서 사랑을 한 몸에 받던 시절을 결코 잊지 않았다. 꾸지람을 듣거나 어떤 문제에 처하기라도 하면 토니는 몰래 달아나 프루디의 집으로 달려갔다. 토니는 프루디에게 자신이 제대로 대우받지 못하고 있다고 한탄을 늘어놓았으리라. 가출 버릇은 꽤나 오래 계속되었다.

마리는 이제 다른 임무와 더불어 토니까지 보살펴야 했다. 저녁에 1층에서 놀고 있을 때 마리가 허리에 앞치마를 두른 채 "무슈 토니 푸르 르 벵 *Monsieur Toni pour le bain.*"(토니 도련님을 목욕시킬 시간입니다.)이라고 공손하게 말하는 모습을 보노라면 재밌기 그지없었다. 토니 도련님은 즉각 몸을 납작 웅크려 소파 밑으로 들어가려고 분투했다. 토니는 일주일마다 하는 목욕을 끔찍하게 싫어했다. 질질 끌려나올 때면 토니의 귀와 꼬리가 축 처져 있었다. 마리는 제예스(영국의 유명 위생 제품 회사 — 옮긴이) 액체 위로 벼룩이 몇 마리 두둥실 떠 있었는지 나중에 자랑스레 보고했다.

요즘 개들은 내가 어릴 적과는 달리 벼룩이 거의 생기지 않는 듯하다. 목욕을 하고, 빗질을 하고, 제예스 액체를 듬뿍 부어도 개들은 하나같이 늘 벼룩이 득실거렸다. 아마 옛날에는 개들이 더 자유로이 외양간에 가서 놀거나 벼룩이 있는 다른 개와 어울려 놀 수 있었기 때문이 아닌가 싶다. 반면 요즘처럼 개의 응석을 받아 주는 일은 없었으며, 동물병원 출입도 잦지 않았다. 토니가 중병이 들었던 기억은 없다. 토니의 털은 언제나 건강해 보였으며, 우리는 먹고 남은 음식을 토니에게 주었다. 토니의 건강을 염려하며 야단법석을 떠는 일은 거의 없었다.

아이들도 마찬가지이다. 요즘에는 자식 일이라고 하면 옛날보다 훨씬 수선스럽다. 특별히 높지 않다면 체온에는 그다지 신경 쓰지 않았다. 24시간 동안 39도가 계속되어야 의사를 불렀다. 하지만 그처럼 심각한 경우가 아니라면 조금도 개의치 않았다. 종종 풋사과를 폭식하였다가 담즙의 공격을 받곤 했는데, 그래도 24시간 동안 침대에 누워 굶다 보면 쉽게 치료되었다. 아이들이 먹는 음식은 다양하고 질이 좋았다. 어린 아기들에게 너무 오랫동안 우유와 죽을 먹이는 경향이 있기는 했다. 하기만 나는 아주 어릴 적에도 유모의 저녁으로 올라온 스테이크를 맛보았다. 설익은 로스트비프는 내가 가장 좋아하는 음식이었다. 데번셔 크림 역시 많이도 먹었다. 어머니가 자주 말씀하셨듯, 간유(肝油)보다는 한결 좋았다. 때로는 빵에 발라 먹고, 때로는 숟가락으로 떠먹었다. 너무도 안타깝다! 이제는 데번에서도 진짜 데번셔 크림을 찾을 수 없다니! 더 이상 도자기 그릇에 노란 더께가 앉은 아래로 층층이 켜를 이루고 있는 우유를 끓여 퍼내지 않는 것이다. 내가 가장 좋아하는 음식이 '크림'이라는 점은 과거나 지금이나 마찬가지이며, 앞으로도 십중팔구 그러하리라.

우리 어머니는 모든 것에 그랬듯 음식에도 다양성을 추구했다. 이따금씩 식탁에 새로운 광풍이 불어왔던 것이다. 한번은 '달걀에는 더 많은 영양이 있다'가 우리 집을 휩쓸었다. 이러한 모토 아래 사실상 매 끼니마다 달걀을 먹다가 아버지의 반대 덕분에 해방되었다. 또한 생선에 열광하였을 때는 뇌에 좋다는 납서대(가자미목 납서대과의 물고기 ―옮긴이)와 대구를 열심히 먹어 댔다. 하지만 이렇게 한 바퀴 돈 후에는 늘 그랬듯 어머니는 정상적인 식사로 돌아왔다. 신지학에 몰두하고, 유니테리언 교회에 다니고, 로마 가톨릭 교회에 귀의하려다 직전에 말고, 불교에 일시적으로 마음이 끌리는 등 아버지를 질질 끌고 다닌 끝에 마침내 영국 국교회의 품에 안긴 것과 마찬가지였다.

집에 돌아와 모든 것이 예전 그대로라는 것을 알고는 무척 기뻤다.

다만 딱 한 가지, 더 나아진 것이 있었는데, 내게는 이제 헌신적인 마리가 있었다.

사실 나는 기억 주머니에 손을 깊이 담그기 전까지는 마리에 대해 전혀 생각하지 않았다. 마리는 마리이며, 내 인생의 한 부분이었다. 아이에게 세계는 단순히 자기 자신에게 일어나고 있는 일만으로 구성된다. 그 세계에는 또한 그 안에 살고 있는 사람들도 포함되어 있다. 그들이 누구를 좋아하고, 누구를 싫어하고, 무엇 때문에 행복해하고, 무엇 때문에 불행해하는가가 바로 세계이다. 생기발랄하고 해맑으며 언제나 상냥한 마리를 가족들도 매우 좋아했다.

지금에야 궁금한 것은 그것이 마리에게 무슨 소용이었을까 하는 점이다. 우리가 프랑스와 영국 해협을 여행하던 가을과 겨울 동안에 마리는 무척 행복해했다. 낯선 장소를 구경하고, 호텔에서 즐거운 생활을 하였으며, 자신이 맡은 아이를 신기할 만큼 좋아했다. 나야 물론 내가 '나'라서 마리가 좋아했다고 믿고 싶다. 하지만 마리는 아이라고 하면 무조건 좋아했으므로, 한 번은 마주치게 마련인 괴물 같은 아이 한둘을 제외한다면 어느 아이든 기쁘게 돌보았을 것이다. 나는 마리에게는 고분고분한 아이가 아니었다. 프랑스인에게 순종을 끌어내는 능력이 있다고는 생각되지 않는다. 나는 여러 가지로 제멋대로 굴었다. 특히 잠자리에 드는 것을 싫어했거니와, 가구 사이로 껑충껑충 뛰기, 옷장 기어오르기, 서랍장 꼭대기에서 뛰어내리기, 바닥에 닿지 않고 방 안을 한 바퀴 돌기 같은 신나는 게임이 방해받으면 질색했다. 마리는 문가에 서서는 탄식했다.

"아, 아기씨, 아기씨! 마담 보트르 메르 느 스레 파 콩탕트*Madame votre mère ne serait pas contente*!(어머니께서 화내실 거예요!)"

마담 마 메르*Madam ma mère*(어머니)는 무슨 일이 벌어지고 있는지 전혀 몰랐다. 혹여 어머니가 느닷없이 방에 들어오시기라도 하면 눈썹을 치켜세우며 말했다.

"애거서! 왜 아직도 안 자고 있니?"

나는 그 말 한마디에 쪼르르 침대로 달려가 3분도 안 돼 잠이 들었다. 하지만 마리는 결코 나를 고자질하지 않았다. 애원하고 한숨 쉬었지만, 이르지는 않았다. 나는 비록 순종적이지는 않았을지 몰라도 마리를 사랑했다. 그것도 매우 매우 사랑했다.

딱 한 번 마리가 나 때문에 정말 화가 난 적이 있다. 일부러 성을 돋운 것은 아니었다. 영국으로 돌아온 후 이런저런 주제에 대해 유쾌한 논쟁을 벌이던 중이었다. 그러다 내가 격분하여 내가 옳다고 우기고자 말했다.

"메, 마 포브르 피유, 부 느 사베 동 파 레 슈맹 드 페르 송*Mais, ma pauvre fille, vous ne savez donc pas les chemins de fer sont*……."(불쌍하기는. 철도에 대해 아무것도 모르면서……)

그 순간 놀랍게도 마리가 눈물을 터트리는 것이었다. 나는 멍하니 마리를 바라보았다. 왜 그러는지 전혀 알 수 없었다. 마리가 흐느끼며 말했다. 그렇다고. 자신은 정말 '포브르 피유*pauvre fille*(불쌍한 소녀)'라고. 자기 부모님은 아기씨의 부모님만큼 부자가 아니라고. 카페를 운영하고 있지만, 아들과 딸들이 모두 일손을 도와야 한다고. 하지만 가난하다고 해서 무시하는 것은 장티유*gentille*(상냥한) 짓도 아니고, 비애 넬르베*bien elevee*(교양 있는) 짓도 아니라고.

나는 항변했다.

"하지만, 마리, 정말 그런 뜻이 아니었어."

가난을 언급할 생각은 조금도 없었고, '마 포브르 피유*ma pauvre fille*'는 단순히 갑갑한 마음에 나온 말이었다고 설명하고 싶었지만 할 수가 없었다. 가엾은 마리의 상한 마음을 풀어 주려고 적어도 30분은 변명하고, 다독이고, 사랑한다고 거듭 말했다. 그 끝에 겨우 마리의 마음이 누그러졌고 그 후로는 우리 둘 사이에 아무런 문제도 없었다. 나는 다음부터 그 표현을 절대 쓰지 않도록 무척 주의했다.

토키의 우리 집에 정착하자 마리는 처음으로 고독을 느끼고 고향을 그리워했던 것 같다. 호텔에 머무를 때는 전 세계에서 온 하녀들이며 유모들이며 가정교사들이 있었기에 가족과의 이별을 깊이 느끼지 못하였을 것이다. 하지만 영국에서는 자기 또래나 약간 나이 많은 사람들만 접할 뿐이었다. 당시 우리 집에는 다소 젊은 편인 하녀가 하나 있었고, 서른 살인 응접실 하녀가 있었다. 하지만 서로 생각이 워낙 달라서 마리는 더 큰 소외감을 느낄 뿐이었다. 두 사람은 마리의 평범한 옷차림을 질책했다. 마리는 리본이나 장갑이나 장식품 따위에는 결코 돈을 쓰지 않았던 것이다.

마리는 상당히 후한 봉급을 받았지만 매달 우리 아버지에게 부탁하여 사실상 봉급 전액을 포에 있는 어머니에게 송금하고 있었다. 그리고 아주 약간만 용돈으로 챙길 뿐이었다. 마리로서는 자연스럽고 적절한 행위였는데, 도트*dot*(지참금)를 모아야 했기 때문이다. 당시(어쩌면 지금도) 프랑스 아가씨들은 미래를 위해 지참금으로 쓸 돈을 부지런히 모았다. 만약 돈이 부족하면 결혼하는 것이 매우 힘들었다. 영국에서 '혼수'를 준비하는 것과 비슷하겠지만, 프랑스 아가씨는 이를 더욱 진지하게 여겼다. 이것은 합리적인 생각으로, 요즘 영국에서도 대유행인 것으로 알고 있다. 집을 사고 싶으면 남자든 여자든 열심히 돈을 모아야 하기 때문이다. 하지만 당시 아가씨들은 결혼을 위해 돈을 모으지 않았다. 그것은 남자가 해야 할 일이었다. 남자라면 무릇 집을 마련하고, 아내를 먹이고, 입히고, 부양할 수 있어야 했다. 그래서 '좋은 직업'의 아가씨나 하류층의 상점 아가씨들은 자신이 버는 돈을 자기 것이라고 생각하고 이런저런 사소한 데에 모두 써 버렸다. 새 모자나 화려한 블라우스를 사고, 이따금씩 목걸이나 브로치를 구입하는 것이다. 혹자는 아가씨들이 봉급을 구애 자금으로 썼다고도 말하리라. 자기에게 걸맞은 남자를 유혹하기 위한 자금으로 말이다. 하지만 깔끔한 검은 코트와 스커트에 작은 모자와 평범한 블라우스 차림의 마리는 결코 옷장에 옷을 늘리지 않았으며, 꼭 필요한 경우가 아니라면 절대 돈을 안 썼다. 못되게 굴려고 그런 것은 아니겠지만 하녀들은 마리를 경멸하고 비웃었고, 그 때문에 마리는 무척 불행해했다.

마리가 처음 네다섯 달을 견딜 수 있었던 것은 어머니가 예리한 통찰력을 가지고 따뜻하게 도와주었기 때문이다. 마리는 향수병에 걸려 고향으로 돌아가고 싶어 했다. 하지만 어머니는 마리를 위로하면서, 마리가 지혜로운 것이라고, 영국 아가씨들은 프랑스 아가씨들만큼 미래를 볼 줄도 모르고, 분별력도 없다고 달랬다. 아마도 하녀들과 제인에게도 프랑스 아가씨를 괴롭히지 말라고, 멀리 이국땅에 와서 사는 것이 어떤 것인지 상상해 보아야 한다고 한마디 하셨던 듯싶다. 덕분에 한두 달 후에는 마리도 기운을 되찾았다.

인내심을 가지고 지금까지 읽은 독자라면 탄성을 지르리라.

"가정교사가 없었단 말인가요?"

그 대답은 "네."이다.

그 무렵 나는 아홉 살이었을 것이다. 당시 내 또래 아이들은 대부분 가정교사가 있었다. 하지만 아이를 보살피고, 운동시키고, 지켜보는 것이 주로 하는 일이다. 가정교사가 '수업'이라며 가르치는 것은 전적으로 각 가정교사의 선택에 달려 있었다.

친구네 집에서 본 가정교사 한두 명이 아련히 떠오른다. 『브루어 박사의 어린이 지식 안내서Dr Brewer's Child's Guide to Knowledge』를 철석같이 신봉하던 가정교사가 있었다. 그 책은 요즘의 '퀴즈'와 매우 유사하다. 덕분에 나도 지식 몇 조각을 얻을 수 있었다. "밀이 걸리는 세 가지 병은?" "녹병, 백분병, 마름병." 이때 익힌 지식은 평생 잊지 않았지만, 아쉽게도 써먹을 일은 전혀 없었다. "레디치(영국의 도시 ─ 옮긴이)의 주요 특산물은?" "바늘." "헤이스팅스 전투(잉글랜드의 해럴드 2세가 노르망디 공작 윌리엄에게 패배한 전투 ─ 옮긴이)가 벌어진 해는?" "1066년."

또 다른 가정교사는 학생들에게 자연사에 대해서만 가르쳤다. 곧잘 잎과 딸기와 야생화를 모으러 다녔고, 이것들을 해부하기도 했다. 이는 하늘만큼 땅만큼 지루했다. 친구는 속내를 털어놓았다. "이파리를 조각조각 떼어 내자니 끔찍하다, 끔찍해." 나는 전적으로 동의했다. 사실 나는 평생 식물학이라는 말만 들으면 예민한 말처럼 흠칫흠칫 했다.

어머니는 어릴 적에 체셔에 있는 학교에 다녔다. 그리고 큰딸 매지는 기숙 학교에 보냈지만, 딸을 키우는 가장 좋은 방법은 마음껏 뛰놀게 하고, 좋은 음식을 먹이고, 신선한 공기를 쐬이고, 어떤 식으로든 강요하지 않는 것이라는 생각으로 180도 전향했다.(물론 아들은 전혀 해당되지 않았다. 남자아이는 엄격히 전통적인 교육을 받아야 했다.)

앞서도 이야기하였지만, 어머니는 여덟 살이 되기 전에는 읽기를 배워서는 안 된다고 주장했다. 하지만 나는 이 원칙을 깨뜨리고는 원할 때면 얼마든지 읽을 수 있었고, 기회가 생길 때마다 그리했다. 교실이라고 불리던 방은 집 꼭대기에 있는 큰 방으로, 사방 벽이 책으로 꽉 차 있다시피 했다. 『이상한 나라의 앨리스Alice in Wonderland』, 『거울 나라의 앨리스Through the Looking Glass』, 그리고 앞장에서 이야기한 『우리의 하얀 바이올렛』과 같은 감상적인 빅토리아 동화들, 『데이지 화환The Daisy Chain』을 비롯한 샬럿 영의 작품들, 헨티 시리즈 등 어린이 책만 모아 놓은 책장도 있었다. 이 외에도 교과서, 소설 등이 무더기로 있었다. 나는 재미있어 보이는 것을 아무거나 뽑아 읽었다. 이해도 못 하면서 관심을 끈다는 이유만으로 읽은 책도 적지 않았다.

그렇게 탐독하던 어느 날 내가 프랑스 희곡을 읽고 있는 모습을 아버지가 보셨다.

"대체 어디서 난 거니?"

아버지는 경악스러운 표정으로 책을 집어 들며 물었다. 어른들만 읽을 수 있도록 아버지가 흡연실에 두고 조심스레 잠가 놓은 프랑스 소설과 희곡 중 하나였던 것이다.

나는 대답했다.

"교실에 있던걸요."

"그럴 리 없어. 내 장식장에 넣어 두었는데."

나는 기꺼이 책을 단념했다. 사실을 말하자면, 도통 이해가 되지 않던 참이었다. 그 대신 『메무아르 되 난』, 『상 파미유Sans Famille』(가족도 없이) 같은 무해한 프랑스 책을 즐거이 집어 들었다.

일종의 수업을 받기는 했다. 하지만 가정교사는 없었다. 나는 아버지와 산수 공부를 계속해 자랑스레 분수를 떼고는, 십진법으로 들어갔다. 마침내 나는 많은 소가 많은 풀을 뜯고, 물탱크가 몇 시간 동안 물로 채워지는 단계에 이르렀다. 무척이나 재미있었다.

언니는 파티, 드레스, 런던 방문 등 공식적으로 사교계에 '데뷔한' 상태였다. 때문에 어머니는 이리저리 분주했고 나한테 시간을 내기가 어려웠다. 나는 때때로 매지 언니가 모든 관심을 독차지하는 것만 같아 질투를 느끼기도 했다. 어머니 본인은 처녀 시절을 지루하게 보내셨다. 이모할머니는 부유하였고, 조카와 함께 여러 차례 대서양을 횡단하였지만 어머니를 정식으로 사교계에 데뷔시킬 생각은 전혀 안 하셨다. 어머니가 사교 생활을 꿈꾸었다고는 생각되지 않는다. 하지만 여느 젊은 아가씨들처럼 어머니도 예쁜 옷과 드레스를 더 많이 갖고 싶었을 것이다. 이모할머니 자신은 파리 최고의 디자이너에게 주문한 값비싼 최신 드레스를 차려입었지만, 조카는 언제나 아이로만 생각하고 늘 아이 같은 옷만 입혔다. 솜씨라고는 없는 바느질하는 여인이란! 어머니는 자신의 딸만큼은 온갖 예쁜 옷은 다 입히고, 자신이 놓쳤던 인생의 유희를 마음껏 누리게 해 주겠다고 결심했다. 그리하여 매지 언니의 옷으로 향했던 열정과 기쁨은 훗날 나의 옷으로도 이어졌다.

당시에는 옷이 정말 옷이었다! 옷감이든 일손이든 아낌없이 펑펑 쏟아

부었다. 갖가지 주름 장식, 레이스, 복잡하게 이어지는 솔기와 치마폭. 옷자락이 바닥에 질질 끌려 걸을 때는 한 손으로 우아하게 옷을 쥐어야 했을 뿐만 아니라, 거기다 자그마한 망토나 코트나 깃털 목도리까지 걸쳤다.

머리는 또 어떻고. 당시에는 헤어디자인이 정말 헤어디자인이었다. 머리를 빗으로 쭉 훑어 내리는 것은 불가능했다. 말고, 볶고, 웨이브를 넣었으며, 밤에도 컬클립을 말고 자는가 하면, 뜨거운 부젓가락으로 머리에 물결 모양을 새겼다. 무도회에 가려면 적어도 2시간 전부터 머리 손질을 시작했으며, 1시간 동안 머리를 꾸민 다음 30분 동안 옷과 스타킹과 신발을 차려 입었다.

물론 나의 세계는 아니었다. 그것은 어른의 세계로 나와는 뚝 떨어져 있었다. 하지만 내가 이 세계의 영향권 밖에 있는 것은 아니었다. 마리와 나는 마드무아젤과 특별히 좋아하는 인물들의 투알레트 *toilettes* (몸단장)에 대해 논의했다.

우연히도 우리 집 근방에는 내 또래 아이가 아무도 없었다. 그래서 나는 어려서 푸들, 다람쥐, 나무, 그 유명한 고양이 가족들과 놀았던 것처럼 이때도 나만의 상상 친구들을 다시 만들어 냈다. 이번에는 학교를 배경으로 했다. 학교에 가고 싶었던 것은 아니다. 다양한 환경에 다양한 연령과 외모를 가진 일곱 소녀들을 가족으로 만드는 대신 손쉽게 선택할 수 있는 유일한 배경이 학교이기 때문이었다. 학교에는 이름이 없었다. 그냥 '학교'라고만 불렀다.

처음으로 학교에 도착한 소녀는 에설 스미스와 애니 그레이였다. 에설은 11살이고, 애니는 9살이었다. 에설은 풍성한 머리에 까무잡잡했다. 영리하고, 게임에 능했으며, 굵은 목소리에 외양이 다소 남성적이었다. 그녀의 단짝 친구인 애니 그레이는 완전히 정반대였다. 엷은 황갈색 머리에 눈은 푸른새이었으며, 수줍고 예민히어 쉽게 눈믈 을 흘렸디. 애니는 힝 상 에 일과 붙어 다녔으며, 에설은 언제나 애니를 보호했다. 나는 둘 다를 좋아했지만, 그중에서도 특히 대담하고도 씩씩한 에설을 더욱 좋아했다.

나는 에설과 애니 이후 두 명을 더 추가했다. 이사벨라 설리번은 부유한 집안 출신이며, 금발 머리에 갈색 눈의 미인으로, 11살이었다. 나는 이사벨라를 좋아하지 않았다. 사실은 무척 싫어할 정도였다. 이사벨라는 '속물'이었다.(당시 동화책에서 '속물'은 대단한 화젯거리였다.『데이지 화환』에는 몇 페이지씩이나 플로라의 속물근성 때문에 메이 집안을 걱정하는 내용이 나온다.) 이사벨라는 확실히 속물의 화신이었다. 잘난 척하며 자기 집안의 부를 자랑했으며, 나이에 걸맞지 않게 지나치게 값비싸고 화려한 옷을 입었다. 엘제 그린은 이사벨라의 사촌이었다. 다소 아일랜드인 같았으며 짙은 색 고수머리에 푸른 눈으로 쾌활하고 웃음이 많았다. 전반적으로 사촌과 잘 지냈지만, 때때로 이사벨라를 골탕 먹이곤 했다. 엘제는 가난했다. 그래서 이사벨라가 입다 버린 옷을 입어야 했고 그 때문에 가끔은 마음 아파했지만, 워낙 태평스러운 성격이라 그다지 심각하지는 않았다.

나는 이 네 명과 함께 한동안 신나게 놀았다. 네 사람은 순환 철도로 여행하고, 승마를 하고, 정원을 돌보기도 하고, 크로케 게임을 자주 했다. 선수권 대회와 특별 시합이 열리곤 했는데, 나의 가장 큰 바람은 이사벨라가 이기지 않는 것이었다. 나는 이를 위해 온갖 수단을 다 썼다. 아무렇게나 방망이를 들고 있다가 되는 대로 쳤다. 하지만 어찌된 영문인지 제멋대로 하면 할수록 이사벨라에게로 행운이 찾아오는 것이었다. 도저히 불가능해 보이는 아치형 고리를 통과하고, 잔디에 바로 붙어서 오는 공을 쳐내어 거의 항상 1등이나 2등에 올랐다. 어쩌나 속이 상하던지.

그러다 얼마 후 더 어린 소녀들이 학교에 있으면 좋겠다는 생각이 들었다. 그래서 여섯 살배기 엘라 화이트와 수 드 베르트를 추가했다. 엘라는 성실하고 부지런했지만 재미가 없었다. 텁수룩한 머리에, 공부를 잘했다.

『브루어 박사의 어린이 지식 안내서』에서 우수한 성적을 보였으며, 크로케 게임을 꽤 잘했다. 수 드 베르트는 묘하게도 별 특징이 없었다. 연한 푸른색 눈에 금발 머리라는 외모뿐만 아니라 성격에서도 마찬가지였다. 어째서인지 나는 수를 보거나 느낄 수가 없었다. 수와 엘라는 단짝이었지만, 엘라는 내 손바닥 보듯 훤히 알 수 있었어도 수는 안개처럼 모호했다. 아마도 이것은 수가 사실은 '나 자신'이었기 때문이 아닌가 싶다. 다른 아이들과 대화할 때면 나는 언제나 애거서가 아니라 수였다. 따라서 수와 애거서는 같은 사람의 두 얼굴이었다. 수는 극적인 인물이 아니라 관찰자였다. 여기에 일곱 번째 소녀가 추가되었다. 수의 이복언니인 베라 드 베르트였다. 베라는 나이가 엄청 위였다. 자그마치 13살이나 되었던 것이다. 당시에는 예쁘지 않았지만, 미래에는 절세의 미인으로 거듭날 터였다. 혈통 또한 미스터리였다. 나는 매우 낭만적인 성격의 베라를 위해 다양한 미래를 구상했다. 베라는 담황색 머리에 물망초 빛 푸른 눈을 가지고 있었다.

일링의 이모할머니 댁에 있던 로열아카데미의 복사화 화첩 덕분에 '소녀들'의 상상이 한결 재미있어졌다. 이모할머니는 그 화첩을 미래에 나에게 주겠다고 약속했다. 나는 비가 올 때면 몇 시간이고 화첩을 보면서 시간을 보냈다. 심미적 만족 때문이 아니라 '소녀들'에게 어울리는 그림을 찾아주기 위해서였다. 크리스마스 선물로 월터 크레인(영국의 일러스트레이터로 아르누보 화풍을 그렸다 — 옮긴이)이 삽화를 그린 『꽃의 축제The Feast of Flora』(꽃들을 의인화시켜 그린 책 — 옮긴이)를 받았다. 꽃이 인간 모양으로 그려져 있었는데 그중에서도 가장 아름다웠던 것은 사람 모양을 둥글게 감싸고 있는 물망초 그림이었다. 그 사람은 당연히 베라 드 베르트였다. 초서의 데이지는 엘라였으며, 씩씩하게 걸어가는 멋진 패모(貝母)는 에설이었다.(책속에 등장하는 꽃들을 의미한다 — 옮긴이)

'소녀들'은 나의 긴 세월을 함께했다. 내가 성숙해짐에 따라 소녀들의 성격 또한 자연스레 변화했다. 음악을 익히고, 오페라를 공연하고, 연극이나 뮤지컬 희극에서 역을 맡았다. 심지어 어른이 된 후에도 나는 이따금씩 그들을 생각하고는, 내 옷장에 있던 다양한 드레스를 나눠 주었다. 또한 마음속으로 '소녀들'이 입을 드레스를 디자인하기도 했다. 에설은 한쪽 어깨에 하얀 산부채 꽃을 꽂고서 남색 명주 레이스가 달린 드레스를 입으면 무척 근사해 보였다. 애니는 가엾게도 옷을 그다지 받지 못했다. 이사벨라에게는 수가 놓인 문직이나 새틴으로 만든 멋진 드레스를 주었으니, 그래도 꽤 대접한 셈이다. 사실은 아직도 나는 드레스를 벽장에 따로 챙겨 두며 혼잣말을 한다.

"그래, 엘제에게 참 잘 어울리겠어. 초록색은 정말 엘제의 색이야."

"쓰리피스 저지 수트는 엘라가 입으면 딱이겠어."

이러면서 나는 웃음을 터트린다. 하지만 '소녀들'은 여전하다. 나와는 달리 늙지 않은 것이다. 가장 나이 많은 모습을 상상해도 기껏 해야 스물세 살이다.

시간이 흐르자 나는 네 인물을 더 추가했다. 애들레이드는 가장 나이가 위로, 키가 큰 금발에 다소 거만했다. 베아트리체는 가장 어린 소녀로, 춤추기를 즐기는 유쾌한 작은 요정이었다. 그리고 자매인 로즈와 아이리스 리드가 있었다. 이 둘은 다소 로맨틱한 삶을 살았다. 아이리스에게는 시를 써서 보내는 남자 친구가 있었는데, 그녀를 '호수의 아이리스'라고 불렀다. 로즈는 워낙 말썽꾼이라서 누구에게나 온갖 장난을 쳤고, 모든 젊은 남자들과 시시덕거렸다. 때가 되자 그들 중 일부는 결혼을 했고, 평생 독신으로 남은 이도 있었다. 에설은 결코 결혼하지 않고 상냥한 애니와 함께 자그마한 오두막에서 살았다. 지금 생각해도 잘한 선택이다. 현실 세계에 두 사람이 살았더라면 바로 그러했을 것이다.

해외에서 돌아온 직후 우더 양 덕분에 나는 음악 세계의 기쁨에 빠져들었다. 우더 양은 자그마하면서도 깐깐하고 강인한 독일 여성이었다. 우더 양이 왜 토키에서 음악을 가르쳤는지는 모르겠다. 사생활에 대해서는 전혀 들은 것이 없다. 어느 날 어머니가 교실로 우더 양을 안내하여 데리고 와서는, 애거서한테 피아노를 가르쳤으면 한다고 설명했다.

"아! 그럼 지금 당장 시작해 보지요."

우더 양은 풍부한 독일어 억양으로 완벽하게 영어를 말했다. 우리는 피아노 쪽으로 갔다. 물론 응접실에 있던 그랜드 피아노가 아니라 교실의 피아노를 썼다.

"거기에 서 보렴."

나는 우더 양의 명령대로 피아노 왼쪽에 섰다. 우더 양이 어찌나 세게 치던지 저러다 건반 부러지겠다 싶었다.

"이건 다 장조(도, 미, 솔로 이루어진 화음 — 옮긴이)야. 알겠지? 도 음에, 다 장조. 자, 다시 돌아가서 도를 쳐 볼게. 다시 다 장조를 쳐 보고. 이건 도, 레, 미, 파, 솔, 라, 시, 도야. 알겠지?"

나는 알겠다고 대답했다. 사실상 그 정도는 이미 알고 있었다.

"이제는 건반이 보이지 않는 곳에 서 보렴. 내가 낮은 도를 친 다음에 다른 음을 칠 테니, 두 번째 음이 무엇인지 맞춰 봐."

우더 양이 도를 쳤다. 그리고 똑같은 세기로 다른 음을 쳤다.

"무슨 음이지? 말해 보렴."

"미요."

"좋았어. 잘하는데. 다시 한 번 해 보자."

우더 양이 다시 도를 치고는 다른 음을 쳤다.

"무슨 음일까?"

"라요."

나는 운에 맡기고 찍었다.

"이야, 첫 수업인데 아주 잘했어. 이 아이한테는 음악적 재능이 있군요. 정말 좋은 귀를 가졌구나. 야아, 우리 유명해지겠는데."

나는 확실히 멋지게 출발했다. 하지만 솔직히 음을 정확히 알아들었던 것은 아니라고 생각한다. 감으로 찍은 것이리라. 아무튼 우리는 이렇게 하여 양쪽 모두 무척 즐거워하며 피아노를 가르치고 배웠다. 머지않아 온 집 안에 음계며, 아르페지오가 울려 퍼지더니, 이어서 「즐거운 농부*The Merry Peasant*」(슈만의 가곡 ─ 옮긴이)가 흘러나왔다. 피아노 수업은 더할 수 없이 즐거웠다. 아버지와 어머니 모두 피아노를 치셨다. 어머니는 멘델스존의 「무언가집*Songs Without Words*」을 비롯해 어린 시절에 배웠던 여러 '곡'들을 쳤다. 연주 솜씨가 좋으셨지만, 열정적인 음악 애호가는 아니었던 듯싶다. 아버지는 음악적 재능을 타고난 분이셨다. 한번 듣기만 하면 무엇이든 연주할 수 있었다. 유쾌한 미국 노래, 흑인 영가 등 온갖 종류를 연주했다. 우더 양과 나는 「즐거운 농부」에 이어 「꿈*Träumerei*」 등 슈만의 감미로운 소곡들로 넘어갔다. 나는 하루에 한두 시간씩 열정적으로 연습했다. 슈만 다음으로 그리그(노르웨이 작곡가 ─ 옮긴이)를 익혔는데, 너무도 마음에 들었다. 「에로틱한 시곡*Erotique*」과 「봄의 첫 살랑임*First Rustle of Spring*」은 내가 가장 좋아하는 곡으로 꼽혔다. 마침내 「페르 귄트 모음곡*Peer Gynt Morgen*」을 연주할 수 있게 되자 나는 기뻐 어쩔 줄 몰랐다. 독일인이 대부분 그러하듯 우더 양은 뛰어난 교사였다. 항상 즐거운 곡만 연주하였던 것은 아니다. 체르니 연습곡도 엄청 익혔는데, 그다지 내 맘에 들진 않았다. 하지만 우더 양에게는 어림도 없었다.

"기초를 탄탄히 다져야 해. 이 연습곡은 필수품이자 현실이야. 그래, 다른 곡들은 다소 화려하지. 꽃처럼 활짝 피었다가 뚝 떨어져. 하지만 뿌리를 단단히 뻗어야 해. 튼튼한 뿌리와 잎을 가져야지."

그래서 나는 튼튼한 뿌리와 잎을 많이 익히고, 어쩌다 이따금씩 한두 송이 꽃을 쳤다. 다른 식구들은 그렇게 많은 연습을 하는 것을 다소 가혹하다고 여겼지만, 나는 그 결과에 지극히 만족했다.

또한 일주일에 한 번 무용 수업도 들었다. 아테나이움룸이라는 다소 과장된 이름의 교습소는 제과점 2층에 위치했다. 꽤 일찍 무용 수업을 시작했던 것 같다. 유모가 일주일에 한 번 나를 교습소로 데려가던 기억이 있는 걸 보면 대여섯 살 때가 아닌가 싶다. 어린아이들은 세 번 발을 쿵쿵 구르며 폴카(보헤미아에서 유래된 활발한 춤곡 — 옮긴이)부터 시작했다. 오른발, 왼발, 오른발. 왼발, 오른발, 왼발. 쿵, 쿵, 쿵. 쿵, 쿵, 쿵. 아래층 제과점에서 차를 마시는 사람들에게는 참으로 성가셨으리라. 집에서 매지 언니가 폴카는 그렇게 추는 것이 아니라고 말하는 바람에 나는 약간 성이 났다.

"발을 미끄러지듯 내밀어. 그리고 다른 발을 그 옆으로 가져가고. 다시 첫 발을 내밀고. 이렇게."

나는 좀 난감했지만, 아마도 히키 양은 스텝에 앞서 폴카의 리듬부터 익히는 편이 좋겠다고 생각한 것 같다.

히키 양은 쉽지 않은 인물이긴 했지만, 멋진 사람이었다. 큰 키에 위엄이 있었으며, 회색 머리를 아름답게 머리 위로 틀어올리고는 기다랗게 휘날리는 스커트를 입었다. 히키 양과 왈츠를 춘 것은, 물론 한참 뒤의 일이다, 무시무시한 경험이었다. 교습소에는 열여덟 혹은 열아홉 살쯤 된 교생 선생님과 아일린이라는 이름의 열세 살가량 된 교생 선생님이 있었다. 아일린은 다정다감한 데다 열심히 해 주어서 모두들 잘 따랐다. 다른 교생인 헬렌은 약간 무서웠는데, 무용 솜씨가 정말 뛰어난 학생만 신경 썼다.

무용 수업 과정은 다음과 같았다. 우선 '익스팬더'라고 불리는 도구로 가슴과 팔 운동을 한다. 익스팬더는 손잡이 사이에 탄력성이 좋은 푸른색 끈 같은 것이 달려 있는데, 약 30분 동안 이것을 힘차게 팽팽히 늘인다. 그런 다음 쿵, 쿵, 쿵을 졸업한 사람들이 동시에 폴카를 추는 것이다. 교실에서 나이가 많은 소녀들은 어린 소녀들과 짝을 지었다.

"내가 폴카를 추는 것을 보았니? 내 옷자락이 휘날리는 것을 보았니?"

폴카는 유쾌했지만 그다지 재미는 없었다. 그런 다음에는 원형 대행진을 했다. 짝을 지어 교실 중앙으로 간 다음에 옆으로 돌아 여덟 명으로 이루어진 줄로 들어갔다. 나이가 많은 소녀가 앞에서 이끌고, 어린 소녀들이 뒤를 따랐다. 원형 대행진을 할 때는 함께 하고 싶은 짝이 있기 마련이어서 많은 불평불만이 생겨났다. 자연히 모두들 헬렌이나 아일린과 짝이 되고 싶어 했지만, 히키 양은 아무도 교생 선생님을 독점하지 못하게 했다. 행진 후 어린 소녀들은 주니어 교실로 가서 폴카나 왈츠나, 고급 춤에서 특별히 취약한 스텝을 익혔다. 상급생들은 큰 교실에서 히키 양의 지도 아래 탬버린 춤이나 스페인 캐스터네츠 춤이나 부채 춤 같은 고급 춤을 배웠다.

부채 춤 말이 나와서 말인데, 나의 딸 로잘린드와 딸아이의 친구 수전이 열여덟, 열아홉 무렵일 때 내가 꼬맹이 시절 부채 춤을 추었다고 그 애들에게 이야기한 적이 있다. 그랬더니 당혹스럽게도 둘이서 숨이 넘어가도록 웃는 것이었다.

"설마요, 엄마가요? 부채 춤이라니! 수전, 엄마가 부채 춤을 추었대!"

"아, 빅토리아 시대 사람들은 하여튼 특이하다니까요."

하지만 곧 우리가 생각하는 부채 춤이 정확히 같은 것은 아니라는 사실이 드러났다.

아무튼 그런 다음 상급생들이 앉아 있는 동안 하급생들이 유쾌하고 짧은 민속춤이나 뱃사람 춤곡을 추었다. 이어서 마침내 복잡한 창기병 춤에 들어갔다. 이 외에도 스웨덴 시골 춤, 로저드카버리(일종의 시골 춤 — 옮긴이)도 배웠다. 이 마지막 부분은 특히 유용했다. 파티에 가더라도 사교댄스를 출 줄 몰라 창피당하는 일은 없을 테니.

토키의 무용 교습소에는 거의 소녀들뿐이었다. 하지만 일링에서 배울 때는 소년들도 꽤 많았다. 내가 아홉 살 무렵이었는데, 무척이나 부끄럼을 탔고 무용에도 아직 서투를 때였다. 어느 날 나보다 한두 살 위로 보이는 꽤나 매력적인 한 소년이 다가와 창기병 춤을 함께 추자고 청했다. 나는 당황하고 기가 죽어 창기병 춤을 출 줄 모른다고 답했다. 너무나도 마음이 아팠다. 그렇게 매력적인 소년은 처음이었다. 짙은 색 머리에 쾌활한 눈을 보고는 바로 우리가 천생연분처럼 느껴졌다. 창기병 춤이 시작되자 나는 슬퍼서 주저앉았다. 그런데 바로 그때 워즈워스 부인의 대리인이 나한테 다가왔다.

"애거서, 아무도 춤에서 빠져서는 안 된단다."

"하지만 선생님, 창기병 춤을 출 줄 모르는걸요."

"아냐, 곧 배울 수 있어. 내가 파트너를 찾아 줄게."

그녀는 들창코에 모래 빛깔 머리의 주근깨투성이 소년을 데리고 왔다. 그 아이도 아데노이드가 부어 있었다.

"자, 이 아이는 윌리엄이란다."

창기병 춤을 추며 다른 커플과 교차하던 중 나는 첫사랑과 마주쳤다. 첫사랑이 화가 나서 속삭였다.

"나하고는 추기 싫다더니, 잘만 추는군. 못된 계집애."

나는 창기병 춤을 출 줄 모르지만 어쩔 수 없이 추어야 했다고 사정을 설명하려고 했지만 그럴 짬이 없었다. 무용 수업이 끝날 때까지 나의 첫사랑은 나를 힐난하듯 노려보았다. 그 다음 주에 다시 만나게 되기를 고대했지만, 다시는 볼 수 없었다. 이렇게 슬픈 사랑 하나가 흘러갔다.

무용 교습소에서 배웠던 무용 중에 살면서 유일하게 써먹었던 것은 왈츠였다. 사실상 나는 왈츠를 결코 좋아하지 않았다. 리듬도 마음에 안 들고, 춤을 추다 보면 머리가 어질어질했다. 특히 히키 양과 함께 출 때면 더했다. 선생님이 멋지게 한 바퀴 도는 동안 나는 발이 바닥에서 붕 떠올랐다. 춤이 끝나고 나면 현기증이 일어 제대로 서 있기도 힘겨웠다. 하지만 선생님이 춤추는 모습은 정말 아름다웠다고 인정한다.

▲ 토키의 무용 교습소 수업(나 : 가운데)

우더 양이 내 인생에서 사라졌다. 언제, 어디에서였는지는 모르겠다. 아마도 고향인 독일로 돌아갔으리라. 얼마 후 드로디 씨라는 젊은 남자 선생님이 대신 왔다. 교회 오르간 연주자였는데, 다소 성격이 침울한 분이였다. 나는 전혀 다른 스타일에 적응해야 했다. 거의 바닥에 앉은 자세로 손을 위로 뻗어 건반에 대고는 연주를 전적으로 손목으로 해 내야 했다. 반면, 우더 양의 방법은 높이 앉아 팔꿈치로 연주하는 식이어서 피아노 위에서 있는 힘껏 건반을 내리칠 수 있었다. 참 신났는데!

5

채널 제도에서 돌아온 직후 아버지에게 병마의 그림자가 드리웠다. 원래 건강하신 편이 못 돼 여행 중에도 두어 번 의사의 진찰을 받았더랬다. 두 번째 의사는 신장에 문제가 있다는 다소 충격적인 진단을 하였다. 영국에 돌아와 주치의에게 의견을 묻자, 그런 것 같지는 않다며 전문의를 추천해 주었다. 그 이후로 병마의 그림자가 설핏설핏 어른거렸다. 당시 아이였던 나는 물질세계에 폭풍이 다가오듯 정신세계의 대기가 동요하는 것을 느꼈다.

의학은 무용지물인 듯했다. 아버지는 전문의를 두세 명 만나 보았는데 첫 번째 의사는 두말없이 심장 질환이라고 단언했다. 상세한 내용은 기억 나지 않는다. 그저 어머니와 언니가 이야기 나누는 것을 듣다가 "심장을 둘러싸고 있는 신경에 염증이 생겨서"라는 말에 소스라치게 놀랐던 기억만 난다. 두 번째 의사는 위에 문제가 있다고 확신했다.

아버지가 밤에 호흡 곤란과 고통을 겪는 일이 급증했다. 어머니는 일어나 아버지의 자세를 바꾸어 주고, 최근에 의사가 처방한 약을 아버지에게 먹였다.

언제나처럼 우리는 최근에 진찰한 의사의 말을 믿었고, 최신 치료법에 의지했다. 믿음은 중요하다. 의사의 카리스마와 새로운 치료법에 대한 믿음. 하지만 이는 모든 문제의 원인인 실제 몸이 겪는 고통에는 그다지 도움이 되지 못한다.

대체적으로 아버지는 평소처럼 유쾌하게 지냈지만, 집의 분위기는 일변했다. 아버지는 여전히 클럽에 나갔고, 여름에는 크리켓 게임을 즐겼으며, 이야기보따리를 가득 안고 집으로 돌아오셨다. 유쾌한 성품은 변함없었다. 언짢아하지도, 성을 내지도 않았다. 하지만 그러한 아버지의

▲ 아버지와 강아지 토니와 함께

태도에는 두려움의 그림자가 어려 있었다. 물론 어머니도 그것을 느끼셨지만, 아버지에게 안색이 더 좋아 보인다고, 기운을 많이 차린 것 같다고, 건강이 나아지고 있다고 씩씩하게 말하며 거듭 안심시켰다.

한편 재정 문제의 그림자까지 짙어졌다. 할아버지의 유산으로 받은 돈을 뉴욕의 주택에 투자했으나 구입한 것은 소유권이 아니라 임차권이었다. 그무렵 그 건물이 위치한 일대의 땅값은 치솟았지만, 건물값은 사실상 무일푼에 가까웠다. 땅의 소유주는 70대의 매우 비협조적인 노부인으로, 그 어떤 개발이나 개량에도 반대하여 우리의 목을 조르는 듯했다. 우리 손에 들어와야 할 수입은 항상 수리비나 세금으로 나갔다.

이처럼 극적인 의미를 띤 듯한 대화를 엿들은 나는 2층으로 달려가 마리에게 최대한 빅토리아 소설 같은 태도로 우리 집이 파산했다고 선언했다. 마리는 예상과는 달리 그리 가슴 아파하지 않았다. 하지만 다소 난처한 표정으로 따라오신 어머니에게 위로의 뜻을 전하려고 하였다.

"이런, 애거서. 말을 부풀려서 여기저기 퍼트리면 안 된단다. 우리는 파산하지 않았어. 그저 당분간 좀 힘들어 절약해야 할 뿐이야."

"파산하지 않았다고요?"

나는 비통한 어조로 물었다.

"그럼."

어머니가 단호히 대답하셨다.

내심 실망스러웠다. 책을 보면 파산이 일어나는 경우가 많았고 그것은 당연히 그래야 한다는 듯이 심각했다. 자살을 암시하는 분위기 속에 여주인공은 초라한 차림으로 거대한 저택을 떠나간다.

어머니가 말하였다.

"네가 방에 있다는 걸 깜박했어. 하지만 엿들은 이야기를 여기저기 알려서는 안 된단다. 알았지?"

나는 알겠다고 대답했다. 하지만 사실 속상했다. 바로 얼마 전에 다른 일을 엿들었으면서도 말하지 않았다고 꾸지람을 듣지 않았던가.

어느 날 저녁 식사가 시작되기 전에 나는 토니와 식탁 밑에 앉아 있었다. 토굴이나 지하 감옥의 모험 놀이를 하기에 딱 적당하여 자주 즐겨 찾는 곳이었다.

우리는 우리를 가둔 강도들의 귀에 들리지 않도록 숨소리조차 바싹 낮추었다.(사실은 뚱뚱한 토니가 요란하게 헐떡이긴 했지만.) 그때 응접실 하녀를 도와 식탁을 차리던 하녀 바터가 수프 그릇을 가지고 와 식기대의 요리용 철판에 놓았다. 그러고는 국자로 수프를 떠 후르르 삼켰다. 응접실 하녀인 루이스가 다가가서 "곧 벨을 울릴⋯⋯." 하고 말을 하다 말고 외쳤다.

"대체 무슨 짓이야?"

바터가 깔깔거리며 대꾸했다.

"요기 좀 하는 거지. 음. 나쁘지 않군."

그러면서 다시 한 국자 더 떴다.

"그거 내려놓고 뚜껑 덮지 못해. 어서!"

루이스가 충격을 받아 소리쳤다.

바터는 사람 좋은 웃음을 깔깔거리며 국자를 내려놓고는 뚜껑을 덮었다. 그러고는 수프 접시를 가지러 부엌으로 가려는데 나와 토니가 식탁 아래에서 나왔다.

"수프 맛있어?"

나는 호기심에 그렇게 묻고는 수프 맛을 보려고 했다.

"어머, 이런! 아기씨 때문에 간이 다 철렁 했어요."

나는 다소 어안이 벙벙하긴 했지만, 2년 후의 어느 날까지 그 이야기를 전혀 입에 담지 않았다. 그런데 하루는 어머니가 매지 언니에게 전에 우리 집에서 일했던 하녀 비디에 대해 이야기하는 것이었다. 나는 느닷없이 내화에 끼었다.

"나도 기억나요. 저녁 식사하러 가족들이 내려오기 전에 식당의 수프 그릇에서 수프를 떠먹곤 했죠."

이는 어머니와 매지 언니 모두에게 대단한 관심을 불러일으켰다.

어머니가 물었다.

"어머, 왜 나한테 말하지 않았니?"

나는 멍하니 어머니를 바라보았다. 왜 그렇게 물으시는지 알 수 없었다.

"그건……"

나는 망설이다 최대한 위엄을 갖추며 선언했다.

"정보는 함부로 흘리면 안 되니깐요."

그 이후로 심심하면 나는 이런 농담을 들었다.

"얘거서는 정보를 함부로 흘리지 않는대요."

이는 사실이었다. 나는 함부로 입을 놀리지 않았다. 적절하거나 흥미롭다고 판단되지 않으면 알게 된 정보를 모조리 내 머릿속 파일에 차곡차곡 저장하고는 내놓지 않았다. 사교적인 재담꾼인 가족들로서는 이를 전혀 이해할 수 없었다. 비밀을 지켜 달라고 부탁해도 전혀 개의치 않고 떠들어 대니까! 덕분에 가족들은 나와는 달리 무척 재미있는 사람이 될 수 있었다.

매지 언니는 무도회나 가든파티에 갔다가 돌아올 때면 늘 재미난 이야깃거리를 한 보따리 가지고 왔다. 언니는 모든 면에서 재미난 사람이었다. 어디를 가도 재미난 일이 벌어졌다. 심지어 어른이 되어서도 마을에 장을 보러 갔다가 돌아올 때면 굉장한 사건 아니면 누군가가 해 준 기막히게 재밌는 이야기를 들고 왔다. 이는 거짓말이 아니었다. 언제나 진실에 기초해 있었다. 다만 이야기를 더 재미있게 꾸몄을 뿐이었다.

반대로 나는 아버지를 닮아서인지, 누가 무슨 재밌는 일 없느냐고 물으면 대뜸 대답한다.

"네, 없었어요."

"아무개 부인이 파티 때 어떤 옷을 입고 왔니?"

"기억 안 나는걸요."

"S 부인이 응접실을 다시 꾸몄다며? 무슨 색이던?"

"유심히 보지 않았어요."

"아, 애거서, 너는 정말 어쩔 수가 없구나. 아무것도 제대로 보는 법이 없으니."

나는 전반적으로 내 생각을 남에게 털어놓지 않았다. 비밀을 만들려고 그랬던 것은 아니다. 그저 중요한 일도 아닌데 왜 군이 말해야 한단 말인가? 아니면 '소녀들'의 대화와 싸움을 이끌고, 토니와 함께 멋진 모험을 하느라 너무 바빠 주위의 사소한 일들에 신경 쓰지 못한 탓일 수도 있다. 나를 자극하려면 파산쯤 되는 커다란 사건이어야 했다. 말할 것도 없이 나는 재미없는 아이였다. 어른이 되어서도 파티 때 사람들과 잘 어울리기 힘든 성격이 될 가능성이 농후했다.

나는 평생 파티를 즐기지도, 좋아하지도 않았다. 그때도 어린이 파티는 있었지만, 요즘 같지는 않았다. 친구네에 가서 차를 마시거나 친구들이 우리 집에 와서 차를 마시곤 했는데 그것은 아주 재미있었고 지금도 마찬가지다. 어린이 파티는 크리스마스 무렵에만 있던 일이었다. 마술사가 와서 재주를 부리던 멋진 드레스 파티도 한두 번 있었던 것 같다.

어머니는 어린이 파티를 싫어하셨던 것 같다. 아이들이 지나치게 흥분하고 과식해서 집에 돌아와서는 종종 병이 난다고 하셨다. 십중팔구 맞는 말이리라. 어떤 규모의 어린이 파티에 가 보더라도 참석자 중 적어도 3분의 1은 전혀 즐거워하지 않는다.

스무 명까지는 그래도 질서가 유지된다. 하지만 어린이가 스무 명이 넘으면 화장실 소동이 벌어지는 것이다! 화장실에 가고 싶지만 그런 말을 하기 싫어 마지막 순간에야 화장실로 향하는 아이들 등등. 만약 즉시 화장실에 가고자 하는 아이들을 모두 수용할 만큼 화장실이 많지 않다면 혼란스럽고 유감스러운 사건이 연달아 벌어진다. 겨우 두 살이던 어느 여자아이가 생각난다. 경험 많은 유모가 말리는데도 그 아이의 어머니는 그만 달콤한 말에 설득당하고 말았다.

"안네트처럼 착하고 상냥한 아이는 꼭 와야 해요. 아이가 얼마나 즐거워할까. 우리가 잘 돌볼 테니 염려 말아요."

파티장에 도착하자마자 어머니는 신중하게 아이를 어린이용 화장실로 데려갔다. 안네트는 너무 들뜬 나머지 볼일을 볼 수가 없었다.

"아무래도 지금 누고 싶지 않은가 보네."

아이 엄마는 낙관적으로 말했다. 그리고 두 사람이 아래층으로 내려갔을 때였다. 마술사가 귀와 코에서 온갖 물건을 뽑아내는 광경에 아이들이 벌떡 일어나 고함을 치고, 박수를 치며, 폭소를 터트렸다. 그 순간 최악의 사태가 일어났다.

어머니에게 이 일을 자세히 들려주던 나이 많은 친척 아주머니는 이렇게 말했다.

"세상에나, 그런 광경은 세상 천지에 두 번 다시 없을 거야. 그 어린 것이 글쎄, 파티장 한가운데에다 말이다. 마치 '말'처럼 말이야, 딱 그랬단다!"

마리는 아버지가 돌아가시기 1년인가 2년 전쯤에 고향으로 돌아갔다. 처음에는 2년 계약이었지만, 적어도 1년은 더 함께 머물렀다. 마리는 가족들을 무척 그리워했다. 또한 이제 결혼에 대해 진지하게 프랑스식으로도 생각해 볼 때가 되었음을 합리적으로 깨달았으리라. 봉급으로 '지참금'도 꽤 두둑이 모아 두었던 것이다. 그리고 눈물을 흘리며 '사랑스런 아기씨'를 꼭 껴안아 주고는 마리는 떠나갔다. 나는 너무나도 외로웠다.

참, 마리가 떠나기 전에 언니의 장래 남편에 대한 논의가 매듭지어졌다. 앞에서도 말하였지만, 마리와 나는 누가 언니의 남편이 될지 계속해서 추측하였는데 마리는 단호히 '르 무슈 블롱le Monsieur blond(금발 신사)'을 주장했다.

어머니에게는 체셔에서 이모와 함께 살 때 무척 친했던 학교친구가 있었다. 애니 브라운이 제임스 워츠와 결혼하고, 어머니가 의붓사촌인 프레더릭 밀러와 결혼하였을 때 두 친구는 서로 절대 잊지 말고, 계속 편지와 소식을 주고받자고 약속했다. 이모할머니가 체셔를 떠나 런던으로 갔지만 두 사람은 계속 연락을 주고받았다. 애니 워츠는 다섯 아이를 낳았다. 아들 넷에 딸 하나였다. 어머니는 물론 셋을 낳았다. 두 사람은 다양한 나이 때의 아이들 사진을 교환했으며, 크리스마스에는 선물을 보냈다.

언니가 자신에게 열렬히 구애한 모 청년과 약혼할지 말지를 결정하기 위해 아일랜드로 가기로 했을 때 어머니는 애니 워츠에게 그 이야기를 하였다. 이에 워츠 부인은 매지 언니더러 홀리헤드(아일랜드로 정기선이 운항되는 영국의 항구 — 옮긴이)에서 돌아오는 길에 체셔의 애브니홀에 들러 머물러 달라고 간청했다. 절친한 친구의 딸을 꼭 보고 싶다는 것이었다.

아일랜드에서 멋진 시간을 보낸 매지 언니는 찰리 P.와 결혼하지 않기로 결심을 굳혔다. 그리고 집으로 돌아오던 길에 워츠 집안에 들렀다. 첫째 아들인 제임스는 당시 스물한 살 아니면 스물두 살이었으며, 옥스퍼드 대학의 학생으로, 금발의 과묵한 청년이었다. 나직하고 부드러운 목소리에 말수가 적었고 또한 여느 청년들과는 달리 언니에게 별다른 관심을 보이지 않았다. 매지 언니는 이런 색다른 경험에 호기심이 일었다. 제임스를 꽤나 많이 골탕 먹였지만, 어떤 결과를 빚어낼지는 확신하지 못했다. 어쨌든 언니가 집으로 돌아온 후 두 사람은 이런저런 편지를 주고받았다.

사실 제임스는 첫눈에 언니한테 반하였지만, 타고난 성격 때문에 그녀안 감정을 일절 드러내지 않았던 것이다. 제임스는 내성적이고 수줍음을 많이 탔다. 다음 해 여름 제임스는 우리 집에 와서 머물렀다. 나는 대번에 제임스가 마음에 들었다. 제임스는 언제나 나에게 상냥하고 진지하게 대했다. 나를 어린애 취급하듯이 말하거나 실없는 장난을 치지 않았다. 나를 한 개인으로서 대했던 것이다. 그러니 제임스를 열렬히 좋아할 수밖에. 마리 역시 그를 좋게 생각했다. 그리하여 우리 둘은 재봉실에서 '르 무슈 블롱'에 대해 끊임없이 토론했다.

"하지만 마리, 두 사람이 서로를 진심으로 좋아하는 것 같지 않아."

"아, 메 위*mais oui*.(좋아하고 말고요.) 도련님은 아가씨를 깊이 좋아하세요. 큰아가씨가 안 보고 있을 때면 늘 아가씨를 바라보고 있는걸요. 맞아요, 일 레 비에 네프리*il est bien épris*.(완전히 반해 있어요.) 그리고 합리적이고 좋은 결혼이 될 거예요. 듣기로, 미래가 아주 유망하다면서요. 그분은 투 타 페 텅 가르송 세리외*tout à fait un garçon sérieux*(무척 진지한 청년)이기도 하고요. 좋은 남편이 될 거예요. 큰아가씨는 재치가 넘치는 유쾌한 성품에 웃음이 많으시죠. 그러니 조용하고 건실한 남편을 맞아야 해요. 도련님도 큰아가씨가 자신과 전혀 다르기 때문에 높이 평가할 거구요."

제임스를 마음에 들어 하지 않은 이가 있었으니, 바로 아버지였다. 하지만 매력적이고 사교적인 딸을 둔 아버지라면 당연히 세상에서 가장 멋진 남자라도 사윗감으로는 부족하다고 여기리라. 어머니들은 며느리에 대해 비슷하게 느끼는 듯하다. 오빠가 평생 독신으로 지내는 바람에 우리 어머니는 그런 경험을 못 해 보셨지만.

어머니는 사윗감에 결코 만족하지 않았지만, 그래도 그것이 사위의 잘못이 아니라 자신의 탓임을 솔직히 인정하였다.

"물론 세상 어느 남자도 우리 딸에게 어울릴 만한 짝은 못 되지."

삶의 크나큰 재미 중 하나가 바로 극장이었다. 가족들은 모두 극장을 사랑했다. 매지 언니와 몬티 오빠는 사실상 매주 연극을 보러 갔으며, 나는 대개는 두 사람을 따라갈 수 있었다. 내가 나이가 듦에 따라 극장 출입은 더욱 잦아졌다. 우리는 '불편'하다고 여겨지던 오케스트라석에 항상 자리를 잡았다. 한 자리에 1실링으로, 앞에서 두 번째, 뒤에서 대략 열 번째 줄이 바로 밀러 가족이 온갖 공연을 즐기는 자리였다.

내가 처음으로 본 연극인지는 확실하지 않지만, 어쨌든 초기에 본 연극인 「하트가 으뜸패다Hearts are trumps」(세실 롤리의 연극—옮긴이)는 최악의 격정적인 멜로드라마였다. 레이디 위니프레드라는 사악한 여자와 재산을 다 잃은 아름다운 여자가 나왔다. 권총이 발사되었고, 알프스에서 밧줄에 매달린 청년이 사랑하는 여자를 구하기 위해 혹은 사랑하는 여자가 사랑하는 남자를 구하기 위해 스스로 그 밧줄을 자르고 영웅적으로 죽던 마지막 장면이 지금도 생생하다. 이 연극을 하나하나 꼬집어 평가하던 일 또한 기억난다.

"정말 나쁜 사람들은 스페이드(아버지가 카드놀이에 뛰어났던 덕분에 나는 카드 이야기를 늘 들으며 자랐다.)이고요, 그렇게 나쁘지 않은 사람은 클럽이에요. 레이디 위니프레드는 클럽인 것 같아요. 왜냐하면 나중에 후회하거든요. 알프스에서 밧줄을 자른 남자도 클럽이고요. 그리고 다이아몬드는…… 단지 속물들일 뿐이에요."

나는 이렇게 빅토리아 식 어투로 비난했다.

매년 열리는 멋진 행사로 토키 레가타('요트 경주'를 의미함—옮긴이)가 있었다. 8월의 마지막 월요일과 화요일에 개최되었는데 나는 5월 초부터 이를 위해 돈을 모았다. 하지만 레가타라고는 해도 나에게는 경주라기보다는 이와 더불어 열리는 축제의 느낌이 더 강했다. 물론 매지 언니는 아버지와 함께 핼는 항구로 가서 요트 경주를 보곤 했다. 레가타 내에는 내개 서녁에 집에서 레가타 무도회가 열렸다. 아버지와 어머니와 매지 언니는 오후에 레가타 요트 클럽에 가서 차를 마시고, 항해에 관련된 다양한 활동에 참여했다. 매지 언니는 어쩔 수 없는 경우에만 배에 탔다. 평생도록 구제 불능의 불량 선원이었다. 하지만 친구들의 요트에는 대단한 관심을 보였다. 레가타를 기념해 피크닉을 하고 파티가 열렸지만, 나는 너무 어려 참석할 수 없었다.

내가 고대하고 고대하던 기쁨은 축제였다. 갈기를 휘날리는 말에 앉아 빙글빙글 도는 회전목마, 굽이치는 비탈을 따라 위로 솟구쳤다 쑥 가라앉는 일종의 기차. 두 대의 기계에서 음악이 쩡쩡 울려 퍼졌다. 회전목마와 기차에 다가가면 두 음악이 한데 꼬여 끔찍한 불협화음을 빚어냈다. 또한 온갖 쇼가 있었다. 뚱보 여인, 미래를 예언하는 마담 아렌스키, 무시무시하게 보이는 인간 거미, 매지 언니와 몬티 오빠가 많은 시간과 돈을 썼던 사격장. 몬티 오빠는 코코넛 맞추기 대회에서 수많은 코코넛을 상으로 타 집에 가져와 내게 주곤 했다. 나는 코코넛이라면 사족을 못 썼다. 그래서 나도 코코넛 맞추기에 몇 번 도전해 보았는데, 친절한 관리인 아저씨가 나를 훨씬 앞에서 던지게 해 주어 가까스로 몇 개를 맞출 수 있었다. 그때는 코코넛 맞추기가 '제대로 된' 코코넛 맞추기였다. 요즘도 여전히 코코넛 맞추기를 하지만, 코코넛을 받칠 접시에다 얹어 지극히 운과 힘이 좋지 않으면 코코넛을 쓰러트리기가 불가능하다. 반면 과거에는 맞출 확률이 훨씬 높았다. 대개는 여섯 번을 던지면 한 번은 맞추었고, 몬티 오빠는 다섯 번을 맞추었다.

고리 던지기, 큐피 인형 등은 아직 나오기 전이었다. 온갖 가판대에서 온갖 물건을 팔았다. 나는 페니원숭이라고 불리던 것을 특히 좋아했다. 1페니를 내면 복슬복슬하고 자그마한 원숭이가 달린 기다란 핀을 사서 코트에 꽂을 수 있었다. 매년 나는 이것을 여섯 개 내지는 여덟 개를 사서는 수집

품에 보탰다. 핑크색, 녹색, 갈색, 빨간색, 노란색. 세월이 흐름에 따라 다른 색깔이나 다른 모양을 찾기가 점점 힘들어졌다.

또한 축제에서만 볼 수 있는 유명한 누가(설탕, 아몬드 등으로 만든 과자—옮긴이)가 있었다. 탁자 뒤에 선 남자가 거대한 핑크색과 하얀색 덩어리를 토막토막 내었다. 그러면서 고함을 치며 경매를 붙였다.

"어이, 이보시오들, 이 두툼하고 묵직한 덩어리에 6페니! 에라이, 모르겠다. 반값이다, 반값. 4페니. 4페니에 사실 분 누구 없소?"

이런 식으로 계속되었다. 미리 만들어져 포장된 누가를 2페니에 살 수 있었지만, 정작 재밌는 것은 경매였다.

"어이, 거기 귀여운 꼬마 아가씨. 좋아요, 어여쁜 아가씨한테 2페니 반에 드립죠."

레가타에 금붕어가 나타난 것은 내가 열두 살 무렵이었을 때였다. 금붕어의 등장은 대단한 센세이션을 일으켰다. 가판대 하나가 금붕어가 한 마리씩 든 어항으로 뒤덮였고 탁구공을 던져 어항에 쏙 들어가면 그 금붕어는 내 차지였다. 코코넛 맞추기와 마찬가지로 그 게임도 처음에는 꽤나 쉬웠다. 금붕어 게임이 나온 첫해에 우리는 열한 마리를 따서는 승리감에 들떠 집으로 돌아가 물통에 넣었다. 하지만 곧 게임 참가비가 공 하나에 1페니에서 6페니로 올랐다.

저녁에는 불꽃놀이가 벌어졌다. 집에서는 아주 높이 올라온 불꽃이 아니면 전혀 보이지 않았다. 그래서 우리는 대개 항구에 사는 친구네 집에서 저녁을 보냈다. 9시에 레모네이드, 아이스크림, 비스킷을 나눠 먹으며 불꽃놀이 파티를 했다. 그 시절의 무척이나 그리운 또 다른 하나는 가든파티이다.(요즘과는 달리 술을 마시지 않았다.)

1914년 이전의 가든파티는 길이 기억될 만하다. 모두들 푸른색 머리띠, 모슬린 원피스, 하이힐, 고개 숙인 장미가 꽂힌 커다란 밀짚모자 등으로 벗들어지게 차려입었다. 그리고 거기에 주로 딸기, 바닐라, 피스타치오, 오렌지수(水), 나무딸기수(水) 등 다양한 맛의 기막힌 아이스크림에 온갖 종류의 크림케이크, 샌드위치, 에클레어, 복숭아, 머스켓 포도, 천도복숭아가 곁들여 나왔다. 이로 미루어 가든파티는 항상 8월에 열렸던 것 같다. 딸기나 크림은 전혀 기억나지 않는다.

물론 파티에 참석하는 데는 상당한 수고를 감내해야 했다. 개인 마차가 없는 이들은 노인이거나 몸이 약한 경우에만 마차를 빌렸다. 토키의 다른 지역에 사는 어린이들은 이삼 킬로미터를 걸어서 갔다. 운이 좋아서 파티장 근처에 사는 사람들도 있었지만, 토키가 일곱 언덕 위에 세워진 도시인지라 상당한 거리를 걷는 것이 보통이었다. 하이힐을 신은 채 왼손으로 기다란 치맛자락을 쥐고, 오른손으로 양산을 들고서 언덕을 넘는 것은 고난에 가까웠다. 하지만 가든파티에 가기 위해 그만한 고통을 감수할 가치는 충분했다.

아버지가 돌아가셨을 때 나는 열한 살이었다. 아버지는 건강이 서서히 악화되었지만, 정확한 병명은 여전히 알 수 없었다. 끊임없는 돈 걱정 탓에 온갖 병에 대한 저항력이 약해진 것이리라.

아버지는 일링에서 약 일주일 정도 이모할머니와 지내면서 일자리를 찾는 데 도움을 줄 만한 런던의 친구들을 만났다. 그 시절에는 일자리 찾기가 쉽지 않았다. 변호사나 의사나 부동산 관리인이나 공무원이 아니라면 요즘과는 달리 기업에 취직자리가 거의 없었다. 아버지는 모건과 같은 거대 금융 회사에 지인이 많았지만, 다들 당연히 그 분야의 전문가였다. 젊어서부터 금융 회사에서 일하지 않은 이상 발 디딜 자리가 없었다. 동시대인들 대부분이 그러하였듯 아버지는 그 어떤 기술도 익히지 않았다. 요즘이라면 봉급을 지급했을 이런저런 봉사 활동을 많이 하셨지만, 그때는 지금과는 시대가 달랐다.

아버지는 재정 상황에 당황했다. 아버지가 돌아가신 후 유언집행인 또한 난감하기 이를 데 없었다. 할아버지가 물려주신 돈이 어디로 사라졌는지 알 수가 없었던 것이다. 아버지는 받기로 되어 있는 수입 범위 내에서 생활하였고 서류에는 분명히 재산이 있었지만, 사실상으로는 전혀 없었다. 거기에는 언제나 그럴싸한 이유가 있는 듯했고, 다만 일시적인 상황인 것만 같았다. 수탁인과 그들의 계승자들이 부동산을 잘못 관리한 것이 분명했지만, 조치를 취하기에는 너무 늦고 말았다.

안 그래도 걱정이 많던 차에 날씨까지 매서웠다. 아버지는 심한 감기에 걸렸고 이어서 폐렴으로 악화되었다. 어머니가 일링으로 달려갔고, 매지 언니와 나도 곧 뒤따라갔다. 병세는 위중했다. 어머니는 밤이고 낮이고 아버지 곁을 떠나지 않았다. 집에는 간호사 두 명이 근무했다. 나는 슬픔과 공포에 젖어 아버지가 회복되기를 간절히 기도하며 방황했다.

한 장면이 내 마음속에 선명히 새겨져 있다. 오후였다. 나는 층계참에 서 있었다. 느닷없이 부모님 침실 문이 벌컥 열렸다. 어머니가 손으로 눈을 가린 채 뛰어나왔다. 어머니는 옆방으로 달려 들어가 문을 쾅 닫았다. 간호사가 나와, 계단을 오르던 이모할머니에게 말했다.

"운명하셨습니다."

그 순간 나는 아버지가 돌아가셨다는 것을 깨달았다.

당연히 아이는 장례식장에 데려가지 않았다. 나는 뒤죽박죽이 된 집 안을 돌아다녔다. 뭔가 끔찍한 일이 일어났다. 감히 상상도 할 수 없는 끔찍한 일이. 커튼은 쳐져 있고, 램프에 불이 켜져 있었다. 식당에는 이모할머니가 커다란 의자에 앉아 그 특유의 방식으로 끝도 없이 편지를 썼다. 때때로 슬프게 고개를 저으며.

어머니는 장례식에 있을 때를 제외하고는 늘 침실에 누워 계셨다. 이틀 동안 아무것도 드시지 않았다고 한나가 이야기했다. 한나를 생각하면 늘 감사한 마음이 든다. 늙어서 쭈글쭈글한 얼굴의 한나. 한나는 나를 부엌으로 손짓해 불러서는 반죽 만드는 것을 거들어 달라고 했다. 그러고는 거듭 거듭 말했다.

"두 분은 서로 무척 아끼고 사랑하셨죠. 행복한 결혼 생활이었어요."

그랬다. 참으로 행복한 결혼 생활이었다. 낡은 물건들 틈에서 아버지가 어머니에게 쓴 편지를 찾은 적이 있다. 아마도 돌아가시기 겨우 사나흘 전에 쓴 것이리라. 하루 빨리 당신이 있는 토키로 돌아가고 싶다고, 런던에서 만족스러운 결과를 얻지는 못했지만 사랑하는 아내와 함께 있으면 근심 걱정을 다 떨쳐 버릴 수 있을 것 같다고, 전에도 종종 말했지만 지금 다시금 당신이 나에게 얼마나 소중한 존재인지 말하고 싶다고.

"당신으로 인해 내 삶이 완전히 달라졌소. 세상에 나보다 멋진 아내를 가진 이는 없을 것이오. 당신과 함께한 세월이 한 해 두 해 흐를수록 당신에 대한 사랑은 깊어만 간다오. 당신의 애정과 사랑과 연민이 고맙기 그지없소. 신께서 축복을 내리시어 곧 우리가 함께하게 되기를."

나는 이 편지를 수가 놓인 지갑에서 발견했다. 어머니가 소녀 때에 열심히 수를 놓아 미국에 있던 아버지에게 보낸 바로 그 지갑이었다. 아버지는 이것을 항상 간직하셨는데, 그 안에는 어머니가 써 보낸 시 두 편이 들어 있었다. 어머니는 여기다 이 편지를 넣어 두셨던 것이다.

당시 일링의 집은 다소 스산했다. 외할머니, 외삼촌, 외숙모, 먼 친척 아주머니, 이모할머니의 오랜 친구 등 친지들이 집 안에 가득했지만, 한결같이 속삭이듯 말하고, 한숨을 쉬고, 고개를 절레절레 흔들었다. 모두들 검은색 옷을 휘감고 있었다. 나 역시 검은색 옷차림이었다. 솔직히 말하자면, 당시에는 상복만이 나의 유일한 위안이 되었다. 검은 옷을 입으면 내가 가치 있는 중요한 사람이며, 다른 사람들과 뭔가를 함께하는 것처럼 느껴졌다.

"그러게요. 클라라가 어서 기운을 추슬러야 할 텐데요." 하는 속삭임이 자주 들렸다.

이따금 이모할머니가 어머니에게 말했다.

"B 씨나 C 부인에게서 온 편지를 좀 읽어 보지 않으련? 얼마나 아름다운 애도문인지, 너도 깊이 감동받을 거야."

그러면 어머니는 대답했다.

"읽고 싶지 않아요."

어머니는 자신에게로 온 편지를 뜯기가 무섭게 바로 옆으로 내던졌다. 오직 딱 한 통만은 예외였다.

"캐시가 보낸 편지니?"

이모할머니가 물었다.

"네, 이모. 캐시 아주머니가 보낸 편지예요."

어머니는 편지를 접어 핸드백에 넣었다.

"그분은 내 맘을 알아."

그러고는 어머니는 방에서 나갔다.

캐시는 나의 미국인 대모인 설리번 부인이다. 아마 꼬마였을 때 만난 적이 있겠지만, 아버지가 돌아가시고 1년 뒤에 런던에 오셨을 때 뵌 모습만이 기억에 남아 있다. 정말 멋진 분이셨다. 백발의 자그마한 여인으로, 세상에서 가장 밝고 상냥한 얼굴에 묘한 기쁨과 활기가 넘쳐흘렀다. 하지만 설리번 부인처럼 슬픈 인생을 사신 분도 드물었다. 사랑하던 남편을 젊어서 잃었고, 사랑스런 아들이 둘 있었지만 아들들까지 마비가 와 사망했다. 외할머니는 말씀하셨다.

"보모가 아이들을 축축한 풀밭에 앉혀 놓은 게 분명해."

당시에는 잘 모르고 습기 때문에 심한 마비가 오는 류머티즘열병이라고 불렀지만, 이 실은 일종의 소아마비가 아니었던가 싶다. 어쨌든, 그러와여 설리번 부인은 어린 두 아들까지 잃고 말았다. 부인 댁에서 머무르던 장성한 조카 역시 몸에 마비가 와 평생을 절뚝거려야 했다. 이러한 고통에도 불구하고 캐시 대모님은 밝고 명랑했으며, 그 누구보다도 정이 많았다. 당시에 어머니가 유일하게 간절히 만나고 싶어 하던 분이었다.

"그분은 내 맘을 알아. 위로 따위는 아무 도움도 안 되는 걸 잘 아셔."

나는 우리 집안의 밀사로 임명되었다. 이모할머니였거나 친척 아주머니였거나, 아무튼 누군가가 나를 한쪽으로 따로 불러내어 속삭였다. 내가 엄마를 위로해 드려야 한다고, 어머니가 누워 계신 방으로 가서 아버지는 지금 천국에서 평화롭고 행복하게 지내신다고 일깨워 주어야 한다고. 나는 기꺼이 그러기로 했다. 나도 그 말을 단단히 믿고 있었고, 다른 사람들도 마찬가지였으리라. 아이들이 옳다고 '들었고', 또 그렇게 '알고' 있긴 하지만 어쩐지 '옳지 않은' 듯한 일을 할 때면 으레 느껴지는 그런 기분을 안고서 다소 머뭇거리며 방으로 들어갔다. 나는 주저하며 엄마에게 다가가 손을 얹었다.

"엄마, 아빠는 평화롭고 행복하실 거예요. 아버지가 돌아오길 바라시는 건 아니죠?"

느닷없이 어머니가 벌떡 일어나는 바람에 나는 깜짝 놀라 뒤로 풀쩍 뛰었다. 어머니가 으르렁거리듯 외쳤다.

"물론이야, 돌아오길 바라. 돌아오길 바란다고. 그이를 돌려받을 수만 있다면 난 무슨 짓이든 할 수 있어. 무슨 짓이든. 할 수만 있다면 그이를 돌아오게 할 거야. 그이를 원한다고. 바로 지금 '여기' '내' 곁에 그이가 있어야만 해."

나는 다소 겁에 질려 뒷걸음질을 쳤다. 그러자 어머니가 금세 다시 말했다.

"오, 이런. 괜찮아. 괜찮아. 내가 잠시 이성을 잃었어. 지금은 몸이 좋지 않구나. 와 줘서 고맙다, 얘야."

나는 어머니의 뽀뽀를 받고는 안심하고 방에서 나왔다.

3부

어른이 되다

1

아버지가 돌아가신 후 삶은 180도 달라졌다. 나는 안전과 무사태평의 어린 시절에서 벗어나 현실 세계의 주변으로 진입했다. 누가 뭐래도 가장은 가정의 기둥이다. "아버지가 다 알아서 하실 거야."라고 말하면 요즘에는 다들 비웃는다. 하지만 이 말은 후기 빅토리아 시절의 대표적 특징이다. 아버지는 가정의 뿌리이자 반석이시다. 아버지가 정해진 시간에 식사해야 한다고 하신다. 아버지가 저녁을 드신 후에는 걱정을 끼쳐서는 안 된다. 아버지가 나와 단둘이 이야기하고 싶어 하시면 즉각 응해야 한다. 아버지는 우리의 끼니를 마련하신다. 아버지는 집안이 제대로 굴러가는지 감독하신다. 아버지는 음악 수업료를 내신다.

아버지는 매지 언니가 자라남에 따라 크나큰 기쁨과 자부심을 느꼈다. 언니의 재치와 매력을 얼마나 대견해하셨는지 모른다. 어머니에게는 없는 유머 감각과 계획성이 언니에게는 있었다. 하지만 아버지의 마음 한편에는 꼬맹이 애거서에 대한 사랑도 분명 자리했다. 우리는 함께 즐겨 노래 부르곤 했다.

애거서, 페거서 검은 암탉이
쏭쏭쏭 알을 낳아요.
계란 여섯 개, 계란 일곱 개,
하루는 열한 개나 낳았더래요!

아버지와 나는 이 노래를 무척 좋아했다.

하지만 아버지가 그 누구보다도 아낀 자식은 몬티 오빠였다. 아들에 대한 아버지의 사랑은 딸에 대한 사랑을 능가했다. 몬티 오빠는 상냥한 소년이었고, 아버지에게 대단한 애정을 보였다. 안타깝게도 성공이라는 관점에서 보면 부적합한 사람인지라 아버지에게는 오빠에 대한 걱정이 끊이지 않았다. 몬티 오빠에 관한 한 아비지가 가장 행복했던 시절은 보어 전쟁이 끝난 직후가 아닌가 싶다. 몬티 오빠는 정규 연대인 이스트서리스의 임명장을 받고는 남아공에서 연대와 함께 바로 인도로 갔다. 군대 생활에 잘 적응하여 아예 말뚝을 박을 듯 보였다. 어려운 집안 사정은 여전했지만 적어도 몬티 오빠 문제는 당분간 해결된 듯싶었다.

매지 언니는 아버지가 돌아가시고 9개월 후 제임스 워츠와 결혼했다. 언니는 어머니를 떠나기를 망설였지만, 어머니는 더 지체 말고 어서 결혼하라고 성화였다. 언니와 더 오래 함께 지내면 정이 깊어져 이별하기 더욱 힘들어진다는 것이었다. 아마도 사실이었으리라. 제임스의 아버지는 아들이 결혼하기에 너무 어리다고 걱정이었다. 얼마 안 있어 옥스퍼드를 졸업하면 바로 아버지의 뒤를 이을 예정이었던 형부는 매지 언니와 결혼해 분가하고 싶다고 말했다. 이에 워츠 씨는 자기 소유의 땅에 아들·내외가 살 집을 새로 지었다. 그리하여 결혼 준비가 착착 진행되었다.

아버지의 미국인 유언 집행인인 오귀스트 몽탕이 뉴욕에서 와서는 일주일간 함께 지냈다. 거구이면서도 상냥하고 매력적인 사람으로, 우리 어머니에게 더할 나위 없이 친절했다. 아버지가 알랑대며 위하는 척하는 변호사 따위의 인간들에게 속아 서투르게 사무를 처리했음을 그는 솔직히 지적했다. 뉴욕의 부동산 가치를 높이기 위해 썩 유용하지도 않은 방법을 도모하다 어마어마한 돈만 날아갔다. 차라리 부동산 대부분을 포기해 세금을 아끼는 편이 나았으리라. 남은 수입은 쥐꼬리만 했다. 할아버지가 남기신 대규모 부동산은 공기 중으로 사라졌다. 할아버지가 파트너로 계시던 H. B. 채플린사(社)는 파트너의 미망인인 이모할머니에게 여전히 배당을 지급했다. 어머니도 얼마간 받기는 했지만, 그리 큰 금액은 아니었다. 할아버지의 유언에 따라 우리 남매는 매년 영국 통화로 각각 100파운드씩 받았다. 상당한 부동산을 물려받았지만, 부동산 시장이 불황이라 버려져 폐가가 되었거나 진즉에 헐값에 팔아 치운 뒤였다.

어머니가 애슈필드에서 생활을 영위할 수 있을까 하는 문제가 대두되었다. 그 누구보다도 어머니가 정확히 판단 내릴 수 있었으리라. 어머니는 애슈필드에 계속 머무르는 것은 좋지 않다고 확고히 결론을 내렸다. 장차 수리비도 많이 들 것이고, 그렇게 적은 수입으로 지내려면 불가능하지는 않겠지만 매우 힘겨울 것이었다. 집을 팔고는 데번 주에, 아마도 엑서터(영국 잉글랜드 데번 주의 도시 — 옮긴이) 근방에 작은 집을 사는 편이 나을 터였다. 그러면 유지비도 줄어들 뿐만 아니라, 집 매매가의 차액을 수입에 보탤 수 있었다. 어머니는 사업을 배운 적도 없고 관련 지식도 없었지만, 상식이 풍부한 분이었다.

하지만 자식들이 반대하고 나섰다. 매지 언니와 나는 물론이고 몬티 오빠도 인도에서 편지를 보내 애슈필드를 파는 것에 극구 반대하며, 제발 팔지 말라고 애걸했다. 우리는 누가 뭐래도 애슈필드는 우리 집이고, 여기를 떠나서는 살 수 없다고 주장했다. 형부 또한 앞으로 꾸준히 생활비를 보태 겠으며, 여름에 매지 언니와 함께 와서 지내며 유지비를 분담하겠다고 했다. 결국 어머니는, 내 생각이지만, 애슈필드에 대한 나의 열렬한 애정에 못 이겨 집을 파는 것을 포기했다. 적어도 버틸 수 있을 때까지는 버텨 보기로 했다.

이제야 생각이지만, 어머니는 토키를 평생 살 장소로 여기시지 않았던 듯싶다. 어머니는 대성당이 있는 도시를 무척 좋아하였고, 엑서터를 항상 마음에 들어 하셨다. 부모님은 휴일에 다양한 대성당 도시를 여행하곤 하였는데, 아무래도 아버지가 아니라 어머니를 위해서 그리하셨던 것 같다. 어머니는 엑서터 근방의 작은 집에서 지내는 삶을 못내 기대하셨으리라. 하지만 워낙 이기심이 없는 분이고, 애슈필드 자체를 좋아하셨기에 애슈필드는 계속 우리 집으로 남아 있을 수 있었다. 애슈필드에 대한 나의 열렬한 사랑은 평생 변함없었다.

그럼에도 애슈필드에서 계속 사는 것은 현명한 선택이 아니었다. 지금은 나도 이를 알고 있다. 집을 팔고 더욱 작은 집으로 옮겼어야 했다. 어머니는 그때 이미 그것을 아셨고, 훗날 더더욱 뼈저리게 알게 되었지만, 그래도 그 집을 계속 지킨 것에 만족하셨으리라 싶다. 애슈필드는 지금까지도 내게 중요한 의미를 띠고 있다. 나의 고향이자 쉼터이며, 내가 속한 곳이다. 나는 한 번도 뿌리의 상실을 경험한 적이 없다. 애슈필드를 팔지 않은 것은 어리석은 짓이었는지는 몰라도, 덕분에 나는 소중한 추억의 보물을 가질 수 있었다. 물론 애슈필드 때문에 많은 걱정을 하고, 이리저리 골치를 썩고, 엄청난 돈이 나가고, 수많은 어려움을 겪어야 했다. 하지만 사랑하는 것을 위해 그 정도 대가는 지불해야 마땅하지 않을까?

아버지는 11월에 돌아가셨고, 매지 언니는 다음 해 9월에 결혼했다. 여전히 상중이었기에 결혼식은 피로연 없이 조용히 치러졌다. 유서 깊은 토르모훈 교회에서 아름다운 식이 거행되었다. 나는 첫 번째 신부 들러리라는 막중한 임무를 맡아 굉장히 즐겁게 해 냈다. 그때 신부 들러리들은 모두 하얀 드레스를 입었고, 머리에 하얀 화환을 썼다.

아침 11시에 결혼식을 한 후 애슈필드에서 함께 식사를 했다. 행복한 새 신랑, 새 신부는 산더미 같은 결혼 선물만이 아니라, 나와 사촌 제럴드가 생각해 낸 온갖 고문을 받아야 했다. 신혼여행 내내 가방에서 옷을 꺼낼 때마다 축복의 쌀이 와르르 쏟아졌다. 그들이 타고 떠나는 마차에는 새틴 신발짝들이 매달렸고, 뒤편에는 처음 있는 일임을 철저히 검사한 '후에' "지미 워츠 부인은 최고의 이름이다."라고 분필로 적어 두었다. 신혼여행지는 이탈리아였다.

어머니는 기진맥진한 채 흐느끼며 안방 침실로 들어갔다. 남편과 함께 호텔로 향하던 워츠 부인 역시 눈물을 흘렸으리라. 결혼식에서 어머니란 사람들은 아무래도 울기 마련인 듯싶다. 워츠가(家)의 꼬마들과 사촌 제럴드와 나는 낯선 개들이 서로 좋아할지 말지를 탐색하듯 상대편을 살폈다. 처음에는 낸 워츠와 나 사이에 자연스레 적대감이 흘렀다. 불행히도 당시 풍습대로 우리의 존경하는 친척들은 우리에게 상대방에 대한 기나긴 연설을 늘어놓았다. 활달하고 씩씩한 말괄량이 낸은 애거서가 얼마나 얌전하고 '조용하며 공손'한지 귀가 따갑게 들어야 했다. 반면 나는 '묻는 말에 얼굴을 붉히며 중얼거리거나 묵묵부답하는 일 한 번 없이 잘 대답하고 활달'한 낸에 대한 칭찬으로 귀에 못이 박일 지경이었다. 그 결과 우리는 서로 상당한 적의를 가지고 바라보았다.

팽팽한 냉전의 30분이 흐른 후 사태는 느닷없이 활기를 띠기 시작했다. 결국 우리는 일종의 장애물 경주를 하며 교실을 빙빙 돌았으며, 의자 더미를 훌쩍 뛰어넘어 기다란 낡은 소파 겸 침대에 안착했다. 모두 웃고 떠들며 신나게 놀았다. 낸은 나에 대해 달리 생각하게 되었다. 나는 조용하기는커녕 목청껏 고함을 질러 댔던 것이다. 나 역시 낸에 대해 달리 생각하게 되었다. 우쭐대고, 말이 많으며, 어른들과 '친하게' 지내는 아이였다니. 신나게 놀다 보니 어느새 서로를 좋아하게 되었고, 소파 겸 침대의 스프링이 완전히 망가졌다. 그 후 간식을 먹고는 우르르 극장으로 몰려가 「팬잰스의 해적들The Pirates of Penzance」(길버트와 설리번의 희가극 — 옮긴이)을 보았다. 그 이후로 우리의 우정은 결코 변함이 없었고, 평생에 걸쳐 지속되었다. 오랜만에 다시 보아도 바로 엊그제께 헤어진 사람 같은 낸이 너무도 그립다. 그녀와 함께라면 애브니홀과 애슈필드와 옛 시절과 개들과 짓궂은 장난과 청년들과 우리가 공연한 연극에 대해 실컷 떠들 수 있을 텐데.

매지 언니가 떠난 후 내 인생의 두 번째 단계가 막이 올랐다. 나는 여전히 아이였지만, 어린 시절의 첫 단계는 끝이 났다. 환희에 넘치는 기쁨, 절망 어린 슬픔, 매 순간의 소중함 같은 것이 어린 시절의 특징이리라. 이로 인해 아이들은 안정감을 얻으며, 내일에 대해 전혀 고민하지 않는다. 우리는 더 이상 밀러 가문이 아니었다. 겨우 두 사람만이 함께 살았다. 중년의 여인과 아무런 경험 없는 미숙한 소녀가. 모든 것은 똑같아 '보였지만' 분위기는 완연히 달랐다.

아버지의 죽음 이후로 어머니는 자주 심장마비를 일으켰다. 의사들이 무슨 약을 주어도 아무 도움이 되지 못했고, 느닷없이 심장마비가 찾아오곤 했다. 나는 처음으로 다른 사람을 염려한다는 것이 어떤 것인지 알게 되었다. 하지만 여전히 아이였고 따라서 걱정은 당연히 지나칠 수밖에 없었다. 때때로 밤에 벌떡 일어나 어머니가 돌아가셨다는 확신이 들어 심장이 두방망이질 칠 때가 있었다. 열두세 살은 원래 한창 걱정이 많은 시기인지도 모르겠다. 어리석고, 터무니없는 걱정일 거란 생각은 들었지만 그렇다고 걱정이 떨쳐지지는 않았다. 결국 자리에서 일어나 살금살금 복도를 지나 어머니의 방 문 앞에 무릎을 꿇고는 경첩에 귀를 대고 어머니의 숨 쉬는 소리에 귀를 기울였다. 대개는 금방 안심할 수 있었다. 반가운 코 고는 소리가 들렸던 것이다. 어머니는 매우 특이하게 코를 곯았다. 처음에는 우아하게 피아니시모로 시작되었다가 점점 높아지며 굉음에 이른다. 그러고는 다시 점점 낮아져 적어도 45분 동안은 코를 곯지 않았다.

코 고는 소리가 들리면 나는 기뻐하며 침대로 돌아가 잠이 들었다. 하지만 아무 소리도 들리지 않으면 나는 비참한 두려움 속에서 웅크리고 기다렸다. 문을 열고 들어가서 보는 편이 훨씬 합리적이었으리라. 하지만 어째서인지 그럴 생각을 전혀 하지 못했다. 어머니가 밤에 항상 문을 잠갔기 때문일 수도 있겠다.

나는 이 끔찍하고 돌발적인 걱정거리에 대해 아무 말도 안 했기 때문에 어머니는 전혀 모르셨다. 또한 어머니가 시내에 가고 없을 때면 차에 치였을지도 모른다는 불안감에 시달렸다. 지금 생각하니 왜 그리 사서 걱정을 했는지. 어쨌든 이러한 불안은 차츰차츰 누그러져 일이 년 후에는 완전히 사라졌다. 나중에 나는 안방과 샛문으로 이어진 아버지의 옷방에서 문을 약간 열어 둔 채 잠을 잤다. 어머니가 만약 심장마비를 일으키면 나는 안으로 들어가 어머니의 머리를 높이고, 브랜디와 탄산암모니아수를 갖다 드릴 것이었다. 그러다가 어느 날 내가 발작적으로 이어지던 지독한 걱정거리에 더 이상 시달리지 않는다는 것을 문득 깨달았다. 나는 늘 상상력이 지나쳐 탈이었다. 내 직업에는 이것이 큰 도움이 되었지만(상상력은 소설가의 기초 재능임에 틀림없다.) 다른 면에서는 이만저만 골치가 아니다.

아버지가 돌아가신 후 우리의 생활은 완연히 달라졌다. 사교 생활은 사실상 끝이었다. 어머니는 몇몇 옛 친구 외에는 아무도 만나지 않았다. 재정 상태가 안 좋아 모든 면에서 근검 절약을 해야 했다. 애슈필드를 지키려면 그 외에는 방도가 없었다. 어머니는 더 이상 오찬이나 디너파티를 열지 않왔고, 셋이던 하인도 둘로 줄였다. 어머니는 제인에게 지금 사정이 안 좋아 어리고 임금이 싼 하녀들 둘만으로 버텨야 한다고, 제인처럼 뛰어난 요리사라면 응당 더 많은 보수를 받아야 한다고 어렵게 말을 꺼냈다. 어머니는 제인이 높은 봉급을 받고 조수를 거느릴 수 있는 자리를 찾아 주려고 했다.

"자네는 당연히 그럴 자격이 있어."

제인은 아무 감정도 내비치지 않았다. 늘 그렇듯 그때도 뭔가를 먹고 있었다. 제인은 살짝 고개를 끄덕이고는 계속 음식을 씹고 있더니 말했다.

"알겠습니다, 마님. 말씀대로 하십시오. 마님 처분에 따르겠습니다."

하지만 다음 날 아침 제인이 다시 나타났다.

"마님께 할 말이 있어 왔습니다. 몇 번이고 생각해 보았지만 여기 이대로 머무르는 편이 좋을 듯싶습니다. 마님 말씀은 잘 이해합니다. 저는 기꺼이 봉급을 줄일 수 있습니다. 긴 세월을 여기서 일했지요. 더구나 오라버니도 어서 내려와 자기 뒷바라지를 해 달라고 성화입니다. 그래서 오라버니가 은퇴하면 제가 살림을 봐 주기로 약속을 했답니다. 아마 사오 년 뒤면 은퇴하겠지요. 그때까지는 여기서 머물고 싶습니다."

"정말, 고마운 말이에요."

어머니는 감동을 가득 담아 말했다. 이에 감정이라면 질색하는 제인이 대꾸했다.

"편해서 그러는 겁니다."

그리고 제인은 위풍당당하게 방에서 나갔다.

하지만 여기에는 한 가지 어려운 점이 있었다. 오랫동안 같은 방식으로 요리해 왔던 제인은 규모를 줄일 수가 없었던 것이다. 큰 고깃덩이를 사는 날에는 어마어마한 크기의 로스트가 나왔다. 웅장한 비프스테이크 파이, 거대한 과일 파이, 큼직한 스팀푸딩이 식탁에 차려졌다. 어머니는 "제인, 우리 둘만 식사할 거라는 걸 잊지 말아요." 혹은 "4인분만 요리하도록 해요.”하고 말씀하셨지만 제인은 결코 이해할 수 없었다. 제인의 규모에 맞는 손님 접대 비용 역시 집안 살림에 커다란 부담이 되었다. 일주일에 하루도 빠짐없이 제인의 친구 일고여덟 명이 차를 마시러 와서는 패스트리, 빵, 케이크, 파이 등을 먹고 갔던 것이다. 결국 가계부의 숫자를 보다 못한 어머니는 제인에게 상냥하게 말했다, 상황이 완전히 달라진 만큼 이제부터는 일주일에 한 번만 친구들을 초대하라고. 덕분에 듬뿍 요리해 두었다가 손님이 많이 오지 않아 버려지는 음식 낭비도 한결 줄일 수 있었다. 그 이후로 제인은 수요일에만 모임을 열었다.

어머니와 나 역시 일반적인 셋 혹은 네 코스의 정찬을 그만두었다. 저녁에도 푸짐하게 차려 먹지 않고, 마카로니치즈나 라이스푸딩 같은 것으로 때웠다. 제인은 크게 낙심하였으리라. 어머니는 또한 예전에는 제인이 관리하던 집안일을 차츰차츰 손수 챙기기 시작했다. 전에 아버지의 한 친구 분은 우리 집에 머물 때 제인이 깊은 베이스의 데번셔 억양으로 전화 주문하는 것을 듣기를 무척 좋아하였다.

“암컷 바닷가재 여섯 마리에, 참새우는 적어도…….”

이는 우리 가족이 가장 좋아하는 표현이 되었다. ‘적어도’는 제인만이 아니라 나중에 우리 집에서 일한 요리사인 포터 부인도 즐겨 썼다. 상인들은 정말 장사할 맛이 났을 것이다!

“하지만 저는 항상 납서대를 열두 마리씩 주문했습니다, 마님.”

제인이 괴로운 표정으로 말했다. 부엌에서 식사하는 두 사람까지 친다 해도 열두 마리의 납서대를 먹을 입이 부족하다는 생각은 전혀 제인의 머리에 떠오르지 않는 듯했다.

하지만 나는 이러한 변화를 잘 모르고 지냈다. 어릴 적에는 화려함이나 근검절약이 그다지 중요하게 여겨지지 않는다. 초콜릿 대신 눈깔사탕을 산다 해도 그 쾌감이 그게 그러지지 않는다. 나는 항상 납서대보나 고등어늘 좋아했다. 꼬리를 입에 문 고등어의 하얀 살처럼 맛있어 보이는 생선은 없으리라.

나의 사생활은 그다지 달라지지 않았고, 나는 막대한 양의 책을 읽었다. 헨티의 나머지 시리즈를 떼고는 스탠리 위먼(19세기 말 영국의 유명 역사 로맨스 소설가 — 옮긴이)에 들어갔다.(정말 대단한 역사 소설들이었다. 겨우 며칠 전에 『캐슬 인The Castle Inn』을 읽어 보았는데, 역시나 훌륭했다.)

다른 아이들처럼 나 역시 『젠다 성의 포로The Prisoner of Zenda』(앤소니 호프의 모험 소설로, 위험에 빠진 왕자 대신 얼굴이 똑같은 루돌프 라센딜이 대관식을 치르고 왕자를 구하지만, 왕자의 약혼녀인 플라비아 공주와 사랑에 빠진다 — 옮긴이) 덕분에 로맨스에 눈을 뜨게 되었다. 나는 그 책을 읽고, 읽고, 또 읽었다. 나는 깊이 사랑에 빠졌지만, 그 대상은 여느 소녀와는 달리 루돌프 라센딜이 아니라, 지하 감옥에 갇혀 한숨 쉬는 진짜 왕이었다. 나는 왕을 구하기를, 나 플라비아가 루돌프 라센딜이 아니라 그를 사랑한다고 확신시키기를 염원했다. 또한 쥘 베른의 작품을 프랑스 원서로 하나도 빠짐없이 다 읽었다. 『지저 탐험Le Voyage au centre de la Terre』은 몇 달이나 끼고 살았다. 사려 깊은 조카와 독단적인 삼촌 사이의 대조가 무척 재미있었다. 나는 좋아하는 책은 무조건 몇 달에 한 번씩 되풀이해 읽었다. 그러다 1년쯤 지난 후 나의 사랑은 다른 작품으로 옮겨가곤 했다.

한편, L. T. 미드의 소녀용 도서들도 있었다. 어머니는 그런 부류의 책을 질색하셨다. 책에 나오는 소녀들이 돈만 밝히고, 멋진 옷만 좋아하는 속물이라는 것이었다. 내심 나는 그런 책들이 약간은 좋았다. 하지만 내 취향이 이토록 천박하다는 사실에 죄책감을 느꼈다. 어머니는 그 장황한 설명에 좀 화를 내면서도 헨티의 책을 내게 읽어 주시곤 했다. 또한 『브루스의 마지막 나날들The Last Days of Bruce』을 읽어 주셨는데, 이것은 어머니와 나 모두 진심으로 좋아했다. 나는 공부를 위하여 『역사의 위대한 사건들Freat Events of

History』이라는 책을 한 장(章)씩 읽고는 장의 마지막에 있는 질문에 대답해야 했다. 아주 좋은 책이었다. 꼬마 아서를 비롯해 영국 왕의 역사와, 이와 관련된 유럽과 여러 나라의 사건들을 많이 배울 수 있었다. 아무개 씨가 나쁜 왕이었다고 단호히 말하다니 얼마나 신나는가. 사건의 결말은 다소 성서적이었다. 영국 왕의 통치 기간과 왕비의 이름을 모조리 외웠지만, 살면서 그다지 쓸모는 없었다.

또 매일 몇 페이지씩 단어 쓰기 연습을 해야 했다. 덕분에 제법 효과를 보긴 했지만, 여전히 철자가 엉망이었고 그건 지금까지도 마찬가지이다.

나의 가장 큰 즐거움은 헉슬리 가족과 함께 음악 등 여러 놀이를 하는 것이었다. 닥터 헉슬리에게는 멍하지만 영리한 아내가 있었다. 또한 밀드레드, 시빌, 무리엘, 필리스, 에니드 등 딸이 다섯이었다. 나는 무리엘보다 어리고 필리스보다 위였는데, 무리엘과 아주 절친하게 지냈다. 무리엘은 금발의 길쭉한 얼굴에 보기 드문 보조개가 있었으며, 잘 웃었다. 처음 만난 것은 일주일에 한 번씩 하는 노래 수업에서였다. 크로우 씨의 지도 아래 열 명의 소녀들이 합창과 오라토리오(일종의 종교 음악 ― 옮긴이)를 불렀다. 또한 '오케스트라'도 하였다. 무리엘과 나는 둘 다 만돌린(일종의 현악기 ― 옮긴이)을 연주했고, 시빌과 코니 스티븐스라는 소녀는 바이올린을, 밀드레드는 첼로를 맡았다.

오케스트라 시절을 돌이켜보면 헉슬리 가족은 매우 진취적이었던 것 같다. 토키의 보수적인 주민들은 '헉슬리가(家) 소녀들'을 다소 미심쩍은 눈으로 바라보았다. 한 살에서 열두 살 나이의 소녀들이 번화가인 스트랜드를 세 명씩 손을 잡고서 오갔기 때문이 아닌가 싶다. 첫 번째 줄에는 가장 나이 많은 세 소녀가, 두 번째 줄에는 가정교사를 사이에 두고 막내 둘이 손에 손을 잡았다. 그들은 손을 흔들고, 웃고, 떠들며 걸어 다녔는데, 그것보다 더 큰 피는 손에 정갑을 끼지 않았다는 점이있다. 이는 당시의 사회

풍습에 저촉하는 행위였다. 하지만 닥터 헉슬리는 토키에서 가장 세련된 의사였고, 헉슬리 부인은 '인맥이 넓은' 것으로 유명했으므로 사회는 그 소녀들을 받아들일 수밖에 없었다.

돌이켜보자니 참 묘한 사회였다. 속물적이면서도, 특정 형태의 속물성을 대단히 무시했다. 대화에 귀족을 자주 들먹이는 사람들은 비웃음을 사기 십상이었다. 지금까지 살아오면서 나는 세 단계를 거쳤다. 첫 번째 단계에는 이러한 질문을 들었다. "어머 저 여자는 누구죠? '어느 가문' 사람이죠? 요크셔의 트위들더스인가요?" "지금 사정이 무척 어려운가 보더군요. 하지만 '윌멋' 집안이래요." 이어서 다음과 같은 말이 앞의 말을 대신했다. "아, 네. 물론 얼굴도 예쁘지만 재산이 엄청나대요." "라치스를 인수한 사람들이 제법 사나 보죠?" "어머 그럼, 초대하는 게 좋겠네요." 하지만 세 번째 단계에서 다시 달라진다. "어머, 그런데 저 사람들 재미있나요?" "네, 그다지 부유하지도 않고, 어디 출신인지도 모르겠지만, 아무튼 재미 하나는 끝내 주지요." 사회 가치관의 변화에 대해서는 그만 말하고, 다시 본론인 오케스트라로 돌아가자.

우리의 공연을 듣고 있노라면 끔찍했겠지? 아마 그랬을 것이다. 하지만 연주하는 우리들은 무척 즐거웠으며, 음악 지식도 늘었다. 덕분에 신나게도 길버트와 설리번(20세기 전환기 영국에서 공동으로 희가극을 작곡, 작사하여 대단한 명성을 누렸다―옮긴이)의 곡에 도전하기에 이르렀다.

헉슬리 가족과 그 친구들은 내가 참가하기 전에 이미 「인내Patience」를 공연하였고 다음 공연은 「근위대의 하사관The Yeomen of the Guard」으로 내정되어 있었다. 다소 야심찬 계획이었다. 사실 나는 친구네 부모님이 전혀 반대하지 않는 것에 깜짝 놀랐다. 헉슬리 부인의 우아한 무관심에 감탄해 마지않았다. 당시는 부모들이 무관심하고는 거리가 먼 시절이었기 때문이다. 헉슬리 부인은 아이들이 뭐든 좋아하는 일을 하도록 내버려 두었다. 아이들이 도움을 청하면 기꺼이 도왔지만, 그렇지 않으면 가타부타 간섭하지 않았다. 「근위대의 하사관」의 배역 선택은 적절하게 이루어졌다. 나는 곱고도 강한 소프라노 목소리를 갖고 있었다. 유일한 소프라노였기에 자연히 일곱 번째 천국에서 페어팩스 연대장 역을 맡았다.

우리 어머니는 여자아이들이 사람들 앞에 나설 때 다리에 무엇을 걸칠 수 있고, 무엇을 걸칠 수 없는지에 대해 구식 사고방식을 갖고 있었고 그 때문에 우리는 다소 어려움을 겪어야 했다. 당시에는 다리를 드러내는 것이 무척이나 상스러운 짓이어서 내가 반바지 차림을 한다는 것은 어머니로서는 상상도 할 수 없는 일이었다. 그 무렵 나는 열셋 혹은 열네 살이었으리라. 키가 이미 170센티미터에 가까웠다. 하지만 코트레에서 그토록 희망했던 풍만한 가슴은 나타날 낌새도 보이지 않았다. 근위대의 하사관 군복은 엄청나게 큰 반바지를 고쳐 입으면 되었지만, 엘리자베스 시대의 신사복은 어떻게 해야 할지 난감했다. 지금 생각하면 사소한 일처럼 여겨지지만, 그때는 참으로 심각한 문제였다. 어머니는 허락을 하긴 했지만, 대신에 다리를 가릴 망토를 한쪽 어깨에 둘러야 했다. 그래서 이모할머니의 '옷감' 중에서 청록빛 벨벳으로 망토를 만들었다.(이모할머니는 25년 동안 온갖 종류의 아름답고 화려한 직물을 사서 쓰고는 남은 자투리를 트렁크와 서랍 여기저기에 넣어 둔 채 다소 잊고 계셨다.) 관객석에서 다리가 보이지 않도록 한쪽 어깨에 두른 망토로 다른 쪽 다리를 가리며 연극을 하기란 쉽지 않았다.

내 기억에 나는 전혀 무대 공포증을 느끼지 않았다. 상점에 잘 들어가지도 못하고, 대규모 파티에 갈 때는 도착 전에 이를 악물고 마음을 다독여야 할 만큼 지독히 숫기 없는 아이였는데도 단 하나 수줍음을 타지 않는 활동이 있었으니, 바로 노래 부르기였다. 훗날 파리에서 피아노와 성악을 공부하던 시절 나는 학교 연주회에서 피아노를 연주해야 할 때마다 완전히 공포에 질렸더랬다. 하지만 노래 부를 때는 전혀 초조하지 않았다. 나바노 어렸을 때 페어팩스 연대장 역을 맡아 「삶은 선물인가?*Is life a boon?*」 등을 불렀기 때문이 아닌가 싶다. 「근위대의 하사관」이 내 인생 최고의 사건 중 하나라는 점은 의심의 여지가 없다. 하지만 그 후 다시는 오페라를 공연하지 않았다는 사실이 크게 뒷받침하고 있으리라는 생각이 사뭇 든다. 참으로 기뻤던 일은 다시 되풀이해서는 안 된다.

과거를 회상하다 보니 한 가지가 묘하게 여겨진다. 어떤 일이 시작되고 일어나는 과정은 기억이 나는데, 어떻게 끝나고 멈추게 되었는지는 도통 알 수가 없는 것이다. 오페라 공연 이후로 헉슬리 가족과 함께한 기억이 전혀 나지 않는다. 하지만 우정은 계속되었으리라 확신한다. 한때 우리는 매일같이 만났던 것 같다. 이어서 내가 스코틀랜드에 있는 룰리(무리엘 — 옮긴이)에게 편지를 쓰던 모습이 기억난다. 아마도 닥터 헉슬리가 다른 지역으로 병원을 옮겼든지, 은퇴한 것이 아닐까? 언제 어떻게 헤어졌는지 전혀 기억나지 않는데, 다만 룰리가 우리의 우정을 명확히 정의 내리던 것만 또렷하다.

"너는 나의 가장 절친한 친구는 될 수 없어. 스코틀랜드의 맥크래컨 소녀들이 있기 때문이야. 그 집 아이들은 '언제나' 우리 집 아이들의 가장 절친한 친구야. 브렌다는 나의 단짝이고, 재닛은 필리스의 단짝이야. 하지만 너는 나의 두 번째 단짝으로 삼아 줄게."

그리하여 나는 룰리의 두 번째 단짝이 되는 데 만족했고, 우리 우정은 아무 문제없이 계속되었다. '가장 절친한 친구'인 맥크래컨 소녀들이 대략 2년에 한 번씩만 헉슬리 가족을 찾아왔기 때문이었겠지만 말이다.

2

3월의 어느 날 어머니는 매지 언니가 아기 엄마가 된다는 소식을 전해 주었다. 나는 멍하니 바라보았다.

"언니가 아기 엄마가 된다고요?"

어안이 벙벙했다. 주위에서 아기 낳는 경우를 많이 보았으면서도 왜 언니가 아이를 낳으리라는 생각은 전혀 못 했는지. 하긴 같은 일도 가족에게 일어나면 더욱 놀라운 법이다. 나는 제임스를 지미 형부라고 부르며 잘 따랐다. 그런데 이제 뭔가 전혀 다른 일이 벌어지는 것이다.

늘 그렇듯이 나는 이를 받아들이는 데 시간이 걸렸다. 아마 이삼 분 동안은 멍하니 입을 벌린 채 있었으리라. 그러다 말했다.

"와, 굉장해요. 아기는 언제 태어나나요? 다음 주?"

"그렇게 빨리는 아니란다."

어머니는 10월경이 될 거라고 말씀하셨다.

"10월요?"

몹시 안타까웠다. 그렇게 오래 기다려야 하다니. 당시 섹스에 대해 내가 어떻게 생각했는지는 잘 모르겠다. 열둘 혹은 열세 살이었으니, 의사가 검은 가방에 아기를 넣어 데리고 온다거나 하늘에서 천사가 찾아온다거나 하는 이론은 더 이상 믿지 않았다. 그 무렵 나는 아기의 출산이 육체적인 것임을 알았다. 하지만 그다지 호기심이나 흥미는 없었고 막연히 추측하는 정도였다. 아기는 우선 여자의 '몸 안'에 있다. 그런 다음 '몸 밖으로' 나온다. 그 과정에 대해 곰곰이 따져 보고는 배꼽이 바로 그 구멍이라고 생각했다. 대체 왜 배 중앙에 둥근 구멍이 뚫려 있는지 알 수 없었고 아무 역할도 없는 듯했다. 따라서 아기 구멍임이 분명했던 것이다.

누년 후 언니가 배꼽이 왜 있는지 획실하게 이야기해 주었다. 배꼽은 열쇠 구멍으로, 배꼽에 딱 맞는 열쇠를 어머니가 가지고 있다가 사위에게 건넨다. 그러면 결혼식 날 사위가 열쇠로 그 구멍을 연다는 것이다. 그것이 매우 합리적인 설명처럼 들렸기 때문에 나는 그 이론에 대한 언니의 믿음을 전혀 의심하지 않았다.

나는 정원으로 나가 곰곰이 생각했다. 매지 언니가 아이를 낳는다고 생각하면 할수록 마음이 설레었다. 내가 이모가 되는 것이다. 마치 내가 어른이고, 중요한 사람이 되는 듯했다. 아기에게 장난감을 사 주고, 내 인형의 집을 갖고 함께 놀아 주어야지. 고양이 크리스토퍼가 아기를 실수로 할퀴지 않도록 잘 지켜봐야지. 일주일 후 나는 더는 아기 생각을 하지 않았다. 다양한 일상사에 정신이 온통 팔려 있었고 어차피 10월은 한참이나 남아 있었다.

8월쯤에 전보를 받고는 어머니가 집을 나섰다. 체셔에서 언니와 함께 있어야 한다고 했다. 그동안 이모할머니가 우리 집에 와 머물렀다. 어머니가 갑작스레 떠났지만 나는 그다지 놀라지도 않고, 깊이 생각해 보지도 않았다. 어머니는 무슨 일이든 아무 준비 없이 갑자기 행동에 옮겼으니까. 나는 정원의 테니스장에서 혹시 익은 배가 있지 않을까 싶어 배나무를 살피던 중이었다. 그때 앨리스가 나를 데리러 왔다.

"점심시간이 다 되었어요. 들어가야죠, 아가씨. 그리고 알려 드릴 소식이 있답니다."

"그래? 무슨 소식?"

"아가씨한테 꼬마 조카가 생겼어요."

조카라고?

"하지만 조카는 10월에 생겨야 해!"

나의 항의에 앨리스가 대답했다.

"아, 원래 세상사라는 것이 생각대로 되는 것이 아니지요. 어서 들어가 보세요."

집으로 들어가니 이모할머니가 부엌에서 전보를 들고 있었다. 나는 무수히 질문했다. 아기는 어떻게 생겼어요? 왜 벌써 태어난 거예요? 이모할머니는 빅토리아 시대의 그 대표적인 교묘한 기술로 대답을 회피했다. 내가 들어왔을 때 이모할머니는 제인과 출산에 관한 대화를 한참 나누고 있었던 듯했다. 목소리를 낮춘 채 이렇게 중얼거리는 것이 들렸다.

"다른 의사가 산통이 시작되었다고 말했지만, 전문의는 단호히 반대했다고 하더군."

미스터리하면서도 흥미진진한 이야기처럼 들렸다. 나는 마음이 온통 새로 태어난 조카애에게 쏠렸다. 이모할머니가 양고기 다리를 자를 때 내가 물었다.

"아기는 어떻게 생겼어요? 머리는 무슨 색이고요?"

"아마 대머리일걸. 갓난아기한테는 머리카락이 없단다."

"대머리라니."

나는 실망해서 다시 물었다.

"얼굴은 새빨갈까요?"

"그럴걸."

"얼마나 크대요?"

이모할머니는 잠시 생각하더니 칼질을 멈추고는 고기 써는 칼을 허공에 저었다.

"이만해."

절대적 확신으로 이모할머니가 대답했다. 내 눈에는 다소 작아 보였다. 하지만 이에 어찌나 깊은 인상을 받았는지, 만약 정신과 의사가 내게 '아기'라는 낱말을 준다면 분명 나는 즉각 '고기 써는 칼'이라고 대답하리라. 정신분석학자가 그 대답을 어떤 식으로 해석할지 궁금하다.

나는 조카의 탄생 소식에 무척 기뻤다. 한 달 후 언니가 아들을 데리고 애슈필드로 왔다. 아기가 두 달이 되었을 때 유서 깊은 토르 교회에서 세례를 받았다. 아기의 대모인 노라 휴이트가 올 수 없어, 내가 대신 아기를 안고는 대리인으로 참석했다. 나는 크나큰 사명감을 가지고 세례반 옆에 서 있었다. 언니는 내가 혹여 아기를 떨어트리기라도 할까 봐 초조해하며 내 옆에 딱 붙어 있었다. 교구 신부이신 제이콥 신부님에게 견진성사 준비를 받았기에 나는 그분을 잘 알았다. 제이콥 신부님은 우아한 동작으로 아기를 세례반에 이마까지 담그고는 살짝 아기를 흔들어 울음을 그치게 했다. 아기는 아버지와 할아버지의 뒤를 이어 제임스 워츠라는 세례명을 얻었다. 가족들 사이에서는 잭이라고 불렀다. 나는 아기가 어서 자라 같이 놀 수 있으면 좋겠다고 조바심을 쳤다. 아기는 계속 잠만 자는 것이었다.

매지 언니가 오래 함께 집에 머물러 너무 행복했다. 어린 시절 언니는 내게 이야기를 들려주고, 온갖 재미난 놀이를 해 준 사람이었다. 내게 처음으로 셜록 홈즈 이야기인 「푸른 카벙클The Blue Carbuncle」을 들려준 사람도 매지 언니였다. 그 후로 언니를 어찌나 졸라 댔던지. 셜록 홈즈 시리즈라면 다 좋아하긴 했지만, 그중에서도 가장 내 마음을 사로잡은 이야기는 「푸른 카벙클」, 「빨간 머리 연맹The Red Headed League」, 「다섯 개의 오렌지 씨앗The Five Orange Pips」이었다. 매지 언니는 정말 탁월한 이야기꾼이었다.

언니는 결혼 전에 직접 단편을 쓰기도 했다. 《배너티 페어Vanity Fair》(영국의 유명 여성 잡지 — 옮긴이)에 여러 편이 실렸는데 당시에는 《배너티 페어》에 단편을 실으면 대단한 문학적 성취로 인정받았다. 아버지가 이를 얼마나 뿌듯해했는지 모른다. 언니는 「오버의 여섯 번째 공The Sixth Ball of the Over」, 「빗나간 공A Rub of the Green」, 「캐시가 크로케를 하다Cassie Plays Croquet」 등 스포츠에 관련된 이야기를 시리즈로 썼다. 위트가 넘치는 재미난 작품이었다. 20년쯤 전에 나는 그 단편들을 다시 읽어 보고는 언니가 얼마나 뛰어난 작가였는지 깨달았다. 결혼하지 않고 계속 글을 썼더라면 어떻게 되었을까? 언니는 작가라는 직업을 진지하게 고려해 본 적이 없었다. 차라리 화가가 되는 편을 택했으리라. 언니는 마음먹은 일은 무슨 일이 있더라도 해내고야 마는 그런 사람이었다. 내가 알기로 언니는 결혼 후에는 더 이상 단편을 쓰지 않았다. 하지만 10~15년 후 희곡을 쓰기 시작했다. 「원고The Claimant」는 로열 극장의 바질 딘이 감독을 맡았고, 레온 쿼터메인과 페이 콤프턴이 출연했다. 희곡을 한두 편 더 쓰긴 했지만, 런던에서는 공연되지 않았다. 언니는 또한 뛰어난 아마추어 여배우로, 맨체스터 아마추어 극단에서 활약했다. 누가 뭐래도 언니는 우리 집안의 재주꾼이었다.

나는 전혀 아무 꿈도 없었다. 그 무엇도 잘하는 것이 없었다. 테니스와 크로케를 좋아하긴 했지만, 잘하지는 못했다. 작가가 되기를 긴 세월 염원하다 마침내 성공했다고 말하는 편이 훨씬 극적이겠지만, 사실은 한 번도 작가가 될 생각을 하지 않았다.

어쩌다 보니 열한 살에 내 글이 인쇄물에 실린 적이 있었는데, 사정은 이러했다. 전차가 일링에 들어오자 지역 언론이 즉각 분노했다. 널찍한 거리와 아름다운 집을 갖춘 훌륭한 거주 구역에 땡그렁땡그렁 전차가 돌아다니다니, 어디 될 법한 일인가! 진보라는 단어가 나오긴 했지만 이내 기에 눌려 찌그러졌다. 모두들 신문에, 하원의원에, 온갖 곳에 편지를 썼다. 전차는 저속한 것이며, 시끄러우며, 모두의 건강에 해를 끼친다고. 당시에는 근사한 빨간 버스가 일링 브로드웨이에서부터 셰퍼드스부시까지 운행하며 훌륭한 서비스를 제공하고 있었으며, 또한 외양은 수수하지만 역시나 유용하기 이를 데 없는 버스가 한웰에서 액턴까지 오가고 있었다. 게다가 유서 깊고도 훌륭한 그레이트웨스턴 철도도 있었고 런던 시내와 연결되는 교외선은 말할 것도 없었다.

전차는 전혀 필요하지 않았다. 그런데도 전차가 들어왔다. 이를 살펴 훌어 대는 냉혹한 전차가 들어왔다. 나는 전차가 운행된 첫날에 시를 썼고, 이 최초의 문학적 행동은 인쇄되었다. 장군과 대령과 제독으로 이루어진 씩씩하고 친절한 이모할머니의 보디가드 중 한 명이 이모할머니의 말에 따라 그 네 연(聯)짜리 시를 가지고 지역 신문사에 찾아가 신문에 실으라고 제안한 것이다. 첫 번째 연은 아직도 기억난다.

찬란한 진홍색 영광을 휘날리며
최초의 전차가 달려가매,
거칠 것이 없도다. 허나 그 시절은 사라졌네.
이제는 새로운 이야기.

시 뒷부분에서 나는 '꽉 죄는 집전장치'를 비웃었다.(집전장치에 결함이 있든가 하여 전기가 전차로 흘러 몇 시간 만에 고장 나 버렸다는 내용이었다.) 내 글이 인쇄된 것을 보고는 우쭐했지만, 그렇다고 작가가 되겠다는 생각이 든 것은 아니었다.

사실 나는 딱 한 가지 생각밖에 없었다. 행복한 결혼. 내 친구들이 다 그러했듯 나 역시도 확고했다. 우리는 행복이 우리를 기다리고 있다고 생각했다. 사랑 받기를, 보살핌 받기를, 찬양 받기를 고대했다. 우리는 하고 싶은 일을 마음껏 하되, 남편의 인생과 성공을 그 무엇보다도 중요시하리라 결심했다. 이는 아내가 마땅히 지녀야 할 자랑스러운 도리였다. 각성제나 진정제는 필요 없었다. 우리에게는 삶에 대한 믿음과 기쁨이 있었다. 물론 실망스럽고 불행한 순간도 있었지만, 전반적으로 삶은 '재미'있었다. 요즘의 소녀들도 재미있는 삶을 보내는지는 몰라도, 겉으로 봐서는 전혀 그런 것 같지 않다. 하지만 생각해 보면, 우울함을 즐기는 것인지도 모른다. 그런 사람도 있기 마련이다. 폭풍처럼 압도하는 감정적 위기를 즐기는지도. 어쩌면 걱정까지도 즐기는지도. 요즘에는 확실히 근심 걱정이 만연해 있다. 나의 동시대인들은 종종 경제적 어려움에 처하여 원하는 것을 다 살 수 없는 경우가 많았다. 그런데도 어쩜 그리 즐거운 일이 많았는지. 우리에게는 솟아나던 활력이 지금 세대에게는 솟아나지 않는 것일까? 교육과, 더 심하게는 교육에 대한 걱정과 미래에 대한 불안이 그러한 활력을 목 졸라 버린 것일까?

우리는 힘차게 피어나는 꽃과 같았다. 어쩌면 잡초도 많았을 것이다. 하지만 우리 모두는 열정적으로 자라났다. 인도의 포석 틈새같이 아무리 힘겨운 환경에서도 씩씩하게 솟아나 충만하고도 즐거운 인생을 누리겠다는 마음으로 단단히 무장하고는 햇살 아래 활짝 꽃을 피웠다. 누군가가 짓밟고 지나가 한동안은 상처로 고통 받는다 하더라도 이내 다시 머리를 높이 쳐들었다. 불행히도 요즘에는 (선택적!) 제초제를 뿌린다. 머리를 쳐들 기회는 다시 찾을 수 없고 이들은 '인생의 부적격자'라고 불린다. 과거에는 그 누구도 우리에게 부적격자라는 따위의 말은 하지 않았다. 설령 그런 말을 들었다 해도 전혀 믿지 않았을 것이다. 살 자격이 없는 유일한 부적격자는 살인자였다. 하지만 오늘날에는, 살인자는 살 자격이 없다는 말은 감히 입 밖에 내어서도 안 된다.

소녀, 즉 장차 여성이 될 존재로서 진정 신나는 것은 인생이 멋진 도박이라는 점이다. **앞으로 내게 무슨 일이 일어날지 전혀 알 수 없다.** 이 때문에 소녀는 흥분한다. 무엇을 해야 하거나 무엇이 되어야 할지 걱정할 필요가 없고 몸은 알아서 자라며 그저 남자를 기다리기만 하면 되는 것이다. 그리고 드디어 짝이 나타나면 그가 내 인생 전부를 변화시킨다. 어떤 남자와 결혼하고 싶은지 말하는 것은 무척이나 신나는 일이었다. 앞으로 어떻게 될까? "나는 외교관이랑 결혼할 거야. 해외로 나가서 온갖 곳을 구경하는 거야." 혹은 "선원하고는 결혼할 생각이 없어. 바닷가에서 오래토록 살아야 하잖아." 혹은 "다리를 건설하는 공학자나 탐험가랑 결혼할 테야." 전 세계가 내 앞에 활짝 열려 있었다. 물론 내가 선택할 수 있는 폭은 그리 넓지 않지만, 어떤 운명이 나한테 찾아올지는 무한했다. 누군가와 결혼하겠지. 물론 술주정뱅이와 결혼해 불행한 삶을 살 수도 있다. 하지만 이런 불확실성으로 인해 더욱더 흥분되고 떨리는 것이다. 여자는 직업과 결혼하는 것이 아니라 남자와 결혼한다. 늙은 유모나 보모나 하녀나 요리사들은 말한다.

"어느 날 천생연분이 나타나는 거죠."

아주 어렸을 때, 어머니의 미모의 친구 한 분이 이모할머니의 요리사인 한나의 도움을 받아 무도회용 드레스를 입는 모습을 본 적이 있다. 코르셋을 꽁꽁 조이면서 한나가 말했다.

"필리스 아가씨, 이제 발을 침대에 대고 몸을 뒤로 기울여요. 자, 당깁니다. 숨을 참아요."

"아, 한나. 더는 못 하겠어. 정말이야. 숨이 막혀."

"엄살 피우지 말아요. 숨은 얼마든지 쉴 수 있어요. 저녁을 먹지는 못하겠지만요. 하지만 그건 좋은 거예요. 젊은 숙녀는 돼지처럼 먹는 모습을 보여서는 안 돼요. 그건 우아하지가 못해요. 예의 바른 숙녀답게 굴어야지요. 괜찮을 테니 염려 말아요. 자, 줄자를 한번 대 보자구요. 51센티미터네요. 자, 이제 50센티미터로 만드는 거예요."

아가씨는 헐떡이며 말했다.

"51센티미터도 나쁘지 않아."

"50센티미터가 되면 더 좋아요. 오늘 밤에 천생연분을 만날지 누가 알아요? 그런데 그 자리에 뚱뚱한 허리를 하고 나가실 셈이에요?"

천생연분. 때로는 우아하게 '운명적 인연'이라고도 불렸다.

"무도회에 꼭 가야 할지 잘 모르겠어."

"어머, 꼭 가야죠. 생각을 해 보세요! 오늘 운명적 인연이 찾아올지 누가 알아요."

물론 이는 실제로 일어난다. 여자들은 가고 싶은 곳에 갔다가 혹은 가기 싫은 곳에 갔다가 운명의 짝을 만난다.

물론 결혼하지 않겠다고 선언하는 아가씨들이 항상 있다. 수녀가 되거나, 나병 환자를 돌보거나, 뭔가 중요하고도 위대한 일을 위해 자기를 헌신하겠다는 고귀한 이유를 들곤 한다. 이 역시 사회에는 꼭 필요하다. 수녀가 되겠다는 열망은 가톨릭교도보다는 개신교도 아가씨들이 더욱 굳건한 것 같다. 가톨릭에서 수녀는 삶의 한 방편으로써, 즉 직업으로써 여겨진다. 반면 개신교 수녀에게는 어떤 종교적 신비함과 품격이 느껴져 더욱 매력적으로 보인다. 간호사 역시 나이팅게일의 명성 덕분에 대단히 영웅적 삶으로 간주된다. 하지만 그래도 주류는 결혼이며 누구와 결혼할 것인가는 인생의 가장 큰 의문이다.

열셋 혹은 열네 살 때 나는 나이와 경험에서 대단히 앞서 있다는 것을 깨달았다. 나는 이제는 나를 피보호자로 여기지 않았다. 오히려 보호한다는 느낌이 들었다. 어머니에 대한 책임감을 느꼈던 것이다. 또한 내가 어떤 사람인지, 무엇을 잘하는지, 무엇을 못 하는지, 따라서 어디에 시간을 낭비해서는 안 되는지 알아 가기 시작했다. 나는 내가 재치가 있거나 눈치가 빠르지 않다는 것을 알았다. 따라서 문제에 처하면 시간을 들여 주의 깊게 살펴본 후 어떻게 대처해야 하는지를 결정해야 함을 터득했다.

나는 시간의 소중함을 이해하기 시작했다. 인생에서 시간보다 더 멋진 것은 없다. 요즘 사람들은 그것을 잘 모르는 것 같다. 어린 시절과 젊은 시절에 많은 시간을 누릴 수 있었다는 것만으로도 나는 행운아였다. 아침에 눈을 뜨면 제대로 잠이 깨기도 전에 중얼거렸다.

"오늘은 무일 릴까?"

내 앞에는 여러 선택 사항이 있었고, 나는 원하는 대로 계획을 세웠다. 할 일은(혹은 임무가) 많지 않았지만 그렇다고 해야 할 집안일이 없었던 것은 아니다. 은액자 닦는 날, 스타킹 꿰매는 날, 『역사의 위대한 사건들』한 장 읽는 날, 시내에 나가 청구서 지불하는 날 등등. 또한 쓰기 공부, 산수 공부, 운동, 자수도 익혀야 했다. 하지만 언제 무엇을 하느냐는 전적으로 내 선택에 달려 있었으므로 원하는 대로 일정을 짤 수 있었다.

"스타킹은 오후에 꿰매야겠어. 아침에는 시내에 갔다가, 올 때는 다른 길로 돌아오면서 나무에 꽃이 피었는지 보아야지."

눈을 뜨면 항상 살아 있다는 기쁨으로 충만했다. 이는 누구나 마찬가지리라. 의식은 이를 느끼지 못할 수도 있다. 그렇다 하더라도 살아 있고, 존재하고, 잠에서 깨어 새로운 날을 맞아 미지의 장소로 가는 여행에 한 걸음 더 내딛는 것이다. 인생이란 참으로 흥미로운 여행이다. 인생이기에 흥미롭다기보다는 '나의' 인생이기에 나한테 흥미롭다는 것이다. 이것이야말로 존재의 가장 큰 비밀이며, 인생이 우리에게 주는 소중한 선물이다.

매일이 꼭 즐거워야 하는 것은 아니다. "새로운 날이야! 정말 멋져!"라고 환희에 찬 직후 10시 30분에 치과 예약이 있음을 깨닫는 날도 있다. 그렇다고 처음의 기쁨이 없어지는 것은 아니며, 여전히 유용한 활력소가 된다. 물론 기질에 따라 다르기는 하다. 낙천적인 성격일 수도 있고, 우울한 성품일 수도 있다. 이를 바꿀 수 있는지 없는지는 모르겠지만, 내 생각으로는 이런 기질은 타고난다기보다는 경험이 쌓이며 만들어지는 것 같다. 행복에 젖어 있다 불행을 겪어 우울해질 수도 있고, 우울해 하고 있다가 어떤 계기로 기쁨의 세계에 들어갈 수도 있다. 행복한 사람도 불행해질 수 있고, 우울한 사람도 기쁨을 맛볼 수 있다. 하지만 세례식에서 아이에게 원하는 선물을 뭐든지 줄 수 있다면 나는 행복한 기질을 선물하고 싶다.

근면 성실이 칭찬받아 마땅한 미덕이라는 사고방식은 나로서는 이해가 안 된다. 도대체 왜? 옛날 옛적에는 먹고 살기 위하여 남자가 나가서 사냥을 해야 했다. 그러다 나중에는 같은 이유로 밭을 갈고, 곡식을 심었다. 그리고 오늘날에도 여전히 같은 이유로 꼭두새벽에 일어나 8시 15분 기차를 타고는 사무실로 가서 온종일 일한다. 머리를 누일 집과 배를 채울 음식을 마련하기 위해 그러는 것이다. 그리고 또한 운이 좋고 능력이 있다면 편안하고 즐거운 인생을 살 수도 있을 것이다.

근면 성실은 경제적이고 필수적인 것이다. 그런데 왜 칭찬받아야 하는가? 속담에 이런 말이 있다.

"악마는 게으른 손이 실수를 행하기를 기다린다."

꼬마 조지 스티븐슨(증기기관차의 발명가 ― 옮긴이)이 어머니의 찻주전자 뚜껑이 들썩이는 모습을 보았을 때 아마도 게으름을 피우고 있지 않았을까. 아무 할 일이 없었기에 뚜껑에 대한 생각에 잠겼던 것은 아닐까…….

필요가 발명의 어머니라고는 생각하지 않는다. 발명은 게으름이나 나태함에서 직접 비롯된다. '수고를 덜기 위해' 발명하는 것이다. 이것이야말로 수천, 수십만 년 동안 부싯돌에서부터 세탁기 스위치에 이르기까지 온갖 발명품이 탄생할 수 있었던 커다란 비밀이다.

지난 세월 동안 여성의 지위는 누가 뭐래도 악화되었다. 우리 여성들이 바보짓을 자초한 것이다. 여자도 남자가 하는 일을 할 수 있다고 시끄럽게 떠들어 대자 바보가 아닌 남자들은 당연히 이에 찬성했다. 뭐 하러 아내를 먹여 살려? 아내가 직접 자기 입을 책임진다고 해서 뭐 나쁠 게 있겠어? 하고 싶다는데? 자기가 직접 하겠다는데?

여성이 자신을 '약자'로 규정하는 바람에 우리는 이제 원시 부족의 여성과 같은 신세가 되었다. 여자들이 온종일 밭일을 하고, 땔감을 찾아 수십 킬로미터를 걷고, 머리에 단지와 냄비 같은 부엌 살림을 이고서 이동하는 동안에, 남자들은 화려하게 몸단장을 하고는 여성들을 보호한답시고 투기

하나 달랑 들고 돌아다닌다.

우리는 빅토리아 시대 여성의 위대함을 인정해야 한다. 그네들은 남자들을 마음껏 부렸다. 연약함과 섬세함과 예민함을 내세운 덕분에 끊임없이 보호받고, 사랑받을 수 있었다. 그랬다고 비참하고 학대받는 삶을 살았을까? 내 기억에 따르면 절대 아니다. 이모할머니와 외할머니의 친구분들은 모두 쾌활하셨을 뿐만 아니라, 자신이 원하는 것은 거의 대부분 할 수 있었다. 강인하고, 교양 있고, 고집 센 분들이셨다.

잘 들어라. 그분들은 남성을 무척 찬양했다. 남자는 당당하고 멋진 존재이되, 속임수에 쉽게 당한다. 여자는 일상에서 자기가 하고 싶은 대로 하면서도 남자의 우월성을 인정하고 떠듦으로써 남편이 체면을 잃지 않도록 했다.

"아버지가 다 알아서 하실 게다."는 널리 쓰이는 말이었다. 실제 해결은 사적으로 이루어진다.

"당신 말이 맞다고 확신해요. 헌데 이렇게 하면……."

어떤 면에서 남성은 최고의 지위에 있다. 남편은 가장이다. 여성은 결혼하게 되면 남편의 지위와 생활을 받아들여야 한다. 나는 그것이 사리에 맞을 뿐만 아니라 행복의 초석이라 여긴다. 남편의 생활을 인정할 수 없다면 그 직업을 택하지 마라. 다시 말해, 그와 결혼하지 마라. 직물 도매상이 있다고 치자. 로마 가톨릭교도이고, 교외에 사는 것을 선호하며, 골프를 치고, 휴일에는 바다로 가길 즐긴다. 이것이 바로 당신이 결혼하는 상대인 것이다. 결혼을 하겠다고 마음을 먹었으면 남편의 모든 것을 좋아하라. 그리 어렵지 않다.

얼마나 즐거운 생활인지, 해 보면 깜짝 놀랄 것이다. 받아들이고 즐기기보다 더 바람직한 것은 거의 없다. 그 어떤 음식이든, 그 어떤 생활이든 대부분 즐기는 것이 가능하다. 시골 생활, 개, 흙길 산책은 얼마든지 즐길 수 있다. 도시 생활, 소음, 사람들 또한 얼마든지 즐길 수 있다. 전자에서는 신경을 가라앉히고 평화로이 쉬며 독서나 뜨개질이나 자수를 하거나 식물이 자라는 모습을 볼 수 있다. 후자에서는 극장, 미술관, 연주회장을 관람하고, 도시가 아니라면 도통 만나기 힘든 친구들을 만날 수 있다. 나는 어떤 생활이든 즐길 수 있다는 점에서 무척이나 행복하다.

언젠가 기차를 타고 시리아로 향하던 중 동행에게서 위(胃)에 대한 재미있는 이론을 들었다.

그녀는 말했다.

"절대 위에 무릎 꿇으면 안 돼. 만약 위가 음식을 거부하면 이렇게 말하는 거야. '누가 주인이지? 나야, 위야?'"

나는 호기심에 물었다.

"하지만 도저히 안 먹히는 걸 어떻게 하죠?"

"그 어떤 위도 훈련될 수 있어. 처음에는 아주 조금만 먹는 거야. 무엇이든 관계없어. 나는 전에 계란만 보면 속이 뒤집어지고, 구운 치즈는 끔찍하기 짝이 없었지. 그래서 일주일에 두세 번 삶은 계란을 한두 스푼씩 떠먹기 시작했어. 그런 다음에는 계란 부침을 약간 먹었고, 이제는 계란이라면 얼마든지 먹을 수 있지. 구운 치즈도 마찬가지야. 이것만 명심하면 돼. '위는 좋은 하인이지, 나쁜 주인이 아니다.'"

나는 깊은 인상을 받고는 그녀의 충고를 따르기로 했다. 내 위는 본디 워낙 순종적인 터라 그다지 어려울 것이 없었다.

3

아버지가 돌아가신 후 어머니가 배시 언니와 프랭스 남부도 떠났을 때

나는 3주 동안 제인의 조용한 시선 아래 애슈필드에 머물렀다. 바로 그때 새로운 스포츠와 새로운 친구들을 만났다.

항구에서 롤러스케이트를 타는 것이 당시 대유행이었다. 항구 표면은 극도로 울퉁불퉁해 넘어지기 일쑤였지만, 그만큼 재미도 더했다. 항구 끝에는 일종의 연주회장 같은 곳이 있었는데, 겨울에는 당연히 공연이 없어서 실내 롤러스케이트장으로 이용되었다. 대규모 무도회가 열려 웅장하게 '무도회장' 혹은 '해변 연회장'이라고 불리는 곳에서도 롤러스케이트를 탈 수 있었다. 이곳은 분위기가 더욱 고급스러웠지만, 대부분은 항구를 더 선호했다. 자신의 롤러스케이트를 가지고 가 입장료 2펜스를 낸 뒤 항구에서 신나게 달리는 것이다! 헉슬리 집안의 소녀들은 아침에 가정교사에게 수업을 받느라 함께 롤러스케이트를 탈 수 없었다. 오드리도 마찬가지였다. 내가 알던 사람 중에는 루시 집안 사람들만이 롤러스케이트를 탔다. 모두 어른들이었지만, 어머니가 의사의 처방에 따라 요양차 해외로 가 애슈필드에 나 혼자 있다는 것을 알고는 무척 친절하게 대했다.

나는 때로는 외롭기도 했지만 혼자만의 시간이 기분 좋기도 했다. 내가 메뉴를 정하는 것이 혹은 내가 메뉴를 정한다고 생각하는 것이 그렇게 신날 수가 없었다. 사실 우리의 점심 식사는 제인의 결정에 따라 정해졌다. 제인은 내가 제멋대로 제안해도 잘 받아넘겼다.

"오리구이와 머랭(거품을 인 흰자위와 설탕 등을 섞은 과자 — 옮긴이)을 먹으면 어떨까?"

그러면 제인은 좋다고 대답한다. 하지만 오리를 주문했는지 잘 모르겠다고 하고는, 지금 계란 흰자가 없고 며칠 뒤 계란 노른자를 다른 음식에 쓸 테니 그때 머랭을 해 먹자고 권한다. 그러다 결국에는 식료품 저장실에 있는 음식을 먹기로 결론이 나는 것이다. 하지만 제인은 정말 영리했다. 언제나 나를 '아가씨'라고 부르고는, 내가 중요한 위치에 있다고 느끼게 해 주었다.

그러던 중 루시 가족이 내게 같이 항구로 가 롤러스케이트를 타자고 권했다. 루시 가족에게서 롤러스케이트 타는 법을 배우고는 어찌나 재미있던지. 그렇게 멋진 가족도 없으리라. 워릭셔 주 출신인 그들은 샬코트라고 불리는 멋진 집에서 살았는데, 버클리 루시 씨의 삼촌의 소유였다. 버클리 씨는 자신이 그 집을 상속받아 마땅하다고 생각했지만, 결국엔 삼촌의 사위가 '페어팩스 루시'란 성을 씀으로써 그들 부부가 그 집을 차지하게 되었다. 루시 가족은 샬코트가 다른 사람 손에 넘어간 것에 상심했을 텐데도 남앞에서는 이에 대해 아무 내색 안 했다. 큰딸 블란체는 남달리 당당하고 멋진 여성이었다. 매지 언니보다 약간 나이가 많았으며, 매지 언니보다 먼저결혼했다. 장남 레기는 육군에 있었지만, 몬티 오빠 또래의 둘째 아들은 집에 있었다. 다음으로 두 딸 마르그리트와 무리엘은 매기와 누니로 불렸으며, 역시나 이미 어른이었다. 느긋한 목소리로 다소 또렷치 않게 발음했는데, 아주 멋지게 들렸다. 그들에게 시간은 아무런 의미도 없었다.

한동안 롤러스케이트를 타다가 누니가 시계를 보더니 말했다.

"이런, 시계 보았니? 벌써 1시 30분이야."

나는 놀랐다.

"어머나. 집까지 걸어가려면 20분은 족히 걸릴 텐데."

"집에는 안 가는 게 좋겠다. 우리 집에 가서 같이 점심 먹자. 애슈필드에는 전화를 걸어 알리면 돼."

루시 가족과 함께 2시 30분쯤 샬코트에 도착하니 샘이라는 개가 반갑게 맞았다. 샘은 누니가 묘사한 대로 '술통 같은 몸을 하고 하수관처럼 헐떡였다.' 루시 가족은 어딘가에 따뜻하게 보관해 둔 고기를 꺼내 식사를 했다. 그런 다음 이렇게 일찍 헤어지는 것은 너무 아쉽다며, 같이 교실로 가서 피아노도 치고 노래도 부르며 놀자고 했다. 가슴은 다트무어(높이 600미터 이상의 화강암 고원 지대 ─ 옮긴이)로 소풍을 가기도 했다. 우리는 토르 역에서 만나 기차를 타기로 약속했는데, 항상 하던 대로 루시 일가가 늦게 오는 바람에 미리 정해 둔 기차를 놓쳤다. 기차를 놓치고, 전차를 놓치고, 모든 것을 놓쳤지만 그들은 어떤 경우에도 당황하지 않았다.

"뭐 그러면 어때? 다음 차를 타면 되지. 걱정해 봐야 무슨 소용이야?"

즐거움이 가득한 가족이었다.

내 생애 최고의 순간은 매지 언니가 집에 올 때였다. 해마다 8월이면 언니는 애슈필드로 왔다. 형부는 함께 왔다가 며칠을 지내고는 다시 일하러 돌아가야 했지만 매지 언니는 아들과 함께 9월 말까지 머물렀다.

물론 조카 잭은 내게 끝없는 기쁨의 원천이었다. 장밋빛 뺨에 금발의 자그마한 아이를 보고 있노라면 깨물고 싶었다. 우리는 정말 그 아이를 '르 프티 브리오슈le petit brioche'(작은 빵)라고 불렀다. 어쩌나 개구쟁이인지 조용할 때가 없었다. 잭을 밖에 데리고 나가 말을 시키는 것은 문제도 아니었다. 정작 곤란한 것은 잭을 조용히 시키는 일이었다. 잭은 불같은 성미가 있어 '폭발'을 일으키곤 했다. 얼굴이 시뻘게졌다가 자줏빛으로 변하며 숨이 멎는데, 이러다 정말 폭발하겠다고 싶을 바로 그때 폭풍이 휘몰아치는 것이다!

잭의 유모는 여러 번 바뀌었는데, 모두 저마다 특색이 있었다. 특히 시무룩했던 유모 하나가 기억난다. 나이가 많았고 회색 머리가 단정할 때라고는 없었으나 경험이 풍부하여 화가 난 잭을 꺾을 수 있는 유일한 사람이었다. 하루는 잭이 느닷없이 난폭하게 굴며 "바보, 멍청이, 바보, 멍청이."라고 소리치면서 차례로 사람들에게 달려들었다. 마침내 유모가 잭을 나무라며, 한 번만 더 그렇게 말하면 벌을 주겠다고 단언했다. 이에 잭이 대거리했다.

"내가 어떻게 할지 알아? 죽으면 바로 천국으로 가서는 하느님에게 말할 거야. '바보, 멍청이, 바보, 멍청이.'"

잭은 씩씩거리며 말을 멈추고는 이러한 불경이 어떤 반응을 일으킬지 기다렸다. 유모는 일손을 놓더니 안경 너머로 잭을 바라보고는 심드렁히 말했다.

"버릇없는 꼬마 애가 무슨 말을 하든 하느님이 콧방귀라도 뀔 것 같니?"

잭은 완전히 기가 꺾였다.

그 유모가 그만두고 나서 이사벨이라는 젊은 아가씨가 들어왔다. 그녀는 왠지 모르지만 창밖으로 물건을 던지는 습관이 있었다. "이런 빌어먹을 가위를 봤나." 하고 느닷없이 중얼거리고는 가위를 잔디밭에 내던지는 것이다. 이따금씩 잭이 거들고 싶어 안달했다.

"이사벨, 내가 이걸 창밖으로 던져도 될까?"

아이들이 다 그렇듯 잭 역시도 할머니를 숭배했다. 잭은 아침 일찍 우리 어머니 방으로 달려갔다. 두 사람이 도란도란 이야기 나누는 소리가 벽을 통해 내 방까지 들렸다. 두 사람은 인생에 대해 토의하기도 하고, 어머니가 이야기를 들려주기도 했다. 이야기는 일종의 시리즈로 이어졌는데, 모두 어머니의 엄지손가락에 대한 것이었다. 엄지손가락 하나는 베시 제인이었고, 다른 하나는 새리 앤이었다. 하나는 착하고, 다른 하나는 짓궂었는데, 그 둘의 말과 행동에 잭은 내내 꺄르르꺄르르 웃음을 터트렸다. 잭은 항상 대화에 끼려고 했다. 어느 날 교구 신부님이 점심을 들러 왔을 때의 일이다. 잠시 침묵이 흘렀는데 그때 별안간 잭이 입을 열었다.

"주교님에 대한 무지 재미있는 이야기를 알아요."

무슨 이야기를 엿듣고서 무슨 말을 하려는지 전혀 예측할 수 없었던 우리는 허둥지둥 잭의 입을 막아야 했다.

크리스마스에는 체셔의 사돈댁에 가서 지냈다. 그 무렵이면 형부는 대개 휴가를 받아 매기 언니와 함께 3주 동안을 킹그드모리츠(스위스의 유명 휴양지 — 옮긴이)에서 보냈다. 형부는 스케이트를 무척 잘 타는지라, 1년 내내 이때만을 고대했다. 어머니와 나는 치틀(체셔 주에 위치한 아름다운 도시 — 옮긴이)로 구경하러 가곤 했다. 매너로지라고 불리는 형부의 새 집이 제대로 준비가 안 되어 본가인 애브니홀에서 노(老) 워츠 부부와, 그들의 네 자식과, 손자 잭과 함께 크리스마스를 보냈다. 아이가 크리스마스를 보내기에 더할 수 없이 멋진 집이었다. 빅토리아 고딕 양식의 거대한 건물로, 수많은 방과 복도와 느닷없이 나타나는 층계와 뒷계단과 앞계단과 벽감 등 아이들이 원하는 모든 것이 있었다. 게다가 세 대의 전혀 다른 피아노와 오르간 한 대가 있었다. 부족한 것이라고는 빛뿐이었다. 집 안은 어디나 어두웠는데, 단 하나, 초록색 새틴 벽에 커다란 창문이 뚫려 있는 널찍한 응접실만은 예외였다.

그 무렵 낸 워츠와 나는 절친한 친구가 되어 있었다. 우리는 친구인 동시에 크림 동료였다. 우리 둘 다 평범하고 깔끔한 크림을 좋아했다. 데번 주에서 자라면서 내내 수없이 많은 데번셔 크림을 먹어 왔지만, 생크림에는 비할 수 없었다. 낸이 토키의 우리 집에 머물 때면 같이 마을의 유제품 판매점으로 가서, 우유 반에 크림 반을 탄 음료수를 마시곤 했다. 반면 내가 애브니홀에 가 낸과 지낼 때면, 워츠 가문의 농장으로 함께 가 0.3리터씩 크림을 마시곤 했다. 우리는 이러한 주연을 평생 계속했다. 서닝데일에서 크림을 사서는 골프장의 클럽하우스 밖에 앉아 남편들이 골프를 마치기를 기다리며 0.6리터들이 크림을 각각 마시던 기억이 아직도 생생하다.

애브니홀은 탐식가의 천국이었다. 저장실이라고 불리는 곳이 있었는데, 열쇠로 단단히 잠가 함부로 보물 창고에 손대지 못하게 한 이모할머니의 식품 보관용 벽장과는 전혀 달랐다. 누구든지 문을 열 수 있었다. 창고의 사방 벽에는 진열장이 늘어서 있고 갖가지 맛난 음식으로 채워져 있었다. 한쪽 벽은 온갖 종류의 초콜릿 상자, 이름표가 붙은 초콜릿크림 상자 등등 초콜릿만으로 그득했다. 또한 비스킷, 진저브레드, 과일 통조림, 잼 등도 넘쳐났다.

크리스마스는 결코 잊을 수 없는 최고의 축제였다. 침대에는 크리스마스 양말을 걸어 두었고, 아침 식사 때면 각각의 의자마다 선물이 산더미처럼 쌓여 있었다. 교회로 부랴부랴 달려갔다 돌아온 다음에는 못 다 연 선물을 마저 개봉했다. 2시의 크리스마스 만찬이 시작되면 커튼을 내렸고 장식과 초가 반짝반짝 빛을 뿜었다. 우선 굴 수프(나는 그다지 즐기지 않았다.), 대문짝넙치, 삶은 칠면조, 구운 칠면조, 거대한 로스트비프가 나왔다. 다음으로 서양 자두 푸딩과 민스파이가 이어지고, 6펜스 은화, 돼지, 반지, 단추 등 온갖 것으로 가득 찬 트라이플이 나왔다. 그 후에는 다시 헤아릴 수도 없이 다양한 디저트가 쏟아졌다. 「크리스마스 푸딩의 모험The Affair of the Christmas Pudding」이라는 글에서 이러한 축제를 묘사한 바 있다. 지금 세대는 결코 볼 수 없는 그런 광경 중 하나이리라. 요즘에 그처럼 많이 먹는 사람이 있을까. 하지만 당시에 우리의 소화력은 대단했다.

나는 소화력에 있어서 지미 형부의 바로 밑의 동생인 험프리 워츠와 막상막하의 능력을 겨루었다. 당시 나는 열둘 혹은 열세 살이었고, 험프리는 스물하나 혹은 스물두 살이었다. 대단한 미남으로, 뛰어난 배우이자 환상적인 재담가였다. 나는 사랑에 빠지는 능력이 출중하긴 했지만, 험프리를 사랑했던 것 같지는 않다. 지금 생각하니 그랬다는 것이 참으로 놀랍다. 당시에 나의 사랑은 현실적으로 불가능한 로맨스여야 했던 것 같다. 런던 주교, 스페인의 알폰소 왕 등 공인을 사랑하곤 했으니까. 물론 다양한 배우들도 빠지지 않았다. 「노예The Bondman」(영국의 극작가 매신저의 희비극 — 옮긴이)에서 헨리 애인리를 보고는 열렬히 연모하게 되었다. 「무슈 보케르 Monsieur Beaucaire」에 출연한 루이스 월러를 사랑하는 소녀라면 누구나 가입할 수 있었던 월러사냥팬클럽에 들어갈 순비도 부르익어 있었다.

험프리와 나는 크리스마스 만찬 내내 거침없이 먹었다. 험프리는 굴 수프에서 나보다 좀 앞섰지만, 다른 음식에서는 접전을 벌였다. 우리 둘 다 가장 먼저 칠면조 구이를 먹어 치우고는, 삶은 칠면조에 이어 로스트비프 네다섯 조각을 해치웠다. 다른 사람들은 이 코스에서 한 종류의 칠면조만 먹었지만, 워츠 씨는 칠면조뿐만 아니라 로스트비프도 드셨던 것으로 기억한다. 그런 다음 우리는 서양 자두 푸딩과 민스파이와 트라이플로 돌격했다. 나는 포도주 향을 좋아하지 않아 트라이플은 되도록 적게 먹었다. 이어서 크래커, 포도, 오렌지, 엘바스 서양 자두, 칼즈배드 서양 자두, 조림과일 등이 나왔다. 마지막으로 온갖 종류의 초콜릿이 우리의 입맛을 만족시키기 위해 저장실에서 출두했다. 다음 날 배탈이 났던가? 과다한 담즙의 공격을 받았던가? 내 기억으로는 아니다. 내가 기억하는 유일한 담즙 공격은 9월에 덜 익은 풋사과를 먹었을 때뿐이다. 나는 사실상 매일 덜 익은 사과를 먹었는데, 그러던 중 과식했던 모양이다.

예닐곱 살 때 버섯을 먹었던 일이 기억난다. 아침 11시에 배가 아파 눈을 뜨고는 응접실로 달려갔더니 어머니와 아버지가 손님들과 환담을 나누고 있었다. 나는 거기서 극적으로 소리쳤다.

"나는 곧 죽어요! 독버섯을 먹었어요!"

어머니는 재빨리 나를 진정시키고는, 당시 비상약으로 늘 구비해 두었던 피버워트 술을 주시며 이번에 죽지 않는다고 안심을 시켰다.

어쨌든 크리스마스에 아팠던 기억은 전혀 없다. 냅 워츠 역시 대단한 소화력의 소유자였다. 사실 그 시절을 돌이켜보자면 모두들 상당한 소화력을 갖고 있었던 듯싶다. 위궤양이나 십이지장궤양에 걸려 조심해야 하는 사람이 물론 있었을 것이다. 하지만 생선과 우유만 먹는 사람은 아무도 없었다. 상스러운 탐식의 시대였던 것일까? 그럴 것이다. 하지만 동시에 기쁨과 열정의 시대이기도 했다. 어릴 적 나의 식사량을 생각하면(나는 항상 배가 고

팠다.) 내가 어떻게 비쩍 마른 몸을 유지했는지 모르겠다. 말 그대로 나는 '말라깽이 닭'이었다.

크리스마스 오후의 즐거운 휴식 시간이 끝나면 이제 즐거움은 어른들 차지였다. 어린이들은 책을 읽거나 선물을 보거나 초콜릿을 먹거나 할 뿐 이었다. 다른 음식이 다 그렇듯 크리스마스 아이스케이크 역시 거대했는 데, 곁들여 나온 차는 맛이 끔찍하기 짝이 없었다. 그리고 마지막으로 차가 운 칠면조 고기와 뜨끈한 민스파이로 저녁을 들었다. 9시면 크리스마스트 리를 세우고, 더 많은 선물을 매달았다. 다음 해 크리스마스가 올 때까지도 잊을 수 없는 멋진 하루가 그렇게 저물었다.

다른 계절에도 어머니와 애브니홀에 머무르곤 했는데, 항상 내 마음에 들었다. 정원에는 진입로 아래로 터널이 뚫려 있어, 역사 로맨스극이나 드 라마를 공연하는 데 그만이었다. 나는 거기서 혼자 거들먹거리며 걷거나, 혼잣말을 하거나, 손짓 발짓을 하곤 했다. 분명 정원사들은 내가 정신이 이 상하다고 여겼으리라. 하지만 나는 혼신을 다해 연기했을 뿐이다. 공연을 글로 남겨야겠다는 생각은 전혀 하지 않았다. 또한 정원사들이 뭐라고 여 기든 그리 개의치 않았다. 요즘도 글을 쓰다 막히면 이따금씩 혼잣말을 중 얼중얼대며 걸어다니면서 영감을 얻는다.

나의 창의력은 소파 쿠션에 자수를 놓는 데도 한몫 했다. 당시 쿠션은 대 유행이었고, 수놓은 쿠션 커버는 언제나 좋은 선물이었다. 나는 가을 내내 자수에 몰두했다. 처음에는 도안을 사서 네모난 새틴에 다리미로 눌러 붙 인 다음 비단실로 수를 놓았다. 하지만 이내 언제나 똑같은 무늬에 싫증이 나자 도자기의 꽃 그림을 베껴 수를 놓기 시작했다. 우리 집에는 아름다운 꽃다발이 그려져 있는 커다란 베를린 꽃병과 드레스덴 꽃병이 있었다. 꽃 병의 꽃 모양을 그대로 베끼고는 색깔도 되도록 일치시키고노록 애썼다. 외할머니는 이 소식에 무척 기뻐했다. 생의 많은 시간을 수를 놓으며 보냈던 만큼 손녀딸이 대를 잇는다고 생각하니 뿌듯하셨으리라. 하지만 외할머니의 솜씨에는 전혀 미칠 수 없었다. 외할머니처럼 풍경과 인물을 수놓는 것에는 도전조차 할 수 없었다. 외할머니가 만드신 난로 가리개 병풍을 두 개 가지고 있는데, 하나는 양치기 소녀 그림이고, 다른 하나는 양치기 소년과 소녀가 나무 아래 나란히 서서 나무줄기에 하트 모양을 그리고 있는 그림이다. 바이외 태피스트리(노르만 정복을 묘사한 중세 자수품으로, 뛰어난 예술품이자 11세기 역사를 알려 주는 사료로 인정받고 있다 — 옮긴이)의 시절 숙녀들은 기나긴 겨울 동안 태피스트리를 만들며 얼마나 즐거웠을까.

사돈어른인 워츠 씨만 보면 나는 묘하게 수줍음을 탔다. 그분이 나를 '꿈꾸는 아이'라고 부를 때마다 나는 당황하여 어쩔 줄을 몰랐다.

"우리 꿈꾸는 아이는 무슨 생각을 하고 있지?"

이렇게 곧잘 묻곤 하셨던 것이다. 그러면 나는 얼굴이 새빨개졌다. 워츠 씨는 또한 나힌데 감상적인 곡의 연주와 노래를 시키시곤 했다. 나는 악보를 꽤 잘 읽었는지라, 워츠 씨의 요청대로 피아노로 가 그분의 애청곡을 연주했다. 썩 내키지는 않았지만, 그래도 함께 이야기 나누는 것보다는 나았다. 워츠 씨는 무척 예술적인 분으로, 초원과 일몰의 풍경을 그림으로 그렸다. 대단한 가구 수집광이기도 해, 특히 오래된 참나무 가구를 좋아하였다. 또한 친구인 플레처 모스와 함께 멋진 사진을 찍었으며, 유명한 말 사진집을 여러 권 출판했다. 수줍음을 좀 덜 탔더라면 좋았을 것을. 하지만 당시 나는 특히 자의식이 강한 시기였다.

그래서 나는 씩씩하고 쾌활하며 대단히 현실적인 워츠 부인을 더 잘 따랐다. 나보다 두 살 위인 낸은 '사고뭉치'가 되는 데 몰두했다. 고함을 지르고, 버릇없이 굴고, 욕설을 내뱉으며 즐거워했다. 딸이 욕과 악담을 퍼부을 때면 워츠 부인은 기겁을 했다. 낸이 대들며 "엄마, 바보처럼 굴지 말아요!"하고 말할 때도 마찬가지였다. 설마 딸한테 그런 말을 들을 줄은 상상도 못 하였으리라. 하지만 세상은 노골적인 표현의 시대로 접어들고 있었다. 낸은 반항아 역할을 한껏 즐기긴 했지만, 사실은 어머니를 무척 좋아했다. 하긴 어머니라면 다들 한 번쯤은 딸로 인해 이런 식으로든 저런 식으로든 시련을 겪기 마련이다.

복싱데이(크리스마스 다음 날로, 우체부, 하인 등에게 선물을 준다 ― 옮긴이)에는 항상 맨체스터로 팬터마임을 보러 갔다. 대단히 뛰어난 공연이었다. 우리는 온갖 노래를 부르며 기차를 타고 돌아왔다. 워츠 일가는 랭커셔 사투리로 코미디언의 노래를 불러 댔다. 모두 소리쳐 부르던 노래가 기억에 생생하다.

"나는 금요일에 태어났다구랴. 나는 금요일에 태어났다구랴. 나는 금요일에 태어났다구랴. 엄마는 집에 없었다구랴!"

또한 이런 노래도 불렀다.

"기차가 달려오는구면. 기차가 달려가는구면. 기차는 달려오고 달려가는구면."

가장 좋아하던 곡은 험프리가 독창으로 애절하게 부르던 노래였다.

"창문이여, 창문이여, 나는 창문으로 밀어 넣네. 사랑하는 어머니, 조금도 아프지 않아요. 나는 창문으로 밀어 넣네."

내가 팬터마임을 처음으로 본 것은 맨체스터에서가 아니었다. 이모할머니와 함께 간 두르어리 레인 극장(런던에서 가장 오래된 극장으로, 지금도 사용되고 있다 ― 옮긴이)에서 최초로 팬터마임을 접했던 것이다. 댄 레노(1888년부터 사망하기 전 해인 1903년까지 매년 크리스마스 때마다 드루어리 레인 극장에서 팬터마임을 공연해 대인기를 누렸다 ― 옮긴이)는 머더 구스였는데 그때의 공연이 여전히 기억에 선명하다. 이후로 몇 주 동안 나는 댄 레노를 열렬히 꿈꾸었다. 낸니아밀도 세상에서 가상 멋신 사람 같았다. 궁연을 관람하던 중 근사한 사건까지 있었다. 로얄석에 두 명의 왕자가 앉아 있었는데 친근하게 에디 왕자라고 불리던 왕자분이 그만 팸플릿과 오페라 글라스를 떨어트렸다. 우리 자리 근방에 이 두 가지가 떨어졌고, 기쁘게도 시종무관이 아니라 에디 왕자님께서 손수 가지러 내려오셔서 아무도 다치지 않았길 빈다고 말하며 예의 바르게 사과했던 것이다.

그날 밤 나는 에디 왕자님과 결혼하는 환상에 젖어 잠이 들었다. 어쩌면 물에 빠져 익사할 위기에 처한 왕자님을 구할 수도 있으리라. 그러면 여왕께서 고마워하며 칙허를 내리리라. 아니면 사고가 나 왕자님이 심하게 피를 흘리자 내 피로 수혈할 수도 있으리라. 나는 토르비 백작 부인(푸슈킨의 손녀로, 신분이 높은 미카엘 대공과 결혼하여 런던으로 달아나 명사로 떠올랐다―옮긴이)처럼 백작 부인이 되어 신분의 차이를 극복하리라. 하지만 여섯 살 꼬마에게도 이는 너무도 터무니없는 공상이라 오래가지 않았다.

조카 잭은 네 살 때 왕족과의 결혼을 직접 주도한 적이 있다.

"엄마, 있잖아. 엄마가 에드워드 왕이랑 결혼하면 나는 저절로 왕족이 되잖아."

언니는 잭의 아버지는 말할 것도 없고 영국의 왕비를 생각해야 한다고 대답했다. 그러자 잭은 계획을 살짝 바꾸었다.

"왕비가 죽고, 아빠가……."

잭은 영리하게 잠시 주춤했다.

"아빠가…… 에…… 여기에 없게 되면, 그리고 에드워드 왕이 엄마를 보게 되면……."

잭은 말꼬리를 흐려 그 뒤를 우리의 상상에 맡겼다. 에드워드 왕이 언니에게 반하여 잭이 즉각 왕의 의붓아들이 된다는 이야기였으리라.

1년쯤 후 잭이 나에게 말했다.

"예배 시간에 기도서를 보는데 말이야. 참, 내가 크면 이모랑 결혼할까 생각 중이었거든. 그런데 기도서에 보니 중간에 목록이 있는 거야. 하느님은 내가 이모랑 결혼하게 허락하지 않는다는 걸 알게 되었어."

잭은 한숨을 쉬었다. 나는 잭에게 그런 생각을 했다니 정말 기쁘다고 말해 주었다.

취향이 사실상 변하지 않는다는 사실은 참으로 놀랍다. 잭은 유모와 첫 외출을 한 날 이후로 항상 교회와 관련된 것에 집착했다. 만약 잭이 사라지면 교회로 가면 되었다. 그곳에서 잭은 제단을 찬미하듯 응시하고 있었다. 잭에게 색깔 찰흙을 주면 언제나 제단 장식, 십자가 등 교회에 관련된 것을 빚었다. 특히 로마 가톨릭교회에 강하게 매혹되었다. 잭의 이러한 흥미는 결코 변하지 않았고, 교회사에 관해 누구보다도 많은 책을 읽게 되었다. 그리고 서른 살이 되어서는 기어이 로마 가톨릭교로 개종했다. '골수 개신교도'의 전형이라고밖에 묘사할 수 없는 형부로서는 엄청난 충격이었다. 형부는 온화한 목소리로 말하곤 했다.

"무슨 편견이 있는 것은 아니야. 편견은 전혀 없어. 하지만 로마 가톨릭이 지독한 거짓말쟁이라는 것은 부인할 수 없는 사실이야. 이건 편견이 아니라 사실이라고."

이모할머니 역시 골수 개신교도였고, 가톨릭교도의 부도덕성을 노골적으로 비웃곤 했다. 이모할머니는 목소리를 낮추어 말했다.

"예쁜 소녀들은 전부 수녀원으로 가서는, 다시는 나타나지 않았지."

이모할머니는 신부들이 아리따운 소녀들로 구성된 특별한 수녀원에서 정부를 고른다고 확신했다.

워츠 집안은 영국 국교회로, 내 생각에는 그중 감리교도였던 것 같다. 아마도 이 탓에 로마 가톨릭교도라고 하면 '바빌론의 주홍 여인'의 대표로 여기게 된 것이 아닌가 싶다. 잭이 어떻게 로마 가톨릭교회를 그토록 좋아하게 되었는지 짐작도 모를 일이나. 가족들 그 누구에게도 그런 성향이 없었는데 잭은 아주 어려서부터 그런 기질이 엿보였다. 내가 젊었을 적에는 누구나 종교에 대단한 관심이 있었다. 종교에 대한 다채로운 논쟁이 가득했고, 때로는 뜨겁게 타오르기도 했다. 훗날 잭의 친구는 잭에게 말했다.

"잭, 왜 다른 사람들처럼 유쾌한 이교도(개신교도)로 지낼 수 없다는 거야? 그러면 모두 다 평화롭게 풀릴 텐데."

잭이 절대 바라지 않은 것이 있다면, 바로 그러한 평화였다. 어느 날 유모가 잭을 찾아다니느라 몇 시간이나 헤맨 끝에 이런 말을 한 적이 있었다.

"도련님은 대관절 왜 교회에 가고 싶어 하는지 도통 모르겠어요. 아이가 교회를 좋아하다니, 별일이에요."

사실 나는 내심 잭이 중세 성직자의 환생이 아닌가 싶다. 잭은 점점 커가면서 성직자의 얼굴을 닮아 갔다. 이는 수도사의 얼굴이나 몽상가의 얼굴하고는 전혀 다르다. 종교 의식에 단련되어 있고, 트렌트 공의회에서 훌륭하게 처신하며, 바늘 끝에서 춤출 수 있는 천사의 수를 논리적으로 말하는 비로 그런 성직자의 얼굴이다.

4

해수욕은 거의 최근까지만 해도 나의 크나큰 기쁨 중 하나였다. 사실 지금도 변함없이 좋아하지만, 류머티즘 환자가 물에 들어갈 때 따르는 어려움과, 나올 때 다시 따르는 더 큰 어려움 탓에 해수욕의 즐거움이 반감되고 말았다.

내가 열세 살 무렵 엄청난 사회적 변화가 일어났다. 그 전에만 해도 해수욕은 엄격히 격리된 상태로 해야 하는 것이었다. '해변 연회장' 왼편의 자그마한 돌투성이 바닷가는 '숙녀용 해수욕장'이었다. 가파른 비탈 위에 해수욕 기계가 여덟 대 놓여 있고, 다소 성마른 기질의 노인이 쉼 없이 기계를 바다로 내렸다 비탈로 올렸다 하고 있었다. 화려하게 줄무늬가 그려져 있는 해수욕 기계 안으로 들어가면 문 두 개를 모두 단단히 잠갔는지 확인한 다음 조심조심 옷을 벗는다. 언제 어느 때 그 노인이 나를 물로 보낼지 알 수 없다. 기계가 미친 듯이 흔들리며 서서히 돌멩이 위로 드르럭드르럭 미끄러지면 몸이 좌우로 휘청휘청한다. 이는 요즘 지프나 랜드로버를 타고서 바위투성이 사막을 지날 때와 놀라울 정도로 흡사했다.

해수욕 기계가 느닷없이 멈추면 마저 옷을 벗고 수영복을 입는다. 대개 남색이나 검은색 알파카 천으로 만들어진 수영복은 모양이 형편없었고 무릎 아래와 팔꿈치 위가 잘 가려지도록 수많은 주름 장식과 치맛자락이 달려 있었다. 수영복을 완전히 차려입은 다음에는 바다 쪽으로 나 있는 문을 연다. 노인이 선심이라도 쓴 날이면 계단 꼭대기까지 물이 차 있는 경우도 있다. 그러면 우아하게 계단을 따라 내려가 물이 허리 높이에 이르렀을 때 수영을 시작한다. 멀지 않은 곳에 뗏목이 있어서 거기까지 수영해 가 그 위에서 쉴 수도 있었다. 썰물일 때면 아주 가까웠지만, 밀물일 때면 꽤 수영을 해야 했기 때문에 나 혼자 독차지하곤 했다. 수영은 원하는 만큼 얼마든지 오래 할 수 있었다. 나는 내 보호자가 허락한 시간보다도 한참 더 놀다가 해변에서 손짓하며 어서 돌아오라는 성화를 받기 일쑤였다. 하지만 뗏목에서 안전하게 버티는 이상 그 누구도 뗏목까지 수영해서 올 수는 없었다. 설령 내가 자청해서 해변으로 나간다 해도 되도록 수영을 즐기며 질질 끌었다.

당시에는 해변에서의 일광욕 같은 것은 당치도 않았다. 일단 물에서 나오면 얼른 해수욕 기계로 들어가, 내려올 때와 마찬가지로 느닷없이 끌려 올라간다. 그러다 마침내 정지하면 얼굴은 새파랗게 질리고 손과 뺨은 감각이 사라진 채 바들바들 떨며 내리는 것이나. 그렇다고 병이 나거나 하지는 않았다. 45분이면 다시 따끈따끈한 토스트처럼 몸이 뜨듯해졌다. 그런 다음에는 바닷가에 앉아 빵을 먹으면서, 왜 그리 늦게 나왔냐며 한바탕 훈계를 들었다. 교훈적인 이야기가 모자랄 때라고는 없는 이모할머니는 폭스 부인네 꼬마가 ('그렇게 귀여운 녀석이') 어른 말을 안 듣고 바다에서 오래 놀다가 어떻게 폐렴으로 죽었는지 늘어놓았다. 나는 건포도 빵 등 먹고 있던 간식을 나누어 드리며 얌전하게 대답했다.

"할머니, 다시는 물에서 오래 놀지 않을게요. 그런데 할머니, 사실은 지금 바닷물은 따스해요."

"정말로? 그런데 왜 머리부터 발끝까지 바들바들 떨고 있니? 손가락은 왜 그리 파랗고?"

어른, 특히 이모할머니와 함께 해수욕 갈 때의 좋은 점은 돌아올 때 2.5킬로미터를 걷는 대신 스트랜드에서 마차를 탄다는 것이다. 토르베이 요트 클럽은 숙녀용 해수욕장 바로 위의 비컨테라스에 있었다. 아버지의 말에 따르면, 클럽 창문에서는 숙녀용 해수욕장의 해변이나 멧목이 보이지 않는 데도 많은 신사들이 오페라글라스로 바다를 바라보며 시간을 보냈다고 한다. 혹시나 여성이 거의 벌거벗은 모습을 드러내지는 않을까 기대하면서! 하지만 그런 형편없는 수영복을 입고서는 도저히 섹시하게 보일 수 없었을 것이다.

신사용 해수욕장은 해변을 따라 더 먼 곳에 있었다. 자그마한 삼각형 해변에서 신사들은 얼마든지 마음껏 수영을 즐길 수 있었다. 그 어떤 여성도 그곳을 볼 수 없기 때문이었다. 하지만 시대가 달라져서 남녀가 함께 해수욕을 즐기는 풍토가 영국 전역으로 퍼져 갔다.

처음에는 전보다 수영복을 한층 더 강화했다. 심지어 프랑스 여성들도 죄악의 맨 다리가 드러나지 않도록 항상 스타킹을 신은 채 수영했다. 그럼에도 그녀들은 타고난 세련됨으로 목에서부터 손목까지 무장했으며, 얇은 멋진 비단 스타킹이 쭉 빠진 다리를 아름답게 드러내어, 도리어 짧은 치마에 주름이 달린 영국의 알파카 수영복보다 더욱 매혹적이었다. 왜 다리를 그처럼 죄악시했는지 모르겠다. 디킨스의 작품에서는 숙녀가 발목이라도 드러날라치면 비명을 질러 댄다. 그 단어를 입 밖에 내는 것조차 대단한 용기였다. 어릴 적 내가 다리라고 말하기라도 하면 유모는 격언을 들려주었다.

"스페인의 여왕에게는 다리가 없다는 것을 명심해요."

"그럼 뭐가 있는데?"

"사지(四肢)가 있지요. 팔다리는 사지라고 불러야 해요."

하지만 이상하게만 들렸다.

"사지 하나가 아파. 바로 무릎 아래가."

조카의 친구가 꼬맹이 소녀였을 적의 일이 문득 생각난다. 대부가 그녀를 보러 왔을 때였다. 아이는 생전 처음 듣는 대부라는 존재에 신이 났다. 그날 밤 새벽 1시경에 잠이 깬 꼬맹이는 대부에 대해 한동안 생각하다 어둠 속에서 말했다.

"유모, 나한테는 대부가 있어."

"으음으음."

뭐라 알아들을 수 없는 대꾸가 들렸다.

아이는 좀 더 큰 소리로 말했다.

"유모, 나한테 대부가 있어."

"예. 괜찮아요. 괜찮아."

"하지만 유모, 나한테 (강하게) '대부'가 있다니깐."

"그래요. 그래요. 어서 누워서 자요."

"하지만 유모, (아주 강하게) '나한테 대부가 있다니깐.'"

"알았어요. 믄길리요. 믄길리!"

수영복은 내가 첫 번째 결혼을 할 즈음에 매우 실용적으로 단순화되었다. 남녀가 함께 해수욕하는 것이 받아들여지긴 했지만, 여전히 나이 많은 여자나 보수적인 가족들은 내키지 않아 했다. 하지만 진보의 힘은 대단해서 심지어 우리 어머니도 맞설 수 없었다. 우리는 종종 남녀가 함께 해수욕하는 해변으로 갔다. 토키의 주요 해변이라 할 만한 토르애비 해수욕장과 코빈스헤드 해수욕장이 그 서막을 열었다. 우리는 그곳에서 수영을 하지는 않았다. 해변은 사람들로 미어터질 듯했다. 이어서 다소 귀족적인 매드풋 해수욕장도 혼욕을 받아들였다. 이는 20분 정도 더 떨어져 있어서 수영하기 위해서는 3킬로미터를 걸어야 했다. 하지만 매드풋 해수욕장은 숙녀용 해수욕장보다도 훨씬 매력적이었다. 더 크고, 더 넓고, 멀찍이 수영을 잘 하는 사람만 닿을 수 있는 바위도 있었다. 숙녀용 해수욕장은 신성하게 여성만을 위한 장소로 계속 남아 있었다. 삼각형 신사용 해수욕장은 위풍당당한 평화를 누렸다. 내 기억으로는, 남자들이 여자와 함께 수영하는 기쁨을 누리려고 그다지 애쓴 것 같지는 않고 대체로 남성의 공간에 철저히 머물렀다. 더러 몇몇이 매드풋에 오기는 했지만, 누이의 친구들이 벌거벗은 것이나 다름없는 모습으로 수영하는 걸 보고는 무안해하곤 했다.

처음에 나는 수영할 때 스타킹을 신어야 했다. 대체 어떻게 프랑스 여자들은 스타킹을 신고서 수영할 수 있는지. 심심하면 스타킹이 흘러내리는 것이었다. 서너 번 힘차게 물장구를 치면 스타킹이 발끝에서 달랑거렸다. 나는 뭍에 오를 때까지 스타킹을 벗어 버리거나 발목에 족쇄처럼 빙빙 감아 두었다. 최신 유행 수영복을 입은 프랑스 여자들은 사실은 수영을 한 게 아니라 바다로 우아하게 걸어 들어갔다가 다시 해변으로 나오는 현명함을 발휘한 것이 분명하다.

내각회의에서 남녀 혼합 수영을 마침내 찬성했을 때의 애처로운 이야기가 있다. 아주 늙은 시의원은 격렬하게 반대했음에도 지고 말자 떨리는 목소리로 마지막 간청을 했다.

"할 말은 이것뿐입니다, 친애하는 시장님. 혼욕이 허용된다 하더라도 해수욕 기계만큼은 점잖게 구분해 써야 하지 않겠습니까? 상스러운 거야 피할 수 없지만요."

매지 언니가 매년 여름 잭과 함께 토키에 오면 우리는 거의 매일 해수욕을 하러 갔다. 비가 오거나 강풍이 몰아친다 해도 꿋꿋이 수영을 했으며 사실 거친 바다에서 수영하는 것이 더욱 재미있었다.

그러다 이내 전차의 대혁신이 일어났다. 버턴로드 끝에서 전차를 타면 항구까지 올 수 있었고 거기서 걸어서 20분이면 매드풋에 도착했다. 잭이 다섯 살 때 투덜거렸다.

"여기서 해변까지 마차를 타고 가면 안 돼?"

언니가 깜짝 놀라 대꾸했다.

"말도 안 돼. 여기까지 전차를 타고 왔잖니? 그러면 이제 걸어야지."

조카는 한숨을 쉬고는 나직이 중얼거렸다.

"구두쇠 엄마!"

이탈리아식 빌라가 한쪽으로 늘어서 있는 언덕을 오르는데 조카가 보복으로 그레고리안 성가를 지어서 부르는 것이었다. 그 무렵 조카는 한시도 쉬지 않고 끊임없이 말을 했다. 아무튼 잭은 지나치는 집 이름을 되풀이해 노래로 불러 댔다.

"랭카, 펜트리브, 엘스, 빌라마르그리타, 하틀리세인트조지."

그러더니 그 집에 사는 사람들 이름까지 추가했다.

"랭카, 닥터 G. 웨포드. 펜트리브, 닥터 퀵. 빌라마르그리타, 마담 카발렌, 몰라요……."

노래는 끝도 없이 이어졌다. 결국 매지 언니인가 내가 화가 나서 그만 하라고 을렀다.

"왜요?"

"이모한테 할 말이 있어서 그래. 노랫소리 때문에 이야기를 전혀 못 나누잖니."

"흥, 좋아요."

잭은 입을 다물었지만, 입술은 끊임없이 움직이며 희미하게 소리를 뱉어냈다.

"랭카, 펜트리브, 프리오리, 토르베이홀……."

언니와 나는 서로를 바라보며 말할 거리를 찾느라 쩔쩔맸다.

어느 해 여름에 잭과 내가 물에 빠져 죽을 뻔한 적이 있었다. 날씨가 궂은 날이었는데, 우리는 매드풋은 너무 멀어 가지 않고, 가까운 숙녀용 해수욕장으로 향했다. 잭이 여성들의 마음을 떨게 하기엔 너무 어릴 때였다. 당시 잭은 수영을 하지 못하고 겨우 몇 번 물장구나 치는 정도여서 내가 등에 잭을 태우고 뗏목 쪽으로 수영해 가곤 했더랬다. 그날도 아침에 평소처럼 수영을 시작했는데, 파도가 묘하기 짝이 없었다. 부푸는가 싶으면 느닷없이 달려오는 것이었다. 게다가 등으로 조카의 무게를 감당해야 하니 입과 코를 물 위로 내놓기가 거의 불가능했다. 수영을 계속했지만 제대로 숨을 쉴 수가 없었다. 썰물이라 뗏목은 멀지 않았는데 도통 앞으로 나가지가 않는 것이었다. 세 번 손을 저을 때마다 겨우 한 번 숨을 쉬었다.

그러다 불현듯 해 낼 수 없다는 생각이 들었다. 이제 곧 숨이 막혀 죽을 것만 같았다. 나는 헐떡이며 말했다.

"잭, 내려서 뗏목으로 가거라. 해변보다 뗏목이 가까워."

"왜요? 싫어요."

"제발……."

나는 보글거리며 가라앉았다. 처음에 잭은 나한테 매달렸지만 다행히 손을 떼고는 스스로 수영을 했다. 우리는 뗏목에 꽤 가까이 와 있었다. 잭은

큰 어려움 없이 뗏목에 도착할 수 있었다. 그때 나는 다른 사람이 무엇을
하는지 전혀 알 수 없었다. 유일한 느낌은 엄청난 분노뿐이었다. 물에 빠져
죽으면 전 생애가 주마등처럼 지나간다느니, 죽을 때면 아름다운 음악이
들린다느니 하는 이야기를 자주 들었더랬다. 하지만 아름다운 음악도, 과
거에 대한 회상도 전혀 없었다. 사실 어떻게 하면 숨을 쉴 수 있을까, 오로
지 그 생각뿐이었다. 갑자기 눈앞이 캄캄해지더니 다음으로 기억나는 것은
배에 거칠게 내던져서 부딪치는 아픔이었다. 괴팍하고 무능하다고만 생각
했던 늙은 해마한테 누군가가 물에 빠지고 있음을 알아차리고 구조용 배를
몰고 올 정도의 지각이 있었던 것이다. 노인은 나를 배에 내던진 후 뗏목으
로 배를 저어 잭을 붙잡았다. 잭은 요란하게 항의했다.

"싫어요. 이제 막 왔단 말이에요. 여기서 놀래요. 가기 싫어요!"

배가 해변에 닿자 언니가 오더니 폭소를 터트리며 물었다.

"거기서 뭐 하는 거니? 이게 대체 무슨 소동이야?"

"동생분이 물에 빠져 죽을 뻔했어요."

노인이 통명스레 말을 이었다.

"자, 어서 아이를 데리고 가요. 동생분을 일단 눕힌 뒤에 좀 때려 줘야 할
지 어쩔지 결정합시다."

그러더니 의식도 잃지 않은 나를 몇 대 갈겼다.

"어떻게 이 애가 물에 빠졌는지 아셨어요? 왜 살려 달라고 고함치지 않
았을까요?"

"쭉 지켜보고 있었어요. 물에 가라앉으면 고함을 못 칩니다. 물이 입 안
으로 들어오니까."

그 후로 우리 둘 다 늙은 해마를 매우 높이 평가하게 되었다.

이버지가 돌아가신 후 우리는 외부 세계와의 접촉이 냉랭히 끊겼다. 니

는 친구들과 어울렸고, 어머니도 한두 분의 친한 친구와 만났지만, 사회적 교류는 거의 없었다. 재정 상태가 무척 안 좋았다는 것도 한 이유였다. 마차를 타고 오찬이나 만찬에 갈 차비도, 유흥을 즐길 여윳돈도 전혀 없었다. 어머니는 오래 걷는 것을 질색했다. 더구나 심장마비까지 일어나곤 하니 거의 외출을 하지 않으셨다. 토키는 어디든 가려면 언덕 오르내리기를 피할 수 없었다. 나는 여름에는 수영을 하고, 겨울에는 롤러스케이트를 탔으며, 읽을 책도 많았다. 물론 책을 통해 쉼없이 새로운 발견을 할 수 있었다. 어머니가 디킨스를 읽어 주실 때면 우리 둘 다 무척 즐거웠다.

책 읽어 주기는 월터 스콧 경(19세기 전환기에 활약한 스코틀랜드의 소설가 · 시인 · 역사가 · 전기 작가로, 역사 소설의 창시자로 꼽힌다 — 옮긴이)에서부터 시작되었다. 내가 가장 좋아하는 책은 『부적The Talisman』이었다. 또한 『마미온Marmion』과 『호수의 여인The Lady of the Lake』도 읽었다. 하지만 월트 스콧 경을 지나 디킨스로 넘어가자 어머니와 나 둘 다 신이 났다. 언제나처럼 어머니는 조바심을 내며 마음 내키는 대로 건너뛰기를 주저하지 않았다.

"이 온갖 묘사들을 보렴. 물론 무척 아름답고 문학적이야. 하지만 이렇게 길어서야."

어머니는 디킨스에서 슬픈 대목 역시 건너뛴 게 아닌가 싶다. 특히 꼬마 넬(「골동품 가게」의 여주인공 — 옮긴이)에 관련해 그러했던 것 같다.

우리가 처음으로 읽은 디킨스는 『니콜러스 니클비Nicholas Nickleby』였다. 나는 그중에서도 담 너머로 폐포 호박을 던져 니클비의 관심을 끈 늙은 신사를 가장 좋아했다. 나의 작품 속에서 에르퀼 푸아로가 은퇴 후 폐포 호박을 기르는 것도 혹시 이 책의 영향일까? 누가 알겠는가? 디킨스 중에서 가장 내 마음을 사로잡은 작품은 「황량한 집Bleak House」이었으며, 지금도 여전하다.

이따금 우리는 변화 삼아 새커리(19세기 영국의 소설가 — 옮긴이)를 읽기도 했다. 『허영의 시장Vanity Fair』을 쭈욱 읽기는 했지만, 뭐니 뭐니 해도 『뉴컴 일가The Newcombes』가 최고였다. 어머니는 말씀하셨다.

"우리는 이 책을 좋아해야 해. 다들 새커리의 최고작이라고 말하잖니."

반면 언니가 가장 좋아한 작품은 『헨리 에스먼드 이야기The History of Henry Esmond, Esq.』였다. 하지만 어머니와 나에게는 너무 산만하고 어렵게 느껴졌다. 사실 나는 새커리의 작품들을 그다지 높이 평가할 수 없었다.

반면, 알렉상드르 뒤마를 프랑스어 원서로 직접 읽을 때는 황홀하기 이를 데 없었다. 『삼총사Les Trois Mousquetaires』, 『20년 후Vingt Ans Apres』도 좋았지만, 무엇보다도 『몽테크리스토 백작Le comte de Monte Cristo』은 내 마음을 완전히 사로잡았다. 그 중에서도 1권 「죽음의 성Le Château d'If」이 가장 재미있었다. 나머지 다섯 권도 그 다채로운 화려함 때문에 가끔 넋을 빼앗기긴 했지만 말이다. 또한 모리스 휼릿에 낭만적으로 빠져들었는데 『숲 속의 연인The Forest Lovers』, 『여왕의 서The Queen's Quair』, 『리처드 예앤네이Richard Yea-and-Nay』는 멋진 로맨스 소설인 동시에 탁월한 역사 소설이었다.

어머니는 종종 갑작스레 새로운 아이디어를 내곤 했다. 사과나무에서 바람에 떨어진 사과를 줍는데 어머니가 집에서 바람처럼 달려 나왔다.

"서둘러라. 엑서터에 가자꾸나."

나는 깜짝 놀라 물었다.

"엑서터에요? 왜요?"

"헨리 어빙 경이 거기서 「밧줄Becket」을 공연하잖니. 어빙 경이 곧 이승을 뜰지 누가 알겠니. 그러니 너는 꼭 그분을 보아야 해. 위대한 배우시란다. 서두르면 기차를 탈 수 있어. 호텔도 예약을 해 두었다."

우리는 제때 엑서터에 도착했다. 평생 뇌리에서 잊히지 않는 훌륭한 공연이었다.

극장은 항상 내 삶의 일부였다. 닐링에 머무를 때에도 이모할머니는 석어도 일주일에 한 번은 나를 극장에 데리고 갔다. 때로는 일주일에 두 번 갈 때도 있었다. 코믹 뮤지컬을 빠짐없이 보았고, 관람 후에는 이모할머니가 내게 악보를 사 주셨다. 피아노로 연주하노라면 어찌나 신이 나던지! 일링 에는 피아노가 응접실에 있었다. 따라서 다행히도 다른 사람을 방해하지 않고도 몇 시간이고 연주할 수 있었다.

일링의 응접실은 그 시대를 훌륭히 대변하고 있었다. 사실상 몸을 움직 일 공간이 거의 없었다. 바닥에는 화려하고 두꺼운 터키 카펫이 깔려 있었 고 하나같이 불편한 온갖 종류의 브로케이드 의자가 놓여 있었다. 거기에 두세 개의 상감 도자기장이 있었고, 거대한 중앙 촛대와 스탠드형 오일 램 프에다 자그마한 골동품들이 수두룩했으며, 예비 탁자와 19세기 프랑스 가 구까지 있었다. 창문은 특권의 상징이자 자존심 있는 빅토리아 집안의 필 수품인 온실에 가려 해가 들지 않았으며, 그 때문에 방이 매우 추웠다. 난 로는 파티가 있을 때만 지폈기 때문에 대개는 나 말고는 아무도 들어가지 않았다. 나는 피아노 위의 가스 램프에 불을 붙이고 의자를 조절한 다음 손 가락에 호호 입김을 불고는 「시골 처녀The Country Girl」나 「우리의 깁스 양Our Miss Gibbs」을 연주했다. '소녀들'에게 역할을 배분하기도 하고, 나 자신이 새 로운 무명 스타가 되어 노래를 부르기도 했다.

애슈필드로 돌아올 때 그 악보들도 가지고 와서 저녁이면 교실에서 연 주했다.(역시나 겨울에는 얼음장 같았다.) 나는 피아노도 치고 노래도 불렀 다. 어머니는 가볍게 저녁을 드신 후 8시면 일찍 잠자리에 들었다. 머리 위 에서 내가 2시간 30분 동안 피아노를 힘차게 두들기고 목청껏 노래 부르는 것을 들어야 했던 어머니는 결국 참지 못하고는, 창문을 올리고 내릴 때 쓰 는 기다란 막대기로 천장을 쿵쿵쿵 두들겼다. 애석하게도 나는 연주를 포 기할 수밖에 없었다.

나는 직접 「마조리Marjorie」라는 제목의 오페레타를 만들었다. 엄밀히 말하면 작곡한 것은 아니지만, 정원에서 실험 삼아 이렇게 저렇게 불러 보곤 했다. 언젠가는 진짜로 작곡과 작사를 할 수도 있으리라고 막연히 생각했다. 오페라 대본까지 사긴 했지만, 그것으로 끝이었다. 지금은 줄거리도 잘 기억나지 않는데, 다소 비극적인 내용이었던 듯싶다. 멋진 테너 목소리를 가진 잘생긴 청년이 마조리라는 아가씨를 절망적으로 사랑하지만, 마조리는 전혀 마음도 없다. 결국 그는 다른 여자와 결혼하는데, 결혼식이 끝난 후 멀리 시골에 있던 마조리에게서 편지가 도착한다. 그녀가 죽어 가고 있으며, 마침내 그를 사랑한다는 것을 깨달았다는 내용이다. 그는 신부를 버리고 마조리에게로 달려간다. 마조리는 사경을 헤매고 있으면서도 상체를 일으켜 아름다운 사랑 노래를 부르며 죽어 간다. 마침 신부의 아버지가 자기 딸을 버린 것을 복수하기 위해 도착하지만, 연인들의 비탄에 깊은 감동을 받고는 바리톤으로 두 사람의 합창에 동참한다. 세상에서 가장 멋진 삼중창으로 오페레타는 끝을 맺는다.

그러고 보니 『아그네스Agnes』라는 소설을 쓰려고 했던 기억이 난다. 어떤 내용이었는지는 희미하다. 네 자매가 나오는데, 첫째는 금발의 미인인 퀴니였고, 둘째와 셋째는 짙은 색 머리에 매력적인 쌍둥이였으며, 막내가 바로 평범하고 수줍으며 (당연히) 허약한 아그네스였다. 아그네스는 소파에 얌전히 누워 지냈다. 어떤 사건이 있었겠지만, 전혀 기억나지 않는다. 유일하게 기억나는 내용은, 아그네스가 오래도록 짝사랑했던 검은 콧수염의 멋진 청년이 마침내 아그네스의 참된 가치를 깨달았다는 것이다.

다음으로 어머니가 갑작스레 내놓은 아이디어는 내가 충분히 교육받지 못했으므로 학교에 다니는 편이 좋겠다는 것이었다. 토키에는 가이어 양이 운영하는 여학교가 있었다. 어머니는 내가 일주일에 이틀만 학교에 가서 특정 과목을 배우도록 조치했다. 그리하여 나는 산수와 문법과 작문을 배 있다. 늘 그렇듯 산수는 재미있었다. 심지어 내수학까지 배울 수 있었다. 눈법은 전혀 이해할 수 없었다. '왜' 어떤 것은 전치사이고, 어떤 동사는 '하다'인지 희한하기만 했다. 마치 외국어를 듣는 것 같았다. 작문 시간은 무척 즐거웠지만, 그 결과는 썩 성공적이지 않았다. 문제점은 항상 똑같았는데 나의 작문이 지나치게 공상적이었다는 것이다. 주제에 맞는 작문을 하지 않는다고 심하게 야단맞았다. 특히 '가을'이라는 주제가 기억난다. 처음에 시작은 좋았다. 황금빛과 갈색 잎들로 잘 나가다가 느닷없이 돼지가 끼어들었다. 돼지가 숲에서 도토리를 찾아서 먹고 있었던 것 같은데, 어쨌든 나는 돼지에 관심이 쏠려 그만 가을을 잊어버렸다. 작문은 돼지가 벌인 용감한 모험과 화려한 도토리 파티로 끝이 났다.

그곳의 선생님 한 분이 떠오른다. 이름은 기억나지 않는데 키가 자그마하고, 말랐으며, 주걱턱이었다. 어느 날 불현듯 (산수 시간이었던 것 같다.) 선생님이 인생과 종교에 대한 연설을 시작했다.

"여러분 모두 절망을 직면해야 할 때가 올 거예요. 절망에 한 번도 빠져보지 않는다면 결코 기독교인이 될 수도, 기독교적 삶을 알 수도 없습니다. 참된 기독교인이 되기 위해서는 예수님이 사셨던 삶을 직시하고 받아들여야 합니다. 주님께서 좋아하셨던 일을 여러분도 좋아해야 합니다. 가나의 결혼식에서 주님이 행복해하셨듯 행복해하세요. 하느님과의 조화 속에서 하느님의 뜻에 따라 삶으로써 평화와 행복을 누리세요. 하지만 또한 명심해야 합니다. 겟세마네 동산에서 동지들에게 모두 버림받고, 사랑하고 신뢰했던 이들에게 외면당하고, 하느님에게마저도 버려진 채 예수님이 홀로였다는 것을 말입니다. 그럴 때는 이것이 끝이 아니라는 믿음에 의지해야 합니다. 사랑한다면 고통받을 것입니다. 사랑하지 않는다면 기독교적 삶의 의미를 전혀 알지 못할 것입니다."

선생님은 다시 평소처럼 활기차게 복리 계산을 설명하기 시작했다. 이 몇 마디 말이 무수히 들었던 어떤 설교보다도 더욱 깊이 내 마음에 남아 있다니 신기하다. 오랜 세월이 지난 후 내가 절망에 빠졌을 때 이 말이 되살아나 내게 희망을 주었다. 그분은 정열적이면서도 훌륭한 선생님이었다. 그분에게 오래도록 가르침을 받았더라면 좋았을 텐데.

내가 계속 학교에 다녔더라면 어찌 되었을지 가끔은 궁금하다. 학년이 올라감에 따라 수학에 매료되었으리라. 수학은 언제나 내 마음을 끌었다. 따라서 학교에 다녔다면 내 삶은 완전히 달라졌을 것이다. 삼류 혹은 사류 수학자가 되어 꽤 행복한 삶을 살았으리라. 책은 전혀 쓰지 않았겠지. 수학과 음악이면 충분하니까. 이 둘에 마음을 뺏겨 상상력의 세계에는 눈을 감아 버렸을 것이다.

그럼에도 곰곰이 생각해 보면 사람은 자신이 하는 대로 되는 것 같다. '어찌어찌 했더라면 나는 어찌어찌 되었을 텐데.' 혹은 '아무개와 결혼했더라면 내 인생은 전혀 달랐을 텐데.' 라는 생각을 누구나 즐겨 한다. 하지만 인생은 언제나 일정 패턴을 따르기 마련이다. 스스로 어떤 패턴을 따르며 살아가기 때문이다. 그것이 바로 인생의 패턴이다. 그 패턴을 아름답게 꾸밀 수도, 건성으로 대충대충 좇을 수도 있다. 하지만 나의 패턴은 이것이며, 이를 따르는 한 조화와 편안함을 느낄 수 있는 것이다.

가이어 양의 여학교에는 1년 반도 채 다니지 않았다. 어머니가 늘 그렇듯 느닷없이 새로운 아이디어를 내신 것이다. 나는 파리에 가야 했다. 우리는 겨울 동안 애슈필드를 세놓고는 파리로 향했다. 일단은 언니가 다녔던 기숙 학교에서 지내며 마음에 드는지 어떤지 보기로 했다.

어머니가 일을 처리할 때면 늘 그렇듯이 만사가 착착 진행되었다. 어머니는 모든 것을 최대한 효율적으로 이끌었고, 모두들 어머니 뜻에 따랐다. 멋진 임차인이 나타나 집을 빌렸다. 어머니와 나는 짐을 싸고는 (프랑스 남부로 여행했을 때는 뚜껑이 둥근 괴물 트렁크가 얼마나 많았는지 모르겠지만, 이때도 수월찮이 많았다.) 곧장 파리의 이에나 거리에 있는 이에나 오텔에 도착했다.

어머니는 온갖 기숙 학교와 일반 학교의 주소, 선생님과 교육 전문가의 연락처와 함께 소개장을 미리 분류하여 잔뜩 가져왔다. 매지 언니가 다녔던 기숙 학교는 특성을 바꾼 후 몇 년 사이 내리막길을 걷고 있었다. 마드무아젤 T는 학교를 이미 포기했거나 거의 포기하려던 참이었다. 그래서 어머니는 조금 다녀 보며 어떤지 살펴보자고 했다. 요즘은 학교를 이런 식으로 다니는 것을 전혀 인정하지 않는다. 하지만 어머니에게는 실험 삼아 학교에 가는 것이 실험 삼아 새 레스토랑에 가는 것과 하등 다를 바 없었다. 안을 둘러보기만 해서는 어떤지 전혀 알 수 없으니 직접 몸으로 겪어 보아야 하며, 마음에 들지 않으면 얼른 더 좋은 곳으로 옮기면 되는 것이다. 물론 당시에는 고등교육 자격시험이니 중등교육 자격시험이니 따위로 골치 썩일 필요도 없었고, 미래에 대해 진지하게 생각해야 하는 것도 아니었다.

나는 마드무아젤 T의 학교를 학기가 끝날 때까지 두 달 가량 다녔다. 열다섯 살 때였다. 매지 언니는 그 학교에 입학하자마자 명성을 날렸더랬다. 어떤 여학생이 언니더러 창문 밖으로 뛰어내려 보라고 이죽거리자 즉각 그렇게 했던 것이다. 언니는 마드무아젤 T와 앞으로 명성을 떨칠 딸의 부모가 앉아 있는 테이블 한가운데로 털썩 떨어졌다. 마드무아젤 T는 노여워하며 외쳤다.

"영국 여자들이란!"

언니를 부추겼던 여학생들은 심술궂게 웃어 댔지만, 언니의 담력만큼은 높이 샀다.

나의 입학은 전혀 센세이셔널하지 않았다. 나는 수줍음이 많고 조용했다. 사흘째 날이 되자 향수병으로 슬픔에 젖어 들었다. 지난 사오 년 동안 거의 엄마 곁을 떠나지 않고 딱 붙어 지내다가 처음으로 집을 떠난 것이니 향수병에 걸린 것도 당연했다. 재미난 것은 나는 무엇이 문제인지 전혀 몰랐다는 점이다. 그저 식욕이 없었다. 어머니를 생각할 때마다 눈물이 뺨을 타고 흘러내렸다. 엄마가 손수 만든, 형편없는 블라우스를 바라보던 기억이 난다. 옷이 형편없다는 점과 몸에 맞지 않는다는 점과 단이 비뚤비뚤하다는 점 때문에 더더욱 눈물이 났다. 겉으로는 아무 내색도 하지 않았다. 그저 밤에 조용히 베갯잇을 적실 뿐이었다. 일요일이 되어 어머니가 데리러 왔을 때 나는 평소처럼 태연하게 인사했다. 하지만 호텔로 돌아오자 나는 눈물을 터트리며 엄마의 목에 팔을 감았다. 그나마 학교에 다니기 싫다고 떼쓰지 않은 것이 다행이다. 나는 이 정도에서 멈추어야 한다는 것을 잘 알고 있었다. 게다가 어머니 얼굴을 보고 있자니 앞으로는 괜찮으리라는 희망이 느껴졌다. 무엇이 문제인지 깨달았던 것이다.

그 후로 향수병은 말끔히 사라졌다. 마드무아젤 T의 학교에서 즐거운 나날을 보냈다. 프랑스 소녀들, 미국 소녀들, 스페인 소녀들, 이탈리아 소녀들. 영국인 소녀는 많지 않았다. 나는 특히 미국인 소녀들과 자주 어울렸다. 쾌활하면서도 엉뚱하게 말하는 방식이 코트레에서 만났던 마르그리트 프레슬리를 연상시켰다.

무엇을 공부했는지는 잘 모르겠다. 그다지 재미는 없었던 모양이다. 역사 시간에 프롱드의 난(1648~1653년 프랑스에서 발생했던 일련의 내란—옮긴이)에 대해 배웠는데, 나는 역사 소설 덕분에 이에 관해 잘 알고 있었다. 지리 시간에는 현재가 아니라 프롱드의 난 당시의 프랑스 행정 구역을 배우며 삶의 신비를 음미했다. 또한 프랑스 혁명 시절에 열두 달에 붙였던 이름도 익혔다. 내가 프랑스어 받아쓰기에서 형편없는 실력을 보이자 담당 선생님은 크게 놀리며 믿기지 않는다는 듯 외쳤다. "브레망, 세 텡포시블. 부, 퀴 파를레 시 비앵 르 프랑세즈, 부 자베 페 뱅생크 포테 장 딕테, 뱅생크!*Vraiment, c'est impossible. Vous, qui parlez si bien le français, vous avez fait ningt-cinq fautes en dictée, vingt-cinq!*"(세상에, 될 수도 안 돼. 프랑스 발음 이렇게 잘 하면서 받아쓰기는 25개나 틀리다니, 25개나!)

다른 사람들은 기껏해야 5개를 틀렸을 뿐이었다. 이 때문에 나는 아주 특이한 사례가 되었다. 하지만 프랑스어를 회화로만 익혔으니 당연한 결과였다. 나는 프랑스어를 전적으로 들리는 대로 말했다. 내게는 été나 était가 똑같이 들렸다.(둘 다 '에테'로 발음된다—옮긴이) 그래서 둘 중 기분 내키는 대로 골라 적으며 맞기를 빌었다. 문학이나 암송 같은 몇몇 프랑스어 과목에서 나는 높은 성적을 올렸다. 반면 프랑스어 문법이나 철자에서는 하위권을 맴돌았다. 선생님들은 난감해 했다. 하지만 안타깝게도 당시 나는 전혀 개의치 않았다.

마담 레그랑이라는 노부인이 나에게 피아노를 가르쳤다. 그 학교에서 아주 오래 재직하신 분이었는데, 제자와 함께 네 손으로 동시에 피아노를 치며 가르치길 좋아했다. 마담 레그랑은 악보 읽는 법을 배워야 한다고 줄기차게 강조했다. 나는 악보를 썩 잘 읽는 편이었지만, 마담 레그랑과 함께 연주하는 것은 시련이었다. 벤치처럼 기다란 의자에 나란히 앉으면 거구의 마담 레그랑이 자리의 대부분을 차지했다. 선생님의 팔꿈치 때문에 나는 피아노 중앙에서 밀려났다. 마담 레그랑은 팔꿈치를 바깥쪽으로 내민 채 열정적으로 연주했기 때문에 불행히도 그 옆에서 연주하려면 한쪽 팔꿈치를 옆구리에 딱 붙이는 수밖에 없었다.

나는 머리를 굴려 거의 항상 듀엣의 낮은 음을 쳤다. 이는 그리 어렵지 않았다. 마담 레그랑이 연주를 무척 즐기는 데다, 고음부를 치면 영혼을 음악에 쏟기 때문에 더욱 좋았다. 음악에 완전히 몰입한 채 힘차게 연주하느라 내가 뒷북을 치고 있다는 것을 한참이나 모를 때도 많았다. 한번은 어느 소절에서 멈칫거리다가 이내 뒤로 처진 적이 있었다. 얼른 따라잡고 싶었지만 지금 어느 부분인지를 알 수 없어 마담 레그랑의 연주에 적당히 어울릴 음을 연주했는데, 악보에 따라 연주하기 때문에 항상 영리하게 대처하기란 힘들었다. 끔찍한 불협화음에 정신을 차린 마담 레그랑은 느닷없이 연주를 멈추고는 손을 저으며 외쳤다.

"메 케스 크 부 주에 라, 프티트? 크 세 토리블!*Mais qu'est-ce que vous jouez là, petite? Que c'est horrible!*"(학생, 어디를 연주하는 거야? 끔찍해라!)

나도 그 말에 대찬성이었다. 더할 수 없이 끔찍했다. 이어서 우리는 처음부터 다시 시작했다. 물론 내가 높은 음을 맡았다면 제대로 못 따라가고 있다는 것을 당장 들켰으리라. 하지만 전반적으로 무난하게 넘어갔다. 마담 레그랑은 연주하는 내내 씩씩거리면서 콩콩 콧김을 내뿜었다. 가슴이 높아 졌다 낮아지며 때로 신음 소리가 새어나왔는데 이것이 불안하면서도 아주 재미있었다. 또 좀 심한 냄새도 났는데 이는 전혀 재미가 없었다.

학기말에 연주회가 개최되어 나는 두 곡을 연주하기로 했다. 하나는 베토벤의 「비창 소나타 Sonata Pathêtique」 제3악장이었고, 다른 하나는 「세레나데 아라공 Serenade d'Aragona」 비슷한 제목이었다. 아무튼 나는 그 두 번째 곡에 즉각적으로 반감을 느꼈다. 연주하기가 이상하게도 힘겨웠는데 그 영문을 알 수 없었다. 베토벤보다 훨씬 쉬운 곡이었는데. 「비창 소나타」는 잘 치면서도, 「세레나데 아라공」은 형편없었다. 너무 열심히 연습한 나머지 오히려 초조감만 더욱 키운 것 같기도 하다. 나는 꿈속에서 피아노를 치다 벌떡 잠에서 깨곤 했다. 온갖 일이 다 일어났다. 악보가 붙어서 안 넘어간다거나, 피아노가 아니라 오르간을 연주하고 있다거나, 연주장에 늦게 도착한다거나, 연주회가 이미 전날 밤에 끝났다거나……. 지금 돌이켜보면 우습기만 하다.

연주회 이틀 전 내가 고열에 시달리자 어머니가 달려왔다. 의사는 아무런 원인도 찾을 수 없었다. 하지만 공연을 포기하고 연주회가 끝날 때까지 이삼 일 학교를 쉬는 편이 좋겠다는 제안을 내놓았다. 그분께 얼마나 고마웠는지 모른다. 하지만 한편으로는 하고자 했던 일을 해내지 못한 패배감이 들었다.

　문득 가이어 양의 학교에 다닐 때 산수 시험에서 내가 꼴찌를 했던 일이 떠오른다. 지난주만 해도 나는 우수한 실력을 보였다. 그런데 이상하게 시험 문제를 읽는데 정신이 막막해지며 생각을 할 수가 없었다. 세상에는 거의 바닥을 맴돌다 높은 성적으로 시험을 통과하는 사람이나 혼자 연습할 때보다 사람들 앞에서 더 공연을 잘하는 사람이 있다. 또한 그 정반대인 사람도 있는데, 나는 후자에 속했다. 그러고 보면 직업을 참 잘 골랐다. 작가의 가장 좋은 점은 혼자서 자신이 원하는 때에 일할 수 있다는 것이다. 걱정도 되고, 귀찮기도 하고, 두통도 찾아오며, 이야기를 원하는 방향으로 전개하려다 보면 거의 미칠 지경에 이르기도 하지만 사람들 앞에 서서 망신당할 일은 전혀 없는 것이다.

　나는 안심하고 씩씩하게 학교로 돌아갔다. 그러고는 곧장 「세레나데 아라공」을 칠 수 있는지 시험해 보았다. 전보다는 훨씬 나았지만, 여전히 서툴렀다. 마담 레그랑은 내게 「비창 소나타」 나머지 부분을 가르쳤다. 선생님의 명예를 높일 수도 있었건만 망쳐 버린 내게 실망하긴 했지만, 여전히 친절하게 격려하며 뛰어난 음악적 감각을 갖고 있다고 칭찬하셨다.

　파리에서 보낸 두 번의 겨울과 한 번의 여름은 내 생애 가장 행복했던 시절이다. 시시때때로 온갖 즐거운 일이 일어났다. 할아버지의 미국인 친구 몇몇이 그곳에서 살고 있었는데, 한 분의 딸이 그랑토페라(비극적인 내용으로 화려한 무대가 전개되는 오페라 — 옮긴이)에서 노래를 불렀다. 「파우스트 Faust」에서 마르그리트 역을 맡았다기에 나는 공연을 보러 갔다. 학교에서는 학생들에게 「파우스트」를 보여 주지 않았다. '레 죈느 피유 *les jeunes filles*'(젊은 아가씨들)가 듣기에는 '콩브나블*convenable*'(적절)하지 않다는 것이었다. 당시 사람들은 젊은 아가씨들이 쉽게 성에 대해 알게 된다고 생각했던 것 같다. 하지만 마르그리트의 창문 너머에서 대체 무슨 일이 벌어지고 있는지를 알기 위해서는 그 시절의 젊은 아가씨들보다 더 많은 지식을 쌓아야 한다. 나는 왜 마르그리트가 갑자기 감옥에 갇히는지 이해할 수 없었다. 보석을 훔쳤나? 임신과 유산은 전혀 상상 밖이었다.

하지만 오페라코미크(대화로 이루어지는 대사가 있는 오페라 — 옮긴이)는 학교에서 자주 보여 주었다. 「타이스Thaïs」, 「베르테르Werther」, 「카르멘Carmen」, 「라 비 보엠La Vie Bohème」, 「마농Manon」. 그중에서도 「베르테르」가 가장 좋았다. 그랑토페라 공연장에서는 「파우스트」뿐만 아니라 「탄호이저Tannhäuser」도 관람했다.

어머니는 나를 양장점에 데리고 갔다. 이때 처음으로 나는 옷의 진가를 이해하게 되었다. 연회색 비단 크레이프로 칵테일드레스를 맞추고는 얼마나 기뻤는지. 처음으로 어른스러운 옷을 가지게 된 것이다. 슬프게도 나의 가슴이 여전히 비협조적이어서 가슴 부분에 비단 크레이프를 잔뜩 구겨 넣어야 했다. 그래도 언젠가는 풍만하고 단단한 가슴을 얻게 되리라는 희망에 차 있었다. 미래를 볼 수 없다니 천만다행이 아닐 수 없다. 만약 35살의 나만 가슴이 봉긋 솟아 있고, 절벽처럼 납작한 가슴이 대유행하여 불행히도 가슴 큰 여자들은 일부러 가슴을 단단히 조이는 시절이 오리라는 사실을 알았더라면 얼마나 슬펐을까.

어머니가 가지고 온 소개장을 통해 나는 프랑스 사교계에 들어갈 수 있었다. 포부르 생제르맹은 미국 아가씨들을 언제나 대환영했으며, 프랑스 귀족의 아들이 부유한 미국인 이 기씨와 결혼하는 깃이 사회찍으

▲ 1906년, 파리에서

로 용인되었다. 나는 부자하고는 거리가 멀었지만, 아버지가 미국인이었고, 모든 미국인은 부자로 간주되었다. 기묘하고도 품위 있는 구세계의 사회였다. 프랑스 남자들은 하나같이 정중하며 예의 발랐다. 아가씨 입장에서 보자면 한없이 지루할 밖에. 하지만 덕분에 지극히 정중한 프랑스어를 익힐 수 있었다. 또한 (기억이 아무래도 틀린 것 같지만) 워싱턴 롭이라는 사람에게서 댄스와 예절을 배웠다. 워싱턴 롭 씨는 터비드럽 씨(디킨스의 『황량한 집』의 등장인물 ─ 옮긴이)와 꼭 빼닮은 사람으로, 《워싱턴 포스트Washington Post》, 《보스턴Boston》 등에 대해 설명해 주고, 국제 사회의 관습을 일러 주었다.

"기혼인 나이 지긋한 숙녀분 옆에 앉으려면 어떻게 해야 할까요?"

나는 멍한 눈으로 워싱턴 롭 씨를 바라보다 어리둥절한 채 대답했다.

"그냥…… 앉아야죠, 뭐."

"한번 보여줘 보세요."

워싱턴 롭 씨의 교습소에는 금박 의자가 몇 개 있었다. 나는 그중 하나로 가서 앉은 다음에 되도록 다리를 의자 아래에 숨기려고 애썼다.

"아뇨, 아뇨. 그건 불가능해요. 그렇게 하면 절대 안 돼요. 살짝 옆으로 도세요. 좋아요, 딱 그만큼만. 그리고 앉으면서 살짝 오른쪽으로 기대요. 그리고 왼쪽 무릎을 살짝 굽히고. 그래요. 살짝 절을 하듯 앉는 거예요."

나는 이를 엄청 연습해야 했다.

정말 싫었던 한 가지는 그림 수업이었다. 어머니는 이 문제에 단호했다. 그림 수업은 무조건 받아야 했다.

"여자라면 수채화를 그릴 줄 알아야 해."

난감하게도 일주일에 두 번 젊은 여자가 와서 나를 데리고는 지하철이나 버스를 타고 꽃 시장 근방의 아틀리에까지 데려다 주었다.(당시에 소녀들은 파리에서 혼자 돌아다니지 않았다.) 나는 어린 숙녀반에 들어가 물컵에 꽂힌 제비꽃, 단지에 담긴 백합, 검은 꽃병에 꽂꽂이해 놓은 수선화를 그렸다. 여자 선생님은 내 주위를 돌며 한숨을 푹푹 쉬어 댔다. 그러다 나에게 말했다.

"메 부 느 부아예 리엥?*Mais vous ne voyez rien?*(아무것도 안 보이니?) 우선 그림자부터 시작해야 해. 보이지 않니? 여기, 여기, 여기에. 봐, 그림자가 있잖니."

하지만 아무리 봐도 그림자는 보이지 않았다. 물컵에 꽂힌 제비꽃뿐이었다. 제비꽃은 연자줏빛이었다. 나는 팔레트에 연자줏빛을 풀고는 꽃을 전부 그 색으로 칠했다. 그 결과 물컵에 꽂힌 제비꽃 다발처럼 보이지 않았다는 점에는 동의한다. 하지만 물컵의 제비꽃에 대체 어떻게 그림자가 지는지는 그때도, 지금도 도통 모르겠다. 어떤 날에는 우울한 기분을 풀려고 탁자 다리나 의자 하나를 원근법으로 그렸다. 그러면 기운이 났지만, 미술 선생님은 전혀 아니었다.

멋진 프랑스 남자를 많이 만났는데 기이하게도 전혀 사랑에 빠지지 않았다. 대신에 나는 호텔의 리셉션 직원인 무슈 스트리를 마음에 품었다. 다소 촌충처럼 키가 크고 말랐으며 연한 금발 머리에 여드름투성이였다. 대체 그 남자의 어디에 반했는지 모르겠지만 나는 말을 걸 용기도 내지 못했다. 그저 로비를 지나가다 그에게서 이따금씩 "봉쥬르, 마드무아젤.*Bonjour, Mademoiselle.*"(안녕하세요, 아가씨.)이라는 말을 듣는 것이 전부였다. 무슈 스트리에 대한 공상을 하는 것은 어려웠다. 프랑스령 인도차이나에서 페스트에 걸린 그를 간호하는 나를 상상하기도 했지만, 공상을 지속시키느라 끙끙거려야 했다. 마침내 그는 마지막 숨을 내쉬며 중얼거렸다.

"마드무아젤, 호텔에서 처음 본 순간부터 지금까지 줄곧 당신을 연모했습니다."

여기까지는 괜찮았다. 하지만 다음 날 무슈 스트리가 데스크 뒤에서 근면 성실하게 민기를 쓰고 있는 모습을 보노라면 설령 죽이 기는 찌꺼기 할지라도 그런 말을 할 사람처럼 보이지가 않았다.

부활절 휴일에는 베르사유, 퐁텐블로(프랑스 북부의 도시 — 옮긴이) 등지로 소풍을 갔다. 그러다 어머니는 늘 그렇듯 느닷없이 마드무아젤 T의 학교에는 그만 다니라고 선언했다.

"아무래도 별로인 것 같아. 교육 과정이 썩 좋지 않아. 매지가 다녔던 때와는 너무 달라졌어. 내가 영국으로 돌아가서 오퇴유에 있는 호그 양의 학교인 레마로니에에 입학할 수 있도록 준비해 두마."

나는 별로 크게 놀라지 않았다. 마드무아젤 T의 학교에서 즐거운 시간을 보냈지만, 특별히 계속 다니고 싶은 것은 아니었다. 사실 새로운 학교에 가는 것이 더 재미있어 보였다. 내가 멍청해서인지 아니면 순해서인지는 모르겠다. 물론 후자였다고 생각하고 싶다. 아무튼 나는 앞으로 겪게 될 일을 좋아할 준비가 항상 되어 있었다.

그래서 나는 레마로니에로 갔다. 좋은 학교였지만, 지극히 영국적이었다. 즐겁게 지내긴 했어도 학교 자체는 지루했다. 음악 선생님은 뛰어난 분이었는데, 마담 레그랑처럼 재미있지는 않았다. 영어 사용이 엄격히 금지되었으나 모두들 영어로 말했기 때문에 프랑스어는 거의 늘지 않았다.

과외 활동을 장려하지 않았으며 오히려 허락도 하지 않았던 것 같다. 그 덕분에 끔찍한 미술 학원에서 해방될 수 있었다. 유일하게 아쉬운 것이라고는 꽃 시장을 지나갈 수 없다는 것이었다. 그곳은 정녕 천국이었다. 여름 방학이 끝날 무렵 애슈필드에서 어머니가 별안간 내게 레마로니에로 돌아가지 말라고 말했을 때 나는 전혀 놀라지 않았다. 어머니한테 나의 교육을 위한 새로운 아이디어가 떠올랐던 것이다.

이모할머니의 주치의인 닥터 버우드의 처제는 파리에서 소녀들에게 '세련'되는 법을 가르치는 자그마한 학원을 운영했다. 12살에서 15살까지의 소녀들만 대상으로 하여 음악을 가르치거나 파리 고등음악원과 소르본 대학에서 수업을 듣게 주선했는데, 이 학원이 어떤 것 같냐고 어머니가 물었다. 앞서 말했다시피 나는 새로운 아이디어는 뭐든 대환영했다. 사실은 당시에 이미 나의 좌우명이 확립되었는지도 모르겠다. "뭐든 도전해 보자." 그리하여 가을에 나는 드라이든 양의 학원에 갔다. 아르크드트리옹프를 떠나 드부아 거리로 옮긴 것이다.

드라이든 양의 학원은 나에게 딱 맞았다. 처음으로 정말 흥미로운 것을 배우고 있다는 느낌이 들었다. 학생은 총 열두 명이었다. 드라이든 양은 키가 크고, 다소 기질이 사나웠으며, 늘 흰머리를 아름답게 손질하고 있었고 몸매가 멋졌다. 화가 나면 거칠게 코를 문지르는 습관 때문에 코가 늘 불그스름했고, 무뚝뚝하면서도 반어적인 화법은 놀라우면서도 고무적이었다. 또한 마담 프티라는 프랑스인 교사가 있었는데, 매우 프랑스적이라 예민하고 감수성이 풍부했으며 너무도 불공정했다. 우리 모두 잘 따르기는 했지만, 드라이든 양에게처럼 외경심이 느껴지지는 않았다.

물론 분위기는 무척 가족적이었지만, 교육에 대해서는 모두 매우 진지한 태도로 임했다. 음악에 중점을 두었으나 온갖 흥미로운 과목이 많았다. 프랑스 국립 극장 사람들이 와서 몰리에르, 라신, 코르네유(셋 다 프랑스의 유명 극작가이다—옮긴이)에 대해 이야기하거나, 파리 고등음악원의 성악가들을 초대하여 륄리(프랑스의 궁정 음악 및 오페라 작곡가—옮긴이)와 글루크(독일의 고전 오페라 작곡가—옮긴이)의 아리아를 들었다. 연극 수업에서는 우리 모두 낭독을 했다. 나행히도 받아쓰기는 많이 하시 않아 나의 철자 문제는 그다지 두드러지지 않았다. 프랑스어 말하기만큼은 내가 최고 였기에 「앙드로마크Andromaque」(라신의 연극 — 옮긴이) 낭독은 재밌기 그지 없었다. "세뇌르, 투트 세 그랑되르 느 므 투쉬 플뤼 게르.*Seigneur, toutes ces grandeurs ne me touchent plus guère.*"(전하, 그 어떤 위대함도 저를 감동시키지 않 습니다.)라고 서서 외칠 때는 마치 내가 비극의 여주인공이 된 듯했다.

우리 모두 연극 수업을 재미있어했으며, 프랑스 국립 극장에 가서 고전 극과 여러 현대극을 보았다. 은퇴하기 직전의 사라 베르나르(프랑스의 유 명 연극 배우 — 옮긴이)도 보았는데, 로스탕의 「샹트클레Chantecler」에서 황 금 꿩으로 출연했다. 늙어 절뚝거리는 연약한 몸에 목소리는 갈라졌지만, 정말로 위대한 여배우였다. 그녀는 감동적인 정열로 관객을 사로잡았다. 하지만 심지어 사라 베르나르보다도 더욱 매혹적인 여배우가 있었으니, 그 사람은 바로 레장이었다. 「플랑보로의 경주La Course aux Flambeaux」라는 현대 극에 출연하였는데, 억제된 태도 아래로 강력한 힘이 느껴졌다. 거대한 감 정의 파도를 결코 밖으로 드러내지 않았다. 지금도 눈을 감고서 조용히 앉 아 있노라면 이내 마지막 대사를 읊는 그녀의 얼굴과 목소리가 또렷이 떠 오른다.

"푸르 조베 마 피유, 제 튀에 마 메르.*Pour sauver ma fille, j'ai tué ma mère.*" (내 딸을 구하기 위해서 내 어머니를 죽였소.)

막이 내리며 관객의 몸을 뚫고 지나가던 전율이 여전히 생생하다.

교육이란 학생에게 어떤 반응을 일으킬 때만이 유용하다고 생각한다. 그 저 정보만 전달하는 것은 아무 소용없으며, 학생은 조금도 달라지지 않는 다. 여배우들이 연극에 대해 설명하는 것을 듣고, 그 대사와 연설을 따라 하고, 진짜 성악가가 부르는 「무성한 나무Bois Epais」나 나아가 글루크의 「오 르페Orphée」의 아리아를 들음으로써 우리의 인생에는 예술에 대한 열정이 싹튼다. 나에게 새로운 세계가 열렸으며, 나는 과거에는 전혀 가 본 적이 없는 진정 새로운 세계였다.

물론 나는 성악과 피아노 모두 진지하게 공부했다. 피아노는 오스트리아인 인 찰스 쿼르스터에게서 배웠는데, 종종 런던에서 연주회를 여는 훌륭한 선생님이었지만 무척 무서웠다. 선생님은 학생이 연주하는 동안 교실을 이리저리 돌아다녔다. 듣는 둥 마는 둥 창밖을 바라보거나 꽃 냄새를 맡는가 싶지만, 음을 잘못 치거나 하면 바로 가차 없이 호랑이의 포효가 터져 나왔다.

"엥, 케스 크 부 주에 라, 프티트, 엥? 세 타트로스.*Hein, qu'est-ce que vous jouez là, petite, hein? C'est atroce.*"(뭐야. 연주를 하는 건가, 마는 건가? 끔찍해라.)

처음에는 무서워 바들바들 떨었지만, 차차 익숙해졌다. 쿼르스터 선생님이 쇼팽의 열렬한 팬이었던지라 나는 쇼팽의 연습곡과 왈츠를 대부분 익혔고,「즉흥 환상곡*Fantaisie Impromptue*」과 발라드도 한 곡 배웠다. 선생님의 지도 아래 점점 실력이 늘자 매우 기뻤다. 또한「포레의 사랑*Romance of Faurè*」,「차이코프스키의 뱃노래*Barcarolle of Tchaikowski*」등 선생님이 '응접실용 곡'이라고 부르는 가벼운 곡들과 베토벤의 소나타도 배웠다. 하루에 보통 7시간씩 열심히 연습하면서 내 안에서는 커다란 꿈이 자라나고 있었다. 비록 자각하지는 못했지만, 의식 저 아래에는 피아니스트가 되어 연주회를 할 날이 오리라는 꿈이 자라났다. 긴 시간 힘겨운 노력을 기울여야겠지만, 나날이 실력은 좋아지고 있었다.

성악 수업은 이 시기 이전에 시작했다. 무슈 부에가 담당 선생님이었는데, 그 분과 장 드 레즈크는 당시 파리 최고의 성악 교사로 주름잡고 있었다. 장 드 레즈크는 유명한 테너 가수였고, 부에는 오페라 바리톤 가수였다. 무슈 부에는 승강기가 없는 아파트의 5층에 살고 있었다. 그 5층까지 올라가면 숨이 차서 헉헉거리곤 했는데, 이는 정말 당연한 일이었다. 아파트는 층마다 다 똑같이 보여서 올라가다가 층수를 헷갈리기 일쑤였다. 하지만 계단의 벽지 덕분에 무슈 부에의 아파트를 놓치려야 놓칠 수가 없었다. 마지막 층계 벽에 케른테리어(테리어 품종의 하나—옮긴이)의 머리 모양과 엇비슷한 커다란 기름 자국이 나 있었기 때문이다.

선생님 댁에 들어서면 즉각 비난 어린 인사가 떨어졌다. 왜 그렇게 헉헉거리느냐? 왜 숨이 기쁘냐? 네 나이라면 헐떡임 없이 씩씩하게 계단을 뛰어올라야 한다. 호흡이 모든 것이다.

"호흡은 성악의 전체네. 지금쯤이면 알 때도 되지 않았나?"

그러고는 선생님은 언제나 손 닿는 곳에 놓아 둔 줄자로 손을 뻗었다. 무슈 부에는 줄자를 내 가슴에 두른 다음 숨을 크게 들이쉬고 그대로 멈추라고 하고는, 이어서 숨을 완전히 내쉬라고 했다. 가슴둘레의 차이가 얼마나 나는지 계산한 그는 이따금씩 고개를 끄덕이며 말했다.

"세 비앵, 세 비앵.*C'est bien, c'est bien.*(좋았어, 좋아.) 나아지고 있네. 아주 훌륭한 가슴을 가졌어. 크게 확장하는 데다, 절대 폐결핵에 걸리지 않을 거야. 몇몇 가수들은 폐결핵 때문에 안타까운 일을 당하지. 하지만 자네는 결코 그럴 일 없을 거야. 호흡을 꾸준히 연습하기만 하면 다 잘 될 거네. 자네 비프스테이크 좋아하나?"

나는 무척 좋아한다고 대답했다.

"좋았어. 가수에게는 최고의 음식이지. 대식을 하거나 자주 먹어서는 안 돼. 하지만 오페라 성악가에게 늘 말하지만, 오후 3시에는 커다란 스테이크와 한 잔의 맥주를 마셔야 해. 그런 다음 9시에 노래를 부를 때까지 아무것도 입에 대어서는 안 돼."

그런 다음 우리는 성악 교습으로 들어갔다. 선생님이 말씀하시길, 부와 드 테트*voix de tete*(높은 음)가 아주 좋으며 완벽하고도 자연스럽게 적절한 음을 낸다고. 낮은 음 또한 그리 나쁘지 않지만, 문제는 중간음이 매우 취약하다는 것이었다. 그래서 나는 르 메디움*le médium*(중간음)을 개선하기 위해 메조소프라노 노래부터 불렀다. 이따금씩 선생님은 (그의 표현을 빌리면) 내 영국인 얼굴에 화를 냈다.

"영국인 얼굴에는 아무 표정도 없어! 전혀 움직이질 않아. 입 주위의 피부가 꿈쩍도 안 하지. 목소리가, 말이 모두 목 뒤에서 나와. 문제야, 문제. 프랑스어는 구개(口蓋)에서, 그러니깐 입천장에서 나오네. 중간음은 입천장과 코에서 나오고. 프랑스어를 유창하게 하기는 하지만, 불행히도 자네는 영국 억양이 아니라 남프랑스 억양을 쓰네. 어쩌다 그리 되었나?"

나는 잠시 생각하고는, 아마도 내가 포 출신의 프랑스 하녀에게서 프랑스어를 배워서인 듯싶다고 대답했다.

"아, 그렇군. 그래 그거야. 그래서 남부 억양으로 말하는군. 말했다시피, 자네 프랑스어는 훌륭하네. 하지만 영어인 양 목 뒤에서 소리를 내. 입술을 움직여. 이를 단단히 붙이고 입술을 움직이란 말일세. 아, 좋은 방법이 있어."

선생님은 내게 입으로 연필을 단단히 문 채 노래하며 똑바로 발음하라고 지시했다. 처음에는 힘들어 쩔쩔맸지만, 나중에는 그럭저럭 익숙해졌다. 이로 연필을 문 채 단어를 발음하려면 입술을 부단히 움직여야 했다.

「삼손과 델릴라 Samson et Deliah」(생상스의 오페라 — 옮긴이)의 아리아 「그대 음성에 내 마음 열리고 Mon Coeur s'ouver à ta voix」를 처음 시작했을 때 이 오페라를 즐겁게 배우고 싶다고 했다가 부에 선생님한테 크게 야단을 맞았다.

선생님은 악보를 보면서 말했다.

"대체 이게 뭔가? 이게 뭐야? 대체 무슨 조(調)인가? 조가 모두 바뀌어 있잖나."

나는 소프라노 버전으로 사 왔다고 대답했다.

선생님은 대노하여 외쳤다.

"델릴라는 소프라노가 아니야. 메조소프라노이지. 오페라에서 아리아를 부를 때는 항상 원곡에 맞추어 불러야 한다는 것 모르나? 메조소프라노로 쓰인 곡을 소프라노로 바꿀 수는 없어. 강조 부분이 뒤죽박죽이 돼. 이것 치우게. 제대로 된 악보를 가져오면 그때 가르쳐 주지."

나는 다시는 이런 시도를 엄두도 내지 못했다.

프랑스 노래를 상당히 많이 배웠으며, 케루비니(이탈리아 태생 프랑스의 작곡가 — 옮긴이)의 멋진 아베마리아도 익혔다. 이 곡의 라틴 발음을 어떻게 해야 할 것인가를 놓고 선생님과 나는 잠시 논의했다.

"영국에서는 라틴어를 이탈리아식으로 발음하고, 프랑스에서는 라틴어를 프랑스식으로 발음하지. 자네는 영국인이니깐 아무래도 이탈리아식으로 하는 것이 좋겠네."

또한 독일의 슈베르트 가곡들도 많이 불렀다. 독일어라고는 까막눈이었지만 그리 어렵지는 않았다. 물론 이탈리아어로도 노래했다. 고난이도의 곡은 내게 허락되지 않았지만, 6개월 정도 공부한 후에는 「라보엠La Bohème」과 「토스카Tosca」(둘 다 이탈리아 푸치니의 오페라이다 — 옮긴이)의 유명한 아리아인 「그대의 찬 손Te Gelida Manina」과 「노래에 살고Vissi d'arte」를 배울 수 있었다.

참으로 행복한 시절이었다. 학생들은 때때로 루브르 박물관을 견학한 뒤 룸펠마이어(루브르 근방의 유명 제과점 — 옮긴이)에 가서 차를 마셨다. 욕심꾸러기 소녀들에게 룸펠마이어에서 차와 케이크를 먹는 것보다 더한 기쁨은 없었다. 나는 도저히 묘사할 길 없는 연약함을 지닌, 크림과 밤으로 장식한 화려한 케이크를 가장 좋아했다.

그런 다음 우리는 당연히 불로뉴 숲을 산책했다. 너무도 멋진 곳이었다. 하루는 깊은 숲 속에서 둘씩 짝을 지어 일렬로 걷는데 나무 뒤에서 웬 남자가 나오는 것이었다. 음란한 노출의 전형적인 사례였다. 우리 모두 그 사람을 보았을 것이다. 하지만 다들 아무것도 못 본 척 품위 있게 지나갔다. 아마도 눈앞의 그것이 무엇인지도 몰랐으리라. 그날 소풍을 인솔했던 드라이든 양은 철갑함이 전투를 벌이듯 씩씩하게 걸어갔고, 우리는 그 뒤를 따랐다. 그 남자는 검은 머리에 끝이 뾰족한 턱수염을 하고 넥타이를 단정하게 매고는 상의를 점잖게 갖추어 입은 상태였다. 아마 그는 하루 종일 어두운 숲 속을 어슬렁거리며 기다렸으리라. 파리에 대한 새로운 경험을 할 수 있을까 기대하며 일렬로 걸어가는 기숙 학교의 얌전한 여학생들을 놀라게 하려고. 그 이후로 여학생들은 절대 그 일을 입 밖에 내지 않았다. 쿡쿡거리며 웃는 사람도 거의 없었다. 당시에 여학생들은 더할 수 없이 정숙했다.

드라이든 양의 집에서 이따금 파티가 열렸다. 한번은 프랑스 자작과 결혼한 옛 미국인 제자가 아들 루디와 함께 파티에 참석했다. 장차 프랑스 남작이 될 루디는 모습만 보면 완벽한 미국인 대학생이었다. 열두 명의 아가씨들이 호기심과 선망과 로맨스가 가득 담긴 시선으로 바라보는 바람에 약간은 주눅이 들었던 모양이다.

그는 씩씩하게 선언했다.

"여기서 손을 흔드는 것으로 인사를 짧게 대신하겠습니다."

다음 날 팔레 드 글라스(파리의 유명 스케이트장 ― 옮긴이)에 갔다가 루디를 다시 만났다. 우리들 중 일부는 스케이트를 타고 있었고, 몇몇은 배우던 참이었다. 루디는 어머니를 실망시키지 않으려고 다시 애써 씩씩하게 굴면서 스케이트를 타고서 설 수 있었던 여학생들 몇몇과 링크를 여러 차례 돌았다. 이런 일에 종종 그러했듯 나는 역시나 불운했다. 이제 막 스케이트를 배우는 단계였으니. 첫날 오후에 나는 스케이트 강사를 넘어트리고 말았다. 그 때문에 그는 엄청나게 화가 났다. 동료 강사들의 웃음거리가 된 것이다. 그는 그 누구든 잡아 줄 수 있다는 자부심을 갖고 있었다. 심지어 뚱뚱하기 그지없는 미국 여자도 문제없었는데 말라깽이 키다리 아가씨를 잡아 주다 바닥에 쭉 내팽개쳐졌으니 격분한 것도 당연했다. 이후로 그는 되도록 나를 잡아 주는 것을 피했다. 아무튼 나는 루디와 처음으로 링크를 도는 위험을 감수할 수는 없었다. 십중팔구 루디도 쓰러져서 당황할 테니까.

루디를 보는 순간 나에게 어떤 일이 일어났다. 겨우 몇 번 보았을 뿐이지만, 이것이 내 인생의 전환점이 되었다. 바로 그때 내가 영웅 숭배의 영역 밖으로 걸음을 내딛었던 것이다. 책에서 보았거나 공인이거나 우리 집에 들렀던 사람들을 포함하여 비현실적인 인물이든 혹은 현실적인 인물이든 내가 느꼈던 모든 로맨틱한 사랑은 그 순간 모조리 사라졌다. 나는 이제는 남자를 위해 나를 희생하는 이타적인 사랑을 할 수 없었다. 그날 이후로 청년은 오직 청년으로서, 즉 만나면 즐겁고, 그들 중에 하나가 언젠가 내 남편감(사실상 천생연분)이 될지도 모를 그런 존재로 여기게 되었다. 루디를 사랑하지는 않았다. 아마 좀 더 자주 만났더라면 사랑에 빠졌으리라. 하지만 갑자기 무엇인가 '다르게' 느껴졌다. 남편감을 찾는 여성의 세계에 입문한 것이다! 바로 그 순간 나의 마지막 영웅 숭배의 대상이었던 런던 주교의 모습이 내 마음속에서 깡그리 사라졌다. 나는 '진짜' 청년을, 그것도 '많이' 만나고 싶었다. 사실 많으면 많을수록 좋았다.

드라이든 양의 학교에 얼마나 다녔는지 기억이 가물가물하다. 1년 8개월쯤 다녔던가. 2년은 넘지 않았다. 변화를 좋아하시는 어머니는 아무런 새 아이디어도 내지 않았다. 흥분할 만한 새로운 학교 이야기를 듣지 못해서였을 수도 있다. 하지만 내게 진정 맞는 학교를 찾았다는 직관 때문이었으리라고 생각한다. 나는 중요한 것들을 배웠고, 그런 지식과 경험을 내 안에 평생 지속될 관심사로 만들어 나갔다.

파리를 떠나기 전 나는 꿈 하나를 잃었다. 드라이든 양은 찰스 퓌르스터에게 피아노를 배워 뛰어난 피아니스트로 자리잡은 옛 제자 리머릭 백작 부인이 오기를 기대하고 있었다. 이런 경우 보통 그러하듯 피아노를 공부하는 두세 학생이 비공식적인 연주회를 열기로 했다. 나도 그중 한 명이었다. 그 결과는 처참했다. 공연을 앞두고 초조해지긴 했지만, 그리 심하지는 않았다. 하지만 피아노 앞에 앉자마자 무능력이 나를 파도처럼 휩쓸었다. 엉뚱한 건반을 짚고, 박자가 뒤죽박죽 되는 등 서투른 아마추어가 따로 없었다. 완전히 망쳐 버린 것이다.

세상에 레이디 리머릭처럼 친절하신 분은 없으리라. 무대 공포증이라고 할 만큼 무척 긴장했음을 잘 안다고, 관객들 앞에서 계속 연주하다 보면 극복할 수 있다고 친절히 말씀해 주셨다. 그런 다정한 말씀에 나는 감동하긴 했지만, 그 이상의 무엇인가가 더 있다는 것을 알고 있었다.

나는 공부를 계속했다. 하지만 영국으로 가기 직전에 찰스 퓌르스터에게 솔직히 물었다, 내가 열심히 노력한다면 전문 피아니스트가 될 수 있겠느냐고. 퓌르스터 선생님은 무척 친절하긴 했지만, 거짓말을 하지는 않았다. 내게는 대중 앞에서 공연할 만한 끼가 없다고 말씀하셨고, 나는 그 말에 동의했다. 사실대로 말해 준 데 대해 선생님께 감사했다. 잠시 우울하기도 했지만, 그 이상 생각하지 않으려고 열심히 애썼다.

아무리 원하는 일이라도 이룰 수 없다면 현실로 받아들이고, 더 이상 후회와 희망에 사로잡히지 말고 앞으로 나아가야 한다. 그런 좌절이 일찍 찾아온 덕분에 나의 미래에 큰 도움이 되었다. 나는 사람들 앞에 나서는 일은 전혀 적성에 맞지 않음을 깨달았다. 나의 육체적 반응을 조절할 수 없다고 말해도 무방하리라.

4부

연애, 구애, 청첩장, 결혼
(유명 빅토리아 게임)*

* '사랑이 찾아오다'라는 뜻─옮긴이

1

내가 파리에서 귀국한 직후 어머니가 중병에 걸렸다. 의사들은 늘 그렇듯 맹장염, 파라티푸스, 담석 등 저마다 제각각 병명을 대었다. 어머니는 몇 번이나 수술실로 옮겨질 뻔했고 치료를 받아도 전혀 나아지지 않았다. 끊임없이 병이 재발하였고 온갖 치료법이 동원되었다. 사실 어머니는 반은 의사나 다름없었다. 외삼촌 어니스트가 의대생으로 공부할 때는 달아오르는 열의를 가지고 거들기도 했더랬다. 외삼촌보다 더 훌륭한 의사가 되고도 남았을 텐데. 결국 외삼촌은 시뻘건 피를 견딜 수 없다며 의사가 되기를 포기했다. 그때까지 어머니는 외삼촌 못지않은 의학 실력을 쌓았으며, 또한 피나 상처나 그 어떤 신체 부위를 보아도 끄덕도 하지 않았다. 치과에 같이 갈 때마다 어머니는 《퀸Queen》이나 《태틀러The Tatler》 같은 잡지가 아니라 곧장 《랜싯The Lancet》(전 세계적인 권위를 인정받는 영국의 의학 잡지 — 옮긴이)이나 《영국 의학 저널British Medical Journal》을 집어 들었다.

어머니는 결국 의사들에게 신물이 나 선언했다.

"의사들도 내 병이 뭔지 몰라. 나도 마찬가지지만, 아무튼 의사들 손은 그만 빌리겠어."

어머니는 순종적이다 할 만한 의사를 찾아낸 다음에 이내 일광욕과 건조하고 따스한 날씨를 의사가 권했다고 주장할 수 있게 되었다.

"겨울 동안 이집트에 가서 지내자꾸나."

어머니가 말했다.

우리는 다시 한 번 집을 세놓았다. 당시 여행 경비가 매우 저렴했고, 해외에서의 생활비를 애슈필드의 높은 집세로 쉽게 마련할 수 있었던 것이 다행이다. 물론 토키는 여전히 겨울 휴양지로 각광받고 있었다. 여름에는 아무도 토키에 가지 않았고 토키에 사는 사람들은 '끔찍한 더위'를 피해 다른 곳으로 떠났다.(대체 어떻게 그렇게 끔찍하게 더웠는지 상상이 가지 않는다. 요즘 데번 주 남부에 가면 여름에도 굉장히 춥기만 하다.) 대개는 다트무어로 올라가 여름을 났다. 우리 가족도 한번 그런 적이 있는데 더위가 여전해서, 아버지는 개가 끄는 이륜마차를 빌려서는 토키의 우리 집 정원에서 사실상 매일 오후를 보냈다. 어쨌든 당시 토키는 영국의 리비에라였기 때문에 사람들은 가구 딸린 빌라를 빌리는 데 거액의 집세를 내놓았다. 즐거운 겨울 동안 토키에서는 오후의 연주회, 강연, 무도회 등 수많은 사교 활동이 이루어졌다.

이제 나는 '데뷔'할 준비가 되어 있었다. 당시의 유행대로 그리스 풍으로 머리를 올렸는데, 머리를 큼직하게 몇 갈래로 나누어 감아 뒤통수에 높이 묶은 뒤에 일종의 머리띠를 두르는 방식이었다. 무척 잘 어울렸는데, 특히 이 머리를 하고 이브닝드레스를 입으면 근사했다. 나는 머리가 엄청 길어 깔고 앉기 십상이었다. 몇 가지 이유에서 이것은 여성에게 일종의 자부심으로 여겨졌다. 하지만 현실적으로는 머리 손질이 너무 힘든 데다 심심하면 흘러내렸다. 이를 보완하기 위해 미용사는 부분 가발을 만들었다. 진짜 머리카락은 머리에 착 붙이고는 그 위에 가짜 머리카락 가발을 핀으로 고정시키는 것이다.

사교계 데뷔는 여자의 인생에 매우 중대한 사건이었다. 부유한 집에서는 어머니가 딸을 위해 파티를 열었다. 또한 런던에서 한 시즌을 지내야 했다. 물론 최근의 이삼십 년과는 달리 그때의 시즌은 결코 상업적이지도, 떠들썩한 조직적 유흥도 아니었다. 그때는 무도회에 친구들을 초대하고 초대받는 정도였다. 남자 참석자를 충분히 모으는 것이 항상 약간 힘들었다. 하지만 무도회는 어디까지나 비공식적 행사였으며, 자선무도회 같은 경우에나 대규모로 치러졌다.

물론 나는 전혀 그런 것을 누릴 수 없었다. 매지 언니는 뉴욕에서 사교계에 데뷔하여 파티나 무도회에 참석했다. 하지만 런던에서 한 시즌을 보낼 만한 경제적 여유는 없었다. 그러니 나는 오죽했으랴. 하지만 어머니는 내가 아가씨의 생득권이라고 여겨지던 사교계 데뷔를 할 수 있기를 열망했다. 나비가 번데기에서 나오듯 여학생에서 숙녀로 거듭나 다른 숙녀들과 신사들을 만나고, 솔직히 말하면 적당한 짝을 찾을 기회를 누리기를 바랐다.

어린 숙녀에게는 모두들 친절했다. 하우스 파티(별장 등지에서 여러 날 계속되는 초대 파티 — 옮긴이)에 초대하고, 저녁에는 즐거운 연극 무대도 마련했다. 도우려고 달려올 든든한 친구들이 많았다. 프랑스에서는 딸을 꼭꼭 숨겨 두고는, 젊은 시절 온갖 방탕이란 방탕은 다 저질러 보았으되 아내를 건사할 만한 재산을 충분히 모아 바람직한 남편감으로 선택된 일부 남자들만 만나게 했다. 이런 점이 영국과는 판이하게 달랐지만 나는 프랑스 시스템도 좋다고 생각한다. 영국인은 프랑스의 어린 처녀들이 돈 많은 늙은이와 강제로 결혼한다고 생각하시만 그건 사실이 아니다. 프링스 아가씨에게도 선택권이 있다. 다만 그 선택의 폭이 매우 제한적일 뿐이다. 방탕하고 분방한 매력으로 아가씨의 마음을 사로잡을 망나니들은 결코 주위에 얼씬도 할 수 없으니까.

영국에서는 전혀 그렇지 않다. 아가씨들은 무도회에 가서 온갖 다양한 청년들을 만난다. 어머니들도 보호자로서 참석하지만, 따분하게 앉아 있을 뿐 그다지 도움이 되지 못한다. 물론 딸이 사귈 남자를 주의 깊게 살펴본 후 허락하지만, 여전히 아가씨가 누리는 선택의 폭은 넓다. 아가씨들은 바람직하지 않은 젊은 남자들에게 더 쉽게 빠져드는데, 그러다 약혼을 하거나 '언약'을 맺기도 한다. 언약을 맺는다는 용어는 매우 유용하다. 덕분에 부모들은 딸의 선택을 받아들이기를 거부할 때 나쁜 감정의 갈등을 피할 수도 있다.

"얘야, 넌 너무 어리단다. 휴가 매력적인 건 사실이야. 하지만 휴도 여전히 어려서 아직 제대로 자리 잡지 못했잖니. 일단 언약을 한 후 이따금 만나 보렴. 편지나 공식적인 약혼은 말고 말이다."

그런 다음 부모들은 딸의 마음을 돌릴 만한 적당한 청년을 몰래 물색하는 것이다. 이는 종종 있는 일이었다. 직접적인 반대는 오히려 딸이 그 남자에게 더욱 집착하게 만들 뿐이다. 하지만 둘 사이를 인정해 주면 신비했던 매력이 사라져 대부분 아가씨들은 정신을 차리고 마음을 바꾼다.

어머니는 집안 형편상 내가 일반적인 방법으로는 사교계에 들어가기 힘들다는 것을 알고 계셨다. 그런 면에서 요양차 카이로로 간 것은 아무래도 나를 위한 멋진 선택이었던 것 같다. 나는 수줍음을 많이 탔으며 사교적인 편이 아니었다. 그저 내가 청년들과 춤을 추고 대화를 나누는 데 익숙해질 수만 있다면 나에게 더없이 훌륭한 경험이 될 터였다.

아가씨의 시각에서 카이로는 꿈의 도시였다. 그곳에서 지내는 석 달 동안 나는 매주 다섯 번씩 무도회에 갔다. 대형 호텔에서는 차례로 무도회를 열었고, 카이로에는 서너 개의 연대가 주둔하고 있었으며 매일 폴로 시합이 열렸다. 적당히 고급 호텔에서 머무르기만 하면 모두 마음껏 즐길 수가 있었던 것이다. 겨울에는 많은 사람들이 카이로로 몰려왔고, 그중 많은 이들이 어머니와 딸이었다. 나는 처음에는 무척 수줍음을 탔으며, 여전히 많은 면에서 부끄러워했지만, 댄스는 대단히 즐거웠고 댄스 실력도 상당했다. 또한 청년들도 마음에 들었다. 또 그들도 내게 호감을 갖고 있다는 것을 금방 알 수 있었다. 그리하여 만사가 순조롭게 진행되었다. 나는 막 열일곱 살이 되었고, 카이로로서의 카이로에는 전혀 관심도 없었다. 18~21세의 아가씨들은 오직 젊은 남자밖에 생각하지 않았으며, 이는 타당하고도 올바른 일이었다!

연애의 기술이 요즘은 사라지고 없다. 하지만 당시에는 최고조에 달해, 오래 전 음유시인들이 '르 페이 뒤 탕드르 *le pays du tendre*'(사랑의 땅)라고 불렀던 곳과 매우 비슷하지 않았나 싶다. 어른이 되기 위한 멋진 출발이었다. 이렇게 나이를 먹고서 돌이켜보니 어리디어리게만 느껴지지만, 당시 '아가씨들과 청년들' 사이에는 반은 감상적이면서도, 반은 낭만적인 감정이 싹트고 있었다. 덕분에 너무 과격하거나 환멸스러운 대가를 치르지 않고서도 인생과 이성에 대해 배울 수 있었다. 내 친구나 주변 집안에 사생아가 태어났다는 기억은 전혀 없다. 아니, 아니다. 아주 안 좋은 이야기가 있었다. 알던 아가씨 하나가 학교 친구와 휴일을 보내러 갔다가 친구의 아버지에게 유혹을 당한 적이 있었다. 온갖 추잡한 짓거리로 악명을 날리던 중년의 남자에게 말이다.

성적인 관계를 맺기는 힘들었다. 청년들은 아가씨들을 고귀하게 여겼고, 여자뿐만 아니라 남자도 소문의 영향을 받았다. 청년들은 보통 자기보다 나이가 많은 유부녀와 성적 재미를 보거나, 아무도 모르는 런던의 '귀여운 친구들'을 만났다. 훗날 아일랜드의 하우스 파티에 참석했을 때 발생했던 사고가 기억난다. 아가씨가 두세 사람 더 있었고 청년들은 대부분 군인이었는데, 군인 하나가 아침에 영국에서 전보가 왔다며 느닷없이 떠난 것이다. 사실일 리가 없었으나 아무도 영문을 몰랐다. 그런데 그가 고민을 이해해 주리라 믿고서 전부터 잘 알던 사이인, 자기보다 나이 많은 아가씨에게 비밀을 털어놓았다. 한 아가씨가 다른 사람들은 초대받지 않은 무도회에 같이 동행해 달라고 청했고 파티장이 제법 멀어서 그가 점잖게 차를 몰고서 그녀와 파티장으로 가고 있었는데, 도중에 여자가 호텔에 들러 방을 잡자고 제안했다는 것이었다.

"파티장에는 좀 늦게 도착해도 돼요. 아무도 모를 거예요. 전에도 종종 해 봤거든요."

경악하며 그 제안을 거절한 청년은 그녀의 얼굴을 다시 보고 싶지 않았다. 그래서 부랴부랴 떠났다는 것이었다.

"내 귀를 믿을 수 없었어. 그렇게 참해 보이는 아가씨가. 아직 어린 데다, 부모님들도 점잖으시고, 어디 하나 흠잡을 데 없는데. 아내로 삼고 싶은 멋진 여자라고 모두가 인정할 만한 아가씨가 어떻게……."

당시는 아가씨의 순결을 여전히 크게 중요시하던 시절이었다. 그렇다고 해서 조금이라도 억압적이라고 느꼈던 것 같지는 않다. 섹스 혹은 섹스의 가능성이 분명히 뒤섞여 있었던 낭만적인 우정으로도 충분했다. 구애 행동은 모든 동물에게서 공통적으로 나타난다. 남자는 어깨를 으쓱거리며 걷고 여자의 비위를 맞춘다. 그리고 여자는 전혀 모르는 척 시치미를 떼지만 사실은 내심 기뻐한다. 물론 이는 진짜가 아니라 일종의 연습이다. 사랑의 땅에 대해 노래한 음유시인은 이것을 정확히 알고 있었다. 「오카생과 니콜레트Aucassin et Nicolette」(13세기 초 프랑스의 샹트파블. 샹트파블은 운문과 산문이 번갈아 나오는 이야기를 말한다 ― 옮긴이)는 그 매력과 자연스러움과 진지함 때문에 몇 번이고 거듭해서 읽어도 질리지 않는다. 젊은 시절이 지나가고 나면 다시는 그 특별한 감정을 느낄 수 없다. 남자와의 우정에서 야기되는 흥분. 나와 똑같은 것을 좋아하고, 나의 생각을 말하기도 전에 이해하는 누군가가 있다는 깊은 공감. 물론 이중 대부분은 착각에 불과하다. 하지만 이는 아주 멋진 착각이다. 여자의 인생에서 착각은 나름의 쓰임이 있다고 생각한다. 훗날 혼자 빙그레 미소 지으리라. "어지간히 철이 없었지." 하고.

하지만 카이로에서 사랑 비슷한 느낌은 가져 보지 못했다. 해야 할 일이 너무 많았다. 가야 할 곳이 무수했고, 매력적인 청년이 수두룩했다. 내 마음을 휘저은 이는 40대 남자였는데, 이따금씩 나와 춤을 추며 귀여운 꼬맹이라고 놀렸지만, 그뿐이었다. 저녁에 같은 남자와 두 번 넘게 춤을 추는 것은 사회적으로 금지되었다. 때로는 세 번까지 가능하기도 했지만, 그럴 때는 보호자의 날카로운 시선이 아가씨에게 내리꽂혔다.

생애 첫 이브닝드레스는 당연히 크나큰 기쁨이었다. 나는 자그마한 레이스 주름 장식이 달린 연둣빛 시폰 드레스와, 다소 평범한 디자인의 하얀 실크 드레스와, 이모할머니가 비밀 자투리 옷감 상자에서 꺼낸 직물로 다소 화려하게 맞춘 깊은 비취빛 태피터 드레스가 있었다. 태피터 드레스는 참으로 멋졌지만, 안타깝게도 긴 시간을 고이 모셔 두기만 해야 했다. 이집트 기후에는 맞지 않았던 것이다. 그러다가 어느 날 저녁 모처럼 입었는데, 하필 춤을 추는 도중에 스커트가 찢어지며 소매와 목선이 내려와 부랴부랴 숙녀용 의상실로 달아나야 했다.

다음 날 우리는 카이로의 양장점으로 갔다. 레반드 인이 운영하는 곳인데 어쩌나 비싸던지. 영국에서 드레스를 사는 것이 한결 저렴했다. 하지만 어쨌든 멋진 드레스를 구할 수 있었다. 보는 각도에 따라 빛깔이 달라지는 연한 핑크빛 새틴 드레스로, 한쪽 어깨에 핑크빛 장미 다발이 매달려 있었다. 물론 내가 입고 싶었던 것은 검은색 이브닝드레스였다. 아가씨들은 모두 성숙해 보이는 검은색 이브닝드레스를 탐냈지만 어머니들은 하나같이 그 옷을 사 주기를 거절했다.

나는 주로 트릴로니라는 이름의 콘월 출신 청년과 그 친구와 파트너를 했다. 둘 다 제60 소총 부대 소속이었다. 둘 중 나이가 많고 멋진 미국인 아가씨와 약혼한 크레이크 대위는 어느 날 밤 춤을 춘 후 나를 어머니에게 데려다 주고는 이렇게 말했다.

"여기 따님을 모셔 왔습니다. 댄스를 제대로 배우셨군요. 훌륭한 솜씨입니다. 이제부터는 말하기에 중점을 두는 편이 좋겠습니다."

이는 타당한 질책이었다. 안타깝게도 지금도 나는 대화라고는 젬병이다.

나의 외모는 꽤 괜찮았다. 물론 가족들은 내가 예뻤다고 말할 때마다 요란하게 웃음을 터트린다. 딸애와 딸애 친구는 이렇게 말하기까지 했다.

"하지만 엄마, 그랬을 리가 없어요. 저 우스꽝스러운 옛날 사진들 좀 보세요!"

당시 사진들 중 일부가 매우 웃긴다는 것은 사실이다. 하지만 그것은 아직 완전히 역사로 인식될 만큼 세월을 먹지 못한 옷 탓이다. 당시에는 족히 1미터는 됨직한 괴물 같은 밀짚모자에 리본과 꽃과 커다란 베일을 달아서 썼다. 스튜디오에서 초상 사진을 찍을 때면 이런 모자를 자주 썼는데, 때로는 턱에 리본을 묶기도 했다. 혹은 꼬불꼬불한 머리를 하고는 커다란 장미 다발을 수화기인 양 귀에 대고 찍기도 했다. 사교계 데뷔 전에 찍은 내 사진을 보면, 머리를 두 가닥으로 땋아 늘이고는 물레에(왜 하필 물레였을까?) 앉아 있는데 꽤 괜찮아 보인다. 한번은 어떤 청년이 이렇게 말했다.

"저는 그레첸(괴테의 「파우스트」 1부의 여주인공 — 옮긴이)과 같은 여성을 좋아합니다."

하지만 나는 「파우스트」의 마르그리트와 다소 비슷해 보였다고 생각한다. 카이로에서 더 평범한 모자를 쓰고 찍은 멋진 사진이 있다. 핑크빛 장미를 꽂은 거대한 남색 밀짚모자인데 리본도 그다지 많이 달려 있지 않았고, 덕분에 얼굴선이 더욱 매력적으로 보인다. 당시에는 의상이 전반적으로 요란하고 장식이 많았다.

나는 곧 폴로에 열광하게 되어 매일 오후마다 시합을 관람했다. 어머니는 딸을 박물관으로 데려가 정신을 고양시키려고 했으며, 나일 강 상류로 가서 룩소르의 영광을 보자고 제안했다. 나는 눈물을 터트리며 맹렬히 저항했다.

"어머니, 안 돼요. 지금은 안 돼요. 월요일에 멋진 드레스가 나올 거예요. 화요일에는 사카라(카이로 근방의 고분 지역 — 옮긴이)에 소풍을 가기로 했단 말이에요."

고대 유물의 경이로움에는 전혀 관심도 없었던 나를 결국 어머니는 다행히 데려가지 않았다. 룩소르, 카르나크, 이집트의 위대한 아름다움에 눈을 뜬 것은 그로부터 20년이나 지난 후였다. 아무것도 모르는 철부지 눈으로 이들 유적을 보았더라면 어찌 되었을까.

'부적절한 때'에 무엇인가를 보거나 듣는 것만큼 큰 실수는 없다. 학교에서 어린 학생들에게 셰익스피어를 가르치는 바람에 셰익스피어가 망가져 가고 있다. 셰익스피어를 무대에서 공연하기 위해 쓰인 희곡으로서 배우고, 단어와 시의 아름다움을 이해할 수 있기도 전에 연극을 관람하고 있는 것이다. 손자인 매튜는 열한두 살 무렵에 나와 함께 스트랫퍼드에 가「맥베스Macbeth」와「윈저의 명랑한 아낙네들The Merry Wives of Windsor」을 보았다. 아이는 무척 좋아했는데,

▲ 이집트 여행 : 왼쪽부터 바텔럿 경, 나

보고 나서 놀라운 말을 했다. 극장에서 나오며 압도당한 목소리로 말하는 것이었다.

"셰익스피어의 작품이라고 미리 듣지 않았더라면 절대 믿지 못했을 거예요."

나는 그 말을 셰익스피어에 대한 극찬으로 받아들였다.

매튜가 「맥베스」에 무척 감동했기에 내친 김에 「윈저의 명랑한 아낙네들」까지 관람했다. 당시에 이 작품은 원작대로 전통적인 익살극으로 공연되었다. 어떤 난해한 점도 없었다. 최근, 그러니깐 1965년에 공연되었던 「윈저의 명랑한 아낙네들」은 대단히 예술적으로 꾸며진 나머지 오래된 윈저 공원의 성긴 겨울 햇살에서 너무나 멀리 떠나와 버린 듯했다. 심지어 세탁 바구니도 이제는 더러운 빨랫감으로 가득 찬 세탁 바구니가 아니었다. 단순히 라피아 섬유로 만들어진 상징이었던 것이다! 익살극을 상징화해서는 도저히 웃길 수 없다. 전통적인 커스터드 속임수 팬터마임은 실제로 커스터드가 얼굴에 묻어야 폭소가 터져 나온다! '커스터드'라고 적힌 자그마한 종이 상자를 살짝 얼굴에 두드리며 상징화를 해 봐야 전혀 익살스럽지 않다. 매튜는 「윈저의 명랑한 아낙네들」에 열광했고, 기쁘게도 웨일스의 교장선생님에게까지 그 열광이 퍼져 나갔다.

오랜 세월 특별한 방식으로 우리가 당연하게 누려 왔던 것들을 어린 세대에게 다시 전해 주는 것만큼 기쁜 일은 없다. 맥스와 나는 언젠가 딸 로잘린드와 그 아이의 친구를 데리고 루아르(프랑스 중동부 지역 — 옮긴이)의 성으로 자동차 투어를 간 적이 있다. 딸아이의 친구는 우리가 보았던 모든 성을 단 하나의 기준으로 판단했다. 그 애는 노련한 눈으로 휙 둘러보고는 말했다.

"여기서라면 정말 질펀하게 놀 수 있었겠어요."

나는 루아르의 성을 한 번도 그런 기준으로 생각해 본 적이 없었다. 하지만 듣고 보니 예리한 관찰이었다. 프랑스의 옛 왕과 귀족들은 성을 정말 질펀하게 놀기 위한 장소로 이용했으니. 덕분에 나이가 들어도 배워야 할 것은 항상 있다는 교훈을 얻었다.(나는 무슨 일에서든지 교훈을 찾도록 교육받았다.) 언제나 예상치도 못한 새로운 시각이 있을 수 있는 것이다.

이집트에서 너무 옆길로 샌 것 같다. 추억이 꼬리에 꼬리를 물고 이어지다 보니. 하지만 안 될 것도 없잖은가? 그해 이집트에서 보낸 겨울에 우리가 중차대한 많은 문제들을 해결했다는 것을 나는 이제야 깨닫는다. 어머니는 어린 딸이 사교 생활을 누리는 데 필요한 자금이 거의 없는 상태에서 해결책을 찾아냈고, 나는 나의 수줍음을 극복했다. 당시의 표현을 빌자면, '처신하는 법을 배운' 것이다. 지금은 시대가 너무 달라져서 이를 설명하기가 퍽 난감하다.

문제는 요즘의 아가씨들이 연애의 기술을 전혀 모른다는 것이다. 앞에서 말했듯, 내 세대의 아가씨들은 세세하게 연애의 기술을 익혔다. 우리는 그 규칙을 속속들이 알았다. 프랑스에서는 아가씨가 청년과 절대 단둘이 있을 수 없었다. 하지만 영국에서는 그렇지 않았다. 청년과 둘이서 산책을 가거나 함께 드라이브할 수도 있었다. 헌데 무도회만큼은 오붓하게 둘이 갈 수 없었다. 어머니나 중년 부인이 따분하게 지켜보아야 했으며 아니면 젊은 부인을 동반해도 되었다. 이 규칙만 지키면 청년과 춤을 춘 후 달빛을 받으며 산책하거나 온실을 둘러보거나 세상의 따가운 시선을 피해 테 타 테트 *tête à têtes*(머리를 맞대며) 즐길 수 있었다.

프로그램을 잘 짜는 것은 고난이도 기술로, 나는 그다지 능하지 못했다. 예를 들어 보자. A, B, C의 세 아가씨와 D, E, F의 세 청년으로 이루어진 일행이 있다. 각 아가씨는 이 세 청년과 적어도 두 번씩 춤을 추어야 한다. 그리고 십중팔구 이들 중 한 명과 저녁을 먹게 될 것이다. 어느 한쪽이 마다하기만 않는다면 말이다. 그 나머지 프로그램은 아가씨가 흥을 내모 징휠 수 있다. 파티장에는 수많은 청년들이 있건만, 하필이면 꼴 보기도 싫은 늙다리가 즉각 접근해 올 수도 있다. 이럴 때는 요령을 잘 발휘해야 한다. 프로그램이 거의 찬 것처럼 보이되 14번에 같이 출 수 있을 듯하다고 모호하게 말한다. 문제는 균형을 맞추는 것이다. 함께 춤추고 싶은 청년이 있는데, 그가 프로그램이 다 찬 뒤에야 춤을 청할 수도 있다. 반면, 첫 번째 신청자에게 살짝 거짓말을 한다면 프로그램에 상당한 여유분을 둘 수 있지만, 적절한 파트너를 만나지 못할 위험을 감수해야 한다. 그런 경우 춤을 추지 않고 홀로 멍하니 앉아 기다리는 신세가 된다. 그렇게 남몰래 기다리던 청년이 느닷없이 나타나 엉뚱한 장소에서 두리번두리번 나를 찾을 때의 그 엄청난 고뇌란! 결국 그에게 슬프게 말해야 한다.

"빈 곳은 다음 번 댄스랑 10번 댄스밖에 없어요."

"아, 말도 안 돼요!"

청년이 간청한다.

나는 프로그램을 바라보며 생각에 잠긴다. 춤을 취소하는 것은 바람직한 행동이 아니다. 파티 주최자와 어머니도 반대하겠지만, 청년들한테까지 반감을 사게 된다. 때로는 복수하려고 내게 춤을 취소하는 수도 있다. 프로그램을 내려다보며 나한테 무례하게 굴었던 청년의 이름을 바라본다. 댄스가 시작된 뒤에 나타났거나 저녁 식사 때 나보다 다른 아가씨에게 더 많이 말을 걸었거나 했다면 기꺼이 희생시킬 수 있다. 때로는 간절한 마음에 춤 솜씨가 형편없어 내 발을 고문했던 청년을 희생시키는 수도 있다. 하지만 나는 마음이 여려 차마 그럴 수가 없었다. 안 그래도 다른 아가씨들한테 무시당할 것이 뻔한데 나까지 그런 짓을 할 수는 없었다. 이 모든 것은 춤의 스텝처럼 복잡 미묘했다. 어떤 점에서는 굉장히 재미있었지만, 다른 점에서는 신경이 바싹바싹 타들어 갔다. 어쨌든 경험이 많아질수록 프로그램 짜는 실력도 늘었다.

이집트에 간 것은 나에게 커다란 도움이 되었다. 나의 타고난 서투름과 수줍음을 그렇게 빨리 제거할 수 있는 방법은 없었으리라. 아가씨에게 그곳에서 보낸 석 달은 환상이었다. 나는 꽤 괜찮은 청년을 적어도 이삼십 명 정도는 알게 되었고 무도회에도 오육십 번쯤 갔다. 하지만 나는 너무 어렸고, 혼자서도 너무 재미있어하느라 다행히도 아무하고도 사랑에 빠지지 못했다. 십여 명의 중년 대령들에게 유혹의 시선을 던지기는 했지만, 그들은 대부분 벌써 매력적인 유부녀, 즉 동료의 아내와 사랑에 빠져 있어서 재미없는 어린 것에는 전혀 흥미가 없었다. 지나치게 점잖은 오스트리아의 젊은 백작이 나한테 과도한 관심을 보이며 약간 성가시게 굴기는 했다. 나는 되도록 피해 다녔지만, 그는 항상 나를 찾아내 기어이 함께 왈츠를 추었다. 앞에서도 말했지만, 나는 왈츠라면 끔찍했다. 게다가 백작의 왈츠는 더없이 고급 수준이라 최고 속도로 휙휙 좌회전하는 것이었다. 나는 현기증이 일어 쓰러질까 봐 늘 전전긍긍했다. 히키 양의 교습소에서는 왈츠를 출 때 왼쪽으로 도는 것을 점잖지 못하게 여겼기 때문에 나는 좌회전이 전혀 익숙하지 않았다.

춤이 끝나면 백작은 나의 어머니와 잠시 한담을 나누고 싶다고 말하곤 했다. 이는 자신의 관심이 명예로운 것임을 보여 주기 위한 그의 방법이었던 듯싶다. 결국 나는 벽 앞에 앉아 있는 고통을 감내하는(얼마나 지겨우셨을까!) 어머니에게 그를 데려가야 했다. 백작은 어머니 곁에 앉아 적어도 20분 동안 매우 점잖게 말벗이 되어 주었다. 그 후 집에 도착하면 어머니는 뿌루퉁해서 말했다.

"대체 왜 그 오스트리아인을 나한테 데려온 거니? 그 사람 완전히 찰거머리더구나."

나는 어쩔 수 없었다고, 백작이 우겼던 거라고 항변했다.

"애거서, 그 정도는 알아서 처리해야지. 청년들 누나까지 끌어 줄 마음은 전혀 없어. 그건 어디까지나 좋은 인상을 주려고 예의상 하는 말이야."

나는 그 사람이 무서워서 어쩔 수 없었다고 했다.

"미남이고, 교육도 잘 받았고, 춤 솜씨도 뛰어나. 하긴 무척 지루하기는 하더구나."

내 친구들은 대부분 젊은 중위나 소위였는데, 흥미진진하긴 했지만 전혀 진지한 사이는 아니었다. 나는 그들의 폴로 시합을 구경하며 잘하지 못할 때는 격려하고, 잘할 때는 박수를 보냈다. 청년들은 부러 멋진 모습을 보여 주려고 애썼다. 그보다 약간 나이가 많은 남자와는 대화를 나누기가 다소 어려웠다. 그때 사귄 사람들의 이름은 대부분 잊었지만, 나와 꽤 자주 춤을 추었던 히버드 대위는 기억난다. 카이로를 떠나 베네치아로 가는 배에서 어머니가 무심하게 하는 말에 나는 깜짝 놀랐더랬다.

"히버드 대위가 너랑 결혼하고 싶어 했던 것 아니?"

나는 화들짝 놀랐다.

"네? 히지만 청혼은커녕 그 비슷한 말도 안 내비쳤는데요."

"아니, 나한테 말했어."

"어머니한테요?"

나는 경악하였다.

"그래, 너를 무척 사랑한다고. 네가 너무 어리다고 생각하느냐고 묻더구나. 그러고는 너한테는 말하지 않는 편이 좋겠다고 하던걸."

"그래서 뭐라고 하셨어요?"

나는 강경하게 물었다.

"너는 그다지 마음이 없다고 했지. 그러니 그만 털어 버리라고 했단다."

"엄마! 너무해요!"

나는 분개하여 외쳤다.

어머니는 의아해하며 나를 바라보았다.

"대위를 좋아했던 거니? 그 사람이랑 결혼할 생각이 있었던 거니?"

"물론, 아니지요. 대위와 결혼할 생각은 전혀 없었어요. 사랑하지도 않고요. 하지만 청혼을 받고는 싶었단 말이에요."

어머니는 다소 놀라는 기색이더니, 자신의 실수를 깔끔하게 인정했다.

"벌써 나도 구닥다리가 다 되었구나. 네 말도 일리가 있어. 그래, 직접 청혼을 받고 싶은 것도 당연해."

나는 한동안 이 때문에 속상했다. 청혼을 받을 때 어떤 기분일지 무척 궁금했던 것이다. 히버드 대위는 미남이고, 지루하지도 않고, 춤 솜씨도 뛰어났으며, 집안도 유복했다. 그와 결혼하는 것을 고려해 보지도 못했다니 안타까웠다. 종종 그렇듯 여자 쪽에서는 마음에 없지만 남자 쪽에서 좋아하는 경우 남자는 병든 닭 같은 자신의 꼬락서니를 견딜 수 없어 즉시 구애한다. 여자는 그 남자가 마음에 들 경우에는 기뻐하면서 그런 모습을 흠잡지 않지만 마음에 들지 않을 경우에는 확 등을 돌려 버린다. 삶의 커다란 불공평 중 하나이다. 여자는 사랑에 빠지면 평소보다 열 배는 아름다워 보인다. 눈은 반짝이고, 뺨은 발그레하고, 머리에서는 광채가 난다. 또 대화는 더욱 재기 넘치고 활기를 띠는 것이다. 전에는 그다지 관심이 없던 남자까지도 그녀를 새삼 다시 보게 될 정도이다.

이리하여 내 생애 첫 번째 청혼은 너무도 불만족스럽게 끝나고 말았다. 두 번째 청혼은 키가 190센티미터에 달하는 청년의 입에서 나왔다. 나는 그를 꽤 좋아했고, 서로 친하게 지냈다. 그는 다행히도 어머니를 통해 청혼할 생각은 하지 않았다. 그 정도 분별은 있어야지. 그는 내가 집으로 돌아갈 때 탄 배에 같이 타고 왔다. 배는 알렉산드리아에서 출발하여 베네치아로 향했다. 그를 더 좋아했더라면 좋았을 텐데. 우리는 한동안 편지를 주고받았지만, 그가 그만 인도로 배치되었다. 내가 좀 더 나이가 들어 만났더라면 그를 훨씬 더 좋아했을 텐데.

청혼에 대해 생각하다 보니 우리가 젊었던 시절에 남자들이 청혼을 남발하는 경향이 있었던 것이 아닌가 싶다. 나나 친구들이 받았던 청혼 중에는 극히 비현실적인 것도 없지 않았다. 그때 만약 내가 청혼을 받아들였더라면 상대방이 당황하지 않았을까. 이에 관해 젊은 해군 대위와 논의한 적이 있다. 토키에서 파티를 마치고 집으로 걸어서 돌아오는 길에 대위가 느닷없이 청혼을 하는 것이었다. 나는 감사하다는 말과 함께 거절한 뒤 덧붙였다.

"진심이 아니라는 것 잘 알아요."

"오, 진심입니다."

"설마요. 서로 안 지 이제 열흘이 되었을까 한데요. 더구나 그렇게 젊은 나이에 결혼하고 싶을 까닭이 없잖아요. 경력에 아주 불리하다는 것쯤은 잘 아시면서."

"네, 그렇긴 하지요."

"그러니 이렇게 청혼하는 것은 정말 어리석은 짓이에요. 대위님도 잘 아실 거예요. 그런데 왜 그러셨어요?"

"그냥 나도 모르게 그렇게 했습니다. 당신을 보자 그냥 말이 나왔어요."

"다음부터는 그러지 마세요. 신중하셔야지요."

우리는 다정하면서도 무미건조하게 헤어졌다.

2

이런 과거사를 듣고는 나나 다른 사람들이 어마어마한 부자였던 것으로 오해할 수도 있겠다. 요즘은 부자들이나 그런 생활을 하지만, 사실 내 친구들 대다수는 중류층 출신이었다. 대부분 마차나 말이 없었으며, 새로 나온 자동차를 사지도 않았다. 이는 부자들만이 갖출 수 있는 것이었다.

아가씨들은 대개 이브닝드레스가 많아야 세 벌이었고, 몇 년을 입었다. 모자는 시즌마다 1실링짜리 모자용 페인트를 사서 직접 칠했다. 테니스 파티나 가든파티 등 파티에는 걸어서 갔다. 물론 교외에서 열리는 이브닝 무도회에는 마차를 불러 타고 갔다. 토키에서는 크리스마스나 부활절 때를 제외하고는 사적인 무도회가 많이 열리지 않았다. 8월이면 손님들을 집에 초청해 함께 지내다가 함께 레가타 무도회나 대저택에서 열리는 무도회에 가곤 했다. 나는 6월과 7월에 런던의 무도회에 몇 번 참석했다. 런던에 아는 사람이 별로 없어 자주 갈 수는 없었다. 하지만 이따금씩 여섯 명이 일행을 이루어 함께 예약 파티(그렇게 불렀다.)에 가곤 했다. 여기에는 그다지 비용이 많이 들지 않았다.

또한 시골 대저택에서 열리는 하우스 파티가 있었다. 처음으로 워릭셔에 있는 아는 댁 하우스 파티에 갔을 때 어찌나 신경이 곤두서던지. 그들은 열렬한 사냥꾼들이었다. 저택의 안주인인 컨스턴스 랠스턴 패트릭은 사냥을 떠나지는 않고 출발지까지만 조랑말이 끄는 마차를 타고 갔는데, 그때 나도 따라 갔다. 어머니는 나에게 승마를 엄격히 금했다.

"말을 탈 줄도 모르잖니. 남의 집 귀중한 말에 상처라도 내면 큰일이야."

하지만 아무도 내게 말을 탈 것을 권하지 않았다. 이를 두고 다행이라고 해야 할지.

나의 승마와 사냥은 데번 주에 국한되었다. 즉, 미숙한 기수를 태우는 데 익숙한 말 대여점의 말을 타고서 아일랜드에서 사냥하듯 높다란 비탈을 힘겹게 오르는 것이다. 확실히 말이 나보다 잘 알고 있었다. 내가 주로 타던 크라우디는 흰 털이 섞인 붉은 말로, 다소 풀 죽은 듯 보였지만 데번의 비탈을 용케 잘 오르내렸기에 나는 크라우디가 알아서 하도록 내버려 두었나. 빌을 틸 내는 빙원히 니싱용 끝힌징에 두 빌을 힌쭉으로 모으고 잇잇다. 당시에는 어떤 여자도 남자처럼 말을 타지 않았으며, 다리를 안장 앞쪽에 고정시킨 채 말을 타면 전혀 불안하지 않았으며, 처음 남자처럼 걸터앉아 말을 타 보았을 때 뜻밖에도 훨씬 안정감이 떨어지는 걸 느꼈더랬다.

컨스턴스는 내게 무척 친절했다. 나를 '핑클링'이라고 부르고들 했는데, 아마도 핑크색 이브닝드레스를 자주 입어서일 것이다. 로빈은 핑클링이라며 종종 놀려 댔고, 컨스턴스는 살짝 눈을 반짝이며 보호자다운 충고를 하였다. 내가 처음 그 댁에 갔을 때 서너 살쯤 된 귀여운 딸아이가 있었는데, 나는 많은 시간을 그 아이와 놀며 보냈다. 컨스턴스는 타고난 결혼 중매인이었다. 지금에서야 깨달았지만, 내가 그곳에 머무는 동안 컨스턴스는 부러 좋은 배필이 될 만한 남자를 만나게 해 주었다. 때때로 나는 비공식적으로 잠깐씩 승마를 했는데, 어느 날 로빈의 친구들 두어 명과 함께 들판 주위로 전속력으로 달리게 된 적이 있었다. 어쩌다가 벌어진 일이었다. 나는 승마 복장도 아닌 평범한 날염 드레스 차림에 머리도 단단히 붙이지 않은 채였다. 그때 아가씨라면 다 그러했듯 나 역시도 부분 가발을 하고 있었는데, 마을 거리로 말이 달려가며 머리가 완전히 풀어헤쳐졌고, 부분 가발이 하나하나 길바닥에 떨어지고 만 것이다. 나는 그 거리를 되짚어 걸어가며 가발을 주워야 했다. 그런데 이것이 아주 뜻밖의 호의적인 반응을 일으켰다. 워릭셔 사냥의 지도자로 인정받는 한 인물의 말을 로빈이 전해 주었다.

"자네 집에 묵는다는 그 아가씨 참 괜찮더군. 가짜 머리가 떨어졌을 때의 행동이 마음에 들어. 조금도 개의치 않고, 돌아가서 웃는 얼굴로 줍더라고. 벌어진 일을 깨끗이 받아들일 줄 알다니!"

이런 일이 사람들에게 좋은 인상을 주다니 참으로 의아하다.

랠스턴 패트릭 댁에 자동차가 있다는 것은 나의 또 다른 기쁨이었다. 1909년 자동차가 생산되었을 때의 흥분을 어찌 다 말하리. 로빈은 그 차를 애지중지했다. 차가 심심하면 고장 나고 말썽을 일으키는지라 로빈의 열정은 오히려 더 깊어졌다. 벤베리까지 드라이브 갔던 날이 기억에 생생하다. 우리는 마치 북극 탐험이라도 떠나는 양 만반의 준비를 했다. 대형 모피 융단, 머리를 감쌀 여분의 스카프, 도시락 바구니 등등. 컨스턴스의 오빠 빌, 로빈, 나 이렇게 셋이서 드라이브를 갔다. 상냥한 작별 인사를 받은 컨스턴스는 우리 모두에게 키스하며 조심하라고, 만일의 경우에 대비하여 따끈한 스프를 준비해 놓을 테니 언제든지 안락한 집으로 돌아오라고 말했다. 벤베리는 그곳에서 40킬로미터 거리였지만, 땅 끝처럼 여겨졌다.

조심스레 시속 40킬로미터로 몰며 10킬로미터 정도를 신나게 달렸다. 아무 문제도 없었다. 하지만 그것은 시작에 불과했다. 타이어를 갈고, 정비소를 찾아 헤맨 다음에야(당시에는 정비소가 띄엄띄엄 있었다.) 벤베리에 이를 수 있었다. 뼛속까지 꽁꽁 언 채로 지치고 허기져 마침내 집에 돌아오니 저녁 7시가 다 되어 있었다. 도시락은 이미 한참 전에 다 먹어 치운 뒤였다. 내 생애 가장 모험적인 하루로 아직도 손꼽히리라! 나는 많은 시간을 얼음장 같은 바람을 맞으며 길가 비탈에 앉아서는 로빈과 빌을 격려하며 보냈다. 두 사람은 안내서를 활짝 펼쳐 놓고는 타이어와 스페어타이어와 잭을 비롯해 그때까지 한 번도 다뤄 본 적이 없는 온갖 도구를 가지고 끙끙거렸다.

하루는 어머니와 함께 서식스로 가서는 바텔럿 일가와 점심을 먹었다. 레이디 바텔럿의 오빠인 앵커텔도 있었는데 그는 아주 크고 성능이 좋은 자동차를 갖고 있었다. 내 기억에는 길이가 3미터는 되었을 성싶고, 거대한 튜브가 바깥쪽으로 울퉁불퉁 나와 있었다. 그는 열렬한 자동차광으로, 우리를 런던까지 데려다 주겠다고 제안했다.

"기차로 갈 필요 없어요. 정말 몹쓸 것이죠. 제가 두 분을 모셔다 드리겠습니다."

이루 말할 수 없이 행복했다. 레이디 바텔럿이 내게 새로 나온 자동차용 모자를 빌려 주었다. 독일 제국의 장교 모자와 요트 모자의 중간 형태라고 할 수 있는 납작한 모자에 자동차용 베일이 드리워 있었다. 그 괴물처럼 거대한 차에 올라타고 출발하자 우리가 덮고 있던 무릎 덮개가 바람처럼 펄럭였다. 당시에는 차들이 전부 오픈카였고, 드라이브를 즐기려면 상당한 체력이 필요했다. 당연히 그때 사람들은 튼튼했으며 나는 한겨울에 불도 지피지 않고 피아노 연습을 했던 덕분에 얼음장 같은 바람에도 버틸 수 있었다.

. 앵커텔 씨는 보통 '안전' 속도라고 간주되던 시속 30킬로미터를 전혀 개의치 않고 60 내지는 80킬로미터로 서식스의 도로를 질주했다. 그러던 어느 순간 앵커텔 씨가 운전석에서 벌떡 일어나 외쳤다.

"뒤를 봐요! 뒤를! 생울타리 뒤에요! 거기 숨어 있던 녀석을 봤어요? 아, 빌어먹을 자식! 악당 같으니라고! 경찰이 덫을 놓은 거예요. 예, 악당이고말고요. 원래 그런 자식들이죠. 울타리 뒤에 숨어 있다가 나와서 시간을 재다니."

우리는 시속 80에서 20킬로미터로 속도를 뚝 떨어뜨렸다. 앵커텔 씨가 껄껄 웃어 젖혔다.

"누가 당할 줄 알고!"

앵커텔 씨는 어딘지 심상치 않은 사람이었지만, 차는 무척 마음에 들었다. 선홍색의 무시무시하고도 흥미로운 괴물이었다.

후에 나는 굿우드 경마(서식스의 굿우드에서 매년 벌어지는 경마 — 옮긴이) 시즌 동안 바텔럿 가족과 함께 보냈다. 내가 방문한 시골 저택 중 유일하게 끔찍했던 곳이 아니었나 싶다. 경마를 보려고 수많은 사람들이 그곳에 머물고 있었지만, 나는 경마 용어라고는 도통 몰랐다. 나에게 경마란 처치 곤란한 꽃 모자를 쓰고, 강풍이 불 때마다 여섯 개의 모자 핀을 급히 조이면서, 높은 굽의 딱딱한 가죽 신발 차림으로 몇 시간이고 서 있느라 발

과 발목이 열이 나며 퉁퉁 붓는 것을 의미했다. 이따금씩 사람들이 "출발이
다!" 하고 외칠 때마다 일부러 열광하는 척하며 잘 보이지도 않는 말들을
보려고 까치발을 섰을 뿐이었다.

그러다 어떤 남자가 나 대신 베팅을 해 주겠다고 친절하게 제안했다. 나
는 당황했다. 보호자 노릇을 하던 앵커텔 씨의 여동생이 얼른 나서서 그를
꾸짖었다.

"이 아가씨는 베팅 같은 것은 안 해요."

그러고는 나에게 상냥하게 말했다.

"내가 얼마를 따든 5실링은 애거서 거야. 그러니 다른 말은 신경도 쓰지
말라고."

나는 그들이 매번 20파운드나 25파운드를 베팅한다는 사실을 알고는 말
그대로 머리끝이 주뻣 섰더랬다! 하지만 여주인들은 돈 문제에 있어 항상
아가씨들에게 친절했으며, 아가씨들 대부분이 돈을 아껴 써야 하는 처지라
는 것을 잘 알고 있었다. 당시에는 부잣집 딸이거나 부자인 아가씨라 해도
1년에 의류비로 50~100파운드만을 쓸 뿐이었다. 그래서 여주인은 아가씨
들을 세심하게 보살펴 주었다. 때로 브리지(카드놀이의 한 종류 — 옮긴이)
를 하라고 부추기기는 했지만, 항상 '동행'하여 아가씨가 지더라도 채무에
대한 책임을 져 주는 사람이 있었기 때문에 소외감을 느끼거나 감당할 수
없는 손실을 보는 일은 없었다.

경마의 첫 경험은 전혀 매력적이지 않았다. 집에 돌아가서는 어머니한테
다시는 "출발이다!" 소리를 듣고 싶지 않다고 말했으니까. 하지만 1년 후
에는 열렬한 경마 팬이 되었고, 경주마에 대해서도 제법 알게 되었다. 스코
틀랜드에서 컨스턴스 랠스턴 패트릭의 가족과 함께 머무르게 되었는데, 그
집 아버지가 자그마한 경주마를 한 마리 가지고 있었다. 그곳에서 경마에
대해 제대로 배우고, 소규모 경마도 구경하다 보니 이내 경마에 재미를 붙

이게 된 것이다.

물론 굿우드에서의 생활은 가든파티와 더욱 비슷했다. 너무나 오랫동안 계속되는 가든파티. 게다가 거기서는 사람들이 짓궂은 장난을 종종 치곤 했는데 그것이 나로서는 어이없기 짝이 없었다. 사람들이 서로 남의 방에 들어가 물건들을 창밖으로 던지고는 깔깔대며 고함치는 것이다. 아가씨는 나밖에 없었고 경마를 즐기는 젊은 유부녀들이 많았는데, 한번은 예순 살 쯤 된 늙은 대령이 내 방으로 침입해 들어와서는 외치는 것이었다.

"자 이제, 우리 아기하고 재미 좀 볼까나!"

그러더니 옷장에서 내 이브닝드레스를 꺼내(리본이 달린 핑크빛 드레스 인데, 다소 어린애 같은 옷이었다.) 창밖으로 던지면서 말했다.

"잡아라, 잡아. 우리 영계가 주는 상이다!"

나는 정말로 기가 막혔다. 나에게 이브닝드레스는 소중한 물건이었다. 그토록 조심스레 빨고, 고치고, 보관해 왔건만 여기서는 무슨 축구공처럼 던지다니. 앵커텔 씨의 여동생이 나를 구하러 와서 가엾은 어린애를 놀리

▲ 굿우드에서 열린 하우스 파티에서

면 안 된다고 대령을 나무라 주었 다. 그곳을 떠나면서 얼마나 안도했 는지. 하지만 그 파티가 나에게 많은 도움이 된 것은 분명 사실이다.

기억에 남는 또 다른 하우스 파티 로는 '설탕왕'이라고 불리고 있었던 파크라일 부부가 시골 저택을 빌려 연 대단한 파티가 있다. 우리는 카이 로에서 파크라일 부인을 만났더랬 다. 당시 쉰이나 예순 정도였는데, 멀 리서 보면 스물다섯 살의 어여쁜 아

가씨처럼 보였다. 사석에서도 그처럼 잘 차려입는 사람은 결코 본 적이 없다. 짙은 머리를 멋들어지게 모양내고, 핑크색과 하늘색 파스텔로 우아하게 화장하여 한껏 아름다움을 발했다. 가히 알렉산드라 여왕에 비길 만했으며, 자연에 대한 예술의 승리라 할 만했다. 또한 무척이나 상냥하신 분으로, 많은 청춘남녀들과 가까이 지내기를 좋아하셨다.

나는 그들 중 한 청년에게 다소 반했는데, 훗날 1차 대전 때 사망하고 말았다. 아무튼 그는 나에게 그다지 관심이 없었지만, 나는 더 친해지고 싶었다. 하지만 어떤 포병대원이 항상 내 옆에 얼쩡거리며 테니스와 크로케 등 온갖 경우에 내 파트너가 되기를 주장하는 바람에 내 희망은 물거품이 되어 버렸다. 나날이 나의 분노는 쌓여만 갔고, 때로는 심할 정도로 무례하게 굴어도 보았지만 그는 전혀 아랑곳하지 않았다. 끊임없이 이런저런 책을 읽었는지 물으며 나한테 보내 주겠다고 말했다. 런던에서 지낼 예정인가? 폴로 경기를 보러 가지 않겠느냐? 내가 아무리 딱지를 놓아도 그는 끄덕도 하지 않았다. 그곳에서 떠나던 날이었다. 나는 런던으로 갔다가 다시 데번 행 기차로 갈아타야 했으므로 아침 일찍 출발해야 했다. 파크라일 부인이 아침 식사 후 내게 말했다.

"S 씨가(지금은 이름도 기억나지 않는다.) 애거서 양을 역까지 바래다 줄 거예요."

다행히 역은 멀지 않았다. 나는 파크라일 씨의 차 중 한 대를(당연히 파크라일 씨는 차가 함대를 이루었다.) 타고 가고 싶었지만, S 씨가 파크라일 부인에게 나를 데려다 주겠다고 제안한 모양이었다. 부인이야 내가 마다할 리 없다고 생각했을 것이다. 몰라도 한참 몰랐다! 역에 도착한 후 런던 행 익스프레스가 들어오자 S 씨는 나를 2등석 차량의 텅 빈 구석 객실까지 안내했다. 나는 이제 더 이상 그치를 안 봐도 된다고 안심하고는 다정하게 작별 인사를 하였다. 그런데 기차가 출발하자 그가 느닷없이 손잡이를 잡고

문을 열더니 안으로 들어와 닫는 것이었다.

"저도 같이 런던에 가겠습니다."

나는 입을 쩍 벌린 채 그를 바라보았다.

"짐도 없이요?"

"알아요. 아무 문제없습니다."

그는 내 맞은편에 앉아 손을 무릎에 얹은 채 나를 강렬하게 응시했다.

"런던에서 다시 만날 때 말씀드리려 했지만 도저히 못 기다리겠습니다. 당신을 열렬히 사랑합니다. 저와 결혼해 주십시오. 처음 본 순간, 저녁 만찬에 그대가 내려오던 그 순간, 저는 당신이 제 유일무이한 여자가 되리라는 것을 알았습니다."

잠시 후 나는 거침없이 쏟아지는 말을 가로막고는 냉담하게 말했다.

"정말 친절하시군요, S 씨. 마음 깊이 감사드립니다만, 제가 부정적인 대답을 할 수밖에 없어 심히 유감입니다."

그는 약 5분 동안 항변하더니, 결국에는 다 잊고 친구로서 만나자고 주장했다. 나는 다시 만나지 않는 편이 좋겠다고, 내 마음은 바뀌지 않을 것이라고, 그가 받아들일 수밖에 없도록 단호히 잘라 말했다. 그는 등받이에 등을 기대더니 절망에 빠졌다. 아가씨에게 청혼하기에 이보다 더 나쁜 상황을 상상할 수 있겠는가? 적어도 2시간을 텅 빈 객실에 갇혀(당시에는 객차에 복도가 없었다.) 런던으로 가면서 침묵에 잠기다니. 우리는 피차 할 말이 전혀 없었다. 읽을거리도 갖고 있지 않았다. 그를 떠올리면 지금도 끔찍하다. (유모의 격언처럼) 좋은 남성이 사랑을 준 데 대해 마땅히 느껴야 할 감사의 느낌조차 들지 않는다. 그는 분명 좋은 남자였으리라. 아마도 그 때문에 그토록 지루했던 것이리라.

내가 방문했던 또 다른 시골 저택은 요크셔에 있었는데 대모님의 오랜 친구이자 역시 경마를 즐기는 매슈스 일가의 집이였다. 매슈스 부인은 설

새 없이 말을 하는 사람이라 같이 지내기가 다소 불편했다. 나는 세인트레저(영국의 3대 경마 중 하나—옮긴이)를 기념해 열린 파티에 초대받았다. 그곳에 갈 무렵에는 나도 경마에 더 익숙해져 있었고, 사실상 차츰 재미가 붙던 때였다. 게다가 이 특별한 행사를 위해 새로운 외출복을 마련했는데 (지금 돌이켜보면 어리석지만, 원래 사람은 누구나 그런 실수를 저지른다.) 그 것이 어찌나 기쁘던지. 초록빛이 감도는 갈색의 고급 트위드로 짠 옷이었다. 좋은 외출복은 몇 년을 입는 것이니까 돈을 쓸 만한 가치가 있다고 어머니는 말씀하셨는데 이 옷이 바로 그런 경우였다. 적어도 6년은 입었으니까. 벨벳 칼라가 달린 이 롱코트를 입고는 초록빛이 감도는 갈색의 벨벳 토크(챙이 전혀 없거나 작은 챙이 달려 있는 작고 둥근 모자—옮긴이)에 날개 장식을 달아서 머리에 썼다. 이 차림으로 찍은 사진은 없다. 만약 사진을 찍었더라면 지금 시각으로는 무척 우스꽝스러웠을 텐데. 하지만 내 기억 속에서 그 옷을 입은 나는 세련되고 저돌적으로 보였다!

내 기쁨은 기차를 갈아타는 역에서 최고조에 달했다.(체셔에서 언니와 함께 지내다가 요크셔로 갔던 것 같다.) 한파가 몰아치자 역장이 내게 다가와 사무실에서 기다리지 않겠느냐고 말을 걸어 왔다.

"하녀분이 보석 상자나 귀중품을 들고 있으면 됩니다."

물론 나는 평생 하녀와 함께 여행해 본 적이 없었으며, 그럴 필요도 없었다. 보석 상자 따위는 갖고 있지 않았으니. 하지만 다 멋진 모자 덕분인 것 같아 이 말에 감격했다. 나는 이번에는 하녀와 함께 오지 않았다고 말했다. 그가 혹시 나를 낮추어 볼까 저어되어 '이번에는'이라고 말하지 않을 수가 없었다. 아무튼 나는 그의 제안을 감사히 받아들이고는 따뜻한 난로 앞에 앉아 날씨에 대한 즐겁고 평범한 대화를 나누었다. 그리고 이윽고 다음 기차가 들어오자 정중한 배웅을 받으며 객차에 올랐다. 이러한 특별대우는 분명 외출복과 모자 덕분이었으리라. 1등석이 아니라 2등석으로 여행하는 사람을 보고 부자라든가 명문가 사람이라고 여겼을 리는 없지 않은가.

매슈스 가문은 소프아치홀이라는 저택에서 살았다. 매슈스 씨는 아내보다 한참 나이가 위였는데, 칠순은 분명 넘었을 것이다. 숱 많은 백발에 경마와 사냥을 열렬히 좋아한 멋진 분이었다. 아내를 몹시 사랑하긴 했지만 아내 때문에 당황하기 일쑤였다. 실제로 가장 기억에 남는 그의 모습은 화를 내며 말하던 때이다.

"이런, 여보. 제발 재촉 좀 하지 마. 그만 좀 서두르라고!"

매슈스 부인은 호들갑을 떨고 재촉하는 데 타고난 사람이었다. 아침부터 밤까지 쉴 새 없이 말하면서 수선을 피웠다. 친절하시긴 했지만, 때로는 견디기가 무척 힘들었다. 매슈스 씨는 아내한테 들들 볶인 끝에 결국 친구인 월렌스타인 대령에게 평생 함께 살자고 제안했다. 지역 사회는 그를 두고 매슈스 부인의 두 번째 남편이라고들 말을 했지만 나는 '샛서방'이나 내연 관계가 전혀 아니었다고 확신한다. 월렌스타인 대령은 애디 매슈스 부인을 사랑했다. 이미 평생을 사모했던 듯싶다. 하지만 매슈스 부인은 대령을 적당한 거리에 두고는 낭만적이고도 정신적인 우정을 즐겼다. 어쨌든 애디 매슈스는 자신을 즐겁게 해 주고 칭찬해 주고 원하는 것을 모두 마련해 주기 위해 분투하는 두 헌신적인 남자와 함께 행복한 삶을 영위했다.

그곳에서 머무르는 동안 찰스 코크런(영국의 유명 흥행주, 연극 연출가―옮긴이)의 아내인 이블린 코크런을 만났다. 이블린은 드레스덴 도자기의 양치기 소녀처럼 자그마하고 사랑스러운 여인으로, 커다란 푸른 눈에 금발 머리를 하고 있었다. 그런데 시골에는 전혀 어울리지 않는 섬세한 신발을 신고 있어서 매슈스 부인이 시시때때로 이를 나무랐다.

"이블린, 왜 적당한 신발을 가져오지 않은 거니? 이것 좀 봐. 판지로 만든 구두 밑창이라니, 이런 건 런던에서나 어울려."

이블린은 커다란 푸른 눈으로 슬프게 부인을 바라보았다. 이블린은 거의 평생을 런던에서 연극계 인사들에 둘러싸여 살았는데, 그녀가 말에 따르면, 가족들이 극구 반대하는 바람에 찰스 코크런과 달아나려고 창문을 기어 넘기도 했다는 것이다. 이블린은 유난히 남편을 숭배했다. 집을 떠나 있을 때면 단 하루도 빠지지 않고 매일 편지를 썼다. 찰스 코크런이 한눈을 자주 팔긴 했지만 아내에 대한 사랑은 변함없었다고 생각한다. 이블린은 견디기 힘든 질투심만큼이나 강력한 사랑으로 그와 함께하며 많은 고통을 겪었다. 하지만 그럴 가치가 있다고 여겼던 것 같다. 한 사람에 대한 사랑을 평생 지속하는 것은 그 대가가 무엇이든 특권이 아닐 수 없다.

월렌스타인 대령은 이블린의 삼촌이었다. 이블린은 대령을 무척 싫어했고 애디 매슈스도 싫어했지만, 톰 매슈스는 다소 좋아했다.

"나는 삼촌을 한 번도 좋아해 본 적이 없어요. 그렇게 지루한 사람이 있을까. 매슈스 부인처럼 성가시고 어리석은 여자는 생전 처음이에요. 사람을 가만두지 않는다니깐요. 언제나 나무라거나 관리하려 들거나 뭔가를 하려고 하죠. 조용할 때라고는 없어요."

3

소프아치홀을 떠나면서 이블린 코크런은 내게 런던의 자기 집에 꼭 놀러오라고 청했다. 그리하여 나는 조심스러운 마음으로 런던으로 향했다. 연극계의 온갖 소문을 듣는다고 생각하니 가슴이 떨렸다. 또한 이번 일은 처음으로 그림의 진가를 이해하는 계기가 되었다. 찰스 코크런은 대단한 그림 애호가였다. 찰스가 수집한 드가의 발레하는 소녀 그림을 처음 보았을 때, 내 안에 존재하고 있었는지조차 알지 못했던 뭔가가 요동쳤다. 갤러리에서 그림을 향해 막무가내로 바싹 다가가서 보는 철없는 아가씨의 습관

은 비난받아 마땅하다. 타고난 예술성이 없다면 그렇게 해 봐야 그림을 제
대로 감상할 수 없다. 더구나 교육받지 않은 눈 혹은 비예술적인 눈에는 위
대한 대가들이 서로 비슷비슷하게 보일 뿐이다. 그림에는 하나같이 빛나는
황색 어둠이 깔려 있었다. 예술은 내게 처음에는 재미도 없는 그림을 배우
도록 강요했지만, 다음에는 내 앞에 놓인 그림을 이해해야 한다는 도덕적
책임감을 심어 주었다.

음악, 미술 등 대단한 문화 애호가인 미국인 여자 친구가 런던을 정기적
으로 방문하곤 했다. 그녀는 내 대모님인 설리번 부인의 조카이자 피어폰
트 모건(미국의 유명 금융가 — 옮긴이)의 조카였다. 메이는 끔찍한 고통을
겪고 있었다. 보기 흉한 갑상선종에 걸렸던 것이다. 메이가 젊은 아가씨
였던 시절에는 그 병의 치료법이 전혀 없었다.(내가 처음 만났을 때 메이는
40대였다.) 외과 수술은 너무 위험하다고 여기고 있었던 것이다. 그런데 어
느 날 메이가 런던으로 와서는 나의 어머니에게 스위스에서 수술받기로 했
다는 소식을 전했다.

이미 예약까지 마친 뒤였다. 그쪽 분야의 전문의로 명성을 날리던 의사
는 이렇게 말했다고 한다.

"마드무아젤, 이 수술은 남자에게는 절대 권하지 않습니다. 수술하는 동
안 환자가 계속 말을 해야 하기 때문에 국부 마취를 할 수밖에 없습니다.
남자는 이를 도저히 견디지 못하지요. 하지만 여자라면 꿋꿋이 견딜 수 있
습니다. 수술에는 시간이 꽤 걸리지요. 한두 시간 동안 쉬지 않고 말을 해
야 하는 겁니다. 하실 수 있겠습니까?"

메이는 의사를 바라보며 일이 분간 생각에 잠긴 뒤 단호히 말했다, 할 수
있다고.

나의 어머니는 메이를 격려했다.

"수술하는 것이 옳다고 봐요, 메이. 엄청난 시련이 되겠지만, 일단 성공

하기만 하면 인생이 달라질 거예요. 감내할 만한 가치가 있어요."

얼마 후 스위스에 있던 메이에게서 연락이 왔다. 수술은 성공적이었으며, 이제 퇴원해 이탈리아 피렌체 근방의 피에솔레로 가 호텔에 머물 것이라고 했다. 그리고 한 달 정도 그곳에서 지낸 후 스위스로 돌아가 추가 검사를 받을 거라고 했다. 메이는 어머니에게 이탈리아에서 나와 함께 지내며 피렌체의 예술과 건축을 둘러보게 하고 싶으니 나를 보내 주면 안 되겠느냐고 청했다. 어머니는 동의했고, 나는 떠날 준비를 했다. 당연히 신이 났다. 그때 열여섯 살쯤이었을 것이다.

나는 같은 기차로 여행하는 모녀를 쿡(영국의 유명 여행사 — 옮긴이)의 빅토리아 사무실에서 소개받고는 그들과 함께 여행을 시작했다. 한 가지 점에서 운이 좋았는데, 그 모녀는 앞을 보고 앉지 않으면 멀미를 했던 것이다. 나는 앞이든 뒤든 상관없었으므로 기차 여행 내내 뒤로 향한 좌석을 홀로 쓰며 마음껏 누울 수 있었다. 우리 셋은 시차를 전혀 신경 쓰지 않았다. 그래서 이른 아침 국경선에서 내가 기차를 갈아타야 할 시간에도 나는 여전히 잠들어 있었다. 잠시 후 플랫폼에서 차장을 따라 서둘러 달려가는 나에게 모녀는 작별 인사를 외쳤다. 내가 짐을 챙겨 다른 기차에 오르자마자 바로 이탈리아의 산을 향한 여행이 시작되었다.

메이의 하녀인 스텐첼이 피렌체로 마중 나와 있었다. 우리는 같이 전차를 타고 피에솔레로 향했다. 더없이 아름다운 날씨였다. 아몬드 나무와 복숭아 나무가 일찌감치 꽃을 피워 맨 가지에 흰빛과 분홍빛의 하늘하늘한 꽃이 가득했다. 메이는 그곳에서 큰 저택에서 지냈는데, 활짝 웃으며 나를 맞았다. 참으로 행복해 보이는 얼굴이었다. 턱 아래 끔찍한 혹이 튀어나와 있지 않은 그녀를 보다니 이상했다. 의사의 말대로 그녀는 엄청난 용기를 발휘해야 했다. 1시간 20분 동안 의자에 앉아 다리를 머리 위로 쳐든 채 말하고, 대답하고, 시키는 대로 얼굴을 찡그리는 사이 의사는 그녀의 목에 붙어 있던 살덩어리를 잘라 냈다. 나중에 의사는 축하 인사를 하며 지금까지 이렇게 용감한 여성은 처음이었다고 말했다고 한다. 이에 그녀는 이렇게 대꾸했다.

"하지만 선생님, 사실은 수술이 끝나기 직전에 비명을 지르고만 싶었어요. 히스테리를 부리며 더 이상 견딜 수 없다고 울부짖고 싶었지요."

닥터 루는 대답했다.

"아, 하지만 그러지 않으셨잖습니까. 정말 용감한 분이세요. 아무렴요."

그리하여 메이는 더할 수 없는 행복을 찾았다. 그녀는 내가 이탈리아에서 잘 지낼 수 있도록 온갖 배려를 아끼지 않았다. 나는 매일 피렌체로 구경을 갔다. 때로는 스텐젤이 함께 갔지만, 메이가 주선한 젊은 이탈리아 여인이 피에솔레로 와 나를 피렌체로 데리고 갈 때가 더 많았다. 이탈리아에서 아가씨들은 프랑스에서보다 더 강력한 보호자가 필요했다. 실제로 전차에서 열정적인 청년들에게 꼬집히느라 고생이 이만저만이 아니었다. 얼마나 아팠던지. 그곳에서 나는 미술관과 박물관에 깊이 매료되었다. 또한 늘 그렇듯 식욕이 대단했던지라 피에솔레로 돌아가는 전차를 타기 전에 제과점에서 맛난 음식을 먹는 것을 고대했다.

나중에는 메이도 나와 함께 여러 번 예술 순례를 했다. 내가 영국으로 돌아가던 날이 생생히 기억난다. 메이는 얼마 전에 묵은 때를 벗겨 낸 시에나의 성 카타리나를 내가 꼭 보아야 한다고 고집했다. 그 그림이 지금도 우피치 미술관에 있는지는 모르겠다. 아무튼 메이와 나는 그 그림을 찾아 이 방 저 방을 헛되이 뛰어다녔다. 나는 성 카타리나에 대해 아무런 관심도 없었다. 온몸에 화살을 꽂고 있는 무수한 성 세바스티안에 질린 만큼 성 카타리나도 끔찍했다. 사실 성인이라면 무조건 지겨웠다. 온갖 상징들 하며, 그 끔찍한 죽음들 하며. 또한 자기만족에 빠진 듯한 성모 마리아, 특히 라파엘의 성모 마리아는 질색이었다. 내가 얼마나 무지했는지 생각하면 이 글을 쓰는 지금 쥐구멍이라도 찾고 싶다. 하지만 무릇 오래된 대작은 계속 접함으로써 차츰차츰 좋아지는 법이다. 어쨌든 성 카타리나를 찾아 뛰어다닐수록 나의 걱정도 뭉게뭉게 커져 갔다. 제과점에 가서 마지막으로 맛있는 초콜릿과 휘프드 크림과 화려한 케이크를 먹을 수 있을까?

나는 계속해서 말했다.

"괜찮아요, 메이 아주머니. 정말이에요. 더는 신경 쓰지 마세요. 성 카타리나 그림은 무수히 보았는걸요."

"하지만 애거서, 이 작품은 정말 탁월해. 직접 보면 못 봤으면 어찌 할 뻔했을까 감탄할걸."

나는 그럴 리가 없다는 것을 잘 알고 있었지만, 차마 그렇게 말할 수가 없었다. 그러나 운명은 나의 편이었다. 그 성 카타리나 그림이 몇 주 동안 미술관에 전시되지 않는다는 사실을 알게 된 것이다. 덕분에 기차에 타기 전 초콜릿과 케이크 먹을 시간을 확보할 수 있었다. 메이가 온갖 위대한 그림들에 찬사를 늘어놓는 동안 나는 입 안 가득 크림과 커피 아이싱을 집어넣으며 열렬히 동의했다. 이만하면 살이 뒤룩뒤룩 찌고 눈은 콩알만 한 돼지처럼 보여야 마땅하리라. 하지만 나는 바람이라도 불면 쓰러질 듯 가냘픈 몸매에 눈은 꿈꾸는 듯 커다랬다. 나를 본 사람들은 빅토리아 시대의 이야기책에 나오는 아이처럼 내가 영적 무아경 속에서 일찍 눈을 감게 되리라고 생각했으리라. 하여튼 나는 메이의 예술 교육에 감사함을 느끼지 못하는 나 자신을 책망할 만큼의 품위는 있었다. 피에솔레에서 보낸 시간은 즐거웠다. 특히 아몬드 꽃은 너무도 아름다웠다. 메이와 스텐젤을 항상 따라다니는 포메라니안 종의 개 두두와도 재미나게 놀았다. 두두는 작은 덩치에 몹시 영리했다. 메이는 영국을 방문할 때 종종 두두를 데리고 왔는데, 그럴 때는 커다란 머프(뚫린 양옆으로 손을 끼워 넣어 보온할 수 있게 만든 원통형 의복 — 옮긴이) 안에 개를 숨겨 세관원의 눈을 피했다고 한다.

메이는 뉴욕으로 돌아가는 길에 런던에 들러서 우아해진 목을 선보였다. 어머니와 이모할머니 모두 눈물을 흘리며 그녀에게 거듭거듭 키스했다. 메이도 역시 눈물을 흘렸다. 불가능한 꿈이 현실로 실현된 것이다. 메이가 뉴욕으로 떠난 후에야 어머니는 이모할머니에게 말했다.

"하지만 정말 슬퍼요. 15년 전에 이 수술을 받을 수 있었더라면 얼마나 좋았을까. 뉴욕의 의사들이 엉터리로 조언한 게 틀림없어요."

이모할머니는 생각에 잠겨 말했다.

"그러게, 이제는 너무 늦었어. 결코 결혼하지 못할 거야."

하지만 이모할머니가 틀렸다고 말할 수 있어 무척 기쁘다.

메이는 결혼할 수 없어 무척 슬퍼했지만, 한순간도 결혼하기에 늦었다고는 생각하지 않았다. 몇 년 후 메이는 어느 성직자와 함께 영국으로 왔다. 뉴욕 최고의 감독교회에서 교구목사로 있었으며, 뛰어난 인격과 성실함을 지닌 남자였는데, 앞으로 겨우 1년을 살 수 있다는 사망 선고를 받은 상태였다. 가장 열정적인 교구민이었던 메이는 기부금을 모아서 그를 런던의 의사들에게 진찰받게 주선했다. 그녀는 이모할머니에게 말했다.

"그분은 '꼭' 회복될 거예요. 우리에게는 없어서는 안 될 소중한 분이세요. 뉴욕에서 얼마나 위대한 사역을 하셨는지 몰라요. 도박꾼과 깡패들을 회개시켰고, 사창가 같은 끔찍한 장소도 마다 않고 찾아가셨죠. 여론이나 구타 따위는 전혀 두려워하지 않으셨어요. 평범하게 살지 못하고 있던 많은 사람들이 그분 덕분에 신의 품에 안기었지요."

메이는 그를 일링의 오찬에 데리고 왔다. 그 후 작별 인사를 하려고 다시 찾아왔을 때 이모할머니는 메이에게 말했다.

"메이, 목사님은 너를 사랑해."

"네? 그게 무슨 말씀이세요? 그분은 결혼은 안중에도 없으세요. 얼마나 철저한 금욕주의자이신데요."

"전에는 그랬겠지. 하지만 지금은 아닌 것 같구나. 금욕이 다 무슨 소용이야? 가톨릭교도도 아닌데. 너한테서 시선을 떼지 못하더라."

메이는 대단히 충격을 받은 듯했다.

하지만 1년 후 그녀는 편지를 보내, 앤드류 목사가 건강을 회복했으며, 두 사람이 결혼하기로 했다고 알려 왔다. 무척 행복한 결혼이었다. 세상 그 누구도 앤드류가 메이를 대할 때처럼 다정하고 상냥하고 이해심 많을 수는 없으리라. 한번은 목사님이 이모할머니에게 말했다.

"메이는 행복할 자격이 있어요. 긴 세월을 불행 속에서 살아왔잖습니까. 이제는 행복을 어찌나 두려워하는지 청교도주의자가 다 된 것 같아요."

앤드류는 그 뒤로도 계속 병에 시달렸지만 사역을 결코 멈추지 않았다. 사랑하는 메이 아주머니, 마침내 행복이 아주머니에게 찾아와 얼마나 다행인지.

4

1911년 멋진 일이 일어났다. 내가 '비행기'를 탄 것이다. 물론 당시 비행기는 불신과 논쟁과 온갖 추측이 난무했던 핵심 주제였다. 파리에서 학교에 다닐 때 산투스 두몬트(브라질의 항공기 산업 선구자 — 옮긴이)가 불로뉴 숲에서 비행기를 이륙하려고 애쓰는 모습을 보러 갔더랬다. 내 기억으로는 비행기가 이륙하여 몇 미터 날다 그만 추락해 버렸지만 그럼에도 우리는 깊은 인상을 받았다. 그리고 드디어 라이트 형제가 나타났고, 우리는 그들에 대한 기사에 열광적으로 빠져들었다.

런던에서 택시 제도가 도입되었을 때는 휘파람으로 택시 부르는 방식이 이용되었다. 현관 앞에 서서 휘파람을 힘껏 빈 획 불면 사륜마차가 달려오고,

두 번 휙휙 불면 거리의 곤돌라인 이륜마차가 달려오며, 세 번을 휙휙휙 불면 새로운 교통수단인 택시가 달려왔던 것이다. 《펀치Punch》(1841년 창간된 영국의 화보 정기 간행물로, 풍자적 해학과 희화화, 시사만화로 유명하다 — 옮긴이)에는 꼬마 개구쟁이가 위풍당당한 현관에 서 있는 집사에게 말하는 그림이 실려 있었다.

"휘파람을 네 번 불어요. 비행기가 달려올 테니."

이제 와서 생각해 보니 웃기거나 불가능하지만은 않은 것 같다. 이제 곧 현실이 될지도 모르는 일이다.

다시 본론으로 돌아가서, 어머니와 나는 시골에서 머무르던 어느 날 비행기 전시회를 보러 갔다. 상업적 전시회였다. 비행기가 삽시간에 공중으로 올라가 빙글빙글 돌더니 다시 급강하했다. 그때 이런 공고문이 붙어 있었다.

"한 번 탑승에 5파운드."

나는 어머니를 바라보았다, 간청하듯 눈을 동그랗게 뜨고서.

"타면 안 될까요? 엄마, 타 보고 싶어요. 정말 멋질 거예요!"

정작 멋진 것은 나의 어머니였다. 사랑하는 아이가 비행기를 타고서 하늘 위로 오르는 모습을 서서 바라보시다니! 당시에 비행기는 하루가 멀다 하고 추락하다시피 했다. 어머니는 말씀하셨다.

"정 타고 싶으면 타거라, 애거서."

우리 형편에 5파운드는 큰돈이었지만 지불할 만한 가치가 있는 일이었다. 우리는 바리케이드로 다가갔다. 조종사가 나를 보더니 말했다.

"모자는 잘 고정되어 있겠지요? 좋아요, 타세요."

비행은 단 5분간 이어졌다. 비행기는 하늘 높이 솟구쳤다가 여러 번 맴을 돌았다. 아, 얼마나 환상적이던지! 그러곤 다시 아래로 급강하했다. 5분간의 절정. 사진을 찍으려고 추가로 2실링 6펜스를 냈다. 색이 바래 가는 그 낡은 사진을 나는 아직도 간직하고 있다. 하늘의 까만 점이 1911년 5월 10일 비행기를 탄 나이다.

친구는 크게 두 부류로 나뉜다. 첫째는, 환경적으로 사귀게 된 사람들로서 나와 무엇인가 같은 일을 공유한다. 이들은 구식 리본 댄스와 같아서 굽이굽이 나아가며 내 인생을 스쳐가고, 나 역시 굽이굽이 나아가며 그들 인생을 스쳐간다. 몇몇은 기억하고, 몇몇은 잊는다. 둘째로, '선택된' 친구가 있다. 수는 많지 않지만, 서로에 대한 진정한 관심 때문에 함께하고, 운명이 허락하기만 한다면 평생을 친구로 지낸다. 나는 그런 친구가 일고여덟 명쯤 있는데 대부분이 남자다. 여자 친구들은 대개 환경적으로 사귀게 될 뿐이었다.

남자와 여자 사이에 무엇이 우정을 가져오는지는 나도 모른다. 남자는 그 속성상 여자를 친구로 두기를 원하지 않는다. 친구가 되는 것은 우연히 이루어진다. 예컨대 남자가 이미 다른 여자에게 매혹되어 있어 누군가에게 그녀 이야기를 하고 싶을 때면 종종 여자도 친구로 여기게 되는 것이다. 반면, 여자는 남자와의 우정을 갈망하곤 한다. 다른 사람의 사랑 이야기에 관심을 보이며 기꺼이 친구가 되어 준 결과, 매우 안정적이며 지속적인 관계가 만들어지기도 하는 것이다. 그리고 그때 서로 인간으로서 관심을 갖게 된다. 물론 양념으로 소금을 치는 듯한 성적인 긴장감도 분명 어려 있다.

연로한 의사 친구의 말에 따르면, 남자는 만나는 모든 여자마다 그녀와 자면 어떨지 궁금해한다고 한다. 그러한 호기심은 나아가, 그가 원한다면 여자가 함께 자 줄지까지 발전한다.

"직접적이고 거칠지. 그게 바로 남자라네."

남자는 여자를 아내감으로는 여기지 않는다.

하지만 여자는 만나는 모든 남자를 남편감으로 바라본다. 여자가 믿은편을 힐끗 보고 첫눈에 사랑에 빠지리라고는 생각되지 않는다. 반면, 남자들은 첫눈에 사랑에 빠지는 경우가 허다하다.

우리는 언니와 언니 친구들이 개발한 가족 게임을 즐기곤 했다. '애거서의 남편'이라고 불렀는데, 방에서 가장 혐오스런 낯선 남자 두세 명을 고르고는 나더러 죽음의 위기나 중국인이 느릿느릿 가해 오는 고문을 피하기 위해 그중에 누구를 남편으로 선택하겠느냐고 묻는다.

"자, 애거서, 저기 여드름 난 뚱땡이랑, 비듬투성이랑, 퉁방울눈에 고릴라처럼 시커먼 남자 중에 누구로 할래?"

"말도 안 돼. 다들 끔찍해."

"이 셋 중에 하나를 골라야 해. 안 그러면 벌겋게 달군 바늘에 찔리거나 물고문을 당하게 돼."

이 탓에 우리는 외모가 끔찍한 사람을 무조건 '애거서의 남편'이라고 부르는 습관이 붙게 되었다.

"어머, 저기 봐! 어쩜 저렇게 못생겼을까. 애거서의 남편감이야."

나의 소중한 여성 친구로 아일린 모리스가 있다. 아일린은 집안 친구로서 평생 알고 지냈지만 나보다 나이가 훨씬 위인지라, 내가 19살이 되어 '따라잡을' 수 있게 된 후에야 제대로 친해질 수 있었다. 그녀는 바다가 내다보이는 대저택에서 다섯 명의 미혼 이모들과 함께 살았다. 오빠가 교장 선생님이었는데, 남매가 서로 무척 닮은 탓인지 아일린은 여자라기보다는 남자처럼 명석한 정신을 지니고 있었다. 아버지는 조용하고 상냥하고 지루한 분이었고, 어머니는 우리 어머니 말씀에 따르면, 더할 수 없이 쾌활하고 아름다웠다. 아일린은 외모는 평범했지만 뛰어난 지성을 지니고 있었다. 다방면에 박식했으며, 내가 '사상'에 대해 토론할 수 있었던 최초의 여성이었다. 또한 그처럼 감정 절제를 잘하는 사람도 드물었다. 자신의 감정은 일절 내색하지 않았다. 긴 세월 알고 지냈지만, 사생활은 전혀 알 수 없어 종종 궁금해지곤 했다. 우리는 서로 그 어떤 사적인 비밀도 털어놓지 않았다. 하지만 만날 때마다 할 말이나 토론거리가 무척 많았다. 아일린은 뛰어난 시인이었으며, 음악에 대해 잘 알고 있었다. 음이 마음에 들어 무척 좋아하는 노래인데 아쉽게도 가사가 엉망인 곡이 하나 있어서 아일린한테 이 이야기를 했더니, 개사를 해 보겠다는 것이었다. 덕분에 나의 관점에서 보았을 때 노래가 어마어마하게 개선되었다.

나 역시 시를 썼다. 아마 그 나이 때의 사람은 누구나 시를 쓸 것이다. 어렸을 때의 시를 보면 믿을 수 없을 만큼 엉망이다. 열한 살 때 쓴 시가 아직도 기억난다.

　블루벨이 되어 푸른 옷을 입고 싶어 했던
　어여쁜 꽃, 자그마한 양취란화를 안다네.

그 뒤로 어떻게 진행될지는 잘 알리라. 양취란화는 푸른 옷을 얻고 블루벨이 되겠지만, 마음에 들지 않는다. 이보다 문학적 재능의 부족을 더 잘 반영하는 것이 있을까? 하지만 열일곱이나 열여덟 때는 한결 나아졌다. 할리퀸 전설에 대한 시를 시리즈로 썼다. 할리퀸의 노래, 콜롬비나의 노래, 피에로, 피에레트 등(넷 모두 이탈리아의 코메디아 델라르테에 영향을 받은 영국 팬터마임에 나오는 전형적 인물이다 — 옮긴이). 또《포이트리 리뷰The Poetry Review》에 시를 한두 편 보냈는데 1기니의 상금을 받아 무척 기뻤더랬다. 그 후로 여러 개의 상을 탔고, 시가 잡지에 실렸다. 이처럼 성공하자 스스로 뿌듯했다. 나는 시시때때로 꽤 많은 시를 썼다. 별안간 전율이 온몸을 휘감으면 달려가 내 마음속을 콸콸 흘러가는 소리를 글로 옮겨 냈다. 무슨 대단한 야심이 있었던 것은 아니다. 그저 이따금《포이트리 리뷰》에서 상을 받는 것으로 만족했다. 최근에 예전에 쓴 시를 다시 읽어 보았는데, 그리 나쁘지 않았다. 적어도 내가 표현하고자 하는 것을 그 안에 담고 있었다. 그래서 여기에 다시 싣고자 한다.

나무 아래에
헐벗은 갈색 가지 푸른 하늘을 가르고
(나무 안에는 침묵뿐일지니),
잎들은 노곤하니 발 아래에 몸을 누이고,
뱃심 좋은 갈색 줄기 때를 기다린다
(나무 안에는 침묵뿐일지니).
봄은 젊음의 방식에,
여름은 사랑의 나른한 선물에,
가을은 고통으로 변할 열정에 능하여,
잎과 꽃과 열정은 떨어지고 사그러드나니.

그리고 아름다움, 나무에 아름다움이 남는구나!

벌거벗은 갈색 가지 광기의 달을 가르고
(나무 안에 무엇인가 움직일지니),
잎이 죽음에서 일어나 바스락대고,
가지가 달빛에 손짓하며 추파를 던진다
(무엇인가에 나무 안에서 걸을지니).
퍼덕퍼덕 소용돌이치며 잎이 깨어나네!
죽음의 충동질에 악마의 춤을 추도다!
겁에 질린 나무 휘청휘청 새된 비명을 지르고!
흐느끼며 파르르 떠는 바람······.

그리고 두려움, 벌거벗은 두려움이 나무 밖으로 튀어나오네!

이따금 내 시에 음을 붙여 보았다. 작곡 실력은 그다지 좋지 않았고 그저 간단한 발라드를 그럭저럭 들을 만하게 작곡하는 정도였다. 또한 진부한 곡조로 왈츠를 작곡하고는 다소 특이한 제목을 붙였다. 대체 왜 그랬는지는 모르겠다. '그대와의 1시간'이라니.

1시간 동안 왈츠를 추는 것은 너무 부담스럽다고 여러 파트너들이 지적한 후에야 제목의 뜻이 모호하다는 것을 깨달았다. 그래도 당시 주로 춤곡을 연주하는 대단한 연주단이었던 조이스 밴드가 가끔씩 레퍼토리에 포함시켜 주었다는 사실에 뿌듯했다. 하지만 완전히 엉터리 곡이었다는 것은 지금 나도 인정한다. 왈츠를 그렇게 싫어하면서 어떻게 왈츠를 작곡했는지 심히 의문이다.

탱고는 전혀 달랐다. 워즈워스 부인의 대리인이 뉴턴애벗에서 어른들을 위한 저녁 댄스 수업을 시작했다. 나도 그 수업을 들었는데, 그곳에서 내가 '탱고 친구'라고 부르는 청년과 친해졌다. 세례명이 로널드였는데, 성은 기억나지 않는다. 우리는 서로 거의 이야기를 나누지 않았고, 서로에 대한 관심도 전무했다. 다만 우리의 마음은 온통 발에 쏠려 있었다. 우리는 꽤 일찍 함께 춤을 추게 되었는데, 서로 춤에 대한 열정을 느낀 데다 호흡이 척척 맞았다. 우리는 탱고의 상징이 되었다. 무도회에서 만나면 물을 것도 없이 서로를 탱고 파트너로 택했다.

릴리 엘시(20세기 초 영국의 유명 여배우 ─ 옮긴이)의 유명한 춤을 따라 추는 것 또한 굉장히 신이 났다. 「명랑한 미망인The Merry Widow」 아니면 「룩셈부르크 백작The Count of Luxembourg」에서 그녀가 파트너와 계단을 오르내리며 왈츠를 추었는데, 정확히 어느 연극에서였는지는 모르겠다. 나는 이 춤을 옆집 소년과 연습했다. 맥스 멜러는 당시 이튼에 다녔으며, 나보다 세 살 아래였다. 그의 아버지는 결핵을 심하게 앓아 공기가 잘 통하는 정원의 오두막에서 잠을 잤다. 맥스는 외아들이었다. 그는 나를 연상의 연인으로 깊이 사모했으며 나에게 잘 보이려고 온갖 애를 다 썼다. 그의 어머니 말에 따르면, 사냥 조끼와 사냥 부츠 차림을 하고는 공기총으로 참새를 쏘았다는 것이었다. 또한 몸을 깨끗이 씻고(그로서는 충격적인 변화였다. 몇 해째 그의 어머니는 아들의 목과 손의 상태를 걱정하던 차였으니.), 연자줏빛 넥타이를 여러 개 사는 등 성장의 모든 징후를 보였다. 우리는 춤을 추며 함께 시간을 보냈다. 계단에서 춤을 연습하기 위해 나는 멜러의 집에 자주 갔다. 그 집 계단이 우리 집보다 훨씬 낮고 넓어서 더 좋았기 때문이다. 우리가 춤을 얼마나 잘 추었는지는 모르겠다. 넘어질 때마다 몹시 아프긴 했지만, 그래도 꿋꿋이 연습했다. 맥스에게는 멋진 가정교사가 있었는데, 이름이 아마도 쇼 씨였던 것 같다. 마르그리트 루시는 그를 두고 이렇게 평했다.

"참 멋진 분이야. 다리가 평범하게 생겼다는 것이 애서할 따름이야."

이후로 나는 낯선 남자만 보면 저절로 이러한 기준을 들이대게 되었다. 잘생겼군. 하지만 다리가 평범하지 않을까?

5

어느 불쾌한 겨울날, 나는 침대에 누워 감기에 걸린 몸을 추스르고 있었다. 지루했다. 수많은 책을 읽은 뒤, 데먼(혼자서 하는 카드놀이의 일종 — 옮긴이)을 열세 번 시도한 다음 미스밀리건(혼자서 하는 카드놀이의 일종 — 옮긴이)을 성공적으로 해내고는, 혼자서 브리지를 하였다. 어머니가 들여다보시더니 말했다.

"이야기를 쓰지 그러니?"

"이야기요?"

나는 다소 놀랐다.

"그래. 매지 언니처럼."

"에이, 제가 무슨 재주로."

"안 될 것도 없지."

하긴 쓰지 말아야 할 이유도 없었다. 다만…….

어머니가 예리하게 지적하셨다.

"써 보기 전에는 쓸 수 있는지 없는지 알 수 없어."

그것으로 충분했다. 어머니는 늘 그렇듯 충동적으로 사라졌다가 5분 후 공책을 들고 나타났다.

"끄트머리에 세탁물 목록을 적었을 뿐이야. 나머지는 깨끗해. 여기다 쓰려무나."

어머니가 무엇인가를 제안하면 누구든지 안 할 수 없었다. 나는 자리에서 일어나 이야기 쓰기에 대해 생각했다. 어쨌든 미스밀리건을 다시 하는 것보다는 나을 듯했다.

얼마나 걸렸는지는 모르겠지만, 그리 오래 걸리지는 않았다. 사실은 다음 날 저녁에 단편 하나를 다 쓴 것 같다. 여러 주제를 놓고 망설이며 찔끔 찔끔 써 나가다 모두 포기하고는, 철저히 몰입된 채 굉장한 속도로 쓰기 시작했다. 덕분에 기운이 쫙 빠져 건강 회복에는 별 도움이 안 되었지만, 기분은 좋았다.

어머니가 말했다.

"타자로 칠 수 있게 매지의 낡은 타자기를 찾아봐야겠구나."

나의 첫 번째 단편의 제목은 「아름다움의 집The House of Beauty」이었다. 대략은 아니지만, 전반적으로 괜찮았다고 생각한다. 나한테 이런 가능성을 보여 준 최초의 작품이었으니까. 물론 아마추어적이고 지난주에 읽었던 책의 영향이 곳곳에 배여 있었다. 처음 글을 쓸 때는 누구나 다 마찬가지 이다. 그때는 막 D. H. 로렌스를 한창 읽을 때였다. 『날개 달린 뱀The Plumed Serpent』, 『아들과 연인Sons and Lovers』, 『흰 공작The White Peacock』 등은 당시 내가 가장 좋아하는 책이었다. 또한 에버러드 코테스 부인이라는 사람의 작품도 읽었는데, 그 문체를 나는 대단히 높이 샀다. 아무튼 첫 번째 작품은 소중한 법이다. 대체 무슨 뜻으로 이렇게 썼는지 정확히 모르겠고 문체도 다른 사람 것을 모방하긴 했지만, 적어도 줄거리 자체만은 독창적이었다.

이어서 나는 다른 단편들을 썼다. 「날개가 부르는 소리The Call of Wings」 (나쁘지 않았다.), 「외로운 신The Lonely God」(『아름다운 헛소리의 도시The City of Beautiful Nonsense』를 읽고서 쓴 단편으로, 지나치게 감상적이다.), 귀머거리 수녀와 신경질 많은 남자가 파티에서 주고받는 짧은 대화, 강령회에 대한 섬뜩한 이야기(수년 후 이를 다시 고쳐 썼다.)가 그것인데 모두 매지 언니의 엠파이어 타자기로 쳤다.(「날개가 부르는 소리」는 애거서 크리스티 77권 『검찰 측의 증인』에, 「외로운 신」은 1권 『빛이 있는 동안』에 각각 수록되어 있다―옮긴이) 그러고는 희망에 차 여러 잡지사에 보냈다. 상상의 날개를 펴 때때로 다른 필명을 썼다. 매지 언니는 모스틴 밀러라는 필명을 썼는데, 나는 맥 밀러라고 했다가 나중에 너대니얼 밀러(내 할아버지의 이름이다.)로 바꾸었다. 성공하리라 큰 희망에 부풀지는 않았고, 역시나 모두 실패했다. 단편들은 즉각 반송되었고, 그 안에는 보통 "유감스럽게도……."로 시작되는 편지가 들어 있었다. 나는 이를 다시 포장해 다른 잡지사에 보냈다.

또한 장편 소설을 시도해 보기로 결심하고 가벼운 마음으로 쓰기에 착수했다. 카이로를 배경으로 해서 두 개의 플롯을 생각했는데, 무엇을 택해야 할지 정할 수가 없었다. 결국 망설이다 그중 하나를 택해 쓰기 시작했다. 카이로의 호텔 식당에서 자주 보았던 세 사람에게서 영감을 받은 플롯이었다. 어떤 매력적인 아가씨가(당시 나는 서른을 눈앞에 둔 그녀가 전혀 아가씨로 여겨지지 않았다.) 무도회 후 매일 저녁 어떤 두 남자와 함께 식당에서 저녁을 먹었던 것이다. 한 남자는 땅딸막하되 어깨가 떡 벌어진 검은 머리로, 제60 소총 부대 대위였다. 다른 남자는 키가 큰 금발의 젊은이로, 콜드스트림 근위대 소속이었고 아마도 아가씨보다 한두 살 어린 듯했다. 두 남자는 아가씨의 양쪽에 앉아 서로 호감을 사려고 분투했다. 우리는 그 사람들의 이름을 듣기는 했지만, 자세한 사항은 전혀 모르고 있었다. 누군가가 "언젠가는 아가씨가 둘 중 하나를 택해야 할 거예요."라고 했던 말만 빼고는. 그것만으로도 나의 상상력에 불을 붙이기에는 충분했다. 만약 내가 그 세 사람을 잘 알았더라면 결코 그들에 대한 이야기를 쓰지 않았을 것이다. 몰랐기 때문에 원래의 성격이나 행동과는 전혀 다른 멋진 이야기를 지어낼 수 있었다. 하지만 좀 쓰다 보니 어쩐지 만족스럽지가 않았다. 그래서 두 번째 플롯에 도전했다. 이는 훨씬 명랑 쾌활한 이야기로, 재미난 인물들이 등장했다. 하지만 귀머거리 아가씨를 여주인공으로 삼는 치명적 실수를 저지르고 말았다. 대체 왜 그랬는지 모르겠다. 장님인 여주인공에게는 누구나 흥미를 보이지만, 귀머거리 여주인공에게 호기심을 자아내기란 너무도 힘들었다. 그녀가 무슨 생각을 하는지, 다른 사람이 그녀에 대해 무슨 생각을 하고 어떻게 말하는지 묘사한 다음에는 막다른 골목이었다. 여주인공은 대화를 나눌 수도 없었다. 가엾은 멜런시는 따분하고 지루한 캐릭터가 되고 말았다.

나는 처음 플롯으로 되돌아갔다. 그런데 장편이라기에는 길이가 충분치 못할 것 같다는 생각이 들어서 결국 두 이야기를 하나로 묶기로 했다. 배경도 같은데 안 될 까닭이 있겠는가? 그렇게 계속 써 나가다 보니 마침내 장편이라 할 만한 길이에 이르렀다. 두 플롯에 짓눌린 나는 한 플롯의 인물에서 다른 플롯의 인물로 미친 듯이 중청무진하다 이따금 서로 일치 않는 방식으로 맞닥뜨리게 했다. 나는 그 소설의 제목을 『사막에 내리는 눈Snow Upon the Desert』이라고 정했다. 대체 왜 그랬는지.(훗날 애거서는 자신의 작품 『나일 강의 죽음Death on the Nile』에 등장하는 소설가 오터번 부인이 쓰고 있는 책의 제목을 『사막의 얼굴에 내리는 눈Snow On The Desert's Face』으로 패러디한다 ―옮긴이)

어머니는 다소 망설이며 이던 필포츠(영국의 유명 소설가이자 극작가 ―옮긴이)에게 조언을 구하는 것이 어떻겠느냐고 제안했다. 당시 이던 필포츠는 다트무어에 대한 소설로 극찬을 받으며 최전성기를 누리고 있었다. 또 우리 이웃에 살고 있었고 집안끼리도 친했다. 나는 몹시 쑥스러웠지만, 결국 도움을 받기로 했다. 이든 필포츠는 좀 이상한 사람이었다. 보통 사람보다 기다란 눈이 위로 쭉 올라가서 마치 파우누스(반인반양인 목축의 신 ―옮긴이)처럼 보이는 재미있는 얼굴을 하고 있었다. 또 통풍 때문에 무척 고생했으며 우리가 놀러 갈 때면 다리를 붕대로 칭칭 감은 채 의자에 받치고 있곤 했다. 사교 생활을 싫어해서 거의 외출하지 않았다. 사실 사람을 보는 것 자체를 싫어했다. 반면에 그의 아내는 더할 수 없이 사교적이고 매력적이고 근사한 여성으로, 친구가 많았다. 이던 필포츠는 우리 아버지를 무척 좋아하였고, 우리 어머니 또한 무척 좋아하였다. 어머니는 결코 초대 따위로 그를 귀찮게 하지 않았고, 진귀한 식물과 관목으로 이루어진 그의 정원을 찬미했다. 필포츠는 기꺼이 애거서의 습작을 읽겠노라고 대답했다.

얼마나 감사하던지. 그럴싸한 비평 용어를 대충 내뱉고는 다시는 글을 못 쓰도록 나를 낙담시킬 수도 있었으리라. 하지만 오히려 돕겠다고 팔을 걷어붙이고 나섰다. 그는 내가 심하게 수줍음을 타기 때문에 입을 열게 하기가 쉽지 않다는 것을 깨달았다. 그래서 편지를 보내 아주 좋은 충고를 했다.

"네 글의 일부는 훌륭해. 대화에 탁월한 감각이 있어. 유쾌하고 자연스런 대화 방식을 계속 고수하도록 하렴. 다만, 도덕적인 내용은 모두 걷어 내도록 해. 너는 교훈을 지나치게 좋아하는 경향이 있어. 세상에 교훈만큼 읽기 지루한 것도 없지. 각 인물이 '스스로' 말할 수 있게 내버려 두렴. 무엇을 말해야 할지 정해서 부랴부랴 말하게 하거나, 자신의 말이 무슨 뜻인지 독자에게 설명하려고 하지 말아라. 그것은 독자가 알아서 판단할 문제야. 너는 두 가지 플롯을 쓰고 있는데, 이것이 초보자가 흔히 저지르는 실수이지. 그렇게 플롯을 낭비하면 안 된다는 것을 곧 깨닫게 될 거야. 나의 에이전트인 휴스 매시에게 편지를 보내마. 매시 씨가 작품을 보고는 출판될 가능성이 얼마나 있는지 알려 줄 거야. 첫 소설이 출판되기란 사실 쉽지 않단다. 그러니 혹여 일이 잘 안 되더라도 너무 실망 말아라. 도움이 될 만한 책을 소개해 주마. 드퀸시(영국의 수필가이자 비평가 — 옮긴이)의 『영국인 아편쟁이의 고백Confessions of an English Opium Eater』을 읽도록 하거라. 멋진 단어가 많이 나오니 어휘력 향상에 큰 도움이 될 거야. 제프리스(영국의 자연주의자·소설가이자 수필가 — 옮긴이)의 『나의 생애The Story of my Life』를 읽으면 자연에 대한 묘사와 느낌을 익힐 수 있을 게다."

필포츠가 추천해 준 다른 책들은 기억이 가물가물하다. 『피리에의 자부심The Pirrie Pride』이라는, 찻주전자를 소재로 한 단편집이 있었다. 또한 러스킨(영국의 작가·비평가·예술가 — 옮긴이)의 책도 하나 추천했는데, 그건 정말 끔찍했다. 이 외에도 한두 권이 더 있었다. 이들 책이 내게 도움이 되었는지 어땠는지는 모르겠지만, 드퀸시의 책과 단편집을 아주 재밌게 읽은 것만은 확실하다.

그 후 나는 런던으로 가서 휴스 매시와 만났다. 내가 만난 사람은 당시에 살아 있던, 진짜 휴스 매시였다. 덩치가 크고 까무잡잡한 모습에 어찌나 겁이 있던지. 그는 원고의 표지글 보고는 내게 빌했나.

"아,『사막에 내리는 눈』, 매우 도발적인 제목이군요. 활활 타오르는 불처럼."

내가 쓴 내용과는 거리가 먼 제목에 나는 그만 더욱 초조해졌다. 왜 그런 제목을 붙였는지 모르겠다. 다만 그때 오마르 하이얌(11~12세기 페르시아의 시인 · 수학자 · 천문학자 — 옮긴이)을 읽고 있었던 것 같은데, 어쩌면 사막의 먼지투성이 표면에 내리는 눈처럼 생의 모든 사건은 피상적이며, 기억을 남기지 않고 사라진다는 것을 나타내고 싶었던 것인지도 모르겠다. 완성된 소설은 그와 거리가 멀지만, 처음에는 그런 생각을 갖고 있었다.

휴스 매시는 원고를 살펴보겠다고 하고는 몇 달 후 되돌려 보냈다. 마땅한 출판사를 찾기가 힘들 것 같다고, 따라서 내가 해야 할 최선의 일은 이 작품을 잊고 다른 작품을 쓰는 것이라고 했다.

나는 타고나길 야심하고는 거리가 멀었다. 그래서 더는 소설을 쓰느라 분투하지 않기로 했다. 재미 삼아 시를 끼적이거나 한두 편의 단편을 썼을 뿐이다. 잡지사에 보내긴 했지만 반송되리라는 것을 알고 있었고, 대부분 반송되었다.

당시 나는 이미 음악 공부를 진지하게 하고 있지 않았다. 하루 한두 시간씩 피아노를 쳐서 실력을 유지하긴 했지만, 수업을 받거나 하지는 않았다. 런던에 있을 때 한동안 성악은 계속 공부했다. 프랜시스 코르베이라는 헝가리 작곡가에게서 성악 수업을 받으며 그가 직접 작곡한 매력적인 헝가리 노래를 배우기도 했다. 코르베이는 훌륭한 선생님이자 흥미로운 사람이었다. 또한 작은 베네치아라는 별명답게 나를 완전히 매혹시킨 리전트 운하 근방에서 살던 여자에게서 영국 발라드를 배웠다. 나는 지역 음악회에서 종종 노래를 불렀으며, 그때 유행대로 만찬에 참석했다가 노래를 부르곤 했다. 물론 당시에는 '녹음'된 음악은 존재하지 않았고 라디오도, 레코드도, 축음기도 없었다. 음악은 언제나 라이브로 즐길 수밖에 없었으며, 따라서 개별적인 반주자의 솜씨가 뛰어난지 보통인지 최악인지에 따라 많이 좌우되었다. 나는 꽤 좋은 반주자였고, 악보를 잘 읽었다. 그래서 종종 다른 가수들을 위해 반주를 해 주기도 했다.

런던에서 리히터(20세기 전환기에 활동한 당대 최고의 헝가리인 지휘자 — 옮긴이)가 지휘하는 바그너의 「니벨룽겐의 반지The Ring」 공연을 보러 간 것은 정말 놀라운 경험이었다. 당시 매지 언니가 갑자기 바그너 음악에 관심을 가지게 되었다. 그래서 사람을 모아 넷이서 「니벨룽겐의 반지」를 보러 갔는데 언니가 내 입장료까지 내주었더랬다. 그때의 경험을 생각할 때마다 언니에게 더없이 고맙다. 반 루이가 오딘 역을 맡았고, 게르트루데 카펠이 주요 소프라노를 맡았다. 들창코에 거구인 이 여인은 연기력은 별로였지만 강력하고도 풍부한 목소리를 가지고 있었다. 또 솔츠만 스티븐스라는 미국인이 지글린데, 이졸데, 엘리자베스를 맡았는데, 난 이 여인을 결코 잊을 수 없을 것 같다. 우아한 몸짓의 더없이 아름다운 여배우로, 바그너의 여주인공들이 항상 입는 형체 없는 하얀 옷에서 기다란 팔이 우아하게 뻗어 나왔다. 눈부시게 아름다운 이졸데였다. 목소리는 게르트루데 카펠에 비길 수가 없었지만, 탁월한 연기력에 넋이 나갈 지경이었다. 「트리스탄과 이졸데Tristan」 1막에서 보여 주던 분노와 절망, 2막에서의 서정적인 아름다운 목소리, 그리고 (너무나도 인상적이었던) 3막에서의 그 위대한 공연. 트리스탄과 함께 바다에서 배를 찾으며 고통스레 기다리던 쿠르베날이 긴 노래를 부른다. 마침내 위대한 소프라노가 무대 밖에서 외친다.

"트리스탄!"

솔츠만 스티븐스는 진정 이졸데였다. 부리나케(그 느낌이 관객에게까지 생생히 전해졌다.) 절벽을 올라와 무대에 오른 이졸데는 트리스탄을 향해 달려가면서 그를 안기 위해 하얀 팔을 내밀었다. 그러다 한 마리 새처럼 슬프고도 끔찍한 비명을 질렀다.

그녀는 「사랑의 죽음Liebestod」을 여신이 아니라 한 여인으로서 불렀다. 트리스탄의 시체 옆에 무릎을 꿇고서, 사랑하는 이의 얼굴을 내려다보면서, 그리고 자신의 의지와 상상의 힘으로 그가 다시 살아나는 것을 바라보면서 불렀다. 그러다 마침내 점점 몸을 숙여 그의 입술에 자신의 입술을 포개며 "키스와 함께"라는 마지막 가사를 뱉고는 별안간 님의 시신 위로 쓰러졌다.

나는 매일 밤 언젠가 내가 진짜 무대에 서서 이졸데를 노래하는 모습을 상상하고 또 상상하다 잠이 들곤 했다. 이런 몽상을 한다고 해서 나쁠 것도 없다고 생각하면서. 오페라에서 노래할 수 있을까? 물론 그 대답은 '아니요'였다. 메이 스터지스의 미국인 친구 중에 뉴욕의 메트로폴리탄 오페라하우스 관계자가 있었는데, 런던에 들렀다가 친절하게도 내 노래를 들으러 왔더랬다. 나는 아리아를 여러 곡 부르고 지시에 따라 다양한 음계와 아르페지오 등을 선보였다. 이윽고 그녀가 말했다.

"노래에 아무 느낌이 없어. 하지만 연습하면 훨씬 나아질 거야. 뛰어난 음악회 성악가는 될 수 있겠어. 그쪽으로 매진하도록 해. 목소리가 충분히 강하지 못해서 오페라에는 부적합하네."

그리하여 꿈을 접었다. 음악에서 일가를 이루겠다는 나의 비밀스런 환상은 끝났다. 음악회에서 노래하고 싶은 마음은 전혀 없었다. 이 역시도 쉽지는 않은 길이지만. 아가씨가 음악계에 진출하는 것을 주위에서는 그다지 환영하지 않았다. 오페라에서 노래를 부를 수 있는 가능성이 조금이라도 있었다면 나는 최선을 다해 노력했을 것이다. 하지만 그것은 적절한 목소리를 가진 소수만이 누릴 수 있는 특권이다. 기껏해야 이류밖에 될 수 없음을 잘 알면서도 너무나 하고 싶어 끝까지 노력하는 것만큼 인생에서 영혼을 파괴하는 일은 없다. 나는 꿈을 버렸다. 이제부터 음악 수업비를 아낄 수 있게 되었다고 어머니에게 말했다. 노래는 부르고 싶을 때 언제든지 부르면 되었고 굳이 수업을 받을 필요까지는 없었다. 사실 내 꿈이 실현되리라고는 한 번도 믿지 않았다. 하지만 꿈을 가지고, 너무 집착하지 않는 선에서 그 꿈을 즐기는 것은 좋다.

바로 이 무렵 메이 싱클레어의 소설을 읽고 깊은 감동을 받았다. 지금 다시 읽어 보아도 그 감동은 여전하다. 싱클레어야말로 우리 시대의 가장 섬세하면서도 독창적인 소설가가 아닌가 싶다. 언젠가 싱클레어에 대한 대중적 관심이 되살아나 작품이 재출간되리라 믿는다. 젊은 서기관과 그 여자 친구에 대한 고전적 이야기인 『합쳐진 미로A Combined Maze』는 역사상 최고의 소설 중 하나가 아닌가 싶다. 또한 『신성한 불Divine Fire』 역시 훌륭했으며, 『태스커 제번스Tasker Jevons』도 걸작이다. 당시에 단편 「크리스털의 홈The Flaw in the Crystal」에 대단히 매혹되었던 것은 아마도 그때 내가 심령 이야기를 쓰는 데 몰두해 있었기 때문일 것이다. 그 영향으로 그와 비슷한 종류의 이야기를 쓰고 「비전Vision」이라고 제목을 붙였다.(이것은 오랜 세월이 지난 후 나의 다른 단편들과 함께 하나의 책으로 묶여 출판되었다.) 그 단편은 우연히 다시 보게 될 때마다 변함없이 내 마음에 든다.

당시에 나는 단편 쓰는 습관이 붙어 있었다. 이야기 쓰기는 쿠션 커버에 자수 놓기와 드레스덴 도자기 꽃 그림 베끼기의 뒤를 이었다. 창조성이 별 것 아니라고 여기는 사람이 있다면 나는 절대 동의하지 않을 것이다. 창의력은 어떤 형태로든 나타날 수 있다. 단편 쓰기뿐만 아니라 자수, 요리, 그림, 조각, 작곡 등 무한하다. 유일한 차이는 어떤 것이 다른 것보다 더욱 웅장하다는 점이다. 빅토리아식 쿠션 커버 자수가 바이외 태피스트리보다 한 수 아래라는 것은 사실이다. 하지만 그 창의력은 결코 떨어지지 않는다. 그 옛날 정복왕 윌리엄의 궁정 숙녀들은 영감과 고민과 한없는 성실함으로 독창적인 작품을 만들어 냈다. 당연히 그 과정은 지루할 때도 있고, 더없이 흥분될 때도 있었을 것이다. 부 송이의 비나리아새비와 거기에 있은 간 나리 나비를 수놓은 사각형 쿠션 커버를 바이외 태피스트리에 비교하다니 바보 같다고 여길 수도 있겠지만, 예술가의 내적 만족도는 두 경우 모두 똑같았으리라 생각한다.

내가 작곡한 왈츠는 전혀 자랑할 것이 못 되었다. 하지만 나의 자수품 중 한두 개는 흡족할 만큼 훌륭했다. 비록 이야기 쓰기에서는 그러한 기쁨을 맛보지 못했지만. 그런데 창의적인 노력의 산물은 잠시 시간을 둔 후 평가하는 것이 바람직하다.

처음에는 영감에 불타서 그리고 희망과 확신에 가득 찬 채 뛰어들게 된다.(내 생에서 자신감에 꽉 찼던 적은 딱 세 번 있었다.) 참하고 겸손한 사람이라면 결코 글을 쓰지 않을 것이다. 하지만 무엇인가가 떠오르며 어떻게 써야 할지 알 것 같은, 그래서 부랴부랴 연필을 쥐고 힘차게 글을 쓰기 시작하는 순간이 찾아온다. 그리고 그런 다음에 어려움에 부딪힌다. 어떻게 이야기를 진행시켜야 할지 알 수가 없는 것이다. 간신히 처음 의도 비슷하게 마무리를 짓지만, 자신감은 완전히 사라지고 없다. 연필을 놓으면서 형편없는 작품이라고 생각한다. 그런데 두어 달이 지나면 정말 그렇게 형편없었나 싶은 의구심이 다시 드는 것이다.

6

그 무렵 나는 결혼할 위기를 두 번 간신히 빠져나왔다. 위기라고 말한 까닭은, 이제 와서 되돌아보니 둘 중 어느 쪽과도 결혼했더라면 엄청난 재앙이 되었을 것이라는 사실을 깨달았기 때문이다.

첫 번째는 '철없는 아가씨의 낭만적인 로맨스'라고 부를 만한 사례였다. 랠스턴 패트릭 댁에 머물던 중 매서운 바람이 부는 날에 컨스턴스와 마차를 타고 나온 적이 있었는데, 그때 멋진 구렁말을 탄 남자가 달려와 컨스턴스에게 말을 걸고는 내게 인사를 했다. 찰스는 당시 35살가량 되었으며, 제 17 창기병대에 소령으로 있었고, 해마다 워릭셔에 사냥하러 왔다. 그날 저녁 가장무도회에서 그 남자를 다시 만났다. 나는 일레인(아서 왕 전설 속의 인물 — 옮긴이)으로 분장을 했는데, 그 멋진 의상은 지금도 '액세서리'로 가득 찬 홀의 옷장에 들어 있다.(대체 어떻게 그렇게 작은 옷에 내 몸이 들어 갔는지!) 하얀 브로케이드 드레스에 진주 모자를 썼는데 내가 무척 좋아하던 옷이다. 그곳에 머무르는 동안 나는 찰스를 여러 번 만났다. 그러다 집으로 돌아갈 때는 언젠가 다시 만나면 좋겠다는 희망을 두 사람 다 정중히 표하기에 이르렀다. 그는 나중에 데번 주에 들를지도 모르겠다고 덧붙였다.

집에 도착하고 사나흘이 지난 후 소포가 왔다. 그 안에는 자그마한 은박 상자가 들어 있었는데, 뚜껑 안쪽에 '애스프스'라는 말과 날짜, 그리고 그 아래에 '일레인에게'라고 씌어 있었다. 애스프스는 우리가 만난 장소이며, 날짜는 우리가 만난 날이었다. 이어서 편지가 와 다음 주에 데번에 올 예정인데 우리 집을 방문하고 싶다고 알려 왔다.

이렇게 본격적인 구애가 시작되었다. 꽃다발과 거대한 이국적인 초콜릿 상자가 배달되었다. 이따금씩 책이 오기도 했다. 편지에는 예의를 갖춘 말뿐이었지만, 나는 전율했다. 그는 우리 집을 두 번 더 방문하였는데, 세 번째 방문 때는 청혼을 했다. 나를 처음 본 순간 사랑에 빠졌다면서. 성적순으로 청혼에 순서를 매긴다면, 이 청혼은 당연 1등에 오르리라. 나는 그에게 감동하고 황홀해했다. 그는 여자 경험이 풍부하여 원하는 반응을 쉽게 끌어낼 수 있었다. 나는 처음으로 나의 운명을, 나의 천생연분을 만났다는 생각을 할 참이었다. 그러나……. (그럼 그렇지, 그러나가 있었다.) 나를 얼마나 사랑하는지, 내가 얼마나 아름다운지, 얼마나 완벽한 일레인인지, 얼마나 세련되었는지, 나의 행복을 위해 앞으로 어떻게 자신의 삶을 바칠지, 내가 한 마리 새처럼 얼마나 매혹적인지 등등 찰스는 바르르 떨리는 손과 목소리로 말했다. 그러나…… 그가 가 버린 후 그에 대해 생각해 보았지만 아무런 느낌도 없었다. 다시 보고 싶은 마음도 들지 않았다. 그저 그가 멋진 사람이라고 생각될 뿐이었다. 이러한 변화에 나는 당황했다. 내가 정말 누군가를 사랑하는지 어떻게 알 수 있을까? 곁에 없을 때는 아무런 의미도 없다가 함께할 때만 황홀함을 느낀다면, 무엇이 진짜 나의 감정인 것일까?

당시 어머니는 무척 힘들었을 것이다. 훗날 말씀하시길, 어머니는 내게서 남편감이 나타나기를 간절히 기도했다고 한다. 찰스는 기도의 응답처럼 보였다. 헌데 어쩐지 어머니의 마음에 차지 않았다. 어머니는 사람들이 무슨 생각을 하고 있는지 어떻게 느끼는지 언제나 아는 분이었으니 내가 내 마음을 모른다는 것을 분명 눈치 채셨으리라. 여느 어머니가 그러하듯 세상 어느 남자도 우리 딸 애거서에게 충분하지 못하다고 생각한 것도 있겠지만, 또한 이 사람이 적임자가 아니라는 느낌도 들었던 것이다. 어머니는 랠스턴 패트릭에게 편지를 보내 그에 대해 최대한 알아냈다. 어머니는 남편을 여읜 데다, 남자 형제들도 그때 찰스의 여자 관계, 재정 상태, 가족 등에 대해 조사해 줄 만한 상황에 있지 않았다. 요즘 시각에서 보자면 너무 구식이라고 하겠지만, 이런 방식으로 수많은 비극을 막을 수 있었다고 나는 단언한다.

찰스는 표준적인 남자였다. 많은 연애 사건이 있었지만, 어머니는 전혀 개의치 않았다. 남자는 결혼 전에 온갖 방탕한 짓을 다 저질러 보아야 한다는 것이 사회적인 관념이었다. 그는 나보다 열다섯 살가량 나이가 위였지만, 어머니도 열 살 연상과 결혼하였고, 그 정도 나이 차이는 좋다고 여기셨다. 어머니는 찰스에게 애거서가 아직 어린만큼 서둘러 결정해서는 안 된다고 말했다. 그리고 결정을 강요하지 않는 상태에서 다음 한두 달 동안 가끔 만나 보라고 했다.

하지만 이 일은 잘 되지 않았다. 우리에게는 그가 나를 사랑하고 있다는 사실 외에는 전혀 대화거리가 없었기 때문이다. 찰스 스스로 그런 말을 자제했기 때문에 우리 둘 사이에는 어색한 침묵만 흘러갔다. 그러다 그가 가 버리면 나는 앉아 고민에 잠겼다. 나는 진정 무엇을 원하는가? 그와 결혼하고 싶은 것일까? 그러던 중 찰스에게서 편지가 왔다. 모든 여성이 받기를 희망하는, 더없이 아름다운 연애편지였다. 나는 편지를 읽고 또 읽고, 골똘히 생각한 끝에 마침내 그를 사랑한다고 결정을 내렸다. 다시 찰스를 만나 나는 흥분하고 열광했다. 하지만 동시에 내 마음 한구석에서는 뭔가가 잘못되었다는 섬뜩한 예감이 들었다. 결국 어머니는 그를 6개월 동안 만나지 않은 후 확실한 결정을 내리라고 제안했다. 그 기간 동안 그는 편지도 보낼 수 없었다. 내가 편지에 혹할 것이 분명했으리라는 것을 생각하면 정말 옳은 조치였다.

6개월이 끝나자 나는 전보를 받았다.

"더 이상 우유부단함을 견딜 수 없소. 나와 결혼해 주겠소, 말겠소?"

당시 나는 약간 열이 있어 침대에 누워 있다가 어머니가 가져온 전보를 보았다. 반신료를 미리 지불한 전보였다. 나는 연필을 쥐고는 '싫어요.' 하고 적었다. 그 순간 안도감이 물밀듯이 밀려왔다. 마침내 결정을 내린 것이다. 더는 엎치락뒤치락 이랬다저랬다 하는 불안을 겪지 않아도 되었다.

"확실하니?"

어머니가 물었다.

"예."

나는 베개에 머리를 누이고는 바로 잠이 들었다. 그리하여 끝이 났다.

그 다음 네다섯 달 동안 다소 우울한 생활이 계속되었다. 처음으로 무슨 일을 하든 지루했다. 아무래도 엄청난 실수를 저지른 것만 같다. 그러다 윌프레드 피리가 내 인생에 돌아왔다.

앞에서 해외여행 도중 디나르에서 아버지의 절친한 친구 마틴 피리 부부를 만난 이야기를 하였다. 우리는 그 이후로도 계속 만났지만 그 집 아들들은 다시 보지 못했다. 해럴드는 이튼에 다녔고, 윌프레드는 해군 사관후보생이었다. 그런데 드디어 윌프레드가 자격을 갖추고서 해군 중위에 임명되어 당시 잠수함을 타고 종종 함대와 함께 토키에 정박하곤 했던 것이다. 우리는 즉각 절친한 친구가 되었으며, 그는 내 생애 최고의 친구 중 하나였다. 두 달이 채 안 되어 우리는 비공식적으로 약혼했다.

찰스와 헤어진 뒤라 윌프레드는 내게 커다란 힘이 되었다. 그와 함께 있으면 흥분도, 의심도, 비참함도 느껴지지 않았다. 소중한 친구이며 잘 아는 사람이 내 곁에 있었다. 우리는 책을 읽고 토론하는 등 대화거리가 떨어질 새가 없었고 더없이 편안했다. 그를 오빠처럼 여기고 대한다는 사실을 당시 나는 전혀 깨닫지 못했다. 어머니는 우리의 만남을 기뻐했고 피리 부인 역시 마찬가지였다. 마틴 피리는 몇 해 전에 돌아가셨지만, 누가 보더라도 완벽한 결혼이었다. 윌프레드는 해군에서 장래가 유망했다. 아버지끼리는 절친한 친구였으며, 어머니들도 서로를 좋아했다. 나의 어머니는 윌프레드를 좋아했고, 피리 부인도 나를 좋아했다. 그런데 그와 결혼하지 않았다니 정말 배은망덕한 아가씨였다는 생각이 지금도 든다.

이제 내 삶은 결정되었다. 일이 년 후 때가 되면(젊은 중위나 소위가 너무 일찍 결혼하는 것은 바람직하지 않다고 여겨졌다.) 우리는 결혼할 것이었다. 나는 해군과 결혼한다는 생각에 기뻤다. 사우스시나 플리머스 등지의 바닷가 사택에서 살 것이었다. 윌프레드가 외국으로 배치된다면 애슈필드로 가서 어머니와 함께 지내면 되었다. 세상에 이처럼 옳은 결혼도 없을 터였다.

사람에게는 너무 옳거나 너무 완벽한 것을 거부하는 끔찍한 기질이 있는 것이 아닌가 싶다. 오랫동안 애써 외면하고 있었지만, 사실 윌프레드와 결혼한다고 생각하니 지루함과 우울함이 스멀스멀 기어들었던 것이다. 월프레드를 좋아했다. 그와 함께라면 행복한 삶을 영위할 수 있을 것이었다. 하지만 그다지 신이 나지가 않았다. 전혀 흥분되지 않는 것이었다!

여자가 남자에게 반하고 남자가 여자한테 반할 때 제일 먼저 일어나는 일은 이심전심이라고, 즉 두 사람의 생각이 똑같다고 착각하는 것이다. 똑같은 책을 좋아하고, 똑같은 음악을 즐겨 듣는다니 얼마나 환상적인가. 둘 중 하나가 음악회에는 거의 가지 않고 음악을 잘 듣지도 않는다는 사실은 그 순간에는 전혀 중요하지 않다. 그는 언제나 음악을 좋아했지만, 다만 그렇다는 것을 모르고 있을 뿐인 것이다! 마찬가지로, 전혀 읽고 싶은 맘이 없던 책을 그가 읽었다는 점은 전혀 중요하지 않다. 지금은 나도 그 책을 얼른 읽고 싶으니깐. 그런 것이다. 정녕 자연의 위대한 속임수일지니. 우리 둘 다 개를 좋아하고, 고양이를 싫어한다. 이럴 수가! 우리 둘 다 고양이를 좋아하고, 개를 싫어한다. 아, 놀라워!

그리하여 하루하루가 차분히 지나갔다. 이삼 주에 한 번씩 월프레드가 주말을 보내러 왔다. 그는 차가 있어 나를 태우고 주위로 드라이브를 가곤 했다. 개도 길렀는데, 우리 둘 다 무척 개를 아꼈다. 그리고 심령학에 관심이 많은 그를 따라 나도 심령학에 관심을 기울였다. 그때까지 아무 문제없이 순조로웠다. 그런데 월프레드가 나더러 읽고 낭독하라며 책들을 열렬히 추천하기 시작했다. 아주 큰 책으로, 대부분이 신비주의 서적이었다. 사랑하는 남자가 좋아하는 것은 나도 무엇이든 좋아한다는 환상이 먹혀들지 않았다. 당연했다. 그를 진심으로 사랑했던 것이 아니었으니. 신비주의 책은 무척 지루했다. 게다가 믿을 수가 없었으며, 대부분 순 엉터리 같았다! 월프레드가 알고 지내는 영매에 대해 듣는 것도 지겨웠다. 포츠머스에 두 여자 영매가 있는데, 도저히 믿을 수 없는 것들을 본다고 했다. 그들은 어느 집이고 들어설 때마다 성악하며 가슴을 붐켜쉬었다. 일행 뒤에 음침한 영혼이 서 있기 때문이라는 것이다.

"메리(둘 중 나이가 위인 영매이다.)가 어느 집을 방문했을 때 손을 씻으려고 욕실에 갔다가 어떻게 됐는지 알아? 아예 들어가지도 못했지. 두 사람이 서 있었는데, 한 사람이 다른 사람 목에 면도칼을 들이대고 있더래. 믿어져?"

나는 '아니.' 하고 대답할 뻔했지만, 간신히 자제력을 발휘했다.

"굉장해. 세상에나, 다른 사람 목에 면도칼을 들이댄 사람이 그 집에 살았었대?"

"틀림없이 그랬을 거야. 전에 여러 사람들한테 세를 준 집이었거든. 그런 사고가 일어난 게 틀림없어. 그렇지 않아? 자기도 그렇게 생각하지?"

전혀 그렇게 생각되지 않았다. 하지만 나는 언제나 맞장구를 쳐 주는 성격이었다. 그래서 활기차게 물론이라고, 그런 것이 틀림없다고 대답했다.

그러던 어느 날 윌프레드가 포츠머스에서 전화를 걸어 멋진 기회가 왔다는 이야기를 했다. 남아메리카에서 보물을 찾기 위한 모임이 결성되는 중인데, 곧 휴가니까 그때 남아메리카로 갈 수 있다는 것이었다. 그러고는 자기가 가는 것에 혹시 반대하느냐고 물었다. 이는 두 번 다시 없을 멋진 기회이고, 영매도 그가 잉카 시대의 알려지지 않은 도시를 발견해서 돌아온다고 확신했다고 했다. 또 물론 백 퍼센트 확실한 것은 아니지만, 그래도 정말 대단한 예언이 아니냐고, 휴가 때 함께 오래 지내지 못해도 괜찮겠냐고 물었다.

나는 조금도 주저하지 않고 한없이 이타적으로 행동했다. 이것은 절호의 기회이니 당연히 가야 한다고, 그리고 거기서 잉카의 보물을 찾기를 진심으로 빈다고 그에게 말했다. 윌프레드는 내가 정말 멋진 여자라고 말했다. 나 같은 여자는 천 명에 한 명도 없을 거라고. 전화를 끊은 그는 연애편지를 보낸 후 출발했다.

하지만 나는 천 명에 한 명 있을까 말까 한 여자가 아니었다. 그저 자기 자신에 대한 진실을 깨닫고는, 그것을 부끄러워하는 여자였다. 그가 실제로 남아메리카로 떠난 날, 나는 내 마음에서 무거운 짐이 사라진 듯한 느낌으로 잠에서 깼다. 월프레드가 보물 사냥을 떠나서 무척 기뻤다. 그를 형제처럼 사랑했기에 그가 원하는 것을 할 수 있기를 빌었다. 그러면서도 보물 사냥은 다소 어리석은 짓이며, 사기가 틀림없다고 생각했다. 다시, 이는 그를 진심으로 사랑하지 않기 때문이었다. 만약 내가 진심으로 사랑했다면 그의 눈을 통해 그것을 볼 수 있었을 것이다. 세 번째로, 기쁨, 아, 그 한없는 기쁨! 이제는 더 이상 신비주의 책을 읽지 않아도 되었다.

"무슨 일로 그렇게 신이 났니?"

어머니가 미심쩍어하며 물었다.

"엄마, 제 말 좀 들어 보세요. 끔찍한 일이라는 것은 알아요. 하지만 월프레드가 떠났다니 나도 모르게 신이 나요."

가엾은 어머니. 낙심천만한 얼굴이었다. 그렇게 나 자신이 형편없이 느껴진 적이 없었다. 어머니는 월프레드와 내가 결혼하는 것을 무척 행복해하셨다. 한번은 단지 어머니의 행복을 위해서라도 그와 결혼해야겠다는 생각이 들 정도였다. 그러나 나는 다행히도 그러한 잘못된 감상에 깊이 빠져들지 않았다.

나는 월프레드에게 내 생각을 편지로 알리지 않았다. 무더운 정글에서 잉카의 보물을 찾아다니는 그에게 나쁜 영향을 줄까 봐 걱정이 되어서였다. 멍하니 정신을 놓는 바람에 위험한 짐승의 공격을 받거나 열병에 걸릴지도 모르고, 그렇지 않다 해도 어쨌든 보물찾기의 즐거움을 깡그리 망쳐놓을 것이었다. 대신에 나는 그가 돌아오면 볼 수 있도록 편지를 썼다. 너무나 미안하다고, 당신을 정말 좋아한다고, 하지만 평생을 함께하기에 적실한 상성은 아니라고 밀했다. 물론 그는 동의하시 않았시만, 나의 필징을 진지하게 받아들였다. 그는 나를 자주 만나는 것은 견딜 수 없을 것 같다고, 하지만 서로 영원히 친구로 남자고 했다. 나는 문득 그때 그 역시도 안심했던 것은 아닌지 궁금해진다. 하지만 그런 것 같지는 않다. 그렇다고 그가 크게 상심했다고도 생각되지 않는다. 나는 그가 운이 좋았다고 생각한다. 그는 나에게 좋은 남편이 되었을 것이며, 언제나 나를 아끼고 사랑해 주었을 것이다. 그리고 나도 조용히 그를 행복하게 해 주었을 것이다. 하지만 그는 더 나은 삶을 살 수도 있었다. 석 달 후 실제로 그렇게 했다. 다른 아가씨와 열렬한 사랑에 빠진 것이다. 그녀 역시 그를 열렬히 사랑했다. 때가 되어 두 사람은 결혼했고, 여섯 아이를 낳았다. 이보다 더 행복한 결혼은 없으리라.

찰스에 대해 말하자면, 3년 후 열여덟 살의 어여쁜 아가씨와 결혼했다.

나야말로 이 두 사람의 은인이라 해도 과언이 아닐지니.

그런 다음 레기 루시가 홍콩에서 휴가차 돌아왔다. 루시 집안을 긴 세월 알고 지냈지만, 그 집의 장남인 레기는 한 번도 본 적이 없었다. 포병대 소령인 그는 거의 항상 해외에 주둔하고 있었다. 레기는 성격이 무척 내성적이라 좀처럼 외출을 하지 않았으며, 골프는 좋아했지만 무도회나 파티라면 질색이었다. 그리고 앞에서 말한 남자들과는 달리 금발에 푸른 눈이 아니라 검은 머리에 갈색 눈이었다. 그 집안사람들은 워낙에 화목하고 결속력이 강해서 가족의 친구면 자기 친구처럼 자기 대했다. 한번은 모두 함께 다트무어에 놀러 간 적이 있었다. 그런데 루시 집안답게 전차를 놓치고, 있지도 않은 기차를 찾아다니다가 결국 또 기차를 놓친 끝에 뉴턴애벗에서 내려서는 갈아탈 기차를 놓치고, 결국 목적지를 바꾸었다.

그 무렵 레기가 내게 골프 교습을 제안했다. 당시 내 골프 실력은 바닥 정도가 아니라 아예 없는 지경이었다. 여러 청년들이 나에게 골프를 가르쳐 주려 애썼건만, 안타깝게도 나의 운동 신경은 형편없었다. 더욱 난감했던 것은 시작은 아주 좋다는 점이다. 궁술에서도, 당구에서도, 골프에서도, 테니스에서도, 크로케에서도 처음 배울 때는 자질이 제법 있어 보이는데, 그 자질이 결코 발휘되는 법이 없다는 것이다. 이렇게 창피할 때가. 아무래도 공을 보는 눈은 타고나는 것 같다. 매지 언니와 팀을 짜 크로케를 할 때면 규정이 허용하는 한 최대 점수를 먹고 들어갔다.

뛰어난 운동 선수였던 언니는 말했다.

"이렇게 점수를 많이 먹고 들어가다니 쉽게 이길 수 있을 거야."

도움이 되기는 했어도, 이길 수는 없었다. 나는 운동 이론에는 능했지만, 쉬운 공도 어이없이 놓치기 일쑤였다. 테니스에서는 강한 포핸드 드라이브로 때로는 상대방에게 깊은 인상을 주기도 했다. 그러나 백핸드는 대책이 안 섰다. 포핸드만으로 테니스를 칠 수는 없는 노릇 아닌가. 골프는 끔찍한 아이언샷에 멋진 어프로치샷을 구사하면서 도통 종잡을 수 없이 공을 쳤다.

하지만 레기의 인내심은 대단했다. 그는 상냥한 선생님으로, 학생이 지지부진하다고 해서 화를 내지 않았다. 우리는 여유롭게 골프장을 거닐다 마음 내키는 곳에서 멈추었다. 진짜 골프광들은 기차를 타고서 처스턴 골프장으로 갔다. 토키 골프장에서도 1년에 세 번 골프 대회가 열렸지만, 많은 후원을 받거나 관리가 잘 되는 곳은 아니었다. 레기와 나는 토키 골프장을 어슬렁어슬렁 돌다가 차 시간이 되면 루시네 집으로 돌아가 즉석 합창회를 열었다. 그러고는 이미 식어 버린 토스트를 다시 데웠다. 느긋하고도 행복한 생활이었다. 아무도 서두르는 법이 없었다. 시간은 중요하지 않았다. 노심초사나 야단법석은 끼어들 여지가 없었다. 내가 잘못 안 것일 수도 있겠지만, 루시 집안에 십이지장궤양이나 동맥경화나 고혈압에 걸린 사람은 단 한 명도 없나.

어느 날 레기와 나는 네 번째 홀에서 골프를 친 다음에 날씨가 너무 무더워 레기의 제안대로 산울타리 아래 앉아 쉬었다. 그는 파이프를 꺼내 피우며 우리 식으로 상냥하게 이야기를 시작했다. 우리는 말이 계속 이어지는 법 없이 이런저런 주제나 사람에 대해 한두 마디씩 툭툭 던지고는 침묵의 휴식을 취했다. 이것이 내가 가장 좋아하는 대화 방식이었다. 덕분에 레기와 함께 있을 때면 내가 느리다거나 재치가 떨어진다거나 할 말이 없어 당황하거나 하는 일이 전혀 없었다.

레기가 파이프 연기를 몇 번 내뱉은 다음 생각에 잠겨 말했다.

"애거서, 전리품이 굉장히 많지? 원하면 언제든 나도 그 속에 끼워 넣어도 돼."

나는 그게 대체 무슨 뜻인지 몰라 다소 어리둥절하게 그를 바라보았다. 그가 말을 이었다.

"내가 너랑 결혼하고 싶어 하는 걸 네가 아는지 모르는지 모르겠어. 아마 벌써 알고 있겠지. 하지만 말로 해 두어야 할 것 같아서. 그렇다고 부담을 느낄 필요는 없어. 내 말은, 서두를 필요는 전혀 없다는 거야. (이것은 루시 집안의 좌우명이었다.) 네가 아직 어린데, 벌써부터 짝을 정해 두는 건 아무래도 부당해."

나는 그렇게 어리지 않다고 날카롭게 반박했다.

"애기(Aggie), 어리고말고.(레기에게 나를 '애기'라고 부르지 말라고 말했지만, 그는 번번이 깜박했다. 루시 집안은 서로를 이름 대신 마기, 누니, 에디, 애기라고 부르는 것이 습관이었다.) 나랑 나이 차이가 몇인데. 그냥 한번 생각해 봐. 나를 기억하고 있다가, 달리 적당한 남자가 안 나타나거든 그때 나를 택해."

나는 얼른 대답했다, 생각하고 자시고 할 것도 없다고, 그와 결혼하고 싶다고.

"애기, 충분히 생각하고 난 뒤에 대답해."

"충분히 생각했어요. 지금 같은 순간이 오리라고 늘 생각해 왔는걸요."

"그래, 하지만 서두를 것은 없어. 너처럼 어린 아가씨는 그 누구하고도 결혼할 수 있어."

"그 누구든 싫어요. 오빠하고 결혼할래요."

"그래도 현실적으로 생각해야지. 이 세상을 살아가려면 현실적이어야 해. 부자에 멋진 남자랑 결혼하고 싶을 것 아니야. 너와 즐거운 시간을 보내고, 너를 잘 돌봐 주고, 네가 마땅히 가져야 할 것을 모두 사 줄 수 있는 남자."

"나는 내가 결혼하고 싶은 남자와 결혼하겠어요, 오빠. 재산은 아무려면 어때요."

"그렇긴 해도 돈도 중요해, 이 아가씨야. 이 세계에서 경제력이 얼마나 중요한데. 낭만적인 철부지가 되어 봐야 하나 좋을 것 없어. 열흘 후면 휴가가 끝나는데, 떠나기 전에 고백해야겠다 싶었어. 나는 그저…… 기다릴 수 있어. 너는…… 내가 있다는 것만 알고 있으면 돼. 2년 후에 내가 돌아왔을 때, 너한테 다른 남자가 안 생겼다면……."

"당연히 다른 남자 따위는 안 만나요."

나는 확신했다.

그리하여 레기와 나는 약혼했다. 당시 이는 약혼이라 하지 않고 '언약'이라고 불리었다. 양쪽 집안은 우리가 약혼했다는 것을 알되, 공식적으로 발표하거나 문서화하지는 않았다. 친구들에게도 말하지 않았지만, 그래도 대부분 알고 있었을 것이다.

나는 레기에게 말했다.

"왜 지금 결혼하지 않는지 모르겠어요. 왜 좀 더 일찍 청혼하지 않았어요? 그랬으면 이번에 결혼식을 올릴 수 있었을 텐데.

"그래, 너는 들러리를 세우고 멋진 결혼식을 해야 해. 하지만 지금은 아니야. 너에게는 아직 많은 기회가 남아 있어."

나는 이 말만 들으면 화가 나서 거의 말싸움을 하고 했다. 지금 바로 결혼하자는 나의 제안을 거절하는 것이 속상했던 것이다. 하지만 레기는 사랑하는 여자의 미래에 대해 확고한 주장을 가지고 있었다. 내가 지위와 재산이 있는 훌륭한 남자와 결혼해야 마땅하다는 생각이 그의 길고도 좁은 머리에 단단히 뿌리박혀 있었다. 이런 논쟁에도 불구하고 우리는 무척 행복한 시간을 보냈다. 루시 일가는 모두 기뻐하며 말했다.

"레기 오빠가 너한테 반했다는 걸 알고 있었어. 우리 다른 친구들한테는 눈길도 안 주더니. 하지만 서두를 것 없어. 시간은 충분히 가질수록 좋아."

루시 가족과 즐거운 시간을 보내곤 했지만, 무슨 일에든 시간은 충분하다는 루시 가족의 좌우명에 내 속이 부글부글 끓었던 적이 한두 번 있었다. 낭만적인 아가씨였던 나는 레기가 2년이나 기다릴 수는 없다고, 지금 당장 결혼하자고 말해 주었으면 싶었다. 불행히도 이는 레기가 절대 할 말이 아니었다. 그는 무척 이타적인 사람이었고, 그 자신이나 자신의 미래에 대해 도통 자신이 없었다.

어머니는 우리 약혼에 기뻐하셨다.

"그 청년은 언제나 내 맘에 들었어. 그렇게 멋진 사람도 드물걸. 그 청년이라면 너를 행복하게 해 줄 거야. 상냥하고 친절한 데다, 결코 너를 재촉하거나 성가시게 하지 않을 테니. 생활이 그리 풍족하지는 못하겠지만, 소령에 진급했으니 그럭저럭 살아갈 수 있을 거야. 너야 돈을 밝히는 성격도 아니고, 파티 같은 화려한 사교 생활도 싫어하잖니. 정말 잘 어울리는 한 쌍이야."

어머니는 잠시 말을 멈춘 후 다시 이었다.

"좀 일찍 말했으면 좋았을걸. 그랬으면 바로 결혼식을 치렀을 텐데."

어머니도 나와 마찬가지 생각이었다. 열흘 후 레기는 부대로 돌아갔고, 나는 그를 기다렸다.

내 연애 시절에 대해 한 가지 덧붙일 말이 있다.

나에게 구혼한 사람들에 대해서만 말하고는, 불공평하게도 나를 상심시킨 사람들에 대해서는 전혀 언급하지 않았다. 첫 번째 남자는, 요크셔에 머무를 때 만났던 키가 엄청 큰 젊은 군인이었다. 그가 청혼을 했더라면 당장에 좋다고 말했을 텐데! 그는 매우 현명하게도 청혼하지 않았다. 당시 그는 무일푼의 소위에다, 인도로 배치될 예정이었다. 그도 나를 조금 사랑했던 것은 같다. 바로 그 수줍은 표정을 짓곤 했던 것으로 알 수 있었다. 나는 그가 떠나고 나서 적어도 6개월 동안 그리움에 괴로워했다.

그로부터 1년쯤 지난 후 나는 또다시 상심했다. 토키에서 친구들과 「푸른 수염Bluebeard」을 시사적으로 각색하여 뮤지컬 공연을 할 때였다. 나는 언니 앤 역을 맡았고 내 사랑의 상대역은 훗날 항공대 소장이 되었으나 당시에는 그 첫발을 막 내딛은 신출내기였다. 나는 테디베어에게 수줍은 듯 노래를 불러 주는 징그러운 버릇이 있었다.

테디베어가 갖고 싶어요.
내 무릎에 앉히고
어디든 데려가서
꼭 껴안고 잘래요.

변명을 하자면, 당시에 아가씨들은 다 그렇게 했으며, 사회적으로 용인된 행동이었다는 것이다.

훗날 나는 니러 변 그와 새회알 뻔하였나. 친한 친구들의 사촌이니 냥년

했지만, 나는 용케 피했다. 나도 허영심이라는 것이 있으니까.

그가 떠나기 전날 밤 우리는 앤스티코브로 달빛 아래 함께 소풍을 갔다. 그는 그때의 아리따운 아가씨의 모습으로 나를 기억하리라. 우리는 사람들 속에서 떨어져 나와 바다 가까운 곳 바위로 가서 앉았다. 우리는 아무 말도 나누지 않았다. 그저 손만 꼭 쥐고 있었을 뿐.

떠난 후 그는 내게 황금 테디베어 브로치를 보내 왔다.

그가 나를 그때의 모습으로 영원히 기억하기를, 80킬로그램의 묵직한 살과 '인자한 할머니'라고만 묘사될 나를 보고서 충격을 받지 않기를 나는 간절히 빈다.

친구들은 말하곤 한다.

"아미아스가 언제나 네 안부를 물어. 너를 꼭 다시 만나고 싶대."

늙을 대로 늙은 환갑 나이의 나를 만나? 말도 안 돼. 나도 여전히 누군가에게는 환상의 대상이고 싶다.

7

행복한 사람에게는 역사가 없다는 말이 있던가? 글쎄, 어쨌든 약혼 후 나는 행복한 사람이었다. 생활이 특별히 달라진 것은 없었다. 친구들을 만나고, 이따금 친지들을 방문하고. 하지만 어머니의 눈 때문에 걱정이었다. 시력이 점점 악화되어 갔던 것이다. 이 무렵에는 글자는커녕 환한 빛 아래에서 사물조차 식별할 수 없었다. 안경은 무용지물이었다. 일링의 이모할머니 역시 시력을 잃어 한참을 응시해야 간신히 알아볼 정도였다. 노인들이 흔히 그렇듯, 이모할머니는 모든 사람에 대한 의심이 급격히 늘어 하인들을, 하수도를 고치러 온 수리공들을, 피아노 조율사를 의심했다. 식탁에 기대고 앉아 나나 언니에게 말씀하시던 이모할머니 모습이 생생하다.

"쉿! 나직이 말하렴. 가방은 어디 두었니?"

"방에요, 할머니."

"방에 두었단 말이냐? 그러면 안 돼. 하녀가 지금 2층으로 올라가는 소리가 들렸어."

"네, 하지만 별일 없을 거예요."

"그걸 누가 알겠니? 아무도 몰라. 어서 가방을 가지고 오너라."

▲ 말년의 이모 할머니

이 무렵 외할머니가 버스에서 굴러 떨어졌다. 당시 여든은 되셨을 외할머니는 버스 2층에 타는 버릇이 있었다. 그런데 1층으로 내려오던 중 버스가 갑자기 출발하는 바람에 계단에서 구른 것이다. 갈비뼈와 팔이 부러졌던 듯싶다. 외할머니는 버스 회사를 맹렬히 고소하여 상당한 보상금을 받아 냈다. 의사 선생님은 외할머니더러 다시는 버스 2층에 타지 말라고 엄중히 경고했다. 하지만 외할머니는 당신답게 그런 경고를 무시했다. 외할머니는 마지막 순간까지도 훌륭한 전사셨다. 그 비슷한 시기에 수술도 받으셨는데, 자궁암이었던 것 같다. 어쨌든 수술은 대성공이라 병은 다시 재발하지 않았다. 유일한 문제는 외할머니의 대실망이었다. 이 '종양'인지 뭔지를 떼어 내면 살이 빠져 날씬해지리라 기대했던 것이다. 당시 외할머니는 이모할머니를 능가하는 거구가 되어 있었다. 버스 문에 낀 뚱보 여인의 농담은 딱 외할머니 이야기리라.

차장이 외쳤다.

"부인, 옆으로 들이오세요. 옆으로."

"이보시오, 젊은 양반. 나한테는 옆이라는 것이 없다오!"

외할머니가 마취에서 깨어나자 간호사는 침대에서 꼼짝도 말라고 엄히 이른 뒤 잠이 들도록 자리에서 떠났다. 이모할머니는 침상에서 벌떡 일어나 거울을 향해 까치발로 살금살금 걸어갔다. 이럴 수가! 예전 그대로였다.

외할머니는 어머니에게 말했다.

"클라라, 어찌나 실망했는지 심장이 다 내려앉는 것 같았어. 말도 안 돼! 그렇게 단단히 믿었건만! 그것 하나 바라보고 마취고 뭐고 다 견뎠어. 그런데 내 꼴 좀 봐라. 눈곱만큼도 안 빠졌어!"

이 시기에 매지 언니와 내가 의논했던 일이 뒷날 결실을 거두었다. 우리는 추리 소설을 읽고 있었다. 기억이라는 것이 항상 정확한 법은 아니다. 언제나 과거의 일이 뒤죽박죽되어 엉뚱한 장소와 시간을 대기 일쑤이니. 아무튼 내 기억에 그 책은 가스통 르루라는 신예 작가가 막 출판한 『노란 방의 비밀The Mystery of the Yellow Room』이었던 것 같다. 룰르타비유라는 매력적인 젊은 기자가 탐정으로 등장했다. 대단히 잘 짜인 구성의 놀라운 미스터리물이었다. 어떤 사람들은 그 구성이 교활하다고도 하고 또 다른 사람들은 교활하다고 할 만하다 했지만, 영리하게 끼워 넣은 자그마한 멋진 단서를 포착한 이도 몇몇은 있었으리라.

우리는 이에 대해 많은 대화를 나누었고, 서로 의견을 교환한 뒤 최고작이라는 데 동의했다. 우리 자매는 추리 소설에 일가견이 있었다. 매지 언니는 꼬맹이였던 나를 셜록 홈즈의 세계로 안내했다. 나는 서둘러 언니의 뒤를 쫓았다. 『레번워스 사건The Levenworth Case』(최초의 유명 여성 추리 작가 아나 캐서린 그린의 작품―옮긴이)이 그 시작이었는데, 여덟 살 나이에 언니에게서 들은 그 이야기에 얼마나 매혹되었는지 모른다. 그 후 아르센 뤼팽을 만났다. 흥미롭고 재미있는 이야기이기는 했지만 추리 소설이라는 생각은 들지 않았다. 이어서 폴 벡의 『마크 휴잇의 연대기The Chronicles of Mark Hewitt』를 읽고는 열광하던 차에 『노란 방의 비밀』을 펼치게 된 것이다. 이에 불붙은 나는 직접 추리 소설을 쓰기로 했다.

매지 언니는 말했다.

"네가 쓰기는 힘들지 않을까. 추리 소설 쓰기가 보통 어려워야지. 나도 쓸까 생각은 해 보았지만."

"꼭 쓸 거야."

"안 될걸."

그것으로 결정되었다. 사실 내기라고 하기도 힘들었다. 기한을 정하지 않았으니. 하지만 한번 뱉은 말은 단호히 지켜야 했다. 그 순간 나는 추리 소설을 쓰겠다고 굳게 결심했다. 사실 멀리 나가지는 못했다. 추리 소설을 쓰거나 구상을 하지도 않았으니. 그저 씨가 뿌려졌을 뿐이었다. 마음 한구석에서 장차 쓸 책들이 자리 잡아 가며 싹을 틔울 때를 기다리고 있었다. 언젠가 꼭 추리 소설을 쓰겠어.

8

레기와 나는 정기적으로 편지를 교환했다. 나는 고향 소식을 전하며 멋지게 쓰려고 최선을 다했다. 나는 예전이나 지금이나 편지 쓰기에 약한 편이다. 매지 언니는 예술의 본보기라고 해도 과언이 아니었다. 별일 아닌 일도 기막힌 이야기로 변신시킬 수 있었다. 나에게도 그런 재능이 있었다면 좋았을 텐데.

레기의 편지는 레기가 말하는 방식과 똑같았다. 상냥하게 나를 격려했나. 낳은 꽃을 볼아나녀 보아야 한다는 수상을 언제나 길게 늘어놓았다.

"침울해 하며 집에만 죽치고 있으면 좋지 않아, 애기. 그건 내가 원하는 것이 아니야. 밖에 나가 사람들도 만나고 그래. 무도회에도 가고, 파티에서도 즐기고, 이런저런 것들을 보고. 우리가 정착하기 전에 네가 최대한 모든 기회를 누릴 수 있기를 빌어."

돌이켜보면, 내 마음 한구석에서는 이러한 주장에 약간은 분노가 일었을지도 모르겠다. 비록 당시에는 느끼지 못했지만, 밖에 나가 사람들을 만나고 '자기 자신을 위해 더 멋진 생활을 하라'고(참으로 기이한 표현이다.) 재촉 받는 것이 과연 기분이 좋았을까? 여자라면 당연히 연애편지에서 질투심을 엿볼 수 있기를 더 바라지 않을까?

"편지에 썼던 아무개는 대체 누구야? 설마 좋아하는 건 아니겠지?"

이런 것이야말로 이성에게 바라는 것이 아닐까? 사랑에 이타주의가 과연 얼마나 깃들 수 있을까? 아니면 편지에 씌어 있지 않은 행간의 의미를 파악해야 하는 것일까?

이웃에서는 늘 그렇듯 무도회기 열렸다. 니는 그저 치가 없었기에 무도회에 가지 않았을 뿐이다. 2킬로미터가 넘는 곳에서 열리는 무도회에는 현실적으로 갈 수 없었다. 마차나 차를 빌리는 것은 너무 비싸, 아주 특별한 때에만 이루어졌다. 하지만 아가씨들 사냥이 시작되면 와서 머물다 가라는 요청을 받았다.

처들리의 클리퍼드 가문에서 무도회를 열면서 엑서터의 개리슨 집안을 초대하며 아가씨를 한두 명 데려오면 좋겠다고 청했다. 나의 오랜 적인 트래버스 중령은 당시 은퇴하여 처들리에서 아내와 함께 살고 있었는데, 나를 데려가고 싶다고 제안했다. 어렸을 때 나는 그를 끔찍이 싫어했지만, 중령은 오랜 집안 친구가 되어 있었다. 그의 아내가 전화를 해서는, 나더러 함께 머물다가 클리퍼드 가문의 무도회에 가자고 했다. 당연히 나는 기쁘게 동의했다.

그런데 요크셔의 소프아치홀에서 매슈스 가문과 지낼 때 만났던 아서 그리피스가 편지를 보내 왔다. 그는 그 지역 교구 목사의 자제로, 포병대 소속 군인이었다. 우리는 절친한 친구 사이였는데, 현재 엑서터에서 근무 중이지만 아쉽게도 무도회에 초대받지 못해 나와 다시 춤출 기회를 누릴 수 없는 것이 정말 아쉽다고 했다.

"하지만 크리스티라는 녀석이 가니깐, 꼭 만나 봐. 알았지? 대단한 춤꾼이거든."

크리스티는 무도회가 시작되자 일찌감치 나를 찾아왔다. 키가 큰 금발의 젊은이로, 꼬불꼬불한 고수머리에 코의 생김새가 재미있게도 아래가 아니라 위로 살짝 들려 있었으며 자연스러운 자신감이 온몸에 흐르고 있었다. 통성명을 마친 그는 두 차례 춤을 청하며, 친구 그리피스가 나를 만나 보라 했다고 말했다. 우리는 잘 어울렸다. 그의 뛰어난 춤 솜씨에 나는 여러 차례 더 함께 추었다. 더할 나위 없이 즐거운 저녁이었다. 다음 날 고맙게도 트래버스 부부가 나를 차로 뉴턴애벗까지 태워다 주었고, 나는 그곳에서 기차를 타고 집으로 갔다.

일주일이나 열흘 후였으리라. 나는 맞은편에 사는 멜러 가족을 방문해 차를 마시고 있었다. 맥스 멜러와 나는 여전히 함께 사교댄스를 연습하고 있었지만, 저주스런 계단 왈츠는 잊은 지 오래였다. 아마도 탱고를 추고 있었던 것 같은데, 아무튼 그때 전화가 울렸다. 우리 어머니였다.

"어서 집으로 오너라, 애거서. 어떤 청년이 와 있는데, 내가 모르는 사람이야. 처음 봐. 차를 마셨는데도 떠날 생각을 안 해. 너를 만나고 갈 심산인가 봐."

어머니는 홀로 청년을 접대하기를 무척 싫어하셨다. 이는 엄연히 내 일로 간주되었다.

나는 길을 건넜다. 흥이 깨져 어쉬었다. 게다가 누군지 알 것 같았다. 니한테 자작시를 보여 주겠다던 따분하기만 한 젊은 해군 대위이리라. 나는 마지못해 시무룩한 표정으로 집으로 들어갔다.

응접실에 들어서니 웬 청년이 안도하며 자리에서 일어났다. 얼굴이 발그레한 것이 여기 온 이유를 설명해야 할 생각에 당황한 모양이었다. 나를 보고서도 그다지 밝은 표정이 아니었다. 아마도 내가 자기를 기억하지 못할까 봐 두려웠던 듯싶다. 하지만 나는 그를 또렷이 기억했다. 무척 놀라기는 했다. 그리피스의 친구인 크리스티를 다시 보게 될 줄은 상상도 못 했으니. 그는 주저하며 이런저런 설명을 했다. 오토바이를 타고 토키로 왔다가 우리 집에 들러 보았다는 것이었다. 아서 그리피스한테서 내 주소를 알아내느라 상당한 수고를 감수해야 했을 텐데, 이에 대해서는 아무 말도 없었다. 하지만 잠시 후 분위기가 한결 나아졌다. 어머니는 내가 도착하자 크게 안심했다. 아치 크리스티는 설명을 끝내고는 활기를 되찾았고, 나는 더없이 우쭐한 기분이 되었다.

이야기를 나누다 보니 어스름이 내렸다. 어머니는 이 불청객에게 저녁 식사를 권해야 할지, 그렇다면 집에 어떤 음식이 준비되어 있는지를 여자들 사이의 비밀 신호로 물었다. 식료품실에 식은 칠면조 고기가 있었던 것으로 보아 그때가 크리스마스 직후였나 보다. 나는 어머니에게 저녁 식사를 권하라고 신호했다. 어머니가 특별히 차린 것은 없지만 함께 저녁을 들지 않겠느냐고 권하자 아치는 냉큼 좋다고 했다. 그래서 우리는 식은 칠면조와 샐러드와 치즈를 먹으며 즐거운 저녁을 보냈다. 그런 다음 아치는 오토바이에 올라 부르릉 소리와 함께 엑서터로 달려갔다.

이후 열흘 동안 그는 연락도 없이 갑자기 종종 찾아왔다. 첫날 저녁 그는 내게 엑서터에서 열리는 음악회에 함께 가지 않겠느냐고, 음악회가 끝나면 레드클리프 호텔에서 차를 마시자고 권했다.(무도회 때 내가 음악을 무척 좋아한다고 얘기했더랬다.) 나는 좋다고 했지만, 어머니가 딸애 혼자 엑서터에

가 음악회를 볼 수는 없다는 점을 분명히 했다. 이에 다소 기가 죽은 아치는 서둘러 어머니도 초대했다. 어머니는 마음이 누그러져, 나 혼자 엑서터의 음악회에 가는 것은 좋지만 호텔에서 그와 함께 차를 마실 수는 없다고 양보했다.(현대 기준으로 보자면 이는 매우 기묘한 규칙처럼 보일 것이다. 아가씨가 젊은 남자와 단둘이 골프를 치거나 승마를 하거나 롤러스케이트를 타는 것은 괜찮지만, 호텔에서 차를 마시는 것은 제대로 된 어머니라면 뜯어말려야 할 위험한 행실이라니.) 마침내 타협이 이루어졌다. 그는 엑서터 역의 식당에서 나에게 차를 대접하기로 했다. 낭만적인 장소는 아니었다. 나중에 나는 너댓새 후 토키에서 열릴 바그너 음악회에 함께 가지 않겠느냐고 청했다. 그는 기꺼이 가겠다고 했다.

아치는 나에게 자신에 대한 모든 것을 말했다. 그는 새로 조직된 영국 육군 항공대(1차 대전 말에 영국 해군 항공대와 함께 영국 공군으로 통합된다—옮긴이)에 배속되기를 초조히 기다리고 있었다. 나도 이에 가슴이 떨렸다. 모두들 비행기라고 하면 가슴이 떨리던 시절이었다. 하지만 아치는 대단히 실제적인 이유로 항공대를 택했다. 앞으로 아주 유망하다는 것이었다. 전쟁이 일어난다면 비행기야말로 최우선 순위에 놓이게 될 터였다. 아치는 비행기에 열정을 품었던 것은 아니지만, 경력을 쌓을 좋은 기회로 여겼다. 육군에는 전혀 미래가 없었다. 포병대는 진급이 아주 느렸다. 그는 나에게 비행에 대한 낭만적 사고를 없애 주려고 최선을 다했지만, 그다지 성공하지 못했다. 한편 이때 나는 처음으로 실제적이고 이성적인 사고에 반하여 낭만에 빠졌다. 1912년은 상당히 감성적인 해였다. 사람들은 스스로 하드보일드하다고 평했지만, 그 용어가 무슨 뜻인지는 전혀 모르고 있었다. 아가씨들은 청년들에 대해 낭만적으로 생각했고, 청년들은 아가씨들에 대해 이상적으로 생각했다. 하지만 우리는 동시에 이모할머니 시절과는 판이하게 다르기도 했다.

이모할머니는 매지 언니의 구혼자 중 한 명을 가리키며 말했다.

"너도 내가 암브로스를 얼마나 좋아하는지 잘 알지. 언젠가 매지가 테라스를 산책하고 나자 암브로스가 일어나 테라스로 가더구나. 그이가 글쎄 몸을 숙여서는 매지의 발이 닿은 자갈 한 줌을 집어 자기 주머니에 넣지 뭐니. 얼마나 낭만적이던지. 젊었을 때 나한테도 이런 일이 있지 않았을까 하며 상상했단다."

가엾고도 사랑스런 이모할머니. 우리는 이모할머니의 환상을 깨트려야 했다. 암브로스는 지질학에 무척 관심이 많아 그 자갈의 특이한 형태에 매혹되었던 것이었다.

아치와 나는 세상사에 대한 반응이 극과 극이었다. 아마 그 때문에 서로에게 더욱 끌렸으리라. '낯섦'에 대한 흥분은 유구한 역사를 지니고 있지 않은가. 나는 그에게 새해맞이 무도회에 함께 가자고 청했다. 그는 무도회 밤이면 무척 특이했다. 거의 말 한마디 하지 않았다. 우리는 넷 혹은 여섯이서 일행이 되어 번갈아 함께 춤을 췄는데, 그는 나와 춤을 추거나 춤이 끝난 후 같이 앉아 있을 때면 완전히 침묵에 빠져들었다. 내가 그에게 말을 걸어도 그는 조리에 닿지 않게 되는 대로 대답했다. 나는 당혹하여 그를 한두 번 바라보며 대체 왜 저럴까, 무슨 생각을 하는 것일까 의아해했다. 나한테 아무런 관심도 없는 듯했다.

내가 어리석었다. 남자가 병든 양처럼 멍하니 앉아 내 말을 흘려듣는다면 속된 말로 나를 쉽게 여긴 것임을 알았어야 했는데.

왜 그리 뭘 몰랐을까? 어찌하여 내게 무슨 일이 벌어지고 있는지 알아차리지 못했던 걸까? 막 도착한 레기의 편지를 집어 들며 중얼거리던 일이 기억난다.

"나중에 읽을 테야."

그러고는 편지를 복도 서랍에 재빨리 처박아 넣었다. 몇 달이 지난 후에야 그 편지를 다시 보았다. 마음속 깊은 곳에서는 나도 알고 있었다고 생각된다.

바그너 음악회는 새해맞이 무도회 후 이틀 뒤에 열렸다. 우리는 공연장에 갔다가 애슈필드로 되돌아왔다. 늘 그렇듯 교실에 올라가 피아노를 치는데 아치가 절망스럽게 말했다. 이틀 후면 떠나야 한다고. 솔즈베리 평원으로 가 항공대 훈련을 받는다고. 이어서 열정적으로 말했다.

"당신은 나와 결혼해야 해. 무조건 결혼해야 해."

그는 나와 처음 춤을 추던 날 바로 그것을 알았다고 했다.

"당신 주소를 알아내 여기까지 오느라 고생이 이만저만이 아니었어. 세상에 그보다 힘든 일도 없을 거야. 이 세상에 내 여자는 당신 외에는 아무도 될 수 없어. 그러니 당신은 나와 결혼해야 해."

나는 불가능하다고, 이미 약혼했다고 말했다. 그는 성난 손짓으로 약혼을 날려 버렸다.

"그게 무슨 상관이야? 약혼이야 깨면 그만인 것을."

"어머, 안 돼요. 난 '아마' 못 할 거예요."

"할 수 있고말고. 나는 약혼하지는 않았지만, 만약 했더라면 두 번 생각할 것 없이 당장 깨트려 버렸을 거야."

"그이한테 그런 몹쓸 짓을 할 수는 없어요."

"말도 안 되는 소리. 때로는 어쩔 수 없이 해야 하는 일이 있어. 그리고 서로 정말 좋아했다면 왜 해외로 가기 전에 결혼하지 않았어?"

"우린…… 기다리는 편이 좋으리라 생각했어요."

"나라면 안 그랬을 거야. 나는 절대 못 기다려."

"우리가 결혼하려면 몇 해는 기다려야 해요. 당신은 이제 겨우 소위예요. 항공대로 간다 해도 직위가 바로 올라가는 건 아니잖아요?"

"그렇게 몇 해씩이나 기다릴 순 없어. 나흘 날이나 나흘 날에는 결혼하고 싶어."

"미쳤군요. 지금 무슨 말을 하고 있는지도 모를걸요."

이 말은 옳았다. 그는 끝내는 현실을 깨달아야 했다. 이는 우리 어머니에게 커다란 충격이었다. 어머니는 내심 우리 관계를 걱정하긴 했지만, 노심초사하는 정도는 아니었다. 그러다 아치가 솔즈베리 평원으로 가야 한다는 소식에 안심하는 기색이 역력했다. 하지만 갑작스런 선언이 어머니를 뒤흔들어 놓았다.

나는 어머니에게 말했다.

"미안해요, 엄마. 꼭 말씀드려야 할 것이 있어요. 아치 크리스티가 저에게 청혼을 했어요. 그리고 저도 간절히 그와 결혼하고 싶어요."

하시만 우리는 현실을 직시해야 했다. 아치는 거부하고 싶었지만, 어머니는 단호했다.

"대체 왜 서둘러 결혼해야 한다는 거냐? 두 사람 다 그럴 이유가 없어."

우리이 재정 상태는 최아에 달해 있었다. 아치는 새파란 소위였고, 나보다 겨우 한 살 많았다. 그는 무일푼으로, 그의 어머니가 보내 주는 얼마 안 되는 용돈과 월급에 의지해 생활했다. 나는 할아버지에게서 물려받은 유산 수입이 겨우 연간 100파운드밖에 되지 않았다. 아치가 결혼할 만한 상황이 되려면 적어도 몇 년은 기다려야 했다.

그는 떠나기 전 나에게 다소 쓰라린 어조로 말했다.

"당신 어머니는 나를 땅바닥으로 끌어내렸어. 안 될 것이 무엇이냐 말이야! 결혼식을 올리고 나면 어떻게든 잘 지낼 수 있었을 거야. 당신 어머니 덕분에 우리가 지금 처지로는 도저히 해낼 수 없다는 걸 깨닫게 됐어. 기다려야만 한다고. 하지만 최대한 빨리 결혼식을 치르고 말겠어. 어떻게든 방법을 찾아낼 테야. 비행 기술이 도움이 될 거야. …… 물론 당신이 어린 나이에 육군이나 항공대와 결혼하는 것을 사람들은 마땅찮아하겠지."

우리는 서로를 바라보았다.

우리는 젊었고, 사랑에 빠져 절망하고 있었다.

우리의 약혼은 1년 반 지속되었다. 폭풍 같은 격동의 시기였다. 도저히 얻을 수 없는 것을 얻기 위해 분투해야 한다는 느낌 때문에 우리는 깊은 불행을 맛보았다.

나는 근 한 달간 레기에게 편지를 쓰지 않았다. 죄책감 때문이 컸지만, 느닷없이 내게 일어난 일에 현실감이 들지 않아서이기도 했다. 이내 꿈에서 깨어 내 자리로 돌아가게 될 것만 같았다.

하지만 결국은 편지를 썼다. 죄책감과 비참함 속에서 단 하나의 변명도 하지 않았다. 이것이 오히려 사태를 악화시켰다. 레기는 동정적으로 받아들였다. 고민하지 말라고, 내 잘못이 아니라고, 나도 어쩔 수 없는 일이었다고, 이런 일은 일어나기 마련이라고 상냥하게 격려했다.

"물론 나로서는 다소 충격적이야, 애거서. 나보다도 더 경제력이 없는 녀석과 결혼할 계획이라니. 네가 부유하고 잘 어울리는 사람과 결혼한다고 했다면 아무 문제없이 수긍했을 거야. 너는 그런 것을 누릴 자격이 있으니깐. 하지만 네 편지를 받고 보니 네 말대로 그때 바로 결혼해서 너를 여기로 데려올 걸 그랬다는 후회가 들어."

나도 그때 결혼했으면 좋았을 텐데 하고 후회했을까? 당시에는 아니었던 것 같다. 하지만 일을 모두 되돌리고 다시 한 번 뭍에 안전하게 올라서면 좋겠다는 느낌이 항상 나를 따라다녔다. 저 깊디깊은 바다로 헤엄치지 않고. 레기와 있을 때면 나는 늘 행복하고 평화로웠다. 우리는 서로를 잘 이해했으며, 같은 것을 좋아하고 같은 것을 원했다.

하지만 지금 내게 일어난 일은 정반대였다. 나는 낯선 이를 사랑했다. 단지 그가 낯선 이이기 때문에, 내 말에 그가 어떤 반응을 보일지 모르기 때문에, 그가 말하는 모든 것이 매혹적이고 신선하기 때문에. 그로 마찬가지였다. 한번은 나에게 이렇게 말했다.

"당신을 '얻지' 못할 것 같아. 당신이 뭘 좋아하는지도 모르니."

때때로 우리는 절망의 파도에 압도당했다. 둘 중 하나가 편지를 보내 약혼을 파기하자고 했다. 그것이 유일한 대안이라고 둘 다 동의했다. 그러다 일주일 후 도저히 견딜 수 없음을 깨닫고는 다시 약혼 상태로 돌아갔다.

매사가 잘못될 가능성이 높았고, 잘못되었다. 안 그래도 재정 상태가 바닥인 마당에 새로운 재앙이 떨어졌다. 할아버지가 파트너로 계셨던 뉴욕의 H. B. 채플린사(社)가 마른하늘에 날벼락처럼 파산했다. 역시나 무한 책임 회사였기 때문에 상황이 매우 심각했다. 결론이 어찌 나든 어머니의 유일한 수입원이 완전히 사라지게 된 것은 분명했다. 천만다행으로 이모할머니는 괜찮았다. 역시 H. B. 채플린사(社)의 주식을 상속받긴 했지만, 회사에서 이모할머니 일을 봐 주던 베일리 씨가 일찍이 염려를 했던 것이다. 그는 너 대니엘 밀러의 미망인에게 강한 책임감을 느꼈다. 이모할머니는 돈이 필요할 때 베일리 씨에게 편지를 쓰기만 하면 바로 현찰이 왔다. 이는 전통적인 방식이었다. 그러다 어느 날 베일리 씨가 돈을 재투자할 권한을 자신에게 달라고 제안하자 이모할머니는 당혹했다.

"채플린의 내 지분을 모두 처분하겠다는 건가요?"

그는 영리한 사람이었다. 영국인으로 태어나 영국에서 살면서 미국인의 미망인이 되어 투자를 관리하기란 무척 곤란할 것이라고 대답했다. 이런저런 설명을 하면서도 진짜 이유는 대지 않았다. 어쨌든 이모할머니는 그의 제의를 수락했다. 그 시대의 여느 여인들처럼 이모할머니도 믿을 만한 사람이 한 사업적 제안은 철저히 신뢰했다. 베일리 씨는 이모할머니가 현재와 비슷한 수준의 수입을 얻을 수 있도록 재투자할 테니 전권을 달라고 했다. 이모할머니는 망설인 끝에 동의했다. 덕분에 채플린이 무너졌을 때 이모할머니의 수입은 안전했다. 당시 베일리 씨는 이미 이 세상 사람이 아니었지만, 회사의 재정 상태를 폭로하지 않고서도 파트너의 미망인에 대한 도리는 다한 뒤였다. 회사의 젊은 임원들이 확장을 도모하자 처음에는 성공하는 듯했다. 하지만 전국에 너무 많은 지점을 열고 판매비에 너무 많은 돈을 들이는 등 일을 지나치게 크게 벌이고 말았던 모양이다. 이유야 어쨌든 깡그리 파산해 버렸다.

내 어린 시절의 경험이 되풀이되는 것 같았다. 그때 나는 어머니와 아버지가 재정적 어려움에 대해 이야기하는 것을 듣고는 아래층으로 신나게 달려가 하녀들에게 우리가 파산했다고 선언했더랬다. 당시 '파산'은 나에게 세련되고도 흥분되는 일처럼 느껴졌다. 하지만 이제는 전혀 흥분되지 않았다. 아치와 나에게 최종 재앙이 들이닥친 것이다. 내가 받는 연간 100파운드의 수입은 모두 어머니께 드려야 했다. 물론 매지 언니가 도울 것이고 애슈필드를 팔면 생계를 겨우나마 유지할 수 있을 터였다.

헌데 우리가 생각했던 것만큼 심각한 상황은 아닌 것으로 드러났다. 미국에서 존 채플린 씨가 어머니에게 편지를 보내 깊은 슬픔을 표명하고는 연간 300파운드를 보내 드리겠다고 말했다. 파산한 회사에서 주는 것이 아니라 그가 사재를 털어 보내는 것으로 어머니가 돌아가실 때까지 계속 받을 수 있다고 했다. 덕분에 우리는 근심을 덜 수 있었다. 하지만 어머니가 돌아가시면 그 돈은 더 이상 받을 수 없었다. 내가 가진 것이라고는 연간 100파운드의 수입과 애슈필드뿐이었다. 나는 아치에게 편지를 보내 결혼할 수 없다고, 서로

▲ 제1차 세계 대전 직전, 토키의 집에서, 어머니

잊어야 한다고 말했다. 아치는 이를 받아들이기를 거부했다. 어떻게든 돈을 마련하여 결혼식을 올리고 우리 어머니를 돕겠다고 했다. 그는 나에게 자신감과 희망을 심어 주었다. 우리는 다시 약혼했다.

어머니의 시력이 더욱 악화됨에 따라 전문의의 진찰을 받았다. 양쪽 눈에 백내장이 생겼는데, 여러 이유로 수술이 불가능하다는 것이었다. 조만간은 아니더라도 언젠가는 완전히 실명하게 된다고 했다. 나는 다시 아치에게 편지를 보내 약혼을 파기하자고, 우리는 인연이 아닌가 보다고, 어머니를 장님인 채로 두고 떠날 수는 없다고 말했다. 하지만 그는 또다시 거부했다. 어머니의 시력이 앞으로 얼마나 떨어질지는 알 수 없으며, 그 사이 치료법이 개발되거나 수술이 가능해질 수도 있다고, 어쨌든 지금 당장 눈이 안 보이는 것은 아니니 약혼은 그대로 유지하자고 주장했다. 그래서 우리는 약혼을 유지했다. 그러다 아치에게서 편지가 왔다.

"이래 봐야 아무 소용없어. 우리는 결코 결혼하지 못할 거야. 나 또한 가난뱅이 신세니. 가진 재산으로 이런저런 자그마한 투자를 해 보았지만 결과가 신통치 못해 모두 잃고 말았어. 당신은 나를 버려야 해."

나는 결코 그럴 수 없다고 답장했다. 그는 다시 편지를 보내 자기를 버리라고 했다. 결국 우리는 서로가 서로를 버려야 한다고 동의했다.

나흘 후 아치가 애써 휴가를 얻어 오토바이를 타고 솔즈베리 평원에서 우리 집으로 갑작스레 찾아왔다. 우리는 다시 약혼해야 한다고, 희망을 가지고 기다려야 한다고, 어떻게든 상황이 좋아질 것이라고, 설령 사오 년을 기다려야 하더라도 기다릴 수 있다고 했다. 우리는 감정의 폭풍을 겪고는 결국 다시 약혼했다. 하지만 시간이 지나면 지날수록 결혼의 가능성은 아득히 멀어져만 갔다. 내 마음은 희망이 없다는 것을 알고 있었지만, 내 머리는 그것을 인식하지 못했다. 아치도 희망이 없다고 생각했다. 그럼에도 서로 상대가 없이는 살 수 없다는 믿음에 절망적으로 매달렸다. 약혼 상태를 유지하면서 어떻게든 갑자기 재산이 생기기를 빌었다.

그 무렵 나는 아치의 가족을 만났다. 그의 아버지는 인도 법원에서 판사로 계시던 중 낙마하여 심각한 부상을 당했다. 그 후로 병환이 깊어져(낙마로 뇌를 다쳤다.) 결국 영국의 병원에서 사망했다. 아치의 어머니는 몇 년을 홀로 사시다가 윌리엄 헴슬리와 재혼했다. 그는 우리에게 더없이 다정하고 자상하였다. 아치의 어머니 펙은 남부 아일랜드 코크 근방 출신으로, 형제자매가 열한 명이나 있었다. 인도에서 의사로 일하던 큰오빠와 함께 지내다가 첫 번째 남편을 만나서 두 아들, 아치와 캠벨을 낳았다. 아치는 클리프턴의 학교에서 수석을 도맡아 했고, 울리치에 4등으로 입학했다. 그는 두뇌와 재능과 용기를 겸비하고 있었다. 두 아들 모두 육군에 입대했다.

아치는 약혼 소식을 어머니에게 알리고는, 아들이 자신이 택한 여자를 묘사할 때면 늘 그렇듯 나에 대한 칭찬을 끝없이 늘어놓았다. 펙은 회의적인 눈으로 아들을 보다가 풍부한 아일랜드 억양으로 물었다.

"최신 유행인지 뭔지 하는 피터팬 칼라를 한 그런 아가씨는 아니겠지?"

아치는 다소 거북해하며 내가 피터팬 칼라를 하기는 했다고 대답했다. 이는 당시의 시대상이라고 할 만했다. 아가씨들은 드디어 하이칼라를 버렸다. 하이칼라는 양옆과 뒤에 자그마한 지그재그형 뼈대를 넣어 꼿꼿이 세운 탓에 목에 늘 벌겋게 자국이 남았다. 그러다 더욱 대담하고 편안한 스타일을 추구하게 되었는데, 배리의 희곡에서 피터팬이 입은, 아래로 처진 칼라에 영감을 얻어 피터팬 칼라가 제작된 것이다. 뼈대 같은 것이 필요 없는 부드러운 재질의 칼라가 목 아래를 감쌌기에 입고 있으면 기분이 그만이었다. 사실 크게 대담한 것도 아니었다. 아가씨들이 삽시간에 턱 아래 목을 좀 드러냈다고 해서 얻은 평판은 지금 돌이켜 보면 믿기지 않을 정도이다. 바닷가에서 비키니를 입은 아가씨들을 보고 있노라면 격세지감이 느껴질 뿐이나.

어쨌든 1912년 당시 나는 피터팬 칼라를 한 앞서가는 아가씨들 중 하나였다.

아치는 충실히 변명했다.

"얼마나 잘 어울리는데요."

"어련하겠니."

이 말이 무슨 의도였든지 간에 펙은 나를 매우 친절하게 맞았다. 거의 격정적이다시피 했다. 펙은 내가 마음에 든다고, 오랫동안 꿈꾸던 며느릿감이라는 등등 늘어놓았지만, 나는 도저히 믿기지 않았다. 사실 펙은 아들이 결혼하기에 너무 어리다고 생각하고 있었다. 나를 특별히 흠잡은 것은 아니었다. 그랬더라면 사태는 더욱 걷잡을 수 없었으리라. 내가 만약 담배 장수의 딸이었거나(이는 항상 재앙의 상징으로 여겨졌다.), 젊은 이혼녀였거나(당시에는 더러 이혼녀를 볼 수 있었다.), 심지어 무용수였다면 어찌 되었을까. 어쨌든 펙은 우리의 약혼이 결코 결혼으로 이어지지 않으리라고 확신했다. 그래서 나한테 그처럼 다정할 수 있었던 것이다. 나는 다소 당황했다. 아치는 그답게 어머니가 나를 어떻게 생각하든, 내가 어머니를 어떻게 생각하든 전혀 개의치 않았다. 아치는 다른 사람이 자기나 자기 가족에 대해 어떻게 여기든 일말의 관심도 없이 살아가는 좋은 태도를 가지고 있었다. 그의 마음은 언제나 '자신'이 무엇을 원하느냐에 집중되었다.

그리하여 우리는 약혼 상태였지만, 결혼은 조금도 가까워지지 않았다. 아니, 사실상 더욱 멀어졌다. 항공대라고 해서 특별히 승진이 빠른 것도 아닌 듯했다. 아치는 비행기를 몰면 코 뒤가 무척 아프다는 것을 알고는 당혹했다. 고통이 상당했지만 그는 밀고 나갔다. 그의 편지는 파르망 복엽기와 아브로 비행기에 대한 기술적 설명으로 가득했다. 이들 비행기는 조종사에게 죽음만을 선사할 뿐이며, 더 튼튼한 비행기가 개발되어야 한다고 했다. 그가 배치된 비행 중대의 이름이 점점 익숙해져 갔다. 주베르드페르테, 브룩포펌, 존 샐먼. 아치 외가 쪽의 무모한 사촌 하나도 수없이 추락한 끝에 영원히 땅에 정착했다.

아치의 안전을 염려한 기억이 전혀 없다니 기묘하다. 비행은 위험했다. 하지만 당시에는 사냥 역시 위험했다. 사냥 도중 목이 부러지는 일이 부지기수였다. 그저 살아가다 보면 당연히 겪게 되는 위험 중 하나일 뿐이었다. '안전제일'이라는 표어를 그때 들었더라면 우스꽝스럽다고 여겼으리라. 새로운 교통수단인 비행기는 매혹적이기 그지없었다. 아치는 최초로 하늘을 난 조종사들 중 한 명이었다. 비행 횟수만 100번이 넘었다. 105번 혹은 106번이었다. 아치가 더할 수 없이 자랑스러웠다.

비행기가 통상적인 교통수단으로 자리 잡은 것만큼 내 인생에 큰 실망은 없다. 예전에는 하늘을 날며 새와 같은 기분을 느낄 수 있었다. 대기를 가르며 급강하할 때의 그 짜릿함이란. 하지만 이제는 런던에서 페르시아로, 런던에서 버뮤다로, 런던에서 일본으로 날아가며 지루함밖에 느낄 수 없다. 이보다 더 무미건조한 것이 또 있을까? 좁아 터진 좌석에다, 창문으로 보이는 것이라고는 날개와 비행기 동체와 보송보송한 구름들뿐이다. 땅이 보인다 해도 납작한 지도와 다를 바 없다. 환상은 여지없이 깨어진다. 배는 여전히 낭만적일 수 있다. 기차도 마찬가지다. 낭만에서 무엇이 기차를 능가할 수 있겠는가? 특히 디젤 엔진의 냄새가 도래하기 전에는 더했다. 요란하게 칙칙폭폭을 내뿜는 괴물이 협곡과 폭포와 눈 쌓인 산을 지나 달려갔다. 옆으로 나란히 난 시골 도로에는 농부들이 수레를 타고 지나갔다. 기차는 여전히 훌륭하며, 여전히 나의 감탄을 자아낸다. 기차 여행을 하면 자연과 인간과 마을과 교회와 강을 볼 수 있다. 사실상 이는 삶을 보는 것이다.

다른 동물은 꿈도 못 꿀 뛰어난 재능과 모험심과 불굴의 용기로 인간이 공간 속으로 뛰어들어 하늘을 정복한 것이 매혹적이지 않다는 뜻은 아니다. 이는 어느 동물들이 모두 갖고 있는 자기 보호를 위한 용기가 아니라

스스로 삶을 개척하고 미지의 장소를 향해 나아가는 위대한 용기이다. 내 생애에 이런 일이 일어났다니 그렇게 자랑스럽고 흥분될 수 없다. 다음에는 어떤 일이 일어날지 눈에 선하다. 서로서로 따라잡으려 분주히 달려간 끝에 눈덩이 효과가 빚어질 것이다.

이는 어떻게 끝날까? 위대한 승리로? 아니면 지나친 야심에 의한 파괴로? 그렇게 되지는 않을 것 같다. 인류는 여기저기 소수로나마 살아남으리라. 엄청난 재앙이 일어나겠지만, 인간이 모조리 죽지는 않을 것이다. 구전을 통해 과거를 배우며 단순하게 살아가는 부족 공동체가 생길 것이고, 이는 다시 한 번 문명으로 서서히 발전해 갈 것이다.

9

1913년에 전쟁의 조짐이 보였는지는 모르겠다. 해군 장교들은 이따금 절레절레 고개를 저으며 "데어 타크 Der Tag"(그날)라고 독일어로 중얼거렸다. 하지만 벌써 몇 년째 들어 온 말인지라 우리는 그다지 주의를 기울이지 않았다. 스파이 소설에 그럴 듯한 근거가 되었지만, 현실에서는 아니었다. 어떤 국가도 다른 국가와 싸울 만큼 정신이 나갔을 리 없었다. 북서부 전선(인도 북서부에서 무슬림이 일으킨 반란 진압전 — 옮긴이)이나 머나먼 곳에서라면 또 몰라도.

그러면서도 1913년과 1914년 초에 응급조치와 가정 치료 강좌가 유행했다. 우리는 모두 강좌를 들으러 가서 서로 팔다리에 붕대를 감고, 심지어 머리에도 말끔하게 붕대를 감으려고 시도했다. 머리는 훨씬 어려웠다. 시험을 통과하면 이를 증명하는 조그마한 인쇄 카드를 받았다. 당시 여성들의 열기가 어찌나 대단했던지 어떤 남자가 사고를 당하기라도 할 경우 우르르 몰려오는 여성들을 섬겨야 하는 치명적 상황에 빠지게 되었다.

그는 소리 높여 부르짖으리라.

"응급조치는 필요 없어요! 내 몸에 손대지 마요, 아가씨. 손대지 말라니 깐요!"

시험관 중에는 아주 거만한 노인이 있었다. 그는 악마 같은 미소를 지으며 우리에게 덫을 놓았다.

"자, 여기 환자가 있네."

그는 땅에 엎드린 보이스카우트를 가리키며 말을 이었다.

"팔이 부러지고, 발목이 골절되었으니 어서 치료하게."

두 명으로 이루어진 우리 조는 열정적으로 그 아이에게 달려가 서둘러 붕대를 꺼냈다. 우리는 붕대 감기에 능했다. 다리를 따라 올라가면서 조심스레 붕대를 꺾어 8자가 되도록 하면서 야무지고 멋지고 아름답고 깔끔하게 감도록 열심히 연습했던 것이다. 하지만 우리는 놀라고 말았다. 아름답고 깔끔하게 붕대를 감을 곳이 없었다. 팔다리에는 이미 붕대가 잔뜩 감겨 있었던 것이다. 노인이 말했다.

"전투 현장에서 이미 드레싱을 했네. 자, 그 위에다 붕대를 감아. 원래 감긴 것을 풀면 안 되네."

우리는 붕대를 감았다. 이렇게 하자니 깔끔하고 야무지게 감기가 훨씬 힘들었다.

노인이 말했다.

"계속 연습하게. 8자로 감아야지. 나중에는 익숙해질 걸세. 교과서대로 해 봐야 아무 소용없어. 위에서 아래로 감게나. 드레싱은 떼어 내면 안 돼. 그것이 핵심이야. 자, 이제 저기 문으로 들어가 침상으로 옮기게."

우리는 제대로 부목을 대고 붕대를 감았기를 빌며 환자를 들어 침상으로 운반했다.

그러다 멈칫하며 당황했다. 둘 다 환자를 데려오기 전에 시트를 젖혀 놓을 생각을 못 했던 것이다. 노인은 껄껄 폭소를 터뜨렸다.

"푸하하! 아가씨들, 미리 만반의 준비를 했어야지. 안 그런가? 푸하하. 다음에는 환자를 운반하기 전에 침상이 준비되어 있는지 꼭 확인하라고."

비록 그 노인 때문에 창피를 당하기는 했지만 여섯 개의 강좌를 들었을 때보다 더 많이 배운 것은 사실이었다.

그때 교과서만 공부한 것이 아니라 실습에도 참가했다. 일주일에 두 번 오전에 외래 환자 병동에서 수련을 받았다. 무척 주눅이 드는 시간이었다. 정식 간호사들은 산더미 같은 할 일에 바빠서 우리를 철저히 무시했다. 나의 첫 번째 임무는 손가락에서 붕대를 벗기고, 따뜻한 붕산과 물을 준비하여 필요한 시간만큼 손가락을 담그게 하는 것이었다. 두 번째 임무는 귀를 세척하는 것이었지만 곧바로 제외되었다. 귀 세척은 고도의 기술을 요하는 것이라 숙련되지 않은 사람은 감히 시도해서는 안 되었던 것이다.

"명심해. 배우지도 않은 것을 할 생각은 아예 마. 돕기는커녕 오히려 큰 해만 끼치지."

그 다음 일은 뜨거운 주전자를 뒤집은 어린아이의 다리에서 붕대를 푸는 것이었다. 그 순간 나는 영원히 간호 일을 포기할 뻔했다. 배운 대로 붕대에 미지근한 물을 살며시 적셨는데, 어떻게 해도 고통이 아이에게 밀려들었다. 겨우 세 살배기 여자아이는 비명을 지르고 또 질렀다. 끔찍했다. 나는 너무 당황한 나머지 토할 것만 같았다. 하지만 근처에 있던 간호사의 냉소적인 눈빛에 정신이 번쩍 들었다. 그 눈은 말하고 있었다. '저 건방진 멍청이들 같으니라고. 여기 오면 뭐든 할 수 있다고 생각하나 봐. 첫 번째 일도 해내지 못하고 도망칠 주제에.' 나는 어떻게든 해내고 말겠다고 결심했다. 어쨌든 붕대에 물을 적셔야 했다. 아이뿐만 아니라 나 역시 아이의 고통을 감내해야 했다. 밀려오는 욕지기를 참으며 이를 악물고는 간신히 붕대에 물을 적셨다. 할 수 있는 한 최대한 살며시 했다. 그 간호사가 별안간 이렇게 말했을 때 나는 꽤나 놀랐다.

"그리 나쁘지 않았어. 처음에는 속이 뒤집히는 것 같았지? 나도 옛날에 그랬어."

교육 과정 중에는 가정 방문 간호사를 따라다니며 수련을 하는 것도 있었다. 일주일에 하루였다. 우리는 자그마한 오두막들을 돌았다. 하나같이 창문이 단단히 닫혀 있고, 비누 냄새가 나는 곳이 있는가 하면 뭔가 아주 다른 냄새가 나는 곳도 있었다. 창문을 활짝 열어젖히고 싶은 욕구를 참기가 너무도 힘들었다. 병은 다들 거기서 거기였다. 사실상 모두들 '다리 병'이라고 짧게 칭해지는 질환에 걸려 있었다. 그것이 무슨 병인지는 잘 알 수 없었다. 가정 방문 간호사는 말했다.

"혈액 오염은 무척 흔해. 일부는 물론 성병 때문이고, 일부는 궤양 때문이야. 모두 피가 더러워져서 그런 거지."

어쨌든 그곳 사람들은 그 병을 포괄적으로 그렇게 불렀다. 덕분에 나는 먼 훗날 파출부가 하는 말을 더 잘 이해할 수 있었다. 그녀는 항상 말했다.

"어머니가 또 아프세요."

"저런, 어디가 안 좋으신데?"

"다리 병이에요. 언제나 다리가 문제이지요."

어느 날 우리는 회진 중에 환자 하나가 사망한 것을 발견했다. 가정 방문 간호사와 나는 시신을 바로 눕혔다. 이는 새로운 경험이었다. 화상을 입은 어린이를 치료할 때만큼 가슴이 미어지지는 않았지만, 처음으로 시신을 보니 무척 당혹스러웠다.

저 멀리 세르비아에서 대공이 암살되었지만 머나먼 곳에서 일어난 사건처럼만 보였다. 우리와는 아무 상관없는 일인 줄 알았다. 발칸에서는 언제나 사람들이 암살되었다. 그런데 영국에까지 영향을 준다는 것은 믿을 수가 없었다. 나만이 아니라 모두들 그리 여겼다. 하지만 암살 사건 직후 저 멀리 수평선에 느닷없이 먹구름이 나타났다. 온갖 유언비어가 난무했다. '전쟁'에 관한 괴이한 루머가 판을 쳤다. 하지만 그건 어디까지나 신문이 떠드는 소리일 뿐이었다. 대체 어떤 문명국이 전쟁에 참가하겠는가? 오랫동안 전쟁이 일어나지 않았으니 앞으로도 영원히 일어나지 않을 터였다.

보통 사람들은, 아니 몇몇 고위급 장관과 외무부 핵심 인사들을 제외한 사실상 모든 사람들은 전쟁 비슷한 것이 일어나리라고는 꿈도 꾸지 않았다. 모두 유언비어일 뿐이었다. 사람들은 '진지한 척'하느라고 제멋대로 말을 지어내 정치가의 연설인 양 떠들어 댔다. 그러다 어느 날 아침 느닷없이 일이 터졌다.

영국에 전쟁이 닥친 것이다.

5부

전쟁

1

영국에 전쟁이 닥친 것이다. 결국 시작되었다.

그 전과 그 후에 우리 기분이 어떻게 달라졌는지 설명하려니 무척 난감하다. 우리는 충격을 받았다. 놀랐다는 편이 정확하리라. 하지만 경악하지는 않았다. 전쟁이란 일어나기 마련이니까. 과거에도 전쟁이 있었는데, 현대라고 해서 왜 없겠는가. 하지만 1914년까지 긴 세월 동안 전쟁이 없었다. 얼마 동안이었던가? 50년 이상? 보어 전쟁이 있었고, 북서부 전선에서 접전이 벌어지긴 했지만, 영국 본토가 개입된 전쟁은 오래도록 없었다. 대규모 육군 훈련이나 멀리 떨어진 나라에서 국력을 유지하기 위한 전쟁이 있긴 했어도, 이는 전혀 다른 문제였다. 독일과 전쟁이 벌어지다니.

아치에게서 전보를 받았다.

"가능하면 솔즈베리로 와. 보고 싶어."

항공대는 세일 핀지 동원될 디였다.

나는 어머니에게 말했다.

"가야만 해요. 꼭 가야만 해요."

더 이상 수선 떨 것도 없이 우리는 곧장 기차역으로 향했다. 수중에 현찰이 없었고, 은행은 문을 닫고 모라토리움을 선언했기 때문에 토키에서 돈을 구할 방법이 없었다. 우리는 기차에 올랐다. 어머니는 비상용으로 5파운드 지폐 서너 장을 가지고 있었다. 하지만 지나가는 검표원마다 받기를 거부했다. 아무도 5파운드 지폐를 원하지 않았다. 남부 잉글랜드 전역에서 우리는 수많은 검표원들에게 우리 이름과 주소를 알려 주었다. 기차가 연착되는 바람에 여러 역에서 갈아타야 했지만 어스름이 내릴 무렵에는 마침내 솔즈베리에 도착할 수 있었다. 우리는 카운티 호텔로 갔다. 30분 후 아치가 도착했다. 함께할 시간은 거의 없었다. 심지어 저녁도 함께 먹을 수 없었다. 딱 30분뿐이었다. 그리고 작별 인사를 하고 떠나갔다.

항공대 부대원들이 다 그러했듯 아치도 자기가 전사할 것이며 다시는 나를 만나지 못하리라고 믿고 있었다. 그는 여느 때처럼 침착하고 쾌활했다. 하지만 항공대 부대원들은 전쟁이 일어나면 첫 전투에서 바로 끝장나리라 생각했다. 당시 독일 공군은 무적으로 유명했다.

나는 그런 사실을 잘 몰랐지만 작별 인사를 하는 순간 나 역시도 그를 다시는 보지 못하리라는 확신이 들었다. 그래도 아치처럼 쾌활하고 자신감 있게 보이려고 애썼다. 그날 밤 침대에 누워 한없이 울었다. 울음이 영원히 그치지 않을 것 같았다. 그러다 어느 순간 갑자기 깊이 잠이 들어 다음 날 아침 늦게까지 일어나지 못했다.

우리는 검표원들에게 다시 이름과 주소를 알려 주며 집으로 돌아왔다. 사흘 후 첫 번째 전쟁 엽서가 프랑스에서 도착했다. 엽서에는 '무사함', '입원 중' 등이 인쇄되어 있어 줄을 그어 지우거나 그대로 남겨 둘 수 있었다. 엽서는 아주 빈약한 정보만을 알려 줄 뿐인데도 좋은 징조처럼 느껴졌다.

나는 전쟁이 어떻게 되어 가고 있는지 알아보려고 서둘러 내가 소속된 구급간호봉사대 의료반으로 달려갔다. 우리는 수많은 붕대를 만들어 감고, 의료용 면봉 통을 가득 채웠다. 개중에는 유익한 일도 있었지만, 사실 상당수가 쓸데없는 일이었다. 하지만 시간을 보내는 데는 좋았다. 그러다 이내, 잔혹하게도 너무도 빨리 첫 부상자가 도착했다. 역에 부상자들이 도착하는 대로 음식을 나누어 주자는 운동이 펼쳐졌다. 그것은 사령관이 생각해 낼 수 있는 가장 어리석은 아이디어 중 하나였다. 부상병들은 사우샘프턴(영국 해협의 항구―옮긴이)에서 오는 길 내내 잔뜩 먹을 수 있었다. 토키에 도착했을 때 당장 시급한 일은 그들을 기차에서 내려 들것에 실은 뒤 구급차에 태워 병원으로 보내는 것이었다.

(시청을 개조한) 병원에서 간호사로 일하기 위한 경쟁은 대단히 치열했다. 엄격한 간호 규정에 따라 첫 번째로 선택된 이들은 대부분 중년 여인이거나 간호 경험이 풍부한 것으로 인정받은 사람들이었다. 젊은 아가씨들은 부적절하다고 여겨졌다. 이어서 청소와 잔일을 할 잡역부들을 뽑았다. 놋쇠 장식과 바닥을 닦는 그런 일이었다. 마지막으로 조리실 일꾼을 뽑았다. 간호 일을 하지 않는 사람들은 조리실에 지원했다. 한편, 잡역부 쪽은 일종의 인력 저장고였다. 결원이 생기는 대로 간호사로 뽑히기를 간절히 기다리는 사람들이 모여들었다. 제대로 훈련받은 정식 간호사는 여덟 명 정도뿐이었고, 나머지는 모두 구급간호봉사대였다.

구급간호봉사대 부장인 액턴 부인은 당찬 여성으로 책임자로 활약했으며, 훌륭한 대장답게 모든 일을 체계적으로 조직했다. 병원에는 환자를 200명까지 수용할 수 있었다. 모두들 첫 번째 부상병을 받기 위해 대기했다. 그 순간에도 유머는 빠지지 않았다. 스프래지 장군의 부인이자 시장인 세련된 외모의 스프래지 부인이 부상병들을 향해 걸음을 내딛다가 넘어져 상상식이세노 첫 년째 부상병 앞에서 두릎을 뚫은 것이나. 부상병은 나앵히 걸을 수 있었는데, 스프래지 부인은 침상에 앉으라고 손짓한 다음 의식을 치르듯 군화를 벗겨 주는 것이었다. 부상병은 극도로 놀란 기색이었다. 사실은 그가 전투로 부상을 입은 것이 아니라 간질 환자였으니 오죽 당혹했겠는가. 왜 도도한 숙녀분께서 벌건 대낮에 자기 군화를 벗기는지 도저히 이해하지 못했으리라.

나도 병원에 들어가긴 했지만, 잡역부로서였다. 나는 놋쇠 장식을 아주 열심히 닦았다. 하지만 닷새 후 병동으로 재배치되었다. 수많은 중년 부인들은 사실상 간호 일을 거의 하지 않았다. 마음 아파하며 열심히 하긴 했지만, 간호라는 것이 주로 환자용 변기 씻기, 방수포 씻기, 구토물 치우기, 썩어 가는 상처 냄새 맡기로 이루어진다는 것을 전혀 이해하지 못했다. 아마도 베개를 바로하고, 우리의 용감한 병사를 나직이 다독여 주면 된다고 생각했던 것 같다. 그리하여 이상주의자들은 곧바로 임무를 포기했다. 이런 일을 해야 하는 줄은 꿈에도 몰랐다면서. 그들을 대신해 튼튼한 젊은 아가씨들이 병실로 배치되었다.

처음에는 무척 당황스러웠다. 가엾은 정식 간호사들은 열정은 넘치나 아무것도 모르는 자원봉사자들을 지휘하느라 미칠 지경이었다. 그나마 어느 정도 훈련을 받은 견습 간호사마저 몇 안 되었다. 나는 한 아가씨와 함께 두 줄로 늘어선 침대 열두 개를 맡았다. 우리 상관인 본드 수간호사님은 1급 간호사에 정력적인 성격을 지녔지만, 아랫사람에게는 전혀 너그럽지 않았다. 우리가 멍청했던 것은 아니다. 그저 무지했을 뿐이었다. 간호에 필요한 일은 거의 배우지 못한 상태였으니까. 사실 아는 것이라고는 붕대 감는 법과 일반적인 간호 이론뿐이었다. 도움이 될 만한 것은 가정 방문 간호사에게 주워들은 몇 가지 지식이 다였다.

우리가 가장 당혹스러웠던 것은 살균의 미스터리였다. 특히 본드 수간호사님은 너무 녹초가 되어 설명할 기운조차 없었다. 상처 치료에 쓰라며 드레싱 재료들이 도착했다. 우리는 이때 신장 모양으로 생긴 그릇은 더러운 드레싱을 담는 데 쓰고, 둥근 그릇은 깨끗한 드레싱을 담는 데 쓴다는 것도 모르고 있었다. 물론 드레싱은 하나같이 더러워 보였다. 아래층에서 살균기에 소독했으니 의학적으로 깨끗하다는 말에 어안이 벙벙했다. 일주일이 지나자 일의 가닥이 잡혀 가기 시작했다. 우리는 무엇을 해야 하는지 그리고 어떻게 해야 하는지 알 수 있었다. 하지만 그 무렵 본드 수간호사님은 신경과민을 더 견딜 수 없다며 포기하고는 떠나 버렸다.

새로 온 앤더슨 수간호사님이 본드 수간호사님 자리를 대신했다. 본드 수간호사님은 뛰어난 실력의 1급 외과 간호사였으리라. 앤더슨 수간호사님 역시 1급 외과 간호사였는데 상식과 합리적인 인내심을 갖춘 분이었으며 우리를 멍청하다고 여기지 않았다. 그저 훈련이 부족할 뿐이라는 것을 아셨던 것이다. 앤더슨 수간호사님은 외과 침상 두 줄을 담당하며 네 명의 간호사를 밑에 두었는데, 제대로 된 간호사로 자리매김하도록 이끌어 주셨다. 매일 혹은 이틀마다 간호사들을 평가하여 애써 훈련을 계속 시킬 사람과 '솥이 끓는지 확인할 사람'을 분류했다. 앤더슨 수간호사님이 말한 솥은 병동 끝에 자리한 커다란 네 개의 솥을 의미했는데, 찜질용 뜨거운 물을 여기에서 가져다 썼다. 당시에는 사실상 모든 부상병들에게 찜질 치료를 했다. 따라서 솥이 끓는지 여부를 확인한다는 것은 핵심 테스트인 셈이었다. 후자로 분류된 간호사가 솥이 끓는지 보고 와서는 끓는다고 보고했는데 아닌 것으로 드러나면 앤더슨 수간호사님은 맹렬하게 화를 내며 꾸짖었다.

"대체 물이 끓는지 안 끓는지도 모른다는 건가?"

"김이 나고 있었어요."

"김이 문제가 아니야. 귀라도 먹었어? 먼저 다르르다르르 소리가 나고서 물이 잠잠해진 다음에야 진짜 김이 나는 거야. 한 번만 더 저런 멍청이를 보내기만 해 봐라!"

이렇게 중얼거리며 수간호사님은 가 버렸다.

앤더슨 수간호사님 밑에서 일할 수 있었다는 점에서 나는 행운아였다. 비록 엄격하긴 했지만 공평했다. 옆의 침상 두 줄은 스터브스 수간호사님이 담당했는데, 자그마한 덩치에 성격이 쾌활하고 활기찬 분이었다. 하지만 간호사들을 종종 '예쁜이'라고 부르면서 안심시켜 놓고는 만약 무슨 일이 잘못되기라도 하면 벼락 치듯 성을 냈다. 성질이 고약한 고양이를 상사로 모신 셈이었다. 고양이는 같이 잘 놀기도 하지만, 언제 갑자기 할퀼지도 모르는 법이다.

처음부터 나는 간호사 일이 좋았다. 적응도 빨랐으며, 크나큰 보람을 느꼈다. 지금도 간호사만큼 보람 있는 직업은 없다고 생각한다. 내가 결혼하지 않았더라면 전쟁이 끝난 후 분명 정식 간호사 훈련을 받았을 것이다. 유전적인 영향도 없지 않다. 할아버지의 첫 번째 아내, 즉 나의 미국인 할머니는 간호사였다.

간호의 세계에 들어감에 따라 우리는 자신의 사회적 지위에 대한 생각을 바꾸고 병원의 계급 체계에 맞추어야 했다. 의사들은 항상 최고의 존재였다. 누구든지 아파서 병원에 가면 당연히 의사의 말에 순종한다. 하지만 우리 어머니는 예외였다. 어머니는 늘 의사보다도 더 많이 알고 계셨다. 적어도 우리는 그렇게 생각했다. 의사는 대개 집안 친구처럼 간주되었다. 그러니 내가 의사를 드높이 찬양할 턱이 없었다.

"간호사, 선생님 손 닦으실 수건 대령해!"

나는 얼른 똑바로 서서 인간 수건걸이가 되어 의사가 손을 씻는 동안 얌전히 기다리는 법을 배웠다. 의사는 손을 닦고는 업신여기듯 수건을 바닥에 내동댕이쳤다. 간호사들 사이에서 실력이 없다고 비밀리에 소문난 의사마저도 병동에서는 최고의 의사인 양 존경을 받았다.

사실 의사에게 말을 걸거나 어떤 식으로든 알은체를 한다는 것은 대단히 무례한 행위였다. 설령 가까운 친구라 할지라도 병원에서는 내색해서는 안되었다. 나는 엄격한 병원 예의범절을 익혔지만, 한두 번인가 실수했다. 한번은 성마른 의사가 조급하게 채근을 할 때였다. (의사들이 성마른 것은 실제로 성마른 성격이어서라기보다는 간호사들이 의사는 성마르기 마련이라고 기대하기 때문이 아닌가 싶다.)

"아니, 수간호사, 핀셋 말고……."

그 도구의 이름은 잊어버렸다. 아무튼 우연히도 나한테 그 도구가 있기에 얼른 그것을 내밀었다. 다음 날 나는 그 일로 꾸중을 들었다.

"아니, 그딴 식으로 꼭 잘난 척을 했어야겠나? 의사 선생님한테 직접 건네다니!"

나는 순종적으로 나직이 대답했다.

"죄송합니다, 수간호사님. 어떻게 해야 하는지 몰랐습니다."

"여태 그것도 모르고 있었단 말인가? 의사 선생님이 필요로 하는 도구가 있으면 먼저 나한테 건넸어야지. 그러면 내가 의사 선생님한테 전해 드렸을 것 아니야."

나는 다시는 선을 넘지 않겠다고 수간호사님께 다짐했다.

시간이 감에 따라 부상병들은 참호에서 바로 드레싱을 한 채 수송되었는데, 그들의 머리에 이가 가득하다는 사실이 밝혀지자 중년의 예비 간호사들이 무더기로 그만두었다. 토키의 숙녀들 대부분은 이를 한 번도 본 적이 없었다. 나 역시도 마찬가지였다. 그 끔찍한 해충을 발견한 충격은 나이 드신 분들이 도저히 감당할 수 없을 만큼 컸다. 하지만 젊고 꿋꿋한 아가씨들은 당장 적응했다. 우리는 임무를 교대하며 자그마한 참빗을 의기양양 흔들면서 유쾌하게 말하곤 했다.

"내 머리의 이를 다 잡았어."

처음 도착한 부상병들 중에 파상풍 환자가 있었는데 그가 최초의 사망자였다. 우리는 모두 충격을 받았다. 하지만 3주가 지나자 나는 평생 부상병들을 간호해 온 것 같은 느낌이 들었고, 한 달쯤 후에는 군인들의 온갖 짓궂은 장난을 피하는 데 익숙해졌다.

"존슨 씨, 판에다 뭐라고 쓴 거예요?"

침대 발치에는 판을 매달아 체온기록표를 꽂아 두었다.

그는 무고하다는 양 억울한 기색으로 말했다.

"판이라뇨? 아무것도 안 썼어요. 내가 왜 낙서를 하겠어요?"

"누가 아주 별난 음식을 처방해 두었더군요. 수간호사님이나 의사 선생님이 그러셨을 리 없어요. 설마하니 존슨 씨한테 포도주를 갖다 주라고 쓰시겠어요?"

그러면 누가 끄응끄응 신음을 하며 말한다.

"간호사님, 너무 아파요. 열병이 난 게 분명해요."

나는 그의 혈색 좋은 건강한 얼굴을 보고는 그가 내민 체온계를 살폈다. 40도가 넘었다.

"난방기에 열이 잘 들어와 좋지요? 하지만 조심해요. 너무 뜨거울 때 체온계를 올려놓으면 수은이 터져 버리니."

병사는 씩 웃으며 대꾸했다.

"아, 간호사님, 속지 않으시네요. 젊은 분들이 나이 드신 분보다 더 무정하다니깐요. 그분들 같았으면 40도짜리 체온계에 기겁하여 당장 수간호사님을 부르러 달려갔을 텐데."

"그런 못된 장난을 치다니 부끄러운 줄 알아요."

"이런 게 다 사는 재미죠."

이따금씩 부상병들은 엑스레이 촬영이나 물리 치료 때문에 도시 반대편으로 가야 했다. 그럴 때면 간호사 한 사람 당 여섯 명의 부상병을 맡게 되는데, 구두끈을 사야 한다느니 하면서 느닷없이 길을 건너자고 할 때 주의

해야 했다. 길 맞은편의 구둣가게 옆에는 편리하게도 술집이 자리하고 있었다. 다행히 내게는 여섯 명 중 아무도 몰래 빠져나가 나중에 술에 취해 나타나는 일이 없었다. 정말 좋은 사람들이었다.

내가 편지를 대신 써 주곤 하던 스코틀랜드 사람이 있었다. 그 병동에서 가장 지적인 사람이었는데도 편지를 읽거나 쓸 수 없다니 놀라웠다. 그렇다고 주장하니 뭘 어쩌겠는가. 나는 그의 아버지에게 때맞춰 편지를 써 보냈다. 우선, 그는 침대에 기대 앉아 내가 시작하기를 기다렸다.

"우리 아버지한테 편지 좀 써 주세요, 간호사님."

"네. '아버님 보시옵소서.' 이제 뭐라고 쓰지요?"

"아, 아버지가 듣고 싶어 할 만한 걸로 알아서 쓰세요."

"정확히 쓸 말을 말해 주셔야지요."

"알아서 대충 쓰세요."

하지만 나는 정확히 말해 달라고 계속 고집했다. 그러자 그는 다양한 사실들을 늘어놓았다. 자기가 입원하고 있는 병원, 먹고 있는 음식 등등. 그러고는 멈추었다.

"이만 하면 됐지요?"

"'사랑을 보내오며, 아들 올림'이라고 마치면 되겠지요?"

나의 제안에 그는 완전히 충격을 받은 얼굴이 되었다.

"아뇨, 간호사님. 진짜 그럴 생각은 아니죠?"

"안 될 게 뭐 있어요?"

"'존경을 보내오며, 아들 올림'이라고 써야지요. 우리는 아버지한테 '사랑'이니 따위의 말은 하지 않아요."

나는 다시 고쳐 썼다.

극장에서 행해지던 수술에 처음으로 보조 간호사로 참가했을 때 나는 망신을 당했다. 갑자기 극장 벽이 흔들려 보이는 바람에 다른 간호사가 내 어깨를 단단히 붙잡고 밖으로 내보내 주어 간신히 재앙을 면한 것이다. 피를 보든 상처를 보든 한 번도 기절한 적이 없었건만. 앤더슨 수간호사님이 나중에 왔을 때 나는 차마 얼굴을 들 수가 없었다. 하지만 뜻밖에도 수간호사님은 상냥하게 격려하는 것이었다.

"괜찮아. 처음에는 많이들 그래. 열기와 에테르에 적응되어 있지 않아서 욕지기가 나는 거야. 게다가 하필 개복 수술이라 더했지. 수술 중에 가장 보기 흉할걸."

"수간호사님, 다음번에는 잘 할 수 있을까요?"

"그럼. 설령 아니더라도 계속 경험을 쌓다 보면 점차 잘하게 될 거야. 이제 괜찮지?"

"네, 끄떡없어요."

다음에 수간호사님이 나를 보낸 수술은 꽤 짧았고, 나는 견뎌 냈다. 그 후로는 아무 문제없었다. 칼로 처음 절개할 때 때로는 눈을 돌리기는 했어도. 그것만큼은 몹시 당혹스러웠다. 하지만 그 절차가 끝나고 나면 침칙하고도 흥미롭게 수술 과정을 지켜볼 수 있었다. 사람은 무슨 일에든 익숙해지기 마련이다.

2

어머니의 어느 나이 지긋한 친구분이 말씀하셨다.

"얘거서, 이건 정말 말도 안 돼. 일요일에도 병원에 가서 일해야 하다니. 일요일은 휴일이잖니. 너도 쉬어야지."

"일요일에 간호사들이 쉬면 부상병들이 직접 붕대를 갈고, 상처를 소독하고, 요강을 꺼내고, 침대를 정리하고, 차를 끓인단 말이에요?"

"아, 그 생각을 못 했구나. 하지만 어떤 식으로든 조치가 필요해."

크리스마스를 사흘 앞두고 아치가 갑작스레 휴가를 받았다. 나는 어머니와 런던으로 가서 그를 만났다. 나는 결혼식을 올리려는 생각을 마음에 품고 있었다. 당시에는 많은 이들이 그렇게 했다.

나는 말했다.

"언제 죽을지 모르는 판국에 미래에 대해 이리저리 따져 보아야 무슨 소용이겠어요."

어머니는 동의했다.

"맞아. 그렇고말고. 지금 전망이니 뭐니 생각할 계제가 아니지."

우리는 차마 말을 하지는 않았지만, 아치가 전사할 가능성이 매우 크다는 것을 알고 있었다. 이미 사상자들의 규모는 놀라운 수준에 달하고 있었다. 나의 친구들 중 다수가 군인이었는데, 모두 즉각 소집되었다. 매일 신문을 볼 때마다 아는 사람의 부고 소식이 눈에 띌 정도였다.

우리는 단 석 달 만에 재회했다. 하지만 이 석 달의 시간은 다른 차원으로 달려간 듯했다. 이 짧은 기간 동안 나는 전혀 새로운 삶을 살게 되었다. 친구의 죽음, 불확실성, 판이하게 달라진 생활. 아치도 마찬가지로 전쟁터에서 전혀 새로운 삶을 살았다. 그는 죽음과 패배와 후퇴와 공포의 한가운데서 지내야 했다. 그 결과 우리는 마치 낯선 사람들처럼 변해 있었다.

서로에 대해 처음부터 다시 알아 가야 할 듯했다. 우리 사이의 차이점이 금방 드러났다. 그는 가볍고도 스스럼없는 태도를 단호히 유지했다. 명랑해 보인다 할 정도였다. 나는 그것이 당혹스러웠다. 그것이 아치가 새로운 생활에 직면하는 최선의 방법임을 이해하기에는 당시 나는 너무 어렸다. 반면, 나는 더욱 진지하고 감정적이 되어 행복한 아가씨 시절의 가벼움을 찾아볼 수 없었다. 우리는 서로에게 닿으려고 애썼지만, 당혹스럽게도 그 방법을 잊은 것만 같았다.

아치는 한 가지 점에 단호했다. 처음부터 결혼이란 있을 수도 없다고 분명히 했다.

"말도 안 돼. 내 친구 모두들 그렇게 생각해. 부랴부랴 결혼식을 올리고 나면? 젊은 미망인밖에 더 남겠어? 어쩌면 자식까지 딸린 미망인 말이야. 이건 이기적인 행동이야. 옳지 않아."

나는 동의하지 않았다. 결혼을 강력히 주장했다. 하지만 아치의 단호함은 결코 따를 사람이 없었다. 그는 무엇을 해야 하고, 무엇을 할 것인지를 언제나 확신했다. 절대 마음을 바꾸지 않는다는 뜻은 아니다. 갑자기, 때로는 삽시간에 마음이 바뀌기도 했다. 사실 그는 검은 것을 희게, 흰 것을 검게 바꿀 수도 있는 위인이었다. 하지만 그럴 경우에도 그에 대한 확신은 굳건했다. 나는 그의 결정을 받아들였고, 우리는 함께할 수 있는 짧고도 소중한 시간을 즐기기로 결심했다.

런던에서 이틀을 보낸 후 그와 함께 클리프턴으로 가서 그의 의붓아버지와 어머니 집에서 크리스마스를 지내기로 했다. 아주 적절한 계획인 듯싶었다. 하지만 클리프턴으로 떠나기 직전에 우리는 그만 다투고 말았다. 별일도 아닌데 지나치게 격렬하게 싸웠다.

클리프턴으로 떠나는 날 아침 아치가 호텔에 선물을 가지고 왔다. 멋진 화장 가방을. 안에는 그에 걸맞은 화장품들까지 다 갖추어져 있었다. 백만장자들이 리츠 호텔에 당당하게 들고 갈 만한 그런 화장 가방이었다. 만약 그가 반지나 팔찌를 선물했더라면 아무리 비싼 것이라 할지라도 마다하지 않았을 것이다. 기뻐하며 자랑스레 받았으리라. 하지만 화장 가방은 누가 뭐라 해도 사양이었다. 이런 터무니없는 사치품은 결코 쓸 일이 없을 터였다. 평화 시에 해외여행을 할 때나 어울리는 화장 가방을 가지고 병원에서 간호 일을 하란 말인가? 나는 싫다고, 환불하라고 말했다. 그는 화가 났다. 나도 화가 났다. 나는 그에게 화장 가방을 가지고 사라지라고 말했다. 한 시간 후 그는 돌아왔고, 우리는 화해했다. 우리 둘 다 뭐에라도 씌었던 것 같았다. 어쩜 그리 어리석었을까? 그는 정말 멍청한 선물이었다고 인정했다. 나도 무례하게 행동했다고 인정했다. 싸움을 하고 화해한 덕분에 우리는 전보다 더욱 가까워진 듯했다.

어머니는 데번으로 돌아갔고, 아치와 나는 클리프턴으로 향했다. 나의 예비 시어머니는 다소 과한 아일랜드 스타일로 매력적으로 치장하고 있었다. 둘째 아들 캠벨이 대뜸 나한테 말했다.

"어머니는 정말 위험한 여자예요."

당시에 나는 그 말을 이해하지 못했다. 하지만 지금은 무슨 뜻인지 알 것 같다. 그녀의 열렬한 애정은 언제 어느 때 갑자기 반대 방향으로 치달을지 몰랐다. 한순간 예비 며느리를 사랑하기로 하고는 그렇게 한다. 하지만 바로 다음 순간 그 예비 며느리에게는 더할 수도 없는 재앙이 일어나는 것이다.

우리는 브리스틀까지 가느라 녹초가 되었다. 기차는 여전히 혼란 상태였고, 몇 시간씩 연착하기 일쑤였다. 마침내 도착한 우리는 열렬한 환영을 받았다. 나는 격앙된 감정과 기차 여행에 지친 데다 타고난 수줍은 성격과 싸우느라 기진맥진해져서 잠자리에 들었다. 다음 날이면 장차 시댁 식구가 될 사람들에게 잘 보일 수 있으리라.

30분쯤 지났을까. 어쩌면 한 시간쯤 후였는지도. 침대에 누워 있었지만 잠이 들지는 않았다. 그런데 문에서 노크 소리가 나는 것이었다. 나는 일어나 문을 열었다. 아치였다. 그는 안으로 들어와 문을 닫더니 느닷없이 말했다.

"마음이 바뀌었어. 우리 결혼해. 당장. 내일 결혼하는 거야."

"하지만 당신이……."

"상관없어. 당신 말이 옳아. 내가 잘못 생각했던 거야. 결혼이야말로 최선의 방법임에 틀림없어. 우리는 앞으로 이틀 동안 함께할 수 있어."

나는 다리가 휘청이는 것 같아 침대에 주저앉았다.

"하지만…… 어제는 그렇게 단호했으면서……."

"왜 그래? 마음이 바뀌었다니깐."

"그래요, 하지만……."

말하고 싶은 것이 많았지만 말이 나오지가 않았다. 나는 간절히 말하고 싶을 때면 늘 혀가 굳는다.

"이런저런 어려움이 많을 거예요."

나는 우유부단하게 대답했다. 늘 그렇듯 아치가 보지 못하는 것을 나는 보았다. 장래 계획에 대한 101가지 단점들을. 아치는 핵심 그 자체만 보았다. 처음에는 전쟁 중에 결혼하는 것이 더없이 어리석은 짓이라고 생각했다. 그런데 하루 뒤에는 결혼이야말로 바람직한 선택이라고 어제만큼이나 단호히 주장하는 것이다. 결혼식을 치르기 위한 난관들, 가까운 친지들이 느낄 당혹감 등은 전혀 안중에도 없었다. 우리는 말다툼을 했다. 24시간 전만큼이나 격렬한 싸움이었지만, 각자 전날과는 정반대 주장을 펼쳤다. 말할 것도 없이 다시금 아치가 이겼다.

나는 회의적으로 말했다.

"이렇게 갑자기 식을 올릴 수 있을지 모르겠어요. 힘들 텐데."

아치가 씩씩하게 단언했다.

"물론 올릴 수 있고말고. 캔터베리 대주교한테서 특별 허가증을 얻을 수 있을 거야."

"돈이 엄청 많이 들 텐데요?"

"그렇겠지. 하지만 어떻게든 해결될 거야. 어쨌든 우린 결혼해야 해. 다른 데 한눈팔 시간 없어. 내일은 크리스마스이브잖아. 당신도 좋지?"

나는 우유부단하게 그렇다고 대답했다. 그는 방에서 나갔고, 나는 밤새 걱정에 마음을 태웠다. 어머니가 뭐라고 하실까? 매지 언니는? 아치의 어머니는? 아치는 왜 런던에서 결혼하지 않겠다고 했을까? 그랬으면 모든 게 간단하고 쉬웠을 텐데. 어쩔 수 없지, 뭐. 그러다 마침내 탈진해 잠이 들었다.

다음 날 아침 나의 예측은 대부분 현실로 나타났다. 우리의 첫 번째 계획은 펙에 의해 산산조각이 났다. 예비 시어머니는 즉각 히스테릭한 울음을 터트리며 침실로 달려갔다.

"내 속으로 낳은 자식이 나한테 어떻게 이럴 수가 있어?"

그녀는 2층으로 올라가며 흐느끼면서 말했다.

"아치, 결혼은 않는 게 좋겠어요. 어머님이 저렇게 속상해 하시는데."

"그러든지 말든지 무슨 상관이야? 우리는 2년이나 약혼 상태였어. 그런데 결혼이 뭐가 그리 놀랄 일이야?"

"속상해하시잖아요."

"이렇게 아닌 밤중에 홍두깨처럼 결혼을 하겠다니."

예비 시어머니는 컴컴한 방에 누워 오드콜로뉴로 적신 손수건을 이마에 얹고 있었다. 아치와 나는 서로를 바라보았다. 죄 지은 두 마리 강아지 같은 표정이었다. 아치의 의붓아버지가 구조에 나섰다. 그는 우리를 안방에서 데리고 나와서는 말했다.

"그래, 잘 생각했다. 어머니 걱정은 말아라. 놀랄 때면 원래 저런단다. 너를 얼마나 예뻐하는데. 나중에는 결혼시키길 잘 했다고 분명 좋아할 거야. 하지만 오늘은 기대하지 말자꾸나. 이제 나가서 계획대로 밀고 나가거라. 시간이 얼마 없어. 나는 너희들이 옳은 선택을 했다고 확고히 믿는다."

그날 아침 나는 너무나 걱정이 되어 눈물이 날 것 같았지만 두 시간 후에는 투혼이 활활 불타올랐다. 결혼을 위한 난관은 거대했다. 그날 결혼하는 깃이 불가능하게 보이면 보일수록 아치와 나는 기필고 걸혼하고 발겠다고 결의를 다졌다.

아치는 전(前) 교회 책임자한테 문의했다. 특별 허가증은 교회 법원에서 얻을 수 있으며, 비용이 25파운드라고 했다. 아치도 나도 25파운드가 있을 리 없었다. 하지만 우리는 빌릴 수 있으리라 확신하며 돈 문제를 무시했다. 하지만 크리스마스에 어디에서 돈을 구하겠는가. 결국 그날 결혼하는 것은 막다른 골목에 다다른 듯했다. 우리는 특별 허가증을 포기하고 등기소로 갔다. 거기서 다시 퇴짜를 맞았다. 결혼식 14일 전에 미리 신청을 해야 했다. 시간은 자꾸만 흘러갔다. 마침내 어느 친절한 등기소 직원이 차를 마시고 사무실로 돌아왔다. 우리는 처음 보는 사람이었지만, 그는 해결책을 알고 있었다.

"이런, 자네 혹시 여기 살지 않나? 그러니깐, 자네 어머니랑 의붓아버지가 여기서 사시지?"

"그렇습니다만."

아치가 대답했다.

"그렇다면 자네 짐이랑 옷가지랑 소유물을 여기에 두겠군. 안 그래?"

"맞습니다."

"그렇다면 2주일 전에 신청할 필요가 없네. 일반 허가증을 사서 오늘 오후에 자네 교구 교회에서 식을 올리면 되네."

일반 허가증은 8파운드였다. 우리는 8파운드를 구할 수 있었다. 그러고는 부랴부랴 식을 준비했다.

우리는 길 끝의 교회에서 교구 신부님을 찾았지만, 그곳에 없었다. 친구 집에 가 있었던 것이다. 신부님은 다소 놀라긴 했지만 흔쾌히 주례를 맡아 주셨다. 우리는 비호같이 집으로 돌아와 허겁지겁 점심을 약간 먹었다.

예비 시어머니는 이렇게 외치며 안방 문을 걸어 잠갔다.

"아무 말도 마. 아무 말도."

지체할 시간이 없었다. 우리는 서둘러 교회로 돌아갔다. 교회 이름이 엠마누엘이었던가. 그런데 증인이 한 명 더 있어야 한다는 사실을 알게 되었다. 우리는 밖으로 달려나가 처음 보는 사람을 붙잡았다. 우연히도 내가 아는 아가씨였다. 이삼 년 전 클리프턴에서 함께 머문 적이 있었다. 이본느 부시는 놀란 와중에도 즉석 들러리이자 증인이 기꺼이 되어 주었다. 우리는 다시 부랴부랴 교회로 들어갔다. 오르간 연주자가 마침 연습을 하러 왔다가 우리에게 웨딩마치를 연주해 주겠다고 제의했다.

결혼식이 막 시작되려는 찰나 나처럼 외모에 신경 쓰지 않은 신부도 없으리라는 생각에 나는 잠시 슬픔에 잠겼다. 하얀 웨딩드레스도, 베일도, 심지어 원피스조차 그다지 예쁘지 않았다. 평범한 코트와 스커트 차림에 작은 자줏빛 벨벳 모자를 쓰고 있었다. 하다못해 얼굴과 손을 씻을 시간도 없었다. 이에 우리 둘은 웃음을 터트렸다.

결혼식은 제때에 거행되었다. 하지만 우리는 다음 난관에 봉착했다. 펙이 여전히 결혼을 반대하고 있었기 때문에, 우리는 토키로 가서 그랜드 호텔에 머물며 나의 어머니와 크리스마스를 보내기로 했다. 당연히 나는 먼저 전화를 걸어 어머니에게 무슨 일이 있었는지 알렸다. 전화로 그런 이야기를 하자니 너무 힘들었고, 그 결과는 그리 좋지 못했다. 애슈필드에 와 있던 언니는 노여워했다.

"이딴 식으로 어머니한테 느닷없이 결혼 소식을 전하다니! 어머니 심장이 얼마나 약한지 모르는 거니? 그렇게 생각이 없어!"

우리는 기차를 타고(사람들로 미어터질 듯했다.) 마침내 자정에 토키에 도착했다. 전화로 미리 호텔 방을 예약해 두었더랬다. 나는 약간은 죄책감이 들었다. 우리가 많은 수고와 불편을 야기했던 것이다. 우리가 가장 아끼는 사람들이 우리 때문에 기분이 상했다. 나는 이를 알고 있었지만, 아치는 진혀 인식하지 못했다. 판 순간로 그딴 생각이 머리에 떠오르지 않는 모양이었다. 설령 떠올랐다 해도 그는 전혀 개의치 않았으리라. 아치라면 분명 이렇게 말했을 것이다.

"모두들 그렇게 속상해하다니 정말 유감이야. 하지만 뭐 때문에 야단법석인지 모르겠군."

어쨌든 우리는 옳은 선택을 했다. 아치는 그것을 확신했다. 하지만 한 가지 초조한 문제가 있었는데 드디어 그 순간이 왔다. 기차에 탔는데 그가 갑자기 마법사처럼 가방을 하나 내보이는 것이었다. 그러고는 초조한 기색으로 새 신부에게 말했다.

"이것 때문에 언짢아하지 말았으면 좋겠어."

"아치! 이건 그 화장 가방이잖아요!"

"그래. 환불하지 않았어. 괜찮지?"

"물론 괜찮고말고요. 이렇게 예쁜 화장 가방을 왜 마다하겠어요?"

그리하여 우리는 화장 가방과 함께 기차 여행을 했다. 그것은 곧 우리의 신혼여행이기도 했다. 화장 가방 문제가 무사히 넘어가자 아치는 매우 안심했다. 내가 길길이 화를 낼 줄 알았으니까.

우리의 결혼일이 낮은 가능성과 일련의 위기에 대한 기나긴 투쟁으로 이어졌다면 크리스마스 날은 평화롭고도 온화했다. 시간이 지난 덕분에 모두들 충격을 가라앉힐 수 있었다. 매지 언니는 모든 비난을 잊고 상냥하게 대했다. 어머니는 심장이 회복되어 우리의 행복에 진심으로 행복해하셨다. 우리는 시어머니도 마음이 풀렸기를 빌었다.(아치는 분명 그럴 거라고 장담했다.) 그리하여 즐거운 크리스마스를 맞았다.

다음 날 나는 아치와 함께 런던으로 가서 다시 프랑스로 떠나는 그에게 작별 인사를 했다. 전쟁은 계속되었고, 결혼식 후 6개월 동안 남편을 볼 수 없었다.

나는 병원으로 돌아왔다. 내 신분 변화의 소식이 나보다도 먼저 도착해 있었다.

한 스코틀랜드 남자가 자그마한 지팡이로 침대 발판을 두드리며 길게 외쳤다.

"가아아안호사님! 가아아안호사님! 빨리 와 보세요!"

나는 그에게로 갔다.

"이게 대체 무슨 소리예요? 정말 결혼했나요?"

"네, 결혼했어요."

"너희들 들었어?"

스코틀랜드 남자는 주위의 부상병들에게 외쳤다.

"밀러 간호사님이 결혼하셨대. 그럼 이제 성함이 어떻게 되지요?"

"크리스티예요."

"아, 멋진 스코틀랜드 성이군요. 크리스티. 크리스티 간호사님. 수간호사님, 들으셨어요? 이제 이분은 크리스티 간호사님이에요."

앤더슨 수간호사님이 대꾸했다.

"들었어요. 꼭 백년해로하길 비네."

그러고는 정색하며 덧붙였다.

"자네 때문에 온 병동이 들썩들썩해."

다른 환자가 말했다.

"잘하신 거예요. 장교와 결혼했다죠?"

나는 아찔할 만큼 지위가 올라갔음을 인정했다.

"아, 정말 잘하신 거예요. 놀랄 일도 아니지요. 저렇게 예쁜데 당연하죠."

몇 달이 흘렀다. 전쟁은 끔찍한 교착 상태에 빠졌다. 부상병들 반이 참호족염(참호 속 냉습으로 인해 발생한 질병 — 옮긴이)에 걸린 듯했다. 그해 겨울에는 극심한 한파가 몰아치고, 나는 손발이 퉁퉁 동상에 걸렸다. 끊임없이 방수포를 씻는 일은 손의 동상에 전혀 도움이 되지 않았다. 그러나 시간이 갈수록 나의 책임은 늘어났고, 나는 내 일을 좋아했다. 의사와 간호사의 일상에도 익숙해졌다. 누가 어느 군의관을 존경하는지, 수간호사들이 어느 의사를 몰래 경멸하는지 다 알게 되었다. 머리에 득실거리던 이도, 응급 치료도 사라졌다. 이제 프랑스에는 기지 병원도 세워졌다. 그럼에도 여전히 우리 병원은 거의 항상 만원이었다. 다리 골절로 입원했던 스코틀랜드 남자도 마침내 회복하여 고향으로 떠났다. 그런데 사실 그는 돌아가던 길에 기차역 플랫폼에서 떨어졌다. 하지만 하루 빨리 스코틀랜드의 고향으로 돌아가고 싶은 마음에 다리가 다시 골절되었다는 사실을 숨겼다. 그는 엄청난 고통을 겪으면서 마침내 목적지에 도달했으나 다리는 처음부터 다시 치료해야 했다.

그 시절 일은 이제 기억이 가물가물하다. 하지만 기묘한 한 순간이 희미한 기억 속에 오뚝 서 있곤 한다. 극장에서 수술을 돕고 뒷정리를 하던 어린 견습 간호사가 기억난다. 나는 절단된 다리를 난로에 던져 넣는 일을 거들어 주었다. 그 어린 아가씨에게는 너무 벅찬 일이었다. 그러고는 함께 떨어진 핏자국을 치웠다. 그런 일을 혼자서 하기에는 너무 어리고 너무 일렀다.

내가 대신 연애편지를 써 주었던 진지한 얼굴의 하사관도 기억난다. 그는 쓸 줄도, 읽을 줄도 몰랐다. 그는 내게 대충 어떤 말을 하고 싶은지 말했다. 내가 편지를 쓴 뒤 읽어 주자 고개를 끄덕이며 이러는 것이었다.

"정말 멋져요, 간호사님. 그걸 두 장 더 써 주세요."

"두 장 더요?"

"예. 한 장은 넬리에게 보내고, 한 장은 제시에게 보내고, 한 장은 마거릿에게 보낸다고 써 주세요."

"조금씩 내용을 다르게 하는 게 좋지 않을까요?"

그는 잠시 생각해 보더니 대답했다.

"괜찮아요. 꼭해야 할 말은 다 했으니까요."

그리하여 세 편지는 똑같이 시작되었다.

"이 편지가 나를 떠난 후 당신에게 꼭 이르기를, 건강한 모습으로 당신이 이 편지를 받기를 빕니다."

마지막은 이렇게 끝났다.

"영원히 저는 당신의 것입니다."

"서로 편지를 비교해 보면 어쩌려고요?"

나는 호기심에 물었다.

"아, 그럴 리 없어요. 셋 다 다른 도시에 살거든요. 서로 전혀 모르는 사이예요."

나는 그에게 그중 하나와 결혼할 생각인지 물었다.

"그럴 수도 있고, 아닐 수도 있죠. 넬리는 예쁘게 생겨서 보기에 좋죠. 하지만 제시는 성격이 진지하고 나를 숭배해요. 꼭 나를 하늘처럼 떠받든다니까요."

"그럼 마거릿은요?"

"마거릿요? 글쎄요. 마거릿은 유머 감각이 풍부해요. 함께 있으면 배꼽이 빠지죠. 하지만 아직은 모르겠어요."

나는 그가 셋 중 누구와 결혼했는지, 아니면 예쁜 외모와 좋은 태도와 훌륭한 유머 감각을 겸비한 네 번째 아가씨를 발견했는지 종종 궁금해진다.

집에서의 생활은 여전히 변함없었다. 제인이 떠나고 루시가 왔다. 루시는 언제나 제인에게 외경심을 보이며 '미세스 로'라고 칭했다.

"제가 미세스 로를 대신해 이 막중한 임무를 잘 해낼 수 있을지 모르겠습니다."

루시는 나중에 전쟁이 끝난 후 아치와 나를 위해 헌신적인 요리사가 되어 주었다.

어느 날 루시가 초조한 얼굴로 어머니에게 와서 말했다.

"마님, 부디 허락해 주시길 빕니다. 저는 항공대 여자 보조 부대에 꼭 입대하고 싶습니다. 이것이 잘못된 생각이 아니라고 믿어 주세요."

어머니는 말했다.

"루시, 좋은 선택이라고 봐요. 젊고 튼튼하잖아요. 그것이야말로 그 부대에 꼭 필요한 자질이지요."

그리하여 루시는 우리가 잘 지내기를 빌면서, 미세스 로가 어찌 생각할지 걱정하면서 우리 집을 떠났다. 마지막 순간에는 눈물을 터트렸다. 가정부 겸 응접실 하녀인 미모의 엠마도 루시와 함께 떠났다. 결혼을 하기 위해서였다. 대신에 나이 지긋한 두 하녀가 들어왔다. 그들은 전시의 고생스러움에 깊이 분개했다.

며칠 후 나이 지긋한 메리가 분노로 비들비들 떨면서 말했다.

"죄송합니다만, 마님. 이는 말도 안 됩니다. 겨우 이런 음식을 주시다뇨. 일주일에 이틀은 생선에다가, 고기도 내장이 나오다뇨. 적어도 하루에 한 끼는 제대로 먹어야지요."

어머니는 이제 음식이 배급되고 있어서 누구나 일주일에 적어도 이삼 일은 '식용 부스러기' 고기와 생선을 먹어야 한다고 설명했다. 하지만 메리는 절레절레 고개를 저으며 대꾸했다.

"말도 안 됩니다. 이건 부당해요."

이어서 생전 마가린에는 입도 안 대고 살았건만 왜 이걸 먹어야 하냐고 항의했다. 어머니는 전시에 많은 사람들이 쓰던 수법을 썼다. 버터 포장지에 마가린을 넣고, 마가린 포장지에 버터를 넣었다.

"자, 이 둘 맛을 보세요. 마가린과 버터는 맛이 똑같아요."

두 여인네는 경멸스러운 표정으로 맛을 보고는 단호히 말했다.

"완전히 천양지차인걸요. 의심의 여지가 없습니다."

"정말 확연히 다르다는 거예요?"

"네. 마가린 맛은 견딜 수가 없어요. 우리 둘 다요. 속이 뒤집힐 것만 같아요."

그들은 질색을 하면서 어머니에게 마가린 포장지에 든 버터를 건넸다.

"다른 것은 괜찮고요?"

"네, 마님. 아주 좋은 버터예요. 흠잡을 데 없어요."

"사실대로 말해 주는 게 좋겠네요. 바로 저것이 마가린이에요. 이건 버터고요."

처음에 그들은 믿지 않으려 들었다. 결국에는 사실을 받아들였지만, 전혀 즐거운 기분이 아니었다.

이 무렵 이모할머니가 우리와 함께 지냈다. 내가 밤에 병원에서 혼자 귀가하는 문제로 어찌나 걱정하시던지.

"너무 위험해, 애거서. 혼자서 집으로 걸어오다니. 무슨 일이라도 일어나면 어쩌려고. 무슨 조치를 취해야 해."

"할머니, 달리 방도가 없어요. 어쨌든 지금까지 무사하잖아요. 벌써 몇 달째인걸요."

"이건 옳지 못해. 내 말 들으렴."

나는 최선을 다해 이모할머니를 안심시켰다. 당시 나의 근무 시간은 오후 2시부터 10시까지여서, 야간 근무조에게 업무를 인계하고는 보통 10시 30분이 되기 전에 병원에서 나왔다. 집까지 걸어오는 데는 45분가량 걸렸다. 솔직히 말하자면 길이 꽤 으슥하긴 했지만 아무 문제도 없었다. 딱 한 번 굉장히 취한 하사관과 마주쳤는데, 그는 지극히 정중하기만 했다.

"정말 훌륭한 일을 하십니다. 그럼요. 제가 집까지 모셔다 드리겠습니다.

간호사님. 혹시 무슨 일이 있을지도 모르니 제가 잘 호위해 드려야지요."

그는 약간 비틀대며 말했다. 나는 친절한 말씀이지만 괜찮다고 사양했다. 그런데도 그는 씩씩한 걸음으로 나를 집까지 바래다주고는 대문 앞에서 더할 수 없이 정중하게 작별 인사를 하였다.

정확히 언제 이모할머니가 우리 집에 오셨는지는 모르겠다. 전쟁 발발 직후가 아닌가 싶다. 백내장 탓에 거의 실명한 상태였지만, 나이 때문에 수술을 받을 수도 없었다. 이모할머니는 합리적인 선택을 할 수밖에 없었다. 일링의 집과 친구들을 포기하자니 가슴이 찢어지는 것만 같았으리라. 하지만 하인들이 붙어 있을 리 없고, 홀로 사실 수도 없음을 잘 아셨다. 그리하여 대단한 이사 작업이 시작되었다. 언니가 거들려고 내려왔고, 우리는 일링으로 올라갔다. 모두 할 일이 태산 같았다. 당시에 나는 이모할머니가 얼마나 큰 고통을 겪는지 전혀 깨닫지 못했던 듯싶다. 하지만 지금은 알 것 같다. 세 야만인들이 소중하기 그지없는 물건들을 헤집고 뒤엎으며 무엇을 가져갈지 말지 결정하는 것을 반쯤 눈이 먼 채 무기력하게 지켜봐야 했으니 그 심정이 오죽했을까. 할머니한테서 슬픈 비명이 나지막이 흘러나왔다.

"아, 그 옷은 그렇게 집어 던지면 안 돼. 마담 퐁스로가 만든 멋진 벨벳 드레스란 말이다."

벨벳이 좀이 슬어 못 쓰게 되었고, 실크는 삭았다는 사실을 설명하기란 어려웠다. 트렁크와 서랍장마다 좀이 슨 옷들이 가득했다. 진작 버렸어야 할 것들을 이모할머니는 걱정 때문에 모조리 간직하고 있었다. 종이, 뜨개질 책, 하인용 옷본, 염가에 산 실크와 벨벳 천 등 온갖 것이 트렁크마다 가득 차 있었다. 유용하게 썼을 수도 있었건만 쌓아 두기만 하고 시기를 놓쳐 못 쓰게 된 것들이 수두룩했다. 이모할머니는 커다란 의자에 앉아 훌쩍였다.

옷을 정리한 다음에는 창고를 공격했다. 곰팡이가 핀 잼, 썩은 자두, 심지어 구석에 처박혀 쥐밥이 된 설탕과 버터도 있었다. 검소하게 생활하며 미래를 위해 모아 두었던 모든 것이 이제는 거대한 '쓰레기' 기념비가 되고 말았다니! 이모할머니의 마음이 얼마나 아팠을까. 그나마 집에서 직접 담근 술은 알코올 덕분에 여전히 좋은 상태를 유지하고 있었다. 체리브랜디, 체리진, 서양 자두브랜디 등이 자그마치 서른여섯 병이나 가구 운반차에 실렸다. 하지만 도착하고 보니 서른한 병밖에 없었다. 이모할머니는 말했다.

"그 이삿짐 일꾼들이 글쎄 술은 입에도 안 댄다고 하더니만!"

아마도 일꾼들은 복수한 것이리라. 일꾼들이 짐을 차에 싣는 동안 이모할머니는 가차 없었다. 그들이 거대한 마호가니 장롱에서 서랍을 빼 내고 운반하고 싶다고 했을 때 이모할머니는 경멸하듯 말했다.

"서랍을 빼 내겠다고? 아니 왜? 무거워서? 힘센 장정이 셋이나 되는구먼, 이것도 못 드남? 장롱에 짐을 다 넣은 채로도 2층으로 옮겼는데, 그게 무슨 말인가? 그대로 들고 나가게. 생각하는 것 하고는. 요즘 젊은 것들은 도통 쓸모가 없다니깐."

일꾼들은 절대 불가능하다고 간청했다. 결국 이모할머니는 양보했다.

"약해 빠져서는. 그런 약골로 대체 무슨 큰일을 하겠나. 요즘 젊은 것들은 하여튼 못 써."

이모할머니가 기아에서 벗어나기 위해 구입한 식료품들 역시 가구 운반차에 실렸다. 에슈필드에 도착했을 때 유일하게 이모할머니가 기쁘게 한 일은 식료품을 숨길 곳을 찾는 일이었다. 이모할머니는 스물네 개의 정어리 통조림을 치펀데일 양식의 접이식 책상 위에 숨겼다. 통조림은 계속 그 자리에 놓인 채 잊혀졌다. 그리하여 전쟁이 끝난 후 어머니가 가구를 팔 때 가구 운반꾼이 와서는 비싼아나는 듯 멋스럽을 하며 날랐다.

"책상 위에 정어리 통조림이 잔뜩 놓여 있습니다."

"참, 그렇지. 깜박했어요."

어머니는 아무런 설명도 하지 않았다. 운반꾼도 아무런 질문도 하지 않았다. 정어리 통조림을 치운 후 어머니는 말했다.

"다른 가구들 위에도 한번 살펴봐야겠구나."

이후로도 오랫동안 정어리 통조림, 밀가루 봉지 같은 것들이 전혀 뜻밖의 장소에서 나타나곤 했다. 창고의 쓰지 않는 옷 바구니 속에서는 밀가루 사이로 바구미가 기어 다녔다. 어쨌든 햄만큼은 상태가 좋을 때 먹어 치웠다. 꿀 단지, 서양 자두절임, 그리고 많지는 않았지만 몇 가지 통조림이 발견되었다. 사실 이모할머니는 통조림 음식이 식중독 균에 오염되었을지도 모른다고 몹시 싫어했으며, 자신이 직접 절여 담근 음식만이 안전하다고 여겼다.

사실 당시에는 모두들 통조림 음식을 꺼렸다. 아가씨들은 무도회에 갈 때면 주의를 들었다.

"저녁 식사로 나온 가재는 먹지 말아라. 통조림이 되었던 것인지도 모르잖니."

이때 '통조림'이라는 단어의 발음에는 공포가 듬뿍 담겨 있었다. 통조림 게살은 어찌나 끔찍했는지 굳이 애써서 경고할 필요도 없었다. 만약 주 영양 공급원이 냉동식품과 통조림 야채가 될 날이 오리라고 누군가가 예언했더라면 사람들은 공포와 두려움 속에 떨었으리라.

나는 사랑하는 마음에 자발적으로 이모할머니를 간호하긴 했지만, 당시 얼마나 큰 고통을 겪고 계시는지는 전혀 이해하지 못했다. 사실상 이타적이면서도 사람은 여전히 자기중심적일 수 있는 법이다. 남편을 여읜 직후 이사 가서 삼사십 년을 산 집에서 여든이 넘은 나이에 떠나온 것이 이모할머니에게 무척 끔찍한 일이었다는 것을 나는 이제야 깨닫는다. 집을 떠나는 것만으로도 더없이 서글펐으리라. 물론 거대한 기둥 침대, 두 개의 커다란 안락의자 등 이모할머니가 아끼던 가구는 가지고 올 수 있었다. 하지만 친구들과 헤어지자니 그 얼마나 가슴 아팠을까. 많은 분들이 돌아가시긴 했지만, 아직 살아 있는 친구도 적지 않았다. 이웃들은 종종 놀러 와서 지나간 옛 시절에 대해 수다를 떨고, 신문에 난 뉴스에 대해 토론했다. 유아 살해, 강간, 은밀한 악 따위에 대한 공포는 늙은이의 삶을 활기차게 해 주는 힘이 되었다. 우리는 매일 이모할머니에게 신문을 읽어 드리기는 했지만, 보모나 유모차에 버려진 아기나 기차에서 살해당한 아가씨에 대해는 아무런 관심도 없었다. 반면 이모할머니는 세계정세나 정치나 복지나 교육 등에 대해 눈곱만큼도 관심이 없었다. 이모할머니가 어리석거나 재앙을 즐겼기 때문이 아니다. 그것은 일상의 단조로움을 깨트려 줄 무엇인가가 필요해서였다. 자신에게 해를 끼치지는 않되 너무 멀지 않은 곳에서 일어나는 끔찍하고 극적인 사건이야말로 이에 딱 맞았다.

당시 이모할머니는 신문에 난 끔찍한 재앙 기사 외에는 생활에 전혀 재밋거리가 없었다. 아무개 대령이 부인에게 한 끔찍한 행동이나 어느 사촌이 걸린 흥미로운 불치병에 대한 슬픈 소식을 전해 주러 들를 친구가 이제 아무도 없었다. 얼마나 외롭고, 슬프고, 지루했을까. 내가 좀 더 이해심을 가졌더라면 좋았을 것을.

이모할머니는 침대에서 아침을 먹은 후 늦게 자리에서 일어났다. 그리고 11시쯤 아래로 내려와 신문을 읽어 줄 사람을 찾아 두리번거렸다. 늘 정해진 시간에 내려오는 것이 아니었기에 누가 항시 대기하고 있을 수가 없었다. 하지만 신문을 읽어 줄 사람이 보이지 않아도 아무 문제없었다. 이모할머니는 느긋하게 커다란 의자에 앉아 있었다. 그리고 일이 년 동안은 뜨개질을 할 수 있었다. 보지 않고도 능수능란하게 떴다. 하지만 시력이 더욱 나빠짐에 따라 뜨개질이 점점 엉성해졌고, 나중에는 코가 빠져도 모르고 지나갔다. 뒤늦게 그것을 알아차리고 다시 몇 줄을 풀어야 할 때면 이모할머니는 그 커다란 안락의자에 앉아 조용히 흐느끼곤 했다. 그러면 나는 이모할머니 대신 줄을 풀고 다시 바늘을 끼워 이모할머니가 떴던 것만큼 뜨개질을 했다. 하지만 쓸모없는 사람이 되었다는 이모할머니의 상처받은 마음은 돌이킬 길이 없었다.

이모할머니는 아무리 말해도 결코 테라스든 어디든 밖에 나가 잠시나마 산책하는 법이 없었다. 바깥 공기를 쐬면 몸에 해롭다고 어찌나 철저히 믿으셨던지. 그래서 온종일 식당에 앉아 있었다. 예전에 자신의 집에서 살 때에도 항상 식당에 앉아 있었기 때문이다. 오후 차 시간이 되면 우리에게 와서 함께 차를 마셨지만, 그러고는 다시 식당으로 돌아갔다. 저녁 식사에 젊은 사람들을 초대해 밥을 먹은 후 우르르 교실에 가서 놀 때면 느닷없이 이모할머니가 나타나곤 했다. 이모할머니는 계단을 힘겹게 끄웅끄웅 올라와서는 일찍 잠자리에 들기를 마다했다. 우리와 같이 어울리면서 세상 돌아가는 이야기를 듣고 싶다고, 우리의 유쾌함과 웃음을 함께하고 싶다고 했다. 나는 내심 이모할머니가 얼른 내려가셨으면 하고 바랐던 것 같다. 귀가 먹지는 않았지만 우리 말을 알아듣게 하려면 여러 번 반복해야 했고, 그러다 보면 아무래도 분위기가 깨지기 일쑤였으니까. 그래도 이모할머니더러 올라오지 말라고 말리지 않았으니 그나마 다행이다. 이모할머니가 가엾긴 했지만 노쇠는 피할 수 없는 일이다. 늙으면 누구나 자립적 생활이 불가능해진다. 수많은 노인들이 누가 먹을 것에 독을 탔다거나 물건을 훔쳐 간다고 믿는 것은 삶에서 추방되었기 때문이 아닌가 싶다. 지성이 약해져서는 아니라고 본다. 단지 흥분과 자극이 필요할 뿐이다. 만약 누군가가 나를 독살하려 한다고 생각하면 삶은 훨씬 흥미진진해진다. 차츰차츰 이모할머니는 이러한 환상에 빠져들었다. 이모할머니는 어머니에게 주장하곤 했다.

"하인들이 내 음식에 뭘 탔어. 나를 없애고 싶어 해!"

"하지만 이모, 왜 이모를 없애고 싶어 하겠어요? 얼마나 이모를 좋아하는데요."

"클라라, 뭘 몰라도 한참 모르는구나. 이리 가까이 오렴. 그네들은 늘 문에서 엿듣거든. 나는 알아. 어제 내 달걀 맛이 이상했어. 프라이 말이다. 금속성 맛이 나지 뭐냐. 정말이야!"

이모할머니는 고개를 끄덕이며 말을 이었다.

"너도 와이엇 부인 알지? 글쎄 집사 내외가 독을 타서 죽였다잖니."

"네, 알아요. 하지만 그거야 집사 내외한테 거액을 상속하겠다고 유언장을 쓰는 바람에 그리 된 거죠. 이모할머니는 하인들한테 조금도 물려주지 않으실 거잖아요."

"물론이지. 아무튼 다음부터는 프라이는 안 먹을 거야. 삶은 달걀만 먹겠어. 그러면 절대 장난질을 못 칠 테니."

그리하여 이모할머니는 달걀은 무조건 삶은 것만 드셨다.

다음에는 슬프게도 이모할머니의 보석이 사라졌다. 이모할머니가 부르시기에 나는 방으로 갔다.

"애거서니? 어서 들어오너라. 문은 꼭 닫고."

나는 침대로 다가갔다.

"예, 이모할머니. 왜 그러세요?"

이모할머니는 손수건으로 눈물을 훔치며 침대에 앉아 있었다.

"사라졌어. 모두 사라졌어. 내 에메랄드, 반지 두 개, 예쁜 귀걸이들. 모두 사라졌어! 이제 어떡하니?"

"이모할머니, 그럴 리 없어요. 제가 한번 찾아볼게요. 원래 어디에 두셨는데요?"

"서랍장에. 왼쪽 첫 번째 서랍. 장갑으로 꽁꽁 싸 두었는데. 언제나 거기에 간수했어."

"그럼, 제가 살펴볼게요."

나는 서랍장으로 가서 문제의 서랍을 뒤졌다. 장갑 한 쌍이 공처럼 뭉쳐져 있었지만, 그 안에는 아무것도 없었다. 이어서 아래 서랍을 뒤졌다. 거기에도 장갑 한 쌍이 있었고, 만족스러운 딱딱함이 느껴졌다. 나는 그것을 침대 발치로 가져가 귀걸이, 에메랄드 브로치, 반지가 모두 제자리에 있음을 이모할머니에게 확신시켰다.

"두 번째 서랍에 있었어요."

"틈을 보아 도로 갖다 놓은 게 틀림없어."

"그건 불가능해요."

"어쨌든, 애야 조심해라. 조심해. 가방을 아무 데나 두지 말고. 자, 살금살금 문으로 가서 엿듣고 있는지 확인해라."

나는 이모할머니의 말을 충실히 따른 다음 아무도 엿듣지 않는다고 확신시켰다.

늙는다는 것은 참으로 끔찍하구나 싶었다. 물론 나도 피할 수 없는 일이었다. 하지만 당시에는 피부로 느껴지지는 않았다. 젊은이의 마음에는 언제나 확신이 있기 마련이다. '나는 늙지 않아. 나는 죽지 않아.' 물론 언젠가는 나도 늙고 죽으리라는 것을 안다. 하지만 마음 한편에서는 절대 그런 일은 없다고 확신한다. 이제 늙은이가 된 나는 아직 보석이 사라졌다거나 누가 나를 독살하려 한다고는 의심하지 않는다. 하지만 언젠가는 나도 그리 되리라는 것을 인정하고 마음을 다잡는다. 이렇게 미리 주의한다면 설령 그렇게 된다 해도 스스로 웃음거리가 되는 짓임을 인식할 수 있을지 누가 알겠는가.

하루는 이모할머니가 뒤쪽 계단에서 고양이 소리가 난다고 생각했다. 설령 정말 고양이가 울었다 하더라도 그냥 내버려 두거나, 나나 어머니나 하녀들에게 알렸더라면 좋았을 것이다. 하지만 이모할머니는 직접 가서 조사해 보기로 했고 그러다 계단에서 떨어져 팔이 부러져 버렸다. 의사는 치료를 하면서도 확신을 하지 못했다.

"다시 뜨개질을 하실 수 있으면 좋겠지만, 워낙 연로하셔서……."

하지만 이모할머니는 보란 듯이 그 난국을 타개했다. 비록 팔을 머리 높이 쳐들 수는 없었지만 비교적 자유롭게 움직일 수 있었다. 역시 강인한 분이다. 이모할머니가 젊었을 적에 무척 연약했다는 말이나, 열다섯 살에서 서른다섯 살 때까지 몇 번이나 의사들이 치료를 단념한 적이 있다는 이야기는 아무래도 사실이 아닌 듯싶다. 그저 병에 대한 매력적인 빅토리아식 주장이었으리라.

이모할머니를 돌보고, 병원에서 일하는 것으로 시간은 술술 흘러갔다.

여름에 아치가 사흘 휴가를 받자 나는 그를 만나러 런던으로 갔다. 즐거운 휴가는 아니었다. 그는 전쟁 상황에 관한 정보에 파묻혀 신경이 바짝 곤두서 있었다. 그런 정보라면 누구나 근심 걱정으로 몰아넣을 만했다. 영국에서는 전혀 모르고 있었지만, 대규모 사상자가 발생하기 시작했던 것이다. 그리고 전쟁은 크리스마스에 끝나기는커녕 4년은 지속될 성싶었다. 징병을 하자는 주장이 나왔다. 더비 경은 젊은 남자들을 징병하여 3년 아니면 전쟁이 계속되는 동안 싸우게 해야 한다고 주장했다. 3년이라니 말도 안 된다고 사람들은 생각했다.

아치는 전쟁이나 자신의 임무에 대해 일절 언급하지 않았다. 휴가 동안만이라도 그런 것을 완전히 잊고 지내고 싶어 했다. 우리는 배급받은 음식으로 즐겁게 식사했다. 1차 대전 때는 2차 대전 때보다 훨씬 공평하게 음식이 배급되었다. 레스토랑에서 먹든 집에서 먹든 고기를 먹고 싶다면 고기 배급표를 내야 했다. 2차 대전 때는 배급이 비윤리적으로 이루어졌다. 돈이 있고 고기를 좋아한다면 매일 레스토랑에 가 얼마든지 고기를 먹을 수 있고 배급표는 낼 필요도 없었다.

어색한 쾌활함 속에서 우리의 사흘이 지나갔다. 우리 둘 다 미래를 설계하고 싶은 마음이 간절했지만, 그러지 않는 편이 현명하리라고 생각했다. 그나마 나한테 다행인 점은 휴가 이후 아치가 더는 비행을 하지 않게 되었다는 사실이었다. 비행 때마다 코 뒤가 아픈 부비동 이상 때문에 병참부로 배속된 것이다. 그는 늘 체계화하고 관리하는 데 능했다. 여러 번 수훈 보고서에 올랐고, 마침내 D.S.O.와 C.M.G.(둘 다 영국의 훈장 — 옮긴이)를 받았다. 아치가 가장 자랑스러워한 훈장은 D.S.O.였다. 전쟁이 막 시작되었을 때 프랑스 장군이 수훈 보고서에 그의 이름을 올렸다고 하는데, 이야기를 들어 보니 정말 대단한 일이었다. 아치는 또한 러시아의 성 스타니슬라우스 훈장도 받았다. 그 훈장은 어쩌나 예쁜지 파티 때면 내가 장식 삼아 즐겨 달곤 했다.

얼마 후 나는 심한 감기에 걸렸다. 결국 폐에 충혈이 생겨 3주에서 한 달 정도 병원 일을 쉬어야 했다. 회복 후 병원으로 돌아가니 조제실이라는 새 부서가 막 조직되었는데 거기에서 일하지 않겠느냐고 했다. 그로부터 2년 동안 그곳은 나에게 제2의 집이 되었다.

새 부서 책임자는 닥터 엘리스의 부인과 나의 친구 아일린 모리스였다. 엘리스 부인은 오랫동안 남편 병원에서 조제 일을 한 경험이 있었다. 나는 그들을 도우면서 약제사 자격시험을 공부했다. 이 자격증이 있으면 병원이나 약국에서 약사로 일할 수 있었다. 아주 구미가 당기는 일이었다. 이 일은 근무 시간도 훨씬 좋았다. 조제실은 6시면 문을 닫았으며, 오전 근무조와 오후 근무조만 있었다. 덕분에 집안일을 하기에도 한결 수월했다.

간호 일만큼 조제 일이 즐거웠던 것은 아니다. 아무래도 나는 간호사가 천직이 아닌가 싶다. 간호 일을 계속하였더라면 무척 행복했을 텐데. 약을 짓는 것이 처음에는 재미있었지만, 점점 단조롭게 느껴졌다. 평생 직업으로 삼을 마음이 전혀 없었다. 반면, 친구와 함께 보내는 시간은 정말 좋았다. 나는 엘리스 부인을 대단히 좋아하고 존경했다. 그렇게 침착하고 차분한 여성도 없으리라. 상냥하면서도 목소리가 다소 졸린 듯했는데, 느닷없이 대단한 유머 감각을 발휘하여 우리를 깜짝 놀라게 했다. 또한 훌륭한 선생님이기도 했다. 그녀는 우리의 어려움을 잘 이해했다. 자신도 나눗셈을 하는 데 한참 걸리기 일쑤라고 고백해 준 덕분에 우리는 마음을 더 편히 먹을 수 있었다. 아일린은 나에게 화학을 가르쳤는데, 솔직히 말해 내가 따라가기에는 너무 어려웠다. 아일린은 실무가 아니라 이론부터 가르쳤다. 주기율표, 원자량, 콜타르 유도체 등등에 대해 배우자니 정신이 하나도 없었다. 하지만 차츰 자신이 붙었고 쉬운 내용들을 완전히 터득했으며, 비소 테스트를 연습하다 코나 커피 머신을 폭발시킨 후에는 진도가 술술 나갔다.

우리는 아마추어 약사이긴 했지만, 그래서 더욱 조심하고 양심적일 수 있었다. 물론 실력이야 프로 약사를 감히 따를 수 없겠지. 새 부상병들이 들어오면 우리는 미친 듯이 열심히 일했다. 약, 연고, 물약을 준비하고, 채우고, 나누어 주다 보면 하루가 금세 지나갔다. 여러 의사들과 일하며 경험을 쌓은 후 세상사가 다 그렇듯 약 역시도 얼마나 유행을 타는지를 깨달았다. 또한 의사마다 두드러진 특징이 있었다.

"오늘 아침 상황은 어때?"

"닥터 화이틱이 내린 처방 다섯 개에, 닥터 제임스가 넷, 닥터 바이너의 특별 처방 둘이 있어."

나도 마찬가지였지만 잘 모르는 문외한이라면 의사가 각 환자를 개별적으로 진찰하고 각 증세에 가장 적합한 약을 처방하나 보다고 생각할 것이다. 하지만 같은 피로 회복용 처방이라도 닥터 화이틱, 닥터 제임스, 닥터 바이너에 따라 다르다는 것을 이내 알 수 있었다. 환자마다 다른 것이 아니라 의사마다 다른 것이었다. 환자 입장에서는 유쾌할 리 없지만, 틈틈이 생각해 보면 그럴 만도 하다. 약사들이 일반적으로 의사들을 존중하긴 하지만 개인적인 의견을 갖기 마련이다. 어떤 약사는 닥터 제임스는 훌륭한 의사이나 닥터 화이틱은 형편없다고 여길 수도 있다. 하지만 처방전은 그대로 준수해서 약을 만들어야 한다. 단, 연고만큼은 의사들도 사실 실험적으로 처방한다. 이는 피부병이 의사뿐만 아니라 모든 사람들에게 불가해한 수수께끼이기 때문이다. D 부인한테는 특효약이었던 칼라민이 C 부인에게는 전혀 듣지 않으며 오히려 염증이 더 늘었다는 불평을 듣기도 한다. 또한 D 부인한테는 증세를 악화시켰던 콜타르가 C 부인에게는 뜻밖의 효과를 보이는 것이다. 따라서 의사들은 적절한 약을 찾을 때까지 실험을 계속할 수밖에 없다. 런던의 피부병 환자들은 저마다 좋아하는 병원이 있다.

"미들섹스 병원에 갔었다고? 나도 가 보았지만, 약이 전혀 안 듣지 뭐야. 그래서 지금은 U.C.H.에 다녀. 덕분에 거의 치료가 다 되었지."

이에 다른 친구가 끼어든다.

"어머, 나는 미들섹스 병원을 괜찮게 보았는데. 언니가 여기서 치료받았는데 나을 낌새도 안 보이더래. 그래서 미들섹스에 갔더니 이틀 후 말끔하게 나았다지 뭐야."

나는 여전히 모 피부과 의사에게 반감을 갖고 있다. 그는 '무엇이든 한 번씩 시도해 보라'는 주장을 맹신하여 생후 몇 개월밖에 안 된 어린 아기의 온몸에 간유(肝油)를 떡칠하도록 처방할 만큼 끈질기고도 낙관적인 실험자였다. 아이 어머니와 가족들은 그 가엾은 아기의 곁에 있기가 얼마나 힘겨웠을까. 열흘 후에도 아무런 효험이 없자 결국 가족들은 그 치료법을 포기했다. 그 약을 조제한 덕분에 나까지 집에서 최하층민으로 전락했다. 대량의 간유를 다루자니 집에 돌아갈 때 지독한 비린내를 풍기지 않을 수가 없었던 것이다.

1916년에 나는 여러 번 최하층민이 되었다. 빕이라는 고약이 대유행하여 상처에 무조건 처방된 탓이다. 빕은 비스무트와 요오드폼을 섞은 뒤 액체 파라핀을 이용해 만든 고약이다. 요오드폼 냄새가 조제실과 전차와 식탁과 침대에까지 나를 따라다녔다. 손가락, 손목, 팔, 팔꿈치에 스며든 냄새는 쉴 새 없이 스멀스멀 풍겨 나왔다. 씻어도 냄새는 지워지지 않았다. 그래서 가족들을 위하여 나는 쟁반에 음식을 담아 식료품실에서 홀로 먹었다. 전쟁이 끝날 무렵 빕의 유행도 사라졌다. 불쾌한 냄새를 덜 풍기는 약으로 대체되었다가 결국에는 커다란 차아염소산 약병이 대세로 자리 잡았다. 소다와 이런저런 물질을 넣은 염화물을 석회수에 담가 약을 만들다 보면 염소 냄새가 온몸에 배었다. 요즘 나오는 싱크대 소독약이 바로 이런 방식으로 만들어진다. 나는 그 냄새만 맡아도 욕지기가 밀려 나온다. 한번은 우리 집에서 일하던 고집 센 하인 때문에 심하게 곤욕을 치르기도 했다.

"식료품실 싱크대에 대체 뭘 넣은 겐가? 냄새가 어찌나 지독하던지!"

그는 자랑스럽게 병 하나를 내밀었다.

"1등급 소독약을 부었습니다, 마님."

나는 소리를 쳤다.

"여기가 병원인가? 다음번에는 그냥 페놀 종이를 걸어 두었다가 뜨거운 물로 헹구게. 꼭 해야겠다면 가끔씩 소다를 좀 뿌리든지. 그 망할 차아염소산 병은 치워 버려!"

나는 그에게 살균의 속성을 설명하고는, 세균에게 해로운 것은 인간에게도 해로울 수 있으므로 깨끗이는 하되 살균까지 할 필요는 없다고 설득했다.

"어차피 세균은 끈질긴 생명력을 갖고 있네. 웬만큼 살균해서는 튼튼한 세균은 죽지도 않아. 페놀 용액 60병 중 하나에는 세균이 바글바글대는걸."

그는 납득이 가지 않은 모양이었다. 내가 집을 떠나 있을 때마다 그 구역 길 나는 용액을 들이부었으니.

약제사 시험을 위해 나는 적당한 전문 약사를 찾아 과외를 좀 받기로 했다. 토키의 유명 약사 한 분이 감사하게도 교육을 시켜 주겠다며 특정 일요일에 오라고 했다. 나는 학구열에 불타면서도 겁먹고 기가 죽은 채 약국으로 갔다.

처음으로 약국의 칸막이 뒤로 가는 순간 몰랐던 사실을 알게 된다. 아마추어 약제사였던 우리는 모든 약을 최대한 정확하게 양을 재어 지었다. 의사가 1회분에 비스무트 탄산염을 1.3그램씩 넣으라고 처방하면, 각 약 봉지마다 정확히 1.3그램씩 들어갔다. 아마추어는 당연히 이렇게 해야 한다. 그런데 5년간의 수련을 쌓고 약제사 자격증을 딴 약사는 전문 요리사가 그러하듯 감으로 양을 정확히 젤 수 있는 것이다. 전문 약사는 온갖 약병에서 자신감 넘치게 약을 따르면서도 양이나 무게를 재는 법이 없다. 물론 독성이 있거나 위험한 약은 조심스럽게 취급하지만 무해한 약은 대략 감으로 짓는다. 색과 향을 입히는 것도 마찬가지이다. 때문에 가끔은 환자가 다시 와서는 지난번과 색깔이 다르다고 불평하기도 한다. "보통은 진한 분홍색인데, 이번에는 연한 분홍색이었어요." 혹은 "맛이 영 아니에요. 깔끔한 박하 맛이었는데, 이건 역겨운 단내가 나요." 그렇다면 박하수 대신 클로로폼 액체가 더 들어간 것이 분명하다.

1948년에 내가 일했던 대학 병원의 외래 병동 환자들 다수는 약의 색과 맛에 까다로웠다. 어느 아일랜드 노부인이 생각난다. 그녀는 조제실 창문으로 쏙 몸을 내밀고 내 손바닥에 반 크라운 백동화를 얹더니 속삭였다.

"두 배로 진하게 해 주세요. 박하 양을 두 배로요. 해 주실 거죠?"

나는 백동화를 돌려주며 우리는 이런 것은 받지 않는다고 깐깐하게 말하고는, 의사의 처방대로 약을 먹어야 한다고 덧붙였다. 하지만 약을 만들 때 박하수를 듬뿍 넣어 주었다. 환자에게 아무 해도 없으며, 환자도 약을 즐겁게 먹을 수 있을 테니.

하지만 초보자일 때는 자연히 실수할까 봐 조마조마하기 마련이다. 혹시 약에 독성 물질이 들어가지는 않았는지 다른 약사가 반드시 확인하지만, 그래도 무시무시한 순간이 찾아온다. 나도 그런 경험이 있다. 그날 오후 여러 연고를 만들었는데, 어느 연고 단지 뚜껑 하나에다 편의상 페놀을 약간 부어 놓고는 도마에서 연고를 반죽하며 점적기로 조금씩 페놀을 떨어트렸다. 그러고는 연고를 끓이고, 이름표를 붙이고, 선반에 놓은 후 나는 다른 일을 하러 갔다. 그런데 새벽 3시에 자다 말고 벌떡 일어나 중얼거렸던 것이다.

"세상에, 그 연고 단지 뚜껑을 어떻게 했더라? 페놀을 부은 그 뚜껑을 어떻게 했지?"

생각하면 할수록 그 뚜껑을 씻지 않은 것 같았다. 혹시 연고 단지에 그대로 뚜껑을 씌워서 페놀이 안으로 흘러내린 것은 아닐까? 따져 보면 볼수록 그랬던 것만 같았다. 나는 그 연고를 다른 연고들과 함께 병동용 선반에 올려놓았는데, 아침이면 병동 일꾼이 바구니에 그 연고를 담아 가지고 가서는 어느 환자에게 윗부분에 독한 페놀이 덮여 있는 연고를 나누어 줄 터였다. 어찌나 걱정이 되는지 더는 참을 수가 없었다. 침대에서 나와 옷을 입고는 병원으로 향했다. 다행히 조제실 출입 계단이 건물 밖으로 나 있었기 때문에 병동으로 들어갈 필요는 없었다. 나는 조제실로 올라가 내가 만든 연고들을 전부 뚜껑을 열어 조심스레 냄새를 맡았다. 사실 지금도 그것이 착각이었는지 아니었는지는 모른다. 아무튼 당시 그중 하나에서 나서는 안될 페놀 냄새가 희미하게 풍겼다. 나는 연고의 윗부분을 안전하게 덜어 냈다. 그러고는 다시 병원 밖으로 살금살금 빠져나와 집으로 돌아와 잠자리에 들었다.

대개 약국에서 실수하는 사람은 초보가 아니다. 이들은 언제나 조언을 구하며 긴장은 늦추지 않는다. 희야의 중독 시고는 오랜 경험을 믿은 나던

된 약사가 저지른다. 너무 익숙한 일이라 깊이 생각하지 않고 하다 보면 어느 순간 딴 일에 정신이 팔려 실수를 하게 되는 것이다. 내 친구의 손자가 바로 이런 경우를 당했다. 아이가 병이 나자 의사에게 처방전을 받아 와 약국에 가서 약을 지었다. 그리고 때에 맞춰 약을 먹였다. 그날 오후 아이 할머니는 손자의 안색이 좋지 않은 것을 보고는 보모에게 말했다.

"혹시 약이 잘못된 것 아닐까?"

두 번째 약을 먹인 후 할머니의 걱정은 더욱 커졌다.

"아무래도 뭐가 잘못된 것 같아."

할머니는 의사를 불렀다. 의사는 아이를 진찰하고 약을 검사하고는 즉각 조치를 취했다. 어린이는 어떤 종류의 약에 심한 부작용을 보인다. 그런데 약사가 실수로 아편을 과잉 투여하였던 것이다. 약사는 당황해 어쩔 줄 몰라 했다. 그는 14년 동안 그 병원에서 일했으며, 가장 신중하고도 신뢰할 수 있는 약사로 인정받은 사람이었다. 즉 실수란 그 누구에게도 일어날 수 있는 법이다.

일요일 오후의 약국 실습 중 문제에 직면했다. 자격증을 따려면 일반적인 야드파운드법뿐만 아니라 미터법으로도 약의 양을 잴 수 있어야 했다. 그래서 나는 미터법으로 약을 조제하는 연습을 했다. 의사도 약사도 미터법을 좋아하지 않았다. 우리 병원의 의사 중 한 분은 '0.1로 나누기'가 대체 무슨 뜻인지 전혀 안중에도 없었다.

"그래서, 이게 대체 100분의 1이라는 말인가, 아니면 1000분의 1이라는 말인가?"

미터법의 큰 위험은 자칫 잘못했다가는 10배의 양을 넣는다는 것이다.

그날 오후 나는 좌약을 만들었다. 당시 내가 일하던 병원에서는 좌약을 별로 쓰지 않았지만 시험을 위해서는 조제법을 익혀야 했다. 좌약 만들기의 핵심은 바로 카카오 기름의 녹는점으로, 여간 까다롭지가 않았다. 너무 뜨겁게 조제하면 굳지 않으며, 또 너무 미지근하게 조제하면 엉뚱한 모양으로 나온다. 약사인 P 씨는 카카오 기름을 가지고, 여기다 미터법으로 약을 재어 추가하는 법을 직접 시범으로 보였다. 바로 정확한 순간에 좌약을 꺼낸 그는 전문가답게 상자에 담고 '아무개 약, 1/100'이라고 이름표 붙이는 법을 내게 설명한 다음 일하러 갔다. 하지만 나는 전전긍긍했다. 좌약에 1%가 아니라 10%가 들어갔으므로, 1/100이 아니라 1/10이라고 써야 했던 것이다. 나는 그가 계산한 종이를 다시 검토해 보고는 실수가 있었음을 발견했다. 미터법을 쓰다 실수로 소수점을 엉뚱한 자리에 찍었던 것이다. 하지만 새파란 실습생이 어떻게 해야 한단 말인가? 나는 햇병아리에 불과했고, 그는 도시 최고의 약사였다. 나는 감히 "P 선생님, 실수하셨습니다." 하고 말할 수 없었다. 그는 절대 실수하지 않는 사람이었고, 더구나 실습생 앞이라면 말할 나위도 없었다. 바로 그때 그가 내 곁을 지나가며 말했다.

"약을 선반에 넣어 두게. 앞으로 쓸 날이 있을 테니."

엎친 데 덮친 격이었다. 약을 선반에 둘 수는 없었다. 분명 환자에게 해를 끼칠 것이었다. 항문에 이 약을 넣는다면 얼마나 큰 위험이 닥칠지 눈에 선했다. 하지만……. 어쩌란 말인가? 약이 잘못되었다고 말한다고 해서 과연 P 씨가 믿어 주겠는가? 대답은 뻔했다.

"걱정 말게. 설마하니 내가 그런 실수를 했을까 봐?"

결국 선택의 여지가 없었다. 약이 식기 전에 나는 발을 헛디딘 듯이 쓰러지며 좌약을 바닥으로 쏟고는 힘껏 짓뭉갰다.

"선생님, 정말 죄송합니다. 좌약 위로 쓰러지는 바람에 글쎄 다 엉망이 되었어요."

그는 부아가 나서 말했다.

"이런, 이런, 이런. 그나마 이것 하나는 괜찮겠군."

P 씨가 나의 억센 발을 용케 피한 약을 하나 집어 그리켰다.

"더러운걸요."

나는 단호히 말하며 서둘러 모조리 쓰레기통에 쏟아 넣은 다음 다시 말했다.

"정말 죄송합니다."

"괜찮아. 그럴 수도 있지."

그는 내 어깨를 살짝 쳤다. 그는 곧잘 어깨를 톡톡 치거나 팔꿈치로 슬쩍 찔렀으며, 때로는 은근슬쩍 내 뺨을 쓰다듬으려고까지 하는 버릇이 있었다. 나는 교육을 받는 중이라 참을 수밖에 없었지만, 가능한 한 냉담하게 대했으며, 다른 약사에게 말을 걸거나 하여 용케 그와 단둘이 있는 것을 피했다.

P 씨는 참 괴이한 사람이었다. 하루는 아마도 나에게 깊은 인상을 주려고 그랬는지, 주머니에서 짙은 색의 어떤 덩어리를 꺼내 내밀었다.

"이것이 뭔지 아는가?"

"모르겠습니다만."

"큐라레(남미 원주민이 살촉에 칠하는 독약 ― 옮긴이)라네. 큐라레가 뭔지 아는가?"

나는 그것에 대해 읽은 적이 있다고 대답했다.

"흥미로운 물건이지. 정말 흥미로워. 먹는다고 해도 아무런 해를 끼치지 않아. 하지만 혈관에 들어갔다 하면 마비를 일으켜 죽게 만들지. 그네들은 이걸 화살용 독으로 쓴다지. 내가 왜 이걸 주머니에 넣고 다니는지 아나?"

"글쎄요. 전혀 모르겠는데요."

그런 것을 가지고 다니다니 정말 실없는 짓 같았지만, 차마 입 밖에 낼 수는 없었다.

그는 생각에 잠겨 말했다.

"이걸 가지고 있으면 내가 강력한 사람처럼 느껴지거든."

그제야 나는 다소 우스꽝스러워 보이는 얼굴의 이 자그마한 사내를 바라 보았다. 붉은가슴울새처럼 보이는 동글동글한 얼굴이 예쁜 핑크색을 띠고 있었고, 그 태도에는 전반적으로 유치한 만족감이 흐르고 있었다.

그 후 얼마 안 있어 실습 과정을 마쳤지만, 종종 P 씨에 대해 생각하곤 했다. 순진한 얼굴인데도 나에게는 다소 위험인물처럼 느껴졌다. 그에 대한 기억은 오래도록 남아 훗날 『창백한 말』을 쓸 때 영감을 주었다. 자그마치 50년 가까이 내 기억 속에서 때를 기다리고 있었다니.

3

조제실에서 일하는 동안 나는 처음으로 추리 소설을 쓸 생각을 했다. 매지 언니와 예전에 내기를 한 이후로 추리 소설을 쓰겠다는 생각은 계속 내 마음에 머무르고 있었다. 더구나 조제 일을 하면서 글을 쓰기도 편했다. 간호사는 늘 해야 할 일이 진을 치고 있지만, 조제실에서는 바쁠 때도 있고 한가할 때도 있었다. 어떤 날은 오후에 할 일 없이 혼자 조제실을 지키기도 했다. 약병에 약이 가득 차 있을 경우에는 조제실을 떠나지 않는 한 무슨 일을 하는 자유였다.

나는 내가 쓸 수 있을 만한 추리 소설의 종류가 무엇일까 고민했다. 독에 둘러싸여 있으니 독살에 관한 이야기를 쓰면 될 것 같았다. 아무래도 그것이 가장 가능성이 높아 보였다. 장난삼아 독살에 대해 생각하다 보니 내 마음에 쏙 들어 그대로 밀어붙이기로 했다. 다음으로는 등장인물을 설정해야 했다. 누가 독살당하지? 누가 독살하지? 언제? 어디에서? 어떻게? 왜? 그리고 나머지 온갖 것을 정해야 했다. 독살은 내밀하게 이루어져야 했다. 겉으로 드러나서는 안 될 터였다. 당연히 타당도 충당해야 했다. 그 당시 나는 셜록 홈즈 전통에 푹 젖어 있었다. 그러니 탐정이 있어야 한다고 여긴 것도 당연했다. 물론 셜록 홈즈와는 달라야 했다. 나만의 탐정을 만들어 내되, 조수나 부하 같은 동료도 하나 둘 생각이었다. 이건 그리 어렵지 않으리라. 나는 다른 등장인물들에 대한 생각으로 되돌아갔다. 누가 살해당하지? 가장 흔한 것은 남편이 아내를 죽이는 경우였다. 물론 대단히 '남다른' 동기를 가지고 대단히 '남다른' 살인을 하게 만들 수도 있었지만, 이는 그다지 예술적이지 않을 것 같았다. '좋은' 추리 소설이란 살인자임이 분명하지만 현실적으로 살인을 하기가 불가능한 인물이 살인을 해 내는 것이므로. 그 지점에서 머리가 아파 와 차아염소산 세척제를 두어 병 만들었다. 덕분에 다음 날 여유 시간을 꽤 많이 확보할 수 있었다.

한동안 구상을 계속했다. 차츰차츰 이야기가 형성되기 시작하여 이제는 살인자를 그릴 수 있었다. 다소 불길해 보이는 인물이어야 했다. 검은 턱수염을 기르는 남자. 당시 나는 검은 턱수염이 매우 불길해 보였다. 얼마 전 아는 사람들이 우리 집 근처로 이사를 왔는데, 그 집 남편이 검은 턱수염을 길렀고 자기보다 연상이며 부유한 여자를 아내로 두고 있었다. '그래, 이걸 기초로 삼는 거야.' 하고 생각했다. 하지만 곰곰이 궁리할수록 아무래도 내키지가 않았다. 문제의 그 남자는 결코 살인할 사람이 아니었던 것이다. 나는 그들에 대한 생각을 버리고는, 실제 인물을 모델로 삼지 말아야겠다고 단호히 결심했다. 소설 속 인물은 자기 스스로 창조해야 하는 법이다. 전차나 기차나 식당에서 본 사람을 모델로 삼는 것은 무방할 것이다. 전혀 모르는 사람에 대해 상상력을 발휘해 꾸며 내면 되니까.

다음 날 나는 전차에 앉아 있다가 바로 원하던 것을 발견했다. 검은 턱수염의 남자가 나이 지긋한 부인 곁에 앉아서 까치처럼 수다를 떨고 있었다. 나라면 저런 여자를 마다할 텐데, 남자는 좋아 죽는 기색이었다. 그들에게서 약간 떨어져 앉은 덩치 큰 쾌활한 여성이 봄에 심는 알뿌리에 대해 요란하게 떠들고 있었다. 그녀의 생김새가 마음에 들었다. 내 책에 등장시켜도 좋지 않을까? 나는 전차에서 내리면서 그들 셋을 마음에 품었다. 바턴로드를 걸어가며 어릴 적 그러했듯 혼자 중얼중얼거렸다.

이내 등장인물의 골격이 잡혔다. 쾌활한 여인은 이름도 정해졌다. 이블린. 가난한 친척이거나 여자 정원사이거나 친구이거나 혹은 가정부는 어떨까? 어쨌든 꼭 등장시키리라. 하지만 검은 턱수염의 남자는 여전히 모호했다. 검은 턱수염이 있다는 것만으로는 충분치가 않았다. 아니, 충분한 것일까? 그래, 그럴 수도. 나는 외부에서만 그를 볼 수 있다. 즉 그의 실체가 아니라 그가 보여 주고자 하는 모습만 본다는 것이다. 바로 그것이 단서가 되리라. 연상의 아내는 성격 차이 때문이 아니라 돈 때문에 살해당하는 거니까 어떤 사람인지는 그리 중요하지 않았다. 나는 재빨리 여러 등장인물들을 추가했다. 아들? 딸? 조카는 어떨까? 용의자는 많아야 했다. 그렇게 해서 일가족이 멋지게 떠올랐다.

나는 가족이 알아서 형성되도록 내버려 둔 뒤, 탐정에게로 관심을 돌렸다. 탐정은 어떤 사람으로 할까? 지금까지 책에서 보고 감탄했던 탐정이 누가 있는지 꼽아 보았다. 셜록 홈즈가 유일했다. 감히 경쟁할 엄두도 낼 수 없었다. 이어서 아르센 뤼팽도 생각났다. 그가 탐정이었던가 아니면 범죄자였던가? 어쨌든 내 타입은 아니었다. 『노란 방의 비밀』에 나오는 젊은 기자 룰르타비유도 있었다. 나도 그런 탐정을 창조해 내고 싶었다. 하지만 아무도 탐정으로 그린 적이 없는 사람이어야 했다. 누가 좋을까? 학생? 아무래도 힘들 것 같았다. 과학자? 내가 과학자에 대해 무얼 안다고? 그러다 벨기에 난민들이 떠올랐다. 우리 교구에는 벨기에 난민들이 무리 지어 살고 있었다. 그들이 도착했을 때 모두들 연민을 가지고 친절하게 대해 주었다. 사람들은 그들이 살 집에 가구를 들여놓는 등 벨기에 사람들이 편안하게 지낼 수 있도록 최선을 다했다. 하지만 난민들은 내내 그리 고마워하지 않왔고 이런저런 불평을 하기 일쑤였다. 그러나 사실 난민들은 낯선 나라에서 충분히 이해받지 못한 채 당황하고 있었던 것뿐이었다. 그들은 상당수가 의심 많은 소작농이었고, 차를 마시러 오라고 초대받거나 다른 사람들이 불쑥 찾아오는 것을 질색했다. 그들은 자기들끼리 알아서 살아가게 내버려 두기를 원하였다. 돈을 모으고, 정원을 일구고, 자기네의 독특하고 익숙한 방식으로 비료를 주고자 했다.

나의 탐정이 벨기에 사람이면 안 될 이유가 무엇인가? 그곳에는 온갖 종류의 난민들이 있었다. 개중에 경찰이 없으라는 법도 없잖은가? 은퇴한 경찰. 너무 젊지 않은 탐정. 여기서 나는 실수를 했다. 지금쯤 나의 탐정은 100살도 훌쩍 넘었으리라.

어쨌든 나는 벨기에 인 탐정으로 결정을 내렸다. 나는 그가 서서히 탐정의 모습을 갖춰 가도록 내버려 두었다. 전직 경위이니 범죄에 대해 상당한 지식이 있겠지. 나는 너저분한 내 침실을 치우면서 탐정만큼은 꼼꼼하고 깔끔한 성격이어야 한다고 생각했다. 자그마한 덩치의 깔끔한 남자. 언제나 물건을 정리하고, 짝을 맞추고, 둥근 것보다는 네모난 것을 좋아하는 깔끔한 성격의 작은 남자가 눈앞에 선했다. 또한 매우 영리해야 했다. '작은 회색 뇌세포'가 있는 사람. 나는 그 멋진 표현을 기억해 두기로 했다. 그래, 그는 작은 회색 뇌세포가 있어야 했다. 이름은 인상적으로 짓기로 했다. 셜록 홈즈와 그 가족들처럼. 홈즈의 형 이름이 뭐였더라? 마이크로프트 홈즈였지.

에르퀼스('헤라클레스'를 의미한다 — 옮긴이)라고 하면 어떨까? 덩치 작은 남자이니 잘 어울릴 성싶었다. 성은 다소 어려운 것으로 하기로 했다. 하지만 왜 푸아로라고 했는지는 모르겠다. 그냥 문득 떠올랐거나 신문이나 책에서 보지 않았을까 싶다. 하지만 에르퀼스 푸아로는 잘 어울리지 않았다. 그래서 에르퀼 푸아로로 하기로 했다. 좋았어. 마침내 결정되었다.

이제는 다른 인물들의 이름도 정해야 했다. 탐정 이름보다는 덜 중요했지만. 앨프리드 잉글소프라고 하면 될 듯싶었다. 검은 턱수염과 잘 어울리는 이름이었다. 그리고 여기에 몇 가지 사항을 더 추가했다. 서로 사이가 좋지 않은 남편과 매력적인 아내. 그런 다음 이런저런 정보가 가지를 뻗으며 이어진다. 하지만 다 거짓 단서들이다. 여느 젊은 작가들이 그러하듯 나 역시도 책 하나에 너무 많은 플롯을 넣으려고 애썼다. 거짓 단서가 너무 많았다. 해명해야 할 것이 너무 많은 나머지 이야기 전체를 풀어내기가 힘겨워진 데다 독자들이 읽기에도 쉽지 않을 터였다.

나는 짬이 날 때면 머릿속으로 추리 소설을 이리 궁리하고, 저리 궁리했다. 시작 부분과 마지막 부분은 모두 정해졌지만, 가운데 부분이 난감했다. 에르퀼 푸아로는 자연스럽게 사건에 관여하게 만들었다. 하지만 다른 인물들은 왜 사건에 관여하게 되는 것인지 더 그럴 듯한 이유가 필요했다. 모든 것이 뒤죽박죽이었다.

그 때문에 나는 집에서 멍하니 넋을 놓고 있기 일쑤였다. 어머니는 왜 질문에 대답을 않는지 혹은 왜 제대로 대답을 않는지 계속해서 물었다. 나는 이모할머니의 뜨개질을 여러 번 잘못 떴다. 또 해야 할 일을 깜박하고, 편지를 몇 통이나 엉뚱한 주소로 보냈다. 그러나 마침내 어느 순간 추리 소설을 쓸 수 있겠다는 느낌이 들었다. 나는 어머니에게 내 계획을 이야기했다. 어머니는 여느 어머니들처럼 자신의 딸이라면 무엇이든 잘할 수 있다고 확신했다.

"그래? 추리 소설? 멋진 시도가 될 것 같아. 어서 시작하렴."

추리 소설을 쓸 시간을 확보하기가 쉽지는 않았지만, 그럭저럭 해 낼 수 있었다. 예전에 매지 언니가 쓰던 낡은 타자기가 아직 있어서 손으로 초벌 원고를 쓴 후 타자기로 옮겼다. 각 장이 끝날 때마다 타자를 쳤다. 당시에 나는 펜체가 훨씬 좋았고, 손으로 쓴 원고도 읽기 쉬웠다. 나는 나의 새로운 역작에 흥분했고 그것을 즐기기까지 했다. 하지만 몹시 힘들었고 신경이 예민해졌다. 글을 쓸 때면 나는 늘 그렇다. 게다가 중반부로 갈수록 사건이 복잡해지면서 내가 사건을 지배하는 것이 아니라 사건이 나를 압도했다. 바로 그때 어머니가 멋진 제안을 하셨다.

"얼마나 썼니?"

"반쯤 쓴 것 같아요."

"정말 완성하고 싶으면 휴가 때 마저 쓰지 그러니?"

"그냥 쭉 써 볼까 싶어요."

"그것도 좋지. 하지만 휴가 때 집을 떠나 아무 방해 없이 글을 쓰는 것도 좋지 않을까?"

나는 이에 대해 생각해 보았다. 2주일을 방해받지 않고 보내다니, 기막힌 계획이었다.

"어디로 갈 거니? 다트무어?"

나는 기뻐하며 말했다.

"네, 다트무어요. 바로 거기예요."

그리하여 나는 다트무어로 갔다. 헤이토르(다트무어의 유명한 바위산 — 옮긴이)에 있는 무어랜드 호텔에 방을 예약했다. 크고 황량한 호텔에는 객실은 많은 데 비해 숙박객은 얼마 없었다. 그나마 있는 숙박객과도 나는 대화를 나누지 않았다. 같이 어울렸더라면 분명 정신이 산만해졌을 것이다. 나는 아침부터 시작해 손이 아파 올 때까지 맹렬히 써 나갔다. 그런 다음 점심을 먹고는 책을 읽었다. 독서를 마친 후에는 한두 시간씩 황무지를 산책했다. 황무지를 사랑하게 된 것은 바로 그때가 아닌가 싶다. 뾰족한 바위산과 헤더(진달래과에 속하는 키 작은 상록관목 — 옮긴이)와 길에서 멀찍이 떨어져 있는 자연을 나는 사랑했다. 그곳에 온 사람들은(물론 전시에는 사람들이 많지 않았다.) 모두 헤이토르 주위에서 바글거렸지만, 나는 헤이토르를 떠나 길도 없는 황야를 홀로 떠돌았다. 걸으면서 혼잣말을 중얼거리며 다음 장에 쓸 부분을 연기했다. 존이 메리에게 말하고, 메리가 존에게 말하고, 이블린이 고용주에게 말하고 등등. 이렇게 연기하다 보면 심장이 두근거렸다. 호텔로 돌아가 저녁을 먹고 잠자리에 들면 12시간을 내리 잤다. 그러고는 일어나 다시 열정적으로 아침 내내 글을 썼다.

2주일의 휴가 동안 거의 절반 정도 남아 있던 책의 나머지 부분을 마무리했다. 물론 그것으로 끝이 아니었다. 초벌 원고를 대부분 다시 써야 했다. 특히 과도하게 복잡한 중간 부분을 상당량 고쳤다. 하지만 마침내 끝이 나자 나는 내 첫 추리 소설에 상당히 만족할 수 있었다. 내가 애초에 의도했던 것과 대략 비슷해졌다고 말하는 것이 옳겠다. 훨씬 좋은 작품이 될 수도 있었으리라. 하지만 어떻게 더 좋게 만들 수 있는지를 알 수 없었다. 그래서 그냥 그대로 내버려 두었다. 메리와 그녀의 남편 존이 말도 안 되는 이유로 사이가 멀어졌다가 마지막에 다시 낭만적으로 사랑을 재확인하는 과정에서 너무 과장된 문체로 쓴 장들을 일부 다시 썼을 뿐이다. 솔직히 나는 추리 소설에 낭만이 들어가면 몹시 따분하다고 생각했다. 사랑은 로맨스 소설에나 어울렸다. 과학적 추리 과정에 사랑이라는 동기를 억지로 끼워 넣는 것은 아무래도 어울리지 않았다. 하지만 당시에는 추리 소설에 반드시 사랑이 들어가야 했다. 그래서 나는 대세를 따랐고 존과 메리에게 최선을 다했지만, 결과는 썩 좋지 못했다. 이윽고 원고를 타자로 치도록 맡긴 다음 이제는 어찌 할 도리가 없다고 결론을 내리고 출판사로 보냈다. 호더 앤드스터튼은 괜스레 에두르지 않고 솔직하게 쓴 거절 편지와 함께 원고를 반송했다. 나는 놀라지 않았다. 성공하리라 기대하지도 않았으니까. 하지만 다른 출판사에 원고를 보냈다.

4

아치가 두 번째 휴가를 받아 집으로 왔다. 거의 2년 만의 재회였다. 이번에는 즐거운 휴가를 보낼 수 있었다. 뉴포리스트에서 일주일을 오롯이 함께했다. 가을이라 잎마다 고운 빛깔이 들어 있었다. 아치는 지난번보다 덜예민했고, 우리 둘 다 미래를 덜 두려워했다. 우리는 숲 속을 함께 거닐며전에는 몰랐던 우정을 나누었다. 아치가 가 보고 싶은 곳이 있었다며 비밀을 털어놓았다. '무인의 땅으로'라는 표지판을 따라 꼭 한번 가 보고 싶었다는 것이었다. 그리하여 우리는 무인의 땅으로 난 오솔길을 따라갔다. 길은 사과가 잔뜩 맺혀 있는 과수원으로 이어졌다. 과수원에 어느 아낙네가있기에 사과를 좀 살 수 없겠느냐고 물었다.

"살 필요 없어요. 얼마든지 마음껏 드세요. 남편분이 항공대에 계시는군요. 죽은 우리 아들도 항공대였죠. 자, 어서 들어와서 마음껏 먹고, 마음껏가져가세요."

그래서 우리는 사과를 먹으며 행복하게 과수원을 거닐었다. 그리고 다시숲길로 나와 쓰러진 나무에 걸터앉았다. 이슬비가 내렸지만 우리는 마냥행복하기만 했다. 나는 병원이나 내 일에 대해 말하지 않았고, 아치는 프랑스에 대해 별다른 말을 하지 않았다. 그저 머지않아 다시 함께할 수 있으리라는 암시만을 주었다.

아치는 내 추리 소설에 대해 듣고는 직접 읽어 보았다. 재미있어하며, 좋은 작품이라고 말했다. 그러고는 공군에 메투엔의 이사인 동료가 있는데추천서를 써 줄 거라고, 원고가 다시 돌아오면 추천서와 함께 메투엔에 보내 보라고 제안했다.

그리하여 『스타일스 저택의 괴사건The Mysterious Affair at Styles』의 다음 목적지가 정해졌다. 메투엔은 물론 이사를 존중해서였겠지만 대단히 정중한 답장을 보냈다. 원고를 오래 간직하고 있다가(내 기억에 6개월가량이었던 것같다.) 매우 흥미로우며 장점이 많으나 메투엔의 출판 경향과는 맞지 않는다고 결론을 내렸던 것이다. 사실은 정말 형편없는 원고라고 여겼으리라.

그 다음에 어디로 보냈는지는 잊었지만, 다시 퇴짜를 맞은 것은 분명하다. 그 무렵 나는 다소 희망을 잃고 있었다. 당시 얼마 전 보들리헤드 존 레인이 새로운 분야에 도전하여 한두 편의 추리 소설을 출판하였는데, 여기도 원고를 보내 보는 편이 좋을 것 같았다. 그리고 원고를 발송한 후에는 까맣게 잊고 지냈다.

그 다음에 갑작스럽게 뜻밖의 사건이 일어났다. 아치가 런던의 공군성에 배속되어 집으로 돌아온 것이다. 전쟁이 거의 4년 가까이 질질 끄는 동안 나는 병원에서 일하고 친정에서 사는 생활에 익숙해져 있었다. 그런데 이제부터 전혀 다른 삶을 살아야 한다니 거의 충격에 가까운 소식이었다.

나는 런던으로 올라갔다. 그리고 아치와 함께 호텔에 방을 잡은 다음에 가구가 딸린 아파트를 보러 다녔다. 우리는 아무것도 모르고 다소 웅장한 계획을 세웠다가 이내 난관에 부딪쳤다. 때는 전시였다.

결국 둘 중 하나를 택해야 했다. 한 곳은 웨스트햄스테드에 있었는데, 텅크스라는 여자가 주인이었다. 그 이름은 나의 뇌리에 깊이 박혔다. 그녀는 젊은 사람들은 부주의하기 마련이라며 우리가 정말 조심성 있는 사람들인지 엄청 못 미더워했다. 집에 대해 무척 까다로운 사람이었다. 그 집은 자그마하고 멋진 아파트로, 집세가 일주일에 3.5기니였다. 다른 곳은 세인트존스우드 노스윅테라스에 있었는데, (지금은 허물어진) 마이다발레 바로 옆이었다. 2층의 아파트에는 방이 세 개가 아니라 두 개였고, 가구가 다소 낡긴 했지만, 색 바랜 사라사 무명천과 집 바깥의 정원 때문에 분위기가 밝았다. 커다란 구식 건물이었는데 방이 널찍했고, 더구나 일주일에 2.5기니라서 앞의 아파트보다 훨씬 쌌다. 우리는 두 번째 아파트로 결정했다. 나는 집으로 가 짐을 꾸렸다. 이모할머니는 울음을 터트렸고, 어머니도 눈물이 나려는 것을 자제하며 말씀하셨다.

"이제 너도 남편과 함께 결혼 생활을 시작하는구나. 화목하고 행복하게 지내렴."

"침대가 나무로 짠 거면 빈대가 없는지 꼭 확인하고."

이모할머니가 말했다.

나는 런던으로 돌아가 아치와 함께 노스윅테라스 5번지로 이사했다. 초소형 부엌과 욕실이 있었고, 요리는 내가 직접 할 계획이었다. 하지만 아치에게 배치된 당번병 바틀릿은 한마디로 만능이었다. 그는 전쟁 전에 공작의 시종으로 있었다. 전쟁이 발발하는 바람에 아치 밑에서 일하게 되긴 했지만, 여전히 '대령님'에게 헌신하면서 그가 얼마나 용감하고, 명석하며, 훌륭하고, 위대한 공을 세웠는지 내게 길게 늘어놓았다. 바틀릿의 근무 성적은 완벽 그 자체였다. 아파트에는 문제가 많았는데, 특히 거대한 쇳덩어리 같은 침대는 최악이었다. 대체 침대가 어떻게 하면 그렇게 단단해질 수

▲ 1919년 남편 아치의 임관식 후

있는지 모르겠다. 하지만 우리는 그곳에서 행복하게 지냈다. 나는 속기와 부기를 배우며 하루하루를 보내기로 했다. 이리하여 애슈필드에 작별을 고하고 나의 새로운 인생이, 결혼 생활이 시작되었다.

노스윅테라스 5번지에서 우리가 누렸던 큰 기쁨 중 하나는 이웃에 우즈 부인이 살고 있었다는 것이다. 사실 웨스트햄스테드가 아니라 노스윅테라스를 택하게 된 데는 우즈 부인

의 영향이 적지 않았다. 부인은 지하실을 지배하고 있는 뚱뚱하고, 유쾌하고, 사교적인 아주머니였다. 정신의약품 판매점에서 일하는 영리한 딸아이가 하나 있고, 남편은 도통 보이지 않았다. 아파트 관리인이었던 그녀는 하고 싶을 때만 아파트 입주자들을 '도왔다'. 그녀는 우리를 '도와줄' 것에 동의했으며, 덕분에 큰 힘이 되었다. 내가 평생 접할 일이 없었던 장보기에 대해서도 우즈 부인에게서 세세히 배울 수 있었다.

"이런 생선 장수한테 또 당했구려. 시들시들한 생선을 사다니. 내가 말한 대로 찔러 보지 그랬어. 다음번에는 꼭 찌르고, 눈알도 살펴보고 찔러 봐."

나는 회의적으로 생선을 바라보았다. 생선 눈알 찌르기는 생선의 자유를 박탈하는 짓인 것만 같았다.

"그리고 생선을 꼬리를 아래로 해 세워 보아야 해. 뻣뻣한지 툭 구부러지는지 보라고. 그리고 이 오렌지들은 뭐야. 가끔씩 비싼 오렌지로 기분 낸다는 것은 알아. 하지만 저건 싱싱하게 보이도록 끓는 물에 담가 조작한 거야. 오렌지 안은 바싹 말랐을걸."

옳은 말이었다.

아치가 첫 번째 배급을 받았을 때 나와 우즈 부인의 일상에 커다란 소동이 벌어졌다. 거대한 쇠고기 덩어리가 눈앞에 나타난 것이다. 전쟁이 시작된 이후 그렇게 큰 고깃덩이는 처음이었다. 잘린 모양이나 형태를 보아서는 옆구리 살인지, 갈빗살인지, 허릿살인지 전혀 알 수 없었다. 공군의 푸주한이 무조건 무게에 따라 자른 것이 분명했다. 어쨌든 오랜만에 보는 멋진 물건이었다. 우리는 고깃덩이를 식탁에 고이 올려놓고는 주위를 빙빙 돌며 감탄했다. 나의 자그마한 오븐에는 턱도 없이 거대했다. 우즈 부인이 나를 대신해 요리해 주겠다고 친절하게 나섰다. 나는 말했다.

"이렇게 많은데 같이 나눠 먹어요."

"어머, 마음씨가 곱기두 하지. 더분에 신컷 쉬고기를 먹어 보겠네. 식품을 구하는 건 쉬워. 사촌 밥이 식료품점을 하거든. 설탕이나 버터나 마가린 구하는 거야 식은 죽 먹기지. 식구들을 먹이려면 이런 걸 제일 먼저 확보해야 해."

이렇게 하여 나는 내 평생을 지속한 유서 깊은 교훈을 배우게 되었다. '중요한 것은 인맥이다.' 동양의 공개적인 족벌주의에서부터 서양 민주주의의 좀 더 은밀한 학연과 지연에 이르기까지 결국 모든 것이 인맥에 따라 움직인다. 이것이 최고의 성공을 위한 비결은 아니다. 프레디 아무개는 삼촌이 회사의 이사를 아는 덕분에 그 회사의 좋은 자리에 취직한다. 하지만 프레디가 일을 잘 하지 못하면 이사는 적당히 지인의 체면을 세워 준 뒤 상냥하게 프레디를 해고한다. 프레디는 다른 사촌이나 친구의 도움을 받게 되고, 그러다 마지막에 자신에게 딱 맞는 자리를 찾을 것이다.

전시에 고기나 사치품을 얻는 데는 부자들이 좀 유리했겠지만, 대체로 노동자들이 훨씬 더 유리한 입장에 있었다고 본다. 노동자들은 거의 누구나 유제품 판매점이나 식품점에서 일하는 사촌이나 친구나 사위가 있었다. 내가 알기로 푸주한은 별 도움이 안 되었지만, 식료품 장수는 가족의 커다란 자산이었다. 당시 내가 만난 사람들은 그 누구도 배급제를 고수하지 않았다. 배급표대로 받은 다음, 아무런 죄책감 없이 추가로 버터나 잼 등을 더 받았다. 그것이야말로 가족의 특전이었다. 사람은 자연히 자신의 가족과, 자신의 가족의 가족을 먼저 챙기게 되어 있다. 그렇게 해서 우즈 부인은 우리에게 언제나 이런저런 먹거리를 조금씩 가져다주었다.

최고급 고기 요리를 맛보는 것은 대단한 경사였다. 지금 생각하면 특별히 연하고 좋은 고기는 아니었지만, 당시 나는 젊었고 이가 튼튼했다. 그렇게 맛있는 음식은 정말 오랜만이었다. 물론 아치는 나의 식탐에 깜짝 놀랐다.

"그렇게 맛있진 않아."

그가 말했다.

"맛있지 않다고요? 이렇게 맛있는 음식은 3년 만에 처음인걸요."

정말 요리라고 할 만한 것은 모두 우즈 부인이 대신 해 주었고 나는 간단한 음식과 저녁만 준비했다. 당시 대부분의 아가씨들처럼 나도 요리 강좌를 듣긴 했지만, 실제 요리에는 별 도움이 되지 않았다. 중요한 것은 매 끼니에 먹을 음식이었다. 잼파이, 반죽을 입혀서 구운 소시지 등 온갖 종류의 요리법을 배웠지만, 전혀 쓸 일이 없었다. 런던 대부분 지역에 내셔널키친이 있어서 큰 도움이 되었다. 그곳에 전화하면 바로 요리할 수 있도록 포장 용기에 담아 놓은 음식을 구할 수 있었다. 재료는 그리 좋지 않았어도, 요리가 쉬웠고 그럭저럭 먹을 만했다. 또한 내셔널수프스퀘어가 있어 수프도 따로 준비할 필요가 없었다. 아치는 그 수프를 '모래와 자갈 수프'라고 불렀다. 스티븐 리콕이 어느 러시아 단편에 대해 빈정댄 말을 응용한 것이었다.

"모래와 돌을 가져다 반죽해 케이크를 만들었지."

수프스퀘어가 딱 그랬다. 이따금 나는 무척 손이 많이 가는 수플레(달걀 흰자에 우유를 섞어 거품 내어 구운 요리 — 옮긴이) 같은 특별식을 만들었다. 처음에는 아치가 신경성 소화불량이 심하다는 사실을 전혀 몰랐다. 남편이 집에 와서 아무것도 입에 대지 않는 날이 자주 있었다. 기껏 치즈 수플레 같은 멋진 음식을 준비했다가 어쩌나 실망스럽던지.

사람은 저마다 아플 때 먹고 싶은 음식이 다르다. 내가 보기에 아치는 참으로 유별난 경우였다. 한동안 끙끙거리며 침대에 누워 있다 갑자기 말하는 것이었다.

"당밀이나 꿀 시럽이 먹고 싶어. 좀 만들어 주겠어?"

그런 소원을 들어 주기 위해 최선을 다했다.

나는 부기와 속기 강좌에 전념하면서 하루하루를 보내기 시작했다. 요즘에는 일요 신문에 한없이 올라오는 기사 덕분에 갓 결혼한 새댁이 고독하기 마련이라는 사실을 누구나 알고 있다. 하지만 정작 내가 놀란 것은 왜 새댁이 고독하지 않으리라 기대하느냐는 것이다. 남편은 일하느라고 온종일 나가 있다. 여자는 결혼을 하면 일반적으로 전혀 다른 환경 속에서 살게 된다. 새로운 사람을 만나고, 새로운 친구를 사귀고, 새로운 소일거리를 찾으며 삶을 다시 시작하는 것이다. 전쟁 전에는 런던에 친구들이 살고 있었지만, 당시에는 모두 뿔뿔이 흩어지고 없었다. 낸 워츠(이제 성이 폴록으로 바뀌었다.)는 런던에 살고 있었지만, 연락을 해 만나자니 좀 자신이 없었다. 어리석게 들릴 테고 실제로 어리석은 생각이긴 하지만, 수입의 차이가 사람들을 구분 짓는 것을 아닌 척할 수는 없다. 이는 속물근성이나 사회적 지위의 문제가 아니라, 친구들이 추구하는 취미 생활을 자신도 함께할 경제적 능력이 있느냐 없느냐의 문제이다. 친구들은 막대한 수입을 올리는데 나는 그렇지 못하다면 당황스러운 일이 벌어지기 마련이다.

나는 다소 고독했다. 병원과 그곳의 친구들과 일상이 그리웠다. 고향 생각이 간절했지만, 이는 불가피한 일이었다. 우정은 매일 필요한 것이 아니다. 하지만 차츰차츰 그 필요성이 쌓이면서 때로는 덩굴처럼 나를 휘감아 파괴할 수도 있는 것이다. 속기와 부기 공부는 재미있었다. 열넷 혹은 열다섯 살짜리 소녀들이 쉽사리 속기를 익히는 모습에 주눅이 들기도 했지만, 부기만큼은 결코 뒤지지 않았고 즐겁게 배울 수 있었다.

어느 날 학원에서 수업을 듣는데 선생님이 강의를 멈추고 교실 밖으로 나갔다가 되돌아왔다.

"오늘로 모든 것이 끝났습니다! 전쟁은 끝입니다!"

내 귀를 믿을 수 없었다. 전쟁이 끝나리라는 징후는 전혀 보이지 않았다. 6개월이나 1년 내에 전쟁이 끝나리라고는 아무도 예상하지 못했다. 프랑스의 교착 상태는 여전했고 몇 미터 전진하는가 싶으면 다시 몇 미터 후퇴하고 있었다.

나는 어리벙벙한 채 거리로 나왔다. 그리고 내 평생 최고의 기묘한 광경을 목격했다. 지금도 그때를 돌이켜보면 두려움이 인다. 거리 곳곳에서 여자들이 춤을 추고 있었다. 영국 여성은 대중 앞에서 결코 춤을 추지 않으며, 그것은 파리나 프랑스에서나 어울릴 행동이다. 그런데 영국 여자들이 웃고 떠들고 소리치고 춤을 추고 깡충거리며 광란의 축제를 벌이고 있었던 것이다. 야만적인 주연과 흡사했다. 소름이 돋았다. 근처에 독일인이라도 있었다면 분명 여자들이 갈기갈기 찢어 죽였으리라. 정말 술에 취한 사람도 몇몇 있었겠지만, 마셨든 안 마셨든 모두들 취한 듯이 보였고 갈짓자로 비틀거리며 고함을 쳐 댔다. 집에 돌아가니 아치가 벌써 퇴근해 집에 와 있었다.

"이제 끝났어."

아치는 평소답게 차분하면서도 냉정하게 말했다.

"이렇게 빨리 끝날 줄 알았어요?"

"소문이 돌기는 했어. 하지만 절대 발설해서는 안 되었지. 이제 우리는 어떤 조치를 취할 것인지 결정해야 해."

"조치라뇨?"

"공군을 떠나는 것이 최선이야."

"진심이에요?"

나는 어안이 벙벙했다.

"공군에는 미래가 없어. 당신도 알잖아. 전혀 미래가 없어. 몇 년간 승진도 안 될 거야."

"그럼 무얼 하려고요?"

"금융계에서 일할까 해. 늘 시티(런던의 금융 중심지 ─ 옮긴이)에서 일하고 싶었거든. 지금 한두 곳에 자리가 있어."

나는 늘 아치의 현실적인 판단에 커다란 존경심을 품었다. 그는 무슨 일이 일어나도 놀라지 않고 냉정히 받아들이고는(큰 장점이 아닐 수 없다.) 다음 문제에 집중했다.

휴전 협정이 맺어졌든 아니든 삶은 예전과 똑같이 흘러갔다. 아치는 매일 공군성에 출근했다. 안타깝게도 바틀릿은 곧바로 제대 조치되었다. 공작과 백작이 손을 쓴 모양이었다. 바틀릿이 떠나고 대신 버랄이라는 형편 없는 인물이 들어왔다. 그는 최선을 다하긴 했지만, 무능한 데다 경험이 부족했다. 은식기, 접시, 칼, 포크에 얼룩과 기름때를 어쩌나 덕지덕지 남겨놓는지 신기할 지경이었다. 버랄이 제대 통지서를 받았을 때 얼마나 기뻤는지 모른다.

아치가 휴가를 얻어 함께 토키로 갔다. 그곳에서 나는 처음 겪는 심한 복통과 전체적으로 건강이 악화되는 증세에 시달렸다. 하지만 뭔가가 달랐다. 임신을 했다는 첫 번째 징후였던 것이다.

나는 전율했다. 두말할 것 없이 임신이라고 생각했다. 하지만 휴가가 하루하루 흘러가도 임신 징후가 그 이상 보이지 않아 몹시 실망스러웠다. 나는 거의 기대도 않고 진찰을 받으러 갔다. 오랫동안 우리 집 주치의였던 닥터 파웰이 은퇴했기 때문에 새로운 의사를 택해야 했다. 병원에서 함께 일했던 의사에게서 진찰을 받고 싶지는 않았다. 그들이나 그들의 방법에 대해 너무 잘 아니까 아무래도 꺼림칙했다. 그래서 스탭이라는 다소 불길한 이름의 명랑한 의사를 찾아갔다.

스탭의 아내는 대단한 미인으로, 몬티 오빠가 아홉 살 때부터 짝사랑하던 사람이었다.

"거트루드 헌틀리의 이름을 따 내 토끼 이름을 정했어. 거트루드는 세상에서 제일 예쁘거든."

훗날 스탭으로 성이 바뀐 거트루드 헌틀리는 이러한 오빠의 말에 영광이라며 고맙다고 말할 만큼 상냥한 소녀였다.

닥터 스탭은 나는 건강하며 아무 문제없다고 말했다. 그뿐이었다. 이젠 야단법석을 떨 일이 없었다. 내가 젊었을 적에는 한두 달마다 끌려 다녀야 하는 임산부 진료소가 없었으니 천만다행이다. 개인적으로 나는 그런 곳은 없는 편이 낫다고 여긴다. 닥터 스탭은 그저 출산일 두어 달 전에 자기한테 아니면 런던에 있는 병원에 가서 모든 것이 정상인지 확인하기만 하면 된다고 하였다. 입덧을 할 수도 있지만, 석 달 후에는 사라질 것이라고 했다. 유감스럽게도 그 예상은 빗나갔다. 입덧은 결코 사라지지 않았고 나아가 하루에 몇 번이나 욕지기가 치밀었다. 때문에 런던에서 지내는 동안 무척 난감할 때가 많았다. 타야 할 버스를 놓치고 하수구에 대고 토하자니 어찌나 민망하던지. 하지만 견뎌야만 했다. 다행히 당시에는 탈리도마이드(진정제, 진토제로 쓰였지만 태아 기형을 유발하는 것으로 알려져 금지되었다 — 옮긴이) 따위를 임산부에게 주지 않았다. 그저 다른 여자들보다 입덧이 심할 수도 있다는 사실을 담담히 받아들였다. 탄생에서부터 죽음까지 모든 주제에 박식한 우즈 부인은 말했다.

"아, 분명 딸일 거야. 입덧은 딸일 때 하거든. 아들이면 현기증이 나서 기절하곤 하지. 차라리 입덧이 낫다니깐."

물론 나는 입덧이 낫다고 생각하지 않았다. 기절하는 편이 훨씬 재미있을 것 같았다. 병이라면 질색인 아치는 아프다고 하면 영리하게 자리를 피해 버렸다.

"괜히 나 때문에 더 신경 쓰일 테니 나는 나가 있을게."

그리고는 깜짝 선물을 선사하거나 내 기분을 북돋워 줄 온갖 방법을 궁리했다. 바닷가재가 값비싼 사치품이던 시절에 바닷가재를 사서 침대에 올려놓아 나를 깜짝 놀라게 했던 적도 있다. 침실에 들어섰다가 머리와 꼬리와 수염이 그대로 붙은 바닷가재가 내 베개에 누워 있는 모습에 화들짝 놀란 기억이 지금도 생생하다. 나는 옆구리가 아프도록 웃어 댔다. 그 바닷가재로 근사한 식사를 했다. 이내 토해 버리긴 했지만, 어쨌든 먹는 동안에는 무척 즐거웠다. 아치는 또한 자상하게도 우즈 부인이 추천한 벵거푸드(일종의 유아식 — 옮긴이)를 만들어 주었다. 우즈 부인 말로는 구토 증세를 가장 덜 일으키는 음식이라고 했다. 기껏 만든 벵거푸드를 뜨거워 못 먹는다며 식히는 동안 아치가 짓던 상처받은 표정이 떠오른다. 나는 벵거푸드를 먹고는 맛있다고 말해 주었다.

"오늘은 덩어리가 맺히지 않고 잘 풀렸어요. 맛이 기가 막혀요."

하지만 30분 후 늘 그렇듯 비극이 일어났다.

아치는 속이 상해서 말했다.

"이봐, 음식을 만들어 주면 뭐 해? 먹으나 마나인걸."

무지했던 나는 그렇게 토해 대면 아기한테 안 좋을 것 같았다. 차라리 굶는 것이 낫지 않을까 싶기도 했는데 다행히 전혀 그렇지는 않았다. 아기를 낳는 날까지 입덧이 끊이지 않았는데도 3.8킬로그램의 튼튼한 딸을 낳았다. 그리고 영양분을 제대로 섭취하지도 못했던 나는 살이 빠지기는커녕 오히려 통통 쪄 있었던 것이다. 결코 익숙해질 수 없는 9개월의 항해를 한 것만 같았다. 로잘린드가 태어났을 때 의사와 간호사가 나를 향해 몸을 숙여 바라보더니 의사가 말했다.

"아주 건강한 따님을 낳으셨습니다."

간호사는 더욱 격정적으로 말했다.

"얼마나 예쁜지 몰라요!"

나는 그에 대해 진지하게 대답했다.

"입덧이 없어졌어요. 이렇게 좋을 수가!"

아치와 나는 출산을 앞둔 한 달 동안 이름 문제와 아들과 딸 중 어느 쪽이 더 좋은가 하는 문제로 심하게 다투었다. 아치는 딸이어야 한다고 단호히 주장했다.

"아들을 낳으면 안 돼. 아들이면 당신이 나보다 아들을 더 좋아한다고 질투할 게 뻔해."

"하지만 딸이라도 마찬가지잖아요."

"아니지, 그건 달라."

우리는 이름에 대해서도 논쟁했다. 아치는 '에니드'가 좋겠다고 했다. 나는 '마샤'가 좋겠다고 했다. 아치는 '일레인'으로 하자고 의견을 바꾸었고, 나는 '해리엇'을 주장했다. 아기가 태어난 후에야 우리는 '로잘린드'로 의견 일치를 보았다.

모든 엄마들이 다 자기 아기가 최고라고 여긴다는 건 알지만, 이 말은 꼭 해야겠다. 보통 갓난아기는 못생기기 마련인데, 로잘린드는 정말 예뻤다. 보기 흉한 핑크빛 피부에 대머리가 아니라 숱 많은 검은 머리에 인디언처럼 보였으며, 아주 일찍부터 쾌활하면서도 단호한 기질을 나타냈던 것이다.

아주 훌륭한 간호사가 나를 돌봐 주었는데, 우리 집안의 운영 방침에 엄청난 예외였다. 물론 로잘린드는 애슈필드에서 태어났다. 당시에 산모는 산후조리원에 가지 않았다. 출산 비용은 간병까지 포함해 15파운드면 족했고, 이는 매우 합리적인 가격이었다. 나는 어머니의 충고를 따라 그 간호사에게 추가로 2주 더 머물러 달라고 했다. 덕분에 로잘린드를 돌보는 방법을 충분히 배울 수 있었고, 런던으로 가 다른 집을 구할 수도 있었다.

산통이 시작된 날 밤에 우리는 좀 묘한 시간을 가졌다. 어머니와 간호사 펨버튼은 둘 다 출생 의식을 중요시했다. 시트를 가지고 행복하고 진지한 마음으로 이리저리 바삐 뛰어다니다가 물건들을 차례로 늘어놓았다. 아치와 나는 사신이 무엇을 원하는지 확실히 알지 못하는 두 어린아이처럼 안

절부절 못 하고 초조해하면서 왔다 갔다 했다. 우리는 둘 다 겁이 나 어쩔 줄 몰라 했다. 훗날 아치가 말하기를, 만에 하나 내가 죽는다면 모두 자기 잘못이라고 확신했다는 것이다. 나도 내가 죽을지 모른다고 생각했다. 이 렇게 행복한데 이를 모두 등지고 세상을 떠나 버린다면 얼마나 애석할까. 하지만 정말 무서운 것은 불확실성이었다. 그래서 또한 우리는 손에 땀을 쥐게 된다. 무슨 일이든 처음 할 때는 흥분되기 마련이다.

이제 우리는 미래를 위한 계획을 세워야 했다. 나는 로잘린드를 간호사 펨버튼에게 맡겨 두고 애슈필드를 떠나 런던으로 왔다. 살 집을 찾고, 로잘 린드의 유모를 구하고, 집안일을 거들 하녀를 고용하기 위해서였다. 마지 막 문제는 손쉽게 해결되었다. 로잘린드가 태어나기 한 달 전에 느닷없이 데번 주에서 루시가 찾아온 것이다. 공군 여자 보조 부대에서 막 제대한 그 녀는 변함없이 정력적이고 따스하고 친절하여 큰 힘이 되어 주었다.

"소식 들었어요. 아기를 낳는다면서요? 나는 준비되어 있어요. 언제든지 들어와 일할 수 있어요."

어머니와 상의한 후 나는 루시에게 높은 임금을 주기로 했다. 어머니도 나도 요리사나 하녀에게 1년에 36파운드나 준 적은 없었다. 당시에 이는 막대한 금액이었지만, 루시는 그럴 만한 가치가 있었다. 루시가 와서 몹시 기뻤다.

휴전 후 1년이 지났을 무렵에는 살 집을 찾는 것이 무척 힘들었다. 수백 명의 젊은 부부들이 적당한 집세의 살 집을 찾아 런던을 방황했다. 주인들 은 웃돈을 요구했고 집 구하기가 하늘의 별 따기였다. 결국 우리는 우선 가 구 딸린 아파트를 빌린 뒤, 나중에 잘 풀리면 우리 수준에 맞는 집을 구하 기로 했다. 아치는 일이 잘 풀려 제대하자마자 시티의 어느 회사에 입사했 다. 사장 이름이 기억나지 않아, 편의상 골드스타인 씨라고 부르겠다. 그는 덩치가 크고 피부가 노랬다. 아치에게 사장이 어떤 사람이냐고 묻자 남편은 대뜸 이렇게 대답했다.

"굉장히 노래. 그리고 뚱뚱하고. 아무튼 엄청 노래."

당시 시티의 회사들은 제대한 젊은 장교들에게 적극적으로 일자리를 제공했다. 아치의 연봉은 500파운드였다. 나는 여전히 할아버지의 유산으로 연간 100파운드를 받고 있었고, 아치의 퇴직금과 저축 덕택에 연간 100파운드를 더 받을 수 있었다. 당시 그 정도로는 부자라고 할 수 없었다. 오히려 집세와 식료품 물가가 폭등해서 곤란한 형편이었다. 달걀 하나가 8펜스였으니, 젊은 부부로서는 웃을 일이 아니었다. 하지만 우리는 부자가 되기를 바라지도 않았고, 불안해지도 않았다.

돌이켜보면 그런 와중에 유모와 하녀를 둘 생각을 했다니 기이하다. 하지만 당시에는 필수라고 여겼기 때문에 그들 없이 생활한다는 것은 상상도 할 수 없었다. 예를 들어, 차를 사는 사치는 감히 엄두도 내지 않았다. 오직 부자들만이 차를 샀다. 산달이 다 되었을 무렵에는 버스 정류장에서 줄을 서고도 굼뜨게 움직이다 남자들에게 떠밀리곤 했다. 당시 남자들은 그다지 여자들에게 정중하지 않았다. 아무튼 그때는 차가 지나갈 때마다 '차를 하루라도 가질 수 있다면 얼마나 좋을까.'하는 생각이 들었다.

아치의 친구가 쓰라리게 내뱉은 말이 기억난다.

"필수적인 상황이 아니라면 아무도 차를 못 갖게 해야 해."

나는 한 번도 그렇게 생각하지 않았다. 행운을 누리는 누군가를 보거나 부자인 누군가를 보거나 보석을 지닌 누군가를 보는 것은 언제나 신이 난다. 거리의 아이들은 다이아몬드 관을 쓴 사람들을 보기 위해 파티장 창문에 얼굴을 납작 대지 않던가? 누군가는 복권을 타기 마련이다. 만약 상금이 겨우 30파운드라면 무슨 재미겠는가. 캘커타 복권, 아일랜드 복권, 혹은 요즘의 축구 도박에는 낭만이 있다. 영화 시사회 날 스타들을 보기 위해 사람들이 인도를 가득 메우는 것도 다 같은 이유에서이다. 구경꾼들은 멋진 이브닝드레스를 입은 매혹적인 여주인공을 보고 싶어 한다. 부자도, 명사도, 미인도, 천재도 없는 칙칙한 세상을 대체 누가 원하겠는가? 예전에는 왕과 여왕을 보기 위해 몇 시간씩 기다렸고 요즘에는 팝스타에 열광하지만, 어쨌든 이치는 마찬가지이다.

앞에서 말한 대로 우리는 필수적인 사치로서 유모와 하녀를 두었지만, 차는 꿈도 꾸지 않았다. 극장에 갈 때면 오케스트라석에 앉았고, 이브닝드레스는 한 벌이었으며, 그것도 때가 잘 타지 않도록 검은색으로 장만했다. 흐린 날 저녁에 외출할 때면 같은 이유로 당연히 검은 구두를 신었다. 택시는 결코 타지 않았다. 모든 것에는 유행이 있듯 소비도 마찬가지다. 우리의 소비 방식이 더 나은지 나쁜지 따져 보고 싶은 마음은 없다. 우리는 요즘 세대보다 사치를 덜 했고, 소박한 음식을 먹었으며, 평범한 옷을 입었다. 반면에 여가 시간은 더 많아서 생각하고, 책 읽고, 취미 생활을 하고, 오락을 즐길 수 있었다. 그런 시절에 젊음을 보낼 수 있었다니 무척 기쁘다. 그때는 자유로웠으며, 걱정하거나 서둘러야 할 일이 지금보다 훨씬 적었다.

우리는 운이 좋게도 금방 마땅한 아파트를 찾아냈다. 올림피아 뒤에 애디슨 맨션이라는 두 채의 거대한 건물이 있었는데 그곳의 1층이었다. 아파트는 넓었으며 방이 네 개였고 거실이 두 개였다. 가구 딸린 그 집의 집세는 일주일에 5기니였다. 우리에게 집을 세 준 주인 여자는 마흔다섯 살로, 가슴이 터질 듯했고 머리는 과산화수소로 멋지게 탈색한 금발이었다. 또 아주 상냥하였으며, 딸애의 병에 대해 끊임없이 이야기를 늘어놓았다. 아파트는 무척 흉측한 가구들로 꽉 차 있었고, 벽에 걸린 그림은 더할 수 없이 감상적이었다. 나는 만사 제쳐 두고 그림부터 떼어 내 집주인이 돌아올 때까지 차곡차곡 쌓아 두어야겠다고 다짐했다. 도자기, 컵 등 온갖 것이 많았는데, 그중에 기겁을 했던 것은 달걀 껍데기로 만든 찻잔이었다. 손만 대도 부서질 것만 같았기 때문이다. 나는 이사하자마자 루시의 도움을 받아 그 찻잔을 식기장 안에 치워 버렸다.

그리고 부셰 부인의 사무실을 방문했다. 유모를 구하려면 그곳으로 가면
된다고 알려져 있었다. 아마 지금도 그렇지 않을까. 부셰 부인은 나에게 곧
바로 현실을 일깨워 주었다. 부인은 내가 지불하고자 하는 임금에 코웃음
을 치더니, 조건과 고용인들에 대해 묻고는 구직자들을 면접하는 작은 방
으로 가라고 했다. 덩치 크고 유능해 보이는 여인이 제일 먼저 들어왔다.
나는 그녀의 모습만 보고도 깜짝 놀랐는데, 그 여자는 나를 보고도 태연자
약했다.

"마님, 아이들은 몇이나 됩니까?"

나는 아기가 하나라고 말했다.

"갓 태어난 아기죠? 저는 갓난아기가 아니면 맡지 않습니다. 갓난아기는
곧 제대로 길들일 수 있죠."

나는 갓 태어난 아기라고 말했다.

"어떤 고용인들을 두고 계십니까?"

나는 미안해하며 하녀 한 사람뿐이라고 말했다. 그 여자는 다시 코웃음
을 쳤다.

"죄송합니다만, 마님. 아무래도 저와는 인연이 아닌 듯합니다. 저는 육아
실을 청소하고 관리해 줄 사람이 있고, 필요한 설비가 완전히 갖추어져 있
는 곳에서만 일합니다."

나는 속으로 안도하며 우리가 인연이 아니라는 데 동의했다. 그리고 세
명을 더 만나 보았는데 번번이 멸시만 당하고 말았다.

하지만 다음 날 나는 다시 면접을 계속했다. 이번에는 운이 좋았다. 나이
가 서른다섯 살이고 말투는 톡톡 쏘는 듯해도 마음이 따스한 제시 스와넬
이라는 여인을 만났다. 그녀는 거의 평생을 나이지리아의 한 집안에서 유
모로 일했다. 나는 궁핍한 우리 집 상황을 그녀에게 하나하나 설명했다. 하

녀도 한 명이고, 유모도 한 명이라 주야간에 다 일해야 하며, 벽난로도 지펴야 하지만, 그래도 독립된 육아실이 있다고. 그리고 최후의 문제인 임금까지 설명했다.

"아, 그렇게까지 나쁜 상황은 아니네요. 저는 열심히 일하는 데 익숙해서 그런 건 문제도 안 됩니다. 여자아이라고 했지요? 저는 여자아이를 좋아하거든요."

그리하여 제시 스와넬과 나는 합의를 보았다. 그녀는 나와 2년을 함께 있었는데, 단점이 있음에도 내 마음에 무척 들었다. 제시는 자신이 돌보는 아이의 부모를 싫어하는 성향이 있었다. 하지만 로잘린드에게 더없이 다정했고, 아이를 위해서라면 기꺼이 목숨도 바칠 사람이었다. 다만 나를 침입자처럼 여기는 것이 문제였다. 그래도 내가 뭔가를 요청하면 동의하지는 않더라도 마지못해 내 뜻을 따랐다. 게다가 큰일이 닥쳤을 때는 그녀처럼 듬직한 사람이 없었다. 다정하게 격려해 주고, 기꺼이 도움을 주었다. 사실 나는 제시 스와넬을 존경한다. 그녀가 행복한 인생을 살았기를, 하고 싶은 일을 했기를 간절히 빈다.

이렇게 모든 문제가 해결되어 나와 로잘린드와 제시 스와넬과 루시는 애디슨 맨션에 도착해 새로운 생활을 시작했다. 그렇다고 나의 수색 작업이 끝난 것은 아니었다. 이제 평생 우리 집으로 삼을, 가구가 딸리지 않은 아파트를 구해야 했다. 물론 이것이 쉬운 일이 아니었다. 사실 낙타가 바늘귀에 들어가는 것만큼이나 어려웠다. 빈 집이 있다는 소식을 듣자마자 달려가고, 전화를 걸고, 편지를 썼지만, 여전히 요원한 일로만 보였다. 때로는 너무 더럽고 허름하고 무너질 것 같아서, 어떻게 그런 곳에서 살 수 있을지 상상도 안 되는 집을 보기도 했다. 번번이 누군가가 나를 앞질러 갔고 우리는 런던을 빙빙 돌았다. 햄스테드, 치스윅, 핌리코, 켄싱턴, 세인트존스우드. 나의 하루는 기나긴 버스 여행으로 꽉 찬 듯했다. 우리는 모든 부동산 중개소를 방문했다. 그러고는 곧 걱정에 사로잡혔다. 지금 집은 딱 두 달 빌렸을 뿐이었다. 과산화수소로 머리를 금발로 탈색한 N 부인과 결혼한 딸과 손자들이 돌아오면 우리는 더 그곳에서 살 수 없을 터였다. 반드시 살 집을 찾아내야 했다.

마침내 행운이 우리를 찾아왔다. 배터시 공원 근방의 아파트를 확보했다. 아니 확보한 듯했다. 집세도 적당하고, 주인인 루엘린 양은 한 달 후 이사할 계획이었지만 좀 더 빨리 집을 비워 주는 데 동의했다. 런던의 다른 지역에 있는 아파트로 옮긴다고 했다. 모든 것이 정해졌다. 하지만 우리는 너무 일찍 샴페인을 터트렸다. 끔찍한 일이 벌어진 것이다. 이사 날짜를 겨우 2주일 앞두고 루엘린 양이 새 아파트로 이사할 수 없다는 소식을 전했다. 지금 그 집에 살고 있는 사람들이 새로 이사할 집에 들어갈 수 없게 된 탓이었다. 연쇄 반응이었다.

이는 엄청난 충격이었다. 우리는 이틀이 멀다 하고 루엘린 양에게 전화를 걸어 무슨 새로운 소식이 없는지 물었다. 하지만 새 소식은 번번이 더욱 더 심각해지기만 했다. 다른 이들이 집을 못 구해 발을 동동거리는 것을 보고 루엘린 양의 머릿속은 괜히 이사하는 것이 아닌가 하는 회의로 가득 찼다. 결국 서너 달 후에야 이사할 수 있을 것 같다는 결론이 나왔지만 그마저도 불확실했다. 우리는 정신없이 광고문을 뒤지고, 부동산 중개소에 전화를 걸고, 온갖 야단법석을 다 떨었다. 시간은 째깍째깍 잘도 흘러갔고, 우리는 점점 절망에 빠져들었다. 바로 그때 어느 부동산 중개소에서 전화가 왔는데 우리에게 아파트가 아니라 단독 주택을 권했다. 스카스데일빌라스에 있는 자그마한 집이었다. 세를 놓을 것이 아니라 팔려는 것이었다. 아치와 나는 집을 보러 갔다. 자그마하지만 매력적인 집이었다. 이 집을 사려면 우리가 가진 얼마 안 되는 재산을 다 털어 넣어야 했다. 엄청난 위험이 아닐 수 없었다. 하지만 위험을 감수해야 한다고 느꼈기 때문에 집을 사겠다고 하고는 계약서에 서명했다. 집으로 돌아온 우리는 어느 증권을 팔지 논의했다.

이틀 후 아침 나는 신문을 훑고 있었다. 첫 장을 넘겨 부동산 난을 펼쳤는데(그 무렵 이는 완전히 습관이 되어 있었다.) 한 광고가 눈에 띄는 것이었다.

"아파트 세놓음. 가구 없음. 애디슨 맨션 96호, 연간 90파운드."

나는 새된 소리로 비명을 지르며 커피 잔을 내려놓고는 아치에게 광고를 읽어 주고서 말했다.

"서둘러야 해요!"

나는 식탁에서 벌떡 일어나 두 건물 사이의 잔디밭을 가로질러 옆 건물 4층까지 미친 듯이 달려갔다. 그때 시간이 8시 15분이었다. 나는 96호의 초인종을 눌렀다. 깜짝 놀란 표정의 젊은 여인이 잠옷 가운 차림으로 문을 열었다.

"아파트를 보러 왔어요."

나는 숨이 차 헉헉거리면서 최대한 침착하게 말했다.

"이 아파트요? 벌써요? 어제 광고를 냈는데요. 이렇게 빨리 올 줄은 몰랐어요."

"볼 수 있을까요?"

"글쎄요……. 너무 이른 시각이라."

"우리가 찾던 아파트예요. 저희가 빌리겠습니다."

"아, 그럼 한번 둘러보세요. 집안이 엉망이에요."

나는 그녀의 망설임에도 아랑곳 않고 재빨리 안으로 들어가 집 안을 훑어보았다. 절대 놓칠 수 없었다.

"연간 90파운드라고요?"

"네. 하지만 임대 계약은 3개월씩이고, 연장할 수 있습니다."

나는 잠시 그것에 대해 생각해 보았지만 전혀 문제될 것 없었다. 살 곳이 필요했다. 그것도 하루빨리.

"그럼 언제 이사가 가능합니까?"

"언제든지요. 일주일이나 2주일 후쯤? 남편이 갑자기 해외로 파견되었거든요. 참, 리놀륨과 부속 가구에 대해 웃돈을 내셔야 합니다."

리놀륨이 썩 마음에 들지 않았지만, 그것이 뭐 대수란 말인가? 침실 네 개, 거실 두 개, 잔디밭이 내다보이는 멋진 경치와 맑은 공기. 수리를 좀 해야 하긴 해도 우리가 직접 할 수 있었다. 아, 얼마나 환상적이던지. 진정 하느님이 주신 선물일지니.

"우리가 빌리겠습니다. 좋아요."

"정말요? 그런데 성함이 어떻게 되세요?"

나는 그녀에게 이름을 말해 주고는, 옆 건물의 가구 딸린 아파트에서 살고 있다고 설명했다. 계약이 체결되었다. 나는 그 자리에서 즉시 부동산 중개소에 전화를 걸었다. 전에 얼마나 자주 물을 먹었던가. 계단을 내려가면서 올라오는 세 커플을 지나쳤다. 힐긋 보니 그들 모두 96호로 가는 것이 분명했다. 이번에는 우리가 승리했다. 나는 집으로 돌아가 아치에게 의기양양하게 소식을 전했다.

"굉장해."

바로 그 순간 전화가 울렸다. 루엘린 양이었다.

"한 달 후면 여기로 이사올 수 있을 것 같아요."

"아, 네. 알겠습니다."

내가 수화기를 내려놓자 아치가 말했다.

"세상에. 이게 무슨 일이야? 아파트 두 채를 빌리고, 집 한 채를 사다니!"

생각해 보니 문제였다. 나는 루엘린 양에게 전화를 걸어 그 집을 빌리지 않겠다고 알리려고 했다. 바로 그때 좋은 아이디어가 떠올랐다.

"스카스데일빌라스의 집은 계약을 취소해요. 하지만 배터시의 아파트를 빌려서 다른 사람에게 웃돈을 받고 다시 넘겨요. 그러면 옆 건물 아파트에 대한 웃돈이 저절로 해결되잖아요."

아치는 그 계획에 대찬성했다. 100파운드의 웃돈을 내기가 버거웠던 차였는지라 마치 내가 순간 천재라도 된 것 같았다. 우리는 부동산 중개소로 가 스카스데일빌라스의 집에 대해 알아보았다. 중개소 직원은 상냥했다. 집을 다른 사람에게 파는 것은 문제없다고 했다. 사실 집을 사려고 왔다가 크게 실망한 사람이 여럿 있었다고. 우리는 약간의 수수료만 내고는 손쉽게 계약을 취소할 수 있었다.

이리하여 아파트를 구해 2주 후 이사했다. 제시 스와넬은 대단했다. 4층을 오르내리는 것을 전혀 힘들어하지 않다니. 부셰 부인의 그 어떤 유모도 제시에게는 당하지 못하리라.

"아, 네. 짐을 들고 다니는 데 익숙해요. 흑인 한둘쯤은 거뜬히 짊어질 수 있다니까요. 나이지리아에서는 정말 중요한 능력이죠. 워낙에 흑인으로 넘치니."

새 아파트는 사랑스럽기 그지없었다. 아파트를 꾸미고 장식하는 데 전력을 쏟았다. 아치의 퇴직금 상당 부분이 가구 값으로 들어갔다. 현대적인 가구와 침대를 힐(영국 유명 가구점 — 옮긴이)에서 사들여 로잘린드의 육아실에 놓았다. 또한 탁자와 의자와 찬장과 접시와 커튼으로 넘쳐 나던 애슈필드에서 많은 물건이 올라왔다. 할인판매점에 가서는 짝이 맞지 않는 서랍장과 구식 옷장을 헐값에 샀다.

새 집으로 이사하며 벽지와 페인트 색깔을 골랐다. 우리가 직접 벽지를 바르고 페인트를 칠하기도 하고, 도배장이 일을 겸해서 하고 있는 키가 작은 칠장이의 도움을 받기도 했다. 두 거실 중 큰 곳은 응접실로 쓰고, 작은 곳은 식당으로 쓰기로 했는데, 둘 다 안뜰을 면하고는 있지만 북향이었다.

나는 기다란 복도 끝에 있는 방들이 더욱 마음에 들었다. 그리 크지는 않지만, 해가 잘 들어서 그곳 방 두 개를 거실과 로잘린드의 육아실로 쓰기로 했다. 욕실은 그 맞은편에 있었고, 자그마한 하녀용 방이 있었다. 큰 방 두 개 중 더 넓은 방을 우리 안방으로 삼고, 좁은 방은 식당 겸 비상용 방으로 쓰기로 했다. 욕실 장식은 아치가 골랐다. 밝은 주홍색과 하얀색이 타일처럼 박힌 벽지였다. 도배장이는 나에게 무척 친절했으며, 벽지를 어떻게 자르고 접어야 풀칠하기 좋은지 가르쳐 주었다. 그리고 우리가 벽에 벽지를 바를 때면 이렇게 말하곤 했다.

"겁낼 것 없어요. 착 붙이면 되는 거예요. 망칠 턱이 없어요. 찢어지면 벽지를 덧붙이면 그만이지. 우선은 모두 잘라 낸 다음, 치수를 재고, 뒷면에 기입해요. 그래요. 착 붙이면 돼요. 볼록한 걸 없애는 데는 머리빗이 그만이죠."

마침내 나는 도배하는 일에 숙달이 되었다. 하지만 천장은 전문가에게 맡겼다. 천장까지 도전할 실력은 아니었으니까.

로잘린드의 육아실은 연노랑 수성 페인트를 칠했다. 그 덕분에 나는 칠에 대해 조금 더 배울 수 있었다. 우리의 스승이 한 가지 경고하지 않은 것이 있다면, 수성 물감 자국을 바닥에서 빨리 닦아 내지 않으면 굳어 버려 끌로 긁어내야 한다는 점이었다. 하긴 사람은 다 경험으로 배우는 법이다. 우리는 육아실 벽 위쪽에 힐에서 산 값비싼 동물무늬 장식 띠를 둘렀다. 거실의 벽은 빛나는 연분홍색으로 하고, 천장은 온통 산사나무가 새겨져 있는, 번쩍거리는 검은 벽지로 하기로 했다. 시골에 온 듯한 느낌이 날 듯싶었다. 또한 나지막해 보일 것 같았다. 나는 천장이 낮은 방이 좋았다. 자그마하고 나지막한 방은 더욱 시골집처럼 보인다. 천장은 물론 전문가가 맡아야 할 일이었지만, 뜻밖에도 전문가는 이 계획에 반대했다.

"보세요, 잘못 생각한 거예요. 천장은 연분홍으로 칠하고, 벽을 검은색 벽지로 발라야 해요."

"아니에요. 천장을 검은색 벽지로 하고, 벽을 연분홍으로 칠할 거예요."

"하지만 아무도 그런 식으로 안 해요. 모르겠어요? 밝은 색을 위에 두어야 해요."

"짙은 색을 위에 두고 싶으면 그렇게 하면 그만이죠."

나는 따졌다.

"글쎄올시다. 아무튼 나는 말렸습니다. 아무도 이렇게는 안 한다고 분명 말했어요."

나는 알겠다고, 내 뜻대로 하겠다고 대답했다.

"천장이 낮아 보일 거예요. 두고 보세요. 천장이 바닥으로 쑥 내려앉는 느낌일걸요."

"그게 바로 내가 원하는 거예요."

그는 포기하고는 어깨를 으쓱했다. 일을 마친 다음 나는 그에게 어떠냐고 물었다.

"글쎄요. 묘하군요. 아니, 좋은 것은 아니에요. 하지만 묘해요. 의자에 앉아 천장을 보면 꽤 예쁘겠네요."

"바로 그거예요."

"하지만 나라면 별이 그려진 새파란 벽지로 하겠어요."

"밤에 야외에 있고 싶지는 않아요. 체리 꽃이 핀 과수원이나 산사나무 아래가 좋지요."

그는 유감스럽게도 고개를 저었다.

커튼은 대부분 새로 달았다. 소파 커버는 내가 직접 만들기로 했다. 그 무렵 매지 언니는 아들아이가 붙인 별명인 펑키로 우리들 사이에 널리 불리고 있었는데, 아무튼 펑키 언니는 늘 그렇듯 쉽다면서 적극적으로 잘라 말했다.

"핀을 꽂고는 안쪽 면을 뒤집어서 자르면 돼. 그리고 꿰맨 다음에 다시 뒤집어서 바로 하는 거야. 간단해. 누구든지 만들 수 있어."

그래서 나는 시도했다. 역시 전문가의 솜씨에는 미치지 못했고, 감히 테두리 장식을 달 엄두도 내지 못했지만 화사하고 괜찮아 보였다. 친구들은 모두 우리 아파트에 감탄했다. 그 집으로 이사할 때처럼 행복한 때는 없었다. 루시는 집이 훌륭하기 그지없다며 그곳에서의 생활을 매분 매초 즐겼다. 제시 스와넬은 내내 투덜거리기는 했지만, 놀라울 정도로 큰 도움을 주었다. 제시가 우리를, 아니 나를 미워한 것에 나는 전혀 개의치 않았다. 그리고 다행히 아치에게는 그리 적대적이지 않았다. 어느 날 나는 제시에게 말했다.

"아기에게는 부모가 있어야 해요. 그렇지 않으면 유모가 돌볼 아기가 무슨 수로 생기겠어요?"

"일리 있는 말씀입니다."

제시는 마지못해 미소를 지으며 대답했다.

아치는 시티에서 일을 시작했다. 그이는 일이 마음에 든다고 했고, 겉으로 보기에도 꽤 신이 나 있었다. 앞으로 전망이 전혀 없다고 여러 번 말했던 공군에서 나와 남편은 몹시 기뻐했다. 그는 돈을 많이 벌겠다고 굳게 결심했다. 당시 형편은 어려웠지만 우리는 전혀 걱정하지 않았다. 아치와 나는 이따금 해머스미스에 있는 호화 댄스홀에 간 것을 빼고는, 경제 사정상 전반적으로 유흥을 즐기지 않으며 지냈다. 우리는 평범한 신혼부부였지만, 행복했다. 앞으로는 탄탄대로일 것만 같았다. 피아노가 없어 안타깝긴 했어도 애슈필드에서 지낼 때 실컷 치면 되었다.

나는 사랑하는 남자와 결혼했고, 예쁜 아기를 낳았고, 살 곳이 있었다. 앞으로 행복하지 못할 이유란 전혀 없었다.

어느 날 편지 한 통을 받았다. 무심히 봉투를 뜯어서 읽었는데 처음에는 편지 내용을 전혀 이해할 수 없었다. 존 레인이라는 사람이 보낸 것이었다. 내가 보낸『스타일스 저택의 괴사건』원고와 관련된 일이니 보들리헤드 사무실에 일간 들러 달라는 것이다.

사실 나는『스타일스 저택의 괴사건』에 대해 까맣게 잊고 있었다. 원고를 보낸 지 거의 2년이 다 되었을 때였으니. 전쟁이 끝나고, 아치가 돌아오고, 신혼 생활을 시작하느라 원고나 추리 소설에 대한 생각은 뒷전으로 밀려나 있었다.

나는 희망에 가득 차 약속 시간에 맞춰 출판사로 갔다. 어쨌든 원고가 조금이나마 마음에 드니까 와 달라고 하는 것이 아니겠는가. 존 레인의 사무실에 들어서자 그가 일어나 나를 맞았다. 하얀 턱수염을 기른 자그마한 사내로, 다소 엘리자베스 여왕 시대 사람 같았다. 주위에는 온통 그림이 가득했다. 의자 위에도, 책상 옆에도 세월에 바래어 노래진 옛 거장들의 그림이 자리했다. 나중에는 존 레인 씨까지도 목에 주름 깃을 두르고 액자 속에 들어가 있는 사람들 중 한 명이라고 해도 그럴싸하게 보일 것 같았다. 상냥하고 친절했지만, 예리한 눈매는 그가 만만한 사람이 아니라는 것을 경고하고 있었다. 그는 나에게 인사를 하고는 의자에 앉으라고 친절히 권했다. 주위를 둘러보았으나 앉는 것은 불가능했다. 의자마다 그림이 하나씩 차지하고 있었기 때문이다. 그제야 이를 깨달은 레인 씨는 웃음을 터트렸다.

"이런, 앉을 자리가 없군요."

그는 내가 앉을 수 있도록 다소 때가 탄 초상화를 하나 치워 주었다.

그런 다음 원고에 대한 이야기를 시작했다. '독자들 중 일부는 그 작품이 가능성 있다고 생각한다. 하지만 상당한 수정을 가해야만 할 듯하다. 예를 들어, 마지막 장면은 법정 장면인데 그렇게 쓰는 것은 불가능하다. 법정 장면으로 끝을 맺는다면 우스꽝스러울 뿐이다. 다른 방식으로 대단원을 끝맺을 수는 없을까? 아니면 법률과 관련하여 조언을 구하거나(이는 어려울 터이다.) 다른 식으로 수정해야 할 듯하다.' 나는 수정할 수 있다고 얼른 대답했다. 법정이 아니라 다른 배경으로 할 수 있을 것 같았다. 어쨌든 시도는 해 볼 만했다. 그는 여러 가지를 지적했는데, 모두 마지막 장과 연관되어 있었다.

이윽고 레인 씨는 경제적인 면에 대해 설명했다. 출판사가 신예 작가나 무명 작가의 책을 출판할 경우에 얼마나 큰 위험을 부담해야 하는지, 얼마나 이익이 날 가능성이 적은지 이야기했다. 그리고 마지막으로 책상 서랍에서 계약서를 꺼내 나한테 서명할 것을 권했다. 계약서를 살펴보고 자시고 할 것도 없었다. 내 책을 출판해 준다는데. 긴 세월 동안 인쇄된 것이라고는 시나 단편 몇 편밖에 없었고, 내 책을 출판하리라는 희망을 진작 포기했건만 이제 내 책이 생기게 되다니. 나는 얼마든지 어디에든 서명할 수 있었다. 이 계약서에는 첫 2000부가 팔릴 때까지 인세는 전혀 없다는 조항이 들어 있었다. 2000부 이상 팔린다 해도 들어오는 인세는 약간에 지나지 않았다. 또한 이후 연재되거나 극장에서 상연될 경우에 수입의 반은 출판사에게로 갔다. 하지만 나는 전혀 개의치 않았다. 핵심은 '내 책이 세상에 나온다.'였다.

나는 심지어 다음 다섯 장편은 반드시 그 출판사에 먼저 출판을 의뢰해야 하며, 인세율은 아주 약간 높아질 뿐이라는 조항조차 보지 못했다. 나로서는 느닷없이 떨어진 성공이었고 따라서 당연히 열광적으로 서명했다. 그러고는 원고를 받아 와 마지막 장의 문제점을 해결했다. 그리 어려운 일이 아니었다.

이것이 나의 기나긴 글쓰기 경력의 출발점이 되었다. 당시에는 이렇게 오래 글을 쓰게 되리라고는 상상도 하지 못했다. 다음 다섯 권이라는 조항이 있었지만, 나로서는 딱 한 번 해 봄 실험에 지나지 않았다. 용감하게 추리 소설 쓰기에 도전했고, 추리 소설을 썼고, 출판 계약을 했고, 책이 인쇄될 것이었다. 그것으로 추리 소설 쓰기는 끝이었다. 설마 책을 더 쓰게 될 줄은 꿈에도 몰랐던 것이다. 만약 누가 내게 계속 소설을 쓰겠냐고 물었다면 나는 이따금 단편을 쓰겠다고 대답했을 것이다. 나는 완전히 아마추어였고 전문적인 작가다운 데라고는 전혀 없었다. 나에게 글쓰기는 그저 재미였다.

기쁨에 넘쳐 집으로 돌아와 아치에게 소식을 알렸다. 우리는 그날 밤 축하를 위해 호화 댄스홀로 갔다.

나는 몰랐지만 그날 우리와 함께한 제3자가 있었다. 나의 벨기에 인 탐정 에르퀼 푸아로가 바다의 노인(『아라비안 나이트』에서 어느 젊은이에게 부탁하여 업힌 다음에 결코 내려오지 않으려 했던 노인 — 옮긴이)처럼 내 목에 찰싹 달라붙어 있었던 것이다.

5

『스타일스 저택의 괴사건』 마지막 장을 만족스럽게 수정한 나는 원고를 존 레인 씨에게 돌려주고, 몇 가지 질문에 대답한 다음, 다시 몇몇 사항을 고치는 데 동의했다. 그리고 흥분이 가라앉으며 여느 신혼부부와 다를 바 없는 삶이 계속되었다. 어려운 경제 상황에도 그다지 구속받지 않으며 우리는 서로를 사랑했다. 주말이면 기차를 타고 시골에 놀러가거나 산책을 했고 때때로 시골 일주 여행을 하기도 했다.

우리에게 닥친 유일하게 심각한 문제는 루시와의 이별이었다. 루시는 한동안 걱정이 있는지 불행한 기색이더니 마침내 나에게 와서 다소 슬픈 어조로 말했다.

"실망시켜 드려서 정말 죄송합니다, 아가씨. 아니, 마님. 미세스 로가 저를 어찌 여기실지 모르겠어요. 하지만…… 제가 결혼하게 되었습니다."

"결혼한다고요? 누구랑요?"

"전쟁 전부터 알던 사람이에요. 항상 그이를 마음에 품고 있었답니다."

나는 어머니에게서 좀 더 많은 정보를 들을 수 있었다. 내가 소식을 전하자마자 어머니는 탄성을 지르며 말했다.

"설마 또 그 잭은 아니겠지?"

어머니는 '그 잭'을 그리 좋게 여기시는 것 같지 않았다. 그는 여러 모로 부족한 짝이었다. 두 사람이 싸우고 헤어지자 루시의 가족들은 잘된 일이라고 안심했는데, 두 사람은 다시 화해했다. 루시는 이 부족한 잭에게 언제나 충실했던 것이다. 루시가 결혼함에 따라 우리는 새 하녀를 구해야 했다.

그 무렵에는 하녀 구하기가 더더욱 힘들었다. 어디에서도 하녀를 찾을 수가 없었다. 그러다가 마침내 에이전시를 통해서였는지, 친구를 통해서였는지(기억이 나지 않는다.) 로즈라는 아가씨를 만날 수 있었다. 로즈는 대단히 마음에 들었다. 추천서도 훌륭했고, 둥근 분홍색 얼굴에 웃는 모습이 예뻤으며 우리와 함께 지내고 싶은 듯했다. 유일한 문제는 아이와 유모가 있는 집에는 무척 가기 싫어한다는 점이었다. 전에 공군 집안에서 일해서였는지, 우리 남편이 공군에 있었다고 하니까 로즈가 반색하며 자신의 전 고용주인 G 소령을 알 것이라고 했다. 나는 집으로 돌아가 아치에게 물었다.

"당신 G 소령이라는 사람을 알아요?"

"아니, 기억 안 나는데."

"기억해야 해요. 우연히 만난 적이 있거나, 친한 동료였다고 말해야 해요. 어떻게든 로즈를 붙잡아야 한다고요. 정말 훌륭한 하녀예요. 지금까지 면접 본 하녀들하고는 차원이 달라요."

오래지 않아 로즈가 효간을 안고서 우리를 만나러 왔다. 아치는 그녀아 인사를 나누며 G 소령에 대한 칭찬을 몇 마디 건넸다. 그리고 마침내 그녀는 우리 집에서 일하기로 설득을 당했다.

로즈는 경고하듯 말했다.

"하지만 전 유모를 정말 싫어해요. 아이는 상관없지만, 유모들은 언제나 문제라니까요."

"우리 유모는 아무 문제도 없을 거예요."

사실 확신하지는 못했다. 하지만 다 잘 될 것이라고 생각했다. 세상에 제시 스와넬이 시비를 걸 사람이 있다면 그것은 나였고, 그 무렵에는 나도 어느 정도 적응되어 있었다. 상황은 순조롭게 이어졌고 로즈와 제시는 서로 잘 지냈다. 제시는 로즈에게 나이지리아에서의 생활과 흑인들을 부리는 즐거움에 대해 이야기했다. 로즈는 제시에게 자기가 겪은 온갖 경험담을 털어놓았다. 하루는 로즈가 내게 말했다.

"때로는 굶주리기도 했어요. 세상에 그네들이 아침으로 내게 뭘 줬는지 아세요?"

모르겠다는 나의 대답에 로즈는 우울하게 말했다.

"훈제 청어요. 차와 훈제 청어 달랑 한 마리에 토스트와 버터와 잼뿐이었어요. 살이 쏙 빠지고 쇠약해졌죠."

아무리 봐도 쇠약했던 흔적은 보이지 않았고 보기 좋게 포동포동 살이 올라 있었다. 하지만 아침 식사로 훈제 청어를 먹을 때면 로즈의 접시에 반드시 두세 마리씩 놓았고, 베이컨과 달걀을 듬뿍 주었다. 로즈는 우리와 행복하게 지냈고, 로잘린드를 무척 아꼈다.

로잘린드가 태어난 직후 이모할머니가 돌아가셨다. 이모할머니는 마지막 순간까지도 정신은 잃지 않았지만, 심한 기관지염에 걸리자 심장이 견뎌 내지 못했다. 당시 아흔두 살이었던 할머니는 눈은 멀었어도 귀는 제법 들으실 수 있었고, 여전히 인생을 즐기고 계셨다. 채플린의 파산으로 어머

니와 마찬가지로 이모할머니의 수입 역시 줄었지만, 베일리 씨의 충고 덕
에 전 재산을 잃는 것은 막을 수 있었다. 남은 재산은 어머니가 물려받았
다. 전쟁 동안 주가가 폭락하여 큰 금액은 안 되었지만, 연간 삼사백 파운
드는 들어올 터였다. 채플린 씨가 보내는 수당까지 합치면 그럭저럭 지낼
만했다. 물론 전쟁 후 몇 년 동안은 물가가 치솟았지만 그럼에도 어머니는
애슈필드를 지킬 수 있었다. 언니와 달리 나는 애슈필드의 유지비에 쓰라
고 돈을 보낼 수 없어 정말 송구했다. 하지만 동전 한 닢까지 아끼며 살아
야 하는 처지였기 때문에 현실적으로 불가능한 일이었다.

　어느 날 애슈필드를 유지하는 어려움에 대해 걱정스레 말하고 있는데 아
치가 (매우 합리적으로) 말했다.

　"애슈필드를 팔고 장모님이 다른 곳으로 옮겨 사시는 편이 훨씬 낫지 않
을까?"

　"애슈필드를 팔다뇨?"

　나는 기겁한 목소리로 말했다.

　"가지고 있어 봐야 당신한테 좋을 것도 없잖아. 자주 가지도 못하는데."

　"애슈필드를 팔 수는 없어요. 내가 얼마나 사랑하는데. 그 집은…… 이루
말할 수 없이 소중한 곳이에요."

　"그러면 집을 유지하기 위해 왜 아무런 노력도 안 하는 거요?"

　"노력이라뇨?"

　"책을 하나 더 쓸 수도 있고."

　나는 놀라서 그를 바라보았다.

　"하나 더 쓰는 거야 가능하겠지만, 그렇다고 애슈필드에 무슨 도움이 되
겠어요?"

　"대박이 날지 누가 알아?"

　실내 싶었나. 『스타일스 저택의 괴사건』은 2000부 가까이 팔렸다. 무명

작가의 추리 소설 치고는 나쁘지 않은 성적이었다. 덕분에 나는 달랑 25파운드를 벌었다. 그것도 인세로 받은 것이 아니라, 뜻밖에도 《위클리 타임스 The Weekly Times》에 연재되어 받은 연재료 50파운드 중 반이 내 몫으로 온 것이었다. 작가로서 명성에 쌓는 데 큰 도움이 될 것이라고 존 레인은 말했다. 젊은 작가가 《위클리 타임스》에 작품을 연재하는 것은 대단한 일이었다. 하지만 책을 써서 얻은 총수입이 25파운드라니, 글을 써도 큰돈을 벌 수 있을 것 같지는 않았다.

"첫 작품이 좋았고, 출판사가 그 책으로 수입을 올렸다면, 십중팔구 다음 책도 출판하고 싶을 거야. 책을 새로 낼 때마다 당신 수입도 늘어날 거고."

나는 남편의 말을 듣고서 동의했다. 아치의 재정적 노하우는 찬양하지 않을 수 없었다. 나는 새 책을 쓰기로 했다. 무엇에 대해 쓸까?

A.B.C.(영국의 유명 찻집 — 옮긴이)에서 차를 마시던 어느 날 문제가 해결되었다. 근처 테이블에서 두 사람이 이야기를 나누며 제인 피시라는 사람에 대해 논의하고 있었다. 그렇게 재미있는 이름도 있다니. 나는 마음속에 그 이름을 새겨 두었다. 제인 피시. 이야기를 쓰는 데 좋은 출발점이 될 것이었다. 카페에서 우연히 듣게 된 이 특이한 이름은 누구나 한번 들으면 기억할 만했다. 제인 피시라. 어쩌면 제인 핀이 더 나을지도? 나는 제인 핀으로 낙착을 보고는, 곧바로 쓰기 시작했다. 처음에는 제목을 『즐거운 모험 The Joyful Venture』이라고 했다가 『젊은 모험가들 The Young Adventurers』이라고 고친 뒤 최종적으로 『비밀 결사 The Secret Adversary』로 정했다.

아치가 공군에서 제대하기 전에 일자리를 확보해 둔 것은 옳은 선택이었다. 젊은이들의 상황은 절망적이었고, 군에서 나왔어도 일자리가 없었다. 집집마다 초인종을 눌러 스타킹이나 이런저런 기구를 팔면서 돌아다니는 젊은이들을 보고 있자니 애처로웠다. 그래서 형편없는 스타킹임에도 격려하고 싶은 마음에 덜컥 사곤 했다. 해군이나 육군에서 중위로 있던 사람들이 이렇게 영락하다니. 때로는 심지어 시를 써서 팔려고도 했다.

나는 육군 수송부나 구급간호봉사대에 있었던 아가씨와 육군에 있었던 청년이 파트너로 활약하는 이야기를 구상했다. 두 사람은 열심히 일자리를 찾다 우연히 만난다. 전부터 아는 사이로 설정하면 어떨까? 그러고는? 스파이 사건에 휘말린다. 이번 책은 추리 소설이 아니라 첩보 스릴러물이 되리라. 『스타일스 저택의 괴사건』을 쓸 때와는 다른 신선한 경험이 될 것 같았다. 나는 대략적인 내용을 써 나가기 시작했다. 전반적으로 재미있었다. 스릴러물이 대체로 그렇듯, 추리 소설을 쓸 때보다 훨씬 쉬웠다.

얼마 지나지 않아 책을 완성하고 존 레인에게 보냈는데, 썩 좋아하지 않았다. 첫 책과는 스타일이 사뭇 다르고, 많이 팔릴 것 같지 않다고 했다. 사실 출판사에서는 책을 출판할지 말지 한참 결정을 내리지 못했다. 그러다 마침내 출판을 하기로 했다. 이번에는 그렇게 많이 수정하지 않아도 되었다.

내 기억으로 이 책은 꽤 잘 팔렸다. 얼마 되지는 않았지만 인세료를 받았으니, 굉장한 일이었다. 더구나 또 《위클리 타임스》에 연재되어 50파운드나 받았다. 고무적이었다. 하지만 직업으로 글을 쓰겠다고 결심할 정도는 아니었다.

나의 세 번째 책은 『골프장 살인 사건Murder on the Links』이었다. 프랑스에서 어느 유명한 사건이 일어난 후 얼마 되지 않아 그 책을 썼다. 등장인물은 기억나지 않는다. 가면을 쓰고 집을 털려다가 주인 남자를 죽이고, 그 아내를 묶고서 재갈을 물리는 이야기였다. 시어머니도 죽는데, 이는 틀니 때문에 숨이 막힌 탓이었다. 어쨌든 아내의 이야기는 거짓으로 드러난다. 아내가 남편을 죽였고, 아내의 몸은 전혀 묶이지 않았거나 공범이 묶었을 것이라는 가설이 나온다. 좋은 플롯이라고 생각한 나는 아내가 무죄 석방된 후의 생활에서부터 이야기를 시작했다. 몇 해 전 일어난 사건의 여주인공이었던 미스터리한 여인이 어딘가에서 나타난다. 배경으로는 프랑스를 택했다.

『스타일스 저택의 괴사건』에서 에르퀼 푸아로는 좋은 반응을 얻었다. 그래서 그를 이번 책에도 등장시키기로 했다. 푸아로를 좋아한 사람들 중에는 당시 《스케치The Sketch》의 편집자였던 브루스 잉그램이 있었다. 그는 내게 연락을 해 와 《스케치》에 푸아로 시리즈를 연재하라고 제안했다. 얼마나 신이 났는지 모른다. 마침내 나도 성공을 거둔 것이다. 《스케치》에 글을 싣다니, 굉장한 일이었다! 잉그램은 또한 에르퀼 푸아로의 초상화를 그렸는데, 내가 생각한 모습과 비슷했다. 다만 좀 더 영리하고 귀족적으로 그려졌을 뿐이었다. 브루스 잉그램은 열두 편의 시리즈를 원했다. 처음에는 여덟 편이라고 해서 오래지 않아 모두 썼는데, 그러다 나중에 열두 편으로 분량이 늘어나는 바람에 어쩔 수 없이 부랴부랴 서둘러 나머지 네 편을 써야 했다.

내가 추리 소설에 발목이 잡혔을 뿐만 아니라, 두 사람에게도 붙잡혔다는 사실을 그때는 전혀 몰랐다. 그 두 사람이란 다름 아닌 에르퀼 푸아로와 그에게 왓슨 역할을 하는 헤이스팅스 대위였다. 나는 헤이스팅스 대위를 무척 좋아했다. 전형적인 인물인 그는 푸아로와 함께 탐정 팀에 대한 내 생각을 반영하고 있었다. 나는 여전히 셜록 홈즈의 전통을 충실히 따르고 있었다. 괴팍한 탐정과 조연인 조수, 그리고 레스트레이드(셜록 홈즈에 등장하는 형사 — 옮긴이)와 비슷한 런던 경시청 수사관인 재프 경감. 여기다 나는 '인간 사냥개'인 프랑스 경찰의 지로 경감을 보태었다. 지로는 푸아로를 파세(한물간) 늙다리라고 비웃는다.

그 무렵 에르퀼 푸아로를 그렇게 노인으로 설정한 것이 얼마나 큰 실수인지를 깨달았다. 서너 권을 쓴 후에는 그를 버리고 훨씬 젊은 인물로 새로 시작해야 할 터였다.

『골프장 살인 사건』은 셜록 홈즈 전통을 덜 따르긴 했지만, 『노란 방의 비밀』의 영향을 크게 받았으며, 다소 공상적이고 비현실적인 면이 있었다. 누구나 글을 쓸 때면 마지막으로 읽었거나 좋아하고 있는 작가의 영향을 크게 받기 마련이다.

『골프장 살인 사건』이 바로 그 좋은 예이다. 다소 멜로드라마적이기는 하다. 이 책에서 헤이스팅스는 사랑에 빠진다. 책에 연애 사건을 꼭 넣어야 한다면 헤이스팅스를 결혼시키면 되겠다고 생각했다. 진실을 말하자면, 나는 슬슬 그가 지겨워졌다. 푸아로야 어쩔 수 없다지만, 헤이스팅스에게까지 붙잡혀 있을 필요는 없었다.

보들리헤드는 『골프장 살인 사건』을 마음에 들어 했다. 하지만 표지 디자인 문제로 다소 실랑이가 있었다. 색이 형편없는 것은 그렇다 치더라도, 골프장에서 파자마 차림의 남자가 간질 발작으로 죽어 가는 모습은 내용을 오도하는 것이었다. 그 남자는 책 속에서 완전히 옷을 갖추어 입은 채 단검에 찔려 죽었기 때문에 나는 그 표지에 반대했다. 책 표지가 플롯과 무관할 수도 있겠지만, 최소한 엉뚱한 플롯을 제시해서는 안 된다. 심히 유감스럽기가 짝이 없어 얼마나 화가 나던지. 다음부터는 출간 전에 반드시 내게 표지 확인을 받겠다고 출판사는 약속했다. 이미 나는 보들리헤드와 미묘한 의견 차이를 보인 적이 있었다. 『스타일스 저택의 괴사건』 때 코코아(cocoa)의 철자 때문이었다. 출판사 측에서는 이상한 이유로 마시는 코코아를 '코코(coco)'로 표기했는데, 유클리드였다면 터무니없는 일이라고 말했으리라. 보들리헤드의 모든 책에서 철자를 좌지우지하는 감시자인 하우스 양은 내 의견에 단호히 반대했다. 그 출판사에서는 코코아를 항상 '코코'로 표기했으며, 이것이 옳은 철자이자 편집 방침이라는 것이었다. 나는 코코아 캔과 심지어 사전까지 제시했지만, 아무런 소용이 없었다. '코코'가 맞는 표기라고 대꾸할 뿐이었다. 수년 후 존 레인의 조카이자 펭귄북스의 창시자인 앨런 레인에게 나는 이렇게 말했다.

"코코아의 철자를 놓고 하우스 양과 심하게 논쟁했더랬지요."

그는 빙그레 미소를 지었다.

"압니다. 하우스 양이 나이가 들수록 출판사도 이만저만 고생이 아니었지요. 몇 가지 사항에 대해 대단히 완고했거든요. 수시로 작가들과 논쟁을 벌였지만, 한 번도 양보하지 않았더랬지요."

수많은 사람들이 내게 편지를 보내 말했다.

"왜 코코아를 '코코'로 표기하는지 모르겠습니다. 물론 철자에 약하다는 것은 압니다만."

이것은 너무나 부당한 일이었다. 내가 철자에 약했다는 것은 사실이고 지금도 마찬가지다. 하지만 코코아만큼은 제대로 쓸 줄 안다. 내 문제는 기가 세지 못했다는 것이다. 그 작품은 나의 첫 번째 책이었고, 나보다는 출판사에서 더 잘 알리라고 생각했던 것이다.

『스타일스 저택의 괴사건』에 대해 몇몇 좋은 평을 듣긴 했지만, 내가 가장 기뻤던 평은 《약학 저널The Pharmaceutical Journal》에 실렸던 것이다.

"이 추리 소설에서는 독에 대한 식견이 엿보인다. 여느 추리 소설과는 달리 추적 불가능한 물질에 대해 엉터리 말을 늘어놓지 않는다. 애거서 크리스티는 독에 대해 일가견이 있는 것이 분명하다."

나는 마틴 웨스트나 모스틴 그레이와 같은 필명으로 책을 내고 싶었다. 하지만 존 레인은 본명을 쓸 것을 주장했다. 특히 세례명을. 존 레인은 말했다.

"애거서는 쉽게 기억되면서도 독특한 이름이에요."

그래서 마틴 웨스트를 포기하고 이후로 줄곧 '애거서 크리스티'라는 이름으로 책을 냈다. 나는 여자 이름이라 독자들에게 부정적 선입관을 줄 것이라고 생각했다. 특히나 추리 소설에서는 더할 것 같았다. 그에 비해 마틴 웨스트는 훨씬 남성적이고 분명한 느낌을 준다고 여겼다. 하지만 앞에서 말한 대로 첫 책을 출판할 때는 출판사 말을 무조건 다 듣기 마련이다. 또한 이름만큼은 존 레인이 옳았다고 생각한다.

이 무렵 나는 세 권의 책을 썼고, 행복한 결혼 생활을 영위하고 있었으며, 시골에서 살기를 꿈꾸었다. 애디슨 맨션은 공원에서 너무 멀었다. 유모차를 공원까지 밀고 갔다가 돌아오는 것은 제시 스와넬에게도 나에게도 쉬운 일이 아니었다. 게다가 피할 수 없는 뜻밖의 문제가 발생했다. 아파트 철거가 결정되었던 것이다. 아파트 건물은 라이언스 소유였는데, 그 자리에 새 건물을 짓고자 했다. 임대 계약을 3개월씩 했던 것도 그 때문이었다. 언제 어느 때 건물 철거 통지가 올지 몰랐다. 그러나 사실은 30년이 지나도록 애디슨 맨션은 멀쩡히 그 자리에 서 있었고, 그 뒤 철거된 자리엔 캐드비홀이 우뚝 들어섰다.

아치와 나는 때때로 주말에 기차를 타고 이스트크로이던으로 가 골프를 쳤다. 나는 결코 골프에 능하지 못했고, 아치도 별로 치지는 않았지만 골프에 대한 안목은 예리했다. 얼마 지나자 우리는 매 주말마다 이스트크로이던으로 가다시피 하게 되었다. 나는 그것을 그다지 개의치는 않았지만, 그래도 여기저기를 찾아 돌아다니고 오래도록 산책하던 일이 그리웠다. 결국 여가 시간을 보내는 방법이 우리 둘의 생활에 크나큰 차이를 가져왔던 것이다.

골드스타인 회사에서 일하던 패트릭 스펜스와 아치는 점점 일에 회의를 느끼고 있었다. 입사할 때 들은 입에 발린 멋진 말이 현실화될 성싶지가 않았다. 몇몇 회사를 전담했지만, 하나같이 위험한 회사들뿐이었다. 때로는 파산을 목전에 둔 곳도 있었다. 한번은 스펜스가 말했다.

"고객 중에는 괘씸한 사기꾼이 한둘이 아니야. 모두 합법적이지. 하지만 여전히 마음에 안 들어. 안 그래?"

아치는 존경할 만하기 못한 이들이 있다고 대답했다. 이어서 생각에 잠겨 말했다.

"아무래도 변화를 좀 주어야겠어."

그는 시티에서 일하는 것을 좋아했고, 적성에도 맞았다. 하지만 시간이 지날수록 고용주에 대한 열의는 점점 식어 갔다.

그러다 전혀 예측하지 못한 일이 찾아왔다.

아치에게는 메이저 벨처라고, 클리프턴에서 교사로 일하던 지인이 있었는데 정말 굉장한 인물이었다. 얼마나 대단한 허풍선이인지 전쟁 동안 감자 공급을 통제하는 일을 했다고 하는데, 어디까지가 진실이고 어디까지가 거짓인지 우리는 전혀 알 수가 없었다. 어쨌든 이야기 솜씨만큼은 빼어났다. 전쟁이 터졌을 때 그는 나이가 40대인가 50대였고 그래서 육군성이 출퇴근 일자리를 제의했지만 거절했으며, 그러다 어느 날 밤 VIP와 식사를 하다 감자에 대한 이야기가 나왔다는 것이다. 1차 대전 때 감자는 정말 중대한 문제였는데, 내 기억으로는 전쟁이 나자 삽시간에 감자가 사라졌더랬다. 내가 일했던 병원에도 감자는 단 한 알도 공급되지 않았다. 감자 부족이 전적으로 벨처 때문이었는지는 모르겠지만, 그런 말을 듣는다 해도 나는 전혀 놀라지 않으리라.

벨처는 말했다.

"잘난 척하는 늙은 멍텅구리가 감자 수급 문제가 매우 심각해질 거라는 거야. 그래서 나는 무슨 조치를 취해야 한다고, 너무 많은 사람들이 설쳐 댄다고, 누군가 한 사람이 감자를 완전히 관리해야 한다고 했지. 그랬더니 그도 내 말에 동의하더군. 그래서 말했지. '감자 관리를 맡은 사람에게는 높은 봉급을 주어야 합니다. 쥐꼬리만 한 돈을 준다면 아무런 소용이 없어요. 최고의 능력을 지닌 사람 중에서 골라야 해요. 적어도 XXX파운드는 주어야지요.'(글쎄 그는 우리에게 수천 파운드라고 했다.) 그랬더니 VIP가 말하더군. '너무 높아.' 그래서 내가 '유능한 사람을 써야 합니다. 제가 그 자리를 제의받는다면, 그런 금액으로는 절대 일하지 않을 겁니다.' 그랬지."

이 말이 효과가 있어서 며칠 후 벨처는 제발 그 금액으로 감자 관리를 맡아 달라고 간청 받았다.

"감자에 대해 얼마나 아세요?"

내가 그에게 물었다.

"전혀 모르네. 하지만 아무 문제없어. 감자에 대해 좀 알고, 관련 책을 좀 읽는 사람을 바로 밑에 두기만 하면 얼마든지 감자를 관리할 수 있거든!"

벨처는 사람들에게 깊은 인상을 주는 데 탁월한 능력이 있었다. 그는 자신의 조직화 능력을 확고하게 믿었다. 때로는 한참 후에야 그 때문에 커다란 혼란이 빚어지고 있다는 사실이 드러나기도 했다. 사실 그처럼 조직화 능력이 부족한 사람도 없을 것이다. 많은 정치인들이 그러하듯 그 역시도 (그것이 무엇이든) 우선 전체를 붕괴시켜 대혼란을 일으킨 다음에 새로이 정비해야 한다고 생각했다. 오마르 하이얌이라면 '심장의 열망에 더 가까이'라고 말하지 않았을까 싶다. 문제는 재정비할 때 벨처가 아무 도움도 되지 못한다는 것이었다. 하지만 사람들은 너무 늦은 후에야 이런 사실을 깨달았다.

과거에 그는 뉴질랜드에서 일한 적이 있었다. 그곳에서 어느 학교의 이사들에게 재정비 계획으로 깊은 인상을 심어 주고 당장 교장으로 추대되었다가, 1년 후 그 자리에서 물러나는 대가로 거액의 돈을 받았다. 어떤 불명예스러운 행동 때문이 아니라 그가 야기한 혼란과 증오와 '진취적이고 현대적인 운영'을 하는 데서 그가 누리는 기쁨 탓이었다. 그는 때로는 더할 수 없이 밉지만, 때로는 너무나도 사랑스러운 사람이었다.

그런 벨처가 감자 관리직을 그만둔 후 어느 날 저녁 우리 집에 식사하러 와서는 다음에 무엇을 할지 설명했다.

"10개월 후에 대영 제국 박람회가 열린다는 것 알지? 박람회를 열려면 제대로 조직화해야 해. 영연방 국가들은 만사에 긴장하고 주의하고 협조해야 한단 말이야. 그래서 내가 대영 제국 사절단을 이끌고 전 세계를 돌 거야. 1월에 시작되지."

그는 자신의 계획을 세세히 설명했다.

"내가 원하는 건 나에게 재정적 충고를 해 줄 사람이야. 아치, 자네가 나랑 함께 가면 어떻겠나? 자네야 그쪽으로는 빠삭하잖아. 클리프턴에서 학생회장이었고, 시티에서 온갖 경험을 쌓았으니. 자네야말로 내가 찾던 사람이야."

"회사를 그만둘 수는 없어요."

"아니 왜? 사장한테 말만 잘 하면 돼. 덕분에 폭넓은 경험을 쌓을 수 있을 테니 회사에도 도움이 된다고. 분명 자네 자리를 비워 둘 것일세."

아치는 골드스타인 씨가 그렇게 해 줄 것 같지 않다고 말했다.

"이보게, 잘 생각해 봐. 같이 가면 얼마나 멋지겠어. 애거서도 당연히 같이 가야지. 여행하는 것 좋아하지?"

"네."

나는 짧게 대답했다.

"여행 스케줄을 말해 주지. 먼저 남아공에 갈 거야. 나와 자네들과, 그리고 당연히 비서도 한 명 같이 가지. 그리고 히암도 간다네. 자네가 히암을 아는지 모르겠군. 이스트앵글리아(영국 잉글랜드의 동쪽 지역 — 옮긴이) 출신의 감자 왕이라네. 매우 건전한 사람이지. 내 절친한 친구이기도 하고. 그도 아내와 딸을 동반할 것일세. 남아공까지만 우리와 같이 가. 여기서 해야 할 일이 많아서 더 이상 자리를 비워 둘 수가 없거든. 우리는 그 후 오스트레일리아로 향할 걸세. 그 다음에는 뉴질랜드로 가고. 나는 뉴질랜드에서 좀 오래 머물까 해. 친구들이 거기 많으니까. 정말 맘에 드는 나라야. 거기서 한 달 정도 휴가를 보낼 거야. 자네들은 원한다면 하와이의 호놀룰루에 갔다 와도 좋아."

"호놀룰루라."

나는 한숨을 쉬었다. 구름 위를 거니는 것 같았다.

"그런 다음에 캐나다로 갔다가 귀국하는 거지. 9개월에서 10개월 정도 걸릴 거야. 어때?"

그제야 우리는 그가 진심이라는 것을 깨달았다. 우리는 이에 대해 조심스레 검토했다. 아치의 경비는 당연히 지불될 것이었다. 또한 1000파운드의 급여가 나왔다. 만약 내가 함께 간다면, 내 여행 경비는 모두 나라에서 댈 것이었다. 나는 아치의 아내 자격으로 가는 것이므로 영연방 국가의 국철과 배를 무료로 이용할 수 있었다.

우리는 열심히 계산을 해 보았다. 전반적으로 가능할 것 같았다. 아치가 받는 1000파운드로 내 호텔 비용과 호놀룰루에서의 한 달 휴가 비용을 대면 되었다. 금액이 아슬아슬하긴 했지만, 가능할 것 같았다.

아치와 나는 결혼 후 해외여행이라고는 짧게 두 번 가 보았을 뿐이었다. 한 번은 프랑스 남부의 피레네 산맥으로, 다른 한 번은 스위스로. 우리는 둘 다 여행을 사랑했다. 그리고 나는 일곱 살 때 일찌감치 해외여행에 맛을 들인 바 있었다. 아무튼 세계를 보고 싶은 마음은 간절했지만, 불가능한 꿈이 될 공산이 커 보였다. 이제는 남편이 기업에서 일하고 있기 때문에 연간 휴가는 길어야 2주일이었다. 2주일 가지고는 멀리 갈 수 없었다. 나는 중국과 일본과 인도와 하와이 등지를 가 보기를 염원했다. 하지만 계속 꿈으로만 남았고, 앞으로도 마찬가지이리라 여기고 있었다.

아치가 말했다.

"문제는 말이야. 그 노랭이가 동의해 줄 것이냐, 말 것이냐야."

나는 아치가 회사에서 소중한 직원일 것이라고 희망적으로 말했고, 아치는 회사에서 일하든지 자신을 대체할 사람을 찾을 수 있을 것이라고 말했다. 수많은 사람들이 일자리를 찾아 방황하고 있었으니까. 이쨌든 '늙은 노랭이'는 우리 뜻대로 하지 않았다. 아치가 돌아오면 상황에 따라 재고용할 수도 있겠지만, 확답을 할 수는 없다고 했다. 아치로서는 더 요구할 수 없었다. 남편은 귀국했을 때 자기 자리가 사라지고 없을 위험을 감수해야 했다. 그래서 우리는 논쟁했다.

"너무 위험이 커요."

"그래, 위험이 커. 땡전 한 푼 없이 영국으로 돌아와 연간 100파운드로 살아야 할 수도 있어. 일자리를 다시 찾기는 힘들 거야. 지금보다 더욱 힘들겠지. 하지만 말이야, 위험을 감수하지 않으면 아무것도 얻을 수 없어. 안 그래?"

아치는 이어서 말했다.

"당신 결정에 따르겠어. 테디는 어떻게 하면 좋을까?"

테디는 당시 우리가 로잘린드에게 붙인 애칭이었다. 언젠가 장난으로 태드폴(올챙이)이라고 불렀다가 테디로 굳어진 것으로 기억된다.

"펑키 언니가(이 무렵에는 우리 모두 매지 언니를 펑키라고 불렀다.) 맡아 줄 거예요. 아니면 어머니가 맡아도 되고요. 두 사람 다 좋아할 거예요. 그리고 유모도 있잖아요. 그러니 테디는 걱정 말아요. 이런 기회는 두 번 다시 없을 거예요."

나는 희망에 차 말했다.

우리는 이 문제에 대해 생각하고, 또 생각했다.

나는 이기심을 버리고 말했다.

"물론 나는 여기에 남고 당신 혼자만 가도 돼요."

나는 그이를 바라보았다. 그이도 나를 바라보았다.

"절대 나 혼자 갈 수는 없어. 혼자서 무슨 재미로 가? 아니, 당신도 상당한 위험을 감수해야 하잖아. 그러니 당신이 결정해. 사실상 나보다 당신의 위험 부담이 더 커."

그리하여 우리는 다시 생각에 잠겼다. 나는 아치의 의견을 받아들였다.

"당신 말이 맞아요. 이건 절호의 기회예요. 만약 기회를 잡지 않는다면 미친 짓이죠. 당신 말처럼, 원하는 것을 하기 위해 위험을 감수하지 않는다면 인생은 살 가치가 없어요."

우리는 결코 안전지상주의자들이 아니었다. 모든 역경을 이겨 내고 결혼하였듯이 이제는 돌아왔을 때 맞닥뜨릴 엄청난 위험을 감수하고 세상을 보기로 단호히 결심했다.

집 문제는 쉽게 해결되었다. 아파트를 유리한 조건으로 세놓아, 제시의 월급을 해결할 수 있었다. 어머니와 언니는 로잘린드와 유모가 오는 것을 대환영했다. 그런데 마지막 순간에 문제가 딱 하나 대두되었다. 오빠 몬티가 휴가를 받아 아프리카에서 오게 된 것이었다. 오빠가 영국에 머무는 동안 내가 영국을 떠나 있을 것이라는 사실에 언니는 분노했다.

"하나밖에 없는 오빠가 전장에서 부상당하여 몇 년 만에 집에 오는데, 너는 지금 한가하게 해외 유람이나 간다는 거니? 정말 염치없는 짓이야. 오빠를 먼저 생각해야지."

"그건 아니라고 봐. 남편을 먼저 생각해야지. 남편이 여행을 간다면 나도 당연히 따라가야 해. 바늘 가는 데 실 가는 거잖아."

"몬티는 너한테 하나밖에 없는 오빠야. 지금 못 보면 또 몇 년을 기다려야 할지도 몰라."

언니 때문에 나는 무척 속상했다. 하지만 어머니는 단호히 내 편을 들어 주셨다.

"아내는 당연히 남편을 따라야 해. 심지어 자식보다 남편을 먼저 생각해야 하지. 게다가 몬티가 오려면 아직 한참 남았잖니. 얘들아, 남편을 너무 오래 혼자 나두면 결국 남편을 잃게 된다는 걸 명심하렴. 특히 시치 같은 남자는 더하단다."

나는 화가 나서 말했다.

"그렇지 않아요. 아치처럼 충실한 남편은 세상에 다시없을 거예요."

진정한 빅토리아 사람이었던 어머니는 말했다.

"남자란 알 수 없는 법이야. 아내는 반드시 남편과 함께 있어야 해. 그러지 않으면 남편은 아내를 잊을 권리가 있다고 여기게 되지."

6부

세계를 돌다

1

세계 일주는 내 생애 최고의 사건 중 하나였다. 얼마나 설레는지 꿈인지 생시인지도 알 수 없었다. 나는 계속해서 중얼거렸다.

"내가 세계 일주를 하는 거야."

물론 그중에서도 핵심은 호놀룰루에서의 휴가였다. 남쪽 바다의 섬에 가 보게 될 줄 누가 상상이나 했겠는가. 당시 사람들이 요즘 어떤 세상이 될지 알았더라면 어떠했을까? 크루즈나 해외여행이 지극히 당연하게 여겨지다 니. 지금은 저렴하게 해외여행을 할 수 있고, 거의 누구나 한 번쯤 해외에 갔다 온다.

아치와 내가 피레네에 갔을 때는 2등석을 타고 밤새 앉아 있어야 했다. (해외 철도의 3등석은 배의 3등 선실이나 마찬가지였다. 심지어 영국 국내에서 도 홀로 여행하는 숙녀는 결코 3등석을 타지 않았다. 이모할머니 말에 따르면, 빌데, 이, 훌 쥐런 님자 때믄에 고생하기 십상이었다. 히녀들그치 힝싱 2등석울 탔다.) 우리는 피레네를 여기저기 걸어다니며 싼 호텔에서 묵었다. 나중에는 내년에도 이곳에 올 수 있는 여유가 있을까 하는 회의적인 생각도 했더랬다.

그런데 지금 우리 눈앞에 호화 여행이 불쑥 찾아온 것이다. 벨처는 그답게 모든 것을 1등급으로 준비했다. 대영 제국 박람회 사절단은 당연히 최고를 누려야 했다. 우리는 전부 요즘 말로 VIP 대우를 받았다.

벨처의 비서인 베이츠 씨는 진지하고 순진한 성품의 젊은이였다. 뛰어난 비서였는데, 다만 검은 머리에 빛나는 눈과 어떤 불길한 모습 때문에 멜로드라마에 등장하는 악인처럼 보였다.

벨처는 말했다.

"영락없이 암살자처럼 보여. 안 그래? 생긴 것만 보면 언제라도 내 목에 칼을 들이댈 위인인 것 같지. 하지만 사실 저렇게 착한 젊은이도 없을 거야."

케이프타운(남아공의 수도 — 옮긴이)에 가는 동안에 우리는 베이츠가 대체 어떻게 벨처의 비서 노릇을 견딜 수 있는지가 의아스러웠다. 벨처는 밤이고 낮이고 수시로 그를 불러내 사진을 인화하라고 하고, 편지를 받아쓰라고 하고, 다시 그 편지를 고쳐 쓰라고 하는 등 쉴 새 없이 괴롭혔다. 아마 급료를 후하게 주었던 모양이다. 여행을 특별히 좋아하는 것도 아닌데, 돈이 아니라면 어떻게 견딜 수 있었겠는가. 게다가 그는 외국 땅에서 극도로 불안해했다. 무엇보다 뱀 때문에 걱정이 이만저만 아니었다. 외국에는 무조건 뱀이 와글와글대고 있으며, 특히 자기를 공격하려고 항상 도사리고 있다는 것이었다.

여행은 활기차게 시작되었지만, 적어도 나만큼은 이내 재미가 사라졌다. 날씨가 형편없었다. 킬도넌캐슬의 갑판 위에서는 모든 것이 완벽해 보였으나 바다가 주도권을 쥐자 금세 달라졌다. 비스케이 만(프랑스와 스페인 사이의 만 — 옮긴이)은 최악의 상태에 있었다. 나는 선실에 누워 뱃멀미로 신음했다. 나흘 동안 구토에 시달리다 보니 탈진해 버렸고 결국 아치는 선의(船醫)를 불렀다. 그러나 진찰한 의사는 뱃멀미를 전혀 진지하게 여기지 않았다. '속을 진정시키는' 약을 주었지만, 내 위에 들어가자마자 속이 뒤집히는 바람에 밖으로 나와 아무 소용이 없었다. 계속 끙끙 앓다 보니 죽을 것만 같았다. 사실상 내 꼴은 시체나 다름없었다. 근처 선실에 묵던 한 여성이 지나가다 열린 문으로 흘긋 보고는 여승무원에게 호기심 가득한 어조로 물었다.

"저 선실 여자분은 아직도 살아 있나요?"

어느 날 저녁 나는 아치에게 진지하게 말했다.

"마데이라(북대서양에 위치한 포르투갈령 화산 군도 ─ 옮긴이)에 도착할 때까지 살아 있다면 그냥 배에서 내려 버리겠어요."

"곧 괜찮아질 테니 염려 마."

"아뇨, 계속 이 모양일 거예요. 배에서 탈출해야 해요. 마른 땅으로 돌아가야 해요."

"마데이라에서 내린다 해도 영국으로 가려면 배를 타야 해."

"아뇨. 저는 그냥 그곳에 머무르겠어요. 거기서 일을 할 수 있을 거예요."

"무슨 일?"

아치는 믿지 못하겠다는 듯 말했다.

당시에 여성이 일자리를 얻기란 하늘의 별 따기였다. 여성은 부양받아야 할 딸이나 아내이거나 남편의 유산과 친지들의 도움에 의존해야 하는 미망인이었다. 노부인의 말벗이 되거나 유모 겸 가정교사로 취직하는 것이 고작이었다. 하지만 나는 대답했다.

"응접실 하녀가 되지요. 응접실 하녀가 되면 좋을 거예요."

응접실 하녀는 늘 수요가 넘쳤다. 더구나 키가 크다면 취직은 식은 죽 먹기였다. 마거릿 샤프의 유쾌한 책 『클러니 브라운Cluny Brown』을 읽어 보면 잘 알 수 있을 것이다. 나는 응접실 하녀가 될 자격이 충분하다고 확신했다. 어느 와인글라스를 탁자에 놓아야 하는지 잘 알고 있었고 현관문을 열고 닫을 수도 있었다. 은식기를 깨끗이 닦을 줄도 알았으며(집에서 항상 은 액자와 골동품을 직접 닦았다.) 탁자 옆에서 참을성 있게 기다릴 자신도 있었다.

"그래요. 응접실 하녀가 될 거예요."

아치는 말했다.

"일단 마데이라에 가서 생각해."

하지만 그곳에 도착할 무렵 나는 너무 허약해진 상태라 침대 밖으로 나갈 엄두도 낼 수 없었다. 사실 배에 그대로 남아 있다가 하루 이틀 뒤에 죽는 것이 유일한 해결책이라고 생각했다. 그런데 배가 마데이라에 도착한 지 대여섯 시간이 지나자 느닷없이 기운이 나는 것이었다. 다음 날 아침 화창하고 맑은 날씨 속에서 배가 마데이라를 떠났다. 바다는 고요했다. 뱃멀미 환자라면 다 그렇겠지만, 나 또한 대체 왜 그렇게 야단법석을 떨었는지 의아했다. 무슨 죽을병에 걸린 것도 아니잖은가. 고작 뱃멀미에.

세상에 뱃멀미를 하는 사람과 뱃멀미를 하지 않는 사람 사이의 거리만큼 먼 것은 없을 것이다. 서로를 전혀 이해할 수가 없다. 나는 흔들리는 배에 결코 적응하지 못했다. 모두들 며칠만 지나면 괜찮아질 거라고 장담했지만 그건 사실이 아니었다. 바다가 거칠어지면 다시 멀미가 났고, 특히 배가 요동을 칠 때면 견딜 수가 없었다. 그나마 다행히도 항해하는 동안에 대부분 날씨가 좋아서 즐거운 시간을 보낼 수 있었다.

케이프타운은 그 어느 곳보다도 내 기억에 생생히 남아 있다. 그곳은 사실상 우리의 첫 번째 기착지였고, 모든 것이 낯설고 생소했다. 이상하게 납작하게 생긴 테이블 마운틴, 카피르스(남아프리카에서 흑인종을 부를 때 쓰는 말. 당시에는 중립적인 용어였으나 지금은 인종차별적인 의미가 가미되었다 ── 옮긴이), 햇살, 맛있는 복숭아, 목욕탕 등 어느 하나 할 것 없이 환상적이었다. 그곳을 다시 가 보지 않았는데, 왜 그랬는지 모르겠다. 너무나도 마음에 들었건만. 우리는 최고급 호텔에 묵었다. 벨처는 처음부터 툭툭 튀었다. 그는 아침 식사에 나온 딱딱하고 덜 익은 과일을 보고 노발대발했다.

"대체 이걸 뭐라고 부르나? 복숭아? 차라리 돌덩이라고 부르지 그래?"

그러고는 덜 익은 복숭아 다섯 개를 돌멩이처럼 내던졌다.

"보라고. 뭉개지지도 않잖아. 익었다면 당연히 뭉개졌어야지."

그 순간 나는 벨처와 여행하는 것이 한 달 전 우리 식탁에서 함께 식사할 때 생각했던 것만큼 유쾌하지 않으리라는 예감이 들었다.

이 책은 여행기가 아니다. 그러니 그저 마음에 떠오르는 추억만 기술하겠다. 나에게 소중하게 남겨진 시간들, 나를 매혹시킨 장소와 사건들. 남아공은 나에게 의미가 컸다. 케이프타운에서 우리 일행은 둘로 나뉘어 이동했다. 아치와 히암 부인과 실비아는 포트엘리자베스(남아공의 항구 도시 ── 옮긴이)로 갔다가 짐바브웨(남아공과 국경을 접하고 있는 국가 ── 옮긴이)에서 다시 우리와 합치기로 했다. 벨처와 히암 씨와 나는 킴벌리의 다이아몬드 광산을 둘러본 후 마토포 구릉(짐바브웨 남동쪽의 화강암으로 이루어진 구릉 지대 ── 옮긴이)을 지나 솔즈베리로 가기로 했다. 카루(남아공 내륙의 건조 지대 ── 옮긴이)를 통과해 북쪽으로 기차를 타고 가던 무더운 날이 생각난다. 쉴 새 없이 목이 말라 얼린 레모네이드를 달고 지냈다. 보츠와나에 끝없이 쭉 뻗어 있던 철도도 기억난다. 벨처가 베이츠를 괴롭히고, 히암과 논쟁하던 일이 희미하게 떠오른다. 마토포 구릉은 거인이 쌓기라도 한 양 거대한 돌덩이가 겹겹이 쌓여 있어 무척 흥미로웠다.

솔즈베리에서 우리는 행복한 영국인들 사이에서 즐거운 시간을 보냈다. 그곳에서 아치와 나는 짧게 빅토리아 폭포에 다녀왔다. 남아공에 다시 가 보지 않은 것이 참 다행이다. 덕분에 내 첫 번째 추억이 훼손되지 않고 그

스란히 남아 있을 수 있었으니. 거대한 나무와 부드러운 물안개와 현란한 무지개와 아치와 함께 거닐던 숲 속. 이따금 무지개 서린 안개가 갈라지면 웅장하게 떨어지는 폭포가 안타깝게 단 몇 초간 모습을 드러냈다. 그곳은 당연히 나의 7대 불가사의 중 하나이다.

리빙스턴에 갔을 때는 헤엄쳐 다니는 악어와 하마를 보았다. 기차 여행을 하는 동안 나는 동물 모양의 나무 조각상들을 샀다. 역마다 자그마한 원주민 소년들이 조각상을 3페니 혹은 6페니에 팔았는데, 어찌나 귀엽던지. 아직도 조각상을 여러 개 갖고 있다. 부드러운 나무를 깎아 인두로 지진 영양, 기린, 하마, 얼룩말 등. 소박하고 조잡한 듯하면서도 나름의 매력과 세련됨이 배어 있는 것들이다.

요하네스버그(남아공 도시 — 옮긴이)에도 갔지만, 기억이 전혀 남아 있지 않다. 프리토리아에서는 유니언 빌딩의 황금빛 돌이 기억난다. 더반에서는 그물을 쳐 막아 놓은 바다에서만 해수욕을 할 수 있어 실망스러웠다. 가장 즐거웠던 일은 케이프에서의 해수욕이었다. 우리는 시간이 날 때마다, 즉 아치가 짬을 낼 수 있을 때마다 기차를 타고 뮤젠버그로 가서 서프보드를 타고 함께 서핑을 했다. 남아공의 서프보드는 나무 재질이 가볍고 얇아 가지고 다니기가 편했으며, 서핑도 쉽게 배울 수 있었다. 모래에 코를 박는 것은 괴로웠지만, 전반적으로 쉽고 즐거운 스포츠였다. 우리는 바닷가 모래 언덕에 앉아 식사를 했다. 주교관이나 궁전에서 본 아름다운 꽃도 기억에 생생하다. 분명히 그곳에서 열린 파티에 참석했다가 보았을 것이다. 붉은 정원이 있는가 하면, 키가 크고 색깔이 푸른 꽃들로 채워진 푸른 정원도 있었다. 갯질경이가 배경을 이룬 푸른 정원은 특히 아름다웠다.

남아공에서 재정 문제가 잘 해결되어 우리 모두 기운이 났다. 사실상 우리는 모든 호텔에서 국빈 대접을 받았고, 철도를 무료로 이용할 수 있었다. 큰 지출이라고는 개인적으로 빅토리아 폭포에 놀러 간 경비뿐이었다.

우리는 남아공을 떠나 오스트레일리아로 향했다. 길고, 다소 우중충한 항해였다. 선장 말로는 오스트레일리아로 가는 가장 빠른 길은 남극 아래로 내려갔다가 다시 올라오는 것이랬는데, 나로서는 도저히 이해가 가지 않았다. 그는 수학 공식까지 동원해 설명했지만, 지구는 둥글고 남극은 평평하다는 사실을 명심하기가 힘들었다. 지리학적으로는 분명한 사실이더라도 실생활에서는 잊고 살기 십상이다. 항해하는 동안에 햇살을 구경하기가 힘들긴 했어도 고요하고 유쾌한 시간이었다.

이상한 건 막상 외국에 가 보면 늘 듣던 것과 딴판이라는 점이다. 오스트레일리아에 대한 나의 이미지는 수많은 캥거루와 드넓은 황무지로 이루어져 있었다. 하지만 멜버른에 도착해서 엄청난 숲과 오스트레일리아 고무나무가 경치에 미치는 영향을 보고는 화들짝 놀랐다. 나는 어디를 가든 제일 먼저 나무와 언덕의 모양을 본다. 영국에서 우리는 어두운 색깔의 나무줄기와 밝은 색깔의 이파리를 보는 데 익숙해져 있었다. 하지만 오스트레일리아에서는 충격적이게도 전혀 반대였다. 은빛이 도는 백색 줄기와 색이 짙은 이파리 천지여서 마치 사진의 음화를 보는 듯했다. 경치가 완전히 뒤바뀐 셈이다. 앵무새 또한 커다란 흥밋거리였다. 푸르고 붉은 앵무새들이 와르르 떼 지어 하늘을 날았다. 그 다채로운 색깔을 보고 있자니 정녕 하늘을 나는 보석 같았다.

우리는 멜버른에 잠시 머무르면서 다양한 곳을 여행했다. 거대한 나무고사리를 보았던 어떤 여행이 특히 기억에 남는다. 열대 정글에서나 볼 수 있는 나무를 오스트레일리아에서 보리라고는 상상도 하지 못했다. 사랑스럽고도 더없이 흥미로웠다. 음식은 그다지 좋지 않았다. 멜버른 호텔에서는 괜찮았지만, 다른 곳에서는 언제나 믿을 수 없을 만큼 질긴 쇠고기나 칠면조 고기가 나왔다. 위생 문제는 빅토리아 시대의 자식들에게 다소 당혹스럽게 디기있다. 숙녀들은 공손히 어느 방으로 안내되었다. 방 한가운데에는 두 개의 요강이 사용되기를 기다리며 따로 놓여 있었다. 분리된 공간은 전혀 없었다. 꽤나 난감했다.

나는 오스트레일리아의 오찬 자리에서 사교적 실수를 한 번 저지른 다음, 뉴질랜드에서 또다시 사고를 쳤다. 우리가 방문했던 여러 도시에서는 시장이나 상공회의소에서 사절단을 위해 파티를 열 때가 많았다. 첫 번째 실수는 내가 아무것도 모르고 시장인지 고관인지 하는 사람 옆에 앉음으로써 벌어졌다. 까다로워 보이는 노부인이 나에게 쏘아붙였다.

"크리스티 부인, 남편 곁에 앉는 편이 좋지 않을까요?"

나는 당황해서 서둘러 아치 옆으로 갔다. 그곳의 오찬회에서는 아내는 무조건 남편 곁에 앉아야 했던 것이다. 그런데 뉴질랜드에서 또다시 이를 망각하고 말았다. 하지만 이번에는 다행히 금세 깨닫고 얼른 자리를 옮겨 앉았다.

우리는 뉴사우스웨일스(오스트레일리아 남동부의 주―옮긴이)에서 양가라고 불리는 농장에 머물렀다. 드넓은 호수 위에 검은색 백조가 떠다녔다. 아름다운 풍경이었다. 이곳에서 벨처와 아치가 대영 제국의 요구를 주장하고 제국 내의 이민과 무역의 중요성 등을 제기하는 동안, 나는 오렌지 과수원에서 행복한 나날을 보냈다. 근사한 긴 접의자에 앉아 상쾌한 햇살을 즐기고, 주위에 있는 나무에서 가장 좋은 오렌지를 열심히 골라서 스물세 개나 먹었던 기억이 난다. 나무에서 바로 따먹는 오렌지는 이루 말할 수 없이 상큼했다. 과일에 대해서도 많은 것을 알게 되었다. 예를 들어, 파인애플은 나무에서 자란다고 늘 믿고 있었는데 양배추로 가득 찬 거대한 밭이 사실은 파인애플 밭인 것을 알고는 얼마나 놀랐던지. 나는 좀 실망스러웠다. 이토록 달콤한 과일이 어쩌면 그리 무미건조하게 자라날 수 있단 말인가.

우리는 기차 여행도 많이 했지만, 자동차를 타고 다닌 적도 많았다. 드문드문 서 있는 풍차를 제외하고는 아무것도 보이지 않는 광활한 목초지를 달려가면서 나는 얼마나 쉽게 길을 잃을 수 있는지 깨닫고 두려움을 느꼈다. 태양이 머리 높이 떠 있을 때면 동서남북을 가늠할 길이 없었다. 방향을 알려줄 만한 지표라고는 존재하지 않았다. 이처럼 짙푸른 사막이 있을 줄이야. 나는 사막이라고 하면 항상 모래땅을 생각했더랬다. 하지만 모래사막이라고 해도 오스트레일리아의 광활한 목초지보다는 굴곡이 많고 볼거리가 있는 법이다.

우리는 시드니에서 즐거운 시간을 보냈다. 하지만 시드니와 리우데자네이루가 세상에서 가장 아름다운 항구라고 들은 나는 막상 실제로 보고는 실망했다. 너무 기대가 컸던 탓이리라. 다행히 리우데자네이루에는 갈 일이 한 번도 없었기 때문에 여전히 마음의 눈으로 멋진 상상을 즐길 수 있다.

우리가 처음으로 벨 가족과 마주친 것은 시드니에서였다. 오스트레일리아를 생각할 때면 언제나 벨 가족이 떠오른다. 어느 날 저녁 시드니의 호텔에서 나보다 약간 나이가 많아 보이는 숙녀분이 다가와 자신을 우나 벨이라고 소개했다. 그러고는 다음 주말에 퀸즐랜드에 있는 자신의 목장에 꼭 놀러 오라고 청했다. 아치와 벨처는 좀 재미없는 도시들을 둘러보아야 했기 때문에, 내가 먼저 그녀와 함께 쿠친쿠친에 있는 벨 목장에 가 있다가 나중에 일행이 합류하기로 했다.

우리는 기나긴 기차 여행을 했다. 몇 시간이나 기차를 타고 가자니 지루해 죽을 맛이었다. 그러다 마침내 차를 타고 퀸즐랜드 부나 근처의 쿠친쿠친에 이르렀다. 나는 졸음에 겨워 있다가 느닷없이 생기가 넘쳐흐르는 무대 위에서 눈을 떴다. 램프가 켜져 있는 방에 아리따운 아가씨들이 가득 앉아서 코코아, 커피 등 음료를 권하며 동시에 웃고 재잘거리고 있었던 것이다. 어지럼증이 밀려들며 모든 것이 2중도 아닌 4중으로 겹쳐 보였다. 벨 가족은 모두 스물여섯 명 정도 되는 것 같았다. 다음 날 나는 딸과 아들이 각각 넷이라는 사실을 알게 되었다. 딸들은 모두 엇비슷해 보였는데, 우나만은 예외적으로 머리카락이 검었다. 나머지 셋은 금발 머리에 키가 크고, 얼굴이 다소 길었다. 움직일 때는 몸짓이 무척 우아했으며, 다들 승마에도 능한 활달한 말괄량이들이었다.

멋진 한 주였다. 벨 집안의 아가씨들은 어찌나 활력이 넘치는지 도저히 따라갈 수 없었다. 나는 그 집 아들들에게 차례로 반했다. 빅터는 유쾌한 바람둥이였으며, 버트는 뛰어난 승마 솜씨에 건실한 성품을 지녔고, 프릭은 조용하며 음악을 즐겼다. 내가 가장 반한 사람은 프릭이었다. 세월이 흐른 후 그의 아들인 길퍼드는 맥스와 나와 함께 이라크와 시리아에서 고고학 발굴에 참여했다. 지금도 길퍼드는 내게 아들이나 마찬가지다.

벨 집안에서 주도권을 쥐고 있는 인물은 그들의 어머니인 벨 부인으로, 오래 전 미망인이 된 후 재가하지 않고 집안을 지켜 왔다. 벨 부인에게는 빅토리아 여왕과 같은 자질이 느껴졌다. 자그마한 키에 머리는 회색이었고, 조용하면서도 권위적 태도로 절대 권력을 휘둘렀으며 항상 군주처럼 대우받았다.

하인이나 목장 일꾼들 대부분은 혼혈인이었고, 순수 원주민은 한둘뿐이었다. 벨 자매 중 가장 어린 아일린 벨이 첫날 아침이었나 내게 말했다.

"수전을 꼭 보셔야 해요."

나는 수전이 누구인지 물었다.

"아, 흑인이에요. (원주민들은 항상 '흑인'이라고 불렸다.) 흑인 중에서도 진짜 흑인이에요. 그렇게 흉내를 잘 내는 사람은 없을걸요."

그리하여 등이 굽은 늙은 원주민이 왔다. 그녀는 벨 부인과 마찬가지로 여왕이나 다름없었다. 그녀는 내 앞에서 벨 집안의 모든 딸들과 형제들과 아이들의 말을 흉내 냈다. 타고난 흉내쟁이였던 그녀는 신이 나서 한 판 쇼를 벌였다. 또한 음도 안 맞게 묘한 노래를 불렀다.

아일린이 말했다.

"자 이제 수전, 암탉을 보러 간 어머니 흉내를 내 봐."

하지만 수전은 고개를 저었다.

아일린이 설명했다.

"절대 어머니 흉내는 내지 않아요. 도리에 어긋나는 짓이라며 목에 칼이 들어와도 안 해요."

아일린은 캥거루와 왈라비 여러 마리를 애완동물로 키우고 있었다. 개도 적지 않았고, 당연히 말도 있었다. 벨 가족은 모두 나에게 말을 타라고 채근했다. 하지만 데번에서 아마추어 솜씨로 사냥하던 경험이 전부인 나로서는 승마할 엄두가 나지 않았다. 게다가 다른 사람 말을 탈 때면 혹시 상처라도 낼까 봐 가슴이 조마조마했다. 결국 벨 가족은 나와 말 타기를 포기하고 차를 타고 주위를 둘러보았다. 소몰이를 구경하고, 목장 생활의 여러 면을 살피는 것은 흥미진진한 경험이었다. 벨 가족은 퀸즐랜드에 대단한 넓이의 땅을 갖고 있는 듯했다. 아일린은 시간만 충분했다면 더욱 원시적이고 야성적인 북부의 목장을 둘러볼 수 있었을 거라며 아쉬워했다. 벨 집안의 아가씨들은 누구나 할 것 없이 쉴 새 없이 말을 했다. 또한 남자 형제들을 영웅처럼 떠받들었는데, 나로서는 다소 생소한 경험이었다. 벨 아가씨들은 언제나 이 목장에서 저 목장으로, 이 친구에게서 저 친구에게로, 시드니로, 경마장으로 열정적으로 돌아다녔다. 온갖 청년들과 어울리며, 그들을 '쿠폰'이라고 불렀다. 아마도 전쟁 때 배급제의 유물이 아닌가 싶다.

아치와 벨처가 일에 녹초가 되어 도착했다. 우리는 근심 걱정 없이 유쾌한 주말을 보냈다. 별난 오락을 여러 가지 하였는데, 그중 하나는 조그마한 협궤 열차를 타는 것이었다. 나도 그 기차를 몇 킬로미터나 직접 몰아 보았다. 기차에서는 오스트레일리아 노동당 하원의원들이 흥겨운 오찬을 열었는데, 다소 술에 취한 의원들이 차례로 기차를 몰며 어찌나 속력을 내는지 우리 모두 기습이 철컹철컹했다.

슬프지만 우리는 친구들과 작별 인사를 했다. 몇몇 친구들은 우리와 함께 시드니로 가기로 했다. 블루 산맥에 잠시 들렀는데, 한 번도 본 적이 없는 빛깔로 덮인 풍경에 나는 그만 넋을 잃었다. 멀리 보이는 언덕들은 정말 푸른빛이었다. 여느 언덕에서 흔히 보이는 회청색이 아니라 코발트 빛 푸른색이었다. 막 물감을 칠한 그림의 한 조각 같았다.

오스트레일리아는 대영 제국의 사절단을 열정적으로 맞았다. 연설회, 만찬, 오찬, 환영회가 매일 열렸으며, 그렇지 않은 날에는 다른 도시를 향해 기나긴 이동을 했다. 이 무렵 나는 벨처의 모든 연설을 눈 감고도 외울 수 있었다. 벨처는 뛰어난 연설가였는데, 마치 모든 것이 금방 생각났다는 듯이 자연스럽게 그리고 열정적으로 연설했다. 신중하고 뛰어난 금융 지식을 지닌 아치는 그와 좋은 대비를 이루었다. 초기에, 아마도 남아공에서였던 것 같은데, 아치가 영국 은행 총재로 신문에 소개되기도 했더랬다. 아무리 아니라고 해도 신문에서는 계속 영국 은행 총재라고 떠들었다.

오스트레일리아에서 우리는 태즈메이니아(오스트레일리아 대륙 남동쪽에 있는 섬으로 이루어진 주 — 옮긴이)로 갔다. 론서스턴(태즈메이니아 주의 주요 항구 도시 — 옮긴이)에서 호바트까지 차를 타고 갔는데, 호바트는 짙은 푸른빛 바다와 항구와 꽃과 나무로 이루어진 아름다운 도시였다. 나는 훗날 이곳으로 돌아와 살고 싶었다.

호바트에서 우리는 뉴질랜드로 향했다. 도중에 '건조자'라고 불리던 남자에게 꽉 붙들린 덕분에 그 여행이 아직도 기억에 생생하다. 당시에 음식에서 수분을 제거한다는 생각은 모두의 분노를 샀다. 그런데 이 남자는 음식을 볼 때마다 어떻게 하면 말릴 수 있을지를 생각하느라 여념이 없었다. 식사 때마다 그는 우리 식탁으로 접시 하나를 보내고는 꼭 맛을 보라고 했다. 그 접시에는 말린 당근, 자두 등 온갖 것이 담겨 있었다. 하지만 하나같이 아무 맛도 나지 않았다.

벨처가 말했다.

"저 말린 음식을 한 조각만 더 먹어도 미쳐 버릴 거야."

하지만 건조자는 부유하고 권력이 있었으며, 대영 제국 박람회에 큰 도움을 줄 수 있는 인물이었기 때문에 벨처는 꾹 참고 말린 당근과 감자를 끼적거렸다.

이 무렵에는 처음 함께 여행할 때의 즐거움이 모두 닳아 없어져 있었다. 벨처는 이제 함께 즐겁게 저녁을 들던 친구가 아니었다. 무례하고, 거만하고, 사려 없고, 약자를 괴롭히고, 사소한 문제에 비열하게 굴었다. 예를 들면, 그는 하얀 면양말이나 속옷 등을 항상 나더러 사 오라고 하고는 한 번도 그 값을 지불한 적이 없었다.

뭔가가 그의 성질을 건드리기라도 하면 어찌나 못되게 구는지 정말 그를 끔찍하게 미워할 수밖에 없었다. 버르장머리 없고 심술궂은 어린애라도 된 듯했다. 하지만 그가 기분을 회복하면 어찌나 쾌활하고 매력적으로 구는지 우리는 분노를 잊고 다시 절친한 사이로 돌아가곤 했다. 그가 곧 화를 내리라는 것은 쉽게 알 수 있었다. 얼굴이 점점 부풀어 오르며 칠면조 수컷처럼 벌게지면 조만간 그가 모두에게 맹렬히 욕을 퍼부으리라는 신호였다. 반면에 기분이 좋을 때면 자기가 알고 있는 온갖 사자 이야기를 들려주었다.

나는 지금도 뉴질랜드야말로 세상에서 가장 아름다운 나라라고 생각한다. 그곳의 풍경은 놀랍기 그지없다. 웰링턴에서 우리는 완벽한 하루를 보냈는데, 그곳 사람들 말로는, 그런 날씨는 좀처럼 드물다고 했다. 사절단은 넬슨으로 갔다가 불러 협곡과 카와라우 협곡을 지나 사우스 섬으로 갔다. 어디를 가나 경탄할 만한 자연의 아름다움이 펼쳐져 있었다. 나는 봄에, 영국의 봄이 아니라 뉴질랜드의 봄에 꼭 다시 돌아와 황금빛과 붉은빛 꽃으로 만발한 라타(뉴질랜드에서 자라는 나무 — 옮긴이)를 보리라고 다짐했다. 하지만 그것은 걸고 실행에 이르지 못했고, 내 인생에서 뉴질랜드는 거의 언제나 아득히 먼 땅이었다. 이제 비행기 여행의 시대가 도래하였으니 이 삼 일이면 뉴질랜드에 갈 수 있겠지만, 나의 여행 시절은 끝이 났다.

벨처는 뉴질랜드에 돌아온 것을 기뻐했다. 그곳에는 친구가 많았으며, 벨처는 마치 학생 시절로 돌아간 듯했다. 아치와 내가 호놀룰루로 떠날 때 그는 우리를 축복하면서 즐거운 시간을 보내라고 기원했다. 아치는 이제 괴팍하고 성질 나쁜 동료와 싸우거나 일하지 않아도 된다는 사실에 천국에 오른 듯했다. 우리는 느긋하게 항해를 하며 피지와 이런저런 섬들을 둘러보고 호놀룰루에 당도했다. 호텔, 도로, 자동차들이 들어찬 그곳은 상상 이상으로 관광지화되어 있었다. 아침 일찍 도착해 호텔에 방을 잡고는 바로 창가로 가 보니, 사람들이 해변에서 서핑을 하고 있었다. 그 모습을 본 우리는 부랴부랴 달려나가 서프보드를 빌려 바다로 뛰어들었다. 당연한 일이지만 우리가 몰라도 한참 몰랐던 것은 그날이 서핑하기에 좋지 않았으며 오직 전문가들이나 서핑할 만한 날씨였다는 것이다. 하지만 남아공에서 서핑을 즐겼던 우리는 아무 문제없으리라 생각했다. 호놀룰루는 그러나 그곳과는 판이했다. 예를 들어, 서프보드는 큼직한 나무판으로 되어 있어 들기 버거울 만큼 무거웠다. 그리고 서프보드에 엎드려, 2킬로미터는 족히 떨어져 있는 암초까지 팔을 저어 나아가야 했으며, 마침내 암초에 도달하면 자세를 가다듬고는 해변까지 나를 밀어내 줄 적당한 파도가 올 때까지 기다려야 했다. 그것은 보는 것처럼 쉬운 일이 아니다. 우선은 적당한 파도를 식별하는 안목을 가져야 하고, 둘째로 더욱 중요한 것은 부적당한 파도가 오지 않는지를 알아야 한다. 자칫 잘못하다가는 파도에 휩쓸려 바닥으로 곤두박질치기 십상인 것이다!

나는 아치처럼 수영에 능하지 못해서 암초까지 가는 데 시간이 더 오래 걸렸다. 시야에서 아치가 사라졌지만, 다른 사람들처럼 느긋하게 서핑을 즐기고 있으리라 생각하고 나도 서프보드 위에 자세를 잡고는 파도가 오기를 기다렸다. 파도가 왔다. 그런데 부적당한 파도였다. 순식간에 나는 서프보드를 놓쳤고 파도는 나를 거칠게 아래로 떠밀며 배를 강타했다. 바닷물을 삼킨 뒤 물 위로 떠올라 숨을 헐떡였지만 서프보드는 나한테서 1킬로미터 정도 떨어진 채 해변으로 흘러가고 있었다. 나는 서프보드를 따라잡기 위해 힘겹게 팔다리를 휘저었다. 그때 한 젊은 미국인이 나를 구해 주며 말했다.

"이봐요, 내가 댁이라면 이런 날씨에 서핑하지는 않을 거예요. 무슨 일을 당하려고 그래요. 제 서프보드에 누워 바로 해변으로 가세요."

오래지 않아 아치가 내 쪽으로 왔다. 그도 역시 서프보드를 놓치고 나뒹굴었지만, 워낙 수영에 능한지라 재빨리 붙잡을 수 있었던 것이다. 남편은 한두 번 더 시도한 끝에 성공적으로 파도에 올라탈 수가 있었다. 그쯤 되었을 때 우리는 둘 다 온몸에 멍이 들고, 까지고, 탈진한 상태였다. 우리는 서프보드를 반납한 후 해변을 기다시피 하여 호텔로 돌아와 침대에 뻗었다. 네 시간 정도 잠을 잔 후 깨어났지만 여전히 피곤이 가시지 않았다. 나는 아치에게 회의적으로 말했다.

"서핑을 하면 재미있어야 하는 것 아닌가요?"

나는 한숨을 쉰 후 말을 이었다.

"여기가 뮤젠버그면 좋겠어요."

두 번째로 물에 들어갔을 때 재앙이 일어났다. 나의 어깨부터 발목까지 감싸고 있던 멋진 비단 수영복이 파도의 완력에 그만 와락 찢어지고 만 것이다. 나는 거의 벌거벗은 채 비치타올을 놓아 둔 곳까지 갔다. 그러고는 바로 호텔 매장으로 가서 꽉 죄는 멋진 에메랄드 빛 울 수영복을 샀다. 어찌나 잘 어울리는지 몹시 기뻤다. 아치도 좋아했다.

호텔에서 호화로운 나흘을 보낸 후 우리는 좀 더 저렴한 곳을 찾아야 했다. 결국 호텔 맞은편의 자그마한 방갈로를 빌리기로 했다. 덕분에 숙박비가 거의 반으로 줄었다. 우리는 휴가 내내 바다에서 서핑을 했다. 덕분에 차츰차츰 실력이 쌓여 전문가가 될 수 있었다. 적어도 유럽인의 관점에서 보면 서핑 전문가라 할 만했다. 산호에 계속 발이 베여 발목에서 끈으로 졸라매는 부드러운 가죽 부츠를 샀다.

사실 서핑을 한 처음 사오 일은 결코 즐겁지 않았다. 너무 고통스러웠다. 하지만 이따금 한없는 환희의 순간도 있었다. 우리는 곧 좀 더 편안한 방법을 찾아냈다. 아니, 적어도 나는 그랬다. 아치는 직접 팔을 저어 암초까지 갔지만 사람들은 대부분 하와이 꼬마를 고용하고 있었다. 그저 서프보드에 가만히 누워 있으면 하와이 꼬마가 커다란 엄지발가락으로 서프보드를 꼭 잡고 힘차게 헤엄쳐 암초까지 끌고 가 주었던 것이다. 그러면 그때 일어나 꼬마들이 일러 주는 대로 서프보드를 밀면 되었다.

"아뇨, 아뇨. 기다려요. 지금이에요!"

'지금'이라는 말에 서핑을 시작하면 만사 오케이였다! 세상에 그처럼 멋진 일이 또 있을까. 시속 300킬로미터로 바다를 가르며 돌진한다니. 속도는 해변에 가까워져서야 점차 느려지며 살랑이는 파도 사이로 가라앉는다. 이는 더없이 완벽한 육체적 즐거움이었다.

열흘이 지나자 나는 더욱 대담해졌다. 서핑을 하며 조심스레 몸을 일으켜 서프보드 위에 서려고 애썼다. 처음 여섯 번은 실패했지만, 아프지는 않았다. 그저 균형을 잃고 바다로 풍덩 빠졌을 뿐이었다. 물론 서프보드는 저만치 가 버려 힘겹게 수영을 해야 했지만, 운이 좋을 때면 하와이 꼬마들이 쫓아가 서프보드를 가지고 와서 다시 암초로 끌고 가서는 한 번 더 서핑을 할 수 있게 해 주었다. 그날 서프보드에서 똑바로 선 채 해변에 닿았을 때의 그 영광스런 기쁨이란!

그러나 우리는 다른 점에서는 초보였고 그 결과는 참담했다. 태양의 위

▲ 호놀룰루에서 서프보드 앞에서 찍은 아치와 나

력을 과소평가했던 것이다. 물에 젖어 시원했기 때문에 태양이 우리에게 무슨 짓을 하는지 전혀 깨닫지 못했다. 사람들은 당연히 대개 아침 일찍이나 오후 늦게 서핑을 했다. 하지만 우리는 신이 나서 정오에 서핑을 하러 갔다가(바보가 따로 없지.) 그 결과와 바로 맞닥뜨려야 했던 것이다. 밤새 등과 어깨가 따끔거리더니 결국 물집이 생긴 피부 위로 거대한 꽃줄 장식이 돋아났다. 만찬에 갈 때는 이브닝드레스 차림으로 가기가 부끄러워서 얇은 스카프를 어깨에 둘렀다. 아치는 남들이 어떻게 보든 상관하지 않고 파자마를 입은 채 해변으로 나갔다. 나는 팔과 어깨를 하얀 셔츠로 가렸다. 우리 둘은 뜨거운 햇살을 피해 앉아 있다가 물에 들어가기 직전에야 옷을 벗었다. 하지만 한번 입은 손상은 어쩔 수가 없었다. 오랜 시간이 지난 후에야 피부는 회복되었다. 손을 들어 죽은 피부를 기다랗게 뜯어내자니 어찌나 민망하던지.

우리의 자그마한 방갈로 주변에는 바나나 나무가 심어져 있었다. 하지만 파인애플 때와 마찬가지로 다소 실망스러웠다. 내킬 때면 언제든 바나나를 따 바로 먹을 수 있을 줄 알았는데, 호놀룰루에서는 불가능한 일이었다. 바나나가 중요한 수입원인만큼 익기 전에 일찌감치 거두어들이기 때문이다. 비록 나무에서 막 딴 바나나를 먹을 수는 없었지만, 온갖 종류의 바나나를 맛볼 수 있었다. 내가 서너 살일 때 유모는 인도의 바나나를 묘사하며, 먹지는 못하고 크기만 한 플랜틴과 자그마하고 맛있는 바나나의 차이점을 설명해 준 적이 있다. 아니 그 반대였던가? 아무튼 호놀룰루에는 바나나가 열 종류나 있었다. 붉은 바나나, 큰 바나나, 아이스크림 바나나라고 불리는 작은 바나나(속살이 새하얗고 보풀보풀했다.), 요리용 바나나 등등. 사과바나나는 또 다른 맛이었다. 우리는 바나나 선택에 점점 까다로워졌다.

하와이 사람들도 다소 실망스러운 면이 있었다. 하와이 사람이라면 무조건 빼어난 선남선녀이리라 상상했다. 하지만 아가씨들은 모두 온몸에 코코넛오일을 발랐는데, 그 강한 향내에 은근히 신경이 거슬렸으며, 예쁜 사람도 보기 드물었다. 뜨거운 고기 국물로 이루어진 푸짐한 식사도 우리의 상상을 빗나갔다. 폴리네시아에서 살면 온갖 종류의 맛난 과일을 주식으로 하는 줄 알았건만. 쇠고기 스튜에 대한 하와이 인들의 열정에 몹시 놀랐다.

휴가가 끝에 다다랐다. 우리는 다시 고역스런 현실로 돌아가야 한다는 생각에 땅이 꺼질 듯 한숨을 쉬었다. 재정적인 걱정도 슬슬 늘어났다. 호놀룰루는 물가가 하늘을 찔렀다. 무엇을 먹든 마시든 가격이 예상의 세 배는 족히 되었다. 서프보드를 빌리든 하와이 꼬마를 고용하든 무엇이든 하려면 돈이 들었다. 지금까지는 그럭저럭 꾸려 왔는데 미래에 대한 걱정이 스멀스멀 기어드는 때가 온 것이다. 아직 캐나다에도 가야 하는데, 아치의 1000파운드는 삽시간에 바닥이 나고 있었다. 선박료는 이미 지불되었으니 걱정할 것이 없었고, 내가 캐나다로 갔다가 영국으로 가는 것도 문제없었다. 하지만 캐나다를 횡단하는 동안 나의 생활비가 필요했다. 대체 어디서 돈을 마련한다지? 하지만 우리는 걱정을 마음 한구석에 밀어 넣고는 최대한 필사적으로 서핑을 계속했다. 너무도 필사적이었다.

때때로 목과 어깨가 아프더니 새벽 5시면 오른쪽 어깨와 팔에 참을 수 없는 통증이 밀려와 잠에서 깼다. 당시에는 병명을 몰랐지만, 그때 나는 신경염에 걸려 있었다. 내가 조금이라도 생각이 있었다면 팔을 쓰는 것을 되도록 아끼고 서핑을 그만두었을 것이다. 하지만 그런 일은 꿈에도 상상할 수 없었다. 겨우 사흘 남은 휴가를 일순간도 낭비할 수 없었던 나는 서핑을 하며 서프보드에 우뚝 서서 끝까지 담력을 자랑했다. 밤에는 통증 때문에 잠을 이루지 못하면서도 호놀룰루를 떠나 서핑을 안 하게 되면 저절로 나으리라 낙관적으로 생각했다. 얼마나 어리석었던가. 다음 서너 주 동안 나는 신경염 때문에 정말 참을 수 없는 통증에 시달려야 했다.

다시 만났을 때 벨처는 관대함하고는 거리가 멀어져 있었다. 아무래도 우리가 멋진 휴가를 보낸 것을 시기하는 듯했다. 우리가 일을 하고 있는데 그가 한탄했다.

"아무것도 안 하고 빈둥대며 돌아다니다니. 세상에나! 놀기만 하는 작자들에게 급료를 주다니 뭐가 잘못되어도 한참 잘못됐지!"

벨처는 자신도 뉴질랜드에서 멋진 시간을 보냈고 친구들과 헤어지며 아쉬워했다는 점을 완전히 무시했다.

나는 계속해서 통증에 시달리다가 진찰을 받으러 갔다. 그러나 전혀 도움이 되지 않았다. 의사는 통증이 정말 심할 때 안쪽 팔꿈치에 바르라며 독한 연고를 주었다. 고추로 만든 것이 틀림없었다. 어찌나 독한지 피부에 동그랗게 화상 자국이 났는데도 통증 완화 효과는 전혀 없었다. 말할 수 없이 괴로웠다. 지속적인 고통에는 장사가 없는 법이다. 고통은 매일 아침 일찍 시작되었다. 나는 침대에서 일어나 서성였다. 걸으면 다소 참을 만해졌기 때문이다. 고통은 한두 시간 정도 쓰라렸다가 이내 두 배의 압력으로 나를 휘감았다.

적어도 고통 덕분에 재정적 걱정에는 무심해질 수 있었다. 이 무렵 우리의 재정 상황은 심각한 지경에 와 있었다. 아치의 1000파운드는 몇 푼 안 남았는데, 앞으로 3주를 더 버텨야 했다. 유일한 해결책은 돈이 떨어지자마자 나 혼자 노바스코샤와 래브라도를 통해 뉴욕으로 가는 것이었다. 그런 다음 캐시 대모님이나 메이 아주머니 댁에 머무르며 아치와 벨처가 은여우 산업 시찰을 마치기를 기다리면 되었다.

하지만 이것만으로는 여의치 않았다. 호텔 숙박비는 있었지만, 음식 값이 너무 비쌌다. 나는 좋은 방법을 짜내었다. 아침 식사를 이용해 끼니를 모두 해결하기로 한 것이다. 아침 식사 한 끼가 1달러였는데, 당시 영국 통화로 4실링에 해당했다. 아침에 호텔 레스토랑으로 가면 원하는 것은 뭐든 먹을 수 있었다. 양이 상당했다. 포도가 나왔고, 때로는 파파야도 같이 나왔다. 메밀 팬케이크, 메이플 시럽을 바른 와플, 달걀과 베이컨. 나는 음식을 잔뜩 삼킨 보아 뱀이 되어 레스토랑에서 일어났다. 그렇게 푸짐하게 아침을 먹은 것으로 밤까지 버티어야 했다.

영연방에 머무르는 동안 우리는 많은 선물을 받았다. 동물 모양이 새겨진 사랑스런 푸른색 깔개는 로잘린드에게 줄 것이었다. 어서 육아실에 깔고 싶었다. 스카프를 비롯한 다양한 선물 중에는 뉴질랜드에서 받은 커다란 고기 농축물 단지도 있었다. 우리는 이것을 계속 가지고 다녔는데, 당시에 이것 때문에 얼마나 고마웠는지 모른다. 덕분에 생명을 유지할 수 있었으니까. 말린 당근, 쇠고기, 토마토 등 맛있는 음식을 듬뿍 넣고 압축시켜 준 건조자에게 더 큰 찬사를 보내주었더라면 좋았을 텐데.

벨처와 아치가 상공회의소에서 주최한 만찬이나 공식 모임에 가고 없으면 나는 침대에 누워 종을 울리고는 소화불량 때문에 몸이 안 좋다며 끓는 물을 잔뜩 가져다 달라고 했다. 물이 오면 나는 고기 농축물을 약간 타 마심으로써 아침까지 필요한 영양분을 섭취했다. 그 고마운 단지 덕분에 열흘을 견딜 수 있었다. 물론 때때로 나도 오찬이나 만찬에 초대되었는데 그런 날은 경축해야 할 날이었다. 특히 위니펙에서는 대단히 운이 좋았다. 고위 공직자의 딸이 호텔에 찾아와 나를 불러내어 매우 값비싼 호텔에서 점심을 사 주었는데, 훌륭한 성찬이었다. 나는 내 몫으로 나온 음식을 거의 다 먹었다. 그녀 또한 비교적 식성이 좋았는데, 나의 왕성한 식욕에 대해 그녀가 어떻게 생각했는지는 모르겠다.

위니펙에서였던가, 아치가 벨처와 함께 곡물용 승강기 견학을 간 적이 있다. 부비동 이상이 있는 사람은 곡물용 승강기 근처에도 가면 안 되는데, 그도 나도 미처 그 생각을 못 한 것이다. 아치는 눈물을 줄줄 흘리며 호텔로 돌아왔다. 그냥 보기에도 무척 심각해 보여 나는 깜짝 놀랐다. 남편은 다음 날 토론토까지는 갔는데, 거기서 완전히 쓰러져 더 이상 여행을 계속할 수 없게 되었다.

물론 벨처는 불처럼 화를 냈다. 염려하는 마음은 눈곱만큼도 보이지 않았다. 아치 때문에 무척 실망했다고, 젊고 건강한 사람이 이 정도로 쓰러지다니 말도 안 된다고 했다. 물론 아치가 고열에 시달리고 있다는 것은 그도 알고 있었다. 하지만 몸이 그렇게 부실하면 같이 오지 말았어야지, 아치 때문에 자기 혼자 일을 다 떠안게 되었다고 투덜거렸다. 베이츠는 모두들 알다시피 아무 도움도 되지 않았다. 짐 꾸리는 일이나 하라고 했는데, 짐조차도 모두 엉망진창으로 쌌다. 바지 하나도 제대로 접을 줄 모르는 멍청이였다.

나는 호텔이 추천해 준 의사를 불렀다. 의사는 아치가 폐충혈에 걸렸다고, 적어도 일주일은 절대 움직이지 말고 안정을 취해야 한다고 선언했다. 벨처는 버럭버럭 화를 내며 호텔을 떠나 버렸다. 나는 거의 무일푼으로 냉정한 대형 호텔에 남겨진 채 헛소리를 하는 환자를 돌보아야 했다. 체온이

40도가 넘고 게다가 온몸에 두드러기가 났다. 머리부터 발끝까지 돋은 두드러기는 고열만큼이나 고통스러웠다.

끔찍한 시간이었다. 그런데 지금은 그 절망과 고독을 잊었다니, 천만다행이 아닐 수 없다. 그때 나는 호텔 음식을 먹일 수 없어서 밖에 나가 환자용 음식을 구해 왔다. 보리 미음과 묽은 오트밀 죽을 남편은 꽤 좋아했다. 가엾은 아치. 지독한 두드러기에 그처럼 고통을 당한 사람도 없을 것이다. 나는 하루에 일고여덟 번씩 묽게 중탄산소다를 탄 물을 스펀지에 묻혀 남편의 온몸을 닦았다. 그러면 고통이 좀 줄었다. 셋째 날에 의사는 다른 의사의 견해를 구해 보라고 제안했다. 올빼미같이 생긴 두 남자가 와서 아치의 양편에 심각한 얼굴로 서서는 고개를 절레절레 흔들더니 중태라고 했다. 그래, 사람이 살다 보면 한 번쯤은 이런 일을 겪기 마련이지. 아침이 밝자 아치의 열이 뚝 떨어지고 두드러기가 좀 가라앉았다. 회복 중인 것이 분명했다. 하지만 그 무렵 나는 걱정에 시달려 몸이 말이 아니었다.

너댓새가 지나자 아치는 여전히 기력이 딸리긴 했지만 건강을 회복했다. 우리는 밉살스러운 벨처와 합류했다. 그 다음으로 어느 도시에 갔는지 기억이 가물가물하다. 오타와였던 것 같은데, 무척 마음에 들었다. 가을이라 단풍나무가 곱게 물들어 있었다. 우리는 중년의 해군 제독 저택에 머물렀는데, 멋진 독일 셰퍼드를 기르고 있었다. 제독은 나를 개썰매에 태우고 단풍나무 사이로 달리곤 했다.

오타와 다음에는 로키 산맥과 루이즈 호수와 밴프 국립 공원으로 갔다. 세상에서 가장 아름다운 곳이 어디냐고 물으면 나는 오랫동안 루이즈 호수라고 답했다. 기다랗게 이어진 광대한 푸른 호수 양옆으로 나지막한 산이 호위하듯 이어지다가 끝 부분에 이르러서는 설산이 에워싸고 있는 그 찬란한 모습. 여전히 신경염 때문에 통증이 심했지만, 사람들 조언에 따라 뜨거운 유황수 찜질을 하여 많이 개운해졌다. 나는 매일 아침 유황수에 몸을 담

▲ 밴프에서 사절단과 함께한 온천욕: 왼쪽부터 베이츠, 벨처, 아치, 나

갔다. 수영장처럼 생긴 곳이었는데, 한쪽 끝으로 올라가면 온천에서 끌어
온 뜨거운 물에서 유황 냄새가 훅 끼쳤다. 나는 목과 어깨 뒤쪽이 물에 푹
잠기도록 수영을 했다. 기쁘게도 나흘째가 될 무렵 신경염이 완전히 사라
졌다. 고통 없는 삶을 되찾은 환희는 이루 말할 수 없었다.

그렇게 해서 우리, 아치와 나는 몬트리올로 갔다. 그리고 그곳에서 작별
을 고했다. 아치는 벨처와 함께 은여우 목장을 시찰하러 가고, 나는 기차를
타고 남쪽의 뉴욕으로 떠난 것이다. 돈이 완전히 떨어지고 없었다.

뉴욕에서 캐시 대모님이 나를 맞았다. 어찌나 친절하고 다정다감하시던
지. 나는 리버사이드드라이브에 있는 대모님의 아파트에서 함께 지냈다.
그 당시 대모님은 거의 여든 살이 다 되셨을 것이다. 대모님은 올케인 피
어폰트 모건의 부인과 모건 집안의 젊은 사람들을 내게 소개해 주셨다. 또
한 멋진 레스토랑으로 데려가 맛있는 음식을 많이 사 주셨다. 나는 아버지
가 뉴욕에서 보낸 젊은 시절과 아버지에 관한 일화를 많이 들을 수 있었다.
즐거운 시간이었다. 내가 떠날 무렵 캐시 대모님이 이별 선물로 무엇을 받
고 싶으냐고 물었다. 나는 카페테리아(셀프서비스를 하는 간이 식당—옮긴
이)에 가서 음식을 먹어 보는 것이 소원이라고 말했다. 당시 영국에는 카페
테리아라는 것이 없었는데, 뉴욕에서 이에 대한 글을 읽고 쏙 한번 가 보고

싶었더랬다. 캐시 대모님은 별난 소망이라고 여겼다. 세상에 카페테리아에 가 보고 싶다는 사람이 있다니. 하지만 나를 기쁘게 해 주기 위해 대모님은 기꺼이 함께 카페테리아에 가 주셨다. 대모님도 처음으로 가 보는 것이었다. 나는 쟁반을 하나 집어서 카운터에서 음식을 골랐는데, 새롭고도 재미난 경험이었다.

아치와 벨처가 뉴욕으로 오기로 한 날이 되자 나는 무척 기뻤다. 캐시 대모님의 친절함은 감사했지만, 황금 새장에 갇힌 새 같은 마음이 슬슬 들었기 때문이다. 캐시 대모님은 그 어디든 절대 나 혼자 내보내지 않았다. 런던에서 자유롭게 돌아다녔던 나로서는 그것이 기이했고, 갑갑했다.

"하지만 왜요?"

"너처럼 뉴욕 물정을 모르는 젊은 미인한테는 무슨 일이 일어날지 몰라서 그래."

나는 괜찮을 것이라고 설득했지만, 대모님은 운전사가 딸린 차를 타고 가든지 아니면 자신과 함께 가야 한다고 고집했다. 서너 시간 정도 몰래 나갔다 올까도 싶었지만, 대모님이 걱정하실 것이 뻔했기에 나는 충동을 꾹 눌렀다. 하지만 어서 런던으로 돌아가 원할 때면 언제든지 현관 밖으로 나갈 수 있기를 고대했다.

아치와 벨처가 뉴욕에 와서 하룻밤을 보낸 다음 날, 베렌가리아 호를 타고 우리는 영국으로 향했다. 다시 항해를 시작해서 기뻤다고 말할 수는 없지만, 이번에는 뱃멀미가 심하지 않았다. 한번은 하필 브리지 게임을 하는데 날씨가 거칠어졌다. 벨처는 내가 자기 파트너가 되어 게임을 계속해야 한다고 주장했다. 나는 내키지 않았다. 벨처가 브리지에 능하기는 했지만, 지기라도 하면 항상 삐쳐서 성질을 냈기 때문이다. 하지만 해방될 날도 얼마 안 남았기에 나는 벨처와 팀으로 브리지를 했다. 어느 순간 게임이 막바지에 이르렀는데, 바로 그때 바람이 힘을 얻어 배가 휘청이기 시작했다. 그럼에도 감히 게임에서 빠질 엄두가 나지 않았다. 그저 브리지 테이블에 토하지 않기만을 빌었다. 마지막이 될지도 모를 패가 돌아갔다. 받기가 무섭게 벨처는 잔뜩 인상을 구기며 카드를 테이블에 탁 내려놓았다.

"뭐 이따위 것만 들어오는 거야."

벨처는 화가 나 우거지상이 되었다. 나는 덩달아 게임을 포기해 상대방 팀이 이기게 할까 싶었다. 하지만 에이스와 왕이 모조리 내 손 안에 들어 있는 형국이었다. 제멋대로 브리지를 했는데, 다행히 카드들이 알아서 모여들었다. 지고 싶어도 질 수가 없었다. 뱃멀미의 메스꺼움 속에서 나는 무엇인지도 모르고 엉뚱한 카드를 내미는 등 온갖 실수를 다했다. 하지만 내 손만큼은 너무도 유능했고, 결국 우리는 브리지 게임에서 승리했다. 그리고 나는 선실로 내려가 영국에 닻을 내릴 때까지 끙끙 앓았다.

그 해의 모험에 대해 몇 마디 덧붙이자면, 다시는 벨처와 말도 섞지 않으리라는 우리 맹세는 결코 지켜지지 않았다. 이 책을 읽는 사람들은 모두 이해할 것이다. 누군가와 함께 갇힘으로써 발생한 분노는 시련이 끝나고 나면 자동적으로 사라진다. 우리가 내심 벨처를 좋아했고, 그와 함께한 여행을 즐겼다는 사실을 깨닫고는 얼마나 놀랐는지 모른다. 우리는 종종 그를 저녁 식사에 초대했고, 그 또한 우리를 초대했다. 더없이 화기애애하게 세계 일주의 추억담을 나누며 종종 그에게 말했다.

"얼마나 못되게 굴었는지 잘 아시죠?"

"알다마다. 정말 형편없었지. 하지만 신경 쓸 일이 어디 한둘이었어야지. 아, 두 사람이야 괜찮았지. 아무 걱정 끼치지 않고 척척 해냈지. 아치가 바보처럼 병에 걸렸을 때만 빼고 말이야. 2주일 동안 아치 없이 일하느라 얼마나 죽을 맛이었는지 아나? 그 부비동 이상은 어떻게 못 고치나? 그래서야 어떻게 멋진 인생을 보내겠나? 나라면 절대 못 견딜 거야."

벨처는 세계 여행을 마친 후 약혼을 하여 모든 이를 놀라게 했다. 오스트레일리아 관료의 딸인 어여쁜 아가씨가 비서로 함께 일했더랬는데, 당시 벨처는 적어도 쉰 살은 되었고 아가씨는 열여덟이나 열아홉이었다. 어쨌든 벨처는 느닷없이 선언했다.

"멋진 소식이 있네. 글래디스와 결혼하기로 했네!"

그리고 실제로 글래디스와 결혼했다. 그녀는 우리가 귀국한 직후 배를 타고 도착했다. 묘하게도 두 사람은 꽤 행복하게 지냈다. 적어도 한동안은 그러했다. 글래디스는 성품이 온화하고 영국에서의 생활을 즐겼으며, 벨처의 고약한 성미를 잘 다루었다. 그러다 8년인가 10년 후 이혼 수속이 진행 중이라는 소식이 들려왔다.

벨처가 알려 주었다.

"다른 녀석이 생겼어. 글래디스를 욕할 수야 없지. 새파랗게 젊은데, 나 같은 늙다리 심술쟁이가 어디 가당키나 하겠나. 우린 좋은 친구로 남기로 했네. 위자료는 넉넉히 주어야지. 착한 여자야."

귀국한 지 얼마 안 되어 함께 식사할 때 나는 벨처에게 말했다.

"흰 양말 값 2파운드 18실링 5페니를 여태 안 준 것 아시죠?"

"이런, 내가 그랬나? 그래 돌려받았으면 싶나?"

"아니요."

"그래, 돌려받을 일은 없을 걸세."

그 말에 우리 둘 다 웃음을 터트렸다.

2

인생은 배, 즉 배의 내부와 같다. 배에는 방수 구획실이라는 것이 있다.

방수 구획실 하나에서 나와 문을 단단히 닫고 돌아서면 그곳이 또 다른 방수 구획실이다. 사우샘프턴을 떠나 다시 영국으로 돌아오기까지 나의 인생은 하나의 방수 구획실이었다. 그 이후로 여행은 언제나 내게 같은 식으로 느껴졌다. 하나의 인생에서 벗어나 다른 인생으로 들어가는 것이다. 나는 여전히 나이지만, 다른 자아가 되고, 새로운 자아는 일상이라는 고치 속에서 나를 꽁꽁 묶어 놓은 수백 겹의 거미줄로부터 자유로워진다. 써야 할 편지, 지불해야 할 청구서, 해야 할 일, 만나야 할 친구, 현상해야 할 사진, 수선해야 할 옷, 달래야 할 유모와 하녀, 꾸짖어야 할 상인과 세탁부는 저 멀리로 사라진다. 여행은 꿈의 성질을 지니고 있다. 정상(正狀)에서 벗어나 있지만 나는 여전히 그 안에 있다. 한 번도 만나 본 적 없으며, 앞으로 다시 볼 수 없을 사람들을 만난다. 그리고 때때로 향수병과 고독과 간절한 그리움이 찾아온다. 로잘린드, 어머니, 매지 언니가 어찌나 그립던지. 하지만 나는 바이킹이나 엘리자베스 시대의 선장처럼 전 세계를 도는 모험에 나선다. 그리고 고향으로 돌아올 때까지 그 어디에도 내 집은 없다.

떠남이 가슴 설렌다면, 돌아옴은 황홀하다. 로잘린드는 지극히 당연하게 우리를 잘 모르는 낯선 사람 취급을 했다. 우리를 냉정하게 바라보고는 쌀쌀하게 물었다.

"펑키 이모는 어디 있어요?"

언니는 로잘린드에게 무엇을 먹이고, 입히고, 어떻게 양육해야 하는지에 대해 구구절절이 지시함으로써 나에게 복수했다.

재회의 기쁨을 나눈 후 뜻하지 않은 문제가 있었다는 것을 알게 되었다. 제시 스와넬이 어머니와 잘 지내지 못해 해고된 것이다. 대신에 나이 많은 유모가 들어왔는데, 우리들 사이에서 항상 '뻐꾸기'라고 불렸다. 인수인계를 한 제시 스와넬이 몹시 울면서 떠나자 새 유모는 아기의 환심을 사려고 육아실 문을 열고 닫으며 들이있다 나갔다 하면서 밝게 외쳤다.

"뻐꾹 뻐꾹."

덕분에 뻐꾸기라는 별명을 얻은 것이다. 정작 로잘린드는 이 소리를 싫어해 뻐꾹 소리에 매번 울음을 터뜨렸지만 새 유모를 무척 잘 따랐다. 유모는 호들갑스러운 성격에 무능했다. 상냥하고 사랑이 넘쳤지만, 모든 것을 잃어버리고, 모든 것을 부수고, 터무니없이 바보 같은 말을 했다. 로잘린드는 그런 점을 좋아해서 자기 유모를 친절하게 챙기고, 문제를 해결해 주었다.

육아실에서 나는 소리가 내 귀에까지 들렸다.

"이런, 이런. 우리 공주님 빗을 어디 두었더라? 어디 있나? 옷바구니에?"

로잘린드가 말했다.

"내가 찾아 줄게요, 유모. 여기 있네요. 유모 침대에 두었어요."

"어머나, 어머나. 어쩜 그곳에 두었을까?"

로잘린드는 유모가 잃어버린 물건을 찾고, 유모 대신 물건을 정리 정돈하고, 함께 외출할 때면 유모차에 앉아 유모에게 이리저리 지시했다.

"유모, 지금 길을 건너면 안 돼요. 저기 버스가 오잖아요."

"유모, 여기서 돌면 안 돼요."

"털실 가게에 간다고 했잖아요? 여기는 털실 가게 가는 길이 아니에요."

그러면 유모는 사이사이 감탄을 끼워 넣었다.

"어머나, 어머나. 이런……. 내 정신 좀 봐."

뻐꾸기 유모를 도저히 견딜 수 없어 한 유일한 사람은 아치와 나였다. 그녀는 쉴 새 없이 말을 늘어놓았다. 최고의 방법은 귀를 막고 듣지 않는 것이었다. 하지만 이따금 화가 치밀어 입을 다물라고 하기도 했다. 택시를 타고 패딩턴에 가는 내내 유모는 자신이 본 것을 줄줄이 늘어놓았다.

"저기 봐요. 차창 밖에 저 큰 가게 보이죠? 셀프리지스 백화점이에요. 멋진 곳이죠. 무엇이든 살 수 있어요."

나는 냉담하게 말했다.

"거긴 해러즈예요."

"어머, 어머, 참 그렇지! 옛날부터 저 자리엔 해러즈가 서 있었는데, 안 그래요? 지금은 그다지 볼 것이 없어요. 안에 뭐가 있는지 너무 뻔해서."

로잘린드가 입을 열었다.

"난 해러즈인지 알고 있었어요."

뻐꾸기 유모의 어리석음과 무능함이야말로 로잘린드를 총명한 아이로 만든 것이 아닌가 싶다. 그럴 수밖에 없었다. 누군가는 육아실에서 미약하게나마 질서를 유지해야 했으므로.

3

귀향은 환희 가득한 재회로 시작되었지만, 이내 현실이 머리를 들이밀었다. 우리는 무일푼 신세였다. 골드스타인 씨에게 아치는 과거의 사람이었고, 새로운 젊은이가 아치 자리를 대신 꿰차고 있었다. 물론 할아버지가 남겨 주신 유산은 여전히 유지하고 있어 연간 100파운드의 수입이 들어왔지만, 아치는 이 돈에 손대는 것을 질색했다. 그는 즉시 일자리를 얻어야 했다. 집세를 낼 날이 오기 전에, 뻐꾸기 유모의 봉급날이 되기 전에, 일주일치 식료품 청구서가 오기 전에. 일자리를 찾는 것은 쉽지 않았다. 사실 전쟁 직후보다 더욱 어려워져 있었다. 이 불행한 시기에 대한 기억은 지금 희미하다. 아치가 불행했기 때문에 불행한 시간을 보냈던 것만 알 뿐이다. 아치는 불행이라는 것이 어울리지 않는 사람이었고, 그 자신 또한 이를 잘 알고 있었다. 신혼 초에 그가 했던 경고가 기억난다.

"있잖아, 곤경에 빠지면 나는 전혀 쓸모가 없어. 나는 병이라면 질색이고, 환자를 어떻게 대해야 하는지도 몰라. 사람들이 분행해하거나 힘겨워하는 것을 전혀 견디지 못해."

우리는 눈을 크게 뜬 채 위험을 감수하고 기회를 택했다. 이제 할 수 있
는 일이라고는, 기쁨이 끝났으며 걱정과 절망 속에서 그 대가를 지불해야
한다는 현실을 받아들이는 것이었다. 아치에게 아무 도움도 못 되는 나 자
신이 한심했다. 둘이 함께 위기를 헤쳐 나갈 수 있다고 나는 스스로 다짐했
다. 무엇보다도 먼저 아치가 매일 짜증을 내거나 아니면 우울에 빠져 입을
꾹 다문다는 사실을 받아들여야 했다. 섣불리 남편의 기운을 북돋으려고
해 봐야 멍청한 짓일 뿐이었다. 혹여 내가 우울해하고 있기라도 하면 이런
말을 들었다.

"그렇게 시무룩하게 앉아 있어 봐야 아무 소용없어. 당신도 다 알고 동의
했잖아!"

사실 내가 어떻게 하더라도 아치의 기분을 상하게만 하는 듯했다.

마침내 아치가 단호히 말했다.

"이봐, 당신이 해 주었으면 하는 것은 단 하나뿐이야. 그러면 큰 도움이
될 거야. 지금 당장 가 버려."

"가라뇨? 어디로요?"

"나도 몰라. 처형한테 가 있든지. 당신이랑 로잘린드가 오면 반가워할 거
야. 아니면 장모님한테 가 있어도 좋고."

"하지만 여보, 난 당신 곁에 있고 싶어요. 이 곤경을 함께 헤쳐 나가고 싶
다고요. 우리 힘을 합쳐 이겨내요. 나도 조금이나마 도움이 될 수 있을 거
예요."

요즘 같으면 '일자리를 얻겠어요.'라고 말했겠지만, 1923년에 이는 말도
안 되는 생각이었다. 전쟁 때 공군 여자 보조 부대, 육군 여자 보조 부대 등
이 생겼고, 군수 공장이나 병원에서 여자들이 일하기는 했지만, 이는 모두
임시직일 뿐이었다. 회사나 공직에는 여자를 위한 자리가 전혀 없었고, 상

점에는 이미 직원이 꽉 차 있었다. 그럼에도 나는 떠나기를 거부하며 버티었다. 적어도 청소와 요리는 할 수 있잖은가. 당시 우리에게는 하녀가 없었다. 나는 조용히 지내며 아치에게 거치적거리지 않으려고 애썼다. 그것만이 남편을 돕는 유일한 길 같았다.

아치는 시티의 회사들을 돌며 빈자리가 났는지 알 만한 사람들을 만나고 다녔고, 그러다 마침내 자리를 얻을 수 있었다. 마음에 드는 곳은 아니었다. 사실 남편은 새로 들어간 회사에 대해 좀 염려를 하고 있었다. 비리 회사로 유명한 곳이라는 것이다. 대부분은 법을 지키는 듯했지만, 그 속을 누가 알겠는가.

아치가 말했다.

"나한테 모조리 덮어씌우지 않도록 매우 조심해야 해."

어쨌든 일자리를 구했고, 급료가 들어올 것이었고, 아치의 기분도 좋아졌다. 심지어 아치는 일에서 재미를 느끼기까지 했다.

나는 차분히 앉아 글을 쓰기 위해 노력했다. 그것만이 조금이라도 돈을 벌 수 있는 방법인 듯했다. 그럼에도 여전히 글쓰기를 직업으로 삼을 생각은 전혀 못 했다. 《스케치》에 실린 단편들이 내게 큰 힘이 되었다. 원고료 전액이 모두 내 손으로 들어왔지만 그 돈은 이미 다 쓰고 없었고, 나는 다음 장편을 쓰기 시작했다.

여행 전 도니에 있는 벨처의 저택 밀하우스에서 함께 저녁을 들 때 벨처는 자기 집에 대한 추리 소설을 쓰라고 권했더랬다.

"'밀하우스의 수수께끼' 어때? 정말 좋은 제목 아닌가?"

나는 동의하며, '밀하우스의 수수께끼' 혹은 '밀하우스의 살인 사건'이라는 제목이 퍽 괜찮다고, 나중에 한번 고려해 봐야겠다고 생각했다.

그때 벨처가 말했다.

"만약 '밀하우스의 수수께끼'라는 제목으로 글을 쓰면 나두 꼭 넣어 주어야 하네."

"그건 힘들 것 같아요. 실제 사람을 모델로 해서는 글이 써지지 않거든요. 모르는 사람을 상상으로 그려 내야 해요."

"말도 안 돼. 꼭 나와 똑같을 필요는 없어. 나는 늘 추리 소설 속 인물이 되고 싶었다고."

때때로 그는 물었다.

"그 책은 시작했나? 나도 나오나?"

어느 날 나는 화가 나서 대답했다.

"네. 희생자예요."

"그래? 내가 살해당하는 사람이라고?"

"네."

나는 쾌감을 느끼며 대답했다.

"희생자는 싫네. 내가 희생자일 리 없어. 나를 꼭 살인마로 그려 주게."

"살인마가 왜 좋으세요?"

"살인마야말로 추리 소설에서 가장 흥미로운 캐릭터거든. 나를 꼭 살인마로 해. 알겠나?"

"살인마가 되고 싶다는 마음을 알 것도 같네요."

나는 조심스레 말을 골라 대답하다가 결국에는 마음이 약해져 그를 꼭 살인마로 하겠다고 약속해 버렸다.

나는 남아공에 있을 때 대강의 플롯을 구상해 놓았더랬다. 남아공을 주 배경으로 하되, 추리 소설보다는 스릴러 성격이 강했다. 우리가 그곳에 머무르는 동안 혁명 비슷한 것이 일어났는데, 나는 몇 가지 유용한 사항을 눈여겨봐 두었다. 그리고 모험을 찾아 떠나는 활발하고 용감한 고아 아가씨를 여주인공으로 삼았다. 시험적으로 한두 장(章) 써 보니 벨처를 생생하게 그려 내기가 여간 어렵지 않았다. 객관적으로 쓸 수 없었고, 생동감이 현저히 떨어졌다. 그러다 번쩍 하고 아이디어가 떠올랐는데 여주인공 앤과 악당 벨처가 번갈아 화자가 되도록 해서 두 개의 1인칭 시점에서 쓰면 어떨까 하는 것이었다.

나는 아치에게 반신반의하며 말했다.

"벨처 씨가 정말 자신이 악당으로 그려지기를 원한다는 게 아무래도 믿기지 않아."

그러자 아치가 제안했다.

"귀족 칭호를 붙여 줘. 그러면 입이 귀에 걸릴걸."

그리하여 나는 악당에게 유스터스 페들러 경이라는 이름을 주었다. 유스터스 페들러 경이 자신의 입으로 말하게 하자 글이 생생하게 살아났다. 물론 페들러 경이 벨처는 아니었다. 하지만 벨처가 흔히 쓰는 표현을 썼고, 벨처가 들려 준 이야기를 했다. 또한 허풍의 대가로서 그러한 허풍을 통해 파렴치하고 흥미로운 성격을 쉽사리 드러냈다. 이내 나는 벨처를 잊고 유스터스 페들러 경이 되어 술술 글을 써 나갔다. 이것이 유일하게 실제 사람을 책 속에 등장시킨 작품이 아닌가 싶다. 하지만 성공하지는 못했다. 벨처가 생생히 살아난 것이 아니라, 유스터스 페들러 경이라는 인물이 생생히 살아났으니까. 책을 쓰다 보니 느닷없이 재미가 붙었다. 보들리헤드가 이 책을 출판해 주기만을 빌 뿐이었다.

이 책을 쓰는 데 가장 큰 방해물은 뻐꾸기 유모였다. 물론 당시 유모들은 요리나 청소 등 집안일은 일절 하지 않았으며, 어디까지나 아이만 돌보면 되었다. 육아실을 스스로 치우고, 아이의 옷을 직접 빨았지만, 그뿐이었다. 나는 집안일까지 거들어 주기를 전혀 기대하지 않았고, 내 하루 일과를 잘 계획했다. 아치는 저녁에만 집에 왔고, 로잘린드와 뻐꾸기 유모의 점심을 준비하는 건 간단했다. 따라서 아침과 오후에 두세 시간씩 글을 쓸 수 있었다. 내가 글을 쓸 때면 뻐꾸기 유모와 로잘린드는 공원이나 야외 시장으로 산책을 갔다. 하지만 당연히 비가 오는 날이 있었고, 그럴 때면 아파트 안에 있어야 했다. "일해야 해요."라고 분명히 말했지만 뻐꾸기는 전혀 날아갈 생각을 하지 않았다. 유모는 내가 글을 쓰고 있는 방 앞에 버티고 서서는 혼잣말을 계속 중얼대거나, 표면적으로는 로잘린드에게 하는 말을 늘어놓았다.

"공주님, 떠들면 안 돼요. 엄마가 일하고 계시잖아요. 엄마가 일할 때는 방해하면 안 돼요. 안 그래요? 그나저나 우리 공주님 옷을 세탁소에 보낼지 말지 여쭈어 봐야 하는데 어쩌나. 내가 빨지 못하는 옷이라서. 그러면 우리 기억해 두었다가 차 마시는 시간에 꼭 물어 봐요. 알았죠? 지금은 안에 들어가서 물으면 안 돼요. 그러면 싫어하실 테니. 참, 유모차에 대해서도 여쭈어 봐야 하는데. 어제 또 나사가 빠졌잖아요. 그래, 지금 살짝 노크해서 물어 보면 어떨까요? 괜찮을 것 같아요?"

대개 로잘린드는 유모의 이야기와 아무 관련도 없는 대답을 짧게 했다. 유모가 무슨 말을 하든 전혀 귀담아 듣지 않은 것이 분명했다.

"블루 테디가 지금 저녁을 먹고 싶대요."

로잘린드에게 인형과 인형의 집과 여러 장난감을 주었지만, 그 아이는 오직 동물 인형만 좋아했다. 블루 테디와 레드 테디라 불리는 실크 인형이 있었고, 나중에 에드워드 곰돌이라고 이름 지은 커다랗고 약간 창백해 보이는 연자줏빛 테디 곰 인형이 추가되었다. 로잘린드는 블루 테디를 유난히 아끼고 사랑했다. 블루 테디는 푸른색 실크 메리야스로 만든 부드러운 곰 인형으로, 평평한 얼굴에 검은 눈이 납작 박혀 있었다. 로잘린드는 어디를 가나 블루 테디를 데리고 다녔다. 나는 매일 밤 블루 테디에 대한 이야기를 해 주어야 했다. 이야기에는 블루 테디와 레드 테디 둘 다 나왔으며, 그 둘은 매일 밤 새로운 모험을 했다. 블루 테디는 착하지만, 레드 테디는 심한 개구쟁이여서 의자에 풀을 발라 놓아 선생님이 앉았다가 다시는 못

일어나게 하는 등 온갖 짓궂은 장난을 쳤다. 하루는 여선생님 호주머니에 개구리를 넣어 놓는 바람에 선생님이 비명을 지르며 히스테리를 일으키기도 했다. 로잘린드는 신이 나 좋아하며 종종 다시 해 달라고 졸랐다. 블루 테디는 몹시 잘난 척했다. 언제나 반에서 1등이고, 결코 장난 따위는 치지 않았다. 매일 등교할 때 레드 테디는 엄마에게 오늘 착하게 굴겠다고 약속을 한다. 아이들이 집에 돌아오면 엄마는 물었다.

"블루 테디, 오늘 착하게 굴었지?"

"예, 엄마. 아주 착하게 지냈어요."

"우리 착한 아들. 레드 테디, 너도 오늘 착하게 굴었지?"

"아뇨, 엄마. 오늘 심한 장난을 쳤어요."

한번은 레드 테디가 말썽꾼 아이들이랑 싸움이 붙어 눈이 시퍼렇게 멍들어 집으로 왔다. 레드 테디는 고기 한 점을 눈에 붙인 채 침대에 누워 있어야 했다. 그러다 레드 테디는 한술 더 떠 눈에 얹었던 스테이크를 먹어 버리는 경솔한 짓을 하고 말았다.

로잘린드처럼 이야기하는 사람을 신나게 하는 청중은 없으리라. 아이는 깔깔거리고, 낄낄거리며, 아무리 사소한 순간이라도 놓치지 않았다.

뻐꾸기 유모는 로잘린드의 대답을 듣고도 블루 테디에게 저녁 줄 생각은 전혀 없이 계속 뻐꾹댔다.

"우리, 공주님. 방해가 안 된다면 나가기 전에 마님한테 여쭈어 보아야겠어요. 유모차를 어찌 해야 할지 알아야 하니."

그 순간 나는 화가 머리끝까지 치밀어 자리에서 벌떡 일어났다. 짐바브웨의 숲에서 죽을 위기를 맞은 앤에 대한 생각은 까무룩 사라졌고, 나는 문을 벌컥 열고 물었다.

"대체 뭐예요? 왜 그래요?"

"죄송합니다, 마님. 정말 죄송해요. 하지만 마님은 방해하려고 했던 것은 아닙니다."

"방해했어요. 무슨 일이에요?"

"어머나, 하지만 노크도 안 했는걸요."

"밖에서 계속 떠들었잖아요. 한마디 한마디가 또렷이 들려요. 유모차가 뭐가 어쨌다는 거예요?"

"제 생각에는 아무래도 새 유모차를 사야 할 것 같아서요. 공원에 나가면 어찌나 부끄러운지. 다른 여자아이들은 전부 얼마나 멋진 유모차를 타는데요. 로잘린드 아기씨도 그런 예쁜 유모차에 타야 하지 않겠어요."

유모와 나는 로잘린드의 유모차를 두고 계속 대립했다. 애초에 중고 유모차를 샀는데, 튼튼하고 편안한 반면에 세련되었다고 할 만한 것은 아니었다. 유모차에도 유행이라는 것이 있어서 유모차 제조 회사는 이삼 년에 한 번씩 새 스타일의 유모차를 선보였다. 요즘의 자동차와 비슷했다. 제시 스와넬은 그런 것을 불평하지 않았더랬다. 하긴 나이지리아에서 살았으니 그 먼 곳에서 유모차의 유행에 신경을 쓴다는 게 불가능했으리라.

그제야 나는 뻐꾸기 유모가 켄싱턴 공원에 모여 앉아 지금 일하는 집의 장점과, 돌보는 아이의 영리함과 어여쁨을 비교하는 유모 클럽의 일원인 것을 깨달았다. 아기가 그때그때의 유행에 따라 잘 차려입지 않으면 유모들은 부끄러워했다. 로잘린드의 옷은 그네들 기준에 합격이었으므로 그에 관한 문제는 없었다. 내가 캐나다에서 만들어 가져온 드레스와 덧옷은 아동복의 최신 유행에 딱 맞았으며 등판에 있는 수탉과 암탉과 꽃병 무늬에 모두들 찬양과 질시를 보냈다. 하지만 유모차에 관한 한은 안타깝게도 기준 이하였던 것이다. 누군가 최신 유모차를 밀고 오기라도 하면 유모는 매번 이렇게 말했다.

"저런 유모차를 밀 수 있으면 얼마나 좋겠어요!"

하지만 나는 냉담했다. 집안 형편이 어려운 판에 단지 뻐꾸기 유모의 허영심을 만족시켜 주겠다고 거액을 들여 최신 유모차를 살 수는 없었다.

뻐꾸기 유모는 마지막으로 설득하듯이 말했다.

"더구나 이 유모차는 안전하지도 않아요. 걸핏하면 나사가 빠진다고요."

나는 되받아쳤다.

"잘만 굴러 가잖아요. 외출 전에 나사를 단단히 쪼여 놓으면 되죠. 어쨌든 새 유모차는 꿈도 꾸지 말아요."

나는 다시 안으로 들어가 문을 쾅 닫았다.

"이런, 이런. 엄마가 기분이 안 좋으신가 봐요. 우리 가엾은 아기씨. 멋진 유모차도 못 타 보고."

로잘린드는 대꾸했다.

"블루 테디가 밥 먹고 싶대요. 어서 가요, 유모."

4

뻐꾸기 유모의 문 밖 공연이라는 걸림돌을 이겨 내고 마침내 『밀하우스의 수수께끼 The Mystery of the Mill House』가 완성되었다. 불쌍한 뻐꾸기 유모! 얼마 안 있어 유모는 병원에 갔다가 바로 입원해 유방암 수술을 받은 것이다. 유모는 우리에게 말한 것보다 훨씬 나이가 많아서 다시 유모 일을 하는 것이 불가능했으며, 그래서 여동생 집으로 가게 되었다.

나는 새 유모를 부셰 부인의 사무실 같은 소개소에서 구하지 않기로 결심했다. 내게 필요한 사람은 보모 겸 가정부였다. 그래서 보모 겸 가정부 구인 광고를 냈다.

사이트가 우리 집에 들어오며 행운도 같이 들어온 듯했다. 데번 주에서 만나 면접을 보았던 사이트는 가슴이 커다랗고 엉덩이가 떡 벌어진 건장한 체격에 얼굴이 붉고 검은 머리를 하고 있었다. 목소리는 깊은 저음에 억양이 다소 숙녀같이 세련되어 있어 마치 무대 위에서 공연을 하는 듯했다. 몇 년 동안 두세 집에서 보모 겸 가정부 경험을 쌓았고, 어린 아기와 대화를 나누는 데 탁월한 능력이 있었다. 또 성격도 좋고 열정적으로 보였으며, 낮은 봉급에도 (광고에서처럼) 어느 곳이든 무슨 일이든 가리지 않을 듯한 열의를 보여 주었다. 그리하여 사이트는 우리와 함께 런던에 와서 큰 힘이 되어 주었다.

당연히 원래 이름은 사이트가 아니었다. 처음에는 화이트 양이라고 불렀는데, 몇 달을 함께 지내다 보니 '쇠이트'라고 부르는 로잘린드를 따라 우리까지 덩달아 '쇠이트'라고 부르게 된 것이다. 그 후 로잘린드가 다시 한 번 이름을 간소화하여 '사이트'라고 부른 것이 그대로 굳어지게 되었다. 로잘린드는 사이트를 잘 따랐고, 사이트도 로잘린드를 좋아했다. 사실 사이트는 어린아이라면 무조건 좋아했다. 그러면서도 위엄을 지켰고 나름대로 엄격했으며 그 어떤 불복종이나 무례함도 흘려 넘기지 않았다.

▲ 로잘린드와 함께

로잘린드는 뻐꾸기 유모의 지도자 노릇을 그리워했다. 그래서 그런 역할을 나에게 행했던 것이 아닌가 싶다. 내가 물건을 잃어버리면 찾아 주고, 편지 봉투에 우표 붙이는 것을 깜박하면 이를 지적해 주는 등 나에게 도움을 주었다. 다섯 살이 되었을 무렵에는 로잘린드가 나보다 훨씬 더 믿음직했다. 그런 반면에 로잘린드는 상상력이 전혀 없었다. 예를 들면 개 산책시키기 놀이를 함께 하다가(내가 개 역을 맡고, 로잘린드가 개 주인 역을 맡았다.) 개한테 목줄을 매어야 할 순간이 왔을 때 로잘린드가 말했다.

"집에 목줄이 없어요. 이 부분을 바꾸어야겠어요."

나는 제안했다.

"목줄이 있다고 상상하면 되지."

"손에 아무것도 없이 어떻게 상상해요."

"그러면 내 허리띠를 목줄이라고 치자꾸나."

"그건 목줄이 아니에요. 허리띠죠."

로잘린드는 진짜 사물을 써야 했다. 아이는 나와는 달리 결코 동화책을 읽지 않았다.

"이건 진짜 이야기가 아니에요. 존재하지도 않는 사람들과 일어나지도 않은 일들에 대해 써 놓은 것뿐이에요. 소풍을 간 레드 테디 이야기를 해 주세요."

묘한 것은 열네 살이 되자 로잘린드가 동화책을 어찌나 좋아하는지 읽고, 읽고, 또 읽었다는 것이다.

사이트는 우리와 정말 잘 맞았다. 위엄 있고 유능했는데, 다만 요리 실력은 나와 오십보백보였다. 언제나 조수 노릇만 해 본 것이었다. 그래서 우리 두 사람은 기꺼이 서로의 조수가 되어 주었다. 각자 특기가 있기는 했다. 나는 치즈 수플레, 베어네즈 소스, 전통적 밀크주를 잘 만들었고, 사이트는 잼파이와 청어절임에 능했다. 하지만 둘 다 '균형 잡힌 식단'이라는 것을 만드는 데는 능숙하지 못했다. 당근, 양배추, 감자와 같은 야채와 고깃덩이를 함께 요리하고 나중에 푸딩을 만들려면 이것들을 정확히 얼마나 오래 요리해야 할지 몰라 난감했다. 양배추는 흐물흐물해졌는데 당근은 여전히 딱딱하기만 하니. 그래도 요리를 반복할수록 점점 실력이 늘어 갔다.

우리는 인기거리를 나누었다. 그 무렵 우리는 유용하지만 세련되지는 못하

유모차를 더욱 자주 이용하고 있었는데, 아침에 내가 로잘린드를 그 유모
차에 태우고 공원으로 가면, 그 동안 사이트는 점심을 준비하고, 침대를 정
리했다. 그리고 다음 날 아침에는 내가 집안일을 하고, 사이트가 로잘린드
를 데리고 공원으로 가는 것이다. 전반적으로 나는 유모차를 밀고 공원에
가는 것이 집안일을 하는 것보다 더 지루했다. 공원까지 먼 길을 가야 하
고, 도착해서도 앉아서 멍하니 쉴 수가 없으며, 로잘린드와 이야기를 나누
고 놀아 주거나 다른 아이랑 노는 모습을 지켜보며 얻어맞거나 장난감을
빼앗기지 않도록 지켜 주어야 했다. 반면에 집안일을 할 때면 마음을 편히
놓을 수 있었다. 한번은 나에게 로버트 그레이브스(20세기 영국의 유명 시
인이자 소설가이자 비평가이자 고전 학자 — 옮긴이)가 청소만큼 창의적 생
각에 도움이 되는 것은 없다는 말을 했더랬다. 그 말이 옳다고 본다. 집안
일은 단조로워서 육체를 이리저리 움직이면서도 정신은 딴 생각을 하며 창
의력을 발휘할 수가 있다. 물론 요리는 예외다. 요리는 완벽한 집중과 뛰어
난 창의력을 요구한다.

　뻐꾸기 유모 이후 사이트가 와서 얼마나 안심이 되었는지 모른다. 사이
트와 로잘린드는 요란하게 뻐꾹뻐꾹거리지 않고 육아실에 있거나 아래 정
원에서 놀거나 장을 보러 다니며 잘 지냈다.

　사이트가 온 지 6개월 후에 나는 사이트의 나이를 알고는 깜짝 놀랐다.
몇 살인지 묻지 않았지만, 겉보기로는 스물네 살에서 스물여덟 살 정도로
보였더랬다. 딱 내가 원하는 나이였고, 설마 그보다 어릴 줄은 상상도 하지
못했다. 그랬는데 사이트가 처음 우리 집에서 일을 시작했을 때 열일곱 살
이었고, 이제 겨우 열여덟 살이 되었다는 말을 들으니 깜짝 놀라지 않을 수
가 없었다. 도저히 믿기지 않았다. 성숙미가 온몸에서 풍기는데! 하지만 사
이트는 열세 살 때부터 보모 겸 가정부로 일했고, 그 일을 좋아했으며, 또
능숙하게 해냈다. 노련미는 실제 경험에서 우러난 것이었다. 대가족의 큰

아이가 어린 동생들을 다루며 경험을 쌓는 것과 비슷하리라.

사이트가 어리긴 했지만 로잘린드를 데리고 외출하더라도 나는 전혀 걱정되지 않았고 믿음직스럽기만 했다. 사이트는 필요한 의사를 부르거나, 병원에 진찰을 받으러 가거나, 아이에게 불편한 점이 무엇인지 알아내거나, 긴급 상황을 다루는 데 능숙했다. 그리고 언제나 일에 충실했다. 구식 표현을 쓰자면 천직을 찾아낸 것이었다.

『밀하우스의 수수께끼』를 마치고 나는 얼마나 마음이 놓였는지 모른다. 완성하기가 무척 힘들었고, 끝내 놓고서도 어쩐지 못마땅했지만 유스터스 페들러 경 등 모든 일이 다 끝났다. 보들리헤드는 좀 미적거리면서 『골프장 살인 사건』 같은 진정한 추리 소설이 아니라는 점을 지적했다. 하지만, 감사하게도, 출판을 허락했다.

바로 그 무렵 나는 그쪽의 태도가 약간 달라졌다는 것을 눈치 챘다. 처음 책을 출판했을 때만 해도 무지하고 어리석었던 나는 그 이후 몇 가지 경험을 쌓았다. 나는 겉보기만큼 어수룩한 사람이 아니었다. 소설 쓰기와 출판에 대해 많은 것을 깨우쳐 나갔으며, '작가 협회'가 있다는 것을 알고 그곳에서 발간하는 정기간행물을 읽었다. 덕분에 출판사와 계약할 때 매우 조심해야 하고, 특히 개중에 악명 높은 출판사가 있다는 것을 알게 되었다. 출판사가 작가를 등쳐먹는 방법에 대해서도 많이 배웠다. 이런 것을 알게 된 나는 나름대로 계획을 세웠다.

『밀하우스의 수수께끼』를 보내기 직전에 출판사는 몇 가지 제안을 해 왔다. 옛 계약을 파기하고 다시 새로운 다섯 권에 대한 계약을 하자는 것이었다. 더욱 좋은 조건으로 말이다. 나는 공손하게 감사 인사를 하고는 좀 생각해 본 후 대답하겠다고 말한 뒤 명확한 이유를 대지 않고 정중히 거절했다. 출판사에서 신예 작가를 공정하게 대우하지 않는다고 여겼기 때문이다. 보들리헤드는 출판계에 대한 나의 무지와 책을 내겠다는 열의를 이용했다. 이 점에 관해 싸울 생각은 전혀 없었다. 나는 바보였다. 일에 대한 적당한 대가가 얼마인지 알아보지도 않는 사람은 누구나 바보이다. 하지만 출판계 물정을 알게 되었다고 해서 『밀하우스의 수수께끼』를 출판할 기회를 마다해야 할까? 그럴 필요는 없다고 생각했다. 처음의 계약대로 다섯 권까지는 그곳에서 책을 낼 것이었다. 하지만 그 이상 계약을 추가하지는 않기로 했다. 믿었던 사람들에게 실망하게 되면 다시는 그들을 신뢰할 수 없게 된다. 이는 당연한 상식이다. 계약은 충실히 이행하겠지만, 그 이후에는 새로운 출판사를 찾을 것이었다. 또한 문학 에이전트를 고용할 수도 있었다.

그 무렵 국세청에서 연락이 왔다. 나의 원고료 수입에 대해 자세히 알고자 했다. 나는 크게 놀랐다. 설마 원고료도 소득세 대상이 되는 줄은 상상도 하지 못했기 때문이다. 나의 총수입이라고는 전시 공채에 투자된 2000파운드에서 받는 연간 이자 100파운드일 뿐이라고 알고 있었다. 그랬더니 국세청에서는 그것에 대해 잘 알고 있으며, 자기네가 궁금한 것은 원고료 수입이라고 했다. 그래서 나는 원고료 수입은 매년 들어오는 것이 아니며, 예전에 우연히 단편과 시를 몇 편 실은 적이 있고 어쩌다 책을 낸 것이 세 권 있을 뿐이라고 말했다. 나는 작가가 아니었고, 평생 글을 쓸 생각도 없었다. 어디서 주워들은 대로 이는 우발적 이익일 뿐이라고 생각했다. 그러자 국세청에서 말하길, 비록 원고료 수입은 얼마 되지 않을지라도 그만하면 명실상부한 작가라는 것이었다. 국세청에서는 상세한 내역을 알고 싶어 했으나, 불행히도 나는 이를 알려 줄 수가 없었다. 원고료 관련 서류를 전혀 보관하고 있지 않았으며 (기억에는 없지만 출판사가 나한테 보냈다면 말이다.) 이따금 수표를 받으면 대개 바로 현금화하여 써 버렸던 것이다. 그래도 나름대로 원고료 수입의 정확한 액수를 알아내려고 최선을 다했다. 국세청 직원은 대체로 재미있다는 반응을 보이더니, 앞으로는 관련 서류를 꼼꼼히 보관하라고 충고했다. 그 순간 나는 꼭 에이전트를 고용하겠다고 다짐했다.

문학 에이전트에 대해 아는 것이 거의 없어서 예전에 이든 필포츠가 충고해 준 대로 휴스 매시에게 가기로 결정하고 그를 찾아갔다. 하지만 휴스 매시는 죽고 없었다. 대신에 약간 말을 더듬는 에드먼드 코크라는 젊은이가 나를 맞았다. 그는 휴스 매시처럼 위압적이지 않았으며, 오히려 아주 편하게 대화를 나눌 수 있었다. 그는 나의 무지에 경악을 하면서 내가 작가의 길을 닦아 가도록 기꺼이 돕겠다고 했다. 그는 내게 정확한 수수료와 연재 가능성과 미국에서의 출판과 극화될 경우의 저작권료와 (내가 보기에는) 온갖 불가능한 일에 대해 설명했다. 상당히 인상적인 강의였다. 나는 주저 없이 그의 손에 내 책을 맡겼고, 마음 푹 놓고 에이전트 사무실을 떠났다. 어깨를 짓누르던 무거운 짐이 사라진 것 같았다.

그리하여 40년간 지속된 우정이 시작되었다.

이어서 도저히 믿을 수 없는 일이 일어났다. 《이브닝뉴스The Evening News》에서 『밀하우스의 수수께끼』의 연재권으로 500파운드를 지불했던 것이다. 하지만 제목이 『골프장 살인 사건』과 너무 비슷한 느낌을 주는 것 같아 『갈색 양복의 사나이The Man in the Brown Suit』로 바꾸기로 했다. 그런데 《이브닝뉴스》가 다시 제목을 바꿀 것을 제안했다. 『여자 모험가 앤Anna the Adventuress』으로 하자는 것이었다. 듣도 보도 못한 형편없는 제목이라니. 하지만 나는 입을 꾹 다물었다. 나한테 500파운드를 주겠다는데. 더구나 책의 제목이라면 몰라도 신문 연재물의 제목에는 그리 신경 쓸 까닭이 없었다. 나는 이 엄청난 행운을 거의 믿을 수가 없었다. 아치도 마찬가지였고 펑키 언니도 그랬으며 물론 어머니도 거의 믿을 수가 없었다. 기신이 딸이 《이브닝뉴스》에 소설을 연재해 너무나도 손쉽게 500파운드를 벌다니. 이렇게 놀라올 수가.

인생은 항상 나쁜 일이든 좋은 일이든 우르르 몰려오는 경향이 있는 것 같다. 《이브닝뉴스》로 내가 행운을 잡기 무섭게 아치에게도 행운이 찾아왔다. 클라이브 벨류라는 오스트레일리아 인 친구가 편지를 보내 온 것이다. 예전에도 그는 아치더러 자신의 회사에서 함께 일하자고 제안한 적이 있었다. 아치는 친구를 만나러 갔고, 오랫동안 하고 싶어 하던 일을 제의받았다. 아치는 즉각 더없이 행복해졌다. 탄탄하고 매력적이며 그 어떤 교활한 술수도 쓰지 않는 기업에 들어감으로써 바야흐로 금융의 세계에 정식으로 입문하게 된 것이다. 우리는 마치 구름 위를 걷는 듯했다.

나는 오랫동안 마음에 품고 있었지만 아치가 여태 무관심했던 프로젝트에 당장 돌입했다. 매일 시티로 출퇴근이 가능한 거리에 있는 자그마한 시골집을 찾아 나선 것이다. 공원까지 유모차를 밀고 가거나 아파트 사이의 가느다란 잔디밭에 갇혀 있을 필요 없이 로잘린드가 마음껏 거닐 수 있는 정원이 있는 집이어야 했다. 나는 시골에서 살기를 염원해 왔다. 적당히 싼 시골집을 찾기만 하면 얼른 이사할 생각이었다.

아치가 덜컥 내 계획에 동의한 것은 골프에 대한 관심이 점점 커져 가고 있었기 때문이었던 것 같다. 남편은 얼마 전에 서닝데일 골프 클럽 회원으로 선발되었던 데다, 주말마다 기차를 타고 소풍을 나가서 이리저리 거니는 데에 질려 있었던 것이다. 그이는 마음속에 골프밖에 없었다. 서닝데일에서 여러 친구들과 골프를 치게 되자 크기가 작거나 시시한 코스에는 코웃음을 쳤고, 나 같은 햇병아리와 골프를 치는 것에는 아무런 재미도 못 느끼게 되었다. 나는 알지 못하는 사이에 점점 골프 과부가 되어 가고 있었던 것이다. 아치는 말했다.

"시골도 상관없어. 괜찮을 것 같아. 물론 로잘린드에게도 좋을 거고. 사이트는 시골을 좋아하지. 당신도 그렇고. 그러니까 우리가 살 곳은 서닝데일밖에 없어."

서닝데일이라니, 나는 좀 당황스러웠다. 서닝데일은 내가 말한 시골과는 좀 달랐다.

"하지만 그곳은 무척 비싸잖아요? 부자들만 사는 곳인데."

"적당한 집을 찾을 수 있을 거야."

아치는 낙관적이었다.

하루 이틀 후 남편이 나에게 《이브닝뉴스》에서 받은 500파운드 중 얼마나 썼느냐고 물었다. 나는 확신 없이 머뭇거리며 말했다.

"워낙 큰돈이잖아요. 아무래도 뒷날을 대비해 저축하는 게 좋겠지요."

"뭐 하러 그런 걱정을 해. 벨류와 일하니 앞으로 탄탄대로야. 당신도 글 쓰기에 점점 이력이 붙어 가고."

"네. 그러면 쓰죠 뭐. 일부만 써도 좋고."

새 이브닝드레스 생각이 희미하게 떠올랐다. 검은 구두 대신 금빛 혹은 은빛 이브닝슈즈를 사도 좋을 것이었다. 로잘린드가 탈 멋진 자전거에 대한 다소 야심 찬 꿈도 꾸었다.

아치의 목소리가 나의 상상을 깨고 들어왔다.

"자동차를 사지 그래?"

"차요?"

나는 어리둥절한 표정으로 남편을 바라보았다. 차는 꿈도 꾸어 본 적이 없었다. 주변 친구 중에 차를 가진 사람은 아무도 없었으며 여전히 차는 부자들이나 사는 물건이라고만 여기고 있었다. 그네들은 시폰 베일로 모자를 꽉 묶은 사람들을 태우고 불가능한 장소를 향해 시속 30킬로미터, 40킬로미터, 50킬로미터로 우리 곁을 쌩쌩 질주했다.

"치피고요?"

나는 더없이 멍한 표정으로 되풀이해 물었다.

"안 될 것도 없잖아?"

안 될 것은 없었다. 가능했다. 나, 애거서에게 자가용이 생기는 것이다. 이 자리에서 고백하는바, 내 생애 나를 가장 흥분시킨 두 가지가 있었으니 그 하나가 바로 나의 자동차였다. 나의 회색 주먹코 모리스카울리.

나머지 하나는 그로부터 약 40년 후 버킹엄 궁에서 여왕과 함께한 만찬 이다.

이 둘 다 마치 동화 속 이야기 같았다. 설마 나한테 실제로 일어날 줄은 꿈에도 모르고 있었다. 내 차를 가지고, 영국의 여왕과 식사를 하다니.

야옹아, 야옹아, 어디 갔었니?
여왕님을 뵈려고 런던에 갔더랬어요.

그것은 귀족 신분으로 태어나는 것만큼이나 멋진 일이었다.

야옹아, 야옹아, 거기서 뭘 했는데?
의자 밑에서 작은 쥐를 놀래 줬지요.

엘리자베스 2세의 의자 밑에 있는 쥐를 놀라게 할 기회는 전혀 없었지 만, 그래도 저녁은 즐겁게 먹었다. 꾸밈없는 스타일의 새빨간 벨벳 드레스 에 아름다운 보석을 딱 하나 단 여왕님은 자그마하고 늘씬했으며, 상냥하 고 편안한 대화 상대였다. 여왕님은 어느 날 밤 조그마한 응접실에 앉아 있 는데 느닷없이 굴뚝에서 그을음 덩어리가 와르르 떨어지는 바람에 혼비백 산하여 방에서 뛰어나간 이야기를 들려주었는데, 최고의 신분을 지닌 사람 에게도 이런 일상적 재앙이 일어날 수 있다는 사실에 친근감이 들었다.

7부

잃어버린 만족의 땅

1

　살 만한 시골집을 찾는 동안에 아프리카에 있던 몬티 오빠에게서 슬픈 소식이 들려왔다. 1차 대전 직전에 빅토리아 호수(탄자니아, 우간다, 케냐에 위치한 아프리카 최대의 호수——옮긴이)의 화물선 사업 계획을 세웠던 이후로 줄곧 오빠의 삶은 우리의 삶과 뚝 떨어져 흘러갔다. 화물선 사업을 시작할 당시에 오빠는 여러 인편을 통해 매지 언니에게 편지를 보내어 열정에 가득 차 자신의 계획을 설명하고는, 자본을 조금만 보태 달라고 부탁한 바 있었다. 오빠는 배와 관련된 것이라면 뭐든지 능했기 때문에 언니는 이 일로 몬티 오빠가 성공하리라 믿었다. 그래서 오빠가 영국에 올 수 있도록 뱃삯을 대 주었다. 오빠는 에식스에서 자그마한 배를 건조할 계획이었는데, 그것이 유망한 사업이었다는 것은 사실이다. 당시 빅토리아 호수에는 소형 화물선이 단 한 대도 없었으니까. 하지만 문제는 몬티 오빠가 직접 선장 노릇을 하려고 한다는 점이었다. 배가 제시간에 도착할지, 믿을 만한 서비스를 제공할지 모두들 의심스러워했다.

"멋진 계획이야. 큰돈을 벌 수 있을 거야. 하지만 어느 날 아침 몬티가 일어날 기분이 아니라면? 혹은 고객의 낯짝이 마음에 안 든다면? 몬티는 항상 저 하고 싶은 대로 하잖아."

하지만 언제나 낙천적인 언니는 자신의 재산 중 큰 몫을 떼어 화물선 건조에 투자했다.

"남편이 용돈을 넉넉하게 주고, 그 돈으로 애슈필드 유지비에 보태도 아무 반대 안 해. 그러니 투자 수입금이 줄어들어도 괜찮을 거야."

형부는 노발대발했다. 형부와 몬티 오빠는 서로 앙숙지간이었다. 형부는 언니가 돈을 몽땅 잃을 것이라고 예상했다.

배의 건조가 시작되었고, 매지 언니는 여러 차례 에식스를 다녀왔다. 모두 순조로운 것만 같았다.

유일한 걱정거리는 몬티 오빠가 걸핏하면 런던으로 가 저민 거리에 있는 고급 호텔에 묵으면서 호화로운 실크 파자마를 몇 벌이나 사고, 선장복 두 벌을 주문 제작하고, 언니에게 사파이어 팔찌나 정교한 텐트 스티치 자수 핸드백 같은 온갖 값비싼 선물을 한다는 점이었다.

"몬티, 그 돈은 배를 살 돈이잖아. 나한테 선물 사 줄 돈이 아니야."

"하지만 누나한테 멋진 선물을 주고 싶어. 누나는 자기 자신한테 돈을 일절 안 쓰잖아."

"그건 그렇고 저 창턱에 있는 건 뭐니?"

"저거? 일본 분재야."

"어머, 엄청 비싸다던데?"

"75파운드야. 늘 하나 있었으면 했지. 저 모양 좀 봐. 우아하지 않아?"

"아, 몬티. 제발 정신 좀 차려라."

"누나도 참. 영감탱이랑 사느라 인생을 즐기는 법을 다 잊었군 그래."

다음에 매지 언니가 오빠에게 가 보니 나무가 사라지고 없었다.

"환불했니?"

언니의 희망에 찬 물음에 오빠는 기겁을 하며 대답했다.

"환불이라니? 물론 아니지. 여기 호텔 카운터 여직원에게 선물했어. 정
말 멋진 아가씨야. 분재를 어찌나 좋아하던지. 그리고 어머니 때문에 걱정
이 이만저만이 아니라잖아."

매지 언니는 크게 실망했다.

"점심 먹으러 가자."

"좋아. 하지만 라이언스에서 먹자꾸나."

"좋지."

두 사람은 호텔 밖으로 나갔다. 몬티 오빠는 도어맨에게 택시를 불러 달
라고 했다. 도어맨은 지나가는 택시를 큰 소리로 불렀고, 두 사람은 차에
올랐다. 몬티 오빠는 도어맨에게 반 크라운을 팁으로 주고는, 버클리로 가
자고 운전사에게 말했다. 매지 언니는 눈물을 터트렸다.

나중에 몬티 오빠는 나에게 말했다.

"매형이 어찌나 좀생이 같은 인간인지 가엾은 매지 누나를 다 망쳐 놓았
어. 누나는 무조건 저축밖에 몰라."

"오빠도 슬슬 저축에 신경 써야 하는 것 아냐? 배가 완성되기도 전에 돈
이 바닥날 텐데."

몬티 오빠는 장난꾸러기처럼 씨익 웃었다.

"괜찮아. 매형이 돈을 내줄 수밖에 없을 테니."

몬티 오빠는 누나 부부와 힘겨운 닷새를 함께 보내며 위스키를 엄청나게
마셔 댔다. 매지 언니는 몰래 밖으로 나가 술을 몇 병 더 사다가 몬티 오빠
의 방에 기져다 주었고, 오빠는 그것을 무척 재미있어했다.

몬티 오빠는 낸 워츠에게 반해, 그녀를 데리고 극장이며 값비싼 레스토랑으로 돌아다녔다.

"화물선은 결코 우간다에 가지 못할 거야."

매지 언니는 때때로 절망에 잠겨 말했다.

일은 충분히 잘될 수도 있었으나 결국 그르치게 된 것은 전적으로 몬티 오빠 탓이었다. 오빠는 자신이 바텡가라고 이름 붙인 그 배를 너무나 사랑했다. 그래서 단순한 화물선 이상이 되기를 바라는 마음에 흑단과 상아로 된 비품을 주문하고, 티크 나무 판자로 선장실을 꾸미고, '바텡가'라고 새겨진 갈색 내화성 도자기 세트를 특별 주문했다.

그리고 전쟁이 터졌다. 아프리카에 바텡가를 보내는 것은 불가능했으며, 오히려 정부에 헐값으로 강제 매입되었다. 그리고 몬티 오빠는 육군으로 돌아갔다. 이번에는 킹스아프리칸 소총부대였다.

이리하여 바텡가의 전설이 끝나게 된 것이다.

그 도자기 세트 중 커피잔 두 개를 나는 지금도 가지고 있다.

그런데 어느 날 의사에게서 편지가 왔다. 몬티 오빠가 전투 중 팔에 부상을 입었다는 것은 우리도 익히 알고 있었다. 문제는 병원에서 원주민이 대충 드레싱하는 바람에 상처가 감염되었고, 그것이 낫지 않은 상태로 있다가 제대 후에 재발했다는 것이다. 오빠는 사냥을 하며 생계를 유지하고 있었는데, 결국 심하게 앓아눕게 되자 수녀들이 운영하는 프랑스 병원으로 실려 갔다.

오빠는 처음에는 친지 그 누구에게도 연락하기를 거부했다. 하지만 정말로 죽음이 눈앞에 다가오자(6개월이라도 더 살면 다행이었다.) 집에서 눈을 감고 싶다고 했다. 또한 영국 기후에서라면 오빠의 생명을 조금이라도 더 연장할 수 있을지도 모를 일이었다.

우리는 몬티 오빠가 몸바사(케냐의 항구 ── 옮긴이)에서 배를 타고 영국으로 올 수 있도록 서둘러 조치를 취했다. 어머니는 애슈필드에서 오빠를 기다리며 사랑하는 아들을 헌신적으로 간호할 생각에 환희에 젖었다. 이렇듯 어머니는 새로이 시작될 모자 관계를 꿈꾸었지만, 내가 보기에는 너무도 비현실적인 기대였다. 어머니와 몬티 오빠는 서로 잘 지낸 적이 없었다. 두 사람은 서로 너무 닮았고, 뭐든지 둘 다 자기 식대로 하기를 원했다. 게다가 몬티 오빠는 세상에서 함께 지내기 가장 까다로운 사람 중 하나였다.

어머니는 말했다.

"지금은 다를 거야. 오빠가 얼마나 아픈지 잊고 있구나."

하지만 아픈 오빠는 건강한 오빠만큼이나 까탈스러울 것이 뻔했다. 사람의 본성은 변하지 않는 법이다. 그럼에도 나는 여전히 일이 잘 풀리기를 빌었다.

어머니는 몬티 오빠의 원주민 하인과 함께 지내 주면 좋겠다고 나이 지긋한 두 하녀를 설득하느라 애를 먹었다.

"흑인과 한 지붕 아래에서 잠을 잘 수는 없어요, 마님. 우리 자매는 그런 일에 익숙지 않습니다."

어머니는 작전을 개시했다. 웬만해서는 어머니의 설득에 넘어가지 않을 수가 없다. 어머니는 두 사람에게 계속 머물러 달라고 교묘하게 에둘러 말했다. 그러다가 아프리카 원주민을 이슬람교에서 기독교로 개종시킬 수 있을 거라는 유혹에 이르자 마침내 두 사람이 걸려들었다. 둘은 매우 신실한 기독교인이었던 것이다.

그들은 눈을 반짝반짝 빛내며 말했다.

"그 원주민한테 성경을 읽어 줄 수 있을 거야."

그러는 동안 어머니는 방 세 개와 새 욕실을 독립된 아파트처럼 꾸몄다.

아치는 친절하게도 몬티 오빠가 탄 배가 도착하는 틸버리로 마중을 가겠다고 했다. 또한 오빠가 쉬면서 지낼 수 있도록 베이스워터에 자그마한 아파트를 빌려 놓았다.

오빠를 마중하러 가는 아치에게 말했다.

"오빠가 리츠에 묵겠다고 해도 그렇게 하지 말아요."

"뭐라고?"

"오빠가 리츠에 묵겠다고 해도 그렇게 하지 말라고요. 아파트도 벌써 빌려 놓았고, 집주인에게 통지도 했고, 살림살이도 다 마련해 놓았으니까요."

"다 잘 될 거야."

"저도 그랬으면 좋겠어요. 오빠가 워낙 리츠를 좋아하니."

"염려 마. 점심 전에 아파트에 형님을 딱 모셔다 놓을 테니."

시간이 흘러 6시 30분에 아치가 돌아왔다. 완연히 지친 기색이었다.

"다 잘 됐어. 잘 모셔 드리고 왔어. 형님을 배에서 내리게 하느라 일이 좀 많았어. 짐을 전혀 싸 놓지 않은 거야. 남아도는 게 시간인데 뭘 그리 서두르냐고 계속 말씀하시잖아. 다른 승객들이 다 내린 뒤에도 형님은 태평하기만 했어. 다른 사람이야 내리든 말든 전혀 안중에도 없더군. 참, 그 세바니라는 친구 괜찮던데. 큰 도움이 되었어. 덕분에 짐을 다 옮길 수 있었지."

남편은 말을 멈추더니 헛기침을 했다.

"있잖아, 형님을 파웰 광장으로 모셔 가지 못했어. 저민 거리에 있는 호텔에 묵겠다고 단호히 주장하시잖아. 안 그러면 괜히 민폐만 끼치게 된다면서."

"그래서 그곳으로 갔군요."

"어, 그래."

나는 아치를 바라보았다.

"형님이 어찌나 논리적으로 설득하시는지."

"그게 바로 몬티 오빠의 강점이에요."

몬티 오빠는 추천을 받은 열대병 전문의에게 진찰을 받았다. 의사는 어머니에게 온갖 지시 사항을 전달했고, 오빠는 부분적이긴 하지만 나을 가능성이 없지 않았다. 좋은 공기, 꾸준한 온욕, 조용한 생활. 정작 어려운 점은 아프리카의 병원에서 오빠가 곧 죽으리라고 보고 상당한 양의 마약을 주었는데, 오빠가 도저히 마약을 끊지 못한다는 것이었다.

우리는 하루 이틀 후 몬티 오빠와 셰바니를 파웰 광장의 아파트로 데려갔다. 두 사람은 새 아파트에서 꽤 행복해했다. 다만 셰바니가 근처 담배 가게에 들어가 50개비들이 담배 한 갑을 움켜쥐고는 "우리 주인님 앞으로 달아 놓으세요." 하고서 그냥 가져오는 소동이 있었다. 케냐의 외상 시스템이 베이스워터에서는 통하지 않았던 것이다.

런던에서 치료가 끝난 후 몬티 오빠와 셰바니는 애슈필드로 왔다. '아들의 마지막 순간을 평화롭게'라는 구상 아래 어머니와 아들의 노력이 시작되었다. 덕분에 어머니는 울화통이 터져 죽을 지경이었다. 몬티 오빠는 아프리카식 생활 방식을 고집했다. 밥은 먹고 싶을 때 먹어야 한다는 것이었다. 심지어 새벽 4시라 해도 아랑곳하지 않았으며 오히려 이 시각은 오빠가 즐겨 식사하는 시간이었다. 오빠는 종을 울려 하녀들을 불러서는 스테이크를 가져오라고 했다.

"하녀들을 배려해야 한다니 그게 대체 무슨 말씀이세요? 요리를 하라고 돈을 주는 거잖아요?"

"그래. 하지만 한밤중에 요리를 하라고 돈을 주는 것은 아니다."

"해 뜨기 직전이었어요. 전 언제나 그 시간에 일어난다고요. 그것이 뭐가 나빠요?"

실제로 문제를 해결한 것은 셰바니였다. 나이 지긋한 두 하녀는 그를 떠받들었고 두 사람이 성경을 읽어 주면 그는 아주 진지하게 귀를 기울였다. 또한 우간다에서의 생활에 대해 이야기해 주고, 주인님이 코끼리를 총으로 쏜 무용담을 자랑했다.

세바니는 몬티 오빠가 어머니를 대하는 태도에 대해 상냥하게 꾸짖었다. "그분은 주인님의 어머니예요, 브와나. 존경심을 가지고 대하셔야 해요."

1년 후 세바니는 아프리카에 있는 아내와 가족에게로 돌아가야 했다. 그러자 일이 어렵게 꼬여 갔다. 몬티 오빠와 어머니의 마음에 맞는 남자 하인이 없었던 것이다. 결국 매지 언니와 내가 번갈아 애슈필드로 내려가 두 사람을 달래야 했다.

몬티 오빠는 건강이 좋아지면서 더욱 제멋대로 굴어 다루기가 한결 더 힘들었다. 따분해진 오빠는 창밖으로 권총을 쏘며 기분을 풀었다. 상인들과 어머니를 방문한 손님들이 불평을 해도 몬티 오빠는 콧방귀만 뀌었다.

"멍청한 노처녀 할망구가 비트적비트적 진입로를 내려가잖아. 좀 답답해야지. 그래서 오른쪽 왼쪽으로 한두 방 쏴 주었거든. 세상에, 어찌나 잘 뛰던지!"

심지어 진입로를 올라오던 매지 언니에게도 총을 쏘아 대는 바람에 언니가 십년감수하기도 했다.

"왜 안 된다는 거야. 다치게 한 것도 아닌데. 내가 정말 누나를 맞추려고 총을 쏘았다는 거야?"

한번은 누군가 신고를 하여 경찰이 찾아왔다. 몬티 오빠는 총기 허가증을 보여 주고, 케냐에서 사냥꾼으로 지낸 생활에 대해 이야기하고는 실력이 녹슬지 않도록 꾸준히 연습하고 싶다는 바람을 대단히 이성적으로 표현했다. 어떤 어리석은 여인이 자기한테 총을 쏘았다고 오해한 모양인데, 사실은 토끼를 겨냥한 것이었다고. 몬티 오빠는 역시 설득의 귀재였다. 경찰은 밀러 대위와 같은 삶을 산 사람이라면 그럴 만도 하다고 납득하고 돌아갔다.

"이렇게 꽉 막힌 삶은 도저히 못 견디겠어. 지루해 미칠 지경이야. 다트무어에 자그마한 오두막 하나만 빌릴 수 있다면 소원이 없겠어. 공기도 좋고, 주위도 탁 트였고. 여기는 숨이 막혀."

"정말 그러고 싶어?"

"물론이야. 어머니 때문에 미치겠어. 까다롭기만 하고. 정해진 시간에 식사를 하라니? 여기는 모든 것이 무미건조해. 이렇게는 못 살아."

나는 오빠에게 다트무어에 화강암으로 지은 자그마한 방갈로를 마련해주었다. 또한 기적처럼 오빠를 돌보기에 딱 적합한 가정부도 찾아냈다. 예순다섯 살이었는데, 처음 봤을 때는 서로 전혀 안 맞으리라 예상했더랬다. 머리는 과산화수소로 밝게 탈색한 꼬불꼬불한 금발에 입은 루즈를 떡칠한 듯했으며 검은 실크드레스를 입고 있었다. 인생을 대부분 프랑스에서 보냈고, 아이가 열셋이었다.

그러나 그녀는 정녕 구원의 손길이었다. 모두들 실패했지만 그녀만은 몬티 오빠를 능히 다룰 수 있었다. 오빠가 원하면 얼마든지 한밤중에 일어나 요리했다. 하지만 얼마 후 몬티 오빠는 말했다.

"그냥 포기해 버렸어. 테일러 부인이 얼마나 힘들겠어. 건강하긴 하지만 아무래도 나이가 있잖니."

부탁하지도 않았는데 테일러 부인은 자그마한 정원에 땅을 파 완두콩과 강낭콩과 감자를 심었다. 오빠가 요구 사항을 말하면 유심히 들었지만, 오빠가 침묵에 빠지면 전혀 신경 쓰지 않았다. 환상적이었다.

어머니는 건강을 회복했고 매지 언니도 걱정을 덜었다. 몬티 오빠는 가족들이 찾아오는 것을 환영했고, 예의 바르게 처신했으며, 테일러 부인이 만든 맛있는 음식을 자랑했다.

매지 언니와 나로서는 다트무어 방갈로에 쓴 800파운드가 전혀 아깝지 않았다.

2

아치와 나는 시골에 적당한 집을 찾았다. 진짜 시골집은 아니었지만 내가 염려했던 대로 서닝데일은 너무 비쌌다. 시골집이라고는 찾아볼 수 없었고, 골프장 주위로 화려하게 들어선 현대식 건물들뿐이었다. 그런데 그 속에서 커다란 빅토리아식 건물인 스코츠우드를 발견할 수 있었다. 그 건물은 네 개의 아파트로 개조하는 중이었는데 아래쪽 두 채는 벌써 사람들이 입주했고, 위쪽 두 채는 여전히 작업 중이었다. 우리는 두 아파트를 둘러보았다. 둘 다 복층 구조로, 아래층에 방이 세 개, 위층에 방 두 개와 부엌, 욕실이 있었다. 그중 전망도 좋고, 방 모양도 괜찮은 아파트가 마음에 들었다. 하지만 다른 아파트에는 조그마한 방이 하나 더 있었고, 집세도 쌌다. 그래서 후자를 택하기로 했다. 세입자는 정원을 이용할 수 있고, 언제나 뜨거운 물이 나온다고 했다. 집세는 당시 살던 집보다 더 비쌌지만, 차이가 많이 나지는 않았다. 내 생각에는 120파운드였던 것 같다. 그리하여 우리는 계약서에 서명을 하고 이사를 준비했다.

수시로 새 집에 들러 도배장이와 칠장이가 어떻게 일을 하는지 살펴보았다. 항상 말에 비해 해놓은 것은 별로였다. 번번이 그러더니 끝내 무엇인가 잘못되었다는 것을 발견했다. 도배는 바보라도 할 수 있는 일이다. 단 하나, 틀린 방향으로 붙이지만 않는다면 잘못될 일이라고는 전혀 없다. 하지만 페인트칠은 자칫 잘못하면 색의 농도가 달라질 수 있는 것이다. 처음에는 그런 사실을 눈치 채지 못하고 있었지만, 그런대로 제때 문제가 해결되었다. 널따란 거실에는 라일락 무늬가 있는 새 크레톤 천으로 커튼을 달았다. 내가 직접 만든 것이었다. 자그마한 식당에는 약간 값이 비싼 커튼을 쳤는데, 흰 바탕에 튤립이 새겨진 그 커튼이 너무도 마음에 들어 살 수밖에 없었더랬다. 그 뒤쪽의 더 넓은 방은 로잘린드와 사이트의 방으로 정하고,

미나리아재비와 데이지 무늬 커튼을 달았다. 아래층 옷방과 손님용 방에는 아치가 색깔이 강렬한 진홍빛 양귀비와 푸른 수레국화무늬를 골랐다. 우리 침실에는 내가 블루벨 무늬 커튼을 골랐는데, 썩 좋은 선택은 아니었다. 북향으로 창이 나 있어 햇살이 거의 들지 않았기 때문이다. 커튼이 예뻐 보일 때라고는 아침에 침실에 누워 창문 양쪽으로 잡아당겨서 묶어 놓은 커튼으로 햇살이 비쳐드는 모습을 볼 때와 밤에 블루벨이 점점 엷어지는 모습을 볼 때뿐이었다. 사실 커튼 속 블루벨은 진짜 블루벨과 성질도 비슷했다. 블루벨은 집으로 가져오면 이내 회색으로 변해 고개를 푹 떨군다. 이처럼 블루벨은 사람에게 사로잡히기를 거부하며 숲 속에 있을 때만 밝게 미소 짓는 것이다. 나는 블루벨에 대한 시를 씀으로써 스스로 위로했다.

5월의 발라드

5월의 상쾌한 아침, 왕이 산책을 나갔네.
왕은 몸을 누이고 쉬다 깜박 잠이 들었네.
눈을 뜨니 어스름이 내리고 있었다네.
(마법의 시간)
블루벨이, 야생의 블루벨이 숲에서 춤을 추네.
왕은 모든 꽃들을 초대해 연회를 베푸네(단 한 가지 꽃만 빼고).
왕은 단 하나의 꽃을 찾아 갈망의 눈길로 꽃들을 살피네.
장미는 새틴 드레스를,
백합은 녹색 망토를,
하지만 블루벨은, 야생의 블루벨은 오직 숲에서만 춤을 추네.

왕은 분노에 얼굴을 찌푸리며 칼을 거머쥐네.

부하들을 보내 블루벨을 군주 앞으로 끌고 오라 하네.
비단 줄로 블루벨을 꽁꽁 묶네.
숲에서 춤을 추는 블루벨이, 야생의 블루벨이
왕 앞에 서네.

왕은 블루벨을 맞으며 자신의 신부로 삼겠노라 선언하네.
왕은 황금 왕관을 벗어 블루벨의 머리에 씌우네.
그러나 왕은 파리해진 안색으로 파르르 몸을 떨고,
신하들은 두려움 속에서 바라보네.
블루벨이, 회색의 블루벨이 창백한 유령처럼 서 있네.

오 왕이시여, 전하의 왕관은 너무 무거워 제 고개를 떨구게 하나이다.
공기처럼 자유롭던 저는 전하의 대궐 벽에 갇히었나이다.
바람이 저의 연인일지니,
태양 또한 저의 연인일지니.
블루벨은, 야생의 블루벨은 전하의 신부가 될 수 없나이다.

왕은 열두 달을 통곡하건만 아무도 그 슬픔을 달랠 수가 없어라.
왕은 연인의 길로 산책을 갔다네.
황금 왕관을 내려놓고
숲으로 들어갔다네.
블루벨이, 야생의 블루벨이 자유로이 춤추고 있는 숲으로.

『갈색 양복의 사나이』는 좋은 반응을 보였다. 보들리헤드는 내게 대단히
좋은 조건으로 새 계약을 맺자고 다시 압력을 넣었으나 나는 거절했다. 내

가 다음으로 출판사에 보낸 원고는 오래전에 쓴 기다란 단편을 다시 장편으로 고쳐 쓴 것이었다. 내가 무척 좋아하던 단편으로, 다양한 초자연적 현상을 다루고 있었는데 그것을 좀 더 정교하게 다듬고, 인물을 몇 명 추가했다. 그러나 출판사에서는 그 작품을 거절했다. 나도 그럴 줄 예상하고 있었다. 계약서에는 나의 작품이 추리 소설이나 스릴러물이어야 한다는 조항은 전혀 없었다. 그저 '다음 다섯 편의 장편 소설'이라고만 나와 있었다. 그러니 장편 소설이기만 하면 되었던 것이다. 출판사에서 출판하든 말든 그것은 출판사 사정이었고, 출판사에서는 그 책을 거절했고, 따라서 나는 한 권만 더 보들리헤드를 위해 쓰면 되었다. 그 후에는 자유였다. 자유. 이제는 믿음직한 에이전트의 조언에 의지하리라. 무엇을 해야 할지, 더 중요하게는 무엇을 해서는 안 되는지에 대해 최고의 조언을 들을 수 있을 것이었다.

다음으로 쓴 책은 『비밀 결사』와 비슷한 분위기의 유쾌한 작품이었다. 쓰다 보니 신이 나서 진도가 술술 나갔다. 이 작품에는 만사가 순조롭던 당시에 내가 느꼈던 유쾌함이 담겨 있다. 서닝데일에서의 생활과 하루하루 커 가는 로잘린드를 보는 즐거움은 나날이 커지기만 했다. 아이가 항상 아기로 머물기를 바라며 자라는 모습을 한탄하는 부모들을 나는 전혀 이해할 수가 없다. 나는 어떨 때는 하루빨리 아이가 자랐으면 하는 마음에 조바심이 나기까지 했다. 내년에, 내후년에 로잘린드가 어떤 모습일지 어서 보고 싶었던 것이다. 자기 자식이면서 동시에 미스터리한 타인인 아이를 기르는 것보다도 더욱 흥미진진한 일은 세상에 없다. 부모는 아이가 세상으로 나가는 문이다. 그저 한동안만 아이의 보호자 노릇을 할 뿐인 것이다. 그 후에 아이는 부모를 떠나 자유로운 삶을 활짝 꽃피운다. 그리고 부모는 자식의 그런 삶을 지켜본다. 낯선 식물을 집으로 가져와 심고는 어서 자라기를 기다리는 마음과 같은 것이다.

로잘린드는 서닝데일에서 행복하게 지냈다. 멋진 자전거를 무척 좋아하여 정원을 열심히 맴돌다 이따금 넘어지기도 했지만, 전혀 개의치 않았다. 사이트와 나는 로잘린드더러 대문 밖으로 나가지 말라고 경고하긴 했어도, 그렇다고 명확히 금지 사항으로 만들지는 않았다. 어쨌든 우리가 정신없던 어느 날 아침 로잘린드가 대문 밖으로 나가는 사건이 있었다. 언덕 아래로 신나게 자전거를 타고 내려가다 큰길까지 닿았는데, 천만다행으로 큰길에 들어서기 직전에 자전거가 넘어졌다. 그래서 앞니 두 개가 안으로 쑥 들어 갔는데, 이 때문에 영구치가 날 때 악영향을 끼칠까 봐 적잖이 걱정되었다. 나는 아이를 치과로 데리고 갔다. 로잘린드는 아무 불평 없이 진찰대에 앉 았으나 입술을 꾹 다물고는 그 누구에게도 입을 벌리기를 거부했다. 내 말 에도, 사이트의 말에도, 치과 의사의 말에도 묵묵부답이었다. 결국 아이를 그냥 데리고 나와야 했다. 얼마나 화가 나던지. 로잘린드는 침묵 속에서 모 든 비난을 묵묵히 들었다. 사이트와 나한테 한바탕 설교를 들은 끝에 이틀 이 지나자 로잘린드는 스스로 치과에 가겠다는 의사를 발표했다.

"이번에는 제대로 할 거지, 로잘린드? 아니면 또 저번처럼 입을 꽉 다물 거야?"

"아뇨. 입을 쫙 벌릴 거예요."

"그때는 겁이 났던 거니?"

"그 사람이 나한테 무슨 짓을 할지 어떻게 알아요?"

나는 그 말이 맞다고 인정해 주는 한편, 영국에서 로잘린드와 내가 아는 모든 사람들은 치과에 가서 입을 벌리고 이를 치료하며 결과적으로 그게 이득이라는 사실을 확실히 설명해 주었다. 로잘린드는 훌륭하게 진료를 받 았고, 치과 의사는 흔들거리던 이빨을 뽑고는 의치를 해야 할지도 모르겠 지만 아마 괜찮을 것이라고 말했다.

나의 어린 시절과는 달리 그곳 치과 의사들은 엄격하지 않았다. 어릴 때 우리 이를 담당했던 치과 의사는 헌 선생님이라고 불렸는데, 덩치가 자그마하고 매우 정력적이었으며 단번에 환자를 제압하는 기술이 있었다. 매지 언니가 세 살일 때 그 치과에 갔더랬는데 진찰대에 앉자마자 바로 울음을 터트렸다.

그러자 헌 선생님이 말했다.

"울면 안 돼. 내 환자는 절대 울면 안 돼."

"정말요?"

매지 언니는 깜짝 놀라서 즉각 울음을 그쳤다.

"그럼. 우는 건 나쁜 거야. 절대 금물이지."

그리고 의사는 손쉽게 매지 언니를 진찰했다.

우리는 모두 스코츠우드로 이사하는 것을 굉장히 기뻐했다. 나는 다시 시골에서 살게 되어 신이 났고 아치도 서닝데일 골프장이 더욱 가까워져서 좋아했다. 사이트는 공원까지 한참을 걷지 않아도 되었고, 로잘린드도 멋진 자전거를 타고 놀 정원이 생겼다. 그렇게 다들 이사하는 것을 좋아했는데, 그럼에도 가구 운반차와 함께 우리가 도착했을 때는 짐을 풀 상황이 전혀 아니었다. 전기 기술자들이 여전히 복도를 차지하고 있어 가구를 옮기기가 무척 곤란했고, 욕조, 수도꼭지, 전등 등 문제가 쉴 새 없이 일어났으며, 일꾼들은 믿을 수 없을 만큼 무능했다.

이 무렵 《이브닝뉴스》에 『여자 모험가 앤』이 연재되었고, 나는 모리스카울리를 샀다. 아주 좋은 차로, 요즘의 차보다도 훨씬 안전하고 우수했다. 이제 해야 할 일은 운전법을 배우는 것이었다.

그런데 얼마 되지 않아 총파업이 벌어졌다. 운전 연수는 아치에게 겨우 세 번 받았을 뿐인데, 아치는 나더러 자기를 런던까지 데려다 주어야 한다는 것이었다.

"말도 안 돼요. 운전을 하지도 못하는데!"

"아니야. 할 수 있어. 지금까지 아무 문제없었잖아."

아치는 좋은 선생님이었다. 하지만 당시에는 운전면허증 같은 제도가 없었다. 하다못해 임시 면허증 같은 것도 없었으며, 운전대를 쥐면 바로 그 순간부터 운전에 대한 책임을 져야 했다.

"후진을 전혀 못 하잖아요. 게다가 차는 늘 엉뚱한 방향으로 가고요."

나는 불안하게 말했다.

"후진할 필요는 없을 거야. 운전대만 잘 잡으면 아무 문제없어. 적당한 속도로 달려가기만 하면 된다고. 브레이크 거는 법은 알잖아."

아치는 자신 있게 설득했다.

"제일 먼저 배운 것이 그건걸요."

"물론이지. 그런데 뭐가 문제야?"

"하지만 길에 차와 사람이 많잖아요."

나는 더듬거리며 말했다.

"혼잡한 곳에는 갈 일이 없을 테니 염려 마."

아치는 하운즐로 역에서부터 전차가 다닌다는 소문을 들었다. 따라서 나의 임무는 아치를 하운즐로까지만 데려다 주면 되는 것이었다. 그곳에 도착하면 내가 돌아갈 수 있게 아치가 차의 방향을 돌려 줄 것이고, 나는 남편이 시티로 가는 동안 집으로 오면 되었다.

처음으로 하운즐로 역까지 운전해서 갔던 일은 내 생애 최악의 재앙이었다. 공포에 벌벌 떨었지만, 그럼에도 차는 무사히 몰았다. 필요 이상으로 세게 브레이크를 밟는 바람에 한두 번인가 시동을 꺼트리긴 했다. 사람이나 차가 지나갈 때는 무척 조심했는데, 무난하게 잘 해낼 수 있었다. 물론 당시의 도로 교통은 지금과는 판이하게 달랐고, 특별한 기술을 요하지도 않았다. 운전대만 잡을 줄 알면 되었으며, 주차하거나 좌회전이나 우회전을 하거나 후진할 필요는 거의 없었다. 최악의 순간은 나 혼자 스코츠우드로 돌아와 비좁은 차고에 차를 주차시켜야 할 때였다. 게다가 바로 옆에는 이

윗집 차가 서 있었다. 우리 아래층에 사는 젊은 부부의 차였는데, 성이 론 클리프인 그 집 아내가 자기 남편에게 이렇게 말했다 한다.

"윗집 아주머니가 오늘 아침에 차를 몰고 돌아오더라고요. 처음 운전대를 잡은 건가 봐요. 백지장처럼 새파래져서는 바들바들 떨며 차고에 차를 넣지 뭐예요. 저러다 벽을 박겠구나 싶었을 때 아슬아슬하게 딱 멈추는 거예요!"

아치가 아니었다면 그 누구도 내게 운전을 할 수 있다는 자신감을 심어주지 못했으리라. 내가 할 수 없을 것 같다고 여기는 일도 아치는 당연히 할 수 있다고 확신했다.

"물론 할 수 있고말고. 못 할 것 뭐 있어? 못 한다고 생각하면 아무 일도 못 하는 법이야."

나는 약간 자신감을 얻었다. 그리고 사나흘 후에는 런던 시내로 좀 더 깊이 진입하여 혼잡하고 위험한 교통 상황에 용감히 맞설 수 있었다. 아, 내 차를 모는 환희란! 차가 한 사람의 인생을 그처럼 바꿀 수도 있다는 것을 요즘 사람들은 상상도 못 할 것이다. 차가 생김으로써 원하는 어느 곳이든 갈 수 있게 되었다. 걸어서는 엄두도 못 낼 곳을 말이다. 그것이 나의 지평선을 넓혀 놓았다. 차가 생긴 가장 큰 기쁨 중 하나는 언제든지 애슈필드에 가서 어머니와 드라이브를 즐길 수 있다는 점이었다. 어머니도 나만큼이나 드라이브를 열렬히 좋아했다. 우리는 다트무어, 교통이 불편하여 한 번도 방문해 보지 못한 어머니 친구분의 집 등, 온갖 곳을 여행했다. 드라이브는 어머니와 나에게 더없는 즐거움이었던 것이다. 주먹코 모리스카울리보다 내게 더 큰 기쁨과 성취감을 준 것은 없으리라.

남편은 일상사에서는 대부분 큰 도움이 되었지만, 글쓰기에서만큼은 그다지 도움을 주지 못했다. 나는 때때로 새로 구상 중인 단편의 아이디어나 장편의 플롯에 대해 남편에게 설명해 주고픈 욕구를 느꼈다. 그래서 더듬더듬 말을 하다 보면 내 귀에도 너무 진부하고, 시시하고, 결코 쓰지 않을 형용사들이 쓸데없이 나열되고 있는 것처럼 들리는 것이다. 아치는 다른 사람에게 관심을 기울이고자 결심할 때와 같은 박애 정신으로 내 이야기를 경청했다.

그러다가 마침내 나는 머뭇거리며 묻는다.

"어떤 것 같아요? 쓸 만하겠어요?"

그러면 아치는 단호한 태도로 대답했다.

"그런 것 같아. 하지만 일화가 별로 없는 것 같아. 흥미진진한 면도 부족하고."

"아무래도 버리는 게 좋겠죠?"

"그래, 당신은 더 좋은 이야기를 생각해 낼 수 있을 거야."

그러면 그 플롯은 즉시 죽임을 당하고 영원히 쓰러지는 것 같았다. 하지만 오륙 년 후 나는 그것을 부활시켰다. 혹은 스스로 부활했다. 비평에 굴하지 않고 활짝 꽃을 피운 그 작품은 나의 최고작 중 하나로 멋지게 자리를 잡았다. 문제는 작가가 말로써 플롯을 설명해야 할 때 제대로 말하기가 무척이나 어렵다는 것이다. 연필로 쓰거나 타자기로 치는 것이라면 얼마든지 할 수 있다. 그러면 글이 마땅히 그래야 하는 형태로 펼쳐진다. 하지만 써야 할 것을 말로 묘사하는 건 불가능하다. 적어도 나는 그러하다. 그리하여 결국 책을 쓰기 전에는 그것에 대해 절대 말하지 않아야 한다는 점을 깨달았다. 글로 쓴 후에 비평을 부탁하는 것이 훨씬 도움이 되는 것이다. 비평에 반박할 수도 있고 동의할 수도 있지만, 어쨌든 적어도 독자들에게 그 작품이 어떻게 읽힐지는 알 수가 있다. 하지만 앞으로 쓸 작품에 대해 말로 설명하다 보면 어찌나 시시하게 들리는지 내가 생각해도 형편없는 이야기 같다.

나는 다른 사람의 원고를 한번 봐 달라는 수많은 요청을 한 번도 수락하지 않았다. 한번 부탁을 들어 주면 그 다음부터 내가 할 일은 산더미 같은 원고를 읽는 일밖에 없어질 것이다. 하지만 그보다 더 큰 문제는 작가는 비평에 능하지 않다는 점이다. 작가의 비평은 자기라면 이 이야기를 이런 저런 식으로 썼으리라는 것에 국한된다. 하지만 이런 평가가 다른 작가에게도 유용한 것은 결코 아니다. 사람은 누구나 자신을 표현하는 각자의 방법이 있는 것이다.

또한 낙담시켜서는 안 될 누군가를 낙담시킬 수도 있다는 것은 참으로 끔찍한 일이다. 나는 초기 단편 하나를 친절한 친구의 도움으로 유명 여류 작가에게 보인 적이 있었다. 슬프게도 그분은 내가 결코 작가가 될 수 없으리라고 단언했다. 작가이지 비평가가 아니기에 자기 자신은 몰랐겠지만, 그분이 정말 의미했던 것은 당시 내가 어리고 부족하여 출판할 만한 가치가 있는 글을 아직 쓸 수 없다는 뜻이었다. 만약 비평가나 편집자였더라면, 좋은 싹을 간파하는 데 전문가인 만큼 더욱 통찰력이 있었으리라. 이처럼 나는 남의 작품을 함부로 비평하는 것은 쉽게 해를 끼칠 수 있다고 여기기 때문에 하지 않는다.

내가 유일하게 비평할 수 있는 것은 예비 작가가 출판 시장의 물정을 전혀 모른다는 점에 대해서뿐이다. 3만 단어짜리 장편을 써 봐야 아무 소용이 없다. 현재는 그만한 길이의 장편은 아무도 출판하려 들지 않는다. 그러면 작가는 대답한다.

"하지만 이 책은 딱 이만큼이 적당해요."

천재 작가라면야 길이가 어쨌든 상관없겠지만, 그래도 대개는 좀 더 사업적이어야 한다. 잘 쓸 수 있고 즐겁게 쓸 수 있는 것도 중요하지만 작품을 출판해야 하는 것도 중요하다. 그러려면 출판사가 원하는 모양새와 두께를 갖추어야 한다. 무수가 높이 1.5미터짜리 의자를 만들어 보시라 대체 누가 사 가겠는가. 아무도 그런 의자에는 앉고 싶어 하지 않는다. 의자가 세련되어 보인다고 말해도 아무런 소용이 없다. 정녕 책을 내고 싶다면 적당한 책의 두께를 연구한 뒤 그에 맞게 글을 써야 한다. 특정 잡지에 특정 형태의 단편을 싣고 싶다면 그 잡지에서 요구하는 길이와 형태대로 글을 써야만 잡지에 실린다. 그저 재미로 글을 쓰는 것이라면 상관없다. 길이나 형태야 어쨌든 자기 좋을 대로 쓰면 그만이다. 하지만 작품을 쓰는 것만으로 만족하고 끝나기 십상이다. 자신이 하늘이 내린 천재라고 생각하는 것은 좋은 출발 자세가 아니다. 물론 진짜 하늘이 내린 천재는 있다. 문제는 지극히 드물다는 것이다. 그러니 차라리 정직하게 사업을 하는 상인이 되어야 한다. 우선은 기술적 요령을 익히고, 그 다음에 그 틀 안에서 자신의 창의력을 발휘해야 한다. 형태의 제약에 복종해야 하는 것이다.

그 무렵 나는 전문 작가가 될지도 모른다는 생각이 조금씩 조금씩 싹트고 있었다. 아직 확신할 수는 없었다. 책 쓰기는 소파 쿠션의 자수 놓기에 이은 취미라는 생각이 여전히 강한 상태였다.

런던을 떠나 시골로 가기 전에 조각 학원에 다녔더랬다. 나는 그림보다 조각을 더욱 찬미했으며, 조각가가 되고 싶은 뜨거운 열망을 갖고 있었다. 하지만 일찌감치 희망은 깨어졌다. 시각적 형태에 대한 감각이 없어 도저히 훌륭한 조각가가 될 수 없음을 깨달은 것이다. 그림을 잘 못 그리니, 당연히 조각도 잘 못 했다. 진흙을 만지고 다루다 보면 형태감이 늘 것이고 조각도 잘 할 수 있으리라 예상했으나 제대로 사물을 보지 못한다는 점만 깨달았을 뿐이다. 음치가 음악을 하겠다고 나서는 꼴이나 마찬가지였다.

나는 허영심에서 노래 몇 개를 작곡하고는, 그중 일부에는 직접 가사를 붙였다. 내가 작곡한 왈츠를 다시 들여다보니 세상에 이렇게 진부한 곡이 또 있을까 싶다. 몇몇은 그나마 그렇게 나쁘지는 않았고 피에로와 할리퀸 시리즈 중 하나는 꽤 내 맘에 들었다. 화성법을 배워 작곡에 대해 좀 더 알

왔더라면 좋았을 텐데. 하지만 글쓰기야말로 나에게 딱 맞는 직업이자 자기 표현법이다.

근친상간에 대한 음울한 희곡을 쓰기도 했다. 원고를 보낸 극단마다 단호히 거절했는데 '불쾌한 주제'라는 것이 이유였다. 재미있는 것은 요즘에는 그런 희곡을 극단에서 대환영한다는 점이다.

또한 아크나톤(고대 이집트의 왕 — 옮긴이)에 대한 역사 희곡도 썼는데, 무척 마음에 들었다. 존 길구드(영국의 유명 배우이자 제작자이자 연출가 — 옮긴이)는 친절하게도 편지를 보내 주었는데, 흥미로운 점은 많지만, 연출하기에 많은 비용이 들고, 유머가 부족하다고 했다. 나는 아크나톤에게 유머 감각이 있으리라고는 전혀 상상하지 못했으나, 곧 내가 틀렸다는 것을 깨달았다. 그 어느 시대, 그 어느 나라나 마찬가지로 고대 이집트에도 유머가 가득했으리라. 비극 속에도 유머가 깃들어 있는 법이니까.

3

세계 여행에서 돌아온 후 줄곧 근심 걱정에 짓눌려 있다가 이제 행복의 시간을 맞이한 우리는 더없이 기뻤다. 아마도 바로 이때 불안을 느껴야 했을 것이다. 그러나 만사가 너무 순조로웠다. 아치는 친구 회사에서 원하던 일을 하게 되었다. 동료들도 마음에 들고, 일류 골프 클럽에 가입하였으며, 주말마다 쉬는 등, 항상 꿈꾸었던 소망을 이루었다. 나 또한 글쓰기에 성공을 거두었고, 심지어 책을 계속 써서 돈을 벌 수도 있겠다 싶기까지 했다.

이렇게 평탄한 삶 속에서도 일이 잘못될 수 있다는 것을 나는 알고 있었을까? 몰랐다. 하지만 정확히 말로 표현할 수는 없지만, 무엇인가 결핍감이 느껴졌다. 예전에 아치와 내가 함께했던 친밀감이, 버스나 기차를 타고 낮선 장소를 탐험하던 주말이 그리웠다.

이제 주말은 나에게 가장 지루한 시간이 되었다. 나는 런던의 친구들에게 주말이 되면 놀러 오라고 청하곤 했는데, 아치는 주말이 엉망이 된다며 질색했다. 손님이 오면 남편이 계속 집에 있어야 하고, 그러면 골프의 제2라운드를 못 치게 되는 경우가 많았기 때문이다. 런던에서 함께 테니스를 치던 친구들이 여럿 있으니까 골프 대신 테니스를 치라고 권했더니 아치는 기겁을 했다. 테니스를 치면 골프에 대한 감각을 잃고 만다는 것이었다. 골프를 어찌나 진지하게 생각하는지 완전히 종교나 다름없었다.

"여보, 친구라면 마음대로 불러도 좋아. 부부만 아니면 돼. 나는 할 일이 있다고."

말이야 쉽지만, 우리 친구들 대부분은 결혼한 커플이었다. 그렇다고 남편을 빼놓고 달랑 아내만 초대할 수도 없는 노릇이었다. 나는 서닝데일에서도 친구를 사귀었지만 그곳 사회는 크게 둘로 나뉘어 있었다. 정원에 대한 열렬한 애정으로 다른 주제에 대해서는 한마디도 하지 않는 중년층. 그리고 쾌활하고, 스포츠를 즐기며, 칵테일파티를 열고, 술을 좋아하는 부유층. 후자는 나와 맞지 않았다. 하지만 아치와는 잘 맞았다.

어느 주말 낸 워츠와 그녀의 두 번째 남편이 우리 집에 와 머물렀다. 그녀는 전쟁 동안 휴고 폴록이라는 남자와 결혼해 주디라는 딸을 낳았는데 결혼 생활이 원만하지 못했고, 결국 이혼으로 끝나고 말았다. 그리고 다시 조지 컨이라는 남자와 결혼했는데, 그는 열렬한 골프광이었다. 그리하여 주말 문제가 해결되었다. 조지와 아치가 함께 골프를 치는 동안 나와 낸은 숙녀용 골프장에서 수다를 떨며 골프를 치는 흉내나 내면 되는 것이었다. 그러다가 클럽하우스로 올라가 남편들을 만나 음료수를 마셨다. 그때 낸과 나에게는 우리만의 마실거리가 있었는데, 어린 시절 애브니 농장에서처럼 0.3리터의 생크림에 우유를 타서 마시는 거였다.

사이트가 우리를 떠난 것은 엄청난 충격이었다. 하지만 사이트는 자신의 일을 진지하게 생각하고 있었고 한동안 해외에서 경험을 쌓기를 원했다. 사이트 말대로, 내년에는 로잘린드도 학교에 갈 것이니 자신을 그리 필요로 하지 않을 터였다. 마침 브뤼셀 대사관에 좋은 자리가 났는데, 꼭 그 일을 하고 싶다는 것이었다. 우리와 헤어지는 것은 싫지만, 가정교사로 일하며 전 세계를 돌아다니면서 삶의 진면목을 보고 싶어 했다. 우리는 수긍하지 않을 수가 없었고 그리하여 슬프게도 사이트는 벨기에로 떠나게 되었다.

그 무렵 나는 어릴 적 마리에게서 얼마나 수월하게 프랑스 어를 배웠으며 또 얼마나 즐겁게 지냈는지에 대한 추억이 떠올랐다. 그래서 로잘린드에게 프랑스 인 유모 겸 가정교사를 구해 주기로 했다. 펑키 언니는 프랑스 인이 아니라 스위스 인이기는 하지만 딱 알맞은 사람을 알고 있다며 열광적으로 편지를 써서 보냈다. 언니가 직접 만나 보았으며, 언니의 친구가 그녀의 스위스 가족들과 잘 알고 지낸다고 했다.

"마르세유는 정말 다정다감한 아가씨야. 상냥하기 이를 데 없지."

언니는 마르세유야말로 내성적이고 예민한 로잘린드에게 잘 맞으며, 잘 돌볼 것이라고 생각했다. 로잘린드의 성격에 대한 펑키 언니와 나의 판단이 정확히 일치했는지는 모르겠다!

마르세유 비뉴는 제때 도착했다. 처음에는 약간 염려스러웠다. 펑키 언니 말로는, 상냥하고, 매력적이며, 귀엽다고 했지만 내가 보기에는 전혀 달라 보였다. 마음씨는 좋은 것 같았지만, 둔감하고 게으르고 재미없어 보였다. 아이를 다루는 능력이 전혀 없는 사람이었다. 로잘린드는 대체로 얌전하게 굴어 낮에는 아무 문제없었지만, 밤만 되면 악마에 씌기라도 한 듯 완전히 변했다.

도저히 믿을 수가 없었다. 어린아이를 교육하는 사람이라면 본능적으로 일있을 깃을 나는 그때 께달았다. 이이가 개가 그 밖의 다른 돈문처럼 행동한다는 것을 말이다. 즉, 권위를 알아보는 것이다. 하지만 마르세유에게는 권위라고는 없었다. 그저 상냥하게 고개를 저으며 말할 뿐이었다.

"로잘린드! 농, 농*Non, non.*(안 돼, 안 돼.) 로잘린드!"

당연히 그 말은 아무런 효과도 없었다.

둘이서 함께 산책 나가는 것을 보자니 딱할 따름이었다. 오래전에 눈치챘지만, 마르세유는 양쪽 발이 다 티눈과 염증으로 뒤덮여 있었다. 그러니 장례 행렬이라도 따르는 듯 느릿느릿 절뚝거리며 걸을 수밖에 없었다. 마르세유를 발 치료사에게 보였지만, 걸음걸이는 그다지 달라지지 않았다. 활기 넘치는 어린아이인 로잘린드는 누가 영국인 아니랄까 봐 턱을 높이 쳐들고서 성큼성큼 걸어가고, 마르세유는 뒤에 저만치 처져서는 중얼거리는 것이다.

"기다려. 아텡데 무와*Attendez-moi!*(기다려!)"

"산책을 하는 거예요, 마는 거예요?"

로잘린드는 어깨 너머로 대꾸했다.

마르세유는 어리석게도 로잘린드에게 초콜릿을 사 줌으로써 평화를 구했다. 그러나 그것은 최악의 실수였다. 로잘린드는 초콜릿을 받으며 공손하게 감사 인사를 했지만, 그러고는 다시 제멋대로 굴었다. 집에서 로잘린드는 작은 악마였다. 마르세유에게 신발을 벗어 던지고, 얼굴을 찌푸리고, 저녁 먹기를 거부했다.

나는 아치에게 말했다.

"어떡하죠? 얼마나 말을 안 듣는지 몰라요. 벌을 주지만, 그래 봐야 아무 소용없어요. 그 불쌍한 아가씨를 고문하다시피 해요."

"정작 본인은 별로 개의치 않는 것 같아. 그렇게 무딘 사람도 처음이야."

"좀 지나면 괜찮아지겠죠."

하지만 괜찮아지기는커녕 더욱 악화되었다. 내 자식이 난폭한 악마로 자라기를 원치 않았기에 걱정이 이만저만이 아니었다. 지금까지 로잘린드가 두 유모와 한 명의 유모 겸 가정교사와 아무 문제없이 잘 지냈다는 점에서 원인은 아무래도 그 스위스 인 아가씨한테 있는 것이 분명했다.

"애야, 마르세유 언니가 가엾지도 않니? 말도 안 통하는 머나먼 이국땅에 와서 지내야 하잖니."

내 말에 로잘린드가 대답했다.

"누가 강제로 끌고 왔나요? 오고 싶어서 온 거잖아요. 그리고 영어도 잘하고요. 하지만 너무너무 멍청해요."

물론 그건 명명백백한 사실이었다.

로잘린드는 불어를 아주 조금 배우고 있을 뿐이었다. 비가 올 때면 둘이 함께 게임을 해 보라고도 권해 보았지만, 로잘린드는 마르세유에게 게임법을 가르치는 것이 불가능하다고 확신했다.

"에이스는 4점이고, 왕은 3점이라는 걸 도통 기억 못 해요."

로잘린드의 어조에는 경멸하는 빛이 서려 있었다.

나는 펑키 언니에게 둘이 전혀 맞지 않는다고 알렸다.

"어머나, 마르세유를 잘 따를 줄 알았는데."

"전혀. 따르기는커녕 그 불쌍한 아가씨를 괴롭힐 방법만 생각해. 마르세유한테 마구 물건을 집어 던진다니까."

"물건을 던진다고?"

"그래. 점점 더 심각해져."

결국 나는 더는 견딜 수 없다고 결정을 내렸다. 우리가 왜 이처럼 힘겨운 나날을 보내야 한단 말인가? 나는 마르세유에게 더듬거리며 말했다. 아무래도 둘이 맞지 않으니 다른 집에 가면 마르세유에게도 더 좋을 것이라고, 스위스로 돌아갈 생각이 없다면 다른 일자리를 알아봐 주고 추천도 해 주겠다고. 마르세유는 영국에서의 생활이 즐겁기는 하지만, 이제는 베른으로 돌아가야 할 때인 것 같다고 답했다. 나는 작별 인사를 하는 마르세유에게 한 달치 월급을 억지로 더 쥐어 주었다. 그리하여 다른 사람을 구하기로 했다.

이번에는 비서 겸 가정교사를 구해야지 싶었다. 로잘린드는 이제 다섯 살이니 매일 아침 마을의 조그마한 학교에 갈 것이고, 그러면 몇 시간 동안 속기와 타자 일을 시킬 수 있을 것이다. 어쩌면 내가 작품을 구술하는 동안 받아쓰게 하여도 좋을 것이었다. 그래서 학교에 곧 입학할 다섯 살배기 아이를 돌보면서 속기사 및 타이피스트 업무도 해 줄 사람을 찾는다는 광고를 신문에 냈다. 그리고 '스코틀랜드 출신 환영'이라고 덧붙였다. 많은 아이들과 유모들을 살펴본 결과 스코틀랜드 사람들이 어린이를 매우 잘 다룬다는 것을 깨달았기 때문이다. 프랑스 인은 도저히 대책이 서지 않았다. 아이들에게 골탕이나 먹기 일쑤였다. 독일인은 훌륭하고 체계적이지만, 로잘린드에게 독일어를 가르칠 생각은 없었다. 아일랜드 사람은 쾌활해서 좋긴 해도, 집에서 곧잘 문제를 일으켰다. 영국인은 온갖 종류가 다 있었다. 나는 스코틀랜드 사람을 구할 수 있기를 간절히 바랐다.

나는 광고를 보고 연락한 여러 신청자들을 추린 후 런던으로 올라가 랭커스터게이트 근방의 자그마한 호텔에서 샬럿 피셔 양을 면접했다. 나는 만나자마자 피셔 양이 마음에 들었다. 키가 큰 갈색 머리에 스물세 살 가량으로 보였으며 아이들과의 경험이 풍부했고, 유능함이 느껴졌다. 예의 바른 태도에 외모도 훌륭했다. 아버지는 에든버러 궁의 목사이자 성 콜롬바 교회의 교구 목사였다. 피셔 양은 속기와 타이프를 할 줄은 알지만, 한동안 속기를 자주 하지 않았다고 했다. 아이를 돌보면서 비서 업무를 하는 것도 마음에 들어 했다.

나는 좀 망설이며 말했다.

"한 가지가 더 있어요. 에 그러니깐…… 당신은 노부인들과도 잘 지내는 편인가요?"

피셔 양은 좀 이상한 표정으로 나를 바라보았다. 그제야 나는 우리가 뜨개질을 하거나 사진이 많이 실린 신문을 읽고 있는 노부인들 20여 명 사이에 앉아 있다는 것을 깨달았다. 내 질문에 그들의 시선이 점점 나에게로 쏠렸다. 피셔 양은 웃음을 참느라 입술을 깨물었다. 나는 질문하는 데 정신이 팔려 주변 사람들을 망각해 버렸던 것이다. 당시 어머니는 함께 지내기가 무척 까다로웠다. 대부분 사람들이 나이가 들면 다 그렇지만, 항상 독립적이고 사람들을 금방 피로해하는 어머니는 더더욱 까다로워졌다. 특히 제시 스와넬은 어머니의 성품을 전혀 견디지 못했다.

샬럿 피셔는 사무적으로 대답했다.

"그렇다고 생각합니다. 지금까지 아무런 문제도 없었습니다."

나는 노모가 다소 괴팍하며, 자신만이 옳다고 생각하는 경향이 있고, 어울려 지내기가 쉽지 않다는 점을 설명했다. 피셔 양은 이를 담담하게 받아들이는 듯했다. 그리하여 우리는 그녀가 현재 일을 그만두는 즉시 우리 집으로 오기로 합의했다. 당시 피셔 양은 파크 거리에 있는 어느 백만장자의 집에서 아이들 돌보는 일을 하고 있었다. 그리고 피셔 양의 언니가 런던에 살고 있는데, 가끔씩 놀러 와도 괜찮겠느냐고 묻기에 나는 좋다고 했다.

그리하여 샬럿 피셔는 나의 비서가 되었다. 메리 피셔는 필요할 때마다 내려와 도움을 주었다. 두 사람은 그 후로 긴 세월 동안 나의 친구이자 비서이자 가정교사이자 일꾼이자 모든 것이 되어 주었다. 샬럿은 지금도 나의 가장 소중한 친구 중 한 명이다.

샬럿 혹은 카를로(로잘린드는 한 달 후 그녀를 이렇게 부르기 시작했다.)가 우리 집에 온 것은 기적과 같았다. 그녀가 스코츠우드의 문턱을 넘자마자 신비하게도 로잘린드는 사이트와 함께 지낼 때의 모습으로 돌아갔다. 마치 신의 손길이 닿은 듯했다! 신발을 그 누구에게도 집어 던지지 않고 언제나 발에 얌전히 신었으며, 대답도 공손하게 하고, 카를로와 함께 지내며 무척 즐거워했다. 분노한 악마가 사라진 것이다.

훗날 샬럿은 나에게 말했다.

"처음 봤을 때 약간 야생 동물 같기는 했어요. 오랫동안 앞머리를 안 잘랐는지 길게 늘어뜨린 채 그 사이로 저를 바라보는 거예요."

그리하여 평화의 시대가 시작되었다. 로잘린드가 학교에 입학하자 나는 바로 소설을 구술할 준비를 했다. 처음에는 초조한 나머지 자꾸만 하루하루 미루었으나, 결국엔 때가 왔다. 샬럿과 나는 서로 마주보고 앉았다. 그녀는 공책과 연필을 준비했고, 나는 벽난로 선반을 하릴없이 응시하다가 떠듬떠듬 몇 문장을 시험 삼아 말해 보았다. 어찌나 끔찍하게 들리던지. 한 단어를 뱉을 때마다 망설임 때문에 문장이 끊어졌다. 그 어떤 말도 부자연스럽게만 들렸다. 그러기를 우리는 1시간쯤 계속했다. 긴 세월이 지난 후에 카를로가 말하길, 그녀 자신도 저술 시간이 시작되었을 때 무척 두려웠다는 것이었다. 속기와 타이핑을 배우긴 했지만, 실제로 해 본 경험이 많지 않아서 설교를 받아 적으며 실력을 늘리려고 애쓰고 있었다는 것이다. 혹시 내가 무시무시한 속도로 내달리면 어쩌나 가슴이 조마조마했다니. 사실 내 말을 받아 적지 못할 턱이 없었다. 속기가 아니라 일반 서법으로도 충분히 받아 적을 수 있었을 것이다.

이처럼 처음에는 마치 재앙과도 같았지만 그 이후로 상황은 점점 개선되었다. 하지만 나는 직접 소설을 쓰거나 타이프 치는 것이 더욱 좋다. 내 목소리를 듣고 있자면 묘하게도 괜한 자의식이 생기고, 자기 자신을 제대로 표현할 수 없게 된다. 나는 오륙 년 전 손목이 부러져 오른손을 쓸 수 없게 된 후에야 녹음기를 쓰기 시작했는데, 그제서 점점 내 목소리를 듣는 데 익숙해져 갔다. 하지만 녹음기는 이야기가 너무 장황해지기 쉽다는 큰 단점이 있다.

타이프를 치거나 손으로 쓰는 수고를 하다 보면 요점에서 벗어나는 일이 별로 없다는 데에 의문의 여지가 없다. 경제적인 문장은 특히 추리 소설에서는 필수적이다. 같은 말을 서너 번 반복해서 늘어놓는 것이 좋을 리 없다. 하지만 녹음기에 대고 말하다 보면 같은 말을 약간만 바꾸어서 거듭 되풀이하려는 유혹에 빠지게 된다. 물론 나중에 이를 모두 잘라내면 되지만 성가신 작업인 데다, 문맥의 부드러운 흐름을 파괴한다. 또 인간은 본래 게으른 존재이므로 의미를 전달하는 데 꼭 필요한 만큼만 쓰는 데 도움이 된다는 점에서도 중요하다 하겠다.

물론 모든 것에는 적당한 길이라는 것이 있다. 내 생각에 추리 소설은 5만 단어가 적당하지 않은가 싶다. 하지만 출판사는 이것이 너무 짧다고 여긴다. 아마도 독자들이 기껏 돈을 주고 샀더니 겨우 5만 단어밖에 안 들어 있다며 분개하는 모양이다. 그렇다면 6만 단어 내지는 7만 단어가 적당할 것이다. 책이 이 이상으로 길다면 짧게 간추리면서 작품의 질을 한층 더 높일 수 있도록 하는 것이 일반적이다. 2만 단어 정도의 긴 단편은 스릴러물에 딱 적당한데, 불행히도 그만한 두께의 작품 시장이 점점 줄어들어 그 정도 길이의 글쓰기를 즐기는 작가들이 제대로 대우받지 못하는 경향이 있다. 그러니 자연히 이야기를 늘려 장편으로 만드는 것을 선호하게 된다. 단편을 쓰는 기법은 추리 소설에 전혀 어울리지 않는 것 같다. 스릴러물이라면 몰라도 추리 소설에는 아니다. H. C. 베일리의 미스터 포천 이야기는 보통의 잡지 소설보다 길이가 길다는 점에서 그쪽 분야에서도 훌륭하다 하겠다.

이 무렵 에이전트가 나에게 새로운 출판사를 연결해 주었다. 윌리엄콜린스에서는 지금도 계속 내 책을 출판하고 있다.

윌리엄콜린스에서 나온 나의 첫 책은 『애크로이드 살인 사건Murder of Roger Ackroyd』으로 단연 나의 최고 성공작 중 하나이며, 사실 지금도 여전히 많은 사람들이 기억하고 있고 또 인용하고 있다. 이 작품은 이야기 처리 공식이 아주 뛰어난데 여기에는 형부 덕이 컸다. 그 1년 전에 형부가 어느 추리 소설을 내려놓으며 다소 화가 나서 이렇게 말했던 것이다.

"요즘은 추리 소설에서 거의 누구나 다 범인이 될 수 있더군. 심지어 탐정까지도. 내가 보고 싶은 건 왓슨이 범인으로 드러나는 거야."

대단히 독창적인 생각이라 나는 그에 대해 오랫동안 궁리했다. 우연히도 루이스 마운트배튼 경(영국의 정치가이자 해군 지도자이며 마지막 인도 부왕(副王) — 옮긴이)도 나에게 비슷한 의견을 제시한 적이 있었다. 소설에서 1인칭 화자인 사람이 나중에 살인자로 밝혀지는 이야기를 쓰면 어떻겠느냐고 했던 것이다. 그 편지를 받았을 때 심하게 앓고 있던 중이라 내가 답장을 보냈는지 지금도 기억이 모호하다.

나는 그것이 멋진 아이디어라고 생각하고 오랫동안 숙고했다. 물론 그렇게 이야기를 이끌려면 엄청난 노력이 필요했다. 헤이스팅스가 누군가를 살해한다고 생각하니 주춤하지 않을 수가 없었다. 설령 그렇게 한다고 해도, 속임수가 아닌 방식으로 이야기를 풀어내기가 대단히 힘들었다. 물론 많은 사람들이 『애크로이드 살인 사건』은 속임수라고 말한다. 하지만 책을 주의깊게 읽어 보면 그것이 틀렸다는 것을 깨달을 수 있다. 시간의 자그마한 차이가 모호한 문장으로 멋지게 얼버무려져 있고, 이야기를 쓰는 닥터 셰퍼드는 진실만을 기록하며 무척 즐거워한다. 물론 진실을 전부 쓰지는 않지만.

『애크로이드 살인 사건』 외에도 이때는 만사가 순조로웠다. 로잘린드는 처음으로 학교에 들어가 마냥 즐거워했고, 유쾌한 친구들을 많이 사귀었다. 우리는 멋진 아파트와 정원이 있었고 나는 사랑스러운 주먹코 모리스카울리를 몰았다. 또 카를로 피셔 양이 들어왔고 가정은 화목했다. 아치는 골프에 대해 생각하고, 골프에 대해 말하고, 골프에 대해 꿈꾸고, 골프를 위해 자고, 골프를 위해 살았으며, 소화도 잘 되어 신경성 소화불량이 점점 줄어들고 있었다. 팡글로스 박사(볼테르의 『캉디드』에 등장하는 인물로, 한없는 낙천주의자다 ─ 옮긴이)의 행복한 말마따나 모든 것은 모든 가능성 중에서 최상이 되어 있었다.

우리 생활에 단 하나 부족한 것이 있었다면, 그것은 개였다. 우리가 해외에 나가 있는 동안에 사랑하는 조이가 죽었다. 그래서 털이 뻣뻣한 테리어 강아지를 새로 사서 피터라고 이름을 지었다. 당연히 피터는 우리 가족의 생명이자 영혼이 되었다. 피터는 카를로의 침대에서 잠을 잤고, 온갖 슬리퍼와 소위 어떤 테리어도 망가뜨릴 수 없다는 공을 자기 식으로 먹어 치웠다.

더 이상 돈 문제로 걱정하지 않아도 된다는 것이 한없이 기뻤다. 어쩌면 그 때문에 우리가 자만하게 된 것인지도 모르겠다. 안 그랬더라면 꿈도 못 꾸었을 일을 꿈꾸었으니까. 어느 날 갑자기 아치가 정말 빠른 차를 사고 싶다고 말하는 바람에 나는 깜짝 놀랐다. 남편은 스트라찬스에서 나온 벤틀리에 열광하고 있었다.

"여보, 우리한테는 벌써 차가 있잖아요."

나는 충격에 멍해진 채 말했다.

"그래, 하지만 이건 정말 특별한 차라고."

"이제 우리도 아이를 하나 더 낳을 수 있어요."

한동안 이 생각에 얼마나 즐거웠는지 모른다.

하지만 아치는 손사래를 쳤다.

"자식은 로잘린드 하나면 충분해. 다른 아이는 필요 없어."

아치는 로잘린드라면 눈에 넣어도 아프지 않았다. 로잘린드와 노는 것을 얼마나 좋아하는지. 아이는 심지어 아버지의 골프채까지 닦아 주었다. 로잘린드는 나보다는 아버지와 더 잘 통했다. 그 둘은 같은 유머 감각을 갖고 있었고, 같은 시오로 세계를 보았다. 아치는 로잘린드의 강인함과 그 어떤 것도 당연하게 여기지 않는 신중함을 좋아했다. 남편은 로잘린드가 태어나기 전만 해도 아기가 태어나면 모두들 자기에게 무관심해질 것이라며 걱정했더랬다.

"그래서 딸이었으면 하는 거야. 아들이 태어나면 더 심할 테니. 딸은 참을 수 있어. 하지만 아들은 내가 못 견딜 거야."

그러더니 이제는 이렇게 말했다.

"아들이라도 낳게 되면 상황이 다시 나빠질 거야. 어쨌든 아직 시간은 많다고."

나는 시간이 많다는 데 동의하고는, 마지못해 남편의 소원을 들어주었다. 남편은 이미 중고로 나온 들라주를 점찍어 두고 있었다. 들라주 덕분에 우리 둘 다 대단한 기쁨을 만끽했다. 나는 들라주를 모는 것을 정말로 좋아했고 그건 아치 역시 마찬가지였다. 다만 골프에 열중하느라 차를 몰 시간이 거의 없었다.

"서닝데일은 살기에 완벽한 곳이야. 원하는 모든 것이 있어. 런던에서 적당히 떨어져 있고, 웬트워스 골프장이 또 문을 열 거야. 그곳 땅을 개발한대. 이번에 우리 집을 사는 게 어떨까?"

멋진 계획이었다. 스코츠우드에서의 생활이 편안하긴 했지만, 몇 가지 단점이 있었다. 아파트 관리가 그다지 믿음직하지 않았던 것이다. 전선이 말썽을 일으켰고, 광고와는 달리 뜨거운 물이 24시간 나오지 않았으며, 유지 보수 작업이 거의 이루어지고 있지 않았다. 우리는 우리 집을 산다는 생각에 빠져들었다.

처음에는 웬트워스에 새로 지은 집을 살까 생각했다. 건축업자가 바로 얼마 전에 웬트워스 영지를 인수했는데 골프장 두 개를 짓고(어쩌면 나중에 하나 더 추가할 수도 있었다.) 나머지 25헥타르의 땅에는 크기도 다양하게 여러 종류의 주택을 건설할 예정이었다. 아치와 나는 여름 저녁이면 우리에게 알맞을 만한 부지를 찾아 웬트워스를 즐겁게 거닐었다. 그러다 세 곳 중 하나를 택하기로 하고는 개발을 맡은 건설업자를 만나러 갔다. 우리는 1800평 정도에, 자연적으로 소나무 등 숲이 우거져 있어 조경비가 많이 들지 않는 곳을 원했다. 건축업자는 더없이 친절하고, 상냥했다. 우리는 집이 작았으면 좋겠다고 했다. 예산으로 얼마를 잡았는지는 모르겠다. 아마 2000파운드 정도가 아니었을까. 건축업자는 형편없어 보이는 작은 집의 도면을 내놓았다. 보기 흉한 현대식 장식물로 뒤덮여 있는 것이었는데, 그러고는 5300파운드라는 어마어마한 금액을 부르는 것이었다. 맥이 빠졌지만, 더 싼 집은 없는 듯했다. 우리는 슬프게 물러났다. 하지만 미래를 위해 과감히 투자하는 셈치고 100파운드를 주고 내 이름으로 웬트워스 회사채를 사기로 했다. 덕분에 나는 토요일과 일요일에 웬트워스 골프장에서 마음껏 골프를 칠 자격을 얻게 되었다. 골프장이 두 개나 되니, 적어도 한 곳에서는 초보자라도 주눅 들지 않고 편하게 칠 수 있을 것 같았다.

우연히도 그 무렵 골프에 대한 야심이 내게도 느닷없이 치솟기 시작했다. 심지어 시합에서 1등을 하기도 했다. 내 생전 처음 있는 일이었고, 두 번 다시는 없을 일이었다. 나의 LGU(영국 여자 골프 연맹) 공식 핸디캡은 (가장 높은 수치인) 35였지만, 그렇다 해도 시합에서 1등을 하는 것은 불가능했다. 그런데 결승전에서 버버리 부인과 맞붙게 된 것이다. 부인은 나보다 몇 살 많은 상냥한 여성으로, 나와 마찬가지로 핸디캡이 35였고, 나 못지않게 예민하고 실력이 들쑥날쑥한 사람이었다.

우리는 즐겁게 만나 유쾌하게 골프장을 돌며 시합을 했다. 첫 번째 홀을 반 정도 갔을 때 버버리 부인이 놀랍게도 혹은 나로서는 낙심스럽게도 홀에 공을 넣었다. 이런 일은 다음 홀에서도 계속되어 여덟 개의 홀을 모조리 싹쓸이했다. 멋지게 시합할 수 있으리라는 희미한 희망마저 남김없이 사라지자, 나는 오히려 유쾌해져서는 피치샷으로 공을 쳤다. 애써 신경 쓸 필요 없이 마음 내키는 대로 시합을 하면 이내 버버리 부인이 승리를 거두리라 예상했던 것이다. 그런데 바로 그때부터 버버리 부인이 자제심을 잃기 시작했다. 불안이 그녀를 휘감았던 것이다. 그녀는 계속해서 공을 홀에 넣지 못했다. 반면에 무심해진 나는 공이 홀에 쏙쏙 들어갔다. 결국 믿을 수 없는 일이 일어났다. 다음 아홉 개의 홀을 내가 이겼던 것이다. 마지막 그린홀에서 나는 한 타 차이로 승리를 거두었다. 그때 받은 은 트로피가 아마 지금도 집 어딘가에 있을 것이다.

일이 년 후 수없이 많은 집을 둘러본 결과(집 보기는 내가 가장 좋아하는 취미이다.) 우리는 최종적으로 두 군데의 집을 후보에 올렸다. 하나는 좀 멀리 떨어진 곳에 있었는데, 크기도 적당하며 멋진 정원이 있었다. 다른 하나는 역 근방에 위치했으며, 백만장자 스타일의 호화 주택을 시골로 옮겨와 비용을 개의치 않고 마구 치장한 듯한 분위기를 풍겼다. 벽을 패널로 장식했으며 욕실이 많았고 침실에 세면기가 설치되어 있는 등, 온갖 화려함을 다 갖춘 집이었다. 몇 년 사이에 여러 번 주인이 바뀌었는데 액운이 낀 집이라고들 했다. 그 집에 살았던 사람들 모두가 어떤 식으로든 슬픔을 겪었다는 것이었다. 첫 번째 주인은 전 재산을 잃었고, 두 번째 주인은 아내를 잃었다. 세 번째 주인에게는 무슨 일이 있었는지 모른다. 단지 별거를 했던 것 같다. 어쨌든 오래도록 시장에 나와 있는 동안 가격이 점점 내려가 있었다. 그 집에는 멋진 정원이 있었다. 잔디밭으로 시작되는 길고 좁다란 정원 옆으로 수많은 수상 식물이 사는 개울이 흐르고 있었다. 그 너머로 진달래, 만병초 등이 자연적으로 자라나 우거져 있고, 그 끝에는 무성한 가시금작화 덤불 아래 멋진 텃밭이 펼쳐져 있었다. 문제는 우리에게 그 집을 살 돈이 있는가 없는가 하는 것이었다. 당시 우리는 둘 다 상당한 수입을 올리고 있었다. 나의 수입은 다소 불규칙하고 불확실하긴 했지만, 아치의 수입만큼은 확실했다. 문제는 안타깝게도 목돈이 얼마 없다는 것이었다. 하지만 주택 담보 대출을 받아 새 집으로 이사할 수 있었다.

우리는 집에 꼭 필요한 커튼과 카펫을 사고는 우리 수준을 능가하는 생활을 시작했다. 종이에 쓴 수치만 보면 아무 문제도 없어 보였다. 들라주와 주먹코 모리스를 둘 다 썼고, 하인도 더 고용했다. 부부 한 쌍과 하녀 한 명을 들였는데, 부부 중 아내 되는 사람이 공작 댁에서 부엌 하녀로 일했다고 하기에, 그 남편은 그곳에서 집사로 있었나 보다 했더랬다. 다행히 여자는 뛰어난 요리사였지만 남자는 집사 일에 대해 잘 알지 못했다. 결국 우리는 그가 짐꾼이었다는 것을 알게 되었는데 어찌나 게을러터졌는지 온종일 침대에서 뒹굴기 일쑤였고, 고작 하는 일이라고는 식탁에서 불량한 태도로 기다리는 것뿐이었다. 그리고 침대에 누워 있는 틈틈이 술집에 가곤 했다. 우리는 그들을 해고해야 할지 말아야 할지 고민했다. 하지만 요리가 집사 일보다 더욱 중요하다고 판단하고 그대로 두기로 했다.

우리는 화려함의 길로 들어섰다. 그리고 당연히 예상했어야 할 일들이 그대로 일어났다. 1년도 채 안 되어 아치와 나는 노심초사하기 시작했다. 은행 계좌의 돈은 기이하리만큼 삽시간에 사라졌다. 그래도 우리는 조금만 절약하기만 하면 다 괜찮을 것이라고 서로 격려했다.

아치의 제안으로 우리는 그 집을 스타일스라고 부르기로 했다. 나의 첫 책 『스타일스 저택의 괴사건』이야말로 우리의 인생에 큰 변화를 가져다 준 계기였기 때문이다. 벽에는 보들리헤드가 내게 선물한 그 책의 표지 그림을 걸어 두었다.

하지만 스타일스는 과거 그대로인 것으로 드러났다. 액운이 낀 집이었던 것이다. 처음 그 집에 들어갔을 때부터 나는 그런 느낌을 받았으나 시골에 어울리지 않게 지나치게 화려한 장식 때문이려니 하고 그냥 넘겼더랬다. 이런 온갖 패널과 그림과 장식을 없애고 시골식으로 꾸미면 전혀 다른 느낌으로 변모하리라 꿈꾸었던 것이다.

4

내 인생에서 그 다음 해는 떠올리기도 싫다. 인생사가 흔히 그렇듯, 일 하나가 잘못되면 모든 것이 잘못되기 시작한다. 코르시카(지중해에 있는 섬 — 옮긴이)에서 짧은 휴가를 보내고 집에 돌아온 지 약 한 달 후 어머니가 심한 기관지염에 걸렸다. 당시 어머니는 애슈필드에서 지내고 계셨으므로 나는 고향으로 내려가 어머니를 돌보았다. 그리고 얼마 후에는 펑키 언니가 내려와 그 일을 맡았다. 그런데 며칠 지나지도 않아 언니가 나한테 전보를 보내 어머니를 더 잘 돌보기 위해 애브니홀로 모셔 갈 것이라고 했다. 어머니는 회복하신 듯했지만, 결코 예전 같지가 않았다. 방에서 아주 조금만 거동하실 뿐이었다. 당시 일흔두 살이었는데, 폐가 상했던 것이 아닌가 싶다. 하지만 그렇게 심각한 상태일 줄은 전혀 상상도 하지 못했고, 그것은 펑키 언니도 마찬가지였다. 일이 주 후, 아치가 스페인으로 출장 가 있는 동안 전보가 왔다.

전보를 받고서 기차를 타고 맨체스터로 향하고 있는데 느닷없이 어머니가 운명하셨다는 느낌이 왔다. 온몸이 섬뜩했다. 머리부터 발끝까지 지독한 한기가 나를 뚫고 지나가는 듯했다. 그 순간 어떤 생각이 내 머리를 강타했다.

'어머니가 돌아가셨어.'

예감은 적중했다. 침대에 누워 계신 어머니를 보고는 일단 죽으면 남는 것은 껍데기뿐이라는 말이 얼마나 맞는 말인지 깨달았다. 어머니의 열정, 따스함, 충동적인 성격은 모두 머나먼 곳으로 떠나고 없었다. 지난 일이 년 동안 어머니는 이런 말을 여러 번 하셨더랬다.

"어떨 때는 이 늙고 낡은 무용지물의 몸에서 어서 빨리 벗어나고 싶어. 감옥에서 얼른 해방될 날만 손꼽게 돼."

돌아가신 어머니를 보자 그것이 느껴졌다. 어머니는 자신의 감옥에서 풀려나신 것이다. 하지만 우리들로서는 어머니를 잃은 슬픔이 한없이 컸다.

아치는 여전히 스페인에 머무르고 있어 장례식에 올 수 없었다. 일주일 후 아치가 귀국했을 때에야 나는 스타일스로 돌아갔다. 아치가 질병과 죽음 같은 것을 극도로 혐오한다는 것은 익히 알고 있었다. 사람은 질병과 죽음이 존재한다는 것은 알지만 비상사태가 일어나기 전까지는 이를 현실적으로 느끼거나 별 관심을 기울이지 않는다. 아치는 너무도 당혹스러운 나머지 유쾌한 표정으로 방에 들어왔다. "안녕, 이제 기운 내야지." 하고 말하는 듯한 태도였다. 세상에서 가장 사랑하는 세 사람 중 한 사람을 잃은 나로서는 도저히 견딜 수 없었다.

남편은 말했다.

"좋은 생각이 있어. 다음 주에 스페인으로 돌아가야 하는데, 나랑 같이 안 갈래? 무척 재미있을 거야. 분명히 슬픔에서 벗어날 수 있을 거고."

나는 슬픔에서 벗어나고 싶지 않았다. 내가 원했던 것은 슬픔과 함께하며 그것에 익숙해지는 법을 배우는 것이었다. 그래서 제안은 고맙지만 그냥 집에 머무르겠다고 했다. 이제야 그것이 실수였음을 깨닫다니. 내 앞에는 아치와 함께할 삶이 놓여 있었다. 우리는 함께 행복했으며, 서로를 믿었으며, 영원히 함께하리라 확신했다. 하지만 그는 집이 슬픔으로 얼룩지는 것을 싫어했고, 그런 성향 때문에 또 다른 영향력에 노출되어 있었던 것이다.

이윽고 애슈필드를 정리해야 하는 문제가 다가왔다. 지난 사오 년 동안 온갖 종류의 잡동사니가 쌓인 데다가 어머니는 이모할머니의 물건들을 어찌 해야 할지 몰라 한구석에 쌓아 두었더랬다. 또한 수리할 돈이 없어 지붕은 무너져 갔고, 방에는 비가 샜다. 마지막에 어머니는 방 두 개에서만 생활하고 있었다. 누군가 내려가 이 문제를 해결해야 했지만, 그럴 사람이 나밖에 없었다. 언니는 자기 문제만으로도 정신이 없었으나 그래도 8월에 이삼 주간 내려와 돕겠다고 약속했다. 아치는 우리가 여름 동안 스타일스를 세놓으면 거액의 집세를 받아 적자를 면할 수 있다는 멋진 방안을 내놓았다. 그는 런던에서 클럽에 머물면 되고, 나는 토키로 내려가 애슈필드를 치우면 되는 것이었다. 그리고 8월에 펑키 언니가 오면 로잘린드를 맡겨 놓고 단둘이 오붓이 해외여행을 가자고 했다. 우리는 한 번도 가 본 적 없는 이탈리아의 알라시오로 가기로 했다.

그리하여 나는 아치를 떠나 애슈필드로 내려갔다.

당시 나는 이미 몸이 쇠약해져 있었다. 게다가 추억 속에서 집을 치우느라 일하는 것이 힘들었고 밤에 잠을 잘 못 자서 신경과민 상태에까지 이르러, 나는 내가 무엇을 하는지도 알 수 없는 지경이었다. 하루에 10시간 이상씩 일하면서 모든 방을 열고 모든 물건을 끄집어냈다. 끔찍했다. 좀먹은 옷들과 낡은 드레스들로 가득 찬 이모할머니의 트렁크는 결코 내버리고 싶지 않았지만 내버릴 수밖에 없었다. 쓰레기 수거인에게 쓰레기를 모두 가져가라고 일주일치 수고비를 더 얹어 주어야 했다. 할아버지의 커다란 밀랍 기념 화환처럼 어찌 해야 할지 난감한 물건들이 많았다. 화환은 거대한 유리 돔 아래 놓여 있었다. 이 거대한 트로피를 평생 짊어지고 싶지는 않았지만, 그렇다고 버릴 수도 없고 달리 어떻게 해야 좋을지 알 수가 없었다. 그러다 마침내 해결책이 나왔다. 어머니의 요리사였던 포터 부인이 언제나 그 화환을 찬미해 왔는데, 내가 그것을 선물하자 몹시 기뻐했던 것이다.

애슈필드는 아버지와 어머니가 결혼 후 함께 산 첫 번째 집이었다. 그리고 6개월 후 매지 언니가 태어났고, 그 후로도 어머니는 계속 애슈필드에서 살며 새 식기장을 하나씩 하나씩 늘려 갔다. 집에 있는 방들은 점점 창고가 되어 갔고, 어린 시절에 수많은 즐거운 날을 보낸 교실도 이제는 큰 창고가 되어 있었다. 이모할머니가 침실에 넣을 수 없었던 온갖 트렁크와

상자가 모두 교실로 와 있었다.

게다가 운명은 또 다른 불행을 선사했다. 카를로가 우리를 떠나야 했던 것이다. 아프리카를 여행 중이던 아버지가 심하게 아파 진찰을 받았더니 암이더라는 청천벽력 같은 소식이 새어머니로부터 케냐에서 들려온 것이다. 아버지는 이를 모르고 있고, 새어머니만 알고 있는데, 앞으로 길어야 6개월이라는 것이었다. 카를로는 아버지가 귀국하는 즉시 에든버러로 돌아가 아버지의 마지막 나날을 곁에서 지켜야 했다. 나는 눈물을 흘리며 작별 인사를 했다. 카를로는 이 모든 혼란과 불행 속에 나를 홀로 남겨 두고 떠나는 것이 안타까웠지만, 어쩔 도리가 없었다. 그래도 6주 후면 모든 일은 끝날 것이고, 나는 다시 원래의 삶으로 돌아갈 수 있을 터였다.

나는 미친 듯이 일했다. 어떻게든 마쳐야 한다는 생각밖에 없었다. 트렁크나 상자는 모두 샅샅이 조사해야 했다. 무턱대고 다 버릴 수는 없는 일이었으며, 이모할머니의 물건 속에서 대체 무엇을 발견하게 될지는 아무도 알 수 없었다. 일링을 떠날 때 이모할머니는 우리가 소중한 보물을 버릴 게 뻔하다며 몇몇 짐은 직접 싸겠다고 고집했더랬다. 옛날 편지가 수없이 많이 나왔는데 편지는 모조리 버릴 생각이었다. 그런데 구겨진 낡은 봉투에서 5파운드짜리 지폐가 널푸 상 나온 것이었다. 이모할머니는 꼭 나답뒤

같았다. 전쟁의 곤궁함을 피하기 위해 여기저기 열매들을 숨겨 둔 것이다. 한번은 낡은 스타킹으로 꽁꽁 싼 다이아몬드 브로치가 나오기도 했다.

나는 점점 머릿속이 혼란스럽고 흐리멍덩해져 갔다. 배고픔도 못 느껴 점점 덜 먹게 되었다. 때로는 주저앉아 머리를 쥐어뜯으며 대체 무엇을 하려고 했는지 기억해 내려 애썼다. 카를로만 곁에 있었더라도 주말에 런던으로 가 아치를 만날 수 있었을 것이다. 하지만 로잘린드를 홀로 남겨 둘 수는 없었고, 달리 맡길 곳도 없었다.

나는 아치에게 주말에 이따금 내려와 달라고 했다. 그랬더라면 모든 것이 달라졌을 텐데. 하지만 아치는 그것은 어리석은 짓이라는 답장을 보내왔다. 차비는 차비대로 들고, 겨우 토요일에 내려와 일요일에 올라가야 하는데, 굳이 뭐 하러 그러겠느냐는 것이었다. 일요일에 골프를 칠 수 없어 그러는 것은 아닌가 싶었지만, 설마 하고 그냥 넘겨 버렸다. 조금만 기다리면 다시 함께할 수 있다고 아치는 씩씩하게 덧붙였다.

지독한 고독이 나를 덮쳤다. 나는 내 생애 처음으로 진짜 병이 들었다는 것을 전혀 모르고 있었다. 나는 항상 튼튼했고, 불행과 걱정과 과로가 육체적 건강에 어떤 영향을 끼치는지에 대해 너무도 무지했다. 그런데 어느 날 막 수표를 쓰려는데 당황스럽게도 수취인 이름이 기억나지 않는 것이었다. 이상한 나라에서 앨리스가 나무를 만질 때 바로 이런 기분이었으리라.

"그래도 내 이름은 잘 알잖아. 그런데 그 사람 이름이 뭐더라?"

나는 펜을 쥔 채 극심한 좌절감 속에 빠져들었다. 첫 글자가 뭐였지? 블랑슈 에이모리? 잘 아는 이름인데. 그러다 문득 몇 년 동안 읽지 않았던 『펜더니스 이야기Pendennis』(새커리의 소설 — 옮긴이)의 조연이 떠올랐다.

하루 이틀 후 또 다른 증세가 찾아왔다. 차에 시동을 걸려 했을 때였다. 아마 당시에는 모든 차가 그랬겠지만, 시동을 걸려면 시동용 핸들을 돌려야 했는데, 핸들을 돌리고 또 돌려도 아무런 반응이 없는 것이었다. 결국 나는 눈물을 터트리며 집으로 들어가 소파에 쓰러져 울었다. 그러다가 걱정이 되었다. 고작 차에 시동이 걸리지 않는다고 해서 울다니. 미친 것이 분명하지 않은가.

많은 세월이 흐른 후 불행한 시기를 겪고 있던 누군가가 나에게 이런 말을 했다.

"내가 대체 어디가 잘못된 것인지 모르겠어요. 아무 일도 아닌데 울음을 터트리니. 며칠 전에는 세탁물이 오지 않는다고 해서 울어 버렸지 뭐예요. 게다가 다음 날에는 차가 시동이 걸리지 않아서……."

그 순간 무엇인가를 깨달은 나는 말했다.

"정말 조심해야 해. 신경쇠약의 초기 증세일지도 몰라. 전문가를 꼭 만나 상담을 받아 봐."

하지만 당시 젊었던 나는 그런 것에 대해 전혀 모르고 있었다. 절망적일 만큼 지쳐 있었고 어머니를 잃은 슬픔이 마음 깊이 맺혀 있다는 것은 알았지만, 그저 그 슬픔을 밀어내려고만 했을 뿐이었다. 어쩌면 너무 지나치게 밀어냈던 것인지도 모른다. 아치만 내 곁에 있었더라면, 아니면 펑키 언니나 그 누군가가 내 곁에 있기만 했었더라면.

로잘린드와 함께 있긴 했지만, 괜한 말로 딸아이를 걱정시킬 수는 없었다. 불행과 걱정과 질병에 대해 어린 딸한테 이야기하는 것은 불가능했다. 로잘린드는 늘 그렇듯 애슈필드에서 즐거운 생활을 보내고 있었다. 내 일을 아주 열심히 거들어 주었고, 물건을 계단 아래로 가져가 쓰레기통에 버리는 것을 무척 좋아했다. 이따금씩 자기 장난감으로 삼기도 했다.

"쓸모없는 물건이긴 하지만, 재밌을 것 같아요."

시간이 흘러가고 정리가 거의 끝나자 마침내 고행의 시간도 끝이 날 것 같았다. 8월이 되었다. 8월 5일은 로잘린드의 생일이었다. 펑키 언니가 그 이삼 일 전에 내려왔고, 아치도 3일에 도착했다. 로잘린드는 아치와 내가 이탈리아에 가 있는 2주 동안 펑키 이모와 함께 지낸다는 계획에 마냥 기뻐했다.

5

나의 눈에서 추억을
지우려면 어찌 해야 할까요?

키츠(영국의 낭만주의 서정시인 — 옮긴이)는 이렇게 썼다. 하지만 없애야만 할까? 과거를 돌이켜 보며 자기가 싫어하는 추억은 무시할 권리가 있는 것일까? 아니면 그것은 겁을 내고 있다는 징표일 뿐일까?

하지만 사람들은 과거를 힐끗 돌아다보며 이렇게 말하리라.

"그래, 그건 내 삶의 일부야. 하지만 다 지난 일이지. 내 삶의 태피스트리 중 한 가닥에 지나지 않아. 나의 부분이니 인정해야 하지만, 그렇다고 구구절절이 설명해야 할 필요는 없어."

펑키 언니가 애슈필드로 왔을 때 나는 너무나 행복했다. 그리고 곧 이어서 아치가 왔다.

그 순간의 내 느낌을 묘사할 수 있는 가장 좋은 방법은 어릴 적 내가 꾸었던 악몽을 말하는 것이리라. 차를 마시며 탁자에 앉아 가장 좋아하는 친구를 바라보는데, 느닷없이 그 사람이 '낯선 자'임을 깨달았을 때의 공포. 애슈필드에 온 아치를 보았을 때 바로 그런 느낌이었다.

그는 평소처럼 인사를 주고받았지만, 아치가 아니었다. 무엇이 잘못된 것인지 나는 몰랐다. 펑키 언니가 그것을 눈치 채고 말했다.

"제부가 아무래도 이상해. 어디가 아픈가?"

나는 그런가 보다고 했다. 하지만 아치는 멀쩡하다고 대답했다. 그러고
는 별다른 말없이 혼자 자리를 떴다. 알라시오 행 표에 대해 물으니 그는
말했다.

"아, 그게……. 다 잘 됐어. 나중에 얘기하지."

그는 여전히 딴사람 같았다. 나는 대체 무슨 일인지 골똘히 생각했다. 회
사에서 무엇이 잘못된 것이 아닌가 하고 순간적으로 걱정했다. 아치가 횡
령한 건 아닐까? 아냐, 그럴 리 없어. 아니면 무단으로 어떤 거래를 해 버렸
나? 적자가 난 것일까? 나한테 말 못 할 게 뭐람? 결국 나는 남편에게 묻지
않을 수 없었다.

"여보, 무슨 문제라도 있나요?"

"아니, 특별한 것은 없어."

"하지만 분명 뭔가가 있어요."

"그래, 아무래도 당신한테 다 털어놓아야겠어. 우리…… 알라시오 행 표
는 사지 않았어. 지금 해외여행을 할 기분이 아니야."

"여행을 가지 않는다고요?"

"그래. 도저히 기분이 안 나."

"아, 여기서 로잘린드랑 같이 지내고 싶은 거군요? 그렇죠? 그것도 참 좋
을 거예요."

"이해를 못 하는군."

남편이 버럭 화를 냈다.

24시간이 지난 후 그는 내게 직접적으로 말했다.

"정말 미안해. 이런 일이 벌어지다니. 벨처 씨 비서로 일했던 검은 머리
아가씨 알지? 1년 전에 벨처 씨랑 주말에 한번 우리 집에 놀러 왔더랬잖아.
런던에서도 한두 번 같이 만났고."

이름은 기억나지 않았지만 누구인지 알 것 같았다.

"그런데요?"

"런던에서 혼자 지낼 때 다시 만났어. 함께 많은 시간을 보냈지……."

"안 될 것도 없잖아요?"

"이런, 아직도 이해를 못 하는군."

아치는 조바심을 내며 말을 이었다.

"그녀를 사랑하게 되었어. 정리되는 대로 가급적 빨리 이혼했으면 해."

그 말을 듣는 순간 내 삶의 일부가, 행복하고 성공적이고 자신에 차 있던 삶이 끝장났다. 물론 당장 그렇게 되지는 않았다. 차마 믿을 수가 없었다. 그저 지나가는 바람이겠거니 생각했다. 설마 우리 삶에 이런 일이 일어날 줄은 꿈에도 몰랐다. 우리 둘은 화목했고, 행복했으며, 아치는 다른 여자한 테 한눈을 팔 사람이 아니었다. 아마도 지난 몇 달간 유쾌한 짝과 함께하지 못해 그런 일이 벌어진 것인지도 모른다.

아치는 말했다.

"오래전에 말했잖아. 나는 아프거나 불행한 사람은 질색이라고. 나까지 완전히 엉망이 돼."

그래, 알았어야 했다. 내가 좀 더 현명하고, 남편에 대해 좀 더 잘 알았더 라면, 즉 남편을 완벽하다고 이상화하는 대신 남편을 제대로 알기 위해 애 썼더라면 어쩌면 이 모든 일을 막을 수도 있었으리라. 나에게 두 번째 기회 가 주어졌다면 이 일을 피할 수 있었을까? 남편을 런던에 홀로 내버려 두 고 애슈필드에 가지 않았더라면 아치는 결코 그 아가씨한테 관심을 가지지 않았을 것이다. 적어도 그 아가씨는 아니었을 것이다. 하지만 결국 다른 누 군가에게 한눈을 팔지 않았을까? 어떤 면에서 나는 아치의 삶을 채우는 데 부족한 사람임에 틀림없었다. 아치 본인은 몰랐다 할지라도 당시 그는 누 군가와 사랑에 빠질 준비가 되어 있었던 것이 분명했다. 아니면 그 아가씨 때문이었을까? 그녀야말로 운명의 짝이었기에 그렇게 갑자기 사랑에 빠진 것일까? 지난번에 같이 만났을 때만 해도 아치는 전혀 사랑에 빠진 낌새가 없었다. 심지어 내가 그녀더러 집에서 자고 가라고 청했을 때는 골프에 지장을 준다며 반대하기까지 했더랬다. 하지만 아치는 나와 갑자기 사랑에 빠졌듯 그녀와도 갑자기 사랑에 빠졌다. 아마도 그렇게 될 운명이었는지도 모른다.

이와 같은 시기에는 친구도, 친척도 아무 도움이 되지 않는다. 그들의 생각은 한결같았다.

"말도 안 돼. 둘이서 그동안 얼마나 잘 지냈는데. 아치도 나중에는 정신을 차릴 거야. 남자들이야 한눈파는 것이 다반사지. 그래도 나중에는 다 돌아와."

나도 그렇게 생각했다. 언젠가는 잊고 돌아올 것이라고. 하지만 그러지 않았다. 아치는 서닝데일을 떠났다. 그 무렵 카를로가 나에게로 돌아왔다. 영국의 전문의들은 그녀의 아버지가 암이 아니라고 단언했다는 것이다. 그녀가 곁에 있어서 얼마나 큰 위안이 되었는지 모른다. 카를로는 나보다 더 명확하게 상황을 판단했다. 그러고는 아치가 돌아오지 않을 것이라고 말했다. 마침내 아치가 짐을 꾸려 집을 나갔을 때 나는 거의 안도감이 들 정도였다. 드디어 그가 결정을 내렸구나.

하지만 2주 후 그는 되돌아왔다. 아무래도 실수한 것 같다고, 이건 옳은 일이 아니라고 말했다. 나는 로잘린드를 생각하면 정말 그러하다고 말하고는, 딸아이를 진심으로 사랑하느냐고 물었다. 그는 정말 사랑한다고 대답했다.

"로잘린드도 당신을 잘 따라요. 나보다 당신을 더 좋아하는걸요. 아플 때는 나를 찾지만, 아이가 정말 사랑하고 의존하는 사람은 당신이에요. 둘이서 유머도 잘 통하고, 나보다 당신이랑 더 잘 지내잖아요. 다 잊도록 해요. 살다 보면 이런 일도 있는 법이죠."

하지만 그가 돌아온 것은 실수였다. 이로써 자신의 감정이 얼마나 열렬한지를 깨달았던 것이다. 그는 나한테 이런 말을 되풀이했다.

"원하는 것을 가질 수 없다니, 난 도저히 견딜 수가 없어. 이런 불행을 도저히 견딜 수 없다고. 모두가 행복할 수는 없어. 어차피 누군가는 불행하기 마련이야."

나는 치밀어 오르는 말을 삼켰다.

'그게 왜 나여야 해요? 당신이 아니고?'

이런 말을 해 봐야 전혀 도움이 되지 않을 테니.

내가 정말 이해할 수 없었던 것은 그 당시 내내 아치가 내게 불친절했다는 점이다. 나한테 말 한마디 하지 않고, 물어도 대답조차 없었다. 지금까지 다른 부부들을 많이 보아 왔고, 인생도 더 많이 알게 되었으니 이제는 잘 이해할 수 있다. 그는 나를 깊이 좋아했기 때문에, 나에게 상처 주고 싶지 않았기 때문에 그토록 불행했던 것이리라. 그는 그 일이 나에게 상처가 되지 않는다고, 결국에는 오히려 더 잘된 일일 것이라고, 내가 행복한 삶을 살 것이라고, 여행과 글이 나를 위로해 줄 것이라고 확신할 수 있어야만 했다. 양심이 고통을 받고 있었기 때문에 오히려 더욱 무정하게 굴었던 것이다. 어머니는 아치가 무정하다고 항상 말씀하셨다. 하지만 나는 아치의 친절한 행동, 다정한 성품, 몬티 오빠가 케냐에서 왔을 때를 비롯해 다른 사람을 돕기 위해 그가 어떤 행동을 해 왔는지를 지켜보아 왔다. 그러다 이제야 그가 자신의 행복을 위해 싸울 때는 무정했다는 것을 깨닫는다. 예전에는 그의 그런 점을 존경했다. 하지만 이제 나는 그것의 다른 면을 보게 되었다.

그리하여 병에 이어 슬픔과 절망과 비통이 찾아왔다. 이에 대해 구구절절 늘어놓아 보아야 무슨 소용이겠는가. 나는 그가 달라지기를 희망하며 1년을 버티었지만 그는 달라지지 않았다.

결국 그렇게 해서 나의 첫 번째 결혼은 끝이 났다.

6

다음 해 2월 나는 로잘린드와 카를로와 함께 카나리아 제도(아프리카 서
사하라의 서쪽에 위치한 스페인령 군도 — 옮긴이)로 여행을 갔다. 그 일을
극복하는 것이 쉽지는 않았지만, 다시 시작할 수 있는 유일한 희망은 내 삶
을 갈가리 찢어 놓은 것들에게서 멀리 벗어나는 길뿐이라는 것은 알고 있
었다. 그처럼 힘든 경험을 하고서 영국에서 평화를 찾기란 불가능했다. 그
래도 로잘린드가 있어 큰 힘이 되었다. 로잘린드와 카를로와 셋이서만 지
낼 수 있다면 상처를 잊고 다시 미래를 직면할 수 있을 것 같았다. 하지만
영국에서의 생활은 참을 수 없었다.

그때 이후로 언론에 대한 반감과 기자나 군중에 대한 거부감이 시작되었
던 것 같다. 물론 부당한 일이었지만, 당시 그런 상황에서는 어쩔 수 없이
그런 생각이 들었다. 마치 자신의 영역이 파헤쳐진 채 컹컹거리는 사냥개
들한테 쫓겨 다니는 여우 신세가 된 것만 같았다. 나는 전부터 유명세라면
질색했다. 그런데 이제 내가 바로 그 유명세를 치르게 된 것이었다. 때로는
도저히 견딜 수 없었다.

"애슈필드에서라면 조용히 지낼 수 있을 거야."

언니가 제안했다.

"아니, 그건 안 돼. 애슈필드에서 홀로 조용히 지냈다가는 그곳에서의 행
복한 시절을 추억만 하다 말 거야."

상처받았을 때 해야 할 중요한 일은 행복한 시절을 회상하지 않는 것이
다. 슬픈 시절을 회상하는 것은 괜찮다. 하지만 행복한 시절이나 행복했던

일을 되돌아보는 것은 자신을 두 갈래로 찢어 놓는 짓이나 다름없다.

아치는 한동안 스타일스에서 지냈지만 나의 동의를 받아 그 집을 팔려고 내놓았다. 나는 그 집에 대해 절반의 권리가 있었다. 그 무렵 나는 다시 심각한 경제적 어려움에 처하여 그 돈이 간절히 필요했다.

어머니가 돌아가신 이후로 나는 한 줄도 쓸 수 없었다. 그 해까지 써서 넘겨야 할 책이 하나 있었고, 스타일스에 너무 많이 돈을 써 수중에 남아 있는 돈이 전혀 없었다. 내가 가지고 있던 얼마 안 되던 목돈은 모두 집을 사는 데 들어갔다. 직접 돈을 버는 수밖에 다른 도리가 없었다. 가능한 한 빨리 책을 하나 더 계약해 계약금을 받아야만 했다.

시동생인 캠벨 크리스티는 항상 친절하고 다정한 좋은 친구였는데, 이때에도 나에게 큰 도움을 주었다. 예전에 《스케치》에 실렸던 열두 편의 단편을 책으로 묶어 낼 수 있지 않겠느냐고 제안했다. 좋은 임시변통이 될 터였다. 캠벨이 그 일이 성사되도록 발 벗고 나서 주었다. 나는 여전히 아무 일도 감당할 수 없는 상태였다. 마침내 그 책은 『빅 포The Big Four』라는 제목으로 출간되어 꽤 인기를 끌었다. 그 무렵 영국을 떠나 마음이 가라앉는다면 카를로의 도움을 받아 다른 책을 쓸 수 있으리라는 생각이 들었다.

언제나 나의 편이며, 내가 무엇을 하든 항상 믿어 준 이가 한 사람 있다면 그 사람은 바로 형부 제임스였다.

형부는 나직한 목소리로 말했다.

"잘 생각했어, 애거서. 무엇이 자기한테 최선인지 처제는 잘 알고 있어. 나라도 그럴 거야. 멀리 떠나야 해. 아치가 마음을 바꾸어 돌아올 수도 있어. 그렇게 됐으면 좋겠어. 하지만 그럴 가능성은 별로 없다고 봐. 아치는 그럴 사람이 아니야. 한번 마음을 정하면 그것으로 끝이지. 그러니 그가 돌아오길 기다려선 안 돼."

나는 기다리지 않는다고 말했다. 하지만 로잘린드에게는 적어도 1년 후 아치의 마음이 확실해졌을 때 이혼을 알리는 것이 좋겠다고 판단했다.

물론 나는 당시 누구나 그러했듯 이혼에 대해 공포심을 갖도록 교육받았다. 지금도 사실 이혼이라면 여전히 그런 느낌이 든다. 그의 끈질긴 요구에 굴복하고 이혼에 동의한 것에 대해서는 심지어 죄책감까지 든다. 딸을 볼 때마다, 어떻게든 견뎠어야 했는데, 이혼을 거부했어야 했는데, 하는 후회가 밀려온다. 하지만 너무 시달리다 보면 이성을 잃기도 하는 것이다. 나는 아치와 헤어지고 싶지 않았다. 아니, 죽기보다 싫었다. 이혼은 결코 옳은 일이 못 된다. 수많은 결혼이 깨어지는 것을 보았고, 그 속사정에 대해 수많은 이야기를 들어 본 결과, 자식이 없다면야 이혼도 아무 문제없지만, 자식이 있을 경우에는 많은 문제가 따른다는 것을 깨달았다.

나는 다시 나 자신이 되어 영국으로 돌아왔다. 세상을 회의적으로 보면서도 더 잘 적응하는 강인한 사람이 되어 있었다. 우선 첼시에 자그마한 아파트를 얻어 로잘린드와 카를로와 함께 지냈다. 그리고 친구인 아일린 모리스와 같이 여러 여자 사립 초등학교를 둘러보았다. 당시 아일린의 오빠는 호리스힐 스쿨의 교장을 맡고 있었다. 내 생각에는 로잘린드가 집과 친구들에게서 뚝 떨어진 채 자기 또래 아이도 별로 없는 곳에서 지내는 것보다 기숙사 학교에 들어가는 편이 훨씬 나을 것 같았다. 아이도 그것을 원했다. 아일린과 나는 열 개의 학교를 살펴보았다. 그러고 나니 머릿속이 온통 뒤죽박죽이 된 것 같았다. 몇몇 학교에서는 신나게 웃었던 일도 있었지만 말이다. 물론 나처럼 학교에 대해 아는 것이 없는 사람도 드물 터였다. 학교에 제대로 다녀 본 적이 없었으니까. 학교 교육에 대해서는 아무런 느낌도 없고 학교에 다니지 않은 것을 아쉬워해 본 적도 없다. 하지만 무의식적으로 아쉬워했는지도 모를 일이다. 그래서 딸한테 학교를 경험할 기회를 주는 것이 더 좋으리라 싶었다.

로잘린드는 어려서부터 대단히 분별력이 있었기 때문에, 나는 이 문제를 딸아이와 함께 의논했다. 아이는 열광했다. 당시 다니고 있던 런던의 사립 학교도 나쁘지는 않았지만, 가을부터 기숙사 학교에 다니게 된다면 아주 좋겠다고 했다. 그러고는 가장 큰 학교에 다니고 싶다고 했다. 나는 멋진 기숙사 학교를 찾아 주겠다고 약속하고는, 임시로 첼튼엄으로 낙착을 보았다. 내 생각에는 그곳이야말로 미래를 생각할 때 가장 큰 학교가 아닌가 싶었다.

첫 후보에 오른 학교는 벡스힐에서 윈 양과 바커 양이 공동으로 운영하고 있는 칼레도니아 스쿨이었다. 운영이 잘되고 있는 전통적인 학교로, 나는 윈 양이 마음에 들었다. 권위와 개성이 느껴지는 인물이었다. 교칙이 진부해 보이기는 했지만 내용이 합리적이었고 또한 아일린의 지인들을 통해 그 학교의 음식이 매우 잘 나온다는 이야기도 들었다. 학생들의 표정도 밝고 좋았다.

두 번째 후보 학교는 완전히 성향이 정반대였다. 여학생들은 각자 자기 조랑말을 가질 수 있었고, 원한다면 애완동물도 기를 수 있었다. 또한 공부할 과목을 어느 정도 선택할 여지가 있었으며, 대단히 자유로운 분위기라 싫다면 억지로 공부하지 않아도 되었다. 그곳 여교장의 말대로, 자유롭게 내버려 두면 아이들은 자발적으로 하고 싶어 하기 마련이다. 예술 관련 수업도 적잖았다. 이번에도 교장이 내 마음에 들었다. 독창적인 사고와 따뜻한 마음씨와 열정과 아이디어를 가진 분이었다.

나는 집으로 돌아와 깊이 생각해 보고는, 결국 로잘린드와 함께 두 학교를 한 번 더 둘러보았다. 그리고 이틀 동안 충분히 생각할 시간을 준 후 물었다.

"그래, 어느 학교에 다니고 싶니?"

다행히도 로잘린드는 언제나 결단력이 있었다.

"아, 칼레도니아요. 다른 학교는 마음에 들지 않아요. 너무 파티 분위기 같아서요. 파티를 즐기려고 학교에 가는 것은 아니잖아요?"

그리하여 우리는 칼레도니아로 결정했고, 그 결정은 대성공이었다. 교육 방식이 아주 훌륭했으며, 학생들도 수업에 흥미를 가졌다. 대단히 체계적이었는데, 로잘린드는 그러한 체계성을 좋아했다. 휴일에는 신이 나서 이렇게 말하곤 했다.

"그 누구도 빈둥거릴 틈이 없어요."

나라면 질색했을 텐데.

때로는 나의 질문에 전혀 뜻밖의 대답을 하기도 했다.

"로잘린드, 아침 기상 시간이 몇 시니?"

"잘 몰라요. 종이 울리면 일어나거든요."

"종이 몇 시에 울리는지 궁금하지 않니?"

"뭐 하려요? 종이 울리면 일어나면 되는데. 그리고 대략 30분 동안 아침을 먹어요."

윈 양은 부모들이 지나치게 개입하지 못하도록 했다. 한번은 윈 양에게 로잘린드가 외출용 실크 원피스 대신에 교복을 입고 일요일에 우리와 외출하면 안 되겠느냐고 물었다. 언덕으로 소풍을 갈 예정이었기 때문이다.

이에 윈 양은 대답했다.

"우리 학교의 모든 학생은 일요일에 외출용 복장으로 외출합니다."

그뿐이었다. 그래서 카를로와 나는 자그마한 봉투에 로잘린드가 갈아입을 옷을 따로 챙겨 갔다. 그러고는 나무 뒤나 덤불숲에서 실크 리버티 원피스와 밀짚모자와 깔끔한 구두를 벗고 소풍에 더 적합한 옷으로 바꾸어 입혔다. 이 비밀은 결코 들키지 않았다.

윈 양은 대단한 여성이었다. 한번은 내가 체육회 때 비가 오면 어떻게 하느냐고 물었다.

"비요?"

윈 양은 놀란 어조로 되묻고는 말을 이었다.

"제가 기억하는 한, 체육회 때 비가 온 적은 단 한 번도 없습니다."

심지어 날씨까지도 윈 양의 손아귀 안에 놓여 있는 듯했다. 아니면 로잘
린드 친구의 말대로인지도.

"하느님은 윈 교장 선생님의 편을 드는 것 같아요."

나는 카나리아 제도에서 지낼 때 새 책『블루 트레인의 수수께끼The
Mystery of the Blue Train』에서 가장 중요한 부분을 간신히 썼다. 정말로 쉽지 않
았는데, 로잘린드를 돌보면서 쓰자니 어려움이 많았다. 로잘린드는 제 엄
마와는 달리 혼자 상상을 하며 노는 아이가 아니었다. 뭔가 구체적인 것이
필요했다. 자전거를 주면 30분 동안 나가 놀았다. 비가 올 때는 어려운 퍼
즐을 주어 갖고 놀게 했다. 하지만 테네리프(카나리아 제도의 한 섬 — 옮긴
이)의 오라타바에서 묵었던 호텔 정원에는 로잘린드가 화단을 따라 거닐거
나 이따금씩 굴렁쇠를 가지고 노는 것 외에는 달리 놀거리가 전혀 없었다.
아이는 역시나 제 엄마와는 달리 굴렁쇠를 썩 좋아하지 않았다.

"애야, 엄마를 방해하면 안 돼. 지금 해야 할 일이 있어. 새 책을 써야 해.
카를로 언니와 나는 이제부터 한 시간 동안 일을 해야 하거든. 그러니 방해
하지 말아 줄래."

"네, 알았어요."

로잘린드는 우울하게 대답하고는 자리를 떴다. 나는 연필을 쥔 채 앉아
있는 카를로를 바라보았다. 그러고는 생각하고, 생각하고, 또 생각했다. 머
리를 쥐어짜 내다시피 하여 마침내 우물쭈물 구술을 시작하면, 몇 분 후 로
잘린드가 맞은편 산책로에 멀거니 서서 우리를 바라보고 있는 것이 내 시
선을 끌었다.

"왜 그러니, 로잘린드? 뭐가 필요하니?"

"아직도 30분이 안 되었어요?"

"그래, 안 되었어. 정확히 9분 지났어. 가서 놀렴."

"네."

그리고 아이는 그곳을 떠났다.

나는 다시 더듬더듬 구술을 시작했다.

하지만 로잘린드는 또다시 그곳에 서 있었다.

"시간이 되면 너를 부를게. 아직 멀었어."

"그냥 여기서 기다리면 안 돼요? 여기 가만히 서 있을게요. 엄마를 방해 않고요."

하지만 로잘린드의 시선은 나에게 마치 메두사와 같은 작용을 했다. 내 입에서 나오는 모든 것이 더욱 바보처럼 느껴지는 것이었다! (사실 대부분 이 바보 같았다.) 더듬거리고, 멈칫거리고, 망설이고, 같은 말을 되풀이했다. 얼마나 형편없는 작품이 될지!

우선 창작을 하면서도 전혀 기쁨을 느낄 수가 없었다. 예전에 쓴 단편을 부분적으로 응용해 전통적인 플롯에 따라 작품을 만들었다. 어떻게 이야기를 진행해야 하는지는 잘 알고 있었지만 마음의 눈으로 그 광경을 그릴 수가 없었고 인물들이 생생하게 살아나지 않았다. 새 책을 써서 돈을 벌어야 한다는 현실적인 열망이 나를 혹독하게 내몰고 있었다.

내가 아마추어에서 프로로 변한 것이 바로 그 순간이었다. 쓰고 싶지 않고, 지금 쓰고 있는 글이 마음에 안 들고, 잘 써지지도 않음에도 계속 글을 써야 하는 전문 작가의 무거운 짐을 그때 짊어졌던 것이다. 『블루 트레인의 수수께끼』는 계속 마음에 들지 않았다. 하지만 다 쓴 후 출판사에 보냈고 지난번 책만큼 잘 팔렸다. 나는 그것으로 나 자신을 위로해야 했다. 비록 자랑스럽다고는 말할 수 없어도.

오라타바는 아름다웠다. 거대한 산이 우뚝 솟아 있고, 호텔 주위로 꽃들이 찬란히 피어났다. 하지만 두 가지가 문제였다. 아름다운 아침이 지나 후 정오가 되면 산에서 안개가 흘러내려 온종일 잿빛이었다. 어떨 때는 비까지 내리는 것이었다. 또한 열렬한 수영 애호가에게는 최악의 곳이었다. 사람들은 화산이 만들어 낸 비스듬한 해변에 배를 깔고 누워 손가락을 모래 속에 찔러 넣고는 밀려오는 파도에 몸이 잠기도록 했다. 하지만 그것도 파도 속에 너무 깊이 잠기지 않도록 주의해야 한다. 수많은 사람들이 그곳에서 익사했으며 바다로 들어가 수영하는 것은 불가능했다. 수영에 아주 뛰어난 한두 사람만이 헤엄을 즐길 수 있었고, 작년에는 심지어 그런 사람조차도 물에 빠져 죽은 일이 있었다. 그래서 일주일 후 우리는 마음을 바꾸어 그란카나리아 섬의 라스팔마스로 갔다.

지금도 겨울을 보내기에 가장 이상적인 장소로 나는 라스팔마스를 손꼽는다. 하지만 요즘은 지나치게 관광지화되어 아무래도 초기의 매력을 잃은 듯하다. 당시에는 조용하고 평화로운 곳이었다. 마데이라 섬보다 그곳을 더 좋아해서 겨울에 한두 달씩 머무는 사람들 외에는 찾아오는 사람도 별로 없었다. 라스팔마스에는 완벽한 해변이 두 군데 있었다. 기온 또한 평균 섭씨 21도로 완벽했다. 나한테는 여름이나 다름없었다. 하루 종일 상쾌한 산들바람이 불고, 저녁에도 식사 후에 야외에 앉아 있어도 될 만큼 따스했다.

그런 어느 날 저녁 카를로와 나는 좋은 두 친구를 사귀게 되었다. 닥터 루카스와 그의 누나 미크 부인이었는데 미크 부인은 동생보다 나이가 한참 위였고, 아들이 셋이었다. 닥터 루카스는 결핵 전문의로 오스트레일리아 여성과 결혼했으며, 동부 해안에서 결핵 요양소를 운영하고 있었다. 그 자신도 어렸을 적에 결핵인지 소아마비에 걸려 다리를 절었으며, 등이 약간 굽었고, 섬세한 기질을 갖고 있었다. 하지만 타고난 의사로, 환자를 치료하는 능력이 출중했다. 한번은 이렇게 말했다.

"사실 내 동업자가 나보다 더 뛰어난 의사이지요. 나보다 실력도 우수하고, 아는 것도 많죠. 하지만 그가 못하는 것을 나는 해요. 내가 떠나 있으면 환자들은 활기를 잃고 병세가 악화됩니다. 그냥 내가 있음으로 해서 환자들 건강이 좋아지지요."

그는 그의 가족들 사이에서 항상 '아버지'로 통했다. 이내 카를로와 나도 그를 아버지라고 부르게 되었다. 그러던 중에 내 목에 심한 궤양이 생겼는데, 닥터 루카스가 진찰하더니 말했다.

"무엇 때문인지 모르지만 지금 아주 불행하군요. 안 그래요? 뭔가요? 남편이 말썽을 피우나요?"

그렇다고 인정하고 일어난 일을 조금 이야기했더니, 그가 활기찬 목소리로 나를 격려해 주었다.

"부인께서 정녕 원하신다면 남편은 돌아올 겁니다. 시간을 좀 주세요. 조급해하지 말고요. 그리고 남편이 돌아왔을 때 비난하지 마시고요."

나는 남편이 돌아오지 않을 것이며, 그럴 사람이 아니라고 말했다. 닥터 루카스는 그런 사람도 있다고 동의하고는 미소 지으며 말을 이었다.

"하지만 대부분은 돌아옵니다. 사실은 저도 한때 한눈을 팔았다가 돌아왔더랬지요. 어쨌건 무슨 일이 있든 다 받아들이고 앞으로 전진하십시오. 부인은 강인하고 용감한 분이십니다. 앞날이 창창하지 않습니까?"

그리운 아버지. 나는 너무나도 큰 도움을 받았다. 그는 인간의 모든 질병과 좌절에 깊은 연민을 느끼는 사람이었다. 오륙 년 후 그가 세상을 떠났을 때, 나는 절친한 친구를 잃은 것만 같았다.

로잘린드가 무척 두려워하는 것이 하나 있었는데, 그것은 다름 아닌 호텔의 스페인 여직원이 말을 거는 것이었다!

나는 말했다.

"말을 걸면 뭐 어때? 너도 대답하면 되잖니."

"못 해요. 그 여자는 스페인 사람이잖아요. '세뇨리타'라고 말하고는, 안

아듣지도 못하는 말을 늘어놓는다고요."

"로잘린드, 너도 참."

"괜찮아요. 저녁 드시러 가세요. 침대에 누워 있을 수만 있으면 혼자 있어도 괜찮아요. 그 여직원이 들어와도 눈을 감고 자는 척하면 돼요."

아이가 무엇을 좋아하고 무엇을 싫어하는지는 참으로 예측할 수가 없다. 우리가 귀국하려고 유람선에 오를 때 바다가 거칠어서 덩치 크고 괴물처럼 생긴 스페인 선원이 로잘린드를 팔에 안은 채 보트에서 유람선 트랩으로 획 뛰어오른 적이 있었다. 나는 로잘린드가 싫다며 고함을 칠 줄 알았는데, 그 예상은 보기 좋게 빗나갔다. 오히려 그에게 더없이 다정한 미소를 짓는 것이었다.

나는 물었다.

"외국인이잖아. 괜찮아?"

"나한테 아무 말도 안 했잖아요. 어쨌든 그 얼굴이 마음에 들어요. 멋지게 못 생겼어요."

라스팔마스를 떠나 영국으로 향할 때 엄청난 사건이 하나 일어났다. 푸에르토 데 라 크루스에 도착해 유니언캐슬 호를 타려는데, 블루 테디를 안 가지고 왔다는 것을 깨달은 것이다. 로잘린드의 얼굴이 금세 새하얗게 질렸다.

"테디만 두고 갈 수는 없어요."

우리는 조금 전에 타고 왔던 버스의 운전사에게 갔다. 아낌없이 팁을 주었지만 굳이 그럴 필요도 없는 듯했다. 그는 기꺼이 바람처럼 달려가서 작은 푸른색 원숭이를 찾아오겠다고 하면서, 아이가 아끼는 장난감도 없이 선원들이 배를 출발시킬 리 없다고 장담했다. 하지만 나는 설마 싶었다. 배는 떠나고 말 것이었다. 우리가 탈 배는 남아공에서 출발해 이곳에 들른 영국 배였다. 스페인 배였다면 필요할 경우에 한두 시간은 너끈히 기다려 줄 텐데. 그런데 일이 잘 풀렸다. 막 기적이 울리고 모두들 배에 타라고 지시가 떨어졌을 때 먼지 구름 속에서 버스가 나타난 것이다. 운전사는 차에서 뛰어내려 트랩에 있던 로잘린드에게 블루 테디를 건네주었고, 아이는 인형을 가슴에 꼭 끌어안았다. 그리하여 우리의 여행은 해피엔딩으로 끝났다.

7

앞으로의 계획이 어느 정도 섰지만, 아직 마지막 결정이 남아 있었다.

아치와 나는 약속을 하고서 만났다. 그는 아프고 지쳐 보였다. 우리는 지인들과 일상적인 일들에 대해 이야기했다. 그런 다음 지금 어떻게 생각하는지, 나와 로잘린드에게로 돌아오지 않을 것을 확신하는지 물었다. 나는 다시 한 번 말했다. 그가 딸아이를 얼마나 아끼는지, 로잘린드가 아버지의 부재를 얼마나 당혹스러워하는지.

한번은 로잘린드가 너무나도 아이답게 솔직한 이야기를 한 적이 있었다.

"아빠가 나를 좋아한다는 건 알아. 나랑 같이 살고 싶어 한다는 것도. 하지만 아빠는 엄마를 좋아하지 않나 봐."

"오죽하면 아이가 그런 말을 했겠어요. 아이는 당신이 필요해요. 정말 안 돌아올 거예요?"

남편은 대답했다.

"미안해. 그럴 수는 없어. 내가 정말 바라는 것은 딱 하나야. 미치게 행복하고 싶어. 낸시와 결혼하지 않고는 절대 행복해질 수 없어. 낸시는 지난 10개월 동안 세계를 돌며 여행했지. 낸시의 가족들은 그렇게 하면 나를 잊을 거라고 생각했지만, 역시 낸시도 나를 잊지 못했어. 내가 원하고, 할 수 있는 것은 딱 하나뿐이야."

결국 이것으로 끝이 났다. 나는 변호사에게 편지를 보내고 논의하러 갔다. 물건들은 짐을 꾸려 기차로 부쳤고 남은 일은 없었다. 이제 앞으로 나홀로 어떻게 할 것인가만 정하면 되었다. 로잘린드는 기숙사 학교에 다니고 있고, 카를로와 펑키 언니가 자주 찾아가 볼 것이었다. 크리스마스 휴일까지 시간이 있었으므로 햇살이 따뜻한 곳을 찾아 떠나고 싶었다. 서인도 제도와 자메이카로 가기로 결정하고, 쿡 여행사로 가서 표를 예약했다. 모든 것이 준비되었다.

이때 다시 한 번 운명이 찾아왔다. 여행을 떠나기 이틀 전 나는 런던에서 친구들과 만찬을 같이했다. 잘 아는 사람들은 아니었지만 젊고 매력적인 커플이 있었는데, 바로 하우 해군 중령 부부였다. 나는 중령 옆자리에 앉았는데, 그가 나에게 바그다드에 대해 이야기해 주었다. 그는 페르시아 만에 주둔했다가 막 돌아온 참이었다. 저녁 식사 후에는 그의 아내가 내 옆에 앉아 함께 이야기를 나누었다. 다들 바그다드라고 하면 끔찍하다고 하는데 그들 부부는 깊이 매혹되어 있었다. 나는 그들의 말을 들으면 들을수록 점점 더 빠져들었다. 그러다 그곳으로 가려면 배를 타야 하느냐고 물었다.

"기차로도 갈 수 있어요. 오리엔트 특급을 타고 가면 돼요."

"오리엔트 특급요?"

나는 평생토록 오리엔트 특급 열차를 꼭 타 보고 싶었더랬다. 프랑스나 스페인이나 이탈리아로 여행을 갈 때면 종종 칼레(도버 해협에 면한 프랑스의 항구 도시 ― 옮긴이)에 오리엔트 특급 열차가 서 있는 것을 보곤 했다. 얼마나 그 열차에 오르고 싶었던가. 심플론 오리엔트 특급, 밀라노, 베오그라드, 이스탄불…….

나는 마음을 굳혔다. 하우 중령이 바그다드에서 꼭 봐야 할 것들을 적어 주었다.

"알위야나 멤사히브에 너무 시간을 낭비하지 마세요. 모술에는 꼭 가서야 합니다. 바스라에도요. 우르는 절대 빼먹으면 안 돼요."

"우르라고요?"

그때 나는 막《일러스트레이티드 런던 뉴스The Illustrated London News》에서 레너드 울리가 우르에서 행하였던 엄청난 발굴 사건에 대한 기사를 읽은 참이었다. 나는 고고학에 대해 아무것도 모르면서도 늘 묘하게 마음이 끌리고 있었다.

다음 날 아침 부랴부랴 쿡 여행사로 가서는 서인도제도행 표를 취소하고 오리엔트 특급 열차의 표를 예약했다. 런던에서 이스탄불까지, 이스탄불에서 다마스쿠스까지, 다마스쿠스에서 사막을 가로질러 바그다드까지. 나는 너무나도 흥분되었다. 너댓새면 비자를 얻고 필요한 준비를 마친 다음 떠날 수 있을 것이었다.

"혼자서요? 중동까지 혼자 간다고요? 그곳에 대해 전혀 모르잖아요."

카를로는 조금 불안해하며 말했다.

"아무 문제없을 거야. 결국 누구나 혼자서 헤쳐 나가야 할 때도 있는 것 아니겠어?"

나는 한 번도 그런 적이 없었고 지금도 별로 그러고 싶지는 않았지만, 그래야 한다는 생각이 강하게 들었다.

'지금이 아니면 앞으로도 끝내 못 할 거야. 안전하고 잘 아는 것에만 매달리거나, 아니면 혼자서 해내며 더욱 독창적으로 발전하거나, 둘 중 하나야.'

그리하여 닷새 후 나는 바그다드로 떠났다.

사실 나를 그토록 매혹시킨 것은 그곳의 이름이었다. 바그다드가 어떤 곳인지는 전혀 몰랐으며, 하룬알라시드(8세기 바그다드에서 아바스 왕조를 통치한 칼리프 — 옮긴이)의 도시일 줄은 상상도 못 하고 있었다. 그저 한 번도 가 볼 생각을 못 한 장소였고, 따라서 미지의 즐거움이 나를 사로잡은 것뿐이었다

나는 아치와 함께 세계 일주를 했고, 카를로와 로잘린드와 카나리아 제도에 갔더랬다. 그리고 이제는 혼자 여행을 떠나는 것이다. 이제는 내가 어떤 사람인지, 내가 두려워하는 것처럼 다른 사람에게 전적으로 의존하는 나약한 사람인지 여부를 알아내야 했다. 어떤 곳이든 내가 보고 싶은 곳을 보며 내 욕망을 만족시키리라. 서인도제도 대신 바그다드를 택했듯, 언제 어디서든 내 마음을 바꿀 수 있으리라. 나 자신만 생각하면 되었다. 이제 내가 그것을 얼마나 좋아하는지 알아낼 수 있을 것이다. 나는 내게 개와 비슷한 성향이 있다는 것을 충분히 깨달았다. 누군가 데려가 주지 않으면 개는 산책을 가지 않는다. 어쩌면 나는 평생 이와 같은 습성을 버리지 못할지도 모를 일이었다. 나는 그렇게 되지 않기를 간절히 빌 뿐이었다.

8부

두 번째 봄

1

기차는 언제나 내 마음을 사로잡는다. 요즘은 아무도 기차를 친구처럼 여기지 않는 것이 안타깝다.

칼레에서 나는 지루했던 도버 해협 항해를 뒤로 하고 '침대칸'으로 들어가 꿈의 열차에 편안히 자리 잡았다. 그때 여행의 첫 번째 위험과 대면했다. 여행 경험이 풍부한 중년 부인 하나가 잘 차려입은 모습으로 슈트케이스와 모자 가방을 잔뜩 싣고서 앉아 있다가(당시에도 여전히 모자 가방은 여행 필수품이었다.) 나에게 말을 걸어 온 것이다. 모든 2등석 침대칸에는 2단 침대가 설치되어 있고 두 사람이 한 칸을 공유하게 되어 있었으므로 이는 자연스러운 일이었다. 1등석보다 2등석으로 여행하는 것이 어떤 점에서는 더 좋았다. 객실이 넓어 이리저리 움직일 수 있기 때문이었다.

그녀가 물었다.

"어디로 가나요? 이탈리아?"

"아뇨. 그보다 더 멀리 갑니다."

"그러면 어디?"

"바그다드로 갑니다."

그녀가 당장 반색을 했다. 바그다드에 살고 있다는 것이었다. 이런 기막힌 우연이 있다니. 내가 만나러 가는 친구들도(그녀는 이렇게 추측했다.) 자신과 분명 아는 사이일 것이라고 확신했다. 나는 친구들을 만나러 가는 것이 아니라고 말했다.

"그럼 어디에서 머물 건가요? 설마 바그다드에서 호텔에 묵겠다는 건 아니겠죠?"

나는 왜 안 되느냐고 물었다. 호텔이 아니면 대체 어디에서 묵으란 말인가? 하지만 이 말은 속으로만 생각하고 밖으로 내뱉지는 않았다.

그런데 세상에! 호텔에 묵는 것이 불가능하다니.

"그건 불가능해요. 이렇게 해요. 우리 집에 와서 함께 지내요!"

나는 약간 놀랐다.

"그렇게 해요. 아, 거절하면 안 돼요. 바그다드에서는 얼마나 머물 계획인가요?"

"음, 오래 있지는 않을 겁니다."

"어쨌든 일단은 우리 집으로 가요. 그런 다음 마땅한 곳을 찾을 수 있을 거예요."

매우 친절하고 상냥한 초대였지만, 나는 즉각 반감을 느꼈다. 하우 중령이 왜 영국 식민지의 사교계에 발목을 잡히지 말라고 충고했는지 알 것 같았다. 손발이 꽁꽁 묶인 내 모습이 눈에 선했다. 나는 더듬더듬 계획을 설명하려고 했지만, C 부인은(그녀는 나한테 이름을 말해 주고, 남편은 벌써 바그다드에 가 있으며, 자신은 초기 정착자 중 한 명이라고 했다.) 삽시간에 내 계획을 내동댕이쳤다.

"아, 막상 가 보면 생각이 확 달라질 거예요. 참으로 멋진 생활을 누릴 수 있답니다. 테니스도 실컷 치고, 볼거리도 많지요. 정말 마음에 들 거예요. 다들 바그다드는 끔찍하다고들 하지만, 전혀 그렇지 않아요. 정원이 얼마나 멋진데요."

내가 상냥하게 동의하자 그녀가 말했다.

"트리에스테(이탈리아의 도시 — 옮긴이)로 가겠네요? 거기서 베이루트(레바논의 수도이자 항구 도시 — 옮긴이)까지 배를 타실 거죠?"

나는 아니라고, 바그다드까지 오리엔트 특급으로 간다고 말했다. 그녀는 살며시 고개를 저으며 대답했다.

"그건 좋은 방법이 아니에요. 즐거운 여행이 못 될 거예요. 하지만 이제 와서 어쩌겠어요. 어쨌든 바그다드에서 꼭 만나요. 여기 명함을 드릴 테니, 베이루트에서 떠날 때 미리 전보를 주세요. 그러면 우리 집 양반이 대기하고 있다가 도착하자마자 바로 우리 집으로 모실 거예요."

정말 감사하다고 말하고 어쩌면 계획이 바뀔 수도 있다고 덧붙이는 것 외에 달리 무슨 수가 있겠는가? 천만다행으로 C부인의 일정은 나와 내내 함께하는 것이 아니었다. 쉴 새 없이 말하는 통에 정말로 난감했는데, 그녀는 트리에스테에서 기차에서 내려 베이루트까지 배를 타고 갈 예정이었다. 나는 다마스쿠스와 이스탄불에도 머무르며 둘러볼 계획이라는 말을 현명하게도 언급하지 않았다. 덕분에 C 부인은 내가 바그다드 여행 계획을 단념했나 보다고 생각하게 되리라. 우리는 다음 날 트리에스테에서 더할 수 없이 다정하게 인사를 나누고 헤어졌다. 이제 나는 홀로 여행을 즐길 수 있었다.

내가 바라던 바로 그런 여행이었다. 열차는 트리에스테를 지나 유고슬라비아와 발칸 반도를 통과했다. 차창 밖은 완전히 다른 세상이었다. 산 속 협곡을 지나고, 소가 모는 수레와 그림 같은 마차를 구경하고, 역 플랫폼에서 있는 사람들을 살펴보고, 이따금씩 니시와 베오그라드와 같은 곳에서 내려 커다란 기관차가 바뀌며 전혀 다른 문자와 기호가 새겨진 새로운 괴물이 들어오는 것을 지켜보았다. 여행 도중에 자연스레 몇몇 사람들을 알게 되었지만, 첫 번째 길동무처럼 나를 완전히 책임지려는 이는 다행히 아무도 없었다. 미국인 여자 선교사, 네덜란드 공학자, 두 터키 여성들과 유쾌하게 하루하루를 보냈다. 터키 여성들과는 이따금 불어로 간신히 말을 주고받는 정도로 그다지 많은 대화를 나누지는 못했는데, 그때 나는 자식이 딸만 하나라는 아주 면목 없는 처지에 놓였더랬다. 활짝 웃고 있는 터키 여성은, 내가 제대로 이해했다면, 자식이 열셋이나 되었는데 그중 다섯은 죽었고, 적어도 셋 혹은 넷은 유산되었다는 것이다. 그녀는 아주 흡족해하면서, 앞으로도 계속 아이를 낳으리라는 희망을 버리지 않고 있는 듯했다. 그러면서 식구 수를 늘릴 수 있는 온갖 비법을 내게 가르쳐 주었는데 나도 한번 해 보고 싶었다. 그것은 이파리를 끓인 약탕, 약초로 조제한 약, 마늘로 보이는 특정 식물을 복용하는 것이었으며, 마지막으로 파리에 있는 '대단히 뛰어난' 의사의 주소를 알려 주었다.

혼자 여행하지 않으면 외부 세계가 얼마나 나를 보호하고 돕는지 알지 못한다. 물론 항상 만족스러운 것은 아니지만. 미국인 선교사는 내게 온갖 장 치료법을 가르쳐 주었다. 그녀는 변비 방지용 소금을 잔뜩 가지고 다녔다. 또 네덜란드 공학자는 내가 이스탄불에서 머물 곳에 대하여 매우 심각하게 주의를 주면서 그 도시의 각종 위험에 대해 경고했다.

"조심해야 합니다. 영국에서는 남편이나 친척들에게 항상 보호받으며 고이 지내셨겠지요. 하지만 여기서는 사람들이 하는 말을 그대로 믿으면 안 됩니다. 어디로 가는지도 모르면서 무턱대고 유흥장으로 따라가면 큰일 나요."

사실 그는 나를 열일곱 살짜리 철부지처럼 대했다. 나는 감사하다며, 정신 바짝 차릴 테니 염려 말라고 했다.

나를 더한 위험에서 구해 주기 위해 그는 이스탄불에 도착한 밤에 저녁을 함께하자고 초대했다.

"토카틀리안은 매우 좋은 호텔입니다. 안전한 곳이지요. 9시 경에 찾아 뵙겠습니다. 정숙하고 훌륭한 레스토랑으로 모시지요. 귀족 출신의 백인 러시아 숙녀분들이 운영하는 곳인데 요리 실력도 출중하고, 식당 내에서 에티켓이 최대한 지켜지도록 애씁니다."

나는 정말 친절한 말씀이라고, 언행이 일치하는 훌륭한 분이신 것 같다고 말했다.

다음 날 그는 일을 마치고 나를 데리러 와서 이스탄불을 여기저기 구경시켜 준 다음에 가이드를 소개했다.

"쿡 여행사 가이드는 쓰지 마십시오. 너무 비싸요. 이 사람은 아주 믿을 만한 가이드입니다."

또한 하루 더 날을 잡아 귀족적인 미소를 지으며 공학자 친구를 보살펴 주는 러시아 숙녀분들과 함께 뱃놀이를 갔다. 그는 내게 이스탄불 구경을 더 시켜 주고 나서 다시 나를 토카틀리안 호텔로 데려다 주었다.

"혹시……."

우리가 호텔 입구에서 잠시 멈추었을 때 그가 말을 꺼냈다. 뭔가 나한테 묻고 싶은 듯한 표정이었다.

"혹시……."

그는 내가 어떤 반응을 보이지 않을까 살피며 다시 말을 꺼냈다. 그러다 한숨을 쉬었다.

"아닙니다. 묻지 않는 편이 현명하겠지요."

"정말 현명하신 분이세요. 그리고 친절하시고요."

그는 다시 한숨을 쉬었다.

"혹시 상황이 좀 달리 되었더라면 매우 즐거웠을 겁니다. 하지만 압니다. 그래요. 이것이 옳지요."

그는 다정하게 내 손을 잡고 자기 입술로 가져간 다음 영원히 이별했다. 친절하고 멋진 사람이었다. 덕분에 즐겁게 보호받으며 이스탄불을 구경할 수 있었다.

다음 날 전통적인 옷차림을 완벽하게 갖춘 쿡 여행사 직원이 와서 보스포루스 해협을 가로질러 하이다파샤까지 안내해 주었다. 그곳에서 다시 오리엔트 특급 여행을 재개했는데, 안내인이 있어서 천만다행이었다. 하이다파샤 역보다 더 정신없는 곳이 있을까. 모두들 고함을 치고 책상을 때리며 세관원의 관심을 끌려고 했다. 그때 나는 쿡의 통역 기술이라는 것을 처음 보았다.

쿡 여행사 직원이 말했다.

"자, 1파운드짜리 지폐를 주십시오."

나는 1파운드 지폐를 건넸다. 그는 즉각 세관원 벤치 쪽을 향해 펄쩍펄쩍 뛰며 지폐를 흔들었다.

"여기요, 여기. 여기요, 여기!"

그 방법은 당장 효과를 발휘했다. 주렁주렁 금줄을 단 세관원 직원이 우리에게로 부랴부랴 달려와서는 내 가방에 온통 커다란 분필 자국을 남기더니 나에게 말했다.

"행운을 빕니다."

그러고는 아직 쿡처럼 1파운드 절차를 행하지 않은 사람들을 헤치며 자리로 되돌아갔다.

"자 이제, 기차까지 바래다 드리겠습니다."

"지금요?"

나는 터키 화폐가 얼마나 남았는지 몰라 살펴보았다. 기차표를 끊고 받은 푼돈이 약간 있었다. 그런데 여행사 직원이 단호히 말했다.

"그 돈은 가지고 계십시오. 쓸모가 있을지도 모릅니다. 그리고 1파운드 지폐를 하나 더 주십시오."

다소 미심쩍기는 했지만 사람은 경험으로 배워야 한다고 생각하면서 그에게 1파운드를 내밀었다. 그러자 그는 축복 인사를 하며 떠나갔다.

유럽에서 아시아로 건너가는 것은 금방이었지만 서로 미묘한 차이가 있었다. 열차는 느릿느릿 마르마라 해를 따라 달리고 산을 올랐다. 내내 믿기지 않을 만큼 아름다운 경치가 펼쳐졌다. 기차에 탄 사람들 또한 달랐다. 하지만 어떻게 다른지 설명하기는 어려웠다. 나는 마치 어디서부턴가 뚝 떨어져 나오는 듯한 느낌이 들면서 지금 내가 하고 있는 일과 가고 있는 곳에 대해 더욱 흥미가 치솟았다. 기차가 역에 멈출 때마다 나는 즐겨 밖을 내다보았다. 각양각색의 옷들, 플랫폼에서 우르르 몰려다니는 소작농들, 기차 안으로 건네지는 괴이한 음식들. 거기엔 꼬치에 꿴 음식, 이파리로 싼 음식, 색색깔로 칠해진 달걀 등 온갖 음식이 다 있었다. 음식은 동쪽으로 갈수록 기름기가 줄줄 흐르고, 뜨겁고, 맛이 없어졌다.

두 번째 날 저녁에 기차가 정지하자 사람들은 기차에서 내려 실리시아 문(기원전 아나톨리아에서 유프라테스 강을 따라 메소포타미아와 교역을 하던 중요한 통로 — 옮긴이)을 구경했다. 믿기지 않을 만큼 아름다운 순간이었다. 결코 잊을 수 없으리라. 그 후로도 여러 번 근동을 오갈 때마다 기차 스케줄에 따라 각기 다른 시간대에 그곳에 정차하곤 했다. 때로는 아침 일찍 아름다운 풍경 속에, 때로는 처음처럼 저녁 6시에, 또 때로는 안타깝게도 한낮에. 이 첫 경험 때 나는 운이 좋았다. 다른 사람들이 우르르 내리기에 나도 덩달아 기차에서 내렸는데, 태양이 뉘엿뉘엿 기울며 이루 말할 수 없는 아름다움을 빚어내고 있었던 것이다. 나는 환희에 가득 차 그곳에 온 것을 기뻐하며 감사했다. 기리로 돌아가기 기적이 울리고 기차가 출발했다. 그리고 협곡의 긴 비탈을 따라가다 강 건너 맞은편으로 향했다. 이렇게 느릿느릿 터키를 가로지른 기차는 알레포(시리아의 도시 ― 옮긴이)를 통해 시리아로 들어갔다.

그런데 알레포에 이르기 전에 나는 잠시 불행에 맞닥뜨렸다. 팔뚝이며 목덜미며 발목이며 무릎이며 어찌나 심하게 물렸는지. 처음에는 모기 짓이라고 생각했다. 해외여행에 관해 여전히 무지한 나는 설마 빈대가 있을 줄은 상상도 못 했기 때문이다. 그 후로 나는 평생 빈대한테 물리는 것에 특이하게 예민해졌다. 빈대는 구식 나무 객차에서 나와 맛깔스러운 승객들을 허겁지겁 먹어 치웠다. 나는 체온이 38.9도까지 올랐고, 팔이 퉁퉁 부었다. 그러다 결국 출장차 기차에 타고 있었던 어느 친절한 프랑스 인의 도움을 받아 블라우스와 코트 소매를 찢어야 했다. 팔이 너무 부어 어쩔 도리가 없었던 것이다. 열과 두통에 시달리며 비참한 마음이 되어 생각했다.

'괜히 여행을 해 가지고는 이게 무슨 고생이람!'

하지만 프랑스 친구는 큰 힘이 되어 주었다. 그가 기차에서 내려 포도를 사 왔다. 자그마하고 달콤한 포도로 나는 동양이라는 세계로 빨려 들었다.

"식욕이 없는 건 압니다. 하지만 열이 나잖습니까. 그러니 포도만이라도 꾸준히 드십시오."

해외에서 음식을 먹을 때는 반드시 씻어야 한다는 교육을 어머니와 할머니들에게서 철저히 받은 나였지만, 이제는 아무러면 어떠냐 싶은 심정이었다. 15분마다 먹은 포도 덕분에 열이 많이 내렸다. 그때 나는 다른 것은 전혀 목으로 넘길 수가 없었다. 그 친절한 프랑스 남자는 알레포에서 하차했다. 다음 날에는 붓기도 가라앉고 기분도 훨씬 괜찮아졌다.

시속 8킬로미터도 안 되는 속도로 느릿느릿 달려가다가 역이라고 불리는 것 외에는 주변 건물과 똑같아 보이는 곳에서 쉴 새 없이 정차하는 기차 속에서 길고 힘겨운 하루를 보낸 후 마침내 다마스쿠스에 다다랐다. 혼잡한 소란 속으로 들어서자 짐꾼들이 고함치고 아우성치며 내 짐을 빼앗아 갔다. 그리고 이어서 그 짐꾼은 더 힘이 센 짐꾼에게 짐을 빼앗겼다. 그러다 마침내 나는 역 앞에서 오리엔트 팰리스 호텔이라는 라벨이 붙은 잘 빠진 버스를 발견했다. 제복 차림에 위엄이 느껴지는 남자가 나와 내 짐을 구조해 주었다. 나는 당황해서 어쩔 줄 몰라 하고 있던 승객 한두 사람과 함께 버스에 올라, 미리 예약해 둔 호텔로 향했다. 웅장한 대리석 홀이 번쩍거리는, 굉장히 장엄한 호텔이었다. 하지만 전깃불이 제대로 들어오지 않아 주위를 잘 볼 수 없었다. 나는 대리석 계단을 올라 드넓은 방으로 안내되었다. 거기서 종을 울렸더니 상냥한 얼굴의 여자가 올라왔는데, 불어를 몇 마디나마 이해하는 듯해서 욕실이 어디 있느냐고 물었다.

"준비 중입니다."

그러고는 더 자세히 설명했다.

"외 놈…… 욍 티프…… 일 바 아랑제*Un homme- un type- il va arranger.*"(곧 준비를…… 마치고…… 올 것입니다.)

그녀는 안심하라는 듯 고개를 끄덕이고는 물러갔다.

누가 온다는 것인지 다소 의아했지만, 나중에 보니 줄무늬 면옷을 입은 최하층민인 목욕 시중꾼을 의미한 모양이었다. 그는 가운 차림의 나를 일종의 욕실로 안내했다. 그러고는 여러 수도꼭지를 틀고 핸들을 돌렸다. 뜨거운 물이 석조 바닥에서 콸콸 흘러나오며 증기가 사방을 에워싸 앞도 잘 보이지 않았다. 그는 이것으로 준비는 모두 끝났다는 듯 웃으며 고개를 끄덕인 다음 물러났다. 욕실에서 나가기 전에 수도꼭지와 핸들을 모두 원상태로 돌려놓았는데, 물은 바닥의 홈을 따라 모조리 흘러가고 없었다. 나는 어떻게 해야 할지 난감했다. 펄펄 끓는 물을 다시 틀 용기가 나지 않았다. 벽에는 여덟 개 내지는 열 개의 핸들과 손잡이가 있었는데, 그중에 하나는 다른 작동을 하지 않을까 싶었다. 예를 들어, 머리 위로 뜨거운 물이 샤워

기처럼 쏟아진다든지. 결국 나는 슬리퍼와 가운을 벗고는, 진짜 물을 사용하는 위험에 도전하기보다는 증기 속의 목욕이라는 것을 하기로 했다. 한순간 고향이 그리웠다. 마음대로 틀 수 있는 온수와 냉수 수도꼭지가 달린 하얀 도자기 욕조가 있고, 깨끗하게 도배가 되어 있는 그 익숙한 아파트에는 언제나 돌아갈 수 있으려나?

내 기억으로는 다마스쿠스에서 사흘을 머물렀다. 쿡 여행사의 지대한 도움을 받아 제대로 관광할 수 있었다. 한번은 아주 나이 든 성직자와 미국인 공학자와 함께 십자군 성으로 소풍을 갔다. 근동에는 사방에 온통 공학자들로 꽉 차 있는 듯했다. 우리는 8시 30분에 차를 타면서 처음 만났는데, 한없이 자애로운 연로한 성직자는 그 미국인 공학자와 내가 부부라고 생각했다. 우리를 부부 호칭으로 불렀던 것이다.

"마음 상하지 않으셨으면 싶습니다만."

미국인 공학자가 말했다.

"전혀요. 제 남편인 줄 알다니 제가 오히려 죄송합니다."

이 다소 모호한 문장에 우리 둘 다 웃음을 터트렸다.

연로한 성직자는 우리에게 결혼 생활의 장점과 주고받음의 필요성에 대해 장황하게 늘어놓은 뒤 우리 둘의 행복을 기원했다. 우리는 설명하기를 포기했다. 미국인 공학자가 성직자의 귀에 대고 우리는 부부가 아니라고 외칠 때마다 성직자가 괴로운 표정을 짓기에 우리는 그냥 오해하게 내버려두기로 했다.

성직자는 고개를 절레절레 흔들며 주장했다.

"그래도 정식으로 결혼을 해야지요. 그렇게 죄악 속에서 살면 안 됩니다. 아무렴요."

나는 바알베크(로마 시대의 도시 유적지 — 옮긴이)의 아름다운 모습을 둘러보고, '직선'이라고 불리는 거리와 시장을 구경하고, 공방에서 만든 멋진 황동 접시도 많이 사들였다. 손으로 직접 만든 접시인데, 공방의 가문에 따라 각기 무늬가 독특했다. 은빛 선이 새겨져 있고 황동이 전부 일정한 모양에 따라 솟아 있는 물고기 무늬 접시도 있었다. 아무도 이를 무단 복제하거나 대량 생산하지 않고 아버지에게서 아들로, 아들에게서 손자로 각 가문마다 대를 이어 무늬를 전수한다니 무척 매력적이었다. 지금은 다마스쿠스에 가도 이런 전통적인 장인이나 가문이 얼마 없을 것이다. 대신에 공장이 들어서 있으리라. 당시에도 이미 상감 세공 나무 상자와 탁자가 정형화된 채 어디서나 똑같이 만들어지고 있었다. 여전히 손으로 만들기는 했지만 무늬와 방식은 똑같았던 것이다.

나는 또한 서랍장도 샀다. 자개와 은으로 상감을 새긴 큼직한 서랍장으로, 그걸 보면 요정의 나라가 떠올랐다. 나를 안내해 주던 통역가는 별 볼일 없는 가구라고 생각하고 이렇게 말했다.

"별로 좋은 가구가 아닙니다. 아주 오래된 것이지요. 50년이나 60년도 더 됐을 거예요. 아주 구닥다리지요. 새 것이 아니라고요."

나는 새 것이 아니라는 것을 알고 있으며, 보기 드문 가구라고 대답했다. 어쩌면 세상에 하나밖에 없는 가구일지도 모른다고.

"네. 요즘은 아무도 저런 것은 안 만들지요. 이리 와서 이 상자 좀 보세요. 어때요? 아주 좋죠. 그리고 이것도요. 이 서랍장 말입니다. 좋지요? 여러 종류의 나무로 짰어요. 몇 종이나 들어갔는지 아시나요? 85종이에요, 85종."

하지만 그 결과는 내 눈에는 끔찍스러웠다. 나는 자개와 상아와 은으로 된 서랍장을 원했다.

유일한 문제는 어떻게 영국으로 가져가느냐 하는 것이었는데, 곧 손쉽게 해결되었다. 쿡 여행사에 맡겼더니 누군가가 호텔과 선적 회사로 보내 주었으며, 온갖 조치와 계산을 거친 끝에 10개월쯤 지나 거의 잊었을 무렵 자개와 은으로 된 서랍장이 데번 주에 당도한 것이다.

하지만 이것으로 끝이 아니었다. 훌륭한 외관과 넓은 수납공간은 좋았지만, 한밤중이면 이상한 소리가 나는 것이었다. 커다란 이빨이 무엇인가를 우적우적 씹는 듯했다. 무엇인가가 나의 아름다운 서랍장을 먹어 치우고 있었다. 서랍을 모조리 꺼내 검사해 보았지만 이빨 자국도 구멍도 보이지 않았다. 하지만 밤마다 자정 무렵이면 '서걱서걱' 소리가 들렸다.

결국 서랍 하나를 꺼내 열대목 서식 해충을 전문으로 한다는 런던의 어느 회사로 가져갔다. 그들은 나무 안쪽에 뭔가가 있다는 것에 즉각 동의했다. 유일한 해결책은 서랍장을 완전히 분리해 재조립하는 것이었다. 그러나 그렇게 하려면 엄청난 비용이 들었다. 사실상 서랍장 가격의 세 배이자 영국으로의 운반비 두 배 금액과 맞먹었다. 하지만 서걱서걱 소리는 더 견딜 수 없었다.

3주일 후 흥분된 목소리의 전화를 받았다.

"부인, 저희 회사로 와 주시겠습니까? 꼭 보셨으면 하는 것이 있습니다."

나는 당시 런던에 있었으므로 곧장 서둘러 그곳으로 갔다. 회사 사람은 나에게 벌레와 실이 교배하여 태어난 듯한 불쾌한 생명체를 자랑스레 내밀었다. 커다랗고 하얀 그것은 음탕해 보였으며, 나무 음식을 어찌나 즐겨 먹었는지 믿을 수 없을 만큼 통통했다. 서랍 두 개 분량의 나무를 거의 모조리 먹어 치운 뒤였다. 몇 주 후 서랍장이 돌아왔고, 그 후에는 밤에도 고요했다.

다마스쿠스를 집약적으로 돌아보고는 훗날 다시 돌아와 좀 더 자세히 탐험해 보아야겠다고 마음을 굳게 먹었다. 이윽고 바그다드로 사막 횡단 여행을 떠날 날이 왔다. 네언 라인에서 운영하는 바퀴 여섯 개의 커다란 차인지 버스인지를 타고 가기로 했다. 회사를 이끄는 사람은 게리와 노먼 네언 형제였는데, 오스트레일리아 사람으로 무척 싹싹했다. 우리는 여행 전날 밤에 종이 도시락 상자를 어설프게 만드느라 분주하던 두 사람이 나에게 좀 거들어 달라고 부탁하면서 친해지게 되었다.

새벽에 버스가 출발했다. 튼튼한 두 젊은 운전사가 차를 몰았다. 내가 짐 꾼을 따라 밖으로 나왔을 때 두 사람은 차에 두 정의 소총을 싣고는 그 위에 깔개를 한 아름 되는대로 얹었다.

"무장했다고 광고할 수야 없지만, 그래도 총 없이 사막을 횡단할 수는 없질 않습니까."

한 명이 말했다.

"알위야의 공작 부인이 이번에 함께 가신답니다."

다른 한 명이 말했다.

"아이고 하느님. 속깨나 썩을 거예요. 이번에는 또 무슨 생트집을 잡을지 누가 알겠어요?"

"무조건 제멋대로라니깐요."

바로 그 순간 호텔 계단에 행렬이 나타났다. 놀랍게도(기분 좋은 놀람은 아니었다.) 맨 앞에 선 사람은 트리에스테에서 헤어졌던 바로 그 C 부인이 었다. 내가 다른 도시를 둘러보느라 며칠 지체하는 동안 벌써 바그다드에 가 있을 줄 알았건만.

그녀는 반갑게 인사하며 말했다.

"이번에 함께 갈 줄 알았어요. 모두 준비했으니 염려 말아요. 함께 알위 야로 가요. 바그다드에서 호텔에 묵다니 말도 안 되죠."

무슨 말을 할 수 있겠는가? 나는 포로 신세나 다름없었다. 바그다드에는 한 번도 가 본 적이 없었고, 그곳 호텔이 어떤지도 몰랐다. 어쩌면 벼룩과 빈대와 이와 뱀과, 특히 내가 질색하는 허여멀건 바퀴벌레로 들끓는 곳인 지도 모를 일이었다. 그래서 나는 더듬더듬 감사 인사를 했다. 자리에 앉 은 다음에야 알위야 공작 부인이 바로 그 C 부인임을 깨달았다. C 부인은 배정받은 자리가 너무 뒤쪽이라 멀미가 나기 십상이라며 싫다고 했다. 항상 운전석 바로 뒷자리에 앉는다는 것이었다. 하지만 그 자리는 몇 주 전 어느 아랍 여성이 벌써 예약해 둔 상태였다. 그래도 알위야의 공작 부인은 그저 손을 저을 뿐이었다. 자기 자신 외에는 아무도 안중에 없는 것이 분명했다. 바그다드라는 도시에 발을 디딘 최초의 유럽 여성인 자신의 변덕 앞에 모두들 고개 숙여야 마땅하다는 듯한 인상이었다. 그러다 아랍 여성이 도착해 자기 자리를 요구했다. 그녀의 남편이 편들고 나서자 이 사람 저 사람 할 것 없이 모두 입씨름을 벌이기 시작했다. 어떤 프랑스 여성이 그 자리를 주장하고 나섰으며 또 어떤 독일인 장군 역시 고집을 피웠다. 어쩌다 말싸움으로까지 발전했는지는 모르겠지만, 어쨌든 대개 그러하듯 그들보다 유순한 네 명이 좋은 자리를 빼앗기고 뒷자리로 내쳐졌다. 독일인 장군, 프랑스 여성, 온통 베일로 휘감은 아랍 여성, 그리고 C 부인이 승리를 거머쥐었다. 나는 결코 뛰어난 싸움꾼이 못 되었고, 애초에 승산도 없었다. 비록 원래 배정받은 좌석 번호가 이 좋은 자리들 중 하나였지만 말이다.

그리하여 덜커덩덜커덩 차가 출발했다. 물결치는 모래 언덕과 바위들 사이로 노오란 모래 사막을 가로지른다는 점에 매혹된 나는 한결같은 풍경에 약간 최면에 걸린 듯한 상태로 책을 펼쳤다. 평생 차멀미라고는 해 본 적이 없건만, 바퀴 여섯 개짜리 버스의 뒷자리에 앉아 있자니 배를 탄 것이나 다름없었다. 게다가 책까지 읽었으니 미처 깨닫기도 전에 심한 멀미를 하고 말았다. 몹시 체면을 구긴 기분이었지만, C 부인이 친절하게 위로하며 모르는 사이에 멀미에 덜미를 잡히는 일이 왕왕 있다고 달래 주었다. 그러면서 다음에는 내가 앞자리에 앉을 수 있도록 조치를 취하겠다고 맹세했다.

사막을 가로지르는 48시간의 여행은 매혹적이면서도 다소 불길한 느낌을 주었다. 텅 빈 공간 사이를 달려가고 있다기보다는 텅 빈 공간에 에워싸이는 듯한 묘한 느낌이었다. 정오에는 지금 동서남북 어디로 가고 있는지 알 수가 없다는 점을 불현듯 깨달았다. 이 시간에는 이 거대한 여섯 바퀴의 버스가 종종 길을 잃곤 한다는 것 또한 알게 되었다. 훗날 사막 여행을 할 때 실제로 그런 일을 겪은 적도 있다. 최고로 노련한 운전사였음에도 다마스쿠스를 향해 한두 시간을 달리다가 사실은 바그다드로 돌아가고 있다는 것을 깨달았던 것이다. 사막 위에는 길이 온통 미로처럼 나 있었는데, 흔히 길이 갈라지는 곳에서 그런 일이 벌어졌다. 그 당시 별안간 멀리 차가 나타나 소총을 쏘아 대는 바람에 운전사가 평소보다 더 거리를 두고 돌아갔더 랬다. 그러다 다시 길로 들어선다는 것이 그만 반대 방향으로 들어가고 말 았던 것이다.

다마스쿠스와 바그다드 사이에는 광활한 사막 외에는 아무것도 없었다. 방향을 알려 줄 만한 것은 전혀 없고, 중간에 서는 정거장도 거대한 루트바 요새 하나뿐이었다. 우리는 자정쯤에 그곳에 도착했다. 컴컴한 어둠 속에서 느닷없이 불쑥 빛이 나타나 깜박였는데, 드디어 도착한 것이었다. 요새의 거대한 문이 열렸다. 문 옆에는 낙타 부대 수비병들이 총을 든 채 선의의 여행자로 가장한 도둑은 아닌지 예의주시하고 있었다. 넓적한 검은 얼굴들을 보고 있자니 움찔 겁이 났다. 세세히 검색을 받은 후 안으로 들어가자 뒤에서 요새 문이 닫혔다. 침대가 있는 방이 몇 개 없어서 방 하나에서 대여섯 명의 여성들이 3시간 동안 휴식을 취했다. 그러고는 다시 여행을 재개했다.

아침 대여섯 시 무렵 동이 터 오자 우리는 사막에서 아침을 먹었다. 이른 아침 사막에서 프라이머스 석유난로로 구운 통조림 소시지만큼 맛있는 아침 식사는 세상에 없으리라. 통조림 소시지와 진한 홍차만 있으면 기운이 샘솟으며 더 이상 바랄 것이 없었다. 그리고 그 아름다운 사막의 색채 하며. 선명한 톤의 대기가 연분홍, 연주홍, 푸른빛으로 멋진 앙상블을 이루었다. 황홀했다. 이것이야말로 내가 갈망하던 것이었다. 모든 것에서 벗어나

순수하고도 상쾌한 아침 공기를 마시며, 심지어 새 울음소리조차도 들리지 않는 사막의 고요를 만끽하고, 손가락 사이로 흘러내리는 모래를 느끼며, 떠오르는 태양을 바라보고, 소시지와 차를 음미하는 것. 더 이상 무엇을 바라겠는가?

우리는 다시 이동을 계속해 마침내 유프라테스 강에 면한 펠루자에 도착했다. 그리고 이어서 배로 만든 다리를 건너고 하바니야의 공항을 지나 계속 달려갔다. 이윽고 야자나무 숲과 높이 솟은 도로가 보이고, 멀리 왼쪽으로 카디마인 모스크(바그다드 북부에 있는 이슬람 사원 — 옮긴이)의 황금 돔이 나타났다. 우리는 여러 개의 배다리를 통해 티그리스 강을 건너 드디어 바그다드에 입성했다. 무너질 것만 같은 건물들이 즐비한 거리 한가운데에 청록색 돔의 아름다운 모스크가 서 있었다.

나는 호텔은 구경도 할 수 없었다. C 부인과 그녀의 남편인 에릭은 곧바로 나를 편안한 차에 태우고 바그다드의 주도로를 따라 달려 모드 장군(1917년 바그다드를 함락시킨 영국 장군 — 옮긴이)의 조각상을 지나 도시 밖으로 나왔다. 길 양편에는 커다란 야자나무들이 줄지어 서 있었고, 웅덩이에서 아름다운 검은 소들이 물을 먹고 있었다. 생전 처음 보는 광경이었다.

이윽고 꽃이 만발한 정원과 집들이 나타났다. 당시만 해도 그런 집은 그다지 많지 않았다. ……그리하여 나는 그곳에 도착했다. 때때로 '멤사히브(마님)의 땅'이라는 생각이 드는 그곳에.

2

그곳 사람들은 친절하기 그지없었다. 모두들 상냥하고 유쾌했다. 우리에 갇힌 듯이 느끼는 나 자신이 부끄러울 정도였다. 요즘은 알위야도 도시에

편입되어 버스와 대중 교통수단이 많지만, 당시에는 도시에서 몇 킬로미터 뚝 떨어져 있었다. 따라서 도시에 가려면 누군가가 나를 데려다 주어야만 했다. 드라이브는 항상 매혹적이었다.

하루는 버펄로 타운을 보러 갔다. 북쪽에서 기차를 타고 바그다드로 들어올 때면 지금도 볼 수 있다. 낯선 사람에게는 그곳이 끔찍해 보이리라. 드넓은 울타리를 가득 채운 소 떼와 소똥은 불결하게만 보일 것이다. 지독한 악취가 코를 찌르는 데다, 가솔린 깡통으로 만든 오두막집도 가난과 퇴락의 대표 사례인 양 서 있다. 하지만 그것은 진실과 거리가 멀며, 소 떼의 주인은 사실은 부자이다. 지저분한 환경에서 살지언정 소 한 마리 값은 100파운드를 훌쩍 넘으며, 요즘에는 더 비쌀 것이다. 소 떼의 주인은 자신을 행운아로 여겼고, 흙탕길을 철벅철벅 걷는 여인들은 발목을 멋진 은발찌와 옥발찌로 장식하고 있었다.

근동에서는 겉만 보고 판단해서는 안 된다는 것을 이내 깨달았다. 행동 양식과 생활 방식과 관찰 방법을 모조리 뒤집어 다시 익혀야 하는 것이다. 웬 남자가 나더러 가 버리라고 거칠게 손사래를 쳤어도 그것을 재해석하면 실은 오라고 초대를 한 것이다. 반면, 오라고 손을 저으면 이는 가라는 뜻이다. 밭 양 끝에서 서로 맹렬히 고함쳐 대는 두 남자를 보노라면 서로 죽이겠다고 위협하는 것 같지만 전혀 아니다. 둘은 형제 사이로, 서로 대화를 나누며 시간을 죽이고 있는 것이다. 그저 가까이 다가가기가 귀찮을 뿐이다. 남편 맥스는 처음 근동에 왔을 때 모두들 아랍 인에게 고함치는 것에 경악하고는 자기만큼은 절대 그러지 않겠다고 결심했다고 한다. 하지만 일꾼들을 데리고 일을 시작한 지 얼마 안 되어 평범한 어조로 한 말은 전혀 먹히지 않는다는 것을 깨달았다. 귀가 먹어서라기보다는, 평범한 어조의 말은 혼잣말로 간주하는 문화 때문이었다. 아랍에서는 정말 말을 하고 싶다면 멀리서도 들릴 만큼 큰소리로 떠들어야 한다.

알위야 사람들은 나를 크게 환대했다. 나는 테니스를 치고, 자동차 경주를 하고, 관광을 하고, 쇼핑을 했다. 영국에서 지내는 것과 똑같았다. 지리적으로는 바그다드에 있었지만, 정신적으로는 여전히 영국에 있었다. 하지만 여행이라 하는 것은 영국을 떠나 다른 나라를 보는 것이 아니겠는가. 뭔가 조치를 취해야겠다는 생각이 들었다.

나는 우르를 방문하고 싶었다. 이에 대해 물어 보니 사람들이 말리기는 커녕 꼭 가라고 격려해 주어 매우 기뻤다. 착착 여행 준비가 시작되었다. 나중에야 깨달았지만, 여기에는 불필요한 조치까지 곁들여져 있었다.

C 부인은 말했다.

"당연히 하인을 데리고 가야지요. 기차표를 예약할게요. 우르에 계시는 울리 부부에게 당신이 간다고 전보를 쳐 놓겠어요. 거기 게스트하우스에서 이틀을 보낸 뒤 다시 돌아와요. 우리 집 양반이 시간에 맞춰 마중 나가 있을 거예요."

그렇게 애써 주다니 정말 감사하다고 말하는데 속으로 죄책감이 들었다. 돌아올 때를 대비해 나 스스로 몇 가지 조치를 취하고 있었는데, 그것을 그들이 모른다는 게 다행인 한편 미안했던 것이다.

출발할 때가 되었을 때, 나는 약간 놀라 하인을 바라보았다. 키가 크고 날씬한 사내로, 여러 마님들을 근동 전역으로 수행하였으며, 무엇이 마님에게 좋을지 마님들 본인보다 자신이 더 잘 알고 있다는 듯한 분위기였다. 멋지게 차려입은 그는 나를 그다지 편하지 않은 텅 빈 객실에 데려다 준 뒤, 적당한 역에 도착하면 돌아와 역의 식당으로 안내해 주겠다며 살람이라고 인사하고 나가 버렸다.

혼자 남겨졌을 때 내가 한 첫 번째 행동은 정말 바보 같은 짓이었다. 객실의 탁한 냄새를 도저히 견딜 수 없어서 차창을 활짝 열었던 것이다. 하지만 객실로 들어온 것은 간절히 원했던 신선한 공기가 아니라 똑같이 후텁

지근한 데다 더 더러운 먼지투성이의 공기였다. 게다가 스물여섯 마리의 호박벌 일당까지 쳐들어왔다. 나는 경악했다. 호박벌은 나를 위협하듯 윙윙거렸다. 창문을 그대로 열어 두어 호박벌이 나가기를 기다려야 할지, 아니면 창문을 닫아 더 이상 호박벌을 늘리지 말아야 할지 결정할 수가 없었다. 너무나도 끔찍했다. 나는 한구석에 웅크리고 앉아 1시간 30분을 기다린 끝에야 하인에게 구출되어 역의 식당으로 갈 수 있었다.

음식은 느끼하고, 썩 좋지 않았으며, 그나마 먹을 시간마저 부족했다. 종이 울리자 나의 충실한 하인이 나를 불러내 객실로 도로 데려다 주었다. 차창은 닫혀 있고, 호박벌은 제거되고 없었다. 그 후로는 더 신중하게 처신하기로 했다. 객실 하나를 홀로 썼는데, 그것이 일반적인 듯싶었다. 기차가 어찌나 덜컹대는지 책을 읽기가 불가능했지만, 차창 밖으로는 모래사막이나 헐벗은 관목들 말고는 도통 볼거리가 없어 시간이 느릿느릿 흘러갔다. 잠을 자는 것도 불편하고 식사 시간에나 잠깐씩 멈추는 길고도 지루한 여행이었다.

우르 환승역에 도착하는 시간은 내가 여행을 하는 몇 년 동안에 여러 번 바뀌었지만, 불편한 때라는 것만큼은 변함이 없었다. 이번 첫 번째 경우에는 도착 예정 시간이 새벽 5시였다. 잠이 깬 나는 기차에서 내려 역의 게스트하우스로 갔다. 깨끗하고 썰렁해 보이는 침실에서 8시가 되어 아침 먹을 생각이 날 때까지 쉬었다. 그리고 바로 2.5킬로미터 떨어진 발굴지까지 나를 데려다 줄 차가 도착했다. 당시에는 모르고 있었지만, 이는 대단한 영예였다. 직접 몇 년간 발굴에 참여한 뒤에야 방문객이라는 것이 얼마나 끔찍한 존재인지 깨달을 수 있었다. 늘 곤란한 시간에 와서는 구경하고 싶다 조르고, 말을 걸고, 귀중한 시간을 낭비하게 하고, 온갖 폐를 끼치니 말이다. 우르와 같이 이름이 난 발굴지에서는 매분 매초가 중요하고, 모두들 진이 빠지도록 일해야 한다. 수많은 여성들이 들뜬 마을으로 주변을 어슬렁거리는 것만큼 성가신 일은 없다. 당시에 울리 부부는 구역별로 테이프를 상당히 잘 쳐 놓아서, 사람들은 무리 지어 돌면서 꼭 봐야 할 것들만 보고는 바로 쫓겨났다. 하지만 나는 귀중한 손님으로 환대받았다. 이에 대해 더 깊이 감사했어야 했는데.

이러한 VIP 대우는 레너드 울리의 부인인 캐서린 울리가 나의 책 『애크로이드 살인 사건』을 막 읽고서 크게 열광해 준 덕분이었다. 부인은 심지어 발굴 팀원들에게 그 책을 읽었는지 물어보고는 안 읽었다고 하면 심하게 야단치기까지 했다.

레너드 울리는 친절하게도 나에게 손수 발굴지를 안내해 주었다. 또한 예수회 신부님이자 금석학자인 버로스 신부님이 안내하기도 했는데, 이분은 매우 독특한 성격의 인물로서 설명하는 방식이 울리와는 멋진 대조를 이루었다. 레너드 울리는 상상의 눈으로 발굴지를 보았다. 기원전 1500년 혹은 그보다 수천 년 전의 모습이 그에게는 생생히 떠올라 어디에 있든 살아 있는 그곳의 모습을 그려 낼 수 있었다. 그의 말을 듣고 있노라면, 모퉁이의 집이 아브라함(기원전 2000년경에 활동한 최초의 히브리 족장 ─ 옮긴이)이 살던 곳이라는 말이 한 치의 의심도 없이 믿어졌다. 그는 과거를 재구성했고 그것을 믿었으며, 그의 말에 귀를 기울인 사람들 또한 저절로 믿음을 나눠 가졌다. 반면 버로스 신부님은 전혀 달랐다. 뭔가 변명을 하는 듯한 태도로 커다란 안뜰과 사원과 번화가에 대해 설명하다가 막 내가 흥미를 가질 만하면 항상 이렇게 말하는 것이었다.

"물론 정말 이 추론이 맞는지는 모릅니다. 아무도 확신할 수 없지요. 어쩌면 틀릴 수도 있고요."

그러고는 같은 어조로 덧붙였다.

"네, 네. 상점인 것은 사실입니다. 하지만 우리가 생각하는 식으로 건축되었다고는 생각하지 않아요. 사실은 전혀 다르게 지어졌는지도 알 수 없는 일이죠."

신부님은 모든 추론을 헐뜯는 것을 좋아했다. 영리하고 상냥하면서도 동시에 냉담한 데가 있다는 게 사뭇 신기했다. 신부님에게는 희미하긴 하지만 초인적인 데가 있었다.

한번은 함께 점심을 먹다가 신부님이 뜬금없이 내가 잘 쓸 수 있고, 꼭 써야 하는 추리 소설에 대해 이야기하는 것이었다. 그때까지 나는 신부님이 추리 소설을 좋아하는 줄 전혀 모르고 있었다. 신부님이 아주 대략 윤곽을 제시한 그 이야기는 점점 흥미롭게 발전했고, 나는 나중에 꼭 써야겠다고 결심했다. 그리고 긴 세월이 흐른 어느 날, 아마도 25년쯤 후인 것 같은데, 그 생각이 다시 떠올랐다. 나는 신부님이 말한 사건들을 결합하여 장편이 아니라 긴 단편을 썼다. 그 무렵 버로스 신부님은 이미 돌아가시고 안 계셨지만, 내가 감사해하며 신부님의 아이디어를 썼다는 것을 아셨으면 좋겠다. 작가들이 흔히 겪는 일이지만, 이 역시도 집필 도중에 원래 의도와 판이하게 달라졌다. 하지만 신부님이 영감을 주지 않았더라면 결코 쓸 수 없었을 것이다.

캐서린 올리는 비범한 인물로, 그 후로도 긴 세월 동안 나의 절친한 친구가 되었다. 사람들은 그녀를 극도로 증오하거나 극도로 좋아하거나 둘 중 하나였다. 아마도 기분이 삽시간에 변하여 언제 어떻게 될지 모르기 때문이리라. 사람들은 그녀가 구제 불능이며 더 이상 견딜 수 없고, 또 그런 식으로 자신을 대하다니 어처구니가 없다고 말한다. 그러다가 갑자기 또다시 그녀에게 매혹되는 것이다. 한 가지만은 확실하다. 무인도에 딱 한 여자하고만 있을 수 있고 같이 놀 사람이 아무도 없다면, 그때 캐서린 올리처럼 상대방의 호기심을 사로잡을 수 있는 사람은 아무도 없으리라. 그녀는 결코 진부한 이야기를 하지 않는다. 전에는 상상도 못했던 방식으로 생각하도록 자극한다. 무례할 수도 있다. 사실 그녀는 마음 내킬 때면 믿기지 않을 만큼 오만하고 무례하게 굴기도 한다. 하지만 상대방을 매혹시키고자할 때면 그 또한 백발백중 성공하는 것이다.

나는 우르를 사랑하게 되었다. 아름다운 저녁 풍경, 살며시 그림자 진 채높이 솟은 지구라트, 살구빛, 장밋빛, 하늘빛, 연자줏빛으로 시시각각 색을바꾸는 광활한 모래 바다. 일꾼들과 십장들과 광주리 운반 소년들과 곡괭이 인부들과 그리고 그들의 삶과 뛰어난 작업 기술도 맘에 들었다. 나는 흘러간 과거의 매력에 사로잡히고 말았다. 모래 사이로 황금빛을 번쩍이며서서히 드러나는 단도의 모습은 낭만적이기 이를 데 없었고, 흙에서 도자기 같은 발굴품을 조심스레 들어 올리는 동작을 보노라면 고고학자가 되고픈 열망이 내 안에서 부풀어 올랐다. 여태껏 어리석은 삶을 살아왔다니 얼마나 안타깝던지. 바로 그때 처녀 적 카이로에서 룩소르와 아스완에 가서이집트의 찬란한 과거를 보자고 나를 설득하느라 어머니가 얼마나 애를 쓰셨는지가 떠올라 깊은 수치심이 느껴졌다. 당시 나는 밤늦게까지 젊은이들과 어울리고 무도회를 즐길 생각밖에 없었다. 하긴 모든 것에는 때가 있는법이니.

울리 부부는 나더러 하루 더 머무르며 발굴 현장을 좀 더 구경하라고 강력히 권해 주었다. 나는 너무 기뻐 할 말을 잃을 정도였다. C 부인이 딸려보낸 하인은 전혀 필요 없었다. 캐서린 울리는 하인에게 바그다드로 돌아가서 내가 언제 돌아올지 불확실하다고 전하라고 지시했다. 덕분에 나는친절한 집주인들 몰래 돌아가 티그리스 팰리스 호텔에 묵을 수 있겠다 싶었다.(당시에도 이 이름이었는지는 모르겠다. 상호가 여러 차례 바뀌어 첫 번째 이름을 잊어버렸다.)

하지만 그 계획은 빗나갔다. C 부인의 불쌍한 남편이 매일 우르에서 오는 기차 시간에 맞추어 역에서 대기하고 있었던 것이다. 나는 그에게 깊이감사한 다음에 정말 친절한 아내를 두었다고 말하고는 사실은 호텔에 묵고 싶어 이미 예약을 해 두었다고 고백했다. 그러자 그는 나를 호텔까지 데려다 주었다. 호텔에 방을 잡은 나는 C 씨에게 다시 한 번 감사하다고 말하고는, 사나흘에 한 번씩 열리는 테니스 시합에 오라는 초대를 받아들였다. 이리하여 영국식 사교 생활의 굴레에서 벗어날 수 있었다. 나는 더 이상 마님이 아니라 관광객이었다.

호텔은 전혀 나쁘지 않았다. 언제나 커튼이 드리워져 있는 넓은 로비와 식당의 짙은 어둠 속을 우선 통과해야 했다. 그리고 2층으로 가면 침실마다 일종의 베란다가 쭉 연결되어 있어서, 지나가는 사람들이 안을 들여다보고는 침대에 누워 있는 사람과 인사를 나누곤 했다. 호텔이 티그리스 강에 면하고 있어, 강에 둥둥 떠 있는 온갖 배와 구파(메소포타미아 지역에서 사용되던 전통적인 배 ― 옮긴이)가 빚어내는 꿈결 같은 풍경을 볼 수 있었다. 식사 시간에는 전깃불이 희미하게 켜져 있는 컴컴한 시르다브Sirdab(지하실)로 내려갔다. 한 번에 여러 음식을 먹었는데, 매 끼니가 서로서로 묘하게 닮아 있었다. 큼직하게 잘라 튀긴 고깃덩이와 밥, 단단하고 자그마한 감자, 토마토 오믈렛, 좀 질기고 굉장히 허연 양배추 등등.

나에게 바그다드로 가라고 권했던 유쾌한 커플, 하우 부부가 소개해 준 사람이 한두 명 있었는데, 사교적인 성격이 아닌 나에게는 큰 도움이 되었다. 하우 부부에게 도시의 흥미로운 모습을 보여 주고 안내해 주었던 좋은 사람들을 나에게 소개해 주었던 것이다. 알위야의 영국적인 생활에 비추어 보면 사실상 바그다드는 내가 최초로 접한 진정한 동양의 도시였다. 라시드 거리에서 모퉁이를 돌면 좁은 골목길이 나타나고, 그곳은 또 대장장이가 구리를 두드려 대는 구리 수크나 온갖 종류의 양념이 쌓여 있는 양념 수크 등, 각기 다른 수크로 이어져 있었다.

하우 부부의 친구이자 영국인과 인도인의 혼혈로 다소 고독한 삶을 영위하고 있던 모리스 비커스는 나에게도 아주 좋은 친구가 되어 주었다. 나는 그 덕분에 카디마인 모스크의 위층으로 올라가 황금 돔을 볼 수 있었다. 그는 또한 쉽게 볼 수 없는 수크의 또 다른 모습을 보여 주고, 도공 거주 구역 등 여러 곳을 안내해 주었다. 우리는 강을 따라 야자나무 숲과 대추야자 공원을 거닐었다. 나는 그가 나에게 보여 준 것들보다 말해 준 것들에 더욱 깊이 감사한다. 처음으로 시간에 대해 생각하게 된 것도 그 덕분이었다. 전에는 전혀 그런 생각을 해 본 적이 없었다. 하지만 그에게 시간, 그리고 시간의 관계는 특별히 중요한 의미가 있었다.

"시간과 무한에 대해 생각하게 되면 개인적인 일들은 더는 우리에게 예전과 같은 영향력을 끼치지 못합니다. 슬픔이나 고통 같은 삶의 유한한 것들이 전혀 다른 모습으로 다가오지요."

그는 던의 『시간 실험Experiment with Time』을 읽었느냐고 물었다. 나는 읽은 적이 없었다. 그가 나에게 그 책을 빌려 주었는데, 그 순간 나는 나한테 무슨 일인가가 일어났음을 깨달았다. 마음이 바뀌거나 세계관이 바뀐 것은 아니지만, 세상을 더욱 조화롭게 보게 되었고, 수백 개의 상호 작용을 하는 광대한 세계에서 내가 그저 전체의 일부에 불과한 존재임을 깨달은 것이다. 이따금 존재의 다른 면에서 바라보고 있는 나 자신이 느껴졌다. 아직은 초보 수준에 불과했지만, 바로 그때부터 전에 없던 깊은 편안함과 참된 평온함을 누릴 수 있었다. 더 넓은 시각으로 삶을 보게 해 준 모리스 비커스에게 깊이 감사드린다. 서재에 철학서를 비롯한 온갖 책이 가득한 그는 참으로 비범한 젊은이였다. 때로는 다시 만나고 싶은 마음이 들기도 하지만, 설령 그리 되지 않는다 해도 만족한다. 우리는 그날 밤 서로 스쳐 지나간 배였다. 그는 나에게 선물을 건넸고, 나는 그 선물을 받았다. 단순히 마음에서 나온 선물이 아니라 정신과 지성에서 나온 선물로, 그런 선물을 받은 것은 내 생애 처음이었다.

바그다드에서 오랜 시간을 보낼 수는 없었다. 크리스마스 전까지 집에 도착하고 싶은 마음에 조급해진 것이다. 바스라와 모술에 꼭 가 보라는 말을 들었는데, 마침 모리스 비커스가 나에게 편지를 보내 그곳까지 안내해 주고 싶다고 했다. 일반적으로 바그다드를 비롯해 이라크에서 놀라웠던 사실 하나는 언제나 나를 에스코트해 줄 사람이 있었다는 것이다. 유명한 여행자들을 제외하고는 여성은 좀처럼 혼자 돌아다니지 않았다. 여행하고 싶다고 하면 누군가가 얼른 친구나 사촌이나 남편이나 삼촌에게 부탁해 시간을 내 바래다주도록 했던 것이다.

호텔에서 킹스아프리칸 소총 부대 소속의 드와이어 대령을 만났다. 전세계로 여행을 많이 다닌 나이 지긋한 분으로, 중동에 대해서는 잘 알지 못했다. 우연히 케냐와 우간다에 대한 이야기가 나와 오빠가 그곳에서 오랫동안 살았다고 했더니 이름을 물었다. 그래서 밀러라고 대답하자 갑자기 나도 익히 잘 아는 표정으로 나를 빤히 응시하는 것이었다. 믿을 수 없다는 표정 말이다.

"그럼 밀러 군의 여동생이라는 말입니까? 오빠가 허풍선이 빌리 밀러라는 건가요?"

나는 그런 별명은 들어 본 적이 없었다.

대령은 미심쩍어하며 다른 별명을 하나 더 말했다.

"성깔 밀러?"

"네, 오빠는 늘 한 성깔 한답니다."

나는 맞장구를 쳐 주었다.

"그리고 부인이 그의 여동생이라고요! 세상에나, 오빠 덕에 고생깨나 했겠군요!"

나는 상당히 맞는 말이라고 대답했다.

"그런 대단한 인물도 없지요. 누가 뭐라고 해도 끄떡도 않으니. 한번 하겠다고 하면 무조건 하고 말죠. 쇠고집보다 더하면 더했지 덜하지는 않을 걸요. 하지만 존경하지 않을 수 없죠. 그렇게 용감한 사람이 어디 흔하겠습니까."

나는 잠시 생각해 보고는 그럴 수도 있겠다 싶어 동의했다.

"전쟁 동안에 정말 미치는 줄 알았죠. 전쟁이 막바지일 때 그 연대를 맡았답니다. 처음부터 밀러 군을 알아보았죠. 세계를 여행하다 보면 그런 종류의 사람을 종종 만나거든요. 옹고집에다 괴팍한 성미 하며, 거의 천재에 가깝지만 그렇다고 천재인 것도 아닌지라 대개는 실패하고 말죠. 함께 대화를 나누기에는 최고예요. 하지만 그것도 본인이 이야기할 마음이 있을 때나 그렇죠. 내키지 않을 때면 말대꾸조차 않으니."

그의 말은 모두 절대적으로 옳았다.

"오빠하고 나이 차이가 많이 나는 것 같군요."

"네, 열 살 아래예요."

"그럼 오빠가 해외에 갔을 때 부인은 꼬맹이였겠군요."

"네. 그래서 오빠를 잘 알지 못했어요. 하지만 오빠는 휴가 때면 집에 오곤 했죠."

"그래, 오빠는 어찌 됐습니까? 마지막으로 들은 소식으로는 아파서 병원에 있다던데."

나는 오빠에게 일어난 일들을 설명하고는, 오빠가 집에서 눈을 감기 위해 귀국하였으나 의사들의 예언과는 달리 그 후로도 오랫동안 살았다고 이야기했다.

"빌리는 죽고 싶어야 죽을 겁니다. 부상병 수송 열차에 태우던 일이 기억나는군요. 팔을 심하게 다쳐 붕대를 감고 있었죠. ……그런데 병원에 안 가겠다지 뭡니까. 한쪽 문으로 기차에 실으면 계속 다른 쪽 문으로 도망쳐 나오니 원. 모두들 쩔쩔맸죠. 마침내 기차에 태워 보냈더니, 사흘째 되는 날 병원에서 아무도 몰래 달아난 거예요. 참, 빌리 이름을 딴 전투도 있답니다. 아시나요?"

그런 이야기를 들은 것도 같다고 대답했다.

"상관을 화나게 했죠. 뭐, 그러고도 충분히 남을 위인이니까요. 상관은 약간 잰 체하는 데다 독창성이라고는 없어서 빌리와 잘 맞지 않았죠. 당시 빌리는 노새들을 책임지고 있었는데, 어찌나 잘 다루던지. 어쨌든 느닷없이 빌리가 여기야말로 독일 놈들과 한판 붙어야 할 곳이라고 말하더니 노새를 세웠답니다. 기가 막힐 일이죠. 상관은 명령을 듣지 않으면 반역죄로 다스리겠다고 했죠! 빌리는 한 발자국도 못 움직인다고 버텼고요. 당연히 노새들은 까닥도 안 했죠. 빌리가 원치 않으면 절대 안 움직였답니다. 완전히 군사 재판감이었죠. 그런데 바로 그 순간 독일군이 나타난 겁니다."

"그래서 전투가 벌어졌나요?"

"그럼요. 그리고 승리했죠. 그 출정에서 가장 결정적인 승리를 거두었지요. 물론, 이름이 뭐였더라, 루시였나? 아무튼 그 연대장은 미치도록 화가 났죠. 군사 재판에 회부시켜 마땅한 장교 덕에 승리를 거머쥐었으니! 전투에서 이긴 마당에 군사 재판을 할 수도 없고. 연대장의 체면을 세워 주려고 온갖 방법이 다 동원되긴 했지만, 그래도 그 전투는 항상 밀러 전투로 기억되고 있답니다."

그러다 그가 별안간 물었다.

"오빠를 좋아하시나요?"

어려운 질문이었다.

"때에 따라 달라요. 오빠한테 정이 들 만큼 잘 알지는 못했어요. 오빠 때문에 절망한 적도 있고, 분노한 적도 있지만, 또한 매혹된 적도 있거든요."

드와이어 대령이 말했다.

"여자들은 빌리한데 쉽게 넘어가죠. 죽으라면 죽는 시늉도 마다하지 않왔답니다. 거의 모든 아가씨들이 빌리와 결혼하고 싶어 안달했죠. 그와 결혼해 개과천선시켜서 멋진 직업을 갖게 만들겠다고 야무진 꿈들을 꾸었는데. 지금은 아마 세상에 없죠?"

"네. 몇 년 전에 눈을 감았어요."

"안됐군요. 그렇게 생각하세요?"

"저도 때때로 모호하답니다."

실패와 성공을 판가름하는 기준은 무엇일까? 겉으로 보았을 때 몬티 오빠의 삶은 실패작이었다. 손대는 일마다 줄줄이 실패했으니까. 하지만 그건 재정적 관점에서만 본 것이 아닐까? 비록 경제적으로는 실패했어도 오빠는 인생 대부분을 더없이 즐기지 않았던가?

한번은 오빠가 쾌활하게 말한 적이 있다.

"내가 좀 부도덕한 삶을 산 건 사실이야. 전 세계에서 온갖 사람들에게 빚을 졌지. 많은 나라에서 법을 어겼고. 아프리카에서는 멋진 상아를 불법 반출하기도 했지. 그네들도 내가 그런 짓을 한다는 걸 알고 있었어! 하지만 증거를 찾을 수가 있어야지. 가엾은 어머니와 매지 누나한테도 걱정거리를 잔뜩 안겨 주었어. 신부님도 나를 좋게 볼 리 없지. 하지만 애거서, 나는 멋진 삶을 살았단다. 기가 막히게 즐거운 시간을 보냈어. 최고가 아니면 결코 만족하지 않았지."

테일러 부인의 뒤를 이어 오빠를 섬겨 줄 사람이 필요하던 때에, 늘 그렇듯 행운이 따라와 마땅한 여자가 나타났다. 테일러 부인과 오빠는 다트무어에서 평화로이 잘 지내고 있었다. 그런데 그만 테일러 부인이 심한 기관지염에 걸린 것이다. 회복은 느렸고, 의사는 부인이 또다시 겨울을 다트무어에서 보내면 안 된다고 했다. 프랑스 남부 같은 따스한 곳으로 가야만 했다.

몬티 오빠는 기뻐하면서 온갖 여행 안내 책자를 보내 왔다. 매지 언니와 나는 테일러 부인에게 다트무어에 계속 머물러 달라고 염치없이 부탁할 수는 없다고 생각했다. 정작 본인은 얼마든지 다트무어에서 지낼 수 있고, 기꺼이 머물겠다고 고집했지만.

"밀러 대위를 홀로 내버려 둘 수는 없어요."

결국 우리는 오빠의 거창한 계획을 퇴짜 놓고, 프랑스 남부에서 테일러 부인과 오빠가 함께 지낼 수 있도록 자그마한 펜션을 구했다. 나는 그 화강암 방갈로를 팔고, 푸른 열차를 타고 떠나는 두 사람을 배웅했다. 찬란할 만큼 행복해 보였다. 그러나 여행 도중에 안타깝게도 테일러 부인이 감기에 걸렸고, 그것이 그만 폐렴으로 발전하는 바람에 부인은 며칠 후 병원에서 숨을 거두고 말았다.

몬티 오빠 역시 마르세유에서 병원에 입원했다. 테일러 부인의 죽음으로 무너져 내린 것이었다. 매지 언니는 무엇인가 조치를 취해야 한다는 것은 알았지만, 어떻게 해야 할지 난감했다. 몬티 오빠를 돌보던 간호사는 무척 동정심이 많은 사람이었으며, 많은 도움을 주었다. 그녀는 방법을 한번 모색해 보겠다고 했다.

일주일 후 재정 문제를 책임지던 은행 매니저에게서 만족할 만한 해결책을 찾아낸 것 같다는 전보가 왔다. 그때 매지 언니는 매니저를 만나러 갈 수 없는 상황이어서 내가 갔다. 매니저와 만나 함께 점심을 먹으러 갔는데 너무도 친절하고 동정심 많은 사람이었다. 하지만 이상하게도 자꾸만 이야기를 회피하는 것이 영문을 알 수가 없었다. 마침내 그가 그처럼 당혹스러워하는 이유를 설명했다. 몬티의 누이들이 자기 말에 어떤 반응을 보일지 걱정했던 것이다. 간호사인 샤를로트 양이 몬티 오빠를 자기 아파트로 데려가 간호하겠다고 제의했다는 것인데, 은행 매니저는 우리들이 치를 떨며 분개할까 봐 두려워한 것이었다. 몰라도 한참 몰랐지. 매지 언니와 나는 고마워서 샤를로트에게 키스라도 해 주고 싶은 심정이었다. 매기 언니는 그녀를 잘 알게 될수록 더욱더 좋아하게 되었다. 샤를로트는 몬티 오빠를 잘 다루었다. 몬티 오빠도 그녀를 무척 좋아했다. 샤를로트는 지갑 단속을 철저히 하면서도, 커다란 요트니 뭐니를 사겠다는 몬티 오빠의 거창한 계획을 지혜롭게 경청했다.

몬티 오빠는 어느 카페 앞에서 갑자기 뇌일혈을 일으켜 숨을 거두었다. 매지 언니와 샤를로트는 장례식에서 함께 눈물을 흘렸다. 오빠는 마르세유의 육군 묘지에 안장되었다.

몬티 오빠는 마지막 순간까지도 즐거운 인생을 살았다고 생각한다.

드와이어 대령과 나는 그 후부터 친하게 지냈다. 때때로 내가 그분에게 가거나 그분이 내가 묵고 있는 호텔로 와 함께 저녁 식사를 했다. 우리의 대화는 항상 케냐, 킬리만자로, 우간다, 빅토리아 호수, 오빠의 일화로 되돌아갔다.

드와이어 대령은 권위적인 군대 방식으로 나의 다음번 해외여행을 준비했다.

"부인께 딱 좋은 세 가지 사파리 여행을 계획해 두었습니다. 부인도 시간이 좋고, 저도 시간이 좋을 때를 맞추어 날을 잡지요. 이집트에서 만나면 될 것 같군요. 그런 다음에 낙타를 타고 북아프리카를 횡단하는 거죠. 두 달 정도 걸릴 것 같은데, 멋진 여행이 될 겁니다. 결코 잊을 수 없을걸요. 엉터리 가이드들은 알지도 못하는 곳으로 모셔다 드리죠. 그쪽 동네라면 내 손바닥 보듯 훤하답니다. 그런 다음에 내륙으로 들어가는 거예요."

대령은 나머지 여행 계획을 설명했다. 주로 어린 수소가 모는 수레를 타고 가자고 했다.

때때로 나는 이런 여행을 해 낼 만큼 내가 강인한지 자신이 없었다. 아마도 우리 둘 다 이것이 어디까지나 꿈일 뿐이라는 것을 알고 있지 않았나 싶다. 그는 고독한 사람이었다. 드와이어 대령은 사병 출신으로 장교가 되었으며 훌륭한 경력을 쌓았지만, 영국을 떠나기를 거부한 아내와 점점 사이가 멀어졌다. 그의 말에 따르면, 아내의 소망이라고는 깔끔한 작은 길 앞에 있는 깔끔한 작은 집에서 사는 것뿐이었다. 휴가 때 집에 돌아가면 자식들도 그를 그리 반기지 않았으며, 세계를 여행하겠다는 아버지의 꿈을 비현실적이며 어리석다고 여겼다.

"결국 나는 아내에게 생활비와 아이들 교육비를 보냈지요. 하지만 내 삶은 바로 여기에 있습니다. 아프리카, 이집트, 북아프리카, 이라크, 사우디아라비아. 이것이야말로 나의 생명이지요."

그는 비록 고독했을지언정 행복했다고 나는 생각한다. 드와이어 대령은 냉소적인 유머 감각을 발휘해 온갖 음모가 판치는 이야기들을 재미나게 들려주었다. 동시에 보수적인 면도 매우 강했다. 신앙심이 깊고, 옳고 그름에 대한 생각이 분명한 똑바른 사람이었다. 옛 서약파(17세기 스코틀랜드에서 활동한 장로파의 한 갈래 — 옮긴이) 사람이라면 그를 무척 훌륭한 인물로 여겼으리라.

11월이 되면서 날씨가 슬슬 달라졌다. 타는 듯한 뜨거운 날이 사라지고, 심지어 가끔씩 비가 내리기도 했다. 나는 귀향 여행을 예약해 두었고 안타깝게도 곧 바그다드를 떠날 참이었다. 하지만 다시 올 계획을 이미 세우고 있었기 때문에 그다지 크게 안타깝지는 않았다. 올리 부부가 나에게 다음 해에 다시 찾아와 귀국길에 함께 가자는 제안을 했다. 이 외에도 꼭 다시 오라는 초대와 격려를 많이 받았다.

마침내 다시 바퀴 여섯 개 달린 버스에 오를 날이 왔다. 이번에는 또다시 체면을 구기지 않도록 앞쪽 자리로 신경 써서 예약했다. 버스가 출발하자 곧 사막의 익살스러운 모습이 드러났다. 그러다 오전 8시 30분이 되자 그 지역의 판례처럼 비가 내렸다. 몇 시간 인 있이 온통 긴흙탕이 되었고 발을 디딜 때마다 10킬로그램은 됨직한 거대한 진흙덩이가 딸려 올라왔다. 버스는 쉴 새 없이 미끄러지다 결국 진흙탕에 처박혔다. 운전자들이 버스에서 퉁겨지듯 뛰어내려 삽으로 진흙을 퍼내고, 바퀴 아래에 판자를 깔아 버스를 진흙탕에서 끌어내는 작업을 시작했다. 40분인가 1시간이 지난 후 첫 번째 탈출을 시도했으나 버스는 덜덜거리며 올라설 듯 올라설 듯하더니 다시 가라앉고 말았다. 빗줄기까지 더욱 세차져 우리는 결국 바그다드로 돌아가야 했다. 다음 날 두 번째 탈출 시도는 훨씬 나았다. 여전히 한두 번 진흙탕에 빠지긴 했지만, 마침내 라마디를 통과할 수 있었다. 루트바 요새에 당도했을 때 사막은 원래 모습을 되찾았고, 질퍽질퍽한 진흙탕은 더는 우리를 괴롭히지 않았다.

3

여행의 가장 멋진 순간은 다시 집으로 돌아갈 때이다. 로잘린드, 카를로, 펑키 언니네를 나는 새로운 시각으로 볼 수 있었다.

크리스마스에는 체셔에서 펑키 언니네와 함께 보냈다. 그런 다음에는 런던으로 가서 로잘린드의 친구 하나와 같이 지냈다. 팸 드루스는 부모님과 카나리아 제도를 여행하던 중에 로잘린드와 친구가 되었다. 우리는 팬터마임을 본 다음, 휴일이 끝날 때까지 데번 주에 가 있기로 했다.

팸이 온 날 저녁 우리는 즐겁게 시간을 보냈다. 그런데 한밤중에 어떤 목소리에 나는 잠이 깼다.

"크리스티 아줌마, 여기서 자면 안 될까요? 무서운 꿈을 꿀 것 같아요."

"안 되긴. 어서 눕거라."

내가 불을 켜자 아이는 침대에 들어와 한숨을 쉬며 몸을 뉘었다. 나는 약

간 놀랐다. 팸이 그렇게 성격이 예민한 줄은 몰랐기 때문이다. 하지만 아이
는 무척 편안해 보였고, 우리는 아침까지 단잠을 잤다.

　아침이 되어 하녀가 커튼을 걷고 차를 가져오자 나는 전깃불을 켜고 팸
을 바라보았다. 그렇게 두드러기로 온통 뒤덮인 얼굴은 처음이었다. 아이
는 내 표정이 뭔가 심상치 않다는 것을 알아차렸다.

　"왜 빤히 바라보세요?"

　"아, 그게……."

　"하긴 저도 깜짝 놀랐어요. 왜 제가 여기 누워 있죠?"

　"밤에 와서는 악몽을 꿀 것 같다고 했잖니."

　"제가요? 전혀 기억에 없는데요. 내가 왜 아줌마 침대에 누워 있는지 모
르겠어요."

　팸은 말을 멈추었다 다시 이었다.

　"그런데 무슨 문제라도 있나요?"

　"응, 안타깝게도 그런 것 같아. 팸, 아무래도 홍역에 걸렸나 봐."

　내가 가져다 준 손거울로 아이는 얼굴을 살폈다.

　"세상에, 정말 이상해 보여요. 안 그래요?"

　나는 동의했다.

　"이제 어떻게 하죠? 오늘 밤에 팬터마임을 볼 수 있을까요?"

　"아마 힘들걸. 우선은 너의 어머니한테 전화로 알려 드려야겠다."

　전화를 받자 베다 드루스는 한달음에 달려왔다. 그녀는 당장 여행 계획
을 취소하고는 팸을 데리고 갔다. 나는 로잘린드를 차에 태우고 데번 주로
향했다. 열흘간 로잘린드가 홍역 증세를 보일지 안 보일지 살펴볼 생각이
었다. 일주일 전에 다리에 맞은 예방 주사 때문에 운전하기가 다소 고통스
럽고 힘들었다.

　열흘이 지날 무렵 극심한 두통이 나를 찾아왔고, 열병의 모든 증세가 나

타났다.

"내가 아니라 엄마가 홍역에 걸리려나 봐."

로잘린드가 말했다.

"말도 안 돼. 열다섯 살 때 홍역을 얼마나 심하게 앓았는데."

하지만 마음 한구석이 불안했다. 홍역에 두 번 걸리는 사람도 있는 것이 분명했다. 그렇지 않다면 왜 이리 아프겠는가?

나는 언니에게 전화를 걸었다. 항상 우리를 구조할 준비가 되어 있는 펑키 언니는 전보를 받는 즉시 나나 로잘린드를 혹은 우리 둘 다를 구하기 위해 달려오겠다고 말했다. 다음 날 내 상태는 더욱 악화되었고, 로잘린드는 한기가 든다고 불평했다. 아이는 눈에서 눈물을 줄줄 흘리며 재채기를 했다.

펑키 언니는 늘 그렇듯 재앙에 대처하겠다는 열정을 가득 안고 도착했다. 닥터 카버가 진찰하러 와서 로잘린드가 홍역에 걸렸다고 진단했다.

"그런데 부인은 괜찮으십니까? 아무래도 아파 보이는데요."

나는 몸이 안 좋고, 열이 나는 것 같다고 말했다. 그는 몇 가지 질문을 더 하더니 물었다.

"예방 주사를 맞으셨죠? 그리고 이리로 차를 몰고 왔고요. 다리에 맞았나요? 왜 팔에 맞지 않았습니까?"

"이브닝드레스를 입으면 팔에 주사 자국이 다 드러나잖아요."

"다리에 예방 주사를 맞는 거야 아무 문제없습니다. 하지만 주사를 맞은 상태로 300킬로미터 넘게 차를 몬 것은 어리석은 짓이에요."

의사가 다리를 살폈다.

"심하게 부었군요. 모르셨습니까?"

"알긴 했지만, 그냥 예방 주사 때문이려니 했죠."

"그냥이라고요? 그 이상입니다. 체온을 재 보도록 하죠."

의사가 깜짝 놀라 소리를 질렀다.

"세상에나! 체온을 왜 진작 안 쟀습니까?"

"어제 쟀어요. 38.8도였지만, 내려가겠거니 했죠. 지금은 몸이 좀 안 좋아요."

"몸이 안 좋다고요? 당연하죠. 지금 체온이 39.4도가 넘어요. 필요한 조치를 취할 때까지 여기 침대에 누워 계세요."

의사가 돌아와서는 나더러 당장 입원해야 하며, 구급차를 불렀다고 이야기했다. 나는 구급차라니 말도 안 된다고, 차를 몰고 가거나 택시를 타고 가면 되지 않느냐고 했다.

"제 말대로 하십시오."

그러면서도 닥터 카버의 어조에는 그다지 확신이 없었다.

"먼저 언니 되시는 분과 의논해 보겠습니다."

언니가 방에 들어와서 말했다.

"얘, 로잘린드는 내가 잘 돌볼게. 의사 선생님 말이, 네 상태가 안 좋대. 대체 그놈들이 무슨 짓을 한 거야? 예방 주사약에 독이라도 탄 걸까?"

펑키 언니가 입원에 필요한 물건들을 챙기는 동안, 나는 침대에 누워 구급차를 기다리면서 정신을 차리려고 애썼다. 생선 장수 널빤지에 뻗어 있는 듯한 끔찍한 느낌이었다. 주위에 온통 찢겨진 물고기가 얼음 사이에서 퍼덕거리는 것만 같았다. 하지만 동시에 매캐한 연기와 뜨거운 불꽃에 휩싸인 통나무 속에 처박힌 듯도 싶었다. 이 두 느낌의 결합은 극도로 불쾌했다. 이따금 간신히 무시무시한 악몽에서 벗어나면 이렇게 중얼거리곤 했다.

"나 애거서는 침대에 누워 있다. 여기에는 생선도 없고, 생선 가게도 아니다. 나는 불타는 통나무가 아니다."

하지만 이내 미끈미끈한 양피지 위로 미끄러져 생선 대가리들 사이로 처박혔다. 특히나 신경에 거슬리는 생선 대가리 하나가 있었다. 불룩 튀어나온 통방울눈을 한 거대한 대문짝넙치가 입을 쩍 벌린 채 불쾌한 표정으로 나를 바라보는 것이었다.

문이 열리고 간호사 복장의 여인이 이동용 의자를 가지고 들어왔다. 구급대원인 듯싶었다. 나는 싫다며 저항했다. 이동용 의자에 앉아 가다니 있을 수도 없는 일이었다. 나는 충분히 아래층으로 걸어가 구급차에 오를 수 있었다. 하지만 성마르게 말하는 간호사에게 제압당했다.

"의사 선생님 지시입니다. 자, 여기 앉으세요. 가죽 끈으로 잘 묶겠어요."

의자에 앉은 채 들려 가파른 계단을 내려가는데 어찌나 무시무시하던지. 당시 나는 몸무게가 꽤 되었는데 70킬로그램은 족히 나갔을 것이다. 그런데 남자 구급대원은 약하디 약한 젊은이였다. 그와 간호사가 양쪽에서 의자를 잡고서 나를 아래층으로 운반하는데, 의자가 삐걱삐걱대며 금방이라도 산산조각이 날 것 같았다. 구급대원 젊은이는 계속 휘청거리며 계단 난간을 움켜쥐었다. 계단 중간에 이르자 이동용 의자가 찌그러지기 시작했다.

"이런, 간호사님. 의자가 부서질 것 같아요."

남자 구급대원이 헐떡이며 말했다.

"내려 줘요. 걸어서 가겠어요."

나는 외쳤다.

그들은 포기해야 했다. 가죽 끈이 풀리자 나는 난간을 잡고서 씩씩하게 아래로 내려갔다. 훨씬 안전하고 행복한 느낌이었다. 저런 머저리들은 처음 본다고 한마디 하고픈 마음을 간신히 꾹 참았다.

구급차가 출발하여 병원에 도착했다. 자그마하고 귀여운 빨강머리 견습 간호사가 나를 침대에 뉘었다. 시트는 차갑긴 했지만, 그다지 차갑지는 않았다. 생선과 얼음 환상이 다시 시작되더니, 펄펄 끓는 가마솥까지 찾아왔다.

견습 간호사는 엄청난 호기심을 보이며 내 다리를 살폈다.

"어머나! 지난번에도 다리가 이렇게 된 환자가 있었는데, 사흘 후에 절단했어요."

다행히 나는 제정신이 아니어서 간호사의 말을 알아듣지 못했다. 하긴 내 다리를 둘 다 잘라 내고 내 머리까지 자른다 해도 전혀 개의치 않았으리라. 하지만 자그마한 견습 간호사가 내 이불을 단단히 여며 주는 것을 보면서 그녀가 자신의 직업을 잘못 이해하고 있으며, 이러한 간호 방식이 모든 환자들에게 잘 먹히지 않으리라는 생각이 스치고 지나갔다.

천만다행으로 내 다리는 사흘 후에도 절단되지 않았고, 나는 패혈증으로 인한 일시적 정신착란과 고열로 너댓새를 보낸 후 차츰 회복되기 시작했다. 예방 주사약 한 병이 두 배로 독하게 제조된 것이 분명했다. 지금도 여전히 그리 생각한다. 의사들은 내가 아기 때 이후로 처음 예방 주사를 맞았으며, 런던에서 그곳까지 운전하면서 다리를 혹사시킨 탓이라고 했다.

일주일 후 나는 다소 정신이 들었다. 전화로 로잘린드의 홍역이 어떻게 진행되고 있는지 자세히 들어 보니, 두드러기가 휘황찬란하게 뒤덮은 것이 팸과 똑같았다. 로잘린드는 펑키 이모의 간호를 즐기며 거의 매일 밤마다 맑은 목소리로 외쳤다.

"펑키 이모! 어젯밤처럼 스펀지로 좀 닦아 주시겠어요? 그렇게 하면 무척 편안하거든요."

나는 왼쪽 허벅지에 두텁게 붕대를 감은 채 집으로 돌아왔다. 우리는 함께 유쾌하게 회복기를 보냈다. 로잘린드는 개학하고도 2주일이 지나서야 체력과 원기를 충분히 되찾고 학교로 돌아갔다. 나는 일주일을 더 치료받은 다음에 로마 등 이탈리아로 갔다. 그러나 계획했던 것만큼 그곳에 오래 머물 수는 없었다. 베이루트 행 배를 타야 했기 때문이다.

4

이번에는 베이루트까지 로이드 트리에스티노 호를 타고 가서 며칠을 보
낸 다음, 다시 네언 트랜스포트 버스를 타고 사막을 가로질렀다. 배가 알렉
산드레타(오늘날 터키의 이스켄데룬 — 옮긴이)에서부터 해안을 따라 내려
갈 때 바다가 다소 거칠어서 나는 속이 좋지 않았다. 배에는 나 외에도 여
자 한 명이 더 있었다. 시빌 버넷이라는 의문의 여성으로, 나중에 자신도
그때 속이 좋지 않았다고 털어놓았다. 그녀는 나를 보고는 생각했다.
'참, 불쾌하게도 생겨 먹었네.'
나 역시도 그녀를 보고 같은 생각을 하며 혼자 중얼거렸다.
"참 맘에 안 들어. 저 모자 하며, 버섯 색깔 같은 스타킹 하며."
이러한 상호 혐오의 파도 속에서 사막까지 함께 횡단하게 된 우리는 거
의 즉시 친구가 되었고, 그 후로도 오랫동안 친구로 지냈다. 보통 '바우프'
라고 불렸던 시빌 버넷은 당시 공군 소장이었던 찰스 버넷 경의 아내로, 남
편을 만나러 가는 길이었다. 대단히 독창적인 여성으로, 머리에 바로 떠오
르는 대로 거침없이 말했으며, 여행하는 것과 외국을 사랑했다. 또 알제(알
제리의 수도 — 옮긴이)에 멋진 집을 갖고 있었고, 전남편과의 사이에 딸 넷
과 아들 둘을 두었으며, 삶의 무궁무진한 기쁨을 누리며 살고 있었다. 버스
승객 중에는 우리 둘 외에도 이라크로 성지 순례를 가는 영국인 가톨릭교
도 여성들 일행이 있었다. 그들의 대장은 표정이 대단히 사나워 보이는 윌
브레이엄 양으로, 큰 발에 굽이 없는 검은 신발을 신고 커다란 토피(인도의
차양용 모자 — 옮긴이)를 쓰고 있었다. 꼭 딱정벌레처럼 보인다는 시빌 버
넷의 말에 나는 동의했다. 윌브레이엄 양은 반박당하지 않으면 견디지 못
하는 유형의 여성이었다. 시빌 버넷은 즉시 그녀에게 반박해 주었다.
윌브레이엄 양이 말했다.

"나는 40명의 여성을 책임져야 합니다. 진실로 축복받을 일이지요. 모두 음전한 영국 숙녀들이니까요. 단 한 사람만 빼고요. 정말 대단하지 않나요?"

"전혀요. 영국 숙녀들뿐이라니 너무 지루해요. 가지각색의 사람들이 모이는 것이 좋지요."

윌브레이엄 양은 끄덕도 하지 않았다. 그것이야말로 그녀의 강점이었다.

"그럼요, 정말 축복받을 일이고말고요."

바우프와 나는 누가 시험을 통과하지 못해 영국 숙녀 대열에서 낙오한 말썽장이인지 알아내느라 이마를 맞대고 논의했다.

윌브레이엄 양의 바로 다음 자리를 차지한 2인자는 에이미 퍼거슨 양이었다. 퍼거슨 양은 영국의 모든 가톨릭 교리에 헌신했고, 심지어 윌브레이엄 양에게는 더더욱 헌신했다. 그녀를 초인처럼 여기는 모양이었다. 유일하게 낭패스러운 것은 윌브레이엄 양의 기대에 미치지 못하는 자신의 무능력이었다.

그녀는 비밀을 털어놓았다.

"문제는 모드가 너무 강인하다는 거예요. 물론 나도 건강하지만 때때로 지치는 건 사실이에요. 나는 겨우 예순다섯 살이고, 모드는 칠순이 다 됐는데 말이죠."

에이미에 대해 윌브레이엄 양은 이렇게 말했다.

"좋은 사람이죠. 가장 뛰어나고, 가장 헌신적이에요. 불행히도 계속 피로감을 느끼는 탓에 너무 자주 폐를 끼치지만요. 어쩔 수 없죠. 가엾기도 하지. 하지만 나는 피로라고는 몰라요."

우리는 그 말이 맞으리라 확신했다.

버스가 바그다드에 도착했다. 나는 너댓새 동안 여러 옛 친구를 만나며 즐거운 시간을 보내다가 울리 부부에게서 전보를 받고 우르로 갔다.

그 전해 6월에 울리 부부가 귀국했을 때 런던에서 만난 적이 있었다. 그 때 나는 얼마 전에 산 크레스웰플레이스의 자그마한 집을 그들에게 빌려 주었다. 마구간을 전통적 시골 오두막처럼 개조한 네다섯 집 중 하나로, 무척 쾌적했다. 적어도 내 생각에는 그러했다. 처음 그 집을 샀을 때는 여전히 칸막이 울타리와 여물통이 벽을 따라 늘어서 있었고, 그곳과 마구를 넣어 두는 커다란 방 사이에 자그마한 침실이 끼인 듯 자리 잡고 있었으며, 사다리처럼 생긴 계단을 오르면 방 두 개와 대충 만든 욕실과 그에 딸린 작은 방이 있었다. 나는 어느 선량한 건축업자의 도움을 받아 그 집을 개축했다. 1층은 칸막이 울타리와 목조 부분을 벽에 바짝 붙이고, 벽 위쪽에 당시 유행하던 풀잎 무늬의 테를 두른 띠 장식을 붙였다. 그래서 방에 들어가면 자그마한 오두막 정원을 거니는 듯한 느낌이 났다. 마구를 넣어 두는 방은 차고로 바꾸고, 옆의 자그마한 방은 하녀 방으로 쓰기로 했다. 2층 욕실은 초록색 돌고래들이 벽을 따라 화려하게 전진하는 가운데 초록색 도자기 욕조를 놓았다. 작은 침실은 그대로 침실로 쓰되, 큰 침실은 식당으로 꾸미고 밤에는 침대로 쓸 수 있는 소파를 놓았다. 그리고 옆에 딸려 있던 작은 방은 부엌으로 변신했다.

울리 부부는 그 집에 머무르면서 나에게 멋진 계획을 제안했다. 발굴 시즌이 끝나기 일주일 전 그들이 짐을 싸고 있을 때 내가 우르로 가서 합류한 후에, 함께 시리아를 거쳐 그리스로 가 델파이 신전을 보자는 것이었다. 나는 무척 기뻤다.

나는 모래 폭풍이 한창일 때 우르에 도착했다. 전에 그곳에 갔을 때도 모래 폭풍을 겪은 바 있었지만, 이번에는 더 심하여 너댓새나 이어졌다. 어떻게 그렇게 많은 모래가 스며들 수 있는지 놀라웠다. 창문과 방충망을 단단히 닫아 놓았는데도 밤이면 침대에 모래가 그득했다. 이불을 탈탈 턴 다음 잠자리에 들어도, 아침이면 더 많은 모래가 얼굴과 목 등 온몸을 내리눌렀다. 거의 고문과 같은 닷새였다. 하지만 모두들 상냥하고 즐겁게 대화를 나누었고, 더없이 행복한 시간을 보냈다.

버로스 신부님 또한 와 계셨고, 레너드 울리의 건축가 조수인 맥스 맬로원은 이번에 처음 만났다. 그는 5년째 울리 밑에서 일하고 있었는데, 지난번 내가 머물 때는 자리를 비우고 없었다. 그는 검은 머리에 몸이 마른 젊은이였다. 어찌나 말이 없는지 좀처럼 입을 열지 않았지만, 필요한 모든 일에는 예리한 통찰력을 발휘했다.

그런데 전에는 느끼지 못했던 어떤 것이 이번에는 느껴졌다. 식탁에서 모두가 기이하리만큼 조용한 것이 마치 말하기를 두려워하는 것 같았다. 하루 이틀 지나자 그 이유를 알 것 같았다. 캐서린 울리는 기질이 매우 변덕스러웠는데, 다른 사람을 편안하게 만드는 능력과 초조하게 만드는 능력 둘 다가 출중했다. 그리하여 모두가 그녀를 떠받들고 있었던 것이다. 주변에는 언제나 커피에 우유를 더 넣으라고 권하거나 토스트에 버터를 더 바르라고 건네거나 마멀레이드 잼을 가져다주는 사람이 있었다. 나는 왜 다들 그녀를 그처럼 어려워하는지 의아했다.

어느 날 아침 캐서린 울리가 기분이 나빠져 있는 상황을 겪어 보자, 조금 그 영문을 알 것 같았다.

"아무도 나에게 소금을 권하지 않는군요."

그러자 즉각 네 개의 손이 테이블을 가로질러 밀치락달치락 소금을 찾았다. 그 와중에 소금병이 거의 쓰러질 뻔한 순간, 모든 손이 주춤하는 사이에 위트번 씨가 주저하며 손을 뻗어 임시변통으로 그녀에게 토스트를 권했다.

"위트번 씨, 지금 내 입에 가득 든 토스트가 안 보이나요?"

그녀의 반응은 냉랭했다. 위트번 씨는 얼굴이 새빨개져서는 주춤대며 다시 자리에 앉았다. 모두들 열심히 토스트를 멀더니 그녀에게 다시 토스트를 권했다.

울리 부인은 거절했다.

"하지만 맥스가 하나 더 먹는 편이 좋을 것 같군요."

나는 맥스를 보았다. 남아 있는 토스트는 그에게 건네졌다. 그는 이의 없이 재빨리 먹어 치웠다. 사실 그는 토스트를 벌써 두 개나 먹은 뒤였다. 그런데 왜 그런 말을 하지 않는지 의아했다. 그 연유는 나중에야 알 수 있었다.

위트번 씨의 말에 이 미스터리의 일부가 풀렸다.

"그녀에게 귀염을 받는 사람은 늘 따로 있다니까요."

"울리 부인 말씀인가요?"

"네. 하지만 수시로 대상이 바뀌죠. 때로는 이 사람을 아꼈다가, 때로는 저 사람을 아끼고. 그러니 누가 무슨 일을 하든 무조건 옳거나 무조건 그르거나 둘 중 하나예요. 지금은 내가 미움을 받고 있지요."

무슨 일을 하든 옳게 여겨지는 사람이 현재 맥스 맬로원이라는 것이 분명했다. 지난 발굴 시즌에 그가 떠나 있어서 다른 이들보다 신선하게 느껴지기 때문일 수도 있겠지만, 내가 보기에는 5년 동안 함께 일하며 울리 부부를 대하는 법을 터득했기 때문인 듯했다. 언제 입을 다물어야 할지, 언제 말을 해야 할지 잘 알고 있었던 것이다.

나는 이내 맥스가 사람을 다루는 데 얼마나 능한지 깨달았다. 그는 일꾼들을 잘 부렸고, 그보다 훨씬 어려운 캐서린 울리도 잘 다루었다.

캐서린은 나에게 말했다.

"물론 맥스는 완벽한 조수예요. 그가 없었더라면 발굴이 어떻게 되었을지 몰라요. 보아 하니 그이를 퍽 마음에 들어 하는 것 같네요. 맥스더러 네제프와 케르발라까지 당신을 모시고 가라고 이를게요. 네제프는 이슬람교도들이 죽은 자의 성스러운 도시로 여기는 곳이죠. 케르발라에는 아름다운 모스크가 있고요. 여기서 짐을 꾸려 바그다드로 가면 맥스가 그리로 안내할 거예요. 가는 길에 니푸르도 들러 볼 수 있어요."

"하지만 맥스가 가고 싶어 하겠어요? 귀국 전에 만나 보고 싶은 친구들도 많을 텐데."

우르에서 석 달간 긴장된 발굴 작업을 한 젊은이라면 당연히 바그다드에서 자유와 재미를 만끽하기를 열망할 것이 뻔한데, 다른 곳으로 보내겠다니 나는 당황스러웠다.

"전혀요. 맥스도 좋아할 거예요."

캐서린은 단호했다.

맥스가 좋아할 것 같지 않았지만 보나마나 그 속내를 숨길 것이 확실했다. 나는 마음이 불편했다. 그래서 지난해에도 보았더랬고 해서 친구처럼 여겨지는 위트번 씨에게 이 문제를 의논하기로 했다.

"너무 독단적인 것 아닌가요? 저는 구경 가고 싶은 마음이 눈곱만큼도 없어요. 아무래도 네제프와 케르발라에는 안 가겠다고 말해야겠지요?"

위트번이 대답했다.

"가는 편이 나을 겁니다. 괜찮은 곳이에요. 맥스도 싫어하지 않을 거구요. 어쨌든 캐서린이 마음을 먹으면 그것으로 끝이니 어쩌겠어요?"

드높은 찬미가 내 위에 내리덮이는 것이 보였다. 무엇인가 마음을 먹는 순간 주위의 모든 이들이 마지못해서가 아니라 자발적으로 따르는 여성이라니, 얼마나 대단한가.

몇 달 후 캐서린에게 그녀의 남편을 칭찬한 적이 있었다.

"정말 멋진 분이세요. 얼마나 자상하신지. 한밤중에 배를 타고 나가 뜨거운 수프나 음료수를 구해 오시다니. 세상에 그렇게 해 주는 남편이 또 어디 있겠어요."

캐서린이 놀란 표정으로 물었다.

"정말요? 하지만 그이는 그걸 명예라고 여기는걸요."

그는 정말 명예라고 여겼다. 사실 언제 어느 때라도 캐서린을 위해 무엇을 할 수만 있다면 그것은 명예가 되었다. 자신이 무척 읽고 싶어 고대하던 책을 마침내 도서관에서 빌려 왔는데, 마침 그녀가 한숨을 쉬며 읽을거리가 없다고 말하면 자기도 모르게 얼른 그 책을 내민다. 그러고도 전혀 싫지가 않으며, 그저 나중에 그녀가 얼마나 대단한 여성인지 새삼 깨달을 뿐이다.

오직 예외적인 한 사람만이 그녀의 매력에 휘둘리지 않았는데, 그 한 사람이 바로 프레야 스타크였다. 어느 날 캐서린이 병이 나서 이런저런 요구 사항이 무척 많았다. 당시 그녀와 함께 지내고 있던 프레야 스타크는 성격이 쾌활하고 상냥하면서도 단호했는데, 이렇게 말하는 것이었다.

"이런, 무척 아픈 것 같네요. 하지만 나는 환자 간호에 워낙 서투른 사람이라서요. 당신을 위해 내가 할 수 있는 일이라고는 오늘 나가 있는 것뿐이에요."

그러고는 정말 외출했다. 기묘하게도 캐서린은 전혀 화를 내지 않았다. 그저 프레야의 강력한 개성을 잘 보여 주는 멋진 사례라고 여길 뿐이었다. 사실 그러했다.

다시 맥스 이야기로 돌아가자. 고된 발굴 작업을 마치고 이제 막 해방되어 휴식을 취할 참인 젊은이가 있다. 그런데 그가 자기보다 나이도 한참 많고 고고학의 고 자도 모르는 낯선 여성을 위해 머나먼 곳으로 차를 모는 희생을 치러야 한다는데, 모두들 지극히 당연하다는 듯 그에 동의하고 있는 것이다. 맥스도 당연한 일로 여기는 듯했다. 그는 분위기가 좀 근엄한 편이라 나는 그를 대하기가 약간 어려웠다. 사과를 해야 할지 말아야 할지 고민이 되었다. 내가 원해서 이렇게 된 것이 아니라는 의미의 말을 더듬더듬 늘어놓았지만, 맥스는 무덤덤하기만 했다. 그는 딱히 할 일도 없었다고 했다.

맥스는 울리 부부와 여행하며 천천히 귀국할 예정이었다. 다만 델포이는 이미 가 보았으므로, 거기서부터는 일행과 헤어져 바사이 신전 등 그리스의 다른 곳을 둘러볼 계획이었다. 그는 어차피 니푸르에 가고 싶었다고, 아주 멋진 곳이라 갈 때마다 즐거운 시간을 보냈다고 했다. 또한 네제프와 케르발라도 볼 만한 가치가 있는 곳이라고 했다.

그리하여 우리는 여행을 떠났다. 나는 니푸르에서 즐거운 하루를 보냈다. 덕분에 완전히 녹초가 되었지만, 울퉁불퉁한 땅을 차로 몇 시간이나 달렸고 수천 평의 유적지를 걸어서 둘러보았다. 옆에서 설명해 주는 사람이 없었더라면 아무런 재미도 없었을 것이다. 하지만 멋진 설명 덕분에 나는 전보다 고고학에 더 흠뻑 빠지게 되었다.

마침내 저녁 7시에 디와니야에 도착했다. 디치번 씨 댁에서 하루를 묵었다. 어서 잠을 자고 싶은 마음이 간절했지만, 머리에서 모래를 털어 내고 세수한 다음에 피로 회복용 파우더를 약간 바르고 간신히 이브닝드레스를 차려입었다.

디치번 부인은 손님 대접하기를 즐겼다. 대단히 언변이 뛰어 났으며, 밝고 쾌활한 목소리로 쉬지 않고 이야기를 했다. 나는 그녀의 남편을 소개받고 그 옆자리에 안내를 받았다. 그는 아무래도 상황 탓인지 말이 없었다. 오랫동안 무겁게 침묵을 유지하며 앉아 있었다. 여행한 곳에 대해 다소 입에 발린 칭찬을 해 보아도 묵묵부답이었다. 내 다른 쪽 옆에는 미국인 선교사가 앉아 있었는데, 그도 역시 매우 과묵해 보였다. 그런데 흘끗 보니 식탁 아래에서 두 손을 꼬고 돌리고 하다가, 손수건 하나를 천천히 갈기갈기 찢고 있는 것이었다. 나는 그 모습이 좀 놀랍기도 하면서 대체 무슨 일로 그러는지 의아스러웠다. 선교사의 아내는 바로 맞은편에 앉아 있었는데, 그녀도 몹시 초조한 기색이었다.

묘한 밤이었다. 디치번 부인은 이웃들과 잡담을 나누고 나와 맥스에게 말을 걸면서 열심히 사교 활동 중이었다. 입을 꾹 다문 선교사의 아내는 남편을 절망적인 표정으로 바라보고 있고, 그 남편은 손수건을 더 잘게 찢고만 있었다.

나는 반쯤 몽롱한 상태에서 멋진 추리 소설 이야기가 떠올랐다. 긴장으로 점점 미쳐 가는 선교사. 그런데 무엇 때문에 긴장한 것일까? 어쨌든 무엇인가가 과도한 긴장을 야기한 것이 분명했다. 어디서든 잘게 손수건을 찢는 버릇이 실마리를 제공할 것이다. 실마리, 손수건, 찢긴 조각. 방이 점차 빙빙 도는 듯하더니 나는 쏟아지는 졸음에 거의 의자에서 미끄러질 뻔하였다.

바로 그 순간 날카로운 목소리가 내 왼쪽 귀를 파고들었다.

"고고학자들이란 순 사기꾼이오."

디치번 씨의 어조에는 신랄한 악의가 묻어 있었다.

나는 잠이 깨어 그와 그 말에 대해 생각했다. 굉장히 도전적인 태도로 던진 말이었다. 하지만 고고학자의 정직성을 변론할 기운이 도저히 나지 않았다. 그래서 그저 부드럽게 물었다.

"왜 그렇게 생각하세요? 고고학자들이 무슨 거짓말을 하겠어요?"

"모든 것이 다 거짓말이오. 언제 만들어지고 언제 일어난 일인지 안다고들 하지. 이건 7000년 되었고, 저건 3000년 되었고. 그때는 이 왕이 지배했고, 그 후에는 저 왕이 대를 이었고! 거짓말쟁이들 같으니라고! 모두 하나같이 새빨간 거짓말이오!"

"설마요?"

"설마라고요?"

디치번 씨는 조롱하듯 웃더니 다시 침묵해 버렸다.

나는 선교사에게 몇 마디 더 말을 붙여 보았지만, 아무 소용이 없었다. 그때 디치번 씨가 다시 침묵을 깨트리며 그처럼 냉소하는 이유를 슬며시

드러냈다.

"또 내 옷방을 저 고고학자 녀석한테 뺏기다니."

"어머나, 몰랐습니다. 이런, 정말 유감이에요."

나는 불편해하며 대답했다.

"번번이 그래요, 번번이. 집사람은 늘 그래요. 이 사람 저 사람 우리 집에 와서 묵으라고 초대를 해 대죠. 아, 부인을 두고 하는 말이 아닙니다. 부인은 손님방에서 묵으실 거예요. 손님방이 모두 세 개나 되는데, 그걸로도 엘제한테는 모자라요. 방이란 방은 모조리 손님으로 채워야 하지요. 게다가 내 옷방까지 말입니다. 대체 어떻게 내가 이 꼴을 참고 사는지 모르겠어요."

나는 정말 유감이라고 다시 한 번 말했다. 그리고 더욱더 가시방석에 앉은 기분이 들어 어떻게든 잠이 들지 않으려고 안간힘을 썼다. 그야말로 간신히 버텨 냈다.

저녁 식사 후 나는 간청하고 또 간청한 끝에 침대로 돌아갈 수 있었다. 멋진 브리지 게임을 준비한 디치번 부인은 무척 실망했지만, 그 무렵 내 눈은 완전히 감겨 있다시피 했다. 나는 비틀대며 간신히 계단을 올라와 옷을 벗고 침대로 쓰러졌다.

다음 날은 아침 5시에 출발했다. 이라크 여행은 분투에 찬 삶의 시작이었다. 네제프는 참으로 경이로운 곳으로, 진정한 죽은 자의 도시였다. 검은 옷을 휘감고 검은 베일을 쓴 이슬람교도 여인들이 통곡하며 주위를 돌았다. 극단론자들의 소굴이라 어느 때고 방문할 수 있는 곳이 아니어서, 경찰에 먼저 연락한 다음에 광신론자들이 폭동을 일으키지는 않는지 예의주시해야 했다.

네제프에서 케르발라로 향했다. 황금과 옥으로 빚은 돔을 머리에 인 아름다운 모스크가 있었다. 첫날에는 모스크가 닫혀 있어 그날 밤을 경찰 초소에서 보냈다. 나는 조그마한 초소의 지하실에다 캐서린이 빌려 준 침낭을 풀어 잠자리를 마련했다. 맥스는 다른 지하실에 잠자리를 준비하고는, 밤에 도움이 필요하거든 언제든 깨우라고 말했다. 빅토리아식으로 양육받은 나로서는 잘 알지도 못하는 젊은이를 깨워 화장실로 안내해 달라고 부탁하기가 무척 쑥스러웠지만 어쩔 수가 없었다. 나는 맥스를 깨웠고, 맥스는 경찰관을 불렀고, 경찰관은 랜턴을 가져왔다. 그리하여 우리 셋은 기나긴 복도를 지나 바닥에 구멍이 뻥 뚫린 채 지독한 악취를 풍기고 있는 방에 마침내 도착했다. 맥스와 경찰관은 문 밖에서 공손히 기다렸다가 나를 다시 지하실로 데려다 주었다.

저녁은 경찰서의 야외 식탁에서 먹었다. 커다란 달이 머리 위에 떠 있고, 개구리들이 단조로우면서도 음악적인 리듬을 타고 개굴개굴 울어 댔다. 나는 개구리 울음소리를 들을 때마다 케르발라에서의 그날 저녁이 떠오른다. 그 경찰관도 우리와 함께 식사했다. 이따금 조심스럽게 영어 몇 마디를 하긴 했지만, 대체로 맥스와 아랍어로 이야기했다. 맥스는 종종 나에게 몇 마디씩 영어로 통역해 주었다. 동양의 대화에서 늘 한 부분을 차지하며 조화를 이루어 내는 신선한 침묵 후에 경찰관이 불쑥 이렇게 말했다.

"오라, 그대 활기찬 영혼이여! 그대는 새가 아니어라."

나는 화들짝 놀라 그를 바라보았다. 경찰관은 시를 완전히 암송하고는 고개를 끄덕이며 말했다.

"배웠어요."

"영어를 정말 잘 하시는군요."

나는 멋진 암송이었다고 칭찬했다. 그것으로 대화의 그 부분은 끝난 듯했다. 이라크에서 이라크 경찰관이 한밤의 동양풍 정원에 앉아 셸리의 「종달새에게Ode to a Skylark」를 내게 들려주리라고는 상상도 하지 못했더랬다.

우리는 다음 날 일찍 아침을 먹었다. 정원사가 장미 몇 송이를 꺾어 꽂다

발을 만든 것을 보고, 나는 상냥하게 웃을 준비를 하며 기대에 차 서 있었다. 하지만 당혹스럽게도 정원사는 나를 본 척도 않고 지나치더니 맥스에게 허리 굽혀 절을 하며 꽃다발을 건네는 것이었다. 맥스는 웃음을 터트리며 나에게 말했다. 우리는 지금 동양에 있으며, 이곳에서는 여자가 아닌 남자에게 선물을 준다고.

우리는 짐과 침낭과 신선한 빵과 장미를 차에 싣고는 다시 출발했다. 길을 빙 돌아 우크하이디르의 아랍 도시에 들른 다음 바그다드로 돌아갈 예정이었다. 그 도시는 사막 깊숙이 박혀 있었다. 단조로운 경치 속에서 지루함을 덜기 위해 우리는 노래를 부르기 시작했다. 우리 둘 다 아는 노래를 찾아 「프레르 자크Frère Jacques」로 시작해 여러 발라드와 소곡들을 불렀다. 그러다 고독 속에 아름답게 서 있는 우크하이디르에 도착했다. 그리고 한두 시간 후에는 그곳을 떠나 푸르른 물빛이 반짝이는 사막의 호수와 마주쳤다. 지독한 더위에 멱을 감고 싶은 마음이 간절했다.

"수영하고 싶으세요? 안 될 것도 없죠."

맥스가 권했다.

"그럴까요?"

나는 내 침낭과 자그마한 슈트케이스를 바라보며 생각에 잠겼다.

"하지만 수영복을 가져오지 않았어요."

"뭐 다른 적당한 옷이 있지 않을까요?"

맥스가 조심스레 물었다. 나는 곰곰이 생각한 끝에 핑크색 비단 조끼에 반바지를 입으면 되겠다 싶었다. 나는 준비를 갖추었다. 모든 아랍 인들이 그러하듯 공손함과 우아함을 갖춘 운전사는 자리를 비켜 주었다. 맥스도 조끼와 반바지 차림으로 수영에 동참했다. 우리는 푸르른 물속으로 헤엄쳐 들어갔다.

천국과도 같았다. 세상이 완벽해 보였다. 적어도 다시 차에 시동을 걸 때까지만 해도 그러했다. 차는 모래 속으로 스르르 가라앉아 움직이기를 거부했다. 그제야 나는 사막에서 차를 모는 것의 위험을 깨달았다. 맥스와 운전사는 차에서 철판이며 삽이며 온갖 기구를 꺼내 차를 해방시키려고 분투했지만 아무 소용이 없었다. 시간이 계속해서 흘러갔다. 하늘에서 불볕이 쏟아지는 듯했다. 나는 차 한쪽에 쳐 놓은 차양 아래 누워 있다가 잠이 들었다.

훗날 맥스가 말했다. 진실인지 아닌지는 모르겠지만, 바로 그 순간 내가 그에게 아주 좋은 아내가 되리라고 확신했다는 것이다.

"아무런 야단법석도 안 떨었죠! 불평 한마디 안 했고, 나한테 탓을 하며 몰아붙이지도 않았어요. 여기서 수영을 하는 것이 아니었는데 하며 후회하지도 않았고요. 차가 움직이든 말든 전혀 신경 쓰지 않는 듯했죠. 바로 그 순간 당신을 다시 보게 된 거예요."

맥스에게 그 말을 들은 이후로 나는 그에 걸맞게 살기 위해 노력했다. 상황이 일어난 그대로 쉽사리 받아들였고, 어떠어떠해야 된다는 생각 따위는 하지 않았으며, 또한 언제 어디서나 잘 수 있는 유용한 기술을 익혔다.

그곳은 대상 행렬이 지나는 곳이 아니었기 때문에 자동차나 아니면 그 비슷한 것이라도 며칠 동안 나타나지 않을 가능성이 높았다. 어쩌면 일주일 넘게 기다려야 할 수도 있었다. 일행 중에 낙타 부대 수비병이 하나 있었는데, 결국 그가 가서 도움을 청하겠다고 나섰다. 24시간이나 48시간이면 될 것이라고 하면서 그는 가지고 있던 물만 가지고 떠났다.

"우리 낙타 부대는 비상시에 물을 마시지 않아도 견딥니다."

그는 당당하게 말하고는 으스대며 걸어갔다. 그를 보고 있자니 불길한 예감이 들었다. 그것은 모험이었다. 나는 부디 즐거운 모험으로 결론이 나기를 간절히 기도했다. 마실 물은 많지 않은 듯했다. 그렇게 생각하니 목이 더 말라 왔다. 하지만 우리는 운이 좋았다. 기적이 일어났던 것이다. 1시간 후 열네 명의 승객을 태운 T포드 차가 수평선에서 나타났다. 운전석 옆에는 우리의 낙타 부대 친구가 열광적으로 소총을 흔들며 앉아 있었다.

바그다드로 돌아가는 길에 때때로 차를 멈추고 텔(고대 건축의 잔존물이 누적되어 생기는 언덕 — 옮긴이)을 둘러보며 도자기 조각들을 주웠다. 나는 특히 유약을 칠해 구워 광택이 나는 사금파리들에 매혹되었다. 초록색, 옥색, 푸른색 등 화려한 색상과 온갖 황금 무늬들. 그것은 맥스가 관심이 있는 시대보다 훨씬 뒤의 유물들이었지만, 그는 나의 공상을 너그러이 받아주며 함께 사금파리를 한 보따리 거두어들여 주었다.

바그다드에 도착해서 호텔로 돌아온 나는 방수 외투를 펼쳐 놓고는 모든 도자기 조각을 무지개 빛깔 순으로 물속에 늘어놓았다. 맥스는 나의 즉흥적인 행동에 친절하게 동참하여 자신의 방수 외투까지 빌려 주고, 도자기 조각도 네 개 보태 주었다. 그는 마치 어리석지만 밉지는 않은 아이를 상냥하게 바라보는 너그러운 학자와 같은 분위기를 풍겼다. 나는 진짜 그가 나를 그런 식으로 보고 있다고 믿었다. 나는 늘 예쁜 색깔의 돌멩이나 조개껍데기를 좋아했다. 어린아이나 좋아라 하고 모을 보물이다. 하지만 어여쁜 새의 깃털이나 알록달록한 이파리야말로 삶의 진정한 보물이며, 옥이나 에메랄드나 값비싼 보석 상자보다도 더욱 소중하다고 생각한다.

캐서린과 레너드 울리는 이미 바그다드에 도착해서 24시간이나 늦은 우리 때문에 속상해하고 있었다. 우크하이디르에 들르느라 그렇게 된 것이었는데, 나는 어디로 가는지도 모르고 그냥 짐짝처럼 따라간 것에 불과했으므로 비난에서 면제되었다.

"맥스는 우리가 걱정하리라는 걸 뻔히 알고 있었어요. 수색대를 보내거나 바보 같은 짓을 할 수도 있었다고요."

캐서린의 말에 맥스는 미안하다고, 걱정할 줄은 몰랐다고 침착하게 대답했나.

이틀 후 우리는 기차를 타고 바그다드를 떠나 귀국 여행의 첫 번째 기착지인 키르쿠크와 모술로 향했다. 나의 친구인 드와이어 대령이 바그다드 북부 역에서 우리를 배웅했다.

"자기주장을 꿋꿋이 펼쳐야 해요."

대령이 은밀히 말했다.

"자기주장이라뇨? 누구한테요?"

"저기 저 귀부인한테 말이죠."

대령은 친구와 대화를 나누고 있는 캐서린 울리를 향해 고갯짓을 했다.

"어머, 저한테 얼마나 잘해 주시는데요."

"네, 저분의 매력에 푹 빠진 것 압니다. 우리 모두 때때로 그렇게 되지요. 솔직히 지금도 저는 가끔 마음을 뺏기곤 합니다. 어느 때고 저분이 원하는 대로 하게 되지요. 하지만 당신도 자기주장을 꿋꿋이 펼쳐야 합니다. 울리 부인은 새를 나무에서 내려오게 하고도, 그것을 지극히 당연한 것처럼 느끼게 만들지요."

기차가 밴시(아일랜드와 스코틀랜드에서 가족의 죽음을 예고한다는 여자 요정 ─ 옮긴이)가 울부짖는 듯한 소리로 이라크 철도 특유의 기적을 울렸다. 귀를 찌르는 날카로운 소리였다. 사랑하는 연인을 잃은 여인네의 울음소리와도 비슷했지만, 실제로는 낭만과 전혀 거리가 멀었다. 단지 기차가 출발한다는 의미일 뿐이었다. 우리는 객차에 올랐다. 캐서린과 나, 맥스와 레너드, 이렇게 팀을 이루어 따로 침대칸을 썼다. 기차가 출발했다.

다음 날 아침 키르쿠크에 도착해 게스트하우스에서 아침을 먹은 다음에 모술까지는 차를 타고 갔다. 예닐곱 시간을 달려가야 했는데, 길 대부분에 바퀴 자국이 깊이 패여 있었다. 자브 강을 건널 때 탄 페리는 말이 페리이지 어쩌나 원시적인지 성서 시대의 배를 탄 것만 같았다.

모술에서도 게스트하우스에서 묵었는데, 그곳은 정원이 매력적이었다.

장차 모술은 오랫동안 내 인생의 중심이 될 곳이었지만, 당시에는 그리 깊은 인상을 받지 못했다. 둘러볼 시간이 거의 없었던 탓이다.

이곳에서 닥터 매클라우드 부부를 만나 절친한 친구가 되었다. 둘 다 의사였는데, 피터 매클라우드는 병원장이었으나 아내인 페기는 이따금 특정 수술을 할 때만 남편을 거들었다. 남편이 환자를 보거나 만질 수 없는 경우에 특이한 방식으로 수술이 이루어졌는데, 이슬람교도 여인은 아무리 의사라고 해도 남자가 수술하는 것이 금기시되었기 때문이다. 이런 경우에는 가리개를 치고 남편이 가리개 밖에서 어떻게 수술하라고 지시하면, 아내는 가리개 안에서 수술을 하며 각 기관의 상태와 이러저런 세부 사항을 세세히 설명했다.

모술에서 이삼 일을 보낸 후 다시 여행을 재개했다. 모술에서 2시간 거리에 있는 텔아파르의 게스트하우스에서 하룻밤을 보낸 뒤 새벽 5시에 길고도 고된 자동차 여행을 시작했다. 먼저 유프라테스 강가의 몇몇 유적지를 방문한 다음에, 레너드의 오랜 친구이자 어느 부족의 족장인 바스라위를 만나러 북쪽으로 향했다. 수없이 와디(사막의 개울로, 우기 이외에는 말라 있다—옮긴이)를 건너 길을 잃고 다시 찾기를 거듭한 끝에 우리는 어스름이 내릴 무렵 마침내 목적지에 도착했다. 그리고 대대적인 환영을 받고 푸짐하게 먹은 뒤 마침내 잠을 청할 수 있었다. 우리에게 배당된 진흙 벽돌 집에는 곧 무너질 것만 같은 방이 두 개 있었고, 각 방마다 조그마한 쇠침대 두 개가 구석에 대각선으로 놓여 있었다. 여기서 미묘한 문제가 발생했다. 마침 비가 오기 시작해서 알게 된 사실인데, 첫 번째 방의 침대 하나는 위쪽 천장이 튼튼해 물방울이 떨어지지 않았지만 나머지 침대에는 빗방울이 꽤 떨어지고 있었던 것이다. 우리는 두 번째 방을 보러 갔다. 천장이 역시나 형편없어 보였고, 방 크기도 더 작았다. 게다가 침대도 좁았으며, 빛도 잘 안 들고 환기도 잘 되지 않았다.

레너드가 말했다.

"여보, 애거서와 작은 방에서 묵구려. 비는 안 맞을 테니. 우리가 큰 방에서 자겠소."

캐서린이 대답했다.

"나는 큰 방의 좋은 침대에서 잘 거예요. 얼굴에 물방울이 떨어지면 한잠도 못 잔단 말이에요."

그러면서 단호하게 좋은 침대로 가서 짐을 내려놓았다.

"저 침대도 약간 옆으로 당겨 놓으면 좀 나을 것 같아요."

내가 말했다.

"어머, 말도 안 돼요. 왜 애거서가 비를 맞아요? 남자 한 명이 여기서 자도록 해요. 맥스든 레너드든. 그리고 나머지 한 명은 애거서와 함께 작은 방에서 묵어요."

캐서린은 맥스와 레너드 중 누가 더 자신에게 유용할까 곰곰이 생각하며 둘을 바라보다가 마침내 사랑하는 레너드에게 특권을 주기로 하고는 맥스를 작은 방으로 보냈다. 우리의 유쾌한 집주인은 이러한 조치를 무척 재미있어하는 듯했다. 그는 상스러운 어조로 레너드에게 뭐라고 뭐라고 아랍어로 말했다.

"좋을 대로 하십시오. 좋을 대로! 어떻게 하든 남자 분들은 기뻐할 테니까요."

하지만 아침이 되자 아무도 기뻐하지 않았다. 나는 6시경에 얼굴을 때리는 빗방울 때문에 잠에서 깼다. 맞은편 구석에서 맥스는 대홍수에 시달리고 있었다. 그는 내 침대를 그나마 비가 덜 떨어지는 곳으로 옮긴 다음 자기 침대도 구석에서 빼내었다. 그때쯤엔 캐서린도 침대 위로 비가 두두둑 떨어져 우리와 마찬가지 신세였다. 우리는 아침을 먹고 바스라위와 함께 그의 영토를 둘러본 다음 다시 길을 떠났다. 그때는 날씨가 정말로 나빴고

와디는 곳에 따라 물이 불어 있어서 건너기가 힘들었다.

마침내 알레포의 상대적으로 화려한 바론 호텔에 도착했을 때 우리는 모두 물에 빠진 생쥐 꼴에 녹초가 되어 있었다. 호텔 주인의 아들인 코코 바론이 우리를 맞아 주었는데, 그는 머리가 크고 둥글며 얼굴빛은 살짝 노란색을 띠고 있었고 슬픔에 잠긴 듯한 검은 눈을 하고 있었다.

나는 뜨거운 목욕이 간절했다. 욕실은 반은 서양식이고, 반은 동양식이었다. 끙끙대며 뜨거운 물을 틀었지만 늘 그렇듯 증기 구름이 몰려나와 기겁을 하고 말았다. 물을 잠그려고 해도 도통 되지가 않아 어쩔 수 없이 맥스에게 고함을 질러 도움을 청했다. 맥스는 복도를 달려와 물을 잠그고는 나한테 방에 가 있으라고 했다. 즐겁게 목욕할 수 있는 준비가 되면 부르겠다는 것이었다. 그런데 아무리 기다려도 소식이 없었다. 결국 나는 스펀지를 옆구리에 끼고 가운 차림으로 욕실로 향했다. 문은 잠겨 있었다. 바로 그 순간 맥스가 나타났다.

"목욕은 어떻게 됐어요?"

내가 딱딱한 어조로 물었다.

"아, 사모님이 지금 들어가 계세요."

"뭐라고요? 나를 위해 준비한 욕실을 울리 부인에게 넘겼단 말이에요?"

"아, 네. 사모님께서 원하셔서요."

그는 확고부동한 태도로 내 눈을 응시했다. 내가 마치 메디아 인과 페르시아 인의 법에라도 대항한 듯했다.

"글쎄요, 이건 불공평한데요. 저건 내 목욕물이잖아요. 내가 목욕해야 한단 말이에요."

"네, 압니다. 하지만 사모님이 원하시잖아요."

나는 방으로 돌아가 드와이어 대령의 말을 곰곰이 생각했다.

다음 날에도 나는 다시 그 말을 곰곰이 생각해야 했다. 캐서린이 두통 때문에 몸이 좋지 않아 침대에 누워 있었는데 침대 램프가 말썽을 일으킨 것이다. 나는 이번에는 자발적으로 내 침대 램프를 그녀 방으로 가지고 가서 직접 설치해 주고 나왔다. 호텔에 램프가 부족했기 때문에 나는 밤에 천장 높이 매달린 희미한 등에 의지해 책을 읽어야 했다. 내게 약하게나마 분노가 인 것은 다음 날이 되어서였다. 캐서린이 자동차 소음이 덜한 곳으로 방을 옮겼는데 거기에 멀쩡한 침대 램프가 있었음에도 내게 램프를 돌려줄 생각을 하지 않았던 것이다. 덕분에 이제 내 램프는 제3자의 차지가 되어 있었다. 하지만 캐서린은 캐서린이었다. 받아들이든지 떠나든지 둘 중 하나였다. 나는 앞으로는 좀 더 충실히 내 이익을 보호해야겠다고 결심했다.

다음 날 캐서린은 열이 전혀 없음에도 기분이 더욱 악화되어 있었다. 옆에 누가 있는 것을 참을 수 없어 하며 소리쳤다.

"다들 꺼져요. 제발 좀 혼자 내버려 둬요. 온종일 들락날락하면서 필요한 것 없냐고 물어 대며 귀찮게 하다니. 조용히 혼자 있고 싶다고 했잖아요. 그렇게만 하면 저녁에는 괜찮아질 거라고요."

나는 그 기분을 알 것 같았다. 나도 아플 때는 혼자 있고 싶으니까. 아픈 개가 구석에 기어들어 조용히 혼자 있기를 바라는 것과 같은 이치였다. 그러면 기적이 일어나 다시 기분이 괜찮아진다.

레너드는 힘없이 말했다.

"어찌 해야 할지 모르겠어요. 정말 모르겠어요."

나는 레너드를 매우 좋아했기에 위로하고 싶었다.

"사모님 본인이야말로 그 누구보다도 자기 기분을 잘 알지 않겠어요. 원하는 대로 혼자 놔두는 편이 좋을 것 같아요. 방해 않고 있다가 저녁 때가 되면 어떤지 제가 물어보겠어요."

그리하여 결론이 내려졌다. 맥스와 나는 함께 칼라트시만에 있는 십자군 성으로 소풍을 가기로 했고, 레너드는 캐서린이 혹시 마음이 바뀔 경우에 대비해 호텔에 남기로 했다.

맥스와 나는 기분 좋게 구경을 갔다. 날씨가 좋아져서 우리는 멋진 드라이브를 즐길 수 있었다. 작은 관목이 자라고 붉은 아네모네가 피어 있는 언덕 사이로 양 떼를 지나쳐 달리다가 고지대로 오르면 흑염소와 아이들이 보였다. 그러다 마침내 칼라트시만에 도착해 소풍 도시락을 먹었다. 그곳에 앉아 있거나 주위를 둘러보거나 하면서 맥스는 자신의 지난 일과 대학을 졸업하자마자 레너드 울리 밑에서 일하게 된 행운과 자기 자신에 대해 이야기했다. 우리는 여기저기서 도자기 조각을 몇 개 주웠고, 뉘엿뉘엿 해가 질 무렵에 다시 차에 올랐다.

그런데 호텔에 도착하니 문제가 기다리고 있었다. 캐서린이 자기만 내버려 두고 우리가 소풍을 갔다며 크게 화를 내고 있었다.

"아까 혼자 있고 싶다고 했잖아요?"

내가 반박했다.

"기분이 안 좋을 때 그냥 하는 말이죠. 그렇다고 그렇게 무정하게 둘이서 희희낙락 놀러 가다니. 그래요, 애거서야 뭘 몰라서 그랬다고 쳐요. 하지만 맥스는 나를 잘 알면서도, 내가 도움을 필요로 할지도 모른다는 걸 잘 알면서도 어떻게 훌쩍 나갈 수가 있나요?"

그녀는 눈을 감고는 말했다.

"당장 방에서 나가요."

"뭐라도 갖다 드릴까요? 그냥 여기 있으면 안 될까요?"

"안 돼요. 아무것도 필요 없어요. 내 마음의 상처가 얼마나 큰지 몰라요. 레너드의 행동은 그야말로 수치스러워요."

나는 다소 호기심이 일어 물었다.

"선생님이 어찌 하셨게요?"

"나한테 마실 물 한 잔 안 떠 주고 내버려 두다니, 레모네이드는커녕 물한 방울 없이 갈증에 목말라 하며 고통스레 누워 있어야 했어요."

"종을 울려서 물을 달라고 하면 되잖아요?"

해서는 안 될 질문이었다. 캐서린의 시선에 나는 기가 꺾였다.

"전혀 이해를 못 하는군요. 레너드가 얼마나 무정한 사람이냐는 거예요. 물론 '여자'가 여기 있었다면 전혀 달랐겠죠. 그 정도 배려는 해 줄 생각을 했을 테니."

다음 날 아침 우리는 감히 캐서린 옆에 가까이 다가갈 수도 없었다. 하지만 캐서린은 가장 캐서린답게 행동했다. 매력적인 미소로 우리를 반갑게 맞았고, 권하는 것은 무엇이든 감사히 받았으며, 용서하는 듯 우아하게 행동했다. 모든 것이 순조로웠다.

그녀는 참으로 대단한 여성이었다. 세월이 흐름에 따라 캐서린을 좀 더 잘 이해하게 되었지만, 그녀의 기분이 지금 어떤지를 예측하기란 전혀 불가능했다. 그녀는 위대한 예술가가 되었어야 했다. 가수나 여배우였다면 잦은 기분 변화도 자연스럽게 받아들여졌으리라. 안 그래도 슈바드 여왕(고대 수메르의 여왕—옮긴이)의 두상을 조각하여 그 유명한 황금 목걸이와 머리 장식을 씌워 전시하였던 그녀는 거의 예술가나 다름없었다.

하무디, 레너드 울리, 어느 소년의 아름다운 머리 등을 멋지게 조각했지만, 정작 그녀는 그러한 자기 능력에 자신 없어하면서 언제나 다른 사람들의 도움을 구하고 조언을 받아들였다. 레너드는 알뜰히 아내의 시중을 들었다. 그 때문에 다른 아무것도 할 수 없어도 전혀 개의치 않았는데, 내가 보기에는 바로 그 때문에 캐서린이 남편을 약간은 무시했던 것 같다. 그 어느 여자라도 그럴 것이다. 아내한테 쩔쩔매는 공처가를 좋아하는 여자는 없다. 발굴지에서는 극도로 독재적인 레너드였지만 캐서린 앞에서는 죽으라면 죽는 시늉도 마다하지 않았다.

알레포를 떠나기 전 어느 일요일, 아침 일찍부터 맥스가 나에게 여러 종파의 사원을 구경시켜 주었다. 꽤 고된 일정이었다.

마론 교회(로마 가톨릭 교회에 속하는 최대의 동방 전례 교회 — 옮긴이), 시리아 가톨릭 교회(안티오크 전례를 따르는 동방 가톨릭 교회 — 옮긴이), 그리스 정교회, 네스토리우스 교회(네스토리우스의 가르침을 따르는 그리스 도교 소종파 — 옮긴이), 야고부스파 교회(그리스도의 한 가지 본성만을 인정한 시리아의 단성론파 교회 — 옮긴이) 등 헤아릴 수 없이 많은 곳을 둘러보았다. 내가 '양파 수도사'라고 부르는 이들도 보았는데, 양파처럼 생긴 머리 장식물을 썼기 때문이다. 하지만 가장 충격적이었던 곳은 그리스 정교회였다. 거기서 나는 맥스와 헤어져 다른 여자들과 함께 교회 맞은편으로 가야 했다. 벽에 부착되어 고삐 같은 것이 감겨 마구간처럼 보이는 곳에다 무엇인가를 밀어 넣었다. 웅장하고도 미스터리한 예배였는데, 대부분 제단 커튼이나 베일 뒤에서 치러졌다. 뭉게뭉게 피어오르는 향 연기와 함께 깊고도 낭랑한 소리가 그곳에서 퍼져 나왔다. 우리 모두 정해진 순서에 맞추어 몸을 움직이고 절을 했다. 그리고 절차에 따라 맥스가 나를 인수인계 했다.

인생을 되돌아볼 때 마음속에서 생생히 기억나는 것은 내가 가 보았던 장소들이다. 느닷없이 기쁨의 전율이 마음을 사로잡는다. 나무, 언덕, 눈에 띄지 않는 곳에 감추어져 있던 하얀 집, 운하, 멀리 떨어진 언덕의 모양. 때로는 언제, 어디서였는지를 기억하기 위해 잠시 고민해야 한다. 그러면 이내 풍경이 또렷이 떠오르고, 그 답을 알게 된다.

나는 사람을 기억하는 데는 참으로 서툴다. 친구들이야 소중한 존재이지만, 그냥 마주친 사람들은 헤어지는 즉시 기억에서 사라진다. 나는 "한 번 본 얼굴은 결코 잊지 않아요."라는 말은 절대 못 한다. 오히려 "한 번 본 얼굴은 결코 기억하지 못해요."라고 말해야 마땅하리라. 하지만 장소는 뚜렷이 기억에 남는다. 오륙 년 후에 다시 들렀는데도 가는 길을 명확히 기억할 때가 많다.

왜 장소는 잘 기억하면서 사람은 잘 기억하지 못하는지 모르겠다. 어쩌면 원시라서 그럴 수도 있겠다. 눈이 원시라서 가까이 있는 사람들이 다소 희미해 보이는 반면, 멀리 있는 풍경은 또렷이 보이니까.

나는 언덕 모양이 마음에 안 든다는 이유만으로 어떤 곳을 싫어하기도 한다. 나에게는 언덕 모양이 무척 중요하다. 사실 데번 주에 있는 모든 언덕은 모양이 빼어나다. 반면에 시칠리아의 언덕은 대부분 그 모양이 제대로 잡혀 있지 않다. 때문에 나는 시칠리아를 좋아하지 않는다. 코르시카의 언덕은 한없는 기쁨을 주며, 웨일스의 언덕 역시 아름답다. 스위스의 언덕과 산들은 너무 가깝게 우뚝 솟아 있다. 설산은 믿기지 않을 만큼 단조롭고, 단지 빛이 온갖 장난을 칠 때만 가슴이 뛸 뿐이다. '전망'이라는 것도 역시 지루한 것이다. 오솔길을 따라 산봉우리에 오르면 파노라마가 펼쳐지지만 그뿐이다. 더 이상 할 거리가 없다. 경치를 내려다보며 "아름답군요." 하면 끝인 것이다. 모든 것이 저 아래에 있다. 말하자면, 산을 정복한 것이다.

5

배를 타고 알레포를 떠나 그리스로 향하며 우리는 중간 중간 여러 항구에 들렀다. 메르신(터키 중남부의 항구 도시 — 옮긴이)에서 맥스와 함께 뭍에 올라 아름답고도 따스한 바다에서 수영을 하고 해변에서 즐거운 하루를 보낸 일이 기억에 생생하다. 그날 맥스는 내게 샛노란 국화를 한 아름 따 주었다. 그 꽃으로 내가 목걸이를 만들자 맥스가 내 목에 걸어 주었고, 우리는 노란 국화의 바다 한가운데 앉아 소풍 도시락을 먹었더랬다.

나는 어서 울리 부부와 함께 델포이를 구경하러 가기를 고대했다. 두 사람이 서정시처럼 아름답게 그곳을 묘사했기 때문이다. 울리 부부는 내가 자신들 집에 묵어야 한다고 고집했고, 나는 그것이 대단히 고마웠다. 아테네에 도착했을 때 너무도 설레고 행복했다.

하지만 살다 보면 전혀 뜻밖의 일이 일어나는 법이다. 호텔 데스크 앞에 서서 내 앞으로 온 편지를 건네받던 순간이 기억난다. 편지더미 위에는 전보들이 무더기로 쌓여 있었다. 그것을 본 순간 찌르는 듯한 고통이 나를 엄습했다. 일곱 통의 전보가 나쁜 소식이리라는 건 불 보듯 뻔한 일이었다. 지난 2주일 동안 연락망의 밖에 있었는데, 이제 불행의 소식이 나를 따라 잡은 것이다. 나는 가장 최근 전보를 하나 열어 본 다음에 나머지 전보들을 순서대로 배열했다. 로잘린드가 폐렴으로 무척 아프다는 것, 언니가 학교로 가 아이를 체셔까지 차로 데리고 왔다는 것, 로잘린드의 증세가 심각하다는 것, 그리고 내가 처음 열었던 마지막 전보는 아이의 상태가 다소 괜찮아졌다는 것을 알리고 있었다.

물론 요즘 같으면 12시간도 안 되어 집으로 돌아갈 수 있을 것이다. 피레에프스(아테네 근방의 항구 도시 ― 옮긴이)에서 매일 비행기가 뜨니까. 하지만 1930년대에는 그곳에 공항이라고는 아예 없었고, 설령 표를 구할 수 있어 당장 오리엔트 특급 열차를 탄다고 해도 런던까지 가려면 나흘은 족히 걸렸다.

세 친구들은 불행에 처한 나를 더할 수 없이 친절하게 도와주었다. 레너드는 하던 일을 그만두고 여행사에 가서 자리가 있는 가장 빠른 열차를 알아봐 주었고, 캐서린은 깊이 공감해 주고 위로해 주었다. 맥스는 거의 말이 없었지만, 레너드와 함께 여행사에 가서 거들어 주었다.

충격으로 반쯤 넋이 나간 채 거리를 걷던 중에 나는 그만 길에 나 있던 사각형 구멍에 발이 빠지고 말았다. 마치 아테네의 거리는 구멍을 파 놓고는 나무가 심어지기를 영원히 기다리는 듯했다. 심하게 발목을 삐어 걸을 수도 없게 된 나는 호텔에 앉아 레너드와 캐서린의 위로를 받았다. 그러면서 맥스가 어디에 있는지 궁금해하고 있었는데 바로 그때 그가 들어왔다. 질긴 크레이프 붕대 두 뭉치와 반창고를 들고 있었다. 그러고는 영국으로 돌아가는 동안 나를 간호해 주겠다고 차분히 말하는 것이었다.

"하지만 바사이 신전은 어떡하고요? 만날 사람들도 있잖아요?"

내가 말렸다.

"아, 계획을 바꾸었어요. 아무래도 집으로 돌아가야 할 것 같습니다. 그러니 가는 길에 제가 돌봐 드리지요. 식당차로 모셔 드릴 수도 있고, 아니면 음식을 가져다 드릴 수도 있습니다. 필요한 일은 다 제가 도와 드리겠습니다."

너무나도 놀라 믿을 수가 없었다. 그 순간 맥스가 얼마나 좋은 사람인지를 깨달았다. 그러한 깨달음은 그 이후로도 줄곧 바뀌지 않았다. 그는 과묵한 사람이라 위로의 말은 거의 않는다. 하지만 행동으로 보여 준다. 내가 원하는 것을 하고, 그럼으로써 그 누구보다도 크게 나를 위로해 준다. 그는 아이가 곧 괜찮아질 테니 걱정 말라는 따위의 말은 하지 않았다. 그저 내가 불행에 처해 있다는 것을 받아들였다. 당시에는 술파제 같은 약이 전혀 없었기 때문에 폐렴은 치명적이었다.

맥스와 나는 다음 날 저녁에 길을 나섰다. 여행 중에 맥스의 가족에 대해 많은 이야기를 들을 수 있었다. 그의 어머니는 프랑스 인으로 매우 예술적이고, 그림에 대단한 열정을 갖고 있었다. 반면에 아버지는 다소 몬티 오빠 같은 사람인 듯했으나, 다만 천만다행으로 재정적으로는 더 안정되어 있었다. 그리고 형제들도 여럿 있었다.

밀라노에서는 모험을 감행하기도 했다. 기차가 연착되는 바람에 우리는 열차에서 내려 (당시 나는 발목을 반창고로 고정한 채 절뚝거리며 걸을 수 있었다.) 침대차 차장에게 얼마나 기다려야 하는지 물었다.

"20분이면 됩니다."

맥스가 나가서 오렌지를 사 오자고 해서 과일 가게까지 걸어갔다가 다시 플랫폼으로 돌아왔다. 그런데 5분도 채 지나지 않았는데, 기차가 사라지고 없었다. 이미 출발했다는 것이었다.

"출발했다뇨? 20분은 기다려야 한댔는데요."

"아, 네. 시뇨라*Signora*.(부인.) 너무 늦어진다면서 기다리지 않고 그냥 출발했습니다."

우리는 당황하여 서로를 바라보았다. 더 높은 상급자가 우리를 도우러 와서는 속도가 빠른 차를 빌려 타고 기차를 뒤쫓아 가라고 제안했다. 도모도솔라에서 따라잡을 가능성이 크다는 것이었다.

그리하여 영화와 같은 여행이 시작되었다. 우리는 기차와 엎치락뒤치락하며 달려갔다. 일순간 절망적인가 싶으면 다음 순간 앞서 나갔다. 우리가 산길을 구불구불 돌아갈 때 기차는 터널을 재빠르게 통과하며 앞서거니 뒤서거니 했다. 그러다 마침내 도모도솔라에는 기차보다 3분 늦게 도착했다. 모든 승객들이, 적어도 우리 객실이 있는 객차의 승객들이 우리가 제대로 도착했는지를 보려고 모두 창밖으로 몸을 내밀고 있었다.

나이 지긋한 프랑스 인이 내가 기차에 오르는 것을 도와주며 말했다.

"아, 마담, 크 부 자베 뒤 에프루베 데 제모시옹!*Ah, Madame, que vous avez dûéprouver des émotions!*"(아, 마담, 정말 대단한 모험이었습니다!)

프랑스 인은 상황을 멋지게 설명했다.

협상할 시간이 없어 차를 터무니없이 비싼 값에 빌린 탓에 맥스와 나는 사실상 무일푼 신세가 되었다. 맥스는 파리에서 어머니를 만날 예정이었는데, 거기 어머니한테서 돈을 빌릴 수 있을 거라고 희망적으로 이야기했다. 나는 가끔 궁금할 때가 있다. 기차에서 아들과 함께 내린 웬 젊은 여자가 짧게 인사를 나눈 후 대뜸 가지고 있는 돈을 전부 빌려 달라고 했을 때 훗날 나의 시어머니가 된 사람은 과연 무슨 생각을 했을까? 때맞춰 영국행 기차로 갈아타야 했으므로 설명할 시간이 거의 없었다. 나는 허둥지둥 사과하고는 그녀에게서 받은 돈을 꽉 쥐고서 사라졌다. 좋은 인상을 남겼을 리 만무하리라.

맥스와 함께했던 그 여행에 대해 기억나는 것은 거의 없다. 맥스가 더없이 친절하고 상냥했으며 재치가 있었다는 것밖에는. 맥스가 자기 생각이나 행동에 대해 많은 이야기를 해 주어서 나는 잠시나마 근심 걱정을 잊을 수 있었다. 또 그는 거듭해서 내 발목에 붕대를 감아 주었고, 엄청난 힘과 속도로 달려가며 무섭게 덜컹대는 오리엔트 특급 열차에서 혼자서는 엄두도 못 냈을 식당차로 데려다 주었다. 또 기억나는 말이 하나 있다. 기차가 이탈리아의 리비에라에서 바다를 따라 달려가고 있을 때였다. 나는 내 객실 구석에 앉아 반쯤 잠이 들었는데, 맥스가 들어와서 맞은편에 앉았다. 눈을 뜨니 그가 나를 생각에 잠겨 바라보고 있는 것이었다.

"정말 '귀족적인' 얼굴을 가지고 계세요."

이 말에 깜짝 놀라 잠이 약간 달아났다. 나는 한 번도 그런 식으로 생각해 본 적이 없었다. 다른 사람들 또한 마찬가지였으리라. 귀족적인 얼굴이라니? 말도 안 되었다. 그때 문득 어떤 생각이 떠올라 이렇게 말했다.

"아마 로마 인 같은 코 때문일 거예요."

그래, 로마 인 같은 코가 있었지. 그 때문에 약간은 귀족으로 보일 수도 있겠구나. 그런 생각을 하면서도 그게 좋은 것인지는 알 수 없었다. 그에 걸맞게 행동하는 것도 적잖이 어려울 테니 말이다. 나는 온순하고, 열정적이고, 산만하고, 건망증이 심하고, 내성적이고, 정이 많고, 자신감이 너무도 부족하고, 비교적 덜 이기적이라는 등 많은 특징이 있다. 그렇긴 해도 귀족적인 모습은 상상이 가지 않았다. 하지만 다시 잠이 들고 말았다. 로마인의 코가 멋지게 보이도록 겨우 자세를 가다듬었을 뿐이었다. 옆모습이 아니라 앞모습을 볼 수 있도록.

6

런던에 도착해서 전화기를 집어 드는 순간 얼마나 가슴이 조마조마했는지 모른다. 아무 소식도 듣지 못한 채 닷새가 지나 있었기 때문이다. 하지만 로잘린드가 위기를 넘겼고 빠르게 회복 중이라는 언니의 말에 겨우 마음을 놓을 수 있었다. 그리고 6시간도 채 안 되어 나는 체셔에 가 있었다.

쾌유 중이라는 로잘린드의 모습을 보고 나는 깜짝 놀랐다. 나는 아이가 병이 나고 낫는 과정을 지켜본 경험이 거의 없었고, 간호 경험이라고는 어른을 대상으로 한 것이 대부분이었다. 그러므로 아이들이 일순간 반쯤 죽은 듯이 보이다가 바로 다음 순간 핑크빛으로 혈색이 돈다는 것을 전혀 모르고 있었다. 아이는 키도 더 크고 수척해진 채 활기 없이 안락의자에 앉아 있었는데 그 모습이 도무지 로잘린드 같지가 않았다.

로잘린드의 가장 큰 특징은 활기였다. 한순간도 가만히 있지 못하는 아이였다. 길고도 힘든 소풍에서 돌아와서도 생기 넘치게 말하곤 했다.

"저녁 식사 때까지 30분이나 남았어요. 뭐 하고 놀까요?"

집 한구석에서 아이는 곧잘 물구나무를 서 있곤 했다.

"얘야, 대체 뭐 하는 거니?"

"나도 몰라요. 그냥 시간을 보내고 있어요. 뭐라도 해야 하잖아요."

하지만 지금 로잘린드는 활기라고는 전혀 없는 여리디여린 모습으로 가만히 앉아 있기만 했다. 그런데 거기에 언니가 한마디 덧붙였다.

"일주일 전에 봤어야 해. 그때는 꼭 시체 같았다니깐."

로잘린드는 과연 빠르게 회복했다. 내가 도착하고 일주일도 안 되어 데번 주의 애슈필드로 내려갈 수 있었고, 원래의 자기 모습을 거의 다 되찾았다. 덕분에 예전처럼 아이가 끊임없이 움직이려는 것을 말리느라 힘이 들긴 했지만.

처음에 로잘린드가 홍역에서 완전히 회복한 다음 기운차게 학교로 돌아갔을 때는 아무 문제도 없었다. 그러나 유행성 독감이 학교를 덮쳤고, 아이들 반이 병에 걸렸다. 이때 로잘린드는 홍역을 앓느라 면역력이 약해진 상태였기 때문에 폐렴으로까지 발전해 버리고 말았던 것이다. 아이를 차에 태우고 체셔까지 가는 것이 무리가 아닐까 모두들 염려했지만 펑키 언니는 그것이 최선이라고 고집했고, 역시나 옳은 판단으로 드러났다.

로잘린드는 놀라운 속도로 쾌유되었다. 의사는 아이가 예전 못지않게 튼튼하고 건강하다고 선언했다.

"아이가 정말 활기차고 강인하군요."

나는 강인함이야말로 로잘린드의 특징이라고 잘라서 말했다. 로잘린드는 결코 아프다고 인정하는 성격이 아니었다. 카나리아 제도에서 편도선염을 앓았을 때도 이에 대해 입도 벙긋 안 하고는 겨우 이렇게 한마디 했을 뿐이다.

"기분이 별로야."

로잘린드가 기분이 별로라고 말할 때는 두 가지 가능성이 있다는 것을 나는 경험으로 알게 되었다. 아프거나, 정말 문자 그대로 기분이 나쁘거나. 로잘린드는 자기 기분이 별로일 때 그 사실을 우리에게 미리 알려 주는 게 온당하다고 여기고 있었다.

물론 고슴도치도 제 새끼는 예쁘다고 하기 마련이다. 왜 안 그렇겠는가. 하지만 암만 생각해도 우리 로잘린드는 참으로 재치가 뛰어나고 전혀 예상

못한 대답을 하는 대단한 능력이 있었다. 보통은 아이들이 무슨 말을 할지 쉽사리 짐작할 수 있다. 하지만 로잘린드는 나를 놀라게 하기 일쑤였다. 아마도 아일랜드 인의 피가 흐르고 있어서가 아닌가 싶다. 아치의 어머니가 아일랜드 인이었는데, 그 아이의 기발함은 아무래도 아일랜드계 조상에게서 물려받은 듯싶다.

자칭 객관적이라는 카를로는 이렇게 말했다.

"물론 로잘린드가 때때로 사람을 정말 미치게 만들기는 해요. 어찌나 화가 나는지. 하지만 다른 아이들은 로잘린드에 비하면 너무너무 지루해요. 로잘린드 때문에 화가 날 때는 있지만, 지루할 때는 전혀 없거든요."

이런 점은 로잘린드가 어려서뿐만 아니라 커서도 마찬가지였다.

사람은 세 살 때나 여섯 살 때나 열 살 때나 스무 살 때나 본질은 똑같다. 예닐곱 살 때는 그다지 자기를 숨길 줄 모르기 때문에 그 본성이 더욱 잘 드러난다. 하지만 스무 살이 되면 그 순간의 기분에 따라 다른 사람인 양 가장하곤 한다. 지성미가 유행이라면 부러 지적인 척하고 친구들이 모두 경박하게 굴면 자기도 덩달아 경박해지는 것이다. 하지만 세월이 흘러 자신이 창조한 캐릭터를 유지하는 데 싫증이 나면 원래의 개성으로 돌아와 하루하루 자기다워져 가게 된다. 그 때문에 때론 주변 사람들이 당황하기도 하지만, 본인으로서는 정말로 다행스러운 일이다.

글쓰기도 마찬가지가 아닐까 싶다. 처음 글을 쓰기 시작할 때는 특정 작가를 열렬히 존경하고 있는 경우가 많다. 원하든 원치 않든 그 작가의 스타일을 저절로 모방하게 되는 일이 생기고, 때로는 자기 자신에게 맞지 않는 스타일이라 형편없는 작품이 나오기도 한다. 하지만 시간이 감에 따라 점점 더 감동의 힘은 약해져 간다. 여전히 특정 작가를 존경하고, 심지어 그 사람처럼 쓰고 싶다는 소망을 가지고 있을 수도 있지만, 사실은 그럴 수 없다는 것은 잘 알고 있다. 문학적인 겸손을 깨닫게 되는 것이다. 만약 내가 엘리자베스 보언이나 무리엘 스파크나 그레이엄 그린처럼 쓸 수 있다면 환호성을 지르며 펄쩍펄쩍 뛸 것이다. 하지만 그럴 수 없다는 것을 잘 안다. 감히 모방할 엄두조차 낼 수 없다. 나는 나이고, 내가 무엇을 할 수 있는지, 하고는 싶지만 할 수 없는 일은 무엇인지를 깨닫게 되었다. 성경 말씀대로이다.

"너희 중에 누가 염려함으로 그 키를 한 자라도 더할 수 있겠느냐?"(마태복음 6:27 — 옮긴이)

어렸을 적에 육아실 벽에 매달려 있던 접시 그림이 종종 떠오른다. 토키 레가타에서 코코넛 맞추기를 해서 딴 것이 아닌가 싶다. 접시에는 '기관사가 될 수 없다면 기차 정비공이 되어라.'라고 적혀 있었다. 이것은 인생을 살아가는 데 필요한 최고의 좌우명이다. 나는 그에 충실하려고 애썼다. 지금까지 이런저런 일에 도전해 보았지만, 소질이 없어 잘하지도 못하면서 기필코 해내고 말겠다고 고집한 일은 한 번도 없었다. 루머 고든은 자신의 책에 하고 싶은 일과 하기 싫은 일의 목록을 적었는데, 그것이 재미있어 보여 나 또한 그 자리에서 목록을 써 본 적이 있다. 지금이라면 할 수 있는 일과 할 수 없는 일이라는 새로운 목록도 추가했을 텐데. 목록의 길이는 당연히 후자가 훨씬 길 것이다.

우선 나는 게임에 결코 능하지 못하다. 대화를 잘 하게 될 리는 앞으로도 없을 것이다. 귀가 얇아 내가 정말 무엇을 원하는지 알려면 홀로 생각해 보아야 한다. 그림을 못 그린다. 조각을 못 한다. 뭔가를 서둘러야 할 때면 당황하여 어쩔 줄을 모른다. 내가 말하고자 하는 바를 제대로 말하지 못한다. 차라리 글을 쓰는 편이 훨씬 낫다. 원칙 문제라면 단호히 내 입장을 취하지만, 다른 문제에 대해서는 이것도 옳은 것 같고 저것도 옳은 것 같다. 내일이 화요일임을 잘 알면서도 누군가가 수요일이라고 세 번 정도 주장하면 나도 그런가 보다고 동의한다.

내가 할 수 있는 건 무엇이 있을까? 흠, 글을 쓸 수 있다. 어느 정도 음악을 하지만, 전문가 수준은 못 된다. 다른 이가 노래를 부를 때 반주해 주는 것은 잘한다. 난감한 상황에서는 즉흥적으로 박자를 맞추기도 한다. 이는 반주자에게 매우 유용한 기술이다. 집안일을 하는 중에 문제가 생겼을 때 머리핀과 옷핀으로 내가 얼마나 많은 일을 해결해 내는지를 알면 깜짝 놀랄 것이다. 한번은 빵 조각을 끈끈한 공 모양으로 빚어서 머리핀에 꿴 다음에 그것을 밀랍으로 커튼봉에 부착시켜서 온실 지붕에 떨어져 있던 어머니의 틀니를 주워 올리기도 했던 것이다! 또 테니스 네트에 뒤엉켜 있던 고슴도치를 클로로포름으로 마취시켜 가까스로 떼어 내 탈출시킨 적도 있다. 이처럼 나는 집안일에 꽤나 쓸모 있는 사람이라고 감히 주장하는 바이다. 기타 등등, 기타 등등. 자 이번에는 내가 무엇을 좋아하고, 무엇을 싫어하는지 살펴보자.

인파에 끼여 옴짝달싹 못하는 것, 군중, 큰 목소리, 소음, 질질 끄는 대화, 파티, 특히 칵테일파티, 담배 연기를 비롯한 흡연, 요리 첨가용 이외의 술, 마멀레이드, 굴, 미지근한 음식, 회색 하늘, 새의 다리, 새와의 접촉 등을 나는 싫어한다. 가장 싫어하는 것은 뜨거운 우유의 맛과 향이다.

반면에 햇살, 사과, 거의 모든 종류의 음악, 기차, 숫자 퀴즈 등 숫자와 관련된 모든 것, 바다에 가는 것, 목욕, 수영, 침묵, 잠, 꿈, 식사, 커피 향, 계곡에 핀 백합, 거의 모든 개, 연극 관람 등을 좋아한다.

더 거창하고 '폼 나게' 목록을 늘어놓을 수도 있겠지만, 그건 진짜 내가 아니다. 나는 참된 나의 모습을 따르고 싶다.

이제 삶을 다시 시작하면서 나는 내 친구들을 새로이 평가해야 했다. 이는 일종의 산성 테스트와 비슷했다. 카를로와 나는 우리 앞에 두 가지 카테고리를 놓았다. 하나는 전갈떼 같은 사람들이고, 다른 하나는 충견 같은 사람들이었다. 때때로 어떤 사람을 두고 이렇게 말했다.

"아, 이 사람은 충견에 속해. 1등급이지."

"쥐새끼 같은 인간이니, 3등급이야."

쥐새끼는 많지 않았지만, 뜻밖의 사람들이 여기에 속했다. 참된 친구라고 여겼건만 거짓 악평에 시달리는 사람에게서 등을 돌려 버린 이들. 그러한 사실을 발견한 나는 당연히 더욱 예민해졌고, 사람들과 어울리기를 더 꺼리게 되었다. 반면에 뜻밖의 좋은 친구들도 많았다. 전보다 더 깊은 애정과 친절함을 보여 준, 참으로 진실한 사람들이었다.

나는 그 어떤 미덕보다도 충실함을 중요하게 여긴다. 충실함과 용기야말로 가장 훌륭한 미덕이다. 육체적이든 도덕적이든 모든 종류의 용기 앞에서 나는 한없이 찬미하는 마음을 금할 수 없다. 이는 삶을 살아가는 데 있어 가장 중요한 미덕 중 하나이다. 삶을 지탱할 수 있는 것은 모두 용기가 있기 때문이며 용기는 필수적인 것이다.

나는 남성 친구들 중에 충견 같은 소중한 벗들이 많다는 것을 깨달았다. 대부분의 여성들에게는 충직한 말과 같은 사람이 있기 마련이다. 특히 정말 그런 말처럼 한달음에 달려온 이에게 나는 큰 감동을 받은 적이 있다. 나에게 수없이 꽃다발을 보내고, 편지를 쓰고, 나중에는 청혼하기까지 했던 그는 당시 아내가 먼저 세상을 뜨고 없었고, 나보다 나이가 좀 위였다. 처음 나를 만났을 때는 내가 너무 어리다고 생각했지만, 이제는 나에게 행복한 생활과 멋진 가정을 줄 수 있다는 것이었다. 나는 감격했지만 결혼하고 싶은 마음은 없었다. 사실은 그에게 아무런 감정도 느낄 수 없었다. 친절하고 좋은 벗이었지만, 그뿐이었다. 누군가가 나를 사랑한다는 것은 커다란 힘이 된다. 하지만 단순히 편안한 삶을 위해 혹은 기댈 어깨가 필요하다고 해서 누군가와 결혼하는 것은 더할 나위 없이 어리석은 짓이다.

어쨌든 나는 편안함을 추구할 마음이 없었다. 결혼이라면 겁부터 났다.

살면서 진실로 나에게 상처를 줄 수 있는 유일한 사람이 바로 남편이라는 것을 많은 여성들이 그랬듯 나 역시 깨달았다. 다른 사람은 그렇게 가까이 있을 수가 없다. 또 결혼이 주는 매일 매일의 사랑과 애정을 얻기 위해 그렇게 의존하고 있는 사람도 그 외에는 없는 것이다. 나는 다시는 '타인'의 손에 좌우지되지 않겠다고 다짐했다.

바그다드에서 만난 어느 공군 친구가 해 준 말 때문에 나는 마음의 평온이 흐트러지는 것을 느꼈다. 그가 자신의 결혼 생활 문제를 의논하다가 마지막에 이렇게 말한 것이다.

"스스로 자신의 삶을 정하고, 원하는 방식으로 살아가야 합니다. 하지만 마지막에 가면 결국 둘 중 하나를 택할 수밖에 없게 되지요. 한 명의 연인을 가지느냐, 여러 명의 연인을 가지느냐. 우리는 둘 사이에서 선택을 해야만 합니다."

때로는 그 말이 맞을지도 모른다는 불편한 느낌이 들었다. 하지만 어느 쪽을 택하더라도 결혼보다는 나을 듯했다. 연인이 여럿 있다면 상처받을 일도 없을 테고, 또 연인이 하나라면 상처받을 수는 있겠지만 남편처럼 치명적이지는 않을 터였다. 나에게 남편은 생각도 하기 싫은 존재였다. 사실 그때는 남자라면 누구든 생각도 하기 싫었다. 하지만 공군 친구는 그것이 오래 지속되지 않으리라 주장했다.

놀라운 것은 모호한 별거 상태에 들어서자마자 수많은 기회들이 찾아왔다는 점이다. 이혼 후에도 마찬가지였다. 어느 청년은 나더러 너무도 비합리적이라는 투로 말했다.

"하지만 이미 남편분과 별거 중이시잖습니까. 이혼 절차를 밟고 있는 것으로 아는데, 대체 왜 그러십니까?"

처음에는 이러한 구애를 기뻐해야 할지, 화를 내야 할지 마음을 정할 수가 없었다. 대체적으로 기뻤던 것 같기는 하다. 나이가 들었다고 해서 실질이 두근거리지 않는 것은 아니니까. 반면에 성가신 경우도 없지 않았다. 어느 이탈리아 인이 바로 그랬는데, 그건 이탈리아의 풍습을 잘 몰랐던 내 탓이 컸다. 밤에 배에 석탄 싣는 소리에 잠 못 이루지는 않느냐고 그가 묻기에, 나는 부두에 면하지 않은 선창 쪽에 객실이 있어 괜찮다고 말했다.

"아, 저는 33호에 묵으시는 줄 알았습니다."

"아니에요. 짝수 번호에 묵고 있답니다. 68호이지요."

나의 관점에서 보면 이건 그저 진솔한 대화일 뿐이었다. 아닌가? 나는 객실 번호를 묻는 것이 방문해도 되느냐는 의미인 줄은 상상도 하지 못했다. 그리고 우리는 더 이상 아무런 대화도 나누지 않았다. 그런데 자정이 지났을 무렵 그 이탈리아 인이 찾아왔다. 우스꽝스러운 상황이 벌어졌다. 나는 이탈리아 어를 못 했고 그는 영어를 거의 할 줄 몰랐다. 그래서 화가 난 우리는 둘 다 프랑스 어로 속삭이며 논쟁했다. 나는 분개했고, 그 또한 분개했지만 이는 다른 종류의 분개였다. 대화는 이런 식으로 이어졌다.

"어떻게 감히 여기에 올 생각을 할 수 있나요?"

"오라고 초대할 때는 언제고 이제 와서 딴소리인가요?"

"내가 언제 그랬단 말인가요?"

"그랬잖아요? 68호에 묵고 있다고 말했잖아요."

"그야 물으니깐 답한 거죠."

"물론 묻긴 했죠. 하지만 당신 객실에 가고 싶으니 물은 거죠. 그리고 당신은 와도 된다고 했고요."

"그런 적 없어요."

이렇게 한동안 실랑이를 벌이다 목소리가 커지자 나는 그에게 조용히 하라고 했다. 옆방에 묵고 있던 점잔 빼는 대사관 의사와 그 아내가 최악의 억측을 하고 있을 것이 뻔했다. 나는 화가 나서 그에게 꺼지라고 했지만 그는 그럴 수 없다고 고집했다. 결국 그의 분노가 나의 분노보다 더 커졌고,

나는 그에게 제대로 이해를 못 해 정말 미안하다고 사과를 하는 데까지 이르게 되었다. 그리하여 마침내 그를 내보낼 수 있었다. 그는 자존심 상해했지만, 내가 그가 생각하는 세계의 세련된 여성이 아님을 결국은 받아들였다. 그를 진정시키기 위해 나는 심지어 영국인이라 불감증이라고 말했는데, 그것이 먹혔든 것 같았다. 그 점에 대해 그는 나를 위로했고, 그의 명예는 지켜졌다. 대사관 의사의 아내는 다음 날 아침 나에게 냉담한 시선을 보냈다.

나는 한참이 지난 후에야 로잘린드가 철저히 현실적인 관점에서 나의 여러 구혼자들을 평가했다는 것을 알게 되었다.

"당연히 언젠가는 재혼하셔야지요. 그러니 누가 새아버지가 될지에 대해 약간은 관심이 있을 수밖에요."

로잘린드는 설명했다.

그 무렵 맥스가 어머니와 함께 지내다 프랑스에서 돌아왔다. 그는 대영박물관에서 일할 터이니 런던에 오면 꼭 연락하라고 했다. 당시에 나는 애슈필드에서 지내고 있었기 때문에 그럴 일이 없을 것 같았다. 그런데 마침 출판사 콜린스가 사보이 호텔에서 대규모 파티를 연다며 나더러 꼭 와서 미국 쪽 출판사와 이런저런 사람들을 만나 보라는 연락을 해 왔다. 그날은 약속이 꽉 차게 잡혀 있어서 나는 그 전날 밤차를 타고 올라가기로 했다. 그리고 마구간을 개조한 집에서 함께 아침을 먹자고 맥스를 초대했다.

그를 다시 본다는 생각에 무척 기뻤는데 기이하게도 막상 맥스의 얼굴을 보니 몹시 수줍은 것이었다. 함께 여행하며 절친한 친구가 되었건만 왜 이렇게 온몸이 굳는지 이해가 안 되었다. 그 역시도 수줍어하는 듯했다. 하지만 내가 그를 위해 직접 요리한 아침 식사가 다 끝나 갈 때쯤에는 예전의 친숙함이 돌아왔다. 나는 그에게 데번 주에 와서 지내지 않겠느냐고 청했고, 아예 주말로 날을 잡았다. 맥스와 계속 우정을 유지할 수 있다는 생각에 무척 기뻤다.

『애크로이드 살인 사건』에 이어 『세븐 다이얼스 미스터리The Seven Dials Mystery』를 썼다. 이것은 나의 초기 작품인 『침니스의 비밀The Secret of Chimneys』의 속편으로, 내가 '가벼운 스릴러물'이라고 부르는 스타일이었다. 이런 종류의 작품은 계획을 짜고 구상을 하느라 머리를 쥐어뜯을 필요가 별로 없어서 손쉽게 쓸 수 있었다.

당시 나는 글쓰기에 점점 자신이 붙고 있었다. 1년에 한 권씩 책을 쓰는 데 별 어려움이 없을 것 같았다. 또한 단편은 몇 편씩 쓰는 것도 가능할 성싶었다. 당시 글 쓰는 것의 좋은 점은 바로 돈이 된다는 것이었다. 단편을 쓰고자 결심하면 그 대가로 60파운드가 생겼으며, 거기서 소득세 20% 혹은 25%를 제하면 45파운드가 내 수중으로 들어왔다. 덕분에 나는 맹렬하게 글을 쓸 수가 있었다.

"온실을 헐고 그 자리에 앉아서 쉴 수 있는 주랑을 세우고 싶어. 그러려면 얼마나 들까?"

나는 계산을 해 보고는 타자기 앞에 앉아 구상을 했다. 일주일이면 단편 하나가 내 머릿속에 자리를 잡았으며, 그때부터는 수순에 따라 작품을 쓰고 주랑을 세웠다.

지난 10~20년과 그 얼마나 다른 시절이었던가. 지금 나는 빚이 얼마나 있는지도 모르고, 돈이 얼마나 있는지도 모르며, 내년에 얼마나 벌 수 있는지도 모른다. 내 소득세 신고서를 본 이는 작년에 제기되었던 문제를 똑같이 제기했고, 여전히 '결론'은 나지 않고 있다. 이런 상황에서 뭘 어떻게 하겠는가?

하지만 그 시절에는 판단력이 있었다. 또한 나는 재벌이나 다름없었다. 미국에서 내 작품이 시리즈로 출판되기 시작했는데, 거기서 들어오는 수입은 영국에서 받는 원고료와는 비할 수도 없이 컸을 뿐만 아니라, 소득세까지 면제되었다. 그때만 해도 이는 자본 소득으로 분류되었던 것이다. 비록 받아야 할 금액 모두를 받지는 못했지만, 어쨌든 꾸준히 들어오기는 했다. 따라서 내가 할 일은 부지런히 돈을 긁어모으는 것뿐이었다. 여기서 그만 멈추어야겠다. 한마디만 더 했다가는 괜히 복잡해질 터이니.

맥스와 나는 패딩턴 역에서 만나 함께 밤차를 타고 데번 주로 내려갔다. 그런데 내가 집을 비우기만 하면 늘 일이 벌어졌다. 로잘린드는 예의 그 생기발랄함으로 우리를 맞이하고는 바로 사건을 발표했다.

"피터가 프레디 포터의 얼굴을 물었어요."

우리의 소중한 요리사이자 가정부인 포터 부인의 소중한 아들이 우리의 소중한 개에게 얼굴을 물렸다니, 상상도 못한 최악의 소식이었다.

로잘린드는 피터의 잘못이라고 할 수는 없다고 설명했다. 프레디 포터에게 개한테 얼굴을 들이밀고서 고함지르지 말라고 경고했다는 것이다.

"그런데 그 애가 점점 더 들이미는 거예요. 그러니 당연히 피터가 그 애를 물었지요."

"그래. 하지만 포터 부인이 이해해 줄 성싶지는 않구나."

"그리 심하게 화를 내지는 않던데요. 물론 기분이 좋을 리는 없죠."

"당연하지."

"어쨌든, 프레디는 무척 용감했어요. 늘 그렇듯이요."

로잘린드는 절친한 놀이 친구를 충직하게 변호했다. 아이는 자신보다 세 살 정도 어린 요리사의 아들에게 대장 행세를 하고, 힘 있는 보호자인 양 돌보는 것을 무척 좋아했다. 그러면서도 함께 놀 때는 완벽한 독재자처럼 굴었다.

"그래도 다행이지요. 코가 떨어지지는 않았잖아요. 그랬더라면 코를 찾아서 도로 붙여야 할 텐데, 무슨 수로 그래요? 음, 먼저 소독을 해야 하잖아요? 하지만 코를 어떻게 소독해요? 삶을 수도 없고."

그날은 날씨가 애매했다. 하늘이 맑긴 했지만, 데번 주 기후에 익숙한 사람이라면 곧 비가 오리라는 것을 확실히 알 수 있었다. 그런데 로잘린드가 황무지로 소풍을 가자고 했다. 나도 그러고 싶은 마음이 간절했고, 맥스도 흔쾌히 동의했다.

돌이켜 보면 내 친구들이 나에 대한 애정 때문에 한 가지 감내해야 하는 것이 있었으니, 바로 날씨에 대한 나의 대책 없는 낙관주의이다. 나는 황무지가 토키 시내보다 날씨가 더 좋으리라고 무턱대고 믿었지만 실제로는 정반대였다. 나의 모리스카울리는 충직했다. 다만 지붕이 없고 구식 차양에는 구멍이 뻥뻥 뚫려 있어서, 뒷좌석에 앉아 있노라면 빗물이 목덜미를 타고 쉴 새 없이 흘러내렸다. 크리스티 가족과 함께 소풍을 가는 것은 독특한 인내력 테스트였다.

그리하여 우리는 차를 타고 출발했고, 비가 내렸다. 나는 소풍을 계속하자고 고집하며 맥스에게 황무지의 아름다움에 대해 설명했다. 그러나 빗줄기와 안개를 헤치며 나아가야 하는 통에 맥스는 황무지를 거의 보지도 못했다. 이것은 중동에서 만난 새 친구를 실험할 좋은 기회였다. 만약 이를 꿋꿋이 견디며 즐거워한다면 나를 좋아하는 것이 분명할 테니까.

마침내 집으로 돌아온 우리는 몸을 닦고는 다시 뜨거운 목욕물에 푹 잠겨 들었다. 그러고는 로잘린드와 셋이서 신나게 게임을 했다. 다음 날에도 마찬가지로 비가 와, 우리는 비옷을 입고서 고집쟁이 피터를 데리고 빗속을 활기차게 거닐었다. 이 무렵 피터는 프레디 포터와 화해하여 더없이 친한 사이로 돌아가 있었다.

나는 다시 맥스와 함께 있을 수 있어 무척 행복했으며, 우리의 우정이 얼마나 깊은지 새삼 깨달았다. 굳이 말하지 않아도 우리는 서로를 이해하고 있었다. 그런데 그날 밤 맥스와 밤 인사를 나누고는 침대에 누워 책을 읽는데 노크 소리에 이어 맥스가 들어왔다. 나는 깜짝 놀랐다. 그는 내가 빌려 준 책을 들고 있었다.

"빌려 주셔서 고마워요. 아주 잘 보았습니다."

그는 책을 내 곁에 내려놓았다. 그러곤 침대 끝에 앉아 생각에 잠겨 나를 바라보더니 나와 결혼하고 싶다고 말하는 것이었다. "아, 심킨스 씨, 너무도 갑작스러워요!" 하고 외쳤을 빅토리아 시대의 아가씨들도 나처럼 충격받은 표정을 짓지는 못했으리라. 물론 대부분의 여성들은 앞으로 곧 무슨 일이 일어날지 거의 알고 있다. 사실은 며칠 전부터 그가 청혼하리라는 것을 눈치 채고는 두 가지 방식 중 하나를 택하는 것이다. 불쾌하고 당혹스럽다며 멸시하거나 혹은 놀라는 척하며 더욱 그의 속을 태우거나. 하지만 나는 이제 "아, 심킨스 씨, 너무도 갑작스러워요!"라는 말이 진심일 수도 있다는 것을 알게 되었다.

맥스와 내가 설마 그런 관계가 되리라고는 혹은 될 수 있으리라고는 상상도 하지 못했다. 우리는 친구였다. 아주 절친한 친구. 과거의 그 어느 친구보다도 가깝고 친밀했다.

우리는 우스꽝스러운 대화를 나누었다. 굳이 여기에 길게 늘어놓기도 민망하다. 나는 그럴 수 없다고 즉각 대답했다. 그는 왜 안 되느냐고 물었다. 나는 수백 가지 이유가 있다고 말했다. 그보다 나이도 많다고. 그는 이를 인정했지만, 언제나 연상의 여자와 결혼하고 싶어 했다고 단언했다. 나는 말도 안 되며, 옳지 않다고 했다. 또한 그가 가톨릭교도임을 지적했다. 그는 자신도 이에 대해 생각해 보았으며, 사실은 모든 것에 대해 생각해 보았다고 말했다. 내가 정말 그리 여겼다면 말했겠지만 하지 않은 유일한 한마디는, 그와 결혼하고 싶은 마음이 없다는 말이었다. 느닷없이 그 순간 맥스와 결혼하는 것만큼 기쁜 일은 없을 듯 느껴지는 것이었다. 그가 나이가 많았더라면 혹은 내가 어렸더라면.

우리는 2시간가량 논쟁했다. 그는 부드럽게 압박을 가하며 점점 나를 설득했다.

다음 날 아침 맥스는 이른 기차를 타고 출발했다. 배웅을 하는 나에게 그가 말했다.

"당신은 나와 결혼할 것입니다. 시간을 두고 충분히 생각해 보면 분명 그렇게 결론을 내릴 겁니다."

다시 논쟁을 펼치기에는 너무 이른 시간이었다. 그를 떠나보낸 나는 비참한 마음으로 갈팡질팡하며 집으로 돌아왔다.

나는 로잘린드에게 맥스가 마음에 드는지 물었다.

"그럼요. 무척 마음에 들어요. R 대령이나 B 씨보다 훨씬 나은데요."

로잘린드도 상황을 알고 있는 것이 분명했다. 하지만 이를 공개적으로 언급하지 않는 현명함을 지켰다.

다음 몇 주 동안 얼마나 끔찍했는지. 너무나도 비참하고, 너무나도 모호하고, 너무나도 혼란스러웠다. 무엇보다 나는 결혼만큼은 절대 다시 않으리라고 결심했더랬다. 나는 안전해야 했다. 다시는 상처받는 일이 없도록 안전해야 했다. 나보다 한참 어린 남자와 결혼하는 것만큼 어리석은 짓은 없었다. 맥스는 너무 어려 자기 본심을 알지 못하는 것이 분명했다. 이는 공정하지 못하며, 그는 어여쁜 어린 아가씨와 결혼해야 마땅했다. 그리고 나는 이제 막 나만의 삶을 즐기기 시작하지 않았는가. 그런데 미묘하게 나의 주장이 변해 가는 것이었다. 그가 나보다 한참 어린 것은 사실이지만, 많은 공통점을 갖고 있지 않은가. 맥스는 파티와 사교 활동과 열렬한 춤꾼을 좋아하지 않았다. 만약 이런 것을 좋아하는 청년이라면 내가 함께하기가 무척 어려울 것이었다. 하지만 함께 박물관을 거니는 것이라면 얼마든지 잘할 수 있었다. 아마 젊은 아가씨보다 더 많은 관심과 지성을 보일 수 있으리라. 이미 알레포에 있는 모든 교회를 즐겁게 둘러보지 않았던가. 맥스가 고전 시대에 대해 말하는 것을 경청할 수도 있고, 그리스 알파벳을 배울 수도 있고, 『아이네이스^Aeneis』 번역본을 읽어 줄 수도 있으리라. 사실 나는 아치가 시티에서의 거래에 대해 이야기할 때보다 맥스가 자신의 일과 의견에 대해 말할 때가 훨씬 재미있었다.

"하지만 다시 결혼해서는 안 돼. 그건 바보짓이야."

그 모든 일이 나도 모르는 사이에 일어났다. 만약 맥스를 처음 만났을 때 그가 남편감이 될지도 모른다고 여겼더라면 내 마음을 단단히 단속했을 것이다. 그러니 이렇게 편안하고 즐거운 관계로 발전하지도 않았으리라. 하지만 설마 이리 되리라고는 상상도 하지 못했고, 우리는 서로 너무도 즐겁고 행복하고 편안했다. 마치 이미 결혼한 부부 같았다.

절망한 나는 나의 현인에게 자문을 구했다.

"로잘린드, 내가 다시 결혼하면 싫겠지?"

로잘린드는 이미 모든 가능성을 고려해 본 듯한 어조로 말했다.

"흠, 언젠가는 재혼하실 줄 알았어요. 당연하지 않나요?"

"글쎄, 아마 그렇겠지."

"상대가 R 대령은 아니었으면 해요."

로잘린드의 진지한 말에 나는 호기심이 일었다. R 대령은 로잘린드를 호들갑스럽게 치켜세우기를 좋아했고, 로잘린드도 그와 함께 게임할 때면 무척 즐거운 듯 보였기 때문이다.

나는 맥스의 이름을 언급했다.

"그 아저씨가 가장 좋을 것 같아요. 사실은 엄마가 그분이랑 결혼하면 참 좋겠다고 생각하고 있었어요."

그러고는 덧붙였다.

"배를 살지도 모르잖아요. 맥스 아저씨라면 여러 면에서 큰 도움이 될 거예요. 테니스도 잘 치죠? 나와 테니스를 치며 놀 수 있으니 좋죠."

로잘린드는 더없이 솔직했다. 자신에게 누가 더 이로운가 하는 관점에서 철저히 구혼자들을 평가했던 것이다.

"그리고 피터가 아저씨를 잘 따르잖아요."

이리하여 최종 승인이 떨어졌다.

그럼에도 그해 여름은 내 생애에서 가장 어려운 시기 중 하나였다. 사람들은 차례차례 이 결혼에 반대했다. 사실은 이것이 오히려 더 나를 자극했던 것 같다. 언니는 결사적으로 반대했다. 한참 어리잖니! 심지어 형부마저도 신중한 어조로 말했다.

"여행 중에 누린 기쁨에 다소 큰 영향을 받은 것이 아닌가 싶군. 우르에서 울리 부부와 함께 지내며 무척 즐거웠다며? 하지만 처제 생각만큼 멋진 생활이 아닐지도 몰라."

단연 멋진 생활임을 나는 잘 알고 있었다.

"물론 어디까지나 처제가 선택할 문제이지만."

형부는 상냥하게 덧붙였다.

하지만 사랑하는 펑키 언니는 내가 선택할 문제가 전혀 아니라고 생각했다. 나를 어리석은 실수에서 구해 내는 것이야말로 자신의 사명이라 여겼다. 카를로 자매는 내게 큰 힘이 되어 주었다. 비록 충성심 때문이었겠지만 어쨌든 나를 전적으로 지지했다. 그들도 내심 어리석은 짓이라고 여겼을 텐데, 그래도 그런 내색은 전혀 비치지 않았다. 다른 사람의 계획에 가타부타 영향을 미치기를 원하는 성격들이 아니었기 때문이다. 마흔두 살의 매력적인 대령과 결혼하지 않아 유감이라고 속으로 생각했을지는 몰라도 내가 내린 선택에는 무조건 적극 찬성했다.

마침내 울리 부부에게 그 소식을 전했다. 그 두 사람은 기뻐하는 것 같았다. 레너드는 확실히 기뻐했으며, 캐서린은 늘 그렇듯 뭐라 단정하기가 어려웠다.

"다만, 적어도 2년을 기다린 뒤에 결혼해야 해요."

캐서린이 단호히 말했다.

"2년이라고요?"

나는 당혹스러워하며 물었다.

"네. 꼭 그래야 해요."

"글쎄요. 굳이 그럴 필요가 있을까요? 지금 내 나이도 만만치 않은데. 더 늦을 때까지 기다리는 게 무슨 소용이겠어요? 한 살이라도 젊을 때 결혼하는 것이 낫지요."

"그건 맥스를 위해 바람직하지 않아요. 원하는 모든 것을 즉시 가질 수 있다는 생각을 그 나이에 심어 준다면 맥스가 어찌 되겠어요? 기다리게 하는 편이 훨씬 나아요. 아주 좋은 수련 기간이 될 거예요."

나는 도저히 동의할 수 없었다. 그것은 너무나도 가혹하고 청교도적인 견해였다.

나는 맥스에게 나와 결혼하는 것은 실수이고, 곰곰이 다시 생각해 보아야 한다고 말했다.

"지난 석 달간 내가 뭘 했을 것 같아요? 프랑스에서 자나 깨나 이 생각뿐이었어요. 그러다 마음을 정했지요. '그래, 그녀를 다시 만나게 되면 알게 될 거야. 모든 게 착각인지도 모르잖아.' 하지만 다시 보았을 때도 당신은 내가 기억하는 모습 그대로였고, 내가 원하는 바로 그 여인이었어요."

"너무 위험 부담이 커요."

"나는 아니에요. 아마도 당신에겐 부담이 되겠죠. 하지만 좀 위험하면 어때요? 위험을 무릅쓰지 않고는 아무것도 얻지 못하잖아요?"

그 말에 나는 동의했다. 내가 안전지상주의적인 삶을 살았더라면 아무것도 얻지 못했을 것이다. 이후 나는 한결 행복해졌다.

'이건 위험 부담이 커. 하지만 함께할 사람을 찾기 위해 이 정도 위험은 감수할 가치가 있어. 맥스에게 잘못된 선택으로 드러난다면 정말 유감스러

울 거야. 하지만 그건 어디까지나 그의 부담이야. 스스로 합리적으로 판단한 거야.'

나는 6개월을 기다린 뒤 결혼하자고 제의했다. 그는 좋은 생각이 아니라고 대답했다.

"나는 다시 우르로 가야 해요. 그러니 9월에 결혼합시다."

나는 카를로에게 이야기하고 우리의 결혼 준비를 시작했다.

유명세를 톡톡히 치른 경험이 있었기에 나는 되도록 조용히 식을 올리고 싶었다. 그래서 카를로와 메리 피셔 자매, 그리고 로잘린드와 함께 스카이(영국의 최북단 섬 — 옮긴이)에 가서 3주 동안 머물기로 했다. 그곳에서 결혼 예고(기독교 교회에서 식을 올리기 전에 연속 세 번의 일요일에 결혼을 예고하여 이의 유무를 묻는 제도 — 옮긴이)를 한 후, 에든버러의 성 콜롬바 교회에서 차분히 식을 올리면 되었다.

이렇게 마음먹은 다음 맥스와 함께 언니네를 방문했다. 형부는 유감스러워하면서도 단념했지만, 펑키 언니는 이 결혼을 막기 위해 여전히 적극적으로 분투하는 중이었다.

사실 마지막 순간에 모든 것을 거의 망칠 뻔한 일이 있었다. 기차에서 맥스가 나의 가족에 대해 여느 때보다 유심히 듣더니 이렇게 말했다.

"제임스 워츠라고요? 뉴칼리지 동창 중에 잭 워츠라는 사람이 있는데. 혹시 당신 조카일까요? 대단한 희극이군요. 굉장해요."

맥스와 내 조카가 동년배라는 사실에 내 마음이 산산이 부서졌다. 우리 결혼은 도저히 불가능한 듯했다.

"당신은 너무 젊어요. 너무 젊다고요."

나는 절망적으로 말했다.

이번에는 맥스도 내 말에 정말 놀란 기색이었다.

"아니에요. 전혀 그렇지 않아요. 내가 워낙 늦게 대학에 들어가서 그래요. 내 친구들은 다들 생각이 깊고, 나는 잭 워츠의 파티광 무리에는 근처에도 가지도 않았어요."

하지만 나는 나 자신이 몰염치한 인간 같았다.

펑키 언니는 맥스를 설득하기 위해 최선을 다했다. 나는 맥스가 언니를 싫어하게 되면 어쩌나 걱정했지만, 오히려 정반대였다. 맥스는 언니가 참으로 진실한 사람이며, 나의 행복을 진심으로 빌고 있다고 했다. 또한 무척 재미있는 사람이라고 덧붙였다. 재미는 항상 언니의 전매 특허였다. 조카 잭은 펑키 언니에게 이렇게 말하곤 했다.

"사랑하는 어머니. 어머니를 진심으로 사랑해요. 어머니는 정말 재미있고, 다정해요."

정말 언니를 제대로 묘사한 말이다.

우리의 방문은 펑키 언니가 눈물을 터트리며 방에서 나가는 것으로 끝났다. 형부는 내게 무척 친절했고, 천만다행으로 조카 잭은 그 자리에 있지 않았다. 있었다면 결혼은 완전히 수포로 돌아갔을지도 모를 일이다.

형부는 말했다.

"맥스와 결혼하기로 마음을 정했다는 것 알아. 결코 결심을 바꾸지 않으리라는 것도."

"아, 형부. 형부는 몰라요. 오늘 종일 마음이 이랬다저랬다 한걸요."

"마음 깊은 곳은 아니야. 행복한 결혼 생활을 누리길 빌어. 나라면 다른 선택을 했겠지만, 처제는 항상 지각 있게 살아왔잖아. 그리고 맥스가 앞으로 크게 될 사람이라는 느낌이 들어."

얼마나 좋은 형부란 말인가. 참을성과 인내심이 정말 대단한 분이었다.

"언니는 괜찮을 거야. 어떤 사람인지는 처제가 더 잘 알잖아. 결국 식을 올리면 언니도 두 사람을 반기게 될 거야."

그러는 동안에도 결혼 계획은 외부에 비밀로 부쳐졌다.

펑키 언니에게 에든버러에 와서 결혼식에 참석하지 않겠느냐고 청했지만, 언니는 그러지 않는 편이 좋겠다고 말했다.

"나는 울기만 할 텐데, 괜히 다른 사람들이 난감해지면 어떡해?"

나는 진심으로 언니가 고마웠다. 착하고 차분한 두 스코틀랜드 친구가 나에게 든든한 힘이 되어 주었다. 그래서 그들과 로잘린드와 함께 스카이로 갔다.

스카이는 너무도 마음에 들었다. 하지만 비가 매일 내리지는 않았으면 싶을 때가 더러 있었다. 다행히 안개비 정도로 내리는 날에는 히스가 무성한 황무지 사이를 몇 킬로미터씩 거닐며 톡 쏘는 토탄 냄새와 함께 풍기는 사랑스러운 흙 향내를 맡기도 했다.

도착하고 하루 이틀 후 호텔 식당에서 로잘린드가 한 말이 사람들의 시선을 집중시킨 적이 있었다. 피터도 데리고 갔더랬는데, 당연히 공공장소에서는 먹이를 주지 않았다. 그런데 로잘린드가 점심을 먹다 말고 큰 목소리로 카를로에게 말하는 것이었다.

"언니, 피터는 언니 남편이라 해도 무방하잖아요. 안 그래요? 언니 침대에서 같이 자니까요."

대부분 나이 지긋한 부인들인 호텔 숙박객들이 모두 동시에 카를로를 쳐다본 건 두말할 것도 없다.

로잘린드는 또한 결혼에 대해 나에게도 몇 마디 충고를 했다.

"엄마, 맥스 아저씨랑 결혼하면 한 침대에서 자야 한다는 것쯤은 알고 계시죠?"

"그럼."

"아실 줄 알았어요. 아빠랑 결혼해 보았으니까요. 그저 혹시 생각을 못하고 있나 싶어 말해 보았어요."

나는 그 문제에 관련된 모든 것을 생각해 보았다고 아이에게 장담했다.

그렇게 해서 몇 주가 지나갔다. 나는 황무지를 거닐다 이따금씩 발작적으로 우울증에 빠졌다. 이것이 잘못된 선택이고, 맥스의 인생을 망치는 짓이라는 생각이 드는 것이었다.

그 동안에 맥스는 대영박물관에서 평소보다 더 많은 시간을 들여 일한 끝에 도자기 등 고고학적 유물의 그림을 다 그려 냈다. 그리고 결혼을 앞둔 마지막 주에는 매일 새벽 5시까지 밤을 새워 그림을 그렸다. 캐서린 울리가 일부러 레너드를 설득해 일을 더 늘렸던 것이 아닌가 싶다. 결혼식을 미루지 않는다고 해서 나한테 무척 화가 나 있었기 때문이다.

우리가 런던을 떠나기 전에 레너드가 나를 만나려고 들렀다. 무척 당혹해하는 표정이라 왜 그러는지 의아했다.

"아무래도 다소 힘들게 될 것 같습니다. 우르와 바그다드에서 말이지요. 그러니깐 제 말은……. 아시겠지요? 발굴 팀에 참여하시기가 암만 해도 힘들 것 같습니다. 그러니깐 제 말은…… 고고학자가 아닌 사람을 들일 수가 없어서요."

"아, 네. 잘 이해합니다. 안 그래도 이 문제에 대해 맥스와 의논해 보았답니다. 저야 고고학의 고 자도 모르는 사람인걸요. 맥스와 저도 이것이 훨씬 나은 선택이라고 생각합니다. 발굴이 시작되는데 선생님 혼자 버려둘 수는 없잖아요. 대체할 사람을 찾을 시간이 거의 없으니."

"저는……. 그러니깐 제 말은…….."

레너드는 말을 멈추더니 잠시 후에야 다시 이었다.

"하지만 부인이 우르로 오지 않는다면 사람들이 이상하게 생각할지도 모르잖습니까?"

"어머, 설마요. 시즌이 끝날 무렵에 바그다드에 짠 하고 나타날 테니 염려 마세요."

"아, 네. 그때 꼭 우르에 오셔서 며칠이라도 함께 보낼 수 있으면 좋겠습니다."

"그럼 다 된 거지요?"

나는 격려하듯 말했다.

"저는……. 그러니깐 제 말은……. 캐서린이……. 아니 저희 둘 생각에
는……."

"네?"

"여기서 우리와 함께 바그다드로 가는 것은 좋은 방법이 아닐 듯합니다.
같이 바그다드까지 왔는데, 맥스는 우르로 가고 부인 혼자 영국으로 돌아
간다면 아무래도 이상해 보이지 않겠습니까? 후원자들이 어찌 생각할까
싶어서요."

그 순간 불끈 화가 치밀었다. 우르에 가지 않는 것이야 문제없었다. 옳지
않다는 것을 알기에 애초에 꿈도 꾸지 않았다. 하지만 왜 바그다드에도 가
면 안 된다는 것인가?

사실은 이미 나는 바그다드에 가지 않기로 맥스와 이야기되어 있었다.
무의미한 여행이 될 터였기 때문이다. 신혼여행으로 그리스에 갈 것이므
로, 아테네에서 맥스는 이라크로, 나는 영국으로 가면 되었다. 이렇게 결정
을 본 뒤였지만 그런 말을 듣자니 사실대로 이야기할 마음이 나지 않았다.

나는 무뚝뚝하게 대답했다.

"저더러 중동 어디를 여행해야 하고, 어디는 여행하지 말아야 한다고 말
씀하시는 것은 온당치 않다고 봅니다. 제가 남편과 바그다드에 가고 싶으
면 당연히 가는 것이지요. 이건 발굴이나 선생님하고는 아무 관련이 없습
니다."

"아! 제가 괜한 말씀을 드렸군요. 그저 캐서린이……."

그것이 레너드가 아니라 캐서린의 생각이라는 것은 익히 짐작하고 있었
다. 나는 캐서린을 좋아하긴 했지만, 그녀가 내 삶을 쥐락펴락하게 할 마음

은 조금도 없었다. 그래서 맥스에게 사실대로 말했다, 바그다드에 갈 생각은 없지만 레너드에게 일부러 그 이야기를 하지 않았다고. 내 말에 맥스가 분개하는 바람에 그이를 진정시켜야 했다.

"당신도 가야 해요."

맥스가 주장했다.

"어리석은 짓이에요. 경비는 경비대로 들고, 거기서 당신이랑 헤어지느라 마음만 찢어질 뿐이에요."

그때 맥스가 캠벨 톰슨 박사를 만났다며, 다음 해에 이라크 북부 니네베에서 같이 발굴을 하게 될 가능성이 높다는 소식을 전했다. 그러면서 그때는 반드시 함께 동행하자고 했다.

"아직 확정된 건 아니예요. 이제 준비 단계니까. 하지만 이번 발굴 시즌이 끝난 후 6개월 동안 우리는 무조건 같이 있을 거예요. 그때쯤이면 레너드 선생님도 제 후임을 구하시겠죠."

스카이에서 하루하루가 흘러갔다. 나의 결혼 예고는 교회에서 때에 맞춰 발표되었다. 주위에 앉은 노부인들은 결혼처럼 낭만적인 일에 흔히 그렇듯 다정한 미소를 활짝 지어 주었다.

맥스가 에든버러로 올라왔다. 로잘린드와 나와 카를로와 메리와 피터도 스카이에서 그곳으로 내려갔다. 우리는 성 콜룸바 교회의 자그마한 회당에서 식을 올렸다. 위대한 승리였다. 기자는 단 한 명도 없었고, 비밀은 단 한 줄기도 새어 나가지 않았다. 옛 노래처럼 교회 문 앞에서 헤어짐으로써 우리의 이중생활은 계속되었다. 맥스는 런던으로 돌아가 나머지 사흘 동안 우르와 관련된 일을 마쳤고, 나는 다음 날 로잘린드와 크레스웰플레이스로 갔다. 비밀을 알고 있던 충실한 베시가 나를 맞았다. 맥스는 떨어져 지내다가 이틀 후 다임러 자동차를 빌려 크레스웰플레이스 문 앞에 나타났다. 우리는 노버로 차를 몰았고, 그곳에서 해협을 건너 우리 신혼여행의 첫 번째 기착지인 베네치아에 도착했다.

맥스는 전적으로 혼자서 신혼여행 계획을 짰다. 놀라움이 가득했다. 나보다 더 기쁜 신혼여행을 한 사람은 없으리라. 흠이라고는 딱 하나뿐이었다. 바로 오리엔트 특급 열차. 나는 베네치아에 도착하기 한참 전에 나무 틈에서 기어 나온 빈대에 다시 한 번 공격을 당했던 것이다.

9부

맥스와의 삶

1

신혼여행은 두브로브니크(크로아티아의 항구 도시 — 옮긴이)를 거쳐 스플리트(크로아티아의 유명 휴양지 — 옮긴이)로 이어졌다. 그곳은 내 마음에 영원히 아로새겨져 있다. 저녁에 호텔에서 나와 이곳저곳을 거닐 때면 닌의 성 그레고리(10세기 크로아티아 어로 예배를 드리기 시작하고, 교황에 강하게 저항한 크로아티아의 유명 주교 — 옮긴이) 조각상이 하늘 높이 아스라이 솟아 있었다. 우뚝 서서 모든 것을 굽어보는, 조각가 메슈트로비치의 이 걸작은 모든 이의 기억에 각인될 수밖에 없을 것 같았다.

또한 음식 메뉴판 때문에(당시 크로아티아는 유고슬라비아에 병합되어 있었다 — 옮긴이) 무척 즐거웠다. 메뉴판은 유고슬라비아 어로 씌어 있었는데, 당연히 우리는 무슨 음식인지 전혀 알 수 없었다. 그래서 아무거나 골라 손가락으로 짚은 다음 어떤 음식이 나오나 긴장하며 기다렸다. 거대한 접시에 닭고기가 달겨 나오는가 하면, 양념이 듬뿍 들어간 차얀 소스에 휘감긴 달걀 반숙이 나올 때도 있었으며, 특대 굴라시(헝가리의 전통 스튜—옮긴이)에 깜짝 놀라기도 했다. 여기저기서 사람들이 서로 도와주었고, 식당에서는 아예 식대를 받지 않으려고 들었다. 웨이터는 엉성한 불어나 영어나 이탈리아 어로 중얼거렸다.

"오늘 괜찮아요. 오늘 괜찮아요. 내일 내세요."

사람들이 일주일 동안 실컷 먹고 마신 뒤 돈도 내지 않고 떠나 버리면 대체 어쩌려고 저러나 싶었다. 마지막 날 아침 단골 식당에서 돈을 안 받으려고 해서 어찌나 애를 먹었는지.

"아, 다음에 주세요."

우리는 설명했다. 아니, 설명하려고 애썼다.

"다음에 줄 수가 없어요. 우리는 12시 배로 떠난답니다."

그 자그마한 웨이터는 계산을 해야 한다는 생각에 슬프게 한숨을 쉬었다. 칸막이로 들어가서는 머리를 긁적이며 차례로 여러 연필을 번갈아 쥐고 끙끙대더니 5분쯤 후 우리가 먹은 막대한 양에 대해 매우 합당한 금액을 제시했다. 그는 떠나는 우리에게 행운을 빌어 주었다.

우리의 다음 목적지는 달마티아 해안과 그리스 해안을 쭉 내려가 파트라이(그리스의 주요 항구—옮긴이)로 가는 것이었다. 맥스는 작은 화물선을 구했다고 했다. 부둣가에 서서 배가 오기를 기다리는데 슬며시 초조해졌다. 그러다 마침내 조막만 한 배 한 척이 들어왔다. 설마 저런 조각배가 우리가 탈 배라니. 이름이 자음으로만 이루어진 것이 독특했는데, 'Srbn'을 대체 어떻게 읽어야 할지 끝까지 알 수가 없었다. 어쨌든 그 배가 우리가 탈 배인 것은 분명했다. 조각배에는 승객이 넷 있었는데, 우리 둘은 객실에 묵고 나머지 둘은 2등석이었다. 그들이 다음 항구에서 내리는 바람에 배는 우리 독차지가 되었다.

그 배에서처럼 맛있는 음식은 나는 두 번 다시 먹어 보지 못했다. 얇게 저며 맛이 기가 막힌 연한 새끼 양고기, 싱싱한 야채, 밥, 값비싼 소스, 향긋한 꼬치 요리들. 우리는 어설픈 이탈리아 어로 선장과 수다를 나누었다.

"맛있나요? 다행이네요. 영국 음식 달라고 했는데, 정말 영국 음식 같죠?"

나는 그가 영국에 올 일이 결코 없기를 진심으로 빌었다. 만약 왔다가는 영국 음식이 어떤지를 알게 될까 지극히 염려스러웠기 때문이다. 그는 더 큰 여객선을 몰라는 제의를 받았지만, 이 배에 남고 싶어 거절했노라고 했다. 요리사의 실력도 뛰어나고, 평화로운 생활도 즐겁기 때문이었다. 승객 때문에 노심초사할 일도 없었다.

"여객선은 늘 골치가 아파요. 그래서 싫다고 했죠."

우리는 자그마한 세르비아 배에서 행복한 며칠을 보내며 산타아나, 산타마우라, 산티콰란타 등 여러 항구에 들렀다. 우리가 배에서 내리면 선장은 출발 30분 전에 뱃고동을 울려 알려 주겠다고 했다. 그래서 마음 놓고 올리브 숲을 거닐고 꽃밭에 앉아 쉬다가 느닷없이 뱃고동 소리가 들리면 부랴부랴 배로 돌아오기도 했다. 둘이 함께 올리브 숲에 앉아 평화와 행복을 만끽하던 순간은 얼마나 아름다웠는지 모른다. 진정 에덴동산이며, 지상 낙원이었다.

드디어 파트라이에 도착해 선장과 기분 좋게 이별을 하고는 우스꽝스러운 자그마한 기차를 타고 올림피아로 향했다. 기차에는 승객보다 빈대가 더 많았다. 이번에는 빈대가 내 바지 안으로 들어온 바람에 다음 날 아침에는 다리가 어찌나 퉁퉁 부었는지 바지를 찢어야 했다.

그리스는 따로 말이 필요 없으리라. 올림피아는 기대만큼이나 아름다웠다. 다음 날 안드리트세나로 갈 때 우리는 노새를 탔는데, 그 때문에 하마터면 우리 결혼이 끝장날 뻔하였다.

노새를 타 본 경험이 전무했던 나는 14시간이나 노새 등에 앉아 있는 것이 말할 수 없이 고통스러웠던 것이다! 노새를 타느니 차라리 걷는 편이 낫지 않을까 싶은 지경에까지 이르렀다. 그러다 마침내 도착했을 때 나는 노새에서 굴러 떨어졌고, 온몸이 뻣뻣하여 걸을 수가 없었다. 나는 맥스에게 비난을 퍼부었다.

"이따위로 여행하면 어떻게 되는지도 모르는 당신 같은 사람은 결혼할 자격이 없어요!"

사실 맥스도 온몸이 아프고 뻣뻣하기는 마찬가지였다. 8시간이면 족히 도착할 줄 알았다는 맥스의 설명도 위안이 되지 않았다. 맥스가 여행 시간을 늘 실제 필요 시간보다 훨씬 적게 잡기 때문에 거기다가 3분의 1은 더 보태야 한다는 사실을 내가 깨달은 것은 결혼 후 칠팔 년이 지나서였다.

우리는 안드리트세나에서 이틀간 휴식을 취했다. 그런 후 나는 그와의 결혼을 전혀 후회하지 않는다고 고백하고는, 거리를 확실히 계산한 다음에 아내를 노새에 태우는 적절한 방법도 곧 알게 되리라고 덧붙였다. 우리는 5시간 이상 노새를 타지 않도록 주의하며 바사이 신전으로 향했고, 덕분에 이후에는 전혀 지치는 일이 없었다.

미케네, 에피다우루스를 들른 다음에 우리는 나브플리온의 어느 호텔에 들었다. 우리가 묵은 방은 로얄 스위트룸 같았는데, 붉은 벨벳 휘장이 드리 어져 있고 금빛 문직 커튼이 처진 사주식 침대가 놓여 있었다. 우리는 다소 불안해 보이기는 했지만 화려하게 장식된 발코니에 앉아 바다에 띄엄띄엄 떠 있는 섬들을 바라보며 아침 식사를 했다. 그러고는 수많은 해파리들 사이에서 좀 찜찜한 마음을 누르며 수영을 했다.

에피다우루스는 무척이나 아름다웠지만, 처음으로 내가 고고학과 충돌한 곳이 되었다. 화창했던 그날 나는 야외극장 꼭대기 좌석에 올라가 앉아 있었다. 맥스는 박물관에서 비석을 보고 있었는데, 한참을 기다렸는데도 내 쪽으로 오지 않는 것이었다. 결국 나는 더 이상 참을 수 없어 박물관으로 돌아갔다. 맥스는 여전히 바닥에 배를 깔고 누워 환희에 차 비문을 살펴

보고 있었다.

"여태 그러고 있었어요?"

"그럼요. 아주 진귀한 거예요. 여기 봐요. 내가 설명해 줄게요."

"괜찮아요. 밖에 날씨가 아주 좋아요. 더없이 아름답죠."

"그래요, 그럴 거예요."

맥스는 건성으로 대답했다.

"나 혼자 밖을 둘러봐도 괜찮겠어요?"

맥스는 약간 놀란 기색이었다.

"그럼요. 그렇게 해요. 나는 당신이 이 비석을 무척 좋아할 줄 알았지."

"별로 그렇지가 않네요."

그 말을 끝으로 나는 극장 꼭대기로 되돌아갔다. 맥스는 1시간 후 어느 모호한 그리스 어 구절을 해독했다며 기뻐하면서 돌아왔다. 덕분에 무척 즐거운 하루가 되었다는 것이었다.

하지만 델포이는 정말 압권이었다. 믿을 수 없이 아름다운 날씨를 즐기며 우리는 이곳저곳을 거닐었다. 그러면서 언젠가 이곳에 자그마한 집을 짓자며 적당한 땅을 고르기도 했다. 세 곳이 마음에 들었더랬는데, 멋진 꿈이었다. 우리가 그때 정말 그 꿈이 실현 가능하리라고 믿었는지는 모르겠다. 한두 해 전 그곳에 다시 들른 적이 있는데, 커다란 버스가 오가고 카페와 기념품점과 관광객들이 득시글거리는 광경을 보고는 그곳에 우리 집을 짓지 않아 천만다행이라고 생각했다.

우리는 언제나 집 지을 장소를 고르며 즐거워했다. 그것은 주로 나 때문이었는데, 집에 대한 열정은 늘 변함없이 나를 사로잡고 있었고, 2차 대전이 터지기 직전에는 집을 여덟 채나 소유하는 가슴 뿌듯한 순간을 누리기도 했다. 나는 런던에서 다 쓰러져 가는 집을 사서 구조를 변경하고 장식하고 가구를 들이는 데 중독되다시피 했더랬다. 전쟁이 터져서 집에 대한 건쟁 피해 보험에 가입해야 했을 때는 상당한 금액이 필요하기도 했지만, 결국에는 상당한 이익을 남기고 모두 팔 수 있었다. 한동안 집은 나의 즐거운 취미가 되었다. 지금도 나는 늘 '나의' 옛집을 지나가며 어떻게 유지되고 있는지를 살피고, 어떤 사람이 살고 있는지 추측하기를 무척 즐긴다.

델포이에서의 마지막 날, 바다를 보러 이테아 포구로 내려갔다. 우리에게 길을 안내하던 그리스 인에게 맥스가 말을 걸었다. 맥스는 호기심이 많아서 옆에 있는 현지인에게 늘 수없이 많은 질문을 하곤 했다. 이번에는 안내인에게 온갖 꽃 이름을 묻기 시작했다. 우리의 매력적인 그리스 인은 우리의 질문에 답하고 싶은 마음이 너무나도 간절했던 모양이다. 맥스가 꽃을 하나 가리키면 안내인은 이름을 말했고, 맥스는 그것을 수첩에 조심스레 받아 적었다. 그렇게 25종의 꽃을 기록한 후에야 맥스는 특정한 꽃 이름이 반복되고 있다는 것을 깨달았다. 날카로운 가시가 달린 푸른 꽃은 앞서 나온 커다란 노란색 천수국과 똑같은 그리스 어 이름을 가지고 있었던 것이다. 우리는 안내인이 우리를 기쁘게 해 주려고 아는 꽃 이름을 되는대로 말하고 있다는 것을 그제야 눈치 챘다. 꽃 이름을 많이 알고 있지 않은 안내인은 이름을 되풀이하기 시작했다. 맥스는 조심스럽게 받아 적었던 야생화 목록이 무용지물임을 깨닫자 약간 화가 났다.

마침내 아테네에 이르렀다. 사나흘 후면 이별을 해야 했다. 그런데 에덴 동산의 행복한 두 거주자에게 재앙이 닥쳐왔다. 바그다드 배앓이, 테헤란 배앓이 등 중동에서 흔히 겪기 마련인 배탈이 처음으로 나를 찾아왔는데, 그 병세가 점점 심각하게 진행되는 것이었다.

며칠 후 괜찮아진 것 같아 드라이브를 나갔으나 너무 아파서 다시 되돌아와야 했다. 게다가 열까지 났다. 나는 계속 반대했지만 모든 치료법이 실패하자 결국 의사를 불러왔다. 그리스 인 의사밖에 구할 수가 없었다. 의사는 프랑스 어로 말했는데, 이로써 나의 프랑스 어 실력이 사교적으로는 충분하지만 의학 용어는 전혀 알지 못한다는 것을 깨닫게 되었다.

의사는 내 병이 붉은숭어 대가리를 먹은 탓이라고 했다. 의사 말로는 그것이 대단히 위험한 생선이며, 특히 외국인들은 그것을 먹는 적절한 방식을 모르기 때문에 그 위험이 더하다는 것이었다. 그리고 어떤 각료가 그것을 먹었다가 거의 죽을 뻔한 끝에 간신히 살아난 섬뜩한 이야기를 덧붙여 해 주었다. 나는 정말 죽을병에 걸린 것만 같았다! 열이 40.5도까지 치솟았는데, 무슨 짓을 해도 떨어지지 않는 것이었다. 그러나 마침내 의사가 내 열을 떨어트렸고, 나는 겨우 다시 살아나는 것 같았다. 하지만 먹는다는 것은 생각만 해도 끔찍했고, 다시 이동하고 싶은 생각도 들지 않았다. 그래도 점점 낫고 있었고 나 자신도 그것을 잘 알고 있었으므로 맥스더러 다음 날 출발하라고 설득했다.

"말도 안 돼요. 어떻게 당신을 이대로 두고 가겠어요?"

맥스는 우르로 가서 발굴 팀 숙소인 벽돌 건물에 2주 내로 방을 증축하여 울리 부부와 나머지 발굴 팀이 도착할 때까지 준비를 완전히 마쳐야 한다는 임무를 띠고 있었다. 식당도 새로 짓고 캐서린이 쓸 욕실도 새로 지어야만 했다.

"다들 이해해 줄 거예요."

맥스도 말은 그렇게 했지만 확신은 못 했다. 나는 그들이 전혀 이해해 주지 않으리라는 것을 잘 알고 있었다. 맥스의 직무 태만을 내 탓으로 돌릴 거라며 나는 열심히 남편을 설득했다. 맥스가 제때 일을 해 내는 것은 우리 둘의 명예가 달린 문제였고, 나는 곧 자리를 털고 일어날 것이었다. 일주일 간 조용히 누워 쉰 후 오리엔트 특급 열차를 타고 영국으로 곧장 돌아가면 될 테니까.

맥스는 가엾게도 어찌할 바를 몰랐다. 그도 역시 영국인답게 책임감이 강했던 것이다. 게다가 레너드 울리가 한 말도 있었다.

"나는 맥스 자네를 믿네. 즐겁게 신혼여행을 보내게. 하지만 제때 우르에 도착해서 일을 완수하겠다는 약속을 꼭 해 주게."

나는 그 말을 상기시켜 주었다.

"레너드 선생님이 뭐라고 하셨는지 잘 알잖아요."

"하지만 이렇게 아픈데."

"물론 아파요. 그런데 '그들은' 꾀병이라고 할 거예요. 당신이랑 헤어지기 싫어서 떼를 쓰는 거라고 말예요. 그렇게 생각하게 할 수는 없어요. 당신이 계속 고집을 피우고 논쟁하면 나는 다시 열이 오를 거고, 그러면 정말 심각해질 거예요."

그리하여 결국 우리는 비장한 영웅처럼 이별의 인사를 나누었다.

이에 결사반대한 유일한 사람은 그 그리스 인 의사였다. 그는 화가 나서 두 팔을 쳐들고는 프랑스 어로 한참을 쏟아냈다.

"아이고, 영국인들이란. 내가 아는 영국인들은 하나같이 다 저 모양이야. '사람'이 아픈 마당에 일이 다 뭐고, 임무가 다 뭐람? 아내는 살아 있는 사람이잖습니까? 지금 아내가 아프고, 아내는 사람입니다. 그것이 중요하지, 대체 뭐가 중요하단 말입니까? 곤경에 처해 있는 사람을 이대로 두고 가다니 말이 됩니까!"

나는 반박했다.

"선생님은 이해 못 하세요. 이건 매우 중요한 일이에요. 그이는 그곳에 그날 꼭 도착하겠다고 약속했어요. 아주 막중한 임무라고요."

"아이고, 임무는 무슨. 일이 뭐고, 임무가 대체 뭐기에? 임무? 그건 사랑에 비하면 아무것도 아닙니다. 하긴 영국 사내들은 하나같이 그 모양이지. 냉혈한들. 프루와되르*froideurz*(냉담) 그 자체야. 영국 남자와 결혼하는 건 비극이야! 그 어떤 여자도 영국인과 결혼해서는 안 됩니다!"

나는 너무 기운이 없어 더 이상 논쟁할 수도 없었다. 그저 다 괜찮을 것이라고만 잘라서 말했다.

의사는 내게 경고했다.

"정말 조심해야 합니다. 더 이상 따져 봐야 뭐 하겠습니까. 전에 말했던 각료 기억나십니까? 다시 일을 시작할 때까지 얼마나 쉬어야 했는지 압니까? 한 달입니다, 한 달."

나는 별로 놀라지 않았다. 그저 영국인의 위장은 훨씬 튼튼하니까 더 빨리 나을 것이라고만 한마디 했다. 의사는 다시 두 손을 쳐들고는 프랑스 어로 호통을 치더니 다시는 꼴도 보기 싫다는 듯 방에서 나갔다. 원하면 언제든지 삶은 마카로니를 조금 먹으라는 말이 끝이었다. 아무것도 먹고 싶지 않았다. 더구나 삶은 마카로니는 질색이었다. 나는 초록색 벽지를 바른 침실에서 통나무처럼 누워 허리와 배가 아파 고양이처럼 끙끙거렸다. 팔 한 짝 들 기운조차 없었다. 잠시 후에 삶은 마카로니가 배달되었다. 나는 꼬불꼬불한 그것을 딱 세 가닥 먹고는 옆으로 밀어 놓았다. 식욕이 다시는 돌아오지 않을 것 같았다.

나는 맥스를 생각했다. 지금쯤 베이루트에 도착했겠지. 내일이면 네언 여행사를 이용해 사막을 가로지르리라. 가엾은 맥스. 내 걱정에 얼마나 속이 탈까.

다행히 나는 더는 나 자신에 대해서는 걱정되지 않았다. 사실은 뭘 하든지 아니면 어딜 가든지 해야 한다는 군은 생각이 내 속에서 부글부글 끓어대고 있었다. 나는 삶은 마카로니를 좀 더 먹었다. 이어서 강판에 간 치즈를 약간 얹어 먹는 데까지 발전했다. 그리고 매일 아침 방을 세 바퀴씩 돌며 다리에 힘을 길렀다. 의사가 오자 나는 한결 몸이 좋아졌다고 말했다.

"좋아요. 그래요, 몸이 정말 좋아졌군요."

"모레면 집으로 돌아갈 수 있을 것 같아요."

"그런 바보 같은 소리 마세요. 그때 그 각료도   ."

그 각료 이야기에 신물이 난 나는 호텔 직원을 불러 3일 후에 떠나는 오리엔트 특급 열차를 예약하도록 했다. 그리고 떠나기 전날 밤에야 의사한테 이 계획을 말했다. 그러자 그의 두 손이 다시 하늘로 올라갔다. 그는 내가 배은망덕한 바보이며, 기차를 타고 가다 끌려 내려와 플랫폼에서 죽을지도 모른다고 경고했다. 그러나 사실 그렇게 심각한 정도는 아니었다. 나는 다시 한 번 말했다, 영국인의 위장은 훨씬 빨리 낫는다고.

그리하여 나는 떠났다. 호텔 직원이 휘청거리는 나를 기차까지 부축해 주었고, 객실 침대에 쓰러지듯 누운 다음에는 거의 그 상태로 지냈다. 가끔씩 식당차에서 뜨거운 수프를 가져다 달라고 부탁하기는 했지만, 늘 그렇듯 워낙 느끼해 잘 먹지는 않았다. 몇 년 뒤에 이렇게 금식했더라면 몸매 유지에 큰 도움이 되었을 텐데. 하지만 당시에는 여전히 날씬했기 때문에 영국에 도착했을 즈음에는 꼬챙이처럼 말라 있었다. 나의 집으로 돌아와 나의 침대에 풀썩 눕는 순간 얼마나 행복했는지 모른다. 하지만 건강을 완전히 회복하는 데는 거의 한 달이나 걸렸다.

맥스는 내 걱정에 속을 태우면서도 어쨌든 무사히 우르에 도착했다. 우르까지 가는 동안 수시로 전보를 보냈으나 맥스는 답장을 받지 못했다. 그 대신 맥스는 최선을 다해 일하여 울리 부부의 기대를 뛰어넘는 성과를 올렸다.

"내가 보여 주었다고요."

맥스는 되도록 작고 좁게 캐서린의 욕실을 설계하면서 이런저런 장식을 추가했고, 식당도 적절하게 꾸몄다.

"어머나, 이렇게까지 안 해도 됐는데."

캐서린은 도착해서 맥스가 만든 것을 보고는 감탄했다. 맥스는 아테네에서 죽음의 문턱에 와 있는 나를 혼자 두고 왔다고 설명했다.

"곁에서 간호해 주어야 마땅했어요."

캐서린이 말했다.

"저도 그렇게 생각합니다. 하지만 두 분께서 이 일이 좀 중요하다고 하셨어야죠."

캐서린은 욕실이 전혀 자신의 취향에 맞지 않으니 허물고 다시 지어야 한다고 말함으로써 레너드에게 분풀이를 했다. 결국 그녀 말대로 했는데, 상당한 불편을 야기했다. 그러고는 나중에 맥스가 거실에 해 놓은 뛰어난 인테리어를 칭찬하며 덕분에 더 멋지게 지낼 수 있겠다고 말했다.

지금의 나이에 이르니 배우, 제작자, 건축가, 음악가는 물론이고 타고난 프리마돈나인 캐서린처럼 개성이 강하고 변덕스러운 유형의 사람들을 어떻게 대해야 할지 잘 알 것 같다. 맥스의 어머니도 프리마돈나와 같은 사람이었고, 나의 어머니도 이에 매우 가까웠다. 어머니는 끔찍할 정도로 격한 상태에 이르렀다가도 다음 날이면 말끔히 잊어버렸다.

"하지만 무척 절망적으로 보였는데요?"

내 말에 어머니는 깜짝 놀라며 물었다.

"절망적이었다고? 내가? 그렇게 보였니?"

누구나 다 그렇지만 특히 배우들 중에는 욱 하는 성격을 지닌 이가 여럿 있다. 한번은 「알리바이Alibi」에서 에르퀼 푸아로 역을 맡은 찰스 로턴이 연습하다가 쉬는 시간에 나와 아이스크림소다를 마시며 이렇게 설명한 적이 있다.

"사실은 그렇지 않더라도 성깔이 있는 척해야 해요. 아주 유용하거든요. '저 친구를 건드리면 안 돼. 까닥 잘못했다가는 무슨 일을 당할지 몰라.' 하고 사람들이 조심한답니다."

그러고는 덧붙였다.

"때로는 피곤하기도 해요. 성질을 부리기 싫은데 부려야 할 때는 더 그렇죠. 하지만 그만한 가치가 있어요. 늘 제대로 먹히거든요."

2

묘하게도 이 시기의 창작 활동은 기억에 거의 남아 있지 않다. 스스로를 작가라고 진지하게 여겼던 것 같지도 않다. 물론 장편과 단편을 썼고, 책이 출판되었으며, 추리 소설 쓰기는 든든한 수입원으로 점점 자리를 잡아 갔다. 하지만 직업란에 그 시대의 명예였던 '주부'라는 단어 말고 다른 것을 쓸 생각은 눈곱만큼도 하지 못했다. 나는 주부였고, 그것이 나의 지위이자 직업이었다. 따라서 책은 어디까지나 부업이었다. 설마 '직업'이라는 거창한 이름을 나의 글쓰기에 주어야 할 줄은 꿈에도 몰랐다. 말도 안 된다고 생각하였다.

시어머니는 이것을 이해하지 못했다.

"애야, 너는 정말 대단한 작가야. 그런 엄청난 실력을 갖고 있는데, 뭐랄까…… 좀 더 '진지한' 글을 써 보지 그러니?"

아마 시어머니는 좀 더 '가치 있는' 글을 의미했으리라. 나는 재미로 글을 쓴다는 것을 설명하기가 어려웠다. 그래서 아예 그렇게 말할 엄두도 내지 않았다.

물론 좋은 추리 소설가가 되고 싶었다. 사실 그 무렵에는 나 자신이 좋은 추리 소설가라는 자부심이 없지는 않았다. 내 책 중에는 무척 만족스러운 것도 있었으니까. 하지만 완전한 기쁨을 주지는 않았다. 애써 성취해야할 것이라고 여기지 않았기 때문이다. 1장을 쓰거나 혼잣말을 중얼거리고 서성이면서 플롯을 구상할 때 세운 계획대로 이야기가 돌아가는 법이 결코 없었다.

시어머니는 내가 세계적으로 유명한 사람의 전기를 썼으면 하고 바랐던 것 같다. 나로서는 어림도 없는 일이었다. 아무튼 나는 별 생각 없이 겸손하게 말하곤 했다.

"맞는 말씀이에요. 하지만 저는 진짜 작가도 아닌걸요."

그러면 대개 로잘린드가 반박했다.

"엄마는 진짜 작가예요. 이리 보나 저리 보나 엄마는 분명 작가인걸요."

맥스는 가엾게도 나와의 결혼으로 심각한 형벌을 받게 되었다. 그는 소설이라고는 단 한 줄도 읽지 않는 사람이었다. 캐서린 울리가 『애크로이드 살인 사건』을 읽으라고 강요했을 때도 그는 누가 자기 앞에서 이미 결론을 말했다며 애써 피했더랬다.

"결론을 뻔히 아는데 굳이 뭐 하러 읽나요?"

하지만 나의 남편이 된 이상 씩씩하게 독서 임무를 받아들이기로 했다.

그 무렵 나는 적어도 열 권의 책을 썼는데, 맥스는 차츰 차츰 이를 따라 잡아 왔다. 맥스에게는 고고학이나 인문학 관련 학술 서적을 읽는 것이 가벼운 독서인 반면, 가벼운 추리 소설 읽기는 진지한 과업이라니 신기했다. 그럼에도 맥스가 꿋꿋이 책을 읽어 나갔으며, 끝에는 스스로 부과한 임무를 즐기게 된 거 같다고 말할 수 있어 무척 자랑스럽다.

재미있게도 결혼 후 쓴 책은 기억이 거의 없다. 일상이 너무 즐거운 나머지, 글쓰기는 잠시 쉰 후 미친 듯이 해야 할 일이 되었다. 나는 내 방이라든가 서재가 따로 없었다. 몇 해 동안 이 때문에 상당한 고충을 겪었다. 어쩔 수 없이 인터뷰를 해야 할 때마다 기자들은 제일 먼저 글을 쓰는 내 모습을 사진으로 찍고 싶어 했기 때문이다.

"책을 쓰시는 곳을 보여 주십시오."

"어머, 아무 데나 찍으세요."

"하지만 글을 쓰는 장소가 있지 않습니까?"

그러나 없었다. 내가 필요한 것은 튼튼한 탁자와 타자기뿐이었다. 그 무렵 나는 타자기로 바로 글을 쓰기 시작했다. 다만 도입부는 먼저 손으로 쓴 다음 다시를 쳤고, 뒷장도 이미 금써 그럴 때가 있었다. 대부서는 없은 침실의 세면대 탁자는 글을 쓰기에 아주 그만이었다. 식사 시간이 아닐 때는 식탁도 종종 이용했다.

가족들은 말 한마디로 작업 시간이 다가온다는 것을 알아차렸다.

"봐요. 마나님이 또 생각에 잠겼어요."

카를로와 메리는 항상 나를 마나님이라고 불렀다. 아마 피터도 개의 언어로 그렇게 부르지 않았을까. 게다가 로잘린드까지 엄마나 어머니 대신 마나님이라는 호칭을 더 즐겨 썼다. 어쨌든 가족들은 내가 생각에 잠기면 그것을 신호로 받아들이고는 기대하는 마음으로 나를 바라보면서 아무 방이고 들어가 열심히 글을 쓰라고 격려했다.

친구들은 말하곤 한다.

"대체 언제 책을 쓰는지 모르겠어. 글 쓰는 모습을 통 볼 수 없으니. 그렇다고 글을 쓴다며 은둔하는 적도 없고."

나는 뼈다귀를 하나 입에 물고 있는 개처럼 행동한다. 개는 30분쯤 사라져 있다가 코에 진흙을 묻힌 채 사람 앞에 쭈뼛쭈뼛 나타난다. 나도 상당히 이와 비슷하다. 글을 쓰기 시작할 때는 약간 갈팡질팡하지만, 문을 닫고 방해하는 사람 없이 오롯이 혼자일 때는 거의 무아지경에 빠져 맹렬한 속도로 글을 써 댄다.

사실 1929년부터 1932년까지 쓴 작품들은 나로서는 상당히 흡족하다. 이때 장편 말고도 단편집을 두 권 더 출판했다. 그중 하나가 할리퀸 이야기인데 내가 가장 좋아하는 작품들이다. 나는 할리퀸 이야기를 띄엄띄엄 한 편씩 썼다. 서너 달에 한 편 아니면 때로는 한참 있다가 쓰기도 했다. 잡지는 이 작품들을 좋아하는 듯했고, 나 역시도 마음에 들었다. 하지만 정기적으로 연재하자는 제안에는 모두 거절했다. 할리퀸을 시리즈로 쓸 생각은 없었기 때문이다. 그저 쓰고 싶을 때 한 편씩 쓰면 그만이었다. 할리퀸은 젊었을 적 할리퀸과 콜롬비나에 대해 쓴 시에서 영감을 얻은 인물이다.

할리퀸은 이야기에 등장하여 단순히 촉매제와 같은 역할을 한다. 그의 존재 자체가 주변 사람들에게 영향을 끼치는 것이다. 몇 가지 사소한 사실과 별 상관없어 보이는 문구들이 그가 어떤 사람인지 설명한다. 그리고 할리퀸은 유리창의 빛이 어릿광대 옷처럼 알록달록한 무늬를 드리울 때 느닷없이 등장하고 사라진다. 그는 항상 연인들의 친구이자 죽음과 연계된 존재로 대변된다. 할리퀸의 밀사라고 할 수 있는 자그마한 새터스웨이트 씨 또한 내가 가장 좋아하는 캐릭터가 되었다.

또 다른 단편집은 『부부 탐정Partners in Crime』이다. 각 단편마다 당대 특정 탐정의 방식을 모방하며 이야기가 진행된다. 몇몇은 기억조차 나지 않는다. 장님 탐정인 손리 콜턴(클린턴 H. 스태그가 창조한 캐릭터 — 옮긴이)이 있었고, 당연히 오스틴 프리먼(영국의 유명 추리 소설가 — 옮긴이)의 탐정도 나왔다. 프리먼 윌스 크로프트(아일랜드의 추리 소설가 — 옮긴이)의 멋진 시간표도 있었으며, 두말할 것도 없이 셜록 홈즈도 있었다. 내가 고른 그 열두 명의 추리 소설들 중 지금도 여전히 유명한 사람이 누구인지 살펴보면 재미있다. 몇몇은 명성이 자자하지만, 또 몇몇은 시간에 묻혀 다소 잊혀졌다. 각기 다른 스타일로 추리 소설을 쓰는 것은 무척 재미있어서 저절로 술술 써졌다. 나의 두 번째 장편 『비밀 결사』의 주인공이었던 토미와 터펜스라는 두 젊은 탐정이 『부부 탐정』에서 이야기를 이끌어 갔는데, 기분 전환 삼아 다시 그들 이야기를 쓰는 것이 대단히 즐거웠다.

『목사관의 살인Murder at the Vicarage』이 1930년에 출판되었지만, 언제 어떻게 왜 어디에서 썼는지는 기억나지 않는다. 무엇에 영감을 받아 새로운 캐릭터인 마플 양을 탐정으로 등장시켰는지조차 모호하다. 당시에는 마플 양의 이야기를 평생 쓰게 될 줄은 상상도 하지 못했다. 그녀가 설마 에르퀼 푸아로의 경쟁 상대가 될 줄이야.

사람들은 요즘 미스 마플 양과 에르퀼 푸아로를 만나게 해야 한다는 편지를 계속해서 보내온다. 하지만 왜 굳이 만나야 한단 말인가? 두 사람은 그것을 전혀 좋아하지 않을 텐데. 완벽하게 자기 본위대로 행동하는 에르퀼 푸아로가 나이 지긋한 독신 여성에게서 충고를 받고 싶어 할 턱이 없다. 그는 전문적인 탐정이며, 마플 양의 세계에서 결코 편할 수 없다. 아니, 두 사람은 모두 스타이다. 그들은 각자 스타로서의 권리가 있다. 느닷없이 그런 글을 쓰고 싶은 충동이 나를 사로잡지 않는 한, 두 사람이 만날 일을 없을 것이다.

『애크로이드 살인 사건』에서 닥터 셰퍼드의 누나를 묘사할 때의 즐거움 때문에 마플 양이 생겨난 것이 아닌가도 싶다. 닥터 셰퍼드의 누나는 그 책에서 내가 가장 좋아한 인물이다. 성미가 까다로우면서도 강한 호기심 때문에 모든 것을 알게 되고 모든 것을 듣게 되는 독신녀. 그 집에서 그녀는 완벽한 탐정이었다. 그 책이 희곡으로 각색되었을 때 내가 가장 슬펐던 것은 캐롤라인이 이야기에서 빠졌다는 점이다. 대신에 의사에게는 훨씬 어리고 어여쁜 여동생이 생겨나 푸아로에게 로맨틱한 관심을 불러일으켰다.

그렇게 각색된 연극을 보며 얼마나 큰 괴로움을 느끼게 될지는 처음 그 제안을 받았을 때만 해도 알지 못했다. 정확히 언제인지는 몰라도 당시 나는 이미 추리 형식의 희곡을 직접 쓴 바 있었다. 하지만 에이전트는 이를 찬성하지 않았다. 찬성하지 않은 정도가 아니라 그냥 잊고 지나가는 편이 좋겠다고 제안했을 정도였다. 나는 그 희곡에 「블랙 커피Black Coffee」라는 제목을 붙였다. 전통적인 스파이 스릴러물로, 진부한 표현이 가득하긴 하지만 그렇게 나쁘지만은 않다는 것이 내 생각이다. 이 작품은 훗날 대단한 성공을 거두었다. 서닝데일 시절부터 알던 친구인 버먼 씨가 왕립 극단과 연줄이 있었는데, 상연될 수도 있겠다며 주선을 해 주었던 것이다.

누가 푸아로를 연기하든 항상 거구라는 점이 참 신기하다. 찰스 로턴은 상당한 몸무게를 자랑했으며, 프랜시스 설리번은 떡 벌어진 몸집에 키가

188센티미터에 달했다. 설리번은 햄스테드의 에브리맨 극장에서 초연된 「블랙 커피」에서 푸아로 역을 맡았다. 루시아 역은 내가 늘 뛰어난 여배우라고 생각했던 조이스 블란드가 연기했다.

「블랙 커피」는 최종적으로 웨스트엔드(런던의 극장 중심지 — 옮긴이)에 이르기까지 겨우 사오 개월 정도 공연되었으나 20년 후 작은 변화를 준 뒤 다시 막을 올렸을 때는 상당히 좋은 성과를 거두었다.

스릴러 희곡은 구성 면에서 대개 비슷하기 마련이다. 달라지는 것은 항상 '적'이다. 국제적인 갱인 모리아티(셜록 홈즈 시리즈의 대표적 악당 — 옮긴이)는 1차 대전의 '훈 족'인 독일인이 처음 세운 다음, 공산주의자들의 손에 넘어갔다가 그 뒤를 파시스트가 이어받게 된다. 그리고 러시아 인들이 등장하고 중국인들이 나왔다가 다시 국제적인 갱단으로 돌아간다. 세계를 지배하고자 하는 최고의 범죄자는 항상 우리 곁에 있는 것이다.

처음으로 나의 작품을 희곡으로 상연한 「알리바이」는 『애크로이드 살인 사건』을 마이클 모턴이 각색한 것이다. 그는 희곡 각색에 경험이 풍부한 사람이었는데, 처음에 푸아로의 나이를 20년 정도 줄이고, 많은 아가씨들이 그에게 반하며, 이름을 보 푸아로로 하자고 제안하는 바람에 나는 질겁을 했더랬다. 그 무렵 나는 푸아로라는 인물에 깊이 심취하여 평생 함께하리라고 결심하고 있었는데 그럴 수는 없었다. 나는 그의 개성을 완전히 바꾸는 데 강력하게 반대했다. 결국 제작자였던 제럴드 듀 모리에가 내 의견을 지지해 주어, 의사의 누나인 그 멋진 캐롤라인을 빼고 젊고 매력적인 여동생으로 교체하는 것으로 합의를 보았다. 앞에서 말했듯이 캐롤라인을 제거한 것에 나는 상당히 분개했다. 마을에서 그녀가 행하는 역할이 무척 마음에 들었고, 의사와 그 노련한 누이의 생활을 통해 마을을 바라본다는 아이디어가 좋았기 때문이다.

당시 나는 모르고 있었지만 바로 그 순간에 세인트 메리 미드의 마플 양과 하트넬 양과 웨더비 양과 밴트리 대령 부부가 탄생한 것이리라. 그들은 의식의 경계선 밑에서 줄을 서서는 생명을 얻고서 일어나 무대 위로 오르기를 기다리고 있었다.

지금도 『목사관의 살인』을 읽으면 처음 썼을 때만큼이나 즐겁다. 인물들이 너무 많이 등장하고 부차적 이야기가 좀 많긴 하지만 핵심 줄거리만큼은 상당히 좋다. 마을의 모습이 나에게는 생생히 느껴지는데, 사실 이와 빼닮은 마을은 요즘에도 꽤 많이 볼 수 있다. 고아원 출신의 자그마한 하녀나 더 좋은 곳에서 일하기 위해 경력을 쌓아 가는 숙련된 하인은 사라졌지만, 출퇴근하는 가정부들이 그 뒤를 이어 진실한 인간 냄새를 풍기고 있다. 물론 전임자들처럼 솜씨가 뛰어나지 않다는 말은 꼭 해야겠지만.

마플 양은 나도 모르게 삽시간에 내 인생으로 스며들었다. 나는 잡지에 실을 짧은 단편을 여섯 편 쓰면서, 작은 마을에서 여섯 명의 사람들이 일주일에 한 번씩 만나 미해결 범죄를 푸는 모습을 묘사했다. 제인 마플 양은 이모할머니가 일링에서 사귄 노부인 친구들을 본떠 그려졌다. 그분들은 내가 어릴 적에 가 본 적이 있는 여러 마을에서 쉽게 만날 수 있는 할머니들이었다. 마플 양은 나의 이모할머니하고는 전혀 다르다. 더 말이 많고 노처녀답다. 하지만 한 가지 공통점은 있다. 성품이 쾌활하면서도 모든 사람과 모든 일에 대해 항상 최악의 경우를 생각하며, 그런 예측이 무시무시할 정도로 정확하게 맞아떨어질 때가 많다는 점이다.

"아무개가 그렇게 한다 해도 하나도 놀랄 일이 아니지."

이모할머니는 고개를 넌지시 끄덕이며 이렇게 말씀하시곤 했다. 그러한 주장에는 그 어떤 근거도 없었는데도 아무개는 정확히 그렇게 하는 것이었다.

"교활한 녀석이야. 믿을 인간이 못 돼."

이모할머니가 말한 그 예의 바른 젊은 은행원은 훗날 돈을 횡령한 것으로 드러났다. 그래도 이모할머니는 전혀 놀라지 않고 그저 고개를 끄덕일 뿐이었다.

"그래. 그런 사람을 한둘 보았지."

아무도 이모할머니의 돈을 갈취하거나 사기를 칠 수는 없었다. 이모할머니는 그런 사람을 보면 빈틈없는 눈초리로 한참을 응시하고 나서 나중에 이렇게 말했다.

"그런 사람을 잘 알지. 그 녀석이 무슨 생각을 하고 있는지 눈에 훤해. 친구들한테 차 마시러 오라고 해서 그런 녀석이 돌아다니고 있다고 알려 주어야겠어."

이모할머니의 예언은 무척 무시무시했다. 오빠와 언니는 약 1년 동안 유순한 다람쥐 한 마리를 애완동물로 기르고 있었는데, 어느 날 이모할머니가 정원에서 부러진 동물의 발을 하나 주워 들더니 지혜로운 현자처럼 말하는 것이었다.

"내 말 잘 들어! 그 다람쥐가 며칠 내로 굴뚝에서 떨어질 거야!"

다람쥐는 닷새 후 굴뚝으로 올라갔다.

또한 응접실 문 위 선반에 놓아두었던 단지 사건도 있었다.

"클라라, 나라면 저기 두지 않겠어. 누가 문을 쾅 닫거나, 아니면 세찬 바람에 문이 닫히기라도 하면 단지가 아래로 떨어질 거야."

"벌써 열 달째 저기 두었지만 아무 일도 없었는걸요."

"두고 보거라."

며칠 후 폭풍이 몰아쳐 문이 쾅 닫혔고, 단지가 떨어졌다. 아마도 이것은 통찰력 덕분이었으리라. 어쨌든 나는 마플 양에게 이모할머니의 예언력을 선사했다. 마플 양의 성품이 냉담한 것은 아니다. 그저 사람을 믿지 않을 뿐이다. 그렇게 최악의 경우를 상정하고 있으면서도 마플 양은 종종 어떤 사람이든 가리지 않고 친절히 받아든다.

마플 양이 처음 등장했을 때 예순다섯 살 내지 일흔 살이었는데, 이것은 푸아로와 마찬가지로 대단한 불행이 아닐 수 없었다. 마플 양 역시 나와 오랜 시간을 함께하게 될 터였으니 말이다. 만약 내게 통찰력이라는 것이 조금이라도 있었다면 최초의 탐정으로 신중한 학생을 택하지 않았을까. 그랬더라면 나와 함께 늙어 갈 수 있었을 텐데.

나는 여섯 개의 단편을 시리즈로 쓰면서 마플 양에게 다섯 동료를 만들어 주었다. 첫 번째 동료는 그녀의 조카로, 섹스, 근친상간, 침실과 화장실의 적나라한 묘사 등을 책에 쓰는 현대적인 소설가이다. 레이먼드 웨스트가 보는 것은 삶의 진짜 모습이다. 그런 레이먼드는 사랑스럽고도 복슬복슬한 할머니 이모를 세상 물정이라고는 모르는 어린애인 양 관대하게 대한다. 두 번째 동료는 현대적인 화가이자 레이먼드와 막 특별한 관계가 시작된 젊은 여성이다. 세 번째는 마을의 나이 지긋한 사무 변호사인 페서릭 씨로, 예리하면서도 냉담한 성격을 지니고 있다. 네 번째는 마을의 의사로, 매주 모임의 과제가 될 미해결 범죄를 잘 알고 있어 매우 유용했다. 그리고 마지막으로 성직자가 있다.

마플 양이 문제를 제시한 단편은 제목이 좀 우스꽝스러운「성 베드로의 엄지손가락The Thumb Mark of St. Peter」이었는데, 해덕대구(대구과의 식용 어류 — 옮긴이) 이야기가 나온다. 얼마 후 마플 양 단편을 여섯 편 더 쓰고 또 다른 한 편을 추가해 모두 열세 편을 한 권의 책으로 묶었다. 이 책은 영국에서는『열세 가지 수수께끼The Thirteen Problems』, 미국에서는『화요일 밤 모임The Tuesday Club Murders』이라는 제목으로 출판되었다.

『엔드하우스의 비극Peril at End House』은 나에게 거의 아무런 인상도 남아 있지 않은 책이다. 심지어 글을 썼던 기억조차 없다. 나는 늘 플롯을 생각해 두었다가 일정 기간이 지난 후에 쓰는 버릇이 있는데, 아마도 이 책 역시 그러했던 듯싶다. 아무튼 그 때문에 어떤 책을 언제 썼고, 언제 출판했는지가 곧잘 헷갈린다. 플롯은 아주 기묘한 순간에 떠오르곤 한다. 거리를 걷고 있거나 모자 가게를 유심히 둘러보고 있는데 느닷없이 기막힌 아이디어가 머리를 강타하는 것이다.

'범죄를 은폐하기에 그만이겠어. 아무도 알아차리지 못할 거야.'

물론 온갖 세부 사항은 이제부터 열심히 만들어 나가야 할 것이고, 인물들은 서서히 내 의식 속에서 형성되겠지만, 어쨌든 이 멋진 아이디어를 수첩에 간략히 적어 놓는다.

여기까지는 아무 문제없다. 그런데 걸핏하면 그 수첩을 잃어버리는 것이었다. 보통 여섯 권 정도 가지고 다니며 순간적으로 떠오른 아이디어나 신문에서 읽은 사소한 사건이나 마약이나 독약에 대해 적어 두는데, 물론 내가 이 글을 잘 분류하고 정리하여 이름표를 붙여 둔다면 많은 수고가 줄어들 것이다. 하지만 오래된 수첩 더미를 막연히 들여다보다가 때때로 이런 글귀를 보면 그렇게 즐거울 수가 없다.

"플롯, 직접 하라. 어떤 여자와 가짜 언니, 8월."

그리고 간략하게 플롯과 비슷한 것이 휘갈겨 씌어 있다. 이게 대체 무슨 소리인지 전혀 기억을 할 수는 없지만, 여기서 멋진 영감을 얻어 동일한 플롯은 아니더라도 적어도 무엇인가를 쓰기에 이르게 된다.

한편, 내 마음에서 결코 떠나지 않는 플롯도 있다. 곰곰이 생각하고 이리저리 가늠해 보며, 언젠가는 이 플롯으로 추리 소설을 쓰리라 다짐하는 것이다. 『애크로이드 살인 사건』은 오랫동안 내 마음에 머무른 후에야 세부 사항이 결정되었다. 루스 드레이퍼(미국의 유명 일인극 배우—옮긴이)의 공연을 본 후에 영감이 떠오른 적도 있다. 나는 그녀의 영리함과 연기에 깊은 감동을 받았다. 한순간 바가지 긁는 마누라였다가 바로 다음 순간 대성당에 무릎 꿇고 앉은 소작농 소녀로 변신하는 모습은 경이로웠다. 그런 루스 드레이프에 대해 감탄하던 중에 『에지웨어 경의 죽음Lord Edgware Dies』을 쓰게 되었다.

추리 소설을 처음 쓰기 시작할 무렵에는 범죄에 대해 진지하게 생각하지도 않았고, 추리 소설을 전혀 비판하지도 않았다. 추리 소설은 그저 추적의 이야기였으며, 또한 도덕적 교훈을 많이 담고 있었다. 사실 악을 쓰러트리고 선이 승리하는 전통적인 교훈담이라고 해도 과언이 아니었다. 1차 대전 당시 악인은 결코 영웅이 아니었다. '적'은 사악했으며, '영웅'은 선량했고, 이것은 명명백백한 진리였다. 그때는 심리학이 밀려오기 전의 시절이었다. 추리 소설을 읽고 쓰는 모든 사람들이 그러하듯 나 역시도 범죄에 반대하고 무고한 희생자에 마음 아파했다.

대중들의 영웅 중에 단 하나 예외가 있다면 래플스(영국의 유명 추리 소설가 호닝의 핵심 캐릭터 — 옮긴이)였다. 그는 모험을 즐기는 크리켓 선수이자 출세한 도둑으로, 토끼 같은 동료 버니와 함께 일한다. 나는 늘 래플스에게 충격을 좀 받았던 것 같은데, 지금 다시 돌이켜 생각해 보니 그때보다 더 큰 충격이 느껴진다. 비록 래플스가 로빈 후드의 전통을 이어받았다고 해도 말이다. 어쨌든 래플스는 유쾌한 예외였다. 당시에는 잔혹함을 통해 사디스트적인 쾌락을 얻는다거나 폭력 애호 취향을 만족시키기 위해서 추리 소설을 읽는 사람은 아무도 없었다. 말할 것도 없이 공동체가 그러한 것에 경악하며 들고일어날 것이었다. 하지만 요즘에는 잔혹함이 거의 일상이 된 듯하다. 어떻게 이런 일이 가능한지 여전히 알 수가 없다. 대다수의 사람들은, 성인뿐만 아니라 청소년들 또한 무척 친절하고 상냥하며 이들은 기꺼이 노인을 돕는다. 소위 '혐오자'란 사람들은 소수에 불과하지만, 모든 소수파들이 그러하듯 다수파들보다 더욱 튀지 못해 안달하는 것이리라.

추리 소설을 쓰다 보면 자연히 범죄학에 관심을 갖게 된다. 나는 특히 범죄자와 직접 접촉한 사람들이 쓴 책을 좋아한다. 개중에도 범죄자를 도우려고 애쓰거나 옛날 말로 '개심'시키려고 한 사람들의 이야기에 무척 관심이 끌린다.(요즘에는 개심보다는 더욱 거창한 말을 쓰리라.) 셰익스피어가 리처드 3세를 통해 보여 주었듯 정말로 이런 말을 하는 사람이 분명 있을 것이다. "악이 나의 선일지니." 밀턴의 사탄이 그러했듯 그들 역시 악을 선택한 것이며, 위대하고 강력한 사람이 되어 신처럼 드높아지기를 원하고 있다. 그들은 신을 사랑하지 않으며, 그 어떤 겸허함도 갖고 있지 않다. 지금까지 살아오며 본 바에 비추어 보면, 겸허함을 모르는 이는 반드시 '타락'한다.

추리 소설을 쓰는 즐거움 하나는 거기에 여러 유형이 있어서 그중 하나를 고를 수 있다는 것이다. 가벼운 스릴러물은 쓰기에 즐겁고, 교묘한 추리물은 상당한 노력을 요하지만 무척 보람이 있으며 기교 면에서 흥미롭다. 또한 그러한 소설 뒤에는 어떤 열정이, 그러니까 무고한 자를 구하고자 하는 열정 같은 것이 내재되어 있다. 중요한 것은 '무고한 사람'이지 죄가 아니다.

살인자에 대한 판단을 유보할 수는 있겠지만, 어쨌든 이들은 공동체의 악이라고 생각한다. 살인이 야기하는 것은 증오뿐이며, 살인자는 엄청나게 큰 증오를 불러일으킨다. 나는 살인자가 본디 어떤 결함을 가지고 태어났다고 믿는다. 그런 점에서는 참으로 가엾지만 그렇다고 구제할 수 있는 것은 아니다. 중세 시대에 페스트가 퍼진 마을에서 비틀비틀대며 나온 사람을 옆 마을의 무고하고 건강한 아이들 곁에 데려다 놓을 수는 없는 것과 마찬가지 이치이다. 무고한 사람들은 보호받아야 하며, 이웃과의 평화와 박애 속에서 살 수 있어야 한다.

요즘은 아무도 무고한 사람에 대해 개의치 않는 듯해 섬뜩하다. 살인 사건 기사에 실린 자그마한 담배 가게의 연약한 할머니의 사진에 아무도 경악하지 않는 듯하다. 그저 젊은 악한에게 담뱃갑을 내밀었다가 폭행을 당하고 죽은 그 할머니의 공포나 고통이나 마지막 자비였던 의식 불명에는 그 누구도 신경 쓰지 않는다. 희생자를 위해 분노하기는커녕 젊은 나이에 살인을 저질렀다며 젊은이를 동정한다.

왜 그를 사형에 처하면 안 된다는 것인가? 이 나라에서는 늑대의 목숨은 얼마든지 앗아 갈 수 있다. 늑대에게 새끼 양과 사이좋게 지내는 법을 가르칠 생각도 안 하는 것은 그것이 애초에 불가능하기 때문이다. 우리는 멧돼지가 내려와 개울가의 아이들을 해치지 못하도록 산에서 잡아 죽인다. 그것들은 우리의 적이고, 파멸시켜 마땅한 대상이다.

다른 사람의 목숨을 가벼이 여기고 증오와 냉혹함의 세균으로 얼룩진 이들을 어떻게 해야 할까? 훌륭한 가정과 훌륭한 기회와 훌륭한 교육 등의 혜택을 받았음에도 타고나길 '사악한' 사람이 종종 있다. 이런 사악함을 치료할 방법이 있을까? 살인마를 어떻게 대해야 할까? 종신형은 답이 아니다. 그것은 고대 그리스의 독미나리보다도 더욱 잔인하다. 지금까지 발명된 방법 중 최선은 추방이 아닌가 싶다. 미개인들만이 사는 광대한 땅에서는 더욱 단순한 삶을 누릴 수 있으리라.

결함을 인간 속성으로 여기는 사고방식에 대해 생각해 보자. 증오나 잔혹함이 없었다면 인류는 현재까지 존재하지 못하고 벌써 오래전에 멸종되고도 남았을 것이다. 요즘의 악인이 과거에는 성공한 사람으로 분류되었을지도 모른다. 과거에는 그런 사람이 필요했을 테니까. 하지만 현대에는 아니며, 오직 위험한 존재일 뿐이다.

내가 보기에 유일한 희망은 그러한 사람을 공동체의 보편적인 이익을 위해 일하도록 형을 내리는 것이다. 예를 들어, 범죄자에게 독미나리 컵과 인체 실험 중 하나를 택하도록 선택권을 줄 수 있으리라. 특히 의학에는 동물 실험만으로는 부족해 인체 실험이 필수적인 분야가 많다. 오늘날 헌신적으로 연구에 몰두하는 과학자들은 자기 몸을 실험 대상으로 삼는 모험을 감행하기도 한다. 하지만 사형 대신에 특정 기간 동안 기꺼이 인간 실험쥐가 되고자 하는 죄인들이 있을 것이다. 그리고 그들이 그 기간 동안 살아남는다면 이마에서 카인의 징표를 지우고 다시 자유인이 될 수도 있다.

그렇다고 해도 그들이 별반 달라지지 않을 수도 있고, 그저 이렇게 말할 수도 있다.

"운이 좋았어. 이렇게 살아남았잖아."

하지만 사회가 그들에게 빚을 졌고, 이 점이 어떤 차이를 만들 수도 있다. 희망을 너무 많이 가져서는 안 되지만, 약간의 희망은 품을 수 있는 법이다. 그들은 적어도 보람된 일을 할 기회를 가졌고, 자신이 지은 죄에 대한 벌을 받았으며, 이제 새로이 출발할 수 있게 되었다. 그러니 약간은 다른 삶을 살지 않으리라는 법도 없지 않은가? 어쩌면 자기 자신을 뿌듯해하지 않을까?

만약 아니라면, "신이여, 부디 그들을 굽어 살피소서."라고 말할 수밖에. 이번 생에서는 아니더라도 어쩌면 다음 생에서는 좀 더 '진일보'할 수 있으리라. 하지만 중요한 것은 여전히 무고한 사람들이다. 이들은 현세에서 성실하고 용감하게 살고 있고, 악으로부터 보호받을 권리가 있다. 중요한 것은 바로 이 사람들인 것이다.

어쩌면 사악함을 치료할 의학적 방법이 나올 수도 있다. 의사들이 인간의 심장을 꿰매고 몸을 꽁꽁 얼릴 수도 있으니 언젠가는 유전자를 재배열하고 세포를 바꿀 날도 올 것이다. 갑상선 호르몬이 과도하거나 부족할 경우 어떤 영향을 미치는지를 발견한 덕분에 구제된 수많은 크레틴병(갑상선 호르몬 부족으로 신체 및 지능의 발달이 저하되는 병 — 옮긴이) 환자들을 생각해 보라.

추리 소설 이야기에서 너무 옆길로 샌 것처럼 보이리라. 하지만 내가 왜 범죄자보다 희생자에게 더 많은 관심을 가지는지를 설명하기 위해서 그런 것이다. 나는 희생자가 더욱 생생하게 느껴져서 그 때문에 크나큰 분노가 일기도 하며, 또 희생자가 죽음의 어두운 문턱을 가까스로 벗어날 때면 환희와 승리의 기쁨이 솟구치기도 한다.

죽음의 어두운 문턱에서 돌아온 나는 이 책의 퇴고에 그다지 신경 쓰지 않기로 했다. 그 이유 중 하나는 지금 내 나이가 상당하다는 것이다. 쓴 글을 다시 검토하며 적절한 순서대로 재배치하는 것만큼 피를 말리는 일은 없다. 아마 또 혼잣말을 하게 되리라. 작가들은 흔히 이런 경향이 있다. 들어가려고 했던 상점이나 방문하려고 했던 사무실을 모조리 그냥 지나치고는 중얼중얼(너무 크지는 않길 빈다.) 혼잣말을 하며 눈동자를 이리저리 굴리는 것이다. 그러다 보면 어느 순간 사람들이 나를 바라보며 옆으로 슬쩍 비켜선다. 분명 미쳤다고 생각했으리라.

하지만 그것은 내가 네 살 적에 고양이 가족들과 대화를 나누던 것과 똑같다. 사실은 지금도 나는 고양이 가족들과 대화를 나눈다.

3

이듬해 3월, 약속대로 나는 우르로 갔다. 맥스가 역으로 마중 나와 있었다. 나는 수줍지 않을까 생각했다. 아주 짧은 결혼 생활을 함께한 후 오랫동안 헤어져 있었으니. 하지만 놀랍게도 우리는 바로 어제 헤어진 사람들 같았다. 맥스가 보내 준 상세한 편지 덕에 나는 고고학 초보자가 이해할 수 있는 만큼은 그해의 발굴 과정에 대해 잘 알고 있었다. 우리는 귀국 여행을 떠나기 전에 발굴 팀 숙소에서 며칠을 보냈다. 레너드와 캐서린은 나를 따뜻하게 맞아 주었고, 맥스는 빈틈없는 태도로 발굴지를 안내해 주었다.

운이 나쁘게도 날씨가 좋지 않았다. 모래 폭풍이 강타한 것이다. 맥스가 눈에 모래가 들어가도 아무렇지 않다는 것을 안 것은 바로 그때였다. 나는 바람에 날리는 무시무시한 모래 때문에 눈을 꼭 감고는 남편의 뒤만 비틀거리며 따라갔으나, 맥스는 눈을 크게 뜨고 이것저것을 가리키며 설명했다. 처음에는 숙소로 달려가고 싶은 마음이 굴뚝같았지만 꿋꿋이 버텼다. 엄청난 불편을 감내해야 했지만, 맥스가 편지로 써 준 것들을 직접 보고 싶은 욕망이 더 컸던 것이다.

그해의 발굴 시즌이 끝나고, 우리는 페르시아를 거쳐 영국으로 가기로 했다. 독일인이 운영하는 자그마한 항공사가 바그다드에 막 페르시아 노선을 열었기 때문에 비행기로 귀국할 수 있었다. 엔진 하나에 조종사 하나인 비행기에 타자니 엄청난 모험을 하는 듯했다. 사실 모험이었다. 비행 내내 산봉우리로 처박힐 것만 같았으니까.

첫 번째 기착지는 하마단이었고, 두 번째는 테헤란이었다. 우리는 테헤란에서 시라즈로 날아갔다. 그때 보이는 풍경이 얼마나 아름답던지. 마치 광활한 회색과 갈색 사막에서 솟아난 짙은 에메랄드 빛 보석 같았다. 더 가까이 다가가 한 바퀴 빙 돌자 에메랄드는 더욱 찬란히 빛났다. 우리는 마침내 오아시스와 야자나무와 정원이 있는 초록빛 도시에 내려앉았다. 당시에는 페르시아에 사막이 얼마나 넓은지 깨닫지 못했으나, 이제는 페르시아인들이 왜 그렇게 정원을 중요하게 여겼는지 이해가 된다. 정원을 갖기가 너무도 힘들기 때문이었다.

우리는 어느 아름다운 집으로 향했다. 수년 후 시라즈를 다시 방문했을 때 그 집을 찾아보려고 했으나 도통 찾을 수 없었는데, 세 번째 방문 때는 성공했다. 그 집의 방 하나가 천장이며 벽이며 온통 원형 그림들로 채워져 있었기 때문에 쉽게 알아볼 수 있었던 것이다. 그림 하나는 홀본의 고가교(런던의 다리 — 옮긴이)였다. 빅토리아 시대에 샤(페르시아 왕의 칭호 — 옮긴이)가 런던을 방문한 후에 이는 회기를 다시 보내 자신이 진기하고픈 풍경을 원형 그림으로 그리도록 지시한 것이리라. 세월이 흐른 후에도 홀본 고가교 그림은 다소 닳고 낡힌 모습으로 그대로 걸려 있었다. 집은 이미 황폐해져 아무도 살지 않았고 그 안을 돌아다니는 것이 위험하긴 했지만, 아름다움은 여전했다. 나는 이 집을 배경으로 하여 「시라즈의 집The House of Shiraz」이라는 단편을 썼다.

시라즈에서 차를 타고 이스파한으로 달려갔다. 오랫동안 울퉁불퉁한 길을 따라 달렸건만 보이는 건 거의 사막뿐이었고, 가끔 집 몇 채가 모여 있는 마을이 나타났다. 그날 밤 우리는 극히 원시적인 형태의 게스트하우스에서 묵어야 했다. 차에서 융단을 가져와 맨바닥에 깔고 잠을 청했는데, 주인은 다소 의뭉스러워 보였고 그 밑에서 거들고 있는 농부들도 좀 깡패 같은 느낌을 주었다.

너무도 고통스러운 밤이었다. 바닥의 딱딱함은 상상을 초월했고, 몇 시간 만에 엉덩이와 팔꿈치와 어깨가 시퍼렇게 멍이 들었다. 언젠가 한번은 바그다드 호텔에서 이런 적도 있었다. 잠자리가 너무 불편하여 원인을 찾아보니 매트리스 아래에 묵직한 판자가 깔려 스프링을 짓뭉개고 있는 것이었다. 호텔 직원의 말로는 이라크 숙녀가 최근 그 방에서 묵었는데, 너무 푹신해서 잠을 잘 수가 없다며 그 판자를 놓았다는 것이다.

우리는 다시 차를 몰아 약간 지친 채로 이스파한에 도착했다. 그 순간부터 이스파한은 세계에서 가장 아름다운 도시로 내 기억에 새겨졌다. 그처럼 찬란한 장밋빛, 푸른빛, 황금빛은 본 적이 없었다. 꽃과 새와 아라베스크와 멋진 동화 같은 건물들. 어디를 가나 아름다운 색상의 타일이 있었다. 진정 동화 속 나라였다. 처음 그곳을 방문한 후 혹시나 완전히 달라졌으면 어쩌나 하는 두려움에 20년 가까이 가지 않았는데, 천만다행으로 두 번째 방문 때에도 거의 예전 모습 그대로였다. 당연히 거리는 더욱 현대화되어 있었고, 다소 현대적인 상점들도 몇 개 보였다. 그럼에도 고상한 이슬람 건물과 법원과 타일과 분수는 변함이 없었다. 그 무렵에는 광신적인 기세가 많이 누그러져 있어서 전에는 들어갈 수 없었던 모스크도 많이 둘러볼 수 있었다.

맥스와 나는 여권, 비자, 자금 등의 필요 요건을 갖추기가 너무 어렵지만 않다면 러시아를 거쳐 귀국하기로 했다. 그러기 위해 이란 은행으로 갔는데, 너무나도 웅장한 건물이 금융 기관이라기보다는 궁전처럼 보였다. 사실 대체 어디에서 은행 업무를 보는지 찾는 것도 무척 힘들었다. 그러다 마침내 분수가 놓여 있는 복도를 지나 널따란 대기실에 이르렀다. 저 멀리에 카운터가 있고, 양복을 멋지게 차려입은 젊은이들이 앉아서 장부에 뭔가를 쓰고 있었다. 하지만 내가 아는 한 중동에서는 은행 카운터에서 금융 거래를 하는 일이 결코 없었으며, 매니저나 부매니저나 적어도 매니저처럼 보이는 사람을 만나야 했다.

은행 직원이 그림 같은 복장을 하고 그림같이 서 있던 사환을 하나 손짓해 부르면, 그는 우리를 거대한 가죽 의자 앞으로 오라고 손을 흔든 뒤 사라진다. 잠시 후에 그 사환이 돌아와 따라오라고 손짓을 하면, 우리는 웅장한 대리석 계단을 지나 신성한 듯 보이는 문 앞에 이르게 된다. 그리고 이어서 사환은 문에 노크를 한 뒤 우리를 밖에 세워 둔 채 안으로 들어갔다가 활짝 웃으며 다시 나타남으로써, 우리가 시험을 무사히 통과했음을 몸으로 기쁘게 표현한다. 그러면 우리는 에티오피아의 왕자라도 된 양 사무실로 들어가는 것이다.

그 다음에는 대개 약간 통통하고 매력적인 남자가 일어나 완벽한 영어나 불어로 인사를 건네고는 의자에 앉으라고 손짓한 뒤 차나 커피를 권한다. 언제 왔는지, 테헤란은 마음에 드는지, 어디에서 왔는지 물은 끝에 마침내 (우연인 양) 무슨 일로 이곳에 왔느냐고 묻는다. 우리가 여행자수표와 같은 이야기를 꺼내면, 그는 책상에 있는 작은 벨을 눌러 다른 사환을 불러서는

"이브라힘 씨를 모셔 오라."고 한다. 그리고 커피가 나오고 여행이나 정치나 풍년이나 흉년에 대한 대화가 이어진다.

곧 이브라힘 씨가 들어온다. 암갈색 양복 차림의 그는 서른 살 가량으로 보인다. 은행 매니저는 나의 용무를 설명하고, 나는 현찰로 바꾸었으면 하는 금액을 언급한다. 그러면 이브라힘 씨는 대여섯 가지의 양식을 내밀어 나의 서명을 받은 뒤 사라지고, 또다시 긴 대화가 시작된다.

그 경우에는 바로 이 단계에서 맥스가 러시아로의 여행 가능성에 대한 질문을 꺼냈다. 은행 매니저는 한숨을 쉬며 양손을 들어올렸다.

"무척 어려울 겁니다."

"네."

맥스도 쉽지 않으리라는 것을 알고 있었다. 하지만 불가능한 것은 아니지 않은가? 국경을 건너면 안 된다는 금지 조항은 없지 않은가?

"제가 알기로, 현재 그곳에는 영국의 외교관이 없습니다. 하물며 영사관도 없지요."

맥스는 그렇다고 말하고는, 하지만 영국인이 러시아로 들어가면 안 된다는 법이 있는 것 또한 아니라고 덧붙였다.

"네, 금지 조항은 없지요. 물론 돈을 가지고 가셔야 합니다."

맥스는 당연히 돈을 가지고 갈 것이라고 말했다.

"게다가 저희와 합법적으로 금융 거래를 할 방법이 전혀 없습니다."

나는 화들짝 놀랐다. 물론 맥스는 동양의 거래 방식에 익숙했지만, 나는 아니었다. 은행에서 금융 거래가 불법이면서도 실제로 행해지고 있다니 상식 밖의 일이었다.

매니저가 설명했다.

"법은 수시로 바뀝니다. 게다가 서로 상반되는 법이 제정되기도 하지요. 한 법에서는 특정 형태로 돈을 인출할 수 없다고 하는데, 또 다른 법은 오직 그 형태로만 돈을 인출할 수 있다고 합니다. 그러면 어떻게 해야 할까요? 그 달의 그 날에 최선으로 보이는 방법을 취하는 것이지요."

그러고는 덧붙였다.

"그러니 제가 거래를 처리하고, 바자르(시장)에 대금을 지불하고, 가장 적합한 방식으로 인출하도록 도와 드릴 수는 있지만, 이것은 모두 불법임을 이해하셔야 합니다."

맥스는 잘 알고 있다고 대답했다. 은행 매니저는 유쾌해져서는 우리가 즐거운 여행을 하리라고 믿는다고 말했다.

"그러면…… 차로 카스피 해로 가실 겁니까? 그래요? 멋진 드라이브가될 겁니다. 라슈트(이란의 도시 — 옮긴이)로 가셨다가 거기서 배를 타고 바쿠(현재 아제르바이잔의 수도 — 옮긴이)로 들어가시면 됩니다. 러시아 배이지요. 그것에 대해 전혀 아는 것은 없지만, 아무튼 사람들이 그것을 타고 간다더군요."

마치 그것을 탄 사람들이 미지의 세계로 사라진 다음에 어떻게 되었는지 아무도 모른다는 듯한 어조였다.

그가 경고했다.

"돈뿐만 아니라 음식도 챙겨 가야 합니다. 러시아에서 음식을 구하려면 어떻게 해야 하는지 전혀 모릅니다. 어쨌든 바쿠에서 바툼(흑해 연안의 도시 — 옮긴이)으로 가는 기차에서는 음식을 전혀 구할 수 없습니다. 필요한 모든 것을 직접 가져가야 합니다."

호텔 등 다른 문제에 대해서도 의논했는데, 마찬가지로 모두 난감하기만 했다.

그때 암갈색 양복을 입은 다른 신사가 나타났다. 이브라힘 씨보다 어렸는데, 이름이 마호메트라고 했다. 마호메트 씨는 몇 가지 양식을 가지고 왔고, 맥스가 모두 사인하자 인지 값으로 몇 차례 자잘한 금액을 요구했다.

그런 다음 사환이 환전을 하러 바자르로 갔다.

그때 이브라힘 씨가 다시 나타났다. 그는 우리의 요청과는 달리 소액 화폐가 아니라 고액 화폐를 달랑 몇 장 가지고 왔다. 그러고는 유감스럽게 말했다.

"네! 하지만 어쩔 수가 없습니다. 어떤 날에는 이 화폐가 많았다가, 또 어떤 날에는 저 화폐가 많으니. 어떤 화폐로 돈을 받느냐는 순전히 고객님의 운에 달려 있습니다."

우리는 이 불운을 받아들이는 수밖에 없었다.

은행 매니저는 커피를 더 권함으로써 우리의 기운을 북돋아 주고자 했다. 그러고는 이어서 우리를 바라보며 말했다.

"모든 돈을 토만(페르시아의 화폐 단위 — 옮긴이)으로 바꾸어 러시아로 가는 것이 가장 좋습니다. 사실 페르시아에서는 불법이지만, 바자르에서 쓸 수 있는 유일한 화폐이니 유일하게 유용한 돈이지요."

그는 다른 사환을 불러 바자르에 가서 우리가 막 받은 돈을 토만으로 바꾸어 오라고 시켰다. 알고 보니 그 토만이라는 것은 마리아테레사 달러(18세기 중동에서 사용된 은화 — 옮긴이)였는데, 순은으로 되어 있어 더할 수 없이 무거웠다.

"여권은 준비되었겠지요?"

그가 물었다.

"네."

"소련에서도 유효한 것입니까?"

우리는 그 말에 그렇다고, 소련을 비롯해 유럽 전역에서 유효한 것이라고 대답했다.

"그럼 됐습니다. 비자 받기야 식은 죽 먹기이죠. 그럼 다 아시겠죠? 차를 빌리고, 호텔을 예약하고, 사나흘 동안 먹을거리를 충분히 준비해야 합니다. 바쿠에서 바툼까지 가는 데는 며칠이 걸리니까요."

맥스는 도중에 트빌리시(그루지야의 수도 — 옮긴이)에도 들르고 싶다고 했다.

"아, 그건 비자를 신청하면서 요청하면 됩니다. 아마 힘들 겁니다."

그 말에 맥스는 좀 속이 상했지만 꿋꿋하게 받아들였다. 우리는 매니저에게 감사하며 작별 인사를 했다. 2시간 30분이 지난 뒤였다.

우리는 호텔로 돌아갔다. 호텔 식사는 좀 단조로웠다. 무엇을 주문하든 웨이터는 이렇게 말했다.

"오늘 캐비아가 매우 좋습니다. 아주 싱싱하지요."

우리는 기꺼이 캐비아를 주문하곤 했다. 캐비아는 신기할 정도로 싸서 아무리 많이 먹어도 5실링만 내면 되었다. 하지만 아침에 캐비아를 먹는 것은 가끔 망설여졌다. 아침 식사가 캐비아라니.

"아침 식사로 무엇 무엇이 있지요?"

내가 물었다.

"캐비아가 준비되어 있습니다. 트레 프레 *Très frais*.(아주 싱싱합니다.)"

"아뇨, 캐비아는 됐어요. 뭔가 다른 걸 먹고 싶군요. 달걀이나 베이컨은 없나요?"

"다른 것은 없습니다. 빵뿐입니다."

"다른 것은 없다고요? 달걀도요?"

"캐비아가 준비되어 있습니다. 트레 프레."

웨이터는 흔들림이 없었다.

그리하여 우리는 캐비아 약간에 빵을 엄청 먹었다. 점심 식사 때 캐비아 이외에 가능한 음식이라고는 '라 투르테 *La Tourte*'라는 것뿐이었다. 크고 소화가 잘 안 되는 데다 무척 단 잼파이로, 냄새만은 향긋했다.

러시아도 무슨 음식을 가져가는 것이 좋은지 그 웨이터에 싱의했디. 그는 전반적으로 캐비아를 추천했다. 그래서 우리는 거대한 캐비아 통조림 두 개를 가져가기로 합의했다. 웨이터는 또한 오리 여섯 마리를 요리해서 가져갈 것을 권했다. 그리고 거기다 빵과 비스킷과 잼에다 찻잎도 0.5킬로그램 추가하면서 이렇게 설명했다.

"기차를 위해서지요."

우리는 대체 기차와 차가 무슨 상관인지 알 수 없었다. 기관사에게 찻잎을 선물로 주는 것이 관례인가? 어쨌든 우리는 차와 커피를 준비했다.

그날 저녁 식사 후 젊은 프랑스 인 부부와 대화를 나누었는데, 그쪽 남편이 우리의 여행에 대해 흥미 있게 듣더니 공포에 질려 고개를 저었다.

"세 텡포시블! 세 텡포시블 푸르 마담, 스 바토, 르 바토 드 레슈트 아 바쿠, 스 바토 뤼스, 세 텡펙트! 엥펙트, 마담!*C'est impossible! C'est impossible pour Madame. Ce bateau, le bateau de Resht àBaku, ce bateau russe, c'est infecte! Infecte, Madame!*" (불가능해요! 부인께서 어떻게 그런 여행을 하실 수 있습니까? 라슈트에서 바쿠까지 불결한 러시아 배를 타고 가다뇨! 너무 불결해요, 마담!)

프랑스 어는 대단한 언어이다. '엥펙트*infecte*'(불결한)를 어찌나 불결하게 발음하던지 듣기만 해도 아찔했다.

"마담을 그런 곳에 태워서는 안 됩니다."

프랑스 남자는 단호했다. 하지만 마담은 움츠러들지 않았다. 나는 나중에 맥스에게 말했다.

"그 사람 말처럼 불결하지는 않을 거예요. 어쨌든 빈대 방지 가루를 충분히 가져가잖아요."

때가 되어 우리는 상당량의 토만을 싣고 러시아 영사가 발급한 증명서를 가지고 출발했다. 러시아 영사는 트빌리시에 들를 수 없다고 한마디로 못박았다. 우리는 튼튼한 차를 빌려 타고 떠났다.

카스피 해까지 멋진 드라이브가 이어졌다. 처음에는 헐벗은 바위 언덕들을 올랐는데, 정상에 도달하는 순간 맞은편에 별세계가 펼쳐졌다. 그리고 마침내 포근한 대기 사이로 비가 떨어지는 라슈트에 당도했다.

우리는 좀 불안한 마음으로 그 불결하다는 러시아 배로 안내를 받았다. 그러나 페르시아와 이라크는 모든 것이 달랐다. 우선, 배는 먼지 하나 없이 깨끗하여 병원을 방불케 했다. 정말로 진짜 병원 같았다. 자그마한 객실에는 높다란 철 침대와 딱딱한 짚 매트리스와 깨끗하고 거친 면 시트와 단순한 모양의 양철 단지와 대야가 구비되어 있었다. 승무원들은 한결같이 180센티미터는 되는 키에 금발 머리였으며 무표정한 것이 꼭 로봇 같았다. 우리에게 공손하게 대했지만 우리는 우리가 거기에 존재하고 있지 않은 듯했다. 맥스와 나는 마치 연극 「외국행Outward Bound」(영국 극작가 서턴 베인의 희곡 — 옮긴이)에 등장하는 자살한 부부 같은 느낌이었다. 그들 부부는 유령처럼 배를 돌아다니지만, 아무도 말을 걸거나 바라보거나 일말의 관심도 표하지 않는다.

홀에서 음식이 나오는 것이 보였다. 우리는 희망에 차 문 쪽으로 가서 안을 들여다보았다. 아무도 우리에게 어떤 반응도 보이지 않았고, 우리를 보지조차 못하는 것 같았다. 결국 맥스가 용기를 내어 음식을 먹고 싶다고 말했다. 그런데 전혀 알아들은 기색이 아니었다. 맥스가 불어와 아랍 어와 페르시아 어까지 동원했지만, 아무런 소용이 없었다. 마침내 손가락으로 목을 가리키며 어디서나 통하기 마련인 제스처를 취했더니 승무원이 당장 식탁에 두 자리를 마련했다. 우리가 자리에 앉자 음식이 나왔는데 평범하긴 했지만 꽤 맛이 있었다. 그리고 엄청나게 비쌌다.

바쿠에 도착하니 러시아의 외국인 관광국 직원이 우리를 마중 나왔다. 매력적이며, 아는 것이 많고, 프랑스 어를 유창하게 구사하는 남자였다. 그는 우리가 「파우스트」 오페라 공연을 보고 싶을 것이라고 말했다. 하지만 그것은 내가 원하는 것이 아니었다. 「파우스트」를 보려고 러시아까지 그

먼 길을 온 것은 아니었으니까. 그러자 그는 다른 곳을 관광할 수 있다고 말했다. 결국 「파우스트」 대신에 온갖 건물 부지와 반쯤 지은 아파트들을 억지로 보아야 했다.

배에서 내리는 절차는 간단했다. 여섯 명의 로봇 같은 짐꾼들이 근속 연수 순서대로 앞으로 다가왔다. 관광국 직원이 짐 하나당 1루블이라고 설명했다. 짐꾼들이 차례로 앞으로 나와 우리 짐을 하나씩 가져갔다. 불운한 이는 책으로 가득 찬 맥스의 슈트케이스를 들었고, 운이 좋은 이는 달랑 우산 하나를 들었다. 그런데 둘 다 똑같은 삯을 받는 것이었다.

우리가 간 호텔 역시 묘했다. 마치 화려한 시대의 유물 같았다. 구식의 인상적인 가구 하나가 무슨 이유에서인지 방 한가운데 떡하니 버티고 있었다. 하얗게 칠해진 그 가구에는 장미와 천사가 새겨져 있었다. 마치 짐꾼들이 옷장과 식탁과 서랍장을 밀어 넣다 말고 그냥 떠나 버린 듯했다. 침대도 역시 벽에서 뚝 떨어져 있었다. 침대는 스타일이 웅장하고 무척 편안했지만, 매트를 모두 덮기에는 턱없이 작은 거칠거칠한 면 시트가 깔려 있었다.

다음 날 아침 맥스가 면도를 하려고 뜨거운 물을 달라고 했는데, 그다지 운이 좋지 않았다. 맥스가 아는 유일한 단어는 '부탁합니다', '감사합니다' 와 '뜨거운 물'뿐이었다. 호텔 여직원은 맥스의 부탁에 강력하게 고개를 젓더니 차가운 물을 커다란 단지에 담아 가지고 왔다. 맥스는 면도기를 턱에 갖다 대며 '뜨거운'을 여러 차례 간절히 말해 보았지만, 여직원은 기가 막히다는 듯이 고개를 젓고는 비난의 눈길을 보냈다.

"여보, 아마 뜨거운 물로 면도하는 건 귀족 취향이라고 여기는가 봐요. 그만 해요."

내가 말렸다.

바쿠의 모든 곳은 스코틀랜드의 일요일 같았다. 거리 어디에서도 즐거움을 엿볼 수 없고, 상점은 대부분 닫혀 있었다. 한두 군데 문을 연 곳에서는 사람들이 기다랗게 줄을 서서 썩 좋지도 않은 물건들을 구하기 위해 참을 성 있게 기다리고 있었다.

관광국 직원이 우리를 기차역까지 바래다주었다. 매표소 창구에는 줄이 어마어마했다.

"예약석 티켓에 대해 알아보고 오겠습니다."

이 말을 남기고 관광국 직원이 사라졌다. 우리는 천천히 줄을 향해 다가 갔다.

갑자기 누군가가 우리 팔을 톡톡 쳤다. 줄 앞쪽에서 나온 여인이 활짝 미 소를 짓고 있었다. 사실 그곳 사람들은 웃을 일만 있다면 언제든지 활짝 웃 을 수 있는 듯했으며 더없이 친절한 사람들이었다. 그녀는 손짓발짓으로 우리더러 줄 앞쪽에 서라고 권했다. 우리는 그래서는 안 된다며 몸을 뺐지 만, 줄을 선 사람들이 하나같이 어서 앞쪽으로 가라고 고집을 했다. 우리 팔과 어깨를 톡톡 치고, 고개를 끄덕이고, 손짓을 하더니 급기야 한 남자 가 우리 팔을 잡고는 억지로 앞으로 끌고 갔다. 맨 앞에 있던 여자가 옆으 로 비켜 주며 미소를 지어 인사했다. 그리하여 우리는 수르셰트 행 표를 끊었다.

관광국 직원이 돌아왔다.

"아, 표를 구하셨군요."

맥스가 좀 찜찜해하며 말했다.

"이 친절한 사람들이 우리에게 줄을 양보했어요. 굳이 안 그래도 된다고 설명 좀 해 주십시오."

"아, 원래 그래요. 사실은 줄 뒤로 가는 것을 즐긴답니다. 줄서기는 좋은 소일거리이지요. 그래서 되도록 오래 줄을 서려고 한답니다. 외국인에게 무척 친절하지요."

정말이었다. 우리가 기차를 타러 가자 사람들은 고개를 끄덕이며 손을 흔들었다. 플랫폼은 만원이었으나 나중에 보니 이들 중 기차에 탄 사람은 아무도 없었다. 그저 오후를 보내기 위해 재미로 플랫폼에 나와 있는 것이었다. 우리는 마침내 우리 객실에 올랐다. 관광국 직원은 작별 인사를 하고는, 사흘 후 바툼에 도착할 것이며 아무 문제없을 것이라고 장담했다.

"찻주전자가 없군요. 하지만 기차에 탄 여자들이 분명 하나 빌려 줄 겁니다."

기차가 2시간 정도 달린 후 첫 번째 역에 섰을 때에야 이 말이 무슨 뜻인지 깨달았다. 우리랑 같은 객실에 탄 노부인이 내 어깨를 탁탁 치더니 나에게 자신의 찻주전자를 보여 주는 것이었다. 그러고는 구석에 앉은 소년의 독일어 통역을 통해 지금 찻주전자에 찻잎을 넣고 기관실로 가면 기관사가 뜨거운 물을 부어 줄 거라고 설명했다. 우리에게 컵은 있었다. 그것을 확인한 노부인은 나머지 일은 자신이 알아서 할 테니 신경 쓰지 말라고 했다. 그러더니 김이 모락모락 나는 차 두 잔을 가지고 돌아왔다. 우리는 식료품 꾸러미를 풀고 새 친구들에게 음식을 권했다. 여행은 순탄하게 진행되었다.

음식은 그럭저럭 충분했다. 천만다행으로 오리 요리는 상하기 전에 모두 먹었다. 그리고 점점 딱딱해져 가는 빵을 약간씩 먹었다. 도중에 빵을 살 수 있기를 바랐지만 불가능한 모양이었다. 물론 캐비아는 되도록 빨리 먹어 치웠다. 마지막 날에는 남은 음식이 오리 날개 한 쪽과 파인애플 마멀레이드 두 병뿐이어서 반쯤 굶주리다시피 해야 했다. 파인애플 마멀레이드를 병째로 먹자니 속이 느글거렸지만 그래도 허기의 고통을 가라앉힐 수 있었다.

자정에 비가 퍼붓는 와중에 바툼에 도착했다. 물론 예약해 둔 호텔도 없었다. 우리는 짐을 들고 어둠에 묻힌 역 밖으로 나왔다. 관광국 직원으로 보이는 사람은 아무도 없었다. 무개 사륜마차가 한 대 서 있을 뿐이었다.

빅토리아 양식처럼 보이는 낡은 마차였다. 마부는 어느 나라나 그렇듯 우리가 마차에 오르는 것을 친절하게 도와주고 짐을 차곡차곡 쌓아올렸다.

호텔로 가 달라는 말에 마부는 걱정 말라는 듯이 고개를 끄덕이고는 채찍을 철썩 내리쳤다. 마차가 부서질 듯 덜컹덜컹대며 거리를 내달렸다.

곧 어느 호텔에 도착했다. 마부는 우리더러 먼저 들어가라고 손짓을 했는데, 이내 그 이유를 알 수 있었다. 안으로 들어가자마자 방이 없다는 말을 들었으니. 어디에 가면 방을 구할 수 있느냐고 물었지만, 사내는 못 알아듣는다는 듯 고개를 절레절레 저을 뿐이었다. 우리는 밖으로 나왔고, 마부는 다시 한 번 출발했다. 그렇게 일곱 호텔을 들렀으나, 모두가 손님으로 꽉 차 있었다.

여덟 번째 호텔에서 맥스는 단호한 태도를 취해 어떻게든 잘 곳을 마련해야겠다고 말했다. 도착하자마자 우리는 복도의 플러시 천 소파에 주저앉았다. 방이 없다고 해도 무슨 말인지 못 알아듣는 양 얼빠진 표정으로 쳐다보았다. 결국 호텔 직원들은 양팔을 쳐들며 포기한 듯이 우리를 바라보았다. 우리는 여전히 못 알아듣는 표정을 지었고, 알아들으리라 짐작되는 언어들로 방을 달라는 말만 되풀이했다. 그랬더니 결국 우리를 내버려 두고 가 버렸다. 마부가 들어오더니 우리 곁에 가방을 부려 놓고는 활기차게 작별 인사를 한 다음 나갔다.

"이제는 물러서고 싶어도 못 물러서게 됐어요. 안 그래요?"

나는 서글프게 말했다.

"유일한 희망이에요. 여기서 떠날 방법도 없고, 짐도 여기에 있으니 저들이 우리를 받아들이는 수밖에 더 있겠어요."

20분이 지났다. 갑자기 키 180센티미터에 새카만 턱수염을 기르고 승마 부츠를 신은 거대한 사내의 모습을 한 구원의 천사가 나타났다. 러시아 발레에 나오는 사람과 똑같았다. 나는 넋을 잃은 눈길로 그를 바라보았다. 그는 우리를 보고 활짝 웃더니 친구처럼 어깨를 툭툭 치면서 따라오라고 손짓했다. 그는 2층을 지나 꼭대기 층으로 가 지붕에 난 들창을 열어 사다리를 걸쳤다. 불편해 보였지만 어쩔 도리가 없었다. 맥스가 먼저 올라가 나를 끌어올렸다. 우리는 지붕 위로 올라섰다. 러시아 사내는 지붕을 가로질러 옆집 지붕으로 옮겨 가더니 또 다른 들창을 열고 드디어 아래로 들어갔다. 그러자 상당히 멋진 가구들로 꾸며져 있는 커다란 다락방이 나타났다. 그 안에는 침대 두 개가 놓여 있었다. 그는 침대를 툭툭 치면서 우리에게 손짓하고는 사라졌다. 그리고 곧 우리 짐이 도착했다. 다행히 그 무렵에는 짐이 그리 많지 않았다. 바쿠에서 관광국 직원이 짐을 상당량 가져가면서 바툼에서 돌려받으라고 했던 것이다. 우리는 다음 날 그 짐들을 돌려받을 수 있었으면 했으나, 어쨌든 당장 필요한 것은 침대와 잠이었다.

다음 날 아침 우리는 그날 이스탄불로 떠나는 프랑스 배를 찾으러 가자 했다. 미리 예약해 둔 배였다. 하지만 호텔 주인에게 이를 설명해도 알아듣는 기색이 아니었다. 아무도 알아듣는 사람이 없었다. 우리는 밖으로 나가 직접 찾아나섰으나, 언덕 같은 곳이 있어 멀리 내다볼 수 없다면 바다를 찾기가 얼마나 힘든지 그제야 깨달았다. 이리로 갔다 저리로 갔다 하며 우리가 아는 온갖 언어로 '배', '항구', '부두'를 말해 보았으나, 프랑스 어도 독일어도 영어도 아무도 알아듣지 못했다. 결국 간신히 호텔로 되돌아갈 수 있었을 뿐이었다.

맥스가 종이에다 배 그림을 그리자 호텔 주인은 당장 알겠다는 표정을 지었다. 그러고는 우리를 1층 거실로 데려가 소파에 앉히더니 거기서 기다리라고 손짓했다. 30분 후 그는 뾰족한 모자를 쓴 아주 늙은 노인을 데리고 다시 나타났다. 그 노인은 프랑스 어를 할 줄 알았다. 이 구식 할아버지는 옛시절부터 호텔의 짐꾼이었고, 지금도 여전히 방문객을 상대하고 있었는데, 당장이라도 우리를 배까지 안내하고 짐을 들어 줄 수 있다고 했다.

우선은 바쿠에서 부친 짐을 찾으러 가야 했다. 노인은 우리를 감옥이 분명한 곳으로 안내했다. 빽빽이 철창이 쳐진 감옥 한가운데에 우리 가방들이 얌전히 놓여 있었다. 노인은 짐을 챙긴 다음에 우리를 항구로 안내했는데, 가는 내내 투덜거리는 바람에 마음이 좀 불안했다. 우리를 곤경에서 구해 줄 영사관도 없는 나라에서 정부를 비판하다 일이라도 날까 봐 좀 무서웠던 것이다.

우리는 노인을 조용히 시키려고 애썼지만 먹히지 않았다.

"아이고, 예전에는 이렇지 않았어요. 대체 왜 이 모양인지? 제가 입고 있는 코트 좀 보세요. 그래요. 좋은 코트지요. 하지만 제 것이냐고요? 아니요. 정부의 것이랍니다. 예전에는 코트 한 벌이 아니라 네 벌을 갖고 있었죠. 이 코트처럼 좋지는 않았지만, 그래도 '내' 코트였단 말입니다. 겨울용 코트, 여름용 코트, 우기용 코트, 멋쟁이 코트. 네 벌을 갖고 있었다고요!"

마침내 노인은 목소리를 다소 낮추고서 말했다.

"여기서는 팁이 엄격히 금지되어 있답니다. 그러니 혹시 저한테 뭐라도 주고 싶으시다면 이 거리를 내려가는 동안에 주시는 편이 나을 겝니다."

누구라도 알아들을 만한 뚜렷한 암시였다. 소중한 도움을 받고 있던 우리는 부랴부랴 상당한 금액을 노인에게 주었다. 노인은 수락의 뜻을 표명하고는 정부에 대해 좀 더 투덜거리다가 마침내 자랑스레 부두를 가리키며 손짓을 했다. 그곳에는 멋진 메사제리 마리 타임스 호가 정박해 있었다.

배가 흑해를 가로지르며 멋진 여행이 시작되었다. 가장 뚜렷이 기억나는 것은 이네볼루 항구에 들러 자그마한 갈색 곰 여덟 마린가 열 마리를 갑판에 실은 일이다. 마르세유의 동물원에 보내는 거라는 말을 듣고는 내 마음에 슬픔이 일었다. 테디베어처럼 장난감 신세가 되다니. 하지만 총에 맞거나, 박제가 되거나, 더 나쁜 운명에 처할 수도 있었다. 적어도 흑해를 가르며 즐거운 항해를 해 보지 않는가. 험상궂게 생긴 프랑스 선원이 아기 곰에게 차례차례 젖병으로 우유를 먹이던 엄숙한 광경을 떠올릴 때면 지금도 웃음이 난다.

4

우리에게 일어난 다음으로 중요한 일은 캠벨 톰슨 박사 부부를 만난 것이었다. 나는 니네베 발굴에 함께 따라갈 수 있을지 심사를 받아야 했다. 맥스는 다음 해 가을과 겨울에 이들 부부와 함께 일하기로 사실상 결정된 상태였다. 울리 부부는 그가 우르를 떠나는 것을 달가워하지 않았지만, 맥스는 변화가 필요하다고 마음을 굳혔다.

보통 C.T.라고 불리던 박사는 사람들을 특정 방식으로 테스트했다. 그중 하나가 시골 횡단이었다. 나처럼 발굴 팀에 끼기를 원하는 사람이 있으면 되도록 비가 퍼붓는 날을 골라 길이 험한 시골 지역으로 데려가는 것이다. 그러고는 어떤 신발을 신었는지, 지치지는 않는지, 나무들이 가로막고 있는 곳을 잘 헤쳐 나가는지 빽빽한 숲 속을 잘 걷는지 등을 확인했다. 나는 다트무어에서 여기저기 산책하고 탐험한 경험이 많았으므로 성공적으로 테스트를 통과했다. 험하고 외진 곳은 전혀 무섭지 않았다. 고랑이 파인 밭을 많이 지나지 않아도 되는 것이 다행이었다. 오히려 그런 곳이 더 걷기 힘들기 때문이다.

다음 테스트는 음식에 까다로운지 확인하는 것이었다. C.T. 박사는 내가 아무것이나 잘 먹는다는 것을 금방 눈치 채고 기뻐했다. 실은 박사가 나의 추리 소설을 무척 좋아했기 때문에 처음부터 좋은 점수를 딸 수 있었던 면도 있다. 내가 니네베 발굴에 함께 갈 자격이 충분하다고 결정이 나고, 일정이 잡혔다. 맥스는 9월 말에 먼저 가고, 나는 10월 말에 합류하기로 했다.

나는 우선 로도스 섬에서 몇 주 동안 글을 쓰고 쉰 다음에 아는 영국 영
사가 있는 알렉산드레타 항구로 가기로 했다. 그리고 그곳에서 차를 빌려
알레포까지 간 뒤, 기차를 타고 터키와 이라크의 국경인 니시빈에 갔다가
다시 8시간 동안 차를 달리면 모술에 도착하는 것이다.

멋진 계획이었다. 맥스는 모술로 마중 나오기로 했다. 하지만 중동에서
는 계획대로 되는 법이 좀처럼 드물다. 지중해는 때때로 아주 거칠어지는
데, 메르신(터키의 항구 도시 — 옮긴이)에 도착한 직후 파도가 솟구치는 바
람에 나는 객실에 끙끙 앓아눕게 되었다. 내가 아무 음식도 먹고 싶어 하지
않자, 동정심 많은 이탈리아 인 승무원은 무척 속상해하면서 때때로 방문
으로 머리를 들이밀고는 그날 식당에 나온 음식을 나에게 먹이려 들었다.

"맛있는 스파게티를 가지고 왔습니다. 아주 진한 토마토소스가 뿌려져
있지요. 무척 맛있어요."

나는 느끼하고 뜨거운 스파게티를 생각만 해도 속이 뒤집힐 것 같아서
끙끙거렸다.

그는 나중에 다시 나타나 이렇게 말했다.

"좋아할 만한 것을 가져왔어요. 올리브 오일을 듬뿍 뿌린 포도잎으로 싼
쌀밥이에요. 맛이 기가 막혀요."

나는 심하게 신음소리를 냈다. 한번은 수프를 가지고 왔는데, 그 위에 기
름이 2센티미터 두께로 덮여 있어 내 얼굴이 다시 한 번 새파랗게 질리기
도 했다.

알렉산드레타가 가까워질 무렵, 나는 간신히 일어나 옷을 입고 짐을 꾸
리고는 비틀비틀 갑판으로 나가 신선한 공기를 쐬었다. 날카로운 찬바람에
원기를 회복하고 있는데 선장이 부른다고 했다. 배가 알렉산드레타에 기항
할 수 없다는 것이었다.

"파도가 너무 거칠어서 뭍에 배를 대기가 어렵습니다."

참으로 난감했다. 영사와는 말 한마디 나눌 기회조차 없을 듯했다.

"그러면 저는 어떡하죠?"

선장은 어깨를 으쓱했다.

"베이루트로 가는 수밖에 없습니다."

당혹스러웠다. 베이루트는 전혀 다른 방향이었다. 하지만 감내할 수밖에 없었다.

선장이 위로하듯 말했다.

"추가 요금을 내지 않으셔도 됩니다. 이번 항구에 내려 드릴 수 없어 다음 항구까지 모시는 것이니까요."

베이루트에 도착할 무렵에는 파도의 기세가 다소 누그러지긴 했지만, 여전히 거칠었다. 나는 엄청나게 느릿느릿 나아가는 기차를 타고 알레포로 향했다. 내 기억으로는 하루 종일이 걸렸는데, 적어도 16시간은 기차 속에 있었던 것 같다. 기차에는 화장실 비슷한 것도 없었고, 다음 역에 화장실이 있을지 없을지도 알 수 없었다. 16시간을 꿋꿋이 참아야만 했는데, 다행히도 나는 그쪽 방면에 소질이 있었다.

다음 날 오리엔트 특급 열차를 타고 텔코체크로 향했다. 당시 그곳은 베를린 바그다드 노선의 종점이었다. 하지만 텔코체크에서는 더한 불운이 기다리고 있었다. 악천후 때문에 모술로 가는 길이 두 군데나 끊겼고, 와디에 물이 차올라 있었던 것이다. 원시적으로 지어진 게스트하우스에서 아무 할 일 없이 이틀을 보내야 했다. 나는 가시철조망을 따라 거닐기도 하고 또 잠시 사막으로 들어갔다가 되돌아오기도 했다. 식사는 번번이 똑같았다. 달걀 프라이와 질긴 닭고기. 갖고 있는 책이라고는 달랑 하나뿐이었고, 그 책을 읽은 후에는 할 일이 생각밖에 없었다!

그러다 마침내 모술의 게스트하우스에 도착했을 때, 신비스럽게도 내가 온다는 소식이 전해진 모양이었다. 맥스가 그곳 계단에 서서 나를 맞았던 것이다.

"사흘이나 늦어서 무척 걱정했겠네요?"

"아니요. 그런 일이야 다반사인걸요."

우리 부부는 캠벨 톰슨 박사가 니네베의 거대한 언덕 근처에 구해 놓은 숙소로 향했다. 모술에서 2.5킬로미터 떨어진 그곳은 매력적이기 그지없었다. 그곳을 생각할 때면 항상 마음에 사랑과 애정이 포근히 피어난다. 발굴 팀 숙소는 지붕이 평평하고 그 지붕 한쪽에 네모난 옥탑방이 하나 있었으며, 현관이 멋진 대리석으로 되어 있었다. 맥스와 나는 2층 방을 썼다. 가구라고는 대부분 오렌지 상자였고, 캠프용 침대가 둘 있었다. 그 자그마한 숙소 주위에는 온통 장미 덤불이 심어져 있었다. 우리가 도착했을 때 분홍색 꽃봉오리가 가득하여, '내일 아침이면 활짝 꽃을 피우겠지. 정말 예쁘겠어.' 하고 나는 생각했다. 하지만 다음 날 아침에도 봉오리는 전혀 펴 있지 않았다. 이 자연의 경이를 도통 이해할 수 없었다. 장미가 무슨 밤에 피는 선인장도 아니거늘. 그런데 알고 보니 이들 장미는 장미 향수용으로 재배하는 것이어서 새벽 4시가 되면 일꾼들이 꽃을 피운 장미를 모두 따 가고 있었던 것이다. 그러니 날이 밝아도 장미라고는 꽃봉오리밖에 보이지 않을 밖에.

맥스는 업무상 말을 타야 했다. 나는 남편이 승마를 그다지 잘하는 것 같지 않아 매우 걱정스러웠으나, 맥스는 여기 오기 전에 런던에서 승마 수업을 받았으며, 말을 잘 탈 수 있다고 고집했다. C.T.의 알뜰함에 대한 열정을 알았더라면 맥스도 분명 몸을 사렸을 텐데. C.T.는 여러 면에서 무척 관대하긴 했지만, 일꾼들을 가능한 한 가장 싸게 부려먹었다. 그런 알뜰함은 말을 구입하는 데까지 영향을 끼쳤다. 따라서 어떤 동물이든 그가 산 동물은 매매 계약이 확정될 때까지 교묘히 감추어져 있던 고약한 특성을 나중에 드러낼 가능성이 농후했다. 뒷발로 벌떡 서거나, 날뛰거나, 뒷걸음질을 치거나, 이런저런 말썽을 피우는 등. 이 말도 예외가 아니어서, 매일 아침 언덕 꼭대기까지 미끈미끈한 진흙탕 길을 오르는 것은 시련이 아닐 수 없었다. 그런데도 맥스는 태평한 모습으로 말을 탔다. 천만다행으로 아무 탈 없이 지나갔으니 망정이지, 만약 말에서 떨어졌더라면 대단한 불명예가 되었을 것이다. 영국을 떠나기 전 C.T.는 맥스에게 이렇게 말했던 것이다.

"말에서 떨어지면 일꾼들이 자네를 완전히 깔보게 된다는 사실을 명심하게."

매일 매일의 의식은 아침 5시에 시작되었다. C.T.가 지붕 위에 올라가면 맥스도 뒤를 따랐다. 그리고 둘이서 논의를 한 다음, 니네베 언덕 꼭대기에서 밤새 망을 본 파수꾼에게 램프로 신호를 보냈다. 이것은 그날 날씨에 따라 일을 하느냐 안 하느냐 여부를 알리는 것이었는데, 가을이 우기였기 때문에 좀 신경을 써야 하는 문제였다. 일꾼들 대부분이 사오 킬로미터 떨어진 곳에 살고 있어서 집에서 출발하기 전에 언덕에 오른 봉화를 꼭 확인했다. 그런 다음에 맥스와 C.T.는 각자 말을 타고 슬슬 언덕 꼭대기로 향했다.

아침 8시면 바버라 캠벨 톰슨과 언덕 꼭대기로 걸어가 모두 함께 아침을 먹었다. 푹 삶은 달걀과 차와 그 지방의 빵이 아침 메뉴였다. 10월에는 날이 무척 쾌청했지만, 다음 달부터는 쌀쌀해져 온몸을 잘 감싸야 했다. 주위의 풍경은 아름다웠다. 멀리 언덕과 산이 펼쳐져 있고 위압적인 제벨마클룹 산이 모습을 드러내고 있었으며, 때로는 머리에 눈을 인 쿠르디시 산맥도 보였다. 시선을 돌리면 티크리스 강과 이슬람교 사원의 높다란 탑이 서 있는 도시 모술이 있었다. 우리는 늘 숙소로 돌아왔다가 점심시간이 되면 다시 그곳으로 올라가곤 했다.

나는 C.T.와 딱 한 번 논쟁을 벌였다. 그가 예의상 져 주긴 했지만, 내 점수는 무척 깎였으리라. 내가 원한 것이라고는 시장에서 내 탁자를 사는 것뿐이었다. 오렌지 상자에 옷을 담고, 오렌지 상자를 의자 삼아 앉고, 침대 옆에 협탁 대용으로 오렌지 상자를 두는 것은 문제없었다. 하지만 내 일을 하기 위해서는 타자기를 놓을 수 있고 내 무릎을 그 아래에 넣을 수 있는 튼튼한 탁자가 필요했다. C.T.가 탁자 값을 내줄 리 만무했으므로 내 돈으로 직접 사려고 했는데, 그런 불필요한 것에 돈을 쓰려고 한다며 C.T.가 나무라는 것이었다. 나는 그것이 꼭 필요하다고 고집했다.

책을 쓰는 것이 내 일이며, 그것을 위해서는 타자기, 연필, 탁자 등 특정 도구가 필요하다고 나는 꼭 집어서 말했다. 결국 C.T.가 물러섰지만, 무척 유감스러워했다. 나는 단순히 다리가 네 개 달린 덜거덕대는 탁자가 아니라 '튼튼한' 탁자가 필요했으므로, 거기에 10파운드를 지불했다. 전대미문의 큰 금액이었다. C.T.가 나의 이런 호사스런 사치를 용서하는 데 2주일은 걸렸던 것 같다. 하지만 내 탁자를 가지게 되어 나는 굉장히 행복했고, C.T.도 책이 잘 써지느냐며 친절하게 묻곤 했다. 문제의 그 책이 바로 『에지웨어 경의 죽음』이었으며, 당시 언덕에서 발견된 유골은 즉각 에지웨어 경이라는 이름을 얻었다.

맥스가 니네베에 온 목적은 니네베의 언덕을 깊이 파 내려가기 위한 것이었다. C.T.는 그다지 적극적이지는 않았지만, 맥스더러 한번 해 보라고 사전에 동의한 상태였다. 당시 고고학은 갑자기 선사 시대가 대유행을 하고 있었다. 그때까지만 해도 모든 발굴은 역사 시대를 대상으로 하고 있었는데, 이제는 모두가 당시 거의 알려져 있지 않은 선사 시대 문명에 열광했다.

사람들은 전국 곳곳에서 언덕 같지도 않은 작은 언덕들을 조사했고, 어디를 가든 그림이 그려져 있는 도자기 조각들을 주워서는 이름표를 붙이고 봉투에 담은 뒤 그 무늬를 검사했다. 그것은 너무나도 흥미로운 일이었고, 그토록 오래된 옛날 물건인데도 너무도 신선했다!

그 도자기가 구워진 것은 문자가 발명되기 이전 시대였기 때문에 연대 추정이 유난히 어려웠다. 특정 도자기 형태가 다른 도자기 형태에 비해 앞

시대의 것인지, 뒷시대의 것인지 가늠하기가 힘들었다. 우르에서는 울리가 홍수 수위 밑으로까지 파 들어갔고, 텔우바이드(우르 근방의 선사 시대 유적지 — 옮긴이)의 흥미로운 도자기들은 대단한 관심을 불러일으켰다. 다른 사람들과 마찬가지로 맥스도 그런 선사 시대를 향한 뜨거운 조류에 동참했고, 실제로 니네베를 깊이 판 결과 대단한 성과를 얻었다. 27미터 높이에 달하는 그 거대한 언덕의 4분의 3은 선사 시대에 해당하는 것으로 이내 밝혀졌다. 아무도 짐작조차 못 하고 있던 일이었다. 오직 꼭대기 부분만이 아시리아 시대의 것이었다니.

굴착은 발굴 시즌이 막바지에 이르러서야 거의 끝났는데, 27미터나 깊이 파헤쳐진 구덩이는 좀 무시무시했다. 용감무쌍한 사람이었던 C.T.는 항상 하루에 한 번은 반드시 일꾼들과 함께 직접 아래로 내려갔다. 고소공포증이 있는 그로서는 무척 괴로운 일이었다. 반면에 맥스는 높은 곳에 올라가도 아무 문제없었기 때문에 즐겁게 위아래를 오르내렸다. 모든 아랍 인들이 그러하듯 일꾼들은 그 어떤 현기증도 느끼지 않았다. 그들은 아침이면 질퍽질퍽하고 미끈거리는 좁다란 나선형 길을 잘도 오르내렸다. 서로에게 바구니를 던지고, 흙을 운반하고, 발 딛고 남은 가장자리가 2센티미터밖에 안 되는 길 위에서 장난으로 동료를 밀치고 지나가기도 하면서 말이다.

"아이고, 맙소사! 저러다 누가 죽어도 죽지."

C.T.는 아래를 내려다볼 수 없어 손으로 머리를 움켜쥐고 끙끙대었다.

하지만 아무도 죽지 않았다. 아랍 인들은 노새처럼 확실한 발을 갖고 있었다.

어느 쉬는 날, 차를 빌려 님루드의 거대한 언덕을 찾으러 가기로 했다. 100년도 더 전에 레어드(영국의 고고학자 — 옮긴이)가 발굴한 이후 아무도 손대지 않은 곳이었다. 도로 사정이 무척 나빠 맥스가 고생을 많이 했다. 대부분 시골을 가로질러야 했는데, 와디와 관개 수로가 통행 불가능한 경우가 많았다. 하지만 우리는 결국 그곳에 도착했고 멋진 소풍을 즐겼다. 그때 그곳은 얼마나 아름다웠던가. 겨우 1.5킬로미터 떨어진 곳에서 티그리스 강이 흐르고 있었고, 아크로폴리스 *Acropolis*(성채)의 거대한 언덕에는 아시리아의 웅장한 석조 두상이 흙 위로 비쭉 얼굴을 내밀고 있었다. 과거가 스며들며 평화롭고 낭만적인 장관이 펼쳐져 있었던 것이다.

맥스가 한 말이 기억난다.

"바로 이런 곳을 발굴하고 싶어요. 그러려면 대규모 발굴 작업을 해야 하죠. 엄청난 후원금을 구해야 하니, 원. 그래도 할 수만 있다면 전 세계 모든 곳 중에서 바로 이 언덕을 발굴하겠어요."

그러고는 한숨을 쉬었다.

"꿈도 야무지지."

맥스의 책이 지금 내 앞에 놓여 있다. 『님루드와 그 유적 Nimrud and its Remains』. 그의 크나큰 소망이 이루어져 얼마나 기쁜지. 님루드는 100년 동안의 잠에서 깨어났다. 레어드가 시작한 일을 나의 남편이 마무리 지은 것이다.

맥스는 도시 경계에 위치하고 있었던 웅장한 샬마네세르 요새와 언덕의 다른 부분에 있던 궁전들, 아시리아의 군사 수도였던 칼라의 이야기와 같은 님루드의 또 다른 비밀들을 알아냈다. 역사적으로 님루드는 그 정체에 대해 잘 알려져 있지 않다. 게다가 그곳의 장인들이(나는 예술가라고 부르고 싶다.) 만든 너무나도 섬세하고 정교한 상아 작품을 비롯해 아름다운 물건들 상당량이 세계의 박물관으로 흩어져 버렸다.

나는 이런 유물들을 닦는 일에 참여했다. 여느 전문가가 그러하듯 나도 매니큐어용 오렌지 나무 막대라든가 아주 가느다란 뜨개질바늘 등의 아끼는 도구를 가지고 있었다. 참, 한번은 치과 의사에게서 빌렸는지 얻었는지 모를 치과 도구를 쓰기도 했다. 또한 부서지기 쉬운 상아에 손상을 주지 않고 틈에서 먼지를 살살 빼내는 데 그 무엇보다도 얼굴용 화장 크림이 유용하다는 것도 알아냈다. 사실 어찌나 화장 크림이 금방 없어지는지, 두어 주가 지나자 내 가엾은 늙은 얼굴에 바를 것조차 한 점 안 남게 되었던 것이다!

이것은 너무나도 스릴 넘치는 일로서, 인내심과 조심성을 발휘해 섬세하게 다루어야 했다. 무엇보다도 가장 신이 났던 날은(내 생애에서 가장 흥미진진했던 날 중 하나이다.) 아시리아 우물을 청소하던 일꾼들이 숙소로 달려와 이렇게 외쳤던 날이다.

"우물에 여자가 있어요! 우물에 여자가 있다니까요!"

그 여자는 진흙투성이인 채로 자루에 담겨 실려 왔다.

나는 커다란 대야에 여자를 놓고서 진흙을 살살 털어 내는 기쁨을 누렸다. 2500년 동안 진흙 속에서 보존된 머리가 조금씩 조금씩 드러났는데, 전례를 찾아볼 수 없을 정도로 커다란 상아 두상이었다. 연갈색 빛깔에 머리는 검었으며, 희미하게 칠이 남아 있는 입술에는 아크로폴리스 궁녀의 신비스러운 미소가 담겨 있었다. 우물의 여인은 이라크 유물국 국장의 고집대로 모나리자라는 이름을 얻고는, 현재 바그다드의 새 박물관에 전시되어 있다. 역사상 최고의 발견 중 하나이다.

이 두상보다 크지는 않았지만, 아름다움에는 결코 뒤지지 않는 상아 유물들도 많았다. 고개를 돌린 채 송아지들에게 젖을 먹이는 소들이 새겨져 있는 액자, 사악한 이세벨(성경 속의 악녀 — 옮긴이)처럼 창가에서 밖을 내다보고 있는 상아 여인들, 암사자에게 죽임을 당하는 흑인이 새겨져 있는 두 개의 멋진 상아 액자 등. 특히 흑인이 있는 액자 두 개가 있었다. 금빛 로인클로스(엉덩이를 둘러싸는 직사각형 모양의 천 — 옮긴이)를 입고 머리에 황금 장식 두건을 쓴 흑인이 암사자의 발에 밟힌 채 곧 죽음을 맞게 된 순간, 황홀경에 빠진 양 고개를 쳐들고 있다. 그들 뒤로는 정원의 잎이 무성한데, 청금석과 홍옥수와 황금이 꽃과 잎을 이루고 있다. 이 두 액자를 발견한 것은 대단한 행운이었다. 현재 그 액자들은 하나는 대영박물관에, 다른 하나는 바그다드에 있다.

인류가 손으로 빚은 아름다운 물건들을 보노라면 인간으로 태어난 것에 커다란 자부심이 느껴진다. 인간은 창조자이다. 창조주께서 그 신성함을 조금이나마 나누어 주신 것이 틀림없다. 신께서는 이 세상 모든 것을 창조하시고 그 아름다움을 보셨지만, 약간은 미완성으로 남겨 두어 인간이 당신을 본받아 그 나머지를 채우게 하시었다. 당신의 형상을 본떠 창조된 인간이 무엇을 만들어 내는지 그리고 그것이 얼마나 아름다운지 보시기 위함이리라.

창조의 자부심은 남다른 것이다. 우리 발굴 숙소에다 흉측한 수건걸이를 만든 목수조차도 창조의 영혼을 지니고 있다. 주문과 달리 왜 그렇게 커다란 발을 수건걸이에 만들어 달았느냐고 묻자 그는 비난하듯 대답했다.

"너무나 아름다워서 그렇게 만들어야만 했소!"

우리에게는 흉측해 보이지만, 그에게는 아름답게 보였던 것이며, 그는 그것이 아름다웠기 때문에 창조의 영혼을 따라 그렇게 만든 것이다.

인간은 사악할 수도 있고, 다른 동물 형제들보다 더욱 사악해지기도 한다. 하지만 인간은 또한 창조의 기쁨으로 천국에 이를 수도 있다. 영국의 대성당은 인간을 능가하는 존재를 경배하기 위한 기념비이다. 케임브리지의 킹스칼리지 채플의 기둥머리 하나에는 튜더 장미 한가운데에 주문과 달리 성모 마리아의 얼굴이 새겨져 있다. 튜더 왕이 지나치게 숭상받는 반면, 창조주를 경배해야 마땅할 예배당에서 하느님은 그다지 존경받지 못하고 있다고 석공이 여겼기 때문이다.

이것은 캠벨 톰슨 박사의 마지막 발굴이었다. 박사 자신이 금석학자였으니 글이 새겨진 역사 시대 유물이 발굴의 고고학적 측면보다 더욱 흥미로운 것이 당연했다. 여느 금석학자가 그러하듯 캠벨 톰슨 박사는 항상 서판을 발견하기를 꿈꾸었다.

니네베는 너무 많이 파헤쳐져서 그 모든 건물의 용도를 알아내기가 어려웠다. 맥스는 궁전 건물에는 별 관심이 없었고, 진정 그의 마음을 사로잡은 것은 알려진 것이 너무나도 적은 선사 시대 발굴이었다.

그는 벌써 특정 지역의 자그마한 언덕을 직접 발굴할 계획을 세워 두고 있었다. 나는 그 이야기를 듣고는 가슴이 설 다. 필요한 후원금을 쉽게 모으기 위해서 자그마한 언덕을 골라야 했지만, 맥스는 할 수 있고 반드시 해내야만 한다고 생각했다. 인간의 흔적이 없는 저 깊은 곳까지 파 들어가는 것에 대한 맥스의 특별한 관심은 점점 커졌다. 캠벨 톰슨 박사의 발굴 작업이 드디어 바닥에 다다랐을 무렵, 그 면적은 겨우 지름 몇 미터에 달하는 자그마한 땅 한 뙈기에 지나지 않았다. 또한 넓이가 작아 발굴품도 사금파리 몇 개에 불과했지만, 위에서 발견된 것과는 확연히 다른 시대의 유물이었다. 그 후로 니네베는 바닥에서부터 새로운 이름이 붙여졌다. 아래에서부터 위로 니네베 1기, 니네베 2기, 니네베 3기, 니네베 4기, 니네베 5기로 각각 분류된 것이다. 니네베 5기는 물레로 도자기를 빚은 시기로, 아름다운 채색이나 새김 장식을 한 도자기들이 발굴되었다. 특히 술잔 같은 그릇들이 독특했으며, 장식이 활기차고 매력적이었다. 하지만 도자기 자체는 수천 년 전에 만들어진 탓에 그렇게 질이 좋지 않았다. 섬세하고 아름다운 살굿빛 도자기는 고대 그리스 도자기와 거의 유사한 손잡이가 달려 있고, 표면에 매끈하게 유약이 칠해져 있었으며, 기하학적 장식이 주를 이루었는데 특히 점무늬가 많았다. 맥스의 말로는, 시리아의 텔할라프에서 발굴된 도자기와 매우 유사하지만 훨씬 후대의 것으로 보인다고 했다. 어쨌든 도자기의 품질은 텔할라프보다 더 좋았다.

맥스는 일꾼들을 시켜 반경 13킬로미터 이내에 있는 마을에서 온갖 도자기들을 가져오게 했다. 어떤 언덕에서 발견된 도자기들은 대부분 니네베 5기 말의 품질을 보였고, 채색이 다양했을 뿐만 아니라 아름다운 새김 장식으로 정교함을 뽐내었다. 반면 훨씬 초기 시대에 만들어진 붉은 도자기나 회색 도자기도 있었는데, 둘 다 평범하고 채색되어 있지 않았다.

쿠르디시 산맥에 이르기까지 곳곳에 솟아 있는 자그마한 언덕 중 한두 군데는 물레로 도자기를 빚기 이전 시대에 버려진 듯, 모두 손으로 빚은 도자기만 발견되었다. 특히 니네베의 거대한 원에서 동쪽으로 겨우 6킬로미터 떨어진 곳에 있는 아르파치야라는 아주 작은 언덕은 니네베 2기의 정교한 채색 사금파리 이후 시대의 흔적이 거의 보이지 않았다. 그 이전에 버려진 것이 분명했다.

맥스는 그쪽으로 마음이 끌렸고, 나도 그것을 부추겼다. 그 도자기 조각의 아름다움을 보노라니 무엇인가 대단한 발견을 할 수 있으리라는 믿음이 생겼던 것이다. 맥스는 그것이 상당한 도박이 될 것이라고 말했다. 아주 작은 마을이 있던 자리라서 중요한 유물이 하나도 남아 있지 않을 수도 있었다. 무엇을 발견할 수 있을지 심히 회의적이었다. 하지만 그 도자기를 만든 사람들은 그곳에서 살았을 것이 분명했다. 거주지는 원시적일지 모르지만, 도자기는 전혀 원시적이지 않았고, 대단히 우수한 도자기였다. 스완지(영국의 중소 공업 도시 — 옮긴이)나 웨지우드(영국의 유명 도자기 공장 — 옮긴이)처럼, 니네베라는 이웃 대도시를 위해 도자기를 만들었을 리는 없었다. 그들이 흙 반죽을 빚고 있을 때 니네베는 아예 존재조차 하지 않았으며, 그 사이에는 수천 년이나 세월의 차이가 있기 때문이다. 그렇다면 그들은 도대체 왜 도자기를 만들었을까? 그저 아름다움을 창조하는 기쁨 때문에?

물론 이들 도자기에 대한 '현시대의 호들갑'을 달가워하지 않았던 C.T.는 맥스가 선사 시대에 지나친 중요성을 부여하는 것은 실수라고 여겼다. 중요한 것은 역사적 기록뿐이며, 인간은 말을 통해서가 아니라 글을 통해서 자신의 이야기를 한다는 것이다. C.T.에게는 역사적 기록이 참으로 매력적이었고, 맥스에게는 손으로 만든 물건만으로 비밀을 드러내는 낯선 시대가 더욱 매혹적이었으며, 이는 둘 다 옳은 의견이었다. 그리고 이 자그마한 마을의 아름다운 도자기를 깊이 고려해 볼 만하다고 여겼다는 점에서 나 또한 옳았다. '왜?'라는 질문을 항상 자기 자신에게 물었던 것 역시 옳은 선택이었다. 나와 같은 사람들은 이유를 알아내는 것이 삶의 기쁨이기 때문이다.

발굴 생활의 첫 경험은 무척 즐거웠다. 모술이 좋았고, C.T.와 바버라와 깊이 정이 들었으며, 『에지웨어 경의 죽음』을 완성하고 살인자를 성공적으로 찾아냈다. C.T.와 바버라를 방문할 때면 원고를 소리 내어 읽어 주었는데, 그들은 안목이 아주 높았다. 가족을 빼고는 내가 원고를 읽어 준 유일한 사람들이 아닌가 싶다.

다음 해 2월에 맥스와 함께 다시 모술로 가서 게스트하우스에 묵을 때까지만 해도 나는 반신반의했다. 그 자그마한 언덕 아르파치야를 발굴하기 위한 협상이 진행 중이었다. 아무도 신경 쓰지 않고 아무것도 알려지지 않은 그 작은 언덕은 장차 고고학계에 커다란 명성을 떨칠 운명을 안고 있었다. 맥스는 우르 발굴에 건축가로 참여했던 존 로즈더러 함께 일하자고 설득했다. 그는 우리 둘 모두의 친구였으며, 빼어난 설계사인 그가 나직이 내뱉는 부드러운 유머에는 웃지 않을 수가 없었다. 존은 처음에는 어떻게 해야 할지 쉽사리 결정을 내리지 못했다. 확실히 우르로 돌아갈 마음은 없었지만, 고고학에 계속 몰두해야 할지, 건축 일로 돌아서야 할지 갈등 중이었다. 하지만 맥스의 말처럼 발굴은 오래 걸리지 않을 터였다. 길어야 두 달이었고, 할 일도 그리 많지 않을 듯했다.

맥스는 설득하는 조로 말했다.

"사실 휴가라고 생각해도 돼. 기후도 좋고 아름다운 꽃도 피는 멋진 계절이지. 산맥과 구릉지 지역이니까 우르에서처럼 모래 폭풍에 시달릴 일도 없고. 실컷 쉬면 되는 거야."

존은 맥스의 말에 마음을 정했다.

맥스는 거기에 덧붙여 말했다.

"물론 도박이긴 하지."

맥스로서는 경력을 쌓아 나가는 출발점이었기에 몹시 초조한 시기였다. 남편은 스스로 결단을 내렸으며, 그 결과에 따라 성공하거나 실패할 것이었다.

모든 것이 불길하게 시작되었다. 우선 날씨가 형편없었다. 비가 퍼부었고, 어디로든 차를 몰고 가는 것이 거의 불가능했다. 게다가 발굴하려는 땅의 주인이 누군지 알아내기가 믿을 수 없을 만큼 힘들었다. 중동에서 토지 소유권은 항상 문제를 내포하고 있었다. 도시에서 멀리 떨어져 있다면 땅은 셰이크(부족장 혹은 촌장 — 옮긴이)의 관할에 속했으므로, 그와 계약을 맺으면 되었다. 또한 정부의 지지를 받아 권위를 빌릴 수도 있었다. 또 고대인들이 살았던 땅은 모두 텔tell(언덕)로 기재되어 땅 주인의 재산이 아니라 정부의 재산으로 간주되었다. 하지만 아르파치야처럼 자그마한 언덕이 그럴 리는 없었으므로 우리는 땅 주인과 접촉해야 했다.

간단한 문제인 듯했다. 덩치 큰 쾌활한 사내가 와서는 자신이 땅 주인이라고 단언했으므로. 하지만 다음 날 그가 땅 주인이 아니라는 소식이 들려왔다. 그의 아내의 두 번째 사촌이 실제 땅 임자라는 것이었다. 다시 셋째 날에는 그의 아내의 두 번째 사촌이 아니라 여러 사람들의 공동 소유라며 사람들이 몰려왔다. 쉴 새 없이 비는 내리는데 모두들 뻣뻣한 태도로 물러서지 않았다. 맥스는 장탄식을 하며 침대에 폴썩 쓰러져 만했다.

"어떻게 생각해요? 땅 주인이 열아홉 명이나 된다니."

"그 자그마한 땅에 주인이 열아홉이나 된단 말이에요?"

나는 기가 막혔다.

"그런 모양이에요."

결국 그 얽히고설킨 문제를 풀어, 진짜 땅 주인을 찾아냈다. 누군가의 숙모의 남편의 사촌의 이모의 두 번째 사촌이었는데, 그런 거래를 할 능력이 전혀 없어 남편과 다른 여러 친척들이 대변인으로 나선 것이었다. 모술의 무타사리프 *Mutassarif*(군수), 바그다드 유물국, 영국 영사관 외에 이런저런 도움을 받아 마침내 문제가 해결되었다. 그리고 굉장히 엄격한 계약이 체결되었는데, 어느 쪽이든 계약을 어길 경우에 엄청난 벌금을 물어야 한다는 것이었다. 땅 주인의 남편이 가장 기뻐한 것은 우리의 발굴 작업이 중단되거나 계약이 무효가 될 경우 그가 1000파운드를 지불하겠다고 한 조항이었다. 그는 애써 이 조항을 삽입하고는 온갖 친구들에게 자랑했다.

"이건 중요한 문제라네. 내가 줄 수 있는 모든 도움을 주지 않거나 내가 아내를 대신해 한 약속을 지키지 않는다면 나는 1000파운드를 잃게 돼."

의기양양한 이 말에 모두들 더할 수 없이 깊은 인상을 받았다.

"1000파운드라니. 1000파운드나 잃을 수도 있다니! 자네, 들었어? 만약 일이 잘못되면 저분이 1000파운드를 빼앗긴대!"

그 선량한 남자에게 누군가 어떤 재정적 벌금을 부과했다 할지라도 그가 낼 수 있는 금액이 겨우 10디나르에 불과했다는 말은 꼭 해야겠다.

우리는 C.T.와 함께 지냈던 숙소와 비슷한 자그마한 집을 한 채 빌렸다. 모술에서는 약간 더 멀지만, 니네베에서는 훨씬 가까운 곳이었다. 먼젓번 집과 마찬가지로 평평한 지붕에 대리석 현관이 있고, 약간은 종교적인 분위기의 모술 대리석 창문이 나 있었으며, 도자기들을 올려놓을 대리석 토대가 있었다. 요리사와 심부름꾼을 고용하고, 이웃의 다른 개나 집으로 다

가오는 사람을 보면 컹컹 짖어 대는 덩치 큰 사나운 개도 길렀다. 얼마 안
있어 그 개는 강아지 여섯 마리를 낳았다. 또한 자그마한 트럭을 구하고,
갤러거라는 아일랜드 인을 운전수로 고용했다. 그는 1차 대전이 끝났는데
도 고향으로 돌아가지 않고 그곳에 남아 살고 있었다.

갤러거는 대단히 특이한 사람으로, 때때로 기막힌 이야기를 들려주었
다. 카스피 해 해변에서 발견한 철갑상어를 얼음에 담가 친구들과 함께 산
맥을 넘어 이란으로 가 거액을 받고 팔았다는 전설도 있었는데, 그 도중에
일어나는 무수한 모험담은 마치 『오디세이Odyssey』나 『아이네이스』를 듣는
듯했다.

또한 사람의 정확한 목숨값과 같은 유용한 정보도 알려 주었다.

"이라크가 이란보다 나아요. 이란에서는 사람을 죽이려면 현찰로 7파운
드를 주어야 하죠. 하지만 이라크는 3파운드면 되거든요."

갤러거는 전시의 기억을 여전히 간직하고 있어 개들을 거의 군대식으로
훈련시켰다. 여섯 마리의 강아지들은 하나씩 이름을 부르면 순서대로 주방
으로 달려왔다. 맥스는 스위스미스를 가장 좋아하여 항상 제일 먼저 불렀
다. 강아지들은 하나같이 엄청 못 생겼지만, 모든 강아지가 그러하듯 나름
의 매력을 지니고 있었다. 차 마시는 시간이 지나면 강아지들이 알아서 현
관으로 몰려와 우리는 애정 어린 손길로 진드기를 잡아 주었다. 다음 날이
면 다시 어김없이 진드기가 잔뜩 들러붙어 있었지만, 우리는 최선을 다해
진드기를 제거했다.

갤러거는 닥치는 대로 책을 읽었다. 펑키 언니가 일주일에 한 번씩 책을
보내 주었는데, 그 책들은 때가 되면 모두 갤러거에게로 넘어갔다. 그는 책
을 삽시간에 읽었고, 어떤 책이든 가리지 않았다. 전기, 소설, 연애 소설, 스
릴러, 과학 서적 등 거의 모든 분야를 읽었다. 마치 어떤 음식이든 다 좋다
고, 그저 올 시키기만 하면 된다고 만족하는 굶주린 사람 같았다. 그는 정신을

채울 음식이 필요했다.

한번은 '프레드 삼촌' 이야기를 해 주었다. 갤러거는 슬프게 말했다.

"버마에서 악어가 삼촌을 삼켜 버렸어요. 나는 어떻게 해야 할지 몰랐죠. 아무래도 그 악어를 박제하는 것이 최선이지 싶었어요. 그래서 악어를 박제해 영국에 사는 숙모에게로 보냈죠."

갤러거는 담담한 어조로 차분히 말했다. 나는 처음에는 허풍이라 생각했다. 그러나 알고 보니 그의 말은 모두 사실이었고, 그는 그저 기묘한 일들이 알아서 찾아오는 바로 그런 사람이었던 것이다.

당시 우리는 초조한 하루하루를 보내고 있었다. 맥스의 도박이 승리할지 여부는 전혀 알 수 없었고, 그저 낡고 형편없는 건물들을 발견했을 뿐이었다. 그나마 구운 벽돌도 아닌 햇볕에 말린 벽돌로 지어진 것이라 흔적을 추적하기조차 힘들었다. 도처에 기막힌 사금파리들이 널려 있었고, 날 가장자리에 섬세한 선이 새겨진 근사한 흑요석 칼들이 몇 개 발견되긴 했지만, 특별하다 할 만한 유물은 전혀 없었다.

존과 맥스는 아직 단정을 짓기에는 너무 이르다며, 그리고 바그다드 유물국의 독일인 국장인 요르단 박사가 오기 전에 수평 갱도를 모두 측정하고 이름표를 붙여 놓아 발굴이 적절하게 과학적으로 이루어지고 있다는 것을 보여 주자며 서로 격려했다.

그러던 중에 느닷없이 엄청난 날이 찾아왔다. 숙소에서 도자기를 손보느라 바쁘게 일하고 있는데 맥스가 허둥지둥 달려와 부르는 것이었다.

"굉장한 걸 찾았어요. 불에 탄 도요지예요. 어서 가요. 그렇게 멋진 광경은 처음일걸요."

정말 그러했다. 최고의 행운이었다. 도는 흙 아래 온전히 묻혀 있었다. 불에 탄 후 버려졌는데, 화재가 오히려 도요지를 잘 보존했던 것이다. 근사한 접시, 꽃병, 컵, 그릇, 다채로운 장식의 도자기들이 햇살에 반짝반짝 빛을 발하고 있고 주홍색, 검은색, 오렌지색 등 그야말로 진풍경이었다.

그 순간부터 어떻게 유물들을 다 처리해야 하는지도 모르는 채 미친 듯이 일했다. 유물이 끝도 없이 쏟아졌다. 지붕이 내려앉으면서 도자기가 부서지긴 했지만, 손을 타지 않고 그대로 있었기 때문에 거의 완벽한 복구가 가능했다. 그중 일부만 약간 탔을 뿐, 무너진 벽이 도자기 더미를 덮어 6000년 세월을 보호했던 것이다. 아름다운 진홍빛으로 유약을 발라 구운 커다란 접시 하나는 모두 76조각으로 깨져 있었지만, 중앙의 장미꽃 장식 주위로 온통 멋들어진 기하학적 문양이 새겨져 있었다. 모든 조각이 빠짐없이 그대로 있어 복구가 가능했는데, 박물관에 그 접시가 놓여 있는 모습은 가히 환상적이었다. 내 마음을 사로잡은 또 다른 그릇에는 깊고도 부드러운 탕헤르오렌지 빛깔로 영국 국기와 비슷한 무늬가 곳곳에 그려져 있었다.

나는 행복으로 가슴이 터질 것 같았고 맥스 또한 그러했다. 존 역시 특유의 조용한 방식으로 기쁨에 가슴 벅차했다. 하지만 그 순간 이후로 발굴 시즌이 끝날 때까지 우리는 얼마나 미친 듯이 일해야 했는가!

그해 가을에 나는 미리 축척을 배워 두었더랬다. 그 지방의 중등학교에 가서 매력적으로 생긴 작은 남자한테 교육을 받았는데, 그는 내가 그처럼 무지하다는 사실에 경악을 했다.

"직각에 대해 들어 본 적도 없는 사람 같군요."

그의 꾸짖는 듯한 말에 나는 그렇다고 시인했다. 직각이라니, 처음 들어 본 말이었다.

"설명하기가 무척 난감하군요."

하지만 나는 길이를 재고, 계산을 하고, 실제 크기의 3분의 2로 축소하는 법 등 필요한 모든 것을 배웠다. 이제는 내가 배운 것을 시험할 때였고, 우리가 각자 자기의 임무를 다하지 않는다면 엉망이 되고 말 상황이었다. 물론 나는 다른 사람들보다 두세 배는 더 힘들었지만, 존의 도움으로 임무를 완수할 수 있었다.

맥스가 종일 발굴지에 나가 있는 동안, 존은 발굴품을 그림으로 그렸다. 한번은 밤에 식사를 하러 비틀거리며 들어온 존이 이렇게 말했다.

"이러다 눈이 멀겠어. 눈이 이상해. 현기증이 나서 제대로 걸을 수도 없어. 오늘 아침 7시부터 쉬지 않고 최고 속도로 그림만 그려 댔다고."

"저녁을 먹은 후 모두들 또 일해야 해."

맥스의 말에 존이 힐난조로 대꾸했다.

"자네가 그랬잖아. 멋진 휴가를 보내는 셈 치라고!"

발굴이 끝난 것을 축하하기 위해 우리는 운동 시합을 열기로 했다. 이런 것은 당시만 해도 처음 있는 일이었다. 여러 개의 멋진 상을 준비했고, 시합에는 누구나 참여할 수 있었다.

이에 대해 많은 논의가 있었는데, 우선 나이 지긋하고 근엄한 사람들은 그런 시합에 끼어들었다가 위엄을 잃는 것은 아닌지 궁금해했다. 위엄은 항상 매우 중요한 문제였고, 젊은 사람들과, 그것도 수염도 안 난 새파랗게 어린 것들과 시합하는 것은 위엄 있는 행동이 아니었던 것이다. 하지만 결국에는 모두들 시합에 참여하기로 했고, 우리는 세부 사항을 정했다. 시합 코스는 5킬로미터로 정했고, 니네베 언덕 바로 너머로 코스르 강을 건너기로 했다. 규칙을 신중하게 정했는데, 주된 규칙은 속임수를 쓰면 안 된다는 것이었다. 다른 사람을 쓰러트리거나, 밀치고 나가거나, 지름길로 가거나 하면 안 되었다. 규칙을 잘 따르리라고는 기대도 안 했지만, 그래도 지나친 속임수는 막을 수 있기를 빌었다.

1등 상은 소와 송아지 한 마리씩이었고, 2등 상은 양이었고, 3등 상은 염소였다. 암탉, 밀가루, 달걀 100개에서부터 10개까지 더 작은 상들도 준비했다. 또한 코스를 완주한 모든 이에게는 두 손으로 쥘 수 있는 만큼의 대추야자 열매와 터키 과자를 주었다. 이렇게 상을 마련하는 데 10파운드가 들었다. 두말할 것도 없이 아름다운 시절이었다.

그 시합은 A. A. A. A.(아르파치야 아마추어 체육 대회)라고 이름을 지었다. 당시 강은 홍수가 나서 아무도 다리를 건널 수 없었지만, 영국 공군을 초대해 하늘에서 시합을 보도록 했다.

마침내 그날이 왔고, 잊히지 않을 장관이 펼쳐졌다. 출발을 알리는 총소리에 사람들이 한 덩어리가 되어 우르르 앞으로 달려 나갔다. 그들은 대부분 코스르 강에 못 미치고 고꾸라졌으나, 일부는 바글바글대는 무리에서 벗어나 앞으로 달려갔다. 속임수는 그다지 심하지 않았다. 실제로 아무도 다른 사람을 일부러 밀어 넘어트리지 않았다. 사람들이 이 시합에 엄청나게 내기들을 걸었는데, 유력 선수들은 한 명도 입상하지 못했다. 검은 말세 마리가 순위에 들었고, 박수갈채가 쇄도했다. 1등은 근육질의 튼튼한 남자였고, 2등은 반쯤 굶주린 듯한 매우 가난한 남자였는데 가장 큰 인기를 얻었다. 3등은 어린 소년이었다. 그날 밤에 대단한 축제가 벌어졌다. 십장들이 춤을 추고, 일꾼들도 춤을 추었다. 2등으로 양을 탄 사내는 그 자리에서 양을 죽여 가족과 친구들을 대접했다. 아르파치야 아마추어 체육 대회는 대성공이었다.

우리는 사람들의 외침을 뒤로 하고 떠났다. "신의 축복이 있기를!" "꼭 다시 오세요." "신의 자비가 함께하기를." 바그다드에 가 보니 우리의 발굴품들이 모두 박물관에서 우리를 기다리고 있었다. 맥스와 존 로즈가 유물들을 풀어 분류했다. 때는 5월이라 그늘이라고 해도 바그다드의 기온은 42도에 달했다. 그러한 더위에 적응하지 못한 존은 매일 매일 몹시 아픈 기색이었다. 다행히 나는 포장 팀이 아니어서 집에 머물 수 있었다.

바그다드의 정치 상황은 점점 악화되고 있었지만, 우리는 다음 해에 다시 돌아와 다른 언덕을 발굴하거나 아르파치야를 좀 더 깊이 파 볼 수 있길 희망했다. 하지만 이미 가능성은 별로 높아 보이지 않았다. 우리가 떠난 후 유물 선적에 문제가 발생해 발굴품을 받느라 여간 고생이 아니었다. 마침내 일이 원만하게 풀리기는 했지만, 그렇게 되기까지 몇 달이나 걸렸고, 게다가 이 문제로 인해 다음 해에 다시 발굴하러 오지 않는 것이 좋겠다는 선언을 들어야 했다. 사실상 몇 해 동안은 아무도 이라크에서 발굴을 할 수가 없었고, 사람들은 모두 시리아로 갔다. 따라서 우리도 다음 해에는 시리아에서 적절한 장소를 물색해야 했다.

그곳에서의 마지막 순간에 대해 내가 기억하고 있는 것은 어떤 불길한 징조 같은 것이었다. 그때 우리는 바그다드의 요르단 박사 자택에서 차를 마시고 있었다. 그는 뛰어난 피아니스트로, 그날 저녁 우리에게 베토벤을 들려주었다. 나는 그를 바라보며 두상이 참 멋지다고, 무척 훌륭한 사람이라고 생각했다. 요르단 박사는 항상 상냥하고 사려가 깊었다. 그때 누군가가 무심코 유대인에 대해 언급했는데, 갑자기 요르단 박사의 안색이 일변했다. 그렇게 얼굴이 확 바뀌는 모습을 보기는 생전 처음이었다.

박사는 말했다.

"당신네들은 이해하지 못합니다. 우리 나라의 유대인들은 당신네 나라의 유대인들과는 아마 다른가 봅니다. 우리 나라의 그치들은 위험한 존재예요. 제거해야 마땅합니다. 그밖에는 다른 수가 없어요."

나는 믿을 수가 없어 그를 빤히 바라보았다. 진심인 것이 분명했다. 그때 처음으로 훗날 독일에서 벌어질 일에 대한 불길한 예감 같은 것을 느꼈다. 독일을 여행한 사람들은 벌써 그것을 확연히 느끼고 있었지만, 1932년과 1933년에 보통 사람들은 설마 그런 일이 일어나리라고는 전혀 상상도 못하고 있었다.

요르단 박사의 거실에 앉아 그가 연주하는 피아노를 들은 그날, 우리는 처음으로 나치를 본 것이었다. 훗날에야 알게 되었지만, 박사의 아내는 남편보다도 더욱 열렬한 나치였다. 그들은 그곳에서 완수해야 할 임무가 있었다. 유물국 국장으로서의 임무만이 아니라, 단순히 조국을 위하는 정도를 넘어 아예 독일 대사관의 스파이로 활동했던 것이다. 살다 보면 누군가를 알게 되는 순간에 진정한 슬픔을 겪게 되는 그런 일이 있기 마련이다.

5

우리는 영국으로 금의환향했다. 맥스는 이번 발굴의 해설서를 쓰며 바쁜 여름을 시작했다. 발굴품 중 일부가 대영박물관에 전시되었고, 아르파치야에 대한 맥스의 책이 그해인가 그 다음 해에 출판되었다. 고고학자들은 하나같이 출판하는 데 너무 시간을 길게 끄는 경향이 있지만, 지식은 되도록 빨리 알려져야 한다며 맥스는 시간을 낭비하지 않고 집필을 서둘렀다.

2차 대전 동안 런던에서 일할 때 나는 시리아에서 보낸 시절에 대한 글을 썼다. 『와서 당신의 생활을 말해 주오Come, Tell Me How You Live』라는 제목을 붙였는데, 때때로 그 책을 읽으며 시리아에서 보냈던 나날을 회상하는 큰 즐거움을 누리곤 한다. 발굴하는 일 자체는 서로 매우 유사하다. 비슷한 일이 일어나기 마련이라, 모든 발굴에 대해 일일이 설명해 봐야 별 쓸모도 없을 것이다. 어쨌든 행복한 시기였고, 우리 모두 더없이 즐거웠으며, 대단한 성공을 거두었다.

1930년부터 1938년까지는 외부의 그림자가 전혀 드리워지지 않았기에 특히 행복한 시절이었다. 일의 압력이, 특히 성공을 거듭하면 점점 쉴 틈이 줄어들기 마련이다. 그럼에도 근심 걱정 없는 시기였다. 물론 할 일이 산더미 같았지만, 일에 모든 정신을 다 빼앗긴 것은 아니었다. 나는 추리 소설을 썼고, 맥스는 고고학 서적과 보고서와 논설을 썼다. 바쁘긴 했지만 지나

친 긴장에 시달리지는 않았다.

 맥스가 마음만큼 자주 데번 주에 갈 수 없었기 때문에, 우리는 로잘린드
가 방학을 맞을 때만 애슈필드에서 지내고, 나머지 대부분의 시간은 런던
에서 보냈다. 그리고 그러는 동안 몇 차례 이사를 다니며 어느 집이 가장
마음에 드는지 결정하려고 했다. 우리 둘이 시리아에서 1년을 보내는 동안
카를로와 메리가 적당한 집을 찾아보고서 목록을 만들었더랬는데, 그 두
사람이 꼭 보라고 권한 집이 있었다. 그 셰필드테라스 48번지 집을 보는 순
간 그 어느 때보다도 강렬하게 그곳에서 살고 싶은 마음이 들었다. 지하실
이 있다는 점만 빼고는 완벽했다. 방이 많지는 않았지만, 모두 널찍하고 균
형이 잘 잡혀 있었다. 우리가 찾던 바로 그런 집이었다. 집 안으로 들어서
면 오른쪽에 널따란 식당이 보였고, 왼쪽에는 응접실이 있었다. 층계참에
는 욕실과 화장실이 있었으며, 2층 오른쪽에는 아래층 식당과 똑같은 크기
의 방이 있어 맥스의 서재로 쓰기로 했다. 서류와 도자기를 둘 커다란 책상
을 여럿 놓을 수 있을 만큼 공간이 넉넉한 방이었다. 왼쪽으로는 넓은 2인
용 침실이 자리하고 있었으며, 그 외에 큰 방이 두 개 더 있고, 그 사이에
자그마한 방이 하나 있었다. 작은 방은 로잘린드 방으로 쓰고, 맥스의 서재
에 면한 큰 방은 필요할 때 손님용 침실로 쓰기로 했다. 그리고 나머지 왼
쪽 큰 방은 나의 작업실이자 거실로 쓰겠다고 선언했다. 전에는 작업실을
갖고 싶다는 생각을 전혀 비친 적이 없었기 때문에 모두들 놀라워했다. 하
지만 이 늙은 마나님도 자기만의 방을 가져야 할 때가 왔다는 데에는 다들
동의했다.
 나는 아무 방해도 받고 싶지 않아서 작업실에 전화를 두지 않기로 했다.
그랜드피아노와 크고 단단한 책상과 편안한 소파와 타자를 칠 때 앉을 튼
튼한 의자와 휴식을 취할 때 쓸 안락의자 이외에는 아무것도 필요가 없었

다. 나는 나 자신에게 스타인웨이 피아노를 선물하고는 '나만의 방'에서 커다란 기쁨을 누렸다. 내가 집에 있는 동안에는 아무도 후버 전기청소기를 쓰지 못하게 했고, 집에 불이라도 난 게 아닌 다음에는 내 근처에 얼쩡거리지 못하게 했다. 그리하여 나는 나만의 공간을 갖게 되었고, 전쟁통에 폭격에 무너지기 전까지 그 집에서 오륙 년을 즐겁게 보냈다. 그 후로 왜 다시 작업실을 가지지 않았는지는 모르겠다. 식탁이나 세면대 모퉁이에서 타자를 치는 데에 다시 익숙해졌기 때문이 아닌가 싶다.

셰필드테라스 48번지는 행복의 집이었다. 처음 들어서는 순간 바로 그것을 느낄 수 있었다. 애슈필드처럼 커다란 방이 있는 집에서 자란 사람이라면 넓은 공간을 그리워하기 마련이다. 캠든 거리에 있던 집이나 마구간을 개조해 썼던 작은 집처럼, 내가 살았던 집들은 다 자그마하고 마음을 끄는 데가 있었다. 그러나 나한테 딱 맞는 집들은 아니었다. 이건 웅장함의 문제가 아니었다. 현대적인 자그마한 아파트를 빌릴 수도 있고, 다 허물어져 가는 커다란 시골 목사관을 더 싼값에 빌릴 수도 있다. 자신을 펼칠 수 있느냐 하는 것은 주위의 공간에 대한 느낌에 달려 있다. 사실 직접 청소를 해야 한다면, 좁은 방에서 가구들 틈새와 모서리를 청소하는 것보다 커다란 방을 청소하는 편이 훨씬 쉽다. 좁은 방은 청소하다 보면 금방 엉망진창이 되기 쉽다.

맥스는 서재에 새 굴뚝을 설치하는 공사를 직접 감독했다. 중동에서 구운 벽돌로 된 굴뚝과 벽난로를 많이 다루다 보니 능히 할 수 있으리라는 자신감을 좀 갖게 된 것이다. 건축업자는 맥스의 계획을 회의적으로 바라보며, 굴뚝과 연통은 반드시 똑바로 세워야 하는 법이라고 말했다.

"그런데 이것은 전혀 똑바르지가 않습니다."

"제 말대로 하세요. 잘 될 테니 두고 봐요."

슬프게도 위대스 씨는 두고 보아야 했다. 맥스의 굴뚝은 단 한 번도 연기를 피워 올리지 않았다. 벽난로 정면에 설형 문자가 새겨진 커다란 아시리아 벽돌이 하나 들어가 자리를 잡자, 서재는 고고학자의 작업실 분위기가 완연해졌다.

셰필드테라스로 이사한 후 딱 한 가지 불만이 있었으니, 그것은 우리 침실에서 은근히 풍겨 나오는 냄새였다. 맥스는 그 냄새를 전혀 맡지 못했고, 베시는 내 착각이라고 여겼지만, 나는 단호히 아니라고 주장했다. 분명 '가스' 냄새가 났다. 맥스는 이 집에 가스가 있을 리 없다는 사실을 환기시켰다. 가스관을 들이지 않았던 것이다.

"하지만 정말 냄새가 나는걸요."

나는 건축업자를 부르고, 가스 검침원을 불렀다. 그들은 바닥에 배를 깔고 누워 침대 아래를 킁킁거렸지만 하나같이 내 착각이라고 했다.

"아무 냄새도 안 나기는 하지만, 만약 뭔가가 있다면 죽은 쥐나 생쥐 때문일 수도 있습니다. 하지만 쥐 같지는 않군요. 쥐라면 제가 냄새를 맡았을 테니. 어쩌면 생쥐가 있는지도 모르지요. 아주 '작은' 생쥐요."

"그런가 봐요. 그렇다면 죽은 생쥐 냄새인 거네요."

"바닥을 뜯어 봐야 압니다."

그리하여 바닥을 뜯었지만, 죽은 생쥐는 큰 것도 작은 것도 보이지 않았다. 하지만 가스든 죽은 생쥐든 분명 무슨 냄새는 계속해서 나고 있었다.

건축업자, 가스 전문가, 배관공 등 생각할 수 있는 모든 사람을 불렀다. 그들은 하다가 하다가 마지막에는 질렸다는 듯이 나를 바라보았다. 모두들 지긋지긋해했다. 맥스도, 로잘린드도, 카를로도 '착각'이라고 말했다. 그럼에도 나한테는 분명 가스 냄새가 났기 때문에 나는 계속해서 냄새가 난다고 주장했다. 마침내 모든 사람들이 나 때문에 거의 미치기 일보 직전에 다다랐을 때, 드디어 나의 명예가 회복되었다. 안방 바닥 아래로 구식 가스관이 가로지르고 있었고, 그곳에서 계속 가스가 새고 있었던 것이다. 누구네 집 가스관인지는 알 수 없었고, 우리 집에는 가스계량기가 아예 없었다. 하지만 이 버려진 가스관에서는 여전히 가스가 흐르며 조용히 새고 있었다. 내가 옳았다며 어찌나 우쭐해했는지 한동안 주변 사람들이 괴로워해야 했다. 어쨌든 이로써 뛰어난 내 코에 대한 자신감은 더 한층 높아졌다.

셰필드테라스를 구하기 전에 맥스와 나는 시골에 집을 한 채 샀다. 주말마다 애슈필드를 오가는 것이 비실용적이었기 때문에 작은 집이나 오두막을 구하려고 했던 것이다. 런던에서 멀지 않은 곳에 오두막을 구할 수만 있다면 멋질 것이었다.

맥스가 영국에서 좋아한 곳은 두 군데였는데, 그 하나는 소년 시절을 보낸 스톡브리지 근방이었고, 다른 하나는 옥스퍼드 근방이었다. 옥스퍼드에서 보낸 시간은 그의 인생에서 가장 행복한 시절 중 하나였다. 맥스는 그 주변 지역을 구석구석 알고 있었으며, 템스 강을 사랑했다. 그래서 우리는 템스 강을 따라 오가며 고링, 왈링퍼드, 팽본에서 집을 알아보았다. 그러나 템스 강가에서 집을 구하기는 힘들었다. 말기 빅토리아 양식의 끔찍한 집 아니면, 겨울 동안에 물에 푹 잠겨 버리는 오두막밖에 없었다.

그러다 《타임스The Times》의 광고란을 보게 되었다. 그해 가을 시리아로 떠나기 딱 일주일 전이었다.

"여보, 여기 좀 봐요. 왈링퍼드에 있는 집이 광고에 나왔어요. 왈링퍼드는 멋진 곳이에요. 안 그래요? 아마 강가에 있는 집이겠죠. 지난번에 갔을 때는 나온 집이 없었는데."

우리는 부동산 중개소에 전화하고 부랴부랴 달려갔다.

앤 여왕 시대 양식의 쾌적하고 자그마한 집으로, 약간 도로에 가까웠지만 뒤쪽에 우리 소망보다 더 큰 정원과 그에 딸린 부엌이 있었고, 그 너머로는 맥스의 꿈대로 들판이 강까지 이어져 있었다. 왈링퍼드에서 1.5킬로미터 정도 떨어진 이들디오 강이었다. 집에는 침실이 다섯 개, 거실이 세 개에다 근사한 부엌이 있었다. 비가 내리는 날 응접실 창문에서 바라보면 멋진 레바논 개잎갈나무가 시선을 끌었다. 나무는 사실상 울타리 삼아 집 주변에 파 놓은 도랑에서 바로 이어지는 들판에 서 있었는데, 도랑 너머 개 잎갈나무까지 잔디를 심어 들판의 잡풀들을 정리하면 무더운 여름날 그 아래에서 차를 마실 수도 있을 것 같았다.

꾸물거릴 시간이 없었다. 집은 대단히 쌌고, 평생소유권을 사는 것이었다. 우리는 그 자리에서 바로 마음을 정했다. 그래서 부동산 중개소에 전화를 걸고, 계약서에 서명을 하고, 변호사와 측량사에게 연락을 하고, 일반 측량사의 찬성 아래 그 집을 샀다.

불행히도 우리는 그 후 아홉 달 동안 그 집을 다시 가 볼 수 없었다. 시리아로 떠나면서 엄청난 실수를 저지른 것은 아닌지 내내 걱정이 되었다. 자그마한 오두막을 사려고 했는데, 우아한 창문과 넓은 공간을 보유한 앤 여왕 시대 양식의 저택을 사다니. 하지만 왈링퍼드는 멋진 곳이었다. 철도 노선이 엉망이라 옥스퍼드나 런던에서 사람들이 우르르 몰려오는 일도 없었다.

맥스가 말했다.

"그 집에서 우리는 무척 행복할 거요."

정말 그 집에서 우리는 무척 행복했다. 지금까지 거의 35년 동안 말이다. 맥스는 서재의 길이를 두 배로 늘려 서재에서 강을 내다볼 수 있게 개조했다. 왈링퍼드의 윈터브룩 하우스는 옛날이나 지금이나 맥스의 집이다. 그리고 애슈필드는 나의 집이며, 장차 로잘린드의 집이 되리라.

그리하여 우리의 삶은 계속되었다. 맥스는 열정적으로 고고학 작업에 임했고, 나는 글을 썼다. 그 무렵에는 글쓰기가 더욱 직업적인 일이 되어 버려 쓰는 재미가 크게 줄었다.

예전에는 책을 쓸 때면 신이 났다. 나 자신을 진짜 작가로 여기지 않았기 때문에 내가 쓴 책이 실제로 '출판'되는 모습을 볼 때마다 늘 감탄했다. 그런데 어느덧 글쓰기가 일상이 되었고, 해야 할 일이 된 것이다. 사람들은 책을 출판할 뿐만 아니라, 책을 쓰라고 나를 몰아댔다. 그러나 일이 아닌 다른 무엇인가를 하고 싶다는 영원한 열망이 나를 뒤흔들었다. 사실 이런 열망이 없다면 삶이 얼마나 지루하겠는가.

그 무렵 나는 추리 소설 말고 다른 종류의 글을 쓰고 싶었다. 그래서 약간 죄책감을 느끼며 『거인의 빵Giant's Bread』이라는 소설을 썼다. 내용은 주로 음악에 대한 것이었는데, 기술적인 면에서 음악에 대해 전혀 몰랐기 때문에 여기저기 허점이 많았다. 그래도 좋은 평가를 받았고, '첫 번째 소설'임을 감안하면 꽤 잘 팔렸다. 그때는 메리 웨스트매콧이라는 필명을 써서 아무도 내가 저자라는 것을 몰랐으며, 그 비밀은 15년 동안 유지되었다.

이 필명으로 일이 년 후 『미완성 초상화Unfinished Portrait』를 발표했다. 그때 딱 한 사람이 비밀을 눈치 챘는데, 당시 성이 컨으로 바뀌어 있었던 낸 워츠였다. 기억력이 탁월한 낸은 내가 어렸을 때 곧잘 쓰던 표현과 『거인의 빵』에 나온 시에 주목하고 금방 속으로 확신한 것이다.

'애거서가 쓴 거야. 확실해.'

하루는 낸이 슬쩍 내 옆구리를 찌르더니 짐짓 모르는 척하는 목소리로 말했다.

"며칠 전에 아주 멋진 책을 읽었지. 무슨 책이게? 『난쟁이의 피Dwarf's Blood』야. 『난쟁이의 피』!"(거인을 난쟁이로 바꾸고 빵(bread) 대신 비슷한 발음의 피(blood)를 쓴 말장난 — 옮긴이)

그러고는 아주 심술궂은 표정으로 내게 윙크를 했다. 나는 낸의 집으로 가서 물었다.

"『거인의 빵』에 대해 대체 어떻게 알았던 거야?"

"당연히 알고말고. 네 말투라면 훤하잖니."

나는 이따금 작곡을 했는데, 주로 발라드였다. 하지만 전혀 다른 분야의 글쓰기에서 그처럼 엄청난 행운이 따르리라고는 상상도 하지 못하고 있었다. 또한 새로운 모험을 하기가 결코 쉽지 않은 나이에 그렇게 할 수 있을 줄은 나 자신도 몰랐다.

내가 새로운 도전을 하게 된 것은 내가 싫어하는 방식으로 내 작품을 각색해 연극 무대에 올리는 사람들에 대한 불쾌감에서 비롯된 것이 아니었나 싶다. 희곡 「블랙 커피」를 직접 쓰기는 했지만, 희곡 쓰기를 진지하게 생각해 본 적은 없었다. 또 「아크나톤Akhnaton」을 즐겁게 쓰긴 했어도, 설마 공연될 줄은 꿈에도 몰랐다. 하지만 다른 사람들이 내 작품을 각색하는 것이 싫다면, 내가 직접 각색하는 편이 낫지 않겠느냐는 생각이 문득 들었던 것이다. 내가 보기에 내 책을 각색한 공연이 대체로 실패하는 것은 원작에 너무 충실했기 때문인 듯했다. 추리 소설은 연극과 매우 다르며, 일반적인 책보다 각색하기가 더욱 힘들다. 복잡한 플롯에다가 너무 많은 인물과 거짓 단서들이 등장하여 연극이 혼란스럽고 번잡해진다. 즉 연극 무대에 올리기 위해서는 '단순화'가 필요한 것이다.

『그리고 아무도 없었다And Then There Were None』는 쓰기가 무척 까다로웠기 때문에 더더욱 나를 사로잡았던 작품이다. 열 명의 사람들이 터무니없지 않게 그리고 살인범이 미지의 존재로 남은 상황에서 죽어야만 했다. 엄청난 분량의 구상을 한 후 쓰기 시작했는데, 그 결과물은 대단히 만족스러웠다. 분명하고 솔직하고 불가해한 동시에 완벽하게 합리적인 설명이 있었다. 사실 그 설명을 하기 위해서 에필로그까지 넣어야 했더랬다. 비평가와 독자들에게서 좋은 반응을 얻었지만, 이 작품으로 정말 기뻤던 사람은 바로 나였다. 그것이 얼마나 힘겨운 작업이었는지 나만큼 잘 아는 사람은 없었으므로.

얼마 안 있어 나는 한 단계 더 나아갔다. 이 작품을 희곡으로 각색하는 데 도전해 보면 대단히 흥미진진할 것 같았다. 처음에는 사연을 전해 줄 사람이 아무도 남지 않기 때문에 불가능해 보였다. 그래서 어느 정도 변형을 가해야 했다. 원작에서 딱 하나만 바꾸어도 뛰어난 희곡이 나올 수 있을 듯했다. 무고한 인물을 둘 집어넣고는 위기에서 무사히 탈출하여 마지막에 서로 만나게 하였다. 그것은 원래 동요의 참뜻에도 부합되었다. 「열 꼬마 흑인들Ten Little Nigger Boys」의 버전 중에는 "그는 결혼했고, 그리고 거기에 아무도 없었다."로 끝나는 것도 있으므로.(소설 속에 등장하여 살인의 모티브가 되는 영국의 동요로, 『그리고 아무도 없었다』의 영국 초판본 제목과도 관련이 있다. 『열 꼬마 흑인Ten Little Niggers』이라는 영국판의 제목은 미국에서 처음 출간될 당시, 유사한 미국 동요인 「열 꼬마 인디언Ten Little Indians」의 마지막 구절인 '그리고 아무도 없었다'로 바뀌었고, 책 속의 동요 역시 판본에 따라 '흑인'에서 '인디언'으로, 또 '병정soldier'으로 바뀌기도 한다 ─ 옮긴이)

희곡이 완성되었다. 다들 회의적인 반응을 나타냈으며, 돌아오는 대답은 하나같이 '공연 불가'였다. 하지만 찰스 코크런은 커다란 관심을 가지고 이 희곡을 무대에 올리기 위해 백방으로 애써 주었다. 그러나 불행히도 후원자들은 그의 설득에 넘어가지 않았고, 그들은 다른 사람들과 똑같이 말했다. 무대화하는 것은 불가능하다, 사람들이 비웃을 것이다, 긴장감이 전혀 없다 등등. 코크런은 전혀 그렇지 않다고 단호히 주장했지만, 더는 어쩔 도리가 없었다.

"더 나은 행운이 찾아오기를 빕니다. 이 작품이 무대에 오르는 것을 꼭 보고 싶으니까요."

코크런의 말대로 얼마 후 정말 행운이 찾아왔다. 찰스 로턴과 함께 「알리바이」를 공연했던 버티 메이어가 이 작품에 뜨거운 열정을 보여 준 것이다. 아이린 헨셀이 연출을 맡아 뛰어난 실력을 발휘했는데, 제럴드 듀 모리에

와는 전혀 다른 방식이라 그녀의 연출 과정을 보는 것은 무척 흥미로웠다. 처음에는 내 어설픈 눈에 마치 자신감이 부족한 듯 어리버리해 보였지만, 점점 발전하는 모습을 보면서 그것이 얼마나 좋은 방법인지를 깨달았다. 처음에 그녀는 무대를 소리로 듣는 것이 아니라 몸으로 느끼고, 눈으로 보았다. 그리고 움직임과 조명을 살펴 전체적으로 어떻게 보이는지 확인했으며, 그런 다음에야 추가 사항처럼 실제 대본에 집중했다. 그 과정은 효율적이면서도 대단히 인상적이었다. 긴장감을 잘 만들어 냈으며, 특히 인물들이 모두 앉아 있는데 촛불이 갑자기 꺼지는 모습을 소형 스포트라이트 세 대로 절묘하게 살려 냈다.

뛰어난 공연 덕분에, 극에 긴장감이 쌓이고 인물들 간에 두려움과 혐오가 생성되는 과정을 생생하게 느낄 수 있었다. 또 죽음을 아주 치밀하게 처리하여, 관객들 사이에서 웃음이 새어 나오거나 터무니없는 공포 분위기가 만들어지는 기색이 전혀 없었다. 내가 가장 좋아하는 작품이라고 말할 수는 없지만, 또 내 최고작이라고도 여기지 않지만, 이 작품은 그 어떤 작품보다도 '장인 정신'을 많이 담고 있다고 생각한다. 『그리고 아무도 없었다』가 있었기 때문에 나는 추리 소설가뿐만 아니라 극작가의 길에도 들어설 수 있었다. 나는 앞으로 나 이외의 다른 사람은 그 누구도 내 작품을 각색하지 못하게 하리라고 결심했다. 각색에 적합하다고 생각되는 책만을 내가 직접 택해 각색할 생각이었다.

수년 후 『할로 저택의 비극The Hollow』의 각색을 시도했다. 이 작품이 아주 좋은 연극이 될 수 있으리라는 생각이 어느 날 문득 떠올랐던 것이다. 나를 낙담시키려 언제나 애쓰지만 번번이 실패하는 소중한 역할을 해 주는 로잘린드에게 이에 대한 이야기를 했다.

"『할로 저택의 비극』을 연극으로 만든다고요?"

로잘린드는 깜짝 놀라면서 말을 이었다.

"물론 좋은 작품이에요. 저도 재밌게 잘 읽었고요. 하지만 희곡화하는 것은 불가능해요."

"할 수 있어."

나는 반대에 오히려 자극을 받아 말했다.

"괜한 시간 낭비 마세요."

로잘린드는 한숨을 쉬며 대답했다.

나는 개의치 않고 『할로 저택의 비극』을 각색할 아이디어를 써 보며 즐거워했다. 물론 이 작품은 추리 소설보다는 일반 소설에 더 가깝다고 할 수 있다. 나는 『할로 저택의 비극』에 괜히 푸아로를 등장시켜 오히려 작품을 망쳤다는 생각이 항상 들었다. 작품에 푸아로가 나오는 것이 너무 익숙해진 나머지 자연스레 그렇게 쓴 것이었는데, 큰 실수였다. 푸아로는 자신이 할 일을 잘 해 냈지만, 그가 없었더라면 얼마나 멋진 작품이 되었을까 하는 생각을 떨칠 수가 없었다. 그래서 희곡으로 각색하면서 푸아로를 빼 버렸다.

로잘린드를 포함한 많은 이들의 반대를 무릅쓰고 『할로 저택의 비극』은 희곡화되었다. 피터 사운더스는 이 작품을 좋아했고, 그 후로도 내 희곡을 상당수 연출했다.

연극 『할로 저택의 비극』이 성공하자 나는 기세가 등등해졌다. 물론 추리 소설을 쓰는 것이 변함없는 나의 확실한 직업이라는 것은 잘 알고 있었다. 노망이 날 때까지 얼마든지 플롯을 구상하고 추리 소설을 쓸 수 있으리라. 다음 작품을 과연 쓸 수 있을까 고뇌하며 좌절해 본 적이 단 한 번도 없다.

물론 언제나 작품을 쓰기 시작할 때에는 3주 혹은 한 달간 끔찍한 시간을 보내야 한다. 그런 고통이 세상에 또 있을까? 방에 앉아서 연필을 물어뜯으며 타자기를 눌러보다가, 방 안을 이리저리 서성이다가, 소파에 드러

늙다가 그만 머리를 쥐어뜯으며 울고만 싶어지는 것이다. 그러면 밖으로 나가 한창 바쁘게 일하는 '누군가'를 방해하는데, 대개는 마음 착한 맥스가 걸린다.

"여보, 끔찍해요. 아무래도 추리 소설 쓰는 법을 잊어버린 것 같아요. 도저히 쓸 수가 없어요! 이제 다시는 못 쓸 거예요."

"아니, 당신은 해낼 거예요."

맥스가 격려했다. 결혼 초에는 걱정스레 그렇게 말해 주었는데, 나중에는 말은 위로하면서도 눈은 자신이 하던 일에 박혀 있었다.

"아니에요. 아무 생각도 안 떠올라요. 좋은 아이디어가 하나 있었는데, 이제 보니 형편없어 보여요."

"이 단계를 극복해야만 해요. 새 책을 쓸 때면 늘 그렇잖아요. 작년에도 그렇게 말했고, 재작년에도 그렇게 말했던 거 기억 안 나요?"

"이번에는 전혀 달라요."

나는 다짐하듯이 반박했다.

하지만 물론 전혀 다르지 않았다. 작년 그대로였다. 다시 기억이 날 때까지는 추리 소설 쓰는 법을 매번 잊어버린 것 같은 것이다. 그럴 때, 일말의 창조력도 발휘하지 못하리라는 절망과 비참함과 무능력은 그 얼마나 깊던지. 그럼에도 그 단계는 극복되어야 한다. 토끼를 얻으려면 굴에다 페럿(토끼, 쥐 등을 굴에서 몰아내는 데 쓰기 위해 기르는 족제비속의 동물 — 옮긴이)을 집어넣어야 하는 것과 마찬가지 이치이다. 굴속에서 많은 소동이 일어나는 동안, 나는 밖에서 지긋지긋한 지루함을 오래도록 감수해야 한다. 그럴 때는 완전히 잘못된 느낌이 들고, 무엇을 쓰려고 했는지 아무 생각도 나지 않으며, 책을 읽으려고 집어 들어도 글자가 눈에 들어오지 않는다. 가로 세로 낱말 맞추기를 하려고 해도 도통 알 수가 없다. 완전히 구제 불능이 된 것만 같다.

그러다 어느 순간 알 수 없는 이유로 내적 '시동'이 걸리며 심연에서 벗어난다. 두뇌가 제대로 기능하기 시작하면서 안개가 걷히고 '그것'이 오고 있음을 깨닫게 된다. A가 B라고 말하고자 한다는 것을 느닷없이 확신하게 되는 것이다. 나는 집 밖으로 나가 거리를 걸으며 모드가 아일윈에게 하는 말을 요란하게 되풀이한다. 그 두 사람이 어디에 있는지, 나무 사이에서 남자가 그들을 어떻게 지켜보는지, 땅바닥에 죽어 나동그라져 있는 작은 꿩을 보고서 모드가 잊어버린 무엇인가를 어떻게 떠올리는지 등등 모든 것이 생생해진다. 나는 기쁨에 벅차오르는 가슴으로 집으로 돌아온다. 아직 글 한 줄 쓰지 않았지만, 당당하게 '그것'에 이른 것이다.

그런 고통스런 초반부에는 희곡 쪽으로 마음이 더 끌렸다. 희곡 쓰기는 내 '일'이 아니었고, 반드시 생각해 내야 한다는 의무감도 없었기 때문이다. 이미 머리에 떠오른 것만 희곡으로 쓰면 되었다. 사실 희곡을 쓰는 것이 책을 쓰는 것보다 훨씬 쉽다. 마음의 눈으로 장면을 그리기만 하면 되기 때문에 온갖 묘사를 하느라 진도가 막히는 일이 없다. 무대라는 제한된 환경도 작업을 훨씬 단순화시킨다. 여주인공은 계단을 오르내리지도, 테니스장에 나갔다 오지도, 묘사해야 할 생각도 하지 않는다. 보이고 들리는 것만 적으면 끝이다. 보고, 듣고, 느끼기만 하면 족한 것이다.

나는 매년 한 권씩 책을 써야 했다. 추리 소설은 확신을 가질 수 있었다. 반면에 희곡 쓰기는 완벽한 모험이며, 어찌 될지 알 수 없었다. 희곡은 연달아 승승장구하다가도 어느 순간 느닷없이 폭삭 망해 버린다. 이유가 뭘까? 아무도 모른다. 많은 극작가들이 그와 같은 일을 당했다. 내가 보기에는 예전의 성공작만큼이나 좋은, 심지어 더 뛰어난 작품이 실패하기도 한다. 대중의 환상을 사로잡지 못했거나, 시기가 적절치 않았거나, 배우가 부적당했거나 등등 이유도 가지가지다. 즉 희곡은 확신을 가질 수 있는 일이 아니다. 매번 매번이 진진한 도박이었고, 바로 그 점이 나는 좋았다.

『할로 저택의 비극』을 희곡으로 쓰고 나서 이내 또 다른 희곡이 쓰고 싶어졌다. 가능하다면 책을 각색한 것이 아니라 처음부터 희곡으로 작품을 쓰고 싶었다.

칼레도니아 스쿨은 로잘린드에게 딱 맞았다. 내가 아는 학교 중 가장 뛰어난 곳이 아닌가 싶다. 선생님들은 모두 최고의 실력자로, 로잘린드가 가진 최고의 능력을 확실하게 끌어내 주었다. 졸업반 때는 로잘린드가 수석을 했다. 하지만 로잘린드는 그것이 불공평한 일이었다고 내게 말했다. 자신보다 더 뛰어난 중국인 여학생이 있었다는 것이다.

"선생님들이 무슨 생각을 했는지 뻔해요. 영국인 학생이 학교의 수석이 되어야 한다고 여겼겠죠."

나 역시 로잘린드의 말이 맞다고 생각한다.

칼레도니아를 졸업한 로잘린드는 베네덴에 입학했다. 딸아이는 처음부터 무척 지겨워했는데, 나로서는 영문을 알 수 없었다. 모든 면에서 훌륭한 학교였다. 로잘린드는 공부 그 자체에 별 흥미를 보이지 않았고, 학구적인 성향이 전혀 없었다. 역사처럼 내가 좋아하는 과목에는 일말의 관심도 없었다. 다만 수학만큼은 로잘린드도 잘했다. 시리아에 있을 때 베네덴을 그만 다니게 해 달라는 로잘린드의 편지를 종종 받았다.

"여기서 1년을 더 보내는 건 불가능해요."

하지만 일단 시작한 학교는 적어도 적절한 방식으로 끝내야 할 것 같았다. 그래서 졸업 시험을 통과한다면 베네덴을 떠나 다른 학교로 진학해도 좋다고 딸에게 답장을 썼다.

베네덴의 교장인 셸던 양이 나에게 편지를 보내 로잘린드가 다음 학기에 졸업 시험을 무척 치고 싶어 한다고, 통과할 가능성은 거의 없지만 시험을 못 치게 할 이유는 없다고 알려 왔다. 하지만 셸던 양의 예상은 어긋났다.

로잘린드는 졸업 시험을 가뿐하게 통과했던 것이다. 나는 아직 열다섯 살도 채 안 된 딸아이의 다음 단계를 준비해야 했다.

해외 유학은 우리 모두가 동의했던 바였다. 맥스와 나는 여러 학교를 둘러보는 막중하고도 걱정스러운 임무에 착수했다. 파리에서 어떤 한 가족을 만났고, 에비앙에서 참하게 자란 몇몇 아가씨들을 만났으며, 로잔에서는 명성 높은 교육자를 최소한 세 명 만났고, 그 밖에도 학생들에게 스키 같은 겨울 스포츠를 가르치는 그슈타드(스위스 알프스의 유명 휴양 도시 — 옮긴이)의 어느 학교 등을 둘러보았다. 나는 사람들을 만나 질문을 하는 데 몹시 서툴렀다. 자리에 앉는 순간 혀가 얼어붙었다.

'우리 딸을 여기에 보내야 할까, 말아야 할까? 이 학교가 정말 어떤 곳인지 무슨 수로 안단 말이야? 로잘린드가 이곳을 마음에 들어 할지 어떻게 알아? 그건 그렇고 이것들은 다 뭘까?'

하지만 정작 입에서 나오는 것은 "에……. 에……."에 이어서 내가 들어도 터무니없이 어리석은 질문이었다.

많은 상담을 받아 본 후, 우리는 그슈타드에 있는 마드무아젤 츄미의 기숙사 학교를 선택했다. 그러나 그것은 큰 실수로 드러났고, 로잘린드는 일주일에 두 통씩 편지를 보냈다.

"엄마, 이곳은 형편없어요. 지독히도 형편없어요. 여기 학생들이 어떤지는 상상도 못 하실 거예요! 스누드(영국 북부에서 미혼 여성들이 주로 쓰던 일종의 머리띠 — 옮긴이)를 한다니까요. 직접 보셔야 해요."

그러나 나는 끝내 그것을 보지 못했다. 그리고 스누드를 하는 것이 왜 문제인지, 그리고 그것이 무엇인지도 도통 알 수 없었다.

"우리는 둘씩 짝을 지어 걸어요. 나 원, 기가 막혀서! 무슨 어린애도 아니고. 물건을 사러 시내의 상점에 갈 수도 없어요. 지독해요! 완전 감옥이 따로 없이요! 그렇디고 제대로 가르키는 것도 아니에요. 욕실에 대해 온갖 자랑을 했지만, 순 사기예요! 욕실은 쓰지도 못해요. 학생들 중에 욕실을 단한 번이라도 써 본 사람은 아무도 없어요! 여태 뜨거운 물도 안 나온다니까요! 물론 스키는 아직 시즌이 멀었지요. 2월이나 되어야 가능하겠지만, 과연 그때 정말로 우리를 스키장으로 데려갈지 심히 의심스러워요."

우리는 감옥에서 로잘린드를 구해 샤토데(스위스 알프스의 작은 마을—옮긴이)의 어느 기숙사 학교에 보냈다가, 나중에는 파리의 유쾌하고도 전통적인 가정에서 머무르게 했다. 시리아에서 돌아오는 길에 파리에들러 로잘린드를 데리러 갔을 때의 일이다. 이제 프랑스 어를 잘하게 되었기를 빈다고 했더니 로잘린드는 고작 "그럭저럭요." 하고 대답하더니, 자신의 프랑스 어를 우리가 한 마디도 듣지 못하도록 조심했다. 그런데 문득 택시 운전사가 리옹 역에서 마담 로랑의 집까지 부러 돌아가고 있음을 눈치챈 로잘린드가 창문을 내려 고개를 내밀더니 운전사에게 프랑스 인처럼 유창한 불어로 대체 어디로 가느냐고 외치고는 어느 길로 가라고 지시를 한것이다. 운전사는 즉각 코가 납작해졌고, 나는 알아내기 힘들었을 것을 알아내어 기뻤다. 로잘린드가 프랑스 어를 할 수 있다는 사실 말이다.

마담 로랑과 나는 유쾌하게 대화를 나누었다. 마담 로랑은 로잘린드가무척 잘 적응하고 있으며, 항상 '트레 코므 일 포*très comme il faut*'(예의 바르게) 행동한다고 말하고는 이렇게 덧붙였다.

"마담, 엘 레 뒨 프루와되르, 메 뒨 프루와되르 엑세시프! 세 푀테트르 르 플레그므 브리타니크.*Madame, elle est d'une froideur, mais d'une froideur excessive! C'est peut-être le phlegme britannique.*"(마담, 그런데 따님이 성격이 차갑더군요. 너무 차가워요! 아마도 영국병 때문인 것 같아요.)

나는 부랴부랴 나 역시 '르 플레그므 브리타니크'(영국병) 때문이라고 생각한다고 말했다. 마담 로랑은 로잘린드를 딸처럼 대하려고 노력했다는 점을 다시 강조하며 이렇게 말했다.

"메 세트 프루와되르, 세트 프루와되르 앙글레즈!*Mais cette froideur, cette froideur anglaise!*"(하지만 어찌나 냉정하기만 하던지. 정말 영국인들은 냉정하다니까요!)

마담 로랑은 열린 마음으로 다가서고자 했으나 거절당한 일을 떠올리며 한숨을 쉬었다.

로잘린드는 여전히 6개월 내지 1년은 더 배워야 했으므로 뮌헨 근방의 어느 가정집에서 독일어를 배우며 지냈다. 그리고 이윽고 런던의 사교계 시즌이 왔다.

로잘린드는 대단히 성공적으로 사교계에 데뷔하여, 그해 데뷔한 아가씨 중 최고의 미인으로 불리며 즐거운 시간을 보냈다. 이것은 로잘린드가 자신감을 갖고 좋은 매너를 익히는 아주 좋은 계기가 되었으며, 또한 그러한 사교계의 흥청망청한 생활을 한없이 계속하고 싶어했던 열망도 가라앉혀 주었다. 로잘린드는 사교계가 재미있긴 하지만, 이런 어리석은 짓을 더할 마음은 전혀 없다고 말했다.

나는 로잘린드와 딸애의 절친한 친구인 수전 노스에게 직업에 대한 문제를 제기하면서, 로잘린드에게 마치 명령하듯이 단호히 말했다.

"너는 직업을 택해야 해. 무슨 일이든 좋아. 안마사 교육을 받으면 어떨까? 훗날 큰 도움이 될 거야. 아니면 꽃집을 해도 좋고."

"요즘 개나 소나 다 그걸 하는걸요."

수전이 말했다.

그러다 마침내 두 아가씨가 나에게 와서 사진을 찍고 싶다는 이야기를 꺼냈을 때 나는 너무나도 기뻤다. 실은 나 자신이 사진을 배우고 싶은 마음이 간절하던 참이었기 때문이다. 나는 발굴지에서 사진 찍는 일을 도맡아 하고 있었는데, 내가 잘 모르는 스튜디오 촬영법을 배우면 큰 도움이 될 것 같았다. 물론 반굴지에서는 실내 촬영보다는 야외 촬영이 훨씬 많다 발굴품 중 일부는 시리아에 남기 때문에 그것들 사진은 되도록 잘 찍을 필요가 있었다. 내가 이런 이야기를 열광적으로 늘어놓자 두 아가씨가 웃음을 터트렸다.

"우리는 그런 뜻이 아니었어요. 사진 수업을 들을 생각은 없어요."

"그게 무슨 말이니?"

나는 어리둥절해서 물었다.

"그러니깐, 수영복이나 이런저런 차림으로 사진 찍는 것 말이에요. 광고용으로요."

끔찍한 충격에 휩싸인 나의 반응이 그대로 드러났다.

"수영복 차림으로 광고용 사진을 찍겠다니, 말도 안 돼. 내 생전 그런 해괴한 말은 듣도 보도 못했다."

로잘린드가 한숨을 쉬며 말했다.

"엄마는 아무튼 구식이라니까요. 광고 모델로 활동하는 아가씨가 얼마나 많은데. 서로 질투가 엄청나대요."

수전이 말을 받았다.

"사진작가들 몇몇을 알아요. 그중 한 명을 설득해 우리를 비누 광고에 써 달라고 할 수 있을 거예요."

나는 그 계획을 강력히 반대했고, 결국 로잘린드는 사진 수업 받는 것을 생각해 보겠다고 했다. 그러면서 사진 수업에서는 굳이 수영복 차림이어야 할 필요가 없으니 모델 활동을 하겠다고 덧붙였다.

"제대로 옷을 갖추어 입고 찍을 거예요. 원하신다면 목까지 단추를 잠글게요!"

그래서 어느 날 나는 사진 수업을 알아보러 라인하트 사진 학교 광고 사진부를 찾아갔다. 그리고 사진이 어찌나 흥미진진하던지 집에 돌아와서 이렇게 고백해야 했다, '아이들'이 아니라 '나'를 그 강좌에 등록했다고. 아이들은 웃음을 터트렸다.

"우리 대신 엄마가 사진을 배우게 되다니!"

로잘린드는 탄성을 질렀다.

"어머나, 너무 버겁지 않을까요?"

수전의 말대로 너무 버거웠다. 첫날 돌계단을 오르내리며 특정 피사체를 재촬영하고 인화하느라 완전히 녹초가 되었다.

라인하트 사진 학교에는 광고 사진을 비롯해 여러 학과가 있었는데, 나는 그중 광고 사진을 수강했다. 당시에는 모든 것을 전혀 그것 같지 않은 모습으로 찍는 것이 유행이었다. 탁자에 티스푼 여섯 개를 놓고서 사다리에 올라가 위에서 아래를 굽어본 채 다소 원근법 효과를 내거나 초점을 흐리게 하여 사진을 찍었다. 또한 접시 중앙이 아니라 왼쪽 구석을 찍거나 흘러내리듯 찍었으며, 초상 사진의 경우 얼굴의 일부만 찍는 것이 유행이었다. 이는 모두 최신식 기법이었다. 나는 너도밤나무를 깎아 만든 두상을 학교로 가지고 가서 온갖 필터를 사용해 여러 실험적 방법으로 사진을 찍어보면서, 빨강, 초록, 노랑 등 필터를 이용하면 얼마나 색다른 효과를 낼 수 있는지 깨달았다.

사진에 대한 나의 열정을 공감하지 못한 사람은 불행히도 바로 맥스였다. 맥스는 내가 찍으려는 것과 정반대의 사진을 원했다. 사물이 있는 그대로 보이고, 세부 사항이 되도록 생생히 살아나야 하며, 원근법이 정확히 적용되어야 했다.

"그렇게 하면 목걸이가 너무 '단조로워' 보일 텐데."

내가 말했다.

"전혀요. 당신 식대로 찍었다가는 모조리 비틀리고 흐려지고 말겠죠."

맥스는 단호했다.

"하지만 대단히 멋있잖아요!"

"멋있어 보여야 하는 것이 아니라, 있는 그대로 보여야 해요. 그리고 자도 대지 않고 그냥 찍지 말아요."

"자를 대고 찍으면 예술성이 영 떨어지는데. 너무 형편없어 보여요."

"하지만 정확한 크기가 어떻게 되는지를 보여 줘야죠. 그것이 가장 중요하잖아요."

"아래 캡션에다 적으면 안 될까요?"

"그건 안 돼요. 자와 비교해서 정확히 볼 수 있어야 한다고요."

나는 한숨을 쉬었다. 내 예술적 취향이 내가 가야 할 길을 다른 곳으로 이끌어 나를 배신했다는 것을 깨달은 나는, 정확한 원근법으로 사진 찍는 법을 추가로 배웠다. 강사는 가르치면서도 좀 지루해했고, 그 결과물에 대해서도 못마땅해했지만 나에게는 유용할 것이었다.

적어도 한 가지는 배울 수 있었다. 사진을 한 장만 찍었다가는 결과가 좋지 않아 다시 찍기 일쑤라는 점 말이다. 라인하트 사진 학교에서는 어떤 피사체를 찍든 무조건 최소 열 장씩은 찍었으며, 보통은 스무 장씩 찍었다. 그 작업은 이상하게도 사람 진을 빼놓아 집에 돌아올 때면 너무 지쳐서 다시는 학원에 가기도 싫었다. 하지만 다음 날 아침이면 그런 기분은 싹 사라졌다.

어느 해에는 로잘린드가 시리아에 와서 발굴의 즐거움을 함께하기도 했다. 그때 맥스는 로잘린드에게 그림 그리는 일을 일부 맡겼다. 워낙 그림 솜씨가 좋은 로잘린드는 임무를 훌륭히 해 내었지만 그 애의 문제점은 낙천적인 어머니와 달리 확고한 완벽주의자라는 것이었다. 원하는 만큼 완벽하게 그려지지 않으면 당장 종이를 갈기갈기 찢어 버렸다. 그림을 여러 장 그리던 로잘린드가 맥스에게 말했다.

"하나같이 형편없어요. 모조리 찢어 버려야겠어요."

"그러지 말거라."

"아뇨, 찢어 버릴 거예요."

이어서 엄청난 말다툼이 벌어졌다. 로잘린드는 분노로 바들바들 몸을 떨었고, 맥스의 노여움은 극에 달했다. 그중 채색 도자기를 그린 그림은 구조되어 맥스의 텔브라크 서적에 실렸지만, 로잘린드는 단 한 번도 그 그림에 만족스러워하지 않았다.

로잘린드는 그곳의 족장에게서 말을 구해 길퍼드 벨과 함께 승마를 했다. 젊은 건축가인 길퍼드는 나의 오스트레일리아 친구인 아일린 벨의 조카이다. 매력적인 청년으로, 텔브라크의 부적을 연필화로 그리는 솜씨가 빼어났다. 부적에는 개구리, 사자, 숫양, 황소 등 아름다운 동물이 자그마하게 등장했는데, 연필의 섬세한 명암이 완벽한 매개체 역할을 했다.

그 해 여름 길퍼드는 토키에 와서 우리와 함께 지냈다. 그러던 어느 날 우리는 부동산 시장에 나온 집을 보러 갔다. 내가 어렸을 때부터 알던 집으로, 다트 강가에 위치한 그린웨이 하우스였다. 어머니가 항상 말씀하셨듯 다트의 여러 저택 중 가장 완벽한 곳이었다.

"가서 한번 둘러보자꾸나. 다시 그 집을 보다니 정말 멋질 거야. 어렸을 때 어머니와 함께 가 본 이후로는 한 번도 못 봤어."

그리하여 우리는 그린웨이에 가서 아름다운 집과 대지를 둘러보았다. 1780년인가 1790년대의 조지 왕조 풍으로 세워진 새하얀 저택에는 저 아래 다트 강까지 멋진 관목과 나무들이 숲을 이루며 이어져 있었다. 이상적인 꿈의 집이었다. 구경 후 별 기대 없이 순전히 예의 때문에 가격을 물었다. 내 귀가 의심스러웠다.

"1만 6000이라고요?"

"6000파운드라고 했습니다."

"6000파운드요?"

도저히 믿기지 않았다. 우리는 집으로 돌아가 이에 대해 논의했다.

"세상에 그렇게 쌀 수가. 13헥타르는 될 텐데. 집 상태도 괜찮아 보이고. 장식만 새로 좀 하면 되겠던걸."

"사지 그래요?"

맥스의 말을 듣는 순간 나는 너무 놀라 숨이 다 멎을 지경이었다.

"애슈필드 때문에 점점 걱정만 늘잖아요."

맥스가 그런 말을 할 만도 했다. 나의 고향집 애슈필드는 달라져 있었다. 과거 애슈필드와 비슷비슷한 이웃집들이 주변에 빙 둘러서 있던 자리에는, 좁디좁은 공원의 경치마저 가로막으며 거대한 중등학교가 버티고 서 있었다. 이제 애슈필드에서 바다를 보는 것은 불가능했다. 또 하루 종일 학생들의 고함 소리가 끊이지 않았다. 때로는 느닷없이 괴상한 소리와 함께 환자들이 공원에 나타났다. 공인된 정신병자는 아니었으므로 원하는 대로 마음껏 행동할 권리가 있었지만, 우리로서는 가끔 불쾌한 사건을 감수해야 했다. 환자복 차림의 덩치 좋은 대령이 나타나 공원의 두더지란 두더지는 다 죽이겠답시고 골프채를 휘두르는 날도 있었고, 또 어떤 날은 자기를 보고 짖는다고 개를 공격하기도 했다. 간호사가 사과하며 그를 데리고 가면서 한다는 말이, 정신은 멀쩡한데 다만 약간 정서 장애가 있을 뿐이라는 것이었다. 하지만 그것만으로도 적잖이 충격적이어서, 우리 집에서 머물던 아이들이 한두 번인가 극심한 공포에 떨어야 했던 것이다.

옛날에는 토키 주변이 다 시골이었다. 언덕 위에 저택이 세 채 있을 뿐 도로는 가느다란 시골길로 이어져 있었다. 그런데 봄이면 새끼 양을 보러 가곤 하던 싱그러운 초록 들판에 지금은 다닥다닥 자그마한 집들이 들어섰고, 이웃 중에는 아는 사람이 아무도 없었다. 이제 애슈필드는 마치 풍자의 대상이 되어 버린 듯했다.

그렇다고 그것이 그린웨이 하우스를 사야 할 이유는 될 수 없었다. 하지만 마음은 너무나 그린웨이에 끌리고 있었다. 맥스가 애슈필드를 좋아하지 않는다는 것은 익히 알고 있었다. 애슈필드는 내가 맥스와 공유하지 않은 인생이 속해 있는 곳이며 오롯이 나만의 것이었다. 바로 그런 점 때문에 맥스는 애슈필드를 은근히 질투하고 있었고, 그래서 기꺼이 그린웨이를 권했던 것이다.

"그 집을 사지 그래요?"

우리는 구입 문의를 넣었다. 길퍼드가 거들었다. 그는 전문가다운 시선으로 그 저택을 살펴본 뒤 말했다.

"글쎄요. 제 의견을 말씀드리자면, 그 집의 반은 헐어야 합니다."

"반이나 헐어야 한다고?"

"네. 뒤채는 모두 빅토리아 양식이에요. 1790년대에 지어진 본채만 남겨 두고 나머지 증축 건물은 모조리 없애야 합니다. 당구실, 서재, 2층의 새 침실 등을 없애면 훨씬 멋지고 빛이 잘 드는 집이 될 거예요. 본래의 건물은 사실은 무척 아름다운 저택이에요."

"빅토리아 건물을 허물면 침실이 하나도 안 남잖아."

내가 침실이 없어진다는 점을 지적했다.

"꼭대기 층에 침실을 만드는 거야 쉬운 일이죠. 게다가 또 다른 장점이 있습니다. 덕분에 가격을 많이 깎을 수 있을 거예요."

그리하여 그린웨이를 샀다. 길퍼드가 책임지고 그 집을 원래의 모습으로 되돌려 놓았다. 2층에 욕실을 추가하고, 1층에 조그마한 화장실을 하나 넣은 것 외에는 일절 손대지 않았다. 다만 나한테 통찰력이 있었더라면 싶은 점이 딱 하나 있었는데, 그 집의 다른 큰 덩어리도 허물었어야 했다는 것이다. 드넓은 식료품 저장실과 돼지를 키우는 커다란 땅굴과 장작 창고와 식기실을 없앴더라면 식당에서 계단 몇 개만 거치면 바로 갈 수 있는 자그마한 멋진 부엌이 생겼을 것이고, 게다가 일손도 군이 구한 필요가 없었을 것

▲ 그린웨이

이다. 하지만 설마 하인이 사라지는 날이 올 줄은 상상도 못 했기 때문에 부엌 건물을 그대로 남겨 두었던 것이다. 우리는 개조가 끝나고 집을 깔끔하게 하얀색으로 칠한 뒤 이사했다.

그 직후 새집에 이사 온 기쁨에 온통 들떠 있을 때 2차 대전이 발발했다. 1차 대전 때처럼 마른 하늘의 날벼락은 아니었다. 벌써부터 조짐이 있었던 것이다. 뮌헨 회담이 열리자 우리는 체임벌린(당시 영국의 총리 — 옮긴이)의 확신에 귀를 기울였고, 그가 "우리 시대의 평화"(1938년 뮌헨 회담 후 체임벌린이 행한 연설의 제목 — 옮긴이)를 외쳤을 때 우리는 그것이 진실이 되리라 기대했다.

하지만 우리 시대의 평화는 오지 않았다.

10부

2차 대전

1

그리하여 우리는 다시 전시로 돌아갔다. 지난번 전쟁과는 전혀 달랐다. 일이란 반복되기 마련이므로 다들 전쟁 발발을 예상하고 있었다. 1차 대전은 살아생전 한 번도 일어나지 않았고 앞으로도 일어날 리 없는 금시초문의 불가능하고 불가해한 사건이었기에 충격처럼 와락 우리를 덮쳤더랬다. 하지만 이번 전쟁은 달랐다.

우선, 아무 일도 일어나지 않는 믿기지 않는 현실이 이어졌다. 전쟁 발발 첫날밤에 런던이 폭격으로 잿더미가 될 줄 알았는데, 폭탄 하나 떨어지지 않는 것이었다.

모든 사람들이 모든 사람들에게 전화를 걸려고 했다. 모술 시절에 알게 된 의사 친구인 페기 매클라우드는 남편과 함께 병원을 운영하고 있던 동부 해안에서 전화를 걸어 자신들의 아이들을 돌봐 달라고 부탁했다.

"너무 겁이 나요. 전쟁이 여기서부터 벌집 쑤시기 마에요. 너무 폐가 안 된다면 자동차로 아이들을 데리고 갈 테니 받아 주셨으면 해요."

나는 문제없다고, 원한다면 보모도 같이 보내라고 했고, 그렇게 해서 합의가 이루어졌다.

페기 매클라우드는 다음 날 도착했다. 나의 대녀인 세 살배기 크리스털과 다섯 살배기 데이비드를 데리고 밤낮으로 차를 몰아 영국을 가로질렀던 것이다. 페기는 녹초가 되어 있었다.

"각성제를 먹어 가며 간신히 여기까지 올 수 있었어요. 여기 여분이 더 있는데, 좀 드릴게요. 완전히 탈진해서 각성제가 필요하게 될지 누가 알겠어요."

나는 그 자그마하고 납작한 벤제드린 통을 아직도 가지고 있다. 한 번도 써 본 적은 없지만, 젖 먹던 힘까지 남김없이 쥐어짜야 하는 순간을 대비해 보험 삼아 잘 간수하고 있는 중이다.

우리는 그럭저럭 준비를 마치고 다음에 일어날 일을 기다렸다. 하지만 아무 일도 일어나지 않았고, 그에 따라 우리는 이런저런 전쟁 관련 활동이 약간 추가된 일상생활로 조금씩 조금씩 되돌아갔다.

맥스는 국방시민군에 입대했는데, 당시 그것은 정말 코미디였다. 총이라고는 여덟 명에 달랑 한 정씩 지급되었고, 맥스는 매일 밤 동료 군인들과 밖으로 나갔다. 개중 일부는 그것을 무척 재미있어했고, 어떤 아내들은 남편이 조국 방위를 위한다는 명분으로 대체 무슨 짓을 하고 다니는지 심히 의심스러워했다. 몇 달이 지났지만 아무 일도 없었고, 국방시민군은 떠들썩하고 유쾌한 모임으로 자리를 잡아 갔다. 결국 맥스는 런던으로 가기로 했다. 다른 사람들처럼 맥스도 해외로 파견되어 무엇인가 중요한 일을 하게 되기를 열망하고 있었다. 하지만 전쟁에 참여하고자 하는 사람들이 듣는 말은 한결같았다.

"현재로서는 할 일이 없습니다."

"빈자리가 없습니다."

나는 토키의 병원으로 가서 훗날 필요할 경우를 대비해 조제실에서 일하며 옛 지식을 새로이 갈고닦을 수 있을지 문의했다. 언제 어느 때 부상자가 발생할지 모르는 상황이었으므로 조제실 실장은 흔쾌히 내 요청을 수락했고, 덕분에 나는 당시 처방되는 온갖 약에 대한 정보를 업데이트할 수 있었다. 전체적으로 예전보다 일이 더 간단해져 있었다. 수많은 알약과 가루약과 물약 등이 이미 병에 잘 포장되어 나왔기 때문이다.

전쟁이 시작되었다. 그것도 런던이나 동부 해안이 아니라 우리 고장에서. 데이비드 매클라우드는 비행기라고 하면 사족을 못 쓰는 무척 영리한 소년이었는데, 나에게 온갖 비행기 종류에 대해 가르쳐 주려 열심히 애를 썼다. 메서슈미트(독일의 전투기 — 옮긴이) 등 여러 기종의 사진을 보여 주는가 하면, 하늘을 날아다니고 있는 허리케인과 스피트파이어(둘 다 영국의 전투기 — 옮긴이)를 가리켜 보였다.

"이제는 아시겠죠. 자, 저 위에 있는 저 비행기는 뭐예요?"

데이비드가 조바심을 내며 물었다.

머나먼 하늘에 한 점 점처럼만 보이는 것이 떠 있었다. 나는 맞기를 희망하며 허리케인이라고 찍었다.

"아니에요. 번번이 틀리기만 하시잖아요. 저건 스피트파이어예요."

데이비드는 씩씩거렸다.

다음 날 데이비드가 하늘을 처다보더니 말했다.

"지금 메서슈미트가 우리 머리 위를 날고 있어요."

"아니야, 아냐. 설마. 우리 편 비행기야. 허리케인이겠지."

"저건 허리케인이 아니에요."

"그럼 스피트파이어일 거야."

"스피트파이어도 아니에요. 저건 메서슈미트예요. 어떻게 메서슈미트를 스피트파이어나 허리케인과 혼동할 수 있어요?"

"하지만 메서슈미트가 여기 있을 리 없잖니."

바로 그 순간 폭탄 두 발이 언덕으로 떨어졌다.

데이비드는 울상이 되어 탄식하듯 말했다.

"메서슈미트라고 그랬잖아요."

바로 그날 오후 두 아이가 보모와 함께 배를 타고 나루터로 향하고 있는데 비행기 한 대가 쓰윽 내려오더니 강에 있는 모든 배에 기관총을 갈겨 대는 일이 벌어졌다. 총알이 보모와 아이들 주위를 따르륵 휩쓸고 지나갔다. 보모는 바들바들 떨면서 집으로 돌아와 말했다.

"매클라우드 부인께 연락하는 편이 좋겠어요."

그래서 나는 페기에게 전화를 걸고는 어찌 돌아가는 판국인지 물었다.

"여기는 아무 일도 없어요. 아마 그게 전쟁의 시작이었나 봐요. 아이들이 여기로 돌아올 필요까지는 없을 것 같은데. 어때요?"

"설마 여기를 또 공격하기야 하겠어요."

데이비드는 폭탄 때문에 신이 나서는 어디에 떨어졌는지 직접 봐야겠다고 고집했다. 폭탄 두 발은 강가의 디티셤(데번 주 다트 강에 위치한 작은 마을—옮긴이)에 떨어졌고, 또 몇 발은 우리 집 바로 뒤쪽 언덕에 떨어졌다. 무성한 쐐기풀과 산울타리 한두 개를 헤치며 나아간 끝에 마침내 농부 세 사람과 마주쳤다. 그들은 모두 들판에 파인 폭탄 구멍과 불발탄을 살펴보고 있었다.

"우라질 것들."

농부 하나가 불발탄을 발로 걷어차며 외쳤다.

"추잡하기 짝이 없어. 이딴 것을 떨어트리다니. 추잡한 놈들!"

농부가 또다시 불발탄을 걷어찼다. 나는 내심 폭탄을 가만 두었으면 싶었지만, 농부는 히틀러의 모든 작품에 대한 경멸을 실컷 퍼붓고 싶은 것 같왔다.

"제대로 폭발도 못 하는 꼴 하고는."

물론 그것은 전쟁 후기에 떨어진 것들에 비하면 아주 작은 폭탄이었다. 어쨌든 폭탄은 폭탄이었고, 교전이 시작된 것이었다. 다음 날 다트 강에서 약간 떨어진 작은 마을 콘워시의 소식이 들려왔다. 비행기 한 대가 급강하하여 아이들이 놀고 있던 학교 운동장에 총알을 끼얹었으며, 여교장이 어깨에 총을 맞았다는 것이었다.

페기는 다시 전화를 해서 아이들을 할머니가 계시는 콜윈 만(영국 웨일스의 해양 휴양지 — 옮긴이)으로 보내도록 조치를 해 놓았다고 했다. 아무래도 그곳이 안전할 듯싶다면서.

아이들이 출발했다. 이렇게 헤어지다니 너무도 아쉬웠다. 그런데 얼마 안 있어 아버스녓 부인이 편지를 보내 집을 좀 빌려 달라고 요청했다. 폭격이 시작되어 아이들을 영국 전역으로 대피시키고 있는 중인데, 세인트판크라스(런던 북부 지역 — 옮긴이)에서 대피시킨 아이들을 돌볼 탁아소를 그린웨이에 열고 싶다는 것이었다.

전쟁은 우리 고장을 떠난 듯했다. 폭격은 더는 없었다. 얼마 안 있어 아버스녓 부부가 도착해서 우리 집의 집사 부부 일을 대신 맡았고, 다섯 살 이하의 아이들 열 명과 간호사 두 명이 들어왔다. 나는 런던으로 가서 당시 터키 구호대에서 일하고 있던 맥스와 함께 지내기로 했다.

내가 런던에 도착한 것은 공습 직후였다. 패딩턴 역에서 만난 맥스는 나를 하프문 거리의 아파트로 데려가며 미안한 듯 말했다.

"아파트가 좀 엉망이에요. 다른 곳을 구할 수 있을 거예요."

처음 아파트를 보는 순간 약간 멈칫했던 것은 문제의 그 집이 이빨처럼 서 있었기 때문이다. 집의 양쪽이 사라지고 없었다. 열흘 전에 폭탄에 맞았다는 것이었다. 바로 그 때문에 집주인은 서둘러 아파트를 세주고는 재빨리 대피했다. 그 집이 편안했다고는 차마 말 못 하겠다. 먼지 냄새와 기름 냄새와 싸구려 향수 냄새가 끔찍하리만치 진동했다.

맥스와 나는 일주일 후 세인트제임스 거리에서 조금 떨어진 파크플레이스로 이사했다. 식사를 제공하는 고급 아파트였다. 우리는 주기적으로 요란하게 떨어지는 폭탄 소리를 견디며 그곳에서 잠시 지냈다. 웨이터들이 너무 가여웠다. 저녁에 식당 일을 마친 다음 공습을 뚫고 집으로 돌아가야 했으니.

그런데 얼마 안 있어 셰필드테라스에서 세를 살던 사람들이 임대 계약을 취소하고 싶다고 하여, 우리가 다시 그곳으로 옮겨 갔다.

로잘린드는 공군 여자 보조 부대에 지원서를 냈으나, 그다지 열렬히 마음을 쏟고 있지는 않았다. 그보다는 농촌 지원 여자 부대에 가고 싶은 마음이 더 컸기 때문이다.

공군 여자 보조 부대에서 면접을 보고 온 로잘린드는 자신은 요령이 부족하다며 탄식을 했다. 왜 지원했느냐는 질문에 그냥 이렇게 대답했다는 것이다.

"무슨 일이든 해야 하니까요. 이것도 별로 나쁘지 않을 것 같았어요."

솔직한 말이기는 했지만 썩 좋은 인상을 주지는 못했으리라. 그 후 잠깐 동안 학교 급식을 나르고 육군 본부에서 일하더니, 로잘린드는 육군 수송부에 들어가고 싶다고 했다. 공군 여자 보조 부대에서처럼 이래라저래라 하는 잔소리를 듣지는 않을 것 같다는 것이 그 이유였다. 그래서 로잘린드는 또다시 지원서를 썼다.

맥스는 이집트학 교수이자 친구인 스티븐 글랜빌의 도움을 받아 공군에 들어가 무척 기뻐했다. 두 사람은 공군성에서 같은 사무실을 썼는데, 일할 때 쉴 새 없이 담배를 피워(맥스는 파이프 담배를 즐겼다.) 사무실이 온통 연기로 가득 차 있었다. 친구들이 모두 '작은 매음굴'이라며 놀려 댈 정도였다.

모든 것이 혼란스럽고 뒤죽박죽이었다. 우리가 런던을 잠시 떠나 있던 주말에 셰필드테라스가 폭격을 맞은 일이 기억난다. 폭탄이 바로 거리 맞은편 집에 떨어져 세 채의 건물이 박살 났으며, 그 여파가 셰필드테라스 48번지까지 미쳐, 가장 안전하다고 여겼던 지하실이 붕괴되었고 지붕과 꼭대기 층이 내려앉았다. 1층과 2층은 거의 피해 없이 무사했으나, 나의 스타인웨이 피아노는 다시 예전 상태로 돌아가지 못했다.

맥스와 나는 항상 침실에서만 자고 지하로는 절대로 내려가지 않았기 때문에, 설령 그때 집에 있었다 해도 인명 피해는 없었을 것이다. 나는 전쟁 동안 한 번도 방공호라는 데를 가지 않았다. 지하에 갇히는 것에 대한 공포가 늘 내 안에 도사리고 있었기 때문에 잠은 무조건 내 침대에서 잤다. 나중에는 공습에 익숙해져서 아무리 폭탄이 떨어져도 잠에서 잘 깨지도 않게 되었다. 비몽사몽 중에 사이렌 소리나 가까이에서 쿵쿵대는 폭탄 소리가 들리면, 그저 "아이고, 이런. 또 시작이네!" 하고 중얼거리며 돌아누우면 끝이었다.

셰필드테라스가 폭격을 당한 다음 가장 난감했던 문제는 런던 어디에서도 창고를 구하기가 어려웠다는 것이다. 건물은 꼴이 말이 아니어서 현관으로 들어가지 못하고 사다리를 써야 하는 상황이었다. 결국 우리는 일이 년 전에 왈링퍼드의 집에 만들어 놓은 스쿼시 경기장에다 가구를 모두 보관하기로 하고는 이삿짐 회사를 불렀다. 그리하여 모든 것이 그 집으로 옮겨졌다. 건축업자에게 미리 스쿼시 경기장 문을 떼어 놓게 하고는, 필요하다면 문 주위의 벽을 부수어도 좋다고 했다. 스쿼시 경기장의 입구가 너무 좁아 소파와 의자를 들이려면 어쩔 수 없이 이런 조치가 필요했다.

맥스의 니는 햄스테드(런던 교외 지역 ─ 옮긴이)의 른르드 아파트르 이사했고, 나는 대학 병원에서 조제사 일을 시작했다.

맥스가 얼마 전부터 혼자 알고 있던 사실에 대해 내게 운을 떼었을 때, 나는 그이를 위해 잘된 일이라고 생각했다. 남편은 중동이나 북아프리카나 이집트로 발령받기로 되어 있었다. 그이가 얼마나 가고 싶어 하는지 잘 알고 있었고 또한 아랍 어 지식이 유용하게 쓰일 것이므로 그 쪽으로 배치 받은 것은 온당한 일이라 여겼다. 10년 만에 우리는 처음으로 떨어져 지내게 되었다.

맥스가 떠나 있는 동안 홀로 지낸 론로드 아파트는 다행히 살기 좋은 곳이었다. 사람들은 친절했고, 정감 있고 따스한 분위기의 자그마한 식당도 있었다. 3층 침실 창문으로 내다보면 아파트 뒤로 길게 이어진 방죽을 따라 나무와 관목이 자라나는 것이 보였다. 내 창문 바로 맞은편에는 하얀 벚나무가 거대한 피라미드처럼 솟아 있어서, 마치 배리(영국의 소설가이자 극작가 ― 옮긴이)의 「친애하는 브루터스Dear Brutus」 2막에서 인물들이 창문으로 고개를 돌리는 순간 롭의 나무가 바로 창유리에 닿아 있는 것을 발견할 때와 비슷한 느낌을 받았다. 벚나무는 특히나 내 마음에 들었으며, 덕분에 봄이면 아침에 눈을 뜰 때마다 기분이 상쾌했다.

▲ 2차 대전 직전 제임스와 함께, 남편 맥스

아파트 끝에는 자그마한 정원이 있어 여름밤이면 그곳에서 식사를 하거나 앉아서 쉴 수 있었다. 햄스테드히스 공원도 걸어서 10분 거리였다. 나는 카를로가 기르는 제임스를 데리고 그곳으로 산책을 가곤 했다. 카를로가 군수 공장에서 일하고 있어 그 실리암테리어를 내가 돌보고 있었다. 대학 병원 사람들은 내가 조제실에 개를 데리고 올 수 있게 허락해 주는 등, 내게 무척 친절했다. 제임스도 흠잡을 데 없이 얌전히 처신했다. 하얀 소시지 같은 몸을 약장 아래에 가만히 누이고 있다가, 가끔 조제실을 청소하러 오는 청소부의 귀여움을 받곤 했다.

성공적으로 여자 공군 보조 부대에서 발을 뺀 로잘린드는 그 밖에 다양한 전쟁 업무에 종사했지만, 내가 보기에는 그 어떤 일에도 특별히 마음을 두는 것 같지가 않았다. 육군 수송부에 들어가려고 생일, 주소, 이름 등 관료주의가 원하는 온갖 불필요한 정보를 지원서에 적어 넣고는 어느 날 갑자기 이렇게 말하는 것이었다.

"오늘 아침에 다 찢어 버렸어요. 육군 수송부에는 가지 않을래요."

나는 엄한 목소리로 말했다.

"뭐라고, 로잘린드? 결정을 내려야 해. 네가 무슨 일을 하든 좋아. 네가 하고 싶은 일을 하렴. 하지만 이것을 하겠다고 덤비다가 이내 마음을 바꿔 지원서를 찢어 버리는 짓은 그만 해."

"하지만 더 좋은 일을 찾아냈단 말예요."

당시 젊은 세대들이 부모에게 어떤 정보 같은 것을 알려 줄 때면 다들 그랬던 것처럼 로잘린드도 아주 아주 망설이다 이렇게 덧붙였다.

"실은 다음 주 화요일에 휴버트 프리처드와 결혼하기로 했어요."

전혀 예기치 못한 소식은 아니었다. 다만 날짜가 다음 주 화요일로 잡혔다는 사실이 충격이었다.

휴버트 프리처드는 웨일스 출신의 정규 육군 소령이었다. 로잘린드는 펑키 이모네 집에 갔다가 사촌 잭의 친구인 그를 만났다. 휴버트는 그린웨이에 놀러가 함께 지내기도 했는데, 내 마음에 무척 들었다. 겁을 머리에 대단히 지적이고 조용하며, 그레이하운드를 여러 마리 기르고 있었다. 나는 휴버트와 로잘린드가 한동안 친구로만 지내고 있어서 두 사람이 결혼하리라는 기대를 접고 있었다.

로잘린드가 입을 열었다.

"엄마, 결혼식에 오실 거죠?"

"물론이지. 당연히 가야지."

"있잖아요……. 괜한 야단법석일 것 같아요. 그냥 오시지 않는 편이 덜 번거롭지 않을까요? 휴버트가 휴가를 못 받아서 덴비에서 식을 올려야 하거든요."

"괜찮아. 덴비까지 기꺼이 가마."

나는 장담하듯 말했다.

"무리하실 것 없어요."

로잘린드는 마지막 희망을 담아 그렇게 말했다.

"무리는 무슨."

나는 단호히 말한 다음에 덧붙였다.

"식을 올린 다음에 말하지 않고 미리 알려 주어 좀 놀랐단다."

로잘린드는 얼굴이 새빨개졌고, 나는 진실을 간파했음을 깨달았다.

"휴버트가 꼭 알리라고 말했나 보구나."

"아……, 네. 그런 셈이죠. 내가 아직 스무한 살이 안 됐다는 점을 걱정했으니까요."

"걱정 마라. 내가 다 알아서 처리할 테니."

로잘린드에게는 다소 과묵한 면이 있어 그 때문에 나는 항상 웃음을 터트리는데, 이번에도 마찬가지였다.

나는 로잘린드와 기차를 타고 덴비로 향했다. 휴버트는 아침에 군인인 형과 함께 호텔로 왔다. 우리는 등기소에 가서 되도록 간소히 식을 올렸다.

유일하게 말썽이 되었던 것은 나이 지긋한 등기소 직원이 로잘린드의 아버지 이름과 지위가 잘못 되었다고 고집을 부렸던 것이었다.

"아치볼드 크리스티 대령, C.M.G., D.S.O., 영국 육군 항공대."

"공군이라면 대령일 리 없소."

등기소 직원이 고집했다.

"하지만 정말 대령이었어요. 맞다니까요."

로잘린드가 말했다.

"중령이겠지."

"아뇨, 중령이 아니에요."

로잘린드는 최선을 다해 20년 전에는 공군이 오늘날처럼 정비되지 않았다고 설명했고, 등기소 직원은 금시초문이라고만 대꾸했다. 결국 내가 로잘린드의 말이 맞다고 거들고 나서자 그런 뒤에야 그 직원은 마지못해 그렇게 받아썼다.

2

그리하여 시간이 흘러갔다. 그 어떤 상황이든 계속되다 보면 어느새 악몽과도 같았던 면이 사라진다. 나 자신이 곧 죽거나, 그 무엇보다도 아끼고 사랑하는 사람들이 죽음을 맞거나, 친구들의 사망 소식을 듣게 되리라 기대하는 것이 지극히 당연한 일이 되었다. 깨어진 창문, 폭탄, 이어서 미사일이 등장했다. 그런데도 기이하기는커녕 너무도 자연스레 여겨졌다. 3년 동안 전쟁이 계속되면서 일상화되어 버린 것이다. 전시가 아닌 시절은 이제 상상할 수도 없었다.

나는 할 일이 많았다. 일주일에 이틀은 종일, 사흘은 반나절을 일했고, 또한 격주로 토요일 아침에도 병원에 나가 근무했다. 그 나머지 시간에는 글을 썼다.

동시에 두 권의 책을 쓰기로 결심했다. 글을 쓰다 보면 갑자기 굉장히 지루하게 느껴지는 순간이 온다. 그럴 때는 그 글을 옆으로 밀쳐놓고 다른 일을 해야 한다. 하지만 달리 할 일이 없었고, 앉아서 생각에 잠기기도 싫었다. 그래서 두 편의 추리 소설을 번갈아 쓰면 지루할 새가 없을 것 같았다. 그 하나는 한동안 쓰려고 생각하고 있었던 『서재의 시체The Body in the Library』였고, 다른 하나는 『N 또는 M$^{N or M?}$』이라는 스파이 소설로, 나의 두 번째 소설인 『비밀 결사』의 속편이라 할 수 있었다. 이 속편에서 토미와 터펜스는 장성한 아들과 딸이 있고, 전시에 아무 일도 맡을 수 없어 무척 지루해하다가, 중년의 탐정 팀으로 멋지게 부활하여 옛 열정을 되살려 스파이를 추적해 나간다.

다른 이들과는 달리 나는 전시에도 글을 쓰는 데 아무 어려움이 없었다. 아마도 정신의 일부를 완전히 단절시켜 별개의 구역으로 만들기 때문이 아닌가 싶다. 나는 소설 속 인물들의 세계에서 살아가며, 그들과 대화를 나누고, 그들이 성큼성큼 방을 가로질러 가는 모습을 본다.

배우인 프랜시스 설리번과 그 아내와 함께 지낸 적이 한두 번 있다. 그들 부부는 헤슬미어에 밤나무 숲으로 둘러싸인 저택을 가지고 있었다.

전시에 배우들과 함께 지내면 무척 편했다. 그들에게는 연기와 무대가 진짜 세계이고, 다른 세계는 진짜가 아니었기 때문이다. 전쟁을 일상생활을 막는 기나긴 악몽 정도로 여기고 있어서 언제나 연극과 연극인과 연극계 소식과 위문 봉사대에 대해서만 이야기했으며, 덕분에 몸도 마음도 편히 쉴 수 있었다.

그런 다음 론로드로 돌아가면, 날아다니는 유리 파편을 막기 위해 베개로 얼굴을 가렸고, 내 옆에 있는 의자에는 가장 소중한 물건 두 가지, 즉 내 모피 코트와 보온병을 갖다 놓았다. 그건 당시에는 억만금을 준다고 해도 구하기 힘든 물건이었다. 이것으로 모든 비상사태에 대한 만반의 준비가 되었다.

그때 뜻밖의 일이 벌어졌다. 무심코 편지를 뜯어 보니, 해군 본부가 그린웨이를 곧 접수한다는 통지서였다.

나는 토키로 가서 젊고 예의 바른 해군 대위를 만났다. 그는 지금 당장 그린웨이를 접수해야 한다고 말했다. 이미 아버스넛 부인이 그 명령을 철회시키려고 애써 보았으나 대위가 끄덕도 하지 않았기 때문에, 지금은 탁아 시설을 옮기는 문제를 보건부와 의논할 시간만이라도 달라고 간청하는 중이었다. 보건부 장관이라고 해도 해군 본부의 위세에는 어쩔 도리가 없었다. 아이들은 모두 떠났고, 나 혼자 남아 가구를 모조리 치워야 했다! 문제는 앞에서도 말했지만 가구를 둘 창고가 전혀 없다는 것이었다. 이삿짐 회사나 창고 회사에는 자리가 아예 남아 있지 않았고 창고마다 천장까지 그득 차 있었다. 결국 나는 해군 본부로 가서, 그린웨이의 응접실과 꼭대기층의 자그마한 방 하나에 가구를 보관할 수 있게 해 달라고 담판을 지었다.

우리 집의 정원사 하나포드는 장난기가 넘치면서도, 오래 모셨다 싶은 집주인에게는 대단히 헌신적이었다. 그런데 한참 가구를 옮기고 있던 나를 한쪽으로 데려가더니 이렇게 말하는 것이었다.

"마님을 위해 그 여자에게서 제가 무엇을 빼돌려 놓았는지 이제 아시게 될 겁니다."

'그 여자'가 누구인지 전혀 알 수 없었지만, 그를 따라 마구간 위로 솟은 시계탑으로 갔다. 일종의 비밀 문을 연 그는 자부심 가득한 표정으로 바닥을 가리켰다. 바닥에는 밀짚 아래 어마어마한 양의 양파와 사과가 깔려 있었다.

"건에 그 어기가 외서는 양파와 사과가 있느냐고 묻더구만요. 자기가 다

가져가겠다지 뭡니까. 하지만 그렇게 할 수야 없었습죠. 아무렴요. 그래서 수확이 별로라고 말하고는 적당한 만큼만 주었습죠. 왜냐굽쇼? 이 사과는 여기서 수확했고, 이 양파도 여기서 재배한 건데 중부 지방이나 동부 해안으로 감히 어떻게 빼돌릴 수 있답니까?"

나는 하나포드의 봉건 시대적 사고방식에 깊이 감동을 받았지만, 다른 한편으로는 너무도 당혹스러웠다. 아버스넛 부인이 사과와 양파를 다 가져갔더라면 수천 배는 좋았을 텐데, 이제는 내가 모조리 떠맡게 된 것이다. 강에서 흉측한 것을 물어 와 주인에게 선물하는 개가 그러는 것처럼 하나포드는 혼자 뿌듯해하고 있었다.

우리는 사과를 상자에 담아 사과를 좋아할 만한, 아이 딸린 친지들에게 보냈다. 그리고 200여 개의 양파를 가지고 론로드로 돌아갈 수는 없었으므로 여러 병원에 양파를 보내려고 알아보았다. 그러나 그렇게 많은 양파를 원하는 곳은 단 한 군데도 없었다.

그런 와중에 해군 본부의 협상으로 그린웨이를 미국 해군이 쓰기로 결정이 났다. 우리 집 너머 언덕 위에 자리한 메이풀에 수병들이 묵고, 함대의 장교들은 우리 집에서 묵는다는 것이었다.

미국인들의 친절함과 집에 대한 세심한 배려는 정말로 크게 칭찬을 하지 않을 수가 없었다. 40명이나 되는 사람들이 먹을 음식을 요리해야 했으니 부엌이 엉망이 되는 것은 어쩔 수 없는 일이었다. 그런데 연기를 풀풀 내뿜은 엄청 큰 스토브를 설치할 때 마호가니 문이 손상되지 않도록 최대한 조심해 주었던 것이다. 또한 부함장은 벽을 완전히 합판으로 덮었다. 미국인들도 그 집의 아름다움을 인정해 주었고, 많은 군인들이 루이지애나 출신이라 목련류, 특히 태산목을 보면서 고향을 느꼈다.

전쟁이 끝난 후에도 몇몇 장교의 친척들이 종종 우리 집을 보러 와서, 자신의 아들이나 사촌이 이곳에서 지내며 보낸 편지에서 이 집을 얼마나 아름답게 묘사했는지 나에게 말해 주곤 했다. 나는 이따금 그들과 함께 정원을 거닐며 그 장교가 특별히 좋아했던 장소를 보여 주려고 했다. 비록 식물이 자라면서 풍경이 변해 정확한 곳을 찾기가 때때로 쉽지 않았지만 말이다.

전쟁이 3년째에 접어들 무렵, 나는 여러 채의 집을 갖고 있으면서도 원할 때에 원하는 집에 들어가 살 수가 없었다. 그린웨이는 해군 본부가 접수했고, 왈링퍼드는 피난민들로 가득 찼다. 그들이 런던으로 돌아가게 되면 그러기가 무섭게 나의 다른 친구가, 예를 들어 병약한 노신사와 그의 아내가 그 집을 빌리고 싶다고 했으며, 그러면 이어서 그들의 딸과 손자들까지 합세했다. 캠든 거리 48번지의 집은 큰 이익을 남기고 팔았다. 카를로더러 구매자들한테 집을 보여 주라고 하면서 이렇게 말했다.

"적어도 3500파운드는 받아야 해."

당시에 우리에게 이는 거액이었다. 그런데 카를로가 돌아와 기쁜 얼굴로 좋은 소식을 전했다.

"거기다 500파운드를 더 붙여 팔았답니다. 그 정도는 받아야지요."

"어머, 왜?"

"어찌나 무례하던지 말예요."

카를로는 오만함에 대해 스코틀랜드 출신다운 깊은 혐오감을 가지고 있었다.

"바로 내 면전에 대고 험담을 늘어놓지 뭐예요. '어머나 이 장식 꼴 좀 봐! 이 꽃무늬 벽지 하며. 당장 다른 벽지로 바꿔 붙여야겠어!' '세상에 별 희한한 사람도 다 있다니깐. 저 칸막이는 허물어 버려야 해!' 그래서 생각했지요. 따끔한 교훈을 가르쳐 주려면 500파운드는 보태야겠다고요."

그들은 조금도 마다 않고 그 돈을 지불했다.

그린웨이에는 나만의 전쟁 기념물이 하나 있다. 미군은 서재를 식당으로 썼는데, 그때 한 화가가 벽을 꼭대기부터 바닥까지 온통 프레스코화로 채워 놓았다. 키웨스트(미국 최남단에 위치한 해군 기지 — 옮긴이), 버뮤다(미국 플로리다 주에 인접한 영국령 자치 식민지 제도 — 옮긴이), 나소(바하마의 수도이자 항구 도시 — 옮긴이), 모로코(아프리카 대륙 북서단의 국가 — 옮긴이) 등 함대가 파견되었던 장소를 모두 묘사한 다음에, 마지막으로 숲 사이에 서 있는 새하얀 집 그린웨이를 약간은 과장스러울 만큼 찬란하게 그려 넣은 것이다. 집 위에는 누드의 우아한 요정이 미완성인 채로 남아 있었다. 마침내 전쟁이 끝났을 때 미모의 여성을 만나기를 꿈꾸며 그런 그림을 그리지 않았을까 싶다. 부함장은 내게 편지를 보내, 이 프레스코화 위에 페인트를 칠해 원래대로 복구해 놓기를 바라느냐고 물었다. 나는 부랴부랴 답장을 보내, 이는 역사적인 기념물이며 기꺼이 간직하고 싶다고 했다. 벽난로 선반에는 윈스턴 처칠, 스탈린, 루스벨트 대통령의 얼굴이 간단한 선으로 그려져 있다. 그 예술가가 누구인지 이름이 참 궁금하다.

나는 그린웨이를 떠나며 폭탄 때문에 다시는 이 집을 보지 못하리라 생각했더랬다. 하지만 운이 좋게도 이런 불길한 예감은 그릇된 것으로 드러났다. 그린웨이는 흠집 하나 나지 않았다. 그저 식료품 저장실이 사라진 대신에 화장실이 열네 개 서 있을 뿐이었다. 그것을 철거하기 위해 해군 본부와 한바탕 싸움을 벌여야 했지만.

3

나의 손자 매튜는 1943년 9월 21일 체셔의 펑키 언니네 근방의 어느 시립 병원에서 태어났다. 늘 로잘린드를 아끼는 펑키 언니는 기꺼이 산바라지를 하겠다며 좋아했다. 그처럼 정력적인 사람이 또 있을까. 펑키 언니는

▲ 애브니홀의 거실에서, 매지 언니와 지미 형부

한마디로 인간 발전기였다. 언니네는 시아버지가 돌아가신 후 애브니홀에 들어가 살고 있었다. 앞에서 말했듯이, 애브니홀은 열네 개의 침실과 여러 개의 거실이 있는 대저택이다. 내가 어렸을 적에 그 집을 처음 방문했을 때는 집안일을 하는 하인만 해도 열여섯 명이었다. 하지만 그 무렵에는 예전에 부엌 하녀로 일하다 결혼 후 다시 들어와 요리사가 된 사람 하나밖에 없었다.

애브니홀에서 묵을 때면 새벽마다 5시 30분에 언니가 일어나 돌아다니는 소리가 들렸다. 언니는 저택 전체를 손수 청소했다. 쓸고, 닦고, 광내고, 불 지피고, 정리한 다음에 아침 차를 마시라고 식구들을 불렀다. 아침 식사 후에는 욕실을 치운 다음에 침실 청소에 들어갔다. 10시 30분이면 더 해야 할 집안일이 없었고, 그러면 텃밭으로 갔다. 그곳에는 새로 심은 감자, 완두콩, 강낭콩, 누에콩, 아스파라거스, 당근 등 온갖 것이 있었다. 잡초는 감히 펑키 언니 텃밭에 머리를 디밀지 못했다. 장미 화단 등 집 주위의 화단 역시 마찬가지였다.

장교였던 주인이 계속 돌볼 수 없게 되어 언니한테 맡긴 차우차우(혀가 검고 털이 많은 중국산 개—옮긴이)가 한 마리 있었는데, 언제나 당구실에서 잠을 잤다. 어느 날 아침 펑키 언니가 당구실 안을 들여다보니 자우자우

가 자기 바구니에 조용히 앉아 있었다. 하지만 당구실 바닥을 제압하고 있
는 것은 그곳에 편안히 둥지를 튼 거대한 폭탄이었다. 바로 그 전날 밤 식
구들은 지붕에 있던 수많은 발연성 물질을 치우느라 정신이 없었는데, 그
떠들썩한 소동 와중에 폭탄이 그 누구의 귀에도 들키지 않고 몰래 당구실
로 떨어져 폭발하지 않은 것이었다.

언니의 전화를 받고 부랴부랴 달려온 폭탄 제거반은 불발탄을 유심히 검
사하더니 20분 내에 집 안에서 모두 나가야 한다고 선언했다.

"꼭 필요한 것만 챙겨서 나가십시오."

"그런 와중에 뭘 챙길 수 있겠니? 정신이 하나도 없더라."

"그래서, 뭘 챙겨서 나갔는데?"

내가 물었다.

"우선은 니젤과 로니의 개인용품을 챙겼지.(이들은 당시 애브니홀에서 묵
고 있던 장교들이다.) 혹시 훼손되기라도 하면 얼마나 낭패겠니. 그러고는
당연히 내 칫솔과 세면도구를 챙겼어. 그리고 나니깐 달리 가져갈 것도 없
더라. 집 안을 모두 둘러보았지만 내 머릿속은 새하얗게 백지가 된 듯했어.
그러다 무슨 까닭에서였는지 응접실에 있는 커다란 조화 다발을 챙겨 들
었지."

"언니가 그걸 그렇게 좋아하는 줄 전혀 몰랐어."

"전혀 안 좋아해. 참 별일이야."

"보석이나 모피 코트는 안 챙겼어?"

"아예 머리에 떠오르지도 않더라."

그 폭탄은 무사히 제거되어 밖에서 안전하게 폭파되었고, 다행히도 그러
한 사고는 더 일어나지 않았다.

펑키 언니에게서 전보를 받고서 나는 한달음에 체셔로 달려갔다. 병원에

입원한 로잘린드는 한없이 뿌듯한 표정으로 아기가 얼마나 크고 튼튼한지를 자랑했다.

"장군감이에요, 장군감. 떡 벌어진 어깨 좀 봐요. 정말 장군감이에요!"

나는 그 장군감을 보았다. 쪼글쪼글한 얼굴은 건강하고 행복해 보였으며, 어렴풋이 미소를 짓고 있는 듯한 모습은 십중팔구 숨을 쉬는 것이었겠지만 그래도 귀여워 보였다.

"보셨어요? 키가 얼마랬는데……. 아무튼 정말 크죠?"

로잘린드가 말했다.

그리하여 장군감이 태어났고, 모두들 행복해했다. 휴버트와 그의 충직한 당번병 배리가 아기를 보러 왔을 때는 정말 축제 분위기였다. 휴버트는 펑키 언니만큼이나 기뻐했고, 로잘린드도 마찬가지였다.

아기가 태어난 후 로잘린드는 웨일스에서 지내기로 결심했다. 시아버지가 1942년 겨울에 돌아가셨기 때문에 시어머니가 근처의 더 작은 집으로 옮길 예정이었다. 계획대로 일이 착착 진행되었다. 로잘린드는 산후 3주 동안 체셔에 머문 후 웨일스로 가기로 했다. 웨일스에 자리를 잡는 동안, 로잘린드의 표현을 빌리면 '아기와 아기 사이에 있는' 간호사가 산모와 아기를 돌봐 줄 것이었다. 나 또한 로잘린드가 출발 준비를 마치는 대로 거들 생각이었다.

물론 전시에는 마음먹은 대로 되는 일이 드물다. 그리하여 로잘린드와 간호사는 런던으로 왔고, 나는 캠든 거리 47번지 집을 그들에게 내주었다. 로잘린드가 여전히 산후 조리 중이었으므로 나는 햄스테드에서 저녁마다 그리로 건너가 저녁 준비를 하곤 했다. 처음에는 아침도 내가 요리했지만, 간호사는 환자의 집안일을 하지 않는다는 원칙이 전혀 침범당하지 않음이 확인되자 간호사가 직접 기꺼이 아침을 준비하겠다고 나섰다. 그 즈음에 불행히도 폭격이 다시 심각해져서 매일 밤마다 우리는 불안 속에 떨었다.

경보가 꺼진 후에는 매튜가 누워 있는 요람을 두꺼운 유리판을 얹은 튼튼한 혼응지(펄프에 아교를 섞어 만든 종이 재질. 습기를 가하면 물러지고 마르면 아주 단단해짐 — 옮긴이) 탁자 밑으로 밀어 넣었다. 이는 우리가 찾아낼 수 있는 가장 튼튼한 방어막이었다. 젊은 엄마로서는 너무나도 걱정스러운 상황인지라 나는 윈터브룩 하우스나 그린웨이를 되찾을 수 있기를 간절히 빌었다.

당시 맥스는 북아프리카에 가 있었다. 처음에는 이집트에 배치되었다가 트리폴리(리비아의 항구 도시 — 옮긴이)로 재배치되었고, 나중에는 페잔 사막(사하라 사막의 일부 — 옮긴이)으로 이동했다. 편지는 아주 느리게 배달되어 때로는 한 달 넘게 아무 소식을 듣지 못하기도 했다. 조카 잭 또한 이란에 파병되어 있었다.

스티븐 글랜빌은 여전히 런던에 있었고, 그를 볼 수 있어서 다행이었다. 그는 때때로 병원으로 나를 찾아왔고 우리는 함께 하이게이트에 있는 그의 집에서 저녁을 먹었다. 대개 우리 둘 중 하나가 음식 소포를 받은 것을 축하하는 자리였다.

"미국에서 버터를 좀 받았어요. 혹시 수프 통조림 가져올 수 있나요?"

"가재 통조림 두 개랑 달걀 열두 개를 받았는데, 달걀이 글쎄 '갈색'이지 뭐예요."

어느 날 그는 동부 해안에서 싱싱한 청어를 받았노라고 통지했다. 부엌에 들어서자 스티븐이 소포를 풀었다. 오호 통재라! 이 얼마나 어여쁜 청어이런가. 그러나 지금 가야 할 곳은 오직 한 곳뿐일지니. 펄펄 끓는 물속이어라. 슬프고 슬픈 저녁이로다.

그 무렵부터 친구나 지인들이 사라지기 시작했다. 이제는 더 연락을 주고받을 수가 없었고 편지조차도 좀처럼 쓸 수 없었다.

내가 용케도 만난 두 절친한 친구는 시드니와 메리 스미스 부부였다. 시드니는 대영박물관의 이집트 및 아시리아 유물부 소속이었다. 대단히 흥미로운 사고방식을 지녔으며, 프리마돈나 기질을 타고난 사람이었다. 그의 생각은 다른 사람과는 판이하게 달랐다. 그와 30분만 대화를 나누면, 그 신선한 사고에 크게 자극을 받아 마치 구름 속을 걷는 기분으로 그 집에서 나오게 된다. 그와 이야기하다 보면 항상 거센 반감이 일어나 나는 그와 모든 점에서 논쟁을 하게 되었다. 그는 사람들과 동의하기를 원치 않았고, 동의할 수도 없었다. 일단 특정 인물을 싫어하게 되면 결코 마음을 돌리지 않는 반면, 한번 진정한 친구가 되면 영원히 친구로 남았다. 그의 아내 메리는 대단히 머리가 좋은 화가로, 멋진 회색 머리에 목이 길고 가느다란 미인이었다. 그녀 역시 상식을 파괴하는 데 일가견이 있어, 만찬에 나오는 세이보리(요리에 쓰이는 꿀풀과의 풀로, 자극적인 맛과 향이 있다 ― 옮긴이)의 톡 쏘는 맛을 닮았다.

스미스 부부는 내게 무척 다정했다. 나는 병원에서 퇴근하는 길에 우리집 근처에 있었던 스미스 부부의 집에 들러 환영을 받으며 1시간 정도 이야기를 나누다 돌아오곤 했다. 시드니는 내가 흥미로워할 만한 책을 빌려주었고, 그가 고대 그리스의 철학자처럼 앉아 있는 동안 나는 그의 발치에 겸손한 제자처럼 앉아 있곤 했다.

그는 나의 추리 소설을 무척 좋아했는데, 그의 비판은 다른 사람들과는 완전히 달랐다. 내가 좋다고 여기지 않는 점에 대해 그는 종종 이렇게 말했다.

"이 부분이야말로 이 책의 백미예요."

반면에 내가 좋아하는 점에 대해서는 이렇게 말했다.

"아뇨, 그 부분은 별로예요. 심지어 평균에도 못 미치죠."

하루는 스티븐 글랜빌이 나에게 고무적인 제안을 했다.

"부인께 딱 좋은 프로젝트가 하나 있지요."

"어머, 그게 뭔가요?"

"고대 이집트에 대한 추리 소설을 쓰는 겁니다."

"고대 이집트라고요?"

"네."

"하지만 불가능해요."

"불가능하긴요. 전혀 어려울 것 없습니다. 고대 이집트를 배경으로 하는 것이 1943년의 영국을 배경으로 하는 것보다 어려울 까닭이 없잖습니까?"

나는 그가 말한 뜻을 깨달았다. 사람은 어느 시대에 어느 곳에서 살든 다 똑같았다.

"게다가 무척 흥미로울 겁니다. 추리 소설을 읽는 즐거움과 고대 시대에 대해 읽는 즐거움을 동시에 누릴 수 있다니."

나는 그런 글은 쓸 수 없다고 재차 말했다. 고대 이집트에 대해 아는 것이 별로 없었기 때문이다. 하지만 스티븐은 대단한 설득의 귀재였고, 저녁이 끝날 무렵에는 나에게 그럴 수도 있겠다는 자신감을 심어 주기에 이르렀다.

"이집트학 서적을 많이 읽으시잖습니까. 메소포타미아에만 관심이 국한된 것은 아니잖아요."

예전에 내가 가장 좋아했던 책이 브리스테드(미국의 고고학자이자 이집트학자 — 옮긴이)의 『양심의 새벽The Dawn of Conscience』이었으며, 희곡 「아크나톤」을 쓸 때 이집트 역사에 대해 많이 읽은 것은 사실이었다.

"해야 할 일은 특정 시대나 특정 역사적 사건을 딱 정해 배경으로 삼는 것뿐입니다."

스티븐이 말했다.

주사위가 이미 던져졌다는 끔찍한 느낌이 들었다.

"하지만 어느 시대나 장소가 좋을지 힌트 좀 주세요."

나는 우유부단하게 말했다.

"글쎄요. 적당한 사건이 한두 개 있는데……."

그는 책장에서 책 하나를 꺼내 와 한두 개의 사건을 가리켰다. 이어서 대여섯 권의 책을 더 안겨 주고는 론로드의 아파트까지 차로 데려다 준 다음 말했다.

"내일은 토요일이에요. 이틀 동안 이 책들을 읽다 보면 영감이 번쩍 떠오를 거예요."

결국 나는 세 가지 사건을 점찍었다. 셋 다 유명한 역사적 사건이거나 유명한 인물이 관련된 일은 아니었다. 그렇게 할 경우에는 소설에서 지나치게 날조한 냄새가 나는 경우가 많기 때문이다. 페피 왕이나 하트셉수트 여왕에 대해서는 알려진 것이 거의 없기 때문에 내가 아는 척을 하면 오만한 짓이 될 것이다. 반면에 그들 시대의 어떤 인물을 창조한다면 그 시대의 전반적인 느낌과 지역색을 충분히 살리는 한 잘 먹혀들 것이다. 나는 제4왕조의 사건과 훨씬 후대인 람세스 시대의 사건, 그리고 최근에 출판된 제11왕조의 카 승려의 서신집 중에서 마지막 것을 최종 선택했다.

서신집의 편지는 살아 있는 가족의 모습을 생생하게 그려 내고 있었다. 말과 행동이 다른 아들 때문에 노여워하는 까다롭고 완고한 아버지, 순종적이지만 결코 영리하지는 않은 아들과 신랄한 성격에 허풍과 낭비가 심한 또 다른 아들. 아버지가 이들 두 아들에게 쓴 편지에는 특정 중년 여인을 어떻게 보살펴야 하는지에 대한 내용이 나와 있다. 어느 시대나 있기 마련인 가난한 친척이리라. 집안의 어른들은 그런 친척들에게도 항상 친절하게 대하지만 아이들은 그렇지 않다. 남에게 알랑거리거나 늘 실수만 하는 경우가 많은 것을 보며 그들을 싫어하게 되는 것이다.

그 늙은 승려는 기름으로 어떤 일을 어떻게 하고, 보리로 어떤 일을 어떻게 해야 하는지 규칙을 늘어놓고 있었다. 이런저런 사람이 특정 음식의 질을 속이지 못하도록 해야 한다는 말도 덧붙였다. 이들 가족은 내 마음속에서 점점 더 생생해져 갔다. 나는 딸을 만들었고, 다른 서적에서 몇몇 세부 사항을 가져와 그 노승이 열렬히 사랑하는 새 부인을 등장시켰다. 또한 버르장머리 없는 꼬맹이와 탐욕스러우면서도 보는 눈이 예리한 할머니를 추가했다.

나는 신이 나서 작업을 시작했다. 당시에는 아무 책도 쓰고 있지 않았다. 연극 「그리고 아무도 없었다」는 세인트제임스 극장에서 성공적으로 공연되다가, 극장이 폭격당한 후에는 케임브리지로 옮겨 가 몇 달 더 무대에 올려졌다. 나는 그저 새로운 아이디어 몇 가지를 이리저리 궁리하던 참이라 이집트 추리 소설을 바로 시작할 수 있었다.

스티븐의 회유와 협박 때문이었다는 것은 의문의 여지가 없다. 내가 꼭 고대 이집트를 배경으로 추리 소설을 써야 한다고 스티븐이 마음먹은 한, 나는 쓸 수밖에 없었다. 스티븐은 그런 사람이었다.

그 다음 몇 달 동안 스티븐은 내게 그런 글을 쓰게 부추긴 것을 무척 후회했으리라. 나는 쉴 새 없이 전화를 걸어 수도 없이 물었다. 질문이야 3분이면 끝나지만, 대답하기 위해서는 여덟 권의 책을 살펴보아야 하기 일쑤였다.

"그때 사람들은 끼니로 무엇을 먹었지요? 고기는 어떻게 요리했나요? 특별한 축제 때는 특별한 음식을 먹었나요? 여자와 남자가 같은 상에서 먹었나요? 어떤 방에서 잠을 잤나요?"

"아이고, 이런."

스티븐은 신음하며 책들을 뒤적이고는 몇 안 되는 증거만으로 상당 부분을 추론해야 한다고 역설했다. 꼬치에 꿰인 채 식탁에 놓여 있는 살먹이새 그림, 빵 그림, 포도를 따는 그림 등등, 이렇게 그 시대의 일상을 그럴 듯하게 그리는 데 필요한 정보를 얻은 다음에 나는 또다시 질문했다.

"식탁에서 먹었나요? 아니면 바닥에서 먹었나요? 여자들은 집에서 따로 분리되어 있는 구역에서 생활했나요? 옷은 상자나 옷장에 보관했나요? 어떤 집에서 살았지요?"

주택은 사원이나 궁전보다도 알아내기가 훨씬 힘들었다. 사원과 궁전은 돌로 지어졌으므로 여전히 우뚝 서 있지만, 주택은 그보다 쉽게 부서지는 자재로 지어졌기 때문이다.

스티븐은 이야기의 결말에서 어떤 한 가지 사항에 대해 맹렬히 반대했다. 결국 나는 유감스럽게도 그의 주장에 무릎을 꿇고 말았는데, 그러는 내 자신이 언제나 한심했다. 스티븐은 마치 최면과 같은 영향력을 발휘했다. 자신이 옳다고 그렇게 확신하는 사람 앞에서는 누구도 자기가 그른 것이 아닌가 의심하지 않고는 못 배긴다. 그 전까지만 해도 나는 어떤 문제든 다른 사람의 의견에 굴복했지만, 적어도 내가 쓰는 글에 있어서는 그 누구에게도 굴복해 본 적이 없었다.

이렇게 써야겠다고 한번 생각하면 호락호락 의견을 바꾸지 않았더랬는데, 이번 경우에는 나의 훌륭한 판단을 뒤로 하고 항복해 버리고 말았다. 딱 부러지게 판단할 수 있는 사항은 아니지만, 그 책은 지금 다시 읽어 보아도 결말을 고쳐 쓰고 싶은 마음이 굴뚝같다. 자기 의견을 꿋꿋이 고집하지 않으면 자기 자신을 불만스러워하게 된다는 좋은 사례가 되리라. 하지만 스티븐이 온갖 수고를 무릅쓰고 도와 준 일과 사실상 영감을 주었다는 점에 대해 나는 깊이 감사했고, 이 때문에 강하게 밀어붙일 수가 없었다. 어쨌든 『마지막으로 죽음이 온다 Death Comes as the End』는 제때 완성되었다.

그 후 얼마 안 있어 나는 나 스스로 완전히 만족스러웠던 책을 하나 더 썼다. 메리 웨스트매콧이라는 필명으로 발표한 그 소설은 언제나 내 마음에 단단히 자리를 잡고서 쓰고 싶은 욕망을 부추겨 왔던 그런 작품이었다. 자신의 겉모습은 완벽하게 드러나지만 자신의 실재는 완벽하게 오해받는 한 여인에 대한 이야기인데, 독자들은 그녀 자신의 행동과 감정과 생각을 통해 그것을 알게 된다. 그녀는 계속해서 '자기 자신을 만나'지만, 자신을 알아보지 못하고 더욱더 불안해한다. 그녀 생애 처음으로 너댓새 동안 오롯이 혼자 있게 됨으로써 이러한 일이 벌어지는 것이다.

전과는 달리 이제 배경도 정해졌다. 메소포타미아를 여행하던 중 길이 막혀 어느 게스트하우스에 묵게 되었는데, 주변에는 영어는 한마디도 못하는 아랍 인들밖에 없다. 그들은 음식을 가져다주고는 그녀가 무슨 말을 하든 고개를 끄덕이며 동의한다. 갈 곳도, 볼거리도 없는 곳에서 길이 풀리기를 기다리며 갇혀 있는 것이다. 가지고 있는 책이라고는 달랑 두 권뿐이라 가만히 앉아 있다가 자기 자신에 대해 생각하게 된다. 자기 자신에 대해 생각하기. 이야기의 시작 부분은 이미 오래전부터 마음속으로 정해 두었더랬다. 여주인공은 해외에서 결혼한 딸아이를 만나기 위해 빅토리아를 떠났던 것이다. 기차가 역에서 빠져나오는 순간, 플랫폼에서 등을 돌리고 걸어가는 남편을 보고서 쓰라린 고통을 느낀다. 남편이 마침내 해방되었다는 듯 안심한 사람처럼 성큼성큼 걷고 있었던 것이다. 너무도 충격적이어서 자신의 눈을 믿을 수 없다. 물론 이는 오해이고, 로드니는 아내를 무척 그리워한다. 하지만 자그마한 씨앗이 그녀의 마음 한구석에 남아 걱정을 불러일으킨다. 그런데 이제 완전히 혼자가 되자 그녀는 조금씩 조금씩 자기 인생사를 펼쳐 뒤돌아보기 시작한다. 기교적인 면에서 내가 원하는 대로 쓰려면 많은 어려움이 따를 터였다. 구어체로 가볍게 쓰면서도 긴장과 불안이 점점 커져야 했다. '나는 누구인가? 나는 진정 어떤 사람인가? 내가 사랑하는 사람들은 나를 어떻게 생각하는가? 내가 생각하는 것처럼 그들은 나를 생각하는가?'라는 질문을 할 때(사람은 누구든 때로 이런 생각을 하게 된다.) 느끼게 되는 그런 감정을 생생히 살려야 했다.

이런 생각을 하게 되면 세상이 완전히 달라 보인다. 전혀 다른 각도에서 세상을 보게 되는 것이다. 계속해서 자신을 안심시키지만, 회의와 불안은 어김없이 돌아온다.

나는 사흘 만에 이 책을 완성했다. 셋째 날인 월요일에는 병원에 핑계를 대고 결근했다. 그 시점에 글을 쓰다 말 수는 없었기 때문이다. 끝날 때까지 계속 써야만 했다. 5만 단어에 지나지 않았으니 긴 책은 아니었다. 하지만 그 작품은 긴 시간을 내 안에 있었던 것이다.

책이 내 안에서 점점 커 간다는 느낌은 참으로 묘하다. 육칠 년 동안이나 언젠가 이 작품을 쓰리라는 것을 알고 살아가는데, 그동안 작품은 마땅히 그래야 할 형태로 내 안에서 차츰차츰 그 모양이 잡혀 나간다. 그래, 마땅히 그래야 할 형태이다. 다만 아직 안개 속에서 완전한 모습을 드러내지 않고 있을 뿐이다. 인물들은 모두 휘장 뒤에서 기다리며, 신호가 떨어지는 순간 무대에 오를 만반의 준비를 하고 있다. 그러다 어느 순간 갑자기 안개가 걷히며 신호가 울린다. 지금이야!

이제 완전히 준비되었다. 작품에 대해 모든 것을 안다. 아, 앉은 자리에서 바로 단번에 쓸 수 있다니, 지금이야말로 바로 그때라니 이 얼마나 대단한 축복인가.

나는 그 어떤 것이 이 흐름을 깨트릴까 봐 너무나 두려워서 극도의 긴장 상태 속에서 첫 장을 쓴 다음 바로 마지막 장으로 넘어갔다. 결말이 내 마음에 너무나도 뚜렷이 떠올라 반드시 종이에 적어 두어야 했다. 꼭 도중에 멈추어야 하는 경우가 아니라면 나는 결코 글쓰기를 멈추지 않았다.

내 생애 그렇게 탈진했던 적은 없으리라. 작품을 완성한 후 한번 읽어 보고는 단 한 글자도 고칠 필요가 없음을 확인하고서 바로 침대로 쓰러졌다. 내 기억으로는 24시간 내내 잤던 것 같다. 그러다 일어나서는 어마어마한 양의 음식을 먹어 치웠고, 다음 날 무사히 병원으로 출근했다.

내가 너무도 괴이해 보였는지 모두들 당황스러워했다.

"엄청 앓으셨나 봐요. 눈 주위가 새카매요."

피로와 탈진 때문이었지만, 아무 어려움 없이 단번에 글을 쓸 수만 있다면 이 정도는 충분히 감수할 만했다. 글쓰기의 어려움은 육체적 힘겨움을 넘어서는 것이므로. 어쨌든 매우 뿌듯한 경험이 아닐 수 없었다.

그 작품에는 『봄에 나는 없었다Absent in the Spring』이라고 제목을 붙였다. 셰익스피어의 어느 소네트 첫 머리에 나온 '나 그대에게 떠나 있었던 것은 봄이었소.From you have I been absent in the spring.'에서 따온 것이었다. 물론 이 작품이 실제로 어느 정도 뛰어난지는 스스로 확신할 수 없다. 엉망진창일 수도 있다. 하지만 열정과 성실을 다하였고, 내 마음이 이끄는 대로 썼으며, 진정한 작가가 가지기 마련인 뿌듯한 기쁨을 느꼈다고 단언하는 바이다.

몇 해 후 메리 웨스트매콧이라는 필명으로 또 다른 작품 『장미와 주목The Rose and the Yew Tree』을 썼다. 이 책을 읽을 때면 늘 커다란 기쁨을 느낀다. 『봄에 떠나다』처럼 터질 듯한 열정으로 쓴 것은 아니지만, 작품 구상은 오랫동안 내 속에서 이루어지고 있었다. 사실은 1929년까지 거슬러 올라간다. 그때는 그저 막연한 영감을 느낀 것뿐이지만, 언젠가는 분명 쓰리라는 것을 확신하고 있었다.

이런 영감이 대체 어디에서 오는지 궁금하다. 이것은 단순한 영감이 아니라 반드시 써야만 한다는 의무감을 내포하고 있다. 때때로 그런 순간이야말로 신에게 가장 가까이 다가서는 것이 아닌가 싶다. 순수한 창조의 기쁨을 조금이나마 누릴 수 있기 때문이다. 내가 아닌 무엇인가를 만들 수 있다니. 일곱 번째 날처럼 그 결과물이 보기에 좋다는 것을 깨달으면 마치 창조주의 일부가 된 듯하다.

나는 일반 문학 창작에 한 번 더 변화를 시도했다. 맥스와 떨어진 채 좀처럼 남편 소식을 들을 수 없게 되자 아르파치야와 시리아에서 함께 보냈던 애틋한 추억이 자주 되살아났고, 그러다 보니 향수 어린 작품이 씌어졌다. 나는 과거의 삶을 다시 한 번 살며 회상의 기쁨을 누리고 싶었다. 그리하여 『와서 당신의 생활을 말해 주오』가 탄생했는데, 분위기는 가볍고 유쾌하지만 잊고 지내던 사소한 일들과 지나간 시간을 그대로 담고 있는 작품이다. 당시 종이가 부족해서 소형판으로밖에 낼 수 없었으나, 많은 사람들이 그 책을 좋아했다.

물론 시드니 스미스는 이렇게 말했다.

"그 책은 출판하지 못할 겁니다."

"출판하고 말겠어요."

"아니에요. 출판하지 않는 편이 나아요."

"하지만 꼭 책으로 내고 싶어요."

시드니 스미스는 못마땅하다는 듯이 나를 바라보았다. 그가 좋아할 턱이 없었다. 개인적인 소망에 따르는 행동은 시드니의 다소 칼뱅교도적인 생각에 반하는 것이었으니까.

"맥스가 내켜하지 않을지도 모르잖아요."

나는 곰곰이 생각해 보았지만 아닐 것 같았다.

"그이도 싫어하지 않을 거예요. 우리가 함께한 순간들을 추억하고 싶은 마음은 마찬가지일 테니까요. 고고학에 대한 학문적인 글을 쓰려는 것이 아니에요. 말도 안 되는 어리석은 짓을 뭣하러 하겠어요. 하지만 이건 달라요. 이건 '개인적인' 글이에요. 꼭 출판하고 말겠어요. 과거를 추억할 수 있는 무언가가 필요해요. 기억력은 믿을 수가 없잖아요. 추억은 잊기 마련이에요. 그러니 꼭 책으로 내야 해요."

"아이고, 이런!"

시드니는 여전히 회의적인 기색이었다. 그나마 "아이고, 이런!"이라는 말이 시드니의 입에서 나왔을 때는 양보를 뜻했다.

그의 아내 메리가 거들었다.

"그럼요. 얼마든지 출판할 수 있어요. 왜 안 되겠어요? 이렇게 재밌는데. 책을 통해 추억을 회상하고 싶은 마음을 저도 십분 이해해요."

이 작품을 싫어한 또 다른 사람들은 바로 출판사 관계자들이었다. 그들은 내가 수습할 수 없는 사태에 이를지도 모른다는 걱정으로 회의적인 반응을 보이며 반대했다. 메리 웨스트매콧이라는 필명으로 쓴 작품들을 무조건 싫어하더니, 이제는 『와서 당신의 생활을 말해 주오』와 같은 책 때문에 내가 추리 소설계에서 밀려날지도 모른다고 염려했다. 하지만 그 책은 대성공을 거두었다. 출판사에서는 종이가 부족한 것을 한탄하였으리라. 나는 그 책을 애거서 크리스티 맬로원이라는 이름으로 발표하여 추리 소설로 오해받지 않도록 했다.

4

살다 보면 다시는 돌이켜 보기 싫은 일이 있게 마련이다. 이미 벌어진 일이기에 받아들일 수밖에 없지만 결코 떠올리고 싶지는 않다.

어느 날 로잘린드가 전화를 해서는, 얼마 전 프랑스에 배치된 휴버트가 실종되었는데 사망한 것으로 보인다고 말했다.

그것은 전시에 젊은 아내에게 일어날 수 있는 가장 최악의 일이었다. 그 끔찍한 기다림이라니. 남편이 전사했다는 소식은 엄청난 불행이지만, 그래도 현실을 알고 살아갈 힘을 낼 수는 있다. 하지만 한 줄기 희망이라는 치명적 유예는 잔인함 그 자체이다. 아무도 도울 길이 없다.

나는 딸에게로 내려가 한동안 푸흘리래치에서 머물렀다. 다른 사람들처럼 우리도 희망을 걸었으나, 로잘린드는 마음 깊은 곳에서 이미 기대를 접은 것 같았다. 언제나 최악을 예상하는 성격이었으니까. 또한 휴버트에게는 늘 어떤 뭔가가 있었다. 딱 꼬집어 애수라고 할 수는 없지만 왠지 장수하지 못할 것 같다는 느낌이라고나 할까. 그는 매력적인 사람이었다. 나한테 항상 상냥했고, 엄밀히 말해 시인은 아니었어도 그와 비슷한 기질이 매우 강했다. 몇 번의 짧은 만남과 방문 외에 휴버트를 더 잘 알 기회가 없었다는 것이 너무도 아쉽다.

우리는 몇 달 동안이나 아무 소식도 들을 수 없었다. 언제나 그랬지만 로잘린드는 정말로 용감한 아이였다. 그 소식을 듣고도 아무렇지도 않은 듯이 행동하다가 꼬박 24시간이 지나서야 내게 알렸던 것이다. 그런 말을 하기는 죽기보다 싫었겠지만 그럼에도 알려야 했던 로잘린드는 마침내 퉁명스레 말을 꺼냈다.

"아무래도 이걸 보셔야겠어요."

휴버트가 전사자로 분류되었다는 내용의 전보였다.

살면서 가장 슬프고 견디기 힘든 일은 참으로 사랑하는 사람을 고통 속에서 구해 내지 못하는 것이다. 다른 이의 육체적 어려움을 도울 수는 있어도, 마음의 고통을 덜어 줄 방법은 거의 없다. 틀린 판단이었는지는 모르겠지만, 나는 되도록 아무 말도 안 하고 평소처럼 행동하는 것이야말로 로잘린드를 돕는 길이라고 생각했다. 내가 그런 상황에 처했다면 그렇게 해 주길 바랐을 것이기 때문이다. 주변에서 괜히 법석을 떨지 않고 조용히 있어 주는 편이 훨씬 나으니까. 로잘린드 역시 그러했기를 빌지만, 다른 사람의 속내를 알기란 어렵다. 차라리 딸아이를 마음껏 울게 했더라면 더 좋았을지도 모르겠다. 직관이 항상 옳을 수는 없다. 사랑하는 사람을 간절히 위한답시고 오히려 해를 끼치기도 하는 것이다. 어떻게 해야 하는지를 알아야 될 필요는 있지만, 그것이 옳은지는 전혀 확신할 길이 없다

▲ 1947년 푸흘리래치에서, 로잘린드와 매튜

로잘린드는 매튜와 함께 푸흘리래치의 텅 빈 대저택에 그대로 머물렀다. 사람의 마음을 사로잡는 꼬맹이 매튜는 내 기억 속에서 언제나 행복한 어린아이로 남아 있다. 매튜는 행복을 찾는 데에 대단한 재능이 있었고, 지금도 그러하다. 휴버트가 아들의 얼굴을 직접 보았고, 아들이 태어났다는 사실을 알아서 다행이다. 하지만 때때로 이런 생각도 든다. 사랑하는 가족에게로 돌아가 그토록 원하던 아들을 직접 키울 수 없으리라는 사실을 아는 것이 더욱 잔인하지는 않았을까.

전쟁에 대해 생각하다 보면 때로 분노의 파도가 밀어닥치는 것을 막을 수가 없다. 영국에서 우리는 너무나 짧은 시간 동안 너무나 많은 전쟁을 치렀다. 1차 대전은 도저히 믿을 수가 없었고, 너무도 충격적이었다. 아무 필요 없는 전쟁인 것만 같았다. 그래도 전쟁이 끝났을 때 다시는 독일인들의 마음에 전쟁에 대한 소망이 싹트지 않으리라는 희망과 믿음을 가질 수는 있었다. 하지만 헛된 기대였다. 여러 기록들을 통해 독일인들이 오랫동안 2차 대전을 준비하고 있었다는 사실이 드러난 것이다.

이제 사람들은 전쟁이 아무것도 해결하지 못한다는 끔찍한 느낌을 안고 살아가게 되었다. 전쟁에서 이기는 것은 전쟁에서 패하는 것만큼이나 파괴적이다! 물론 전쟁에는 나름의 시간과 장소가 있고, 인간에게 호전성이라는 것이 없었다면 인류는 존속하지 못하고 멸종하였으리라. 유순하고 상냥해서 쉽게 물러서다가는 대참사를 맞이하기 십상이며, 내가 죽든 타인이 죽든 전쟁은 필수적인 것이다. 새나 짐승들처럼 인간도 자신의 영역을 지키기 위해 싸워야 했고, 노예, 땅, 식량, 여자 등 전쟁은 인간 생존에 필요한 것을 가져다주었다. 하지만 오늘날 우리들은 전쟁을 피하는 법을 배워야 한다. 인간의 본성이 착해졌거나 다른 사람을 해치는 것을 싫어하게 되어서가 아니라, 전쟁이 더는 유용하지 않으며 적군도 아군도 전쟁에 파괴되어 살아남지 못할 것이기 때문이다. 호랑이의 시대는 지났다. 이제 우리는 악당과 사기꾼과 도둑과 강도와 소매치기의 시대를 살고 있다. 하지만 이것이 더 나은 세계로 가기 위한 단계라는 점에서 호랑이의 시대보다는 낫다.

적어도 일종의 선의가 눈뜨고 있다고 나는 믿는다. 지진과 같은 대재앙이 인류에게 일어났다는 소식을 들으면 우리는 마음 아파하며 돕고자 한다. 이는 진정한 발전이며, 인류를 더 높은 차원으로 이끌 것이다. 오랜 세월이 걸리겠지만(세상에 쉬운 일은 없다.) 그래도 우리는 여전히 희망을 품을 수 있다. 믿음, 희망, 사랑이라는 세 덕목 중에서 우리가 희망의 진가를 과소평가하고 있다는 생각이 때때로 든다. 믿음에 대해서는 너무도 자주 말하고 있지만, 믿음은 자칫 잘못하면 사람을 냉혹하고 완고하고 편협하게 만들어 그 본래의 뜻이 변질될 수가 있다. 그리고 사랑이 필요 불가결한 것이라는 사실은 누구나 알고 있다. 그런데 희망 역시 존재한다는 것을 우리는 얼마나 잘 기억하고 있는가? 우리는 너무 빨리 절망하고 "그래 봐야 무슨 소용이겠어?"라는 말도 너무 쉽게 한다. 그러나 희망은 오늘날 우리들이 가장 갈고닦아야 할 미덕이다.

우리는 우리 힘으로 복지 국가를 이룩하여 두려움으로부터의 해방, 안전, 일용할 양식, 그리고 약간의 사치를 확보했다. 그런데 이런 복지 국가에서 살면서도 미래를 향한 사람들의 기대감은 해마다 줄어들고 있는 것 같다. 보람 있는 일이 아무것도 없다. 왜일까? 생존을 위해 비울 필요가 없어졌으므로? 삶이 더 이상 흥미진진하지 않아서? 우리는 살아 있다는 것 자체의 소중함을 이해하지 못하고 있다. 어쩌면 우리 인간들은 영역 확보의 어려움, 신세계 개발, 이겨 내야 할 역경과 고통, 질병 등을 겪어야 살아갈 수 있는 것일까?

글쎄, 나는 늘 희망을 품는 사람이다. 세 가지 미덕 중에서 결코 나에게서 사라지지 않을 것이 있다면 그것은 바로 희망이다. 매튜와 함께 있을 때 무척 기쁜 것 또한 바로 매튜의 대책 없이 낙관적인 성격 덕분이다. 매튜가 사립 초등학교에 다닐 때의 일이 기억난다. 크리켓 팀에 주전 멤버로 뽑힐 가능성이 있느냐는 맥스의 질문에 매튜는 환히 웃으며 대답했다.

"그럼요. 희망은 언제든지 있지요!"

사람은 이런 말을 인생의 좌우명으로 삼아야 한다. 전쟁이 터졌을 때 프랑스의 어느 중년 부부에 대한 이야기를 듣고는 미칠 듯이 화가 난 적이 있다. 독일군들이 프랑스를 휩쓸며 쳐들어올지도 모른다고 생각한 그들은 유일한 길은 자살밖에 없다며 스스로 목숨을 끊어 버렸던 것이다. 아까운 목숨을 그렇게 허비하다니! 그들의 자살은 그 누구에게도 도움이 되지 않았다. 힘겨운 삶을 꿋꿋이 견디었더라면 살아남았을 수도 있었으리라. 목숨이 붙어 있는 한 희망을 버려야 할 이유는 전혀 없다.

아주 오래전 미국인 대모님이 곧잘 들려주시던 이야기가 문득 떠오른다. 개구리 두 마리가 우유 통에 빠졌다.

첫 번째 개구리가 말했다.

"아, 나는 익사할 거야. 익사하고 말 거야!"

두 번째 개구리가 반박했다.

"나는 익사하지 않을 거야."

"무슨 수로 죽지 않는다는 거야?"

"쉬지 않고 팔다리를 젓고 또 저을 거야."

다음 날 아침 첫 번째 개구리는 포기하고는 우유에 빠져 죽었다. 하지만 두 번째 개구리는 밤새 미친 듯이 팔다리를 휘저은 덕분에 생겨난 자그마한 버터 위에 떡하니 앉아 있었다.

전쟁 막바지 무렵에는 다들 조금씩 초조해했다. 노르망디 상륙 작전 이후 종전 분위기가 만연함에 따라, 전쟁이 끝나지 않으리라고 예언한 사람들은 다수가 그 말을 취소하기 시작했다.

나도 초조해지기 시작했다. 여전히 외래 환자가 있긴 했지만 대부분 환자들은 런던을 떠나고 없었다. 들것에 실려 온 부상자들에게 붕대를 감았던 지난 전쟁과는 어딘가 다르다는 느낌이 들곤 했다. 근무 시간의 반은 간질 환자에게 다량의 알약을 나누어 주며 보냈다. 물론 그것도 중요한 일이지만, 전쟁을 위해 헌신하고 있다는 꼭 필요한 느낌이 부족했다. 아기 엄마들이 복지부로 아기들을 데리고 왔지만 집에서 그냥 돌보는 편이 더 나을 텐데 하는 생각이 종종 들었다. 조제실 실장도 이에 전적으로 동의했다.

당시 나는 한두 가지 계획을 시도했다. 우선 공군 여자 보조 부대에 있던 한 젊은 친구를 통해 정보부 사진팀에서 일하고 싶다는 의사를 밝혔을 때였다. 나는 인상적인 통과 의례를 마치고 육군성 지하의 수 킬로미터는 됨직한 기나긴 복도를 따라 걸었다. 마침내 엄숙한 분위기의 젊은 중위가 나타나자 나는 너무나 무서웠다. 사진 경험이 풍부하긴 했지만 내게 딱 하나 부족한 것이 바로 항공사진에 대한 지식과 경험이었다. 그 때문에 나는 사실 중위가 보여 준 사진을 전혀 판독할 수 없었다. 그나마 어느 정도 확신했던 것은 오슬로(노르웨이의 수도 — 옮긴이)뿐이었는데, 그때는 이미 연이어 실패한 다음이라 낭패감에 완전히 사로잡혀 차마 대답도 할 수 없었다. 중위는 한숨을 쉬고는 천치라도 보는 듯이 바라보더니 부드럽게 말했다.

"아무래도 병원 일을 계속하시는 편이 좋은 듯합니다."

나는 완전히 기가 꺾여 자리를 떠났다.

전쟁이 시작되자 그레이엄 그린이 내게 편지를 보내 선전부에서 일할 의향이 있는지 물은 적이 있었다. 나는 내가 봐도 선전에 능한 작가가 아니었다. 사건의 오직 한 면만 보는 목적 지향성이 부족하기 때문이다. 미적지근한 선전 요원처럼 부적절한 것이 또 있겠는가. "X는 칠흑처럼 시커멓다."라고 말하고, 또 그렇게 믿어야 하는데, 나는 도저히 그럴 수 없을 것 같았다.

하지만 하루하루가 갈수록 나는 더욱더 초조해졌다. 조금이라도 전쟁을 위해 일하고 싶은 마음이 간절했던 것이다. 그때 웬도버의 한 의사가 조제사로 일하지 않겠느냐는 제의를 해 왔다. 그곳 근방에는 친구들도 몇 살고 있었고 시골 생활을 즐길 수 있을 테니 나로서는 무척 기쁜 일이었다. 하지만 그 의사에게는 정말로 미안한 일이었지만, 맥스가 북아프리카에서 돌아올 경우를 생각해야 했다. 3년이 지났으니 귀국할 수도 있었기 때문이다.

또한 공연 관련 계획도 세웠다. 위문 봉사대에 일종의 연출가로서 참여해 북아프리카로 순회공연을 떠나는 것이 가능해졌다. 나는 가슴이 설레었다. 북아프리카로 간다니 얼마나 환상적인가. 그러나 천만다행으로 나는 그 계획을 취소할 수 있었다. 영국을 떠나기 2주일 전에 맥스에게서 편지가 온 것이다. 이삼 주 후 북아프리카를 떠나 공군 본부에서 일하게 되었다는 내용이었다. 위문 봉사대를 따라 북아프리카에 갔는데 남편이 막 런던에 도착했다는 사실을 알게 되었다면 얼마나 가슴 아팠을까.

그 다음 몇 주는 미칠 것 같았다. 나는 완전히 흥분한 상태로 초조하게 기다렸다. 2주나 3주 후. 아니 어쩌면 더 걸릴 수도 있었다. 이런 일들은 항상 지체되기 마련이라며 나는 자신을 다독였다.

그러던 어느 주말에 웨일스로 내려가 로잘린드를 만나고 일요일 저녁 기차로 돌아온 날이었다. 전시였던만큼 기차 안은 뼈가 시리도록 춥기 일쑤였는데, 그날도 그러했다. 게다가 패딩턴 역에 내려서는 다른 교통수단이 전혀 없었다. 그래서 나는 복잡하게 기차를 갈아타고 또 갈아탄 끝에 론로드 아파트에서 그리 멀지 않은 햄스테드의 어느 역에 내린 뒤 가방과 훈제 청어를 두 손에 들고서 집으로 걸어갔다. 추위에 꽁꽁 얼고 지친 나는 아파트에 들어서자 가스등을 켜고 코트를 벗어던진 뒤 짐을 풀었다. 훈제 청어를 프라이팬에 올려놓는데 밖에서 아주 기묘하게 챙강챙강 하는 소리가 들렸다. 대체 무슨 소리인지 짐작도 할 수 없었다. 발코니로 나가 계단 아래를 내려다보았더니, 계단에는 상상할 수 있는 온갖 짐을 짊어진 사람이 하나 올라오고 있었다. 1차 대전 때의 경찰을 캐리커처로 나타낸 듯한 모습이었는데, 짊어진 짐에서 온갖 것들이 부딪혀 챙강챙강거리고 있었다. 백기사의 갑옷이라면 저런 소리가 나지 않을까 싶었다. 세상에 그렇게 많은 짐을 짊어질 수 있다니 경이로웠다. 하지만 그 사람이 누구인지는 의문의 여지가 없었다. 분명 나의 남편이었다! 2분 후 나는 맥스가 판이하게 변해 완전히 다른 사람이 되어 있으면 어쩌나 하는 두려움이 괜한 걱정이었음을 깨달았다. 분명 맥스였다! 어제 헤어졌다 다시 만난 듯했다. 그가 돌아온 것이다. 우리가 다시 함께하는 것이다. 훈제 청어가 타는 지독한 냄새가 코를 찌르는 바람에 나는 아파트로 뛰어 들어갔다.

"대체 이게 뭐예요?"

맥스가 물었다.

"훈제 청어예요. 당신도 한 마리 드세요."

그 순간 우리는 서로를 바라보았다.

"맥스! 10킬로그램은 더 찐 것 같아요."

"뭐, 그렇죠. 당신은 살이 하나도 안 빠졌는걸."

"아유, 감자만 먹다 보니. 고기 종류를 먹지 못하니까 대신에 감자랑 빵을 너무 많이 먹게 돼요."

그리하여 우리의 몸무게 차이는 줄어들었다. 그가 떠났을 때는 우리 사이에 25킬로그램의 간격이 벌어져 있었다. 아무래도 괴이했다. 그 반대가 되어야 마땅할 텐데.

"페잔 사막에서 지내다 보면 살이 빠지고도 남지 않나요?"

나의 말에 맥스는 사막에서 지내면 전혀 살이 빠지지 않는다고 반박했다. 할 일이라고는 앉아서 지방 덩어리 고기를 먹고 맥주를 마시는 것밖에 없다면서.

얼마나 행복한 밤이었던가! 우리는 불에 탄 훈제 청어를 함께 먹었고, 행복했다.

11부

가을

1

지금 이 글은 1965년에 쓰고 있다. 회상하는 시기는 1945년이다. 20년 전 일이지만, 정말 20년 전이었나 싶다. 전쟁이 정말 있었던 것 같지도 않다. 현실이 멈춘 동안 악몽을 꾼 것이리라.

"아, 5년 전에 여차여차한 일이 있었지."

하지만 사실은 5년 전이 아니라 10년 전의 일이다. 요즘 내가 얼마 전이라고 말하는 것은 사실은 오래전을 의미한다. 여느 노인들처럼 시간은 나에게도 변형된다.

독일군이 항복함으로써 삶은 다시 시작되었다. 아직 일본과의 전쟁은 계속되고 있었지만, 영국의 전쟁은 사실상 끝이 났다. 이제는 산산조각 나 사방에 흩어진 우리의 삶을 다시 모아서 이어 붙여야 했다.

맥스는 한동안 휴가를 보낸 뒤 공군 본부로 돌아갔다. 해군 본부는 그린웨이를 곧 접수 해제하기로 했는데, 그날이 히필 크리스마스였다. 버려진 집을 인수하기에 그보다 더 최악인 날은 없으리라. 우리는 기막힌 행운 한 조각도 아깝게 놓쳐 버렸다. 해군 본부에서 그 집을 접수했을 때 그린웨이에 자체 전기를 대던 전기 발전기가 망가지기 일보 직전이었는데, 미국인 부함장은 발전기가 곧 손댈 수 없을 정도로 고장 날 것 같아서 걱정이라는 말을 여러 번 했더랬다.

"어쨌든 발전기를 교체하게 되면 최상품으로 넣겠습니다. 기대하셔도 좋습니다."

그러나 불행히도 그린웨이는 발전기 교체 예정일을 3주 앞두고 접수 해제되었다.

화창한 겨울날 다시 그곳에 도착했을 때 그린웨이는 아름다웠다. 하지만 정글과 같은 야생의 아름다움이었다. 길은 사라지고, 당근과 상추가 자라던 텃밭은 잡초밭으로 변했으며, 과일 나무는 가지치기도 되어 있지 않았다. 그런 모습을 바라보자니 여러 면에서 마음 아팠지만, 그럼에도 아름다움은 여전했다. 집 안은 예상만큼 나쁘지 않았다. 골치 아프게도 리놀륨이 전혀 남아 있지 않았지만, 그렇다고 돌려받을 수도 없었다. 해군 본부가 그 집을 접수할 때 리놀륨 값을 냈기 때문이다. 부엌은 이루 말할 수도 없었다. 온 벽에 검댕과 기름때가 덕지덕지 껴 있고, 그 아래로 돌길을 따라 앞에서 말한 대로 열네 개의 화장실이 서 있었다.

아주 멋진 분이 나를 위해 해군 본부와 한바탕 전쟁을 벌여 주었다. 그 때문에 해군 본부는 고생깨나 해야 했지만, 애덤스는 나의 변함없는 동지였다. 누군가의 말처럼, 돌멩이에서 피를 쥐어짜 내거나 해군 본부에서 돈을 쥐어짜 내는 일을 할 수 있는 유일한 사람이 바로 그였던 것이다!

해군 본부는 그린웨이를 새로 페인트칠한 것은 접수하기 한두 해 전의 일이 아니었느냐는 말도 안 되는 핑계를 대며, 방 전체가 아니라 방의 특정 부분만 새로 칠해 주겠다고 했다. 세상에 방을 4분의 3만 칠해서 뭘 어쩌라는 말인가? 하지만 곧이어 보트 창고가 심하게 훼손되었다는 사실이 드러났다. 벽을 이루고 있던 돌이 없어지고 계단이 부서져 건물의 구조 자체가 크게 망가져 있었던 것이다. 날고뛰는 해군 본부도 그 대가를 지불할 수밖에 없었다. 덕분에 우리는 그 보상금으로 부엌을 다시 꾸밀 수 있었다.

우리는 화장실 때문에 다시 한 번 필사적인 전투를 치러야 했다. 건물을 '개선'했으니 그 비용을 내라는 것이었다. 부엌길을 따라 원하지도 않는 화장실 열네 개가 생긴 것이 개선이라니. 정말로 있어야 할 것은 원래 그 자리에 있던 식료품 저장실과 나무 창고였다. 해군 본부는 그 집을 여학교로 개조한다면 화장실이 엄청난 도움이 될 거라고 주장했다. 나는 그린웨이가 여학교로 개조될 일은 결단코 없으리라고 역설했다. 그리고 화장실 하나를 남겨 두어 준다면 무척 고맙겠다고 말했는데, 어림도 없었다. 화장실을 전부 철거하든지, 아니면 다른 시설의 피해 보상금을 받은 만큼 개선 부담금을 내든지 하라는 것이었다. 그리하여 나는 붉은 여왕(『거울 나라의 앨리스』의 등장인물 — 옮긴이)처럼 "모조리 없애 버려요!"하고 외쳤다.

이 때문에 해군 본부는 상당한 비용을 들이고 엄청난 고생을 해야 했다. 그 사람들은 파이프 같은 것이 땅 위로 비죽 나와 있는 것도 치우지 않았는데, 애덤스 씨는 그런 문제가 있을 때마다 그들을 다시 불러내 제대로 일을 처리하라고 했다. 또한 식료품 저장실과 부속 창고도 다시 짓도록 했다. 길고도 지루한 전투였다.

이삿짐 운반업자들이 와서 가구를 온 집 안에 재배치했다. 좀이 슨 카펫을 제외하면 놀랄 만치 거의 모든 것이 멀쩡했다. 해군 본부에 방충 처리를 해 달라고 부탁해 두었건만, 근거도 없이 앞날을 낙관하면서 무시했다.

"크리스마스 즈음이면 전쟁이 끝날 겁니다."

습기 때문에 책이 좀 상했지만, 정말 못쓰게 된 건 놀랍게도 몇 권에 지나지 않았다. 8집실 지붕으로는 아무 것도 떨어지기 않았고, 가구들도 흘륭한 상태로 보존되어 있었다.

혼란스러움이 장관을 이루고 있는 가운데, 그린웨이는 그 얼마나 아름다웠던가. 하지만 과연 이곳을 제대로 정돈할 수 있을지 의문스러웠다. 어디에 뭐가 있는지 도통 알 수 없었다. 그곳은 날이 갈수록 황량해져 갔고, 이웃들도 그렇게 생각했으며, 심심하면 진입로 안으로 사람들이 들어와 돌려보내야 했다. 봄이면 만병초의 무성한 가지를 잡아당기고 관목들을 마구 부러뜨리며 걸어 들어오는 사람들도 종종 있었다. 물론 접수 해제된 후 그 집이 한동안 비어 있기는 했다. 맥스가 여전히 공군 본부에서 일하고 있어서 우리가 런던에 머물고 있었기 때문이다. 그린웨이에는 관리인이 없어 아무나 집 안으로 들어와 제멋대로 돌아다니고 있었다. 꽃만 꺾은 것이 아니라 가지를 통째로 부러트리고 있었던 것이다.

마침내 그린웨이로 이사하자 비록 예전과 똑같을 수는 없지만 삶이 다시 시작되었다. 드디어 평화가 찾아왔다는 것이 기쁘긴 했어도, 미래의 평화는 물론이고 그 무엇에도 확신을 할 수 없었다. 그저 함께 있을 수 있다는 것에 감사하면서, 조금씩 시험 삼아 이것저것해 보며 앞으로의 인생을 준비했다. 경제적 문제도 무척 걱정스러웠다. 서류를 쓰고, 계약서에 사인하고, 세금 문제를 해결하는 일 등, 온갖 것이 뒤죽박죽이 되어 도통 이해가 가지 않았다.

전쟁의 결과에 대해 돌이켜 보자니 내가 2차 대전 동안에 얼마나 '막대한' 양의 글을 썼는지 새삼 깨닫겠다. 아마도 사교 활동이 전혀 없었기 때문이리라. 사실상 저녁 외출이 전무했으니까.

앞에서 이야기한 작품 말고도 전쟁 초반부에 두 권의 책을 더 썼다. 런던에서 일하고 있었기 때문에 공습으로 분명 죽게 되리라 생각하고 쓴 작품들이다. 첫 번째 책은 로잘린드에게 바치는 것으로, 에르퀼 푸아로가 등장했다. 두 번째 책은 맥스에게 바치는 것으로, 마플 양이 등장했다. 이 두 책은 완성 후 은행 금고에 보관되었고, 공식적으로 로잘린드와 맥스에게 헌정되었다. (전자는 『커튼Curtain』이고, 후자는 『잠자는 살인Sleeping Murder』으로, 둘 다 1976년에야 출판되었으며, 각각 에르퀼 푸아로와 제인 마플의 마지막 사건을 다루고 있다 — 옮긴이) 은행에서는 금고가 결코 파괴되지 않는다고 장담했다.

나는 남편과 딸에게 설명했다.

"내 장례식을 마치고 돌아왔을 때 두 사람에게 남겨진 책이 하나씩 있다고 생각하면 기운이 날 거야."

책보다는 나와 함께 있는 편이 훨씬 좋다는 그 둘의 말에 나는 이렇게 대답했다.

"그렇게만 되면 오죽 좋겠어!"

우리 모두 한바탕 웃음을 터트렸다.

사람들이 죽음에 대해 논의할 때면 왜 항상 당혹스러워하는지 모르겠다. 나의 에이전트인 에드먼드 코크는 내가 "그래요. 그런데 내가 죽으면요?" 하고 말할 때마다 무척 당황하곤 한다. 하지만 현대에 와서 죽음은 지극히 중요한 문제가 되었으므로 반드시 논의해 둘 필요가 있다. 변호사와 회계사들이 상속에 대해 하는 말을 들어 보면, 거의 이해되지는 않지만 그래도 내가 알아들은 바로는, 나의 사망은 나의 모든 친척들에게 치명적인 재앙이 되므로 그들의 유일한 희망은 내가 되도록 오래 사는 것이란!

세율이 이렇게 급등하는 것을 보면 열심히 일해 봐야 무슨 소용일까 싶다. 1년에 한 권이면 충분하다. 설령 1년에 두 권을 쓴다고 해도 한 권을 쓸 때보다 수입이 많이 느는 것도 아니다. 괜스레 일만 늘리는 꼴이다. 과거의 동기부여는 모두 사라졌다. 진정 쓰고 싶은 작품이 있다면 그건 또 다른 문제이겠지만.

그 무렵 B.B.C.(영국의 공영 방송망 — 옮긴이)가 전화를 걸어 메리 대비

(당시 왕인 에드워드 8세의 어머니 — 옮긴이)를 위한 프로그램으로 짧은 라디오 드라마를 쓰지 않겠느냐고 제의해 왔다. 그 방송국 직원은 내 작품의 팬이라며 내가 꼭 참여했으면 좋겠다고 했다. 이렇게 촉박한 시간 안에 과연 드라마를 쓸 수 있을까? 그러나 왠지 마음이 끌렸고, 방 안을 서성이며 심사숙고한 끝에 나는 전화를 넣어 하겠다고 대답했다. 적당한 아이디어가 떠올랐고, 「눈먼 쥐 세 마리Three Blind Mice」라는 제목으로 간략히 초안을 짰다. 메리 대비도 이 노래(원래 「눈먼 쥐 세 마리」는 영국의 전통 동요이다 — 옮긴이)를 좋아하는 것으로 알고 있었다.

나는 그것으로 끝일 줄 알았는데, 얼마 안 있어 이 작품을 단편으로 써 달라는 제안을 받았다. 내가 희곡으로 각색한 「할로 저택의 비극」은 피터 사운더스가 연출하여 상당한 성공을 거둔 바 있는데, 그때 각색하면서 무척 즐거웠기 때문에 앞으로 계속 희곡을 써야겠다는 생각을 했더랬다. 그러니 「눈먼 쥐 세 마리」를 책이 아니라 희곡으로 쓰지 않을 이유가 무엇이겠는가? 더 재미있을 텐데. 책은 1년에 한 권이면 충분한 수입을 보장했다. 따라서 나머지 시간에는 완전히 다른 분야에 도전하며 즐기면 되었다.

「눈먼 쥐 세 마리」에 대해 생각하면 할수록 20분짜리 라디오 드라마를 3막짜리 스릴러 희곡으로 바꿀 수 있겠다는 자신감이 생겼다. 인물을 두어 명 추가하고, 배경과 플롯을 확장하되, 클라이맥스까지 약간 느리게 치달으면 되었다. 「눈먼 쥐 세 마리」의 연극 버전인 「쥐덫The Mousetrap」이 다른 희곡들과 다른 장점 하나는 원작이 핵심 뼈대로만 구성되어 있어 살만 갖다 붙이면 된다는 점이었다. 처음부터 균형이 잘 잡혀 있었기 때문에 좋은 구성이 가능했던 것이다.

'쥐덫'이라는 제목은 순전히 사위인 앤서니 힉스 덕에 붙여졌다. 앤서니 이야기는 앞에서 하지 않았는데, 그것은 그가 추억의 인물이 아니라 지금 우리 곁에 있는 인물이기 때문이다. 앤서니가 없었더라면 내 삶이 어땠을지 짐작도 할 수 없다. 그는 세상에서 가장 상냥한 사람일 뿐만 아니라, 흥미롭고 뛰어난 인물이다. 앤서니는 사고가 남다르다. 저녁 식탁 자리에서 느닷없이 '문제'를 제기함으로써 분위기를 확 돋우는 재능이 있다. 앤서니의 말이 떨어지기가 무섭게 모두들 열정적으로 논쟁에 참가하게 되는 것이다.

그는 과거 산스크리트 어와 티베트 어를 익혔으며, 나비, 희귀 관목, 법, 우표, 새, 도자기, 골동품, 대기, 기후 등에 대해서도 박식하다. 흠이 있다면 포도주에 대해 너무 장황하게 논의하는 경향이 있다는 것이다. 하지만 그것은 내가 포도주를 안 좋아하기 때문에 그렇게 여겨지는 것일 게다.

「눈먼 쥐 세 마리」라는 연극이 이미 있어서 제목을 바꾸어야 했을 때 우리 모두가 머리를 쥐어짰는데, 그때 앤서니가 '쥐덫'이라는 제목을 제시하였고 그것이 채택된 것이다. 앤서니는 저작권료 일부를 받아 마땅하다. 하지만 설마 「쥐덫」이 연극사에 한 획을 긋는 대작이 될 줄은 그 누구도 상상하지 못했다.

사람들은 「쥐덫」의 성공 요인이 무엇이냐고 항상 묻는다. 나는 뻔한 대답을 해 주고는 "운이 좋았어요!" 하고 덧붙인다. 사실 적어도 90퍼센트는 운 때문이다. 그리고 그 나머지의 성공 요인은 거의 모든 사람들의 공감을 끌어낼 수 있었다는 점이다. 그리하여 다양한 연령대와 취향의 사람들이 이 연극을 즐길 수 있는 것이다. 젊은이도 노인도 「쥐덫」을 즐겁게 본다. 매튜와 그 아이의 이튼 퍼블릭스쿨 친구나 훗날 대학 친구들도, 옥스퍼드의 교수들도 이 연극을 재미있어했다. 잘난 척을 한다거나 지나친 겸손이라는 말을 안 들으려고 애쓰면서 말하자면, 유머와 스릴러를 적절히 결합시킨 가벼운 연극이었다는 점 또한 빠트릴 수 없다. 극이 진행될수록 다음에 과연 어떤 일이 벌어질 것인지 손에 땀을 쥐게 되지만, 다음 몇 분을 예측하는 것은 불가능하다. 요즘 연극들이 하나같이 극중 인물을 다소 희화화하

며 긴 시간 공연하는 경향이 있는 반면, 「쥐덫」의 등장인물은 모두 사실적
이다.

지방 의회가 한 농장에 배치했던 세 아이가 무관심 속에서 학대받은 사
건이 있었다. 그러다 한 아이가 죽었는데, 약간은 불량하던 다른 소년이 복
수심을 키우며 성장할 것이라고 짐작된다. 그리고 어릴 적 원한이 맺힌 곳
으로 누군가가 복수를 하기 위해 돌아와 또 다른 살인을 저지른다. 이것은
현실적으로 가능한 플롯이다.

이윽고 인물들이 드러난다. 삶의 쓰라린 경험을 하고는 오직 미래만을
위해 살고자 애쓰는 젊은 부인, 삶을 직시하기를 거부하고 어머니의 보살
핌을 갈망하는 청년, 지미를 해친 잔인한 여인과 젊은 학교 선생님에게 복
수하고자 하는 어린애 같은 원한에 사로잡힌 소년. 이들을 보노라면 마치
살아 있는 사람을 만나는 듯 자연스럽다.

리처드 애튼버러와 그의 매력적인 아내 셰일라 심이 초연에서 두 핵심
인물을 연기했다. 얼마나 뛰어난 공연이었는지 모른다. 그들은 그 연극을
사랑했고, 믿음이 있었으며, 리처드 애튼버러는 자신의 역에 대단한 통찰
력을 발휘했다. 나는 연습 과정을 비롯해 모든 것이 마냥 즐거웠다.

마침내 극이 공연되었는데, 나는 솔직히 그처럼 대성공을 거두었다는 것
을 실감하기는커녕 그 비슷한 것도 느끼지 못했다. 그저 연극이 잘 진행되
고 있다고 생각했을 뿐이다. 초연 때였던가, 어떤 일 하나가 기억난다. 아마
도 옥스퍼드에서 순회공연을 하던 초기가 아닌가 싶다. 친구들 몇 명과 연
극을 보러 갔는데, 두 마리를 쫓다가 한 마리도 잡지 못했다는 슬픈 생각이
들었던 것이다. 유머를 너무 많이 집어넣은 듯했다. 웃음이 너무 많은 나
머지 긴장감이 없었다. 그랬다. 이로 인해 약간 우울해했던 기억이 또렷이
난다.

그런 반면에 피터 사운더스는 상냥하게 고개를 끄덕이며 말했다.

"걱정 말아요! 내가 보기에는 1년은 거뜬히 연장 공연될 거예요. 14개월 은 장담합니다."

"그렇게 길게 가지는 못할 거예요. 어쩌면 8개월. 그래요, 8개월쯤 갈 거 예요."

현재 이 글을 쓰고 있는 시점에 「쥐덫」은 13년 가까이 연장 공연되고 있 으며, 무수한 배우들이 참여했다. 앰배서더스 극장(「쥐덫」이 초연된 런던의 극장 ─ 옮긴이)은 객석을 완전히 새로이 단장했으며, 휘장도 바꾸었다. 그 런데 그것이 너무 낡아 지금 또다시 새로 꾸며야 한다는 소식이 들리는데 도 사람들은 '여전히' 「쥐덫」을 보러 오고 있다.

정말 믿을 수가 없다. 유쾌한 저녁용 공연이 '13년'이나 이어지다니. 이 것은 분명 기적이다.

그렇다면 그 이익은 누구에게로 갔을까? 물론 세상사가 다 그렇듯 대부 분은 세금으로 들어갔다. 하지만 국세청 이외의 수혜자는 누구일까? 나는 많은 장편과 단편을 다른 사람에게 헌정했다. 단편 「성소Sanctuary」의 연재권 은 웨스트민스터 성당 구호 기금에 주어졌고, 다른 단편들도 몇몇 친구들 에게 선물했다. 앉아서 무엇인가를 쓴 다음에 그 글을 누군가에게 바로 주 는 것은 수표나 선물을 건네는 것보다 훨씬 더 행복하고 어색한 느낌도 적 다. 결국에는 마찬가지라고 말하는 사람도 있겠지만, 전혀 그렇지 않다. 내 책 하나는 시조카에게 주었는데, 오래전에 출판되었음에도 지금도 여전히 인세가 나오고 있다. 『검찰 측의 증인Witness for the Prosecution』의 영화 판권 중 내 몫은 로잘린드에게 주었다.

희곡 「쥐덫」의 로열티는 손자에게 선물했다. 물론 매튜는 언제나 우리 가 족 중 최고의 행운아이다. 거액을 거머쥐는 것은 매튜가 받은 축복이리라.

내가 특별히 즐거워했던 일 하나는 특정 형태의 단편을 쓰는 것이었다. 긴 단편이라고 부르는 모양이면데, 장편과 단편의 중간이라고 할 수 있다이들 작품의 이익금은 처스턴페러스(데번 주의 한 마을로, 애거서 크리스티가 즐겨 찾던 곳이다 ─ 옮긴이)의 마을 교회에 스테인드글라스를 설치하는 데 기부했다. 교회는 작고 아름다웠지만, 동쪽 창문의 평범한 유리를 볼 때마다 항상 이가 빠진 것처럼 느껴지는 것이었다. 일요일마다 보면서 그 창문이 연한 빛깔로 단장된다면 얼마나 아름다울까 생각하곤 했다. 나는 스테인드글라스에 대해 전혀 아는 게 없어서, 작업장들을 방문하여 스테인드글라스 예술가들이 만든 다양한 스케치를 보고 그중에서 고르는 것이 무척 힘들었다. 그러다 마지막에 패터슨이라는 예술가를 선택했다. 비드포드에 살던 그가 나에게 보낸 스케치는 내 마음을 오롯이 사로잡았다. 특히 그 색채는 평범한 붉은색과 푸른색이 아니라 탁월한 연자줏빛과 연녹색이었는데, 그것은 내가 가장 좋아하는 색깔이었다. 나는 중심인물을 선한 목자로 하려고 했다. 이 때문에 엑서터의 주교구와 다소 마찰을 빚었고, 패터슨 씨와도 마찬가지였다. 둘 다 동쪽 창문의 중심은 십자고상이어야 한다고 주장하는 것이었다. 하지만 이 문제에 대해 조사한 주교구는 교회가 시골에 위치한 만큼 예수님을 선한 목자로 그릴 수 있다고 동의했다. 나는 아이들이 그 창문을 바라보며 즐거움과 행복을 느끼기를 바랐다. 그래서 중앙 스테인드글라스에 양과 함께 있는 선한 목자를 넣고, 주변에 구유와 아기를 안은 성모 마리아, 들판의 양치기들에게 나타난 천사들, 그물을 가지고 배에 탄 어부들, 물 위를 걷는 인물 등을 새겼다. 모두 복음서에 나오는 단순한 장면들인데, 일요일마다 스테인드글라스를 보며 얼마나 즐거운지 모른다. 패터슨 씨는 이 일을 멋지게 해냈으며, 나는 이 결과물이 그 단순함 때문에 시간의 시험을 견딜 수 있으리라 믿는다. 내 작품에서 나온 수입을 바쳐 스테인드글라스를 만들 수 있도록 허락받은 것이 정말 자랑스럽고도 황송하다.

2

어느 날의 저녁 무대가 내 마음속 특별한 자리에 새겨져 있는데, 바로 「검찰 측의 증인」의 첫 공연이다. 살면서 내 작품을 내가 즐겁게 관람한 것은 그때가 처음이자 마지막이지 싶다.

공연 첫날 보통 나는 견딜 수 없는 초조감에 시달리는데, 그럼에도 굳이 연극을 보러 가는 데는 오직 두 가지 이유가 있다. 그 하나는 만약 문제가 생길 경우, 작가 혼자 고통을 피한 채 불쌍한 배우들만 수난을 겪게 할 수는 없다는 정의감 때문이다. 나는 「알리바이」의 첫 공연 때 그런 고뇌에 대해 조금 알게 되었다. 대본에는 집사와 의사가 잠긴 문을 주먹으로 두들기다 점점 커지는 긴장감 속에서 몸을 던져 억지로 문을 열게 되어 있었다. 그런데 주먹을 대기도 전에 문이 스르르 열리더니 이제 막 죽은 자세를 취하려는 배우의 모습이 훤히 드러났다. 게다가 조명이 꺼져야 할 곳은 꺼지지 않고, 켜져야 할 곳은 켜지지 않는 것이었다. 이것은 진짜 연극의 괴로움이다.

한편, 또 다른 이유는 당연히 호기심 때문이다. 물론 마음에 들지 않을 것이다. 대사를 잊거나 더듬는 등 실수를 연발하는 배우나 제멋대로 움직이는 무대 장치들을 보노라면 비참함에 푹 빠지게 될 것이다. 그런데도 못 말리는 호기심을 지닌 '꼬마 코끼리'(키플링의 동화 『꼬마 코끼리』의 주인공으로, 호기심 때문에 코가 길어진다 — 옮긴이)처럼 내 눈으로 직접 보아야만 하며, 다른 사람의 설명은 아무 소용이 없다. 그래서 오한과 열기에 번갈아 시달리며 바들바들 떨면서도 극장에 가서 아무도 나를 못 알아보기를 한없이 빌며 2층 원형 관람석의 높은 자리에 몸을 숨기는 것이다.

「검찰 측의 증인」의 첫 공연은 전혀 형편없지 않았다. 내가 가장 좋아하는 희곡 중 하나였고, 보통 때처럼 공연은 대체로 만족스러웠다. 사실 나는 그 작품을 쓰지 않으려고 했더랬다. 그런데 설득의 대가인 피터 사운더스에게 넘어가 어쩔 수 없이 쓰게 된 것이다. 그는 나를 은근슬쩍 짓궂게 놀리다가 감언이설로 미묘하게 부추겼다.

"물론 할 수 있고말고요."

"재판 절차에 대해 아무것도 모르잖아요. 엄청난 실수를 저지르고 말 거예요."

"그 문제는 염려 말아요. 그쪽 분야에 대해 연구하면 되지요. 그리고 법정 변호사한테 자문을 구해 잘못된 부분을 고치면 그만이죠."

"재판정 장면을 쓸 수는 없어요."

"쓸 수 있고말고요. 재판 장면이 나오는 연극을 많이 보았잖아요. 또 재판에 대해 자료 조사를 하면 되고."

"글쎄요……. 아무래도 힘들 것 같아요."

피터 사운더스는 할 수 있다고 계속 장담하면서 하루빨리 그 극을 연출하고 싶으니 어서 쓰라고 재촉했다. 그리하여 늘 그렇듯 설득에 약한 나는 최면에 걸린 듯이 「유명 재판」 시리즈를 읽고, 법정 변호사뿐만 아니라 사무 변호사에게도 조언을 구했다. 그러다 마침내 재판에 흥미가 붙게 되었고 어느 순간에는 작품 쓰기를 즐기고 있었다. 그것이 바로 창작의 가장 환상적인 순간인데, 대개 길게 가지는 않지만 큰 파도가 단번에 나를 해변까지 실어다 주는 듯한 엄청난 열정으로 글을 쓰게 된다.

"정말 멋져. 이렇게 술술 써진다니. 자, 이제 다음 장면은 어떻게 할까?"

장면이 눈에 선하게 떠오르는 순간은 뭐라고 값을 매길 수 없을 만큼 소중하다. 무대 위에서 보는 것이 아니라 마음의 눈으로 보는 것인데, 진짜 법정에서 진짜 재판이 열린다. 중앙 형사 법원은 가 본 적이 없으니 아니겠지만, 내 마음에 새겨진 법정의 모습이 진짜로 펼쳐지는 것이다. 절망적인 기색으로 초조하게 피고석에 앉아 있는 젊은이, 연인을 위해서가 아니라 검사를 위해 증언하려고 증언석으로 올라서는 수수께끼의 여인. 이것은 내가 가장 단시간에 완성한 작품들 중 하나로, 기초 자료 조사 후 이삼 주밖에 안 걸렸다.

당연히 일을 진행하는 과정에서 몇 군데 수정을 가해야 했다. 나는 희곡이라는 애초의 목적을 지키기 위해 분투했다. 아무도 이 작품을 좋아하지 않았고, 아무도 이 작품을 원하지 않았으며, 모두들 이 작품 때문에 모조리 망치게 될 거라며 말렸다.

"이대로는 도저히 할 수 없어요."

그러면서 차라리 몇 해 전에 쓴 단편을 각색해 무대에 올리자고도 했다. 하지만 단편은 희곡이 아니며, 그 단편에는 살인 사건 재판 장면이 전혀 없었다. 피고인과 수수께끼의 증인을 대략적으로 그려 놓았을 뿐이었다. 나는 내 뜻을 고수했다. 내가 다른 사람 말을 안 듣는 편도 아니고 항상 확신을 갖고 사는 사람도 아니지만 이번만은 그러했다. 나는 내 뜻대로 하고 싶었고 그 마음이 너무나도 간절했기 때문에 법정 장면을 없애는 데 강력히 반대했다.

그리하여 나는 내 뜻을 관철시켰고, 그 결과는 성공이었다. 어떤 사람들은 괜히 내용이 중복된다거나 이야기를 너무 질질 끈다고 지적하기도 하지만, 나는 그렇지 않다는 것을 잘 안다. 극은 지극히 논리적이었다. 일어날 수도 있는 일이었으며, 이미 일어났는지도 모르는 일이었다. 내 견해로는 십중팔구 이런 일이 있었으리라고 본다. 아마 폭력성은 덜했을지 몰라도 그 심리적 측면은 똑같았으리라. 그 밑에 깔려 있는 사소한 한 가지 사실은 극 전체에 암시적으로 함축되어 있었다.

법정 변호사와 사무장이 때마침 연극 연습을 보러 와서는 두 가지 사항에 관해 조언을 해 주었다. 사무장은 신랄하게 비판을 가했다.

"이건 모두 엉터리예요. 재판은 석 어 모 사니 흘 으 걸린단 말입니다. 그걸 어떻게 한두 시간으로 압축할 수 있죠?"

물론 지당하신 말씀이다. 하지만 연극의 법정 장면은 무대 공연을 위한 것이라는 점을 감안하여 사흘을 몇 시간으로 농축시키게 된다. 이럴 때 막이 큰 도움이 된다. 그러나 「검찰 측의 증인」에서는 연속적 법정 장면이 유용했다고 본다.

어쨌든 나는 「검찰 측의 증인」의 첫 공연을 즐겁게 보았다. 늘 그렇듯 초조감에 벌벌 떨면서 극장으로 갔지만, 막상 막이 오르자 기쁨이 솟구쳤다. 무대의 모든 것이 내 의도대로였고, 배우들도 처음 내 머릿속 배우들과 거의 일치했다. 피고인 청년은 데릭 블룸필드가 맡았다. 법에 대해 아는 것이 거의 없어서 변호사나 검사로 누구를 해야 할지 전혀 그릴 수가 없었는데, 그러다가 어느 순간 느닷없이 생생히 그가 떠올랐다. 한편, 퍼트리샤 제슬은 극에서 가장 힘든 역할을 맡았는데, 거기에 연극의 성패가 결정적으로 달려 있었다. 그런데 이보다 더 완벽한 여배우는 없으리라. 여주인공은 특히 1막에서 대단한 연기력을 보여 주어야 했다. 대사는 별 도움이 되지 못했고, 주저하다 말을 삼키며 조용히 눈으로만 숨겨진 악의를 드러내야 했는데, 퍼트리샤가 이 팽팽히 긴장된 불가사의한 여인을 완벽하게 소화해 냈던 것이다. 퍼트리샤가 보여 준 로메인 헬더 역은 지금까지 내가 보아 온

▲ 구(舊) 베일리 극장의 「검찰 측의 증인」 무대

공연 중 최고의 연기로 단호히 손꼽는 바이다.

그리하여 그때 나는 찬란한 행복감에 휩싸였다. 심지어 관객석에서 박수 갈채가 터져 나오자 나의 기쁨은 하늘을 찌를 것 같았다. 그러고 나서 막이 내린 뒤, 나는 평소처럼 살며시 빠져나와 롱에이커 거리에 발을 디뎠다. 그리고 대기 중이던 차를 찾고 있었는데, 그 몇 분 사이에 다정한 사람들에게 둘러싸이고 말았다. 나를 알아본 관객들은 내 등을 두드리며 응원했다. "최고의 작품이었어요!" "걸작입니다. 대단해요!" "분명 대성공을 거둘 겁니다!" "매분 매초가 훌륭했어요!" 나는 신이 나서 기쁘게 사인했다. 그때는 나의 자의식과 초조함이 잠시나마 나를 떠나고 없었다. 그래, 정말 기념할 만한 밤이었다. 지금도 그 생각을 하면 나 자신이 대견하다. 나는 이따금 기억의 상자를 뒤져 그 일을 꺼내 바라보며 말한다.

"대단한 밤이었어!"

내 마음 깊이 새겨져 있는 또 다른 하루는 「쥐덫」 공연 10주년 기념일이다. 그날을 생각하면 크나큰 뿌듯함과 괴로움이 동시에 일렁인다. 기념 파티가 열렸다. 싫다 해도 어쩔 수 없었으며, 게다가 파티에는 내가 반드시 참석해야 했다. 배우들과 소규모 파티를 여는 것이라면야 좋은 일이고 친구들하고의 파티도 괜찮다. 초조함이 밀려와도 극복할 수 있다. 하지만 사보이 호텔에서 열리는 호화찬란한 파티라니. 파티의 단점이란 단점은 다 있었다. 북적대는 사람들, 방송국 조명, 카메라맨, 기자, 연설 등등. 세상에 나처럼 여주인공 역할에 부족한 사람은 없을 것이다. 그렇다고 피할 수도 없는 상황이었다. 그저 연설이 아니라 몇 마디 말을 하는 것뿐이라고 생각하기로 했다. 생전 연설이라고는 해 본 적이 없으니. 연설은 내가 할 수도 없고, 하지도 않을 일이었다. 형편없는 연설을 하느니 아예 안 하는 편이 나을 터였다.

그날 밤 내가 어떤 연설을 하든 형편없으리라는 것이 자명했으므로 할 말을 생각해 보려다가 그만두었다. 미리 생각하면 더 엉망이 될 테니까. 차라리 아예 아무 생각도 않다가 그 끔찍한 순간이 왔을 때 그냥 떠오르는 대로 말하기로 했다. 미리 써 놓은 연설문을 더듬거리는 것보다는 나으리라.

나는 불길한 예감을 안고 파티장으로 향했다. 피터 사운더스는 내게 예정 시간보다 30분 일찍 와 달라고 미리 부탁했다. (도착하고서야 사진 촬영이라는 시련 때문임을 알게 되었다. 매도 먼저 맞는 것이 낫다고 생각하기는 했지만, 내가 잘 알지 못하는 어떤 일인가가 대규모로 일어날 참이었다.) 나는 부탁대로 30분 일찍 용감하게 홀로 사보이 호텔에 도착했다. 그러나 파티를 위해 마련된 개인실에 들어가려다 저지당하고 말았다.

"아직은 들어가시지 못합니다, 마담. 파티는 20분 후에 시작됩니다."

나는 물러났다. 내가 왜 이렇게 따지지 않았는지 모르겠다.

"내가 바로 애거서 크리스티예요. 못 들어간다니 말이 되나요?"

왜 그랬을까? 아마도 나의 어찌 할 길 없는 지독한 수줍음 때문이리라.

일상적인 사교 활동에서는 전혀 수줍어하지 않는다는 점을 감안하면 정말 어이없는 일이었다. 대규모 파티를 좋아하지는 않지만, 굳이 가야 한다면 갈 수는 있다. 사실 그때의 내 감정은 수줍음이 아니라, 내가 아닌 다른 누군가인 척을 하고 있다는 난감함이었다. 모든 작가들이 이렇게 느끼는지는 모르겠지만, 아마 많이들 그럴 것 같다. 심지어는 요즘에도 나는 내가 작가가 아닌 것 같을 때가 있다. 그저 작가인 척하고 있을 뿐이라는 느낌이 여전히 두텁게 쌓여 있는 것이다. 아마도 계단을 내려가며 이렇게 말하는 두 살배기 매튜와 약간은 비슷하리라.

"매튜가 계단을 내려간다!"

나는 사보이 호텔에 들어서며 중얼거렸다.

"애거서는 뛰어난 작가로, 애거서를 위한 화려한 기념 파티가 열린다. 애거서는 중요한 사람처럼 보여야 하고, 잘하지 못하는 것도 잘해야 하고, 못

하는 연설도 해야 한다."

어쨌든 나를 저지하는 직원한테 겁쟁이처럼 말 한마디 못 하고 꼬리를 내린 나는 사보이 호텔 복도를 불쌍하게 서성이며 다시 한 번 들어갈 용기를 모아야 했다. 마고 애스퀴스(20세기 전환기 런던 사교계를 주름잡은 여성으로, 신랄한 재치로 유명하다 — 옮긴이)처럼 "나한테 감히!"라고 말하기 위해서. 그러나 그때 천만다행으로 피터 사운더스의 매니저인 베러티 허드슨이 나를 구조해 주었다. 그녀는 웃음을 터트렸고, 사운더스 또한 마찬가지였다. 하긴 어찌 웃지 않을 수 있으리. 어쨌든 나는 안으로 들어가 커팅테이프를 자르고, 여배우들과 키스하고, 입이 귀에 걸리도록 히죽히죽 웃었다. 그러나 미모의 젊은 여배우와 뺨을 나란히 한 내 사진이 내일 신문에 실린다는 생각에 내 허영심은 상처를 입어야 했다. 그녀는 아름답고 당당했다. 하지만 나는 꾸어다 놓은 보릿자루처럼 '어색한' 꼴이었다. 아, 허영심이여!

파티는 그럭저럭 무난히 진행되었다. 파티의 여주인공에게 여배우와 같은 재능이 있어 뛰어난 연기를 선보이지는 못했지만. 그래도 '연설'은 큰 참사 없이 끝냈다. 겨우 몇 마디 말밖에 안 했지만, 사람들은 너그럽게 모두들 멋진 연설이라고 칭찬해 주었다. 사실이 아니라는 것은 잘 알지만, 그래도 최악은 아니었다고 생각한다. 사람들은 내가 연설 경험이 전무하다는 점을 안타까워했고, 내가 최선을 다하고 있음을 알고 나의 노력을 가상히 여겨 주었다. 하지만 내 딸은 이에 동의하지 않았다.

"엄마도 참, 아무리 그래도 그렇지, 미리 할 말을 준비하는 성의 정도는 보였어야죠."

하지만 로잘린드는 로잘린드이고, 나는 나이다. 나의 경우에는 할 말을 미리 준비해 보아야 더 큰 문제만 야기할 뿐이다. 어느 정도 부드러운 분위기에서라면 즉흥적인 연설 쪽이 훨씬 낫다.

"당신은 오늘밤 연극계의 역사에 한 획을 그었습니다."

피터 사운더스는 나를 격려하기 위해 이렇게 말했다. 어떤 점에서는 맞는 말이리라.

3

몇 해 전 우리는 비엔나의 영국 대사관에 머물고 있었다. 제임스 보커 경과 레이디 엘사 보커 부부도 그곳에 있었는데, 당시 기자들이 인터뷰하러 왔을 때 엘사가 나를 붙들고 진지하게 야단을 친 적이 있었다.

엘사는 유쾌한 외국인 억양으로 외쳤다.

"하지만 전혀 이해가 안 돼요! 저라면 자랑스럽고 기쁠 거예요. 당연히 인터뷰를 하지요. 하고말고요! 이리 와서 앉아 보세요! '제 자신이 뿌듯합니다. 세계 최고의 추리 소설가가 되었으니까요. 아무렴요, 뿌듯하고말고요. 그럼요. 무척 기쁩니다.' 제가 선생님이라면 자신이 너무 머리가 좋다고 느껴져서 그걸 자랑하느라 입을 다물지 못할 거예요."

나는 폭소를 터트렸다.

"세상에나, 엘사. 앞으로 30분 동안 우리 둘이 영혼을 바꿀 수 있으면 좋겠어요. 엘사라면 멋지게 인터뷰를 할 테고, 기자들도 무척 좋아할 텐데. 하지만 나는 공인으로 살아가는 데 전혀 재능이 없어요."

대체로 나는 꼭 필요할 때 또는 모습을 안 드러냈다가는 사람들의 마음을 상하게 할 때가 아니면 대중들 앞에 나서지 않을 만큼의 지각은 있다. 잘하지 못하는 일은 안 하는 편이 낫다. 왜 작가들이 대중들 앞에 서야 하는지 모르겠다. 그것은 작가의 직무가 아니다. 세상에는 배우나 유명인처럼 대중들과의 관계가 중요하고 자기 자신을 드러내야 하는 직업이 있지만, 작가가 할 일은 그저 앉아서 글을 쓰는 것이다. 작가란 숫기 없는 족속이며, 격려가 필요한 존재이다.

런던에서 (동시에) 공연된 세 번째 희곡은 「거미줄Spider's Web」로서 마거릿 록우드를 위해 특별히 쓴 작품이다. 피터 사운더스의 부탁으로 직접 그녀를 만나 그 이야기를 하자, 내가 자신을 위한 희곡을 쓴다는 말에 기뻐했다. 정확히 어떤 종류의 희곡을 원하느냐고 물었더니 멜로드라마에 나오는 악역은 그만 하고 싶다고 했다. 최근에 너무 많은 영화에서 악녀로 등장했다며, 이제는 희극을 해 보고 싶다는 것이다. 록우드는 드라마뿐만 아니라 희극에도 타고난 재능을 갖고 있었으므로 그 말이 옳다 싶었다. 그녀는 역시 뛰어난 배우답게 적시에 진정한 무게를 실어 대사를 소화하는 역량이 출중했다.

나는 「거미줄」에서 클라리사가 나오는 부분을 즐겁게 썼다. 처음에는 제목 때문에 약간 망설임이 있었는데, 우리는 '클라리사 시체를 발견하다'와 '거미줄' 사이에서 우왕좌왕하다 결국 후자로 낙착을 보았다. 이 작품은 2년 넘게 공연되었고, 내 마음에도 꼭 들었다. 정원에서 경위를 안내하는 마거릿 록우드의 모습은 더없이 매혹적이었다.

훗날 「불시의 방문객The Unexpected Guest」 등 희곡을 두 개 더 썼다. 대중의 인기를 끌지는 못했지만, 나에게는 완벽히 만족스러운 작품들이다. 다만 두 번째 희곡이 「평결Verdict」이라는 제목으로 공연된 점이 못마땅했다. 나는 월터 랜더(19세기 영국의 작가 — 옮긴이)의 문장 "무덤 이편에는 천일홍 한 송이 피어 있지 않구나."에서 따 와 '천일홍이 피지 않은 들판No Fields of Amaranth'이라는 제목을 붙이고 싶었다. 지금도 이 작품이 내가 쓴 희곡 중 「검찰 측의 증인」 다음으로 뛰어나다고 생각한다. 이 연극이 실패한 것은 추리 소설이나 스릴러가 아니기 때문이었다. 살인 사건이 일어나기는 하지만, 극의 핵심은 이상주의자란 힝닝 위협한 존재이며 자신을 사랑하는 이들을 파괴할 수 있다는 데 있다. 이 작품은 설령 상대방이 나를 사랑하거나 믿지 않는다 할지라도 내가 사랑하고 믿는 이를 위하여 얼마나 나 자신을 희생할 수 있느냐 하는 문제를 제기하고 있다.

내가 쓴 추리 소설 중 가장 마음에 드는 두 작품은 『비뚤어진 집Crooked House』과 『누명Ordeal by Innocence』이다. 한편, 어느 날 내 책들을 다시 읽어 보다가 스스로 좀 놀란 적이 있는데, 『움직이는 손가락The Moving Finger』이 무척 내 마음에 드는 것이었다. 자신이 17년 정도쯤 전에 쓴 작품을 다시 읽어 본다는 것은 대단한 시험이다. 가치관이 달라짐에 따라 어떤 작품들은 시간의 시험을 통과하지 못하는 것이다.

언젠가 어느 인도 아가씨가 나를 인터뷰하며 어리석은 질문을 꽤 했는데, 그중 하나가 이것이었다.

"자신의 작품 중에 정말 형편없다고 여기는 것이 있습니까?"

나는 화가 나서 그런 작품은 없다고 대답했다. 글을 쓰다 보면 애초 의도에서 달라지기 마련이고, 때때로 그다지 만족스럽지 않기도 하지만, 정말 형편없다고 생각했다면 아예 출판하지도 않았을 것이다.

참, 거의 그런 작품이 하나 있긴 하다. 『블루 트레인의 수수께끼』가 그러한데, 그 책을 다시 읽어 볼 때마다 재미없는 플롯에 진부한 표현으로 가득하다는 생각이 든다. 그런데 이런 말을 하자니 유감스럽긴 하지만, 많은 사람들이 이 작품을 좋아한다. 작가란 자신의 작품을 제대로 평가하지 못하는 법이라더니.

욕심을 부려서는 안 되겠지만, 이제 다시는 글을 쓸 수 없다면 얼마나 슬플까. 일흔다섯의 나이에도 여전히 글을 쓸 수 있다니 대단한 행운이다. 이만하면 만족하고 은퇴 준비를 할 때도 되었는데, 실은 내심 올해 은퇴하면 어떨까 싶은 생각을 하고 있었다. 그런데 나의 최근작이 이전 책들보다 훨썬 많이 팔렸다는 사실에 마음이 흔들렸다. 이런 순간에 절필한다는 것은 어리석은 짓이다. 아무래도 여든 살로 은퇴 연령을 미루는 편이 낫지 않을까?

나는 감정과 관계의 삶이 끝난 후 활짝 꽃피운 두 번째 인생을 대단히 즐기고 있다. 그러니까 쉰 살쯤 되면 느닷없이 완전히 새로운 인생이 내 앞에 놓여 있다는 것을 깨닫는 것이다. 생각해 보고 싶고, 공부해 보고 싶고, 읽어 보고 싶은 것들을 마음껏 하며 지낼 수 있다. 그리고 스무 살이나 스물다섯 살 때처럼 전시회와 음악회와 오페라를 보러 간다. 일정 기간 동안 생활이 내 모든 에너지를 빨아들였지만, 이제는 다시 자유가 되어 주위를 둘러볼 수 있게 된다. 여가를 누리고, 인생을 즐길 수 있게 된 것이다. 예전처럼 활동적일 수는 없지만, 여전히 외국으로 여행할 수 있을 만큼은 젊으며, 신선한 아이디어와 생각도 내 속에서 솟아나는 듯하다. 물론 노쇠의 대가도 지불해야 한다. 몸의 어딘가가 거의 항상 아프다. 요통으로 허리가 쑤시거나 겨울이면 류머티즘으로 목이 아파 고개 돌리기도 힘들고, 무릎 관절염으로 오래 서 있거나 언덕길을 내려갈 수도 없다. 이렇게 된 이상 무조건 견디는 수밖에 없다. 하지만 인생에 대한 감사함은 이 시절에야말로 그 어느 때보다도 강렬해진다. 약간의 현실에 강렬한 꿈이 깃들고, 나는 여전히 한없이 꿈꾸기를 즐긴다.

4

1948년, 고고학이 다시 한 번 그 박식한 머리를 높이 들었다. 사람들은 너 나 할 것 없이 발굴에 대해 이야기했고, 중동 방문 계획을 짰다. 이라크 발굴 사정이 다시금 좋아지고 있었다.

시리아는 전쟁 전 최고의 발굴지였다. 하지만 이제는 이라크 정부와 유물부에서 상당히 공정해진 조건을 내걸고 있었다. 독특한 발굴품은 무조건 바그다드 박물관에 기증해야 하며, 다만 그들의 표현을 쓰자면 '복제품'은 발굴자가 자기 몫을 가져갈 수 있다는 것이었다. 그리하여 1년간 여기저기서 소규모로 시험적 발굴이 이루어졌고, 그 후부터 이라크 발굴이 본격적으로 재개되었다. 서아시아 고고학 협회 회장직이 전쟁 후 신설되었고, 맥스는 런던 대학 고고학부 교수로 임명되었다. 매년 몇 달씩 발굴 작업을 할 시간도 주어졌다.

우리는 10년의 공백을 뛰어넘어 다시 한 번 더없이 기쁜 마음으로 중동 발굴을 시작했다. 안타깝게도 이번에는 오리엔트 특급 열차가 아니었다. 그것은 이제 가장 저렴한 방법이 아니었고, 게다가 열차로 직행하는 여행도 할 수 없게 되었다. 여행의 재미가 사라졌다. 항공 여행이 지루한 일상이 되는 시대가 온 것이다. 하지만 비행기 덕분에 단축되는 시간을 무시할 수는 없었다. 더 슬픈 것은 네언 버스를 타고 사막을 가로지르는 여행을 이제 할 수 없다는 것이었다. 런던에서 바그다드까지 비행기를 타고 가면 끝이었다. 초창기에는 여전히 비행 도중에 여기서 하룻밤, 저기서 하룻밤을 잤다. 하지만 이제는 엄청난 지루함과 비용을 감당하고도 일말의 즐거움을 느낄 수 없는 시대가 시작되었다.

어쨌든 우리는 바그다드로 갔다. 맥스와 나, 로버트 해밀턴이 함께 움직였는데, 해밀턴은 캠벨 톰슨 박사 부부와 발굴을 했더랬으며 예루살렘 박물관 관장이었다. 우리는 이라크 북부를 이곳저곳 둘러보았다. 대(大)자브 강과 소(小)자브 강(둘 다 티그리스 강의 지류 — 옮긴이) 사이의 지역을 살펴보며 이르빌이라는 소도시와 그 옆의 그림 같은 언덕에 도착했다. 그리고 그곳에서 모술로 향하던 중 님루드를 두 번째 방문했다.

님루드의 아름다움은 오래전 기억 그대로였다. 이번에는 맥스가 특별한 열정을 가지고 그곳을 살펴보았다. 예전에는 일말의 가능성도 없어 보였지만, 그리고 아직도 맥스는 아무 소리도 안 하고 있었지만, 이번에는 뭔가가 나올 것 같은 분위기였다. 우리는 다시 한 번 그곳에서 소풍을 즐겼다. 그리고 몇 개의 언덕을 더 둘러본 다음에 모술에 이르렀다.

맥스는 마침내 이번 여행의 결과를 확고한 입장을 가지고 발표했다. 님루드를 발굴하겠다는 것이었다.

"광대한 데다 역사적인 장소예요. 꼭 발굴을 해야 할 곳이죠. 레어드 이후로 100년 동안 아무도 손대지 않았고, 레어드도 수박 겉 핥기 정도로 끝났어요. 무척 아름다운 상아 조각이 발굴되었는데, 분명 그런 것이 무더기로 쌓여 있을 거예요. 아시리아의 3대 도시 중 하나이죠. 아수르는 종교 중심지였고, 니네베는 정치 중심지였고, 님루드 혹은 당시 이름대로 칼라는 군사 중심지였어요. 꼭 발굴을 해야 할 곳이에요. 많은 인원과 자금과 긴 세월이 필요하겠죠. 하지만 운이 따라 준다면 위대한 유적지를 찾아낼 가능성이 커요. 세계의 지식에 보탤 역사적 발굴을 하는 거예요."

나는 그에게 선사 시대 도자기에 대한 관심은 여전하냐고 물었다. 그는 그렇다고 말했다. 그러자 많은 질문들이 나왔고, 맥스는 님루드를 역사 시대 유적지로서만 발굴하겠다고 대답했다.

"투탕카멘, 크레타의 크노소스, 우르에 맞먹는 발굴이 될 거예요. 또한 이런 곳을 발굴하겠다고 하면 후원금을 얻기도 좋죠."

자금은 얼마든지 있었다. 처음에는 그렇지 않았지만, 발굴품이 쏟아질수록 후원금이 급증했다. 뉴욕의 메트로폴리탄 박물관은 우리의 가장 큰 후원자 중 하나였다. 또한 이라크의 거트루드벨 고고학 학교, 애슈몰린 박물관, 피츠윌리엄 박물관, 버밍엄을 비롯해 여러 곳에서 자금을 대 주었다. 그리하여 앞으로 10년 동안 우리가 하게 될 일이 시작되었다.

올해 바로 이번 달에 남편의 책 『님루드와 그 유적』이 출판될 것이다. 맥스는 이 책을 쓰는 데 장장 10년이 걸렸는데, 혹시라도 완성하지 못하고 눈을 감을까 봐 늘 염려했다. 인생이란 너무도 불확실하고, 심근경색증, 고혈압 등 온갖 현대적 질병들이 어딘가에 숨어 기다리는 것만 같으니 말이다. 특히 남자들은 더하다. 하지만 무사무탈하게 여기까지 왔고, 이 책은 남편에게 필생의 역작이 될 것이다. 그이는 1921년 이후로 꾸준히 고고학계에서 한 걸음 한 걸음 내딛어 왔다. 나는 맥스가 자랑스럽고, 맥스 때문에 행복하다. 우리 둘 다 원하는 일에 성공을 거두다니, 아무리 생각해도 기적 같다.

우리 둘이 하는 일만큼 천양지차가 나는 것도 없을 것이다. 나는 지성과는 거리가 멀고 남편은 지극히 지성적이지만, 그럼에도 서로를 보완하고 서로를 돕는다. 남편은 종종 특정 사항에 대해 내 의견을 구하지만, 나는 어디까지나 고고학이라는 남편의 전문 분야에 대해 좀 알고 있는 아마추어일 뿐이다. 어릴 적에 고고학을 배웠더라면 훨씬 잘 알았을 텐데 정말 유감이라며 남편에게 몇 해 전에 한탄한 적이 있다. 그러자 남편은 이렇게 대답했다.

"지금 현재 영국의 웬만한 그 어떤 여성보다도 선사 시대 도자기에 대해 잘 알고 있다는 사실을 여태 모르고 있어요?"

그때는 그랬는지도 모르겠지만, 세상사란 변하기 마련이다. 나는 고고학에 전문가적인 태도도 갖고 있지 않고, 아시리아 왕의 정확한 연대도 외우고 있지 않다. 그저 고고학이 드러내는 개인적인 면에 깊은 관심을 가질 뿐이다. 나는 "생각할 것도 없다. 어서 물어라!"라고 새겨진 문지방 아래에 묻혀 있는 자그마한 개를 찾기 좋아한다. 경비견에게 딱 맞는 표어이다. 흙으로 빚은 문지방에 씌어 있는 그 글을 읽다 보면 웃음이 터져 나온다. 계약서를 쓴 서판을 보면 자기 자신을 노예로 파는 방법과 장소, 양자를 들일 때의 조건 등에 대해 알 수 있다는 점이 무척 흥미롭다. 샬마네세르(고대 아시리아의 왕─옮긴이)가 동물원을 세우기 위해 전쟁 중에 포획한 이국적 동물을 보내고 새로운 식물과 나무를 시험 삼아 심는 모습을 그려 본다. 언제나 욕심이 많은 나는 살마네세르 왕이 직접 음식 목록을 정하여 열었던 연회를 묘사한 기념 비석이 발견되었을 때 얼마나 기뻤는지 모른다. 그 무엇보다 기이한 점은 100마리의 양과 600마리의 소 등을 먹으면서 빵은 달랑 20덩어리밖에 먹지 않았다는 사실이다. 왜 겨우 그것만 먹었을까? 그럴 거면 굳이 왜 먹었을까?

나는 결코 발굴자들이 즐겨 하는 갱도 파기, 계획 세우기 등을 좋아할 만큼 과학적이지 않다. 요즘에는 학교에서도 이런 부분을 심도 있게 다루고 있지만, 나는 장인이 흙으로 빚은 작품과 예술품 쪽으로만 천연덕스럽게 빠져 든다. 물론 전자가 더욱 중요하겠지만, 나에게는 음악가와 악기가 주위에 빙 돌아가며 새겨진 자그마한 상아 상자, 날개 달린 소년, 활력과 개성이 넘치지만 못생긴 여인의 근사한 두상 등 인간의 손이 만들어 낸 결과물보다 흥미로운 것이 없다.

우리는 님루드의 텔과 티그리스 사이의 마을에 있는 촌장의 집을 일부 빌려서 지냈다. 1층에 식당 겸 창고로 쓰는 방과 주방이 있었고, 2층에 방이 두 개 있었다. 방은 하나는 맥스와 내가 썼으며, 주방 위쪽에 있는 작은 방은 로버트가 썼다. 저녁이면 내가 식당에서 사진을 현상해야 했기 때문에 맥스와 로버트가 2층에서 일을 했는데, 그들이 걸어다닐 때마다 천장에서 흙먼지가 떨어져 인화 약품 그릇으로 들어갔다. 다음 필름을 인화하기 전에 나는 위로 올라가 사납게 말했다.

"내가 아래에서 사진을 뽑고 있다는 걸 알기는 아나요? 위에서 움직일 때마다 흙이 떨어진다고요. 제발 움직이지 말고 말로 하세요, 말로."

하지만 대화를 나누다 보면 결국 흥분하여 누군가 가방 있는 쪽으로 달려가 책을 꺼냈고, 아래에서는 다시 흙먼지가 내려앉곤 했다.

그곳에는 황새 둥지도 하나 있었다. 황새들이 짝짓기를 할 때는 날개를 퍼덕이며 뼈가 덜걱덜걱하는 듯한 소리를 냈는데, 어찌나 요란했는지 모른다. 그러나 중동 사람들은 마음 깊은 곳에 황새에 대한 크나큰 존경심을 갖고 있어서 모두들 황새를 극진히 대했다.

첫 번째 발굴 시즌이 끝나고 떠날 무렵, 언덕 위에 흙벽돌 집을 짓기 위한 준비가 다 되어 있었다. 벽돌도 빚어서 내다 말리고 있었고, 지붕에 얹을 것도 마련되어 있었다.

다음 해에 다시 그곳을 찾았을 때 그 집을 보고서 얼마나 뿌듯했는지 모른다. 부엌 옆에 기다란 식당 겸 거실이 자리했으며, 그 옆으로 그림 작업실 겸 발굴품 저장실이 이어졌다. 잠은 텐트에서 잤고, 일이 년 후 증축을 했다. 자그마한 사무실 안에는 창문 바로 앞에 책상을 두어 봉급날 일꾼들에게 창문 너머로 돈을 주었고, 그 맞은편 벽에는 금석학자가 쓸 책상을 놓

▲ 왼쪽 님루드 발굴, 맥스가 바닥에 앉아 있다
▲ 오른쪽 1951년 님루드에서, 셰이크 압둘라와 함께 상아 상자를 검사하는 나

왔다. 그 옆방은 그림 작업실 겸 수선품 보관실이었다. 끝에는 예의 누추한 방이 하나 있어 불쌍한 사진사가 현상을 하고 필름을 감는 곳으로 이용되었다. 이따금 지독한 모래 폭풍이 불어오거나 난데없이 바람이 휘몰아쳤다. 그러면 우리는 부랴부랴 밖으로 달려 나가 날아다니는 쓰레기통 뚜껑 사이에서 젖 먹던 힘까지 다해 텐트를 붙잡았다. 하지만 그러다 결국에는 텐트가 맥없이 주저앉아 누군가를 깔아뭉개기 일쑤였다.

결국 거기서 다시 일이 년이 지난 후 나는 나만의 자그마한 사무실을 하나 더 지어 달라고 탄원했다. 비용은 내가 대겠다고 했다. 그리하여 50파운드를 내고 자그마한 사각 흙벽돌 방을 얻게 되었다. 바로 내가 자서전을 쓰기 시작한 곳이다. 창문 하나, 탁자 하나, 똑바른 의자 하나, 그리고 부서진 '민트' 의자. 두 번째 의자는 어찌나 위태위태한지 앉기가 힘들지만 일단 앉고 나면 꽤 편안했다. 벽에는 젊은 이라크 화가가 그린 그림 두 점을 걸어 두었다. 하나는 나무 옆에서 슬픈 표정을 짓고 있는 소 그림이고, 다른 하나는 온갖 색깔이 난무하여 언뜻 퀼트처럼 보이는 만화경이지만 어느 순간 문득 시장으로 당나귀 두 마리를 끌고 가는 남자들이 나타나는, 세상에서 가장 매혹적인 그림이다. 모두들 그 그림을 좋아하는 바람에 결국 그림은 거실로 옮겨졌고, 나는 그것을 두고 이라크를 떠나야 했다. 하지만 언젠가는 돌아가 그 그림을 가져오리라.

함께 일하던 금석학자인 도널드 와이즈먼이 문에다 설형 문자로 쓴 문패를 걸어 주었다. 베이트 애거서, 즉 '애거서의 집'이라는 뜻이다. 나는 매일 그곳에 가서 조금씩 내 일을 했다. 하지만 하루의 대부분은 사진을 찍거나 상아를 닦고 손질하며 보냈다.

여러 번 바뀐 요리사는 하나같이 훌륭했다. 그중 한 명은 미치광이였는데, 포르투갈 인과 인도 인의 혼혈이었다. 요리 솜씨는 빼어났지만, 발굴이 계속될수록 점점 말수가 줄어 갔다. 결국 부엌 일꾼이 와서는 요셉이 너무 걱정된다고, 요즘 행동이 무척 이상하다고 하는 것이었다. 그러다 어느 날 그가 사라졌다. 우리는 사방으로 요셉을 찾아다녔고, 경찰에 실종 신고를 냈다. 그러던 중 촌장의 부하들이 마침내 그를 데리고 왔다. 요셉은, 주님으로부터 명령을 들었기에 따를 수밖에 없었는데, 이제는 돌아가 주님의 뜻을 확인하라는 소리가 들렸다고 했다. 주님과 맥스를 어쩐지 혼동한 모양이었다. 요셉은 맥스 앞으로 성큼성큼 걸어와 무릎을 꿇고 앉아 바지자락에 키스했다. 일꾼들에게 무엇인가를 설명하고 있던 맥스는 당황하여 어찌할 바를 몰랐다.

"어서 일어나요, 요셉."

"주님, 주님이 제게 시키신 일을 기필코 행하겠나이다. 가라고 말씀하시면 어디든 가겠나이다. 저를 바스라로 보내시면 기꺼이 바스라로 가겠나이다. 저를 바그다드로 보내시면 기꺼이 바그다드로 가겠나이다. 북쪽의 얼음 땅으로 보내시면 기꺼이 북쪽의 얼음 땅으로 가겠나이다."

맥스는 짐짓 주님을 가장하며 말했다.

"부엌으로 가 우리들이 먹을 음식을 요리하도록 하거라."

"그러겠나이다, 주님."

요셉은 맥스의 바짓단에 한 번 더 키스하고는 부엌으로 갔다. 불행히도 주님과의 전화가 혼선된 모양이었다. 그 후로도 다른 명령이 계속 내려오는지 요셉은 황야를 방황하곤 했다. 결국 우리는 그를 바그다드로 돌려보내야 했다. 돈을 주머니에 꿰매어 준 뒤 친척에게 전보를 쳤다.

숙소의 두 번째 일꾼인 다니엘이 요리에 대해 약간은 안다며, 발굴이 끝나는 3주 동안 부엌을 맡겠다고 했다. 그 결과로 우리는 지속적인 소화불량에 시달려야 했다. 다니엘은 스카치에그(저민 돼지고기를 달걀형으로 뭉쳐 빵가루에 묻혀 튀긴 요리 —옮긴이)라고 우기며 늘 한 가지만을 요리했는데, 아주 기묘한 기름을 써서 만든 그 음식은 도저히 소화가 불가능했다.

결국 떠나기 전에 다니엘은 망신을 당하고 말았다. 운전사가 다니엘과 한 바탕 싸움을 하더니 그에게 탁 침을 뱉고는, 그 녀석이 자기 가방에다 스물 네 개의 정어리 통조림과 각종 건어물과 건과일을 꿍쳐 두었다고 고발한 것이다. 우리는 다니엘을 호되게 꾸짖었다. 기독교와 하인의 명예를 땅에 떨어트렸으며, 아랍 인들이 이제 기독교도들을 어떻게 보겠느냐고, 더는 여기서 일할 수 없다고 야단쳤다. 그는 우리가 경험한 최악의 하인이었다.

다니엘은 금석학자 중 한 명인 해리 새그스에게 가서 이렇게 말했다.

"당신은 발굴 팀에서 유일하게 선량한 분입니다. 성경을 읽는 모습을 자주 보았더랬지요. 그처럼 선량한 분이시니 제게 좋은 바지 한 벌을 주시겠지요."

해리 새그스는 대답했다.

"좋은 바지 따위는 갖고 있지도 않네."

"저한테 좋은 바지 한 벌을 주시면 진정한 기독교도가 될 수 있습니다."

"좋은 바지는커녕 남루한 바지도 안 돼. 나는 바지 두 벌이 다 필요해."

다니엘은 다른 곳으로 가 구걸을 시도했다. 그는 얼마나 게을러 터졌는지 신발을 꼭 해가 진 뒤에 겨우 닦았다. 그래서 사실은 신발을 닦는 것이 아니라 그냥 앉아서 담배 피우며 콧노래나 흥얼대고 있다는 것을 아무도 몰랐다.

발굴 팀 숙소의 최고 일꾼은 마이클이었다. 모술의 영국 영사관에서 일한 경험도 있었다. 길고 우울한 얼굴에 커다란 눈을 하고 있어 엘 그레코 (16세기 스페인 미술의 거장—옮긴이)처럼 보였는데, 늘 아내 때문에 고생이었다. 때때로 그의 아내가 칼로 남편을 죽이려고까지 드는 바람에 결국 의사는 아내를 바그다드로 보내라고 마이클을 설득했다.

어느 날 마이클이 오더니 이렇게 말했다.

"그분이 내게 편지를 보냈어요. 돈만 있으면 나 해결되는 문제라고, 200파운드만 바치면 집사람을 완전히 고쳐 주신대요."

맥스는 괜히 사이비 치료사한테 속지 말고 이미 일러 준 병원에 부인을 입원시키라고 열심히 설득했다.

"아뇨, 이분은 정말 뛰어나세요. 훌륭한 거리의 훌륭한 집에서 살아요. 최고임에 틀림없어요."

처음 삼사 년간 님루드의 생활은 비교적 단순했다. 악천후에 소위 길이라 불리는 것이 종종 막혔고, 따라서 많은 방문객들이 올 수 없었다. 그러다 어느 해인가 님루드의 중요성이 부각되면서 발굴지와 주 도로를 연결하는 도로가 깔리고, 발굴지에서부터 모술까지의 길 상당 부분에 아스팔트가 덮이게 되었다.

이는 대단한 불행이었다. 지난 3년 동안은 사람들을 안내하고, 부탁을 들어주고, 차와 커피를 대접하는 등의 일만 전담하는 사람이 한 명이면 족했다. 그런데 이제는 대형 버스가 줄줄이 학생들을 몰고 왔던 것이다. 우리는 이 때문에 엄청나게 골치를 앓았다. 사방에 온통 대규모 발굴이 진행 중인데 지리를 잘 알지도 못하는 학생들이 무너져 가는 언덕 봉우리를 제멋대로 걸어 다녔다. 이것은 너무도 위험한 짓이었다. 학교 선생님들한테 학생들이 발굴 작업 중인 곳 가까이 가지 못하게 해 달라고 애걸했지만, 대개 그러하듯 "인샬라, 아무 문제없을 겁니다."라는 대답을 얻을 뿐이었다. 그에 이어 또 한번은 부모들이 아기들을 잔뜩 데리고 찾아왔다.

로버트 해밀턴은 요람에서 깩깩 울어 대는 세 아기들로 꽉 찬 그림 작업실을 둘러보며 투덜댔다.

"여기가 탁아소라도 되는 줄 아나 보지!"

그러고는 푸욱 한숨을 쉬더니 말을 이었다.

"나가서 놀이나 재겠어요."

우리는 모두 비명을 지르며 로버트를 막았다.

"당신은 다섯 아이를 둔 아버지가 아닌가요. 탁아소를 맡을 사람이 당신 말고 또 누가 있겠어요. 설마 총각들더러 아기를 보라는 건 아니겠죠!"

로버트는 냉정하게 우리를 바라보더니 작업실에서 휙 나가 버렸다.

정말 좋은 시절이었고, 어느 해나 우리는 즐거웠다. 비록 또 다른 면에서 보자면 시간이 흐를수록 더욱 복잡해지고 더욱 도시적으로 변해 갔지만.

언덕은 쓰레기더미 때문에 초기의 아름다움을 잃고 말았다. 붉은 미나리아재비가 흩뿌려진 푸른 풀밭 사이로 석조 두상이 삐죽 얼굴을 내밀던 순수한 단순함은 사라지고 없었다. 여전히 봄이면 황금빛, 초록빛, 오렌지색 딱새들이 찾아와 언덕 위에서 지저귀었지만, 얼마 후부터는 푸른색과 오렌지색의 좀 더 큰 롤러카나리아가 느닷없이 하늘에서 꼴사나운 방식으로 떨어지는 습성을 보여 주곤 했다. 그래서 롤러(영어 'roller'에는 '굴러 떨어지는 것'이라는 의미가 있다 — 옮긴이)라는 이름을 얻었나 보다. 전설에 의하면 이 새는 이슈타르(메소포타미아 종교에서 전쟁과 성애(性愛)의 여신 — 옮긴이)를 모욕했다가 날개가 묶이는 벌을 받았다고 한다.

지금 님루드는 잠들었다.

우리는 불도저로 그곳에 흉터를 남겼다. 입을 쩍 벌린 구멍은 흙으로 메워졌다. 언젠가는 상처가 치료되어 다시 이른 봄이면 꽃을 피우게 되리라.

이곳은 과거에 위대한 도시 칼라라 불리었다. 그러다 칼라는 잠이 들었다…….

레어드가 와 그 평화를 깨트렸다. 칼라 님루드는 다시 잠이 들었다…….

맥스 맬로원과 그의 아내가 왔다. 다시 한 번 칼라는 잠이 든다…….

다음에는 누가 그 잠을 깨울까?

알 수 없다.

그러고 보니 바그다드의 우리 집에 대해 아식 이야기하기 않았다 우리는 티그리스 강의 서쪽 기슭에 오래된 터키식 주택을 샀다. 현대적인 건물이 아닌 그런 집을 그토록 좋아하다니 참 별스런 취향이라고 생각하겠지만, 터키식 주택은 시원하고 쾌적하다. 안뜰이 있고, 야자나무가 발코니 난간까지 솟아오른다. 집 뒤에는 관개 수로가 파인 야자나무 공원이 있고, 투티tutti(석유 깡통)로 만든 자그마한 집이 무단으로 서 있다. 그곳에서 아이들은 행복하게 뛰놀고, 여자들은 나왔다 들어갔다 하거나 강으로 가 단지와 냄비를 씻는다. 바그다드에서는 부자와 가난한 자가 나란히 산다.

처음 와서 본 이후, 도시는 얼마나 거대해졌는지 모른다. 대부분의 현대 건축물은 몹시 추하고, 기후에도 전혀 맞지 않게 지어졌다. 프랑스나 독일

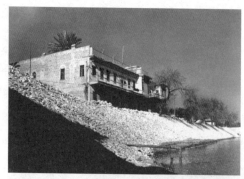

▲ 위 바그다드의 우리 집
▲ 아래 바그다드의 아침 식사, 티그리스 강을 내려다보며

이나 이탈리아의 잡지들을 베꼈기 때문이다. 한낮의 열기가 치솟아도 이제는 시원한 시르다브(지하실)로 내려가지 않는다. 예전처럼 벽 높이 작은 창문을 내 햇볕이 덜 들게 하지도 않는다. 상하수도 시설은 훨씬 개선되었다. 예전보다 더 악화될 수도 없긴 하지만, 그래도 뭔가가 마땅찮다. 현대적 상하수도 시설이 보기에는 멀쩡하고 라일락이나 난초가 새겨진 세면대와 설비도 근사한데, 하숫물이 달리 갈 곳이 없어서 예전처럼 티그리스 강으로 그대로 버려지는 것이다. 또한 변기를 씻어 내리는 물은 언제나 비참하리만치 부족하다. 적절한 하수 처리 시설과 충분한 취수량 부족으로 제대로 작동하지 않는 현대적 욕실과 화장실은 묘하게 분노를 자극한다.

꼭 하고 싶은 이야기가 있는데, 15년 만에 아르파치야를 다시 찾았을 때의 일이다. 사람들은 즉시 우리를 알아보았다. 마을 사람들 모두가 달려 나와 고함을 지르고 인사를 하며 환영했다.

한 사내가 말했다.

"나예요, 나. 하와자. 바구니 운반 일을 하던 꼬마애 말이에요. 지금은 스물네 살이 되었죠. 아내도 있고, 다 큰 아들도 있답니다. 자, 보세요."

맥스가 그들의 얼굴과 이름을 일일이 기억하지 못한다는 것을 알고 사람들은 깜짝 놀랐다. 그들은 역사가 된 그 유명한 운동 시합을 회상했다. 우리는 15년 만에 친구들과 재회한 것이다.

하루는 트럭을 몰고 모술을 지나는데, 교통 신호를 보내던 경찰관이 갑자기 신호봉을 쳐들며 고함을 지르는 것이었다.

"사모님! 사모님!"

경찰관은 트럭으로 달려와 내 팔을 붙들고는 힘차게 흔들었다.

"이렇게 다시 보게 되다니! 저예요, 저, 알리! 제가 그 심부름꾼으로 일하던 알리라고요, 기억나세요? 네? 지금은 이렇게 어엿한 경찰관이 되었어요!"

그리하여 모술로 차를 몰고 갈 때마다 알리가 있었다. 그가 우리를 알아보는 순간 거리의 교통은 즉각 멈추어졌고, 우리는 인사를 나눈 후 최우선권을 누리며 차를 몰았다. 이와 같은 친구들이 있다니 얼마나 멋지단 말인가. 따뜻하고, 소박하고, 삶의 기쁨을 한껏 누리며, 무엇에든 웃음을 터트리는 좋은 친구들. 아랍 인들은 웃음에 일가견이 있으며, 환대에도 그러하다. 일꾼 중 하나가 사는 마을을 지나기라도 할라치면, 어느새 그가 달려 나와 자기 집으로 가서 함께 시큼한 우유를 마시자고 고집하는 것이다. 자주색 옷을 차려입은 마을 에펜디*effendis*(나으리) 몇몇은 따분하기 짝이 없지만, 땅의 사람들은 선량하고 멋진 친구들이다.

나는 그곳을 얼마나 사랑했던가.

지금도, 앞으로도 그 마음은 변함없으리.

자서전을 쓰고자 하는 열망은 님루드의 나의 집 '베이트 애거서'에서 느닷없이 솟구쳤다.

그때 쓴 것들을 돌아보니 마음이 흡족하다. 나는 내가 원하는 것을 했다. 여행을 한 것이다. 과거로 '돌아가는' 여행이 아니라 모든 것의 시작에 서서 다시 앞으로 '전진하는' 여행을 하며 처음의 내가 되었다. 시간도 공간도 나를 구속할 수는 없었다. 원하는 곳에서 마음껏 오래 머무르고, 앞으로 훌쩍 뒤로 훌쩍 내키는 대로 뛰어다녔다.

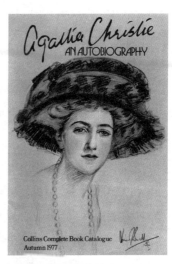

나는 기억하고 싶은 것만 기억하는 듯싶다. 아무리 봐도 터무니없는 일들이 무수히 많은 의미를 띠고 있

▲ 올리브 스넬이 그린 내 자화상

▲ 손자 매튜와 함께

다. 우리 인간이란 원래 그런 존재이다.

이제 일흔다섯의 나이에 이르렀으니 이만 자서전을 끝맺어야 할 듯하다. 삶에 관한 한 말해야 할 것은 모두 말했으므로.

나는 지금 대기실에서 피할 수 없는 부름을 기다리며 빌린 시간을 살고 있다. 부름이 내리면 그것이 무엇이든 기꺼이 다음 단계로 나아가리라. 운이 좋게도 우리는 이에 대해 고민할 필요가 없다.

죽음을 받아들일 준비는 되어 있다. 지금까지 너무도 복된 삶을 살아왔다. 남편과 딸과 손자와 상냥한 사위와 함께 인생을 꾸려 왔으니 말이다. 그리고 아직은 식구들에게 큰 짐이 되고 있지 않다.

에스키모 사람들은 언제나 내게 찬미하는 마음을 불러일으킨다. 어느 화창한 날 늙으신 어머니를 위해 맛있는 음식을 요리한다. 그리고 어머니는 얼음 너머로 걸어가 다시는 돌아오지 않는다……

그처럼 위엄 있게 단호히 삶을 떠나는 것은 자랑스럽기 그지없는 일이리라.

물론 이런 대단한 말은 어디까지나 말일 뿐이다. 실제로는 아흔세 살까지 살아서 귀가 먹어 말도 알아듣지 못하고는, 최신 보청기를 힐난하고, 수많은 질문을 하고, 별안간 그걸 잊고는 또 같은 질문을 되풀이하며 가족들을 모두 미치게 만들지도 모른다. 간병인과 사납게 싸움을 벌인 뒤 나를 독살하려 든다면서 비난하거나, 우아한 노부인들을 위한 최고급 양로원에서 달아나 가족들 속을 무진장 썩일 수도 있으리라. 그러다 기관지염에 걸려 이렇게 중얼거리며 돌아다니겠지.

"어서 신의 자비가 내려야 할 텐데……."

그것은 (가족들에게) 해방이자 최고의 자비가 될 것이다.

그때까지 나는 죽음의 대기실에서 편안히 기다리며 즐거운 시간을 보낼 것이다. 한 해 한 해가 갈수록 기쁨의 목록에서 무엇인가가 지워져 가긴 하겠지만 말이다.

예컨대 오랜 산책, 해수욕(안타까워라.), 필레 스테이크, 사과, 생 블랙베리 열매(부실한 이여.), 작은 글씨로 인쇄된 책 읽기 같은 것. 하지만 남아 있는 것들도 많다. 오페라와 음악회 감상, 독서, 침대에 누워 잠이 드는 크나큰 기쁨, 온갖 꿈, 종종 나에게 들러 감탄스러울 정도로 상냥하게 대해 주는 젊은이들. 무엇보다도 볕바라기를 하며 살며시 졸음에 빠져 드는 것만큼 멋진 일은 없다. ……그리고 추억한다.

"추억하네, 추억하네, 내가 태어난 집을……."

나는 언제나 마음으로 그곳에 간다. 애슈필드에.

오! 나의 사랑하는 집이여. 나의 보금자리, 나의 안식처.
내가 살던 그곳 …… 오 나의 사랑하는 집이여.

얼마나 소중한 곳이란 말인가. 아무리 꿈을 꾸어도 그린웨이나 윈터브룩이 꿈에 나오는 일은 거의 없다. 항상 애슈필드이다. 인생의 첫발을 내디뎠던 그 오래된 친숙한 장소. 다만 꿈 속의 사람들은 모두 요즘 사람들이다. 애슈필드의 구석구석 내가 모르는 곳은 없다. 부엌으로 이어져 있는 닳아빠진 붉은 커튼, 혹의 벽난로에 있는 해바라기 황동 울타리, 계단에 깔려 있는 터키산 카펫, 짙은 푸른빛과 황금빛의 돋을새김 무늬 먹시글 비른 낡고 널따란 교실.

일이 년 전 그곳을 보러 갔더랬다. 애슈필드가 아니라 애슈필드가 서 있던 자리를. 조만간 보러 가야 하리라는 건 알고 있었다. 설령 고통이 따르더라도 반드시 가 봐야만 했다.

3년 전에 누군가가 내게 편지를 보내 그 집이 허물어지고 재개발된다는 것을 알고 있느냐고 물었다. 그리고 내가 애슈필드에서 한때 살았다는 이야기를 들었다며, 그처럼 아름다운 집을 지키기 위해 어떤 조치를 취할 수는 없느냐고 청했다.

나는 변호사를 만나러 가서, 내가 그 집을 사서 양로원에 기증할 수 없겠느냐고 문의했다. 하지만 그것은 불가능했다. 그러기 위해서는 재개발을 위해 철거 예정인 네다섯 채의 저택과 정원을 몽땅 사야 했다. 결국 애슈필드의 생명을 연장할 방법은 전혀 없었다.

18개월 전, 나는 마음을 단단히 먹고 바턴로드를 차로 달렸다…….

기억을 휘저을 만한 것조차 없었다. 그처럼 조잡하고 형편없는 집들이라니. 멋진 나무들은 단 한 그루도 남아 있지 않았다. 숲의 물푸레나무는 사라졌고, 커다란 너도밤나무와 빅트리, 소나무, 텃밭의 경계가 되어 주던 느릅나무, 감탕나무는 유해만이 남아 있었다. 집이 서 있던 자리조차 알아볼 수 없었다. 그러다 문득 실마리를 찾아냈다. 혼잡한 뒷마당에서 살아남기 위해 분투하던 칠레소나무의 그루터기가 반항하듯 박혀 있었던 것이다. 정원이라고는 한 조각도 없었고, 모조리 아스팔트로 뒤덮여 있었으며, 풀잎은 초록색과 거리가 멀었다.

나는 그루터기에게 "용감한 칠레소나무야."라고 말한 뒤 뒤돌아섰다.

하지만 애슈필드에 일어난 일을 직접 두 눈으로 보고 나자 오히려 고통이 줄어들었다. 애슈필드는 한때 존재했지만, 이제는 가 버렸다. 그리고 한번 존재한 것은 무엇이든 영원히 존재하는 법이므로 애슈필드는 여전히 애

슈필드이다. 이렇게 생각하면 더 이
상 마음이 아프지 않다.

플라스틱 장난감을 빨며 쓰레기통
뚜껑을 둥둥 치던 여자아이는 어느
날 문득 뱅그르르 소시지컬을 한 연
한 금발 머리의 어린 소녀가 진지한
표정으로 서 있는 것을 멍하니 보게
될지도 모른다. 그 진지한 얼굴의 아
이는 칠레소나무 주위의 푸른 풀밭
에서 굴렁쇠를 쥐고 서 있으리라. 두
번째 소녀는 첫 번째 소녀가 빨고 있
던 플라스틱 우주선을 바라보고, 첫

▲ 어린 시절의 나

번째 소녀는 굴렁쇠를 바라보리라. 하지만 그것이 무엇인지는 모른다. 자
신이 유령을 보았다는 것 역시 모르리라……

안녕, 사랑하는 애슈필드.

추억거리가 너무도 많다. 융단처럼 피어난 꽃들 사이를 걸어 예지디교
셰이크 아디의 사원에 갔던 일, 동화 속 도시 이스파한의 아름다운 타일 모
스크, 님루드 숙소 바깥에서 바라본 새빨간 일몰, 어스름의 조용함 속에서
기차에서 내려 마주한 실리시아 문, 가을의 뉴포리스트 숲, 로잘린드와 토
베이 바다에서 함께 한 수영, 이튼 대 해로의 시합에 참가한 매튜, 2차 대전
후 집으로 돌아와 나와 함께 청어를 먹던 맥스……. 너무도 많은 일이 있었
다. 어떤 것은 어리석고, 어떤 것은 재미나고, 어떤 것은 아름답다. 최고의
꿈 두 개가 실현되었다. 잉글랜드의 여왕과 만찬을 들었고, (유모가 그 자리
에 있었더라면 얼마나 기뻐했을까. "야옹아, 야옹아, 어디 갔었니?") 내 기가운

주먹코 모리스를 가진 것이다! 그 무엇보다도 내 가슴 깊이 사무쳐 있는 기억. 하루 종일 실종되어 나를 절망에 빠트렸던 바로 그 순간 카나리아 골디가 커튼봉에서 훌쩍 뛰어내렸던.

아이들은 말한다.
"하느님 아버지, 일용할 양식을 주셔서 감사합니다."
일흔다섯의 나이에 무슨 말을 할 수 있겠는가?
"하느님 아버지, 그처럼 많은 사랑과 그처럼 많은 행복을 주셔서 정말 감사합니다."

1965년 10월 11일 월링퍼드에서

옮긴이 | 김시현

이스라엘의 키부츠와 캐나다의 비영리법인에서 자원 봉사활동을 했으며, 현재 전문 번역가로 활동하고 있다. 옮긴 책으로 코맥 매카시의 『평원의 도시들』, 『핏빛 자오선』, 『모두 다 예쁜 말들』, 『국경을 넘어』, 『카운슬러』 외에 『인생 수정』, 『우먼 인 블랙』, 『리시 이야기』, 『이중구속』, 『심문』, 『비밀의 계곡』, 『약탈자들』 등이 있다.

애거서 크리스티 자서전

1판 1쇄 펴냄 2014년 3월 14일
1판 2쇄 펴냄 2019년 2월 11일

지은이 | 애거서 크리스티
발행인 | 박근섭
편집인 | 김준혁
책임편집 | 최고운
펴낸곳 | 황금가지

출판등록 | 2009. 10. 8 (제2009-000273호)
주소 | 06027 서울 강남구 도산대로 1길 62 강남출판문화센터 5층
전화 | 영업부 515-2000 편집부 3446-8774 팩시밀리 515-2007
홈페이지 | www.goldenbough.co.kr

도서 파본 등의 이유로 반송이 필요할 경우에는 구매처에서 교환하시고
출판사 교환이 필요할 경우에는 아래 주소로 반송 사유를 적어 도서와 함께 보내주세요.
06027 서울 강남구 도산대로 1길 62 강남출판문화센터 6층 민음인 마케팅부